掌故

（九）

月刊

49

[redacted]

野史·佚聞·人物·風土·

中華民國六十四年（一九七五）九月十日出版

中華月報

一九七四年十、十一、十二月號、一九七五年元月號要目

中華月報社・香港九龍書院道九號

十月號

十一月號

十二月號

元月號

掌故月刊 第四九期 目錄

每月逢十日出版

掌故

第四九期

每册定價港幣二元正
全年訂費 港幣廿四元 美金六元

出版兼發行者：掌故月刊社
地址：九龍亞皆老街六號B
通信處：九龍旺角郵局信箱八五二一號
電話：K八〇八〇九一
The Journal of Historical Records
P. O. Box No. 8521, Kowloon
Mongkok Post Office, Hong Kong.

督印人：鄧少卿
總編輯：岳騫
印刷者：和記印刷有限公司
新蒲崗景福街一一〇號超達工業大厦十樓
總代理：吳興記書報社
香港租庇利街十一號二樓
電話：11四五〇五六一 四五〇七六六
國內代理：黎明書報社
台北市八德路三段九十九巷六號
電話：七二一二五二九
星馬代理：遠東文化事業有限公司
新加坡厦門街十九號 檳城杳田仔街一七一號
泰國代理：曼谷青年文化服務社
曼谷黃橋東北路五六六號
越南代理：聯興書報社
越南堤岸新行街二十二號

其他地區代理：
澳門：可大文具店
亞庇：利民公司
千里達：中華公司
非律賓：華安書局
倫敦：東寶公司
芝加哥：杏林春
波士頓：中西公司
三藩市：新生圖書公司
三藩市：益智圖書公司
加拿大：香港商店
澳城：汎亞書籍公社
寮國：永珍圖書公司
斗湖：光明書店
非律賓：玲瓏書局
紐約：友聯圖書公司
紐約：友方圖書公司
洛杉磯：永安堂
檀香山：大元公司
三藩市：文化商店
加拿大：新國華公司

日本投降前的十日

資料室輯

杜魯門總統在巡洋艦上下達命令

八月六日上午八時十五分，第一顆原子彈在廣島上空投下。這好像是日本臨終時的斷魂鬼，從此萬事休矣！但日本軍國政府仍在打腫臉充胖子，不知這顆炸彈是美國在警告，不，是在決定停戰而採取的一種戰畧轟炸。其放射能已很快蔓延而發生無比的效果。這顆炸彈是由B29超級堡壘轟炸機投之的，其對政治上的影响暫且不論，單就戰術上的經過叙述一下吧！

美國的原子彈轟炸計劃，是基於摧毀日本的都市爲着眼，而由B29堡壘機執行的。早在一九四三年四月，以哈曼博士爲首的科學家們，在摩洛斯研究所着手研究生產，經過十分順利，於是在一九四三年九月，終於決定使用B29空中堡壘機轟炸日本的方針（核子分裂可能使用於軍事目標的預言，早在一九三九年八月，由羅斯福總統授意名物理學家愛因斯坦博士發表過。）並在一九四四年九月，在極機密的情況下成立「原子彈攻擊部隊」，同時賦予「第五〇九戰鬥大隊」番號，且任命轟炸的權威人士。狄比茲上校爲隊長。狄比茲上校所屬的特殊轟炸機部隊有官兵一七六〇員，駐防在尤他州的溫多佛機場。當時，狄比茲上校還不知道這支部隊是爲投擲原子彈而成立的，而僅授命作高空與脫險的訓練而已。

一九四五年五月廿九日，這支部隊離開本土，進駐馬里亞納島（塞班島附近），在那裡專心於遠距離海洋飛行及精密投射的訓練。並以近似南瓜的一千磅的假炸彈反覆投射，期能正確命中都市的中心。投擲原子彈的地點，以入口稠密，軍事與工業要地爲選擇條件，因此廣島、京都、小倉、新瀉的四個都市被選爲可能的目標。惟陸軍部長史帝文生力主刪除京都，不幸長崎被遞補，七月初，第五〇九部隊選擇與這四個都市相類似的都市——長岡、威山郡、山、神戶、四日市、宇部、舞鶴、福島新居濱等九個都市，開始演習，甚至連陰天時雷達投射法，也列入訓練項目。這種訓練不是臨時湊合而成，而是從溫多佛的基地訓練以來，已歷時一年之久。

七月廿六日，原子彈姍姍運抵狄里安島。是由巡洋艦印地安希林斯號，從舊金山愼重其事地運送過來的。這艘巡洋艦在回航時，雖被日本潛水艇擊沉，但爲時已晚，於事無補了。同日（廿六日），菠茨坦宣言發表，在中、美、英、勸告日投降的文件結尾，寫着：「除此而外，日本只能選擇迅速而完全被毀滅的一條途徑。」雖未言明：「不聽忠告的話，就給原子彈吃了。」但弦外之音應該是很明顯的。

日本對茨菠坦宣言的反應，大多數的有識之士（宮中，重臣，內閣參議，實業界與輿論界領袖。）雖有意遷就三巨頭宣言，以達停戰協議，但軍方對此宣言表示不屑一顧，並以其誇大的言詞影響報章的報導，使鈴木修謬爲眞，進而以鈴木的「

無話可說」及報紙的「笑死我也」爲專論，傳遍海內外。

「好吧！」說着在艦長室站起來的杜魯門總統，那時正在大西洋的巡洋艦奧古斯塔號上，從德國返國途中。他立即發出一道命令：「希在八月三日以後的日子，盡速把握時機，投下第一顆炸彈。」翌日，第五〇九戰鬥大隊的官兵，始知自己所要使用的炸彈，原來就是原子彈，而且獲知其威力相等於二萬噸炸藥時，不禁大吃一驚。八月六日凌晨二時四十五分，完成一切準備工作並獲知氣象資料後，正駕駛白愼士上校的B29空中堡壘機及觀測機二架在狄里安島基地起飛。

首先飛往硫黃島，在那裡留下一架預備機，而以史溫尼少校的B29空中堡壘機（克蘭特・愛基斯多號）作爲僚機，調整高度至三一〇〇〇呎後，朝向廣島飛行。有史以來的核子分裂，將在數小時後震撼整個日本。

小倉市逢兇化吉

廣島的天空，陽光普照。當發現B29機臨空時雖發出了警報，但被誤爲例行的偵察飛行，所以不久，警報即行解除，而市民又恢復平常的活動。但八時十五分，突然一道奇光，在二千呎的高空閃了一下，同時發出一聲足於震撼天地的音響。原來，投彈手非比少校，從三一六〇〇呎的高空投下了原子彈，並爲使威力半徑增大，所以將爆炸高度調整至離地二〇〇〇呎。

地面的慘狀，不言可知在上空的白愼士上校趕快來一個急轉彎，使一分鐘內遠避至東南方十七哩，但在五十秒的時候，機體仍然受到極大震動，而眞正脫離震動的時間，還在二十秒以後的事。試想，在一萬公尺的高度，尙有衝擊力的反應，故其爆炸力的强度可想而知了。這時白愼士上校們又從四百哩的遠方折返廣島的上空，看到高達五萬呎的黑烟火柱巍然矗立在那裡。這一顆原子彈，共殺死市民七萬八千人，傷五萬二千人，房屋四萬八千戶全燬，一萬二千戶半燬，瞬眼間，埋葬了人口三十四萬的日本一大都市。倘爲警告日本政府的執迷不悟而採取的報復行爲，未免太殘忍了一點，但大戰因此而接近尾聲。

杜魯門總統在翌晨的報導上說：「在廣島投下的東西就是原子彈，若日本還不投降，第二顆炸彈將接踵而來。」這時，在日本陸軍部與技術院中仍有許多人抱着懷疑態度，有的說，這不過是美國人的「宣傳攻勢」而已。所以決定在調查未確定到，不輕易使用「原子彈」的字眼，使大本營在八月八日的報紙上僅發表說：「廣島在美國人的新型炸彈下，蒙受相當大的損害。」顯然地，大本營在虛應故事，但那天，仁科芳雄博士等一行赴現地調查結果，確定是原子彈無誤，於是八日下午，將調查情形報告東京當局。

將原子能應用於兵器的可能性，日本當局並非毫無所聞，日本有關當局也曾經秘密地進行調查與研究，但因工作過程中耗資驚人，故半途而廢。等於讓富裕的美國先具體的發揮罷了。極力提倡迅速停戰的東鄉外相，確信廣島的被害情形及杜魯門總統的宣言後，於八月八日下午二時，晉謁裕仁面奏實際情形，裕仁也認爲美國既有新兵器出現，不如早日結束戰爭，所以指示東鄉儘速辦理。陸軍部長阿南遲了一步晉謁裕仁，裕仁雖以堅決的口吻問他，廣島的炸彈是否原子彈。並徵詢他，陸軍方面有何打算。但阿南心裡有數，惟恐他的主戰論被駁回，所以唯唯諾諾，說視調查結果再作決定的話支吾過去。陸軍方面迄今尙不甘雌伏，仍企圖以「最後一戰」的決心來改變裕仁的初衷。

翌日，第二顆原子彈落在長崎。蘇俄相繼對日宣戰，使日本戰敗之命運愈趨接近。美國想一鼓作氣，以期獲得具體效果，迫使日本早日投降，所以緊跟着廣島的戰略性轟炸之後，第二顆原子彈的目標很快就決定在九州的小倉市。八月九日早晨三時四十分，以史衞尼少校爲機長的B29空中堡壘機在狄里安島起飛後直向小倉市航行。他於九時半左右抵達他認爲的小倉的上空，那時小倉上空密雲重重，祇好在上空盤旋等候機會。但雲層實在太低正迷惘於要將這麽一顆貴重的炸彈，用雷達來指揮投射，實在有點可惜的時候，飛機汽油已僅存六百加侖而已。

匆忙中，史衞尼少校趕快回頭與同機的安西奧斯准將商議，並說：「到長崎去如何？」准將表示同意，旋即飛往而去。當時長崎的雲層也很低，一直等到十時五十八分才稍見放晴，就這樣，急忙投下了第二顆原子彈。想起小倉與長崎的命運好壞實難於推斷與形容。這姑且不論當B29機降落冲繩時，其汽油存量也祇有六加侖了。不管如何，日本不願停戰的各項抵制活動，也就此告一段落。

陸軍反對停戰

把蘇俄當作朋友的日本，反挨了蘇俄一記悶棍。這應該怪自己的不智，並應引以爲憾。六日的原子彈爆炸，八日的蘇俄參戰，使日本不得不從新考慮投降的問題。日本在八月九日的早晨四時，才知道蘇俄參戰的消息，那天早晨，鈴木首相與東鄉外相才對從速停戰的意見趨向一致，並協議由本國內閣自行處理善後。在這個時候，裕仁也有從速决定停戰的指示（由木戶內府轉達）但鈴木不敢自作决定，乃於上午十時半召開臨時最高戰爭指導會議開會時，鈴木來一段開場白：「從國際情勢研判，日本已不得不承諾菠茨坦宣言的時候。」他先說明聖意後再徵求與會人員的意見，這種先入爲主的高壓作風，是鈴木以前所沒有的，所以五名與會人員愕然後，低頭沉默了很久。

米內海軍大臣終於先開了口，他說承諾菠茨坦宣言的方式有二，一是無條件的，一是有條件的，如後者問有（一）維護國體，（二）處罰戰犯，（三）解除武裝，（四）保障佔領權等四項問題，我們應先决定原則，看要採取何者。接着東鄉發言他說，第（一）欵的維護國體，應列爲絕對條件談判是毫無疑問的，其他的條欵似有問題，倘一味堅持，恐有失機之虞，以致連第一欵的維護國體都要發生問題了。

鈴木的開場白，米內的補充說明，接着東鄉的發言，以上三人是早期和平派的人物，是在開會前夕，先在小石川的鈴木官邸商量過的。說的詳細一點，是鈴木與東鄉在沒有辦法的辦法當中，想出由東鄉先去疏導海軍大臣後所採取的一致行動。無論如何，鈴木首相由一貫的妥協態度變爲堅决主張停戰的態度是很明顯的。但其他三人——阿南、梅津、豐田的態度依然强硬異常，他們仍堅持「戰爭未敗」的論調，與鈴木等三人展開對立的激辯，阿南與梅津的主張要點如下：

（一）懲罰戰犯應屬日本本身的事，倘非要讓對方來處理的話應保障裁判的公正。

（二）解除武裝的工作，由日本自行處理。

（三）保障佔領權，應不包括本土，至少東京應除外，並宜限制範圍與時間。

意思是說，對三國的菠茨坦宣言要附以必要的條件，否則不予接受。

但東鄉頗不以爲然，他說，要以這種附帶的條件來談判，必然會招致破裂的後果。然後戰爭爭將波及日本本土，結果，將在更不利的情況下投降，所以不如依現在堅持一項絕對的條件，乾脆承諾菠茨坦宣言來得恰當。原來，東鄉是以本土決戰的必敗論作爲前提來說明的，這使梅津及阿南很不受用。所以阿南反駁說：「對本土決戰的必敗論，現在似言之過早。雖然對勝利不一定有把握，但爲交戰所必需之戰備已日益加强，說不定還可消滅美軍於海上哩，到時候，主客觀的條件會對我們更有利亦未可知。」接着梅津也强調說：「我方今日的軍事態勢，尚不至於懦弱到非一口答應人家不可的地步。與其要無條件投降，不如把握最後的決戰機會才是至當的政策吧！」這些種種使人懷疑的論點，是否是軍人對政治家的一貫對立作風。

但東鄉仍反覆說明，以强調本土決戰的必敗論。並警告，不要一廂情願老談三項條件，說不定「維護國體」尚有問題。

就在辯論進入白熱化之時，第二顆原子彈在長崎被投下，促成悲慘的命運。而最高會議終於在未獲正式消息與意見分歧下宣佈休會，並要訴諸內閣會議來解決問題了。

午夜十二時的御前會議

爲決定和戰，投降或本土決戰的第一次會議在八月九日下午二時卅分召開。在徵求鈴木首相以下各大臣的意見時，阿南部長首先發言，他論點與以前大同小異，其要點爲：「不怎麽說，無條件投降是無法容忍的。一旦被解除武裝及保障佔領權後，我們等於被牽上鼻子一樣，不能有所動彈，要知道，紙上談兵是不可以的，倘能以大和民族的生命作爲勝敗的賭注，也許還有轉敗爲勝的機會，並以死裡求生的戰法來扭轉大局當無不可。解除武裝是行不通的，而且對國外的皇軍的動向亦不易掌握。總之，現在抗戰到底的決心比什麽都重要。」

反正，說來說去他總是主張戰爭的。所以，米內海軍大臣一段話提醒他：「如陸軍部說，也許我們還有最後一次機會去打擊美國人，但我們應該認識，這個機會決不會有第二次。假如說，到後來敗戰的一方仍然是屬於我們的話，那麽我們何不早日收兵另謀救國之道。或者仍想以鷄蛋碰石頭來作無謂的犧牲。這些問題有待我們以冷靜的頭腦來判斷。面子與負氣都不應該用在這個時候，惟有面對現實才是智者的作法。」

欲進一步了解作戰的潛力，所以也請軍需、農業、運輸等各大臣發言，而從豐田貞次郎，石黑忠篤，小日山直登三大臣報告的統計資料顯示，前途甚不樂觀。就這樣，雖經三小時的討論，但仍未提到是否要承諾宣言的本題。休息後於六時三十分再繼續開會，鈴木原希望在此會議中順利通過政府的方針，但因和戰兩派尖銳對立，致未能完滿閉幕。

在內閣會議中，東鄉外相及阿南陸軍大臣，是最勇於發言的兩個人。總之，東鄉說：「祇要能維護國體，日本就不會滅亡，而將來必有復國的一天。我們應該以此條件宣告投降。」但阿南說：「就因爲要保證維護國體，所以才需要附帶的三項條件，否則不足以保障。簡言之，我們在四項條件下承諾，不然將準備作戰到底。」兩人各執一詞，互不讓步，其意見好像在平行線上，永無會合的一天。値此，鈴木促請各大臣對東鄉的提案發表意見，表示究竟贊成與否。依次從坐在鈴木左邊的松阪司法大臣開始發言，松阪支持阿南而反對東鄉，接着豐田表示贊成東鄉，俟每個人表示過意見後，贊成以「維護國體一項條件」認可承諾宣言的，計有東鄉，米內，石黑，小日山，豐田，左近司等六員。而主張非以四項條件的附帶條件不可的員，計有阿南，松阪，安井（藤治），等三員。其餘六員不明白表示意見。因此，鈴木宣佈休會，並將內閣會議實情面奏裕仁，時間是晚上十時三十五分。

鈴木在晚上十一時晉謁裕仁，除將內閣會議的眞相一五一十面奏外，同請求從速召開御前最高戰爭指導會議，並請平沼樞府議長列席。經裕仁許可後，計對菠茨坦宣言的承諾與否的第一次御前會議，在九日晚上十一時五十分，假宮內防空室召開。在午夜時刻召開御前會議是非常不尋常的。按照正常的議式，這種御前會議必須事先經首相，參謀長及軍令部總長三人連署後再呈請核示的，但迫水書記官長爲應急之需，已請兩位總長署名在先。所以，刻不容緩的緊急最高會議。於此開幕。

特請平沼參加會議是破例的，但因考慮到當要表決時可能排上用場，所以利用剛才的休會時間，央請文相太田耕造（平沼的心腹）急赴平沼官邸，告訴其內情後邀請而來。因最高戰爭指導會議對菠茨坦宣言的承諾與否，形成三對三的態勢，所以鈴木的用心良苦當可想而知了。惟米內及左近司担心，加上平沼後四對三的表決結果，可能會引起實際在執行任務的三位軍事代表的不滿，而使國家形成更混亂的局面。

適切撇開軍隊的主張

要決定日本最後命運的御前會議，在八月十日晨零時，由鈴木首相的發言而拉開序幕。天皇坐在正面，六位基本成員及樞相坐在兩側，四名幹事排列於後座（如圖），是投降，是決戰，將在這歷史性的大會中被裁決。鈴木先將內閣會議的眞相報告後，再以多數人所支持的東鄉外相案作爲議案中心，朗讀已擬就的承諾文如下：

「上月二十六日，於三國宣言條文中要求變更天皇在國法上的地位一節，請在諒解下予以保留，以便日本政府承諾。」

接着由東鄉說明理由，並將條件要點集中於皇室，而特別强調不要再節外生枝，提出附帶條件。然後由鈴木指名各員發表贊成與否的意見。米內海相首先贊同外相的方案。但阿南陸相則表示完全反對，而梅津又表示與阿南有同感後說：「無條件投降，實在有愧於先烈在天之靈。四項條件可謂讓步的極限，若對方有所不容，我們寧願玉碎而不瓦全。」豐田的意見與他們畧同。三對三的僵局仍然不變，在議而不決之時，天也快亮了。

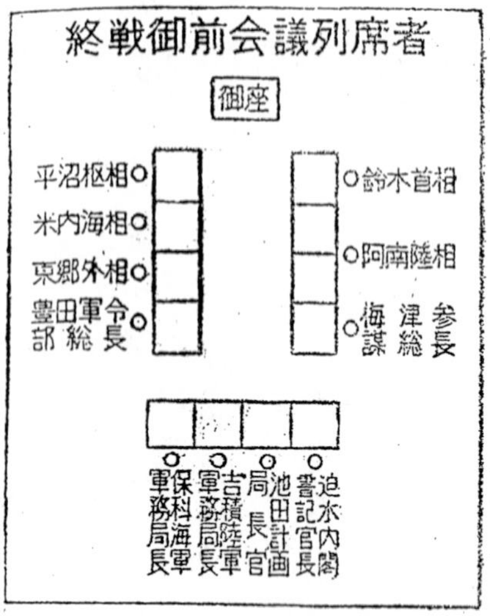

那麽以舉手決議票而列席的平沼到底如何呢？他的外交詞令是：「陸相與參謀總長的主張是很合理的，但外相的顧慮也不能說沒有道理。」講話技術相當高明「因事大關天，祇好請聖上卓裁。」以此結論。大概是預先準備好的講詞吧！會議雖經兩小時之久，但遲遲未決，因此鈴木靈機一動說：「旣然如此，祇好請示聖上決定了。」說罷趨前進言。裕仁令鈴木坐下後徐徐開口，他說話的箭頭首先指向軍方，像霹靂一般，震驚了整個會場。他說「陸海軍統帥部的作戰計劃，多未能切合實際需要，且不能把握良機，使大東亞戰爭，完全與作戰計劃背道而馳。就以參謀總長及隨從武官的視察結果而論，其間就有很大的出入。參謀總長報告說，已大致完成本土決戰的準備，但九十九里濱的防務不是連十分之一的預定進度也沒有完成嗎？又據報告說，決戰師團的整備工作，預定於六月底完成，但據隨從武官的調查結果，完全不是那麽回事。試問，我們拿什麽與美國人在本土決戰。」

一頓教訓，使梅津與阿南像聽候判決似地低着頭，作畏縮狀。裕仁接着說：「假如在本土不惜與美國人一戰，國民將如何？已受空襲之害而民不聊生矣！再在本土決戰，不是要將國民置於永刼不復之地嗎？」其爽直之言，否定了本土決戰論，又說：「雖然，我不忍忠貞不二的軍隊被解除武裝，或忠勇的軍人被視爲戰犯，但爲將來着想，我們要忍他人所不能忍的恥辱。而要以明治天皇時代，受三國干涉（註）的心情，來再度面對這一惡劣的情勢。」

結論如此。但裕仁對軍隊的責難，無絲毫的感情用事，完全是以事論事的。與當時民間對軍隊的惡意批評，不可混爲一談。即是允許梅津與阿南有分辯的餘地，我想他們也無話可說的吧！而鈴木等裕仁說完話後，即行宣佈：「以方才的訓示，作爲本會的結論。」富有歷史性的御前會議就此閉幕。時間是八月十日早晨三時。

（註）：甲午戰爭，日本戰勝清朝後，割取旅順，大連，後經俄、德、法三國之干涉而退還中國。

陸軍部公告攻擊命令

八月十日早晨三時，對菠茨坦宣言的承諾書擬就以後，隨着召開內閣會議，以完成閣員們的連署手續，時間爲早晨四時。並由駐瑞士加瀨公使及駐瑞典的岡本公使分別通知中，美，英，蘇四個國家（從上午六時四十五分至十時十五分之間）。

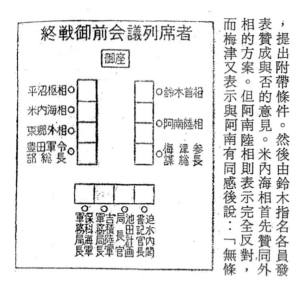

其內容寥寥四百字，如關於維護國體的條文中，即修改爲：「對貴國等所發佈的共同宣言中，要求變更天皇的國家統治大權一節，請在諒解的原則下予以保留，以便日本政府承諾貴方宣言。」即將原文的「變更天皇在國法上的地位」一節，修改爲變更天皇的國家統治大權」而已。這個句子是基於老法學家平沼樞府議長的意見而修改的。然而，在美國方面，却認爲對裕仁的權限加於妥善的運用，才是處理日本戰後至當的方法，所以早已同意日本維護國體的願望。因此，日本法學家那種如臨深淵，如履薄冰的緊張心情等於是多餘的。這倒不要緊，現在鈴木內心必須優先考慮的是，對菠茨坦宣言的承諾，即投降的決定，宜於何時，如何公諸於世的問題。

內閣會議至今仍糾纏不清。有的主張盡早公諸於世，使國民有所心裡準備與正確之認識，且可減輕空襲的災害。有的却主張一定要等到正式的命令頒佈始能公諸於世，目的在防止萬一交涉失敗後不能再重整旗鼓。在互相堅持不下的情形下，乃決定先以「情報局總裁談話」的名義發表，以暫時作爲未正式獲得命令前，對國民的一種交代。其內容，由下村和米內，阿南及東鄉三位大臣，經過一番推敲工夫後，才決定於十一日朝刊報紙上透露（廣播在十日下午七時）。然而，在爲數四百多個字的報導中，因對軍方的顧慮太多，所以內容欠中肯，連「停戰」的字眼也未曾出現。所以很難表達出「投降」的意味。而僅以「爲維護國體與確保民族生存，必須堅守最後的防線。政府在這一方面，已有更佳之努力與準備云云。」的內容，企圖來暗示國民，政府擬在維護國體的條件下決定投降的含義。但這是一篇詞不達意的文章，所以除了少數關係人能體會其意義外，一般人無法了解其眞義之所在。

眞是巧合，在同日同一報紙上，以「陸相的公告」爲題的主戰論，與「情報局總裁的談話」爲題的停戰論並列而刋。使一般人，爲日本現行的國策仍採取以決戰中求和的原則下進行，以致輿論譁然，是日本停戰前言論最混亂的最後一例。在陸相的公告中，有：「即使吃草啃泥巴，睡草原，也得決心戰鬥到底，以死裡求生。大家要發揮救國救民與殲滅敵寇的精神，並應效法先烈志士的光榮烈蹟，發揚而光大之。」的話，以資宣揚，軍中士氣乃爲之高昂。

至於這個公告的來龍去脈如何，作一說明，八月十日上午九時，阿南向陸軍幹部報告御前會議的裕仁作結論時，他以臨時動議的方式建議他的幹部，由陸軍部趕快爭取時間發表一公告，以抵制下村總裁立刻要發表的談話內容。老實說，陸軍的公告本身並無惡意，那是陸軍在戰術上必須採取的「以進爲退」的慣用方法而已。意思是，當決定退却時，反而要命令前線部隊繼續攻擊，俟後方完成退却準備時，才命令一舉退却。不然，在慌亂中易造成不堪收拾的局面。

例如八月十日的情況也是一樣，雖已決定投降，但不能立刻告訴前線，以免軍心崩潰。對蘇俄的戰爭如此，對其他戰場也一樣，當決定退却時，反而發出「續攻命令」，以預防當維護國體案被否決時不能重整軍心。所以才公告其强而有力的續戰命令。這完全是軍人的一套，是責成軍務課員稻葉正夫中佐起稿的。那時，因爲情報局員親泊朝省大佐獲悉，下村總裁要發表投降談話的消息，所以立刻趕到陸軍部，主張趕快公告一則對等性的「續攻命令」，以蒙淆視聽的。因此，也來不及等陸相或次官的許可，即行交付報社予以刋載。公告的眞義，除戰術家能了解其法則外，一般民衆祇知道是激勵軍中士氣的例行公事。凡事眞眞假假，好像下村總裁的談話資料不敢光明正大公諸於世，而僅偸偸摸摸告訴報局員同出一轍。反正，大家都在耍魔術，看誰高明而已。

軍方態度又趨强硬

八月十一日是，皇宮，政府，軍方對聯合國的反應屛息以待的日子，眞是一日千秋也。但總算在十二日零時四十五分的午夜時刻，收到美國的廣播。其對日本所建議的維護國體條件中之答覆如下：

「投降時，天皇及日本政府的國家統治權，應置於盟軍最高統帥部的限制之下，使盟軍最高統帥能為實施投降條款而採取必要的執行措施。」

"The authority of the japanese goverment to rule the state is subject to the supreme Commander of the alliel powers who will take such steps as he deems proper to execute suaender terms"

頃刻之間，因對"Subject to"的解釋意見不同而引起爭執。外交部的譯文是「置於限制之下」，這是松本次長們費盡心機譯文，目的在避免「命令式」的語氣，以避免可能給予主戰派的刺激。

但日本的字典，對這個字的通用解釋是「隸屬」，這在中學生也無可致疑的，所以難怪軍方對其譯文不當之處加予反駁。因其原意是「隸」而「屬」之，所以對「屬」者，有刺激性，並可認為是「屬國」的意思。而且，這個時候大家的神經特別敏感，盡在鑽牛角尖。這個電文除外交部外，陸軍部也同時收到，而陸軍部的譯文是：「日本天皇及日本政府，應隸屬於盟軍最高統帥部之下，以便盟軍最高統帥能為實行投降條款而採取必要之執行措施」，照原文直譯，這並沒有錯。總之"Subject to"不會脫離「隸屬」以外的範圍來作其他的解釋。十二日晨一時左右，剛看到此電文的東鄉外相，當初也很不安與不滿，而閉目思考了很久。所以在上午六時左右，召開外務省首腦會議，其結論是：（一）再交涉等於不願達成協議。（二）盟軍最高統帥為了實施投降條款，擁有最高指揮權是理所當然的。（三）在指揮權限內，天皇的大權應隸屬於最高統帥部，實不足為奇。（四）電文的內容，全屬原則。對方對天皇的地位已有認定，故日本政府應立即予以全部接受。（這時，鈴木首相也有意承諾，這是由迫水書記官長轉達東鄉的。）

然而，軍方因前述的「隸屬」二個字，及為了電文中的第五項「日本政府的最後形態，應依日本國民的自由意志作決定」而發表「斷然拒絕，而抗戰之。」的強硬言論。旋於十二日上午八時廿分，參謀總長梅津美治郎與軍令部總長豐田副武相偕拜謁裕仁，面奏其意願。

「（前畧）美國的主要目的，在要求我國名符其實的無條件投降。尤其公然冒瀆了基本國體的聖上尊嚴，這種和平方式，實非我忠貞的國民所能接受，而且使在國外為仁義抛頭顱，洒熱血的幾百萬英勇戰士，死無葬身之地。更使國內外軍民心志崩潰，最後勢必導致皇國滅亡的下場。因此，基於該條件的和平方式，我們認為應斷然予以拒絕。」大意如此。但聽聽這些話的裕仁，毫無驚惶的表示，然後勸告兩位大臣說：

「還未收到美國的正式覆文以前，就憑廣播內容來吵吵鬧鬧，不是顯得太沉不住氣了嗎？」這一句話，等於在梅津與豐田頭上澆了一盤冷水。

但梅津們的神經，並未能因此而恢復常態。他們告退裕仁後，即以全軍司令官的名義，由梅津及阿南連署，對所屬部隊發出一道電令：「本（十二）日收聽到的美國廣播，因違背維護國體的主旨，所以陸軍方面予以斷然拒絕。希望日本軍將士抱定抗戰到底的決心，伸張國策，邁向作戰任務的途徑。」實值得担心的陸軍態度。這象徵着，在未承諾菠茨坦宣言之前，一波狂浪洶的局面將在眼前出現。

外相對和平的努力

陸海軍兩相拜謁裕仁後兩小時，東鄉外相單獨前往拜謁，面奏對方覆文的內容要義及日方擬採取之步驟與措施。方才將梅津及豐田的意見避重就輕地打發過去的裕仁，現在對東鄉却有下如的指示：

「朕對美國的覆文，有意全部接受。希設法從速承諾，並將此意轉達鈴木首相。」

至此，太平洋戰爭停戰的希望，由裕仁的影响力顯示一道曙光。但在東鄉未將裕仁意志轉達鈴木之前，鈴木已受到阿南强烈的反對論的影响，有動搖其決心的趨勢。而且由於平沼的來訪，說明在法理的重要性，所以正考慮再照會的問題。無論如何，平沼是法學的專家，而鈴木是外行人，因此不能不愼重其事。根據美國的覆文內容，其中含是否定天皇大權及政治形態。由人民投票決定等危險性的條款（平沼對此很不放心），使鈴木有意打消無條件承諾之議。加之，阿南陸相的反對論「軍方在那種條件下，無論如何不能接受。到時候，爲維護國體而引起抗戰的氣燄，誰也無法壓制」，他這種說法，使具有軍人氣質的鈴木不得不點頭稱是。因此，平沼的主張，更使鈴木認爲勢在必行。

在這種情況下，內閣會議於下午三時（十二日）召開。使東鄉沒有時間於開會前，向鈴木解釋清楚條文的內容，也無法將裕仁意志轉達，以便採取同一步驟。一切雖然在匆忙中，但這是決定承諾覆文的重大會議。

開會時，首先由外長說明覆文中的內容。他說，在此條款中並無變更天皇的地位及國體的意思，所以希望從速發出承諾的覆電。但陸軍大臣立即表示反對，並主張說，電文用意既然不明，應即採取「再照會」的措施。結果，贊成反對勢力相當，使內閣會議又恢復了目前兩派對立的局勢，眞有如暴風雨之將至也。

鈴木最後開口了。但出人意料的是，他這一次偏向阿南，主張決戰論。他說：「由美國的覆文看來，維護國體並未被認可。像天皇要服從盟國最高統帥，政府形態要依國民的自由投票來決定各點，不無懷疑之處。因此，有必要再照會，倘對方不予接受，只好抗戰到底。」眞是老當益壯的氣慨。這時，東鄉靈機一動說：「今天的議題，僅是依據美國的廣播消息。所以我想還是等到美國的正式覆文後再議比較妥當。」很技巧地中止了內閣會議（下午五時卅分）。

內閣會議散會後，東鄉邀請鈴木到他的房間。除據理說明，請他不要再堅持主戰意見外，並諄諄說明，承諾後不會有什麽其他問題等等。說罷，又迅速去拜訪木戶內大臣，除將內閣會議後形告知外，還請木戶說服鈴木。木戶在宮內會晤鈴木的時間，是晚上九時左右。木戶先將裕仁有意無條件承諾的意旨轉達後，再勸告鈴木，目前除停戰一途外別無選擇餘地。鈴木認爲，裕仁既有此意，他當無異議可言，而答應順此方向努力。

東鄉的堅忍不拔的精神及其艱苦的外交工作，諒不久將來會開花結果的吧！遠在他入閣的時候，他雖不計較鈴木優柔寡斷的作風，但曾有一度他婉拒接受外相的工作，入閣後，他全心全力從事於「停戰」工作，一方面與軍方斡旋，另一方面苦心積慮，誘導鈴木走下和戰的大道，這個工作已歷時四個月，而在最後的緊要關頭仍然奮鬥不遏。此期間，雖倍受軍方與右翼份子惡毒的批評，將不忠不義，賣國滅國的罪名加在他的頭上，但他仍不屈不撓，決心推行當前必須「停戰」的國策。誠然，在他的背後，有宮內的木戶，有閣內的米內爲他撑腰，但假如他缺乏信心與勇氣，那麽戰爭能否於八月十五日結束實屬一大疑問，這決非對東鄉過獎之言。

鈴木首相投降論的復活

明天是決定投降或抗戰最後的一天，也是被限定要答覆盟方最後的一天。所以最後一次「最高戰爭指導會議」，於十三日上午九時，在永田町的首相官邸開鑼。

問題集中在盟國覆文中的第二項「天皇的大權，應隸屬於盟國最高統帥之下。」及第四項「政治形態依國民的自由意志決定。」各點，所以予以詳加釋示。

會議由首相，外相，陸海兩相首長。陸海軍兩總長等六員組成。首先由村瀨法制局長官解釋文中眞義後，認爲天皇大權被限取的合理性，以及無需太憂慮於國民對政體的決定問題。蓋盟國最高統帥的權限，僅在於執行佔領後有關的政策上，而在一般行政方面，天皇的職權仍是有效的。再說政體的決定，既是以日本本身的國民爲基礎，我們有何更好的說明，不信任我們自己的國民而杞人憂天呢？然而，軍方代表却引述其他法學博士的意見說，以對方的答覆，不足於保障日本的國體，而據理力爭，使難獲得結論。又主張說：「我認爲在場已經有半數的人不能了解的含糊條款，似有必要再照會吧！」議而不決的情形一直拖到下午三時。

鈴木結束最高會議後，到鄰室的十五位閣員處，想個別徵求閣員們的意見，以期及早獲得結論（他並未抱定太大希望），所以請左鄰的法相開始依次發言。

松板法相說，因與維護國體原則相違背，所以表示反對。按序豐田軍需相表示贊成。櫻井國務相，廣瀨財相，石黑農相，東鄉外相表示贊成。安井國務大臣表示反對。小日山運輸相表示贊成。安倍相表示反對。太田文相，下村國務大臣，左近司國務大臣，岡田厚相表示贊成。阿南陸相表示反對。米內海相表示贊成。結果，贊成者十人，反對者四人。雖然，贊成的人比反對的人多，但未能獲得一致的結論也是意料中之事。像這種問題，反來覆去，未能斷然處理，而受到各方的不滿固屬難免。但諸如這種天大的問題，也有必要在會議桌上，讓大家暢所欲言，盡量發揮的機會。但作爲一個領導者，應該具備忍耐的工夫，這一點鈴木貫太郎是做到了。想當時日俄戰爭，飽受炮火的洗禮（驅逐艦隊司令），任侍衛長時遭受狙擊（二，二六事件差點送命）而虎口餘生的老將軍，亦算得上是吉人天相吧！

十五名閣員發表過意見後，鈴木才發表自己的意見，但這一次與前日在內閣會議結論時所說的「祇好抗戰到底」，而使東鄉外相大吃一驚的內容完全相反。他說：「經再三研讀美國的覆文後，深深體會美國並無惡意。背水之戰固然也是方案之一，但並不能挽救國體的完整。站在部屬的立場應盡忠的觀點上，實在想痛痛快快拚一下，但國家的生命在搖搖欲墜。我還是將會議情形面奏天皇卓裁爲宜。」這使阿南一派的人大失所望。

阿南在內閣會議中，是發言最多，最有力的一位。譬如他說：「認爲維護國體有問題，而需要再照會一節，因技術上有困難，而立即請示天皇的作法，是否有欠當之處？我認爲既有問題，應光明正大提出要求，爲何甘於屈就，實想不通其理由安在？」這話等於咬了鈴木一口。即使在鈴木講完話後，他的箭頭仍然指向着鈴木，他說：「維護國體的問題是應該爭取的，而解除武裝及保障佔領權等問題也有必要提出有利的交涉。」這時，東鄉外相答覆說，有利的交涉另有他途可尋，目前是如何爭取時效予以承諾的問題。最後鈴木說，擬即時晉謁天皇卓裁而宣告散會。時間已過下午七時（八月十三日）。

軍變計劃的來龍去脈

日本處於進退維谷之中。到底以無條件投降來救國呢？抑或以不惜一戰來尋求談判之途呢？兩派的論點始終尖銳對立，使永田町籠罩着一片烏雲。國外的廣播，責難日本的拖延政策爲缺乏誠意，並以言論諷刺日本說，要使日本覺醒，除殲滅戰外別無他途。美國的飛機連日來在日本大都市的上空盤旋飛舞。如下雪般的傳單上，寫着「軍閥在促使日本滅亡」，「日本國民可在民主主義下得救」和「盟國來拯救愛好和平的人民」等。使防警隊員的掃除工作應接不暇。

在這樣情形下，想投降以求和平的首腦們更形焦慮如焚。而憤慨以無條件投降的一派，更是怒火中燒，以至於想採取亡命前之最後手段。前者，欲服膺天皇旨意，以達和平目的。但後者，却欲以軍變手段，阻止其進行。照理說，軍人希望獲得對解除武裝及保障佔領權的有利條件是人之常情。所以故意拖延御前會議的召開，而從事於說服和平速決派的活動，在當時環境而言，是不足爲怪的。

十三日下午三時，參謀本部第二課長天野正一，陸軍部軍事課長荒尾興功，軍令部第一課長大前敏一等，爲達到前述的目的，發動課員們分別拜訪元帥及大將級功臣，懇求他們附加三條件（解除武裝，保障佔領權，懲罰戰犯）後，再予交涉。這三名負責人，是軍中智識份子的代表人物。而這種活動，在當時的情勢而言，未必是越軌的。是日黃昏，大西軍令部次長拜訪高松宮後，請他說服米內海相，而上中佐級課員則分別趨訪永野，及川，近藤，野村（直邦）等，以期他們接納此一提議（結果徒然）。該晚九時至十一時，梅津參謀總長偕同豐田軍令部總長前往東鄉處，希望東鄉外相能再作交涉的漫長談話。這也是其中的一幕。

就在這個時候，有一種不可思議的活動出現。原來，在陸軍部的第一局，有一批偏激派的將校，被稱為阿南左右手的一派，擬訂了使用兵力的非常方案，這眞是一樁可怕的事實。尤其要推翻鈴木內閣，建立以阿南，安倍為中心的軍政府。這種陰謀，早在十二日前後即有所聞，所以警視廳也特別派遣一批警備人員，隨時監視着他們。果然，十三日那一天，在三宅坂的陸相官邸內，有如下的書面報告。

所呈軍變案的內容，大致是這樣的。

（一）除非依我方條件，接受維護國體的方案，不然，應繼續實行交涉。

（二）兵力使用權，應基於陸軍大臣所行使的警備應變命令行之。

（三）動員兵力為近衛師團及東部軍（十一個師團及三個旅團）。

（四）以上述兵力，斷絕皇宮與和平派要人之間的往來，並分別隔離木戶，鈴木，東鄉，米內等人，隨後發佈戒嚴令。

（五）以上方案的實行，以大臣，總長，東部軍司令官，近衛師團長四人的一致行動為先決條件。

以此草案參加陸相會議的將校，計有軍事課長荒尾興功大佐正孝中佐，軍務課員竹下正彥中佐（阿南的義弟），同課的稻葉正夫中佐及井田，同課的椎崎二郎中佐及畑中佐二少佐等六員，他們都是阿南的親信。其中表示最激昂的年輕校官，畑中，椎崎等二員，是後來射殺森近衛師團長的人。荒尾以此派的首腦名義隨時與阿南保持聯繫，並與稻葉共同策劃着如何付諸實施。但另一方面，則暗地裡預防着，在四位將軍未獲一致的意見之前發生暴動事件。這六名校官，十三日下午九時，在三宅坂的陸相官邸，正式表示全力擁護阿南，並決心，在十四日上午前採取行動，但經討論二小時而未獲結論。

被冷落的軍變派

阿南惟幾的立場，和西鄉隆盛很相似。但他却想把大事化小。西鄉被桐野，篠原，逸見等師團長級的親信所擁護，而準備起來作武力的抗衡。但阿南却在課長級部下的壓力下，暫時採取安撫的政策。這種受親信擁護而要求軍變達二小時之久，之後予以斷然拒絕的這番苦心，是可以想像得到的。總之，阿南告訴他們，以行使兵力的手段來從事活動，是違背天皇旨意的。所以，主張共謀其他可行的方策，並希望大家忍耐以待。然而，這幾位校官們非要在今晚中得到確切的指示，所以迫使阿南說再考慮後，告訴他們的代表荒尾大佐，這樣才把他們打發囘去。

在午夜時刻，阿南對荒尾說，肯定的答覆要等到明晨十四日與梅津總長研究後，當場決定。荒尾不疑有他，當無話可說。是夜，大臣與總長之間是否有任何接觸不得而知，但當十四日上午七時，阿南（荒尾隨同）徵詢梅津總長對計劃內容的看法時，他一反因神經衰弱而變得憂柔寡斷的作風，斷然予以反對對此項輕率的計劃。由於阿南與梅津均表示反對，所以軍變計劃，自告流產。

大家都知道，會議桌上再也不能發生任何的功效。所以主戰派的人，計劃行使武力的動向如前文所述。而和平速決派，也認為會內不會有所決定，而從事於會外的活動，求得非常手段的解決方法。所謂非常手段，就是希望以下達聖旨的方式行之。好像於一九四一年十二月一日，裕仁召集統帥部代表及全體閣員下達宣戰的命令一樣，現在也可下達停戰的命令。

內閣以外的和平派要人，在十三日也拚命慫恿木戶內府，請求裕仁下達命令。近衛前首相也曾經與木戶打過二次交道。

重光前外相則訪問木戶，說明「對條款討價還價的結果，終導致破裂的局面。盟國正不耐煩地等着我們的回答，現在正是聖上下決心宣佈投降的時候了。」岡田前首相也透過迫水，勸告即時請示裕仁卓裁。東鄉外相方面，也於十三日晚間，被梅津，豐田兩位將軍糾纏到十一時後，立刻拜謁裕仁，請求裕仁裁決，必須於十四日決定的停戰事宜。東鄉極爲裕仁所信任，早在四年前，十二月十日午夜二時四十分，也被允許單獨接見。而在此次的危難中，也常常單獨晉謁，其與裕仁的淵源當不難想像。

鈴木與迫水對召集十四日的御前會議方針，早有協調。但對最高戰爭指導會議的御前召集，必須事先經兩位統帥部長的簽署。像八月十日的私下授受的召集方式（預先署名備用），會後曾經引起不滿。這個前車之鑑，使他們不敢再如法泡製，而擔心不知能否及時完成開會準備。

果不出所料，當陸軍得悉開會性質後，要求於十四日下午召開。但今天是分秒必爭的時候，還惟恐一失時機成千古恨哩！何況，陸軍內部又傳有不法蠢動的消息，所以御前會議的召開更刻不容緩。最後，鈴木與迫水決定不採用正常的方式恭請裕仁主動召集的非常方式開會。

另一方面，木戶幸一也甚感事態的嚴重，所以認爲裕仁應以主人身份主動召開緊急會議，於是十四日上午八時多一點，面奏裕仁。

湊巧，鈴木首相也正要去拜謁，二人不期而遇意見相同，所以於八時四十分偕同前往面奏，並請求即時召集指導會議，樞相，閣員等的緊急會議。裕仁立即答應，於是在上午十時半，特別的御前會議被召開。本想以拖延御前會議，來從事軍變的陸軍主戰派人士，好像在無形中被打入了冷宮。

而與東部軍及近衛師團的偏激份子過從甚密的一部份極端派人士，也顯得措手不及不知如何是好了。

富有歷史性的裁決

「穿着便服亦無妨，希於上午十時半前在吹上御苑集合開會。」如此的一道緊急命令，使統帥部，樞相，全體閣員及四名幹事，合計二十三名人員，準時趕赴會場。在開會之前的上午十時，裕仁先召集永野，杉山，畑三位元帥，告訴他們已決定停戰的決心，所以希望軍方能服從大元帥的命令。然後，於十時五十分臨席御前會議，宣佈正式開會。

會議由鈴木首相首報告十三日的最高戰爭指導會議及內閣會議的詳細內容，並因意見不能趨向一致，所以天皇想親自聆聽一下反對意見，爾後再下達決心。俟鈴木坐下後，梅津，豐田，阿南相繼發言，而且聲淚俱下地說：「依目前的條件下接受的話，國體實不足於維持。因此，無論如何有再照會的必要。倘無法獲得對方的諒解，祇好不惜一戰，以死求生了。」沉默了一會兒，裕仁終於慢慢地站起來。以下便是他富有歷史性的裁奪內容：

「各位如沒有其他意見，讓我來說我的想法吧！剛才雖有一部份人提出反對意見，但我的想法依然和以前一樣。根據目前的國際局勢及國內情況看來，主張繼續作戰到底的話，似乎是有欠合理的要求。」

「各位對國體的問題雖有很多異議，但就我個人對覆文內容的看法，認爲對方具有相當誠意的。當然，我們不安於對方的作法，這是無可厚非的。但我實在不願意因此而抱定懷疑的態度。不管怎樣，最重要的還是在於我全體國民的信心的問題。但事到如今，我想還是忍辱接受對方的全部條件爲妥，希望各位也這樣想法。」

「至於海陸軍將士會被解除武裝，及保障佔領權等問題，實令人無法容忍，這種感受我很了解。但我認爲個人的下場如何事小，拯救整個國家的生命才是當前之急。假如，繼續作戰的結果，國土將變成焦土，人民將在水深火熱中受盡痛苦，這是我難於忍受的。也是對先祖無以交代的。固然，我們難於完全相信對方所謂的和平手段，但總比亡國滅種要好得多。不管怎樣，它總象徵着復興的光芒。

「想當時明治天皇忍淚吞聲，接受了三國干涉的苦衷，而現在要忍人所不能忍的事，其目的均在於爲將來的各復興工作着想。念及千千萬萬爲國成仁的志士及其遺族，不禁悲從中來。又受傷，受災及失業人員的生活問題，使我寢饋難安。」

「目前，我不拒絕於任何我所能做的事情。倘有需要我向國民廣播，我隨時可站在麥可風的前面。因平時未讓一般人民了解這椿事情，所以突如其來的這個決定。一定會使他們震驚一塲。而陸海軍將士的震驚可能會更大。要平息這種情緒是很難，但希望陸海軍大臣們了解我的心情，並共同努力以赴。必要時，我可親自說服。會後請政府從速下達詔書，以明手續。以上是我的想法。」

日本有史以來的大演說就此告畢。這個偉大的演說，就僅僅爲了這個演說，日本終於停戰了。在這段演說期間，由哭泣變爲嗚咽，甚至全塲的哭聲掩沒了裕仁的聲音。尤其他說：「我不拒絕於任何能做的事情，倘有需要我向國民廣播，我隨時可站在麥可風的前面」之時，全塲的人「呱！」一聲哭倒在一起。裕仁也不祇一次用潔白的手套掩蓋他含淚的眼睛。其中說到：「人民將在水深火熱中受盡痛苦，這是我所難於忍受的，也是對祖先無以交代的」的時候，一時哽止而說不出話來，且低頭良久，使全塲的人又是一塲慟哭。

開戰時，原是軍方與裕仁合作的產物。而停戰却是裕仁決定的結果。使裕仁不但救了國家也救了人民。舉國人民爲了緬懷這件大事，特定八月十五日爲停戰紀念日，而遙拜裕仁的大恩大德。至於裕仁講話內容，會後由下村國務大臣爲中心，召集米內，左近司，太田及迫水等人加予整理，除其中二、三小句外均原文照錄備存。謹此說明一下。

宮殿內的兵亂

裕仁的講詞（裁奪的），於八月十四日中午十二時完畢。自皇統二千六百年以來，有許多詔勅被紀錄有案，但由裕仁親口諄諄下達的國策詔勅，仍屬空前。然而，這不但救了日本，也救了幾千萬日本的人民。實不愧爲救國救民的偉大演說。

假如，裕仁未作此次決定的話，戰局的演變不知如何了。一般相信，一九四五年底，可能是日本遭受浩刼的日子。此期間，日本陸軍的掉頭一戰，無疑的在九州南部給予美軍迎頭痛擊，但對大局不但沒有影響。反而使盟軍兵力增强，招致百萬人民在砲火中喪生的悲慘命運。

除外，因B29堡壘機的第二次攻擊計劃，使陸上交通中斷，糧食斷絕，人民飢寒交迫，水電無法供應，人們在生死邊緣掙扎。又人民戰志的崩潰，厭戰的騷動等等，使人們相信，一九四五年底，爲日本投降與滅亡的日子。

再說，裕仁在八月十日及十四日的二次裁奪，尤其在十四日的那一天，眞是拯救日本與其人民的偉大卓見，使人們永誌不忘。回溯，一九四一年十二月的開戰，那時假如允許裕仁發表其自由意志，並作一決定的話，也許日本對美英之戰不會發生。因爲那時候的裕仁，祇能無目地同意執政大臣的決定，而在習慣上做形式上的裁奪而已。正如英國的政治形態一樣，有君主之名而無君主之實，所以被迫同意的事實，是衆所共知的。

然而，這一次是因爲衆議無法一致，所以不得不訴諸裕仁。而裕仁發揮了人類最大的勇氣，打破傳統的觀念，發表了絕代的演講，建立了不拔的和平基礎（註）。如他所說，必要時他可隨時站在麥克風的前面一事，他得在決定停戰時，親自對全國的人民廣播演講。

裕仁於八月十日裁奪停戰的同時，命令草擬詔書的內容，經二、三位國學學者修正後，於十四日脫稿。然後將十四日的講詞要旨補充，復於下午三時複製後作爲會議資料，分發內閣會議各與會人員。閣員們人手一份，對文句的措辭你推我敲，整整化了六小時，於晚上十時始呈上裕仁。裕仁完成錄音的時間是晚上十一時五十分。因決定於十五日中午開始播放，所以播音員未即時帶走錄音帶而下村等人乃決定明晨再來領取。

這是上蒼的保佑？抑或是日人祖先有靈？停戰宣言的廣播，幾經波折，但有驚無險。原來，陸軍有一批偏激的將校，爲阻止詔書的播放，派一隊霸佔廣播局，另派一隊闖入宮殿內企圖攫取錄音帶。當下村國務大臣，大橋廣播協會會長、矢部局長等數人走出宮殿後不久，即被軍人捕獲，監禁於二重橋邊的衛兵室。這時，得悉錄音帶仍放置於宮內的另一隊軍人，在午夜一時左右，闖入宮內大肆搜查。木戶內府，石渡宮相，蓮沼侍從官長等多人均住宿宮內。在那麼寬濶的宮室內，伸手不見五指的黑夜裡，叫那些非盜賊出身的軍人們，如何能找到錄音帶蓄藏的地方。

其中也有像侍從德川義寬的威武不屈的人。他公然反抗將校們，不作他們的嚮導狗，而被痛毆倒地，使時間拖延到拂曉後，迫使他們自動離去。而侵佔廣播局的那一隊軍人，也於十五日上午，被東部軍趕走，使裕仁之聲音得於順利由內幸町的會館準時向國內外播放，圓滿達成不流血的停戰目的。

（註）佔領後，天皇與麥克阿瑟將軍會談時麥帥問裕仁說：「何以遲遲不決定停戰？」而裕仁將手放在桌子上，做出斬首的手勢作答。可見，當時軍方壓力之大，及裕仁當時的非凡勇氣。

停戰末期的暴動

裕仁決定的詔書雖已下來，但最後陸軍是否遵循，陸相東條是否能提出一篇足夠的理由辭呈，並抵制近衛內閣會議爲手段，藉以抗議裕仁的旨意，全體閣員的憂慮，全集中在阿南的一舉一動。但是，因阿南老早就堅持要絕對服從裕仁的決定，因此在下午二時，在陸軍省召集全部重要軍官，宣佈天皇旨意，飭令大家要對裕仁的詔書必恭必敬，並需瞭解裕仁的用心良苦，然後才去參加內閣會議，討論詔勅辭句的修正（如原文「戰局將無望」修改成「戰局必將好轉」是阿南主張的結果。）

陸軍雖然極爲平靜，但遺憾的，是一部份偏激份子而過於衝動的軍官，殺害了近衛師團長，並一度佔領了皇宮等不幸事件的發生。其主謀是軍務局參謀椎崎二郎中佐，及畑中健二少佐兩名，他們如前節所述「基於陸軍大臣警衛上的需要，擬發動局部徵兵權，計劃阻止停戰」這個計劃失敗之後，其構想並不死心，反而與近衛師團參謀石原吉少佐及古賀秀正（東條英機的女婿）少佐共謀，企圖獨斷實行前述的計劃。

椎崎及畑中等人，在十四日晚上十二時，拜訪近衛師團長森赳中將，懇請森赳奮起參加。但是森中將面諭他們，天皇的旨意，即於今天決定下來，你們不得輕舉妄動。畑中等人的請求，很明確的遭到拒絕。辯論數十分鐘後，激昂的畑中，遂以手槍把師團長殺害，剛好在森赳同室的內弟，西部軍參謀白石中佐，亦被砍殺（用航空士官學校某大尉的軍刀），然後直接發出動員師團的僞命令。

藉森赳師團長之名義下達的師團命令，把皇宮牢牢守衛着，完全與多界隔絕，第二聯隊長芳賀大佐立即動員部署，而第一聯隊長遠勝大佐正在點名部隊時，亦奉軍司令部之命令，進入待機狀態。

東部軍司令官田中靜壹大將在半夜接到報告，未明原因即佩戴手槍，急急忙忙把部隊開進皇宮，站在隊伍前面鎮壓暴動。遂說服了兩個聯隊長，令其歸隊；並捕獲石原及畑中等人，把他們說服，而停止了暴動，至十五日上午八時左右，恢復了平靜的皇宮。椎崎及畑中兩人，於十五日下午在皇宮前的廣場自殺；古賀亦在同一天，辦完森赳師團長的葬式後自殺。幾乎是動員了全部近衛師團並花了五十天構築大型防空洞（能耐十噸砲彈）的現場指揮古賀，祇因剛構築好不到十天，便要投降，非血氣方剛的少佐參謀所能忍受的吧？其伙伴石原少佐，亦在第二天殉職，從此陸軍的偏激軍官不復出現。

另在海軍方面也有不肯投降的事件發生，對上級的反抗，震撼了日本朝野。那就是厚木航空部隊（海軍第三〇二航空隊）司令小薗安名大佐，小薗並未和陸軍軍官有任何連繫，且與海軍其他部隊也毫無關係。惟獨洋溢着必勝的信念，平常就揚言必能擊潰美軍的登陸部隊；因此該部隊在小薗的精神指導下，團結一起，共同一致有不敗的信念。

八月十五日，第三〇二部隊聆聽裕仁播送的聲音，即評爲「那是天皇左右的奸臣所操縱，絕不遵從！」所以尚在盼望着進一步會再播送續戰的消息。該部隊一方面開始加强訓練外，再一方面連日以飛機散佈必須葬滅操縱天皇左右的奸臣的傳單。海軍當局目睹此情，非常着慌，而竭立制止小薗的行動，但小薗大佐並不接受其訓諭，反而高呼續戰的口號，並揚言若是美軍來襲擊，必將美軍圍困在機場內。於是過了一個禮拜，小薗因不眠不休的緊張，精神消耗殆盡，部屬之中也有出現自我反省的官兵，自八月二十一日起開始解除武裝，至二十七日勉勉强强瓦解了全部戰力，而結束了一場虛驚。另外在厚木方面守衞的第五十三軍，也有青年軍官奮起的抗戰派，逼向軍司令官拒絕投降，但是，赤柴八重藏中將對他們諄諄勸導數小時，以其誠實和熱忱的態度，把將要起暴風的驚險，平穩下去。像這種在部隊內所發生的波動，不多也不少，可是終究未發生重大事件，而平安地收拾下來，並平隱了大戰爭結束時所發生激烈的暴動。

陸相阿南割腹自裁

八月十四日晚上的內閣會議終了之夜，陸軍大臣阿南被外相東鄉召請，並列坐在沙發椅上，「閣下爲爭這件事，添了相當麻煩，不過幸慶現在已萬安無事了」，外相微笑着說了這句話，然後一同到鈴木首相的辦公室，陸相阿南向首相呈稱：「自己打算爲協助首相而入內閣，但站在陸軍立場，代表其意志，而與內閣對立，陳述强硬的意見，以閣員之一份子而言，深深爲未能盡職而致歉意」，並强調說：「我不爲國家的前途而擔心，日本是君臣一體的國家，深信必能復興。」遂與首相牢牢握手而道別。這是阿南向鈴木及東鄉作永別的致敬，他早就有了决定自殺的意念。

在這件事情發生之前，下午一時，阿南與梅津，土肥原（教育總監）兩位長官，以及杉山，畑中兩位元帥，在陸軍省召開最高首腦會議，「陸軍將徹定遵從天皇的旨意而行動」這一條經決議後，並署名保證貫徹；下午六時，以阿南，梅津署名公告：「天皇決定的詔書即已下來，全軍官兵務必遵從，不得輕舉妄動。」身爲陸相的阿南即把一切事情處理完畢。下午二時以後，在陸軍省內召集重要軍官，報告裕仁決定的詔書時，對中，少佐級軍官的抗辯，阿南大聲疾呼對他們叱責着說：「你們若是要反抗，就先把阿南的頭砍掉後再抗議吧！在我能睜眼一日，不得有一切妄動的暴亂！」逐把他們制壓下來。裕仁決定的詔書，對阿南來說，是絕對服從的。

十四日晚上十一點半左右，阿南回到三宅坂的外相官邸，立即着手準備自殺，剛草寫完「奉一死以謝大罪」遺書時（凌晨一點半），與偶然來訪的內弟竹下彥中佐酌飲別離之酒；兩小時之後，阿南穿上裕仁賜與的衣服（於侍從官時所受領），離開了家門，面對皇宮割腹自殺。

其他畏罪自殺的將領尚有：

第一軍總司令官，曾任陸相，參謀總長中支派。遣軍總司令之杉山元元帥。

原東北管區司令官吉本貞一大將。

台灣軍司令官安藤利吉大將。

原關東司令官本莊繁大將。

東北軍管區司令官田中靜一大將。

其他還有中將十人左右，東條英機自殺未遂，被救活，眞正該自殺的應是土肥原賢二與板垣征四郎這兩個「支那通」，以後與東條一道上了絞刑架。

六英烈傳（一）

編者按：最近我國郵局發行抗戰殉國六忠烈將領郵票，即張自忠、戴安瀾、謝晉元、薩師俊、高志航、閻海文，計陸三、海一、空二。張自忠將軍本刊已有專文記述故從畧。茲分別介紹其餘五位烈士。

一、戴安瀾

石佛

國軍首次遠征緬甸，在第五軍損失最大的，是兩位將軍在緬甸戰場慷慨成仁，一位是二百師師長戴安瀾將軍，另一位是九十六師副師長胡心愉將軍，胡氏與我不大相熟，戴氏則與我頗有深厚感情，所以在編撰這一役陣亡將士事蹟時，官兵們對戴氏所供給的資料既十分豐富，我又特別訪問了不少二百師的官兵，所以記憶特別深刻。

我與戴將軍有同鄉之誼，首次認識他時，是在大別山剿匪期間，當時我是隨學生戰地服務團，配屬在東路軍總指揮部由臨淮關經霍邱、葉家集向金家寨——共軍巢穴推進，總指揮兼第四師師長徐庭瑤將軍，對我們這批學生前來戰地雖十分歡迎，但這位軍人兼教育家，為愛護家鄉子弟，一再嚴禁學生上前線，祇許在後方從事民運宣傳，我們都心有不甘，戴氏當時是第四師獨立旅（編者按：旅長關麟徵）的營長，因與學生服務團團員中幾位無為同學有親戚關係，與我們經常有機會接談，他正是少年氣盛，居然在攻打霍邱時，帶着我們隨同到他的前衞戰鬥營。雖然沒有發生任何事故，但被徐將軍得悉後，使他遭到申斥，我們也感到於心不安。

以後我在無為視學，又碰到他回家省親，這時他已升任副團長，正在埋頭讀書，至二十七年，我分發到第五軍政治部工作，有一天在馬路上看到一部編號為「皖字〇〇一」的轎車，頓使我這來安徽的新兵感到既奇怪而又親切，因為第五軍是機械化部隊，團長以上都有轎車，但都是軍字七字頭，這部民用而標明皖字的車，使我不得不打聽究為何人所有？當即有人告訴我，說車主便是新從安徽調來的二百師師長戴安瀾將軍。

幾天後，我調兼陸空聯絡班指導員，在戴蒞臨上課時，一見我便高興萬分。接着我調任中正學校副校長，他的公子覆東與女公子籓籬又都送到我校就讀，他來到學校與我盤桓的機會更多。不過他日夜都在潛心練兵，回家的時間不多，每次來學校看看兒女就學的情形後，也匆匆即去。廿九年暑假，他主持軍部戰術研究班，該班乃設在本校初中部。某天清晨，他到我寢室看到我尚在高臥，便在我書桌上留下兩句詩：「晨星寥落鷄聲亂，正是男人起舞時」，我心知他對我貪睡不滿。當他看到我所和的：「何時解甲歸田里？睡到人家飯熟時」，禁不住撫掌大笑。

戴安瀾將軍是赫赫有名的戰將，曾經

負傷過十餘次之多。在崑崙關戰役，他以二百師師長的地位，仍在最後負傷而還，由於第五軍經過四十多天的血戰已將崑崙關收復，並將日軍追至南寧附近的九塘七塘。但當全軍奉令後撤整補時，戴氏眼見接防的部隊戰力不足，認爲必須攻克敵人所佔的某一高地，始可讓接防部隊確保防區，於是在交接防地的時間已到，他仍然指揮二百師向該高地進攻，雖然目標已經攻下，但他本人則被砲彈的破片所傷。

二百師的戰力之强，不能專歸功於裝備的優良，戴安瀾師長平時對練兵的專心，及作戰時的身先士卒，更是百戰百勝的重要因素。他在平時，整日夜都在各部隊督促考核訓練，往往帶着號兵，猝然到達某一個營區吹起緊急集合號，以考驗部隊訓練情形，我隨他到各部隊巡視，對班長以上的幹部，他幾乎都能隨口喊出他們的名字，無怪乎這一師人在他指揮之下無論進退，都能凝結成一體同心。卅一年二月底，他率部推進緬甸。在三月一日，駐防臘戍時， 蔣公親臨臘戍，於接見英國駐緬總督亞歷山大元帥，及史迪威將軍後，並召集第五軍官兵訓話，當晚宿於二百師師部，令戴師長侍宿於同一房間，可見 蔣公對他的器重。

二百師是緬甸戰場首先與日軍接戰的國軍部隊，三月八日，仰光已被日軍攻陷，我二百師始於前一天趕到同古匆匆佈防。這時日軍以勁旅第五師團推向同古，一面進行包圍，一面企圖截斷我後續部隊的交通要道。三月二十五日，同古激戰開始，日軍除以飛機狂炸，戰車繼排砲轟擊之後掩護步兵猛攻而外，更施放毒氣，企圖殲滅我軍或迫使投降。我二百師堅守不退，奮勇抵抗，並隨時予以逆襲，造成敵軍重大傷亡。血戰六晝夜，敵我重疊包圍，雙方死傷均極慘重，至我軍後路將被切斷，二百師乃於混戰中突圍而出，如錐脫穎，銳不可當，使敵軍當者披靡，祇有讓我軍安全撤離。

仰光之戰，英軍以兵力與日軍相當的勁旅展開保衛之戰，僅兩日夜便被擊潰，看到我二百師在同古與倍於我兵力的日軍接戰，於血戰六晝夜後，竟能全師撤離，佩服得五體投地。此後日軍遇我二百師所守之地，採取越點進攻戰術，專找英軍進攻，至中緬交界地帶已有因英軍迅速撤退，將被日軍攻佔的危機時，我遠征軍唯恐退路斷絕，乃不得不下令撤至緬甸西北部地區。

緬甸之戰，至卅一年五月三日，日軍已進攻滇緬公路滇境首站的畹町，敵空軍輪番猛炸橫跨怒江的惠通大橋，該橋斷後，日軍即佔據畹町，滇緬公路既因此不通，國內的支援補給便無法以現代交通工具運入緬甸。因此，五月四日，我遠征軍長官部，迅即電令仍在同古棠吉地區作戰的部隊，連夜撤退，並限於次日黎明前通過曼德里，迅速向臘戍地區集中。至來日中午，曼德里大鐵橋即被炸斷，正是我方爲了阻敵前進，以便爭取撤退的時間。由於這一時期，緬甸的局勢異常混亂，最使盟軍困擾的，是到處遍佈有親日驅英的緬奸與其游擊武裝，而各寺廟的和尚，也大都爲親日份子。英軍在面對日軍作戰時，他們便在英軍後方加以偷襲，造成英軍前後受敵，防不勝防，因爲當時緬甸民族主義集團，其領導人翁山已與緬共合作，決定假借日軍勢力驅逐英軍。於派遣三十三志士赴日受訓後，即返回緬甸組織地下接應日軍的武裝，對撤退的盟軍，這批緬甸親日游擊部隊，到處埋伏襲擊，乘機奪取槍枝。我二百師於撤退途中，由於防備森嚴，均使它們無法得逞，一路尚屬安全。

至退入北撣邦地區，因爲這裡所住的撣人，與我雲南撣夷同文同種，且兩國土司之間，又爲世代姻親，其關係之親切，由此益增，所以撣人對我軍入緬抗日，到處都是簞食壺漿以迎。在光緒十八年以前，這一地區，還是中國的屬地，此後才割給英緬，木邦土司，自明迄清，都領有中國朝廷宣撫使的官銜。二百師認爲進入了木邦，等於是回到國內，以致在雨季的原始森林中，搜索部隊便沒有嚴密搜查，在遭到緬甸親日游擊隊襲擊時，戴安瀾師長於指揮應戰時，腹部受創。傷勢雖並不嚴重，但以蠻荒地區，醫藥缺乏，加上連綿大雨，氣候酷熱，以致傷口發炎，於抬至八莫附近時，便已壯烈成仁。

這以後，便有日軍的跟縱追擊，及沿途又有狙擊的日軍，但由副師長高吉人所率領的二百師，沿途苦戰，並抬着戴師長的靈柩，卒能殺開血路，官兵都以奮勵無前的精神，一路殺回了騰衝。如果不是戴將軍在中途殉國，二百師於集結臘戍後，退入密支那，也得遵史迪威將軍的命令，向印度轉進，參加飢餓行軍，死亡載道。所以戴將軍的殉國，却使該師得到全師而還。

二、高志航空戰殉國記

又青

民國十四年，瀋陽北關上，郭崧齡主辦的東北陸軍軍官學校教育班裡，起了一個不大不小的激動，因爲那時東北軍事當局決定在這教育班裡選派學生到歐洲去學習航空，民十三，第一批選派去十三個學生，到了十四年秋，又決定在這個教育班內挑選第二批學生，當初選出二十七個學生，正在興高采烈準備起程的時候，忽然大家傳出一個消息，說是砲科一個年幼的學生高志航，因事先不知道有這考選學生去歐洲學航空一囘事，大哭着請求教育班准予補考參加去歐洲學飛行，結果他得到單獨補考的允許，就被考取了。不久，一隻由上海開出的法國大郵船，便載送這二十八位軍官學生去馬賽登岸，往法國學飛行去了。

高志航到法國後，被派入巴黎附近的牟拉納民航學校學習基本飛行八個月。民十五年秋天，被派入馬賽附近的伊新特陸軍航空學校學習驅逐飛行三個月。這個陸軍航校裡的飛機很多，每天上下午都練習飛行，所以進步很快。

在伊新特航校畢業後，取得軍士階級，被派往蘭錫法國第二十三空軍團去見習。十六年一月，和同去法國學航的一批同學囘國，不久，他就被任爲東北航空處的飛鷹隊隊員，飛鷹隊駐在瀋陽東關外的東塔，此地與瀋陽北關外的北大營齊名。十七年春，飛鷹隊被派到滿洲里去打蒙古叛軍，高志航在滿洲里結識了一位流亡的白俄加利小姐，而結了婚。十八年春，被調往東北航空學校任教官，因飛行夫事折斷左腿骨，醫愈後使得高志航在行路時有點跛足。

九一八事變爆發，瀋陽全部爲日人控制，高志航化裝逃入關內，到了南京，投入國民政府航空署所屬的一個航空隊爲隊員，由於一二八的刺激，中央航空學校在筧橋成立，高志航即入中央航校高級班受訓，經過了幾個月美國式的飛行訓線，即在中央航校任飛行教官，這時他遵照中國軍人不得娶外籍女人爲妻的規定，與加利離婚，不久與葉女士結婚於上海，這就可見他忠於空軍之一斑了。

二十四年，志航被派赴意大利考察航空，一年後囘國任空軍教導總隊附，在南昌，召集驅逐飛行員再加以部隊作戰的各種戰術訓練。卅六年，被任爲空軍第四大隊大隊長，八一三滬戰爆發，他正率領全大隊人員在周家口待命出動。

八一四，這最可紀念的一天，早晨，暴風暴雨籠罩着蘇浙沿海上空，一片黯淡陰森的黑影，投壓在人他的眉頭，熱風裡帶着血腥味，火藥氣息代替了城市的脂粉魚肉氣息和鄉村的泥土花葉氣息，筧橋機場上那緊張的局面已經臨到，但時間還是一樣的悄悄過去，十三點廿分，杭州轉來温州一帶海岸的防空監視哨的報告，說是敵機十三架，重轟炸型，方向四至十，十五點十分，筧橋上空的殲霸戰開始。

地面上的電話聲，天空中的機槍聲，敵機投下的炸彈爆發聲，鎮壓在整個的筧橋。

截至二十點卅分爲止，綜合浙省各哨所的報告，來襲的敵機十三架，回去的敵機五架，這不同去八架的下落，是在中國空軍搖籃地的筧橋，是在埋存空軍烈士聖骨的墓地的半山，是在……。

空中的成形是這樣：高志航率領他的全大隊飛機適時從周家口趕到筧橋，就在高高的上空盤旋着，等待着，當高志航發現了十三架老牛似的大飛機在下面凌亂的飛行時，他做了一個招呼的記號，提醒後面跟隊的戰士準備殺敵，自己便首先單機俯衝下來，對準第一架進入的敵領隊機，一陣機槍的流火，就把牠擊落下來，在雲間飛行的小弟弟們看見大隊長已首創紀錄，也就勇氣百倍，一個個瞄準敵機，予以無情的射擊，造成這八一四石破天驚的紀錄，造成了這光芒萬丈的勝利。

這一役，高志航臂部中了敵彈，受了傷，可是「志航大隊」便在中國空軍史上留下了英名，高志航這位空中英雄也就在中國同胞腦筋中留下了崇高的印象。

二十六年十一月中旬，志航大隊途經周家口，突然的大風雪，阻止他們向南京進發，一連十多天的雨雪，使機塲泥濘無法起飛，南京的中山陵，江陰的要塞，津浦京滬的交通，都暴露着正待志航大隊去保衛，去巡邏，去殺敵，志航及其隊員的心情是何等的焦急啊！

十一月二十一日早晨，天放晴了，地也凍結了，他們正可以起飛了，不料防空監視哨的情報來得太晚，敵機十八架已近周家口上空，志航從容沉着，指揮隊員們駕機離地，最後，他跳上座機，機械人員正爲他開車的剎那間，敵機已到了頭頂上空，在這個止有跳下座機滾身躲避的數秒鐘間他由於愛機心切，且殺敵氣盛，他仍板起駕駛桿，企圖升空迎敵的時光，敵機的炸彈紛紛落下，高志航與軍械長及座機，全部毀滅。這位空中英雄，生於民國前四年，殉國時剛剛三十歲。

高志航這位典型的驅逐飛行人員，果毅的空中英雄，他這一派氣吞河嶽的聲勢，他這一種成功成仁的精神，他的死，使悲懷充塞住每個人的心，血與肉寫成了動人的史詩。光榮的犧牲！不朽的光榮！

惟仁者壽

——為費翁子彬鄉先生八秩晉五華誕賀——

·惲茹辛·

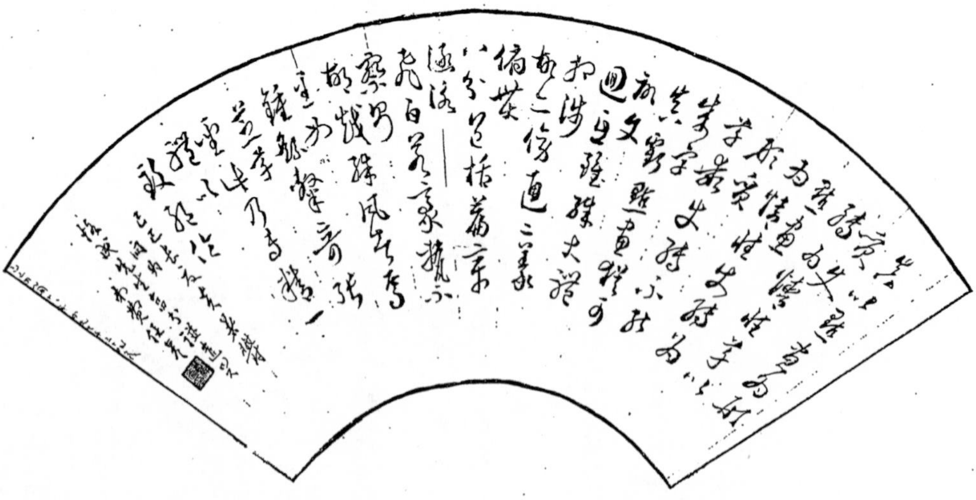

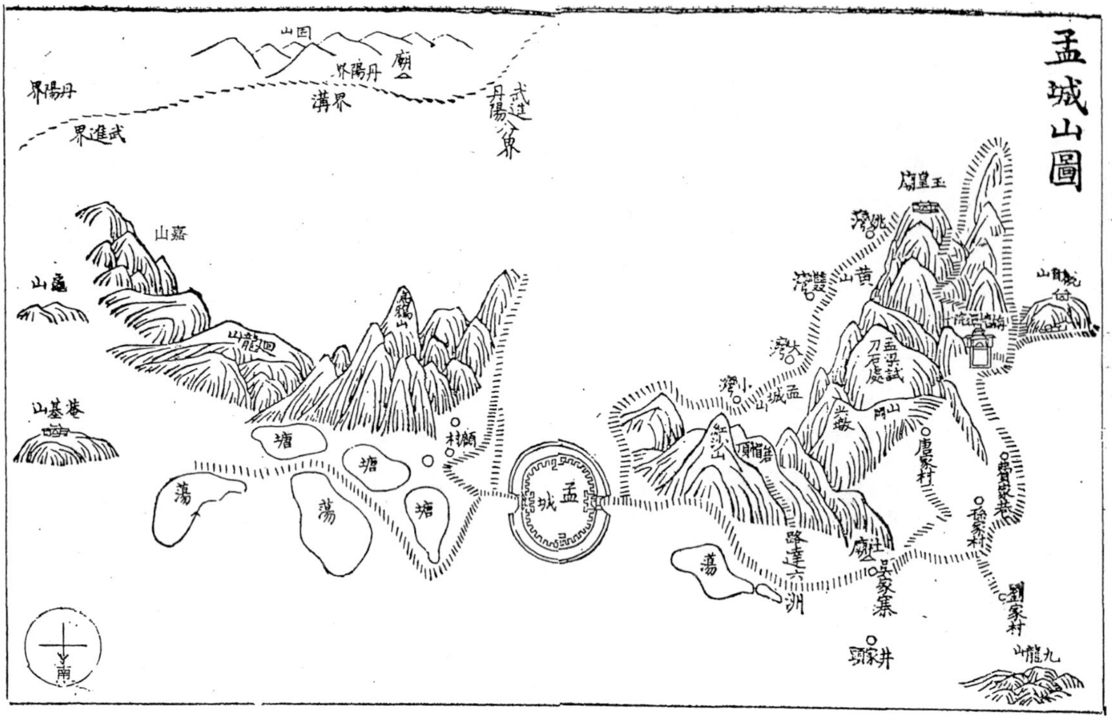

費先生，名保彥，字子彬，號之橋。生於清光緒十七年（一八九一）。世居江蘇省武進縣之孟河鎮，早年於常州府中學堂畢業後，即入南京西江法政學堂，專攻政治經濟，未卒業而民國成立，乃北上就中樞幕職，內而入贊機要，外而主持宣傳，才華翩翩，頗負時望。

旋以政潮迭起，權力相傾，國事則分崩離折，人民益水深火熱。翁乃慨然興嘆曰：「救國不能救人，則何以自解」？以是即萌退志，於民國十五年之秋，南回上海，創設「孟河費氏醫院」於靜安寺路之鳴玉坊，世先世活人之業，而心行善之心。此即翁「不為良相，當為良醫」之始。

翁以衆學淵源，才識敏捷。凡來就診此，無不收到「藥到病除」之效；不數年間，乃譽滿滬上，孟河「費一帖」之號，乃不脛而走，而醫譽之隆，亦一時無兩。

孟河的地理環境

近百年來，人人皆知孟河有「名醫」，而衆皆知「費一帖」為「孟河名醫」；費氏憑其「望聞問切」之專之精，其「着手成春」之能，「起死回生」之術，可謂神乎其「岐」，在中國醫學史上，鑄下輝煌之一頁。

「孟河」、「孟城」、及「河莊」，根據地理分佈而言，則為三個不同地區。河、城、莊，是點又是線，似不可混為一談。然依據本地社會習慣而言，此三者則名異實同。譬諸吾人之有「名」、「字」、「別號」，河莊其「名」、孟城其「字」、孟河其「號」也。本篇為行文方便，以習慣用語稱「孟河」，蓋衆從俗而已。

孟河，位於武進縣城之西北八十華里。始建於明嘉靖三十二年（一五五三），是城由南至北直徑三華里，設兵戍守，以防倭亂。

城東之黃山，峯巒環抱，名勝古蹟，為北鄉之冠；城西之嘉山，蜿蜒屈曲，迤邐而西，爲武丹之界。城北則有驚浪駭濤之長江。城南則爲土地肥沃之平原。負有疏導航運，灌溉民田之孟河，則由西穿城南而過，東接運河，他如主要交通幹線「鎭澄公路」，橫亘城南。西與省會鎭江銜接，東南則與縣城常州毘連；民風淳樸，村舍林立，長幼相親，雞犬相聞，春耕夏耘而秋收冬藏。旣乏盜匪之驚擾，而多自由之生活，雖非「天府」，亦堪是以「樂土」稱之。

孟河得山川地理之勝，屹立兩山對峙中，民間俗稱東西二山爲「龍」，孟城爲「珠」，故鄉人亦以「珠城」呼「孟城」。

費翁子彬之生地，即在於此山明水秀，兼有龍蟠虎踞形勢之域中。

孟河名醫數費家

「兩山夾一城，孟河常出好醫生」。此爲地方民謠，蓋其來有自，故深入民間，而能衆喻戶曉者。

自淸季乾嘉以來，孟河名醫輩出，已見諸淸史者，則有費晉卿（伯雄），馬培之（文植），其次如費繩甫、哲甫、惠甫、昆仲、丁甘仁、及奚大先生（已佚其名）等。

時至今日，孟河名醫仍能以救世壽人而享譽海外者，就費氏而言，僅子彬翁而已。碩果僅存，老而彌堅，其醫學造詣，更臻化境，東亞日本，南北美洲，以及西歐之德、法諸國，時有病患者因慕費氏之名而遠道專程來港就醫者，大不乏人，此不特爲病患者之幸，抑足以爲費氏慶，爲子彬翁賀也。

明成化二十三年（一四八七）丁未狀元費子充（宏），累官至宰輔，因避劉瑾之禍，乃由江西省廣信府鉛山縣原籍，退隱鎭江諫壁埤城山中，子孫遷至武進孟河，依醫爲業。傳至曉峯，曉峯生公宣，公宣生伯雄，伯雄生畹滋，畹滋生繩甫、哲甫、惠甫，惠甫生保彥，保彥即本文所記之費一帖子彬翁是也。

費氏醫話（醫案）

費伯雄，字晉卿，道光間貢生，與葉天士、徐靈胎並稱江南三大名醫，先生門弟子甚多，同是已負盛名之外科聖手馬培之之內科，皆由先生所授。又淸末郵傳部尙書盛宣懷，皆爲先生及門弟子。盛曾自薦於翁松禪相國，獲得垂青。先生除醫有專長外，詩文皆淸曠絕俗，固能者之無所不能也。著有留雲山館詩文鈔，醫醇賸義，及醫方論等各四卷。

咸豐季年，洪楊軍全力迫金陵，江南大營統帥向榮，以積勞咯血不起，由部將張國樑，輕騎造廬，邀先生馳往診治，藥數服而血止起床，照常視事，嘆爲盧扁復生。送歸時，先生語張國樑曰：「大局方亟，而公力疾治軍，數月後病當復發，僕皆無能爲力矣」。後果如先生言，張嘆爲神人。

費畹滋：字永蘭，爲伯雄先生獨生子，妻馬氏，係同邑外科名家馬培之胞妹。先生生性倜儻，放蕩不羈，對醫學之造詣雖不及乃父，然在書畫藝事方面，臨右軍書法，倣南田花卉，確有相當功力，堪足稱道者。

畹滋先生對病者之診治處方，伯雄先生除常加督導外，間皆命其孫繩甫等，試加覆診，審視處方。斯舉在費伯雄先生本意，則爲「謹愼將事」，而畹滋先生之看法，不無「輕視」之嫌，認爲「多此一舉」。乃眼視其父，手指其子曰「汝等莫小覷吾。汝等皆不及我福澤之深厚。」復以手指其父曰：「汝子不如吾子」，又手指其子曰：「汝父不及吾父」。妙人妙語，是皆「玩世不恭」之流亞歟？

費繩甫：字承祖，其醫學造詣之深，爲兄弟行中之冠。而伯雄先生皆以此孫「跨竈」，必能繼承家學而引以爲慰。

繩甫先生聰明絕倫，論診處方，既能隨機應變，又能不離乎法，每遇疑難雜症，於羣醫束手時，經先生一診，靡不霍然而愈者。

同治初年，先生年僅弱年，承乃祖伯雄之命，代赴南京爲曾國荃治病，未幾即轉危爲安，被留督署，欲委以關道要職，先生澹泊名利，不就而歸。

南京鄭筱齋，因患泄瀉，四肢冰冷，昏迷不碍者經日。旋經先生診視之曰：「此症雖危，尚可救藥，難在恐有劇變耳」。即授薑附人參荊芥甘艸，二劑而瀉止陽回，神色自若，惟仍患高熱，遍體紅疹，口枯舌燥，乃改用清涼劑，三服而熱退消。至於口乾心悸，係邪去陰虛故，即改用甘凉養陰，六服全愈。

湖北方欣陶夫人，病畏寒，每發戰慄，床第皆爲之震動，平時心悸頭眩，諸醫皆以濕補；歷年餘而愈補愈劇。先生以爲「陰虛陽浮，熱伏於內，若從事温補，當無生理」。遂用甘凉養陰，苦寒泄熱，三十劑全愈。

費子彬：父惠甫，祖畹滋，曾祖伯雄，同傳家學，均負盛名。翁於年少家居時，與諸兄弟行，侍繩甫先生座次，先生獨指翁而呼其小名曰：「保彥頴慧，悟性特强，可承家學」。此乃翁悉心研習醫學之始，而傳其術者，亦即其大伯父繩甫先生。

翁於上海主診「孟河費氏醫院」期間，適上海同文書院院長大內暢三之家媳不二子，懷孕數月，肺癆漸深，勢且危殆，歐美醫生會診，咸主犧牲胎兒，以保全母體；認爲不可治以湯藥，誤人生命。翁語之曰：「醫藥爲世界公器，理之所在，不容武斷」。孕婦本人亦以先服湯藥，如無效，再動手術不遲。不意一劑而胎氣平，再服而咳嗽轉輕，三劑即平安無事，飲食如常；越三月則安全生產。彌月之日，大內盛筵招飲，並爲介紹全院教授，具述經過，合座驚服。自此而後，翁之醫名，遍及全國，中西醫界，咸表欽佩。神州醫學總會，亦即延聘翁爲該會學術部部長。

既追述費翁之往事如上，茲復記其在港之近事於下：

女作家潘柳黛，筆鋒犀利，文名藉甚，文化圈中人咸以潘大姐呼之，蓋示尊也。患胃病，且甚嚴重，痛脹劇烈，坐臥不安，經翁診治一周，即漸見康復。

影星白光，固電影界之傑出人物，凡亞洲地區之華人，當無有不知其人者，年前在新加坡，因勞過度，初以肝生病，繼又以「婦人病」之擾，在新加坡雖歷經名醫診治，均不見效。回港後經費翁診治，乃霍然而愈。白光以己病症複雜如此，經翁之診治即愈，頗不自信，迨經西醫作詳細之檢查後，始悟翁醫術之精，亦益佩翁診治之得法也。

專欄作家蕭思樓先生，報壇健將，每在運思過度時，輒爲二豎所侵，或延翁診治，或於電話中述其病情，亦無不收藥到病除之效。凡嗜蕭氏作品之讀者，每可於其（報紙）文中見之。

翁之醫事醫話，何止千百，以上僅畧舉一二，信筆記之，藉見孟河費醫醫術高明之一斑。

至於費氏藥丸，可治百病，且爲肺癆尅星，靈效如神，不愧爲獨得之秘，以平時既不作公開宣傳，故知者甚鮮，是亦一大憾乎。

費翁生活小記

費子彬翁憑其天賦之高，悟性之强，秉承先人衣砵，以往在滬，於今在港，提起費一帖（費一帖之號爲費氏在醫學上所得之光榮尊號，一非自封自大，一非用錢買來，而是以眞實本領「醫術」換得，且出於無數曾經求診於費氏之病者所贈與，此贈與「尊號」不可能世世相傳，但可以憑其個人之精湛醫術而承襲），固是人所共知，人所同敬者。尤其在新聞、文化、教育、藝術界，其享譽之隆，聲名之盛，眞不作第二人想。

彬翁世居孟河城內之太平橋前，城隍廟左側，因宅之前後有橋四座，乃以「四橋」名其號，與陶淵明先生之「宅邊有五柳樹，因以爲號焉」。後先媲美。據鄉人言：城隍廟中之楹聯，幾全出於畹滋先生手筆，筆者早年雖曾數遊城隍廟，惟以年幼識淺，不太留意，要之，亦以年隔久遠，已無復記憶矣。又費姓之在孟河城內，與馬王巢惲吳湯，合稱「孟河七大姓」。

彬翁德配侯碧漪夫人，係無錫望族，系出名門，早年曾執教無錫競志女子師範學校，雅好書畫，兼之操琴，燕居閒暇，與翁品題詩畫，極盡唱隨之樂；福祿鴛鴦，神仙眷屬，誠屬藝井佳話。彬翁早年在滬，每至夏秋之間，喜養蟋蟀，以爲競鬥之戲，他如方城之戰，亦所愛好，此乃逢場作戲，或以消解寂寥，或以交際應酬，固亦無傷大雅也。

翁來港以還，在飲食方面，喜粵式菜餚而不喜粵式飲茶，潮菜，西餐，尤所深嗜。對於孟河土產中之蕎麥麪、大麥粥、蟹黃湯飽、紅燒羊肉，以及河豚、刀魚之類，每一言及，則亦回味不已。

翁「醫德」素佳，而責任心更重，每治一症，處一方，必愼思明辨，即斷診量藥，亦勿疏懈；恪守實事求是之傳統道德，不取徒務虛聲之時下作風。遇艱難困苦之病者，亦盡力施治，不計報酬，他如不刊登廣告，不出售藥物，亦爲翁數十年來一貫遵行信守者。

翁體格魁梧，狀甚嚴肅，令人有望而生威之感，惟其平素待人處事，輕言溫語，能急人之急，濟人之難，從不疾言厲色，其虛懷若谷，笑口吟吟之態，更令人樂於接近。

翁之生活習慣，亦有定時，白天按時應診，晚間十時就寢，清晨五時起床，做柔軟健身運動一小時，然後盥濯，閱讀報紙，八時早餐。因平素注意保養，故身壯力健，食量甚佳。蓋此亦爲得享壽徵因素之一也。

× × × ×

筆者與子彬翁忝爲孟河同鄉，且屬世交，至於在港之交往，尙近十年中事，兼以敝寓與費府，同在彌敦道上，望衡對宇，僅一街之隔；故時相過往，面聆教益，深以爲感。茲值農曆五月初六日，爲翁八秩晉五華誕之辰，爰不揣淺陋，謹撰本文，用表敬意。並爲之賀。

粉筆生涯二十年（五）

張丕介遺著

飄零篇

幼時讀書，逢到「丘也，東西南北之人也」一句，不得其解。同學四五人相約去問我父親（他是第二武訓義學主持人，教我們讀國文）。我們年齡最大的纔十二三歲，小的不到十歲。父親注視了我們一下，樣子有些遲疑，大概估量我們的瞭解力罷。然後給我們詳細講述孔子一生的行事和周遊列國到處不遇的故事。他講得很慢很莊嚴。末後，他重複「丘也東西南北之人也」那句話，他的眼光和聲音中充滿了悽涼之感。我們一羣幼稚心靈像受了催眠一樣，也不禁悽涼起來。「你們還不會懂得這句話的眞意思。將來長大了，就會明白了。」我在長大的過程中，確曾東西南北的奔走了很長的時間和很多的地方，但我沒有意會到幼年聽講的感覺。我和這一時代的多數青年一樣，幾乎都是脚下沒了根，四海爲家，隨遇而安。而事實上也是到處一樣可以讀書，交友，服務；生活不但過得去，還很覺得有趣味有意義。然而最後一次的離別南京，却使我澈底認識了國破家亡的痛苦，也使我明白了孔子那句自道身世的話的眞意思，那不是悽涼兩個字所能形容的。

三十八年的農曆新年，在羣情皇皇之中，黯然渡過了。街上冷冷靜靜，人心裡像結了冰。我在十分徬徨之中，偶然遇到一家航空公司的職員，據他說次日有一架由上海飛過南京的運輸機，說不定可以搭載一二位乘客。我眞是喜出望外，因爲他聲明可以照定價售票給我這個窮教授。原來各航空公司的座位早已預定到六月，而且黑市票價超過規定十倍百倍以上，絕非我所敢設想的。次日黎明之前，我趕到中華門外機場，等候起飛。冷靜而空曠的大地還在睡着。登上飛機時，心裡幾乎是痲木的。我閉目枯坐在機中，勉强恢復自己的理智。我告訴我自己說：向外看罷，這是最後的別離了；但我不忍看，只聽到心臟的强烈跳動，忽然我意識中浮出了幼年問書的一幕。啊，我明白了什麽是東西南北之人，什麽是亡國的悲劇。——我開始了一段悠長而不知何年何月可以終了的流亡生涯！

流亡生涯是沒有所謂目的地的，它的唯一原則是自由天地。只要避開奴役的威脅，只要能自由自在的生活，只要允許爲明天的光明而盡自己一份心力的地方，那就是流亡的目的地。我朝這個不定方向而前進，先到廣州，停留了三天，又到桂林，逗留了兩個月。這兩個西南名城，兩個昔日革命的策源地，兩個距離共軍數千里的遙遠地方，但是同樣的充滿了失敗悲觀的霉爛空氣，充滿了行屍走肉的可悲現象。誠然沒有人願意接受行將到來的大悲劇，但也看不出任何振奮人心的抗抵精神。在我差不多完全絕望的時候，意外的飛來一個機會：我可以到香港去。這樣，從這年的五月一日起，我便開始了一段新生活。——流亡飄零之中的教學生涯。當我執筆寫這篇東西時，我已在這裡連續住了六年以上了。

香港是我舊遊之地，所以並不陌生；但是這次重來香港，却不能不感激一位朋友給我安排的機會。

我匆匆路過廣州時，曾獲晤舊友徐佛觀先生。他和我訂交，時間早在二十五年前，地方是連雲市籌備處。我們兩個是吵架朋友。在思想主張上總不免不同，我們的解決辦法，便是認眞辯論。年青人在激烈辯論之中，當然易動肝火。結果便大吵一架。但是我們的友誼就建築在這一特殊方式上。勝利之後，他在南京創辦「學原月刊」，邀我參加，我們友誼關係又進一步。國難開始，他先我而到廣州，因久不見我的行踪，所以重逢時，有生死患難的感覺，高興到幾乎落下淚來。他那時正計劃一個新的出版事業，但一時尚無把握，所以我先去桂林小住。兩月之後，他電告我即到廣州。我知道他的計劃成熟了。這樣，便開始了一個新工作，我們在香港創辦了「民主評論半月刊」。這是我流亡生活中的第一個精神寄托；它也使我暫時脫離了生命的威脅，而且由於主編這個半月刊，終於使我又回到中斷了半年的講壇。

民主評論的編刊曾遭到相當的困難，然而它總算渡過了重重難關，現在第六卷已將出全了。我担任了他的筆政是最初的三年，可說是困難較多的階段。這是一個偏重理論的綜合性定期刊物，每期五六萬字。在香港這個地方，在大陸淪陷後這個時期，能維持這樣一種刊物，居然六年多的時間，而未致夭折，總算是難能的了。回顧過去六年中先後創辦而又夭亡的期刊，何止十幾種。民主評論的難題有三，一是稿源：水準不夠的文章，它不能用；而許多能寫好文章的朋友，最初恐怕惹起政治麻煩，又不肯寫。它曾定了一個標準，凡好文章，而作者不肯用自己眞姓名時，一律婉謝。這一來，稿源大受限制了。二是銷路：一份水準較高的刊物，先天的不會有好銷路的，海外自由中國的地方又是如此狹小，一般人的購買力如此缺乏，民主評論不能大量發行是當然的。三是經費：徐先生歷年奔走的少數金錢，只夠勉強應付最低必須的開支，維持刊物不致中斷；然而已經非常吃力了。若想更進一步，擴大篇幅，增加內容，幾乎等於妄想。不過雖然如此，畢竟苦撐下來，成為自由中國範圍內一份被人重視的出版物。

編刊民主評論的三年，使我獲得了許多有用的經驗。除去學會敷衍各色人物，和向作家討歡喜不算外，最重要的有兩點，可資一談：第一，由於負責稿件的取捨，我必須儘量擴大自己的智識範圍。這是單純的教書研究工作所永遠不需要的。哲學，文學，史學，社會學，政治學等方面的文稿，我必須細讀，而且遇必要時，還要和作者商量，或預擬題目，邀人撰稿。完全外行，當然不可能；樣樣內行，也不可能。又如既是定期刊物，便不可與時代脫節，於是常常要談到國際與國內的政治。這種題目，更不容隨便下筆，或隨便接受別人的稿件。為了這些需要，我必須大量的吞下許多方面的常識。我曾有多年投稿的經驗，也曾主編過一兩種期刊，然而此時却嘗到了知識不足的大苦頭。第二，我深深體會了輿論的重要，也深深明白輿論在民主建設中的責任。平常寫文章，可憑一時心血來潮，信筆而書，不加考慮，嬉笑怒罵，皆成文章。但在今天這一嚴重關頭，一言可興可喪，負輿論之責，就負天下興亡之責。若只信任一時主觀，不祇欺矇讀者，實即欺矇自己良心。一種公開刊物，必須反映公共的意見；但如何做到客觀選擇却非常困難。在這一點上，我沒有更好的辦法，只有自己愼謹和儘量多多請教朋友而已。

經過六七年在香港生活之後，我不能不承認它是這個時代中最適宜於自由文化發展的環境。民國十五年我首次到這裡時，只看見它是英國的一個遠東殖民地大商埠。二十七年我二次到這裡，也只發現它是中國大陸難民的逃逋藪。三十八年我第三次再來，而且以難民流亡者的身份準備長久居留於此，這時我才留心觀察這個地方各方面的實際情形。殖民地和逃逋藪的事實，固然如故，甚至有人說這裡是文化沙漠，我也有此同感。然而我發現這類觀念和批評之外，還有更多更重要的東西，而其中頂要緊的兩點，却常被許多人所忽視：首先，由於地理位置的作用，香港是東西文化交流站，是西方近代文化進入中國大陸的門戶，也是中國文化通到西方的橋樑。居住香港的中國人佔全人口百分之九十以上，他們實際上盡了文化輸出輸入的主要責任。儘管他們之中的多數人並沒有這一意識，所以並不會有計劃的進行這樣一件事，正如英國人到香港的目的並不在執行文化使命一樣。但一百年來的香港在文化交流方面的貢獻的確是十分重要的。西方之瞭解東方，東方之認識西方，兩方面之交互影响，是同等的重要。而大陸變色以後，兩個世界陣營的前哨，又恰在這個地方。我的爲香港的文化地理地位比歐洲中心的柏林，有過之而無不及之處。假使香港被關進了鐵幕，那時整個世界將痛切的感覺到一種無法補償的損失，就是西方與東方的文化關係之被切斷，彼此了解彼此學習的機會之被消滅。其次，香港號稱東方的「民主櫥窗」，說這句話的人或者隱含諷刺之意，以爲它是一個民主的陳列窗。我們久居香港之後，就知道這句話的確還含有一點深意，那就是最大的可能的生活自由，思想自由，言論自由，這在歐美民主國家看起來，本是家常便飯司空見慣的事，然而設身處地從羅湖北面的中國大陸向這一方面看一下！比較一下！當我們創辦民主評論時，我們標榜的宗旨是：「爭取國家獨立，政治民主，經濟平等與學術思想之自由」。誰能想像這樣宗旨的刋物能在大陸上有一天的存在？但我們六七年來一直自由的辦下去，而且不折不扣的照我們良心的指示，說出我們要說的話。這裡誠然不是我們國家的領土；然而恰恰由於這一點，更覺這一自由文化前哨陣地之可貴。在原籍香港的中國人和已經歸化英國的中國人的立場說，他們之享受這一自由，並不算奇特；可是對於我們這批爲爭自由而流亡的人們說，這一自由庇護區之意義眞是非同尋常了。香港和共黨統治下的中國大陸對比之下，像是兩面對面而照的鏡子：從大陸方面向香港看，香港可以反照出共黨統治的眞面目；同樣從香港向大陸看才會認得這裡特有的自由環境。——爲了盡量享受自由前哨的自由，爲了澈底明瞭今日大陸的不自由的眞面目，爲了等待和準備迎接一個理想的自由時代，我來到這個地方，而且一住六七年，在一切無可奈何的時代，在流亡痛苦的生涯當中，說不定這一段時間是很値得紀念的罷。

新亞書院的誕生和長成也應該從上面說的自由文化環境求解釋；我之長時間參加新亞書院的教育事業，其動機與理由，也完全相同。

三十八年六月十六日民主評論第一期面世，其中有錢穆先生的「人生三路向」，唐君毅先生的「從科學世界到人文世界」。我在學原月刋上久已讀過兩先生的著作，一位史學家和一位哲學家的思想和文章，都是我久已佩服的。想不到他們這時都在香港，而且都肯首先給新誕生的民主評論撰稿，我因此非常高興。而且從第一期起，總不斷的纏着他們要文章。爲了文章，大家幾乎三兩天便見面一次，每次見面便可暢聆他們的高論。那時正是大陸淪陷的前夕，我們的談話多半自政治問題開始，然後擴大到全部歷史文化問題。從談天中我獲知錢先生和另外三位朋友正計劃創辦一個所謂「流亡學校」，以流亡學者爲教授，以流亡青年爲學生，以中國古代書院傳統方式爲楷模，而以溝通中西文化發揚中國文化爲目的。我對此事業自然很表同情，不過我沒有想到自己會有機會去參加，所以對籌備工作進行情形，並不關心。豈知沒有想到的變化竟然出現了，我竟成了首先參加的一員，而且現在成了新亞任職最久的一員。

原來最初的四位發起人，在學校正式開幕（三十八年國慶日）之前，有一位因事去了南洋，又一位竟變了節，離開香港，剩下的是錢先生和崔書琴先生。學校註册手續辦好了，教書的人手却待補充。這樣我和唐先生便被一同拉去，並指定我担任一班經濟學。從那時開始，我一面辦民主評論，一面在新亞任教。時間稍久，功課也愈增愈多，再加上義不容辭的一部份行政工作，於是覺得無法兼顧，終須放棄一方面，方得集中精神，辦好另一面的事。四十一年的一月，民主評論第三卷出齊，我便和它告別了。這個經過證明，講壇生涯對我的吸引力畢竟大過辦刋物的興趣。

新亞創辦的第一學期用的是「亞洲文商專科學校」的名義。論規模夠得上最小兩個字。但論精神却相反，它的教育理想夠得上最高兩個字。規模小是由於經濟條件太差，所以起初只能租用一家中學的三間課室，在晚間上課。教授全屬義務，學生也全是由大陸流亡而來的失學青年。若從表面看，那時的新亞不但算不得大學，甚至不如一家大私塾，也遠不足和宋明書院的規模相比擬。然而它的誕生却代表着一個偉大的教育理想；一經誕生之後，再狹陋的校舍也不能限制它的成長，雖說它一直和許多困難奮鬥着。

三十九年三月一日亞洲文商專科學校改組成今天的新亞書院，由夜校改為全天上課的日校，學校組織確定為文史，哲學，經濟，商學四系，（另有農學與社會新聞兩系不久即行停辦，所以只有四系），全部課程參酌教育部的大學法規之規定。於是新亞走上了長成的大道。經六年的努力，它已成為香港大學教育界的一個重要成就。這不能不歸功於它所堅定信仰的教育理想；而這理想之所以成為實際事業，却又不能不歸功於它所處的社會環境。

對教育而言，香港社會經這次大陸空前奇變之後，它顯出了四種特點：第一，香港是距中國最近的自由庇護區，大陸學人有機會出虎口者，大都首先駐足於此；其中大部份，再由此而轉赴海外各地，但也有一部份寧願留在這一距祖國最近的地方。這些人飽受亡國之痛，莫不願從文化學術上再為自己民族文化而盡其最後的心力。第二，在鐵幕落下之前，有大批知識青年逃集香港，他們失學失業，極端困乏之餘，仍多願重新步入講堂，充實自己，以為異日復國建國的準備。但香港是商業社會，公私立學校的大門非金錢不能敲開，他們等候一個專門為流亡青年而辦的學校。第三，香港畢竟是中國人社會，中國傳統文化的勢力既深且厚，只要有人為祖國文化而舉辦一事業，就會贏得社會的廣大同情。第四，香港的教育制度是注重自由發展的，法令寬而限制少。中國政府的的教育部恰好又管不了許多。於是辦教育者就可按照自己的理想，以決定適應客觀需要的計劃。由於這四個特點，新亞獲得了種種方便：它可以物色流亡學人為教授，可以招收流亡學生，可以贏得社會同情，並可以實施它所信仰的教育理想。

新亞的教育理想，最先見於錢先生著的「理想的大學教育」（民主評論第一卷第十五期），那是一篇理論與事實兼顧的論文，可視為新亞教育理想的大輪廓。最具體的見於「新亞學規」二十四點，此外亦常表現於新亞校歌，招生簡章，和許多講演文章等。但新亞師生最常用以代表這一理想的名詞却是「人文主義」，或「新亞精神」。依我個人瞭解，捨開理論原則不談，這個理想的具體內容，從它六年來已經在實際上所表現的方面去看，應包括以下幾點：

（一）這是一所流亡大學，所以必須從亡國之痛心深處培養起每一青年的民族意識。

（二）這是一所流亡學者和流亡學生所共同創立的教育事業，所以必須「艱險我奮進，困乏我多情」，以表現其共患難的精神。

（三）這是寄托於中國傳統文化基礎之上的學校，所以必須尊重我們的文化遺產，發揚我們的文化精神。

（四）這是誕生並長成於自由環境的學校，所以必須是自由學術自由思想的王國。

我還可以根據六年來的新亞精神表現，列舉出更多之點，但是大致說，總不外上面四點的變化和聯合。如果更具體一些，我們不妨用新亞師生常用以自勉的話來代表：「我們在致力於中國文化的保種工作。」——我以爲新亞理想的高，不在其理論一方面，而在它實踐一方面，「求學與做人，貴能齊頭並進，更貴能融通合一。」這就是中庸所謂誠則明，明則誠（新亞的校訓就採用了誠明兩個字）。而它的實踐處也就是理想的偉大處。

我幼年就讀於武訓義學，終身景慕武訓先生。但自從在大學任職以來所經歷的全是條件相當齊備的學校，所以除去少數行政職務和課程，對學校的生存與發展，可說根本沒有責任，因之，武訓精神之崇高，也就無法想像於萬一。自從經過六年來參加新亞工作的艱苦奮鬥，才明白武訓精神之難能可貴。這不是說辦新亞的幾位先生果然已做到武訓先生的地步，而是藉此表示這個教育事業的特殊艱苦，確非平常辦教育者所可比擬。因爲我六年時間，担任學校的行政工作，我相信上面的說法絕無誇大的地方。我這裡只列舉下面幾點，讀者即不難同意我的說法。

新亞書院之誕生可以說是少數書生的冒險。教育理想和社會需要是它的先天基礎，但是它自始就極端缺乏應有的物質條件，於是它的窮成了它的最大特點，也成了它生存與發展的威脅。最初四年的情形特別壞，有時壞到使人幾乎絕望的地步。

原來新亞開辦時，除去一個教育理想外，它竟是一無所有的！沒有政府的支持，也沒有社會的援助。學生既是流亡青年，又都是當然免費生（免費是他們入學的首要條件）。一切最低開支，只賴零星的捐欵。大亂之餘，又在一向不特別重視文化教育的地方，這種募捐辦法之收穫極少，自在意中。

三十九年學校改組爲日校，幸有王岳峰先生捐贈一所臨時性的簡單校舍。可是經費更加困難。因亞洲學院那半年負責學校總務的崔先生離校他去，我隨被邀接他的遺缺（錢先生任校長兼文史系主任，唐先生任教務長兼哲學系主任，楊汝梅先生任會計長兼商學系主任，我任總務長兼經濟系主任）。我們從此展開了六年長時間和窮神的生死鬥爭。錢先生兩次去台灣，其中一次爲奔走捐欵，被邀演講，竟因房塌，險遭不測。

過度的經濟困難，其結果是非常可慨的：校舍簡陋，設備缺乏，圖書不足，課程減縮，樣樣都限制了教育計劃的進行。而師生教學雙方，又必須親自操作，執行一切事務，更增加精神負担。至於日常恐懼的討債者的難堪面孔，更不用提了。

學生方面的困難更大。他們多半是隻身流亡的青年，心在祖國，志切求學，然而生活却毫無着落。免費入學，仍不能繼續讀書；而課外工作，機會又很少。看他們那種精神沮喪與體力衰敗的情況，鐵石人也要爲之心酸。「艱險我奮進，困乏我多情」，只反映大家不甘爲環境所屈服的堅决意志而已，其實他們所忍受的早已大大超出了平常人想像的最高限度之上了。

一九五二年香港政府通令各學校一律重辦一次「商業登記」。那是六年中最艱難的一場奮鬥。時錢先生在台，函告我們寧可停辦，絕不能自承「以營利爲目的」。新亞以「爲教育而教育」爲原則，是社會所公認的，但要獲得法律認可，却很費週折。董事長趙冰先生正在重病之中，爲了貫徹主張，扶病工作。我們花了整整一年的時間，總算得到最高法院的認可。那時奔走，接洽，起稿，翻譯，打字，乃至連到郵局寄發文件，全要親自出馬。武訓先生是偉大的，但是他可沒有這些困難啊。

在新亞最艱苦時期，我辭了民主評論

的編輯職務，把全部時間用於新亞方面。朋友中有人警告我，以爲我被新亞的理想催眠了，並不理智。然乎，否乎？我不知道。不過可以斷言的是：如果一個人像我一樣，親嘗飄零之苦，和這個教育事業有好幾年的密切關係，再面對着這麽一羣和我身世相同的流亡青年，如果從前沒有熱心過這個事業，現在也必然和我一樣的熱心。在國家民族歷史文化的空前浩刼之下，個人生存有什麽意義呢？能爲一個理想多犧牲一點，不也就是很應該的嗎？何況這不是一個人的孤軍奮鬥？、

實在說，這的確不是孤軍奮鬥。我們自始就有社會的廣大精神爲後援；不過由精神化爲實際的速度不如我們想像的如意而已。有三件重要事實可以證明這一點：

新亞由夜校改爲日校時，臨時校舍與初步設備，全賴一位商界朋友王先生獨力捐助，他之如此仗義，却完全出於對中國文化和新亞教育理想的熱心。我們數年間的經費來源，雖不充裕，但每一分一文仍都是熱心人士的慷慨貢獻。有時很少的金錢數目，對於這個窮困事業都有續命湯的巨大效用。

三十九年冬季我們開辦了一個公開性的「文化講座」，主講的人全是學術界素負盛名的。聽講的人包括各界人士。講演範圍從哲學，史學，文學，擴大到社會科學的廣大領域。主講者甘盡義務，聽講者踴躍熱心，都給我們以極大的鼓勵，證明香港這個社會決不像表面所呈現的，只知重利，不重文化。不然，中國社會畢竟有其深厚的文化傳統，中國人之愛護傳統文化和愛護自己民族歷史，有同等的强烈程度。新亞的存在與發展，可以代表這一精神要求。這是我們信心的最大支持。——我們學生之中，就有很多人是因聽文化講座而來的，正如有幾位先生因參加講演而成爲我們的教授一樣。

最後是美國雅禮大學的「中國雅禮協會」自動提出和新亞合作（一九五四），這一事實說明新亞的社會精神支持已擴大到國際範圍，而且這一合作帶來了較過去任何時期更充足的物質條件。從這時起，新亞漸漸走出了最艱苦的創造階段，而進入了更有希望的發展階段。——當然這不是說，以後沒有困難了；而是說，它有了較充實的物質條件以後，就可以逐漸實現它的理想了。

我曾平心靜氣的反省過六年來的教學生活，我可以指出它最大的一個特點：它不是平時教育，不是戰時教育。而只是典型的流亡教育。這是不足怪的。但是這一特點却深刻的影响了這段時間中我的心理和生活方式。

首先是課程的種數被擴大到自己難以應付的程度。學校窮，請不起許多教授，是主要原因。環境劇烈變化之下，學生們的要求，也比平時爲廣泛。於是我從經濟學教起，以後便年年增加新課程。經濟思想史，經濟地理學，經濟政策，土地經濟學，農業經濟學，中國經濟問題等等，都成了我的責任。由每週三小時開始，逐漸增加到十幾小時。範圍大，門類廣，加上時間匆忙，圖書缺乏等限制，這些課程之難以滿意，是不用說的了。就是這樣，經濟系的課程還開不齊全，還必須托朋友幫忙。——就是有了幾位幫忙的朋友，課程方面的缺憾，仍是明顯的。

其次，各課程的內容不同於平時，更增加了教書的責任。我們以前教課，大致有一公認的準則，就是選擇那門課程應有的內容，和參考普通常用的教材。那時學生入學資格劃一，程度整齊，原沒有問題。但我們此時面對的學生却不然。他們多半飽經流亡痛苦，早已失學多年，在智識基礎上很不整齊，而在思想與人生經驗上却並不減於我所知道的。他們年齡大的也和我差不多，小的却不到二十歲。他們的求知欲望非常强烈，明辨是非的能力，也超過平時的青年。對於這些學生，決不是平時課程內容所能饜足的。而且在飽經憂患之餘，他們要求每一課程都能直接幫助他們去解釋憂患的因果。我深深的受了他們的感動，使我不能不隨時調整教材，以適應他們的要求。如此一來，便無法保持一向常用的習慣教書方式。

教科書和參考書之缺乏，是另一個難題。過去大部份大學用書，不是完全渴市，就是不合實用。英文參考書太貴，而且學生能直接利用原文書的程度不夠，這一嚴重情形，更過於抗戰時期。我不得已恢復最早的老辦法，先列要點，隨堂講演；可是由於學生無書，這種講演不但過於吃力，而且效果有限。我極担心，學生們將來會因讀書太少而無力應付實際需要；我更担心，他們會只習慣於聽講，而輕視自己讀書，以求更切實更充份的知識。

六年的時間並不算短，可是我只寫了許多短篇文章，却沒有寫成一本像樣的書，除去自己能力不濟外，重要原因還是時間和精神多半分散在教學以外的地方。其初是民主評論的編刋，後來是學校的窮困與事務。我看見錢唐兩先生年年有成部頭的大著出版，眞是又高興，又羨慕。而我只有勉强應付課程的最低要求，已經非常吃力了。——有時我對於佔據時間過多的瑣碎事務，很覺厭倦，恨不得立刻撒手不問，以便集中心力教學，然而事實上並不如此簡單，更無法撒手；我們辦的就是這麽一個不合常規的流亡學校啊！自從有雅禮合作以後，我私下盤算着，學校既然有了充裕的經濟條件，便不難物色一位有才幹有經驗的行政人材，那時我就可以有擺脫行政職務的機會；但這機會却姍姍來遲，直到今年的暑假，方能實現。——不過畢竟是實現了，於是我回復到單純的教學崗位。這是六年來我最高興的一大轉機。

我兒童時期生活在黃河下游平原的農村裡。那時社會平靜，沒有料到後來接連不斷的暴風雨。每到冬季，農家淸閑，兒童們更是嬉戲自由。農曆年左右特別熱鬧，其中節目之一，是少不了一個說書的瞎子。他手執破舊的三絃，坐在衆人圍繞的露天空地上一齣一齣的唱歷史故事。三國演義，水滸傳，是年年必唱的。但是他有時也唱些衆人不甚了了的歌詞。我們小孩子却不管內容如何，總是聽之不厭。我此時還依稀記得他唱的一首鼓詞中的幾句：

「朔風飄飄白雪飛，
遊子有家不得歸。………
東邊看看是滄海，
西邊看看無太陽，
南邊要把人熱死，
北邊一片大冰洋………
只有一塊好土地，
安安穩穩在中央………」

下面接着講述中華民族的歷史，上下數千年，中間夾雜着外族入侵，民間反抗的英雄故事。可是三絃的單調和瞎子的聲音老是那麽悲涼，往往被衆人打斷，不願再聽。那瞎子却很特別，就是愛唱這首鼓詞，所以我們都聽熟了。他最後的四句總是：

「當心平地起風波；
當心大路有豺狼。
晴天白日有雷雨；
六月天氣會飛霜。」

沒有人知道這首鼓詞是誰編的，也沒有人知道他爲什麽總愛唱這首鼓詞。然而當人在親嘗流亡痛苦的當中，再回想兒童時期的情形，心裡實不禁無限哀傷。

二十年前我開始在大學任職時，還只是三十來歲的青年，誰料到這二十年的暴風雨竟如此凶惡？人到了「遊子有家不得歸」的時候，恐怕任何生活變化不會再給他以安慰了罷？

我只能說，在香港的六年，加强了我對自由的信仰，對教育的決心，和對祖國文化之更大更深的愛慕與崇拜。——我沒有宗教信仰，這就算是我的宗教罷。如果可能，我願終身爲這信仰而努力。

（全文完）

請介紹，
請訂閱，
請批評，
請指教。

懷道鄰兄

陳克文

——徐道鄰先生逝世兩周年紀念

徐道鄰先生與夫人葉妙映女士結婚時留影

前言

我和道鄰兄是將近四十年的老朋友，兩年前，他逝世於美國西雅圖，到今年十二月底，便是兩周年了。每一次想起了他，總覺得有許多話要說，如今在這裡寫出來，作爲對老朋友的紀念。

民六十二年（一九七三年）六月間，我接到道鄰兄的來信，他應教育部邀請，將於八月初回台，參加會議；兩星期後，順道過港，探望幾個老朋友。

八月底，我們正怪他爲什麽還不到港的時候，他扶病飛回西雅圖的信却到了。原來，他到台連續吃了廿八頓應酬酒席，結果，病倒了；出汗之外，終日氣喘，夜不能寐；倉皇回美，經醫檢查，肺部積水太多；服利便劑，已見輕減。信後又許下諾言，「兩年後再回台一次，那時一定到港。」

九月初，又來信說：「已看醫三次，服各種排水劑，以治氣喘，此是治本辦法，惟切勃稍緩。大學十月一日開課，希望到時身體復元。」同時，他又把去年的舊體詩三首，回台後的新詩（白話詩）一首，隨函寄來；這幾首詩都洋溢着活力和樂觀的氣象，誰都不會想到，他不久便遽歸道山的。

十二月廿七日下午，我和道鄰兄幾個老朋友，端木鑄秋、許孝炎、張萬里諸兄，正在九龍半島酒店吃茶閑談，忽接徐佛觀先生電話，台北報紙消息，道鄰兄不幸於耶誕前夕（十二月廿四夜），逝世於西雅圖，大家都爲之驚愕不已，相對唏噓很久。

行政院初次共事

我和道鄰兄由相識以至成爲朋友，開始於民國廿六年（一九三七年）三月初，大家在行政院共事的時候。我們第一次見面就是在南京國府路行政院大厦二層樓上的辦公室裡。

道鄰兄初到行政院，名義是聘任參議；他是法學專家，因此，院裡有關法律的案件，多向他徵求意見；「訴願審議委員會」爲行政院處理人民訴願案件的內部審議機構，我和道鄰兄當時都是委員之一，我常在該會開會的時候，靜聽道鄰兄的言論，他的話切中事裡，極爲同僚尊重。

廿六年十二月，政府因抗戰而遷渝，行政院在漢口停留了八個多月；我和道鄰兄及其他幾個同事，奉命留在漢口。這期間，日子很不好過，但同僚和朋友之間，轉多閑暇，可以常在一起聚談，不是分析時事，便是臧否人物，或各言其志。我記得道鄰兄對我們說：他個人有志於地方行政，希望能夠做一個行政督察專員，爲老百姓做點實際工作。又或者投身外交，在國際事務上爲國效力，亦很有意義；至於目前這種幕僚生涯，他覺得是沒有多大道理的，只能說是混日子罷了。

任駐意外交代表

過了不久，道鄰兄做外交官的機會來了。行政院到漢口後兩

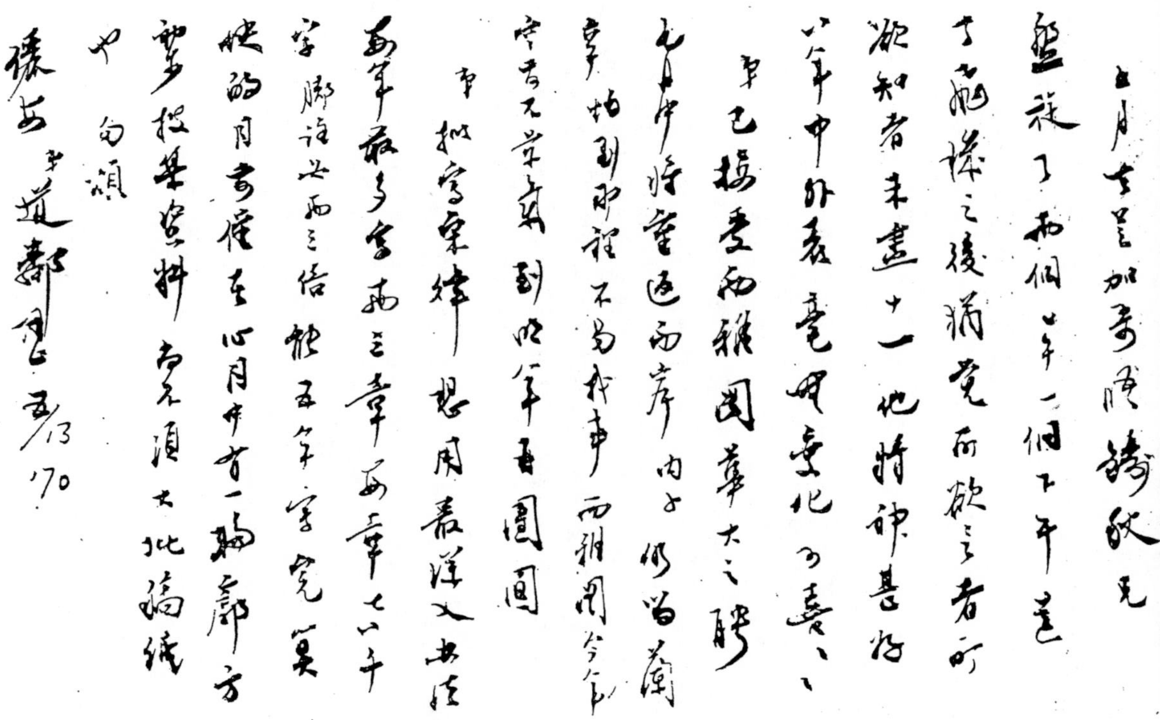

個多月，即民國廿七年二月間，我國駐意大利大使劉文島回到了漢口；這時候，我對日抗戰，已經半年多，德意日三國軸心聯盟正在積極醞釀中，第二次世界大戰風雲愈來愈緊，我對意外交自更重要；到了七月四日，亦即抗戰周年紀念的前夕，政府發表明令，任命道鄰兄爲駐意參贊兼代辦，接替劉文島爲我國駐意大利的外交代表。道鄰兄此時年僅四十歲，意大利却是當時世界風雲中心的軸心國之一，政府對他倚仗之殷，和他任務的重大，就可想而知了。

命令發表後，不到兩星期，道鄰兄即於七月十六日，在敵機空襲的警報聲中，從漢口倉卒渡江到武昌機場，飛赴香港，轉飛羅馬。當時，我送他到機場，握別的時候，彼此都覺得黯然。他到香港後的第二天便來信說：「前晚『美的』話別，非弟話少，連日惜別之苦，使弟氣促，想兄亦動而憐之也。此間殊遜漢口，勝景不常，後會何在？更爲悒悒耳。」道鄰兄做外交官的素願得償了，而又不免有朋友惜別的痛苦，亦惟有性情中人始能有此感慨罷！

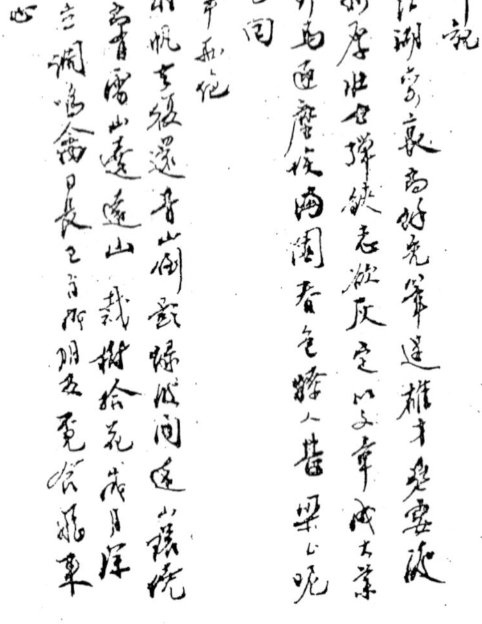

三年多的外交生活

他到羅馬兩個多月後，九月廿一日來信報告到任後的情形，（這時候行政院已經到重慶辦公）。他說：「弟會晤英、美、法、蘇、土、德諸大使，很覺親熱，其中數大使居然親自回拜，此因國家的體面，但亦使弟不能不更加小心也。」又說：「館中人事相處尚好，大家都肯幫忙；一個月來，對外對內，都有時間不敷之感。」看樣子，這應該是他在外交事務上大顯身手的時候了。

然而不幸，當時的國際局勢，變化甚速，不許他有此機會。道鄰兄到羅馬之後，僅僅兩個月，亦即他寫上面這一封信的時候，意相墨索里尼便和德國的希特勒，英國的張伯倫，法國的達拉第簽訂了舉世矚目的慕尼黑協定；再過半年，（民國廿八年五月），意大利又和德國簽訂政治軍事同盟，同年九月，希特勒即進攻波蘭，第二次大戰正式揭幕；再過一年，即民國廿九年（一九四○年）九月，德、意、日三國軸心同盟締約於柏林，日本正式成爲德、意的侵略伙伴；第二年（民國卅年——一九四一年）的十二月八日，日軍偸襲珍珠港，第二次大戰的烽火蔓延到了太平洋；十二月九日，我對日本及其同盟國正式宣戰；於是乎，道鄰兄遂不得不從羅馬下旗歸國了。道鄰兄任駐意外交代表雖爲時三年又四個多月，但事實上，慕尼黑協定簽訂之後，他的外交地位便已經是有名無實的了。

任職考試院的佳話

道鄰兄離開意大利，輾轉回到戰時首都重慶，似乎是民國卅一年（一九四二）下半年的事了。他囘到重慶，即受蔣委員長的囑托，指導經國緯國昆仲去做學問研究工作。蔣委員長常常稱他爲「先生」而不名，以示敬重。不久，又應考試院戴季陶院長的邀請，出任考選委員兼銓叙部甄核司的司長。戴院長和他本不相識，政府遷渝途中，偶然相遇，一見傾心，遂加器重，一時傳爲佳話。

他任職考試院期間，曾草擬「三等九級官制草案」一種，頗有新意，惜未能見諸實行。他有一個兒子也就是這時在考試院附近的八塊田寓所出世的。兒子的出世，使他感到很大的興奮。

龍井灣和歌樂山

這時候，中央政府各院部會署，因避免敵機濫炸，已經從重慶市區疏散到二三十里外，成（都）渝（重慶）公路兩傍——老鷹巖至青木關一帶——山嶺叢疊，林木蓊翳的農村地區裡，分別在那裡建築簡單的辦公處所，以及員工和眷屬的宿舍。行政院所在地，土名龍井灣；考試院和銓叙部所在地，土名歌樂山。兩處相隔不遠，僅一兩里路，徒步可以往來；因此，道鄰兄和行政院的舊同事見面談笑的機會也就多起來了。平時見面最多的，有端木鑄秋（愷），蔣廷黻，陳之邁，黎公琰（琬），張平羣，關伯勉（德懋），謝耿民，鄧介松，于望德諸兄，我自己自然也是其中的一人；其他機關或非政府人員的朋友，亦偶有一二參雜其間；大體上都是意氣相投，嗜好相近的中年朋友。

農村遠離都市，設備簡陋，又戰時物資缺乏，公務員糧食配給，生活艱苦，自不待說。不過，農村裡有的是自然美景，土產大麯、沱茶、花生、廣柑之類，一切佐談佳品，亦復價廉物美，得來甚易。因此，我們這些朋友，公餘有暇，不是把臂聯肩，徜徉於山溪野澗之間，便是箕踞一室，把酒高歌，縱談竟日；否則，臨池習畫，煑茗聯琴，亦各適其適，有時又麻雀幾圈，共銷暇日；這其間，道鄰兄獨以洞簫和崑曲爲最有名；他品評人物，亦往往令人心折。這樣的苦中作樂，經過四五年之久，直到日本投降，才告結束。

半年的政務處長

民卅四（一九四五）年四月，軸心國敗象已露，大戰行將結束的時候，道鄰兄離開行政院已經六年，又奉命囘來，繼蔣廷黻先生出任行政院政務處長，（院長亦換了宋子文，秘書長換了蔣夢麟。）接事後，他對於人事管理，文書改革，效率提高，無不悉心擘劃，希望有所建樹。可是，過了不久，日本投降了，跟着就是還都復員，擾擾攘攘，迄無寧日，一切新計劃都不得不停頓下來了。

尤令人覺得意外的，是他接任後僅及半年，到十一月初，便突然提出辭職，又第二次離開行政院。

辭職前兩天，他單獨約我到聚興新村十九號官舍，談他辭職的原因。

廿年後的申寃

原來二十年前，他的父親又錚先生給馮玉祥派人暗殺，死於北京附近的廊房車站。當時他尚年輕，赤手空拳，未能對一個手握重兵的大軍閥報仇；只好先拿報仇的精神去讀書，等到自己在社會上有了地位，然後採取行動；他把父親安葬後，立即囘去德國，繼續留學；畢業囘國後，又值抗戰軍興，不得不暫時隱忍，可是二十年來，他從沒有開口說過一次「馮」字；他說，現在日本投降了，無須再爲隱忍，且對馮殺人的法律追訴，時效快將過去，也不能再爲隱忍；爲了避免誤會以爲對馮控告含有政治作用，他決心把辭職和控告同時進行，公私分明，皎如天日。

這一番曲折和苦心，他後來寫成「二十年後的申寃」一文，附入他撰述的「徐樹錚先生年譜」之後。

我當時聽了他的話，很覺突然，平時他對我們幾個熟朋友是無事不談的，惟有這一件事，却始終沒有提起過隻字。晉代有個學者王裒（字偉元），父親爲司馬昭殺害，終身不肯面西而坐，道鄰兄的精神，可以說和王裒古今相輝映。

他的辭職和對馮提出控告，是十一月三日的事，後來，辭職是照准了，控告却沒有什麽結果。於是乎，他在「二十年後的申寃」那篇文章裡，不得不很傷心的寫道：「含寃二十年，未能手刃父仇，也未能使犯人正法，終不免抱恨終天；惟有祝禱和希望歷史的制裁永遠在人間發揮其正直的力量。」

對學術最有貢獻的廿年

道鄰兄第二次離開行政院之後，民卅六年（一九四七年）四月，曾到台灣做過省政府的秘書長，（省主席魏道明），第二年九月，又到江蘇做過同樣的官職，（省主席丁治磐），這使他有接觸地方行政的機會，本來也是他的素願；可惜這兩次任職時間均甚短促，沒有什麽結果可談。惟一可談的，便是他經過了兩次地方行政服務之後，對於政治生涯似乎已經感到厭倦，無心再作馮婦了。

大陸變色後，道鄰兄離開平津稍遲，輾轉去到台灣，已經是民四十年（一九五一）六月間事，有人因此造他謠言，使他很生氣，甚至使他信起「八字」或命運來；他曾經打算寫一本「匪區觀感」的小冊子，希望堵住中傷者的毒口，可是，不久，行政院聘請他做「設計委員」，謠言也就不攻而自息了。

他到台後，先任教台灣大學，後轉東海大學；到東大後，給我的信說：「弟八年前來台，僅有書三冊，今已三千餘冊，弟講『中國政治思想史』及『中國政府』，準備功課較在台大加多，弟之來東海，本想藉此兩門功課重讀一點中國書，因此，寫作時間亦較少矣。」可見他已經專心致志於學術，不再作他想了。

民五十一年（一九六二年）夏天，他到台灣後的第十一年，偕同夫人和孩子，前往美國講學；道經香港，和這裡幾個老朋友在輪船上匆匆見了一面；想不到這一次見面竟是他和我們最後一次的見面。在美又過了十一年，民六十二年（一九七三年）八月，他回台兩星期，因病趕返西雅圖，同年十二月逝世；居台旅美各十一年，前後二十二年是道鄰兄六十七年人生歷程中，對學術思想最有貢獻的時期。

講學、著述、研究

旅美期間，道鄰兄任教的大學，以米歇根、東蘭辛州立大學和西雅圖、華盛頓大學爲主；華大尤爲稱意，他說：西雅圖的教書環境，比較米歇根，不啻有天淵之別。

他在大學裡主講的功課，範圍廣泛，有「中國文學」、「中國戲曲」、「中國戲曲史」、「元曲」、「宋詞」、「中國思想史」、「孟子」、「孫子」、「史記」、「中國政府」等科目；此外，也做過一些專題的研究，例如民五十五年七月，他在紐約的哥林比亞大學開始研究「中共問題」，（爲期一年）；又民五十六年十月，他在北京東方雜誌所發表的「宋濂及徐達之死——明史中兩樁疑案」，那篇論文（示中國官方修史的曲折），也是專題研究的結果。

到美後的專門著述，最先在西雅圖完成了「國民政府統治下的地方行政」一書，（這是他很覺得滿意的書，民五十四年脫稿；兩年後，出版商才把第一章的清稿打出來，在美出版的困難可見一斑。）五年後（民五十九年即一九七〇年），他又開始計劃撰寫「唐律及宋律」一書，他給我的信說：這書要用最深入的寫法，每年只寫兩章或三章；每章七八千字，脚註可能兩三倍；先用中文寫，再譯爲英文；能於五年內完成，便是最快的了。現在心目中已有一個輪廓，今年暑假，即開始屬稿。（並托我在香港購買原稿紙一千張寄去。）可見他對這本書的撰述是非常重視也非常用心的。他還說過，「讀宋人書，寫宋律，是一大快事。」就在這時候，他的第一個孫子剛好在美出世，（民五十九年三月廿五日），更增加了他撰述的興趣。可惜，全書尚未完成，遽歸道山；我想，這不僅是他個人的遺憾，也是學術界的一項損失。

漂泊忍辱的惡夢

旅美最初幾年，道鄰兄的煩惱也很不少，生活不安定，夫妻分地工作，很難常在一起，居留手續亦遲遲未能解決，都是原因之一；最重要的，還是社會環境的不易適應，他來信說：「美國了不起的地方很多，重大的毛病也不少，確爲爭名奪利之場，可是並非任何東方的人都是適宜的。」多年後，他還憶述說：「前在米州漂泊忍辱，正如一場惡夢。」民五十六年（一九六七）秋天，他有七律一首寄我，足見他那時候的心境，原詩如下：

義理悅心猶悅口　繁華過眼已雲烟
呼牛呼馬人間世　自西自東霜雪天
喜有客來常對酒　偶從兒戲輒忘年
長安旅邸容高臥　白髮遲遲未上顚

這期間，他甚至於打算離開美國到德國，或囘台灣去。可是兩三年後，情形慢慢好起來了，民五十九年（一九七〇年）二月，他接受了華盛頓大學的聘約，同時哈佛大學也有意請他做研究工作。他在華大指導幾個研究生和幾篇博士論文的寫作，每周只授課三天，共八小時；工作頗爲輕鬆；又在西雅圖牛山風景區有了自置的小寓廬，灌園看花，推窗遠眺，樂趣很不少；他的夫人雖仍然教書，但和他已有了較多的團聚機會。民六十一年（一九七二年），他又有口占二絕如次：

其一
湖上輕帆去復還　青山倒影綠波間
遠山環繞青山外　尚有雪山繞遠山
其二
栽樹拾花歲月深　偶然小立調鳴禽
日長已自成朋友　覓食飛來上掌心

這時候，他的心境，可以說和米州時期，完全兩樣了；他的一場惡夢已經成爲過去。可是，他對於故國的將來和朋友的處境，還是始終念念不忘，關懷備至的。

嘆息和歌頌

他時常嘆息：「中國人才不少，可惜能夠人盡其才的不多。」又說：「台北不少有學力的人，爲環境所限，看不見新材料，不敢採取新觀點，只能忙於翻印舊書，眞是可惜；倒是我輩淪落異邦的人，可以完全沒有顧慮，憑良心作學問，實可自幸。」

他囘台灣參加會議，扶病囘到西雅圖，下機後第一封來信，便提到台北的朋友，他說「台北看到許多老朋友，有十分得意的，有相當失意的，也有頹然衰老的，也有絲毫未變樣兒的。」

尼克遜訪問北平，發表尼周公報，他立刻來信說：「尼周公報，美方付價甚高，對台影響甚大。大局前途在自己掌握中的雖不多，遠景也還不錯。」

他離台返美之前，（八月十四日），發表了以「十一年」爲題的一首白話詩，這是他公開發表的最後一篇文字；這首詩對台灣極盡美麗和樂觀的歌頌；似乎可作爲「遠景不錯」的有力註脚。詩人的歌唱，總是給人以鼓舞的。謹將原詩錄後，作爲本文的結束：

十一年

徐道鄰

在這裡，

我作過十一年的旅客；
看見許多樹木
花草，
菓實。
不想，
又一段的旅程
帶我到了另一個他鄉，
忽忽
又是十一個年頭。

× × ×

回來，
許多樹木長大了，
許多萎縮了，
也有不見了的，
還有若干搬了家。
可是芳草青青，
依舊到處在滋長。
新的菓實，
比以前更甜更香。

× × ×

而那些花朵呢？
哦！
永恒的青春！
哪一個時刻，
哪一處土地，
看不到
你寄生在內的
花朵的美麗！

（六十二年八月十四日）

臨風追憶話萍鄉（二）

·張仲仁·

吾鄉的武林名師，眞是數之不盡，有許多位不但武功高，而在修養方面更有高度的氣質。然而其中難免也有莠草存在。現在且說萍鄉第六區桐木鄉有位歐陽崑，此人是不務正業之徒，而且還有吸食鴉片烟的惡習；因此他雖在武術方面稍有成就，但不爲地方人士所器重，一班鄉親鄰里均抱一種遠而避之的心理，少接近他少惹痲煩。

在北伐成功後，縣府以下的區、鄉、保，政治已漸上軌道，不同清庭末期的腐敗；革命未成功前，有財有勢就可連絡官府，在地方强行稱霸。但民國肇建後，這種土霸之風已減少很多了。那時吾鄉練武技的的人，及一些會寫狀紙的訟師，都不能夠再恃勢欺人了。連歐陽崑這種不正派的人物，練會了一身武功，他賭、喝、吹三樣具全，日常的消費，當然相當大，但他也不能無本生利，一定要靠勞力及教授徒弟，才可維持生計，在地方決不能有越軌行爲。

在江西剿匪後期，吾鄉已趨向清平局面。自前期剿匪健將劉衞煌先生被殺害後，接看崛起一位李春明先生，繼任剿匪大隊長；他的武術根基很不錯。赤禍漫延後，三十八年逃亡來港，在黃大仙「碧園」居住，我倆兄弟曾在他家搭過一個時期伙食。有一天李春明在街頭輪食水，有三個潮州大漢，欺負他是外省人，竟然想獨霸水喉，不准他輪食水，初時李先生不想傷和氣，但講理不清，還口出惡言，在忍無可忍之下，會以一人敵三位，施展出他隱藏的幾下散手，打得那三位大漢東倒西歪，這才知道紹不是上海佬的對手。自此外省人在黃大仙，無人再敢藐視了。

這位有武功的反共人士，可惜於一九六七年春，在新界青山農塲因心臟病逝世，已離開了這繁亂的世界。囘憶他在剿匪大隊長任內，不論防守攻擊，每戰均身先士卒，給匪以重創！在那幾年中，對地方治安是頗有貢獻，很受吾縣人士的尊敬。

李春明任剿匪大隊長時期，曾主辦過一次比武盛會，頗有趣味。

當年他編排賽事，是將歐陽崑師傅對湖南瀏陽蕭德生師傅比武。蕭德生是一位很有名望的武師，而歐陽崑却是位流氓型人物，因此蕭師傅很爲不滿，雖口中不說，但心理很不屑和一位邪派人物打對手，勝他既無光榮，反而失了自己的身份；在此心情之下，臨到登台比武，就顯得興致索然，毫無神氣。

反觀歐陽崑，他的鴉片烟已過得足癮，顯得精神百倍，相較之下，蕭師傅當然是吃虧了。

因爲武術同行不論和任何人拆招較量，均要提起精神應戰，最忌存輕敵之念，如此念一起，未比武已先輸了五分。結果兩人一交上手就被歐陽崑連發兩掌，竟將蕭德生推落比武台。蕭師傅是位有名望的武師，當時雖被推落台，但他隨即縱身再跳上台，當衆聲言歐陽崑打出的兩掌，未貼到他身上，並指證歐陽崑會五雷掌法，要再重新比過。他意圖挽囘失敗的顏面。

當時台下兩派均有擁護的死黨，互相叫罵，已到了極混亂的場面。

當蕭師傅被推下比武台時，歐陽崑還對着台下的觀衆誇口說：「我兩掌打敗瀏陽一河水！」這話更激起了一羣湖南老鄉的憤怒，一場大打鬥眞有一觸即發之勢。

當時李大隊長春明立即走到台邊，舉起手中馬鞭，當着觀衆，拍！拍！抽了歐陽崑幾鞭，才平息了湖南老鄉的怒火。

那時期上栗市鎮的商場上，湖南瀏、醴兩縣商人的財勢雄厚，他們經營疋頭及收購爆竹，生意來往很大；平時市民相處很和諧，並無湘贛之分。這次比武，歐陽崑僥倖得勝，竟然口出狂言，差點引起一場地域性的大打鬥，幸虧李春明深明大義，鞭打狂漢，打消了湘贛間的一次仇恨。

隨後一位武術界前輩，任評判的柳老師傅站出台前講話：「比武暫停，請各位觀衆囘去，勝負自有公論。」這位柳老師傅平素威望甚重，台下觀衆均接受他的勸告，一場混亂的比武場面，至此結束。

吾鄉當年比武，是有很多規則的，其中一項，就是在台上當衆洗手，以免比賽者在掌中藏有暗器或傷害對方的藥粉等。這次蕭師傅和歐陽崑也一樣要洗手；雖然當衆洗過手，但一班人說得繪影繪色，說當時歐陽崑是抓緊拳頭放下水去的，並未洗濕掌心等話；但這些都是猜測之詞，不能作眞。

我曾訪問剿匪大隊長李春明及其他幾位在場人士，談起當年比武時，雙方站立位置如何？出掌時情形如何？研究之下，均不能斷定歐陽崑確有五雷掌功夫。我以爲主要原因是蕭某上台時，顯得懶洋洋的毫無活力，在未出招前，還想講幾句話，因此並未充份準備；可是歐陽崑是一個流氓，面對一位瀏陽有聲望的大師傅，如不先下手爲强，很有吃敗仗的可能，他是不理什麼君子風度的，一心只要打勝，在家鄉人面前可顯下威風。

凡是吸白粉抽鴉片的人，沒有一個是蠢人笨仔，可以說個個都是極頂聰明的人才，我們祇要看他籌錢購買毒品的手段，就可明白是狀元之才了。因此歐陽崑能猜測到對方的心理，採用先聲奪人之勢，以快制慢的連續兩掌，將對方推落比武台。這種情形，可說是勝得僥倖，敗得寃枉。至於歐陽崑是否會使用五雷掌呢？就無人可證實了。

勝利後，在上栗市鎮，我和歐陽崑會有一面之緣，他來我錢莊貸點小欵；這完全是地頭蛇打秋風的意思。因我不願與他拉交情，也無興趣去求證他的武功根底；就要營業主任羅安吉去應付；這是永遠不會歸還的貸欵，不論大城、小鎮，凡經營錢莊業務，是很難避免的。中國的武術行中，五雷掌法和隔山打牛功夫是確實有傳流下來，我們是叫「法打」功夫，後文再述。

現在且說有一次歐陽崑和人較量武功失敗的經過。離上栗市鎮四五華里，有處地名叫瑤金山，在山窩盤上也建有一座規模很大的瑤金山寺，寺中有幾百個和尚，其中有一位隱居修行的慧禪和尚，外表看不出他有多大年齡，據聞是前清職位很高的武將，是一位文武雙全的奇人。勝利後第三年我曾去拜訪一次；因瑤金山寺物產豐富，戰後幣值下跌，物價波動，該寺主持僧和我莊上有銀錢存放往來，我藉此機會請主持僧介紹，才見到他一面。

這種隱居修行得道的高僧，平日絕不見客應酬的，那次因有主持僧特別人情，才不致嘗到閉門羹。慧禪和尚身材魁偉，面大口濶，說話的聲音高吭宏亮，和他對坐平視時，但見他雙目精光四射，眞有威勢逼人之感。

那天他很客氣的招待我在他禪房坐談，並設素筵欵待，他和我並主持三人共食。慧禪師父特別高興我去拜訪他，因此賓主談笑甚歡，我在席間詢問禪師：「早兩年有位歐陽崑師傅找禪師比劃木棍，其間經過可否相告一二。」

他承認有這回事，並約略告訴我那次的情形：原來歐陽崑心血來潮，竟然去找禪師比劃武功，慧禪是位修練已達爐火純青的得道高僧，怎會和歐陽崑這種傖夫俗子較量武功；而歐陽崑這位典型的流氓人物，根本不懂得什麽叫尊重對方，他聽說和尚不願和他較量武功，立即冒火，粗俗的三字經順口罵出，那些不堪入耳的下流話，竟出連珠炮發一般；眞所謂秀才遇着兵，有理講不淸。

禪師至此心想：這無賴無可理喩，既然你要找上門來受辱，我也只好成全你了！當時禪師答應接受他的挑戰，歐陽崑至此轉怒爲喜，以爲如能勝過禪師，他的身價當可大增。這當然是他這痴人夢想而已。

歐陽崑首先提出比劃木棍，禪師隨他意思，毫無異議；站定方位後，先由歐陽出棍，他第一手是用一鑽一挑的「撩陰棍法」；慧禪見他出棍很陰毒，但勁道很强，即向旁邊跨步一讓，一面使用棍尖一點對方棍頭的「克制棍法」；當雙方棍尖一碰上，就可分出功力的高下；歐陽手中的木棍被對方一點，好似有千斤重量壓下，竟然收勢不住，棍頭向下直沉，將要着到地面；眼見歐陽臉色發脹，已承受不起；誰料禪師面含微笑，心存寬厚，木棍只一點即收回；他祇用他深厚的功力直貪棍梢，將對方的木棍壓沉就止。

豈料歐陽崑尚不覺悟，棍頭一鬆，立即第二次又出棍進擊，這次是用陽手握棍，虛勢鑽心，等對方用棍來撥時，他即改用陰手將棍一轉，直點對方右邊腰部，一虛一實快如閃電。但禪師早已洞燭機先，立即跨上一步，他不退反進，調轉棍頭一掃，立將歐陽手中的木棍掃在一邊；這一擋乃眞力相對，棍頭和棍尾相擊之力甚巨，震得歐陽崑握棍之手虎口又麻又痛。歐陽崑在兩個回合中顯明已是失敗，這還是和尚手下留情，給他面子，望他知難而退。

但歐陽崑這無賴還不識相，不肯就此罷手，留點餘地。接着再繼續進攻。第三回合他用虛招劈頭部，迅即將棍一收一鑽直揷和尚的肚腹部位，慧禪一眼就看穿了他的手法，等他木棍當頭劈來，佯作起棍擋，隨即向後跨退一步，俟對方的木棍直揷來時，就將手中木棍和他的木棍一搭，然後一捲一拖；但見歐陽崑雙手一滑，好似木棍上擦了油，再也抓不住它，隨着禪師的木棍捲拖而去，眼前兩手空空，當場繳械！此時對方如欲懲他，就毫無還手之力了。

爛仔歐陽驚得目瞪口呆，兩眼發直的望着和尚，生怕他的木棍朝他打來，那就性命凍過水了。但禪師慈悲爲懷，並不和這種人一般見識。大喝一聲：「還不快走！」歐陽崑至此如夢初醒，趕快逃出寺門，再也不敢來撩事生非了。

慧禪木棍的打法，如同我在廣西受軍訓時，那位禪院老人的棍法如出一轍，我是第一手就被繳械。但慧禪和尚却留人情給歐陽崑，祇怪他太不識事務，不明知難而退，還要一再進擊；和尚直到第三回合才繳他的械，這是出家人的修性所至。

我和禪師雖然初次見面，但雙方特別有緣，因此慧禪的話也越談越多，還將他寫的字給我看，但見他的字筆力蒼勁，鐵畫銀鈎，落筆如龍飛鳳舞，眞乃一位罕有的文武全才大禪師！使我仰慕萬分。

舊事重提——

抗戰期間一段艱苦生活實錄

文嬋

序

憶一九四三——四年之間，當日軍佔領上海，戰事方殷，交通阻斷，上海已成爲孤島。糧食缺乏，開門七件事，件件鬧荒，事事坎坷；所謂巧媳婦難煮沒米飯。當時無米無柴，一家人竟未成餓俘，此媳婦眞可謂「巧」矣。今日翻閱卅年前日記數頁，紙已黃，墨已淡，但尚能讀出：記述在日軍淫威之下生活苦況，歷歷在目，一字一淚。又檢出打油詩一篇，當時草草寫下，惟希博得含淚一笑耳。今重加修改，每首後加有註釋，蓋欲保存我生活史上一段實錄，題曰：『巧婦吟』。

灶下新燒赤豆湯。多加清水少加糖。夫婿不識吾心苦；似欠蓮心味道香。

註：買米不得，煮赤豆湯以充飢，夫嫌不佳要加蓮心棗子桂圓才夠味也。

度日眞成比度年。全家夜夜吃湯圓。廚頭娘子空閒甚，未到清明先禁烟。

註：因買米不易，故常不舉炊，向巷口叫湯圓果腹，甜鹹俱備尚可口，碗碟亦無須洗滌，遂多空閒。又三五牌（泊來貨）香烟已絕跡，夫擬戒之矣，末句兩用也。

洗手入廚淚暗彈，皺眉總爲日三餐。無柴却嘆還無米，便做夫妻也是難。

註：俗云柴米夫妻，今日無米無柴亦難乎其爲夫妻，鄰居夫婦無日不聞勃谿之聲，蓋亦以此。其妻已於昨日離家赴別處謀生。所謂夫妻本是同林鳥，大難臨頭各自飛，古人已先我而言，現在今日。

此日門庭怎得開。一升米買一斤煤。油鹽件件成心事，會看打翻醋罐來。

註：柴、米、油、鹽、醬、醋、茶，此開門七件事也，今者米須軋，柴須軋，油亦須軋，惟有鎭江酸醋尚未編號排隊耳。醬油亦恐成問題，因須以麵粉黃豆爲原料也。

十里洋場夢一場。樓台無復舊風光。洛陽親友如相問，（王昌齡句）賸有清茶潤酒腸。

註：十里洋場，無復舊時熱鬧，茶樓酒肆，營業亦非昔比，生活迫人，度日艱難。開門七件惟茶尚未成荒，至若烟酒皆千倍其値矣。

窗前獨自廢吟辭。一字無成腹又飢。眼看米袋乾淨淨，强顏且寫打油詩。

註：自識曰：腹中空空眞將嘔出心肝來矣，不去軋米尚有閒情寫打油詩耶！一笑。

（完）

勇敢直言的形像永留黨國
邵華先生逝世一週年

任蜚聲

立法委員邵華（健工）先生是去年端午節逝世的，迄今已滿一週年了。我們感時傷逝之餘，對這位生平敢作敢爲直言不諱的黨國先賢，將永遠不會忘記的！因爲他的勇敢直言的形像與作風，已深印在吾人腦海中。正如程滄波先生輓邵氏聯所云：「雄姿憶當年，風雨縱横悲壯士；烟雲感夙昔，寢門寂寞哭人豪。」

邵先生原籍安徽潁上。潁上位居皖北，民風士氣均帶有北方的粗獷豪邁，正與皖南胡適之先生家鄉的文弱書生作風，適成强烈對比。邵氏雖出身農家子，確屬一表人才，幼懷大志，曩在上海持志大學讀書時，即從事學生運動，響應國民革命號召。其後在北伐軍中担任政治工作，異常活躍；尤其說服安徽軍閥王普投効中央一事，具見才識過人。當寧漢分裂時，邵氏對清黨工作頗多貢獻。因爲他平日對共產黨人的動態瞭如指掌，故中央一聲令下，清黨工作乃得以順利展開完成。

凡識邵氏的都贊佩他不僅胆大心細，能言善辯，而且凡事謀定而後動，是誠國民黨不可多得的長才，故他當選中央委員時，不過卅零歲，乃當時中委中之最年輕者，非無因也。談到邵氏初在南京當選中委時，有一段小揷曲，說來亦非常有趣，同時亦可由此看出他的機警之處。邵氏當年與駱美煥等人當選中委時，當局以他們年紀還青，來日方長，示意他們四人將中委名讓出，由西山會議派年老者補上，以免物議。這雖是黨方的决定，但手續上仍須他們本人同意，於是果夫先生派人四出找他們來談話。邵氏獲此傳召時，正坐在牌桌上，他一面想如見了果老，在情面難却下，非讓位不可。於是他採取了卅六着走爲上策，一面敷衍來人說打完牌才去。但他打完牌之後一溜烟直往下關，搭夜班火車去了上海數日未返，於是他的中委得以保留，而且以後歷屆繼續當選。至其餘三人都老老實實將到手的中委讓出了。

邵氏在抗戰時，秉承政府意旨，撫輯流亡學生，在湘西辦理國立第八中學，繼又在四川江津接掌第九中學，慘淡經營，厥功甚偉。尤其是八中規模之大，世所罕見，全校高初中與師範共十大部，校址分佈於湘西六個縣境，爲數四千的男女學生，百分之九十來自安徽，春風化雨，縱横數百里內絃歌處處，頓使這個蠻荒之區無形開化了。邵氏對校外睦鄰功夫做得特別好，不但贏得當地土紳與特殊勢力的誠懇相助，後來甚至連當地土匪都不刧掠八中師生。邵氏對學生的組訓工作頗爲重視，每年舉辦暑期訓練班，培養青年幹部，爲黨國儲材。全校師生既然大都是家鄉子弟，如同一家人一樣，照說好辦，殊不知一家之長有時亦不易爲，何況是一校之長？邵氏在大公無私有敎無類的原則下，特別注重人才，凡成績優秀，或有一門專長如球技歌唱出色，縱然品行差一點，必盡量設法感化，使其成材。如果品學均劣而且思想左左的，那只有送往集中營。

回顧邵氏一生革命事業，所以能如此一番風順，一半也有賴其夫人靳懷俠女士，靳女士不但爲人賢慧，而且治家有方，使邵氏在發展事業上永無後顧之憂。舉例說，邵氏出身寒微，一生也未有作過什麽大官，自然無財產之可言，而其家庭內外一切有關經濟問題，均由邵夫人一手運籌策劃。再說邵氏原是風流倜儻人物，生平自亦不免偶有艷遇綺聞，可是邵夫人從未有正面加以干涉或起過風波，最多她只是在幕後作些化解與疏導工作。憑這兩點，可以見到邵夫人的忍耐與傳統美德了。

五四運動警醒了上海學生

·雲　煙·

袁世凱夢想稱帝，故與日本秘密訂賣國「二十一條」。第一次世界大戰，日本加入協約國，因此日本把德國在山東租借地「青島」拿去，後中國當局段執政亦加入協約國對德宣戰，雖沒有派遣一兵一卒往歐洲，但輸送大批技工往法國担任後勤工作，德國敗北，協約國在巴黎對德簽訂和約，理所當然，青島應由中國收回，但日本拒絕，在會議中曾提出「中日問題」由兩國自己解決；北京學生知道了此項消息，忿怒地火燒趙家樓，毆打了章宗祥，警察逮捕了學生，該天適巧是「五月四日」學生遂罷課，影响了全國。

上海學生響應北京學生的愛國運動，大中學學生組織成立「上海學生聯合會」推舉端木愷爲會長（現在台北任東吳大學校長）亦罷課，組織宣傳隊，商界響應學生的呼籲，成立了各路「商界聯合會」，若干商店罷市，亦扯了白布黑字的旗，上面寫着「收回青島」或「反對魯案直接交涉」或「取消二十一條」或罷免曹(汝霖)、陸(宗輿)、章(宗祥)」或「抵制日貨」。

上海學生聯合議決：某星期日下午二時假座南市公共體育場，舉行全體學生大會。誰知該日體育場的門給警察當局奉命關閉，各地學生（閘北、滬東、滬西等）絡續而來，遂倡議：「往龍華淞滬護軍使署請願，而天公忽不美——下毛毛雨成爲大雨，但學生羣衆仍排着隊伍（四人一行），邊走邊呼口號，並沒有減低他們愛國熱忱，若干學生因手中持的洋傘是日貨，撞向電桿把它搗爛，棄置路傍，抵龍華，離護軍使署約有五十碼距離，武裝軍人禁止前進，而天公忽晴，平日少行路的人，走了三小時的路程，不免疲乏——尤其女性，路旁農民紛紛拿凳來讓女生坐，但粥少僧多，因前面軍人僅允可派代表見護軍使，爲防止軍警開槍射擊，因此前面領隊的男生呼着：「俯伏下來」！結果圓滿，准許下星期日在原地舉行。

是日陽光普照，下午二時准舉行，主席枱在場中中央，主席站在桌上宣佈：「通電全國」，「致北京政府電」，「致巴黎和會中國代表團電：收回青島，反對魯案直接交涉，如無圓滿解決，拒簽和約，上海學生誓作後盾……」電文讀完後游行，各校校旗不一，多數白布黑字，有的學校一人拿校旗，有的兩人扶着，此外手持小旗，寫着：收回青島，或抵制日貨，或取消二十一條，或反對魯案直接交涉；隊伍出體育場大門右轉向東至中華路，遂向北行至城隍廟路向東，至黃浦灘向北，沿民國路向西行，一路呼着口號，此起彼伏，若干熱血沸騰的拳擊玻璃櫃枱，指尚有日貨出售之店員，「下次不可再售日貨」，隊伍行至老北門附近，不知誰家小學學生二十餘名，跪在地上，手持紙旗，寫着：「向游行隊伍致敬」或「抵制日貨」「收回青島」「取消二十一條」，至小西門散隊；此乃一九一九年五月間之事。嗣後逢星期日南市或閘北有學生宣傳隊，若干學生在閘北搜查到大批日貨時，搬往烏鎮路與大統路附近之空地焚燒；在南市者搬往西門公共體育場焚毀。因「曹、陸、章」三人均已自動辭職，商店遂復業。翌年春，天津學生與警察衝突，若干學生被逮捕，上海學生聯合會為支援天津學生，遂定於某星期日下午二時，假座南市公共體育場舉行全體學生大會，誰知該日天公不做美——毛毛雨，警察手持木棍在街道上阻止學生隊伍前往體育場，因此首先在老西門附近，學生與警察衝突，學生以旗桿當武器，對付有手棍之警察，在混戰中，學生與警察互有打傷——，在醫院中包紮後可回家，若干學生雖被拘當晚即釋放，此案不料了之。翌年華北五省災荒，各學校組勸募隊，在街道上向路人求助，多寡由路人自己投入竹筒內。上海學生聯合會原設在「徐家滙路復旦大學附中」為各學校代表赴會開會便利計，遂借定舊法租界貝勒路某里民生女學為會場。一九二二年各教會學校在基督教青年會號召下，為救濟蘇聯十月革命後大災荒，組織募捐隊，因滬江大學派出募捐隊較多，因此劃分最佳之地區——由南京路新世界東起至黃浦灘南至愛多亞路，北至擺渡橋，向西人勸募時，若干西人不僅不捐分文，且講：「我恨過激主義（Bolshevism）！此即指「共產主義」該時一般人對此主義不十分明瞭，「蘇聯十月革命」稱其謂「過激主義（布而什維克）」該時誰知蘇聯日後導致中國紛亂？人民遭殃。

學生的純潔愛國運動，後為野心家所利用，如五卅慘案發生後，在各校學生代表會議上，竟有人提出：「往公共租界游行演講」，但此提案未能通過；七君子利用量才業餘補習學校學生，赴南京請願要求當局收回「東北失地……」。屈指「五四運動」迄今已五十餘年，北京的領導人多數墓木已拱：如羅家倫，傅斯年已故；在上海的——第一任學生聯合會會長——端木愷尚在台北，第二任俞氏未知其天南地北，學生聯合會週刊編輯——潘公展病故美國，其他評議部部長等行跡不詳。

昔年上海書場藝人許繼祥善擺噱頭

晚近評話家以許繼祥為首。所謂「響梗不及啞糯」，聆之並不討厭，而於電臺播書，以發音柔和，無尖銳刺耳之弊，反覺動聽，嗜痂音者固大有人在也。

繼祥為許春祥之子，或傳其與仙霓社崑班武生汪傳鈴為兄弟行，不知是否傳鈴出嗣姓汪，仰係繼祥繼承許氏，則須繼祥本人說明矣。繼祥二字，原為金筱棣之藝名，不知以何因緣，旋忽移贈春祥之子，應用之後，穩坐評話第一把金交椅，其藝確有獨到處，固非倖致也。

英烈傳一書，演述有大明興國歷史，光復漢室，為民族奮鬥之革命戰爭。層層關子，情節異常緊湊。自經洪楊時之評話家林漢揚改編以後，復由楊某加添「反武場」一節，去蕪存精，足與三國演義媲美，故有小三國之稱。春祥即師承其藝，以天賦金嗓子，聲音宏亮，擅去常遇春、蔣忠等角，聲名藉甚！傳其藝與門弟子葉聲揚、朱揚振輩，各擅勝場。

繼祥以善「放噱頭」，為其唯一特長。說表輕鬆自然，理路極清，每於不知不覺間，插入意想不到之新鮮噱頭，發語雋妙，聽者莫不捧腹。種種別出心裁之譬喻，靡不迎合潮流，不支不蔓，渾成自然，絕無「硬裝斧頭柄」，牽强之弊。隨機應變，笑料俯拾即是，蓋雅擅「肉裡噱」者也。葉聲揚雖亦以善「放噱頭」，著稱於時，惟其所擇笑話材料，俱極粗俗，口沒遮攔，暢言無忌，致書場女聽客，為之掩耳却步。

繼祥旅滬十餘年，從未再出碼頭，書場電臺，依然應接不暇，或謂繼祥「大」書「小」說，嗓瘖無勁，深合上海人之口味也。（齋）

劉湘逝世後之川局（下）

周開慶

劉湘直轄之二十三軍軍長潘文華，於去年奉命出川，担任軍團長，以作戰不力，曾受撤職留任處分。劉湘逝世後，經　蔣委員長於一月二十五日手令予以開復。此時潘氏已回四川，未在前線。旋奉委爲第二十八集團軍總司令，於三月十六日與鄧錫侯等聯名通電就職。四月二十六日，更奉委爲川康綏靖副主任。

劉湘直轄之四十四軍軍長王纘緒，與潘文華同時委爲第二十九集團軍總司令，亦於三月十六日同時聯名通電就職。三月二十四日，王氏應　蔣委員長電召，由渝飛漢晋謁，請示出兵抗敵事宜。臨行時表示，謂彼從戎數十年，從未打過國戰。此次倭寇侵我，我發動神聖抗戰，實屬軍人不可多得之報國機會，亟願躬赴前線，爲國效力，一時利祿，殊非所顧云。四月一日，王氏自漢口電所屬王副軍長成章，周參謀長從化等，謂決率部出川抗敵。王電稱：「今日之勢，我輩若捨去出兵抗戰之一途，不惟國家民族無以生存，即吾川省格與夫小小團體，亦將難保。且現在後方軍人，必深負亡國之罪，縱不被國人唾罵，亦無面目以見抗日諸將士。緒已抱定堅決之決心，不問一切機構，專以集團軍名義，率部出川抗敵，即使七千萬人擁我爲主席，我亦不屑爲，棄之如敝屣。惟望兄等迅將本集團軍各師旅部隊，調集相當地區，加緊整頓訓練，穩極準備出師。如有不明大義，偷生畏勞之官佐，務望諸兄切實開導，俾知公忠體國，爲民前鋒，注意大者遠者，切勿瞻前顧後，國家幸甚，國體幸甚」云。四月二十六日，行政院會議決議：以新任川省主席張羣一時不克赴川就任，由王纘緒代理四川省政府主席，其經過容以下再述。

王陵基原任四川省政府保安處長，劉湘率師出川後，代理四川省保安司令。王於劉湘肄業四川陸軍速成學校時曾任劉之教官，劉湘於生前常尊王以師禮，王又歷任劉之師長等職，故劉王關係甚深。據傳於二十六年七月川康整軍時，劉湘對其直屬各軍師，曾大事調動，以加强其控制。其原則爲以團爲單位，以旅爲中心，以師爲機關，以軍爲名義。其辦法即將原來各軍所屬之二師調開一師，所留一師之四團中調開三團，所留一團中三營調開二營，所留一營中之四連調開三連，如此則原來一軍之舊部，僅餘一連矣。又組武德勵進社，旅長以上均不能參加，劉湘自認理事長，而以王陵基任監事長，以爲部隊之核心。川省府又組保安團二十餘團，由保安處長統率。劉湘逝世後，王自覺劉湘實力在其掌握中，又受三數政客鼓動，故於一月二十五日，對川省人事有所主張，使川局發生暗潮。三月二十二日，川康綏靖主任公署與四川省政府，更會銜發表王陵基爲寧嘉（定）敘（府）屯殖軍總司令，劉兆藜爲副總司令，張再（斯可）爲寧嘉敘屯墾局局長；並將川康綏署原直轄之鄧國璋、范楠軒、陳良基、劉若弼、劉樹成、周成虎等獨立旅，撥歸該總司令指揮。二十三日，王陵基應　蔣委員長電召，飛漢口陳述川事。旋奉派爲第三十集團軍總司令，於五月四日在成都通電就職，隨即率師出川，屯殖德司令一案，未奉軍事委員會核准，亦未實行。

以上爲劉湘逝世後中央對其直轄各將領的安置。唐式遵早任第二十三集團軍，在前線抗戰。潘文華發表爲第二十八集團軍總司令，旋又奉派爲川康綏靖副主任。王纘緒發表爲第二十九集團軍總司令，旋奉命代理並眞除四川省政府主席，其率師出川遲至民國二十八年冬。王陵基奉派爲第三十集團軍，不久即率師出川。各將領既均得效命之機會，因劉湘逝世而起之川局動盪逐漸成過去。至於川康綏靖公署改組情形，則如下述。

抗戰初起，川軍第四十一軍孫震，四十五軍鄧錫侯，及四十七軍李家鈺，合編爲第二十二集團軍，由川陝大道出發北上，鄧錫侯任總司令，孫震任副總司令。劉湘逝世時，本集團軍已於參加山西抗敵後轉戰於魯蘇之間，隸屬第五戰區。二月二日，　蔣委員長電第五戰區司令長官李宗仁，以川軍鄧錫侯孫震兩部，紀律嚴明，人民愛戴，轉戰各地，備著辛勤，囑即傳諭嘉勉。二月二十二日，國民政府明令，特派陸軍中將鄧錫侯爲軍事委員會委員長重慶行營副主任。二月下旬，鄧氏由前線奉召到漢，晋謁　蔣委員長。三月二日，國府令派繼任川康綏靖主任。鄧氏在漢口發表談話，謂「自去歲十月率部出川以來，但知抗敵報國，盡我軍人捍衛國土之天職。近方督師前方，忽奉召來漢。原擬俟報告戰况聆訓之後，即行返防，乃承中樞畀以重任，　蔣委員長激勵有加。本人才薄能鮮，深懼弗勝厥職。承　委員長迭次訓示，只得遵命回川一行。此去宜達中樞及　委員長意旨外，謹當本誠摯公允之態度，與桑梓各將士袍澤，切實籌商綏靖地方，鞏固後防，整理訓練軍隊之步驟，以期完成抗戰圖存之使命」云。三月十六日，鄧氏與潘文華、王纘緒等聯名通電就職。電文中稱：「竊念抗戰以來，劉故主任盡瘁國事，賫志以歿，川中袍澤，如嬰失怙，哀痛迫切，徬徨無措。民衆亦以領導乏人，羣均杞憂。幸我樞府顧念西陲，簡及駑駘，錫侯等辱蒙殊遇，遺大投艱，愧悚交併。今者國難既日形嚴重，川康又爲抗戰後防，自當與前方將士共賦同仇，劍及履及，豈敢徘徊。今後同人唯一志願，誓當在　委座領導之下，繼承劉故主任抗戰建設之遺志，完成衛國衛民之大業。上報中樞倚畀之殷，下副國人喁喁之望。漏舟風雨，彌勵忠貞，山岳可憾，此志不渝」云。

三月十九日，鄧錫侯發表處理川康軍政步驟，決秉「公誠和信」四字做去。川軍繼續出兵問題，則正籌商中。原談話謂：「余此次奉命回川，以各方期望之殷，知自身責任之重，業於十六日遵命就職。今後對於川康軍務之處理，決秉公誠和信四字做去，庶上可以對中樞付託之重，下足以饜川人望治之殷。我國於此國際局勢急劇變化之際，外抗暴敵，必須將自身活力盡量增强。川康軍政既已全部貢獻於國防上，故在積極方面亟應將練成之正規軍，加緊團結，應服役之民衆，加緊組訓，並在本人職權範圍內，盡力協助生產。至於消極方面，更應穩定社會秩序，絕滅奸宄，淸掃萑苻，庶幾脚踏實地，邁步前進。至於出師殺敵，原爲軍人天職，自抗戰發動以來，川康軍人，在最高軍事當局指揮之下，與敵交鋒，均能盡職。本人回川以後，迭與袍澤晤談，對於繼續出兵一端，僉袍共同决心，刻正熟籌計商，並向最高當局請示」云。

四月二十六日，軍事委員會明令發表潘文華爲川康綏靖副主任。原任重慶行轅副主任鄧錫侯，因已另任川康綏靖主任，不能兼顧，經另派劉文輝兼任重慶行轅副主任。劉原任二十四軍軍長，本年一月二十五日，行政院改組西康建省委員會，仍派劉文輝爲委員長，於三月十四日在康定就職。至此更兼任重慶行營副主任。惟在八年抗戰中，所部從未有一兵一卒出發前線抗敵。

以上爲川康綏靖公署改組的情形。至於川省府的改組，在劉湘逝世後之第三日，即一月二十二日，國府即發表明令，任命張羣爲四川省政府委員兼主席。二十三日，張氏發表談話，指陳其治川方針，謂：「四川自劉主席兼政以來，即與川中各方將領，開誠佈公，努力求治，同心一德，以安定川局，擁護中央爲職志，軍事既賴以整理，政治亦日上軌道，地方一切設施，復同時並進，對於國家貢獻，至爲長遠。抗戰以來，劉故主席復親率師旅，殺敵疆塲，尤爲舉國所欽許。不幸積勞過度，舊疾復發，國難未紓，竟先賫志以歿，眞所謂鞠躬盡瘁，死而後已者，爲國爲川，令人無窮之傷悼。中央對於川省主席繼任人選，以本人係屬川人，較悉川事，因使承乏。但本人自民國九年離川之後，即未一履故鄉，十數年來，皆在中央及他省服務，久離川省，親故多疏，於地方利弊，人民疾苦，尤不敢謂有深切之瞭解。此次遽承新命，深感責任重大，弗克負荷，力請另簡賢能，未蒙俯允。值兹國難極形嚴重時期，秉以桑梓敬恭之義，不敢固辭。川省連年災歉之餘，必先恢復人民之生產能力，一切國防重要之建設，方能次第迅速實現。換言之，培植民力與加緊建設，必須同時並進，方足以適應非常時期之需要。前途工作，本極艱鉅，所幸國府現駐重慶，一切指導，極爲便利，惟有秉承中央意旨，並繼續劉故主席最近後方建設之計劃，羅致各方人才，共同努力，爲川省謀民生之建設，即爲民族奠復興之基礎。本人志願如此，惟一切設施，尤有待於中央同僚，及川中父老各方同志多方督教，隨時匡助，乃克有成」云。

但此時國民政府雖已移駐重慶，軍政重心則仍在漢口，張氏時任國防最高會議秘書長，兼行政院副院長，責任繁鉅，一時無法返川。蔣委員長於一月二十九日電令川省府秘書長鄧漢祥，囑於張主席未到任以前，省府事務，請其照舊負責，俾省政得已繼續進行。四月二十六日，行政院會議議決：張主席既一時不克赴川就職，派由王纘緒代理四川省政府主席。五月八日，王氏就任代理主席職務。劉湘逝世後中央對四川軍政人事之調整，至此告一段落。

王纘緒就任代理主席後，其治川方針，見於二十七年七月七日所發表之「抗戰一週年感言」。謂：「四川因地理關係，現尚未淪爲戰區，但我們的責任，與在前線上並沒有兩樣。多努力一番後方工作，也就是多增加前方一分抗戰力量。以四川人力物力之豐富，復興民族的責任，我們應該多負幾分。自從國府西遷以後，四川不僅成爲政治的重心，而且國防工業的建設，亦將以四川爲中心，今日四川地位大非昔比。」王氏至此分述省府最近領導地方各級政府努力之中心工作有四：第一是不斷供給兵員。從種種方面精密的估計：四川將來繼續的徵調，可望有五百萬人補充上前線。第二是提高國防生產建設。抗戰發生後，沿海沿江各種工廠紛紛內遷，四川因物產豐富，遷川工廠特多。我們一面注意建設國防產業，一面要注意掃除建設的障碍，四川的國防建設，才有進展之可能。第三是訓練民衆。以軍事訓練增進民衆抗戰技能，以生產訓練提高民衆生產效率，以編組訓練，堅强民衆團結精神。第四爲救濟難民，安定後防。我們對於戰區入川難民，不能以臨時救濟爲已足，應安置其使自己從事生產以自養，才是根本辦法。

八月一日，行政院舉行第三七四次會議，決議改組四川省政府：（一）四川省政府委員兼主席張羣呈請辭職，應予照准。（二）任命四川省政府委員兼代主席王纘緒兼任四川省政府主席。同日，軍事委員會發表張羣爲軍事委員會委員長重慶行營主任。

以武漢保衛戰此時已進入最緊張階段，駐漢各中央行政機關於八月初全部遷移重慶。八月六日，行政院長孔祥熙在重慶招待新聞界，報告今後施政方針，其中有關四川之談話如次：「四川在後方諸省中，居最重要地位之一。抗戰以來，先後出兵數十萬，在前線各處與各省友軍，奮勇爭先，前仆後繼，歷著戰績。全川軍民，忠勇奮發，物力方面，尤多貢獻。故今後抗戰建國之事業，及我民族復興之工作，四川省實負有最重大之使命。最近中央派張主任來渝主持行營，王代主席之眞除，川省府之改建，即所以充實四川之行政，使其所負之重大使命工作，得迅速完成。」

張羣於八月五日就任重慶行營主任，即電約川康綏靖主任鄧錫侯，副主任潘文華及重慶行營副主任劉文輝來渝，籌商川康軍政大計。十一日，鄧、潘、劉等到渝，十七日返蓉，聯合發表談話，謂：「此次赴渝，與汪、孔、張三先生聚談次數較多，感想極好，承諸先生推誠賜商，對川康各事，尤多愛護。就目前形式上與精神上，已分不出何處是中央，何處是地方，此爲强敵給我們的好處，亦即抗戰最後勝利的基礎與預兆。張岳軍先生到渝未久，對川康軍事政治已極明瞭，然猶虛懷若谷，諄諄商討，每日必見面，見面必談數小時。張先生並擬以國家力量，致力於後方各省大規模之經濟建設計劃，刻正在組織進行中。吾人在目前形勢之下，應擁護中央，抗戰到底。爲推行軍事政治，尤須擁護渝行營，並請張先生切實領導我們，方能使最後根據地之四川，日臻治理。」

八月二十二日，王纘緒召集成都各軍政機關各團體人員講話，宣佈其眞除後之施政方針，畧謂：「現在四川即是中央，今後中央叫我們做什麽，我們就做什麽。中國只有一個黨，一個主義，我們除此之外，不知其他。我們只有一個領袖，即如本人亦只知服從 蔣委員長，國家前途成敗利鈍，全由 蔣委員長做去。至川省施政方針，可爲諸位告者：（一）用人唯賢，決不分親疏。（二）財政公開，不虛耗一文。（三）我負有軍管區責任，應負責組織民衆。（四）整頓保甲。」

十月十日，鄧錫侯、潘文華、王纘緒三人，在四川省黨部補行宣誓就職典禮，重慶行營張主任由渝赴蓉，代表中央監誓。張氏致詞畧謂：（甲）從國民革命的意義觀察過去川人之參加革命，自辛亥迄今，均有光榮燦爛之歷史，望繼續努力。（乙）從抗戰建國的責任上預策將來：一、矢志擁護最高領袖；二、鞏固後方根據地，支持長期抗戰；三、培養人力物力，充實抗戰需要。（丙）今後中心工作：一、精誠團結；二、肅正風氣；三、實行動員；四、安定地方；五、厲行禁煙；六、生產建設。張氏於二十二日公畢返渝，據談此行觀感頗佳。省垣一切均較前有進步，川省軍政當局，對抗戰中自身任務，認識極清。各界咸願在中央領導之下，完成四川對抗戰應負之責任。

抗戰局勢日趨緊張，民衆出兵出錢之負担亦日以加重，而地方基層政治未臻健全，部份不肖官吏，乘機勒索敲詐者所在多有，民國二十七年十一、二月，新都、中江兩縣事件，遂相繼發生。十一月十日，新都實驗縣鄉民，因不滿縣政府徵兵及各地設施，受地方哥老及土劣之鼓動，集合團丁多人，圍城反抗，附近各縣團丁，亦紛往參加。經省政府派保安隊彈壓，並由公正士紳出面疏解，取銷實驗縣名義，撤換縣長，始獲和平解決。十二月七日，中江事件繼起，鄉民二千餘人，包圍縣城。追查事件起因，爲縣政人員徵兵徵谷舞弊，引起人民公憤。經省政府與綏署派人宣慰處理，亦幸獲解決。事後省府與綏署舉行聯席會議，經決定：（一）對新都、中江事件已有適當處置，今後務使此種事件不再發生。（二）今後川省政治設施，決力謀改進，須能切實應用與適應戰時需要。黨政軍各方應更加强聯繫，使一切工作均能迅速配合展開，以符建設後防支持前方之要求。

民國二十八年一月六日，王纘緒、鄧錫侯、潘文華聯袂由蓉飛渝，向中央述職並請訓。一月十日，王纘緒發表談話，謂：（一）關於兵役問題，中央已有詳晰指示，川省決遵照實施。（二）川省本年度預算，雖尚欠缺，中央已允補助。今後川省會計獨立，一切均由中央統籌支配。（三）關於禁政，決定禁吸禁種，雖於稅收有關，亦不稍顧慮。（四）剿匪問題，決先充實民衆自衛力量，免此剿彼竄，永無根絕之期。

二月一日，重慶行轅奉命結束，另於成都、西昌設委員長行轅，派賀國光、張篤倫分任主任。二月十一日，賀國光由渝飛蓉，主持成都行轅事宜。據談：「目前正值第二期抗戰開始之時，川康兩地爲後方之重要根據地，關於地方之軍政事宜，與抗戰前途，極關重要。行轅之設立，其最重要之意義，即指導督促川康一切軍政事宜。所幸川康地方負責長官，多係多年同寅至友，其愛護國家保衞桑梓之忠忱，極爲欽佩。本人當以至誠相輔相助，俾一切庶政，益臻完善。至於今後川康施政方針，當以兵役治安淸鄉建設爲中心工作，務使後方秩序日益安寧，而得從事於一切生產建設。」

二月十二日，第一屆國民參政會第三次大會在重慶舉行，二十一日閉幕，會中通過 蔣委員長（兼議長）提組織川康建設期成會及視察團案。此足以充分說明中樞重視川康建設之意旨。視察團於三月下旬分五組出發視察，七月下旬視察完畢，編成報告書，爲此後川康建設之重要依據。

國民參政會於第一次大會在漢口開會時，曾決議設立臨時地方民意機關，以期集中意志，發揚民力。中央政府遂決定於民國二十八年下半年起，各省市普遍成立臨時參議會。六月一日，四川省參議員名單，經政府明令公佈李肇甫等七十人，幷指定李肇甫任議長，向傳義任副議長。七月一日，川省臨時參議會正式成立，舉行第一屆第一次大會，二十二日閉幕。在此次大會中，各參議員發言踴躍，對川省病根，有坦率揭發。議決案最要者，爲主張整飭吏治，裁併機構，以健全行政；提前設置縣參議會，籌備自治，以宏揚民意，發揮民力；厲行禁烟剿匪，以根絕烟毒，安定地方。

此時抗戰已入第三年度，川政推行已漸上軌道，忽於八月六日，有川軍七師長謝德堪、楊晒軒、彭煥章、周虎成、劉樹成、劉元塘、劉元琮聯電攻擊王纘緒種種措施不當，促其辭職之事發生。原自王纘緒代理並眞除川省主席後，大體上尚能秉承中樞意旨，推動有關抗建工作。惟自劉湘逝世後，川中軍人覬覦川政者頗不乏人。王處事接物，有時亦不免操切。是時川軍𨑳駐後方者計共九個師，除屬四十一軍之曾憲棟、呂康兩師長拒絕簽名反王外，其他七師長，劉元塘、劉元琮係屬第二十四軍劉文輝部；謝德堪、楊晒軒，係屬四十五軍鄧錫侯部；彭煥章、周虎臣、劉樹，係屬於潘文華指揮。七師長既各有所屬成，其所簽發之反王通電，自爲其長官所指使。中樞爲息事寧人，安定後方起見，乃有調王纘緒囘到駐在湖北前線之二十九集團軍總司令，由 蔣委員長兼理川政的決定。

二十八年九月七日，鄧錫侯、潘文華、王纘緒應召到渝，八日晋謁 蔣委員長述職並請訓。十九日，國民政府發表明令：「四川省政府主席王纘緒，志切抗戰，請纓出川，懇辭主席職務，英勇衞國，殊堪嘉尚。王纘緒應准率部馳赴前方，悉力禦侮。在出征期間，所有四川省政府主席職務，着由軍事委員會委員長蔣中正兼理。此令。」同日命令，並免去川省府委員兼建設廳長陳國梁本兼各職，委員兼秘書長陳筑山兼職，任命陳筑山兼建設廳長，賀國光爲委員兼秘書長。

說猴子

羅尚

蜀人呼猴爲三，又呼三兒。猿猴與三字有何關係，尚待查考。

猴子爲極聰明之動物，根據古生物學記載，其腦髓在六百至八百西西，僅次於人類之八百至千二百西西。

台北市燈謎專家名詩人蕭貫昌兄謂：渠客四川彭水縣時，親見猴子渡江。先是一猴抱大樹，然後大小猴挨次抱腰，結成一串，如打秋千樣，盪幾盪，以試能否達到彼岸。湊巧還少一猴之距離，是一大猴脚挽猴串之脚，再盪至對岸，大猴急抱樹穩定，原岸之抱樹猴放手，渡江成功了。此與前人記巫峽中猴串垂江飲水法相同。蕭兄又見猴子代人摘橘子，此則以術愚猴。彭水縣黔江附近懸崖，橘樹最多，冬日橘熟，無法採摘，多爲猴吃掉，人乃携橘子若干至崖下，拋橘子以打猴子。猴子見打來者，正是身旁之物，於是競摘橘柑往地下拋人打人。人在下面零星往上打，猴子在上面忙得不亦樂乎，不消幾個鐘頭，能摘完一片橘林。人在地面上檢不盡的橘子。

哭劉大中兄嫂

張九如

事之演變如在常識之中，人雖不易溯其由來，但已料定其結局的不幸，故祇痛惜而不驚愕。事之噩耗如由於眞情的凝集，人每不易窺悉，一朝出現，總不免駭疑歎息。故我聽到大中兄已死於肝癌，只是飮泣，突聞亞昭嫂竟死於殉夫，便震驚與涕淚交迸而出，不再能自持了。

我自今春起至大中兄病逝止，陸續接其手書五，及繼正兄給他影印的手書三，初驚悉其腸患癌症，繼悉其已開刀二次，未喪信心，後憂其肝亦染及，難免蔓延，最後更悉其白血球日少，體重日減，痛苦日烈，鍼療已無從爲力，故每次覆致其書，一皆出之以慰藉，期能振奮其精神於萬一。當其逝世之前十餘日，猶航寄武進鄉訊中載劉綸對乾隆「釋東西」七月十五日期刊一份，並語以今後當續寄此類簡短而有趣文字，以發一笑，因大中兄屢言始祖爲劉綸，且言及其家與吾張家於淸初以贅繼關係，本是一家故也。不數日因其夫婦於年前在台灣時，極讚賞梨山水蜜桃之美，大中兄雖沒有啖水果習慣，亦曾在我家於曲終人散後吃了一枚，因復致其一函說，又正是桃熟時節，以美國不許進口，又易爛，遙想明年今日，仍可與兄嫂吃個暢快，不須孫行者偷，亦無勞王母娘娘設宴，我自有移山縮地本領，把全山桃子搬到尊前，慶祝遐齡。一週後，又函告以財部根據「財稅資料處理及考核中心」的資料，與電子計算機的設備，新進稽征專員的努力，已征獲逃漏稅捐近二十億元，土地稅法及營業加值稅正打鑼鼓，機動滙率終將出場，貨幣市場已在後台化妝，其中若干主張或辦法雖尚有人亂喝倒采。但知音的人逐漸增多。一些難與慮始，可與樂成的愚民，終將如鄭人對子產新政由毒罵而頌念那樣的轉變。兄固不爭一時一隅而爭千秋全局的奇男子，不啻今日的鄭子產，因遙知喜訊必多，深信欣慰日甚，惟祝天相吉人，日漸康復。因這封信寫得稍長，不便於病人閱看，又知大中兄凡事認眞，覆信皆自寫，就在信端用紅色筆大書「請亞昭嫂宣讀，並代懇中兄勿勞神賜覆」。至於信中喩大中兄如子產，不過是舊話重提。今年一月底，他來寓時，我曾對他述說子產的故事，子產當政於鄭國外患內憂交烈之際，毅然施行當時亟需的幾項新政，遭到巨室豪商汚吏蠹士愚民四起反對，爭喊着「取我衣冠而褚之，取我田疇而伍之，孰殺子產，吾其與之」，三年而後，又都感到子產新辦法的好處，就一致謳歌着「吾有子弟，子產誨之，吾有田疇，子產殖之，子產而死，誰其嗣之」，鄭國終能轉貧弱爲富强，變外敵爲友邦，實由於此，所以子產死，孔子亦爲之出涕。當大中兄聽過我這番話後，立即離座說，「九公，你太推重我了，如說蔣院長是子產，倒還適當，我只是竭盡心力，聽候驅策，好像游擊隊中的一名小兵而已。」此情此景，今一回憶，猶如昨日事也。

我熟識大中兄，是從五十七年他主持賦改會後開始。其後雖陸續獲知他早在四十三年五十三年五十六年間已返國服務數次，貢獻頗多，如改行單一滙率，建立總體經濟，創製「產業關聯表」及「政府收支與全國總生產之供需報表」，就是他的定策，雖無緣拜識，却已信心日升，認爲內有尹仲容，外有劉大中，財經前途有望了，所以七、八年來沒有乘立院休會期間赴各地考察。尤其看到五十七年八月下旬大中兄與蔣碩傑委員聯名瀝陳當時財經方面亟待改進各點，簽奉　總統批示「大體皆應照辦，且無甚困難，應由行政院及中央黨部分別督導，如期完成」，並另奉眉批六項，「此應照辦」，「應速辦」，「應照辦」及「此少數事家應即由行政院從速遴選實施，並與大中主任辦理」等手批，都簽名於批下，令我肅然起敬興會遄飛。及閱五十九年六月賦改會編印的八大冊報告書，與賦改會結束時大中兄給我閱看的擇要簽呈 總統文稿，對財經見解的正確，籌策的精到，又使我欽慰交迸。也就在這兩大宗文件上，產生一種信賴的期待的乃至祝福的樂觀其成的各種心理，便長久沒有追隨立院同人考察各地財經實況。這種態度，和我在會期間只是靜聽財經乃至其他部會首長的報告與他們對同人質詢的答覆，自己極少發言一樣。

近半年來，既憂大中兄病將不起，又想到賦改的進度與實效究竟如何，其間有無窒碍難行之處，及應如何修正，已有親自考察的必要，就不計體力能否勝任，在本月十七日晨，隨廿餘同人出發了。見李國鼎財長來院送行，急詢以大中兄病況怎樣，最近有無消息。李祇告我以大中兄曾函開在國外工作的財經專家多人名單與通訊處，我已依其所言，時與聯繫，並曾請他們回國提供意見。李並說，數年來財經兩部努力的路向與大部份的措施，都遵循大中兄定下的方針範疇，我這個當先鋒的廖化，自感不及大中兄遠甚。又說，最近覆閱 蔣故總統生前對大中碩傑簽呈核批的那麽精細明切，眞使人看得感愧， 總統已離我們去了，大中呢？不說也罷！

在赴台南車中，向我問大中兄病情如何的同人甚多。我除乘機略述他對財經擘畫的認眞以外，曾含淚說到：很不幸，亦很可敬佩。大中平日只忙着培養人才事，報効國家事，全不理自身健康事，他的久患腹痛，大便頻數，已經多年，只是吃下幾粒止痛丸，便算了事，又去忙着心頭手邊事了，向沒進過醫院，驗過身體，他和尹仲容的性行一樣，恐怕結局亦是一樣。仲容的賢勞於國事，無暇管自身健康事，連出國的黃皮書，亦是請人想法取來，是大家早知道的。就台灣的財經建設說，奠基的是仲容，測繪高厦大樓建築藍圖，鑄成除草平地機械的則是大中，這也是大家將會……」，說至此，有人見我突然停止，要我說下去，只得拭淚說，仲容在六十一歲時，死於肝炎，大中患的是比肝炎更惡的肝癌呀。陳桂清兄坐在我身旁，見我傷心，便說死生有命，富貴在天。他的這句話，又引起我的重大感觸了，却不願說出。我的認識是，死生富貴不僅決定於命運，尙有人與社會的因素在內，假使朝野各方能夠公爾忘私，因而忘家的人較多於今日，至少亦可以減少從政者的憂勞，而延長其壽命。只因觸犯太多，就硬把我的想法咽下喉裡去了。

十七日晚，會食於台南大飯店，正舉箸，桂清兄與其住在台北的夫人通電話後，忙來告我，劉大中死了，這是台北晚報上的消息，在席的台南市長亦是有心人，急找到該市出版的晚報來唸，所載亦如此，頓使我如被迅雷轟頂，落箸於地。桂清見我泫然殷勤爲我挾菜，我惟含淚頤首而已，最後只啖粥半盂，即赴臥室電請內子電慰在台北的大中兄之姊，並提及如知大中兄夫人家中的電話，最好即打越洋電話去，但是言不成聲，耳亦失聰，只聞「我已知道」而已。十八日強自排遣，隨同人出席聽取台南縣市各單位首長的財稅金融簡報，畧悉實務上須待解決的問題尙多，動向則盡依賦改會的指針，心稍爲慰。是日朝餐時，向以言語尖利出名而又富於正義感的東北籍立委侯庭督兄，初亦不甚瞭解大中兄的見解，時有微詞，及聞我昨日車中之談，便向我談及其在美國的兒子，前曾函告大中先生是馳名國際的計量經濟學專家，請他力予贊助以後，他就改變了態度。並說及前在某次會議中，聽到某委員竟罵大中是共產黨思想，曾急起糾正說，我們立法委員的嘴自然是敞的，各人的見解不同，儘可討論，怎能口沒遮攔，就亂拋紅帽子給人戴呢。又說到自此以後，大中先生每次見到我，總是趕來謝我，和我緊緊握手，要我常時指教，他這種謙恭誠懇的風度實在是少見的。

庭督兄這番話，使我積壓在胸中的壘塊又和海潮般起伏。大家搬遷到台灣以後，時間久了，不但情緒難得正常，即識解亦有所蔽，或蔽於近見無遠識，或寡於閱歷而侈聽聞，甚或惑於俗論而少研判，亂於私心而忽公見，於是「洋和尚反會唸經」的譏姤語，自大中兄主持賦改以後，此伏彼起，甚囂塵上。大中兄雖隨時反覆解釋，亦總是聽之藐藐，雖不斷周諮博訪，察納雅言，又總是用力多而成功少。雖他的熱誠國事同於仲容，而其待人的和愛謙光，論事的色莊辭和，則非仲翁所能及，然仍不易感動一般人。我因此想到他在今年二月初離國之前，我和以前一樣要他給我一份寫印好的建立貨幣市場等研究報告時，他只淡淡的囘我「我不再寫什麽了」這麽一句，似是有來由的。十九日晚間，我從高雄飛囘後，內子曾對我言及，上年六月間她到康乃爾大學去看劉夫婦時，劉夫人談到她曾勸告其夫，既不見諒於世，何苦仍是賣命。這更可推知他消極的由來了。

但我仍不信，因爲二月初我在機場候機室見他曾和俞國華總裁耳語多時，精神雖顯得疲憊，態色仍極懇摯，加以國鼎兄又語我以他曾開列不少青年財經學者名單來，要他重視，他這種安排，不但如蕭何將死，舉曹參以自代，亦如史魚因不能進蘧伯玉而退彌子瑕，乃有身後之諫，且可免於蘇洵責管仲易簀時祇言豎刁易牙開方三氏非人情，不可接近，而痛責其不知本這種的批評。如說消極，那亦只是積極的消極，消極的積極而已。尤其記得他在前年來看我時，見他幹勁十足，索性給他錦上添花，向他談到我常州人以前在歷史上兩件可以自豪的事，都給你發揚光大了。一是爲學爲政總能見其大者遠者，清初莊存與和劉逢祿的闡揚公羊學說，鼓吹大同之治，便是例證。二是爲文務求其有用，反對桐城派祇作悅目極少實用的文章，獨創明利害、辨是非，論對策的陽湖派作風，本此立德立功的有洪亮吉唐順之趙烈文諸人。當時大中兄聽了，異常興奮，曾說我怎能及得上鄉先賢，只是盡心盡力而已，又把手中紙扇連揮，站起來練習台步，劉夫人笑着說，大中又發戲癮了，在我看去，他眞有周郞雄姿英發之概。並記得五十八年十月中旬，我入榮總醫院割治胃潰瘍時，將寫好了的一篇長文，請來院看我的王任遠兄帶囘轉交建設雜誌發表，題目是「賦改會終將登陸月球」，文則詳述太空人辛勤練習與太空船艱難締造每一階段的情況，及阿姆斯壯登上月球第一步時的喜慰，與採獲品的新奇豐富，以比喻賦改的工作和結果。大中兄在雜誌上看到後，即偕其夫人趕來謝我，表示其苦幹雖如阿姆斯壯，成就將不如登陸月球那樣的速且大。及我囘家調養時，有這麽一天，他捧着一盤獅子頭來，一面放置桌上，一面笑向我說這沒有像阿姆斯壯在月球上採下的礦石那麽寶貴，只是常州名菜而已，味還好，肉亦爛，是九公能吃的。我自然欽佩他這種篤愛朋友的熱腸，更欽佩的是他深深記着我給他加油鼓氣的言論文章。亦正因此，斷定他對祖國事仍是積極臂助的。又正因此，我一聽到他病逝的噩耗，自不免異常傷感了。

尚有給我感到特別刺激的，是十多年前仲容去世之日，正是我家宴請美國新聞處長夫婦共餞舊曆大除夕之日，忽接汪公紀兄電話說尹仲容先生逝世了，我驚痛得爲之離席而泣，美處長亦連說可惜，稍稍進餐而去，不料大中兄的死訊，又在宴席中傳來，怎能使我忍受下去。尤其沒料到的是，十九日晨在高雄華王飯店才畢朝餐，庭督兄急告我以劉夫人亦自殺了，是這張報紙上的消息。我忙奪報來看，丑輝瑛委員見我淚眼模糊，急取報宣讀。這一記給我打擊的沉重，更加忍受不住。上午雖亦出席聽取高雄市縣各單位簡報，總是聽而不聞，連會場是設在何機關，亦茫然不知，只是呆坐而已。自知不能再撐下去，即請服務員給我購下午飛機票，趕囘台北，好去唁慰大中兄之姊，並請其代告同人不必候我午餐。六時許抵家後，知內人已去過大中兄的胞姊之家，並畧知大中夫人的殉夫，早已決定。只是使我更多感慨的是，親愛如大中兄的胞姊，她亦認爲今春在美國時，雖已聽到大中兄向她這樣表示，他倆如一人先走，沒走的人將會跟隨着走，總以爲是戲言，至少亦不會同時走，而今竟成讖語，確是任何人都沒料到。如依我看，這恐不祇是夫妻恩愛的昇華，可能尚有更大的緣故在呢。

因此，我願問世人幾件事：

一是，自容閎留學國外至今百餘年間，出國求學的無慮數萬人，其中有沒有人像大中兄那樣的把宗譜帶往國外去？尤其在國內自鳴前進份子，狂喊打倒宗法觀念封建思想期間出國的學子，誰還能和大中兄同樣的衆醉獨醒，衆棄我取？至於上年內子往訪大中夫婦時，大中兄鄭重捧出宗譜，請爲解釋譜例，他對宗譜重視如此，幾如箕子的寶重洪範，及天命既改，生人以正，乃出其珍藏，使黎民得以序彝倫，敦親睦，則似乎陳義過高，大中兄雖亦此物此志，我却不遑對一般人求全責備了。只祝望棄祖國如敝屣的一些人，回頭才是。

二是國內外和大中兄同樣著名的財經學家，至少亦有百多人，其中有沒有像大中兄那樣的不辭辛勞，更不計毀譽，多次回國効力，始終視爲自己是國民一份子，自應出其所學，報答國家？並願聞數十年前曾受國家培植，其後並蒙國家授與高位厚祿，而今就業於國外的若干學人，有無籍列祖國，心向毛共的情形？至於負笈國外的青年學子，其受國家公費而前往的，能否學成回國反餔？其靠自費而去的，是否忘却以前所受的教育，即得之於國家出錢辦理的學校，而更想一去不復返？我要垂涕而道，癌症能死大中的身，却未能死大中的心，不知哀莫大於心死的人能否由此愧悔？抑或要我提前招魂？

三是大中兄處事的態度，是實事求是，絕不虛僞，絕對認眞，這可舉出旁證。人皆讚譽他演唱國劇工力之深，我更佩服他學習的認眞。他從幼時聽戲看戲起就全神貫注。其後學戲，更從最基本之處入手，無論聽學老生小老武生，都十分注意腰腿、工架、台步、身段一舉一動的極細微處。尤其在拉琴時，我見他兩臂總是使出全副力量，好像庖丁解牛似的，他這種精神就是他爲國家擘畫財經的精神。爲問今之從政者及經理社會事業者，能和大中兄同樣莊敬其事的，究有幾人？

四是劉夫人亞昭女士的以身殉夫，雖不必提倡，却彌足珍貴。當茲共黨倡行「一杯水主義」，各國亦多輕率離婚的今日，這一對夫婦最後的表現，千百年來中外社會史上好像從未出現過，顯而其足以逐漸扭轉世風，則可以逆料。而且他倆的相約同逝，顯屬創舉，既不類於莎士比亞筆下羅蜜歐與朱麗葉的由於兩家宿怨而爲情自殺，亦不同於我國俗劇中梁山伯與祝英台由於家庭反對他們婚愛而互殉，自不免令一般人既讚難他倆恩情的濃厚，又惋惜他倆何苦如此。若說羅葉殉情後兩家仇恨解消，寃家變爲親家，大中夫婦對祖國各方面亦有此期待，我就只有中心藏之，存而不論了。若說梁祝互殉後會化爲雙飛雙宿的蝴蝶，生前被阻的戀愛，死後仍獲得補償，那就更是胡扯了。若說生有自來，死有所爲，依我初步窺測，它是眞愛情的升華結晶，倒是無可異議的。要是所見不謬，那麽他們賢伉儷共患難同生死的影響力，已足以使鄙夫寬、薄夫敦，大有益於世道人心，尤其足以形擊鐵幕內「一杯水主義」的戾氣邪風。

我忍痛書至此，內子王德箴的悼念詩已成，爲附於後。會稽日壯，復國在望，大中兄嫂靈爽不昧，想能來格來饗。

哭大中亞昭賢伉儷

王德箴

小別方待歸有期，斯人斯疾半信疑，驚聞斯疾竟不起，更駭賢妻死相隨。相隨携手入天國，依舊鴛鴦雙比翼，可憐親友隔紅塵，年時歡笑成追憶。憶與伉儷初論交，劉郎才氣薄雲霄，經濟文章不世出，氍毹歌舞震天驕。亞昭風範亦瀟洒，相夫教子欽朝野，嗟我平生少心儀，喜遇知音附高雅，數載過從情益眞，熱腸古道誰堪論，最是神州色變日，獨持宗譜遠避秦。講學康大聲譽著，心懷祖國勤襄助，殫精竭慮裕稅收，稅賦日增君竟去，彼蒼何忍奪長才，豈眞人生如戲耶，公瑾當年應遺恨，（大中曾撰「遙想公瑾當年」），小喬寂寞銅雀台。傷哉無語慰魂魄，一曲江東求留拍，（大中所演之羣英會，留有攝影錄音）生掬忠誠照汗青，死證兩情堅金石。

北望樓雜記（一）

·適然·

前記

本文原名海隅隨筆，刋於本港某晚報，因逐日撰寫，未能貫串，錯字尤多，魯魚亥豕，難以辨識，茲加以整理補充，在本刋重行發表。

九一八詩

「趙四風流朱五狂，翩翩蝴蝶正當行，溫柔鄉是英雄塚，那管東師入瀋陽。告急軍書夜半來，開塲絃管又相催，瀋陽已陷休回顧，更抱佳人舞幾回。」此馬君武博士「哀瀋陽詩」也。書明「仿李義山北齊體」。末句多作「更抱阿嬌舞幾回。」本刋第一期影印出君武手稿「阿嬌」乃「佳人」傳抄之誤。

君武書明「仿李義山北齊體」，按李義山北齊體，篇名「北齊」，亦二首：「一笑相傾國便亡，何勞荊棘始堪傷，小蓮玉體橫陳夜，已報周師入晉陽。巧笑知堪敵萬機，傾城最在着戎衣，晉陽已陷休回顧，更請君王獵一圍。」

與義山「北齊」詩相較，可知君武此詩實模擬太甚。以義山詩而言，「北齊」二首已屬下駟，君武詩亦以此二首最差。但却最膾炙人口者，因其人其事足傳也。

實則九一八之夜，張學良正陪本港某爵紳在戲院聽程硯秋「宇宙鋒」，不惟未同胡蝶跳舞，亦不識胡蝶，就事論事，此眞一大寃獄，甚矣哉，文人之筆有時且勝於武人之刀也。

瀋變之初，滬上名詩人錢苕隱亦有「哀瀋陽」詩：「瀋陽城中十萬兵，城南城北皆峙營，夜中賊來兵盡走，四天如墨無戰聲，平明作隊搜大戶，穿門爲狼入爲虎，母從兒走妻求夫，我軍已遠空號呼，萬家膏血汚泥塗，爛焦不顧池中魚，天祿之藏四庫書，一一盜載歸蓬壺，兵工雄廠亦賊有，經營十載嗟何如，吾聞東師號勁旅，奈何一朝虎變鼠，將材不生壯志悲，家山入破淚如雨，莫唱邊城石雁謠，大帥河上方消遙。」

及君武「哀瀋陽」一出，舉國均信張學良是晚眞同胡蝶跳舞，更加入梅蘭芳，益形熱鬧。錢苕隱亦有詩：「霜角聲中塞月寒，羅衾一響只貪歡，梅魂蝶影支離甚，無限江山作夢看。」以後又聞知張學良常同女友打高爾夫球，苕隱又賦詩云：「漁陽鼙鼓動天來，東北長城幾將才，正是鳳城秋月夜，玉人携手打球回。」此一玉人未明指何人，但可以斷言絕非胡蝶，而當日「少帥」沉迷烟毒，恐亦無力打高爾夫矣，苕隱所咏皆道聽塗說之事也。

自君武詩出，舉國皆信瀋陽事變之夜，張學良眞同胡蝶共舞矣，錢苕隱乃爲胡蝶曲：「羅游影幻宮妝立，片片春雲作裙葉，化出人天絕代姝，前身合是仙山蝶，仙蝶飛來南海家，珊珊鎖骨擅容華，明珠舉出爭相看，白璧生成未有瑕，豆蔻梢頭剛十六，年年攬鏡春江綠，謝逸詩篇擬未工，滕王畫本摹難足，郎罷當字北度關，一官鹽鐵又南還，極天風浪收颿早，攜取文姬向海山，海山徧吸人間電，玉奴一到開生面，幻魄初傳謝氏情，斷腸替寫英台怨，籠眼琉璃一笑温，娟娟過幔影留痕，奪來天上三分月，消得江南十萬魂，小姑居處原芳潔，無奈懷春情內熱，宋玉牆東倩影來，因風吹上梅邊雪，花爲郎貌雪爲懷，有約雙飛好事諧，鴛帶從教親手結，繡簾長爲畫眉開，南園草綠春如海，片石三生盟誓在，鳳子呼名最有情，韓憑抵死期無悔，好夢如雲不自由，是鄉那得老温柔，歡場橫被錢神誤，孽海曾難宿願酬，翻雲覆雨高堂惡，鑄就黃金成大錯，紈扇何曾便棄捐，粉衣早識多輕薄，藕斷連環更換新，公庭對簿翠眉顰，溝頭蹀躞東西水，從此蕭郎是路人，春駒却向燕台住，一曲霓裳人盡顧，太息燕脂北地顏，爲他金粉南朝誤。虎帳牙旗督八州、十三年少富平侯，才驚相見還相許，彼是無愁此莫愁，鳳城正值中秋夜，羅襪香塵生舞榭，玉笛梅花並較量，瓊枝璧月雙無價，酒闌人倦畫樓陰，擁髻燈前意不禁，綉被焚香魂欲醉，良宵何止值千金。此際有人軒榻側，徙遼燕喜仍羈國，絕塞謠驚白雁來，翟泉讖兆蒼鵝出，金缸銜璧可憐宵，猶道將軍抱舞腰，十二瓊樓春栩栩，何心河上賦逍遙，軍書火急來行館，倒趯鞾尖渾不管，祇覺瞢騰綺夢酣，那知東北胡塵滿，紛紛修竹上彈章，誰放周師入晋陽，畢竟傾城更傾國，還須分謗到紅粧，紅妝有恨憑誰訴，手疊空箱江海去，此局全看玉襪輸，有金還買花鈴護，依然畫裡見眞眞，百億蓮花盡化身，一世羣芳輸玉貌，諸天尊號擬金輪，纖兒撞壞家居好，嬋娟情重江山小，兵柄多年解玉符，仙槎萬里通蓬島，青天碧海照雙心，此日難爲邂逅吟，萬一微波通繾綣，可能舊夢試追尋，英雄兒女情何限，今昔秋雲分聚散，剛把桃根渡口迎，又聞駿足瑤池返。菊部聲名動石城，秦台傳粉一含情，忽驚金彈抛林外，毋復瓊花唱後庭，美人身世飄零久，萬事榮枯一回首，此日桓公老漢南，不堪重撫江潭柳，一塲恩怨訴琵琶，艷曲爭翻姊妹花，聞說棲梧偕鳳侶，還看擲果傍羊車。墜溷花殘何起算，念家山破星霜換，爲惜名娃誤沼吳，莫教禍水終亡漢，小却紅桑入嘆嗟，遊仙枕上說南華，還傾銅狄千行淚，來寫金莖一朶花。」

又王代公咏秋草詩：「公子風流迷蝶影，家山破碎黯狼烟。」亦將胡蝶與張學良牽扯一起。

又金松岑秋感八首之一：「金台兀兀醉觥秋，一夕家山付壑舟，幸免胭脂汚辱井，不勞楊柳賦迷樓，聞歌對舞翩翩蝶，語戰驚蜷觳觫牛，記否而翁悲壯語，三垂崗下涕橫流。」此詩以張作霖父子擬李克用父子矣，實則張作霖已不能望李克用，張學良與李存勗相較，直珷玞之與美玉，未能比也。

又有署名龍山者，倚浣溪沙云：「烽火傳來國已傾，莫輕回首賞新聲，梅郎歌舞正三更；城郭不歸遼鶴夢，將軍徒啜樂羊羹，更誰繫虜請長纓。」「城郭不歸遼鶴夢」一句用典極切。此詞又將梅蘭芳牽入，實則亦烏有之事。

錢苕隱尚有書憤一首：「烽火遼陽已十旬，微聞廷議尚逡巡，鈞天樂奏渾如夢，戰地花開不是春，伏闕有人空涕淚，渡河無日更酸辛，那堪重問神州事，滄海橫流到此身。」此詩則不僅責張學良矣。

張學良以不抵抗失東北，此事到今尚有委罪中樞者，不知張學良當時虎踞關外，形同獨立，其立塲非中樞所得而命令者。而當東北情况危急時，張學良淹留故都，堅不肯返，雖張景惠入都促駕，亦避而不見，其罪能逃於天地之間乎。世人特多曲意爲之開脫，亦可怪也。

瀋陽事變後，有李君在滬報刋讀史一律：「棘門兒戲是誰辜，垓下天亡語亦麤，山木何曾知自寇，壑舟坐見負之趨，漸成墟土憂鯢鮒，焉用春秋托蟪蛄，別有長城從不識，書生多事策防胡。」語雖憤激，而皆有所指，詩亦佳，蓋學宋人有得者。

（未完待續）

三十年前日本投降紀實

資料室

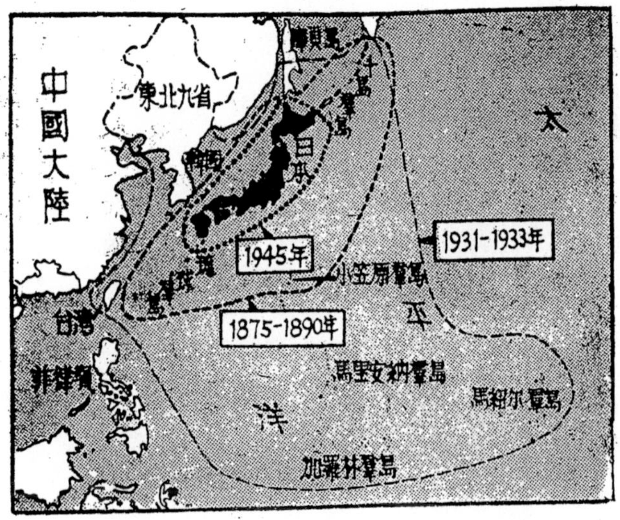

日本佔領區變遷圖

一、「米蘇里」艦上廿二分鐘

九月二日，日政府與聯合國方面之投降協定簽字式，正式在泊於橫濱附近六哩海面的美國新銳戰艦「米蘇里」號上舉行。簽字會場設於右舷甲板上，會場之正中，置有長八尺，寬二尺之長方形桌。圍繞該桌，自正面起，左側為中國、英國、蘇聯、澳洲、加拿大、法國、荷蘭、紐西蘭等國之全權代表，順序站立，右側為聯合國最高指揮官麥克阿瑟元帥及美國代表，相繼站立。日本全權代表重光外相，梅津參謀總長等於八時五十分分乘小艇到達艦旁，九時正，由麥克阿瑟元帥主持，簽字式遂即開始。

雙方簽署代表如下：聯合國方面為盟軍最高指揮官麥克阿瑟元帥，美國代表尼米茲元帥，中國代表徐永昌將軍，蘇聯代表邱列温中將，英代表福拉塞中將，澳代表福列米大將，加拿大代表哥司古列布上將，法國代表魯古列魯大將，荷蘭代表別魯福奇提督，紐西蘭代表伊西特空車中將等。日本代表為外相重光與參謀總長梅津二人。雙方簽署手續，經二十二分鐘，即全部完畢。儀式舉行時，美國戰鬥機八百架，翱翔天空示威，麥克阿瑟元帥在開始儀式時，發簡短演說，略謂：「吾人締結此莊嚴協定，俾得恢復和平」。麥帥並謂：「希望世人自此莊嚴之時刻起，由過去流血屠殺中產生一更善更美之世界，以信義，諒解為基礎，致力謀維持人類之尊嚴，實現可珍愛之自由，容忍及正義之希望」。美國杜魯門總統在此日作廣播演說，宣佈九月二日爲勝利日。

日本投降文書要點

（一九四五年九月二日）

日在「米蘇里」號戰鬥艦上舉行降伏協定文書簽字，降書要點如下：

「米蘇里」號上簽字情形

（一）吾人奉日本政府之天皇及帝國大本營之命，並代表渠等接受波茨坦宣言中之所有軍隊之無條件投降。

（二）吾人向諸盟國宣告，日帝國大本營所有日本軍隊及不論何地受日本節制之所有軍隊之無條件投降。

（三）吾人命令所有日軍及日本人民停止敵對行動及保持所有船隻、飛機、軍用及民用財產，並避免其損失，服從盟國最高統帥可能提出之一切要求，或日政府各機關在盟國統帥指示下所提之一切要求。

（四）吾人命令日本大本營，立即通令所有日軍司令及不論何地受日本節制之司令，無條件投降，並命令所管轄之部隊一律投降。

（五）吾人命令所有民政官及陸軍、海軍軍官，遵守及實施盟國最高統帥認爲使此次投降收效所應有之一切公告命令及指示。吾人指示所有此等官員，保守其職位，繼續其非戰鬥之任務，但由盟國最高統帥或其命令下特別解除職務者，則爲例外。

（六）吾人負責爲日本政府及其繼承者，矢忠實施波茨坦規定，並發佈盟國最高統帥或任何其他盟國指定之代表，爲使波茨坦宣言生效起見，所需之何命令。以採取渠等爲達到上項目的所需之任何行動。

（七）吾人命令日帝國政府及帝國大本營，立即釋放在日本囹圄下盟國所有盟國戰俘及盟國拘留民，予彼等以保護照顧及給養，並即移送彼等前往指定地點。

（八）天皇及日本政府統治國家之權力，應受制於盟國最高統帥。盟國最高統帥將採取認爲實施此等投降條件應有之步驟。

裕仁與政府文告

裕仁也發出詔書說：「朕業已受諾昭和廿年七月廿六日美國、中國、英國三國政府之首腦於波茨坦發表爾後且由蘇聯參加宣言，所揭載各條項，將於帝國政府及大本營於由聯合國最高司令官提示之降伏文件，代朕簽字，且根據聯合國最高司令官之指示，公佈對陸海軍之一般命令。朕命令朕之臣民，速停敵對行爲放棄武器，及由大本着實履行降伏文件之一切條項，及由大本營公佈之一切命令。日本帝國大本營也遵麥克阿瑟元帥訓令，通令國內外之各日軍司令，使各武裝部隊立即停止作戰，放下武器，留居原處，向盟軍司令無條件投降

何應欽將軍受降情形

「凡一切武器、軍火、戰具之製造與分配，此後均當停止，戰俘及被拘人民，將送往安全地帶，以備盟方接受日方之全部名單，凡拖延或未能實行此令及以後之命令者，當由盟方軍事當局及日本政立即嚴懲。」

日本首相東久邇宮向全國發表文告，大意說：「當此正式簽署降書之一日，吾人同念過去種種，百感齊集，無限悲痛，難以盡洩！一念我歷史悠久之皇軍，其武裝行將解除，實悲痛無窮。天皇勅令既已頒下，正式投降唯有順從，吾忠貞之人民應正視失敗之事實，而受其不可忍受之痛苦，以符御旨。我日本人民務必堅持鎮靜及秩序，儘量遵守政府及大本營所頒佈之命令。吾人應於萬般容忍中，保持我民族永久之勇敢精神。吾日本人民當默念此番戰爭所以失敗之原因，而於過去種種深自懺悔，同時我日本人民亟宜實一切職責，以期於舉世矚目中。表示我日本人民之信譽，目下雖有無限艱難，加諸吾日本人身上，然應抱堅定不移之决心以赴。於和平及文明之原則下，盡力謀日本之新生，對於我國之努力，均不足承天皇聖旨，職責所在，義不容辭也。」

日本大本營也通令各地日軍投降，令國內外日軍司令使各武裝部隊立即停止作戰，放下武器，留居原處，向盟軍司令無條件投降。凡一切武器、軍火、戰具之製造與分配，此後均當停止；戰俘及被拘人民，將送往安全地帶，以備盟方接受日方之全部名單，凡拖延或未能實行此令及以後之命令者，當由盟方軍事當局及日本政府立即嚴懲。

二、南京受降

九月八日何應欽上將乘「美齡」號飛抵南京，接受敵人的投降。次晨九時，在中央軍校禮堂正式簽降書，日方代表，計駐華日軍最高指揮官陸軍大將岡村甯次，駐華日軍總參謀長陸軍中將小林知三郎，駐華日軍總參謀副長陸軍少將今井武夫，駐華日軍參謀陸軍中佐小笠源，中國海面艦隊司令長官海軍中將福田良三，台灣軍參謀長陸軍中將譯山春樹，第三十八軍參謀長陸軍大佐三澤呂雄七人。我方出席者：何應欽上將以外，有海軍上將陳紹寬，空軍上校張廷孟，陸軍上將顧祝同，陸軍中將蕭毅肅等四受降官。上午九時岡村偕隨員九人到達禮堂，出示證明文件，何總司令以降書交岡村簽字，然後何總司令簽字。簽字後何總司令以蔣委員長第一號命令交與岡村，岡村受領後即退出。禮畢何總司令又舉行廣播，舉國歡騰，熱烈慶祝這歷史上最光榮的最後勝利。

日本在中國戰區投降書

（一九四五年九月九日）

一、日本帝國政府及日本帝國大本營，已向聯合國最高統帥無條件投降。

二、聯合國最高統帥第一號命令，規定在中華民國（東三省除外）台灣與越南北緯十六度以北地區內之日本全部陸海空軍與輔助隊，應向蔣委員長投降。

三、吾等在上述區域內之全部陸海空軍及輔助部隊之將領，願率領所屬部隊，向蔣委員長無條件投降。

四、本官當立即命令所有上開第二款所述區域內全部日本陸海空軍各級指揮官及其所屬部隊與所控制之部隊，向蔣委員長特派代表中國本區中國陸軍總司令何應欽上將，及何應欽上將指定之各地區受降主官投降。

五、投降之全部日本陸海空軍，立即停止敵對行動，暫留原地待命，所有武器、彈藥、裝備、器材、補給品、情報資料、地圖、文獻檔案及其他一切資產等，當暫時保管。所有航空器及飛行場一切設備，艦艇、船舶、車輛、碼頭、工廠、倉庫及一切建築物，以及現在上第二款所述地區內日本陸海空軍，或其控制之部隊，所有或所控制之軍用或民用財產，亦均保持完整，全部代繳於蔣委員長及其代表何應欽上將所指定之部隊長及政府機關代表接受。

六、上第二款所述區域內日本陸海空軍所俘聯合國戰俘及拘留之人民，立予釋放，並保護送至指定地點。

七、自此以後，所有上第二款所述區域內之日本陸海空軍，當即服從蔣委員長之節制，並接受蔣委員長及其代表何應欽上將所頒發之命令。

八、本官對本降書所列各款及蔣委員長，與其代表何應欽上將以及對投降日軍所頒發之命令，當立即對各級軍官及士兵轉達遵照以上第二款所述地區之所有日本軍官佐士兵，均須負責有完全履行此類命令之責。

九、投降之日本陸海空軍中，任何人員已於本降書所列各款及蔣委員長及其代表何應欽上將嗣後所授之命令，倘有未能履行或遲延情事，各級負責官長及違犯命令者，願受懲罰。奉日本帝國政府及日本帝國大本營命簽字人中國派遣軍總司令官陸軍上將。昭和廿年公曆一九四五年九月九日午前九時，簽存於中華民國南京。代表中華民國，美利堅合衆國，大不列顛聯合王國，蘇維埃社會主義共和國聯邦，並為對日本作戰之其他聯合國之利益。於中華民國卅四年公曆一九四五年九月九日午前九時，在中華民國南京接受本降書，中國戰區最高統帥特級上將蔣中正特派中國陸軍總司令一級上將何應欽。

降書簽字後，何總司令以中國戰區最高統帥蔣委員長之第一號命令一共六條交與岡村。

緊接着，何總司令舉行廣播，普告全國同胞及全世界人士。原文如下：敬告全國同胞及全世界人士，中國戰區日軍投降簽字，已於本日上午九時在南京順利完成。這是中國歷史上最有意義的一個日子。這是八年抗戰艱苦奮鬥的結果，東亞及全世界人類和平與繁榮，亦從此闢一新的紀元。本人誠懇希望我全國同胞自省自覺，深切了解今日為我國家復興之機會，一致精誠團結，在蔣主席領導之下，奮發努力，使復興大業迅速進展，更切望世界和平自此永奠其基礎，以進於世界大同之境域。

三、各地受降

十日上午何應欽上將又召見岡村甯次，對處理日軍投降事宜，有多項指示，岡村表示自己自九日簽定降書後，即脫離日本政府，絕對服從何總司令之命令。中國陸軍各地區受降主官姓名，受降地點，及日軍代表投降部隊長官姓名，與投降部隊集中地，全根據何應欽上將致日岡村甯次將軍的第十號備忘錄中所指定：（一）第一方面軍盧司令官漢，在河內受降。日投降部隊集中越南北部，由三十八軍司令長官土橋勇逸代表投降。（二）第二方面軍張司令官發奎，在廣州受降，日軍集中廣州、香港、雷州半島及海南島日軍司令官田中代表投降。（三）第七戰區余長官漢謀，在汕頭受降，日軍集中汕頭。（四）第四方面軍王司令官耀武在長沙受降，日軍集中長沙，衡陽，由廿軍司令官坂下一郎代表投降。（五）第九戰區薛長官岳，在南昌受降，日軍集中南昌，九江，由十一軍司令官笠原代表投降。（六）第三戰區顧長官祝同，在杭州受降，日軍集中杭州，甯波，由一三三師團師團長野地嘉原代表投降。（七）第三方面軍湯司令官恩伯在上海，南京受降，日軍集中滬、京，由十三軍司令官松井太久郎及第六軍司令官十川次郎代表投降。（八）第六戰區孫長官蔚如，在漢口受降，日軍集中武漢，沙市，由第六方面軍司令官岡直三郎代表投降。（九）第十戰區李長官品仙，在徐州受降，日軍集中徐州，海州，蚌埠，安慶，由六十五師團長森茂樹代表投降。（十）第十一戰區孫長官連仲在北平受降，日軍集中天津，唐山，北平，保定，石家莊，由華北方面軍司令官下村定代表投降。（十一）第十戰區李副長官延年，在濟南受降，日軍集中青島，濟南，德州，由四十三軍司令官細川忠康代表投降。（十二）第一戰區胡長官宗南，在洛陽受降，日軍集中開封，新鄉，鄭州，由一一○師團派代表投降。（十三）第五戰區劉長官峙，在南陽受降，日軍集中南陽，由十二軍司令官森考代表投降。（十四）第二戰區閻長官錫山，在太原受降，日軍集中山西省，由第一軍司令官澄田植四郎代表投降。（十五）第十二戰區傅長官作義，在歸綏受降，日軍集中熱、察、綏三省，由蒙疆軍司令官根本博代表投降。儀式陸續在各地舉行，隨後日軍亦先後解除武裝，點交與我方派員接收，靜待遣送回國。

日皇裕仁於一九四五年九月廿五日正式拜訪盟軍總司令麥克阿瑟。

他們應該同日死

——姜竹華談劉戢伉儷

·周盛淵·

姜竹華是平劇圈中名伶，她在四年前經由平劇的媒介，而與劉大中夫婦結識。四年來，劉大中夫婦對她關懷備至，一直對她像是自己的女兒。

姜竹華對於劉大中博士夫婦的同時棄世，並不感到震驚。她只是覺得：他們離開這個世界的時間，太早了一些。

劉大中夫婦的死亡，帶給姜竹華無限悲傷，因爲她難再遇到這樣的知音，也難忘他們對她的種種呵護和勉勵。

可是。姜竹華倒認爲：劉大中夫婦的同時仰藥殉情，並不出乎意外，因爲這四年來，她所看到的他們夫婦間那種恩愛，就使她感覺到——這兩個人是合而爲一的，他們不忍須臾分離。

生離的滋味，他們兩人都不願嘗到，死別那種痛苦，又豈是他們所堪忍受？

四年前，姜竹華在今日公司的麒麟國劇院演出，劉大中博士夫婦自美返台，在一個晚上前往觀賞，發覺姜竹華才藝出衆，特別在下塲後到化粧室去看她。

那一個晚上，他們談得很投機，而姜竹華所最難磨滅的印象，却是劉大中對夫人的體貼，和戢亞昭對夫婿的關懷。

當時，姜竹華除了與劉大中夫婦應對外，更癡癡地注視他們之間的親密恩愛；若不是初次見面及礙於劉大中夫婦的長輩身份。姜竹華那時候眞想唱出一句「只羡鴛鴦不羡仙」。

這以後，姜竹華經常與劉大中夫婦接觸，她的感受越來越深。到後來，她直覺地就認爲：這不是兩個人，這是一個人啊！

劉大中夫婦當時在國內停留了有兩年，姜竹華曾得劉大中的協助，獲名師指點，但是她總覺得，她蒙受最多的，還是劉大中夫婦間情愛所帶給她的薰陶。

去年劉大中博士票戲那天，姜竹華陪同前往，當劉大中在台上神采奕奕地唱做時，姜竹華總是不忘看看身旁的戢亞昭，因爲她好沉迷於戢亞昭臉上洋溢的滿足與欣悅，她從戢亞昭的眼神裡看出來，戢亞昭彷彿自己也附着在劉大中的身上，那樣專注地舉

訪美國劇團於中華民國六十二年十一月二十日到達紐約州塞勒克斯，劉大中博士夫婦及蔣碩傑教授夫人於當晚自做消夜點心，招待全體團員。圖為與部份團員合影，左起報幕小姐郭譽珮、楊蓮英、蔣碩傑夫人、姜竹華、劉博士、劉夫人、白玉薇女士、李金棠。

手投足。

劉大中排戲時，台上用的一把大摺扇，都是掌管在戢亞昭的皮包裡。每當劉大中即將上場時，戢亞昭必定取出備妥，而在下台後，不管劉大中將摺扇放置何處，戢亞昭從不會忘掉去收拾起來。

因此，姜竹華感覺到，戢亞昭無時無刻不活在劉大中的精神裡，而劉大中也未嘗片刻忽略了戢亞昭的生活細節。

姜竹華每次與劉大中夫婦一起共餐，都發覺到她沒有為戢亞昭服務的機會。因為從拉椅子，擦拭碗筷到揀菜，劉大中一直不停地為戢亞昭做着，別人只能艷羨地注視，却沒有任何插手的餘地。

劉大中喝水不喜歡過熱或過涼，戢亞昭曉得他這個習慣，因此每當劉大中喝水時，他的杯子永遠先在戢亞昭的手裡，她要為他先嚐一下，過熱了她就端着讓它涼一點，過涼了她就為他更換。

姜竹華的梨園好友孫麗虹、周家三鳳，在開始與劉博士夫婦認識時，覺得劉博士夫婦間的親愛，好得超出常情。姜竹華告訴他們說：多接觸以後，你們就會曉得這並不稀奇。

果然不錯，到了後來，她們知道了劉大中夫婦間的感情，就像是一泓溪水，永遠涓涓的流着。他們從來是發乎情，止乎禮，他們不需要熱烈的擁抱，光是那脈脈的眼神，就已經讓人心醉了。

姜竹華老感覺到，她與劉博士夫婦在國內相聚的那一段時間，令她更深切體會了平劇中描寫傳統夫婦間恩愛的那種情形。什麼叫相敬如賓？什麼叫此情不渝？姜竹華在那時候有了更深切概念。

後來，她曾隨國劇團兩度訪美，每次去到劉大中夫婦的寓所，她都發覺倆人的感情有增無減。

這一次，劉大中夫婦同時棄世的噩耗隔洋傳來，姜竹華和好多的梨園同好悲慟不已。但是，姜竹華並不感到意外，而只是感到悲惜。

姜竹華說，她參加劉大中夫婦的追悼會，內心深處禱祝他們魂靈安息，願他們來世仍然比翼。

本刊二十五至四十八期分類目錄

E 奇材異能

F 戲劇小品：

G 文藝史話

H 文物書畫

I 長篇連載

天聲人語

驢德頌 梁寒操

木訥無言貌肅莊。一生服務爲人忙。只知盡責無輕重。最恥言酬計短長。絕意人憐情耿介。獻身世用志堅强。不尤不怨行吾素。力竭何妨死道旁。

敬悼劉大中先生仙逝 邢杞風

一

卅年舊夢渺如烟　苦憶初逢雙橡園
慷慨傾談天下事　風流文采兩翩翩

（一九四五年九月，作者初晤劉先生於華府雙橡園，時彼任我國大使館副經濟參贊）

二

辜負經綸管樂才　浮家蹈海有餘哀
文章壽世終何用　無補民生疾苦來

三

壯志淩雲惜未償　偶從粉墨見鷹揚
羣英意氣今何在　赤壁原來是戲場

（劉先生對平劇極有造詣，尤工武生，前年與台北劇友合演羣英會，曾轟動一時。）

四

談到紅樓辯不休　綺湖春暖夜輕柔
分明肝膽猶相照　一夢何堪化石頭

（前兩句叙作者一九六八年春訪綺色佳時事。今年初，劉先生應香港中文大學之聘，定於今秋來此主持新亞書院院務，年初並曾偕夫人過港，猶提及當年紅樓之辯。不久即來書告以患膽結石，開刀後發現腸癌及肝癌。）

梅花詩 王世昭

碧海雲山幾萬重，西湖今在大江東。青鬟霧鬢朱顏改，紫蕚珠葩耀眼紅。自與逋仙羞傅粉，甘同君子共芳叢。飄飄齊下諸天界，野岫輕招松葉風。

亭亭瘦影兩三家，不與羣芳競歲華。淡泊甘爲松竹侶，婆娑恰趁月輪斜。寒塘老屋春長在，玉蕊珠鬚興倍賒。自是何郎無好句，却教紅綠遍天涯。

冰肌玉骨自清凉，剩水殘山亦未央。月上南枝香霧濕，雪飄漢苑漏聲長。朱顏皓齒年年在，地老天荒處處忙。身是林逋舊遊侶，不隨凡卉鬥芬芳。

鐵石妖嬈廻絕塵，藐姑山自屬仙人。南枝先放北枝後，春夢無端野夢頻。月落雲横光景淡，星浮曙動水痕新。凡花俗卉羞顏色，低首甘依百練裙。

餐風飲露宿烟霞，留取羅浮作帝家。欲贈一枝春色好，最憐半壁夕暉斜。綠肥紅瘦情何限，嶽立淵深幾歲華？光景不殊風日改，可勝徙倚問歸槎。

旅台二十三年 劉中龢

朱輪瓊宴在東山。淒厲胡笳入漢關。九馬金鞭馳劍閣。萬年烟竈起台灣。塵沙槁盡英雄淚。海雨凋殘鐵石顏。二十三年一回首。方知身亦寄人間。

②

綸巾蹇衞日栖栖。未問神仙路已迷。千叠秋山尋豹隱。一泓春水愛鶯啼。關河月色連天迴。巖谷松聲共海齊。何事青門還悵望。鳳城簫鼓暮雲低。

家國彥兄由港寄歸秋夜見懷一律
次韻奉酬 郭湯盛

寶島香江兩地分。偏勞裁句遠相聞。青燈有味披黃卷。親舍何心認白雲。臨難獨持蘇子節。策安誰續賈生文。兒時舊侶無多在。秋水伊人總憶君。

臨江仙 遣春詞四首　四近樓

一

一枕黃粱渾易熟。何曾夢過橋西。上堦苔蘚欲侵帷。雨餘蝸篆展。春爛柘枝低。

明日陰晴休再問。窺簾長怕花飛。微雲詞筆太淒迷。危亭芳草恨。恩眷付斜暉。

二

深巷賣花扶夢聽。聲聲不是當時。綠楊曾繫紫騮嘶。煙螺分寶髻。畫黛寫春眉。

一自烏篷聽雨後。負他臨別依依。飛花難返最高枝。楞嚴知枉誦。愁看爛柯棋。

三

貼地孤飛輕倦減，烏衣也困餘寒。危巢難認舊香瘢。斜陽歸巷尾。殘照滿花間。

故國別來無好夢。塡詞休念家山。近鄉情怯有人還。無多蕭瑟酒。禁得幾酡顏。

四

已分飄花隨去水。相期共惜伶俜。新妝宜面換微酲。舊狂堪料理。芳事到蕪菁。

空費傷高懷遠淚。天涯可奈清明。一池春縐底干卿。閉門須早閉。急劫待收枰。

編餘漫筆

編者

這一期出版，值抗戰勝利三十周年，本期發表有關日本在東京灣米蘇里艦上向盟國簽降書及在南京向中國簽降書之圖文、三十年為一世，中國人勝利後所受的煎熬，尤甚於抗戰，對這一個勝利日子，已失去歡樂的興趣。

「日本投降前十日」一文，原擬刊於上期，臨時因稿擠抽出，刋於本期，從該文中，可以看出日本當時投降也不易，如果不是裕仁努力促成，也許日本要遭到更大的報應。

最近我國政府發行了一套抗日忠烈郵票，第一組計六人，即張自忠、戴安瀾、謝晉元、薩師俊、高志航、閻海文。陸海空三軍皆備，自上將至少尉，人選極為適當。張自忠將軍忠烈事蹟，本刊刋載已多，故從畧，茲分別刋出五烈士傳，本期先刋載戴安瀾、高志航二烈士，下期再刋另外三烈士。

抗戰開始，至今已三十八年，勝利已經三十年，但是，直到今天，政府有關部門仍然未編出一部詳細的烈士傳記，旅團長以下不必說了，只說師長以上殉國將士吧！軍事部門便沒有完整統計，茲舉出兩人：

第一為故六十七軍軍長吳克仁，在淞滬戰事已將結束時，由豫北調至淞滬，在松江遇敵，一戰而潰，部隊星散，吳軍長下落不明，三十八年來始終成謎，有人謂其降敵，有人則說殉國，編者認為降敵與殉國，乃洪承疇與史可法之分，此事安能含糊，乃經各方調查及根據資料判斷，斷定吳氏已殉國，故以後撰文，指明抗戰期間殉國軍長七人，但國防部史政局出版書籍只承認六人。第二，在師長中，史政局公佈之抗日殉國師長為十九人，編者則查出民國三十年中原會戰時，堅守許昌殉國的尚有新二十九師師長呂公良。見於荀吉堂編「中國陸軍第三方面軍抗戰記實」，今年抗日勝利三十周年台北及香港黃埔同學會所發宣言已採納拙說，加入六十七軍軍長吳克仁，新二十九師師長呂公良。編者個人所見太少，懷疑可能尚有師長以上高級將領殉國而未被查出者，此眞後死者之責，非努力不可。

本期尚有陳克文先生懷念徐道隣先生一文，徐道隣先生為中國傑出之士，抗戰前夕曾發表「敵乎？友乎？」一文勸告日本停止侵畧中國，備受日本朝野重視，惜乎生不逢時，未盡其才，當其逝世消息傳出後，本刊曾發表兩篇悼念文章，但沒有陳先生此文完備，且難有徐先生手跡，彌足珍貴。

錦繡神州

出版者：德興文化事業公司

我國歷史悠久，文物豐富，古蹟名勝，山川毓秀。尤其歷代建築藝術，都是鬼斧神工，中華文化的優美，在世界上有崇高地位；所以要復興中華文化，更要發揚光大，我們炎黃裔胄與有榮焉。

如欲研究中華文化，考據博古文物，瀏覽名山巨川，遊歷勝景古蹟；畢一生精力，恐亦不克窺全豹。往年雖有此類圖書出版，惜皆偏於重點介紹，不能滿足讀者理想。

本公司有鑒於此，不惜巨資，聘請海內外專家搜集資料，歷三年編輯而成；圖片認真審定，詳註中英文說明，堪稱圖文並茂。內容分成四大類：「**文物精華**」「**勝景古蹟**」「**名山巨川**」「**歷代建築**」將中華文化的精英，包羅萬有，洵如書名：**錦繡神州**。並委託柯式印刷廠，以最新科技，特藝彩色精印。八開豪華精裝本，金線織錦為面，織成圖案及中英文金字，富麗堂皇。「**內容**」「**印刷**」「**訂裝**」三並重，互為爭妍；所以本書被評為出版界一大傑作，確非謬贊。

凡備有本書者，不啻珍藏中華歷代文物，已瀏覽全國名山巨川，遍歷勝景古蹟。如購贈親友，受者必感隆情厚意。

全書一巨冊　港幣弍百元

經已出版。【付印無多，欲購從速。】

總代理

吳興記書報社

地址：香港租庇利街十一號二樓

電話：H四五〇五六一

Ng Hing Kee Newspaper Agency

No. 11, Judilee Street, 1st Fl.

HONG KONG

九龍經銷處

德興書店（旺角奶路臣街15號B）

吳興記分銷處（吳淞街43號）

外埠經銷處

星馬婆	遠東文化有限公司
曼谷	青年文化服務社
菲律賓	華安書店
越南	聯興書報社
紐約	友聯圖書公司
三藩市	益智圖書公司
三藩市	新生圖書公司
三藩市	文化書店
波士頓	中西公司
芝加哥	文華書局
檀香山	大元公司
倫敦	東寶公司
加拿大	香港百貨公司
澳門	可大文具店
斗湖	光明書局
亞庇	利民公司

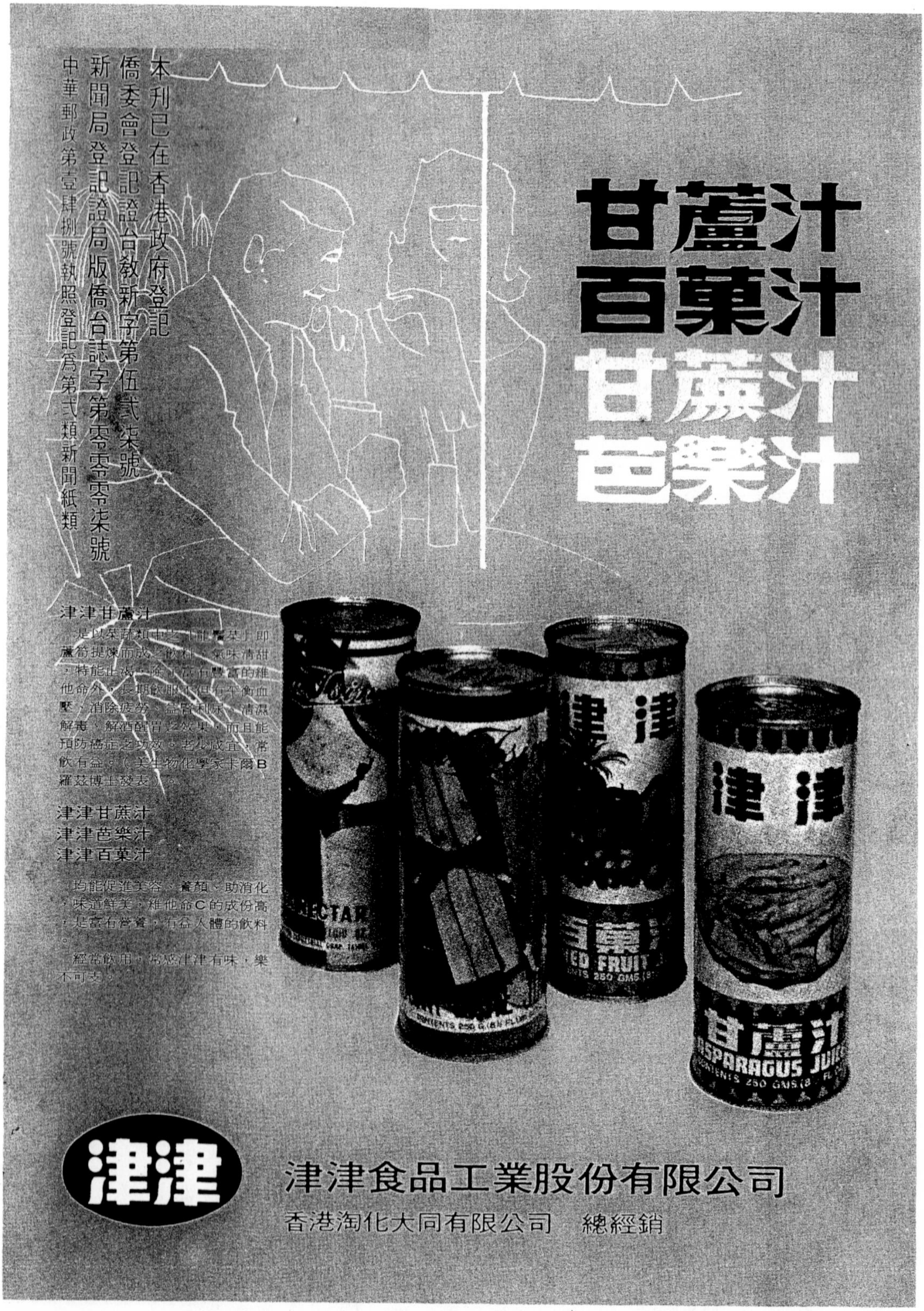
本刊已在香港政府登記
僑委會登記證台教新字第伍貳柒號
新聞局登記證局版僑台誌字第零零零柒號
中華郵政第壹肆捌號執照登記爲第弍類新聞紙類
甘蘆汁
百菓汁
甘蔗汁
芭樂汁
津津甘蘆汁
是以菜蔬類中之上品鬚菜，即蘆筍提煉而成之飲料，氣味清甜，特能止渴，除了含有豐富的維他命外，長期飲服不但有平衡血壓、消除疲勞、益胃利尿、清濕解毒、解酒醒胃之效果，而且能預防癌症之功效。老少咸宜，常飲有益。（美生物化學家卡爾B羅茲博士發表）。
津津甘蔗汁
津津芭樂汁
津津百菓汁
均能促進美容、養顏、助消化，味道鮮美，維他命C的成份高，是富有營養，有益人體的飲料。
經常飲用，常感津津有味，樂不可支。
津津
津津
百菓汁
津津
甘蘆汁
ASPARAGUS JUICE
津津
津津食品工業股份有限公司
香港淘化大同有限公司　總經銷

功學

月刊 50

野史・佚聞・
人物・風土・

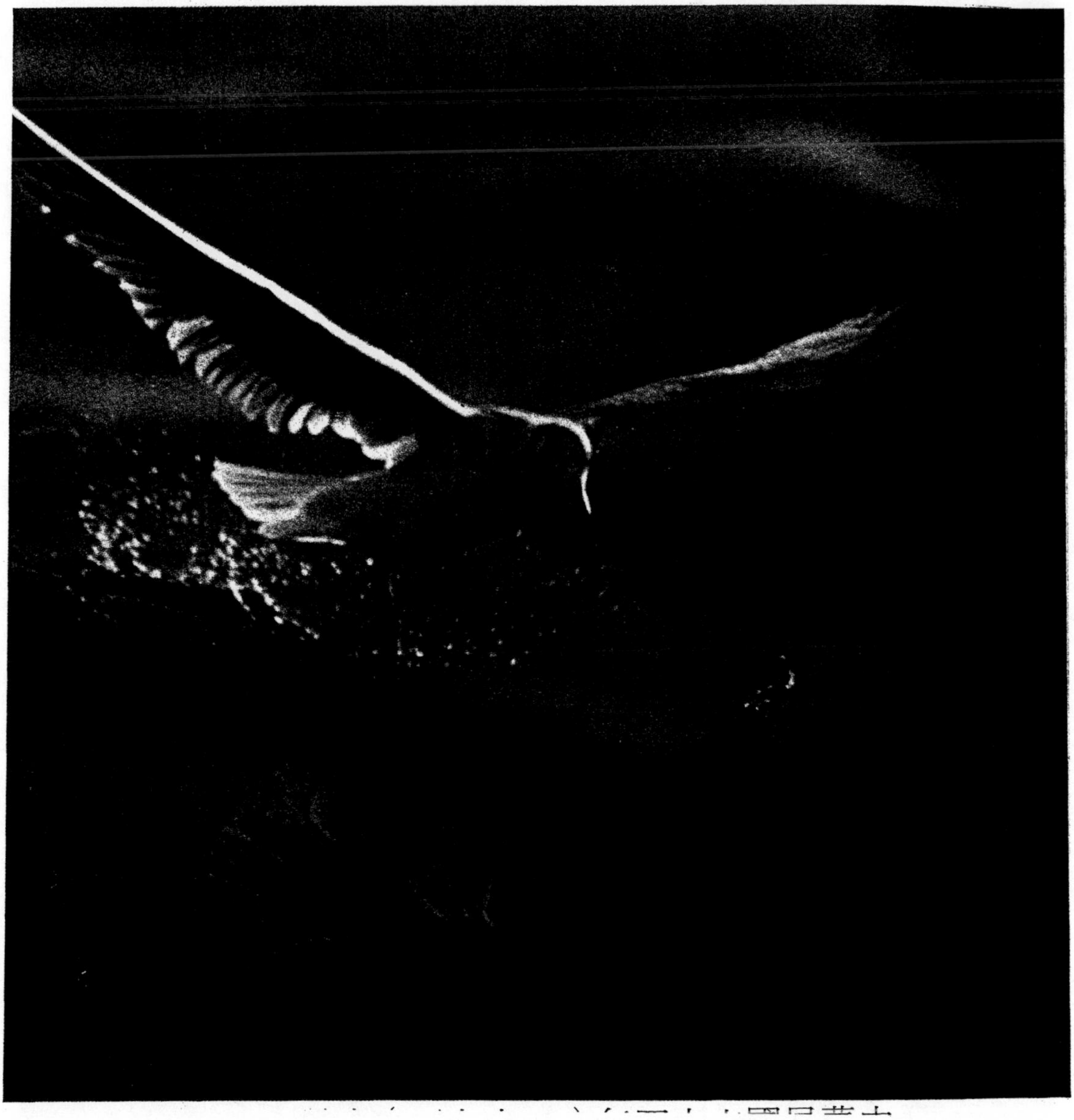

掌故 月刊 第五十期 目錄

每月逢十日出版

掌故

第五十期

每册定價港幣二元正

全年訂費港幣廿四元 美金六元

出版兼發行者：掌故月刊社

地址：九龍亞皆老街六號B

通信處：九龍旺角郵局信箱八五二一號

電話：K八〇八〇九一

The Journal of Historical Records
P. O. Box No. 8521, Kowloon
Mongkok Post Office, Hong Kong.

督印人：鄧少卿

總編輯：岳騫

印刷者：和記印刷有限公司 新蒲崗景福街一一〇號超達工業大厦十樓 電話：H四五〇五六一 四五〇七六六

總代理：吳興記書報社 香港租庇利街十一號二樓

國內代理：黎明書報社 台北市八德路三段九十九巷六號 電話：七二一二五二九

星馬代理：遠東文化事業有限公司 新加坡厦門街十九號 檳城杳田仔街一七一號

泰國代理：曼谷青年文化服務社 曼谷黃橋東北路五六六號

越南代理：聯興書報社 越南堤岸新行街二十二號

其他地區代理：

澳門：可大文具店
亞庇：利民公司
千里達：中華公司
菲律賓：華安書局
倫敦：東寶公司
芝加哥：杏林春
波士頓：中西公司
三藩市：新生圖書公司
三藩市：益智圖書公司
加拿大：香港商店
漢城：汎亞書籍公社
寮國：永珍圖書公司
斗湖：光明書店
菲律賓：玲瓏書局
紐約：友聯圖書公司
紐約：友方圖書公司
洛杉磯：永安堂
檀香山：大元公司
三藩市：文化商店
加拿大：新國華公司

國民政府成立之經過

陳錫璋

自民國十一年六月陳炯明叛變，大總統孫中山先生於八月離粵赴滬，至民國十二年二月，滇桂聯軍奉命東下，攻克廣州，孫中山先生重返穗垣後，則未組織正式政府，僅以大元帥名義繼續執行職權。蓋當時軍事行動更較政治急切，尤以對於叛將的肅清，實是一件急不容緩之事，故一時無暇組織正式政府。

斯時叛亂雖暫敉平，惟軍中有部份跋扈軍隊及假革命份子，驕兵悍將，在粵滋擾，魚肉人民，無惡不作。尤以滇軍將領為最。因為渠以驅走陳炯明有功而自居，使孫中山先生深感十分困擾！有一次在會議席上，孫中山先生曾正色而沈痛的對着滇軍將領楊希閔、范石生說：「廣東是我桑梓之邦，各人隨我來粵是為革命，非為擾民害民。你們這等行為，即為反革命，我何以對粵中父老子弟！」言時憤怒之極。足證悍將之橫暴。

嗣鑒於國內外形勢，尚能適應當前環境，對於改組軍政府，組織強有力政府，實為當務之急。當民國13、1、20、中國國民黨第一次全國代表大會在廣州召開時，孫中山先生立即提出「組織國民政府」的議案，改大本營大元帥為國民政府。經過大會決議通過。

本案係孫中山先生提交，由臨時中央執行委員會於中國國民黨第一次全國代表大會首日舉行會議時，於下午提出討論者，並經孫中山先生指定主席團林　森提出報告後，為加深同志之瞭解與認識，繼復親自再作詳細之說明。畧謂：

「本黨從前所樹之護法政府，在北伐軍進至江西，行將勝利之際，忽遇後方陳炯明叛變，將護法政府推倒。時南方已無政府，而北方軍閥乘機忽贊成護法，聲言恢復國會，賄選曹　錕為總統。今次本總理再回廣州，不是再拿護法問題來做工夫。現在之政府為革命政府，為軍事時期之政府。對於前途發展，甚有希望。詎又為『關餘問題』之交涉，遭列強之忌而加以否認。為今之計，惟有組織正式政府，明示與北方脫離關係，使我輩之革命行動，被認為政治行為，而不被認為反抗行為。如愛爾蘭，當歐戰時，忽對英國宣告獨立者然。現吾人有廣東、四川數省；土地之大，人民之多，四倍於日本，實有力量可以建國。

「本次大會之目的有二：1、為改組本黨。2、為建設國家。而建設國家，尚有應研究之問題二者：①立即將大元帥府變為國民政府。②先將建國大綱表決後，四出宣傳，使人民了解其內容，結合團結，要求政府之實現。一省如是，各省如是，合全國民意以與軍閥奮鬥，其效必大。」又謂：「黨有力量可以建國，黨員應有此思想與力量，以黨建國。」

嗣即由大會照原案通過。

一、大本營改組稽延之原委

「國民政府組織案」經由中國國民黨於第一次全國代表大會通過後，2、13，中央執行委員會第五次會議，復又通過組織部所提「國民政府組織案」。其所以稽延而未付諸實踐，實由於當時廣州環境未靖，因此未敢遽然實行，尤以滇、桂軍將領楊希閔、劉震寰之驕縱跋扈，深恐一旦政府改組成立後，楊、劉之輩居心佔據國民政府之重要位置，反而被其把持，對於政務改革，不但未見其利，而且反見其害，以是遲未實行。

至民國十四年二月，孫中山先生在北京病篤時，隨侍在京之中央執行委員汪兆銘、于右任、戴傳賢、鄒　魯、李烈鈞及候補中委邵元冲等，曾商討孫中山先生身後，國民政府組織問題，經決議採行合議制。會後由汪兆銘電告廣州政府謂：「北京政治委員會擬議：『帥座若不諱，廣州政府改合議制。合西南各省為之，以消納灰色同志。』」

當代理大元帥胡漢民接獲孫大元帥在北京病篤之電後，即與在粵中委廖仲愷、伍朝樞等諸同志共商善後大計，並云：「大元帥職權實在不當再行代理，最好能將大元帥府根本改組為政府，並採用委員制，使全黨同志，能有共同負責的機會。」時廖仲愷、伍朝樞等均表贊同。

迨3、12、孫大元帥逝世的訊息，到達廣州。譚延闓適從北江來穗，胡漢民復將上情告知。惟譚延闓認為值此東征軍事緊急之秋，改組指揮中樞，似有未妥。並謂：「你的計劃是對的；可是，此刻却萬不能行，請你勉為其難吧！」蓋當時楊、劉之滇、桂軍，正在勾結北方軍閥，以反對中國國民黨「聯俄容共」為名，更乘黨軍未回廣州以前，積極圖謀叛亂。胡漢民因譚延闓之忠告，遂暫擱政府改組計劃。

據汪兆銘於民國十五年一月，在廣州舉行中國國民黨第二次全國代表大會席上政治報告說：

「自去（14）年1、26，總理入協和醫院以後，在北京開過一次政治委員會會議，大家意思都是主張在總理逝世以後，要實行委員制的，和在廣東的政治委員的意思，都是一樣的。因為總理在時，在本黨有這個總理，同時在本國也有這個元首；總理逝世以後，再無人可繼了。……推之以黨治國的理論，則國家亦不復有元首了。而且就現世界來說，也推委員制為比較好些。總理若在，大家都願意聽他的指揮，總理不在之後，實無人能夠承繼他的，則委員制適為應時勢的要求。可是決議以後，為什麽許久還未見實行呢？就是因為其時楊、劉還盤踞廣東。如果即時實行，他們一定有份列入委員，豈不是把我們澈底改造的計劃通盤弄壞？……」

二、積極籌組有力政府

自民國14、6、13，楊、劉之亂敉平後，革命政府內部統一的障礙，暫時雖告消除；但是，部份封建思想之野心軍人與政客等，如魏邦平、張國楨、梁士鋒、招桂章、楊錦龍、郭敏卿、莫雄等，仍竊踞廣東地盤，並勾結帝國主義者（按：係指英國。），仍企圖奪取政權，傾覆中國國民黨政府。

中央黨部為適應當前情勢之需要，開始積極籌組一強有力的國民政府。6、15，胡代大元帥於大本營召開中國國民黨中央執行委員會全體會議。出席有委員胡漢民、汪兆銘、廖仲愷、伍朝樞及政治顧問鮑羅延等，由胡漢民任會議主席。會中議決重要各案如左：

1. 中國國民黨中央執行委員會為最高權力機關。
2. 改組大元帥府為國民政府。
3. 所有建國軍及黨軍，一律改稱國民革命軍。
4. 整理軍政與財政。

6、25，胡漢民根據各次會議決定事項，發表「改組國民政府宣言」。27日，大元帥府發表改組政府令。

茲將大元帥府之改組政府令抄錄如下：

「（銜略）：查以黨治國，爲國民黨確定之黨綱，祇以屢年征討，未暇設施。外迫於曹、吳亂國諸奸，內誤於陳、楊、劉叛黨羣逆，遂使夙夜籌畫，寢處不遑，人民疾苦固未能少予削除，本黨黨綱尤未能盡量實現，間復迴念，負疚實深。今粵中諸逆業已肅清，瑕穢既蕩，即應確定黨治之主張，大難敉平，允有與民休息之機會；第政綱雖可次第設施，而政府尤不能不有良好制度，輔翊以行。本政府爲秉承先大元帥之遺訓與國民黨之政綱，所以有此次改組之議決。中國自辛亥革命以來，變亂失乘，一亂於袁氏之帝制，再亂於張勳之復辟，中間帝國主義者復乘機煽動，指示發蹤，至使賣國官僚憑藉外患，攘奪政權，各地軍閥割據地方，分裂國命，綜其大故，皆坐於國民革命之未能完成。今日中國國民革命之需要，已爲全民普遍迫切之要求，亟宜集中全國革命之勢力，以一致進行。政制更新，乃爲良好合作之工具，政府爲謀國民革命之成功，所以有此次根本之改組。且現在國家政制，多沿自辛亥革命而來，當時軍事倥傯，率因舊習，或則過事分裂，或則權集一尊，非龐碩臃腫不良於實施，即破碎支離難期於統一。要知一國政事固有一定之方針，而百官職司要有分科之發達。此次改組本旨，務使政府爲人民意思所從出，而非單純爲發施政令之機關；尤使政府爲人民產業建設之要樞，而非官僚政治之豢養地。自改組之後，政府務在與民休息，次第整理軍民財政，實現本黨政綱，一方積極造產，以應人民之貧乏要求；一方調節經濟，以符本黨之民生主義；對於貪官汚吏，盡法嚴懲；對於不肖軍人，痛行制裁；必使下無病民之事，上無曠職之官；本黨主義得以一一實行，國民革命得於短促時期告竣，則本國本黨。實嘉賴焉。除分令外，合行令仰該〇即便知照。此令。中華民國陸海軍大元帥之印，中華民國14、6、27。

三、共黨陰謀擁汪擠胡

胡漢民與汪兆銘二人，在孫中山先生未逝世以前，一切政見與行動，極爲融洽和協調，可說是一致。如宣統元年，汪兆銘、黃復生等入京謀刺攝政王前，胡曾得其密書云：「我今爲薪，兄當爲釜。」翌年，胡聞汪事敗被逮入獄，料其必死，在痛憤之餘，亦書有詩云：「……問誰堪作釜，使子竟爲薪！……。」顯見其二人友誼之重，情同骨肉。

惟汪兆銘爲人意志薄弱，又好權力，且生性反覆無常，極易爲人所利用。在中國國民黨「聯俄」、「容共」之時，俄藉政治顧問鮑羅廷及共黨份子，欲分化中國國民黨，從而削弱革命勢力，把持黨務，乃將中國國民黨幹部，擅自分爲左右兩派：左派以親共廖仲愷爲中堅，惟廖以個人聲望不足，似難以統率羣倫，於是拉攏汪兆銘爲左派首領；胡漢民是衷心反共的，自然不會被利用，於是被指爲右派首領。換言之，所謂左派者，是指親共的中國國民黨黨員與聲言贊成「聯俄」、「容共」及「扶助農工」三大政策；所謂右派者，係指反共的中國國民黨黨員。

據胡漢民於民國19、8、18，在立法院紀念週報告中，曾云：「……共產黨想要在國民黨中，找到具有相當資望而又『夙無主張，夸夫死權』之人，作爲他們唯一的工具。民國十二、三年時，鮑羅廷和加拉罕等輩，便已開始物色了。當時鮑、加二人所擬議的共有三人，便是兄弟與汪精衞和戴季陶三人。他們詳加考慮之後，便各下一個考語，以定取捨。對兄弟的考語是：『難相與』；對戴季陶的考語是：『拿不定』；對汪精衞的考語是：『有野心可利用』。經此一番評定之後，汪精衞便中選了。」

民國十四年，孫中山先生在北京病篤時，共產黨自然更不願以反共的胡漢民繼任爲首領，於是企圖利用能與胡漢民相頡頏的汪兆銘取而代之，以利共產黨之陰謀。因此，蘇俄駐北京公使館加拉罕及鮑羅廷，曾邀汪兆銘至蘇俄公使館談話，同聲告之曰：

「孫先生的病，看來已經絕望了。今後中國國民黨的領袖，除了你更有誰敢繼承呢？」汪精衞聞之欣然色喜。早已甘心爲共黨所策驅。

汪兆銘經共產黨徒之挑撥、離間、慫恿、誘惑後，態度轉變，尤以其妻陳璧君支配慾極强，更與接近共產黨之廖仲愷、何香凝夫婦往還頻繁，復又乘機「進言」，益增汪兆銘取代胡漢民領導地位之企圖，遂致後來汪、胡分道揚鑣。

如此，不但直接妨礙了中國國民黨內部之團結，而且間接也影響了國家未來之進步與復興甚鉅！

四、國民政之成立

民國14、7、1，大本營改組爲中華民國國民政府，在廣州倉卒正式成立。改大元帥制爲委員合議制。設置委員十六人，由中國國民黨中央執行委員會推定汪兆銘、胡民漢、張人傑、譚延闓、許崇智、于右任、張繼、徐謙、林森、廖仲愷、戴傳賢、伍朝樞、古應芬、朱培德、孫科、程潛等十六人爲國府委員，主持政務。經互選汪兆銘、胡漢民、譚延闓、許崇智及林森等五人爲常務委員，並推汪兆銘爲國府主席。

國民政府主席之選舉，經中央政治會議提名汪兆銘與胡漢民二人。除國府委員張人傑在滬，徐謙在北方，于右任、張繼、戴季陶等三人因故未在廣州，致弗克參加投票選舉外，由在粵獲選國府委員胡漢民、汪兆銘、譚延闓、許崇智、林森、廖仲愷、伍朝樞、古應芬、朱培德、孫科、程潛等十一人投票。選舉結果，汪兆銘獲得全票十一票當選，被推舉爲主席委員——首任國民主席。

國民政府成立，各部部長人選姓名如次：

1.外交部長　胡漢民
2.軍事部長　許崇智
3.財政部長　廖仲愷
4.司法部長　徐謙
5.交通部長　孫科

茲抄錄中華民國國民政府通告第一號如次：

中華民國14、6、30接受中國國民黨中央執行委員會通告：推定汪兆銘、胡漢民、張人傑、譚延闓、許崇智、于右任、張繼、徐謙、林森、廖仲愷、戴傳賢、伍朝樞、古應芬、朱培德、孫科、程潛等爲中華民國國民政府委員。兆銘等謹於中華民國14、7、1，宣誓就職，成立中華民國國民政府，特此通告。國民政府委員汪兆銘、胡漢民、譚延闓、許崇智、林森、廖仲愷、伍朝樞、古應芬、朱培德、孫科、程潛。

7、3，廣東省政府依照國民政府所頒佈之「省政府組織法」，改組成立。下設軍事、民政、財政、建設、商務、教育、農工等七廳，其委任各廳廳長姓名如次：

軍事廳長　許崇智
民政廳長　古應芬
財政廳長　廖仲愷（兼）
建設廳長　孫科
商務廳長　宋子文
教育廳長　許崇清
農工廳長　陳公博

並推舉許崇智爲省務會議主席（即省長）。另設廣州市政廳，以伍朝樞爲委員長。至此各級政府之組織，乃告完備。

五、選舉國府主席之秘辛

關於國民政府主席之選舉，其經過內情，頗多曲折。茲據有關書籍及報章雜誌記載，錄供研究現代史者之參考。

當時中國國民黨中央，有中央政治會議之組織，由汪兆銘、廖仲愷、胡漢民、譚平山、伍朝樞等五人所主持。鮑羅延任政治顧問。因汪兆銘受鮑羅廷挾持操縱，一切黨政大計，均唯鮑羅廷馬首是瞻。國民政府倉卒成立，鮑羅廷為排斥胡漢民，故對國民政府主席之選舉，另有一番陰謀之佈署。據鄒魯著「回顧錄」上冊167—169頁云：

「……鮑羅廷就把成立國民政府這件大事，拿到政治會議來，以便操縱。……那時政治會議的秘書是伍朝樞先生，因為事情重大，他特別鄭重，對於發出的選票，每次都高聲報告。在選票朗讀完後，他立起來說：『發出選票十一張，收回選舉票十一張，選舉汪兆銘的十一票。』他遲疑了一下，顯然覺得有些奇怪，便故意又高聲報告一次：『發出選舉票十一張，收回選舉票十一張，選舉汪兆銘的十一票。』這樣揭穿了汪兆銘自己選舉自己的伎倆，而汪也滿面通紅。……」

「7、1，照例我天亮起來，看書閱報，見廣州民國日報登載了國民政府成立的消息，開首說明這是根據中央執行委員會的決議。我看了非常詫異，因為我是中央執行委員之一，且是常務委員，每天下午都在委員會辦公廳，直到六時才離開，在會中並沒有見到這個議案，怎樣會有這個決議？並且還在本黨黨報上發表？……於是我們吃完早飯同去開會，那時我拿了報紙，起來責問：『今天民國日報公佈國民政府成立，說是根據中央執行委員會的決議，究竟這個決議是那裡來的，大家曉得不曉得？』汪兆銘立起來答復：『這是政治會議決議的。』同時他聲明：『政治會議議決的緊急事件，是可以先發表的。』我立即駁他：『雖然政治會議對緊急的事件決議後，可以先發表，但是國民政府的成立，是重大的，不是緊急的。如果這種重大的事件可以由政治會議議決，立即發表，那末是抹煞中央黨部了。』」

當投票選舉時，胡漢民以為汪兆銘必投自己一票，故胡一票投給汪兆銘。詎知汪兆銘誠恐本身選票不足，於是亦投自己一票，乃有全票當選。此種作風在歐美各國，自己投自己的票無所謂，而在中國舊傳統習慣頗為特別。亦足見漢奸汪兆銘（按：此係抗戰後，汪兆銘背叛投日，張繼先生故稱之為漢奸。）之爭奪醜態。

此次大本營改組為國民政府，胡漢民以代帥地位而遭失敗。據民國45、2、12—16，香港天文臺報，汪兆銘之侄汪希文作「憶胡展堂先生」一文云：

「……此事的原因，相當複雜，一言難盡。概括言之，有四個因素：第一，共產黨心知展堂的心理是反共，自鮑羅廷以下，不願以展堂繼承 國父為國民黨的領袖；第二，廖仲愷向共產黨一面倒，為展堂所不滿，閒談中每為展堂所責備，胡、廖間的感情無法彌縫。仲愷為貫澈他的理想起見，圖謀展堂退讓，改推汪精衛為首領；第三，汪氏本人雖然恬淡，但他的夫人陳璧君，於國事黨事，素具熱腸，自然會具有所謂『支配慾』，仲愷伉儷遂乘此弱點進言，很容易一說便合；第四，展堂先生平日在黨內待人接物的風度，每每過於嚴峻而尖銳。為領袖者『精明』自然是必要的條件，但精明到適可而止，凡事應該留些餘地與別人為宜；倘若事事不留餘地，精明得太過了，很容易接近『精刻』，為人所畏。因此黨中亦有許多位重要幹部，不甚滿意展堂先生，以其固不似 國父之豁達大度，無所不容，亦不如汪精衛之融和而易與也。

「而汪精衛所以能夠獲得黨政軍領導地位，全係共黨份子及蘇俄政治顧問鮑羅廷在幕後策劃，而由廖仲愷一手辦理，並有過半數中委所支持，且事先既未與胡漢民聯繫，而胡亦並未與聞；待通過發表後，已成事實，無可挽救。蓋廖仲愷等於六月底，乘胡民漢有事正在密商解決罷工，及恢復省港交通，未能出席中央政治會議之際，突然根據 國父手訂的建國大綱，提出改組大本營為國民政府一案，並推舉汪精衞爲第一任國民政府主席，而胡漢民則屈居於外交部長兼國府常務委員之一。」

又云：「民十七春，展堂由上海放洋出國遊歷，筆者因他事由滬返香港，無意中與展堂同乘美國郵船『塔虎脫總統號』南下，在舟中傾談積愫。胡說：『先生（指國父）棄世後，精衞若想做首領，我是二十四萬分贊成的。我以爲是求之不得之事。他若事前通知我，我豈有不同意之理？希文！別人或者不知，你應該知道，我和他自從赴日本留學，加入同盟會以來，可說是他即是我，我即是他，由他幹，和由我幹，是無絲毫分別的。我眞不明白，他何以事前絕不通知我？難道恐防我會反對改組麽？我的仔肩輕些，豈非更好？他如此秘密，乃是信我不過而已。』」

又據馬五先生（雷嘯岑）著「詹詹錄」下册第92頁云：「據許崇智先生說：『汪精衞當年之所以被推爲國府主席，就大家不滿意胡氏所致。我就是投汪精衞一票的一個哩！』」

至此，胡漢民始知汪兆銘亦反已，於是胡、汪二人在政治舞臺上分道揚鑣，有若參商。縱然有時藕斷絲連，但已無昔日密切合作之可能矣！

六、軍權統一

國民政府爲整理全省軍務，於民國14、7、3，成立軍事委員會。該會設委員八人，以汪兆銘、胡漢民、伍朝樞、廖仲愷、朱培德、譚延闓、許崇智、蔣中正等爲委員，並以汪兆銘兼任主席。

爲統一軍令，許崇智依照軍事委員會議決，遵於八月一日，通電解除粵軍總司令職，將軍權奉還國民府軍事委員會；湘軍總司令譚延闓、滇軍總司令朱培德、攻鄂軍總司令程潛等亦均發表同樣的通電，國民政府軍權於是統一。各將領均能効忠黨國，擁護中央，自動放棄軍權，歸還國府，使軍令統一。其事可媲美，宋太祖之「杯酒釋兵權」。

中央軍權一時雖告集中統一，惟地方軍權仍有待改善。爲避免尾大不掉，或重蹈隋唐藩鎮之覆轍，復於8、26，由軍事委員會議決，取消各種地方部隊名稱，一律改稱爲「國民革命軍」，共編七個軍。其編制如下：

1. 以黃埔之黨軍暨粵軍之一部（統轄第一、二兩師），編爲第一軍，以校長蔣中正兼任軍長，何應欽爲副軍長（民國15、1、20，蔣校長辭第一軍軍長職，以何應欽繼任。）
2. 譚延闓所部之建國湘軍，改編爲第二軍，以譚爲軍長，魯滌平爲副軍長。
3. 朱培德所部之建國滇軍（原建國第一軍），改編爲第三軍，以朱爲軍長。
4. 在西江方面之建國粵軍，改編爲第四軍，以李濟琛爲軍長。
5. 以李福林所部之福軍（原建國第三軍），改編爲第五軍，以李爲軍長。
6. 餘如贛軍、鄂軍、豫、陝各小部隊，則仍如其舊。第二次東征後，以援鄂軍、豫軍、山陝軍、贛軍等零星部隊，連合吳鐵城部一個師，混合整編，改爲第六軍，以程潛爲軍長。
7. 民國十五年，廣西方面之桂軍，自兩廣統一後，始改編爲第七軍，以李宗仁爲軍長，黃紹雄爲副軍長。

從此廣東軍、政歸於一元化，革命陣容爲之一新。由於國民革命軍之建立，於是加强了中國國民黨之武力，蔚爲鋼鐵之隊伍。奠定了北伐統一之基礎。

北望樓雜記（二）

·適然·

瀋陽事變後八日即値中秋，滬上詩人皆有詩誌痛。陳叔伊詩：「一輪纔滿海天東，見說淸光處處同，宮殿廣寒原似水，樓台蜃氣忽漫空，桂花自斫吳剛斧，若木誰彎后羿弓，慚愧屠龍無好手，中庭涕下等盧仝。」陳蘿邨詩：「卌年卌度中秋節，此度中秋恨獨多，深夜何人侵月闕，諸仙無計護嫦娥，平時貪享鈞天樂，今日其如亡國何，天上人間同一哭，憑誰收拾舊山河。」錢苕隱詩：「驚看玉宇變蒼黃，嘆息人天刧正忙，故國樓台皆蜃氣，諸仙歌舞自霓裳，亦知甓境終難復，縱有重光已可傷，獨立中庭空溢涕，欲乘銀漢問吳剛。」

同時有滌齋者，有辛未中秋書憶四律。尤爲激昂。一、遼瀋風雲慘不收，革號聲裡過中秋（自注日以暴力佔我東省，本日開市民大會），遙天還是團圓月，大地眞成破碎裘，容有英雄騰草澤，漫勞壇坫盼葵丘，長城自壞嗟無及，此錯何人鑄九州；二、廿一條成事可傷，連濱星夜整歸裝，頻年每痛箕煎豆，此局終成雀捕螳，天意詎應沉大陸，國人誰復禮中殤，履霜已到堅冰日，漫向鴿原更鬩牆。三、楚吳三戶尙亡秦，況擁神州百萬兵，瓦不能全寧玉碎，粲唯敢死勝淵生，債台千級人無血，戰骨連年鬼有聲，大盜入門渾不管，諸君何以慰輿情。四、皇姑屯衅血初涼（自注：張雨亭被炸於此），慘劇如今更可傷，誰是主人當北道，竟無名將勝南塘，金針度處膚生粟，舞女酣時夜未央，多少蒼生方託命，只聞傳檄撤邊防。

又十餘日復値國慶，陳蘿邨又有詩：如何國慶日，偏似國亡日，胡騎常驅入，藩籬次第非，書生空痛哭，國計總迷離，寄語窮兵者，如今悔未遲。

今日而論「九一八事變」，日本侵畧中國固罪孽深重，尙未蔽其辜，但中國當局應付之不善，亦難辭其咎，尤以東北四省之地，付之少不更事，其智慧在常人之下，又復沉湎於色毒之張學良，安能不僨事。世人但知張作霖據東北時，應付日俄侵畧頗有餘裕，不知此時，其幕府中人才如王永江已退隱，楊宇霆，當蔭槐復爲張學良謀殺，朝市一空，使張作霖尙在，亦乏善策，況豚犬如張學良乎！

九一八事變時，陳夔龍尙寓上海，夔龍號庸菴，清末曾任直隸總督，因交結慶親王奕劻，頗不理於人口。時人賦「也當朱陳通嫁娶」之陳，即指夔龍而言。但此老宦途雖有可議，愛國之心並不後人。九一八事變後，有書憤四首，茲錄於下：

一、早晚星開雪涕收，西風木落又驚秋，馮驩任自彈長鋏，白傅安能覆大裘，邦國惟齊曾變魯，塵埃有跖豈同邱，聊城一箭還堪取，更向三刀夢益州。

二、浩刧遼東豕亦傷，强鄰入寇盡戎裝，未聞破陣皮留豹，只見當車臂似螳，汗馬勳名思郭李，沙虫刧數嘆彭殤，鄉鄰誰仗纓冠義，袖手旁觀作堵牆。

三、於今又見虎狼秦，蠶食鯨呑肯罷兵，萬衆紛紛驚烈日，八方擾攘苦蒼生，月明破碎山河影，風動悲涼鼓角聲，壇坫雍容成底事，空談紙上愧深情。

四、秋色榆關九月涼，迷茫烽燧劇心傷，幾人能作擎天柱，今日原無捍海塘，異域別開雲外路，神州半在水中央，平章軍國非常事，身患何曾有豫防。

日軍佔瀋陽後，北攻長春，與丁超、李杜部血戰，守軍三連，血戰一晝夜，彈盡援絕，全體自殺以殉，殊為壯烈，錢芑隱為「哀長春」詩：「賊軍所向如偃草，長春以南無完堡，降賊苦多殺賊少，危城獨以孤軍當，三百廿人無以降，城存與存亡與亡，萬騎壓城城欲動，城上健兒氣山湧，浴血應戰無旋踵，一夫奮臂百夫從，上馬斫陣如飛龍，同拚一死為鬼雄，見賊便刺刀鋒利，左盤右辟恣我意，賊兵來者便伏地，千聲萬聲呼殺倭，倭殺不盡來益多，我力盡矣將奈何？苦戰終日命同畢，血刃在胡眥猶裂，是豈我心乃我節。」

詩殊悲壯，記述詳盡，亦詩史也。平心而論，東北軍並非不能戰，九一八事變時，亦非不可戰，使張學良投袂而起，逕返東北指揮，雖未必能將日軍擊退，但兵連禍結，日本國內反對用兵者有所藉口，政客亦可藉此約束盲進軍人，經過折衝之後，日人非退兵不可。乃張學良一味規避，復諉責任於中央，堅子無謀，坐失時機，亦氣運也。

咏馬占山詩

張學良以不抵抗失瀋陽，倭軍乃如入無人之境，至入黑龍江境，始遇黑龍江省代主席馬占山將軍之抵抗，江橋一戰，倭軍損兵折將，創巨痛深，倭臼田寬少佐為賦「嫩江吟」以紀倭軍死亡之慘，消息傳出，國人咸感震奮。錢芑隱為賦長歌：「關東作賊皆豪傑，將軍馬上技尤絕，白骨成山卷甲回，一馬如龍萬里噎，幡然虎變作干城，十年坐數烟塵清，豈獨神威震絕俗，兒啼不敢聞姓名，一朝遼陽動鼙鼓，蝦夷跨海來縱橫，玄菟城頭角聲死，貔貅十萬餘空營，鐵騎橫馳一千里，投鞭欲斷嫩江水，將軍奮臂裂裳起，男兒報國此時矣，八千子弟從如雲，帳下謹呼各效死，巨刃在手摩天揚，會看驅賊如驅羊。九月癸亥賊大舉，飛船殷天彈如雨，將軍令出威如山，萬馬無聲齊出堵，黃雲下蕩旗角開，將軍一騎突陣來，赤漂射破鯨魚浪，將軍逐賊江橋上，回頭躍馬十丈高，十盪十決翻賊巢，是好男兒死此土，敢有後者脰我刀，我氣益振賊益蹙，再接再勵無一撓，天搖地岌龍蛇走，不見賊前見賊後，四野惟聞辟歷聲，紛紛碎落貪狼首，將軍人馬皆天龍，入陣馬黑出陣紅，北戒山河獨撐柱，邊功第一嗟誰同，吁嗟乎，一從胡騎收遼野，七十餘城望風下，江橋賊胆一捷摧，相戒莫攖龍江馬。關河北望淚眼枯，失羣哀雁雲中呼，為語將軍志莫渝，一心殺賊當如初。成功待繪凌烟閣，我筆猶能一歌再歌為爾書。」將軍號秀芳，遼寧懷德縣人，起家綠林，據黑龍江之黑虎山，時黑省督軍吳俊陞興權勇敢善戰，次第肅清境內萑苻，終及黑虎山，將軍據險與抗，烏合之衆非官軍之敵，勢終不支，所部喪失殆盡，乃冒砲火突圍，足鉤馬背，藏身馬腹之下，即俗所謂「鐙裡藏身」者，雙手發槍，當者披靡，官軍射人不得乃集中火力射馬，馬中槍斃，將軍又飛躍而去，奪官軍之馬以逸。

吳俊陞自負神勇，詫為生平僅見，為之折服，浼人相邀，位以團長，積功升旅長，是時黑省軍階，旅長最高，再上即為督軍，吳俊陞隨張作霖出關在皇姑屯為日軍預埋地雷炸死，萬福麟繼其職，九一八事變時萬福麟隨學良在平未返，中央乃電令將軍代理省政府主席，於是乃有江橋之捷。芑隱二句蓋紀實也，將軍亦從不自諱。

將軍守江橋十餘日，終以後援不繼，退守克山，芑隱又有哀龍江詩：「蝦夷已破昂昂溪，鐃歌一路趨如飛，黑雲過江大於馬，半日已薄龍江下，龍江將軍勇絕倫，賊軍畏之如天神，連日鏖戰幾大捷，力盡援絕終潰奔，孤城無險不可據，吏民盡勸將軍去，民愛將軍如父兄，忍擲全城作孤注，將軍去矣賊入城，馬上但聞呼號聲，嗚呼將軍此退非得已，明春及早收賊壘。」

梁彥公亦有詩：「殺敵聲嘶力已闌，山河破碎忍回看，纖兒撞壞家居好，獨木搘撐大厦難，壯士噴空惟熱血，丈夫報國仗忠肝，諸公袖手蒼生誤，千古傷心在苟安。」

陳蘿邨亦有詩：「幾日孤城困鬥中，可憐朝議尚從容，韓亡不見張良奮，城陷空傷許遠忠，欲競生存憑氣節，敢將成敗論英雄，漢家若有中興日，麟閣應書第一功。」

陳蘿邨又贈馬將軍詩二首：一、滿目河山盡淚痕，馮公招得國魂存，中華今日奇男子，不是張良是馬援。二、貔貅坐擁各如雲，誰似將軍却倭氛，四萬萬人齊拍手，馬將軍不媿將軍，所謂張良則指張學良也，張良地下有知，睹此詩亦當啼笑皆非。

陳翠娜女士亦賦「邊軍」四絕：一、邊軍戰甲事成灰，破釜沉舟萬古哀，今夜漢家營裡月，不應還照李陵台。二、易水蕭蕭誓不還，中原一望幾氾瀾，分明不是邯鄲道，按甲都從壁上觀。三、何人慷慨乞長纓，欲向龍沙絕塞行，三十萬人同日死，勝他扶淚泣新亭。四、絕塞孤軍奈爾何！矢窮援絕一悲歌，雲台劉將皆塵土，第一英雄馬伏波。」

詩中「按甲都從壁上觀」，亦紀實也。當馬將軍受任代省主席時，黑龍江省財政廳長萬國賓為前省主席萬福麟之子，財權握於其手，馬將軍江橋鏖戰，萬國賓悄然而走，軍餉無着，此為江橋失敗主因，張學良時在北平，以自己不抵抗飽受各界唾罵，更不願馬將軍成功，在平與人言則斥將軍有意出風頭，己則不願出此風頭，否則亦未嘗不可抵抗，此言一出，黑省部隊鬥志大沮，是為江橋失敗之另一主因。小人恥獨為小人，千古皆然，固不僅張學良一人已也。

咏苑崇穀詩

江橋之役，馬占山將軍力殲倭寇，震驚中外，厥功偉矣，當時與之比肩作戰者尚有苑崇穀將軍，功不在馬將軍下，惜少人知。

苑將軍字敏則，吉林賓縣人，原砲兵司令鄒作華部下，鄒氏為東北軍人中最有現代知識者，前年病逝台北。苑將軍歷任營團旅長，民十七，任興安屯墾軍統帶，主管即鄒作華。九一八事變前，日本聲言有中村震太郎大尉赴蒙古考察，行經興安屯墾區失蹤，為中國駐軍謀害，要求中國政府賠償損失及負担後果，交涉對手為東北邊防司令長官部，司令長官張學良匿於故都，堅不肯返，遂使局勢益為惡化。九一八事變，因素雖多，中村失蹤事件則為重要導火線。當時國人皆以日人善於自殺詭詐，則中村失蹤之說，當係虛構無疑。迨抗戰勝利後，興安屯墾區之人道出事實，中村實為屯墾區官員所殺，蓋由中村深入興安、蒙古刺探軍情，屯墾區官兵擒獲中村後，搜出情報甚多，且有測繪之地圖，而中村有恃無恐，自以送到瀋陽後即可獲自由，屆時再迫中國東北當局撤換懲辦屯墾區局官員，官兵聞之忍無可忍，當場將中村擊斃，此乃「中村事件」之眞象。日軍侵佔遼吉後，苑將軍率屯墾區官兵編為東北暫編步兵第一旅，受馬占山將軍節制，江橋之役任前鋒，率所部砲兵涉水渡河，砲彈經水不燃，乃戴於頭上而渡，河水刺骨，官兵體無完膚，終收夾擊之功，全殲倭於嫩江橋畔。

錢苕隱有「苑將軍歌」許其事：君不見危峯插雪白入天，千古萬古無人烟，下有不測蛟龍淵，鐵甲如山砑冰走，將軍此去逐天狗，健兒奮臂相先後，中流人影無尺高，頭如落葉冰如刀，鐵彈壓頂聲不撓，十生九死渡此水，登峯相看幾完體，將軍一呼蹶仍起，明朝殺賊江橋來，萬砲如雷轟天開，紛紛虜騎顛塵埃，捷報傳來震朝野，論功獨說龍江馬，將軍之功豈在下，忠肝義胆皆絕倫，能令鼠輩驚天神，始知東北非無人，將軍更是人中傑，佇看功臣播英烈，百鍊干將鑄我筆。」

（未完待續）

前塵瑣記（上）

·任鴻雋·

編者按：任鴻雋先生，字叔永，四川巴縣人。與夫人陳衡哲女士均為名教授。歷任四川大學校長。茲覓得任先生自撰「前塵瑣記」，為其二十五歲以前之生活記錄。以全文過長，特分為上、中、下三篇發表。本期刊出上篇敬請讀者注意。

當民國二十六年（一九三七）抗日戰爭發生的時候，我和家人曾在廬山的森林植物園內住了約半年。當時我正滿過五十歲（我生於一八八六），在山中住着無事，曾寫了一篇長約一萬字的「五十自述」。用一萬字來寫五十年來的身世，當然不能詳盡。彼時曾有一個意思，說待我六十歲時，再寫一個更詳細的六十自述。不料抗日戰事鬧了八年（一九三七—一九四五）方告結束，接着又發生了三年的國共戰爭。在這樣戰亂紛紜的當中，我早已過了花甲重逢的年紀了。再要寫甚麼六十自述，固然打不起這個精神，但有許多家傳軼聞和本身經歷的故事，倘若任其隨一身的存亡而歸於消滅，也覺可惜。陶淵明有言「今我不述，後生何聞哉？」所以決心隨時隨地就所想到的寫一點下來，名曰「前塵瑣記」，使後世子孫有所考據云耳。

我們這一支姓任的，原來是浙江歸安縣（現名吳興）菱湖鎮人氏。記得我小時曾看見家中有一部「任氏宗譜」上載始祖某公的像，穿戴明代衣冠，從此推測，大約是在明代由他處遷到浙江的。至於我們的到四川，則在約九十年前洪楊起事的時候。當時三叔祖秋苹公，正在四川總督吳棠幕中。大約在一八六〇至一八六一年間，李秀成攻陷浙江江蘇的杭嘉湖一帶地方，我們住在菱湖鎮的祖先們，開始向四方逃難。而我們家中因為秋苹公在四川就幕，所以就投奔到四川。當時這四五千里的長途是如何走法，我們不得而知，但終於能平安到達，可見途中的情形，並不如想像中的壞，至少不比此次抗戰的逃難更壞。我們家中的人到達成都的，據我所知，有曾祖母沈太夫人，祖父軼才公與父親章甫公（名士貞），一共是三代人。當時父親的年紀大約二十歲，祖父四十餘歲，曾祖母六七十歲。這幾人的實在歲數在重慶家中的神主牌位中可以查出，可惜此時已沒有了。曾祖母、祖父、三叔祖父母都死在成都，也就葬在成都城外浙江會館的墳山郝家堰，他們幾人的眞容也還藏在家中，年時拿出來供奉。祖輩的同胞，還有一位四叔祖，聽說是被「長毛擄去，不知下落。」有一位姑母，嫁的菱湖唐家，當我小時還看見有書札及禮物來往。但是菱湖姓任的一族，却已拔茅連茹，根本不存在了。我一九〇七年在上海讀書的時候，曾和一個菱湖的同學到鎮上去訪問一次，只尋到唐家的一個表侄，問問任家祖塋，已無從查訪，此後更無人過問了。

秋苹公在鄉時曾考取秀才，後來遊幕入川，就四川總督吳棠的幕，故同當時的名士墨客頗有往還，這從家中所藏的字畫對聯可以看見。這些墨蹟，有許春漪（乃釗）、何子貞、郭蘭石（尚先）、史叔平（致康）、江蘭皋（懷庭）等人，而以後二人為最多，可見當時過從之密。其中許春漪為浙江翰林，曾署廣西巡按，何、郭二人皆曾任四川學政，史叔平曾任四川鹽運使（見蜀刻「董方立遺書」後附「偶存集」），善榜書，四川嘉定的摹崖「凌雲」大字，高皆丈餘，是他寫的。我們家中舊藏有絕大龍字一幅，也是史書。江蘭臯先不曉得是甚麼人。後來民國二十四年，我到成都去做川大校長時，江叔海（瀚）先生（翊雲的尊翁）來託訪其尊人在川的墳墓，纔曉得蘭臯先生乃叔海之父，翊雲之祖。這樣，我可以說與江家乃三代世交了。秋苹公的手蹟，我小時曾見家中藏有手摺一扣，是叔祖所寫，字體秀麗，頗有點像王大令，唯稍嫌瘦削，要之絕對不是俗書也。

當太平軍攻陷杭嘉湖各地時，軍紀之壞是不可諱言的。（當時的官軍也是一樣，甚至猶有過之。）所以經過此次亂事的人家，差不多都留下一些逃難的痛史或神話。我們家相傳故事如下：據說，當時鎮上的居民，一聽「長毛」來了，男的四處逃散，女的就懸樑投水。（大約因爲當時的婦女都纏了脚。不能奔波的緣故。）我們的祖母，在「長毛」掠過鎮上之後，發現家破人亡，孑然一身，覺得活着沒有意思了，她就坐在一個水塘邊，打算投水自盡。但在未下水以前，不免要哭泣一番。不曉得池中原來已淹了許多女人，忽然水中有人喊道：「媽你勿要來，我還不曾死呢。」原來我們的姑母也投水在這裡，但因投的人太多了，她夾在死人中間，不曾淹死。於是母女兩人就坐在池邊哭泣，在黑夜三更裡，也無法返家。此時忽然有一老者提着燈籠，來問她們爲甚麼哭泣。當她們說明了原因之後，他便打着燈籠，把她們送回家裡，祖母等到家後感謝不盡，請老者在堂屋畧坐，要到後面去燒一盃茶與他喝，可是再出來時，老者已不見了。於是家中相傳這是土地菩薩現身。在我們小時的家中，一直供有土地神位，據說就是爲了這個故事。

我們的祖父也是被「長毛」擄去過的，據說，初擄去時，是替他們担水。後來知他是文人，纔叫他做較輕的工作。到太平軍出示安民時用錢贖出，曾祖母因爲手上帶了一付金鐲子，被搶時手臂給打折了，成了殘廢。在我們所見的眞容中祖父面目黎黑，死時不過四十餘歲。三叔祖死時也不過五十上下，但在他的眞容中鬚眉全白。常聽見大人們說：「三爹，因做師爺，太用心，所以鬚眉全白了。」我們當時也感覺到作幕是一件不容易的事。（順便說一句，我們家裡的舊稱呼，是父親叫爺爺——讀如底亞拚音，我想，這顯然是一種顚倒錯誤。事實應該是父親叫爹爹，祖父叫爺爺，我不知道這是浙江全省的習慣，或只是我們家裡如此。）

從前中國的讀書人有一班專爲官塲辦文牘的，叫做幕友。幕友有刑名、書啓，種種分別，而刑名最爲高貴，因爲他必須明習法律，而且遇到疑難，可爲東家畫策，又兼參謀的職務了。所以幕友是一種職業，必須經過相當時間的學習。浙江人在外作幕的最多，尤其是紹興吳興一帶的人，所以紹興師爺，就成了這一行職業的特殊商標。我們家的三叔祖旣是遊幕到川，於是家中的親戚就多半是浙人在川作幕的。據我所知，三祖母吳姓，是吳興人。外祖母閔姓，母舅閔笠孫，都是浙江人在四川作幕。又有一位姨丈姓孫的，也是浙人作幕在川。但這位姨丈夫婦都逝世很早，我不及見。只知道有一個表兄名孫震的，曾隨陳遐齡（袁世凱時代駐藏代表）帶兵入藏，後來做到師長，並且代理過陳遐齡的職務。我某年在成都，曾見這位帶兵的孫家表兄。他原來是四川高等學堂畢業，後去不知怎地投筆從戎，不但放棄書生事業，並且失掉紹興師爺的家風了。上面曾說過父親章甫公年約二十歲時逃難入川，（他生於道光二十二年壬寅歲，即西曆一八四二年。設如是同治元年一八六二年入川，正是二十歲。）入川以後，他天然是跟着三叔祖學幕友的職業。當時學習作幕的方法，是一種徒弟制度，先要閱讀「大清法例」、「刑案滙覽」等書，然後跟着老師辦案子。至案子辦得沒有錯誤時，他便可「出師」而薦出去做師爺了。父親的學幕，似乎並未出師，這大約是因三叔祖不久就去世了的原故。但「大清律例」、「刑案滙覽」等書，仍在兩個書箱中好好地收藏着，我們小時常看見的。

父親既學幕不成，於是「納粟入官」。所謂納粟入官，是前清末年的一個大弊政，那就是說，地方官員自府道以下，都是可以用錢買到的。不消說，大的官要錢較多，小的官要錢較少。父親既然不是有錢的人，所以就捐了一個起碼的小官，不幾年（大約在同治十或十一年，即一八七一或七二）檢發到墊江縣做一個典史。就在這個微小清閑的職位中，他老人家一做就是三十年，至光緒二十八年（一九〇二）歿於任上。父親在世時，一直沒有放棄「還鄉」的念頭，但因做了幾十年的「清官」，始終湊不起這一筆路費，及還鄉後的生活費，終於賚恨以歿。我們知道父親的鄉土觀念很强，他說話時還常帶一點浙江口音，未老時有時還吹吹笛子、洞簫，或哼哼崑曲。這可以使我們想見，在當時的環境中他是感到孤獨的。

我的兄弟姊妹共有七人，最大的是姊姊，其次兩個哥哥，其次又是兩個姊姊，我自己第六，照男的次序是第三，以下還有一個四弟。大哥生於乙亥，即一八七五年，比我大十一歲。我們家裡的規矩，子弟無論男女，六歲均要上學。到我上學時，大哥已經出學堂了，當時所謂學堂，就是家裡的專館，也就是現時所謂私塾。家館所聘的先生，大概不出本地的秀才廩生。我很記得，每年過了元宵之後，先生就來開學。首先用一張紅紙寫了「大成至聖先師孔子」的牌位，然後點着臘燭，先生先拜孔子，然後學生拜孔子，拜先生。這些禮節做完之後，就開始上第一課。平常「發蒙」的課本，無非「三字經」、「百家姓」、「千字文」之類。我們家裡，在未上學以前，早已由母親教了上千個的方塊字，所以「三字經」類之書不用讀了。記得我上學時讀的第一部書，是加了朱熹集註的四書論語。這一部四書，加上朱子集註，足足有十幾本，疊起來差不多有一尺高。這可把六歲的小孩駭倒了，覺得有一點吃不消，我記得為了這個，曾經向父親提出一個要求，只讀四書的正文，不讀集註，但父親的主意，是要我學成之後，好回鄉去過小考（即考秀才），要作八股文，就有讀朱註的必要，結果只允許關於孟子部份的朱註可以不讀，所以我直到現在，論語學庸的註子大部份還背得出。（這種預備考試的方法，也許只有江浙人是這樣，他處無所聞。）

八股文這個東西，控制了明清兩朝文人學士的思想行為五六百年，也就是使我國的學術界沉淪到黑暗昏霧的深淵，直到庚子拳亂之後，纔經清廷廢止，但其在學子腦筋中的流毒，至今還不易完全改革的，究竟是一個甚麽東西？我在十一、二歲時，曾經學做過一點，雖然沒有完過篇，但八股已經做到三四股了。簡單來說，這是一種作文的格式。文章的題目，限定在四書五經中的一句或數句，作者必須在一定格式內，把題目的意思敷衍成一篇長約四、五百字的文章，這格式是首二句為破題，次二三句為承題，承題後一句轉一句合，此為首一段。其次是起講，七八句或十數句不等，把題目的意思統說一番。然後出題作首二股，這如人的兩隻手；然後做個長的中股，這好像人的正身；然後再做兩個（或四個）較短的後股，如像人的兩腿；這樣成為八條腿子的形式，所以叫做八股文，全篇文章的說話，只許在題目內敷衍，不許越出題目範圍，有所謂犯上犯下的毛病。這樣，你可以看出八股文難做是難做到了極點，無聊也無聊到極點了。我現在把腦筋中還記得的八股文寫出幾句來做一個標本。這篇文章的題目是「子曰」兩個字。

天為萬世而生聖，聖為萬世而立言焉。（破）夫天不生夫子，則無以繼往；夫子不立言，又何以開來哉。（承）故魯論二十篇，記者特首記之。（轉合）曰，統之相傳也，堯以是傳之舜，舜以是傳之禹，禹以是傳之文武周公。周公以後數百年來，危言絕，異端橫，眞宰淆，左道熾，天下幾幾乎不可問矣。而羣言欲息，一聖特生，天欲夫子為世師，聖能無一言爲天下法乎。（起講）……

我記得小時的故事，大約始於甲午中日之戰，那是一八九四年，我還未滿八歲。記得那年前淸慈禧皇太后六十生日，到處都辦「皇會」慶祝，又有一個鄉試恩科，我們家舘的先生請假到成都去赴鄉試去了，我們得到一個兩三個月的放假。這些都在小孩子心中留下了一個很深的印象。至於中日戰事倒沒有很大的影響。所謂「皇會」就是全城張燈結綵，貼對聯，紮牌坊，比過年更加熱鬧。記得我們衙門大門的對聯，寫的是：

聽政兩垂簾，朝綱全賴囘天力；
奉觴齊獻壽，王會定呈益地圖。

大家認爲是一副很好的聯語。十年以後，慈禧又做七十生日，那時我在重慶府中學堂做學生。學堂大門的對聯，是校長杜少瑤用黃紙朱墨寫的。聯文是：

合萬國奉帝母歡心，版圖極大海而東，鄰交極大海而西，願八表同仁，更拓栟幪宏壽宇。
爲諸生談皇家盛事，康熙祝慈寧者四，乾隆祝慈寧者五，矧兩朝訓政，篤坐堯舜嗣徽音。

這個聯語，眞可謂堂哉皇哉，盡文章的能事了！但意思與前一聯語完全相同，其頭腦冬烘的程度，亦復不相上下。

甲午之戰，中國被日本打敗，割地賠欵之後，全國人心不消說受了極大的震動。這個震動不久也轉到窮鄉僻壤的墊江縣。第一，我們漸漸地得見「盛世危言」、「時事新編」一類的書了，多少知道一點國家的問題；第二，隨着辦新政的潮流，當時的縣官（姓趙，某省進士）把縣裡的書院復興起來，要提倡一點新學。他去重慶聘請來了兩位山長，一位是艾子熙（名緝光），他是重慶東川書院院長，呂翼文的高足，王壬秋的再傳弟子。一位是胡達之（名成章），專教算學。這樣一位經學，一位算學，在當時已經算是中西兼備，新舊兩全了。記得開辦書院這一年是戊戌（一八九八），我已經十二歲。在家舘裡把四書五經都背得爛熟了，另外還讀了一點古文選本及文集之類。八股文雖未完篇，史論及策論文字却能做得相當出色。知道縣裡在設書院，講實學，自然也就同四弟（名鴻年，號季彭）考取進去，做了一名住院生。我們在書院裡日常功課，是圈點十三經註疏，通鑑輯覽，史記，漢書之類，並且做箚記。有不懂的也寫在箚記上，呈院長批答。艾先生自己是詞章家，駢文做得很好。但他教學生的，却是他的老師呂翼文做的「說文理董外傳」。此書並未刻版，只有抄本。艾先生把他的抄本交與學生去傳抄，我由此也知道一點中國文字起源六書的道理。艾先生曾把他自己做的「說文理董外傳序」向學生開講一次，講的時候，先生坐在一張書案邊，幾十個學生圍着站立恭聽，也有看不見聽不見的，這便是學校前身書院的情形。

書院還有一個重要的工作，便是月考，月考的題目，總不外乎經義策論之類。（此時科舉未停，但八股文已廢，詩賦詞章更非當務之急，故只剩下經義策論了。）考取前茅的還有一點獎金，當時稱爲「膏火」，大約每次可得制錢二三千文。因此，同院的生員們曾鬧了一個小小風潮。因爲我的父親在當地做官，我既不是本地人，便不應該佔領他們的膏火。既然他們爭的只是膏火，這個問題的解決便容易了。我和四弟仍在書院住着讀書考試，但不要月考的膏火。也不知是山長先生有意，或那個小縣眞正無人，我在書院中考了十二次月考，竟得了十二個第一名。

艾先生大約還得意我這個學生，一方面也不以那些攻外籍的學生爲然，他因勸我到巴縣去考小試（即科歲考，考取的可稱秀才。）他說，巴縣下小考的童生每次在一萬以上，「大而化」了，從來不攻冒籍。（所謂冒籍，是因前淸考試制度，每縣有一定學額。若外縣的人考取一名，本縣的人就少了一名，他們非加以攻擊不可。）他這個意思，到一九〇四年，即科舉將停止而尙未停的一年，居然實現了。就在那年，我考進了重慶府中學堂做學生，艾、胡兩先生已經在縣考和府考替我「代」了一個「卷」，（所謂代卷，是在縣府考時報了名，胡亂託人進一場，留一個名字，不必自己去考試）。到院考時方由自己去入場，我在一萬多名生童中居然考取了第三名秀才（第一名是周家楨，重慶廣益叢報編輯；第二名是石青陽，後來做了四川有名的軍人。）因此，我可以說是占籍巴縣了。雖然我的學籍，因名次關係，是歸了重慶府學的。

在離開家庭與墊江這個小縣以前，有兩件事值得記記。一件是每年臘月廿七夜家裡的「拜利市」。（這三個字是我臨時補上的。在我們小時雖然口裡說着，却不知道是幾個什麼字。）這是每年年底，也可以說是迎接新年的一件大事。大約在臘月初間，家裡就開始磨米粉，澆臘燭，定爆仗，同時還派人到重慶去採辦水菓，金銀錠之類，因為這些東西，必須樣樣齊備，是一件不可少的。在大約十天以前，就把磨好的米粉，做成年糕、鬆糕、糰子之類，年糕又做成大小一套的元寶，疊起來有一尺多高。糰子也做成五色的元寶，聚成一盤，盤頂上是一個聚寶瓶。此外一盤鬆糕，一盤粽子，取「高中」的意思。除此之外，還有豬頭及鷄、魚三牲。（豬頭與魚皆是早早醃好，鷄是閹割過的雄鷄。）加上十餘盤水菓糖食。這已經夠把兩張方桌擺得滿滿的了。桌子的上端，再擺上酒杯碗筷，下端掛上紅桌圍，並擺了香爐臘臺；香爐裡焚了最好的檀香，臘臺上插了定澆的紅燭，加了兩串長長的金銀錠。這樣算是完成了祀神的供品。但所祀的是什麼神呢？神的牌位，我記得只寫了「南朝一切衆仙尊神之位」幾個字。（仙字記不清楚了，不知是不是。）這個神位要這樣隆重的崇拜，似乎有些奇怪。現在想來，所謂「南朝」，也許是蒙古南下後，南宋的遺民要紀念先烈，又恐怕觸犯忌諱，故藉祀神的典禮以繼續亡國哀思。浙人自然都是遺民的後裔，故保留了這個風俗，久而久之原來的意思失掉了，成了世俗的「拜利市」。但從牌位的幾個字上還可推想一點本意，不知對不對。至於祀神的時間，則在半夜三更以後，我們都隨父親換上公服，行三跪九叩首的大禮，並三獻之後，手送神，燒紙錢，燃放最長的一串爆仗。最後我們大家吃豬頭肉，喝酒，吃完大約已將天亮了。到了新年正月初四日迎接財神，儀式與「拜利市」差不多，但陳設的供品與香燭火爆等都比「拜利市」次一等，這可見接財神是老老實實的「拜金」主義，「拜利市」却可能有更深的意思。

墊江不但是一個小縣，而且是一個山谷中間的僻縣，它既不通船，也不通車。所以在小時讀書說到車船的時候，都得用考古或小說的力量去想像。我記得第一次看見船，是十五六歲時，同大哥到重慶，走先兩天旱路到長壽，然後由長壽雇船走水路三天到重慶。那日到長壽後第一件事，便是跑到江邊去看船是什麼樣子。使我驚異的，是船艙那樣低小，人如何能攢進去。可是到真個下了船後，在艙內躺着看書，看岸上風景，也滿舒服。至於車子，便是在光緒卅二年冬出外留學過漢口時才得見的。在僻縣生長的人，眼界真狹隘得可憐！

關於墊江（在五代及北宋時文書中提及的墊江，似乎是現時四川的合江縣，因為它是行軍的要道，而現時的墊江縣在地理上並不重要。）這個地方，古來文學書籍說到的很少。我所記得的只有南宋詩人范成大，過墊江曾有一詩。此詩首四句說：「青泥沒髁僕顏驚，黃漲平橋馬不行。舊雨雲兼新雨至，高田水入下田鳴。」（見「石湖詩集」）寫當地的風景很確切。我自己的憶昔遊，說墊江的風景有「野圃開罌粟，深山響子規」兩句，也是實話。希望此刻罌粟已絕跡了。

（未完待續）

襄樊淪陷痛史

萬子霖

一、械窳卒羸兵不滿萬

襄樊當南北要衝，峴山如冠，漢水如帶，白河好像斜角處的衣襟。它鎖鑰桐柏山與武當山。荆山以及大小洪山，環拱左右，雲澤當其大門。它是光化盆地的吞吐口，自古爲兵家所必爭。三國以來，尤爲天下重地。曹操赤壁之敗，既失江陵，而襄陽置戍，屹爲藩捍；關壯繆在荆州嘗力爭之，攻殺于禁等七軍，兵勢甚盛。徐晃赴救，襄陽得以不下。曹操勞晃曰：「全襄陽，子之力也」。蓋魏人之保襄陽，如手足之救頭目然，後來吳人攻曹仁，司馬懿亦曰：襄陽水陸之衝，禦寇之要地，不可失也。魏明帝是之，以爲兵法所謂地有所必爭者，襄陽是也。晉人因之，羊祜，杜預相繼戍襄陽，進據險要，開建五城，收膏腴之利，奪吳人之資，由是石城以西，盡爲晉有，卒以滅吳。宋岳武穆亦言，襄陽六郡，爲恢復中原基本，宜先取之，以除心膂之患。故竭其全力，討李成于襄陽，一戰克之。奠定南宋偏安百年之基礎。凡此，皆兵家常識，可惜剿匪之役，總司令，對於兵要地理，似不甚措意。二顧（亭林、祖禹之書）天下郡國利病書，讀史方輿紀要，似亦未嘗寓目，對襄陽的保衛、關注，不甚積極。配屬於第十五綏靖區，歸康澤將軍指揮的，只有三個旅，（後來新成立一個警衛營）照國軍三三制的編制，總數不超過一萬人。（對外號稱一師二旅共三萬人）三個旅當中，有兩個旅是川軍潘文華的舊部，十足的雜牌隊伍。士卒多逾齡老兵，手中的武器，也是年高德劭的，民國七年成都兵工廠的川造槍，唯一的重武器是迫擊砲，可惜軍械局發下來的砲彈的中徑與砲的口徑不相配合，砲彈上膛之後，還可以搖得踹踹的響。要說用來殺敵，只有碰運氣，運氣好飛幾百千把碼，運氣壞一出砲口就「下蛋」，當場出彩把自己人炸得七渾八素。另一個旅到是最好最好的美式裝備，美式訓練，戰鬪力極强的部隊。康兵團的布署，是以三分之二的兵力來防守城外地，居高臨下，以逸待勞，以三分之一的兵力來守城。襄陽城郊的防衛工事，康到任後，早就造好的以這一個美式裝備旅爲主力，是兩個營的守備計劃，這個旅有六個營，只要有兩個營進入陣地，即可構成十二種火網，其餘的部隊可以輪番休息更替。因爲這個旅所擁有的都是嶄新犀利的美式新武器，有藏在山洞裡面，憑儀器觀測，轉幾個彎射出來殺敵，而且命中率極高的曲射炮等等，火力强自然威力也就大。有這樣一支勁旅守備襄陽，襄陽城眞可以說是固若金湯的；可是後來不知道爲了什麼？——也許讀者心裡明白，華中剿總以十二道金牌的方式把這一個旅調走了。這樣一來，保衛大襄樊的責任，當然，就只好落到械窳卒羸的總數不到八千人的這兩旅川軍肩上了！其情形有如先斬斷了一個拳擊手的右臂，然後要他上台去向拳王喬路易或福爾曼挑戰。中央知道這種情形，曾十萬火急的「手令」，立即爲這兩旅川軍換發最新最好的槍械，可是我們的「科員政治」坑死人，只輕飄飄的以「庫無存儲」四個字就把「手令」給搪塞過去。——當然，也可能有潛伏的劉斐（爲章）吳石之流的人在暗中幫忙。康將軍費了九牛二虎之力，才領到少數的新武器，包括卡賓槍，擲彈筒，輕、重機槍等……剛夠裝備好一個警衛營，用來擔任城防。請問：面對數以十萬計的强大敵人，這個「變」怎麽「應」？而且我們當時的一貫作風，指揮官是無權主動的自由選擇有利的時、地來作戰的：只能被動的死守住一點來挨打，來被吃，再好的「將畧」又怎麽「畧」得起來？可惜「小諸葛」當時是在漢口，不在襄陽，只好請他「上城樓」「觀山景」唱一曲「西城弄險」了。這和魏武帝的保襄陽如手足之救頭目，岳飛的視襄陽如心膂，是多麽不同啊！可是，有什麽辦法呢？大家都說他是小諸葛，而且是他掌握華中戰區的指揮大權。以他之驕橫，中央對桂系軍要也莫奈他何！我想：像這樣不顧大局的指揮，不能算是「諸葛」之所以爲「亮」；只好成其「葛亮」之所以爲「諸」罷！後世史家於此當有公正的評定。

二、人爲血人馬爲血馬

襄樊保衛戰，從卅七年七月一日開始，在雙方備戰時期，康將軍的副手，副司令官郭勳祺中將，經常輕車簡從（大多時候是單獨一個人）渡河到樊城去「視察陣地」。但頗爲奇怪的是戍守陣地的官兵却不常見他的面。他到樊城那邊，究竟跟那些人接觸，作些什麽？不得而知。郭是民國初年，四川陸軍軍官學校畢業的，與李家鈺，陳鼎勳這批人是同學。他們這批人號稱軍官系，在四川軍閥派系中是保定系，速成系以外的一個第三勢力。他的資格相當老到是眞的。四川內戰時期，他十足的是一員猛將，綽號郭莽子，與共酋劉伯承同隸老一軍熊克武部，同任團長，誼屬同袍有相當深厚的交情。現在雙方處於敵對狀態，共黨統戰滲透的手段是無孔不入的，劉瞎子（劉伯承綽號，因爲他只有一隻眼）是否曾經透過某種關係，與郭進行聯絡，不得而知，只好存疑；有一點值得一提的，郭之就任這個副司令官的職務，是十分十分勉强的，他公開的發牢騷，以他的資格、經歷、戰功，不應該再去做黃埔學生的部下。不過康將軍很推崇他，雙方相處得極好。襄陽保衛戰從城守，到逐屋爭奪，他是盡了他的力的，沒有絲毫放水的迹象，最後把康將軍舉槍自殺的手打下來，使康將軍未能壯烈成仁，不幸而落得受傷被俘的也就是他。他是同時被俘，受劉伯承禮遇而釋放回來的職位最高人。其次才是參謀長易謙，政務處長燕德炎，……等。

康將軍在保衛襄樊之戰中，充分的表現了他的組織能力。國軍人數雖少，但地方團隊紛紛奉命集結或自動馳赴戰塲，支援並協同國軍作戰的初達一萬三千餘人，一般婦孺老弱，也自動的簞食壺漿，支援國軍。不過雙方的實力，究竟太過懸殊，而且此時共方的野戰軍，是已經蘇聯把在東北擄獲的武器用來裝備過的，可以說是器械精良，士飽馬騰，二十四生的口徑，三十二生的口徑的攻城重砲、山砲、野砲、坦克車、裝甲車，……應有盡有，非復當年在江西，在陝北的吳下阿蒙。好在國軍工事築得好，憑險固守，逐點爭奪，敵軍立於暴露的攻擊地位，所以所付的代價是極大的。共軍的戰法一貫是採人海戰術，把手無寸鐵的無辜平民，老弱，驅迫起當第一波，消耗國軍的彈藥，接着是他們的軍區部隊作第二、三波；最後出動的才是戰力極强的正規野戰軍。樊城方面的前哨戰，並不算太激烈，攻守雙方都未拿出眞正的力量，國軍之力單薄，地方團隊的戰鬪力有限，無法承受敵人的壓力，是意中事。相持至七月九日，國軍奉命撤守，目的在厚集兵力，保衛襄陽。三十七年七月十一日京滬各報載中央社漢口十日電：「樊城守軍爲戰畧上需要，已自動撤至襄陽，加强守備」。又載，中央社漢口十日電：「豫西鄂北陳、劉、孔、各部，近來集中約四五萬衆，進窺襄樊，連日經此間空軍不斷轟擊，頗有收獲。據悉：襄陽守軍力量足應付對方攻勢，國軍各路增援部隊，旦夕即可到達，可能繼豫東以後，再演一次鄂北主力決戰。」又載：中央社漢口十日電：「沿襄河東犯襄樊之大股共軍，正與我地面守軍，在襄陽西南山地對峙中，由於我軍之機羣活躍，致使共軍白晝不敢蠢動，完全隱伏於山谷叢林中，十日我軍復出動機隊多批，盤旋於戰地上空，與保衛襄樊之國軍，切取聯繫，先後將萬山……等處之共軍工事，悉予炸毀，並斃共三百餘名。」七月十二日京滬各報載：中央社漢口十一日電：「襄陽外圍戰爭正激烈進行，國軍有力部隊正向該方面馳援，國軍仍固守外圍虎頭山，眞武山等重要據點，擊斃進犯之敵二千。」上海大公報十二日載該報十一日漢口專電：「襄陽保衛戰仍在激烈進行中，漢口基地機羣，十一日先後在襄陽以南、以西的十字路，潭溪湖，眞武山等六處，炸斃共軍四百餘名；並在襄陽東北的三角洲附近，擊斃渡河進犯的共軍五百餘名。」綜合以上的消息，可以看出，死守襄陽的國軍，除了空軍每天有或多或少機羣支援之外，沒有看見過「有力部隊」「馳援」的影子。康將軍統率指揮的這兩旅「老牌」川軍，爲了忠於國家，忠於領袖，更爲了主官是四川人，「不要丟四川人的臉」這一念，在絕對優勢的敵人如暴雨，如雷霆般的炮火之下，寸土必爭的硬拚老命。萬山之戰，尖山之戰，大嶺之戰，張家莊之戰，羅家灣之戰，都使敵人屍積如山，血流成渠，死傷以萬計。因爲怕影響剿總心理，遲滯友軍來援，有利的戰果，都未敢多報告。康將軍和陪同他督戰的幕僚，三日三夜，目不交睫，兩眼通紅，人爲血人，馬爲血馬。每天，只有國軍的機羣飛臨上空之際，才得喘一口氣，到了夜間，便是敵軍優勢戰力發揮的時候，先是炮轟，接着是坦克出動，步兵出擊，如蝗如蟻的密集衝鋒，國軍雖有優良的美式工事（鋼筋水泥結構）沒有美式的武器，用民國七年的川造槍，跟曲射砲的掩體無論如何也配合不上。臨了，只好一步一步敗退下來，作守城之計了。

三、固守襄陽糧盡彈竭

十四日上海大公報載該報十三日漢口專電：「襄陽仍在國軍固守中，雖外圍放棄少數據點，但軍民合作，情緒極好。各路援軍，正漏夜趕往，就可以到達。近來這裡（指漢口）關於軍事消息的發布，因無人負責，致軍事上的實際情況，無法透露。一般人都很苦悶。」十七日上海大公報載該報十六日漢口電：「襄陽保衛戰已進入極慘烈階段，漢口基地空軍，十六日分批猛炸共軍陣地。計先後在襄陽東北的三角洲，牟尼菴，黃山腦，梁家咀；襄陽以南的羅家街，峴泉寺，石灰窰，錢家營，及以西的七里店，萬山，尹家集等地，炸斃正在進行或休息的共軍約二千餘。」

襄陽是苦撐到卅七年七月十七日彈盡糧竭，才陷落的。城郊保衛戰的進行，十分悲慘壯烈。先是湖北第三行政區的行政督察專員李朗星，建議康將軍突圍轉進。他的理由是：「你是第十五綏靖區的司令官，只要不離開十五綏靖區防地，儘可選擇任何有利的地方，山岳、河川、保存戰力，與敵周旋，不算是失職；對敵人來說，你的目標太大，來自敵方情報，敵人對於你，志在必得，不惜下任何大的賭注、——犧牲十萬人亦所不惜；你一突圍撤離，襄陽城的壓力馬上減輕；我是地方官，守土有責，守城的任務，由我來負責。」李朗星是當地土著，地方情形熟悉，人緣極好，號召力也强，襄陽保衛戰我地方團隊先後奉徵調或自動來參戰的先是萬餘人，後來增加到兩萬兩千多人，李朗星及襄陽縣長方殿甲的協助，不爲無功。李朗星的建議，不是沒有見地。可是，康將軍基於對國家的忠誠以及自己的責任，斷然拒絕了。城破之前，李朗星衣冠整齊的提了一隻大皮包去見康將軍，向將軍表示「願共存亡」。並慷慨大言：「從前史閣部（可法）在揚州殉國，揚州太守任民育是穿起整齊的官服，在知府衙門大堂上成仁的。今將軍忠肝若鐵石，朗星竊欲效任民育，俾他年與將軍同傳耳。」及至城破之日李朗星把外面的「官服」一脫，裡面穿的却是一套破舊的，前胸後背都有斗大的紅十字的衛生隊的標準制服，大皮包裡面不是公文印信，却是一隻救急藥囊、紗布、藥棉、紅藥水，阿司匹靈，色色俱全，這位太守，就這樣聰明的搖身一變雜在亂離的人羣中，溜之乎也。大陸淪陷，李來臺灣，住在臺北縣中和鄉，見不得人。和他熟識的人間接或開玩笑式的叫他「任太守」或「任民育」。外慚清議，內愧神明；加上家庭發生變故，結果幾年前上吊自殺了！他這一吊，吊錯了地方，如果不是中和鄉而是襄陽專員公署的大堂上，其價值爲如何？死或重於泰山，或輕於鴻毛的古訓，豈不信然。

轉回頭再說襄陽城的保衛戰，襄陽濱漢水，負荆山，城郊的勝跡有峴山、鹿門、墮淚碑、夫人城、王粲樓、臥龍崗等，大都爲山岳丘陵地。就戰爭的觀點言：環城的山岳高地，被敵人佔領之後，在敵人大砲機槍俯瞰轟擊掃射之下，根本就是無法守的。老式的城牆護城河，固然不管用，江西剿共時代的碉堡也派不上用場，比較可靠的還是坑道，濠塹，敵人攻進城後，雙方短兵相接，巨炮不敢再轟，康兵團的司令部楊家祠堂，以及城區內較好的民房所有的土牆，磚牆均經鑿成了蜂窩似的封擊孔，（這是郭勳祺督率官兵匠人在一天一夜之間鑿成的。）在巷戰逐屋爭奪時候發揮了相當的威力，射殺不少敵人；幾條主要的大街上，屍骸枕藉。可惜，後來經不起敵人開進城的坦克車，三衝兩衝，棟折榱崩，墻倒壁塌，抵抗也就不得不終止。坑道的進出口都是利用民房或公共建築的隱蔽處，坑道裡面四通八達，我方明白，敵人只好瞎摸瞎闖。在坑道裡面作戰，敵人的大砲坦克都用不上，武器上雙方才拉平。擔任城防的部隊以新編的警衛營爲主力，上文說過，這一營都是中央新配給最新最精良的武器，營長是陝西三原人樊亮（明世）。這位樊營長家世苦寒，沒有受過什麽正規的教育，行伍出身，在陝軍公秉藩（屏軒）部下積功升至排長，憑自修也有高初中學生程度。後來公秉藩師奉命撥歸別動總隊指揮。因此，樊亮被康將軍賞識，不次超遷，擔任過別動總隊第三大隊的大隊附。樊亮人長得很漂亮，有點像太史公筆下的張良——貌如婦人好女，平時說話也有點羞赧，可是打起仗來，却兇得狠，活像一隻發怒的獅子，又飢又渴的猛虎，總是身先士卒領導起部下猛打，窮追。死纏着敵人不放。在江西剿共的時候，就曾經率領起二十七個別動隊隊員，與方志敏部大股遭遇，他利用地形以及優越的武器，堅強的抵抗百倍於他的敵人兩日一夜，後來本人雖負重傷，敵人傷亡二百餘人，結果被打退。康將軍讀史有得，常說：國家如果是一個開創或復興的局面，一定是「用人惟才」，所謂「內舉不避親，外舉不避仇。」（祈黃羊）「賢聖之聖不以祿私親，其功多者賞之，其能當者處之。」（樂毅）既不限資格，更不講關係，一個守成的局面，就講資格，循法規條例，一板一眼；一到衰敗的時期，什麽都不講，只講關係了。他是一向主張「用人惟才」的，所以用並非軍校出身的樊亮做中校警衛營長，樊中校把這一營人的戰鬭力發揮至最大最高的極限，向敵人索取了十百倍的代價。敵人對我們的坑道，用集束手榴彈羣來炸，用水來灌，用汽油來灌燒，百計俱窮。最後找尋到了進出口，使用毒氣四方八面來薰。樊中校和警衛營的官兵，堅持戰鬭，戰至最後，無一人生還。論者，把樊亮比着岳飛部下的楊再興，足以當之無愧了。康將軍向八十五軍二十一師借調來的一個連，與樊營同樣的忠勇壯烈，戰至最後一兵一卒一槍一彈。康將軍自殺的手被郭勳祺打下來，身負重傷，被敵人尋獲後，是用擔架抬出坑道的。因受重傷又兼中毒，人是昏迷的。這些碧血丹心的忠勇事實，都是康將軍身邊的侍從人員，脫險歸來，親自告訴筆者，並經遍訪有關是役的朋友查證實在的。民國五十六年四月出版的湖北文獻載有夏欽三先生憶襄陽一文，有云：「我們目擊刼後城池，形同廢墟。血流成渠，屍積如山，那一股強烈的血腥腐臭，眞令人心軟，鼻酸淚落。且城墻半倒，雉堞全塌，當我們到達楊家祠堂時，見康氏自殺的血漬猶在。……」可見此一戰役之慘烈。郭勳祺僞裝耳聾，被釋放回來後，任何人問到襄陽戰後的事情，他都用兩手分指兩耳，表示聽不見，拒不作答。這位莽子，也是粗中有細的。

四、只要團結就必成功

七月二十日上海大公報載該報十九日漢口專電：「（一）宛西的共軍，近又蠢動。劉伯承的第十一縱隊和陳賡的三、八兩縱隊，已由舞陽竄到方城東北。（二）馳援方城的國軍，正由自忠（宜城）向北疾進。」眞是活見鬼，從自忠到襄陽的公路早已修築完成，如果用卡車，幾個鐘頭就可到達；就用徒步，也不會超過兩天，爲什麽早一個星期，早三天五天不「向北疾進」去援救襄陽？一直等十七日襄陽陷入敵手，主將被俘兩天之後才「馳援」？而且並不如電訊所報導，事實上是一延再延，三拖四拖，一直拖延到八月五日（襄陽淪陷十九天之後）援軍才到達。上海大公報五日漢口專電：「襄陽外圍國軍，四日起分兩路向城區進攻。陸軍通訊較慢，據軍方接空軍方面偵察報告，國軍已在五日下午肅清殘共，列隊進城。圍攻了好幾天的南漳城，也在五日一同收復。……」另訊：「國軍進入襄陽城內，已經華中剿總在五日晚十二時證實。」一個巧合，據宋新民兄告筆者，十五綏靖區的部隊代號正好是三七八五（與三十七年八月五日合），筆者於康將軍爲部屬，爲同志，今境迫桑榆，已爲明時所棄，所志所業，百念俱灰，惟於故國山川，故人忠烈，惓焉不能去懷！落月屋梁，每於夢中時一見之。前文中所提到的幾位忠奸不同的人，與筆者俱無恩怨，只是基於後死者的責任感，把所知所聞的第一手資料忠實的紀錄下來，供天下後世借鑑。如果國軍團結，當時能夠「護襄陽如頭目」，「視襄陽如心膂」，不拖延到陷落了十九天之後援軍才姍姍到達，以康將軍的剛毅英斷，對國家對領袖的丹忱，加上襄陽守軍的忠勇，把襄陽守住，整個的華中戰局是穩得住的，對敵全面的作戰，何至於一敗塗地！在桂系軍閥指使下的張軫小丑，怎敢在信陽發出逼總統下野的通電？「羊祜勳名垂峴首，馬援功未竟壺頭」！天下後世，必有知康將軍者。康將軍愛人才若饑渴；視袍澤如手足；待學生若子弟；事親孝；事上忠；宜其名垂青史，康夫人在台，二十餘年來茹苦含辛，所幸政府時加照顧，得以撫育二子成立。兩公子亦均能善繼父志，獻身軍旅。至於康將軍冰操潔骨，大節無虧，淺舉一事證明：這次在臺北善導寺的追思會，所有開支的費用，都是公家負擔的。請大家記住康將軍的話：「國民黨只要能團結，就有希望，就必成功。」書此泫然，不知涕泗之何從？「人亡邦瘁」又不僅爲將軍悲了。

五、身罹百苦抗節不屈

往事重說，襄陽是怎樣陷落？康將軍是怎樣被俘的？有愛護康將軍的人，引用陳壽贊諸葛公的話說：「應變將畧，非其所長。」其實這話並不盡然；康將軍從美國回來不久，辭熱河省政府主席而不就，受命於危難之際，到襄陽去做第十五綏靖區的司令官，他是單獨一個人去的，因爲範圍太小，他的重要幹部都沒有同去；而且事出倉卒，各負方面之責，一時也約集不來。他的子弟兵——別動隊所改編成的三個師，早在去美國遊歷之前，已經交給他的後任，不在華中，打仗是一個人能打的嗎？諸葛公以二州之地的弱蜀，當七州之地的强魏，連年動衆，恆踞其上。而且收姜維，殺張郃，斬王雙，使司馬宣王，甘受巾幗，畏蜀如虎，孰謂將畧非其所長？要了解襄陽何以失陷？得稽考戰史，看看華中戰區整個的形勢：

長江以北，黃河以南，大巴山以東最主要之敵，計有劉伯承、陳毅兩大股。當時在華中戰區積極活動之敵，隸屬於劉伯承的野戰軍，計有第一、二、三、四、六、九、十、十二等八個縱隊，綜計敵方劉伯承、陳賡、孔從周以及能戰耐戰的軍區部隊，人數約在四十萬至五十五萬之間。（根據白崇禧將軍的談話。）而守軍則僅有萬人左右，加上地方團隊，最多時期亦不到三萬人。面對十倍、二十倍之守軍，襄陽安能固守不失。而康將軍在苦守中，已表現了凜然不屈之志節，在康將軍已然成功；而失敗者只屬華中剿總之救援不及，坐令名城名將喪失，成爲一頁無法補救的痛史而已！

敬悼劉侯武丈

·岳騫·

九月十六日下午接到護士小姐電話，侯武丈去世，心中頗爲傷感，當日因時間已晚，次日趕到殯儀館拜祭，面對遺像，爲之泫然。

侯武丈大我三十歲，我們實在是兩代的人，但蒙侯武丈看得起，在港追陪杖履達二十年，受到教誨甚多，至今思之，已成隔世。

我之認識侯武丈，是由於王世昭老叔的介紹，一次昭叔打電話問我知不知道劉侯武老先生，我答以當然知道，但是並不認識。昭叔說侯老就是要認識你，託我請你吃飯。我當說這如何敢當，侯老是長輩，我應當先去拜見，然後再談吃飯的事。次日，我隨昭叔一道去了侯老府上，侯老住的地方眞眞是陋巷斗室，我所認識的朋友，目前住的房子要以侯老爲最差，誰能想到畢生盡瘁革命，服務國家，職司風憲，出任疆圻的元老，暮年會度這樣清苦的生活。從此以後，我便經常陪侍侯老吃飯談天，對侯老所知漸多，感到其人眞不可及。

侯老是潮州人，也可以說是潮汕最傑出的大人物，由於其居官清廉，不畏權勢，爲鄉黨爭光，因此，潮汕人皆以有侯老這位鄉長爲榮。潮汕人長於經商，在香港、在星馬，尤其在泰國，財力之雄厚，在任何僑幫之上，侯老如果有所需，只要說一句話，多少錢皆不成問題，但侯老從未向任何人借過錢，只是這些大商人經過香港時，看見侯老生活如此清苦，自動餽贈，侯老便靠此在港生活了二十幾年。此時此地，不能不算是奇蹟。

但是有關公益的事，例如最近中文大學出版了一部大書，經費無着，請求侯老設法，侯老也只是講一句話，潮汕大商人紛紛捐欵，如數募齊。

侯老為人不苟言笑，相交將近二十年，我總算蒙他偏愛，無話不談，但即使談到最高興時，也只是露下齒，從未笑出聲。眞眞是望之儼然、即之也温。

侯老是眞有學問，不論經史文學都有獨到之處，但從不表露，只是在偶然場合，提出新的見解，皆前人所未言，尤其對小學更為致力。本刊印在封面上的刋字，侯老就指出不對。因為刋應當是千字從刀，不是目前的寫法。但以積非成是，沒有眞正刋的字模，無法改正。

侯老生活很清苦，但好客之風，至老不變，經常約幾位朋友吃飯，一定是去潮州飯館，必然是他惠賬，因為潮州飯館皆對侯老相當尊敬。侯老一進飯館，老板就親自過來躬身問候，不用侯老點菜，他們自會配了送來，有兩次我在進門時，先交錢到櫃上，櫃上人說：「你要問明老先生，我們才可以收錢。」所以我同侯老在一起飲讌，記憶中從未付過賬。

侯老雖然一生清苦，但善有善報一點也不爽，當代元老中，兒孫之多，之賢，侯老堪稱當代第一人。其公子十人，孫兒孫女我也不知有多少，無不卓然自立，各有成就。除去鐵幕之內，五大洲皆有其兒孫，有博士學位者幾達二十，成就最大者為長孫遵義世兄，目前在史丹福大學担任經濟學教授，經常出席世界經濟性會議，已成為國際知名經濟學家，最小公子世華兄在東京讀書時，每次來信侯老都拿給我看，其對哲學方面造詣，絕不遜於此間的大師。

在侯老八十壽辰時，我撰了一副壽聯：「開國仰賢豪，有菩薩心腸，英雄肝胆；稱觴壽大老，看芝蘭競秀，玉樹盈堦。」聯雖不工，但字字紀實，侯老閱後，微笑點頭，招我同家人合攝一影（見附圖）。

侯老病了很久，中間又去新加坡第九公子處小住，亦無起色，臥床已有兩年。在此期間我不斷去探視，有時在醫院，有時在其府上，若是遲久未往，侯老便要護士打電話給我，最後一次相晤，約有一個多月，侯老握着我的手，凄然說了一句：「我現在生死兩難了！」我也無言相慰，黯然久之。

侯老功在國家，澤及鄉里，自是青史人物，以上所記只是個人對侯老的認識，敬謹寫出，以誌哀思。

——神仙列傳之一

劉湘的神機軍師劉從雲

·公孫魯·

孫中山先生把人類的政治史劃分爲三個時代，一是神權時代，二是君權時代，三是民權時代。一般地說，這分代法當然是對的，可是，在中國這個情形特殊的國度裡，則尙有待於商榷呢。

許多事實證明，中國儘管有了辛亥的鼎革運動，革掉了「朕即國家」的君權，但這個統治了數千年的神權却始終沒有革掉，近代還是有許多的軍國領袖人物，不信專家，不信人才，也不信自己，竟將政治，軍事等大計，取決於江湖術士之流的神仙。

這種神仙可分爲兩類：一類是土產神仙，爲招搖撞騙的和尙、道士、術士等均屬之。一類是洋貨神仙，如近五十年來，若干莫名其妙的碧眼黃髮兒在中國充當顧問者屬之。信任前一類的神仙的人，多半是腐化落伍的軍閥、政客。信任後一類的神仙的人，多半是媚洋畏外的軍閥、政客。這班仁兄，從來就以爲「外國的月亮比中國的大」，因之，「外國人自然比中國人行」，這套邏輯，牢不可破地盤據在他們的腦子裡，奉外國人爲神仙，所以，我姑且把這種外國顧問，也列爲神仙。

本文主要的是介紹「土產神仙」，順便提提「洋貨神仙」的存在性而已。花開兩朵，各表一枝，這裡畧過洋神仙不談，且說本國特產的土神仙吧。

法駕到了重慶

我要表說的第一位神仙是，已故四川督辦劉甫澄（湘）上將軍的軍師劉神仙。

劉神仙名從雲，四川內江人，和當代大畫家張大千是小同鄉。他老人家未出山之前，在本縣只是看看相，卜卜卦，間乎作作降神驅鬼的小巫術，在江湖術士中也是藉藉無名的。大約是時來運到，福至心靈吧，神仙忽然心血來潮，發動「法駕」到了劉湘的防區中心——重慶，這就進入神仙大顯法力官運亨通的時代了。

在抗戰以前，四川有過一個所謂「防區時代」，擁兵自固的川軍首領們如劉文輝，劉湘，楊森，鄧錫候，田頌堯、潘文華等，各佔州縣，彼此割據稱雄，劃分防區，儼如晚唐的藩鎭，時戰時和，四川的老百姓，被鬧得天昏地黑，鷄犬不寧。其中以劉文輝和劉湘兩叔姪的力量最雄厚，其他幾位，今日聯劉文輝打劉湘，明日又聯劉湘打劉文輝，在這兩叔姪的矛盾夾縫中藉以自保，劉湘沒有把劉文輝趕到西康去以前，四川省會成都和那塊肥沃的盆地所屬各州縣，是劉文輝防區，劉湘還偏處在重慶一帶，論實力，則劉文輝又較勝一籌。

劉從雲到重慶，彷彿是民國十五六年之間的事，不記得他是通過誰的關係，認識了重慶的警備司令廖海濤，他爲廖司令看了一個相，開始幾句話就把廖折服了，他說：

「司令官，山人先不談你的相，只問一句：你下樓梯時，最後兩級是不是作一步躍下去？」

廖海濤對這突如其來的問題想了一下，一拍大腿道：

「對的，你怎麽會知道？」

「這可以從相上看出來的。」神仙搖頭幌腦非常得意地說。

這一句話說對了，以後每說一件事或某年運程，無不言談微中，廖司令佩服得五體投地。

其實，這是一種起碼的江湖心理，廖海濤是個軍人，軍人性情比較燥急，下樓梯到最後兩步，多半是一步跨下就算了，何必踱方步呢？同時，聰明的劉神仙，事先已把廖司令的經歷，升沉，生活，習慣打聽過了，那有不靈的道理？

廖海濤既入彀中，神仙就說出他另一目的：

「有機會的話，山人想看看劉甫公的相，我算定他將來的功業，還要偉烈彪炳，你們都要成爲風雲際會旋轉乾坤的人物，司令官能介紹我去見見他嗎？」

廖海濤一躍而起說：

「好的，我一定辦到。」

經過廖海濤的吹噓，加上劉湘也相信命相之說，即着廖約見。

劉湘的經歷，神仙當然更清楚，看了自然語語中的。那時候，劉湘膝下猶虛，盼嗣心切，就問劉從雲。

「我命中會絕嗣嗎？」

劉從雲哈哈大笑道：

「督辦說那裡話來，你老人家不但命中有子；而且後裔昌盛，不過，最好讓山人再相相尊夫人。」

於是，劉湘請他的周夫人出堂，讓神仙一相。周夫人和劉湘乃是患難夫妻，劉湘在當兵的時代，周夫人對他的幫助不少，所以劉湘記念前情，即使周夫人尚無所出，他也不忍納妾，在川軍當中，劉湘對於他的太太的確是忠厚純良的一人。

養兒子與風水有關

劉從雲看過周夫人，斬釘截鐵地說她有宜男之相，現在還不生育，一定另有原因，他要求再到內室去觀察一番，恐怕房子的風水有關。劉湘就引他進到內室踏勘，神仙一看他的臥房，霍地一跳。

「哎呀，這張床的方位不對，煞氣把胤嗣都尅住了。」

劉湘即請神仙另擇方位，神仙當時叫人把那張床另換一個方向，一面手揑劍訣，口念有詞，來一次作法鎮壓。

說也奇怪，周夫人第二年就生了一位少爺，就是近年在北婆羅洲經營建築公司的劉秀英。這樣一來，劉湘對劉神仙不覺肅然起敬，漸漸地他的許多神機妙算也使出來了，而且每多奇驗，一個江湖術士，就此一躍而爲劉督辦的參謀長了。

那時節，川軍的待遇是最壞的，發不出餉是常見的事，往往用鴉片烟土抵餉金，士兵拿到幾錢烟土，再去轉賣給老百姓，有的就留着自吸，好在川軍大部是「雙槍將」——一枝步槍一枝烟槍。士兵沒有錢還得打內戰賣命，當然要逃亡，劉湘正爲逃風傷透腦筋。神仙說：

「沒有關係，任他們逃到天涯海角，山人也有妙法把他們找回來」。

起初劉湘不信，有一天，廖海濤的警備旅某團逃了幾個兵，廖來請神仙作法追回，神仙掐指一算：

「明天午時三刻，派人到海棠溪等着，那幾個逃兵一定要經過此地，可以找回來。」

第二天，不出神仙妙算，一個不漏的抓回來了，但神仙要劉督辦不處分他們，劉湘自然尊重軍師的話，饒了那幾個逃兵。從此，神仙更神了，劉湘更信任了。

其實，所謂神仙之神，滿不是那一回事，抗戰期間，作者在重慶，有一天，周士觀（現在大陸的編劇于伶之岳父，時任寧夏省府駐渝辦事處長）慶壽宴客，范哈兒（紹曾，時任川某軍軍長，部隊駐浙江）在座，他是劉湘的老幹部，我問起劉神仙捉逃兵的事，范笑道：

「這是劉從雲搗的鬼，他慫恿士兵逃，並且要他們頭一天躲在重慶某處，第二天向某方向走，如果被抓，决不問罪，另外有賞，士兵當然信神仙參謀長的話，那有抓不到的道理？這件事情，個老子我當時就知道是神仙弄的法術，因爲督辦信他，我們只好跟着哄。」

又有人說，劉湘明知劉神仙是假的，他之所以信神仙，乃是以神道馭下之一法，這一說，也有幾分道理。

辦學校訓練將星

不過劉神仙是一個絕頂聰明善於利用機會的人，倒是無可否認的。

他知道自己已經成爲偶像，應該培養幹部，鞏固勢力，因此，又編了一段鬼話來打動劉湘，據他說：

「山人夜觀星象，王氣見於西南，將來中國四個王分治天下，東王據長江下游各省，就是蔣委員長，南王據廣東，北王據東三省，要應在張學良身上，西王就是督辦，許多將星早已下凡，投生在四川，現在正當青年，將來就是你的保駕臣子，應該及時羅之訓練。」

劉湘對於這套鬼話，果然聽進了，就由劉神仙創辦一個軍事幹部訓練班，集中那些「將星」，以便來日「輔弼王駕」。

招生的時候，那排塲也是神妙可笑的，所有筆試及格的學生，要經過神仙的「法眼」甄別，才定取捨。劉湘居中高座，神仙坐在另一太師椅上，另外一個參謀任紀錄，依初試名冊喚進，學生答應了「有」，嚴肅地走進來，由副官帶到神仙面前俯首站定，神仙閉目凝神用手摸着學生的頭說：

「頂上金光×尺×寸×分。」

紀錄的就寫下來，據說那金光就是這個學生將來階級高下與成就大小的準繩，如果是將官金光總在一尺以上，不及此數的，就只是校尉階級的材料。神仙說過一遍，劉督辦點了頭，這學生就算取了。以前國防部史料局副局長戴高翔就是這個班的學生，後來又考入陸軍大學第十三期，他是那次神怪考驗的過來人，如今已經是中將階級了，他頂上的金光，恐怕要超過二尺以上吧？質之戴君，一定要啞然失笑的！

後來，劉湘又成立一個模範師，裝備是最優良的，由神仙兼任師長，幹部就是這個班裡的畢業生充任。從此，劉神仙的勢力更擴充了。

劉神仙既是劉督辦左右的紅人，又是勢力方興未艾的人物，督辦下面那些軍、師、旅、團長，也紛紛拜神仙爲師，以爲進身之階，但也有不信劉從雲的。於是劉湘的部屬分爲兩派：如唐式遵，王纘緒，廖海濤等屬於「擁神派」；王陵基和他的左右就是看不起劉從雲的，這是「反神派」。據范哈兒對我說，那時他是中立派，這是鬼話，以范的聰明，他是會迎合劉督辦的心理，至少，他內心即使反神，表面是絕對擁神的。

劉湘把老叔台劉文輝打敗之後，佔領了成都，劉文輝退入西康，鄧錫侯，田頌堯，楊森等只好轉而擁劉湘以自保，此時的劉甫公，已是四川省主席，儼然君臨巴蜀，而劉神仙也水漲船高，成爲稗官小說上所說的上朝不拜君的國師了。

民國二十二年以後，中央以全力圍勦江西的共產黨，共黨遂派遣部份共軍西竄開闢新的根據地，內戰方息的四川又招來了共禍，川東川北到處有小股共軍竄擾，可是，鄧錫侯他們都是要保全實力，對勦共意存觀望，而且，和共軍有了默契，共軍未到，防軍先退，防軍進勦，共軍避讓。官兵與共軍天天捉迷藏，老百姓苦了，而負責指揮全川堵勦共軍的總指揮劉湘也急了。不知開過多少次將領會議，責成大家早日把共軍驅逐出境，像這樣兒戲式的堵勦，毫無斬獲，對於中央是無法交代的，鄧錫侯等說勦共需要軍費，沒有錢發餉，如何能鼓勵士氣？這就等於說：「你甫公是主席，應該統籌勦共費用呀。」劉湘只得硬着頭皮向中央索軍費。

那些防區司令得了錢應該努力堵勦才行呀，却又不然，他們只花樣翻新吧了，那時共軍有的是鴉片烟，缺的是武器彈藥，就秘密派代表和防軍商定，共軍在某處埋好了鴉片，等防軍進勦，共軍即退，防軍起了烟土，再埋武器彈藥，共軍反攻又再起去槍彈。另埋下破舊武器，然後防軍再進勦，掘出那些破武器，作爲鹵獲品去向劉湘報功，雙方交易而退，各得其所，這種戰爭遊戲，遂使共軍坐大。

到民國二十四年江西圍勦五次成功，共產黨大股向西流竄，四川震動，劉湘急了，就正式使用總指揮權力，責令鄧、田等限期完成戰鬥任務，鄧、田等都是「英雄好漢」，那裡會賣劉湘的賬呢，視軍令如具文，劉湘束手無策。

劉神仙靈機一動，又是他上爬的好機會，他就挑撥鄧錫侯等說：

你們過去和劉甫公的地位相等，現在他雖然是川省主席，你們還是一字平肩王呀，那能聽他擺佈？」

鄧錫侯等對神仙這種說法，聽得很投機，神仙就趁風駛舵地一轉話題：

「可是，不把共軍驅出境，大家同歸於盡，也是犯不着，我看你們也不必聽甫公個人指揮，來個集體領導的勦共政策，組織一個軍事委員會，你們大家都是委員，由一個地位超然的人物來担任委員長的虛名。」

這一着，大家都贊成，而所謂超然的人物，無疑是指劉神仙本人，既是虛名，當然也表示擁護。

神仙對劉湘又另有一套說詞，說是：

「與其因指揮權，而增加彼此的磨擦，影响全局，不如主席退讓一步，我當委員長只是掛個名，有個緩衝力量，其實還不如是等於主席兼委員長嗎？」

劉湘也聽得進，假如不是以後劉神仙不自量力，盲動瞎撞，他眞可以取劉湘而代之，此時，他事實上已成爲全川的最高軍事指揮者了。

反神派王陵基

不久，共軍的主力進入川東，王陵基部一面告急，一面他又是「反神派」的主幹，不聽劉神仙那套鬼話的，劉神仙要以委員長身份親赴川東指揮作戰，必須調走「反神派」才行，因此，即遣「擁神派」的唐式遵，率部接替王陵基的任務。

神仙委員長法駕到了川東防區，即令唐式遵易守爲攻，唐式遵不覺一怔，就說：

「委員長不要操之過急，現在共軍所佔的地勢是居高臨下，我們要仰攻，這是絕對不利的。」

神仙的頭搖得像潑浪鼓似的：

「不然，不然，你是不明天機呀，共軍據高，正是他們的死期到了，他們的方位，剛好是七煞死神，我今晚踏罡步七斗，發動十萬天兵天將，暗中助你成功，明天拂曉總攻，你指揮部隊大胆前進。」

唐式遵是信神仙的，既是有十萬天兵天將相助，還怕什麼呢？次日拂曉，遵令全線出動，來一次史無前例的仰攻，頓時垮了下來，唐式遵傷亡慘重，潰不成軍，共軍乘勝追擊幾近重慶，全川大震。

這時，劉湘對神仙的信心沒有了，四川官紳也喊出了「殺神仙以謝軍民」的口號，神仙化裝逃回重慶，躲在「擁神派」的重慶警備司令廖海濤家裡，算是未遭殺戮，保全一條性命。

這以後，劉湘知道川軍無法抵抗共軍，閉關自守是不行的了，這才答應中央軍隊入川追勦。

神仙的官運，就因這一役告終，我們試想，設令四川不是共軍竄入，神仙不輕舉妄動，以他那套縱橫捭闔的手段，對付川軍的落伍軍人，他是可以在那個高原省區成一時之雄的。

劉湘於民國二十七年在漢口病歿之後，四川謠傳他是因抗命被中央毒死的，也有說他是羞憤自殺的，人言人殊，莫衷一是，而他那許多部屬，失了靠山，登時惶惶不可終日，內江才子劉師亮作了一副輓聯，又把劉神仙拉進去了。聯云「有些人如喪考妣」，「這件事要問神仙」。

總之，作爲中國現代的軍事大員，不建立軍人應有的信心，而去迷信江湖術士，這是笑史也是悲劇。正是：

可憐夜半虛前席，不問蒼生問鬼神。

曾任吳佩孚高等顧問

照空和尚是國際間諜（上）

·益軒·

在二十年前上海出版的「覺有情」第一〇三期有過這樣一段記載：「照空比丘病歿矣：以國際和尚聞名之照空僧，已於一月前病逝。照空近年久居上海，寓靜安寺路西僑青年會，因爲匈牙利籍，一二八後，行動尚能自由。昨聞奧大利醫生夙研佛學之史發詩氏(E. J. Schwarf)談，照空病後，曾入醫院受手術，結果，不治而死，遺體由萬國殯儀館舉行火化。照空近年孑然一身，並無徒弟隨侍。筆者曾詢史氏以照空所患何病，臨終情形如何？有無遺囑，史氏均不之知云。」

此外，當時各報似乎尚未見登過同樣的消息。以一個曾爲國際間所注意過的人物，這樣無聲無息地死去，已經不再引起社會人們的記憶，也可見這世界人類健忘之程度了。然而照空和尚的身世却曾在「上海——冒險家的樂園」那本書上佔了一章的地位。看過那本一九三七年（？）世界名著的人，大概總還記得：在那本書中的第十章裡，不是曾以「不操干戈的强盜」的標題而不憚煩瑣地記述過他的事實，和斷然無疑地說，他已看見了現代的一個最傑出的冒險家了嗎？

這裡想就我所看過的關於記載他的材料，約畧敘述來介紹他一下：

據「上海——冒險家的樂園」作者愛狄密勒氏所記：「在一切的時候，每和人講到冒險事業和冒險的名家，我總聽到一個名字。這個名字傳誦於人口，差不多可以說是老少都知道的了。許多的書記把這個名字做主題而寫成。在過去幾年的外交文件中，這一個名字也常常看見。你試去翻翻一下任何一國的危險人物的名冊，你總不用愁找不到這一個名字。

擁有這個名字的人究竟是怎樣一個大人物呢？他何以竟能使大英帝國不惜傾獅子的力量來搏他呢？他是不是眞的像一般人所說的，是二十世紀的一個最偉大的奸徒或者一個謎樣的複雜的人物，複雜了使任何人都沒有方法知道他的眞實的面目和心地呢？就是福爾摩斯也弄不淸楚，他到底是一個作惡的聖手，還是一個烏托邦的尋覓者，最後才潛身於東方的最神秘奧妙的宗教中，來求取他的靈魂的安寧。這一切都是難於得到定論的。

對於這樣一個傑出的人物，我自然不能不有一個澈底的認識。爲了他，我常常去麻煩英國駐滬領使中的檔案保管員，我收集了許多有關於他的資料，下面的記事就是這些資料的撮要。

猶太商人的兒子

這一個奇人的名字眞多，衣拿歇．鐵木賽．脫萊比許．林肯，杰克孫．干姆斯，朗不萊希，脫勞脫會，湯達妻，其漢，巴脫列克，勞門西奧廢，托爾乃路得威，海曼路，阿那伽利加，富可山底，這一切的名字合組成了今日的照空和尚。就他的家世說來，他是一個猶太族商人的兒子，在一八七九年出生於匈牙利。他年輕的時候受過宗教教育，預備將來做一個猶太教的大祭師。

國外的旅行把他的信仰改變了，據他的戚友傳說，他遠遊回家的時候，曾和他的父母發生過極嚴重的衝突。他們的意見終於調和不來，於是他就離開了他的故鄉，到漢堡去。在一八九九年中，他正式加入路德教會，成爲了一個耶穌教教徒。

這個年青的脫萊比許有一個冒險家的靈魂。他到一處厭一處，老是想望新的地方跑去，德國的路德教會也收不住他的心。爲了滿足他的見異思遷的癖性，他受命到美國去勤助那面的長老會，做救濟猶太人的工作。在美國，他和英國的教會發生了關係。他就喬遷到加拿大，正式成爲英國教會的一個教士。然而加拿大的生活也不能使他滿意。他拋棄了「新約書」回到德國。但是到了德國之後，他又感覺到英國的空氣似乎更和他合適些。他寫了一封自薦信給肯脫培萊大寺的大主教。回信請他到肯脫郡的亞普爾道城去當副主教。做了十四個月的副主教，他的厭舊喜新的老脾氣又發作了。他辭去副主教之職，遷到倫敦。上帝，聖經，禮拜，信條等，使他的酷愛獨立的精神感到了極大的壓迫和厭煩。他決定暫時失陪教會了，他的善於活動的心智使他拿起了筆，跟報紙打交道。就這樣的，他在倫敦過了兩年。

一九〇六年，他應巧格力糖創造家西龐·胡屈利爵士的聘請，做了他的私人秘書。由於後者的介紹，他和自由黨的幾個著名的黨員發生了關係。他在大林頓城參加一九一〇年的競選，當選爲下議院議員。

站在議員的地位上，他大做其替人說話的生意，他替倫敦的一些石油公司推廣營業，從中收取巨額佣金。

在一九一四年的競選中，他失敗了。他的佣金也賺不成了。他的經濟來源受到了一個極嚴重的打擊。八月裡。歐洲大戰爆發，什麽都頓滯了，他的生活就愈加缺乏了。據說他的經濟狀況在這個時候，非常窘迫。於是他就和英國政府接洽，受任爲匈牙利文與羅馬尼亞文的函札的檢查員。他無疑帶有極濃厚的親德色彩。在同事的檢舉下，他被英國政府一脚踢出了大門。

這一脚把他踢到了荷蘭的鹿特丹。在鹿特丹，他與當地的德國總領事來往很親密。英國的海軍部看了有些不順眼，命令他立刻離開荷蘭。他跨過大西洋，在紐約住了六個月，這時候，他在倫敦做下的舊案子發覺了，他被遞解回英國，在老培萊法院中受審，他犯的是使用假支票。他假冒胡屈利爵士的簽字，騙取了七百鎊的金錢。相訊之下，他全盤招認，得到了監禁三年的處分。三年期滿，他被解回匈牙利的原籍。

匈牙利是一個極淺的池子，那裡容得下他這蛟龍。所以他一到匈牙利，立即轉身作壯游。他與許多政治運動，發生了不可告人的關係。他在歐洲的名氣太大了。他覺得大陸上的空氣太熱，有些使人窒息了，所以决心遷地到旁的大洲去馳騁他的冒險精神。他重渡大西洋，橫越美洲，由温哥華出發到上海來。

搭上了楊森的路線

在上海，他靠着他的法螺，騙信了幾個中國人。由他們的推薦，他做了四川軍閥楊森的高等顧問。但是他在中國，又想起了歐洲。只須有人出錢，他是不怕風濤險惡的。他說自己在歐洲奧援極多，是路路兜得轉的。他可以幫助中國的軍閥取得他們所需要的一切，軍火和借欵，中國的軍閥聽信了他的無中生有的鬼話，就在一九二三年的十月中，派遣一個代表團到瑞士去。他的隨行當然不在話下。這個代表團的目的是聘請軍事專家，購買新式武器與商借債欵。但是在瑞士奔波了一些時，他們一無所得，只好垂頭喪氣地回去。瑞士的人民都是非常節儉的，也不喜歡戰爭。脫萊比許本領雖然大，還夠不上拿一次中國的戰爭賣給他們。

此處不留人，自有留人處。他在德國不是有很多朋友嗎？到那邊去吧！北洋軍閥的軍事代表團懷着滿腔希望趕到柏林，在柏林住上了一些時，他們照舊空着回中國，花去巨額的川資，換來一個憧憬的幻滅，中國的軍閥是大失所望，然而脫萊比許却是得其所哉了。一個人去，四個人回來，他帶回來了一位太太和兩位少君，舉家團圓，樂哉此行！

（未完待續）

中國交易所的一頁滄桑史

·吳王孫·

交易所是買賣大宗商品或證券的常設市場，它的目的，是在調劑貨物的供給和需要。因此，在比較發達的商業區域裡，自然就有設立交易所的需要。我國在清末時，梁任公即有組織類似交易所的計劃。民國初年孫中山先生和虞洽卿等擬具上海交易所的計劃，後來終於完成了物品證券交易所，這是中國交易所事業的開端。

從惠芳茶樓說起

中國歷史上是並無交易所這類機構的，從交易所發展的歷史來看，這是百分之百西方的產物。遜清光緒十七年，由西洋各國來華的證券商人開始有「上海股票公所」的設立，這大概要算西洋人在中國設立交易所的開始。

民國肇造以後，中國仍沒有正式的交易所，但在上海已有從事股票買賣的華人掮客(經紀)出現。他們常以大新街、福州路口之「惠芳茶樓」爲日常集合之地，稱作「茶會」。通例：每日上午茶會以通消息，所有買賣亦輒於品茗時，口頭成交。下午則各走銀行幫及京津、山西、廣東等各客幫，以兜攬生意，而同時亦間有顧客，携帶證券來茶會求售的。一切交易均爲現期買賣。價格一經同意，買賣即可成交，手續極爲簡便。迨後公債之發行漸多，而江蘇、浙江各路又復收歸國有，證券買賣因此大盛，股票掮客，因跟着增加起來。最早的爲「公平交易所」，地點在南市關橋，辦理人爲滬紳王一亭、郁屏翰兩先生。稍後有「信通公司」，地點在九江路，辦理人爲孫靜山先生(曾任華商證券交易所理事長孫鐵卿之父)。這兩個股票公司，開始在前清光緒末年。可爲華商經營股票交易最早之公司。

五十年前，中國雖還沒有正式的交易所出現，但早有類似交易所的公會和公所組織的產生。他們雖沒有正式稱作交易所，可是他們交易的情形，和他們對於商業市場的機能，多少已經與交易所十分相似。他們的組織和辦法，却早具了交易所的雛形了。拿上海來說，下列的三個機構，都是正式交易所的前身。

(一)上海股票商業公會：上海股票商業公會，由北京農商部核准，成立於民國三年。會中著名的人物有孫鐵卿、鄭叔平、稽馥蓀、吳大庭、邵玉書、周韶蓀等。最初會員只有十三家。會所在九江路渭水坊。每日上午九時至十一時，聚集買賣。所買賣的證券種類有二十多種，並且有「行情單」分送。也有佣金徵收的規定(凡記名式之證券，如公司股票等，票面每百元徵收佣金一元或五角。不記名之證券如公債等則徵收二角五分。)差不多就是一所小規模的交易所了。

(二)上海機器麵粉公會：上海機器麵粉公會內，附設有一個貿易所，專謀麵粉買賣的便利。它的買賣也分現貨、期貨兩種。現貨交易是客家向廠家現期買進貨物，當時付價，由賣出的廠家，發出本廠的棧單，就可憑了棧單取貨。期貨交易，是客家向廠家定期買進貨物，先議定了貨價，訂定了期限，在到期的時候，方才銀貨兩交。在成交的時候，買進的客家，先付了定銀；賣出的廠家，就塡成了單據，雙方在單據上簽印後，各執一紙，到期的時候，買方付清了貨價，向廠方換了棧單，就可以憑了棧單取貨。有時也做買空賣空，憑着市價的漲落，以計盈虧。所以說，他們這樣買賣的方法，簡直和交易所沒有什麼異樣。

（三）上海金業公所：上海金業公所，交易的時間，分上午、下午兩市。上午九時開盤，十二時收市；下午二時開盤，四時收市。當時同業公訂的「買賣規則」，已經相當完備。對於定期買賣，也有很精密的規定。後來金業交易所營業細則的一部，還是沿用金業公所的規則。

以上三處公會或公所，就是後來六家交易所的三個先驅。後來的上海華商證券交易所，就是上海股票商業公會所改組的；中國機製麵粉上海交易所，就是上海機器麵粉公會貿易所改組的；上海金業交易所，就是上海金業公所所改組的。

其他各業，也都有公會或公所的組織，也間有特定的交易場所，也時有定期性質的買賣，他們也都促動交易所的應運而生。

在這個時期中（約民六左右），市場上買賣的證券，公債票計有愛國公債元年六厘，元年八厘，三年六厘，四年六厘，五年六厘。鐵路證券有蘇路、浙路、皖路、鄂路等，公司股票有招商局、漢冶萍、水電公司、商務印書館、中華書局、仁濟和、崇明大生、通州大生、南洋烟草、中國、交通、中華商業銀行等。雜券有儲蓄票、印花稅票、中交、殖邊銀行之京鈔、盧布票等。

其實，我國設立交易所的最初倡議，遠在清光緒末年。隔了十年左右，經過了許多波折，到了民國七年，方才有「北京證券交易所」的成立，又過了一年，方才有上海證券物品交易所的成立。中間經過的情形，也很有研究的價值。

梁任公的倡導

我國交易所創辦的動機，實由梁任公組織「股份懋遷公司」的倡議。後來光緒三十三年，有袁子壯等重議創辦。民國二年，農商部召集全國工商界在北京開會，也曾討論到設立交易所問題，並有酌量在通商大埠設立交易所的原則性決議。民國三年，財政部對於交易所又有官商合辦的倡議。但是都以中途受阻，終於沒有成爲事實。

民國五年冬間，虞洽卿和孫中山先生有組織上海交易所股份有限公司的動議。擬具了章程和說明書，並請工商部核准。而當時部批，只准證券一項。民國六七年間，虞洽卿等一再呈請，於物品、證券兩項，准於一併立案，而金業、股票兩業，又竭力主張分開辦理；由諸人龍等呈請設立上海證券交易所；施兆祥等呈請設立上海證券金銀交易所。上海方面交易所的實現，却因此延宕下來。

到民國七年，北平證券交易所正式宣告成立，這是中國最初設立的一家交易所。第二年六月間，上海證券物品交易所亦得到了農商部先行開辦的訓令。中間差不多籌備了一年，到民國九年七月一日，方才正式成立。這是上海華商所組成的第一家交易所。

上海證券物品交易所成立以後，在半年之中所獲得的利益，已經有五十餘萬之多。於是發起交易所的人接踵而起。華商證券交易所，麵粉交易所，雜糧油豆餅業交易所，華商棉業交易所等，都先後呈准立案。

以上交易所約在民國十年春季先後開幕。一時交易所股票的價格飛漲不已，交易所的盈餘更多。於是一般投機家，都相率起來開設交易所。這時上海設立的交易所，總數約有一百四十餘家之多。資本多的有一二千萬元，少的也有五六百萬元。

由於當時政局的紛擾不安，各交易所成立的批准，除了幾家呈准北洋政府的農商部以外，其餘有就領事註冊的；有就工部局領照的，有就淞滬護軍使署或其他公廨法庭備案的，光怪陸離，弊端百出，完全失了交易所平準市價的本意。結果，遂釀成了民國十年上海市場的絕大風潮。各交易所也先後停閉歇業。只有幾家基礎穩固沒有受到影响，因此還能碩果僅存。

初期上海交易所，宗旨比較純正，組

織比較健全的，約有下列六家。

（1）上海證券物品交易所：上海證券物品交易所成立於民國九年七月一日，資本總額爲五百萬元，已經全數繳足。交易物品原定七種：有價證券、棉花、棉紗、布疋、金銀、麵食油類、皮毛。但是到了民國十六年間，上市的物品就只有標金、棉花、棉紗三種；到了民國十八年六月，又停拍紗花，改做證券。

（2）上海華商證券交易所：上海華商證券交易所是范季美、張慰如等所發起的。也就是原來的上海股票商業公會所改組。資本金實繳一百萬元。所交易的證券，大都是公債，例如整理六釐，償還八釐，七年長期等。從十七年四月起，又加進了國民政府所發行的二五庫券，捲菸庫券等。

（3）上海華商紗布交易所：上海華商紗布交易所是榮宗敬和穆藕初等所發起。成立於民國十年七月一日，資本總額三百萬元。交易物品有棉花、棉紗、棉布等。

（4）上海金業交易所：上海金業交易所是施善畦、徐補蓀等所發起，就是原有的上海金業公會所改組。民國十年十一月十三日正式開幕。資本實收一百五十萬元。交易物品有國內礦金、各國金塊金幣、標金、赤金四種。而實際上市的物品却只有標金一種而已。

（5）中國機製麵粉上海交易所：簡稱上海麵粉交易所，是顧馨一、榮宗敬等所發起。就是原有的上海機器麵粉公會貿易所改組的。成立於民國十年。資本額五十萬元。交易物品有機製麵粉和麩皮。

（6）上海雜糧油餅交易所：上海雜糧油餅交易所，是陳子彝、蔡裕焜等所發起。成立於民國十年二月。資本總額二百萬元。交易物品，除了米穀外，凡屬雜糧種類的豆、麥、油餅、芝蔴等貨物都包括在內。

北平交易所成立最早

上海以外，北平證券交易所是中國最先成立的交易所。股份定額一百萬元。寧波設有棉業交易所，原定資本一百三十萬元，交易物品限定棉花一項，而不限定棉花的種類。哈爾濱糧食交易所及濱江貨幣交易所兩家。前者原定資本國幣八十萬元，交易物品有大豆、小麥、麵粉、荳油、荳餅、雜糧等。後者原定資本國幣二十萬元，交易的範圍，是爲各種貨幣買賣作担保，對於買賣雙方，均收取佣金。

關於交易所設立，各國法律都有規定。我國除對於普通公司，已經另有公司法以外，對於交易所，又另有「交易所法」和「交易所法施行細則」的公佈。

政府對於交易所，所採取的政策，不外干涉和放任的兩種。比、法、日本和我國都是採干涉主義的。英美却是取放任主義的。不過其放任和干涉的程度，往往乃依社會實際的需要而定，也並不是可以執一而論的。

例如我國政府對於交易所法，就曾幾經修訂。民國三年十二月，公佈「證券交易所法」三十五條；民國四年五月，公佈「證券交易所法施行細則」二十六條，民國十年三月，又公佈「物品交易所條例」四十八條；同年四月，又公佈「物品交易所條例施行細則」三十條。後來因爲從前所公佈的條例缺點仍多，所以在民國十年十月，又經國民政府明令公佈「交易所八法」五十八條；民國十九年三月，又公佈「交易所法施行條例」四十條。對於證券交易所和物品交易所，都有概括的規定。

民國十五年九月，北洋政府農商部曾經公佈「交易所監理官」主要的職權是：關於稽核交易所買賣帳目，以至徵收交易所的稅收事項。監理官在所轄區域內的交易所，還可以委派駐所委員一人，代表執行各項任務。」這是從前北洋政府對於交易所純取干涉主義的明證。

到了民國十六年一月，國民政府曾經在上海有金融管理局的設立。同時裁撤從前交易所監理官，把他的職權，歸併到金融管理局的職務。從這方面看來，當時政府對於交易所，也似傾向於干涉主義的。

向日本人學習

「時代爲事實之母」。到了某一種時代，必定會發生某一種事實。我國當時，雖在次殖民地地位，世界經濟潮流的激盪，當然要受到影響。於是資本制度盛行時期，交易所亦應運而興。首創的，是上海物品證券交易所，物品先做標金紗花糧食皮毛四項，證券不外公債股票。是孫中山先生創議而由虞洽卿完成。後來國民政府諸要人，不少與這交易所，有歷史的關係。辦法全照日本「取引所」，並聘請了日本顧問。可惜，當時不管物品證券，都已有了同業商會及市場。標金市場最著名，其餘亦都有公所或商會，他們都不肯加入這新創的交易所。交易所祇熱鬧了本所股。可是人心受了新興事業的刺激，本所股交易繁多，拍價亦飛黃騰達。本所股漲價了，發財的，都想辦交易所。上海股票商公會，亦於民九改了華商證券交易所。各交易所所以稱爲華商者，以示別於洋商衆業公所。全用公司組織，發行股票，當時人心若狂，聽說辦交易所，就千方百計輾轉想法，來預購股票。股票到手，就是財利到手。各業風起雲湧，不管他們本業的商品，是否合於交易所營業標準，都來效尤。彷彿烟業酒業，亦設起交易所來。就是沒有業的，憑空亦設交易所。好在那時沒有交易所法，又在租界內，祇要向工部局弄一張人情紙，就可堂而皇之的，大拍其板。最新奇的，是「大世界」內的「夜市交易所」。我國人眞古怪精靈，會做東西洋所未做之事。那時上海交易所，差不多近於百數，冠絕全球。

然而無源之水，如何可以長流。除了標金紗花等數種，向來有相當交易，而且本業商品，亦適合於交易所營業標準。其餘單做本所股的，幾個月內，全都紛紛倒閉了。即老牌物品證券交易所，亦發生本所股風潮，不過尚站得住，直延至民廿二，始合併於華商證券。華商證券交易所，那時亦很危險。因爲股票尚未發達，單靠股票交易，不能維持作用，不能不做本所股。上海交易所全盤破裂之時，華商證券股票，亦跌至額面以下。

同交易所一時發生的，是信託公司。那時亦是一件新玩意兒。做交易所不成，弄交易所股票不到手，降格以求，就來辦信託公司。彷彿與交易所有同等性質。所創信託公司，亦有十餘家之多，股票亦曾漲價，不過沒有交易所那樣利害，而且信託竟是一種眞實業務不同野鷄交易所之全脫空。所以當時創辦之信託公司，多數尚能存在。不過因爲股票同樣跌落，一般口頭禪，遂稱爲信交風潮。其事發動於民八，盡於民九，結束於民十。

公債救了華商證券交易所

本所股停拍了，其他股票，交易甚少。那時華商證券交易所，却得了意外的救星。就是前文說的袁世凱時期所發的六厘公債，及北洋軍閥政府所發的各種公債。那時戰爭時起，市場波動，公債成爲一種投機品，買賣頻繁，居然維持了所用。民十六後，國民政府北伐成功，發行公債愈多，證券交易所，成了政府推銷公債的大市場。靠了公債，華商證券，頗有蓬勃的氣象，自民十六至廿六抗戰發生止，證券交易差不多全部是公債，股票不過應應卯拍拍空板而已。

公債雖救了華商證券，然有一時，公債亦幾乎把華商絆倒。那是九六風潮。九六是北京政府所發的一種公債名稱。因爲本息愆期，所中很少交易，當然市價很低。這個風潮的來源，大約是已故漢奸王克敏攬的把戲。順帶說一說，是我國證交中一段趣史。據聞王克敏做了財政總長，上任之日，對部員談話，就說：「九六公債，要想一個辦法。」繼囑主管司擬具，這箇消息，一傳出去，投機家、金融家，競購九六，市價暴漲，交易亦非常活動。大家以爲發財如操左券。不料這位王總長，接到司中擬具辦法之後，祇說一句：「待我斟酌。」就擱置在公事屜中，宛如石沉大海。一月兩月，接連幾箇月，人心慌了，市價又大跌。這苦了一班上當客戶同經紀人。有好多經紀人，受了違約處分，證交亦是殆哉岌岌，幸而維持過去。這是信交風潮之後，第二次證交風潮。（完）

抗日時代淪陷的山東

胡士方

馬良落水當上了漢奸

以前筆者曾寫過一篇「雜記韓復榘」，但關於日軍佔領後的山東局面尚未提到，故就記憶所及，續述一下。

自韓復榘在山東不戰而退，日軍即於民國二十六年十月二十七日佔領濟南，雖未發生劇戰，但由於執行焦土抗戰，却破壞了許多建築物，如濼口鎮黃河的大鐵橋，新城兵工廠，南營兵房，舊府院省政府，東門裡建設廳，商埠之進德會等等，都成了斷瓦殘垣。日軍進城後，第一步便是在各要隘，城關，壚子門，派兵荷槍實彈守衛，日本僑民走經日兵前都深深的一鞠躬，那是日本人「敬軍」的手段，可是中國人經過也得脫帽鞠躬，並且還得叫聲「太君」，這是一句日本不日本，中國不中國的話，大意與「皇軍」、「主人」差不多。那時先君率領我們全家在鄉村避難，就爲了這種亡國奴舉動，始終就不回濟南城，直到日軍遍貼「中日親善」、「建設東亞新秩序」、「同文同種敦舊好」等等的標語，取消了鞠躬，我們才回到濟南。

此時濟南情形大變，所有學校門口的總理像、總理遺囑、黨徽，都被塗改，並成立了山東治安維持會，由馬良出任會長。按馬良，字子貞，河北保定人，北洋武備學堂畢業，是國民初年的陸軍四十七旅旅長，邊防第二師師長。民國六年，陸軍改鎮爲師時，馬即任第九旅旅長，在山東濰縣駐防，又做過濟南鎮守使，故山東人都知道馬良之名。他那份維持會長，完全是卑鄙屈辱，甘心事敵的差事，甚麽權力也沒有，日本特務機關長河野一郎，是馬的頂頭上司。更有無法無天的憲兵隊，及一些鶴家公館、金水公館、田公館，專門搞情報，做間諜，殺害愛國志士。筆者有位表兄張芹香、表叔茅學熙，就是被日本憲兵隊的公館捉去的。據說灌涼水、上夾棍、刺指甲等等酷刑過後，不是叫狼狗咬致死，便是刀刮凌遲而亡。最著名的如山東牛業公會會長和仲平（係山東新泰人）、鐵血青年鋤奸團的范相符、鐵血敢死隊的畢福生，都是犧牲在這些公館中。尤其日本憲兵隊更豢養許多認賊作父的東北人，高麗棒子，做翻譯腿子，狐假虎威，狗仗人勢，專門敲榨老百姓，勢力高於一切。濟南有位唱平劇的坤伶老生王福寶，是與劉喜奎同科出身於奎德社，唱劉鴻聲派的三斬一探，學汪笑儂的「馬前潑水」、「張松獻地圖」，都有相當造詣，與先君都相稔。此時福寶竟和一位日本憲兵隊的王翻譯成了姘頭，出入都是光亮閃閃的黃包車，連兩位唱青衣的養女王麗青、王麗娟，都弄得不清不楚的，成了王翻譯的禁臠。

同時日本鬼子怕中國人反抗、走私，

于是檢查站、關卡遍地皆是。津浦、膠濟兩鐵路線上，用了些無恥的地痞流氓做鐵路巡警，更是喪盡天良，過往旅客，如果不向鐵路巡警花黑錢，就很難通過。筆者有位親戚在天津買了十幾個天津盛錫福的草帽回濟南，一進濟南車站便因爲不花黑錢，檢查時即遭路警用鐵條，由上到下在帽子上穿了好些洞，新帽子都成破爛貨了。

山東經韓青天統治過，毒品可以說完全絕跡，日本鬼子一佔領，情形則大變，滿街都是鴉片烟舘，且美其名曰「土膏店」，女招待燒烟泡，烟雲供養，紅袖添香，簡直不成世界。商埠五里溝、魏家莊一帶的日本浪人，高麗棒子的海洛英毒窟，亦死灰復燃，成了鬼域。

當時侵略華北的日酋是「北支派遣軍總司令」寺內壽一，北平的傀儡是治安維持會會長江朝宗。日本爲便於統治中國，對幫會組織則大加利用，「在家理」的清幫於北方亦頓形活躍起來。北平首先成立了「華北安清道義會」，會長是魏大可，字翰青，青島大學畢業，以前做過直隸同知、省議員，係清幫二十二的「通」字輩，又是山東鉅野人，故對山東的幫會亦特別照拂。所以，山東的二十一的「大」字輩人物如任聘三、王大同、錢寶亭、盧紹九，在千佛山賣紙元寶的高保章，「通」字輩如在小清河上走紅的聶鴻昌，商埠聞人柏俊生等，也都紛紛出起風頭，於是山東的安清道義會，比華北諸省都活躍。尤其東運河兩岸，所有幫會人物比江淮輩分都高，提起王大同、盧紹九、錢寶亭來，連上海黃金榮、杜月笙都得低下頭。

馬良這位維持會長，對應付幫會，侍候日本鬼子，此時也特別賣力。所以，僞山東省府，主席改稱省長，馬良成爲第一位山東省長。按馬良係回教徒，濟南回教徒多聚居於西關城頂，梓石橋，南關的趵突泉附近，馬良却孤處於東門裡的按察司街南首路西的一座大宅中，據說民國八年馬任濟南鎮守使時，因鎮壓反日分子，曾殺回教名人馬雲亭、朱秀林、朱春祥，就引起回教人士的公憤，且始終對馬良看不起，合不來，馬良住宅的隔鄰就是東興大戲院，該戲院爲馬所有，平日馬良便沉湎於皮黃中。筆者有幾次在東興聽田子文和鮮牡丹、張艷卿和郭育春的戲，總是看見滿面于思的馬良爲座上客，馬最拿手的玩藝是武術，河北南宮縣孟家橋有位拳師叫孟六，宗少林派，在北方頗有名氣，馬良便是孟六的傳人，又是保定拳術家敬一平的弟子。所以，拳腿棒棍，刀槍劍戟，都有點功夫。並著有拳脚科、摔角科、棍術科、劍術科，且遍請名流如徐世昌、靳雲鵬、師景雲、張季直等，爲之寫序，以上諸書，均由商務印書舘陸續代爲印行，馬遂樂此不疲，乃不遺餘力的去推廣，北方許多教育團體都採其書編做教科書。其次，馬良還有一手附庸風雅的字，字體兩頭尖中間肥，就像長形的橄欖一樣，不知所宗何體，其本人却自鳴得意，到處代人塗寫匾額對聯。當他做上漢奸山東省長後，「山東省政府」門口那塊招牌，便出其手筆，識者見之，無不嗤之以鼻。

漢奸羣相

隨馬良之後，如馬鎭藩、唐仰杜、蕭彝元、李秉鎔、郝書暄，亦都紛紛出塲。按馬鎭藩，字幼圃，河北省靜海人，民國十九年做過山東掖縣縣長，與日本鬼子都有淵源，因此做了民政廳長；唐仰杜，字露岩，山東鄒縣人，亦回教徒，是前濟南道尹唐柯三的堂弟，在濟南以賣字爲活，與妹妹唐秋岩都是以寫魏筆馳名，馬良遂拖其下水爲財政廳長；蕭元彝，四川三台人，光緒庚子辛丑併科副貢出身，是北平名醫蕭龍友的本家，民國十年在山東福山，十五年在齊河都做過縣長，清癯儒雅，乃書生型的老吏，簡直無民族思想，亦登塲而爲省政府秘書長；李秉鎔，字式陶，山東濟寧人，久在財政廳任職，日本佔濟南時，李仍留任爲財政廳的科長，因係理財的科班出身，故後來繼唐仰杜爲財政廳長。僞教育廳長郝書暄，山東優級師範畢業，是由教書一躍而廳長小丑。初無藉藉之名，居於濟南東關外後坡的七家村。說起七家村過去是一片荒塚，最初僅七戶人家而得名。後來才漸漸擴大，且戶戶都是教育界人士，像濟南的名教師王俊千、吳天墀、周愛周等人，都居於此，所以，濟南人都說七家村是粉筆末壘起來的。郝書暄本無人知，當上廳長，亦不過普通漢奸而已。但上任不久，即遭愛國份子潛入其家，想結束他的老命，便在其脖子上砍了一刀，竟然未死，遂使他的日本主子大忙一陣，憲兵隊、特務機關，更捕了不少人。但終於無法破案，乃不了了之，於是郝書暄才漸為人知。後來郝有一位女兒，在南關正覺寺街省立女子師範讀書，女以父貴，每天上學亦坐其父之專用汽車，並有司機伺候，結果日久生情，千金與司機竟私訂終身，想共效于飛。門不當，戶不對，郝書暄越反對，越出醜，後來竟在濟南上演起「黃慧如與陸根榮」活劇來了，一時成了歷下的大新聞。

山東的行政系統，縣長之上設有行政督察專員。日本鬼子一來，因為一般傀儡都是老政客、舊軍閥，故取銷專員名義，恢復民初時之道尹名稱。並分為魯東、魯南、魯北、東臨、濟南等道。至於這羣漢奸道尹，有的是張宗昌的舊部或同鄉，像方永昌，外號方花臉，係掖縣人，任過張的第四師師長、第四軍軍長，在膠東與劉珍年、褚玉璞，鬧了個天翻地覆，是臭名四揚的一塊料，亦登場做起魯東道尹來。

朱泮藻，山東壽光人，光緒二十四年，直隸保定武備學堂畢業，前清任過正黃旗副都統，民國後，任山東督署參謀長、烟台鎮守使、福建宣慰使、山東戒嚴司令，最後又是張宗昌安國軍第九軍的軍長，乃任魯南道尹。常之英，山東濟寧人，是畢庶澄的舅子，更是張長腿的爪牙，早年任淞滬警察廳長，數任旅長，宦囊已豐，仍貪得無厭，亦混水摸魚的担任濟南道尹。這些道尹中，只有成逸菴，是成豐麪粉廠的老闆，純粹商人，為了捨不得產業被沒收，下水為魯北道尹，其們差不多全是軍閥餘孽。

濟南市長，在事變前是聞承烈，後為任居建，淪陷後，第一位傀儡市長是朱桂山，朱是日本早稻田大學畢業，學識倒不錯，以前做過山東鄒平縣長，頗有政聲，但利慾薰心，竟甘心事敵，生了一臉黑霧，老態龍鍾，不久即下台，由程鎔繼任。程是張宗昌早年的副官長，聽差跑腿，當「二爺」出身，恬不知恥，對市政根本是外行，只是出來刮地皮而已。提起幾位偽市長來，以李汝樸比較好一點。李係山東利津人，日本帝國大學法科畢業。民國十八年，山東濱州、蒲台、利津、霑化、無棣諸縣成立一機構，名為濱蒲利霑棣墾務局，李任局長，對改良棉產，推廣漁鹽，都很有成績。不過到任不久，日本即投降，其入獄亦是最先。

山東在日本佔領時代，青島市乃直屬偽華北政務委員會，市長最初是趙琪，後來是姚作賓。其次便是烟台市，市長董政華，偽山東行政人員講習所畢業，山東壽光人，以前做過陽穀縣長，精明幹練，頗有成績，在陽穀任內，曾重修陽穀縣志，為人稱道。後來有位部中樞，也當過市長按部字醒華，是個風流倜儻，面面俱到的小子，老婆是王蘭芳，即有名的平劇四大坤旦之一新艷秋，雖然在烟台刮了不少錢，但勝利後入獄，甚麼亦光了。至於各縣的偽縣長，亦是小漢奸鑽營奔走的目標，因為只要與縣政府的日本顧問勾結起來，吃私發財是無問題的。如濟寧縣長劉逸民，安邱縣長魏公佛，曲阜縣長任曉麓，霑化縣長韓大名，都以刮地皮成了名。其中最倒霉的是一位寧陽縣長王紹武，在任內有一架美國飛機迫落境內，王竟生擒美藉駕駛員交給日軍邀功，未幾，便升為道尹。結果，勝利後，李延年一到濟南，王紹武首遭槍決。

臨風追憶話萍鄉（三）

張仲仁

過江龍擒賊先擒王
地頭蛇害人反害己

萍鄉第六區佛嶺村有一位柳洪忠老師傅，他紮樁功夫的堅穩有力是無人可及的；他有一次曾用雙手一貼一携，將兩個土匪分別拋落河塘中心。這事膾炙人口，使得當地人既敬慕又痛快。他年高時聲望更隆，無人不對他老人家十分敬重。在剿匪大隊長李春明主持的比武競賽時，他老就担任評判員，憑他幾句話，就平息了台下觀衆的一場風波。他武功到底練到如何深度？這是無人可測得到的，不過他底名聲威望的確高到可以懾伏武林同行輩；再加他們佛嶺柳家是巨族，人們更不敢亂撩虎鬚，因而從未聞有人敢找柳師傅比劃較量。這在一個練武術人來講，是很高的榮譽，他一生能保持長久不衰落的盛名，的確難得之至。

我在上栗市鎮，親眼所見，所聞，不論市鄉村的人們，只要談到武術之事，就會提到柳師傅的名字，六區人士均尊稱洪忠師。他的名字好像有種不可侵犯的威勢，存在人們心坎裡，因此一提起他，均異口同聲底說：「他的武功，眞了不起！」在那時我因專心商業，對武術事，已沒有以前那樣熱心了，雖然我有機緣和這位聞名的老師傅見面，而且還有兩次同桌共餐春茗的機會，彼此同一席飲酒閒談，但他從不提武術之事，我也不便探詢求證他武功根底如何，因我眼見席中有人談起武功之事，柳師傅竟然顧左右而言他，可見他不想當衆談論本人的長處，他練到這種深藏不露，淡泊名聲的好涵養，的確不愧爲德高望重的名師。

他外表身材高瘦，貌不驚人，十足是個鄉下農夫，可是他每次來到市區，所經之處，不論區長鄉紳，及各大戶商家，均對他肅然起敬，由衷的尊重愛戴。在鄉間這是很難在第二位身上發現的。

茲將吾鄉武術界這位特出的大力王柳洪忠師傅，一次遇險突圍的驚人事跡，寫來以告讀者。那一年八月間，他獨自一人在鄰縣一處鄉鎮看酬神戲；該處一個有財有勢的地頭蛇首領，以前曾和佛嶺柳家有過節，但那次糾紛並非柳家撩起，是這位恃財勢，逞威風的首領人物無理取鬧。後經柳師傅會同地方人士調解，也就平息事端，理應就此了結公案。

不料此人心胸窄狹，竟然懷恨在心，今次看到柳師傅獨自一人到他的地盤看戲，他就心存不良，想以衆欺寡，糾集一班打手，憑地利優勢，欲將柳師傅包圍痛毆一頓。

且說柳師傅專心看戲，怎麽也不會想到有人要暗算他，在毫無防備下，別人已十面埋伏，佈下天羅地網！如不是他平日練就高深的武功，這次不被打死也要成殘廢。當時戲台上正在上演「長坂坡救主」，趙子龍百萬軍中藏阿斗，在長坂坡七進八出，殺得曹兵個個愁的緊要關頭。這是大鑼大鼓的武打戲，震耳欲聾的鑼鼓聲，打得熱鬧起勁，台上演得出色，台下的觀衆看得入神。又有誰會知道，在台下正在醞釀一件眞實的「羣打手圍攻孤獨客」呢！

正在此時，忽然有人登上戲台，高聲呼叫停鑼演戲！並指使各藝員進後台休息。因上台講話之人，是當地權威人物，戲塲之人，只好聽他指示，乖乖的停止上演。此人在台上又向觀衆揮手叫他們企立一邊，讓開閘口一片空地，不准阻住當地。此權威人物當然是該地頭蛇首領了。他已暗中佈署了一班打手在柳師傅四圍埋伏。而柳師傅還不知道，心想：爲何正在演得緊張熱鬧時停鑼呢？但當他看清楚台上指手劃脚的傢伙，就是前次無事生端的人，也就明白了事情並不簡單；隨後又見他指揮一班精壯青年打手向們包圍，至此完全清楚原來專爲對付自己而來的。

處此緊急關頭，決不容柳師傅有開口講話的餘地，唯有硬着頭皮用武力對付暴力。此時有一批人已將出口通路堵塞，這一塲無法避免的大打鬥，即要發生。

柳師傅身陷虎穴，但他冷靜鎮定，集中精神，靜觀對方來勢如何？在這種生死關頭的時刻，如不是武功高强，頭腦冷靜的人，是很難保持不慌張的；當然看戲的人有一千幾百，怎能分辨得出誰是打手，誰是觀衆呢？何況台上的指揮者，毫不容情的調兵遣將，台下的打手們，如走馬燈般圍住在柳師傅的週遭。

當時柳師傅處此惡劣形勢之下，爲着自衛，必要使出絕招以禦强敵，他眼觀四圍，耳聽八方，聚精會神的來應付危機，以免遭人毒手。第一次上前圍攻是四個人，從四個方向一步步向柳師傅逼進；當對方距離還有四五步遠時，柳師傅就發動攻擊，他驟然向後一縱步跳起，順勢起脚一踢，並出左掌一劈；出掌部位準確，脚踢功夫雄厚！立時將後方及左面兩個打手擊傷倒地，而且傷勢不輕；前面及右方兩個打手見他飛快的先下手爲强，趕緊趨步上前攻打。柳師傅向旁一閃，先撥開右邊打來的拳頭，再一捲抓住對方的手臂，就用他的身體，運勁迎向前方衝來的打手一送一推；這兩位打手收勢不住，自己碰自己人，直撞得頭昏腦脹，金星直冒！兩人倒地打滾，雙手抱住腦殼，大聲呼痛！當然受傷很量，不能再反擊了。

那站在台上的首領，眼見柳洪忠猛如雄獅，交手第一回合，就重傷了四個人，不覺大驚失色！但他並不就此收手，反而更加兇狠；他大聲呼喝着，再叫六個打手上前圍攻。

誰不知一個功力深湛的武師，並不懼怕對方人多，這一羣功夫低淺的嘍囉，人多反而阻手碍脚，怎擋得柳師傅的神勇虎功。

柳師傅雖身陷重圍，但並無畏怯之態，經過頭一陣的打鬥，已察知這班打手的功夫如何；他如泰山般站立在空地中，靜觀敵對來勢，應付抵禦之法。他臨危不亂，並具有氣吞敵人之勢；因此對方雖然人多，但均被柳師傅的威嚴所懾，誰也不敢輕率進攻。

第二批打手一步步合圍逼近進攻，當相距尚有數步之際，柳師傅閃電般的身法，已快速向前一衝，他側身讓過正面打手的拳掌，一把抓住對方的手臂向上一提，該打手已雙脚離地，一個一百幾十磅的人體，如老鷹擒小鷄般的提起，然後拿他來做打鬥的武器。此時其餘打手已逼近成爲半月形，一齊出拳脚向柳師傅攻擊；好一個神力柳師傅！他抓住打手將身子旋轉，好似我們抓住流星鎚一般輕盈；順着一轉，將手中打手大力揮動，運勁一橫掃！其餘打手經他神力一掃，當塲擊傷三人。

但其中有一人功力較高，他見人體武器橫掃而來，立即以「潛龍升天」輕功，向上一縱跳，避過橫掃之勢，一扭身轉在柳師傅右後側；人未落地已起脚踢向柳師傅的右邊腰部。

當柳師傅抓住人體作武器，轉身橫掃時，還有另一打手未掃中，因他及時一仰身，乘勢一跳脫離了戰塲。柳師傅見此情形，立即將手中抓住的人，借力用勁對準他拋去，如拋稻草一般的手法，氣力又大，去勢又急；該仰身向後跳的打手，終究逃不出柳師傅的手掌，他還未落地站穩，人體已從空而來，使他無從躲避，結果他自己同伴的身體，重力的擊倒他，兩人互相碰撞得非常厲害，一同受傷倒地不起。

再說在此同一時刻，柳師傅將人體武器一拋出，立即及手一捲托住另一打手由右側踢來的脚踭，用力一抓，再乘勢向前一送一推，打手立時失去重心，直向後面急射而去，一跤跌得兩丈多遠。後來聽說該打手的後踭骨竟已被抓破裂，醫治很久時間，也無法恢復原狀，因此不能運力站樁練武功。

柳師傅在演戲塲地，發揮他的神勇威力，在很短時間內，將第二批六個打手解決後，他以最靈敏的動作，縱身跳上戲台，他迅速採用「射人先射馬，擒賊先擒王。」的策略，向站在台前的首領當胸一抓；可是此人的功力，當然在各打手之上，他急忙中側身一避，隨即出右手用車輪拳法直鑽柳師傅的腰眼穴。柳師傅將身向下一沉改爲騎馬樁，重力一擊，對準他鑽腰拳的手腕關節擊下！對方右手五爪筋部位被擊中，立即發麻又酸軟，向下沉落，再也提舉不起了！他右手雖受重創，却急出左手，一招「金龍探爪」，直攻柳師傅右耳下「醫風穴。」

此時台下已經一片混亂，觀衆看到此驚心動魄的打鬥，被嚇得大聲驚叫！還有重傷者的呼爹叫娘聲，已亂成一團糟。當時的處境，太不利於柳師傅，如再有高手加入戰團，後果則不堪想像，他必須以快刀斬亂麻的手法，火速脫離危險地。

當對方一招「金龍探爪」直攻耳邊穴時，柳師傅將頭向左後方一偏，避過打來的拳鋒；迅速起右手一捲，抓住對方左臂一帶一牽，提右脚跨上半步，隨即出手運向下一掃一托，一把抓住對方的腿部，雙手運勁向上一提，這一下顯露出他的神功巨力，竟然輕輕的將對方憑空高高舉起，然後用旋風式的手法，如轉風車般連續幾個圈圈一轉，轉得這位被高舉的首領騰雲駕霧，又驚又痛，因爲柳師傅的雙手運勁抓實他的手臂和大腿骨；以柳師傅鐵鉗般硬的手指，怎不抓得他痛入心脾呢！此時首領已被制服得一動也不能動了。蛇無頭不能行，司令台被攻破，首領被擒，馬仔雖多，亦起不了作用矣！

柳師傅手中舉着首領，向台下打手喝叫說：「你們如要再打，我立即將你們的頭頭腦殼撞破，以免再在地方上作惡欺人。」並作勢舉着人向戲台柱子上碰去；嚇得蛇頭面無人色，大聲呼叫他的同伴：「不要打了！你們快讓開一條路，請柳師傅出去。」此時台下的打手，早已被柳師傅的神勇功夫嚇呆了，誰還敢再上前來撩虎鬚找死！

柳師傅見出口通路已無人阻塞，就雙手抓住這個人體擋箭牌，好似舞獅子燈一樣，雙手舉起跳落台下，放開大步走出包圍網；打手們眼巴巴的望着，他一直走向當地鄉鎮公所而去。

鄉鎮長及當地公正人士，早已憎惡這班坐山虎，雖不齒此種橫行鄉里的强覇，但並無苦主控告追究，也就不想無端端强加干涉；有人捉住這惡虎，送來鄉鎮公所，正好趁此機會，用毆打外鄉客人的罪名，繩之於法，而且有了罪證，人證控告他。調解這種已分勝敗的打鬥官司，鄉鎮公所是容易處置的；而這位平日覇道的强人，今日一旦成爲階下囚，只求早一刻脫離柳師傅的鐵爪，他就什麽條件都肯接受了。

調解結果，坐山虎以衆欺寡，對方被迫應戰，受傷的人應歸自己料理。並判地頭首領賠償一筆錢給柳師傅作壓驚費；再由鄉鎮長會同各鄉紳們具有担保結，保證以後不再有同樣事件發生。至此柳師傅才鬆開他鐵鈎般的手指，放開此平素驕蠻的蛇頭首領，但他飽受驚嚇，已變成了一條軟皮蛇了！

最後鄉鎮長及鄉紳們，還設宴欵待柳師傅，以致歉意，席上鄉鎮長說：「今天發生此種事件，完全是敝鄉的人太不知禮，得罪了你，承柳師傅手下留情，未出人命，閣下是大人有大量，希望今天事今天畢。我們兩鄉毗鄰交界，在商業上有密切的來往，可以說是唇齒相依，懇請柳師傅回去不要將今天的醜事傳揚出去，不但是我們蒙羞，還須顧到兩鄉居民的感情。」柳師傅答應保守秘密，但他說：「今天戲台下觀衆這樣多，此事件人人都看見，我不能阻止人家不講，但我本人遵守諾言，不會宣揚。」柳師傅又將賠償的錢，一半捐給鄉鎮公所，另一半捐給當地一間學校做經費。可見他爲人慷慨又量大。

這一塲驚人的打鬥，共傷了十一個人，廢去了兩個武師的武功，而該地頭蛇首領，自打鬥後就患上半身痲痺症，因他的手臂和大腿兩部位，已被柳師傅鐵鉗似的手指抓傷得破裂了筋骨。後來經過許多名醫治療，也無法復原，成了殘廢之人，這是他害人反害己的因果也。

抗日硬漢張子奇

·喬家才·

曾經參加辛亥革命山西起義，現在健在臺灣的同鄉，祇有張子奇先生一人了。據中國國民黨史料編纂委員會庫藏王用賓先生所撰的「辛亥革命前後山西起義紀實」所說：「同時溫壽泉亦帶陸軍小學之學生隊張子奇等，楊芳浦亦帶警局消防隊，齊赴諮議局，策善後。」子奇先生當年祇有十九歲，已經是一位很活躍的革命黨人了。

清庭派第六鎮（師）統制（師長）吳祿貞爲山西巡撫，企圖由吳祿貞來定山西革命。殊不知吳祿貞是同盟會的中堅分子，革命性最强，他不會和同盟會的山西都督兄弟鬩墻的。吳祿貞到了石家莊，並不進軍娘子關，却和山西都督閻錫山聯絡，擬組織燕晉聯軍，阻止袁世凱由河南洹上北上。他認定滿清傾覆，是指顧間的事，絲毫不成問題。怕得是清庭在不得已時起用袁世凱，袁世凱是一個梟雄，一旦重掌政權，將危害革命，阻礙中國的進步，會爲國家帶來最大的不幸。袁世凱也最怕吳祿貞，吳祿貞不除，他就無法北上。就算北上成功，奸謀也將遭受阻撓。因此收買第六鎮的管帶（營長）馬蕙田，刺殺吳祿貞於石家莊車站。何燧、孔庚運送吳的尸體到山西，張子奇和高冠南曾代表山西，赴娘子關迎靈。

後來盧永祥進攻山西，閻都督北走歸綏，溫副都督南下臨汾，張子奇留在太原，和高冠南、王棟材等負責爲閻都督傳遞消息。滿清政府宣佈宣統退位，他以每天三兩紋銀的高價，僱用忻州人叫做飛毛腿的，給閻都督送消息，促趕緊返回太原。飛毛腿一天能走一百二十里，稍微休息，就可繼續上路，日夜奔馳，可走二百四十里。

張子奇不祇是辛亥革命，參加山西首義的人物。他最了不起，轟動平津，成爲抗日硬漢，是在七七事變，日本軍閥佔據了華北以後。當時他担任交通部天津電話局局長，赤手空拳，威武不屈，和日本軍閥整整奮鬥了兩年，日本軍閥和華北的漢奸們想要他交出天津電話局，軟硬兼施，時而武力威脅，時而重金收買。他不怕危險，不惜犧牲，軟硬不吃，要爲國家保存在華北僅存的這個小小機構，硬是不交。日本軍閥恨他恨到咬牙切齒，聲稱捉住他，要活剝他的皮。日本憲兵隊和特務機關的便衣企圖到英租界秘密逮捕他，他就住在電話局裡，半年不出電話局的大門。日本軍閥對他毫無辦法，氣憤到極點，一氣之下，便把天津的英法租界封鎖了。

漢奸潘毓桂自以爲過去同張子奇有相當交情，自告奮勇，向日本軍閥誇下海口，說有把握說服張子奇，交出天津電話局。日本軍閥正在苦無辦法，就命華北僞組織派潘毓桂爲天津市長，進行接收天津電話局。潘毓桂到了天津，先找英租界工部局董事莊樂峯，要他出面請客，在他家裡和張子奇見面，進行游說。

「我這一次來天津，純粹是爲了救你老弟一命。」潘毓桂在莊樂峯家裡和張子奇見了面，大言不慚地說道：「在朋友當中，你老弟最聰明，也最精明强幹，你一定會了解我的苦衷。」

「你不是來救我，我張子奇也無須你老兄來救。」張子奇聽潘毓桂說是來救他，無明火昇高了三丈，說道：「說老實話，你這個市長，恐怕是冲着我張子奇，才弄到手的吧？沒有我張子奇，天津市長未必會落到你潘燕生的頭上。你不說感謝，反而說是來救我，眞是豈有此理。」

「老弟！不要糊塗。你看看大勢，中國是日本人的對手嗎？憑甚麽同日本人打仗？憑大砲嗎？憑飛機嗎？憑兵艦嗎？敗亡就在旦夕，你老弟還執迷不悟，撐個甚麽勁兒？你爲維護這個小小電話局，已經冒了很大風險，盡到應盡的責任，現在是放手的時候了。你要知道，日本人非接收電話局不可，你阻撓不了。就因爲過去不同他們合作，一再阻撓接收，所以恨透你，絕不會放過你。老弟！識時務者爲俊傑，得罷休時且罷休，早些覺悟吧！千萬不要再固執，自找殺身之禍。」就憑這一套漢奸理論，潘毓桂眞不愧是一個不折不扣，地地道道的漢奸。這套漢奸理論，氣得張子奇七竅生烟。

「燕生兄！」張子奇繃緊臉孔說道：「雖然咱們都是黃帝子孫，不過，龍生九子，九子不一。人各有志，我張子奇無權改變你的主張，要你潔身勇退，擺脫臭名，以保持你那舉人的令譽，不要再跟着日本人跑，做那人人個個所不齒的勾當。但是你也不能要我放棄職守，背叛國家，做出不仁不義的行徑，遺臭萬年。我不能見日本人覇道，就俯首稱臣，俯首聽命，甘作奴隸。更不能爲了個人的安全，就出賣國家的主權。天津是中外顯要，社會賢達，富商巨賈薈萃之地，我爲中華民族爭一口氣，不惜任何犧牲，決心抵抗到底。撐持到底。即使眞的不幸，中國被日本滅亡了，祇要此身存在，我還要做復國的運動呢！你老兄這種傷人氣節的話，今後務請免開尊口。」

「老弟！這又何苦呢？幹麽唱這些高調呢？你這種愚蠢的想法，不是等於以卵擊石嗎？你仔細想想！你能碰過日本人嗎？我已爲你籌思善後，在銀行裡爲你存下十萬元，由莊樂峯兄担保。你離開電話局以後，想到那裡，就到那裡，安全由我負責。英國領事也和我碰過頭，他也希望你早些離開電話局，免得他應付日本人困難。我們不拘形式，不要辦甚麽交代，祇要你不去電話局就成，我會派人去料理。」

「天津人常常挖苦我們山西人，說老西兒既愛錢，又怕死。偏偏今天你遇到我這個老西，既不怕死，又不要錢。莫說十萬，就是百萬千萬，也休想收買我。從今天起，我們各走各的路，祇要我張子奇活一天，我就要奮鬥一天，絕不妥協，絕不屈服。」張子奇說完，飯也不吃，連一聲再見也不說，扭頭就走。

潘毓桂臉皮再厚，衝着莊樂峯，也眞有些難爲情。他做夢也沒有想到張子奇會這樣固執、倔强。狠狠地把脚一頓，罵道：「張子奇！你眞不識抬舉，我姓潘的不收拾你，誓不爲人。」

潘毓桂游說失敗，漢奸和日本憲兵隊又想出瓦解電話局的另外一種辦法，第一步先把電話的總工程師朱傑夫逮捕。朱總工程師家住法租界小河道，有一天，準備到電話局上班，一出家門，就被漢奸們綁架，送到海光寺日本憲兵隊裡。朱傑夫遭受非刑拷打，竟被活活打死在日本憲兵隊裡。第二步就是逮捕電話局所有的工人。有些工人住在英租界以外，下班回家，一出租界，就被逮捕，兩天工夫，就失踪了二三十人。日本憲兵隊和漢奸們的如意算盤，是造成恐怖，使工人們不敢再去電話局上班。一旦電話局祇下張子奇一個人，再有本事，也祇好關門大吉了。他們沒有想到，電話局工人們的愛國熱忱，抗日精神，正同他們局長一模一樣，絕不畏懼，絕不退縮。他們了解日本人的陰謀以後，許多工人自動搬到英界居住，不出租界就不怕你日本憲兵和漢奸了。有些人乾脆學他們的局長，住在電話局裡。這樣以來，又粉碎了漢奸們和日本憲兵隊的陰謀詭計。

若干年前，交通部天津電話局爲改裝自動電話，向大陸、金城、鹽業、中南、新華五家商業銀行借了七八十萬元。銀行看見北方連年戰亂，毫無保障，爲了貸款安全，要求電話局搬到英租界。英租界非常歡迎，工部局和電話局並且簽定合同，負責保障電話局營業安全。這個合同結張子奇奠定了抵抗日本軍閥的基礎。日本軍閥直接和張子奇鬥法，節節失敗，祇好改變策略，一方面封鎖租界，一方面又對英國人施以壓力，要他們逼迫張子奇交出電話局。英國人一向老奸巨猾，欺軟怕硬，天津英國領事艾利克（Abbeck）是又老朽昏瞶，早對日本軍閥畏懼三分，再加壓力，更是惶恐，爲了討好日本人，也勸張子奇把電話局交給日方。

「你們英國人爲甚麼不把英租界也交給日本人接管呢？」張子奇和艾利克談判時，這樣問他：「如果你們把英界交給了日本人，我們的電話局不是自然也就由他們日本人接管了嗎？」

「我們對英租界有主權呀！怎能交給日本人接管呢？」英國領事艾利克很愼重地說。

「你們對英租界有主權，難道我們中華民國對電話局沒有主權嗎？孔子說：『己所不欲，勿施予人。』你們既然不願意把英租界交給日本人，爲甚麼要我把電話局交給我們的敵人呢？況且，你們租界既同我們電話局簽有合約，你們就應該履行合約義務，保障我們的營業安全呀！」張子奇理直氣壯，把那個艾利克說得目瞪口呆，半天說不出話來。

「並不是我强迫你把電話局交給日本人，是日本人非要不可。他們告訴我，如果你硬是不交給他們，他們就要武裝接管。到那時候，我實在無力來保護你們。」

「問題非常簡單，祇要你們大英帝國不怕丢臉，願意向日本人屈膝，好意思答應日本人武裝進入你們英租界，侵犯你所說的你們的主權，我就不需要你們來保護。老實告訴你，我早就準備好了，祇要日本人一動手，我會把房屋和機器全部炸燬，放火把電話局燒掉，我願以身殉職，和電話局同歸於盡，絕不讓日本人得到甚麼。我張子奇說得到，就做得到，到那時候，你們英國人也休想再使用電話了。」

張子奇所說的話，非常靈驗，英國人就吃這一套。他們眞怕張子奇和電話局同歸於盡，日本軍閥也怕甚麼也得不到。所以，英國人暫時沒有敢出賣電話局，日本軍閥也沒有敢武裝進入英租界，實行接收。可是這兩個帝國主義國家，仍在暗中勾搭，在想方法解決電話局。

有一天早上八點多鐘，工部局秘書處陳道源打電話給張子奇，說有緊要事情，需要當面商量，務必請他來工務局一趟。等到張子奇到達，陳道源面色蒼白，非常難爲情地說：「很對你不起，你爲維護電話局，艱險備嘗，你的精力和毅力，中外人士莫不欽佩。現在英國領事和工部局處境非常困難，非常險惡。萬不得已，已派電燈公司的工程師安締爾（A. Antill）暫去接管電話局，請你不必再回去了。」

張子奇聽完陳道源的話，才知道中了調虎離山之計。陳道源是中國人，做這種不利國家的事情，心裡總是有愧的，他奉命行事，張子奇倒能原諒他，祇要求和英領事見一面，可是艾利克躲避不見。張子奇一面向英領事提出抗議，一面報告重慶交通部，天津電話局已被英租界工部局强制接管。電話局內隱藏着交通部的一座秘密國際電臺，臺長張魏非常盡職，一直和大後方保持通報。這座電臺非常重要，交通部接到張子奇的電報，命令他不要離開天津，暗中保護這部電臺。

張子奇雖然不再去電話局辦公，電話局的員工們還是照舊擁護他，保持着密切聯繫。安締爾到電話局，員工們表現出非常憤怒，來個不合作，全體怠工。安締爾是個聰明人，知道中國人高昂的愛國情緒，實在不容忽視。他要幹下去，就不能得罪這些員工。所以，電話局仍舊由張子奇暗中控制着，安締爾每天到電話局辦公，不過是虛應故事，敷衍日本人而已。

當張子奇住在電話局裡，爲了安全，絕不外出的時候，日本憲兵隊和漢奸們演了一齣殺鷄警猴的把戲，來恐嚇張子奇的全家老少。張家同耀華中學校長趙俊達都住在英租界倫敦道，張家浴室的窗戶正對着趙家的大門。趙俊達是天津有頭有臉的人物，耀華中學學生抗日愛國的情緒極高，軍統局在天津秘密組織抗日殺奸團，就是以耀華中學的學生爲基幹。他們幹得轟轟烈烈，焚燒過日本人的倉庫，也打死過漢奸。日本憲兵隊和漢奸們恨透耀華中學，認定是抗日淵藪。於是，選定殺害趙俊達，警告張子奇，來個一石兩鳥。

一天清早，張太太正在浴室盥洗，忽然聽到槍聲，推開窗戶，向街心一望，立刻暈倒在浴室裡，昏厥過去。家人趕緊急救，才緩過氣來。原來他看見趙俊達校長躺在自家門前的血泊中。張趙都是抗日志士，兩家過從很密。現在看見自家的朋友被漢奸打死，怎麼能不震恐呢！當天夜裡，張太太帶着二女兒、三女兒和小兒子到了電話局，報告驚心動魄，目不忍睹，趙校長被漢奸打死的慘狀，却一句話也說不出來，泣不成聲。張子奇的意志比鋼鐵還要堅硬，這個時候，也有些支持不住了。深深體會到「兒女情長，英雄氣短」的滋味。

二十八年九月二十八日，日本軍閥對英租界來了一次便衣憲兵和漢奸配合的擴大行動，天津電報局長王若僖、軍統局天津區長浙江曾澈、組長湖南陳資一、軍事專員河南鄭恩普都被抓去。抓張子奇的那一批人，在他們到達張家前門的時候，張子奇剛從後門出走五六分鐘，沒有被他們捉住。這一天，張子奇心血來潮，天剛亮，就從後門出去，準備上理髮廳。自從拒絕交出電話局以後，他爲避免和理髮的人們接觸，都是在理髮廳開門以前，先去理髮。

電話局的科長郭蘊如也住在倫敦道，得知張子奇並沒有被日本憲兵捉走，留下坐探，守候在張家，怕張子奇不知情況，冒然回家，落到日本人手裡。於是，全家人分別守候在各重要路口，阻止他回家。郭蘊如自己四處找尋，終於在理髮廳找到了，告知一切，張子奇才逃過這次大危險。

張子奇成了有家歸不得，過去答應掩護他的朋友，現在怕受牽連，都變了卦，閉門不納，不收容他。他在法租界徘徊了好幾個鐘頭，找不到一處暫時安身的地方。因爲英租界工部局對日本便衣和漢奸們橫行無忌，隨便抓人，不敢出面干涉。使住在租界的人，已經毫無保障，人心惶恐。張子奇在走投無路的時候，遇到一位曾經做察哈爾省銀行經理的崔向卿，才把他邀請到家裡，暫時安歇。世態炎凉，令人感歎。張子奇在街上徘徊，爲甚麼沒有被日本人發現呢？又是一次奇蹟。原來日本憲兵和漢奸們，把注意力集中在英租界，忽略了法租界。所以，張子奇在法租界徘徊，沒有被發覺。假如他們派一小組到法租界捉人，那就難逃這一次大難了。

張子奇奮鬥到現階段，已經山窮水盡，英雄末路。呆在天津，除了危機四伏，隨時有被日本便衣抓去的可能，別無作用。離開租界吧！租界早被日本軍閥封鎖，祇留下一兩處出口，派兵把守，出租界的人必須經過嚴密檢查，所以，要想出租界，眞如伍子胥過昭關，難上加難。就算出了租界，一出租界，又是日本軍閥和漢奸們的天下，比租界更危險，該怎麼辦呢？蟄居天津租界的張子奇，眞是如坐愁城，一籌莫展。

做過天津市立醫院院長的山西人李允恪，爲人最講義氣，熱心幫助別人，是張子奇的好朋友，對他這兩年艱苦奮鬥，佩服得不得了。爲他安全離開天津，返回後方，日夜苦思，日夜奔波，終於想到王英頭上。王英是綏遠僞軍的頭目，鬼明堂最多，這個時候，剛好來天津。王英也和張子奇認識，而且欽佩他對日本人的那種精神。李允恪同王英商量張子奇到後方的事，王英說：「那還不好辦嗎？有甚麼困難？我可以讓日本人鈴木去護送他，跑一趟上海。」

李允恪把王英的話告訴張子奇，兩人都覺得鈴木未必靠得住，王英的主意，有點太冒險。李允恪再去找他商量，王英說：「鈴木的全部財產都由我經管，我可以完全控制他。鈴木很講義氣，絕不敢出賣我的朋友，你們可以放一百二十萬個心。」

在走投無路的時候，也祇好冒險嘗試了。鈴木答應王英跑一趟上海，張子奇的行動，完全由他設計。出租界沒有經過檢查，在津浦車上，也由他掩護，結果安全抵達上海，轉往重慶。

張子奇回到重慶，住在南岸半山的老君洞，軍統局負責人戴笠將軍得到消息，寫了一封親筆慰問信，開了一張一千元的私人支票，派我代表他慰問。這是我第一次和張子奇先生見面。以後戴張兩人如何交往，我就不太清楚了。

戴笠將軍對於策反僞軍，非常重視，他認爲戰時僞軍可以掩護他的工作；需要反正時，又可以打擊敵人的士氣。一旦戰爭結束，對於僞軍必須妥爲安置，不能讓他們流落鄉間，爲害人民，擾亂社會。更不能讓他們被共產黨拉去，增加反政府的力量」。各地僞軍大都經他策反，接受了他的命令，策反工作做得相當成功。

到了三十四年春天，戴將軍認定日本軍閥不能再掙扎多久了，需要派一位有聲望的人去敵區一趟，加强對僞軍的聯繫。他知張子奇和國民軍有過關係，河南江蘇一帶的僞軍頭目，又多半出身國民軍，這些僞軍的實力相當强大，和正規軍差不了多少，將來作用很大。假如由張子奇跑一趟敵區，效果一定很大。不過，因爲天津電話局的問題，日軍恨透張子奇。再讓他到敵區去，風險很大不好開口，一時又找不到更合適的人，問題擱在那裡，沒有解決。

『我到重慶幾年以來，不論公私，蒙你照拂，愛護備至，無以爲報。』一天，張子奇去曾家岩看戴將軍，因爲他已經知道，戴有意要他到敵區一行，不好開口。他也覺得在抗戰勝利之前，應當再爲抗戰，再爲國家做些更有意義，更重要的工作，所以，自告奮勇，去看戴笠將軍。說道：「祇要你認爲我替你跑一趟敵區，可以達成任務，而又找不到更合適的人，請你不必爲我躭心，顧慮許多，雖赴湯蹈火，在所不辭。」

「你代表我，去敵區跑一趟，再好也沒有了。」戴笠將軍聽到張子奇不怕危險，願意跑一趟敵區，非常高興，立刻站起來，握住他的手說道：「不過，你得加倍小心，不能大意。我立刻簽報委員長，由財政部暫調你別處工作。」

三十四年三月，鼎鼎大名的抗日硬漢張子奇爲抗戰做了最後一次冒險，踏上赴敵區的征途。由重慶飛抵西安，原打算從河南南陽進入敵區，因爲敵人發動攻擊，受阻不能前進。等他由南陽折回西安，正遇到孫殿英的參議譚松艇，他建議由第二戰區到孝義，再由孫殿英派人到孝義迎接他們，雖然繞個大圈子，却安全妥當。

張子奇接納譚松艇的建議，由第二戰區進入敵區。路過隰縣的時候，晉謁第二戰區閻司令長官，報告此行任務。閻長官留他吃了一餐克難坡西餐，邊吃邊談，閻長官說：「日本已經打得筋疲力竭，沒有辦法再打下去了，戰爭可能很快就要結束了。」

「那麽我這一次到敵區去，不是沒有必要了嗎？」張子奇聽閻長官說日本人再打不下去了，反問一句。

「不然。」閻長官肯定地說：「你還是要去的，委員長和雨農的看法是對的。正因爲戰爭快要結束，你此行才更爲重要。僞軍必須事先妥爲安置，否則畏懼潰散，流竄地方，會出大亂子。要是被共產黨拉過去，那就更不得了。」

張子奇由西安出發，西安派平遙薛仁安隨行；一方面照料他的生活，一方面負責和後方聯絡。他拍發重慶的電報，薛仁安可以交給所在地的秘密電臺拍發，隨時報告行止。他們到達孝義，孫殿英派來迎接他們的副官，已經先他們到達了。他帶來兩套孫殿英的僞軍軍服，張子奇和薛仁安穿上，搖身一變，變成孫殿英的僞軍軍官，再拿上孫殿英的僞軍護照，可以在敵區大搖大擺，通行無阻。

由孝義到榆次，轉正太車到石家莊，再乘平漢車南下。這時鐵路沿線被美國飛機轟炸，車站、月台、水塔多被炸燬，零亂不堪。美機又專炸火車頭，所以一聞警報，火車頭扔下列車，趕緊逃避，逃到火車頭保護所。因此，戰區流行着一首民謠：「火車沒頭，汽車沒油。日寇要走，漢奸發愁。」

在新鄉，張子奇看到孫殿英；在商邱，看到張嵐峯。到了徐州，看到郝鵬舉。汪精衛的南京僞組織將江蘇分割爲兩省，南邊的一省仍叫江蘇省，以蘇州爲省會；北邊的一省叫淮海省，以徐州爲省會。汪精衛認爲郝鵬舉是幹員，讓他做淮海省省長。由徐州南下，到達南京，轉往揚州，看孫良誠，孫良誠的部隊戰鬥力很强，早已策反成功。回頭到蘇州看任援道，他是僞江蘇省省長。張子奇到僞省長公署，任援道不在，留下一張條子，不到半個鐘頭，任援道派人把他接到省長公館居住，以策安全。

日本人的情報，也相當靈通。就在張子奇到達蘇州的第二天，任援道接到日本特務機關的通知，畧謂：「張子奇奉重慶政府的命令，潛來京滬一帶活動，希嚴加防範，設法查拿。」張子奇就住在任援道的公館裡，日本特務機關却要任援道嚴加防範，又要他設法查拿，能不笑掉人的牙齒嗎？

張子奇的胆子比斗還大，儘管日本已經知道他來京滬活動，並且通令查拿他，他還是到上海打了個轉。由上海到安慶看吳化文，然後折返徐州。孫殿英、孫嵐峯、郝鵬舉、孫良誠、任援道、吳化文經他聯繫，對於未來的任務，有詳細的指示，使他們的信心立塲，更爲堅定了。

在張子奇折退徐州的第二天，八月十日，日王裕仁宣佈無條件投降。徐州有一萬以上的日本人，他們聽到投降的消息，如喪考妣，惶恐萬分。有些人跑到街上，沿街嚎啕哭叫；有些人把東西搬到街上，堆在街心，放火焚燒。過了一天，我們的飛機飛臨徐州上空，投下委員長以德報怨，對日本人寬恕的文告，日本軍民才消除了恐怖，恢復秩序。

共產黨部隊的行動，非常迅速，日本投降的第二天晚上，開始圍攻徐州。日本司令官坂田表示，他們既已投降，放下武器，就不能再打仗，不管共產黨部隊圍攻不圍攻。郝鵬舉負有堅守徐州的任務，他的部隊戰鬥力不强，應付一時，不成問題，長期抵抗，力量不夠。郝鵬舉惶惶不安，有些不知所措。張子奇看看情勢嚴重，徐州爲華北交通中心，不能有絲毫差錯，教郝鵬舉趕緊去找坂田，對他說：「日本侵畧中國數年，中日結怨已深，中國人不會同情你們日本人。共產黨殘暴成性，一旦攻佔徐州，必然殘殺你們日本人。你們被殺，罪有應得。我姓郝的以待罪之身，也負不了任何責任。不過，你身爲日軍司令官，眼看共產黨來殘殺你們的僑民，而你却以投降爲遁辭，不加保護，不予抵抗，能對得起你們的天皇和僑民嗎？」

果然，坂田聽了郝鵬舉這樣說，非常感動，如夢初醒，趕緊起來協助郝鵬舉，合力抵抗共產黨攻擊，才保住徐州。

張子奇先生已經八十三歲高齡，他的一生奮鬥經過，多彩多姿，令人肅然起敬。本文所述，只是片段而已，不過對他爲人處世之道，已可畧知一二。

本刊通信地址畧有更動，各方賜函、惠稿、訂閱、請逕寄香港 九龍旺角郵局信箱八五二一號，較爲快捷。

（附英文）

P. O. BOX 8521
KOWLOON MOGNKOK
POST OFFICE,
KLN., H. K.

龍頭將軍樊崧甫

裘軫

樊崧甫是浙江縉雲人，字哲山，保定軍校三期出身，在軍閥時代，充任浙軍下級幹部，以練達有爲著稱。國民革命軍底定東南時期，是在第二十六軍周鳳岐（慕仙）屬下任營長。那時駐地紹興，有兩位出色女子是手帕交，在紹興城中是風頭人物，一位下嫁樊哲山，另一位則嫁與宋澄，字虹波，嵊縣人。宋亦保定三期出身，不但與樊爲同學，且爲同袍之營長級，兩對夫婦，情誼彌篤。但樊宋二氏性格大異其趣，樊是粗線條型，粗獷豪放，宋則清癯如鶴，類似白面書生，附庸風雅，詩詞文章，頗見突出，一筆鄭文公書法，更見功夫。周鳳岐反對何應欽兼主浙政（民國十六年），又值第十軍長王天培，第十一軍長曹萬順，第十四軍長賴世璜先後被扣押正法，周知情勢不利於己，因而辭職歸田，由奉化陳焯（字空如）接任軍長。民國十八年因編遣會議，軍縮編爲師，則由臨海方策（字定中）任師長，番號是第六師，兩位旅長均爲嵊縣籍，十七旅長邢震南（字霆如），十八旅長趙觀濤（字雪泉），宋澄則已升任參謀長。當時六位團長是樊崧甫、葛鍾山、陳士驥、郭懺、周碞、丁友松等人，因爲中央之編遣方案，是中央部隊與雜牌軍之師長互調，第六師師長方策與四十五師師長鮑剛對調，方率少數人前往皖北就任，鮑之部隊譁變，劫持方策去豫皖邊境上山爲匪，方備受折磨，腿亦打斷。鮑剛則赴安慶就任第六師長，尚在途中，未預叛變之事。但以此故，六師師長未能就職視事，奉令押解南京法辦，結果認定叛變與鮑無關，從輕發落，飭令安撫舊部，營救方策。而六師師長則由趙觀濤升任。趙之作風承襲舊軍人老套，樊崧甫自視甚高，在趙麾下自難稱心如意。民國二十年「九一八」瀋陽事變以後，中央仍將師擴大編爲軍，趙得升任第八軍軍長，青田陳辭修將軍由十一師師長升任第十八軍長。陳是新軍人作風，首倡四大公開，截曠歸公，十八軍公積金較任何部隊爲多。那時施行募兵制，陳就用公積金招兵擴編，並將雜牌軍隊新十一師長袁英正法，編併其部隊，陳統率除十一師，十四師爲基本部隊外，增編四十三師、五十二師、五十九師，成爲江西剿匪之主力。當時趙觀濤爲東路總指揮，駐節上饒，基本部隊爲第六師周碞，第七十九師樊崧甫，樊對趙諸多不滿乃以處州（今稱麗水）府屬同鄉（縉雲青田均屬處州）向陳辭修活動，又值陳在第四次圍剿中損兵折將，五十二師師長李銘陣亡，五十九師師長陳士驥被匪俘去，因而簽報必須將勁旅六師、七十九師劃歸北路總指揮陳之戰鬥序列。東路軍則僅劉珍年之廿一師，兪濟時之五十八師，孫元良之八十八師（僅短時間之歸屬，旋即他調）。樊在陳麾下表現良好，廣昌即爲樊周所部克服，前進陣地是小松、驛前，共軍號稱堡壘地帶，亦爲樊周二師攻破。因而瑞金震撼，始有西竄突圍之部署，樊固更得陳之器重，亦受中樞激賞。當時行政院長兼財政部長孔祥熙（庸之）撥欵犒勞樊部，特製搪瓷漱口杯及飯碗每兵一套，均印有孔祥熙敬贈字樣。樊因此特赴南京向孔面致謝忱。因爲二人談話投機樊即跪在孔前，拜孔爲義父，孔謙遜至再，樊說非孔答應，決不起立，弄得老孔啼笑皆非，慌忙扶樊起立，收爲義子。實則孔僅長樊不到十歲，義父義子，情非小可，樊自詡此一傑作為一生快事。

樊性慾極强，一夜未御女，次日事事不對勁，夫人知其所好，到處追隨，形影不離，前方火線亦必有其夫人伴隨，夫人身高體健，改穿軍服，狀如雄糾糾健兒。當年江西剿共特設別働隊，康澤任總隊長，其任務為封鎖共區經濟，糾察軍風紀，嚴禁軍眷進入前方，因此樊夫人只得悵然赴南昌寄居，當時交戰地區，人民受共軍裹脅，年輕男女完全絕跡。樊氏寡人有疾，在無可奈何中，乃在共俘羣中不論容貌如何，只須是雌的，他公然要副官接待在別室，給她牙粉、牙刷、香皂、毛巾、衫褲等物，要她先洗澡，好菜膳食吃個飽，侍候得好，還有賞賜，花邊（江西人稱銀元為花邊）大米食鹽衣服不一而足，別働隊嚴禁女性混跡前方，原意是防杜女共幹活動，樊氏別開門徑，別働隊亦無如之何。而樊氏則拍胸脯不怕共軍媚惑，女共幹既受我優渥，乖乖地向着我還不肯離去呢！

樊氏在江西剿共時期，對趙觀濤頗多不滿，常向陳辭修訴說趙之種種，第六師幹部多為浙軍精華，除陳士驥被陳擢升五十九師長，惜在第四次圍剿中，遭遇埋伏被俘。共黨視陳士驥軍事學造詣不凡，破例令陳出任瑞金紅軍大學校長，惟於西竄前夕，仍將陳殺害，因其深悉共黨之內情太多，不得不如此，以絕後患。樊以陳士驥被俘，極力推薦郭懺（字悔吾）接任。但郭有嗜好，被陳辭修否決。樊因而力勸郭戒絕嗜好，方有前途。郭接受樊之好意，終得陳辭修之器重。民國廿六年抗戰至武漢，陳任武漢衛戍總司令，郭氏得膺漢口警備司令兼領警備旅長。

武漢撤守以後，郭出任長江上游江防司令，警備旅改為一百八十一師自兼師長，駐節宜昌。江防部奉令撤銷後，郭出任第九十四軍軍長，不久又被陳辭修延攬為第六戰區參謀長（九十四軍長則由李及蘭接任），在陳面前大權獨攬，睥睨一切。其人非常機智，民國卅一年春，重慶開國民參政會，陳亦奉令出席，返囘長官部即以愉快心情面告郭氏，謂上峯擬發表你去第三戰區顧墨三處担任副長官，你意下如何。郭則不經考慮，即說：「唉！長官還不瞭解我，莫說一個副長官，就是叫我去接顧墨三之長官，我也不會去，我怎能離開你長官呀！」這話聽在陳耳朶裡，眞是窩心之至。抗日勝利後，郭頗有意做湖北省主席。但為兩湖監察使苗培成（吉實）所杯葛，未償所願，後膺命第一任聯勤總司令，但郭未嘗飲水思源，對樊氏有所慰藉。

民國廿五年十二月西安事變，中樞決定討伐張楊，何應欽為討逆軍總司令，樊則任前敵總指揮，進攻潼關，亦稱得手。此時樊之參謀長即為老友宋澄、宋原係第八軍趙觀濤之參謀長，趙於共軍西竄以後，即稱病辭職，宋乃轉任樊之參謀長。西安事變迅速結束，樊宋在軍事上應居首功，乃仿效陳辭修當年在江西第五次圍剿克奏膚功以後，特編纂江西剿匪報告之成例，編印潼關戰役之報告，以期永垂史乘，樊是粗線條型人物，對內容未加斟酌。祇知主題正確，奉命討伐標榜揚功，絕不致出紕漏。那知宋澄文縐縐有如老夫子做文章，竟在結語中拖了尾巴。他以為西安事變，誰是誰非，祇有付諸歷史公論。這樣的報告印成以後，分寄各機關各首長，極峯覽悉，震怒異常，指責樊崧甫頭腦不清楚，下令將樊宋撤職，永不錄用。

抗日戰事發生，陳辭修一度保舉樊崧甫為太湖警備司令，亦為上峯否决，樊因此鬱鬱不得志，宋澄則愧對老友，返嵊縣原籍退隱，樊則追隨政府西遷重慶，始由孔祥熙出面緩頰，在何成濬（雪竹）之軍法總監部，委為軍風紀第二視察團中將主任之職，派駐西安。當時此一職位，地位雖稱崇高，業務則同閒曹。但他是不甘寂寞之人，在西安設壇收徒，從事幫會活動，自稱龍頭大爺，軍隊中下級幹部亦多加入，暱稱龍頭將軍。西北一方，他聲勢頗盛，他頦下有一撮痣毛，長四五寸，有如龍鬚，與人言談，不時手捋頦毛，表示嚴乎其然的特有姿態。到抗日勝利他搭乘火車東返，徒宗們在列車懸掛歡送標語，隴海路每一大站，均有幫會中人列隊致敬，盛況得未曾有，樊氏頗以此為樂。惜大陸陷共後，即無樊之消息。

臨漳銅雀台

・郭嗣汾・

在安陽以北的豐樂縣，漳水由西向東，流入河北境內，豐樂鎮屬於臨漳縣，過此即入河北省地方，這一個小鎮，却留下了千古聞名的古蹟，那就是三國時代，曹操所建的銅雀台。

豐樂鎮是古代的鄴城，曹魏建都於河南平漢路上的許昌城，但曹操却喜歡住在鄴城，建有臨漳三台，後曰冰井，前曰金鳳，中曰銅雀。共佔地廣達五百四十畝，今已大半頹圮，仍載於臨漳縣志中，列爲有名的古蹟。據志載：「建安十五年（公元二〇九年），曹操於鄴城西北作銅雀台，高六十七丈，有屋百餘間，窗皆銅龍，日光照耀，上加銅雀，高一丈五尺，舒翼若飛，金鳳窗在銅雀南，建安十八年建，高八丈，有屋百九間，安金鳳於頂，本曰金虎，後晉代爲避石虎諱，改爲金鳳；冰井台在銅雀台之北，建安十九年建，高丈八，有屋一百四十間，井深十五丈，藏冰及石墨，可書，火燃難盡，亦謂石炭。」曹氏統一北方之後，勛功顯赫一時，後赤壁一戰，成鼎足三分局面，曹操晚年居漳水上，廣建宮室，縱情詩酒，據魏書載：「三台樓閣相聯，中央懸絕，魏武帝臨終時遺命施穗帳於上，朝脯使宮人吹歌望其陵葬處。」曹氏生前，經常在台上高歌，他曾爲詩云：「對酒當歌，人生幾何？譬如朝露，去日苦多，慨當以慷，憂思難忘；何以解憂，惟有杜康。」

銅雀台還有一段風雅韻事。唐詩人杜牧云：「折戟沉沙鐵未消，自將磨洗認前朝；東風不與周郎便，銅雀春深鎖二喬。」據傳說三國時代有兩位美人，是兩姊妹，大名大喬，小名小喬。三國志中周瑜傳載：「策欲取荆州，以瑜爲中護軍，從攻皖，拔之，時得喬公二女，皆國色也，策自納大喬瑜納小喬。」在平劇甘露寺中的喬玄，就是二喬的父親，爲漢太尉，在東吳稱爲喬國老。據說曹操揮大軍八十三萬下江南，其目的是統一中國，一是取得二喬回魏，置於銅雀台中伴其終老，故杜牧的詩中寫得如果不是諸葛亮借來東風，周瑜得便火燒戰船，以保江南，否則不但江南難保，二喬也將深鎖銅雀台中了。

據鄴都故事載：「魏武帝遺命諸子曰，吾死之後，葬於鄴（臨漳縣西四十里），上與西門豹祠相近。無藏金石珠寶，餘香可分諸夫人，不命祭。吾妾與使人皆著銅雀台，台上施六尺床，上穗帳，朝脯上酒脯之屬。每月朝十五，輒向帳前作供，汝等時登台，望吾西陵墓田。」但他死後，子曹丕悉納其宮人，所謂分香賣履，也成空談了。唐代沈銓期有詩詠嘆云：「昔年分鼎地，今日望陵台；一旦雄圖盡，千秋遺令開。綺羅君不見，歌舞妾空來；恩共漳河水，東流無重回。」傳漳河上有曹操七十二疑塚，因生前殺伐過甚，恐死後有人掘其墓也。

也談周神仙

·萬壯波·

本刊第三期曾發表「周神仙與五鬼搬運法」一文，本文與之有互相發明處，請讀者留意。

周神仙，姓周名仲評，湖南平江人。幼年流浪江湖，中年回家，不知從那裡學會了許多本領。例如：拳術、醫術、法術，無不精通。尤其是他的法術神奇，故一般人都驚以爲神。「周神仙」之名，就是由此而來。

那時平江不肖生向愷然，正在撰寫「江湖異人傳」，旋由上海世界書局出版。向、周二人，既係同鄉，又極熟識。所以，向愷然寫小說時，即將周仲評的故事，以影射方式寫在裡面。同時向愷然口頭替他宣傳，因此，周仲評也就大出其名，北洋政府的財政總長葉恭綽，曾將周仲評介紹給北洋軍閥張作霖見面。張作霖請他表演法術，周仲評隨手向自己身邊衣袋中一摸，摸出一只鑽石戒指來，然後送到張作霖面前說道：「大帥！請你看看我這只鑽戒如何？」張作霖檢視自己手上的鑽戒，已不翼而飛，原來是被周仲評用法術取走了。周仲評手中的鑽戒，就是張作霖的。當時張氏對周仲評這種神妙的法術，欽佩之至！於是贈周仲評銀幣兩萬元，作爲程儀。周仲評回到湖南，便在長沙市東茅巷住宅區，建造了一棟半中半西式的房屋居住，優哉遊哉，十分得意。

在這段期間，周仲評也確有一套本領。筆者住在長沙市落星田大巷子十號的時候，常在同巷廖抱霏（模）先生處談天，周仲評亦常至廖宅，故彼此見面的機會甚多。有一次，親眼見他表演搬運法術，確能利用一塊黑布，在客廳中以法術購致千里以外的物品，而且有當日店舖發票爲憑。此種怪事，誠令人費解？

民國廿一、二年左右，彭位仁（誠一）將軍，任國軍第十六師師長時，周仲評曾一度担任團部軍醫。那時軍中，因西醫缺乏，故容納少數中醫人員，以後淘汰中醫，周仲評就離職回家了。可是周仲評不甘寂寞，時常出入賭博場所。他每次總是贏少輸多，虧累甚鉅，此時，他的搬運法術，也不靈驗了。但是，他還要以法術騙人，公開替別人追尋失物。即如某人失竊衣物，明明是被小偷偷走，他根本既不知道，更無法取回，而他却僞稱贓物已被竊賊變賣，現在只能將價欵取回云云，實則，他所謂已取回之價欵，原是由他自己賠墊出來的，借以沽名釣譽而已！

周仲評以這種方式賠錢買名，其目的何在？外人不得而知；而他的銀錢？又是從何而來？原來他收了一個門徒，此人服務於湖南省銀行，負責保管金庫。周仲評以其近水樓台，故時常叫這位門徒，向庫中竊取銀錢，給他應用。說明將來可用法術搬取償還，決不誤事。門徒信以爲眞，予取予求，毫無顧慮。後來發現周仲評說話並不可靠，但在周仲評威脅之下，不敢拒絕其要求，直到銀行派人清點庫存現金，才查出個中情弊。於是周仲評乃被拘捕，交付軍法審判，而執行槍決了。

爲什麽周仲評的法術，後來不靈呢？這就是「邪惡必敗」與「多行不義必自斃」的道理。

謀刺清攝政王案始末

黃復生

己酉年秋九月，余偕但懋辛同志赴北京，經營暗殺機關。冬十二月，汪精衛始偕陳璧君、黎仲實來京，喻雲紀亦於同時購置照像器具來京，設照像館於琉璃廠，名曰守眞，以爲避人耳目計，擇期庚戌元旦開張，此固在東京預定計劃也。先是清庭派載洵、載濤兩貝勒赴歐洲考查海陸軍，於己酉歲暮歸國，精衛偕余携皮包，內置鐵茶壺，滿貯炸藥，赴東車站相候，擬於下車時炸之。詎因爲時過晚，見滿站皆戴紅頂者，恐誤中他人，遂怏怏返。時慶親王最專横，余等復欲炸之，因不得間，嗣乃決計擒賊擒王，始以攝政王載灃爲目的物。以其出入扈從太多，恐鐵茶壺之力量太少，乃由余向騾馬市大街鴻泰永鐵匠舖交涉，定製大鐵罏罐，圓徑約尺一二寸，高可尺許，能貯炸藥四十五磅。時攝政王上朝由鼓樓大街，鼓樓前有短牆，伺其通過時，將鐵罏罐由短牆投下，彼可悉數炸斃。詎計甫定，而鼓樓大街改築馬路矣。又調查其路線必取道烟袋斜街，復以租屋不得作罷。余復多方調查，最後擇定十剎海旁之一小橋，名甘水橋，距攝政王府最近，爲出入必由之地。橋之北有陰溝一道，可將鐵罏罐埋於橋下，人則藏於陰溝內，用電氣發火。伺其過橋時，則按機關，電流一通，電氣雷管遂起作用，而使炸藥爆發。庚戌年二月二十一日，余與喻君往橋下工作，不知何來多犬狂吠。幸次夜往埋，異常清靜。埋畢，敷設電線，不圖線太短，所差甚多。次日復添購。至晚間十二鐘後，余與喻君復往工作，電線固已足，喻君於橋下舉首上望，詎見一人蹲於橋上。（既入獄後，始知其人係一趕大車者。因其妻三日未歸，彼見橋下有兩人，方以爲係其妻與奸夫也。）喻君以日語私謂余曰：橋上有人，吾等之秘密已被其窺破矣。余聞之駭然，乃囑其速往告精衛避歸，余將看一水落石出。先是余等之住所爲東北園，距十剎海太遠，乃於其旁覓得一破廟，名清虛觀，與道士分租一室，以爲騰挪地。是時精衛正待於此，一俟安置妥後，彼將任按電機者。喻君去後，余擇一巨樹匿而窺之，初見一人持小燈籠下橋，且照且尋，移時始去。余伺其去後，乃疾馳至橋下，將電線收回，擬將螺旋蓋取轉，以罏罐太重，一人不能携也。詎正退螺旋之際，突聞橋上步履聲甚急，因螺旋太深，倉卒不能退去，無已，始將電線結爲一束，隨以沙土覆之，仍潛匿樹後，窺其究竟。時見有三人，一爲警察，一爲憲兵，一即普通人也。持燈籠二，下橋尋覓，良久乃出。余見事已敗露，乃倉皇走還東北園，即夜開緊急會議，與會者喻雲紀、黎仲實、陳璧君、汪精衛與余也。當經議決雲紀赴東京重購炸藥，仲實、璧君赴南洋籌欵，余與精衛則留守，待炸藥至乃繼續進行，以所餘之炸藥無幾也。次晨璧君妙想天開，堅謂所埋之鐵罏罐必未經發現，果爾，則今夜重往施放也。嬲余與雲紀到當地探視，無已，遂前往。雲紀由西而東，余則自東而西。余方行至十剎海附近，遠望甘水橋上鵠立持鎗警察三，余遂未前進。少焉見一人乘人力車，似睡熟者，偏偏倒倒通過，而三警察皆極注意其人，蓋即雲紀也。余恐有偵者尾其行，遂未與語，而逕遄還東北園，雲紀已早歸矣。余歸白壁君，始釋然；又明日，三人遂首途矣。嗚呼，雲紀，不圖即此而長別耶！二十四，有吳友石君來相館訪余，吳君即逾桓，亦舊同志也，時在帝國日報主筆政。蓋余抵北京，彼初未嘗至此，相見即詢余曰：日來報紙登載十刹海旁之炸彈案，君知之乎！余曰：因相館事忙，連報都無暇閱；余復問其報紙如何登載。彼曰：前夜當地警察發現地雷後，即報當局，無敢動者。後乃請日使館某技正前往啓視，據云，幸未爆發，否則北京城將陷大半矣。有謂係溥倫貝子謀纂位者，有謂慶王因與肅有隙，故爲此以害之者。又謂係載洵、載濤兩貝勒自英帶回者，以包藥之紙有倫敦字樣也。議論紛紜，莫衷一是，而各機關凡有偵探者，悉出全隊以偵之，舉凡茶館酒肆妓寮戲園莫不密布偵探，我勸同志可暫避腥風，勿當此大難。余謂我開此照相館，炸彈案胡與我事。彼曰：年來留學生孰不來考小京官，豈肯營相業者，幸勿欺人以自欺也。余復力辯之，彼乃謂有程永生同志擬與君晤談，可否見允？余問在何處，曰姚蓉初家。余曰：姚何人？曰名妓也。余曰：請遲至九鐘，或當奉命，過時請勿待，遂握別。余急歸商精衛，告以吳之言論，及程君之約是否可赴。汪曰：程家樫固老同志，第其人粗豪，恐窰子裡一言不愼，反生波折，不如不去之爲愈。約逾一星期，吳君又至，謂余曰：炸彈案聞昨日在蘆溝橋捕獲一人，已槍决矣，君知之否？余曰：未也。前此私心竊謂報紙所載純屬清廷自相殘殺，今復憫無辜之人爲余等替死，然對吳君前仍未敢形諸辭色也。余等自信力太堅，以爲余等所爲，毫無破綻，豈彼無識偵探警察所能破獲者。不圖三月初七午前十一鐘頃，余正在東北園宅中與精衛談話，而余等所僱之小廝名達子者，突來謂汪曰：四老爺！四老爺！照像館內有人請黃老爺去。余問何事？彼曰：爲甚麼執照的事咧。余謂汪曰：想該無甚事罷。汪亦曰：該無甚事罷！余於是遂去。詎甫行至琉璃廠大街，突一人撾着余胸，謂余曰：汝使得好假鈔票呀！是蓋所謂當頭悶棒之術。余曰：我的事我明白，汝等不得無禮。旋來多人擁余至廠店，二人執余左右手，褫余衣檢查之。隨即招一騾車前來，擁余登車。車去，至大栅欄，始見軍警林立，如臨大敵，其初蓋皆匿於肆中也。車既風馳電掣，俄頃間，即抵內城之總布胡同左一區署。兩人各執左右手，令余面牆立，略問姓名籍貫後，少息於一斗室。兩人仍各執左右手而坐，少焉一人來叱此二人去，且以親善之詞謂余曰：黃先生今日受驚矣；我等爲職務所迫，萬祈原諒。余曰唯唯。未幾，一人坐公案，二人挾左右臂而立。其人初以驚堂木一拍曰：汝是黃復生。余曰是。又曰汝幹得好事，可速畫供來。余曰：究犯何罪？所畫何罪？所畫何供？余犯罪之證據何在？其時實無所謂證人證物也。彼聞余言，乃曰：請休息一下罷。約午後二鐘許，即見大車將余等東北園宅中所有一切器具咸運來矣。更見一騾車，所載者即精衛也。時余知事全敗，自分萬無生理，心反坦然，精神轉覺疲怠。余謂守警曰：余倦思睡。彼輩以門板令余就寢。余寢正酣，忽有人呼起，時方半夜，忽見燈燭輝煌，余意以爲必至刑塲也。乃導余至午間審訊處，而巍然高坐者仍係此人，後乃知爲左一區區長陸聽秋也。第其時忽變爲最親善之態度，以極親切之口吻呼余曰：復生！汝之精衛先生，我已請至此，且已錄供詞矣。余曰：精衛何在，余將晤之。彼曰：不可。然則供詞又何在耶？曷以示余。彼曰：是烏乎可。旋將余所餘之炸藥及電線手鎗等悉陳於案而言曰：晝間汝謂無證據，此諸物者，寧非汝之證據耶！俄而鴻泰永之主人亦至，指余而言曰：疇昔來我家交涉造鐵罎罐者，非子也耶？余曰：汝今已至，夫復何言，可將紙筆來余書供詞。詎書至「此次之事，純余一人之所爲，精衛不過客於余處」；余之作是書者，非爲掠美，實欲救之也；乃彼人務令余易之。余曰：事實如斯，余胡能誣我良友。彼聞之動容曰：異哉，精衛亦如是供也。必不可易，亦已矣！一星期後，移拘內城總廳。次日，由廳丞章宗祥召集全所職員作第二次之審訊，即所謂清供也。僉事顧鼇亦在座。閱二日，有蕭君者：前來安慰余曰：爲黃先生報一喜信。畧謂昨因汪先生曾爲一文，洋洋數千言，堂官閱之（指肅王）甚爲感動，對於兩公力圖營救，此案大致可無生命之危矣。余曰：感君盛意。不過吾等此次之所爲，即早已置生死於度外。爲國家人民謀幸福不成，死亦分也。次日，余正翻閱殘書，忽聞室外有人耳語聲。少焉，即見一人啓簾入。詢余曰：貴姓是黃？余曰是。向余一揖，余亦報以一揖而退。時余之外室有持鎗警察四人，晝夜監守。余叩以斯人爲誰？曰倫貝子也。余忖其必以震驚革命黨三字而來，在彼之意，必以爲係三頭六臂，不圖乃一白面書生也。又明日午前，警察來告，謂肅王將來談。俄見一人入，見余翻閱殘書，彼謂余曰：此時正好讀書也。猶勝憶從前令先祖，不知是黃漢昇，還是那一位，曾在獄中與夏侯學易。夏侯曰：此時還學甚麽易經？黃曰：朝聞道，夕死可矣。余當告以是黃覇，字次公，非漢昇也。彼乃笑謂余曰：汝看得很熟，很好很好！旋謂我尚將晤精衛談談，遂去。至三月二十日午前八鐘，巡官來謂肅王傳汝等詢話，導余至一客廳，精衛亦至。肅王以滑稽態度謂余兩人曰：汝二人亦久違矣，今特爲汝等介紹，有甚麽話，儘管隨便談談。時室中尚有廳丞章宗祥及僉事顧鼇。肅王謂余等曰：此次之事，王爺（指攝政王）甚震怒，我與之力爭。我說寃仇宜解不宜結，革命黨豈止汪黃兩人乎？即使來一個捕一個，但是寃寃相報，何時是已。如今已爭到徒刑，但是在有期無期間，我還要爲汝等爭也。不過此次有一人很費得力呀，其人爲誰，即程永生也。旋又談及：我生平最愛讀民報，出一期我讀一期。我當時曾說過「天討」（民報增刊）所揷的畫（爲蘇曼殊所畫翼王夜嘯圖及射狐等），我說民黨內有如此人才，可以言革命矣。但是不過民報所標的三民主義，我猶嫌狹隘得一點。我想將來不但五族大同，即世界亦將有大同的時候。不悉我這種主張，你們二位以爲如何。時余未及答言，精衛曰：兆銘和復生的主張，已在民報上披露。今天王爺所說，我等向來無此種觀念，不能作答。彼聞此言，當即豎一拇指曰：到此生死關頭，尙能堅持自己的宗旨，眞是令人佩服。直談至午後三鐘，刑部方面屢催起解，彼猶依依不捨，謂相見恨晚。且謂余等曰：我這面惜無房舍安頓二位，刑部監係未改良的，恐待遇有不周之處，都向我這面看看。如須閱何書報，儘可寫信來，我當然辦。旋即用騾車派軍隊護送至刑部，獄官問姓名畢，即入獄。余居第三監，精衛居第四監，羅偉章居二監，羅乃十年監禁也。所幸者，顧巨六爲余等交涉作官犯辦，得享小屋，用自己襆被衣服等優待。其他如全副刑具以及飲食等，皆與常犯無異。至次年三月二十九日黃花岡一役消息傳來，知雲紀及諸好友皆被難，余與精衛痛不欲生。迨至八月十九武昌起義，北京震恐。余等平時尙能閱報，至此亦禁止矣。洎九月初六，宣統下罪己詔大赦黨人後，資政院議員劉鴻岷易宗夔等具書質問刑部曰：朝廷既大赦黨人，何以汪黃兩人猶禁在獄？刑部推諉此案係民政部送來的，不關我部事。又問民政部，詎該部亦推此案已經交過刑部，不關我事。後乃兩部一齊質問，兩部無法，乃奏請釋放。當下上諭，畧謂「政治嫌疑犯某某等，着發往廣東交張鳴歧差委。」時九月十六日也。余等在獄計十七閱月，中間有御史請開黨禁者，惟趙堯生先生一人耳。而請治罪者，亦有胡思敬御史。猶憶其文中有「汪黃二逆，東西法律在所必誅」二語。當在獄中時憤極，擬出獄後前往請教胡御史之東西法律。既出獄後，未幾精衛即偕趙鐵橋赴石家莊，後與楊度組織共進會，以謀和議。而余亦赴天津，與杜黃等組織京津同盟會，旋即偕黃禹昌、彭家珍等赴滬分頭工作矣。此其經過之大畧也。

憶中山艦的沉沒

·堪憶·

近日在報紙上連着看到兩幀照片，一張是刋在「蔣總統秘錄」中，飾以全艦飾的「永豐艦」照片，就是以後被賜予光輝名號的「中山艦」。另一張也是報紙報導，本年九月三日郵政總局將發行抗戰勝利三十週年紀念「抗日英烈像郵票」，其中有一枚是薩師俊烈士——末任中山艦艦長。這兩張照片，對我而言，眞有故舊重逢，不勝激動的感覺，雖說都已經三十幾年前的事，平時偶然在腦際閃灼，眼前對着這兩幀親切的照片，它們似乎在發光，又像是在和我打招呼，往事歷歷，使我感覺有如骨鯁在喉，一定要有所傾吐。

時間回到民國廿七年春末夏初，我們一羣於抗戰全面爆發展開前幾天，受命離艦調岸，接受兵器訓練的見習員（當時學制，離校上艦實習的海軍官校學生稱爲見習員，帶上一條槓的肩章，軍官的大帽花，取得少尉資格）又已按計劃修完課程，從福建一個山裡，間關輾轉經浙江、江西，而至湖南的岳陽。這時候沿長江下游兩岸重要都市城鎭，已經陸續淪陷受日軍蹂躪，海軍寥寥幾條艦隻，也被逼得侷處於長江下游，岳陽這地方處於洞庭湖口與荆河口兩重要水道的要衝，控制着這兩個水道，江面寬濶，錨地良好，當時海軍就利用爲基地據點，軍艦會合聚散區，我們也就在此重新分發上船了，我和幾位同學很高興的分配上了享有盛譽的——中山艦。

軍艦是一個機動的戰鬥體，但是需要有活動的水域，這時期長江在馬當、田家鎭附近又佈置設立了新的封鎖線，軍艦所需活動的水域，已受到極緊縮的限制，中山艦遭受了此種限制，巡航警戒，也只得於漢口、岳陽、宜昌間水域行之，經常移泊船位於簰洲、嘉魚、新堤江面上，艦上官兵在平常談話中，可能會聽到激憤的語調：「抗戰爆發時，爲什麽不讓我們駛出吳淞口，找日本鬼子海軍拚一拚，縱使不敵光榮戰死，也落得轟轟烈烈幹一場！只管在江陰佈下封鎖線，好啦！日本軍艦沒封住，却把自己封住了，等着挨炸吧！」

炸！在我上中山艦不久，與其他三四條軍艦一同停泊岳陽江面時就有發生過，那情形是：空襲警報後，艦上人員都熟諳的各就各位。隨即敵機掠過岳陽樓後面的山頭，來到我們上空，於是高射砲響了，炸彈也丟了，像這樣週旋有過兩三回合，敵機終於倉惶逃遁。那次敵機投彈都是落在江中，沒有一顆炸彈直接命中軍艦的。記得曾經向親友形容炸彈投擲水中所激起的水柱浪花，像電影戰爭片裡精彩鏡頭，其實在此之前，此種戰爭特寫鏡頭，電影上還是不多見的，二次世界大戰前誰又曾聽說並强調過：「爭取確保艦隊上空空中優勢這類名詞！日本軍閥鬼靈精，二次大戰中拿中國軍艦作爲他們轟炸實驗，作爲在馬來海面，炸沉東來的英國海軍主力戰艦無敵號，威爾斯親王號……霸佔整個南洋。以後却在中途島一役，日本艦隊嘗到了被轟炸的「報應」，從此節節敗退了。

一顆炸彈落在中山艦近傍，爆炸激起混濁含有火藥的水花，濺上了我的臉濺濕了我的衣裳，我看到了兩塊小小的炸彈破片跳落到天遮篷布上，好奇好刺激的童心，使我在敵機剛離開後，急忙忙，傻兮兮的跑去伸手就檢靠近處小的一塊，哇！好燙啊！另一塊稍大的却在稍遠處篷布上直冒烟，隨着與友艦聯絡，知道這次被轟炸傷亡都不重大，祇有一位無線電官，作戰時雖發覺身體上有一處小破傷，仍舊奮不顧身幫忙着救助照料受傷戰友，入夜他自己却因破傷風犧牲了，大家都爲他的死亡，悲悼痛惜不已。

這時在中山軍艦上任艦長的是海軍中校薩師俊，頎長的個子，整潔的服飾，是位具有良好氣質與軍官風度的中年人，人們初一眼望去會有很瀟灑的印象，此外，他是屬於有智慧有意志的典型，對初來艦上的青年軍官非常愛護，喜歡講述一些海軍傳統禮俗典故，詢問艦上各種部署如何劃分？各種檢查如何執行？何時執行？明瞭你，也使你明瞭，在艦上學得多少，懂得了多少，談到他的家庭，也是福州一望族，生活算優裕的，福州電力公司，畀以要職，家中一再寫信催他回去，他都拒絕了，表示國難方殷，正是軍人効命時候，他決不卸責逃避，決不回家去。

薩艦長有一段時間沒有留在艦上，聽說是奉召去了廬山，是去參加訓練呢？還是去出席廬山會議？這就不十分清楚了。有一次正與我們歡暢談話中，他忽叫勤務戰士從房間保險箱（冰箱？那時似乎沒有這種設備，）取來幾串香蕉，每人分了兩三支，香蕉在那時那地是罕有珍品哩，大概是遠從漢口買來的，芝蔴點顏色已變深，大家仍吃得津津有味。

在艦上服務年資最長久的要數輪機長了，年紀約有五十多歲，有一次　總統蔣公重蒞中山艦，緬懷　國父廣州蒙難舊事，曾垂詢當年永豐艦上人員尚有何人仍留在艦上，輪機長晉見，　蔣公極爲喜悅，予以慰勉。

其餘艦上人員亦多屬新近遴派的青年才俊：如副長呂叔奮，航海官魏行健，槍砲官陳夔益等……由於我們這批候補員的到艦，全艦人員已共有一百多人了，因此較往常熱鬧許多，大家有段愉快的時光，我們參加執行艦上日常工作，也得輪流担任值更勤務。如果曾偶然打從艦旁經過，看到艦上有着整齊制服的人，左手執着單管望遠鏡，在甲板上，從這頭走到那頭的來回踱着步子，他準是担任艙面看守瞭望的值更官員。

廿七年深秋，武漢戰局在逆轉，中山艦約於十月二十日前就進泊金口了，艦上員兵，取銷例行的休假，官兵不准離艦下地，氣氛轉變得非常嚴肅，祇在幾平方公尺的後甲板上，繞圈子踱方步，作深呼吸運動，生活沉悶枯燥，空中隱約有飛機聲音，江面上滿載物資的船隻在經過，向後方搬運，金口旁邊小河汊口原停泊的幾條煤炭駁子，小火輪拖船，也工作忙碌異乎平常，各種跡象都顯示武漢可能要撤守了。

十月二十三日，發現有架敵機在上空繞着中山艦打圈子，第一圈尚遠，第二圈靠近了些，好大胆的傢伙還有第三圈啦，我們已看到機上駕駛員的影子，機身上血腥太陽膏藥，澎！澎！澎！澎！艦上機關砲朝着它開射，它才轉翅冲天斜飛逃走了。

十二月二十四日，人員整日都守候在各自崗位上，我和周福增同學分配在駕駛台，負責管俥鐘兼管駕駛台左右舷側的兩座六磅頭機關砲，駕駛台主桅前及機關砲座都堆置有沙包掩體，並以吊舖被包等加强防禦，下午兩點鐘，艦已起了錨在江中緩慢駛動，船頭遠方天際出現有編隊機羣在盤旋，突然聽到薩艦長怒吼着：「眞的！炸我們來了！開砲！」於是激烈的海空戰鬥展開了，我相信飛機高空平飛投彈，從駕駛台朝天空去望帶着破空刺耳聲音，漸漸變大下墜黑影——炸彈，可辨別它會落到延伸船首線的左邊或右邊，可藉靈活轉舵趨避直接擊中的刼運的，薩艦長這時候就是這樣指揮操縱着在曲折蛇航，避開前幾顆炸彈，不過在江面寬度和密集彈羣下，這種迴避戰法不難想像是極爲困難的。戰鬥中一切變化是極爲迅速的，一個人的感官，無論如何想追隨適應，也很有問題很難顧全，敵機在變換方式，在輪番俯衝，在爬高，艦身有着幾次激烈的震動，被炸中了，炸在那部份？當時我沒弄清楚，駕駛台上羅經蓋子飛舞出了匣，叠豎的沙包也傾倒了，一個避在沙袋後的信號士在叫着：「×先生，我不行了啊！」跑過去看到他面頰上流着一條條鮮紅的血，下半身被沙包重叠壓住，幫着移開，手把腿脚抽出來，飛機仍在穿梭繞艦飛，趕回到砲位上，裝彈，扣緊了扳機。接着艦已失去了動力，在漂流，我下了駕駛台，看到前艙出入口艙蓋及欄干已歪曲變形，跑到艦尾部去，艙面傾斜度已很大，繩索很零亂，絆得我狠狠摔了一跤，扭傷了脚踝，當時並無感覺，爬起繼續跑，我在左舷一處舢舨吊架旁停下已先有航海官魏行健率領幾個人在鬆放舢舨，舢舨懸掛平時是離水面很高，這個時候因爲艦身向左舷傾斜，祇須用刀將吊掛的繩索割斷，舢舨就很輕易平直坐落到水面上了，鬆放舢舨的意思是想把一些已負傷的人，先救護送上岸去，我又跑向駕駛台，在駕駛台樓梯上看到有人正抬着腿已被炸斷的薩艦長往下走，我從下面把手伸向他肩臂處接着抬，他還向我說：「別碰我這裡，我這裡痛！」我才注意看到，袖口手背上也在淌血，傷患送上舢舨已不需走船邊梯口，只從艦舷貯淡水櫃的頂上跨移過去就行了，我瞧着兩條載着負傷員兵的舢舨離開艦邊，航海官魏行健護着薩艦長同在一條舢舨的尾部，他的後腦頭髮被燒焦沿頸背部一片骯髒。我轉身走開後不久，忽聽到幾陣强烈的機槍掃射爆炸聲，原來就是這時候，殘暴的敵人，施展毒辣手段，不放過載着傷患的救生舢舨，將兩條都擊沉了。

敵機既然離去，江面上反顯得異常沉寂、空虛、遼濶，艦尾住宿的房間，混水已深過膝蓋，艦體傾斜着在江中緩緩流動，隨時有翻覆可能，大家又聚結在艙面上，商議如何安排脫險方法，最苦惱的是有一些人不會游泳。會游泳的人正忙着把身上厚重的呢制服、脚上的皮鞋脫掉作準備，還是留件羊毛衫在上身吧，深秋江水已冷得足夠使你發抖皮膚起疙瘩，這時有條民船靠攏來了，起身總保持六、七公尺距離，不敢完全靠到艦身，但是我們還是設法，讓一些不會游泳的人先上了這條船，然後我們同學才下水，橫着向岸邊泅去，準備再找船來艦邊接人，我與劉洛源同學保持在一起游着，泅至半途，有兩條漁船趕來招呼，我們要求他儘快划去艦邊救人，上岸後沿着江邊走一面注視着中山艦，驟然見艦首升起，艦尾疾速斜着揷入江底，艦身全部淹沒消逝了。我們停步痴痴呆呆立了一會，行了最沉痛的最後敬禮，蹣跚走向金口市街。

這天剩餘的時間，忙着搜尋失散的伙伴，在河汊口停泊煤駁的地方，大部份人集合了，兩條舢舨是被擊爛了，漂流，沉沒；撈着航海官魏行健的屍體上有一列機槍彈孔，薩艦長與周福增遺體始終未找到。多少年，在夢寐中，彷彿他們還活着，沒有被江水吞噬掉！另一位陳智海同學分派在艦首砲座以後，在艦上，在岸上我都沒見到，是隨艦沉沒的，永別了！夜晚是在已經空着的郵局廳堂裡，和幾人躺在三合土水泥地上度過，冷冰，凄涼，的一夜。第二天白天，找棺木埋葬亡者，整具棺材難找，只弄得一些木板釘合收殮，在公路盡端一處比較空曠地面，劃分了幾塊方格地，掩埋了殉難同志，揮淚拜別的時間，武漢上空已紅透了半邊天，是烽火？也是中華民族的怒火！

六英烈傳（二）

張故上將自忠家世及臨清風光

孟達

我是山東省臨清縣人，忝任國民大會代表。觀賞「英烈千秋」片後，情不自禁的懷念我的出生地，也責無旁貸的應當來介紹張自忠將軍誕生地的風光及其家世。張將軍字藎忱，誕生於本縣城西南廿八華里第二區義一鄉唐園村，兄弟姐妹排行第五。張府為本縣世家望族，為城南首富。唐園村為其獨姓建築之圍寨村落，寨域外週有護城河，城門及城四角築有碉樓，城牆內週建有代為種田之佃戶住宅，寨城中央為深宅大院數所，兄弟分住村中，寨內有步槍近百枝及盒子手槍多枝，日夜有常備巡守警衛人員。張將軍封翁名樹桂，字冬榮，前光緒廿七年任江蘇省贛榆縣青口巡檢兼管河務，以廉潔上聞，加五品官銜令代知縣事，興利除弊，備受民衆愛戴，終卒任所。張將軍二哥名自清，字秋潭，曾任山東長清縣長。四哥名自嚴，字省三，任本縣保衛總團副總團長（縣長兼團長），民卅五年被選任制憲國民大會代表。隨將軍在外管理家務者，為其七弟，名自明，字亮忱。張將軍於法政畢業後，從戎投效駐湖南陸軍第一師師長兼長岳鎮守使車震（字百聞，臨清人）麾下，旋復轉入西北軍，治軍嚴明，操守廉潔。

民族英雄張自忠將軍遺像
臨清旅台同鄉會恭印

據我所知，臨清唐園村產業原為祖產，在濟南六大馬路小緯二路有兩層小樓房一幢，上海有小型紗廠工人十數名，平房一幢，天津有樓房一幢，在天津陷共前為其公子廉珍賣掉，會同其妹廉雲，在北平創辦自忠中學一所。張將軍遺屬均陷大陸，來台灣者僅有其胞姊的女兒車小姐（名忘記，係車震之孫女車邁平之女兒，亦不知她住處），她曾肄業於北平某大學，於濟南陷共前，聞經逃南京轉道來台。

我再稍叙臨清風光；本縣商埠位於衞河（源於豫省道口）及運河會合之三角洲上，南北長十餘里，商業發達，縣城位於河東岸，風景絕美，民元年即有電燈設置，水路南北交通便利，城內有中學兩所，小學多處，有丐聖之稱的武訓先賢所創辦的武訓學校（初高級學校）一所，各區小學多處。臨清為山東西北重鎮，因位於魯省西北邊區，時有土匪發生。本縣為產棉富庶之區，民衆自衞武力，亦易建立，除有警備大隊千餘名及警察局外，並有保衞團之組織，縣有總團部，各區有分團部，各村有民團局，均有常備團兵，有銅彈步槍八千餘枝，二號盒子手槍二百五十餘枝，輕機槍手提式數枝，總團長由縣長兼任外，設有副團長，由各縣各區選任，張省三先生即曾任斯職，民十八年告辭，由筆者繼任。民卅六年，筆者被選為國民大會代表。

本縣因位魯省西北部，民衆逃亡不易，來台者僅有數十戶。筆者細觀「英烈千

臨清縣運河岸風光

臨清縣衛河岸風光

秋」空前國產戰爭鉅片後，自難壓抑情感，熱淚滿眶，不能不懷念我的故鄉風光及被共黨荼毒下同鄉親友，返回寓所，低首沉思，心潮起伏，不能自已，因此握我拙筆，代表臨清卅萬同鄉親友，書此敘述文字，謹向「英烈千秋」全體男女演員及工作者，致萬分謝忱及敬意，更盼望多製拷貝，廉價供應國外僑胞放映，激發國內外同胞忠貞義烈之民族精神，匆匆草此，不盡欲言。

張龐二將軍臨沂殲敵追記

王士元

屈指算來，已是三十七個年頭了；張（自忠）龐（炳勳）二將軍在魯南臨沂壯烈殲敵的一幕，仍不時縈迴於腦際。

是民國二十七年的農曆元宵節後不久，筆者離家（在臨沂城東北鄉）準備向大後方流亡。行至臨沂城西南二十餘里處，住在一位同學家中。聞日軍已由津浦路南犯滕縣，徐州以北以至台兒莊嶧縣一帶，我大軍雲集，由臨沂去徐州的道路，交通已斷。因不能起程，困處同學家中十餘日之久。是時防守臨沂者，爲龐炳勳將軍的第四十軍。防守費縣者，爲張自忠將軍的第五十九軍。東北方敵軍已由青島沿臺濰公路南犯至莒縣臨沂之間的夏莊湯頭一帶，正與我軍第四十軍戰鬥中。我住同學家中，每日黎明即聞東北方向砲聲隆隆，有時朝遠夕近，有時膠着不前；有時只聽到隱約的砲聲；這是雙方在打「拉鋸戰」。直至陽曆三月十一日，敵軍拂曉攻擊，砲聲愈响愈近，且聞機槍聲，並有飛機轟炸掃射，我知臨沂快要不保了。此地不可久留。即於翌晨取道郯城赴隴海路的新安鎮車站，以便搭車西逃。路上看到四十軍的傷兵担架蜿蜒數里（係送新安鎮上車西運後方醫院者），內心無限悲痛！三月十三日由新安鎮搭車西上，下午到達徐州時，即看報紙上有「臨沂大勝」的標題，才知臨沂不但未「不保」，反而大勝了。但如何獲勝，詳情不知（因只顧逃難，無心讀報）。直至二十七年秋季，我在武昌受訓畢業後，隨軍入魯工作，二十八年在魯南山區見到一位服務於山東第三行政區保安司令部馬先生（曾在西北軍做過軍官），談起這次臨沂大勝的詳情如下：

第四十軍因連日和敵人打「拉鋸

戰」，人員日漸減少，戰鬥力不足，至三月十一日且戰且退，黃昏時退至臨沂對面的沂河東邊，繼向西岸撤退（沂河寬約三華里，冬春季無水），忽然飛來一顆砲彈，落於龐軍長的馬側約四五步處，鑽入泥沙中而未爆炸。龐軍長在馬上指着砲彈大喝道：「你媽的，怎麽不爆炸呢？你爆炸了，我在歷史上不是就有名了嗎？」龐軍長囘到臨沂城中即以電話向徐州第五戰區司令長官李宗仁求援說：「職軍連日戰鬥，傷亡頗衆，現已不足兩千人了！今晚敵軍已逼近沂河，請速增援。」李宗仁即以電話命令駐費縣的五十九軍軍長張自忠將軍說：「晚十點鐘以前，臨沂城如果失守，由龐軍長負責。十點鐘以後失守，由你負責；你快去增援！」張將軍奉令後，即率五十九軍向東南疾走，到達臨沂時已是半夜以後了，（按費縣城至臨沂城九十華里）。好在敵軍都是白天作戰，夜間休息。是夜他們住宿在沂河東岸的數處村莊中，準備翌日攻打臨沂。張軍到達臨沂後，即與龐軍會合，下令「架槍」（註一），士兵只帶手榴彈四顆及大刀一把（註二），軍官帶手槍和大刀。這批侵畧的强盜日本鬼子活該倒楣，天氣也幫助了我們是是夜天氣陰暗，冷風颯颯；正是月黑風高，對面不辨人物。我軍靜肅的越過了沂河河槽，爬上了東岸，匍匐前進，將日軍住宿的數處村莊分別秘密包圍後，一聲信號，像潮水般的衝進村去，勢如排山倒海。規定的口令是「好」。如果看到黑影就先喊一聲好，對方如果也喊一聲「好」，就是自己的人；否則是敵人，就用刀砍去；稍遠一點就投手榴彈。頓時各村爆着火花，我軍的衝進聲、口令聲、手榴彈聲及手槍聲；敵軍的尖叫聲、慘叫聲、倉皇嘈雜逃竄聲及其崗哨的槍盲射聲，攪成一團，如湯滾，似山崩，響徹雲霄，震動天地。二十分鐘後，聲音轉稀了，只有繼續的手榴彈聲了。三十分鐘後，一片沉寂，戰事結束了。是役我軍傷亡連長百餘人，官兵除死亡及重傷不能醫治者外，受輕傷的就有兩千多。（三月十二日筆者在赴新安鎮的途中所遇到的担架便是）敵軍板垣師團的兩個聯隊全部被殲滅，虜獲槍砲彈藥無算；臺濰公路七天無敵踪。以後敵軍數度增兵反攻，均未得逞。直至台兒莊會戰（四月上旬）結束後，我軍於四月十九日安全撤出臨沂城，向預定地區轉進。（註三）按敵軍以優越的武器（飛機大砲）日間作戰，我軍取勝困難。張龐二軍利用夜間敵人疲憊酣睡時突襲肉搏，不但使他們的飛機大砲不能發生作用，即機槍步槍亦失去效力。結果把他們全部殲滅，眞是值得歎佩讚揚！

據鄉親們談：我軍在此和敵軍往返戰鬥，敵軍遺棄槍械甚多，有一老婦人撿拾手槍一筐籃，只賣了五元錢；從此地方游擊隊也發展起來了（按後來成爲堅强的抗日反共武力）。又四十軍的軍風紀特別優良，地方民衆交口稱讚。日寇姦淫燒殺的罪行，聞之令人髮指！

張將軍於二十九年五月十六日，在鄂北會戰中受傷不退，壯烈殉國。龐將軍於三十二年在山西中條山和日寇鏖戰中力竭被俘不屈；勝利後曾隨政府來台，亦已去世。二位將軍，是抗日名將，是民族英雄，筆者衷心仰慕，但未得一瞻其生前的英姿，實爲憾事！

註釋

（註一）：即每四支步槍架成一撮，架取均甚方便（某支槍是某人的，取時不會紊亂）。

（註二）：這是西北軍特有的裝備，士兵及下級軍官每人除槍支及手榴彈外，並帶大刀一把。在抗戰初期，會有慷慨激昂的「大刀進行曲」流行於軍中及民間。筆者在武漢受訓時亦曾學唱至今猶能背誦，歌唱。

（註三）：馬先生服務於山東第三行政區保安司令部，亦係於四月十九日與駐軍同時撤出臨沂城；彼曾在西北軍做過軍官，張龐二軍中熟人很多，所談絕對眞實。

中山艦薩艦長事畧及抗戰殉難之經過

黃恭威

薩師俊艦長遺像

薩君諱師俊字翼仲，福建閩侯縣人，幼聰穎，及長，卓犖有大志，畢業於烟台海軍學校，歷任副官、參謀、及順勝、公勝、青天、楚泰、中山艦各艦艇長，爲各長官所器重，治軍恩威並用，士兵有疾病者，勤加慰問，遇急輒傾囊相濟，深得軍心，有古名將之風焉。

余與君爲莫逆交，每談及忠義事激昂義憤肝胆如見，其兄師同爲余之南京水師學堂同學，相處甚得，乃弟本炘，亦締交有素，故其家世，余知之甚詳，君娶於蔣，無出而卒，師同以次子濂泉嗣之，今肄業於武漢大學。

當八一三戰事發生，敵以海陸空進襲淞滬時，中山艦奉命，奔馳於甯澄間，力籌防禦。余是時于役滬上，任修艦事，君方努力前驅，罕通音問。其姪澧泉則肄業於滬江大學。憤暴日之强橫，痛國勢之艱危，日以敵愾自矢，適中央招考航空員，遂思投身航校，爲殺敵報國地，向余就商，余囑其赴京請命，會値大塲陷落，滬西戰事正烈，京滬交通，亦幾斷絕，澧泉不憚艱阻，乘軍用軍星夜兼程入京，其勇敢實本於家學。越兩日，澧泉返滬告余，以君允所請，初試及格，覆試獲選，則吾願可償，惜其時戰局突變，首都淪陷，澧泉之志，竟不克酬，至今猶以爲憾。迨抗戰後二月，余奉調海部服務，在京晤君詢及澧泉投考航空事，君謂際此强敵壓境，國家民族，正在危急存亡之秋，凡屬國民，均有荷戈衞國之責，故澧泉之投効航空，予曾勵其志，而贊其行，以不私情誤國事，倘此時人人存貪生怕死之心，則抗戰前途，安有勝利之望，其忠勇之氣概，固足爲家庭表率，尤可爲軍人模範也。

國府移渝後，海部旋由京遷岳陽，各艦亦多駐防該處，余與君過從益密，君鑒於寇氛日熾，引爲隱憂，時有擧目河山之感。去歲七月二十日敵機三十餘架初次侵岳，圖炸毀本軍各艦，彈下如雨，而各艦高射砲集合迎擊，員兵均抱有我無敵决心，愈戰愈奮，約數十分鐘，敵機始遁去，民生江貞兩艦被彈片炸傷，餘尚無恙，此次敵機傾全力而來，賴各艦長指揮得宜，將士亦感奮用命，使敵摧滅駐岳全部艦隊之狡謀卒不獲逞。是晚余晤君，致慶幸，君云國難至此，軍人以身許國，遺囑已立，生死禍福置之度外，此後，惟有以一腔熱血，與暴敵相周旋，余聞其言壯之。

旋以時局關係，各艦多離岳分防各處，海部先是改爲海軍總司令部亦徙湘陰，余與君，岳陽一別，從此竟成永訣，思之不禁泫然。當武漢撤退之初，各艦均駐防漢岳間，敵艦以前次轟炸，目的未達，乃圖再擧，而施其各個擊破之毒計。十月二十四日，中山艦適巡防金口，遇敵機二十餘架，翺翔該艦上空，輪流擲彈，首將中山艦望台炸毀，君適在台上，指揮殺敵，不料一彈擲來，正當其衝，兩腿創鉅，不能展步，然猶奮不顧身，下令發砲迎擊，及敵機彈盡遁回，艦員始知君受傷慘重，流血不止，僉議將受傷員兵，用舢舨載往岸上醫治。君猶言，諸人儘可離艦就醫，惟我身任艦長，職責所在，應與艦共存亡，萬難離此一步。嗟夫，君以激烈抗戰而身受重傷，在生死呼吸之際，仍以職守爲念，其平日之任事忠勤，於茲可見一斑。

中山艦員兵正在負創劇戰之時，艦尾中一彈穿過艙底，雖經該艦員兵，盡力堵塞，但以傷及要害，無術挽救。斯時水湧艙內，來勢益猛。各艦員不得已先將君及負傷者送登舢舨，其餘員兵亦陸續而下，乃舢舨甫離艦數尺，而中山艦隨即沉沒。該艦原名永豐，為我 總理在世，蒙難時座艦，因改今名，以留紀念，今竟不得長存而與波臣為伍。惜哉俄傾敵機復結隊前來，飛行極低，睹舢舨中，有身着軍服，袖章輝煌者，諗為該艦長官，乃用機槍連續射擊。君於是為中彈之的，目標所集，遽即殉職，抱恨而終。以君之生前英壯行狀考之，其毅魄忠魂，定化怒濤，飛撼三島。

彼時，余在後方，音問多梗，得君噩耗，全軍袍澤悲憤交集。觀其平日矢志之堅，及臨陣死事之烈，誠可驚天地，而泣鬼神。倘吾輩軍人，皆能效君成仁取義之志，為民族復仇雪恥之謀，不特本軍光榮歷史，足炫耀於世界，而吾國抗戰必勝建國必成之大業，於焉賴之。斯即本篇敘述之微意焉。

謝晉元

汪辟疆

謝晉元，字中民，廣東蕉嶺人，世居同福鄉尖坑村。齠齔嶷異，與羣兒嬉，輒魁其曹。性倔强不屈，果敢英邁之氣，溢眉宇間。初讀書村中育民小學及三圳公學，繼入梅縣省立第五中學，蕆業，走廣州，肄業中山大學預科。蕉嶺素多魁奇之士，氣節文章，尤以明季林一桂、清末丘逢甲誓死抗異族為最足矜式。晉元既丁世變，又生長是鄉，緬懷往烈，迺思棄其無用之學，轉習軍旅，冀有以自見，遂入黃埔軍校，為第四期生，學成入部伍，以功歷遷營團長。二十六年七月，抗日軍興，晉元方任八十八師某旅主任參謀，旋由團副擢團長。方國軍與寇相持滬濱也，八十八師最先赴敵，屢挫彊寇，死傷枕藉，而閘北江灣劉河戰尤烈。十月間，寇犯劉河，大場不守。二十六日晚，國軍奉令退守眞茹，晉元率八百人任掩護，誓死之志，即決於此次。晨國軍盡去，倭寇方覺。晉元領孤軍，趨閘北四行倉庫大樓，瀕河負固，據以死守，趣工事。又分兵布窗隙，嚴陣以待。寇初不敢進，亭午，敵大至，猛攻不退，敵駸迫。晉元揮兵射擊，殪八十餘人，蘇州河北岸民衆及外僑，觀者如堵，靡不贊嘆，以為中國之軍神也。當是時，英駐軍激於義憤，請晉元解戎服入租界，願護其安全。晉元謝曰：「身可死，槍不可離，晉元未奉令，死亦不退也。」英軍益義之。問以何需？則以糖鹽光餅對。傍晚，市民紛攜餅餌，英軍亦以麵包至，或遙擲，或冒險內之。次日晉元手刃二寇。二十九日晚，兵士皆草遺囑，而晉元亦以書上孫元良師長及副師長某，有「晉元一日不死，決與寇作殊死戰，成功成仁計之矣。」又「晉元決心殉國，誓不輕易撤退，亦決不作片刻偷生之計。在晉元未死前，全營官兵必向寇取償相當代價，以祈不負師座，不負國家」之語。翌日，委員長迺手令晉元退租界，俾淞滬警備司令楊虎達之。是晚九時，寇又猛攻，及寇兵已迫，孤軍以機槍奮擊之，又殪寇五十餘人。次晨，寇以三吋口徑平射砲轟擊，每秒鐘必一發，而敵機亦盤旋空際，擲巨彈。時晉元已奉令。又知事不可，為迺揮淚率衆別去。時昧爽，暴寇伏機槍，啓探照燈掃射之，以兵卒行動敏捷，廑有傷者，晉元殿焉，終莫得害。至是所謂八百孤軍，迺全師退駐膠州路營房矣。是役也，晉元領孤軍守四行，凡四晝夜，目不交睫，而精神振奮，殪寇幾二百人，中外壯之。方市民紛紛饋餅餌也，有市商會童軍楊惠敏女士者，手國旗，冒死貽孤軍，已而樂聲大作，而此青天白日旗者，已徐徐高矗上空矣。萬衆歡呼，繼以雪涕。晉元既退，蟄居海上三年，備極艱苦，而殺敵之志，未嘗自沮。去年母李氏逝世，晉元盡禮節哀，未離職守，而敵僞忌之益急。今年四月廿四日晨，晉元方率部升旗如儀，繼以跑步，有叛卒郝某躡其後狙擊之，晉元重傷死。年三十有七。聞訊之日，中外識與不識者，皆曰：「此一代英雄，正氣所鍾也。孰謂中華民族果可屈哉？」國府追論前勛，贈陸軍少將。

論曰：晉元領孤軍，抗頑寇，援絕糧盡，誓以必死，智勇仁彊，實出儕輩上。故能脫虎口，全義師，燊然為中華民族樹綱常，盛哉！斯又田橫所不能為已。方其冒死退租界也。喘息甫定，有見之者，曰：「死守職也，功安足云。」謙退如不及，領軍者之良範也。彊寇方張，奮志沒地，悲夫！（國史館編「國史館館刊」創刊號，民國三十六年十二月，南京。）

附錄

蔣委員長曉諭全國官兵以謝晉元團長為模範軍人之通電

謝晉元團長之成仁，為我中華民國軍人垂一光榮之紀念，亦為我抗戰史上留一極悲壯之史蹟。回溯該團長率領八百孤軍，堅守閘北，誓死盡職，守護我國旗與最後陣地而絕不撤退。其忠勇無畏之精神，已獲得舉世之稱頌。而其留駐孤軍營中，為時三載以上，歷受艱難，尚能強毅不移，始終一致，保持我國民革命軍獨立自強之人格。此種長期奮鬥，實較之前線官兵在砲火炸彈之下，浴血作戰，慷慨犧牲，尤為堅苦卓絕，難能而可貴。此次被擊殉命，顯為敵偽方面久已蓄意，收買暴徒，下此毒手。而我孤軍營之忠勇官兵，赤手擒奸，固絕不損其全體之榮譽。謝團長雖不幸殞命，然其精神永留人間而不朽。謝團長不僅表現我軍人堅貞壯烈之氣慨，亦為我民族不屈不撓正氣之代表。除已優予褒卹外，甚望我全體官兵，視為模範，共同景仰，以期無負先烈之英靈，而發揚我民族正氣之光輝也。（「謝元晉烈士傳」）

謝晉元烈士傳

趙國清

晉元烈士字中民，廣東省蕉嶺縣人。生於民紀前七年四月二十六日，殉職於三十年四月二十四日，存年三十七歲。中國國民黨黃埔陸軍軍官學校第四期畢業。歷任排連營長參謀主任及團附等職。閘北四行倉庫之役，任孤軍團長，敘步兵上校，追贈陸軍少將。遺子女各二。

烈士誠懇寡言，性恬靜；與人忠，執事敬；意志堅毅果敢。其殉職成仁，為我中華民國革命軍人垂一光榮之紀念，在我抗戰史上留一極悲壯之史蹟，實亙萬古而不朽！

中華民國二十三年，陸軍第八十八師駐防皖南，奉命將第七十八師之補充團改編為第八十八補充團，時晉元烈士任該團少校營長，此為其服務第八十八師之始。旋該團移駐四川涪陵，烈士升任中校團附。駐防一年，訓練部隊，甚著成績。對人民極盡協助之責，不久該團調萬縣改編，烈士調任師司令部中校參謀。二十五年十月。該師第二六二旅中校參謀主任出缺，由烈士補任。「八一三」滬戰爆發，向倭敵開第一槍，第一日攻佔閘北重要據點八字橋者，即該旅也。晉元烈士與有力焉。後該旅之第五二四團（團長韓憲元於首都之役，在雨花臺陣地殉國成仁。）中校團附黃永淮負重傷出缺，遂調烈士補任。

淞滬戰事擴大，敵援軍大至，在各地登陸。第八十八師奉令轉攻為防，堅守閘北樞軸陣地七十五日。犧牲壯烈，補充預備兵至五次，倭敵迄未得越雷池一步，乃呼第八十八師為「可恨之敵」！

十月二十六日，友軍失利，大場被陷。第五二四團奉命最後離開陣地，掩護大軍五十萬人退即。任務達成後，復奉命留一部死守閘北。孫軍長元良乃留該團第一營楊瑞符部死守四行倉庫據點，（此處為孫軍長之軍司令部，儲有彈藥、米麥及飲水。）命晉元烈士統率指揮焉。是即舉世轟傳之八百壯士，實則所轄官兵僅四百五十二人而已。烈士奉命後無他語，但求多留彈藥殺敵！敵以大軍三面圍攻（四行倉庫一面臨蘇州河），烈士率領孤軍沉着抵抗！夫以數百孤軍，據彈丸之地，卓立抗敵大軍數萬人，其英勇絕倫矣！當是時，蘇州河南數十萬中外人士聚河濱，仰望河北壯士與飄揚於國軍最後陣地上之中華國旗！或則感激流淚，或則衷心敵仰！時孫軍長率部轉移滬西陣地繼續抗戰。烈士呈緘有云：「在未完全達到任務前，決不輕易犧牲；待任務完成後，決作壯烈犧牲！」堅守三日，士氣益奮！乃居滬外人恐砲火波及租界，又世界婦女協會以慈悲為懷，以為孤軍已達成掩護任務，不必無謂犧牲，遂羣起請求撤退。孫軍長與晉元烈士均以為軍人天職為服從命令，而殺敵更為我革命軍人之素志，毅然拒絕其請。後外人一再懇求我政府，旋奉委員長蔣命令撤退；方於十一日拂曉經新垃圾橋全部退入公共租界，武器一無損失。計是役倭敵橫屍四行倉庫附近者二百餘，傷者無算，并燬其戰車一輛。我孤軍僅傷亡三十七人。營長楊瑞符亦負創。

孤軍退入公共租界後，上海乃眞暫告淪陷矣！三年以來，孤軍在敵偽與被飼之白俄環伺壓迫下，意志彌堅，不為任何壓力所屈服！「此種長期奮鬥，實較之前線官兵在砲火炸彈下浴血作戰，慷慨犧牲，尤為堅苦卓絕，難能而可貴！」三年以來，晉元烈士在孤軍營中，除訓練部屬外，勤學不輟，力求本身學問之增進，待機報國。并時為文告孤島同胞，以堅其抗戰必勝、建國必成之信心。敵偽用盡卑劣手段與鬼蜮技倆，威逼利誘，毫不得逞！

烈士四月二十六晨之被刺殉國，毫無疑義為敵偽所下之毒手！然其大無畏之精神，與孤軍堅毅抗戰之偉績，將長留天地間，永為我中華軍人之楷模。

晉元烈士遺骸奉命葬上海膠州路孤軍營中。中央陸軍軍官學校內建碑紀念。中華民國三十年五月一日趙國清謹記。

閻海文

一、少年志行

閻烈士海文，祖籍冀之昌黎，嗣遷遼寧北鎮縣，卜居道臺子村。先世忠厚勤樸，家道小康，祖諱敞，祖母郭氏，鄉里稱賢。父仲三先生，遜清武秀才，民國二十年，曾出任熱省防軍稽查處長，母曹氏，勤儉明淑，善治家政，生子女八人，烈士序三，椿萱並茂，雁行成羣，天倫之樂，融融如也。耕讀傳家，亦習武事，此烈士之勤勇之所自賦乎。

烈士生於民國五年六月二十一日，幼喜羣居，每與村童嬉戲，常於登山涉水，穿林越莽間，身任前趨，而維扶弱小，護衛倍至，遇强凌者，雖鬥至頭破血流，亦不歸告父母，必謀自力戰勝而後已。年漸長，常與成人伍，恭謹孝悌，益顯耿介剛毅之性，以是家人奇重，鄉人亦許為千里駒也。

六歲入鄉塾，品學列前茅，九歲隨父入城，就讀教會設立之崇一中學附小，耳濡目染，深惡迷信習俗，鄉人有謂狐仙祟，致求神乞巫者，烈士先釋其誣，繼則拔散香供，並謂：「如誠有仙，可禍我。」迷信之風，因而漸戢，烈士之果敢剛毅，認識正確，自幼即有如此者。

民國十七年，烈士十三歲考入瀋陽教會文華中學，儉樸勤讀，鮮出校門。假期則步往晤兄，相偕共渡。常思農家辛苦，粒粟寸縷，來之非易，一有餘欵，即送兄存儲，從不浪費。

二、立身處世

民國二十年，日軍暗襲瀋陽，烈士時僅十六歲，目睹强寇入侵，慘施暴行，痛心之餘，謀化悲憤為力量，乃投筆從戎，遠適熱河，參加救亡工作，繼入第三十六師，任司令部錄事。旋思如欲手刃强敵，須先充實己身力量，遂入關，讀於北平東北中學，若輩學子曾受流亡之苦，或臥薪嘗胆，志切收復桑梓，誓報國仇。

二十三年夏，中央陸軍軍官學校暨中央航校空軍學校，均在北平招生，烈士以請纓有途，聞訊大悅，挾必得之志，兩校應試，俱受錄取，嗣經權擇，終入航校第六期肄業，從此得遂獻身革命抗敵禦侮之願。

九月一日，入伍於南京中央陸軍軍官學校空軍入伍生營，守法重紀，持重務實，尤能徹底奉行命令，每自動請求服勤，不以工作爲苦，曾鑒他班勞動成績欠佳，備受申誡，烈士乃澈夜隻身代竟其未成之工，翌晨歸來，人始發覺，其樂於助人，急人之急，有如此者。

二十四年四月入伍期滿，分發杭州本校，接受飛行教育，尊師敬友，以「有志者事竟成」自勵。迄二十五年五月，順利完成中級飛行，學術基礎已趨穩固，越野飛行時小心準備，操縱穩定，反應靈敏，胆大心細，嘗於編隊飛行中，敢比翼接近，教官譽爲技術超水準。故高級飛行時，初次駕駛霍克二式戰鬥機，雖操縱較艱，及其降落，竟平穩自然三點着陸，教官與同學，讚譽備至，烈士則益自謙虛。

烈士無嗜好，性和平，體格强健，勇於公益，喜運動，尤精射擊，其成績曾創歷來紀錄，每欲增加射擊分數，俯衝幾撞及目標，或勸稍愼，烈士則應曰：「我寧願作一好飛行員，不願作老飛行員。」慷慨豪勇，溢於言表。

民國二十五年十月十二日，中央航空學校第六期甲班學生正式卒業，烈士之母偕長兄遠自故里浮槎抵杭，參加盛典，親睹愛子，品學兼優，名列前茅，深感欣慰。

三、生平事功

烈士卒業後，分發空軍第五大隊第二十五中隊見習，新機湧至，部隊優良，得遂願望，至感興奮。「陸軍以馬革裹屍爲榮，我空軍則應血灑磨空，爭取飛行鐵棺爲慰。」此烈士之壯語也。南昌報到後，益自奮發，言行惕勵，窮奧究蘊，潛心學術，凡長官一言一行，有益進德修業者，靡不擷爲日記，二十六年三月七日，曾以日記翔實，首獲嘉奬。

同年四月十六日，見習期滿，正式任爲空軍第五大隊第二十五中隊少尉飛行員，對先進之技術講述，百聞不厭，潛思默習，在特技飛行時，常向强者挑戰，勝固不驕，敗則約期再戰。同僚中有與烈士演習纏鬥者，因其技能熟練，動作迅速，常難猝然趨避，而陷於危。

七七戰事既起，全國抗戰情緒，如火如荼，烈士愛國憤時，浸至寢食幾廢，乃益增長技藝，靜謀備戰。時長江下游日軍，亦趨蠢動，八月七日，我駐南昌之空軍第五大隊，推進津浦路側之淮陰。空軍第四大隊，亦進駐平漢路側之周家口，相期揮軍北上。旋因淞滬戰機，一觸即發，兩大隊乃暫留上述地區，藉利機動。

八月十三日，滬戰爆發，空軍第五大隊由淮陰推進揚州，任戰場空中支援，並掩護首都空防。空軍第四大隊，亦返駐杭州，担任戰場制空。兩大隊均於十四日完成行動，覓殲空戰大捷傳來，舉隊歡騰，烈士尤躍躍欲試，竟求夜航襲敵，未邀准，徹夜未眠。十五、十六兩日，陰雨纏綿，第五大隊出擊，均因天候限制，中途折返，全隊情緒驟陷沉鬱。烈士報國心切，迄未獲有任務，尤覺不安。

八月十七日，天候仍低雲籠罩，各飛行員則受京杭空戰捷報之激動，咸恥蟄伏，定欲穿雲或超低空出擊，烈士尤堅倡此議，大隊長乃決定親總領隊，期決此一戰，以上海虹口日本海軍陸戰隊司令部爲轟炸目標，各機分掛五日磅重炸彈，及十八公斤殺傷彈，十時十五分，大隊長所率之第一機羣起飛，直趨目標，第二機羣霍克三式八架，相繼離地，沿長江面東飛，烈士之第二五一零號機，編爲第一中隊三號僚機，雲飛如絮，霧靄濛濛。烈士初次出擊，殺敵心切，誠恐脫離隊形，有失作戰機會，乃大胆與長機比翼而飛，其餘各機，亦不甘示弱。時風雨大作，能見度甚低，數十公尺外，即模糊不辨，機羣仍以整然隊形前進。惟飛行益難，不得已擦水面低飛。嗣升至雲層上，苦於無法搜索，目標。迨過無錫，遂復穿雲下降，沿公路，擦樹梢、屋頂作低空飛行。

機羣進入滬郊上空，戰場烽火，歷歷在目，越過大新公司時，因飛行過低，幾與巨厦相撞。斯時敵人地面砲火，已開始向我機羣猛烈射擊。旋敵砲火愈爲熾盛，其空炸砲彈，直使我機震盪顛動不已。惟我空中健兒，了無懼色，從容覓抵目標上空，紛投巨彈。旋見烟火瀰漫，我機羣以任務達，乃轉向返航。

四、壯烈殉國

我機投彈後，擬一起飛返，應速脫離目標，爬升雲上飛行。斯役也，脫離目標後，獨缺第三號機。迨出雲，仍未見其升起，長機焦急萬分，乃穿雲下降，冒敵熾盛火網，低空盤旋尋覓，迄油量將罄，始遄返基地，全隊袍澤情深，咸欲復飛上海偵察營救，黃昏後，派出之偵察機相繼歸來，仍無消息。是日出擊各機均彈痕累累，衆料烈士或已成仁，哀戚之餘，益增悲憤復仇之念。

八月十八日，上海傳來烈士壯烈成仁之光榮消息，嗣據當時在滬目擊者稱：「烈士向目標投彈後，正緊追長機返航時，遭敵砲火命中，驟見飛機拖曳白烟，掠過閘北飛向大場，機身搖搖欲墮，旋見烈士跳傘下降。」云云。九月一日，日本大阪每日新聞，發表烈士殉國經過事實稱：烈士跳傘着地後，日軍數十名，由四方羣趨圍捕，烈士冀期衝出包圍，曾詢居民往揚州歸途。正談話間，遭敵發現。居民亟爲之掩藏，烈士爲免居民受累，奔一野塚暫避。旋敵圍繞四周，經由翻譯大聲勸降，烈士則持槍應變，待敵迫近，突躍起射擊，立斃日軍三名，餘敵臥地還擊，再事勸降，間以機槍掃射，試期威迫就範，烈士屹不爲動，相持約兩小時，敵酋鑒於生擒無望，乃惱羞成怒，斥士兵勇氣不足，衆懾於淫威，遂蜂擁而前，烈士又擊斃二名，舉槍自戕，敵雖殘暴兇惡，斯時亦感於烈士英勇，紛紛自動放下武器，向其遺體，俯首致敬。嗣厚葬於殉國處，並立碑刻文曰「支那空軍勇士閻海文墓」，以示崇敬。敵報對烈士之殉國，除作詳盡報導外，復倍加讚揚，結論則稱「今日之中國，已非昔日之支那。」

五、結論

烈士殉國，年甫念二，出戰失利不屈不撓，孤身陷敵，與數十名日軍搏鬥，斃敵五名，戰至最後一彈，自戕成仁，其壯烈殉國，浩氣磅礴，震撼中外，誠足驚天地而泣鬼神，實爲我革命軍人之典範，其英名長垂青史，精神永塞乾坤，我中華子孫，應永誌勿忘。

烈士寧死不屈之表現，激起我全國五億軍民同仇敵愾，以死禦侮之決心，尤能引起國際間，對我民心士氣之同情與敬意，對狂妄自大敵人，更屬當頭棒喝，故烈士之爲國犧牲，業已發揚我中華民族至大至剛之正氣。値茲反共抗俄之際，倘人人思齊烈士，則何寇不摧，何敵不克耶。（國防部史政局編「閻海文烈士傳」，中華民國四十八年八月，臺北）

附錄

烈士閻君海文小傳

閻烈士遼寧省北鎮縣人，生於民國四年，先人清代一世家，父任職軍界，兄妹各一，幼年時隨兄在本鎮縣立小學讀書，卒業後考入瀋陽文會中學。迨九一八事變，隨父兄入熱河參加抗日工作，不久熱河失守，與兄到北平，適值東北中學招收流亡平津的東北青年，兄弟二人於民國二十一年七月入校。

高高的身材，剛健而柔和的風度，活潑好運動，時時在鍛鍊自己的體魄，刻刻在充實自己的知識。對於事事，更是特別注意，最驚人的是射擊術，每當舉行射擊時，他是絲毫也不馬虎，小心翼翼的來矯正姿式，好似面前是敵人，描準後才放這一顆子彈，師長同學無不敬愛。

但是敵人魔手，又漸漸向前伸展，使他內心復仇種子，一天一天的滋長，發願在復仇建國的征途中，作最新的戰士，因於民國二十三年考入中央航空學校，入伍期在南京中央軍官學校，入伍期滿到杭州覓橋習駛驅逐戰術，二十六年畢業。適當八一三戰事爆發，八月七日他從南昌到淮陰，八月十四日到揚州，八月十七日他駕了驅逐機，昇入祖國的天空中，執行他的任務，任務完後，本可安然返防，但他更賈其餘勇，用機槍猛烈向敵人陣地掃射，這時青天之上，只有這隻孤獨的霍克機衝着，敵人的高射炮將他包圍了，陷入極大危險中，霍克機越飛越低了，尾巴忽然冒出青烟來，顯然這是中了彈。這時陣地上許多敵軍從掩蔽部裡爬出來，呆呆的望着天空，在霍克機快要變成「尾旋」的時候，一個小黑點從機座彈了出來，立刻變成一把美麗的天傘，徐徐飄墜下來。

陣地上的敵軍發狂了，飛快的朝着保險傘的降落的地方闖去，「去看支那飛行士！」支那俘虜！支那空軍投降了！支那飛行軍官一定跪地哀求活命，一邊跑着，一邊嚷着，有幾百人向降落的地方擁着奔來。

中國的勇士眞的在他們的面前出現了，飛行衣已撕破了，英勇的直挺挺的站在一個大墳堆上，不肯屈服，怒視着羣獸，手中握着一支左輪。這時敵人漸近了，只聽朋朋朋，三個敵人倒了。這時只有一顆子彈了，敵人又爬上前來，軍官們一齊怪聲亂叫勒令士兵把這,「支那飛行士」活捉過來，不許殺傷他，眼看前後左右都是敵人，抬頭看祖國的青天，向他微笑，低頭看是祖國芬芳的草地，青年勇士，不禁心酸，一股熱血直衝到腦門，在野獸般的敵人逼近至十米左右的時候，他英勇的對着祖國的青天立正，瞪目擧槍對準了太陽穴，朋，這偉大而光榮的死，感動了獸心，當時給他修了一座墳墓，還立了一個碑，上書：「支那空軍勇士之墓」。中華民國二十六年八月十七日這天在中國空軍的歷史上，是不可磨滅的，永遠可泣可歌的紀念。（黨史會藏原件）

空軍將士閻海文傳畧

王子經編著

閻君海文，遼寧北鎮人也。自瀋陽失陷，棄家負笈北平。二十三年秋，入筧橋中央航校第六期畢業。膺空軍少尉，體格魁梧，性剛直坦率，應事接物，恒以誠摯出之。嗜運動，尤精驅戰術。民國二十六年八月，倭寇大擧侵滬，君奮起，屢樹殊勳。是月十七日，兩軍戰鬥方酣，吾奉命獨馭霍克機飛炸北四川路敵陸戰隊司令部，寇且潰，會機爲高射砲洞其尾，火發，乘傘誤落寇陣地。寇大奔湊，指而譁踊曰：支那飛行士，支那俘虜。環而攻者數百人。酋以日語脅君降，不之顧，持短銃奮擊，立殪三人，寇大驚辟易，衆槍環進，君復殪二人，衆懾伏。頃之，蛇行而進，期生致君。時君僅餘一彈，顧已無可奈，即凝立大呼民國萬歲，毅然以彈丸注腦立殉。年二十二。嗚呼烈已。既歿，倭仰君忠烈，禮葬之，爲立碑，顏曰：支那空軍勇士之墓。雖倭報亦爭嗟悼君矣。冠內遺女子鉛筆書，字蹟娟秀，署曰南通安樂巷三號劉月蘭，意者，君之未婚妻歟！

（黨史會藏「抗戰英烈傳」油印本）

掌故月刊廣告刊例

版別	費用
封底	壹千元
封面裡	八百元
封底裡	八百元
內頁全版	二百元
內頁半版	一百元

廣告刊登回條

敬啓者：本人同意按照貴刊廣告刊例，刊登廣告共　期。自一九七　年　月期起，至一九七　年　月期止。此致

掌故月刊社

簽名或蓋章　　　　啓

月　　日

武昌起義誰是首義之人

武昌起義，一般說法均指工程營熊秉坤發出第一炮，而胡祖舜「武昌開國實錄」則謂由武勝門外墉角之混成協輜重營發難，其黨總代表爲李鵬昇，茲將兩文（一爲「熊秉坤關於武昌起義之自述」；另一爲「胡祖舜在武昌開國實錄中之記載」）錄出。以供研究現代史者參考。

熊秉坤

「先是，昨晚即十八日下午，鄧玉麟偕楊宏勝愴惶來營，入坐於前隊三棚，即徐少斌棚，當召坤（作者以下即稱坤之本名，稱工程營即本營，便讀者醒目耳）曰：「今日漢口炸彈失慎，孫武炸傷面部，已入醫院，惟此事發生，滿奴恐必大事捕殺，我等決計今夜起事，以砲隊先行發動，汝營按從前會議所定，守官錢局、造幣廠、藩庫、善後局諸財政機關之責任，惟軍械所原係汝營平時駐守，今夜無論如何困難，一聽砲聲，汝等即先行佔領，因各軍均無子彈，發難即先到軍械所領取子彈此理甚明。」言畢，坤以手槍炸彈詢鄧，答曰：「手槍自居、楊去申購買，未返，子彈炸彈與汝營稍有預備，其數不多。」即轉面楊曰：「汝隨後即行送來。」坤又以旗幟符號詢，鄧答曰：「此件原已預備，今日均行搜去」，坤當與鄧、楊商榷，以肩章反扣，以平時軍人所備之崩帶白布纏繞右臂，以代符號，可資臨時識別。又約以軍隊用全副武裝，去其背囊，以減累贅。鄧、楊極贊其議，相約照此辦法通知各標同志。鄧、楊臨去時又云：「今夜口號名：同心協力」，鄧又言：「從汝營出後，直去砲隊送信」云云。……（十九日）坤下床，洗刷已畢，即派李擇乾出營探聽消息，並囑如去各機關處，務得格外小心，免致遭捕。李回告各機關均已封門，彭、劉、楊已被害，今日城門緊閉，外間右路巡防已放哨至十五協，至我營左右各街矣。嗚呼，覆巢之下，豈有完卵乎？禍將及吾輩耳。囑勿聲張，李亦喻其意，而諱其言矣。坤等照例應下早操，亦隨之應班下操，十時操畢，即令李擇乾通知各隊代表，如飯後不要分散，坤當有話與衆共商。去後隨即應號音至飯廳會餐。此係向來規例，惟今日官長到者極少。飯畢，坤召集會議，坤謊謂衆曰：「今早奉總機關命令，責我工程營首先發難，其原因即軍械所爲我營所有，如各標營響應，亦必先到軍械所領取子彈，然後方可從事別方工作。如我營不即先動手，別營當然懷疑，決不敢舉動。」話猶未已，而各代表面逞灰白，振齒顫聲，其驚懼之狀，不可言喻，坤見此情形，即叱曰吾輩平時革命，爲的是犧牲，今到時矣，怕死徒然。吾輩名冊昨已搜去，按名捕拿，將及吾輩也。況吾輩今日應以廣州三月二十九日爲模範，洪山之陽，未必不有吾輩之黃花岡也。今一言爲汝等決之，如其坐而待其捕殺，不如奮起一擊，即所謂反也死、不反亦死，吾輩要死，死於泰山得矣。況死中得以求生，亦未必不能一舉而成功，遂吾輩平素革命之大願矣。」衆聆得其言，怖悸之狀稍殺，前隊代表徐少斌起言曰：「熊代表所言，斌極贊成。革命事業，原屬犧牲冒險事業，不犧牲不成功，不冒險便失敗，時至今日，無論何如，我輩要一幹，縱不成，也未見個個被殺。安慶熊成基之事，諸君所知。斌昔同熊成基在一處發難，今得又與諸君相見，以斌即可證明矣。」坤復曰：「湖北佔天下形勝之地，西南各省革命之風氣瀰漫已早，多恥其湖北人不革命，不寧如是，安徽兩次起義，湖南之萍醴之變，均爲湖北新軍所摧破，今湖北新軍革命，天下無敵，且西南必風起雲湧而應之矣。」如是衆諱其言，約定下午三時下晚操發動，衆以無子彈，不能發動對。……忽爾本排二棚同志有呂功超者，遽然呼坤曰：「熊班長，余家有子彈矣。」坤驚問故，呂曰：「言之甚長，余家兄昔充吳元愷身邊馬弁，自愷字營由北通州回鄂解散，余兄携回子彈，交余嫂存放樓上箱籠內，囑好自保存，將必有大用處耳。余兄現去川，依某貴人，此子彈之來歷也。」坤笑謂呂曰：「汝兄莫非神仙中人乎，所謂大用，必暗指今日之助余革命成功之爲言也。」話猶未已，而本排排長親信于郁文、章盛愷兩同志亦接言曰：「我排長亦有子彈耳，君欲要用，我倆願負責盜取。」坤見此兩事及雙方言，更喜欲狂。即令呂回家去取，惟恐哨兵盤查，派鄭得貴偕往，得兩盒：又囑于、章盜取排長子彈，亦得兩盒。坤笑曰：「有此足矣」，即令金兆龍分發各同志，話此已十二時矣。……坤又令于郁文盜腰牌兩面，一交李擇乾佩帶，自佩一面，謂李曰：「我等去矣。」李即尾隨坤後。時大雨如注，李曰：「此行決不虛往，當能進耳。」坤囑李將雨衣帽矇其軍帽線邊，免被識破，即由十五協南門入，守者亦不之問，心始如釋負。……先入三十標三營前隊，見同志方維、謝湧泉二君，正言今日張廷輔同志於操場捕去事，見坤到喜極，開口便問曰：「汝麼樣」。坤答一「幹」字：「坤來即爲此，是求汝標響應我營。」方曰：「我倆不能作主，汝等同我上樓見王文錦，渠負本標全責。」同時拾級而上，至隊官室，王係該隊司書也。甫入門，王見坤等入，頗有難色。坤急曰：「工程營決定下午三時晚操發難，特來求其同意，希請貴標響應。王曰「足下如何辦，如何好，這邊正副社長均已逃逸，我不敢作主。」坤又見不得要領，欲待發言，王以目示意曰：「此間不便談話，我隊滿人甚多，足下請去。」坤奮然曰：「足下既不能作主，請通知貴標同志可乎？否乎？」王曰：「軍械所爲貴營把守，足下如何辦，如何好。只要貴營能發難，此邊不生問題。」仍促坤去。如是不獲已，即辭出，方、謝見其不得要領，亦覺愧色，勉坤曰：「此間同志，極其熱心，貴營眞能發難，我倆即率隊響應。」坤笑曰：「皆不得失信乎？」方曰：「此係何等事，豈敢兒戲也。」均點首而別。復至二十九標二營二排，見蔡濟民，蔡掀被而起，兩眼泪痕瀫瀫，或因彭、劉、楊慘死而傷其慨。坤笑謂曰：「大丈夫何作兒女之故態，不爾當如楚囚之泣耳。」彼此鬨然一笑，蔡面赤。坤即掉其話頭，問「昨夜鄧玉麟之砲隊發難，不但一夜竟無影信，砲隊原無子彈，且亦不能發難，不然初三日事已成功，何得有今早之同志遭殺也，兄遭一次頓挫，同志多生畏怯之心，今責彼發難，是屬勉强。且砲隊如無步兵掩護，獨立作戰，吾輩未之前聞。兄意云何？此等計劃，誰氏所定？」蔡曰：「那裡有計劃咧！他們都跑了，此或者是搖淸一時因炸傷，只有教炳三再去砲隊試他一試。」坤曰：「來此無別，我營決計於下午三時晚操發難，汝標可否響應。」蔡曰：「現只有望汝老哥幹一幹，吾絕對帶領吾隊響應兄營。」坤又曰：「汝營成績向來甚好，汝能否帶一營助戰。」蔡曰：「看臨時，皆可以做得到。」坤當與約，發難後帶隊出路，過該協西營門。即向該協放槍三響爲信號。兄即響應，直趨軍械所會合，蔡立即允諾，坤辭出返營。……

無何，三十標方維、謝湧泉來營，訊無晚操動靜，並回答該標已佈置響應。適衞兵司令官方定國由內出，坤與李擇乾立於營門側方，謝由外面來，原不知其方定國在此。如是彼此三方面均行停步，面面相覷，五人十雙瞳孔直射。而方、謝當時面紅耳赤。坤即以目送意，欲其返行，彼等亦會意，即返身而行，坤亦作送客狀，隨後尾行，而方定國即大踏步越過大操場，窺我輩動靜，坤此時並無所畏懼，即令方、謝止步，詢其來意，彼等直告。坤認晚操不下，是爲漢奸所洩漏，決再約時間，四人立地就商，均認晚間點頭名後、二道名前七點鐘時發難。其餘仍與前約，即令方、謝回標佈置，並囑就道通知二十九標，改定時間，給蔡濟民知道。方、謝去後。坤復又通知各隊代表與在衞同志，並增上聽小操塲發槍三響，衆同志一齊舉動，先殺與我對抗之官長。一步做到之後，坤即鳴警笛，集合於小操塲，自有後命。又將改時通知軍械所知照，方定國進營放言曰：「汝等作事儘管作吾決不妨害汝等，惟吾與汝等同事過久，恩怨在所不免，惟望汝等不計過去，念吾一家老小，容吾一命。坤見言之成理，亦漫應曰：「革命爲的排滿，只要不妨害黨人行動，斷無殘殺漢人之理。」話已，方以喻其意，惟心術實屬難測，即返內全副武裝，復來前方會議廳，意欲監視吾輩，老待不去。該會議廳離大營門不過二十餘步，幾爲其所窘。坤即召下班士兵携槍於手，將營門啓開，列兵於兩邊門側，成一八字形式。方會意，即逸去。旋本隊隊官羅子淸由後出，全副武裝，並帶武裝護兵到此，笑謂坤曰：「汝來有話與汝言。」隨行隨招手，坤隨往，一面示意武裝同志，得萬勝奎、黃煥成尾坤等後，離營門五十步遠即止步，羅亦止步，詢坤曰：「今日外間謠言熾盛，汝聞知乎。」坤曰：「畧知一二耳。」又曰：「孫黨乎」。坤曰：「孫先生乃革命黨創始者，黨人遍佈全國，雖間有名目殊異，而尊崇孫先生則一也。將來革命成功，舉孫先生爲領袖，自無疑義也。」又曰：「能得成功乎。」坤曰：「天下形勢，要算湖北，自海通以來，經濟、文化、交通、人材均集中武漢，湖北一起義，天下風從，烏得不成功乎。」又曰：「殺官長，排滿人乎。」坤曰：「排滿人則有之，殺官長不盡然，然以步砲標統以上，獨立營管帶以上，當在殺之列，其他下級官長，只要不抵抗，斷無殘殺之理。以上所言皆殺者，誠可殺也，不殺，軍隊決不容許革命黨帶動。否則宥之，何所不可也。殺官長，即爲的帶隊伍：殺官長，即怕的反抗明矣。」言至此，羅亦見不得其問，即握手作別，曰：「汝好自爲之耳。」至此時各隊已點頭道名也，佈置可謂完全就緒。自審也無甚遺漏。

坤即順前左右後四隊巡視，以驗士氣之如何，而同志中均以預備齊全，大有一觸即發之勢，惟另生出一問題，即一般非同志中人，均遑惶恐之狀，見坤至，紛紛請曰：「熊班長乎，我輩應如何則可？」坤隨令若輩照樣裝束，並隨囑各隊代表，曉示若輩，須聽吾輩指揮，至本隊一排三棚，即坤之老屋，聞二排呼拿喝綁，並吆吼聲，坤知有劇變，即取槍且裝且行，遙見二排長陶啓勝對面來，其行如飛。坤開槍對其一擊，而陶下樓逸去，坤已蒞樓上穿堂，聞對方槍聲至，坤身傍已傷本棚同志章盛愷、程風林，倒臥血泊中矣，呻吟者再，程君三日後死焉。此時全營吆吼聲，玻璃片聲，長官彈壓聲，與夫槍彈串放如珠聯聲，同時併作，古人所謂人聲鼎沸，聲震天地，即指此時也。而金兆龍、程定國、林振邦、饒春棠、陳連魁諸同志，亦已集於穿堂，欲下樓，均不可得。樓梯門已爲代營長阮樂發暨樓下右隊隊官黃坤榮，司務長張文濤等諸逆槍子所堵塞，若輩等一面放槍，一面大呼曰：「汝等均有家小生命，均有父母住在此地，此等事作不得的，要家滅九族唎！趕快覺悟，各回本棚，決不究其已往，不要吆吼，不要糊鬧亂爲，汝等均受革命黨人騙，革命黨人昨日老早跑遠，教你等今天送死也，是無益的」云云，坤等見此情景，即將痰盂、花盆、瓦缶、板櫈諸物，充作兵器，向下抛擊，若輩決不退陣。無何，右隊同志呂中秋向阮一槍擊去，阮帶傷返身，仍向前隊穿堂內人叢中，開數響，斃同志馮某，爲徐少斌同志所見，還擊，阮斃於溜水溝內。坤與諸同志，見阮返身向前隊。即一擁下樓，程定國一槍，擊斃黃張兩逆。其餘官佐均逸去，有越墻者，有匿於毛厠者，均仍之不究。坤見第一步做到，即鳴警笛集合，惟人聲嘈雜，應者尠尠，毳開大軍械庫，本平時儲有子彈者，遍搜不獲，得開口軍刀二十柄。坤當分給各代表配用。或云管帶軍需房有子彈，迨劈開鐵箱，儲蓄洋錢數百元，有欲取者，有韓似信同志，即將火油投入內，火起，羣衆方始動身。坤與楊金龍領隊頭，金兆龍等押隊後，率隊出營，向左轉彎，遇前隊隊官李子魁向頭隊連發三槍，未傷人，楊即還擊，李亦逸去。過十五協西營門，坤向天放三槍，以應前約。至千家街口，同人不敢進，坤回顧左右，最多不過四十名兵耳，其餘仍在營內吆喝，然頗助吾輩之勢威也。少間，羅炳順、馬榮等亦以舉兵響應，派人送信與坤，因是衆人已聞軍械所得手，一個呼哨，已抵目的地矣。

先是後隊二排排長陶啓勝乃弟陶啓元，即坤棚副班長，平素爲人誠摯，重友道，與坤亦有金蘭契，因得以入黨。對於黨務，與紹介同志亦頗盡力，惟彼與胞兄向不和睦，原非元罪，乃兄勝過也。其兄勝，平時爲人深刻殘毒，部屬稍有不恰意者，即鞭楚笞責，毫不寬宥，致使銜者衆，而怨者深矣。元見今日起義，是在必行，乃兄之性命，必不能免其死耳。遂生手足之念，欲設法爲兄避免，謂坤曰：「余兄平素爲人，兄知之稔，然渠固無弟，余實不能無兄也。且爲革命黨，因革命徒增家庭之慘禍，叔嫂子侄，均相處其間，其情何以堪。識者必謂余兄無德於人，遭仇家所害，非然者，必謂余有意殺兄也。余焉可立於人世間乎。今兄大權在握，同志中人當以兄之一言爲轉移救余兄之命，減余家痛苦，只在兄之一顧盼間，曷爲一設計乎。」坤曰：「汝言極是，烏得汝兄能納吾輩之言乎？煩汝告兄，最好以先走爲上策。不爾，一旦有事，即將哨門緊閉，臥棚間，不要聲張，吾與同志言勸其不要故意仇殺汝兄可也。否則汝兄如持反對，決不能免，非惟吾輩之不予汝兄宥也。」坤一面勸告各同志，不要仇殺官長，啓元即將此意與辦法走告兄勝，不獨不能納其言，反詳詰弟元，於革命黨內情，並領導負責者之姓名。元畧亦所露，蓋當日瑞、張令各營官長捕殺革命黨以獻功或補過，陶原以先發制人之手段，憤折其革命黨人之銳氣，以敗革黨發難之計劃於無形也。今更見乃弟言之鑿鑿，遂決計帶護兵姚洪盛、李傳福，先去該排三棚，捕金兆龍，然後轉入一排捕坤，會同解送。因是先到金兆龍棚，見金仰臥，即召手笑謂金曰：「余與汝有話談」，金意以爲陶欲加入革命，不之疑，欣然在，甫出棚門，陶本孔武有力，執金雙腕，大喝曰：「汝膽特大，竟欲革命造反乎？左右爲我縛之」，而左右不敢應，陶與金互糾成團，正掙扎不能分解間，金情急即呼同志曰：「此時仍不動手，待等何時？」同志程定國即取槍在手，不敢擊，恐傷其他，金即倒轉槍托，向陶頭部猛力一擊，血花四濺，陶呀然一聲，即釋金，捧頭向外樓梯口逃，與坤遇，以槍擊之不中。下樓求逸。代理營長阮，錯認陶帶兵發難，向陶發三槍。中二。一於腰部，一傷臀股，路過營大門爲乃弟啓元所扼，欲令入自新所，復跪地求饒，元見帶傷，始釋回家，領家小五人逃小朝街妻家。坐甫畢，求茶飲，始自知有傷，旋藥毒攻心，隨地滾，至明早二時氣絕。」

胡祖舜

「該營（按：指輜重營）駐於塘角舊愷字營，隸屬陸軍二十一混成協黎元洪所部，計砲隊一營，工程輜重各一隊。砲隊代表爲蔡鵬來；工程隊代表爲黃恢亞、張斌；輜重隊代表初爲羅一安，羅離營，李樹芬繼；以李鵬昇爲總代表，王允中副之。以上新河錢芸生寓爲通信機關。當八月中旬，革命風聲正熾之時，砲隊總代表蔡鵬來，忽於十七日被營管帶張正基、督隊官段天一傳訊，同時各營隊原有子彈，盡行收繳。十八日代表李鵬昇接胡祖舜通告起事之信後，即派副代表王允中入城至機關部，領取槍彈炸彈炸彈及旗幟等物，徹夜未返，羣知有異。十九日晨，復派通信員杜昌年前往偵查，晤胡祖舜於沔陽學社，胡促其從速返營，務囑各同志本晚必須依照原定計劃，先行放火發難。十時王允中亦乘機出城回報，始知城內機關復被破壞，三烈士就義詳情，羣情憤激，僉主速動，以免一網打盡。於是李鵬昇，黃恢亞等集合各隊分代表再三密議，一致決定即晚十時由輜重隊發難，砲工響應，各推定正隊長一人，支隊長各若干人，分擔指揮責任。起事之後，即進攻武勝門，以砲隊佔領鳳凰山、黃鶴樓、高觀山等處，工程隊擔任護掩，輜重隊分編二支隊；一支隊由察院坡攻藩署前門，一支隊由司湖襲攻藩署後園。議定即派人通信城內各營，屆時以塘角火起爲號。去訖，至六時許，各隊隊官以上在炮隊營署開秘密會議，各同志以機不可失，均主提前發動。其時適當輜重隊第三排接班查街，各同志恐兵分力薄，遂一致贊成乘機先發，即由李鵬昇派人通知砲工各隊，準備動作：一面密令同志羅全玉首向排長部某發擊一槍爲號，時午後六時零五分鐘也。全隊同志，聞聲奮起，入軍裝庫搶子彈一箱，當場分發，並往馬號以馬草舉火，工程隊黃恢亞、張斌、李玉斌、方之中、管心原、胡楷模、楊棟儲、彭明德、王師、陸重遊、程英烈、胡亞民、劉邦憲、李亞祥等立即響應。其排長殷禎祥、大罵造反，黃、張等亦不顧，遂集合編爲兩支隊，以李鵬昇爲正隊長，李樹芬、王允中、楊少芬爲參謀、羅全玉、鍾繼武、張瑞廷、冷文梅、晏柏青爲支隊長，率隊向炮隊進攻，圍擊營署。該營管帶張正基，知勢不可敵，乘機逃避。斯時炮隊同志手無槍械，未能附和，亦無反抗者：惟該營下級官杜瑞鎔及守衛司令官王季鵬等，各執手槍抵抗，傷輜重同志都全福一人。經李鵬昇率隊進攻，一面衝入該營中隊排長室內，將棉被堆集一處，淋以洋油，取號內掛燈以燃之，煙火蔽空，張正基乃率隊走避於青山附近；而該營同志逯華清、趙鴻聲等，隨同李等退出砲兵營集合，約得同志百餘人即率向武勝門進發。甫出曾家巷，各善堂及居民紛紛前來救火，聲勢洶洶，彭楊公祠駐警數十人，前來抵抗，當經擊退。及至武勝門，放槍十餘響，城閉不得入，因沿鐵路經紫金山向大東門進發，冀促左旗各標營同志響應。既至，復放槍數響，無有應者，各同志疑懼交集，進退不知其可，正隊長李鵬昇百般安慰，人心始定。後率隊經通湘門向南湖砲隊八標進發，時通湘門大開，同志有主入城者，李隊長因城門與步兵三十標接近，該標兵多旗籍，恐受襲擊，力持不可，仍向前進，甫抵相國寺，忽聞城內槍聲數起，再至長虹橋，南湖砲聲亦起，始知城內八營已佔領楚望台軍械所，南湖砲隊八標亦已拉砲出營，因率隊由中和門入城。至楚望台軍械所，補充彈藥，復在千家街重整隊伍，計有參謀李樹芬、支隊長羅全玉、鍾繼武、張瑞廷、輜重同志李寶琳、蕭振武、李季然、周漢臣、劉子秀、范洪恩、羅明棠、韓洪發、劉國鈞、張學仁、李福泰、吳國發、董大才、楊明訓、逯華起、楊繼德、楊永宣、郭敦學、王耿光、鄧文典、呂明道、王安基、徐樹南、陳留榮、戶復升、楊連升、王成炳、單振武、梁發才、郭金章、羅洪升，砲工同志逯華清等數十人，遂新編爲二支隊，仍以李鵬昇爲正隊長，第一支隊正副長以李寶琳、鍾繼武任之。第二支隊長比由工程砲隊同志各推一人承乏，以李樹芬、羅全玉爲傳令員。整頓已畢，李鵬昇奉令協同測繪學生負防守楚望台通湘門之任務，以一部分兵力併入工程第八營爲援隊，由王府口進攻僞督署，輜重郭金章陣亡。翌晨輜工隊，奉派防守武勝門及鳳凰山一帶，仍照原建制編爲一隊，隊官杜世鑫，一排排長王師，二排排長程英烈，三排排長胡亞明。時砲隊管帶張正基，率所部由青山整隊進城，守城兵初拒不納，乃報告軍政府，准其入駐鳳凰山，擔任防務。」

附　黎元洪致張彪書

「虎臣仁兄如握：同寅有年，相知以心，而忽相仇，余心甚爲歉然。惟是種族之界，嚴如君父，大義之行，可滅親友。弟秉大義，別種界，萬衆一心，軍民同憤。滿奴氣盡，昭人耳目，近日之戰，可概見矣。仁兄素明事體，順逆之理，勝敗之數，諒計之已熟！何事以虎口餘生，東逃西竄，輔不足以有爲之滿奴以殘我同胞？仁兄猶是黃帝之子孫，獨不欲雪祖宗二百六十餘年亡國之恥乎？清夜以思，當亦廢然自返矣。用敢遣貴親信齊君寶堂邀迎仁兄，助我同胞，救出水火。大業告成，虛位以待，銘勛於冊，鑄像於銅，將見地球各國呼仁兄爲黃帝之肖子，復漢之偉人，與法拿破崙美華盛頓爭烈矣。如欲以逃竄小醜，烏合流氓，與大漢百戰百勝之雄師，相見以戎衣，是以卵投石也。生爲鼠子，死作妖魔，不亦悲乎？弟赤心待人，決不妄言，謹屬同胞，歡迎江上仁兄，當有以教我也。軍事匆匆，不盡欲言，草此敬請公安。黎元洪頓首。黃帝四千六百零九年八月二十二日。」

天聲人語

觀張大千長江萬里圖感賦 王國璠

岷山江水發源初。落葉秋林此讀書。
蜀馬東行猶念豆。吳城西望欲嘗鱸。
璚樓珠樹巢難定。暮雨朝雲夢未疏。
爲問丹邱新化蝶。桐花小鳳近何如。

其二

蒼莽夔州掛峽天。山頭多是未開田。
雲飛西蜀千重棧。水送東吳萬里船。
小婦栽花簪鬟角。阿翁鋤月種苓仙。
魚凫若肯招吟侶。我便移家住上邊。
（夔州）

其三

糢糊烟水是渝州。幾點漁燈淡未收。
仗劍應慚巴蔓節。尋詩曾佔海棠秋。
風塵老了千金骨。身世依然一葉舟。
萬斛奇愁銷不得。杜鵑莫喚淡江頭。
（渝州）

其四

輕風放櫂秭歸城。水勢還盤客裏程。
鷗鷺遠浮銅鼓堡。烟霞低繞棟花坪。
難尋妃子投荒跡。高識書生叩闕聲。
悽絕當年忠義地。郊原無犢報春耕。
（歸州）

其五

白帝城高掛白虹。浮圖關下幾沙蟲。
我從瀛海蒼茫外。看見山河破碎中。
江月何年臨雉堞。峽雲作陣待艨艟。
勿云漢室傾危久。一角靈光總不終。
（江陵）

其六

夷陵濁浪莽東投。結徹風濤是鄂州。
敗壘遠啣雲外樹。荒原猶認刼前秋。
藤花零落雙忠巷。麥飯淒涼 大帝樓。
（孫權都此號吳大帝後人築祠祀之俗稱大帝樓），鐘鼎山林誰料及。由他曹魏又王侯。（武昌）

其七

江上琵琶五度聽。江流依舊管絃停。
孰收刼運歸冰渡。接見奇兵出井陘。
（戊子烽火南移九江告急有人擁兵不援卒使華中淪匪）峻法不甘寬將帥。
遺民引首嘆零丁。（文天祥詩零丁洋裏嘆零丁）。料知小阨春前戢。苦竹黃蘆也盼青。（潯陽）

其八

雲鬟風鬢玉立身。小姑秀色又重親。
當年聽水豪情上。此日披圖曆算陳。
欲荐蘋蘩淪異域。那堪苜蓿訴殘春。
彭郎竟倦干城業。誰是千秋佐命臣。
（小姑山）

和楊亮功院長遊溪頭詩 蕭繼宗

東南廉鎮埒專征，老去千鍾一粟輕。
旌節不期臨草野，情懷何似聽蛩聲。
（公曾宿東海大學，校園有聽蛩詩）。
林寒晚約孤雲宿，地僻春饒草木爭。
爲水難於觀海後，濯纓粗愛小池清。
（地有大學池）。

宿箱根效燕子龕 蕭繼宗

未懺情禪恐不勝，佳人紅淚已成冰。
瀟瀟風雨箱根夜，苦憶當年燕子僧。

秋日懷蕭繼宗兄調寄鷓鴣天 文疊山

繼宗與余少時同硯星沙大麓中學位於北門外晴佳巷嘗與散步古弔橋一帶，湘江遠浦，秋柳蕭疏，風光如畫，此情此景，不覺已逾四十餘年矣。

往事如煙夢未消，韶華難挽少年驕。
啞歌永憶晴佳巷，秋柳縈懷古弔橋。
征鼓急，客身遙，收京日日望票姚。
鯫生豈計江湖老，萬里歸帆待海潮。

夏日漫詠 文疊山

一、信步林巒一味閑，幽懷長寄白雲間。
留春無計隨流水，入夢有情思故山。
文物孔周能易俗，衣冠歐美漫從蠻。
天涯久客渾忘老，猶抱童心得健頑。

二、客裏吟懷共一壇，憂時獨我詠幽蘭。
人情漸似秋雲薄，世路元如蜀道難。
孤島自專聊託足，狂流誰挽願披肝。
爐峰本是清遊地，竊盜頻仍倍可嘆。

三、霪雨垂垂遠客天，江南廻夢渺如煙。
艱危事過堪云幸，習靜年多欲悟禪。
歲序漸知隨鬢改，詩文無那賴薪傳。
撫時愧乏安邦策，引領長懷並世賢。

四、藕孔求生不計貧，東南戰果遍流民。
劇憐淚捲蟲沙刼，又見風吹草木春。
歷歷蜃樓原是幻，沈沈羿彀却成眞。
田園寥落歸何日，渴望堯年入夢頻。

用五翁電告之邁大使羅馬復書錄先德遺詩見貽率賦分東 余少颿

鴻音傳電晝遙呼。務似秋陽事遠趨。萬里置郵商故實。深宵研墨採枌楡。世衰尙有南州雅。澤衍欣逢東塾儒。（公睦丈乃東塾先生文孫大使曾孫也）欲溯通家恐覼縷。先緘七字報區區。

侯武老先生千古

虛懷任屈伸，肝膽槎枒生竹石，回首追談笑，口吻排擊含風霜。

陳本集杜蘇句敬挽

編餘漫筆

編者

這一期適值六十四年國慶日，茲將當年辛亥起義放第一槍之熊秉坤先生叙述起義經過之文錄出。此文叙述頗爲詳盡；胡祖舜「開國實錄」，對於首義之人，稍有不同說法，一倂錄出，藉供參考。

謀刺攝政王案在辛亥革命前一年發生，此事至今仍膾炙人口，當時被捕二人汪精衞與黃復生，繫獄十七月，至辛亥革命後釋出，此文乃黃復生自述，可稱第一手資料。最難得者爲汪、黃被捕後均承認此案乃自己所爲，與另一人無涉，因此，受到主審官敬重，肅虔親王善耆乃盡力保其不死，但對汪而言，又不能不怪善耆之力保矣。

前兩廣監察使劉侯武老先生上月逝世，本刊第三期曾載有劉老先生傳畧。編者謬蒙侯老知眷，屢陪杖履，對此清高正直老人有相當認識，茲就前傳未載者加以補充，老輩典型，愈來愈少了。

本期刊完「六烈士傳」，此六人之傳記雖有零星報導，但彙集一起亦非易事，由六烈士傳中，可以看出抗戰之艱苦、官兵之英勇，敵人之殘暴，凡我中國人，均不能忘記。

胡士方先生久未爲本刊撰稿，經編者力請，本期寫「抗日時代淪陷的山東」一文，本刊旨在搜述野史佚聞，對此類大文最爲歡迎，因爲山東淪陷期間情況，斷斷續續叙述則有之，有系統記載尚缺，胡先生大文，正可彌補此一史事之缺失。

「襄樊淪陷痛史」也是一篇重要史料，本刊二十七期發表筱臣先生「康澤將軍哀思」一文，對此已有簡畧叙述，本文更爲詳盡。過去許多戰爭實在不是敗於敵人，而是敗於自己，當代某名將過港時與編者談起過去戰事，亦有此感。

看了「抗日硬漢張子奇」一文，猶如看到一篇「間諜鬥爭史」，當時我方工作人員在淪陷區多由僞方人員掩護，但像張子奇先生由日本人護送脫險的事，倒是很少見。

張仲仁先生「臨風追憶話萍鄉」，越寫越精采，所寫打鬥經過，皆是眞正的工夫，與目前電影、電視上所見者大不相同。張先生本人亦深通此道，否則亦不能寫出此篇文章，因爲其中有許多「行家話」，非外行人所能寫出。

最近南越、高棉、寮國相繼易手，刊物銷路只剩香港與南洋，歐美加畢竟佔少數，實在不能樂觀，但市面上最近出的刊物反而增多，這也許是好現象，但希望大家都能支持下去，因爲文化事業愈蓬勃，報刊始有銷路。船多不會礙了江河，但馬路上如果只有一輛汽車，那就糟了。

中華月報

一九七四年十、十一、十二月號
一九七五年元月號要目

中華月報社：香港九龍書院道九號

十月號

十一月號

十二月號

元月號

本刊已在香港政府登記
僑委會登記證台教新字第伍貳柒號
新聞局登記證局版僑台誌字第零零零柒號
中華郵政第壹肆捌號執照登記爲第弍類新聞紙類

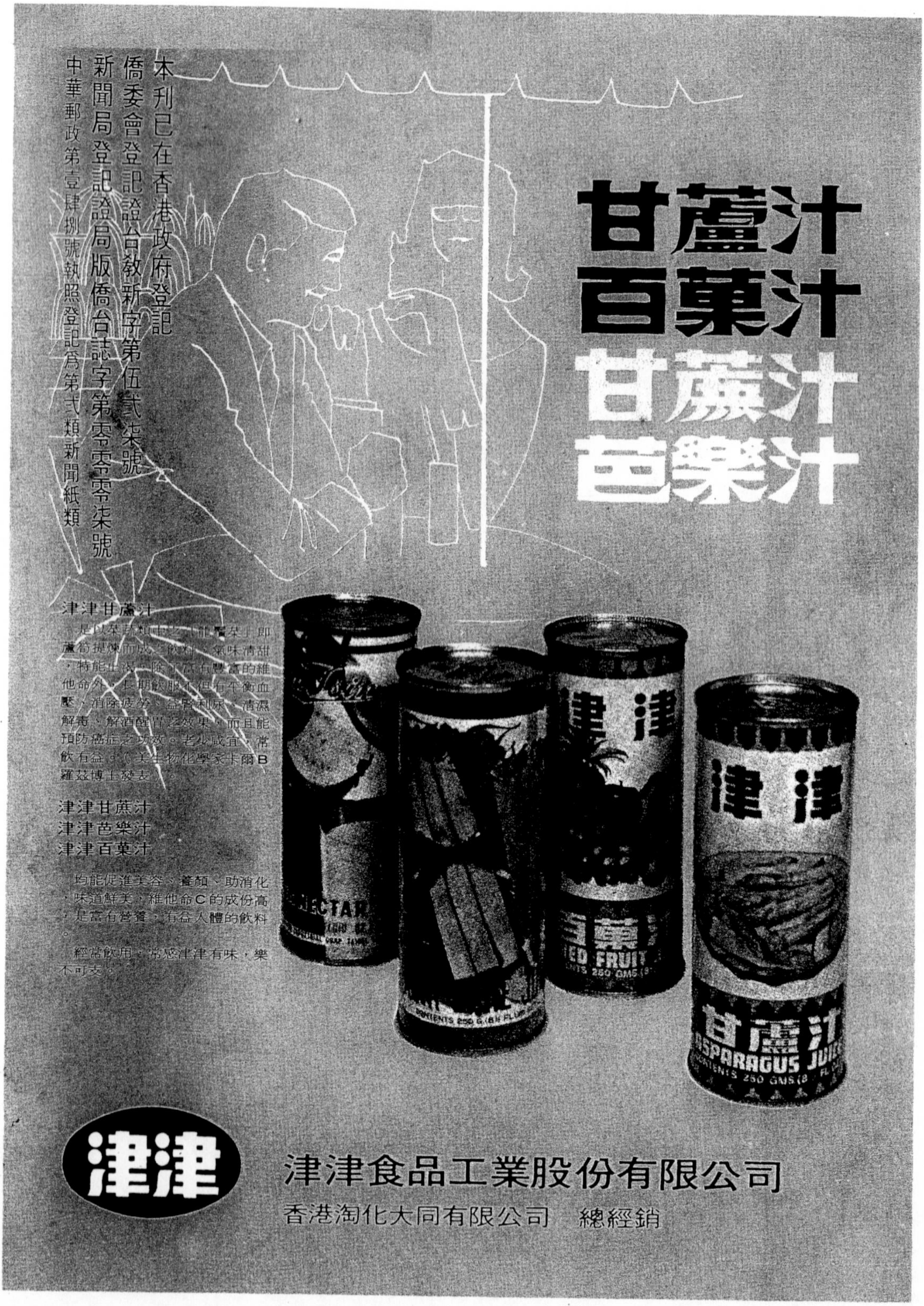

月刊

51

[redacted]

野史·佚聞·人物·風土·

中華民國六十四年（一九七五）十一月十日出版

掌故月刊

第51期 目錄

每月逢十日出版

掌故

第五十一期

每冊定價港幣二元正

全年訂費 港幣廿四元 美金六元

出版兼發行者：掌故月刊社
地址：九龍亞皆老街六號B
通信處：九龍旺角郵局信箱八五二一號
電話：K八〇八〇九一

The Journal of Historical Records
P. O. Box No. 8521, Kowloon
Mongkok Post Office, Hong Kong.

督印人：鄧少卿
總編輯：岳騫
印刷者：和記印刷有限公司
新蒲崗景福街一一〇號超達工業大廈十樓
總代理：吳興記書報社
香港租庇利街十一號二樓
電話：H四五〇五六一 四五〇七六六
國內代理：黎明書報社
台北市八德路三段九十九巷六號
電話：七二一一二五二二九
星馬代理：遠東文化事業有限公司
新加坡廈門街十九號
檳城香田仔街一七一號
泰國代理：曼谷青年文化服務社
曼谷黃橋東北路五六六號
越南代理：聯興書報社
越南堤岸新行街二十二號

其他地區代理：
澳門：可大文具店
亞庇：利民公司
千里達：中華公司
菲律賓：華安書局
倫敦：東寶公司
芝加哥：杏林春
波士頓：中西公司
三藩市：新生圖書公司
三藩市：益智圖書公司
加拿大：香港商店
漢城：汎亞書籍公社
寮國：永珍圖書公司
斗湖：光明書店
菲律賓：玲瓏書局
紐約：友聯圖書公司
紐約：友方圖書公司
洛杉磯：永安堂
檀香山：大元公司
三藩市：文化商店
加拿大：新國華公司

開羅會議未公佈史料

·關山月·

有一批和開羅會議有關的內幕資料，是在不久前重見天日的許多國際機密檔案中，被發掘出來的。——從那些文件中，很可以找到點從來很少被人提起過的秘辛。

下面就是這些文件的節錄：

一

原檔案編號：三七〇一號

羅斯福總統致蔣委員長電

「直到目前爲止，莫斯科會議已經得到了滿意的發展。我很布望：它會對各方都帶來好處。

我現在也正用全力，來促使中、英、美、蘇四國都能獲得完全平等的地位。

我還不能肯定：是否能和史達林會晤？但是，在任何情況之下，我都非常希望能在那以前，亦即十一月二十日至二十五之間，和邱吉爾一起，與閣下相見。我認爲亞歷山大港的設備良好，是一個很理想的會面之處。

在我的隨員中，將會包括美國陸海空軍的最高級將領。

我建議：這會議以三天爲期，因爲我深知閣下不願意離開中國太久。對我來說：目前離開美國，也比以後更方便一些。

我非常希望能和閣下見面，因爲我認爲：有些事情，只能在當面談的時候，才會得到圓滿的解決。

這事請閣下絕對保守秘密。」

（一九四三年十月二十七日）

二

原檔案編號：三七三四號

羅斯福總統致蔣委員長電

「我希望閣下非常機密地加以準備，能在十一月二十六日，在開羅附近和我與邱吉爾會面。

『四國宣言』，能夠獲得這樣完美的發展，使我深感欣慰。

我們現在已經打開了沉悶的局面。同時我相信：閣下和我已經很順利地建立了一個原則。」

（一九四三年十月三十日）

三

原檔案編號：羅斯福紀念圖書館藏件

索姆威爾將軍代達給羅斯福總統的「蔣委員長的口信。」

「據宋子文博士報告，羅斯福總統，希望能和蔣委員長會面。

蔣委員長說：國民參政會已經休會。只要先有適時的通

知，他就可以在總統和史達林見面之前，隨便哪一天，
來和總統相見。
如果總統因故不能在會晤史達林之前，先和委員長會面。委員長也同意把二人會面的日期，順延到以後任何對雙方都適宜的時間。
委員長也希望總統能夠通知他：究竟是同時和總統與邱吉爾會面好？還是單獨和總統一個人會晤的好？」

（一九四三年十月三十日）

四

原檔案編號：羅斯福紀念圖書館藏件

索姆威爾將軍代達羅斯福總統的「蔣委員長親筆」

「赫恩將軍轉交的十月二八日、二九日，以及十一月一日的各項電文，都已收到。
我對閣下在最後一個電報中所提的建議，欣然同意。
我正期待着和閣下與邱吉爾先生，握手言歡。
我對這件事，當然會嚴守秘密。
『四國宣言』的簽字，乃是一個輝煌的成就；這完全是閣下堅決主持正義和團結的功勞。這個宣言，也一定會對鞏固戰後世界的和平與安全，有很偉大的供獻。
我向閣下由衷地感謝，對我們共同目標的深切關懷。
我也請閣下，替我向赫爾先生，致謝他在會議中的輝煌表現。……」

（一九四三年十一月二日）

五

原檔案編號：三七八八號

羅斯福總統致蔣委員長電

「謝謝閣下的來函。
我將在兩三天內前往北非，在二十一日趕到開羅，和邱吉爾相見。
我們準備在二十六日，或二十七日，到伊朗去和斯達林見面。
我很希望閣下和邱吉爾，都能在那以前，和我先碰一下頭。
閣下是否可以設法在十一月二十二日趕到開羅？我會爲閣下和隨員們，安排一切。如能啓程，盼即見告。」

（一九四三年十一月八日）

六

原檔案編號：八五八號

蔣委員長致羅斯福總統電

「蔣夫人忽然染患流行性感冒與痢疾。林森主席的國葬大典，亦定於本月十七日舉行。
如果蔣夫人及時痊好，我準備在十八日啓程。否則，我只好延期成行；請閣下先和史達林見面。
不過，我很希望天從人願，能在閣下會晤史達林之前，先有一見的機會。」

（　　　　）

七

原檔案編號：（缺）

羅斯福總統致蔣委員長電

「頃悉蔣夫人臥病，極爲懸念，甚盼早日恢復健康，能及時出席我們的會談。
索姆威爾將軍，向我詳細地報告過；閣下對他的種種禮遇，我在此以誠懇的謝意。……
閣下認爲：我們應該在我和史達林碰頭之前先見面，我

完全同意。正因爲我準備和閣下進行多次的懇切談話，才極其希望閣下能準時啓程。」

（一九四三年十一月十日）

八

原檔案編號：（缺）

羅斯福總統致蔣委員長電

「我已經啓程前往北非和我們約會的地點，預定在二十二日抵達。……在那裡停留四日之後，我就要去拜訪我們那位北方的朋友。三四日之內，再重回我們約定的地方。我很希望閣下能在二十二日到達那裡，也盼望蔣夫人已經恢復了健康。……」

（一九四三年十一月十二日）

九

原檔案編號：（缺）

赫爾利將軍致羅斯福總統電

「……蔣主席很坦白地談到了即將舉行的開羅會議。他很懷疑：自己能不能用得體的友好態度，來和史達林相見？他率直承認：這種猶疑的態度，有許多原因。他不但担心蘇聯會赤化中國，而且會搶走中國一部份地方，或是幹脆一口全吞。

我向他指出：史達林已經放棄了赤化全世界的基本政策。……我也向蔣道了最近的『莫斯科宣言』。但是，蔣對蘇聯的意圖，却依舊疑慮重重。

蔣說：他希望能先和你在開羅碰頭。至於以後是否去會晤史達林。要由他和你見面的結果而定。我希望：在你和他見面之前，先和你談一下中蘇問題。

蔣又說：就你與邱吉爾首相來說，他肯定能夠尋得一個眞正合作的基礎。

作爲中國的最高領袖，他將在開羅會議中建議：重申『大西洋憲章』。如果可能的話，更希望把你講的『四大自由』，明白地宣示在『開羅宣言』和『德黑蘭宣言』裡。

我和蔣進行了六小時的長談，我的結論是：……

他相信：你當然擁護民主與自由。但是，爲了聯合作戰上的必要，你也許必須對帝國主義者和共產主義者，暫時妥協。

他了解得很淸楚：盟國未來的合作和團結，完全要靠你來同化各種不同的思想……能找到爲四强都能接受的原則。因此，你必須有充份的運用自由。

他請我轉告：「他深信你的動機純正，而且對你提出的諸項原則，具有信心。因此，他在開羅會議上，在外交和政治方面，會追隨你的領導。……」

（一九四三年十一月二十日）

十

原檔案編號：七四〇・〇〇一・三五七六號

美國駐華大使高思致華府

「蔣主席夫婦在開羅與羅、邱會談，會中的三個宣言，被中國人民看作外交上的一大勝利。

（一）它使英美保證：日本所佔領的一切中國領土，都必須歸還。（二）保證滿洲不會淪入蘇聯之手。（三）中國除了要和英美共同熬到日無條件投降以外，並沒有承諾什麽別的義務。」

（一九四三年十二月四日）

十一

原檔案編號：（缺）

羅斯福總統致蔣委員長電

「與史達林會議的結果，一九四四年夏末，聯軍將在歐洲舉行大規模的聯合軍事行動，使戰爭在一九四四年底可望結束。

這就使得在孟加拉灣展開兩棲作戰，以及在緬北展開攻勢的行動，都要重新考慮。

問題是：閣下主張按照既定計劃來發動緬北攻勢和孟加拉灣的兩棲作戰，還用B29式來大舉轟炸？還是把緬北攻勢和兩棲作戰，推延到十一月之後。其間由美國集中一切空運能力，經過駝峰，把中國空軍和地面部隊所需要的供應問題，先加以解決？

對德戰爭結束得越早，對中國和太平洋就越有利。因此，我對這件事非常重視。」

（　　　　）

十二

原檔案編號：（缺）

蔣夫人致羅斯福總統電

「蔣主席和我，已於十二月一日，返抵重慶。……開羅會議公報的發表，對民心士氣的鼓勵與提高，是無與倫比的。事實上，全國也從沒有過這樣一致的態度。衆口同聲地讚揚：這個會議，乃是使戰後的遠東，走向永久和平的指標。……

我們回國之後，蔣主席立刻和孔祥熙博士討論：你所建議的挽救中國經濟的緊急計劃。……你認爲：爲了能抵抗下去，就必須先把經濟安定下來。孔博士對這一點，銘感殊深。你也知道：蔣主席自己曾經強調過：經濟上的安定，比軍事還要重要。

蔣主席正在考慮：由孔博士或別人，出任全權代表，到華府來商討這個問題。並願知道你對此舉是否同意。孔博士如果能親自出馬最好，否則他也一定會派遣個親信的人去。

你允諾替我們的財政部，安排兩億美元的金條，更使我們由衷感激，不言而喻。

蔣主席請我向你再次道謝：你允諾對我們在穩定法幣的問題上，大力支持。」

（一九四三年十二月五日）

十三

原檔案編號：八九三．〇〇一／一五號

中國駐美大使魏道明致華府

「茲轉達蔣主席，致羅斯福總統函一件如下：

本人能與閣下晤談，中心快慰，莫可言宣。

蔣夫人於訪問貴國未久之後，又得與閣下握手言歡，更增欣忭。

開羅會議，非但重要，而且是劃時代的。會後的宣言，得到了中國軍民上下一致讚揚。……

我願對你在在處理世界問題時，表現的崇高精神與深刻遠見，表示敬意。也特別感謝你再三給予中國的盡力支援。

蔣夫也向你致意。她對尊夫人時在念中。」

（一九四三年十二月八日）

十四

原檔案編號：（缺）

蔣委員長致羅斯福電

「閣下十二月六日的電報，業已奉悉。……在開羅會議之前，有些人對英美在執行全球戰爭之際，只讓中國來單獨對抗公敵日本，深表不滿和懷疑。『開羅宣言』，已經立刻肅清了這些想法。……現在如果讓中國軍民聽見：盟國的政畧和戰畧，都又正在有澈底的改變，他們的反應將會極其洩氣，甚至於影响到中國繼續作戰的能力。……如果中國戰區崩潰，當然也會對全球戰爭，發生很嚴重的後果。

開羅會談時，我曾向你說過：中國經濟上的敗象，比軍事上嚴重得多。唯一的辦法，就是由美國貸欵十億美金，來加强中國的經濟戰線，……也來表示你們對中國戰區的關切。同時，中國空軍與美國駐華空軍……都至少要比雙方已經同意的實力，再添一倍以上的飛機。整個空運量，也必須從明年二月起，增加到每月兩萬噸。……我相信：這建議，乃是補救中國戰區與太平洋戰區在戰畧上的缺陷時，唯一的方法。……

（一九四三年十二月九日）

十五

原檔案編號：（缺）

美國駐華大使館二等秘書戴維斯，致霍浦金斯（總統特別助理）報告。

「在開羅的時候，史廸威將軍和我，都曾在你在塲的時候，和總統先生有所討論。……現在特奉上我撰寫的備忘錄一份，以供參考。……

『一九三八年漢口失守後，直到目前為止，中日雙方進入膠着狀態。……×先生利用一時的苟安，不顧及其它中國人士的反對，又重新恢復了他戰前軍事獨裁的舊態，來統治全國。

×先生的政府，既沒有民意支持，經濟情况又江河日下，大失人心。更由於蘇聯隨時都可能對日本宣戰，從而進軍滿洲與華北；×先生的政治命運，預料在明年內將會發生一次最嚴重的危機。

這危機的形式和發展過程，現在還很難預料。但是，有幾種很重要的因素，已經越加明顯地發生着重大的作用：

（一）共產黨的態度，變得越來越强硬。甚至於說過：「假如×先生會因為我們而傷心得自殺，那實在是求之不得的。」

（二）經濟上的迅速惡化。

（三）有些省份和有些軍隊，都開始不穩起來。

這些因素的爆發，就足夠使×先生眞的垮台。

在這種動盪的情勢之下，我們應當盡量避免死心塌地支持×先生的政策。無論在戰時或是戰後，都要相機處理。戰後，最好不再支持那與民主集團為敵的×先生國民黨，以及腐化傀儡的陣營。

對×先生採取更現實的政策，並不就是表示：我們已經放棄了在戰時用中國來助戰，在戰後協助中國富强的既定目標。

這種更現實的政策，在制定時的原則是：

（一）運用美國堅强一致的輿論，來影响×先生。

（二）對美國駐華人員的意見，集思廣益。

（三）願意支持一個對中美兩國都更加有利的，而且能夠充份和我們的，堅强的聯合政府。』」

（一九四三年十二月三十一日）

蔣緯國閒談留德生活

夏冰

當民國三十五年，政府發表了朱紹良將軍以第八戰區司令長官調任重慶行營主任，蔣緯國將軍由在職的裝甲兵團參謀長調任該兵團的副司令，時任正司令的爲徐庭瑤將軍。當時該兵團駐紮防地則在綰繫南北軍事要處的徐州。任命發表以後，朱紹良與蔣緯國兩氏便要剋期登程，履新有日，上海社會聞人黃金榮於某日之夕特在其所寓的八仙橋鈞培里宅中，備治盛筵，爲兩氏祖餞，並邀李濟深，楊虎，吳國楨，吳開先等人作陪。是日蔣緯國偕同其從兄蔣國亨應約遑時翩然莅止。

朱紹良與李濟深遜座

黃氏所邀請的諸賓客，除吳國楨因繼錢大鈞將軍之後，出任上海市市長，下車視事，爲日未久，市府政務，諸待料理，旰夕栗碌難克分身。因之吳市長便持此理由作書來向主人辭謝赴宴以外，其餘賓客，無一缺席，祇有楊虎一人，於入席未幾，稍坐興辭，據說尙有要事待理，告罪先行。餘皆由黃氏與子源燾慇懃招待，直至夜深酒醉，方始言散，足見此席離宴，賓主盡歡之一斑。

當設筵之初，主人所按排的來賓席次，乃以客位首座位朱紹良、次座位蔣緯國，而陪客的座次，自以李濟深居首。及入席時朱氏堅持不肯就座，定要遜讓李氏坐首席，頻頻力謂：「今日此宴，有我的舊日長官在座，紹良不德，何敢放肆！實非請我們的老長官升高就座不可。」蓋在民國十五年的北伐之役，廣東誓師北伐，李濟深將軍任國民革命軍總司令部總參謀長，兼第四軍軍長，而朱氏當時，曾撥爲李氏作輔佐，任副總參謀長，此所以有「舊日長官」尊稱李氏之語的由來。

李氏情殊謙謙，堅予遜辭，而且力言八載抗戰，久離故園，現在趁此抗戰勝利，正宜結伴還鄉，日來已經決定有回去廣西之行。辱承此間主人黃老先生多情，亦已定期爲我設宴餞行，屆日，若吾兄的棨戟猶未啓程的話，說不定黃老先生還要請你一民兄做我的陪客呢。所以我們兩人應該身份認淸，座位辨明，今夕之宴，你是賓中之主，我是賓中之賓，日後之宴，乃我是賓中之主，你就成爲賓中之賓了。一民兄，請別客氣，你坐下來罷。」

但是朱氏那裡肯依，堅決要請他的舊日長官升坐首席，甚至硬拖力遜，把李氏納坐位中，方始罷休。所以最後結果，其座位排次是李濟深坐了首位，朱紹良坐了次位，蔣緯國坐了三位，才告定局。由此看來，早期的革命軍人對於舊日的老長官執禮如何的尊崇恭敬，情感如何的溫厚敦樸。

餐桌上決定留德命運

蔣緯國對於在座的幾位父執輩，如李濟深、朱紹良、楊虎，以及主人黃金榮諸氏，他都謹執以子姪之禮相敬事，休休容止，彬彬有禮。尤以幾聲「伯伯」叫呼得感情親切而沛充，份外使受呼者有無限的快感，博得諸老笑口常開。同時，對於年事稍輕的同輩之人，則又眉梢嘴角間，滿掛笑意，和藹可親，無一絲一毫的驕矜神色，凡與之接觸，都留有深刻的良好印象。是夕樽席間，賓主各談舊事，爲助飲酒之興，遂亦挑逗起蔣緯國於十年前赴德留學以及對日抗戰等一番事實經過，相當曲折有趣。

蔣緯國說：「當民國二十五年，我在蘇州東吳大學肄業，攻讀文科，是年暑假將要度盡，時入秋初，準備進校復業。某日，有一副官突自南京來蘇州，傳家父之命，叫我乘當日火車，同赴南京，詰問何事，囘稱不知，當然我是以「父命召，不駕而行」了。抵達南京直赴官邸，晋謁家父，眼見他顏色和霽，並無嚴峻怒意，心自竊喜，諒來我無若何過失見責，旋聞家父對我言說：「緯國你來了，很好，很好，不要走到別處去，在這裡吃飯，我且有話要和你談談。」

及吃飯時，眼見飯桌上多添了幾味小菜，而這幾味小菜爲我所愛吃的東西，這分明，家父爲了我特地所添加，如此優待之情，從未有過，今日所遇，可算是第一次了。當我隨侍家父吃飯的時候，他老人家一邊吃飯，一邊和顏悅色地對我說：「緯國，你哥哥現在蘇俄留學，那我問你讀書喜歡在國內呢？還是喜歡到外國去讀。」我就囘說：「喜歡到外國去讀書。」他老人家再問我說：「緯國，你喜歡到外國去讀書，那很好。但我再要問你，喜歡到那一個國家去讀書，準備所要攻讀的是那一種科目？」我說：「哥哥既在蘇俄留學讀的是政治，那我不願再去蘇俄，也不願學讀政治，我想去的是德國，喜歡攻讀的是軍事，武學，步兵科也好，炮兵科亦行。」家父聽了我的答話，笑逐顏開，大爲高興，連道很好，這樣我們父子在餐桌上邊吃飯當兒就決定了我赴德留學的命運。

福剛霍森妥爲作安排

我決定了赴德留學，一切就學的學校所習的科目，均由德國駐華軍事顧問團團長福剛霍森將軍代爲作最後決定，並由其向本國接洽，妥爲安排。這位福剛霍森將軍對中國有特別豐富的感情，有無比深厚的依戀，是他聽聞我要去德國留學軍事，異常高興，而且熱心非凡。據他告訴我說，德國陸軍爲全世界第一，而步兵實爲各兵種最佔重要的地位，不管攻守，以步兵的功用，凌駕於其他兵總之上。所以力勸我進陸軍步兵學堂，這是他啓發我留德學習步兵科的思想決定，罔何，及民國三十年，第二次世界大戰在歐洲爆發，德國希特拉實爲點燃導火線的戎首，日德意三國組成軸心國家。中國因與英美係同盟關係，中德邦交至此，宣告斷絕。福剛霍森將軍也被調囘國，担任進攻挪威的北歐總司令。據傳他告中國友人稱，極不願意離開中國，只因事關他祖國命運的戰爭，不得不奉調北歐，否則實視總司令官職若敝屣而已。

在民國二十五年去德國，我是乘坐意大利的「康脫凡蒂」號郵船。這艘郵船造成下水，爲日無多，乃是首次航行來華到上海，給我趁上，非常感覺幸運。因爲這艘康脫凡蒂號郵船，不但構造新，船身大，吃水量深，載重量多。而輪上內部的裝飾既屬式樣新穎，而且佈置豪華，使旅客乘坐其間，在旅途的海上生活，無不感到有舒適安寧之樂，更不覺得有海行寂寞風濤顛簸之苦。它與其姊妹輪康脫凡棱號同有「海上皇宮」的稱號，是我第一次出國遠赴歐洲，得乘此輪，怎不要自慶幸運呢。（筆者按在中日戰爭上海淪爲孤島以後，該艘意大利輪康脫凡蒂號，曾駛來上海，下碇停泊於南招商局輪船碼頭對面的浦東其昌棧碼頭。旋爲我政府的空軍炸沉，後經日本海軍撈救浮起，加以修理整劃，擬逃往他處避躲，於開駛出吳淞，即被盟軍炸沉東海中，從此該艘豪華郵船，成爲意國海船中的歷史名詞。）

這時吳開先接口插話說：「當年兄弟與內政部地政司司長蕭錚，亦乘該康脫凡蒂號郵船去歐洲各國考察。曾知蔣副司令你在同舟中，本圖接近，總覺你是蔣委員長的公子，何等高貴矜持。因此我們自慚卑微，打銷此意，誰知今日一見你脾氣行爲，如此的隨和虛懷，易與親近，我正深悔相識十年遲了。」筆者按：原來吳開先當時是上海市黨部常務委員，大約去歐洲各國作旅行性的考察吧？而蕭錚去歐洲，當然作考察的是歐洲國家的地政。抗戰勝利後，內政部曾成立地政局的獨立機構，任局長的即爲蕭錚。

蔣緯國忙即含笑向吳開先道：不敢不敢，在那期間，兄弟年紀還輕，純是小孩脾氣，一點不懂社交禮節，更不知道吳先生和蕭先生同在一艘輪船上，要是知道，是我該向你們兩位先生請領教益了，你說：「深悔相識十年遲」，我們彼此一樣，一樣彼此。

西安事變似覺有預兆

蔣緯國繼續說下去道：「是我到了德國，就進陸軍步兵學校讀書，還加入聯隊當小兵，以資實習，鍛煉心身。在理求學之人，只要進了學校，安心求學，不應再有甚麽心神不寧的現象。不知如何自到德國以後，一直是心情怔忡，精神恍惚，和人接觸講話，往往會答非所問，問非所答，眞像失魂落魄一樣，本來攻讀軍事學校，比了肄業任何學科的學校，都要辛苦數倍。因爲研讀軍事除了上講堂的辛勤於書本以外，還要上操場。尤以德國步兵學校所定課程，更爲非常嚴格，一經入學，編成聯隊。每天所授兩操場，四講堂的課程下來，身心兩憊，幾不能興，可是到了夜裡入睡，還常心驚肉跳，於睡夢裡驚醒過來。後來有一天，由校中一位教官告訴我，他說：「你的父親蔣委員長於十二月十二日，到西安去開軍事會議，發生事變，被張學良，楊虎城的部下，把你的父親扣留起來。」當聽此消息，眞使我震驚欲絕，遂散課後，請假外出，趕去中國駐德大使館訪晤程天放大使，證實了我父親在西安蒙難的消息，可是脫險的音訊，則屬渺茫。從此，天天在散課之後，我必定到大使館向程大使探聽消息，總是未曾聽到有脫險之說。但有一事眞出於不可思議，就是在十二月十二起，我的心神不寧現象，竟曾爽然若失，心情安定，精神凝聚，似感我父親的西安蒙難，在我到達德國之日，已經有了預兆一般。

過了半個月，仍由前次告訴我父親在西安蒙難消息的一位教官，告訴我父親安然脫險，回返南京的消息。再往大使館證實消息無訛，半月沉霾，一掃而空，同時，所有旅德華僑同胞得知我父親在西安蒙難脫險，安返南京，無不驚喜如狂。便由程天放大使聯合僑團共同發起，就在大使館內舉行慶祝大會，會後聚餐，與會的中德來賓，舉杯相慶，開懷暢飲，而且個個縱飲至扶醉歸去。惟有我國大使館的參贊武官上官雲相將軍竟醉臥三日夜始醒，是見當日各人所懷衷心欣喜，縱飲相慶一斑，而沉醉如上官雲相只是就近所知中的一人而已。

留德留美生活大不同

一個有武備的國家，對國民所施的軍事教育，無嚴格督導。德國既以陸軍負有世界第一之稱，所以訂定軍事教育的方針，無不縝密嚴正，一絲不苟。即以步兵科而言，凡有就學，必須進入聯隊，隊中學員即屬小兵，一切從頭學起。因爲我進聯隊之故，所度便是德國最起碼的小兵生活，一步步的學，一級級的爬，絕無一步登天，越級高升的倖致。總之，在我五年的留德期間，只要有關於步兵戰鬥的作業，可說諸苦遍嘗，萬辛皆經。

舉一個例，有一次在阿爾卑斯山脈作爬山仰攻的實習，時在冬季，天寒地凍，風雪載途。全隊全部裝備，原本一式一樣，但說實話，德國人的體質堅健，熱力充實，確爲中國人如我所不及，服裝雖然單薄，但校規所定，私裝衣服，不准添着，除了忍冷熬寒，別無他策。祇因學校發給學員們的羊毛襪各人兩雙，一穿在足，一待更換，而襪子時已穿着至俱已破舊穿洞。併套脚上，大遭教官申斥。

——完——

小記胡宗南

—泉翁—

胡宗南，以字行，浙江孝豐人。曾為小學教員，鬱鬱不得意，乃投筆入黃埔軍校，顧以年事較長，恐不獲錄取，姑往一試，後經教育長王柏齡氏破格成全，始達初願。畢業後由下中級幹部以至旅、師、軍長，均在第一軍第一師服務。民國十九年，任第一師第一團團長，參加中原大戰，旋調升為旅長，戰事結束，即繼劉經扶（峙）氏任第一師師長。廿六年抗日戰爭爆發，胡任第一軍軍長，兼十七軍團長，參加上海戰役。是年冬，調回西安，改任第卅四集團軍總司令，並兼中央陸軍軍官學校第七分校主任，西北游幹班主任，西北幹訓團主任，西安幹四團主任，及督練長江以北各地砲兵。抗戰末期，任第一戰區司令長官，際遇之隆，鋒頭之健，一時無兩。

胡雖武人，素嫻文事，能為文章，多有警句，事業心極强，自視甚高，恥落平常，其個性特殊，不類常人，茲舉數事，以見其為人：

一、西北天氣寒冷，隆冬常在十度以下，胡氏居處，向不生火，常與客人暢談於寒齋冷屋之中，或竟在冰雪漫天之野外，客人瑟縮不堪，而胡行所無事，棉軍服一套，棉大衣一件，與士兵同之。

二、胡之飲食，亦不講究，但每食必具來自東南之油炸糟白鹹魚一小片，以佐盤餐。其宴客亦甚別致，常言：「魚翅海參，他們不知吃過多少，有何稀奇？不如四菜一湯，份量畧為豐富，反受歡迎。」

三、抗戰時期，西安常受敵人空襲，胡氏向來不進防空洞，其住處以王曲之青龍嶺為主，另設行館於城內之東倉門，空襲時，胡恒離屋外出，獨坐野外，手執一卷，或與客人至郊外談天，無視敵襲。

四、胡氏喜歡人家稱他為「胡先生」，而不樂意人家稱他的官銜，如總司令長官之類。

五、胡氏深通折節禮賢下士之術，凡客人與他初見面時，無不滿意，尤其是中央大員到陝者，迎送周旋，無不中節，小動作恰到好處。

六、生平不喜歡照相，不喜歡和外國人來往。

七、絕對不愛金錢。

八、對人事控制極嚴，一切升降調補，必須出自己意，不聽人家的保舉。你如果和某人有怨，只要向胡先生說幾句好話，保舉他一下，你的怨就算報了。

九、胡氏對細小之事，極其用心，如乘馬馬具，必使鮮潔，其要求程度，要使乘馬者手戴之白色手套，手執馬勒時，而手套上毫無塵迹。又侍候客人之勤務衛士遞送茶巾時，必用托盤。

十、睡眠至午夜兩三點鐘時，常起身扭開電燈，書寫記事，因其在睡中偶然想起之事，恐其忘記，故寫入記事簿備忘。

廿八年筆者在第五軍榮譽第一師担任副師長時，駐軍湖南之零陵，忽奉軍事委員會委員長蔣手啓電開：「茲調該師副師長某某至軍官學校第七分校服務底缺不開」等因，驟奉電令，直如丈二金剛，摸不着頭腦，不知胡為乎來哉？蓋筆者與胡氏素無淵源，對西北情形，亦不熟習，甚為詫異。後來才曉得此時胡在西安，積草屯糧，招軍買馬，廣設招賢之館，搜羅天下英雄好漢，當時以底缺不開，大約是借調性質，又格於委員長蔣公之手啓電令，只好遵令取道湘桂黔川入陝。

初至西安，即聞我將被任為第七分校總隊長，又聞做總隊長要賠錢的。我很懷疑，在外做事，縱不賺錢回家，買田置屋，也不致於賠本，我非素富，那裡有錢貼賠？果然不久，我就被任為七分校第十七期第九總隊的總隊長了，學校給了我學生一千五百人，隊職官及教官都如數配足，劃了一個地區，即在樊村、岳村一帶，自行設法安置，於是華路藍樓，就該處地方，一半借用民房，一半自行興

學校係會計制度，凡有興建，必先報請立案，俟案核准，然後造具預算呈核，核准預算後，方能招標動工，俟工程完畢再行呈請驗收。於是我就按照規定行事，首建一禮堂，照當時估計，大約國幣一萬三千元可以造成，立案之後，造了一萬五千餘元的預算呈上去，學校核准下來是一萬一千餘，於是我們就再行縮減，一萬一千五百元造成，呈請驗收，學校批准下來是九千五百元，於是我就乾脆賠貼二千元了。這還是第一件工程。以後如教室、寢室、廚房、廁所、兩操場、澡堂、俱樂部，要做的工程，不知凡幾，照此賠貼，如何得了？我當時極為惶惑，以為這太不合理了。初時簡直寢食俱廢，頗思摜掉紗帽不幹。後來豁然貫通，澈悟了其中道理，乃大幹特幹，大概要賠貼負責的錢有十多萬元，一概都記在我的賬上。原來學校是會計制度，軍需人員，都由學校派定，不依主官的去留而移動，我問軍需主任：「你能不能向學校透支到錢？」他說：「透支是可以，但總隊長要自己負責。」我說：「我一定負責，請你向學校透支好了。」於是在這種情形之下我就度過難關，而私人則欠負纍纍。好在我學校兼職，只帶了兩名副官，一名衞士，其餘人員，一仍舊貫。學校規定，兼職不兼薪，只給軍馬費每月一百元，我連這一百都不要，一切生活費用，都由我的原師供給。有一次，軍需主任向我報告說：「學校軍需主官向他催還透支，請總隊長歸還。」我說：「這筆錢當然是我負責，但是現在沒有現欵，請轉告暫時記賬，將來我有錢的時候，一定歸還，辦一千五百名軍官學校的學生訓練，賠貼十多萬元，沒有什麼值不得。」我的軍需主任也沒有再催了，我雖大胆負荷，但心地懸懸，原來本校第十六期特科總隊總隊長何奇，有一個先例，他是十六期的總隊長，比我十七期先期畢業，他也欠負了學校經費二萬餘元，必須私人拿出，在總隊長會報的時候，聽他唉聲嘆氣，連說不得了，非坐監獄不可。後來他的總隊畢業了，兼主任胡先生召見，詈問情形便說：「聽說你在總隊長任內，虧欠學校經費二萬餘元，是怎麼回事？大概你亂花錢，把公欵不當事，看你怎麼得了，去坐監！」大罵一頓，何奇就報告虧欠原由，胡先生不理，並說：「總是你自己荒唐，有何話說。」於是沉吟半晌，拿起紅頭鉛筆，寫一條子：「發何奇特支費五萬元。」除了歸還欠負二萬餘元之外，還有二萬餘元賸餘，可入私囊，何奇此時不得不感激涕零了。

我把此事，默默的涵咏，明白了胡先生用錢的方法，原來如此，怪不得人人都說，到第七分校做總隊長是要貼本的，後來我虧欠的那十餘萬元，也是特支核銷，不了了之。

我在七分校第十七期第九總隊將要畢業的時候，我的部隊南調重慶，當時已經把我的底缺改調到八十八師了，部隊催我回去，於是我向胡先生報告，我要回去，胡先生堅執不許，並說：「你是如何理想的，你是如何能幹的，我這裡正需要像你這樣的人才，將來辦完這一期生的時候，

馬上請你去當師長。」我既明白了他的為人和手法，覺得不是味道，像我這樣的人，追隨他幹，一定沒有下文，於是我再三申請，他仍不答應，記得是下午兩點錄見面談起的，一直談到九點鐘，承他留我吃晚飯，泛談當時各事，而把本題擱起。他說：「中國的事情，相信在我們這一代，一定要搞好的。」又說：「抗戰局面，只要留得四川在我們的手裡，是不怕不會勝利的，如果四川丟了，那就難說。」他又問我：「請你批評一下我們卅四集團軍及西北游幹班，西北訓練團和幹四團的人事情形。」我想我是要走了的人，古人有臨別贈言之義，如有所見，應當說出來供其採摘。於是我說：「本來我是不準備說我本身以外的事情的，既承主任下問，我就把我所見的說出來，請你不要發脾氣。」他很表歡迎的說：「好的好的，請你直言無隱。」我說：「依我的觀察，主任這個集團的人事情形，可以兩句話包括。即『縱的關係不嚴，橫的關係不密』。」他說：「怎麼叫縱的關係不嚴？」我說：「縱的關係不嚴，就是祖父愛孫子，把兒子的地位忘記了，使兒子難乎其為兒子。」他沉吟有頃，更問：「橫的關係不密呢？」我說：「橫的關係不密嘛，說得好，就是埋頭苦幹，各奔前程；說得不好，就是你看到我不在乎，我看到你不賣賬。」他沒有做聲。我又說：「縱的關係不嚴，謂之無節制；橫的關係不密，謂之無協同。既無節制，又無協同，這是兵法上兩大忌，主任！我看你的部隊，在戰場上難以表現力量。」我一面講，一面看他的面部表情，看到他的青筋暴起，將要勃然變色的神情，以為他將大發雷霆，不料他臨時轉向，翹首向天，哈哈大笑，滿臉通紅，並不作答，王顧左右而言他，這是他特別的長處，對反對案不作正面衝突。

我觀察他的部隊，團長以上的主官，都有一條線，直通總部，有時軍師長的意見，尚不如團長的有效。一個軍長能夠統馭三個師長，這個軍長便要調動了。又如一個軍內的三個師長，左右的關係良好，這三個師長中間，至少要調動一個，好像怕他們連合起來造反一樣。譬如拿第七分校來講吧，主任是胡先生，他的本職是卅四集團軍總司令、又兼任游幹班主任、幹四團主任、西北訓練團主任，而且督練長江以北各地砲兵，事情很多，不能長川駐校。副主任為周嘉賓，是個留德軍事學生，張治中的女婿。教育處長是劉仲荻，留學意大利陸軍大學學生。辦公廳主任則為羅歷戎，黃埔第二期學生，當過師長。胡先生對周嘉賓說：「我的事情很多，你是副主任，學校的事情，你要多負點責任。」於是副主任當仁不讓，凡事作主。胡先生又對劉仲荻說：「七分校是個教育機構，凡事應當以教育為中心，你是教育處長，應當負一切推動之責。」劉仲荻很聰明，便說，主任如果要這樣做，最好下個通令，使大家明白。於是胡先生就下個通令，規定以後學校行政，應當以教育處為中心。於是副主任與教育處長之間，便遇事磨擦了。但是還有一個辦公廳主任，無論你是副主任的簽呈意見也好，教育處長的簽呈意見也好，主任的私章官章，都在辦公廳主任的手上，最後決定之權，還是操在辦公廳主任手裡。於是一校三公鬧得一場糊塗。會報的時候，時常拍桌子甩鉛筆，你說你為主，他說他為尊，而胡先生則明知故昧，視若無事。側聞這種情形，就是胡先生自己故意造成的，有人向他建議「不可如此」。他說：「治亂世不得不如此。」所以他的部下，彼此之間，雖然都有磨擦齟齬，但是對胡先生則莫不尊敬畏懼，不敢稍有差錯，像這樣的統治部隊，控制人事，可算是別具一格。

胡氏自抗戰初期，調駐西安，至卅八年南撤入川，始終沒有移動。但不知何故，入川後則未聞稍獲開展，亦未聞打一硬仗，後來在台灣頗受監察立法委員們之責難，提出彈劾，賴統帥之始終矜全，始告無事。

今胡氏墓木已拱，綜其一生，波譎雲詭，絕非普通常理，可以測其高深。但對國家之忠藎，對領袖之愛戴，與乎反共意志之堅強，有足多者，殆亦人傑也已！

中共怎樣攻下川康（上）

· 沈嗣誠 ·

川康之戰是國軍與共軍在大陸上的最後一戰。「益州險塞，沃野千里，天府之國，高祖因之以成帝業」。這是諸葛亮對四川戰畧價值的估計。兩千年以來，大家都一直認爲四川是一個可爲的地方。抗戰八年，也曾利用四川作對日抗戰的根據地，從而獲得最後勝利。這是四川在近代戰爭史上仍有可爲的證明。事實上，四川是一個盆地，周圍皆有高山，而且這些高山異常險峻，盆地內河流縱橫，公路發達，空軍基地不下二十處之多，從近代戰畧眼光來看，它確實是具備着軍事學上所謂「內線作戰」的優勢條件的。何況，國軍當時之雲集在四川者尚有六十萬人之多呢？所以，對於川康之戰，事先，大家都寄予厚望，至少，亦認爲將有一幕精彩場面演出。然而事實告訴我們：自共軍開始踏進川境起四川全省易守止，爲時總共不到六十天。其間，簡直就沒有發生過一次像樣的戰鬥。這究竟是什麽原因呢？是國軍士兵無鬥志嗎？是國軍指揮官太無能嗎？抑或其他？無論它究竟屬於那一個原因，我們都值得檢討。但自從大陸易守以後，除了宣傳資料以外，雙方均無詳確戰報發表，其中眞實情況，各方始終無法明瞭。爲此，所以作者特別把川康這一角落易守前後的經過寫出來，以供各方所了解，作者也一明瞭，川康易守前後的情形，只是整個戰局中的局部情形。但全是由局部構成的，由各個局部的了解，也許可以促成我們對全部戰局的了解。

其次，是自從大陸易守以後，凡是有關中共的財經、工商、文教等情形，各方報導已多，但有關軍政方面的事項，則報導的較少，有文，亦不過戰場的轉移及若干戰場上表面事實的敘述而已。對於戰爭的內幕情況，則少之又少。因此，對於國共兩軍的戰鬥經過，許多人雖欲明瞭亦無從明瞭。本來，要了解戰爭的內幕情況，原是比較困難的，因爲這不是身歷其境的人就無從得知。作者對此恰曾親身目睹耳聞，而到今天，這些內幕又還一直沒有人報導過，所以，作者不敏，特以最客觀的看法，將它一一寫出來，以供各方面的參考。雖然，在許多方面，本文也未能盡其詳。

第三是歷來的戰爭報導，都偏於戰爭態勢的敘述，而缺少人物方面所起作用的記錄，本文則是特別注重人物，甚至在很多地方都是以人物爲中心來敘述的。

第四是歷來的戰爭報導都很少談地下工作。而國共兩軍在川康之戰的過程中，在地面上雖無激烈經過，但在地下工作却有許多精彩內容，因此，本文對於中共在川康之戰中的地下工作有頗爲詳細的敘說。

以上四點是作者選述本文所特別着重的地方。現在寫出來，作爲本文的前言。

川康之戰的經過概畧

所謂川康之戰是在廣州易守之後，隨着中共對整個西南的攻勢而來的。那時候民國三十八年即一九四九年的秋天，中共派第二野戰軍司令員劉伯承指揮所屬部隊向西南區川滇黔各省進攻。第第二野戰軍所轄之陳賡兵團，進攻雲南，楊勇兵團進攻貴州，陳錫聯兵團進攻重慶。攻擊點則指向四川。中共認定西南戰役之關鍵在四川。事實上，雲南盧漢的兵力不大，很快就以「起義」名義靠攏了。貴州根本就沒有什麽抵抗力，祇有四川區幅員最廣，人口最多，地方部隊及中央部隊都很多，劉伯承用陳錫聯一個兵團「解放」四川，在兵力上講，如果眞要作戰的話，當然是不夠的。因爲陳錫聯兵團只有十萬人，而雲集在四川的國軍則號稱六十萬。所以當劉伯承向大西南進軍的時候，中共中央又從第四野戰軍林彪那裡撥了十幾萬人臨時歸劉伯承指揮，以加强劉伯承的兵力。林彪所統率的四野，原在中南地區，從湖北與湖南越過川鄂邊區及川湘區去攻打重慶，極爲便當。除劉伯承指揮所屬第二野戰軍及所配屬的第四野戰軍的一部進攻西南以外，中共中央當時又派第一野戰軍副司令員賀龍率領第一野戰軍的十八兵團即周士第兵團由陝西攻擊四川，對四川形成夾擊之勢。

至於國軍方面，這時候，胡宗南所指揮的三個兵團在寶鷄一帶，守住川北的大門，內有秦嶺及劍閣之險可守；孫震、宋希濂、孫元良等部在川東；羅廣文兵團在重慶外圍；楊森與其它各部在重慶城內外；郭汝瑰軍駐在川南瀘州；鄧錫侯，潘文華等部隊駐川西；劉文輝駐西康及川康邊境；中央軍校在成都。

依理，如果單以兵員數字來說，國軍是應該足以應付劉伯承攻擊而有餘的。因爲不止國軍在數量上佔着優勢，同時地形有利，且又有空軍助戰。但自從一九四九年即民國三十八年十一月初川邊首次發現共軍蹤跡之後，爲時不到一個月，十一月廿九日重慶便失守了。中間除了重慶外圍曾經有過零星戰鬥之外，根本沒有發生過一次正式的會戰。宋希濂大軍由川東退到川南，再由川南準備循樂西公路向西康撤退的時候，宋希濂本人及另一兵團司令鍾彬就在途中被俘了。羅廣文、楊森、孫震、孫元良各部紛紛循成渝公路或循遂寧到綿陽的公路撤退到川西西陽、三台、金堂、什邡、新繁，灌縣一帶。共軍先鋒部隊只落得分成若干小組在後面追趕，如入無人之境一般。這時候，劉伯承就將攻擊重點指向樂山縣。樂山縣是川南的一個大縣。它是進入西康的樞紐。樂西（樂山到西昌）公路就是以此爲起點的。劉伯承取了樂山之後，由川南退到西康省西昌縣的交通就被截斷了。國軍要想退入西康，就只有走另外僅有的一條公路——成（都）雅（安）線了。但劉伯承取了樂山之後，跟着又指揮他所屬的部隊繼續進攻，並將攻擊重點指向新津縣。新津縣是成雅公路的中心點，新津被共軍佔了之後，國軍就無法入康了。當然，這並不是劉伯承用兵如神，稍有戰畧戰術頭腦的人原都知道如此，獨惜它的敵人太不知道用兵罷了。否則，川康之戰，還是不會那樣快就結束的。共軍佔了樂山和新津之後，劉伯承本人才由重慶繼續前進，一直到達距離成都只有五十華里的龍泉驛大山，指揮一切。在劉伯承進入川東，佔了重慶，繼續向川西進軍的過程中，胡宗南的部隊已由陝西退入秦嶺，又由秦嶺退到劍門關。但賀龍所率的第十八兵團始終沒有對胡部隊採取强大攻擊，而只輕輕的保持接觸。其用意就在實現中共中央所預定的戰畧計劃，故意保留川西、川北的地區給國軍，使國軍各部自動縮集在川西、川北，使之成爲甕中之鼈。而國軍各部之行動，則恰巧無意陷入了共軍的安排。終而致於六十萬人一齊在川西解甲投降，這眞是最怪不過的事。

若干年來，西南軍政長官都是張羣。迨川康之戰發生前夕，西南軍政長官一職才改由顧祝同担任。而以胡宗南担任副長官，並代行一切。以沒有戰畧戰術眼光至若干措施不當來說，似乎應該責備顧、胡，然而事實上，西南方面，尤其川康方面對於糧食、彈藥等有關作戰條件，確實並無充足準備，這又似乎不能專責顧、胡了。

重慶撤退後二十天，國民政府的各院、部、會及國家若干高級將領都飛去了台灣。留在川西的六十萬國軍便各自通電起義投降了。於是，所謂川康之戰便在這樣沒有經過激烈戰鬥的情況下結束，一九四九年十二月廿四日午夜，胡宗南所派的成都城防部隊撤離成都，西南軍政副長官兼國軍西南第一路游擊總司令王纘緒便以早與劉伯承有接洽的名義接收了成都。五天之後，賀龍率領第十八兵團由劍門關趕到成都。成都才正式易手。兩個月後，西昌也被「解放」。胡宗南駐在西昌的少數部隊被解決，西南軍政副長官唐式遵在西昌戰死。

以上便是川康之戰的概略情形，總而言之，地面上是沒有發生過什麽激烈戰鬥的。但這其中所包括的地下性質的戰鬥却非常精彩。這裡先談羅廣文的地下活動。

羅廣文、王纘緒的地下活動

羅廣文拖垮了國軍的戰鬥力

羅廣文的地下活動，是一個出人意外的活動。

在說羅廣文地下活動之前，先談談羅廣文的經歷，因爲他的經歷與他後來的活動方式很有關係。然後，也才知道中共是如何靈活地在指揮他的工作人員。

羅廣文是四川忠縣人，畢業於日本士官學校，回國，在陳誠所統率的第十八軍任職。最先，他當營長，後來不斷遞升，很快就由營長而團長而師長陳誠原有番號第十八軍的軍長了。他不是黃埔，也不是陸大，但在人事派系極複雜和極傾軋的部隊中，獲得如此迅速的升遷，當然也有他的某些長處。

苦幹、廉潔、治軍嚴，是他初期所表現的長處。他的部隊也相當能打，抗戰勝利之後，在華中戰場上與劉伯承週旋得最久的就是他。把李先念從兩下店打出來，並且把李先念的部隊追趕到竹溪、房縣（都在湖北）一帶使李先念所部潰不成軍的也是他。不過，俗話所說：「殺人三千，自損八百。」在屢次戰役之後，他自己的部隊，由於不斷消耗，也就在民國三十五年之交，所剩無幾了。

於是，他奉令回四川訓練新軍，坦任編練總處的總處長。這一個編練總處是設在重慶附近的。之後，他又被派担任兵團司令。羅廣文任編練總處是民國三十六七年的事，那時候，他本人駐在重慶，編練機構則分設在川東及川南。因爲他還剩得有十八軍時代的少數基幹，所以，他那時候所需要的是大批士兵是必須在四川徵集的。

但四川省參議會那時候正極力反對國民政府再在四川徵兵徵糧，所以，羅廣文所需要的士兵就遲遲沒有着落，爲了這件事，國民政府曾經對四川省政府三令五申，無如四川省參議會仍然堅決反對，重慶行轅雖然也從旁疏通，但省參議員們的反對聲浪太高，議案終未能順利通過。但徵兵徵糧的事，國民政府爲了進行戰爭是必要的。這樣，當時負西南軍政整個責任的張羣才由重慶到成都去走了一趟。他並且出席了四川省議會。「擱平」政策的結果，是四川參議會在表面上把議案通過，但對於議案的執行和協助仍然是不力的。後來，羅廣文兵團所需十萬壯丁的總數只徵集了五萬多人，而且這五萬人差不多都是丁而不壯的老弱。不僅此也，當這五萬多人徵集到手之數，這五萬多人的糧食又成了問題。原來，四川軍糧連年不斷外運，鄉鎮長虧欠又多，所以，表報冊上糧食數字雖然不少，庫存則極爲稀薄。這樣，羅廣文就天天爲糧食愁，訓練的事當然更不到了。

對於這些事，羅廣文很焦急，後來，他終於在重慶向新聞記者正式發表他要率軍訪問豪門的談話，也許，這時候的羅廣文，內心的深處已經對舊政權發生憎恨和失望了。

民國三十八年春天，共軍渡江以後，西南形勢逐漸吃緊，這時候的四川人都對羅廣文兵團在未來的西南保衛戰中抱有很大希望。實際上，羅廣文兵團的戰鬥力，這時候，已經完全是外強中乾，不說別的，就是步槍，這五萬多人也還沒有領齊呢！

這一切情形，中共地下工作人員都早已看在眼裡，他們知道羅廣文心裡有所不滿，於是乎就在共軍還沒有踏入川東大門之前和羅廣文本人搭上了線。在羅廣文本人方面，以爲自己既非黃埔，又非陸大出身，對公對私，一向廉潔，而且過去在華中戰場與劉伯承周旋最久，他的戰鬥力，劉伯承早就深知。他想：正可憑這些，在靠攏後謀求發展，因此，從那時候起，羅廣文便很秘密的執行中共所賦予的任務了。

中共給他的任務是什麽呢？他原準備陣前起義，但中共不要他陣前起義。中共叫他做一種專門拖垮國軍的工作。

中共當時檢討國軍在西南地區的一般狀況，及羅廣文本人的各種關係以後，已經料定羅廣文兵團在未來的川康保衛戰中一定被國軍使用爲最重要的主力。所以，中共給他的任務，便是每當國軍在一定地區構成防線的時候，羅廣文部隊便相機自動向後撤退，使國軍防線發生漏洞，不攻自破，從而使國軍眞正的會戰不致發生。後來，國軍保衛重慶時，羅廣文便是重慶保衛戰的一支主力。他暗中執行了中共給予他的一切任務，使重慶外圍保衛戰果然無疾而終。重慶撤守以後的情形，亦復如此，國軍始終沒有再形成一條堅强的防線。所以，羅廣文一直到川西才正式「起義」。「解放」後，中共高級地下工作人員，檢討川康之戰的經過，對於以上情形才有所洩露，否則，外間也還根本不知道羅廣文這一地下活動情形。中共方面認爲羅廣文的這一活動對川康之戰在實質上是有重要影響的。

王纘緒自命代表中共接收成都

王纘緒字治易，四川西充人，秀才出身。曾經進過四川速成學堂；所以，在四川地方軍事系統中，他與劉湘、楊森、唐式遵、潘文華等同屬速成系。他最先在楊森手下當師長。民國十二年，他反楊跟劉湘，在劉湘手下當師長兼四川鹽運使。抗戰軍興，他由師長而軍長而集團軍總司令。民國廿六年劉湘在漢口死去之後，他囘川接充了劉湘所遺四川省政府主席職務。

但他與川軍各派系很不融洽。他當省主席不久，留駐在川境的七個川軍師長，聯名通電反對他。結果，他只好把省主席職務交出來，哼着他所作的詩句：「征車人日出西秦，蜀道艱難始覺眞！」於民國廿八年初由北道出川仍到前方抗戰去了。

王所遺省主席職務，國民政府當時的明令是：「在王纘緒出征期間，川省政府主席職務派蔣中正兼理。」看來，王的省主席職務好像仍然存在似的。但王後來囘川担任重慶衛戍總司令，省主席一職則由蔣兼理而張羣兼理，張之後，由鄧錫侯担任，鄧之後，則由王陵基担任，對於他，就根本沒有再說了。對此，他非常不甘心。他是反對張羣最烈的川籍地方將領之一，這也是其中一個原因。

民國三十八年春，王纘緒與劉文輝、鄧錫侯及省參議會議長向傳義共同籌組「川康渝民衆自衛委員會」。並且擡出軍事宿將熊克武爲主任委員。但爲省主席王陵基所堅決反對。認爲這一組織是準備投降的張本。但這一組織頗得西南軍政長官張羣的支持。於是官司就打到行政院。當時的行政院長閻錫山暗中支持王陵基，但不敢決定，就請蔣親自裁決。蔣支持了王陵基，於是這一組織流產。但到民國三十八年秋，西南形勢吃緊的時候，國民政府又同時發表了王纘緒與唐式遵爲西南軍政副長官並分兼西南第一、二路游擊總司令。王又活躍了起來，並且跟着即派國軍川西補給司令曾慶集任王的副總司令。

同年十二月廿四日晚，胡宗南部隊撤出成都，王纘緒忽然大顯身手，首先，派副司令曾慶集警備了成都。第二天又召開治安會議，推熊克武的代表說了話。

王自己在治安委員會議席上，報告說：他遠在三十八年初，

「解放軍」渡江之前，他就與中共接洽好了。成都的接收，中共派他負責。他於是號召川西各部隊向他洽降。除國軍各兵團及鄧錫侯、劉文輝等人係自己直接向中共名爲起義實則投降而外，較小的軍政單位如省會警察局，憲兵團都向他投降了。他的總部設在文廟後街四川省立女子師範學校之內，他的總部在那短期間，車水馬龍，頗爲熱鬧。但隔了兩天，熊克武又登報聲明：說他本人從未向中共有所接洽，亦從未派代表出席治安會議。本人是老國民黨員，雖不能創造歷史，但也不能改變歷史云云。此外，王纘緒這時候又拒絕了劉伯承所委川西人民保衛軍總司令郭勛祺進入成都，而一個人佔據了成都。他幾次派人到龍泉驛前線歡迎劉伯承入城，劉一直沒有入城。直到十二月三十一日賀龍由劍門關兼程趕到成都後，他才於一月八日把成都警備責任及其所連帶搜集的物資一齊交給共軍第十八兵團。

郭勛祺，劉文輝的地下活動

抗戰軍興，劉湘舊部大事擴充。劉部師長唐式遵很快就由師長而軍長而集團總司令而第三戰區副司令長官，郭便也在唐之下亦步亦趨的升遷起來，在唐式遵任戰區副長官兼集團軍總司令的時候，郭便担任了集團軍副司令兼軍長。同在安徽前線作戰。

唐爲人忠厚，郭素來鋒利，所以兩人很不相恰，後來郭以軍長資格回重慶進陸軍大學特別班第五期，兩人的衝突才緩和下來。

郭在陸大畢業後，沒有再回前方。適抗戰結束，國共戰事又起，國民政府在全國各地劃分了若干綏靖區，並發表了若干綏靖區司令。康澤（兆民）也是其中之一。康是四川安岳人，與郭翼之很熟；同時，因爲康澤自己從黃埔畢業以後，就一直在搞政工和別動隊，沒有帶過兵，也沒有作戰經驗。所以就特別邀約了這一位在四川內戰中很有名的郭翼之担任他的副司令。

殊不知，康在鄂北綏靖區與共軍作戰結果，却是出乎意外失敗，康與郭同時被俘。廣被俘後下落不明，但郭却在半年後由共區回到四川。據他在成都向訪問他的朋友說：他們在稠堡裡面堅決作戰，彈盡援絕之後才被俘的。被俘後，共軍很客氣，把他們帶到將官招待所，在招待所中，他與康澤分散；因此，他不明瞭康以後的情形。至於他本人，則因爲劉伯承和陳毅聽見了他被俘，就都從很遠的地方趕來看他並且向他說：你打得很好！他說：打敗了還有什麼打得好。劉、陳都說勝敗乃兵家常事。於是設宴欵待，並在席上勸他參加中共。他說：頭可斷，決不投降，如果兩位講交情，把我釋放好了。參加中共，我是決不幹的。因此，劉、陳終於決定把他放了。

這是郭翼之回到成都後的說法。因爲郭翼之爲人素來坦率，所以，大家也就不疑有它。他平時喜歡看電影和跳舞，自此就更常出入電影院和跳舞場，看來倒好像是很失意的樣子。

直到民國三十八年十二月二十五，即胡宗南所派衛戍成都的警備部隊撤出成都之次日，街上突然貼出了「川西人民保衛軍總司令員」郭勛祺，副總司令羅忠信，政治委員胡春圃的佈告，說：奉第二野戰軍司令員劉伯承電委爲川西人民保衛軍總司令員等由，之後，大家才恍然大悟，原來郭也是中共地下工作人員。

事後證明，郭早在被俘時就參加了中共。所說頭可斷，決不投降等都是假話，看電影和跳舞等也都不是爲了避人耳目。實際上，他回川後就已在四川各地佈置地下工作網。因爲他有這樣一個人民保衛軍名義，又有中共黨員胡春圃担任政委，大家又曉得他與劉伯承、陳毅的私交深，所以大家便認爲他比王纘緒的資格和關係硬。即時，郭翼之也確實想從王纘緒手裡把成都的治安工作接過來。却沒有想到王纘緒說他的西南第一路游擊總部早駐得有中共人員，對郭勛祺並不賣賬。因此，所謂川西保衛軍總部便進不得城，只好在城外東九眼橋側寶星紗廠內辦公了。

（未完．下期待續）

許地山與扶乩故事

朱禮安

抗戰第二年的春天筆者自上海乘船抵達香港，行裝甫卸，首先便往半山區羅便臣道去拜訪那位「平生風義兼師友」的故人許地山先生（即名作家落華生，那時爲香港大學中國文學系教授）。

許先生坐在客廳中，他仍然是那麽和藹、安詳、凝重的樣子。我們談了一些上海、北平的事情之後，於是，我便很恭謹的問他老人家最近有些什麽著作。當下許氏微笑一下便從書齋中拿出一本香港商務印書館新出的「扶乩迷信的研究」，上面赫然寫着「許地山著」。

我從許地山的口中，知道他對於扶乩一道，發生了很大的興趣，要用科學的方法加以分析研究，於是寫成了這本專書。

「那末，扶乩到底有靈驗沒有？如果說沒有靈驗的話，爲什麽全國上下會有這麽多人相信牠，甚至還包括知識份子在內呢？」我帶着好奇心請教許教授。

於是，許教授開始告訴我：

「扶乩的盛行，不但在中國如此，就連科學發達的外國也有這麽一套。外國人的扶乩，是用一個三角形或心形的移動板，使參與的人的手可以放在上面。另外有一塊，上面印了大號的英文字母、數目以及簡單的字，如「是」或「非」之類。參與的人將手放在移動板上，誠心誠意地恭候一個時候，於是移動板便移動了起來。幾次的移動可以成爲一個字，便可以答覆所問的問題。或移動板指着數目，或是或非，也可以作爲答覆。參與的人放在這個板上答覆問題時，他却並不曉得答案是怎樣的。

「我國的扶乩，大致也和這差不多。乩筆字是寫在一盤沙或米上面的。開始扶乩以前，由扶乩人首先焚香念咒，把神明請到，然後拿着乩筆在沙盤上面空中徐徐打着圈兒，不一會那乩筆突然大力躍動起來，在沙盤裡亂闖亂戳，不知畫了些什麽東西，不一會就停止了。扶乩的助手在旁解釋乩盤上所寫的字，照例是五言或七言的詩句。

有時候，人們默問着，不讓解釋者聽明白，但後來所解釋的似乎也答中了那問題。又當乩筆開始激動時，解釋者必說是土地神來了。再動時，方才說是某某大仙降臨。最後，突然停止，就是神的辭別。

「一般乩壇上的扶乩以及解釋乩筆批語的人，都是經過特殊訓練的專家。那乩筆的激動，也不一定是作僞，因爲那種現象，即好像由旁人捉了自己的手來運動一樣的現象，是可能有的心理變態。」

說到這裡，許教授又爲這個問題，作了一個簡單的結論：

「一二人扶着乩，十幾人或二十人的觀念或思想力，都集中在扶乩者的身上，使他不自覺地在沙盤上寫字。說起來，離不開在因人的觀念意志，與知識程度。如扶乩者必得會寫字，不會寫，也得曾見過人寫，才成。否則，雖受靈感，也寫不出來的。」

那末，靈感又是什麽呢？」他繼續解釋說：

「靈感的理論，是說意識激起感念時，我們的腦細胞隨起物質的崩壞，因而起以太波作用，而傳播於周圍，這時以太波可以離開語言文學動作等，直接透入他人的頭蓋骨，將發動者的觀念，傳達到他的腦中樞神經裡。這靈感是不須等待神經末梢傳達的感覺，所以發動者的知識高，感受者也隨着高。反之，也隨着低下！這裡所說的觀念力，多半是從下意識發出來的，所以，靈感作用，本人並不會感覺到。」

談扶乩得罪左派

這是我在二十五年前和許地山談到扶乩問題的往事。不久之後，我即離開香港到了內地。

我在內地的時候，曾經聽到香港去的朋友談起，許教授爲了他從事扶乩的研究，以及這本著作的關係，受盡了左派文人的攻擊，說他在這樣「莊嚴神聖的抗戰時期，不應該丟下了與抗戰有關的工作不幹，而去寫作這類無關宏旨的扶乩研究，簡直是罪大惡極了。」

其中只有許地山的老朋友胡愈之，還替他說了幾句公道話，並引用了蕭伯納當時所說：「正是爲了戰時，作家不應該把正在幹着的事停頓下來，欲要加工夫去做些與戰無關的事才好。」拿來替許地山辯護。

然而，一個純粹學者型的許地山，對於來自四周攻擊，却有些受不了，終於在民國三十八年八月四日病逝。我懷疑那些抗戰八股論客對他所射的冷箭，對他的身體和壽命大有影响。

這位許教授出生於台南，他的父親許南英，是一位詩人政治家。地山由燕京大學畢業後，曾在美國哥倫比亞大學、英國牛津大學先後得到文學士學位。返國以後，即在母校燕京學及淸華大學任教。民十九，再度西遊，潛心研究印度的梵文，和譚平山同以研究印度哲學馳名。

當民國二十四年，胡適之南下經過香港，接受香港大學頒授的博士學位，曾向香港大學建議，港大的中國文學系主任人選，應由中國人担任。他該是從英國的大學畢業，對中西文史有著述、在學術界有相當的權威，而且最好是華南籍，懂得閩粵方言。

港大當局欣然接受了胡氏的建議，幾經物色，最後還是由胡氏介紹了許地山到香港來担任這「人地相宜」的職位。於是許教授便於民國二十四年秋天，受聘担任香港大學教授，主持中國文學系。這是香港大學聘任中國學者做文學教授的第一人。（在他之前，還有一位王寵益教授，則是醫學院的。）

他在香港六年，老實說，也做了不少文化學術的工作，他主持過中英文化協會，也參加過中國文化協會和中華全國文藝界抗敵協會的籌備工作，盡過很多力量。想不到最後却因研究扶乩這一件學術工作，受盡了別人的冷嘲熱諷。這種學術以外的是非問題，也很難說了。

扶乩這一類的迷信，如果是當作是一件學術工作來研究，或是茶餘飯後的遊戲，這固然是未可厚非的；但若千年來，我們一些達官貴人中間，都喜用這一種方法來判斷功名富貴，乃至個人和國家榮辱安危，以致鬧出了許多可笑而可悲的事情，爲親者所痛，仇者所快；這就不能不提出來加以警戒了。

糊塗總督迷信遺殃

近代中國史上，一則最膾炙人口的「時衰鬼弄人」扶乩故事，百年前的兩廣總督葉名琛，非常迷信乩仙，導致英法聯軍進攻廣州的慘敗。這個糊塗蛋，結果不但身罹慘禍，招致千古罵名，並且爲之國本動搖，爲我們的近代史塗上悲慘而恥辱的一頁。

葉名琛，字崑臣，前清湖北漢陽人，道光進士，仕途一帆風順，後任兩廣總督，拜大學士。可說是文采風流，詩書當行的一位科甲人物。那時適值鴉片戰爭後不久，淸廷與英國訂了喪權辱國的南京條約，並割讓香港，粵人反英情緒高漲。葉名琛坐鎮這個隨時可爆發的火山口上，聲言決心「湔雪國恥，尊我國體」，氣魄不可謂不豪壯。本來，當時如果是一位有勇有謀的大員鎮我南疆，善於運用忠勇奮發的士氣民心，國家前途是大有可爲的。即使老成持重吧，能有多少治國頭腦與外交手腕，和虎狼之邦的英法週旋，也不致引起什麽太嚴重亂子。但葉名琛這位封疆大臣，面對强敵，既不考慮現實，也不講究謀畧，他有恃無恐的要盡其守土牧民之責，竟然是將全部希望寄托於他建築在越秀山的「長春仙館」，遇事唯有乞靈於扶乩。又縱容下屬常向外國人搗蛋挑釁。譬如當時廣東羣衆痛恨英人，不准英國在廣州設領事館，到處有民衆把守，禁止英人入城。英總領事巴里哈向這位總督閣下提出强硬交涉。像應付這種事件，那時雖無所謂外交慣例，但以不亢不卑的態度，在顧全國體的範疇內答覆對方抗議，總是應該的。而葉名琛却是採取橫蠻態度。你强硬，我比你更强硬，連起碼禮貌也不保留，把英國總領事痛罵一頓。於是雙方胡鬧一番，成爲僵局。後來亂子更層出不窮，如廣東水師檢查英船，直接逮捕逃匪，卸下英旗，焚燒領事館、捕去英船水手等等。英人不甘受辱，迭次向葉交涉，他一概置之不理。且洋洋得意告左右說，對英國人不能老實，以葉當時的勢力，若眞能師法林則徐，多少有點忠勇愛國精神倒是好的。本着講理就講理，說打就打的頑强作風，英人是莫奈他何的。因爲英國雖說鴉片戰爭後在東方益增威勢，但駐香港的兵力以及包括東方其他殖民地的駐軍，都不是廣東水陸軍的敵手，由英倫調兵來再掀起一次大戰，輕啓戰端勢師遠征，究非英國政府之所願。所以香港英軍連同由印度調來的援軍，一度越華境圖攻廣州，結果不支潰退後，便只好等待機會再說。更不幸的是，後來廣西方面又鬧出殺害法籍教士大亂子，法國亦藉口興師問罪。英方見機會到來，遂與法軍聯合進攻，聯軍一舉攻陷廣州，葉名琛被英軍俘虜解到香港，後轉解印度囚於鎮海樓，終客死異域。

當英法聯軍都犯廣州時，論兵力我方佔盡優勢，而且各省易於赴援，設能眞正從事對外抗戰，是不難擊敗侵畧者的。可見葉名琛這糊塗虫，於廣州危急時，竟然仍在他的「長春仙館」向乩壇請示對敵策畧。而乩語指示他的竟是「莫怕其怕，莫聽鬼話、待到十五、風雲變化。」因此，儘管大家驚惶萬分，葉名琛却從容鎮定、毫不設防。英軍一到、束手就俘。

錢能訓攪悟善社

除了葉名琛的故事之外，徐桐、剛毅和義和團大師兄憑着乩壇來和西洋列强各國的大炮槍彈鬬法，終而釀成八國聯軍攻入北京的事情，這也是大家所知道的了。

以後一直到民國十年左右，北方官僚軍閥對於乩壇迷信之風，仍然有增無減。那時的北京以及國內其他的通都大邑，都有一種「悟善社」的乩壇組織，天天造謠說刼數刼數，主其事者皆一時政界名宿，北京方面是由一位下台的內閣總理錢能訓領導的，此外如江朝宗、陸宗輿等都是社員。大都是些失意的政客之流。

「悟善社」主判的據說是所謂孚佑帝君，即純陽師祖呂洞賓是也。（無獨有偶，據說當時現任的北京市長京兆尹王鐵珊，也在家裡供奉着呂純陽，一切公事無不取決於呂祖乩訓。）於是，達官貴人，一時集於社內，呂祖對他們並各頒法號，如錢的法號是「幼微」，江的法號是「濟慧」之類。每天下午，主社的錢能訓照例要到乩壇去辦公，在他左右奔走工作的，大都是他的門生故吏，由乩壇上分別委以「司長」、「參事」、「秘書」之類的名義，儼然是一個政府的樣子，使錢氏雖不得志於現實政治的，却也能在這裡大過一下「官癮」。因此居然像煞有介事的十分起勁。

聶士成的兒子聶憲藩，這時也由人介紹，加入該社，曾向乩壇問及他父親死後的情形，（原來士成是庚子之役力戰八國聯軍死於八里台的。）於是乩判說是忠良之後，賜座賜酒，同時告訴他，士成死後天爵尊榮，已儕於關壽亭岳武穆楊令公楊椒山之列矣。

壇上的諸神，自呂祖之外，尚有清代桐城的古文家姚姬傳，稱爲姚仙，文文山稱爲文大帝，甚至西洋亞里士多德亦來臨，稱爲亞仙，還有呂洞賓的徒弟柳仙，號爲宏教眞人。又乩壇曾代宣玉皇上帝批獎呂岩及悟善社的上諭云：

據來奏已悉，准予立案，仰該帝爵力行勸誘，務廣上天愛育黎元之至意，天道無親，爵祿無常，惟有德有惠者得之。欽此！

這種不倫不類的體制和文詞，實在令人啼笑皆非，但是這些大人先生們，却竟然深信不疑，不能不說是怪事！但是，不久之後終於鬧出了一個很大的笑話來。

由於入社的人既然都是過氣官僚，賦閒一久，都不免有兩袖清風之感！於是大家不由得要覬覦社中擁金最多的陸宗輿的宦囊了。他們的方法，是首先刺取陸宗輿的若干不可告人的陰事，然後等他到壇前匍伏之時，乩忽震動，乘機對他加以種種指責，甚爲嚴厲，初時，陸還有些惶恐，後來乩筆又判以要重責手心若干下，陸哀求不應，大家也都跪下替他求情。於是乩仙才勉强答應，但附帶條件，是須納金若干萬。這時陸忽然如夢初醒，勃然大怒，一躍而起，竟不再顧及乩壇的紀律，和本身的休咎，將繡墊掀騰，香燈亂落，還在大聲疾呼說，「假的，假的，從此我再不相信了。」經他這樣一來，衆皆踉蹌而散，眞是「沒癮」之至！

以上一段故事，曾見黃秋岳「花隨人聖庵摭憶」由此可見四十年前中國政壇上的人物，是一批什麼貨色。無怪從外國回來的胡適之等，要樹起科學與民主的大旗來了。

「後明天子」登基

另外有一幕由扶乩導演的活劇，是發生在抗戰末期的川、豫、鄂邊區。那時對日戰爭眞可謂行百里者半九十，後方民衆困難已極，尤以上述地區較爲貧瘠，民衆知識水準亦較低落，共黨、漢奸更多潛伏該地區活動，煽惑民衆乘機作亂，困擾國民政府。因而各種名目，邪教組織如雨後春筍，如一貫道的別系長槍會大刀會等均極爲活躍，分佈地區亦很廣。各省派系所設乩壇，乩語指示亦多荒謬絕倫。譬如河南南陽地區的大刀會，扶乩即明顯表示「眞命天子」已出，不久必然改朝換代，而且是「大明」當興，亦即姓朱的人再做皇帝（按：當時湘南方面的乩壇，亦說有「眞命天子」出來收拾局面，但在隱藏中的「天子」並非姓朱，是姓張，湖南人，是一個十歲的小孩子）。至抗戰勝利後，川、豫、鄂各省若干縣份，更謠言紛傳「後明天子」將出而「削平天下，剪滅羣雄」。且在某地登基。時筆者任職南京某銷行極廣之日報，即曾接到該「後明天子」的「臣屬」寄自河南洛陽附近的荒唐文件，說什麼「新明朝」將不費一槍一彈，即可收拾國共紛爭之亂局，以後國泰民安，共享太平盛世。又聲言彼等體制亦已粗定，各部大臣及一般人事制度與前明差不多，惟「國」旗定爲「麗天明月」（即藍布中間一個滿圓月亮），並定武漢爲「首都」。各地方政府眼見邪教徒妖言惑衆，影响嚴重，曾分別予以武力痛剿，該「後明天子」及其所封的「大臣」們，始紛作鳥獸散，再選擇較偏僻而安全地點，護「駕」開府，過其地下新君主時代之癮。共黨席捲大陸後，相信該等「君臣」們已淹沒於紅潮中。

抗日時代淪陷的山東（二）

胡士方

在山東僞政府中，省長、廳長、道尹、縣長之外，最肥美的差事，還是山東省會警察局長，因濟南商業繁盛，發財亦最易。這份局長第一任是王達，字志襄，安徽泗州人，亦日本早稻田大學留學生，早年當過山東高密縣知事，京兆尹。王一上任，甚麽烟土，海洛英，聚賭窩娼，走私偸運，都成了名正言順，明目張胆的勾當。王乃財源廣進，青蚨雲集，最後飽食遠颺。該缺即由王琦接任，王琦，山東濟寧人，是張宗昌著名的幫兇。北洋時代，由僑務局總務處第三科長，僉事，而津浦鐵路統捐總局總辦。在北平任憲兵司令，做潘復的爪牙，殺害新聞記者邵飄萍，林白水，罪惡昭彰，無人不知，王琦自從在冀東被革命軍打倒後，始終就未抬起頭來，這回日本鬼子一來，王琦亦死不要臉的上了台，「屈就」爲濟南警察局長，在警務廳長崔建初之下，將濟寧同鄉，東北狗腿，都安插在局內。表面查戶口，確保治安，買好日本主子，暗地裡包庇非法，榨壓商民，以飽其貪慾。王琦的後任是熊正禮，又是濟寧人，據說是前山東省長熊炳琦的兒子，年紀三十餘歲，是一位面色蒼白的鴉片烟鬼，花花公子之流。玩女人，吃館子，正事不幹，山東人對他印象最壞。

再說馬良上任之後，好少出頭露面，一來老邁，力所不逮，二來胆小怕死，每次出街護衛最多，尤其人緣不佳，對行政也是外行，未幾，即調北平，担任僞華北政務委員會的光桿委員。與江朝宗，高凌蔚差不多，當漢奸最先，而打入冷宮最早。

唐仰杜被「皇軍」賞識

馬良的後任，則是財政廳長唐仰杜，唐較馬良年輕，肥碩魁偉，留着兩撇仁丹鬍，學識風度，都比馬良好，人亦溫和平易。但在日本鬼子擺佈之下，亦可憐蟲一條。唐仰杜最頭痛的做省長，省政府顧問是西田畊一，乃韓復榘主魯時期的濟南日本居留民團團長，能講中國話，是一位老中國通。對山東的情形瞭若指掌，故省府的政令，大權都操在西田手裡，連唐仰杜賣官鬻爵的贓錢，他都有一分。

唐仰杜的僞府，以文人居多，秘書長已由蕭彝元易爲俞康德，俞是日本帝國大學畢業，齊魯大學教授，與夏烘秋、劉景武，都是日本語的好手。雖是親日派，却不怎樣喪心病狂，其後來一度調任教育廳長。各學校雖規定每週有五小時的日本語，但宣傳「建設大東亞新秩序」，「中日親善」，那些毒思想，比起郝書暄却少一些，對外講演，亦不像他人拍日本鬼子那樣肉麻。

唐仰杜手下還有位建設廳長莊維屏，身材削瘦，出身不詳，任內無甚建樹，可謂名符其實的傀儡。

唐仰杜任內，山東境內雖游擊勢力頗爲活躍，但主要縣城集鎭，仍在日軍控制之下。記得有一次章邱的孟兆信部，游擊隊有一股，於凌晨忽然自東圩門攻進，連新東門亦攻開，人數約四十餘，一直由運署街，按察司街，經過皇亭，直衝到府東大街，六個日本兵都被打傷了。唯後隊不繼，全部都成了俘虜。筆者猶憶這批游擊隊走頭無路，沿舜井街南逃時，曾呼籲同胞搬桌椅枱櫈置馬路中心，阻碍日軍軍車追捕，老百姓亦都照辦，結果，白惹了一場風波，最後一位游擊敢死隊，藏在南馬道口一間理髮舘裡，亦被搜捕了去。所以，濟南始終就很平靜。唐仰杜的省長做得最久，苞苴收入，亦相當可觀。其袋袋平安之餘，便蒐購古董，及舊書。那時山東省立圖書舘長王獻唐已到後方，僞舘長係辛葆鼎，字鑄九，山東章邱人，山東優級師範畢業。喜歡爲人寫字，學諸城劉石菴那一派，遠不及濟南的王駿如先生。唯民國十四年，就在張宗昌治下任清平縣長，住宅又是當年鵲華居的原址，該古老戲園與老殘遊記上所提的明湖居，都是著名的勝地。辛自建的白樓，前對大明湖，後依荷花池，右臨鵲華橋，更是清麗幽致，故在歷下有點名頭，於是與唐仰杜亦志同道合，假公濟私的搜羅起古物來。唐仰杜的一些庋藏，多經其手。唐仰杜亦好康熙，乾隆那一套，專喜歡在名畫上題跋，遇有名蹟，眞本，必大加題跋一番，字雖不甚惡劣，但俗態終不能掩。

唐仰杜以「和氣生財」不多管閒事爲主旨，故頗受「皇軍」的賞識，最後且繼殷同升任華北政務委員會工務總署督辦。與王揖唐、汪時璟、王蔭泰、杜錫鈞等人，儼然成了華北的傀儡巨頭。同時兪康德亦跟着抖起來，貴爲工務總署的局長。聽說唐仰杜在勝利後，被押解南京，瘦死獄中。

楊毓珣聲言當漢奸爲「救國救民」

唐仰杜調北平後，山東省長則由楊毓珣繼任，楊安徽泗州人，是楊士驄的兒子子，楊士驤的姪子。士驄字菱青，爲前清時代的三四品京堂，做過山西鹽運使，湖南財政管理官，江北葦蕩營督辦。士驤字萍石，號蓮府，光緒丙戌進士，由庶常授編修，以李鴻章之親信，辛丑議和有功，授山東臬司，又累遷山東巡撫，直隸總督，贈太子少保。楊毓珣出身宦第，跑到山東當省長，雖是漢奸，亦可謂「克紹祖武」。他又是袁世凱的三女婿，袁任過山東巡撫，在山東起家，故楊到山東特別受人注意。第一是那時日本侵略中國已成强弩之末，德、意、日同盟釀成第二次世界大戰，日南洋失利，在中國又陷於泥沼，敗象畢呈，世人已知日軍瀕於窮途末路。楊毓珣爲簪纓世家，雖有些紈袴習氣，但在東北軍總是混過些日子的，對時局絕不會罔然不知。所以，山東人都認爲楊之出山，可能有點說法，或另有作用。

楊毓珣到濟南，給人第一個印象便是西裝畢挺，風姿翩翩，並且僕從成羣，連做飯的廚師都跟到山東來。他一上任，即有一篇「告山東父老書」發表，闡明自己是「雖非大富，但衣食無缺」，絕不是到山東來刮錢。又表示久參軍務，更不是爲做官，主要是「救國救民」。還聲稱絕不是漢奸，日本人不能干涉他的施政。這一手法確使淪陷區的老百姓另眼看待，認爲這位綽號「狗屎」的公子哥兒，倒敢說話，有點骨頭。接着，在政治措施上，有了明顯的改變，如山東傀儡政權自馬良到唐仰杜，全省學校、機關、社團所唱的「國歌」，都是蕭友梅作曲的那首「卿雲爛兮，糺縵縵兮，日月光華，旦復旦兮……」的卿雲歌。「國旗」則是紅黃藍白黑的五色旗。可是楊毓珣即通令全省恢復唱「三民主義，吾黨所宗，以建民國，以進大同……」的國歌，國旗亦改懸靑天白日滿地紅旗。所不同者，就是與南京的汪政府一樣，在國旗上面另加一「和平，反共，建國」的黃布條而已。

楊毓珣到任後，人事上亦顯得「刷新」不少，他雖然身兼山東保安司令，但實際負責者却是保安副司令孫銘九，孫是西安事變的要角，當時任警衛營長與蔣先生同車，由華清池到西安那一幕，可謂無人不曉，此際亦大權在握，頓形活躍。還有位山東人曹若山，亦被延攬爲山東省行政人員訓練班的教育長而至民政廳長。按曹係黃埔軍校四期生，北伐時期爲鄧演達的幹部，後又轉向胡漢民，担任過黨校訓練主任，青年部主任，因早年曾進過日本明治大學，在中央限於派系，始終發展不起來。故華北淪陷即參加王克敏的僞政府，担任華北第一特別行政區長官，以後即來山東。另外有位宋介，在北平任僞華北政務委員會的宣傳部長，亦被拉到山東担任濟南道尹。其次濟南市長易爲前文所提的李汝樸外，教育廳長也由朱經古担任。朱是山東曹州人，是朱桂山的長子，日本帝國大學畢業，戰前日本人豐田神尙在濟南辦東魯中學，他就是東魯的校長，人品端正，耿介篤實，在教育界很有聲望。

民國三十四年日本宣佈投降，中國的勝利來臨，舉國歡騰。聽說楊毓珣家中設有與重慶的秘密電台亦公開了。才知楊毓珣之下水，係受戴雨農之命，和門致中出任華北僞治安總署督辦的情形差不多。於是楊遂搖身一變爲山東先遣軍總司令，並通告山東全省日軍，僞軍及地方行政人員堅守崗位，不得擅離職守，靜候中央接收。還呼籲全省僞政權軍政人員戴罪贖功，遵守中央指示。當時山東的共產黨，亦虎視耽耽，其欲逐逐的想捷足先登，攫奪政權，結果均未得逞。記得在濟南商埠有十幾個流氓乘機搶掠，亦被楊毓珣拘捕爲首的一名，在經二路馬路中心當衆槍決，山東全省總算無大變化。

勝利來臨，接收亂籠

不久抗戰期間的山東省主席何思源，自壽光，益都一帶，由張景月，許振中等部保護，沿膠濟路到達濟南，楊業孔亦由天而降。楊業孔，字聖泉，山東平原人，鞠思敏所辦的濟南正誼中學出身，東北講武堂第十期砲科畢業，又在中央陸軍大學一期，陸軍大學研究院四期畢業，還任過駐蘇大使舘隨員。其到山東的職位，是第十一戰區副長官部的前進指揮所主任，勝利之初，衣錦還鄉，其風光可想而知。當然那羣僞軍漢奸是看不在他眼裡。迨第十一戰區副長官李延年自青島飛臨，緊接着廖運澤的騎二軍，霍守義的十二軍，又自魯南趕來，淪陷八年的山東老百姓，一見中央軍來了，歡騰興奮，夾道歡迎，爆竹齊鳴，帽子都往天上扔，眼淚都流出來了，大街小巷，咸相傳呼：「國軍來了！咱們可熬出頭來了……」父老們都喜歡的泣不成聲，這些都是筆者親眼看到的。李延年更不用說，他是山東廣饒老鄉，還在濟南工業專門學校讀過書，鄉耆故舊，眞是視若天兵神將。可是李到濟南後，日日接受大讌，夕夕接受歡迎，跟着是接收，編遣，不知不覺，把那副勝利者姿態擺出來了。這樣，不但對戴罪圖功的僞職人員，亦潑了一頭冷水，即老百姓對他的期望，亦涼了一大截。又加上何思源率領自以爲勞苦功高的大員，滙合軍方，紛紛接收，形成了你爭我奪，封條滿天飛的局面，於是接收變成了劫收。好好的工廠都被「大員」們劫光而停了工。軍隊方面更是一團糟，第十一戰區頭條命令便是編遣游雜等部隊，僞軍是敵人，固不待言，即抗戰游擊武力，也歸入雜牌之類。楊毓珣的遭遇更不用說了，比平劇裡法門寺的趙廉見劉瑾時還慘，不但有罪不敢抬頭，還即可成爲階下囚。據說：楊毓珣一到山東，家裡就有秘密電台，與戴雨農有聯絡，已如前文所述，但結果，仍是被押解南京，以後戴坐飛機撞山而死，楊亦病死獄中。至於山東的僞軍，不下三十餘萬，亦紛紛找出路，恰巧共產黨正準備坐收漁利，於是來者不拒，都成了八路軍。

傳說中的鬼世界：

四川酆都城素描

·翟民·

酆都雖是四川一個渺小的縣城，然在信鬼拜神人們的心理上確深深地植下難以解釋的謎，究竟那裡是不是一個幽冥世界的所在，稍有常識的自然明白，筆者今在這裡描寫酆都一點實際情況，並不是研究他的迷信行為。

酆都縣在四川省的東南，介於涪陵忠縣的中間。縣境跨大江南北，全境都是山地。平都山在城北，和鹿鳴山相對。上面廟宇巍峩，林木清幽，蘇東坡有詩極讚其幽趣，「足躡平都古洞天，此身不覺到雲間。」又「山上蒼蒼松柏花，空室樓觀何崢嶸！」縣城建於江濱上河壩上，形如桃葉。舊城在桃葉中段，城垣久圮，代之而興却有整潔的馬路，馬路邊還矗立着高樓，望之很類長江上游的小城市。

從碼頭北駛，約半里可達酆都公園，園裡很有花木亭榭之勝，流杯溪繞其後，有紆迴不忍去的形勢。城西約三里，另有一城，名新城。據酆都縣志建置篇說，這個城建於同治十一年，因為同治十年大水，舊城淹沒，知縣奏准改建新城於高阜，但因交通不便，人民不願遷移，因而新城反變了舊城。

酆都所以能名傳遐邇，完全因為平都山的不平凡。酆都的土著叫牠為名山，或酆都山，山之陽，廟刹林立，大江前橫，蔚為大觀。牠是舉國無知之輩迷信的閻羅殿就在那山頂。

從城市東北隅，通過仙橋北行，為朝山進香大道，西有接引殿、北嶽殿，東有東嶽殿、火神廟，東西相望。於東嶽殿和接引殿的中間，向北拾級而上，至轉折處有土地殿和門神殿，再上輾轉至陰陽界。山側有界官殿，東北為眼光殿和圓觀殿。從陰陽界上行就是三清殿，從三清殿右側上去有送子觀音殿、千手觀音殿、報恩殿、三官殿，通過山門即為大雄殿，殿前有橋叫奈何橋，橋下有一石池，叫血河池，據說橋上常有鬼拉人替身的事，香客們又會夢到自己的母親在血河池裡挨苦，甚至還聽到血河裡女鬼號慟的哀音。由大雄殿右側上行數十步為星主沿，殿的右側，有稱為三十三天的石級，級盡處左為王母殿，右為玉皇殿，沿石級上行有百子殿，由百子殿石級北上，即閻羅天子殿，殿高約五丈，深濶約四丈許，內部黑暗似漆，陰氣逼人。在天子殿的祭壇前有業鏡台，中嵌一銅質圓鏡，徑二尺許。傳說牠本來光可鑑人，並可看來世形像。從前某酆都縣令曾見鏡內現出耕牛一頭，怪問和尚，和尚因語：「一世作官，九世變牛。」縣令為之不悅，因命人用烏鷄狗血，將鏡汚滓，從此這面神秘的鏡子，就黝黑無光，不能照人。

天子殿的後門，稱為鬼門關，為一曲尺形的黑暗通道，因黝黑無光，給予人們以陰森恐怖的感覺。西南下行為望鄉台，係一矮小的神殿，殿內祀川主和地仙，殿西側有一大香爐，香爐臨上崖，由此可望全城，傳說在此處焚香哭禱，可以和已死父母或親友相會。在酆都香會的時候，常有白衣素裳的婦女們，一邊燒銀錠，一邊揮淚痛哭，期與死者相見，在哭到昏迷時，自然有時也可夢見她親人的幻影。

平都山的神像，當然以閻羅天子為神像的領袖，天子像共有三座，最大的一座像，像說是鐵像，高約二丈，戴冕旒，衣朝服，全身金色，威風凛凛。第二座傳說是銅像，第三座是泥像，面顏服飾相似。神龕左右為四大判官，左右兩側有十帥立像，為木骨泥像，面容嚴峻，神采奕奕，經香煙的多年薰灼，黑黝黝地露着陰森的氣象，其他還有林林總總的偶像，有的是善像，有的是惡像，有的是毫無表情的泥塑，這裡恕不一一替他們做像讚了。

酆都固是魑魅魍魎的世界，但最先還是道家神話的中心。據道家傳說，酆都平都山是漢仙人王方平陰長生昇仙之地，除了王、陰二仙的神話外，還有麻姑和呂純陽以及諸仙種種神仙故事，所以平都山本是一個道教的靈地。

晉、唐間即有羅酆或酆都的名稱，但和現在四川的酆都，完全無關，陶宏景下誄卷十五有「羅酆山在北方癸地，有六天宮，於死後而審判功罪。」李白有「直笑世上事，沉魂北酆都」的歌吟，那時恐信鬼的聚集處所還在北方。至明洪武四年克服酆都，才把北方幽冥之都的酆都的名字加之豐都，至是酆都由道教中心而變為幽冥世界。閻羅天子是陰間的主人，他統轄着天下的城隍。閻羅是陰間的中央長官，城隍是地方官吏，分都、省、府、州、縣，各有品位不同的城隍。縣城之下，轄土地神，每一土城管轄一社或一鄉鬼魂，其職掌和陽世的里正、地保相似。酆都城的陰間的首都，人死後都須到這裡受嚴酷的審判，那裡有十殿閻王，主持十陰司的審判，即一殿秦廣王，二殿楚江王，三殿宋帝王，四殿五官王，五殿閻羅王，六殿卡城王，七殿泰山王，八殿平恭王，九殿都司王，十殿轉輪王。其中以五殿閻羅王為首席審判官，生前犯罪的靈魂在審判後依其犯罪的輕重，發落到十八層地獄，受各種酷刑。

迷信的人說閻羅王殿裡有一種生死簿，記着各人的壽命長短和該死的日期，還有一種功過簿，記錄各人行為的善惡，為主簿判官，專司查考登記的責任，每天查出生查簿上壽命已終的人，派陰司的無常鬼和鷄脚神按時到各地提取，陰間的司法手續和人間一樣。閻王公差到各地勾取人的靈魂時，須會同本地城隍的差役和本鄉的土地神，把人的鬼魂提到陰司，先須經過陰陽界，鬼門關，望鄉台，到城隍處點名，然後押往酆都，受最後的審判。

到酆都來進香會的香客，普通有兩種，一種是無組織的香客，叫做「燒散香」，另一種是有組織的進香隊。遠處來的香客，大都是有組織的，最大的進香隊有百數十人，最小的也有三四十人。這種進香隊有兩種，一名燒種香，有的在本地出發時即有組織，有的到酆都後，臨時在本地（出發時即有組織）以領導燒香為業的（敎口）處組織起來的。這種香隊係以敎口為領導，另一種名「燒供香」，多由香客本縣僧人率領，於是僧人們藉此也受到相當的佈施。香客們一加入進香隊，決定了出發日期，三日前即須齋戒沐浴，男女分居。出發前一日須在家裡祭門神、灶神，出發時每人都須抱有決心，屏除一切的俗念，忍耐一切的痛苦。到了目的地，更須恭敬虔誠，於是祈願的、還願的，忙個不休。一直到了他們完了香願，帶了「路引」，「催生符」一類的東西回家時，每個人的面龐上，都帶着寬慰的氣色，雖然身體弄得相當的疲勞，經濟上也受了鉅大的損失，然而他們並不後悔，反而鼓起他們生活的勇氣，許多無知識的老婦女們，也許就靠着這種生活上的微溫，維持着他們死而不覺悟的殘餘的生命。

陳果夫與天下第一菜

·蘇人·

民國二十三年秋，陳果夫在江蘇担任省主席的時候舉辦了一個全省物品展覽會，在這個會裡他看到江蘇省各縣物產甚豐，以各縣可供飲食的特產而論，已是美不勝收，因此便想到要摘其精華。創造出一種「江蘇菜」來。

現在流行的地方性質的菜肴，有所謂「京菜」「蘇菜」「粵菜」「川菜」但這些菜是沒有一定標準的，而且也不能代表那一省的精華。當年陳果夫所主張的「江蘇菜」，是要確立一定的標準，集全省名菜加以剔擇，留下若干種最精美的，以爲全省菜肴的代表，作爲一種法定的「江蘇菜」。

如何產生法定的「江蘇菜」呢？他們的計劃是先確定「縣菜」。各縣的飲食特產味美質佳素負盛名者，便是該縣的「縣菜」。由「縣菜」中選出「省菜」來，再由各省「省菜」中選出「國菜」。「國菜」產生之後，它便代表中華民國的最高烹飪，凡國家大慶及宴請外賓時，皆可用之。我國的飲食是舉世無匹的，「國菜」又集全國飲食之大成，烹調之精滋味之佳，可以想見。但「國菜」的確定，要等各省「省菜」齊備之後，纔可談得到。

但代表江蘇飲食之精華的「江蘇菜」，却因這個計劃之實現而確定了，這是今天談吃的掌故之人，所不可不注意的一件事。

當陳果夫與江蘇建設廳籌備物產展覽會的各位同志選擇「江蘇菜」的時候，曾定下幾個原則：第一，必須是江蘇的原料，江蘇的做法；第二，要是各縣的名菜，並且要名副其實，的確美好；第三，要充分表現江蘇特有的風味與格調，使大家在吃這菜時，能聯想到江蘇文物之盛，物產之豐。

經過半個半月的選擇，設計，配合，研究，終於在那年展覽會開幕的第一天，他們便在鎮江省廬內嘗到了理想的「江蘇菜」，當然，那天與宴的人都浮着興奮的笑容帶着期待的心理。

這大宴中所見到的一花一木，一器一皿，都帶着濃厚的紅蘇色彩，他們所飲的紅蘇茶，一共有「碧螺春」「茅麗」「雀舌」三種；喝的是「洋河高粱」「海門葡萄酒」「南翔鬱金香」「金壇黃金酒」等七種江蘇酒。吃的是江蘇水果，如「碭山梨」「蕭縣石榴」等四種。至於菜肴，共有三十餘種，如六合龍池鯽魚，南通魚翅，如臯火腿，楓涇蹄筋鎮江鰣魚及肴肉，揚州獅子頭及醬菜，常熟醬鴨，南京板鴨，江陰鳳凰包鷄，太倉肉鬆，高郵雙黃鹹鴨蛋，淮陰鱔魚，常州酒釀圓子，蘇州的燻魚醬肉，無錫排骨，洋澄湖的清水大蟹等，眞是洋洋大觀，舌不暇接。

這三十餘種的「江蘇菜」，有的是直接派人去買來的，如蘇州醬肉之類；有的是探問了烹調方法，採購了原料，命厨師如法調製的；有些原料，因爲物品展覽會裡有現成的，便就近取材，吃的分外有味。

那天是「江蘇菜」的處女席，一共有兩桌，大小三十餘菜，最後，陳果夫還有餘勇可賈，又吃了一碗「天下第一菜」。不用說，這次的宴會，是集江蘇菜肴的大成，而經過他的品評，標準的「江蘇菜」終於確立了。

前面曾提及「天下第一菜」，現在再把這個菜附帶說明一下。

所謂「天下第一菜」也是陳果夫在江蘇時，公餘之暇的一個改良性趣味作，現在，這個「新食譜」已經很盛行，甚至流行到南洋美洲一帶了。

人們對於食物，普通要求是要它味好，但食物要達到至善至美的境界，僅僅味好是不夠標準的。理想的食物，除菜好之外，還要色美、味香、音和，一言以蔽之，要顧到「聲」「色」「香」「味」四者俱優，還要眞正能滋補身體，有益衛生。

陳果夫早年在杭州的時候，有一次陪朋友吃飯，吃了好幾隻菜，記得內中有隻是番茄鍋巴蝦仁，後來又吃神仙鷄，因爲這兩味菜，他就觸機而聯想到一改良的新法，那就是後來的「天下第一菜」。這個新的做法，蘊藏在他的心中很久，但沒有實驗成功過，在南京湖州等地也曾做過，結果都失敗了，直到這次「江蘇菜」處女席中，纔嘗試成功，完全做到合乎理想的標準。

「天下第一菜」的做法很簡單，先用鷄汁羹沸，加蝦仁番茄成湯，另備一定厚度的油炸鍋巴，趁兩者熱度很高時，攙合起來，便發奇响。我們都知道，鷄和蝦的味美，番茄顏色鮮艷，鍋巴味香，而且加進去時清脆可聞。所以在吃這個菜時，不僅看到鮮艷的顏色，而且聽到悅耳的聲音，耳、目、鼻、舌，處處滿足，旣熱鬧愉快，又中看中吃。

不僅此也，一個菜的配合原料，要具有意義，才不愧天下名菜。鷄是有朝氣的禽類，具傲然獨立的氣概，蝦之爲物，能屈能伸，不愧大丈夫本色。這個菜的原料祇有四樣，却具有五項巧妙的配合對稱。四件原料鷄蝦番茄鍋巴中，動物植物各半，其爲「對稱」一也；動物中一水一陸，其爲「對稱」二也；植物中有中有外，其爲對稱三也，動物中一傲一屈，其爲「對稱」四也；鍋巴性燥，湯性濕，其爲「對稱」五也，實代表中國的文化精神。

這個菜旣包括動植中外水陸的四種原料於一器之中，而這四種原料的配合除具有上述的「聲」「色」「香」「味」以及種種意義外，復富於蛋白質澱粉脂肪以及豐富的維他命。對於身體十分有益。它能這樣面面顧到，十全十美，當然不愧天下名菜了。而最重要的一點，是這幾件原料的價錢不貴，常人可以做來吃，所以是非常平民化的。

當初這個菜吃是吃了，並沒有名字，後來陳果夫又就給他取了一個名字，叫做「天下第一菜」！我們知道，江蘇省會的鎭江，是有著名的「天下第一江山」和「天下第一泉」的，加上這個「天下第一菜」，不是鼎足而三，相得益彰嗎？

那時陳氏又寫了一篇「天下第一菜頌」，辭藻雖不甚美，却把「天下第一菜」的種種好處，總算縷述無遺了。現在把這篇「天下第一菜頌」寫在下面：

天下第一菜頌：

是名天下第一菜，色聲香味皆齊備，宴客原非專惠口，自應兼娛眼耳鼻。此菜滋補價不貴，可代燕耳或魚翅，番茄鍋巴鷄與蝦，不獨味甘更健胃。燥與濕兮動與植，中外水陸品類萃。勇能赴敵屈能伸，因物尤可激志氣。我今鄭重作宣傳，每飯不忘願同嗜。

臨風追憶話萍鄉（四）

張仲仁

柳師傅還有一手奇特的功天，說起來很爲有趣。鄉間秋收後，各農家必要將田間的稻草收集起來，然後堆成一個大圓圈般稻草堆；面積有大有小，高矮不一，大的有兩丈直徑大，三丈多高，好似儲藏汽油庫的大圓型狀。

草堆的儲備，是準備冬季下雪結冰時，野外無青草割，就用乾稻草墊牛欄及餵牛的食料，還有發草菇也要用稻草作爲材料。在城市裡住的人，是不會知道草堆是如何堆法，過程是相當辛苦的。起初從平地堆到一丈多高，當然比較容易，但等堆到兩丈高以上，直到三丈多高時，那站在地面上將稻草向上抛的工人，如不是力氣和手勢，均有相當强勁，就別想做得成。堆草之事看似容易，做起來並不簡單，還有草堆上面負責堆砌的工人，一定要有經驗的老手，才能堆得整齊平穩，如堆得不好，就會歪斜，經不起大風一吹，倒塌下來就麻煩多多了。

草堆下面抛稻草的人，如連續不停向上抛半個鐘頭，就會抛得手臂酸軟。普通工人抛稻草是用單手或雙手抓住一小捆稻草，向前或向側邊往上抛去。

且說柳師傅在田間他也參加堆稻草工作，但他抛稻草時手法是與衆不同的，別人一次抛一小把，他却一次要抛四五小把；他擺着紮樁姿勢，用背對住草堆，雙手抓住四五把稻草，幷成一大捆，向腦後朝上一送，好似火箭升空一般，又快又穩，直往上衝，一大捆稻草絕不會分散，用力恰到好處，，抛上去的稻草，平平穩穩落在草堆上面，情形不像從兩三丈下面抛上來的；使得上面堆砌的工人，也覺得工作得順手。

柳師傅一人能做四五人的工作，他而且能連續不停做兩個多鐘點也不會疲倦。不但如此，他還能用同一方法，抛幾個人上草堆；他抛人有一種手法；兩人對面站定，他坐樁後，雙手捧住對方的大腿部位，然後出聲叫句：「上去！」即運勁雙手向上一送，立將一個一百數十磅重的人，直送上三丈多高的草堆，奇怪的是這人雖被抛上草堆，却依然保持站立姿式，筆直的升到草堆頂上。在抛了幾許時間稻草之後，還能接着抛人上草堆，從這手表面看來平凡的功夫，其實是絕對的不平凡；柳師傅將平生勤苦練就的功夫，在工作時表現出來，顯得輕鬆而又興趣無窮，使得和他共同工作的人，一面做工，一面又可欣賞他的武功，當然是辛苦中有樂趣了。

柳師傅這手抛稻草功夫，曾經傳授給他的徒弟，但怎能及得師傅的功力，其中有一位因功夫不深，勁力不足，學得非驢非馬，還想在人前炫耀。這人就是我姐夫的兄弟，因我姐夫有三兄弟，均拜在柳師傅門下習藝，而他二兄弟中，練得比較好的是老二。

有一次我在他家，老二專找我拆招，當時我不便拒絕，就和他玩玩，誰知在拆招中，老二竟欲使用抛稻草功夫，妄想將我舉起抛出。我一發覺他的舉動有異，就心想：「你太不自量力了！」

候他雙手向我手臂抓來時，我即用分綜手法輕輕的一撥，已將他雙手化解，他抓不到手臂，竟還不死心，立即改變手勢向下抓我大腿部位。

我當時心中已經不大高興了，因他這種做法，分明是太不尊重對方，我眞想一招「獨劈華山」，兜胸一掌，就會打得他朝天一跤跌得很遠。但再一想：「强賓不壓主。」在此境地，我祇好讓步；在他手尚未抓落我腿部時，我就開他一下玩笑，伸右手在他下巴處摸了下，然後縱身向後一跳，離開他有丈多遠處停落，抱拳爲禮，表示不再拆招了。

柳家的子侄有我的同學，我早已知道此功夫的巧妙；抓對方手臂時，定要抓中手臂部位的穴道，要運勁一抓再向下一掃，向下一掃時又要順勢掃中肘彎部位的痲筋穴；如此才能令對方雙手無力反抗，然後雙手直下，用力抓中大腿部位的穴道，卸去對方的勁力，乘他被抓中穴道全身一軟時，即運勁向上一送，就成功的將人抛高，或者抛落後腦背。

功夫看似簡單，但幾下動作要一氣呵成；如動作不夠快捷，抓手部位不準確，手無拔山兮的勁道；還有一着是尚未練成打鐵椿的下盤紥椿功力；那就絕對沒有資格來施展此農村抛稻草的武功。

在剿匪、抗日、戡亂的三段長長時期中，佛嶺柳家出過兩位傳奇性的人物，此兩人即柳洪忠師傅，另一位是柳半仙文端先生，此位半仙的出名，是因他算八字批流年的準確。我年輕時個性强，自己决定要做的事，决不受什麼風水流年所影响，因爲我不大相信算命批八字的事。

但柳瞎子是個有心人，他在我大姐口中詢問到我的生庚年月，流年八字照批如儀。他倒是講得頭頭是道；可惜我當時對這種宿命論，祇當作過耳春風；因爲我㞢他所批判的前程，與我的志願不符合，那就會影响我的進取心，所以祇查看他對我過去成敗的批判；他說得確實有道理，不由得我不相信，難怪當時他柳半仙之名大噪，眞所謂名不虛傳矣。

還有一件眞實的事，可說他確實料事如神。勝利後國府遷都回南京，共黨乘機到處倡亂，並破壞國府的接收工作。那時政府頒佈舉行全國大選，實施行憲政。我記得柳半仙說道：「委員長的八字是註定一生勞碌命，祇適宜掌握全國兵權抗敵，不適合坐深宮享淸福；因爲領袖的大才大智，凡事要親力親爲，直接指揮才能做得好。爲何不保持原有的政制，候將共黨剿滅完成後，再來選舉行憲呢？如今這樣一來，以後國家要更亂矣！」當年我們聽他這樣說，還不太相信，認爲共黨祇不過是小醜跳樑，何足爲患。

後來他又說道：「這次的亂，要亂到不可收拾，眞乃國家不幸！人民所遭受的痛苦，要比八年抗我更苦千百倍。」說後唏嘘嘆息不止。

勝利後各處舉行慶祝會，萍縣第六區亦舉行一次盛會，（吾鄉稱辦萬壽）人山人海熱鬧異常，盛會中全區人士均有參加慶祝。然而唯有柳半仙不參加，他黯然獨坐家中不出門。事後他對人說：「有何喜慶可祝呢？全國人民快要陷入萬劫不復的深淵裡受煎熬了！世人雖無知，然天命已注定，無可挽救矣！」

後來果然赤禍漫天而來，如江河直瀉！當年的柳瞎子，莫非眞有神仙般的鐵板數？他是袖裡乾坤大，壺中日月長的先知？能算出過去與未來的國運氣數？

柳瞎子不但揚名鄉里，連贛西行政專員危宿鐘，湖南省主席何鍵，均曾派專使來迎接他去做上賓，此等封疆大吏，深信不疑，一樣要向這位柳半仙詢問前程。他是一登龍門身價百倍，這當然也是他有此本領，同時他對人生命運的分析，及冷靜正確的判斷，使得人們對他起了信任；他的智慧及靈性，當有過人之處。

可是現今科學昌明時代，决不會有人去深信瞎子所講的說話，關於命運之說，也祇是一個謎。

當初柳瞎子能算出國運的盛衰，我至今仍然是在迷茫中。

（未完待續）

曾任吳佩孚高等顧問

照空和尚是國際間諜（下）

·益軒·

中國的內戰生意是不錯的。做了一次就得做第二次。一九二四年六月裡，他又陪一個中國軍事代表團出現於歐洲。同樣的代表團，加上同樣的顧問，當然只能得到同樣的結果。到處碰壁後，他們賦着歸去來。七月中，我們的脫萊比許又在上海的懷抱中了。

這一碗顧問飯滋味還不錯，吃下去再說。因此，他又成爲了吳佩孚的高等顧問，他的后天八卦並不比劉伯温差。他知道吳佩孚的將星快要落下去了，就趕忙辭了職，到紐約去。一九二四年的八月中，他的大駕常常出現於紐約百老滙的大旅館中。他在美國住上了一年左右。這一個時期裡，他所做的事情沒有一件是順手的，還是上海好，在這一念之下，他又來到了這冒險家的國都。他可以永遠住下去了吧？不，還不能。一九二五年的十一月中，他又借用了湯達婁的名字作錫蘭之游。

他先到菲律濱，把一張舊護照請英國的領事加了簽，一脚跨上了這佛教的樂國。他嘗飽了人世的酸辣味，想懺悔了麼？誰能夠說得定。他在籌划竹麼新的冒險事業吧？只有他自己知道。

在香港被請出境

在錫蘭，他投身於一所寺院中。他的靈魂需要一些安靜和休息。在梵唱唄誦的生活裡，他似乎忘記了世界，忘記了他自己。然而噩耗傳來，使他那靜如止水的禪心又做了重波的古井。他的兒子在英國，因殺人罪被判死刑。他决心到歐洲去，和他的待决的兒子見最後一面。他在一九二六年的春天，拜別了老和尚，向歐洲趕去。

英國的法律眞不近人情。它竟不允許這對賢喬梓在死別之前，作一度生離。同時，漢堡的當局也大悖王道，他强迫這位無害的佛教徒出境。

由漢堡，他出發到那布里斯。在那布里斯，他僞做了一張海曼路的護照，啓程到美國去。紐約是他的舊遊地。然而在紐約過日子，不是一件容易的事情，尤其是像這樣的一位非常人物，既然想不出好法子，在紐約獃下去，是不行的。他喬遷到舊金山，在一個佛教會裡，當了一名佛學講師。但是成天講阿耨多羅三藐三菩提的佛學决不是一件愉快的事情，加上他所住的地方離開太平洋又這樣近，與其朝夕對着一本經，不如到大洋上去逛逛了。因此，在一九二七年九月十日，他和「加拿大皇后」號，一同到了太平洋另一岸的香港。幾天之後，跟着「考勃倫斯」號的靠碼頭，他出現在天津的人海中。然而這個時候，中國的空氣也增加了熱度，他的大名引起了中國當局的注意。一重間諜的黑影籠罩在他的身上，他的背後就不免常有人在跟着了。危險的事情，能避免當然最好，他暫時得找一個隱僻的地方躲一躲。

一九二八年三月十二日，香港的皇家館店中，到了一位名叫杰克·費歇的新旅客，旅客雖然是新來的，面孔却是舊的。四月十九日，香港當局毫不猶豫地請這位新旅客出境。三十日，乘「馬爾華」號而來的脫萊比許所變的費歇，又在南京路上散步了。

在南京路上走了一遭，他又突然失踪了。上海不見了他的人形；杭州的某大寺中却來了一個外國和尚。

六月裡，天津又看到了他的行踪。但是一轉眼之間，已由天津到大連去了。

一九二九年六月十二日，他回到上海，住在呂班路五十號的荷蘭飯店中。這一次他又是一個新人了。他的名字叫阿那伽利加・富可山底，他的職業是教師。他在大連處弄到了一些錢後，他的旅行癮忽然又發作了。一九二九年六月二十五日，他乘「脫利安」號郵船到了漢堡。在夏季將快完結的時候，他的名字出現於荷蘭的報紙中。阿姆斯特丹的警務當局把他看做不是好相識，請他立刻另找安身的地方。

在北平領度牒

歐洲的地面雖不小，可是他竟找不到一個可以容這六尺之身的地方。不如歸去。他於一九三〇年五月七日，趁「薩爾勃盧根」號，又來到了上海。由上海，他轉到天津，在天津他担擱了不多幾天，設法弄到了一些錢。七月一日他又匆匆回到了上海。歐洲的路難道眞的走不通了嗎？不見得吧，再去試一下子看。一星期後，他又在赴歐的郵船「蒙脫批亞那」號的甲板上徘徊了。和他同行的有一位馮・克萊脫裏博士。這次去歐洲的目的在那裡，至今還是一個謎。

在歐洲勾留了幾個月，他又命駕回上海了。這一回，他眞正成爲一個新人了。他住在南京路的一座廟中。不久之後，杭州的靈隱寺裡，來了一個外國和尚。這一個外國和尚的來踪去跡，廟裡的人都茫然不知道。他吃素念佛，虔誠得很。六根清靜，四大已空，他似乎可以降心參禪了。可是在一九三一年的四月中旬，他老人家又失踪了。

在此之後，他抱定照空這個名字了，照空和尚自稱從一九二五年起，對於佛學就有很深刻的研究，他在一九三一年五月中，在北平的白雀寺受戒，領到了度牒。

豆腐面筋吃厭了，還是到上海去吃幾天牛排雞炙吧。照空和尚這樣來了去，去了又來，忙着一些人家所不曉得的事情。

一九三二年八月一日，照空和尚乘「脫利安」號郵船到荷蘭的安特衞普，他這次的目的是要使佛法西行。他企圖在歐洲建做一所大寺院。這又有什麼不可以呢，西方的基督教不是在東方建立了許多教會嗎？

他上船的時候，曾聲言和東方永別了。他用一張中國護照，由德國前進到布魯塞爾。但是比利時的當局也不歡迎這位貴客。他們擋住了他的大駕，請他回德國去。德國的當局忽然也犯了同樣的不客氣病。在進退都沒有法子的情況下，他只好取消上船時的誓言，重歸上海。一九三三年六月二十五日，照空和尚的法駕又在上海亂轉了。他既不能在歐洲建立一所佛寺，他只好在中國實現他的宏願。

一九三三年七月二十五日到上海的「脫利登」號郵船載來了十三個外國和尚與尼姑。照空和尚把他們接到大西路上他的私寓中。七月卅一日，「台灣」號郵船又送來了三個虔誠的外國和尚。

照空和尚帶着這一羣好徒弟，在上海的那些佛教團體中進進出出。他被尊敬爲上賓。香菌蘑菇盡他往嘴裡塞，他雖然沒有吃得大腹便便，可是很有些面團團了。

在利物浦被捕

但是他的好動心終不容許他在上海安享這豐盛的素宴。新的希望之光在遠外閃爍着。他不由自主地被他吸引過去了。再到歐洲去碰碰機會看吧。上海的報紙登出了一段消息。照空和尚與他的諸大弟子到歐洲去宣弘佛法了。倘使可能的話，他將在歐洲建立第一所和尚廟。可惜照空和尚的希望始終只是一個希望。他去得匆匆，來更忙忙。

一九三四年三月二十五日，照空和尚度了四個男弟子三個女弟子，乘「俄羅斯皇后」號郵船到加拿大去。五月初旬，「約克公爵夫人」號郵船把他們這一批人送到了利物浦。英國在大戰時頒發的遞解他出境的命令，到現在還沒有失效。利物浦的當局勸他趁原船到安特衞普去。他謝絕了這盛意的指導。敬酒不吃就得吃罰酒，利物浦的當局請他到監獄中去吃了幾天現成飯。

他的弟子並沒有受到什麽干涉，他們上了岸，寄寓在一家小客棧中，靜候他們的老師出獄。在拘禁時期中，照空和尚曾請英國政府准他在英國作四個月的佛學演講。英國政府却給了他一個不准的批示。

「約克公爵夫人」號郵船從安特衞普囘來了。利物浦的當局把他和他的弟子一起押解上船，請他們囘加拿大去。加拿大也不是他們久居的地方，幾天之後，由温哥華出發的「俄羅斯皇后」號郵船的甲板上，立着一羣外國和尚。他們悵望着這大洋的東岸。久別的上海啊！倦游的照空和尚又囘到你的懷抱中來了！路經神戶的時候，他受日本刑事警察的詢問。他宣稱他已把三個天資稍差的不能領悟佛法的弟子擯於門牆之外。他在上海後來得到的消息和這個恰恰相反。

那三個被擯斥的弟子都是法國人。他們受不住他們的老師的壓迫，所以見機而作，趁早脫下袈裟，還俗去了。他們告訴照空和尚。他們將留在歐洲，不再跟着他亂跑了。弟子的叛離是一件不名譽的事情，照空和尚竭力勸他們不要做這中道叛離的事情。歐洲不肯收他們的法駕，無可奈何，還是囘中國去吧。同來的人總得同去。在他的再三懇求之下，他們才勉强答應伴他囘上海。

在上海，照空和尚犯了經濟困難的老毛病。

大和尚人前吃肉

他帶了六個弟子住在滄洲別墅。滄洲別墅有的是炙鷄、薰鵝濃酪冽酒。大和尚人前吃肉，正是禪門本色。窮和尚住貴旅館，幸虧施主多。挖腰包的施主有男有女。但是施主的金銀只夠修補大和尚們的五臟廟。要解決照空和尚的經濟困難，他們的力量還夠不上。在一九三五年的三月中，這一羣光頭受不住經濟壓迫，只好由滄洲別墅，遷到一家小寄宿舍中。下一個月，他們轉到浙江的天台。禍不單行，照空和尚的一個女弟子突然自殺了。外界的猜測和批評，使照空和尚感到了極難堪的壓迫。

天台既非好住處，還是囘上海吧。上海的小寄宿舍中又多了一羣外國和尚。

好動的彗星總不肯循一定的軌道，作一定的行動的。這位大法師安息了一定的時間，又感受到另外一個太陽在吸引他了。這太陽就是歐洲。照空和尚始終沒有放棄他的歐洲建立佛寺的宏願，一九三五年的秋天，他宣稱葡萄牙政府已允許他在麥台拉島上建立一所佛寺。他到各輪船公司去接洽購賣船票的事。但是他缺乏買船票的錢，輪船公司又不肯賒賬，所以亂撞了一囘，依舊是一事無成。

船票雖然買不到，他的離開上海的心却始終如一。他想出了一個善知識的好念頭。他想買一只一百尺左右的帆船，改造做一所水上寺院，有了這樣一只船，他就可以帶同他那六個忠實弟子航行到麥台拉島去了。一個名叫羅明的沒腦子的人願意担任駕駛之勞。他還答應代招三四個大胆的水手。照空和尚佈置好了一切，就去看船。一隻不成功，兩隻不成功，第三隻還是不成功。這不成功並不是由於照空和尚的選擇標準過於苛刻。在中間作梗的，實是他那隻空空的錢袋子。照空和尚在上海的信用早已等於零。這買船的幾千塊錢，他實在沒有地方可以找到。所以他空有好計劃，只好看着它消失於泡影之中。

不能公開的歷史

照空和尚一生的公開的歷史，大約都在這裡了。是好人還是壞人，請讀者自己下斷語吧。

不過在這公開的歷史背後，還有一些不公開的歷史。在英國的情報處的眼光裡，他是一個善於變化的可怕的魅魑。在若望．提德利，一個替他做傳記的人的眼光裡，他是一個忙人。下面各點是他的忙的紀錄：

在歐洲大戰中期，暗中布置，轟沉吉青納上將所乘的「亞伯拉罕」號巡洋艦；

在大戰正激烈的時候，向德國貢獻强迫協約國請求議和的策畧；

暗殺意大利的反對法西斯主義的麥諦奧諦；

游說中國的軍閥，發動內戰；

推翻阿富汗的國王阿麥諾拉；

襄贊魯登道夫與希特拉的機密等等。

總言而之，照空和尚一生的豐功偉業，實罄南山之竹，書不勝書的。上面所列的幾項，不過是其中的幾粟罷了。

這樣一個國際性的人物，自然是我渴欲一見的對象，經過相熟的介紹，他允許和我在他的寓所中談一次話。一天下午，我如約而去，大和尚的聲名雖响，但是他的住處却破舊不堪。五六個外國男女剃着光光的頭，披着暗紅色的袈裟，在念一些莫名其妙的東西。這些都是照空和尚的好徒弟。他們似乎都是富於可塑性的軟泥。奇異的理想把他們變成了馴服的綿羊。

至於照空和尚本人呢？只須看他的照片，你就可以知道他的為人了。

我們的談話，由空泛而趨於切實。

「在這一個偏重物質的時代，大和尚能夠為精神的生活而努力，眞值得我們欽敬。我想不透英國政府為什麼要這樣追害你。」

「密勒先生，我也曾再三設法改善英國政府和我的關係；但是我的努力始終沒有發生效力。二十年來，我忍受着最不堪的無禮的侮辱，這在歷史上，恐怕很難找得出前例吧！」

「不過事實總勝於雄辯，他們把各種罪狀加在你的身上，假如這些罪狀都是憑空虛構的，你為什麼不根據事實來辯明白呢？」

「我也曾辯過；無奈他們總是不肯聽信！吉青納上將死難的時候，我正因為得罪了英國海軍部，被拘在監獄中。麥諦奧諦在羅馬被刺的那天，正是我僑寓在中國的時候。當報紙宣傳我在齊齊哈爾襄贊馬占山將軍的軍機的時候，我正在四川的一所古寺中，閉關養靜。人家說我幫助希特拉在慕尼黑起事，不曉得那時候，我正在中國担任吳佩孚將軍的高等顧問。英國人以為一九二九年十月阿富汗的叛亂事件是我煽發的，不知道我那時候正在法國的尼斯做寓公。」

「英國政府不必說了，我不明白歐洲其它各國的政府怎麼會聽受英國的利用，也和你為難呢？」

「各國政府也深慚自己為英國所利用，只是他們不敢明言罷了。」

由本題再扯到閑談，興盡之後，我與他訂了再見之約。這位照空和尚究竟是怎樣的一個人，我還有些不敢下定論。不過有一點已斷然無疑，就是我看到了現代的最杰出的冒險家。

前塵瑣記

（中）

·任鴻雋·

在一九〇二至一九〇三年間，父親母親相繼去世了，我便於一九〇四年到重慶去進府中學堂。（彼時尚無學校之名，我的去重慶，大約也是由於艾、胡兩先生的慫恿。）這個重慶府中學堂，是合東川、渝郡兩書院的原址改組而成的，校長是巴縣舉人，大挑知縣，杜少瑤（名成章）先生，當時稱爲監督。這位先生自命爲小大卷辦事的能手，自然是官氣十足。幸而學堂中的教員尚有幾位舊學優長，才氣發皇的知名之士，如梅黍雨、楊滄白等先生，能在教室講授之餘，隱隱灌輸一些革命排滿，對外禦侮的意識。因此這個學堂一時氣象也還如火如荼，甚至於爲當時的官場所不滿。記得那時的學生要求學校做了兩件事，都可以使當局發生疑忌。一件是學校中的教員學生一律改穿短裝，（當然不敢提剪辮子！）一件是體制改鎗操，並在府衙門請得一批眞鎗，你可想像，忽然一天全學堂的人都穿起胸前控了雲扣，袖上釘了三道黃線，多少與營勇制服相像的黑色短衣，辮子揣在懷中的那副得意神氣！教員中如梅、楊先生等也穿這樣的衣服，並且袖上釘了三條金線！只有校長杜先生不會看見穿過。

學堂內的體操，也是經過相當時期的演化的。在二十世紀初年，我們可以說內地的學校，還不知道體操是個什麼樣的東西。我們的體操起初由留學日本返國的速成師範生來教，他們用日語喊口令，而學生們沒有一個懂日本話的，其結果不問可知了。後來請到一位當過新軍的湖北人，我們纔不但有了體操，而且得到一點軍事訓練，我現在想來，在淸晨重霧的江邊「托鎗開步走」一小時，於身體是大有好處的。

一九〇四年重慶府雖然開了學堂，但科舉仍在進行，事實上那時來進學堂的學生，一部份即是曾在縣府考列前茅的高材生或案首，他們的來重慶，是等候過院試的。後來成爲好友的朱芾煌，即是那時的江津縣案首。（案首即縣試或府試終場的第一名。考得案首即等於已經進學，因爲院試是不會給他落第的了。）這一批學生都是身在學堂，心在科舉，而我呢，恰恰與他們相反，本來是要進學堂，但如前條所記，艾、胡先生等既在縣府試替我代卷了，到了院試也就不免去逢場作戲。記得巴縣的院試是大熱天，因爲考試的童生很多，在考試前一日的下午便開始點名入場。點名是依照牌號的次序。每牌有考生一百人，名字都寫在牌燈上，無論白天晚間考生都可以找着自己的名字在第幾牌上。這樣，便不用大家全去擁擠等候了。我那天住在胡先生家，半夜裡起來去點名（名字大約在第幾十牌上）入場後，依着卷子上號數找到坐位。等到全體考生入場，已經是天亮時候了，然後由學臺封門出題，各人去發揮他的錦繡文才，生花妙筆。記得那時的學臺是湖南探花鄭沅。當他出了試題之後，穿着公服花衣，戴了涼帽，手中搖着白絹團扇，來巡視坐號的時候，童生們望之眞如在天上。後來民國紀元後，他在袁世凱的總統府做了一名祕書，在我們心中再沒有從前那樣崇高的地位了。我若再見他時，當不勝今昔之感。

考試照例是三場，第一場經義兩道，一題是「鄉人儺朝服而立於阼階義」，其他一題已記不得了。第二場是史論策問兩道，史論是「伯夷叔齊論」，策問題也記不得了。兩場之後，先發一「水號」，即將取中的坐號先發一榜，但不發表考生的姓名，水號取中的，再去覆試，覆試的一場，入場時是要搜身的。這出其不意的事，倒使我吃了一驚，覆試的題，是「子夏可與言詩義」。這一場因爲人少了，（大約還有二三百人）考生都坐在大堂上，學臺親臨監試，限一枝香時間完卷。（大約不到一小時）我胡亂寫了二三百字，還不感到迫促，這要感謝學堂講堂上考試的訓練。就這樣輕易地在巴縣考取了一名冒籍的秀才，當時也未嘗沒有一點自喜的得意。不久學臺考畢他去，重慶府十五屬的新秀才，都到學院衙門去「送院」，我看到這一地一次的新生就有二三百人之多，於是自喜的心情便烟消雲散了。

一九〇四年的上半年，因爲學堂與科舉同時並行，許多學生都騎着兩頭馬，學堂始終辦不上路。這年的下半年，學堂纔正式開學。當時的功課，似乎有國文、中史、倫理、外史、地理、政治、社會等科，使我們得到不少新知識，確有開拓心胸的功效。其他各科都不過敷衍了事，只有倫理一科，用嚴幼陵（復）譯的「羣己權界論」做課本，可稱新穎。到了次年，學校當局因爲我們這班人年紀較大，不易管理，便把我們集入一個師範班，就在那年畢業。因爲是師範班又加添了幾門新功課：如物理學、化學，由京師大學堂一個師範畢業生來教；教育學、心理學，由日本教員的課本拿來重抄一遍，記得心理學先生上第一課，在黑板上寫道：「心理學者研究心的現象之學也。」這分明是由日本講義譯出的。但當時我們對於物理化學先生的印象比這個還要壞！

那時學生皆住堂，伙食自備。每月伙食費記得是制錢二千四百文，約等於銀元兩塊。我當時窮得一錢莫名，年終時伙食費無法交付。有一天校長杜先生請我到他的辦公室談了一陣，送了我七塊銀元，使我得還淸伙食費。這件事是我所感念不忘的。

在府中學的師範班畢業後，我在開智小學及某私立中學教了一年書，教的是國文、格致、圖畫、體操等功課。小學的修金記得是二百元，中學是兼課，修金一百二十元。這樣教書一年的結果，有了約二百元的積蓄，我便拿來做遊學經費，就在是年冬（光緒三十二年年底，西曆一九〇七年初）偕兩個同學—周秉魯、羅錦章—搭上一隻鹽船，順流東下了。這兩個同學中，周秉魯是未得家庭許可，偸偸逃走的。那天我們上船後，船尙不開，我仍返家住一宿。但周不能回去。那夜，我們正在消夜的時候，周家來尋人了，於是我便躱在帳中，候周家的人去後方出。這位周君，在上海中國公學住不到一年，因思家仍回去了，但當時熱心留學的風氣也可見一斑。

乘木船下川江（一九〇六—七年川江還沒有輪船）自來是著名的險途，而鹽船尤爲危險，因爲鹽船裝載較重，吃水較深的原故。由重慶到宜昌，除了三峽不算外，著名的險灘，有雲陽以下的興龍灘與峽中的所灘。照例，船過這些險灘，搭客是要「起灘」的。所謂「起灘」，是搭客爲了安全起見，在灘的上流某處上岸，步行若干里，讓船過了灘之後再行上船。自然也有不願起灘的搭客，那是要把性命交與船家或菩薩了。我們經過興龍灘時自然也照例起灘，在岸上看自己的船下灘，却是驚險難得的奇觀。興龍灘據傳是由附近山崩壅江而成的，當灘初成時，江面曾被山石塞斷，簡直無道可行，因此船壞在灘下的不知其數。後來才慢慢地開出一條水道來，但水口很窄，因之水流也很衝急。船從上流放來，有如駿馬下道，越來越快，經過灘口時，更有一瀉千里之勢，又如飛鳥過目。倏然而逝，至下流二三十里處方纔打住。我當時曾有一詩道：「水不受山束，翻從山面過。腥風蹲虎豹，白日走黿鼉，共同爭生死，旁觀有笑歌。由來悲蜀道，遊子意如何。」也不能髣髴當時的情景。這個險灘雖然僥倖過去了，就在第二天船仍在江邊某處觸礁沉沒。幸而沉船的地方不在江心，故人與物都能得救，只有船主與滿船的鹽不知怎樣了。幾天後船過新灘，我們已換乘別一隻船了。大約這個船家自以爲放灘大有把握，也不叫客人起灘，於是我們便穩坐船中，看他放這個兇灘。新灘與興龍灘不同，是由江中亂石興風作浪而成的。我們過灘時，只覺風起水湧，天昏地黑。一個大浪把掌舵的船主打在船沿的一邊，只聽他口中喊出些粗話。船頭上也浪花四濺，我們艙中的衣被都打濕了，但船却已平安地出了灘。

乘船遇到破沉，也是人生難得的經驗，記得過了興龍灘的次日，開船不久，我們在睡夢中，被船主叫喊跺脚的聲音驚醒了。急忙起來一看，纔知道船已擱在一個離岸不遠的礁石上。幸而是擱礁，所以一刻還不會沉沒。我們急忙把行李往礁石上扔，人也從後艙跳在石頭上。不到一刻就有幾十隻小划子（也不知是從什麽地方來的）來把船圍住，任意搶取船中的鹽和東西。眼看約有一點鐘時光，船就慢慢地沉沒了。我們只得包了一隻小船，搖一百二十里到夔府。雖然在一個整天中沒有一點飲食，但在傍晚時總算安全到達了夔府，立刻在城外吃夔府有名的羊肉麵。

到宜昌時，正是光緒三十二年末，除夕及新年元旦，我們都仍留住在木船上。我在無聊的時候，曾做了一首詩，現在把記得的幾句錄如下：「離家纔十日，轉盼又經年。況乃孤舟裡，那堪楚水邊。青山支枕看，白晝挾書眠。……」開年後第一隻到宜昌的輪船，是日清輪船公司的大貞丸，我們便買了一統張艙票，搬到輪船上住。開輪船後使我開眼界的第一件事，是看見船上的電燈。

在一九〇七年間，上海有兩個新出現的學校，都是遠方學生所嚮往的。一是復旦公學，一是中國公學。復旦公學是震旦學生退學出來組織的，當時的校舍在吳淞蘊藻濱，由馬相伯做校長，李登輝做教務長。功課注重在讀英文，學風是偏於西洋化的。中國公學是留學日本學生因反對取締規則返國組織的。校舍在虹口北四川路底，校長是鄭孝胥，教務長是馬君武。不過是爲對付當時的官場。因爲這個學校的學生都是有革命黨的嫌疑，所以要擁戴一個與官場接近的名士做校長，鄭孝胥當時似乎是兩江總督端方的幕友。馬君武先生是當時一致公認的革命黨人，我到上海時，他正爲要避免官場的名捕，弄到一名官費，要到德國去留學，而這個官費聽說也就是端方送與他的。校中的眞正負責人是三位幹事，是由學生公舉出來的，一位是四川人張俊生；一位是河南人王博沙；一位是湖南人黃正祥。他們在理論上是受學生的委託出來辦學校的，所以這個學校，在當時可以說是開民主的先聲了。功課在英文之外，也法重理科文史等，學風不消說更是充滿了革命的空氣。從這種種方面看來，可以曉得我的學校選擇並非難事，即決定進中國公學。進了學校之後，第一件事即剪辮子！

中國公學被認爲革命黨的大本營，並非無故。當時從日本回來的學生有多少是革命黨，雖然沒有調查，但川人中如朱芾煌，但懋辛，就是其中的一二。後來我的加入中國同盟會，也是他們介紹的。章太炎於出獄後赴東京前，曾來公學洗過澡，而「秋姊姊」（即秋瑾，當時同學稱之爲秋姊姊）的言論行動，更是當時學生閒談的好資料。馬君武在一九〇七年學校開學時，曾來向學生演說，這是我見君武先生的第一面。

我所進的高等預料甲班，是彼時公學最高的一班。功課除了英文及文法之外只有代數、幾何、音樂、圖畫。記得英文讀的是 Baldwing Reader 第四冊，文法是 Nefield English Grammer第三冊，幾何是菊池大麓的初等幾何教科書；代數圖畫教員都是日本人，有人翻譯。當時所謂「高等」課目，程度如是，同學中在甲班裡有蘇明藻（廣西人，後在美國土木工程，於廣西建設頗有貢獻。）但懋辛（四川人，曾參加黃花岡之役，後爲四川有名軍人）、朱經農、胡洪騂（和後改名胡適，此二人不用註釋。）在預科乙班的和鄧朱芾煌（前已言及，辛亥革命期間奔走南北，促成頗議，出力頗多）、李駿（後留學法國，歷任使領）時子淳、周烈忠（後改名周均時），後來都在社會上一露頭角。在我的同班中，胡適之年紀最小，但他那已經在辦雜誌（競業旬報）著小說。我當時有贈他的首小詩中間四句說：「鼎鑄奸如燭，臺成債是詩。彫形寧素志，歌哭感當時。」這是我和適之文字往來之始。

中國公學校歌，用的是法國革命馬賽進行曲的調子，歌詞雖不見佳，頗能代表當時學子的情緒，錄如下：

前前兮中國青年，及時努力兮莫遲延！時當元二兮國步方艱，歐風美雨兮又東漸。（重一句）天演競存兮爾其聞旃，文明進步兮箭離弦。曉日麗空春華研，始貴精勤兮終貴貞堅，培爾德爲厚壘！勵汝志如深淵！前，前，復前，爾快發奮自雄，著祖生鞭！

提到學校勉勵學生的文字，我記得趙堯生先生（趙先生曾做過東川書院校長）留在東川書院的兩副對聯，不可不錄。其一云：

須想我不學問時，是將此心安頓何處；
試取國與天下事，先從自身平治些時。

其二云：

合古今中外爲師，滙觀其通，百派春潮歸渤海；
任綱常倫紀之重，先立乎大，萬峰晴雪照崑崙。

這兩副對聯，前一副似是集的語錄，後一副則是趙先生自撰，並且用了趙先生美妙的書法，前一副用行楷，後一副用篆書，刻來掛在書院的大廳上。我做學生時遇有甚麼集會，總喜歡對它欣賞，所以現在還記得。

我所準備的留學費，在當時的上海，留學一年已經不夠，（當時學校的火食費是每月大洋六元，學費及其他雜費大略相等）一年以後怎樣？更是不曾想到。少年時代的糊塗，也眞可以了！幸而這些困難我雖不提及，已有朋友替我計劃解決。在上海時，同學傅友周、鄧子淳都曾接濟我，（此時四弟已在成都某中學任教）使我得度過難關。下一年的計劃，則由鄧子淳在東京與同縣李竹君、李雨田兩君約好，每年借我日幣一、二百元，讓我到日本去留學，到能考入日本高等學校爲止；因爲當時清政府與日本文部省有約，凡考進了指定的高等學校的都可以領官費。我當時一方面是是經濟所追，一方面也覺得在中國公學留下去沒有意思，於是決定在光緒三十三年末，同一位同學余耀彤東渡留學了。關於借學與我的兩位朋友，李竹君是重慶府中學堂的舊同學，李雨田則素昧生平，他們肯慷慨借助，是極不易得而至可感激的！

去日本時，我坐的是統艙，船似乎是叫「山口丸」，相當的小，海船的統艙不比長江船，它在船尾的下層，既不通風，又臭又黑暗。開船後天氣又壞，我在艙內躺了兩天，絲毫飲食未進。這是我第一次航海，想不到是這樣的苦！兩天後船近長崎口，我才上甲板去望望，只見青天碧海，上下一色，中間點綴了一些島嶼，使人立刻忘掉了幾天來的困苦。我還胡謅了幾句詩道：「昨日天狂浪如山，今朝風死海波閒。空間一磨無天地，時有羣鷗相往還。初見島巒如米粒，旋驚煙嶂如仙班。蓬萊自有殊勝處，使我對之一開顏」雖然如此，海上兩日的昏暈與長崎口驗病的嚕囌，使我對海程發生厭倦，於是就在長崎換了火車，同余君作啞旅行到東京，記得我當時手中還拖了一床中國草席，一路和日本人作筆談或英語（在中國公學一年所學的）會話，情形抑何可笑！

到日本留學的第一個目的，自然是以最短的時間考入一個有官費的高等學校，這第一，須學日本話，（從字母學起，到能和日本人同班聽講；）第二，須有日本中學的畢業文憑；第三，還要經過入學的競爭考試。這些，我都在一年又半以內，通通做到了。我以一九〇八年年初到東京，一九〇九年秋，考入了日本東京高等工業學校，從止我算脫離了中學階段，並且成了官費學生，不靠借債過日子。

日本當時的學制，高等專門學校專授應用智識，正式大學（如東京帝大）則教授高深學理，另有一些普通高等學校，則爲大學作預備。高等學校都是三年畢業，但中國人入高等學校的須先讀一年預料，（當時所謂取締規則的風潮平凡已久，又因高等學校都有官費，所以每校投考的人也相當的多）預科畢業以後，方與日本人同班上課。我進的是應用化學科，用意別有所在，將於此下說明。在預科的一年還有一個笑話，當時學校特別爲中國學生設立了一種獎牌名「手島」獎牌，（手島是校長的姓）專給一年以內不曾「遲到」的學生，我在這一年以內每天都不曾「遲到」，可是在最後一天，不知怎樣，忽然搭錯了電車，繞了一個大彎之後，到學校已經遲到了。因此，獎牌自然得不到，心中不免難過了一陣，但最後幾分鐘偶有差池，一年的功夫皆成枉費，在我正是一個好教訓。

庚子拳亂以後，滿清政府雖然想拿立憲來緩和人心，但革命運動却已瀰漫全國，大有一觸即發之勢。在東京的同盟會員，大都各就所能，擔任一部份工作。有的與日本浪人接頭，購買軍火，有的自己設法製造炸彈，爲軍事或暗殺之用。川人喩雲紀（名培倫）、黃復生，皆因爲製造炸藥而炸傷了手或眼睛。我想，要製造炸藥，除非先學化學，恐怕沒有更好的辦法。所以我決定去進東京高工應用化學科，目的就是要製造炸彈；可是想不到革命進行意外的快，我的學校尙未畢業，而辛亥革命已經成功了。購運軍火的事，則常常與宮崎寅藏接頭。宮崎寅藏是孫中山先生的老朋友，曾以白浪滔天的筆名寫了一本書，名「三十三年落花夢」，敘述他和中山先生結交的經過。這本書曾有中文譯本，我在中學即已看過，對於革命事業的宣傳大有力量。記得我和李伯申（名肇甫，後來做四川省議會議長）常到他家裡取了要買的手鎗，藏在大衣裡面，拿回下宿屋交與購買的人。（張奚若曾爲其中的一個。）事時他也請我們在他家裡吃飯，大盃酒，大碗魚，十足表示浪人風格，在東京幾年的革命工作中最堅强時期，要算辛亥三月廿九日黃花岡之役。那次的軍事組織，我不曾參加，但有好些人到香港去，我是知道的。（其中包括同居的朋友如王子騫，曾子玉等。）記得有一天喩培隸（培倫的弟弟，後做四川師長）。忽然從香港回來，說要預備一種發動的佈告，到國內長江一帶去散布，以便助廣東方面的援兵。並且牽制長江方面的聲勢，我和喩君兩人，就在一天之中，做好布告，油印幾百張。但沒有官印怎麽辦？恰恰我小時也喜歌刻印玩，此刻手邊又恰有一顆二三寸見方的大壽山石，我於是連夜刻成一顆「中華民國軍政府印」的印章，蓋印在布告上。後來喩君回到中國不久，廣州革命失敗了，我不知道這個布告曾與民衆見過面否？

辛亥廣東革命的失敗，是留東革命黨的一個打擊，在我個人尤覺得特別難過。因爲知道革命事業雖不因這一點挫折而中止，但許多革命健將和熟識的朋友，將從此不能再見了。想不到過了些時之後，許多朋友居然生還，尤其使我們高興的，是黃克强、趙伯先、熊錦帆等都能逃出。四川朋友只有喩雲紀遭難，但怒剛被執，而且不久之後，熊錦帆、洪承點（安徽人，後做江蘇第二師師長。）都回到東京，在我們的一個宿舍同住。當時我們於抑鬱無聊之際，特請熊錦帆教我們擊劍的技術以作消遣。我的「憶昔遊」詩中所說「燈寒方學劍，酒罷亦吹簫」即指此事，就在是年八月十九日（陽曆十月十日）武昌起義，革命事業又有了轉機，這一班就紛紛回到中國去了。我把同盟會的事務稍稍作一結束之後，也遂拋棄了學校，拋棄了幾年來積存下的書物，手中了一個小小的衣箱，離開新橋車站，回向革命戰爭正在澎湃進行的祖國來，我感覺到一生的性情，再沒有比此時更輕鬆的了。

（未完待續）

北望樓雜記（三）

·適然·

咏義勇軍詩

張學良不抵抗而失瀋陽，車北軍整隊入關，守土抗日之責乃由義勇軍負起，全國國民紛紛捐欵以援義勇軍，在北平且設有專門補助義勇軍之機構，義勇軍亦能不負國人之望，殺敵致果，守土衛民，鄭質菴有咏義勇軍詩：「一夜倉皇來鐵騎，倭塵狂卷遼東地，將軍借箸豈無謀，壯士枕戈齊下淚，翩翩京兆擅英名，都府堂皇鎮北平，悄掠燈前蝴蝶影，驚聞塞外鼓鼙聲，三軍盡掩雲中旆，小忍須臾亦何害，試足難容即墨城，執言猶仗葵邱會，空傳海外魯連忙，無奈强寇是虎狼，誑楚已將眞面隱，復韓尤見禍心藏。中樞誰是回天手，怨李恩牛相掣肘，正苦人間馬有肝，忽驚海內龍無首，羽書片片請纓來，紙上空譚刦後灰，入寇俄聞榆塞逼，出師未見棘門開，異軍突起將軍馬，指天誓日龍江下，熱血橫翻上國旗，義聲直震昆陽瓦，從來草莽出英雄，飛將爭誇小白龍，破虜好乘强弩勢，同仇却趁錦帆風，天下興亡匹夫責，不負此生須殺賊，鴨子河邊骨似冰，魚鱗陣上雲如墨，慷慨登陣廻不羣，紛紛拔戟各成軍，誓師共見風雷動，殉國拚將玉石焚，女兒亦赴戎機速，百尺高樓溯名旗，不數當年花木蘭，請看今日秦良玉，氣壯江陰典史閻，冰天雪地鼓三嚴，生悲故國心何苦，死到沙場肉不甜，黃沙紫塞風雲變，視死如歸身百戰，義憤同處易水歌，大勳待定天山箭，橫空何懼鐵鳶飛，衆志成城總不離，殺敵最宜飛雪勁，出奇曾借稻粱肥，守在四方眞猛士，成仁取義應如此，却疑逐鹿閱連年，不爲屠鯨加一矢，畢竟籌邊尚有樓，憑誰破釜更沉舟，肯將遼瀋三千里，看作燕雲十六州，角聲變徵家山破，抵死不呼臣朔識，被髮惟將大義明，揭竿總把兇鋒挫，莫道危機繫一絲，岳家軍起未嫌遲，行看白雁狂飛處，會有黃龍痛飲時，城亡甘入潭州井，死作鬼雄猶制挺，鼓瑟寧爲北鄙聲，銘勳重製南塘餅，以心許國自忘身，揭地掀天泣鬼神，亘古男兒是南八，飛芻輓粟又何人。

所述義勇軍領袖有小白龍，老北風，鄧鐵梅，苗可秀，趙侗，尚有許多無名英雄，當時功業彪炳，但以電訊不通，未爲人知。

惟小白龍，區區曾親見其人，時在民國三十二年春，晤於安徽臨泉，其人眞名馬西山，年已花甲，時任湯恩伯總部顧問，自述抗戰事甚詳，最後衆寡不敵，全軍成仁，妻兒皆喪，已則身負重傷間走關內，座中咸壯其志而哀其遇，余曾爲賦馬西山將軍歌：神州金甌缺東北，封豕長蛇肆相賊，燕趙俠氣昔蓬勃，忍教鄉國變顏色。將軍崛起草萊間，身驅一旅出榆關，鴨綠江畔敵氛重，長白山前朔氣寒，孤軍轉戰三邊土，主帥如龍兵如虎，乘虛部勒夜斫營，出奇每制賊心腹，强賊相與震威名，不敢安眠午夜中，能教勛烈傳婦孺，兒啼但呼小白龍。胡塵未靖心未已，敢云爲國建奇功。樓蘭未斬賊酋首，何期禍變生腋肘，賊人悉以大兵來，我軍援絕無爲後，士卒枵腹戰尤酣，殺傷過當終失守，妻兒盡已喪賊虜，隻身僅得關內走。故園東望已無家，攬鏡空悲鬢髮華，自愧端居生髀肉，何時重趁渡江楂。言罷老淚沾橫臆，語終四座盡咨嗟，十年久已慕雄風，邂逅天涯遇此翁，躍馬能馳飯五斗，依然壯志貫長虹，中原猶自競笳鼓，還我河山尚待公。」

此事已隔三十一年，此翁若存，已在九十以上，白山黑水英雄輩出，若小白龍者甚多，惜乎多不傳也。

此詩曾得友人杜奎英葆光兄修正甚多，葆光兄任政大副教授，上月病逝，今日談此詩故人已逝，黃罏之痛情何能已。

東北地理詩

東北開發較遲，故咏東北地理之詩較西北爲少，佳者亦不多見，唐高適「燕歌行」：漢家烟塵在東北，漢將辭家破殘賊，男兒本是重橫行，天子非常賜顏色，摐金伐鼓下榆關，旌旆逶迤碣石間，校尉羽書飛瀚海，單于獵火照狼山。此詩如「榆關」、「碣石」均東北地名，是東北地理最早入詩者，當因高適曾任渤海軍節度使，接近東北之故。

又樂府詩：「盧家少婦鬱金香，海燕雙棲玳瑁梁，九月寒砧催木葉，十年征戍憶遼陽。」遼陽亦東北地名，但此詩作者想係傳聞東北有此地名，已身則未必曾到遼陽也。

近人咏東北地理詩，所見者不多，就記憶所及，王永江「月夜過山海關」一首最佳。「山繞雄城水繞山，漢秦殘壘暮雲間，春風橐筆三千里，月夜題詩第一關，劍底雄心雙淚熱，鏡中華髮幾莖斑，懵騰雲漢星辰睡，萬派潮聲落遠灣。」

此詩不僅咏山海關傑作，亦爲近代罕見之好詩，次句「漢秦殘壘暮雲間」，讀後可以想見山海關之雄奇，而自漢唐以來累世興築，以防外寇，殘壘竟在雲間，則此關之險可知，古人經營之苦心亦可見。名家着墨，原不在多，即勾出輪廓，不問詩文詞賦，在此等處始分高下。王永江號岷源，遼寧金縣人，民國十五年之前，輔佐張作霖治理東北，任財政廳長代理省長，舉凡東北之建設，皆出其手。至整理幣制，安定民生，功績尤大，後因反對張作霖率兵入關，辭職回里，民國十六年底卒，此人生前即有東北蕭何之稱，亦爲東北當代第一君子，故能有此好詩也。

又已故青年黨黨魁曾琦民國十八年過大連詩：「風物清如此，江山却屬誰，魯田歸有約，趙璧返無時，舊夢縈黃海，新愁漲碧池，遼東一坏土，撮取記吾癡。」

是時大連尚在日本手中，查旅大原由俄國租借，日俄戰後，由俄國轉租於日本，廹我國承認，並將租期由二十五年延至九十九。實則時局若無變化，即九十九年日本亦未必肯交還也。曾氏當時已有見及此，故頸聯云云。至「遼東一坏土，撮取記吾癡」之句，愛國之情，躍然紙上，可敬也。

馬君武詩

君武兩首「哀瀋陽」詩，搖動滿天星斗，實則兩詩模擬義山太甚，並非佳作。君武其他吟咏則甚佳。民國十年，君武任廣西省長，爲本省軍閥所逼，難安於位，不久變作，倉皇出走，僅有如夫人彭文蟾相隨，乘舟出灕江東下，擬返廣州，行至中途，岸上亂兵開槍劫舟，窗篷中彈，情况危急，文蟾伏君武身上以護，竟中彈而歿，君武僥倖未傷，突圍後即在貴縣草草埋葬。中間十年，君武重到貴縣，得展文蟾之墓，賦詩云：「四面槍聲驀地來，一朝玉骨委塵埃，十年始洒墳前淚，萬事無如死別哀，海不能填惟有恨，人難再得始爲佳，雄心漸與年俱老，買得青山伴汝埋。」此詩自具眞性情，非矯柔造作可比，詩亦是好詩，勝過「哀瀋陽」多矣，是時已屆民國二十年，君武絕意仕途，少年豪氣，銷磨殆盡，故有「雄心漸與年俱老」之語，亦心聲也。

以後譯法國名作家雨果重展舊時戀書一首：「此是青年有德書，而今重展淚盈裾，斜風斜雨（一作細雨）人將老，青史

（一作黃卷）青山願總虛，百字題碑記恩愛，十年去國共艱虞，茫茫天國知何處，人事倉皇一夢如。」

此爲君武詩中最佳之作，與前詩參讀，亦有藉他人酒杯澆自己塊壘之意。

君武晚年寄情聲色，鍾愛桂劇名伶小金鳳，收爲義女，出入相偕，一次赴南京，途中賦詩寄小金鳳，「百看不厭舊時妝，剛健婀娜兩擅場，爲使夢魂常見汝，倚車酣睡過衡陽。」

徐悲鴻因賦詩嘲之：「詞賦功名悵影過，英雄垂暮意如何，風流契女多情甚，頻向包廂送眼波。」君武閱後付之一笑，亦文壇佳話也。

抗戰軍興，汪精衞投敵，君武賦詩嘲之：「潛身辭漢闕，矢志嫁東胡，脈脈爭新寵，申申詈放夫，賞錢妃子笑，賜浴侍兒扶，齊楚承恩澤，今人總不如。」則不見佳。

總之君武性情中人，作詩全憑才氣，極少推敲，故瑕瑜互見，但就民國偉人而言，君武之詩，仍爲上選。

咏秦良玉詩詞

中國史書記載，女子從戎者有之，卓著戰功者亦有之，但以女子而爲元帥，爲國征戰前後逾五十年，則古今中外，惟明末秦良玉一人而已。

良玉爲四川石砫土司馬千乘之妻，千乘死，代領其衆，五十年間平土司、剿流賊，抗清兵，每戰皆捷，功業彪炳，雖男子亦不多見。

崇禎三年（一六三〇）清兵入塞，莊烈帝號召勤王，良玉奉詔即行，且出家財助軍餉，軍至京師，莊烈帝召見平台，賜綵幣車酒，賦首四首賜之。此四詩知者已多，茲錄於下。

一、習就四川八陣圖，鴛鴦帳裡握兵符，由來巾幗小心受，何必將軍是丈夫。（當是用諸葛武侯遺司馬懿巾幗事。）

二、蜀錦戰袍手製成，桃花馬上請長纓，世間多少奇男子，誰肯沙場萬里行。

三、露宿風餐誓不辭，嘔將心血代胭脂，北來高唱勤王曲，不是昭君出塞時。

四、誓將箕帚靖皇都，一片歌聲動地呼，試看他年凌閣上，丹青先繪美人圖。

就詩論詩，此四首功力不深，然輕靈明快，一氣呵成，更難得者出於帝王之口，比起以後之「十全老人」乾隆帝之詩，高明多多矣。

然四詩之可議處，在每首皆有游詞，如「鴛鴦帳」，「桃花馬」，「昭君出塞」，「美人圖」，實不應出於帝王之口，尤其所贈者並非宮娥妃嬪，而係號令一方之元戎，莊烈帝此舉，實非天子所應爾。

就因莊烈帝之詩，語涉輕浮，遂引致無謂讕言，如謂良玉入京時，奸相溫體仁心懷叵測，以邀宴爲名，圖謀不軌，爲良玉所峻拒。後某人咏良玉詩亦有「天子也曾親賜酒，美人何必定傾城」之語，則直認良玉爲傾國傾城之美人矣。近代尚有撰歷史說部者以良玉之事演成小說，極盡色情渲染之能事。誣良家婦女尚不可，况曾捍衞國家達半世紀之元戎乎？是眞罪該萬死矣，故不能不辨。

查良玉首次出征在萬歷二十七年（一五九九）隨夫馬千乘征播州，是年良玉年幾何，史書未載。但以良玉婚後隨夫出征而論，其年當在二十五歲左右。由萬曆二十七年（一五九九）至崇禎三年（一六三〇）前後已三十二年，使良玉在萬曆二十年二十五歲，此時應已五十六歲。古人既無美容之藥，更無易容之方，以五十六歲之婦人，三十年中橫刀躍馬，沐雨櫛風。中年以後且運籌帷幄，決勝疆場，使其爲絕代美人，亦將垂垂老去，史書上有五十六歲之美人乎？由於莊烈帝之失言，遂導致無數流言蜚語，殊堪惋惜。猶記淸人筆記某書，記良玉帳下健兒，皆其「面首」，此亦無聊文人，厚誣古人，滿足自身之色情慾念耳。實則即眞有此事，亦復何傷。國家之養士，在其能執干戈衞國土耳，私德如何，無關大體。近代軍人私德最佳者無過於胡宗南，但此公平生無一次勝仗，最後以三十萬大軍，不戰自潰，猶復隻身飛台。使國家大將皆是此等輩，則我中華古國安能存於世上五年，不必言五千年矣咏秦良玉詩詞，莊烈帝以後，似不多見，茲錄清人詞數首。

金縷曲　題秦良玉小象。　錢枚

明季西川禍，自秦中，飛來天狗，毒流兵火，石砫天生奇女子，賊胆聞風先墮，早料理，巫夔平安，爭奈軍門無將畧，念家山，只怕荆襄破。妄男兒，妾之可。蠻中遺象誰傳播？想沙場，弓刀列隊，指麾高座。一領戰袍殷戰血，襯得雲裳婀娜，更飛馬，桃花一朵。展卷英風生颯爽，問題名，愧煞寧南左，軍國恨，尚眉鎖。

滿江紅　題石砫夫人秦良玉像　馮登府

百戰河山，有幾個蛾眉燕頷，撑半壁，夫人城在，風雲陣黑，白梃金戈傳檄地，明妝鐵騎朝天日，看丹青，先畫美人圖，弓鞋窄。青犢恨，雲陽厄，翠袖斷，綿州策，想豐容盛鬋，平臺顏色。玉帳夜談秦隴月，錦袍腥染狼河血。嘆國殤，兒女盡英雄，紅蘭泣。

琵琶仙　題秦良玉小像　方履籛

千古娥眉，建幢葆，橫掃西南天壁，花馬輕蹴，征塵燕雲正如墨。飛度急，戎裝小像，問何事贈人巾幗？繡髻明鬟，金戈鐵騎，慷慨朝闕。只今日，初展生綃，見寒玉森森動人魄，腰下劍光如水，斬長鯨猶濕，落日照，桃花邊影，寫淡痕，似有鵑血，縱使圖入雲台，也應生色。

琵琶仙　題秦良玉小像　董裕誠

雲髻翹妝，錦袍映，馬上桃花珠勒，飛箋遙請，長纓關門羽書急，三萬里，黃圖似掃，算留得蜀江殘壁，雁塞虫沙，鸞台水火，輸與巾幗。問中閫，驕帥如棋，尚揮麈綸巾當籌筆。中酒斫衣投地，與金甌同裂。念玉壘，家山已破，料珮環，不花鵑血。祇有圖畫春風，舊時相識。

上列四作者同一時人，錢枚嘉慶四年進士，方履籛，董裕誠為嘉慶二十三年進士，馮登府則嘉慶二十五年進士。故四人所見良玉小照當為一幀。所描述之「雲鬟婀娜」「豐容盛鬋」「繡髻明鬟」「雲髻翹妝」均是中年婦女形象，但決非召對平台時之象，因「雲鬟婀娜」一詞，斷不能形容五十六歲之婦人也。

良玉像自不醜，明史稱其「為人饒胆智，善騎射，兼通詞翰，儀度嫻雅而馭下嚴峻」。儀度嫻雅言其豐度高華而不足以稱絕世美人也。

至良玉通詞翰一事，明史載其崇禎三年援京師之前，奏摺片斷云：「行間諸將，未睹賊面攘臂誇張，及乎對壘聞風先遁，敗於賊者惟恐人之勝，怯於賊者惟恐人之强。」此眞名句也。雖未必出於良玉之手，但必出於其口。觀乎近三十年之事，益嘆良玉之言，可懸之三百年後也。

憶民國三十三年甲申，為明莊烈帝殉國三百周年，時政府尚在重慶，川人曾舉行紀念，並展出秦良玉遺物，余無緣目睹，據云其戰袍甚長，一般男子皆不能御，所用之長槍，重達八十斤，亦非今世一般將軍所能舉，至於其文韜武畧，義胆忠肝，更不知愧煞幾許鬚眉。此我中華民族之寶鑽也，三百年後猶熠熠生光，安可褻視哉。

（未完待續）

北平當年大學之「盜」

·包緝庭·

不久前夏元瑜教授，寫了一篇「砍人頭」的文章內中談到從前北京憲兵司令王琦，把在中和園戲園內滋事的兩個奉軍，給就地正法，梟首示衆的故事。按說軍人在戲園子裡滋事，最多敲打幾十軍棍，也就是了，無論如何罪不致死，是那時。正是奉軍擊敗了馮玉祥的西北軍，長驅入關，以戰勝者姿態，進駐北京城內，橫行不已之際，王琦以治亂世用重典的手法，毅然予以「砍頭」的處分，爲了殺一儆百，整飭軍紀，也就無可厚非了。看了這篇記述，連帶又想起北伐以前，另外一樁砍頭的掌故，這件事的元兇巨憝，是當時正在東城某大學，就讀的一個學生，並且在此案中，牽扯了金融鉅子，男女名伶，案發之後，鬨動九城，卒至軍警巷戰，兩敗俱傷，這種擄人勒贖，强盜殺死事主的大新聞，比了「中和園砍頭」又熱鬧多了，街頭巷尾，閭里哄傳，成爲一時談話資料，且有謔者謂之爲「大學之『盜』」。

這件事情發生在民國十六年春夏之交，正確的日期已不記得了。肇事者姓李名志剛，他原籍東北，父已早喪，既無兄弟，亦無姊妹，隨同母親，卜居北平，中、小學畢業之後，考入東城大學，讀法律系。彼時各大學的學生，孳孳用功的固然很多，生性遊蕩的，當然也有，這些不良青年課外活動的路線，不外兩途，一是聽戲捧角兒，另一途就是跑到八大胡同去逛窰子。李志剛經濟力量；不算十分寬裕，所以就走進聽戲捧角兒這條路，那時他常去的地方是城南遊藝園。

在民國十四年春天，由上海來了一位坤角唱老生的，她本名是若蘭，原籍北平，生於清光緒卅三年丁未，他父親是唱武老生的挈眷久走外江，所以若蘭從小就在南方長大的，九歲時即從仇月祥學老生戲，十二歲在無錫新世界登台，後來到了上海，名始大噪，十九歲——民十四到了北京，先拜陳秀華爲師，以期深造，隨即搭班演唱，第一次登台，是這年六月五日（陰曆閏四月十五日），在前門外大柵欄三慶園，永盛社坤班，與趙碧雲合演四郎探母，這是她初與故都人仕公開見面。因爲她扮像好，台風漂亮，一出台簾，猛一看活脫兒像似譚富英，先給觀衆一個良好的印象，即至一聽她的唱念有味兒，身上瀟灑大方，當然是人見人愛，一砲而紅了。

北京從民國二年一月一日起，由京師警察廳，通令內外城各戲園，嚴禁男女合演這一道禁令，直到民國十九年舊曆庚午正月初一日，才經北平市公安局予以廢止。因之在民國十四、五年間，任何男角女伶還是不能同台合演，因之各大戲園，多爲男角大班佔據，只有大柵欄慶樂園一家，是坤班奎德社常駐之地，怎奈這個坤班宗旨是門羅主義，一向保守輕易不邀外人參加，以致有些能夠掛頭牌的坤角，如金少梅、碧雲霞、孟麗君，琴雪芳等等，都是在先農壇闢地興建的城南遊藝園中常川露演，這位若蘭小姐自不例外，由民十四重陽以後，即入城南遊藝園主演大軸戲。

北平成名的坤角雖多，但十之八九都是唱旦角的，能以像樣兒，而又夠味兒的女老生，自李桂芬（影星盧燕之母）息影後，如金桂芬、張喜芬、李伯濤之流，只能算是聊備一格而已，談不上獨當一面，不想居然出來一位若蘭女士，論扮像嗓音、身上鞭式，韻味醇厚，眞是要那兒有那兒，怎會不哄動朝野呢。談到城南遊藝園這個地方，等於當年上海的大世界，北平的新世界，猶如九龍荔枝角的荔園，那裡面有電影、話劇、大鼓、雜耍，百藝雜陳，應有盡有，尤其是那一座「大戲塲」容人最多，用田際雲所剏辦之崇雅社女科班的學生做班底，外串頭、二、三牌名角，其演出情形，規矩整齊，不遜於各大班，何況進門的入塲券只賣一毛現大洋，劇塲中四座包廂不過兩塊錢，前排好座也只兩毛錢，其他散座不另收費，這樣戲好價廉的去處，最適合於家境不太寬裕的大學生前往遊樂，李志剛既好聽戲又愛捧角，便成了該戲塲的長期座上客，日子一久也常往後台蹓躂，按照遊藝園規定坤班後台一向是「閒人免進」，但是常在台下捧角喊好兒的人，台上台下彼此早已互相認識，祇要肯腆着臉大模大樣走進後台，誰也不好意思攔阻，李志剛也是循這途徑常去後台，日久天長，漸漸與崇雅社的學生廝混熟了，慢慢的再由她們給他介紹認識了二牌的主角，這是北平學生捧角的一個最初步驟。

李志剛在遊藝園捧角的目的，原先是要獵取琴雪芳（本名馬金鳳），無奈這位馬小姐早在上海的時候，即已心有所屬，她的北上獻藝，乃是母命難違，又豈是這冒冒失失的李志剛所能追求得上，迨至琴雪芳與遊藝園解約離去，換上了這位坤角老生若蘭女士，那李志剛又一本初衷的向新角開始進攻，進一步也偶借散戲後送她回家的機會，常到她家中走走，若蘭母女因爲自己行當是跑碼頭，吃開口飯兒的，對於任何一位主顧，也不敢得罪，每逢他來到家中，或在後台相遇，總是客客氣氣的應酬幾句，無非是一味敷衍而已，沒想到這一少假辭色，李志剛却想入非非了，自以爲已然升堂入室，人家並沒討厭自己，將來越走越近，一切希望，均在意中了。這種一廂情願的想法，是當年各大學中迷戀坤角的捧角家之通病。

若蘭女士每天在城南遊藝園露演日夜兩塲，可是她劇藝早已傳播遠近，人人嚮往，當她未與遊藝園簽約以前，各大堂會中邀請參加演唱的已不乏人，京師警察廳雖不許男女同台，但這個禁令却不適用於達官鉅紳的喜壽堂會中，記得是民國十四年八月廿三（舊曆七月初四）日，北京電燈公司總辦馮恕（公度），爲其母八十整壽，在三里河大街織雲公所演堂會戲一塲，由名青衣王琴儂任戲提調，派了一齣四郎探母，在晚宴後登塲，由若蘭女士演楊延輝，梅蘭芳飾鐵鏡公主，這是她與梅蘭芳同台演戲之始。

寫到此處應該先談一談，這位舉世聞名伶界大王梅郎的家世。梅蘭芳原籍蘇州後遷泰州，先世亦係宦門之後，至乃祖若父始入梨園，他的幼年非常坎坷，四歲喪父，九歲正式學戲，十一歲登台，十三歲搭喜連成科班，十四歲喪母，十七歲因倒倉輟演，在家養嗓，未及一年嗓音恢復，時爲宣統庚戌。即於是年結婚，娶青衣王順福之女，名明華，即武生王毓樓之五胞妹，生一子取名永兒，惜未滿十歲即已夭逝。民國二年冬隨王鳳卿赴滬，演於丹桂第一台，原定一個月合同，因營業鼎盛上座不衰，又續半個月，紅遍春申，北返後尚在田際雲之翊文社，露演一短時期，至民三之春搭入俞報庭之雙慶社，遂掛頭牌演大軸，民國五年底入楊小樓之桐馨社，民七自組裕羣社，至民八春自組喜羣社，從此逐漸紅紫名滿中外，一般文人富紳之組團捧塲，如李釋戡，齊如山等且爲之編排新戲，以資號召，此中捧者以廣東馮耿光（幼偉）與之相識最早，約在光緒末年蘭芳搭喜連成時二人即已熟稔，較齊如山猶早四五年，餘者更無論矣。梅氏成名之後於民國三年底和民國五年冬一連又去了兩次上海，回到北京更是炙手可熱了，這時他已買了北蘆草園門牌七號一所大四合房，從鞭子巷三條舊宅中搬了進去，他外面唱戲掙錢，他的元配明華爲他主持家政，免其操心，不僅照顧他的飲食起居，甚至他初演嫦娥奔月那個古裝頭都是她發明軔造的，可嘆這個賢內助並未永年。

民國十年有一次在同興堂飯莊堂會戲，梅下後台稍早，見新出的小坤角福芝芳有一齣武家坡正在扮戲，她雖是不大起眼兒的旦角但很有人緣兒，頗有人捧，這次與梅不期而遇，便有人從旁攛掇着說，「這孩初學乍練，請梅老板提拔提拔她吧，」梅之爲人一向是靦覥拘謹，聽了這話惟有點頭微笑，大家一看他沒有拒絕，便又進一步說「這孩子連扮戲也不會哦，你給她指點指點吧」，梅在情不可却的情況下，便拿起黑筆來，很小心而又精心誠意的給福芝芳的上下眼皮上分別畫了兩道黑圈，在那年月北方旦角還沒有畫眼皮的風尚，這是梅氏去了三次上海，從南方旦角學來的私房化裝技巧，經這一畫上了台立刻顯得眼睛又黑又大，二目特別有神了，於是又有人在旁起哄說「這眞是有甚於畫眉？」說得梅福二人都有些不好意思，同時梅氏也覺得這個坤角扮相不錯，站在台簾後面，整整的看了她一齣戲，梅黨中人看到這個情形，有好事者便想給他們兩人撮合成伴侶，最後還是經馮六爺，幼偉主持，教梅蘭芳納福芝芳爲簉室，其理由是梅之髮妻王氏，自長子永兒夭逝後未再生育，而梅又係獨子，應兼祧其伯父梅雨田及其父梅竹芬兩門香烟，再娶一房亦不爲過。這時梅之經濟、家政一切都控制在馮六手裡，所以他一言九鼎，梅是不敢不遵，何況娶個二房也是好事又何樂而不爲呢。

如此這般，就在這（民十）年陰曆十月初四日，娶福爲外室，表面上是說兩頭兒爲大，實際是分居另過。後來王明華也知道了消息，一則思念亡兒，二則暗在悶氣，得了癆病，民十二溘然去世，福芝芳正好扶正，入主中饋，購入東城無量大人胡同一所三層現落的大四合房，從南城北蘆草園遷進新居，儼然門庭烜赫，等於達官高第了。

一個人永遠沒有知足的時候，福芝芳做了名正言順的梅大奶奶，應該是躊躇滿志了，她還覺得梅家的財政大權完全控制在中國銀行總裁馮耿光手裡，終究有點兒不是滋味，經常對梅不斷唧咕，蘭芳則認爲不能忘本，常勸她說「我們要是沒有馮六爺，焉有今日」，福見他過份忠厚也就無可奈何，可是這股怨氣，常向外人發洩，對於馮之包攬把持嘖有煩言，一來二去這話傳到馮氏夫婦耳朵裡非常生氣，眞有心從此甩手不管了，後來想到衝着梅蘭芳老實厚道，不善理財，應顧全大局，豈可與婦道人家一般見識，只好裝作不知，依舊我行我素，從此馮福之間起了一段陰影，也是後來梅蘭芳再度私置外室的一個導火線。

在民十五的下半年，有一天是王克敏的生日，當然要大唱堂會戲，賓客如雲名伶齊集，名震一時的若蘭女士，和衆望所歸的梅蘭芳，自亦均在其內，在酒席筵前，大家正在推敲晚宴以後；外串帶燈的戲碼，座中忽然有人提議，應該教若蘭女士和梅蘭芳合演一齣遊龍戲鳳，一個是鬚生之皇，一個是旦角之王，皇王同場，珠聯璧合。大家聽了先是一陣鬨堂大笑，繼之是全體贊成。原來提議的這個人是大陸晚報社長，此人姓張名鵬字漢舉，他口巧舌尖能說善道，因他排行在三，所以有個外號叫「夜壺張三」。這天他對此建議並補充理由說：「這戲平日也有男女合演的，都是男扮正德女扮鳳姐，難免矜持顧忌，若改爲女扮男，男演女，來個顚倒陰陽，扭轉乾坤，豈不別開生面皆大歡喜。」一羣好熱鬧的人也隨聲附和，戲提調也不便有違衆意，除通知後台準備外，並在台口貼了一張「特煩」的海報，到了最後一齣這戲登場，雖然是按照老本老詞演唱，因爲這戲本來就充滿了羅曼蒂克，兩人循規蹈矩一絲不苟不改，把劇中人都演活了，台下觀衆紛紛叫好人人起哄，尤其張三哄得最厲害，大喊眞有意思。當場就有好事的人向馮耿光說，這確是天生一對地設一雙，六爺若肯做點好事，何妨把他們湊成一段美滿婚姻，也是人間佳話，馮六當時一笑置之，心中却也覺得有理。果然爲期不久這位坤生之皇就下嫁旦角之王，洞房花燭就設在東城煤渣胡同馮總裁公館裡，這檔子新聞，不脛而走遐邇咸知，福芝芳表面上不動聲色，心中暗恨馮六。

且說李志剛見若蘭在城南遊藝園契約期滿，另搭慶麟社坤班，改在香廠華嚴路新明大戲院登台，他也跟着轉移陣地仍舊捧場如儀，不料忽有一天臨時輟演，等了幾日亦未再露，跑到她的家中旣沒見到本人更問不出所以然來，正在愁悶徬徨，才聽人說她已下嫁梅蘭芳，而且是馮六爺主婚。這一氣眞是非同小可，論財力勢力都無法與馮梅相比，不過心有未甘總想遇機見到這兩人打他們一頓出出這口惡氣，好不容易費了幾個月的工夫才將馮梅二人的住址打聽明白，輪流在兩家門前附近窺伺，怎奈侯門深似海，慢說意中人難得一見，即兩個「仇人」也深居簡出無從遭遇，每大乾着急沒有法子。

有一天傍晚馮宅門前忽然汽車羅列賓至如雲，原來是馮幼偉又在家裡請客，貴賓之外梅蘭芳當然列席，張漢舉也恭陪末座，正在華燈初上盛筵正開之際，門房差人進來囘，說外面來了個窮學生要見梅老板，馮問「他有什麼事嗎」，差人說「看樣子像是告幫的」馮說「那就給他幾個錢打發了就算啦，還囘稟什麼」差人說「我們已經給他添到廿塊錢了他還不走非面見梅老板不可」這時候張漢舉在旁自告奮勇說「我出去瞧瞧去」，來在外面門道裡見一個推小平頭，穿藍布方褂的人站在那裡，張問「你貴姓」答說「姓王」張問「你要見梅老板什麼事，我姓張，你就跟我說吧」對方說「我跟你說你能全權代表他嗎」張三一拍胸脯說「當然可以」對方說「我母親病重非買一種貴重的藥不能救命，醫生還在我家等我拿錢囘去買藥」。張問「得多少錢呢」對方說「要兩三萬呢」。張三一想這簡直是訛人敲竹槓，便問「你家在那裡，我同你囘去看看你母親病況並且向醫生商量一下」。對方說「離此很遠在西斜街哪。」張說「不要緊我們這兒有汽車一會兒就到。」對方語塞只好隨張一同出門上了馮家自用汽車直奔西斜街。

這條街在西單「宏廟」北邊進了東口就斜向西北走，出了北口已是豐盛胡同了，曲折崎嶇行人稀少，是一條鬧中取靜的住宅區，一進街口張漢舉就問「是那個門」對方總說「在前邊」，直到北口也沒找到，再問他又說「大概走過了」，把車磨囘來再找仍然沒有，張三說「怎麽你連自己的家門都不認得了嗎？」對方說「昨天晚上才搬來記不清了。」張說「你母親不是病重麽，昨天怎能搬家呢？」就這樣一句緊似一句把對方釘得無詞可對了，張漢舉一看這是囘雁的包子露了餡兒了；便說「乾脆你下車吧我要囘去了。」對方說「好吧我們一塊兒囘去吧。」張說「你還囘去做什麽呀？」對方說「我去找梅老板哪。」張說「我看不必啦你下去吧」說着伸手要開車門，想把他推下去，不料這個學生登時變成面目猙獰的盜匪，從懷裡掏出一隻伯郎寧手槍頂住張三的胸口說「別動。你要動一動我就打死你。」一面指揮司機教他趕快把車子開囘馮家去，這一來不但張三噤若寒蟬，司機見張三已落入人手，命在瞬息，那敢違抗，七里多地的程途，不到半小時就到馮宅大門口。

下了車，盜匪教張三高舉雙手在前面走，他用手槍抵住張的後心魚貫而入；門道站的當差全嚇傻了。見兩人由前院進了垂花門直入中層大廳，進去便命張三把廳內電燈全部熄滅，又將廳門大隔扇也關緊，教張三爬在窗口向外喊話，讓馮梅速籌十萬元現鈔都要十元一張的——說明五元一元的不要，趕快送來給姓張的贖命。

這時已是晚間八時，前院倒座客廳裡酒席未散，門房聽差的和汽車司機進來報告經過，大家一聽全怔住了，馮梅兩家不用說立刻拿不出十萬來，雖兩三萬也籌措不及，只好一面向警察廳報案，一面由馮耿光親自給中國銀行的值夜打電話，教他們趕快把管庫的找來，現開庫要湊出十萬塊的十元現鈔送到總裁家裡來。這一折騰工夫不大，內左一區的武裝警察，戶部街的保安隊，鷂兒胡同的偵緝隊，步軍統領衙門的巡防隊，大隊人馬從四面八方急馳而至，把整條煤渣街胡同的門裡門外都佈滿了軍警，連馮宅三層院落以及左右鄰居的房上也全站滿了人，眼看盜匪挾持着張漢舉就在中廳只是設法兒下手，那年月軍警手裡既沒有毒瓦斯也沒有催淚彈，想要拿活的救活的勢比登天。

這時候中國銀行已然把十萬現鈔送來放在前院客廳裡，一共是十大綑堆起來有二尺多高。同時偵緝隊的人已經有所表現，因爲他們都換了便衣扮做馮宅聽差的模樣往返穿梭去到中廳，先是向盜匪要價還價，誰知對方咬定牙關少一個蚌子（即當時最小的硬幣）都不行，後來現鈔來了就由他們一綑一綑的往裡面遞送，其目的是想伺機先奪過手槍來再進行抓人救人，可是這個盜匪也很機伶那隻手槍一直抵在張三的後心上，錢來了敎張三從窗戶眼兒接進來，查點數目也是張三的事，偵緝隊雖然精明强幹也無可奈何，因爲馮六爺有話就是十萬塊錢全給他拿去都沒關係以保住張漢舉的活命要緊。所以誰也不敢冒這個險破門而入壞了大事。

直到十萬現鈔都送齊了，盜匪又敎張三傳話把一輛汽車開到大門口，預先開好車門等候啓行，馮宅遵命照辦，才敎張三打開大隔扇雙手捧着鈔票在前面走，他仍用手槍押着在後緊緊跟隨，由中院走至前院直到出了大街門，兩旁的人投鼠忌器誰也沒敢動，到了汽車門前他敎張三抱鈔票先進去，張三低頭彎腰往裡一鑽，手槍剛離開他後心，大一看機會來了忙步向車門一欺，盜匪說「好啊你有埋伏」用槍對準張三要害砰的一聲，夜壺破了，回身準備用槍拒捕，軍警一見張三已死沒了顧忌一陣亂槍之後，盜匪的屍體就俯伏在汽車的門裡一半，門外一半。這時已是夜裡十二點了。

整整鬧了一夜，究竟這個盜匪姓甚名誰呢？最後在死者藍布大褂兜兒裡找到一張東城大學領講義的卡片，姓名欄內果然寫的是姓王，便到該大學去查問，結果該大學提出證明是姓王另有其人，至於已死盜匪却不認識亦非該校學生。警方不得要領還是無法落案，後經軍警各方協議，認爲强盜殺人業因拒捕槍斃，不妨再將其頭顱割下昭示市民，如有人辨識其姓名向官方舉發，亦可究出端倪，於是予以戮屍把首級懸掛在正陽門五牌樓和東、西兩邊牌樓，示衆三天仍無結果，一則是死後砍頭面目全非，二則是北京人一向不願多事，即使看出這是李志剛來，誰也不肯報案自惹麻煩，終於還是由偵緝隊從線民口中得到了眞實姓名及詳細住址，及至找着李老太太一問，誰想他竟不承認有這樣一個兒子；後來這這件案子也歸檔成爲疑案，以不了了之了。

從出事第二天起，張漢舉的太太，每天挈兒帶女跑到無量大人胡同梅家去號哭，梅蘭芳迫不得已，只好給她買了一所小房子，又給她幾千塊錢，作爲了結。那李志剛已經考入大學，正當青年有爲之際，不習正道，鋌而走險，卒至身敗名裂，死後戮屍，這也算是捧角兒的下塲頭啊。

中國歷史書籍目錄

書名	作者	出版	定價HK
中國通史（上，下）	傅樂成	大中國	20.00
中國通史（上，下）	呂思勉	上海印書館	14.00
中國通史（上，下）	周谷城	文 樂	36.00
中國通史綱要	繆鳳林	學 生	66.40
簡明中國通史	呂振羽	人 民	13.00
簡明中國史綱	周舟川	文 苑	9.60
中國近代史	蔣廷黻	上海印書館	3.00
中國近代史	楊 佐	三 育	4.20
中國近代史	孫生蓮	信 昌	18.00
中國近代史	陳嘉言	大中國	16.80
中國近代史	王 儀	文 源	21.60
中國近代史要	陳安仁	上海印書館	10.00
中國近代史四講	左舜生	友 聯	10.00
中國近代史(上,中,下)	黃大受	大中國	175.00
中國現代史綱	嚴靜文	波 文	平10精35
中國近代史	韓逋仙	大中國	21.00
中國近代史要畧	黃大受	大中國	13.00
中國近代史綱要	黃大受	大中國	12.60
中國史要畧	黃大受	大中國	23.10
中國史要畧（上，下）	黃大受	大中國	22.40
中國史綱要	黃大受	大中國	12.60
中國近代現代史	黃大受	大中國	19.30
國史新論	錢 穆		5.00
中國歷史研究法	錢 穆		4.00
國史提綱	梁沛錦		10.00
正史概論	張立志	台灣商務	5.30
二十五史探奇	林廷橋	台灣商務	36.00
中華通史（1—5）	章 嶔	台灣商務	60.20
中華二千年史（1—4）	鄧之誠	台灣商務	70.00
中國通史要畧	繆鳳林	台灣商務	12.60
中國通史綱要（上，下）	余又蓀	台灣商務	29.40
國史大綱（上，下）	錢 穆	台灣商務	45.00
通史新義	何炳松	台灣商務	10.50
中國古代史	夏曾佑	台灣商務	21.00
春秋述聞	張元夫	台灣商務	10.80
隋唐五代史	藍文徵	台灣商務	8.40
多桑蒙古史（上，下）	馮承鈞	台灣商務	35.00
明延平王台灣海國紀	朱宗信	台灣商務	4.20
明清史論集（上，下）	李光濤	台灣商務	43.20
清洪述源	帥學富	台灣商務	8.00
太平天國史事日誌	郭廷以	台灣商務	77.00
中國近百年政治史（上，下）	李劍農	台灣商務	57.60
中國近代史（上，下）	陳恭祿	台灣商務	37.10
漢民族的研究	吳主惠	台灣商務	14.00
中國民族志	胡耐安	台灣商務	24.10
唐代文化史	羅香林	台灣商務	14.80
重修清史藝文志	彭國棟	台灣商務	17.50
中歐文化交流史事論叢	陳受頤	台灣商務	13.60
中華民族拓殖南洋史	劉繼宣	台灣商務	17.40
中國古代婚姻史	陳顧遠		4.00
中國目錄學史	姚名達	台灣商務	9.80
中國經學史	馬宗霍	台灣商務	5.60
中國倫理學史	蔡元培	台灣商務	7.00
中國理學史	賈豐臻	台灣商務	10.00
中國道教史	傅勤家	台灣商務	7.00
中國政治思想史	楊幼炯	台灣商務	9.80
中國政黨史	楊幼炯	台灣商務	7.00
中國稅制史（上，下）	吳兆莘	台灣商務	14.00
中國田賦史	陳登原	台灣商務	8.40
中國鹽政史	曾仰豐	台灣商務	9.10
中國法律思想史	楊鴻烈	台灣商務	16.00
中國水利史	鄭肇經	台灣商務	11.20
中國救荒史	鄧雲特	台灣商務	14.70
中國教育思想史	任時光	台灣商務	12.60
中國交通史	白壽彝	台灣商務	8.40
中國南洋交通史	馮承鈞	台灣商務	11.20
中國日本交通史	王輯五	台灣商務	8.00
中國殖民史	李長傳	台灣商務	10.50
中國婚姻史	陳顧遠	台灣商務	7.70
中國婦女生活史	陳東原	台灣商務	16.00
中國文字學史（上，下）	胡樸安	台灣商務	25.20
中國訓詁學史	胡樸安	台灣商務	11.20
中國音韻學史（上，下）	張世祿	台灣商務	15.40
中國算學史	李人言	台灣商務	11.60
中國度量衡史	吳 洛	台灣商務	11.90
中國建築史	伊東忠太原	台灣商務	12.40
中國漁業史	李士豪，屈若搴	台灣商務	7.20
中國商業史	王孝通	台灣商務	13.60
中國醫學史	陳邦賢	台灣商務	17.40
中國陶瓷史	吳仁敬，辛安潮	台灣商務	7.70
中國繪畫史（上，下）	俞劍方	台灣商務	18.20
中國音樂史	田淸尚雄著 陳淸泉譯	台灣商務	8.00
中國韻文史	澤田總淸原著 王鶴信編譯	台灣商務	15.40
中國散文史	陳 柱	台灣商務	9.10
中國駢文史	劉麟生	台灣商務	4.90
中國小說史	郭箴一	台灣商務	22.00
中國俗文學史（上，下）	鄭 篤	台灣商務	19.60
中國考古學史	衞聚賢	台灣商務	9.10
中國地理學史	王 庸	台灣商務	8.40
中國民族史（上，下）	林惠祥	台灣商務	23.80
秦漢史	錢 穆		10.00
秦漢史	勞 幹	華 岡	16.90
秦漢史	夏德儀	開 明	35.00
魏晉南北朝史	勞 幹	華 岡	13.30

掛印封金李漢魂

·仲平·

李漢魂將軍，字伯豪，民國八年畢業保定軍校第六期，在校時，乃師李蓉舫（前清進士），特薦其作文於校務會議上，評一百二十分。史之所無也。同學有薛岳、張發奎、余漢謀、顧祝同、繆培南、黃琪翔等。

國民革命軍北伐，主鐵軍第十二師參謀處，調度運籌，血戰汀泗橋、賀勝橋，圍攻武昌城，挫吳佩孚之雄師。返旆德安、馬迴嶺，折孫傳芳之兵。十六年二次北伐，率十二師第廿五團，屹立河南臨潁第一線，苦戰奉軍；卒俘其師長富雙英以下官兵輜重無數，奉軍披靡。

一九七一夏李將軍夫婦伉儷攝於紐約寓所

抗日軍興，將軍自動請纓，得償夙願，率六十四軍北上，首戰初捷河南歸德，再克羅王砦。痛擊國人皆恨之土肥原。論功行賞，得華胄榮譽獎章一座。繼領廿九軍團，重戰德安、南潯，血戰四月，擢第八集團軍副總司令，指揮粵、川、西北及中央各系部隊，完成武漢保衛戰任務。

旋奉命長粵省，時廣州淪敵，局勢緊張。將軍臨危受命，地方以安。

將軍平生最爲人稱道者，則爲掛印封金事。

民國廿五年夏，胡漢民氏逝世廣州，西南政治委員會頓失中心，中樞除通令全國致哀外，並冀粵省主政者能乘時導勢，一統於中央；蓋民國十八年北伐雖告成功，號稱統一，但各地分裂者，比比皆是，或盤據一方，抗不奉令，或閉關自守，居心叵測。如共黨又倡亂於贛皖，流竄陝甘。日寇則步步侵迫，得寸進尺，如何抗日圖存，務必內部統一，一致對外也。然盜者嚷盜，如共黨亦談抗日。廣東主政者躭於私利，亟欲保持勢力範圍，乃拾唾餘，藉抗日名義，應桂省之說，與之組成所謂「抗日救國第一、二集團軍」，更隨桂軍之後，北向三湘。欲與中央兵戎相接矣。是爲：「西南事變」。而中央屯兵衡陽，仍望以談判和平解決，儲備國力，以禦日寇。

時將軍任第二軍副軍長兼廣東東區綏靖委員，駐節潮汕。而日寇以日警角田斃命街頭事件，嘵嘵不休，揚言以聯合艦隊登陸汕頭。此時也，如箭即發，如彈在膛，抗日救國第一集團軍抗日與否？一諾便曉。將軍乃率汕頭市長等於七月一日電陳濟棠請示，稱：「當此抗日聲中，職等萬不能退讓喪權辱國，受國人指責，惟爭持而致決裂，又未知是否果爲鈞座所許，爲此請示祇遵。」詎陳濟棠三日覆電：「請兄相機解決便是。」寥寥八字，顯露近世某些「抗日」者底蘊，此時欲置李氏於砧上，以作替罪羊牯也。

實則西南事變之初，胡漢民氏剛逝世（五月十二日），陳濟棠即在廣州舉行海陸空軍大演習，以示有所恃；十七日白崇禧抵穗，說粵方將領，並約李漢魂、鄧龍光虎帳談兵。以人才論，皆英雄也，但英雄所見畧左耳。李氏於日記下：「對時局多所討論，國事至此，前途殆極悲觀，予救國有心，回天無術，祇有俯仰由人已耳！」粵局主政者，昧時代之進展。既迷信堪輿，遷洪秀全之祖墳。復問政於扶乩，封詹天眼爲將軍。甚者問卦求籤以定行止。斯時求於乩，乩曰：「機不可失」。乃登「抗日救國集團軍」之傀儡，而莫顧粵東之漁陽鼙鼓矣。

民國六十年辛亥仲春各界人士歡宴李伯豪將軍伉儷於香港敘香園。八方雲集，樓頭滿座。此乃會上將軍展卷歡悅圖。

李氏接覆電，忿然不已，曰：「西南既揭櫫抗日，對此久懸未決之案，自應堅持到底，誓與一拚，尚有何相機可言！」又曰：「余若一味退讓，則不特受粵人唾罵，且亦大違斷不辱國喪權之初心，進退兩難，實爲狼狽。於此益見所謂抗日救國云者，直是公開的騙人，而以吾人爲犧牲品！」

斯時也，粵東日艦狼環狐窺，陰霾四佈，抗日健兒自應揮戈東指，而陳濟棠則欲驅粵軍北上，以鬩於牆。然在粵原爲革命策源地，百姓素抱正義，戰士豈甘分裂？於是一軍軍長余漢謀首輸誠於中央。二軍香翰屏、繆培南若即若離，海軍司令陳策、空軍司令黃光銳表示服從中央。空軍聯飛南昌，貽笑「機不可失」。其餘將領：鄧龍光、李潔之、黃濤等，或棄軍，或離職。西南政委會諸元老，或北歸首都，或南避香港，但倡義高呼，發聾震聵者，唯李將軍封金掛印通電。其七月四日自記曰：「滿懷心事，澈夜不眠，余要做人，余尤要救國，乃此日艦進迫，二中全會又已將到，時局嚴重，稍縱即逝，決再鼓勇氣，効「掛印封金」之舉，以醒夢聵，當即起草電稿，並準備一切。決心六日赴港，作明確的表示，以期轉移時局。

七月六日其膾炙人口之通電曰：

「廣東總司令陳×密。自西南揭櫫抗日，舉世騷然，因名實之不符，遂盈庭而聚訟，倘不懸崖勒馬，將由筆舌之爭，演成鬩牆之禍，無論勝負誰屬，然國事不堪問矣。決計伊始，職幸參末議，不獨高級將領不敢苟同，即二三元老亦持異議。誠以國難已深，天良未泯，既不忍目覩鈞座躬蹈不義，更不肯背鈞座而別有所圖。垂涕而道，據理而爭，竊謂古之諍子諍臣，當不過是，方幸鈞座察納愚誠，翻然變計，目標祇在抗日，領導仍仰中央；而西南兩機關多（二日）電之主張，亦未違此旨，各將領用即分途返防，整戈待命。詎突來請纓改號之支電，政委會又從而嘉納之。浸假而進兵鄰省，搖撼中樞，星火燎原，間不容髮。用是軍心惶惑，輿論沸騰，社會蜩螗，金融紊亂。而道路紛紛，更有以對日諒解之言相疑責者。職固深信鈞座斷不出此，然敵方譸張爲幻，故弄玄虛，杯弓蛇影，曷云能已。即如汕頭方面，半年以來交涉頻繁，敵艦踞泊，未曾或離；乃自西南高唱抗日後，竟悉數他駛，頓呈河清海晏之象；而角田一案，至是更絕口不提，豈懾於抗日聲威，而望風畏避耶？又何怪相驚伯有，轉爲親者所痛也。顧苟安片刻，好景不常，敵見我馬首徘徊，蠻觸未發，樓艦橫海，昨又重來壓迫矣。其西崗司令冬日訪職，肆行恫嚇，咄咄迫人。業經電請速定有效辦法，俾得保我主權。惟奉電覆，仍無確切指示，而敵方着着進迫，不可終日，以言空談，則壇坫氣奪，以言備戰，又孤掌難鳴。至於低首下心，喪權辱國，則固非以抗日號召之西南所應有，亦非良心未死之職所忍爲。跋前疐後，動輒招尤，忠憤耿耿，痛心曷極。職備員東區，責重守土，然海疆之戍卒盡撤，國防之設備毫無。曩曾構築工事矣，然假想之敵，尚迷其方；今更羽檄紛馳矣，然敵愾之心，人異其趣。坐使外交失其憑藉，將吏無所適從，此職所爲負戟長歎，悲憤塡膺，望北指之旌旗，痛南風之不競者也。

竊以爲抗日救國，人有同心，不過旗幟固極鮮明，言行更宜相顧。筆槍舌劍，祇堪取快一時；離析分崩，結果適以資敵。乃者二中全會，期已屆矣，統籌大計，中央自有權衡，當不因一着以誤全局，而敵人邇來對華北既猛進突飛，期生呑而活剝；對西南更縱橫捭闔，圖鷸蚌之兼收。本集團軍既誓爲抗日救國而犧牲，自應披髮纓冠，當仁不讓，豈宜捨近圖遠，坐誤時機。夫示抗日之決心，應揮戈而東指，經職再四建議，未蒙採納，一着之失，全局幾危。今者寇患盡深矣，國人交讁矣，果能及時反旆，固我東陲，將所以求於中央之對日絕交抗戰者，先作持滿以待發；則義聲所播，壁壘一新，消隱患於無形，開壯烈之新局，振臂而起者，豈獨半壁西南已哉。顧或者乃鰓鰓以中央將躡我之後而乘我之危爲慮，苟非卑怯之夫，即爲巧佞之輩，大局之壞，此實尸之。誠以目前國家之出路，民族之生機，厥爲統一與抗日，我果於行動上獲得民衆同情，誰敢甘冒不韙與民爲敵。中央而爲納我請求，共圖禦侮，我方感奮不暇，尚復何求。倘若乘我於危，授人以隙，則誰爲戎首，誰是漢奸，萬夫所指，其有歸矣。寧不愈於目前之無的放矢耶？職救國有心，回天無力，謬秉疆寄，心竊恥之。用是掛印封金，拜還大命，嘔心瀝血，敬盡忠言。

倘蒙鑒其愚忱，顧名思義，回師抗日，統一救國，則束身待罪，固所不辭，棄諸市朝，亦無所悔。否則從井不能救人，淸白未敢自玷，惟鈞座有以諒我矣。抑再有所聲明者，職此次愚莽之舉，純出於愛國愛民之至誠，受良心血性之所驅使，事前絕未對任何方面有所接洽，事後亦非對任何方面有所企圖。國難亟矣，我身安寄！世有復興民族之領導者耶？負弩前驅，誓作馬前之卒。如時不我許，則乘桴浮海，當爲含石之禽。皎皎此心，可質天日。至東區現狀，李參謀長當能維持，各項存欵約二十萬元，敬謹存儲，分毫不敢有所苟用，合併陳明，統希鈞察，不勝徬徨待命之至！職李漢魂魚印。」

魚電所陳，條理至明：抗日應在中央領導之下，統籌組織，言行相顧，應「揮戈東指」也。今也「望北指之旌旗，痛南風之不競。」至於西南假抗日，反中央；於是日寇大樂，對纏糾不淸之汕頭角田日警一案，停口不提，敵艦離去。西南稍一停頓，則樓船再來，務迫鷸蚌相爭，坐收漁人之利。所謂抗日救國軍總司令，只着：「相機解決」而已。實則：「海疆之戍卒盡撤，國防之設備毫無，曩曾構築工事矣，然假想之敵，尚迷其方，今更羽檄紛馳矣，然敵愾之心，人畧其趣。」假抗日者，眞不堪一揭也。

南天王待李漢魂，不可謂不厚，潮汕東區財富之庶，疆防之重，僅次於珠江三角洲，以付李氏，正所謂倚之重，期之殷也，然國家大義，非私誼之可間，道不同則不相爲謀，於是掛印綏署。封金廿萬。岳武穆云：「武官不怕死，文官不愛錢」。此庶近矣。

斯電既出，石破天驚，迷霾粵局，頓撥霽明。南天王陳濟棠至以為恨，稱李：首發通電，反對用兵，阻撓軍心，恨之刺骨云云，甚者派卅餘人到港，偵李行踪。嗣後港府果在尖沙咀車站，捕獲藏械兇徒四名，並破獲暗殺機關三處。

夫江河必宗大海，螳臂豈能擋車；所謂順天應人，英雄時勢，理固明也；暗殺私鬥等也者，豈能得所酬哉？陳氏逆於潮流，何必咎於一、二人哉？君不見以北洋之雄，奉張之悍；囂妄吳佩孚，陰鷙孫傳芳，狗肉張宗昌，亡命褚玉璞，何能敵國民革命軍之義師？逮後唐生智之狡惡，馮玉祥之反覆，晉閻之割據，桂李之野心，皆難阻國家之統一！

顧南天王亦丈夫也，自度既時不與我，乃毅然自動下野。粵省既輸誠中央，李、白亦不能不收斂異志，「西南事件」，遂告和平解決。化戾為祥，個人固保令譽，國家尤存力量，全國統一之局面續告大成；是以冬月「西安事變」之警，粵省首先斥奸；翌年「七七」抗戰軍興，粵軍主力悉由中央北調抗日，粵人忠公愛國之心，為表為率。而「西南事件」實禍兮福所倚。

抗日戰火既起，李氏乃實踐：「披髮請纓，當仁不讓」之通電主張，揮戈向日，初勝土肥原，再捷南潯線，稍舒夙年：「飲馬琵琶湖畔，勒石富士山頭」（民國四年將軍所作「雪仇」歌）之願。

抗日勝利，我國以德報怨，遂免倭人富士山頭勒石之醜耳今李將軍亦耄矣。去年甲寅孟冬，欣逢將軍八十大壽。紐約、香港諸親友部曲學生故舊，欣為稱觴祝壽。階堂之上，子六、女四，男女孫廿三，外曾孫二；獲博士學位者：子女七，孫一，婿三，孫婿一，共十二博士。將軍處世則功名文章彪炳，福澤則子孫滿堂競秀，能不舒懷舉觴哉！爰晉聯曰：

衷心頌崗陵何止當年七千兒童乃佛證前因禪稱功德。

舒懷賞樂事還數今日滿庭蘭桂況人慶上壽國晉中興。

謙廬隨筆

三十七

矢原謙吉遺著

是時，聲光畧遜於宋哲元之母者，厥爲山東「小聖人」之族長——客居燕京垂數十載之「孔老太太」也。

「小聖人」者，北國子民對曲阜「衍聖公」孔德成之尊稱也。名重譽高，概由祖蔭；蓋與其本人之德行才學，了無關聯。知之者言：孔老太太雖位躋「小聖人」之祖輩，極盡族內尊榮；而於言及孔德成時，亦輒以「小聖人」或「公爺」稱之，絕鮮逕呼其名。——「至聖先師」之餘威，亦云漪歟盛哉！

余以懸壺之故，亦偶有機緣，得與「孔老太太」有數面之雅。

一日，余友丁春膏君來邀，往「衍聖公府」出診；蓋孔姥年事已高，而風濕爲患，既難久立，更不良於行也。

府外，凹凸櫛比，駕汽車而行，如浮沉於驚濤駭浪之中，更遠不若乘人力車之舒適。是故，府前例有人力車三五，守株待客，車去則蝟聚階下，以骰戲「幺二三」爲樂，適與門首照壁前，裸坐捕蝨之老丐，相映成趣。府門雖尚完整，而門上「衍聖公府」之匾已微斜，一角且已有雀巢；望族式微之象洞然矣。

車甫停，原坐於門外條凳上之數僕价，即紛紛起立。其中一年長者，即自司機手中取得余等名片，揚之於前，且行且呼曰：

「丁董事長到，矢大夫到。」

聲未絕，而孔府家人，已絡繹來迎，且頻呼：

「開中門，開中門」不絕。

連過三院落，始抵花園，客廳即在其中。茶畢，復肅入其傍之「內客廳」孔老太太已斜倚炕上，手持水烟，以待余等之至矣。

孔姥最鍾之從女，適丁文誠公耄年所出之幼子丁砥齋，向居濟南舊軍門巷，爲丁門滯留山東之一支，蓋亦以其地特近曲阜，殊便於歸寧也。孔姥既久留故鄉，其從女遂亦舉家踵之而至；即於「衍聖公府」中，闢一側院而居，府中人皆呼之爲「小院」，雖云小，而房間已有十二間之多。府內之寬廣，於此可見一斑。

孔姥盤足坐炕上，滿口魯音，而和易近人，欵待殷勤；禮貌之繁細，較旗人世家尤有過之。診前與診後，復羅列諸珍，殷殷勸客；除月盛齋之醬羊肉、仿膳之小窩窩頭，玉華台之湯包外，尚有出自故宮之貢品普洱茶。別去時復贈以墨拓碑帖數事，且笑謂余曰：

「別瞅這都是不値嘛的幾張字紙，總都是「聖人府」裡的老東西。」

至是，余始知府中之人，概以「聖人府」三字爲「衍聖公府」之代號焉。

斯而後，差幸孔姥之病，竟逐有大進，乃荷其邀宴於府中，入席前，笑謂余曰：

「咱聖人府的幾個大師傅，都沒啥能耐。只有鮮從『西來順』端回來的這兩碗東西，是褚三爺他自己下灶。」

身爲姪婿之丁六爺砥齋，立向余注解曰：褚三爺者，曾在遜清「御膳房」中「行走」。清室既寢，先去醇王府有年；旋即以「御廚」身份，投効於「聖人府」，而孔姥亦以其曾理帝食，殊禮有加，人前絕不直呼其名，而概以「褚三爺」稱之，以示尊寵。未幾，「西來順」以重金禮聘之為「掌頭灶」，褚遂不再於役「聖人府」。惟每逢嘉節，或宴賓客，則孔姥必倩褚三爺烹其拿手菜「扒四白」與「高麗鷄」，以快衆人之朵頤。

「御廚之手法，高人一等，信然哉！」余於此宴後，曾數往西來順，尋此美味；同席者雖對之讚不絕口，而余則竊謂「聖人府」中所食者，殆勝此曷止一籌？

余友丁春膏君有女，時方肄業於貝滿女中，有「賽校花」之稱；丁六爺砥齋夫婦，年雖及春膏三分二，而以族中輩份論，則為叔侄。故春膏家人，尊之重之，見則以「六老太爺，六老太太」稱之。

是時，小「衍聖公」孔德成，初成人；孔老太太以族長之尊，力排衆議，堅主在平滬一帶首善之區，覓一大家閨秀，不再似前人拘泥於山東一地之選。於是，丁六爺夫婦，遂於孔姥前力薦春膏之女，而春膏聞之悵然不懌者終日。

初，丁砥齋夫人曾於牌桌之上，反覆詢得該女之「八字」。孔姥以之付諸筮者，還報曰：

「有大貴宜男之兆，其夫將來文則特任官，武則上將也。」

孔姥聞之，以為吉兆，蓋「衍聖公」之「奉祀官」一職，亦特任官也。於是，意已大動。

一夕，春膏忽邀余對酌於厚德福，意氣蕭索，舉杯不飲，忽謂余曰：

「君為我之老友，今我憂心戚戚，望老友有以教我。」

余稱諾，丁乃曰：

「吾家六叔六嬸力求作合之事，君已稔之矣。今且頗具端倪，孔老太太與內人均有允意；而吾獨不以為然。蓋以如是名教豪門，禮法重於泰山，性靈輕於鴻毛。使吾女甫入世，即浮沉於此無邊苦海之中，雖錦衣鼎食，僕從如林，於心何忍哉？——於今之計，明言拒之，外則開罪孔老太太與六叔六嬸，內則吾妻亦將有所不諒。欲圖釜底抽薪，惟有懇君鼓其醫者之舌，畧加藉口，使對方自動撤退，方可解吾女之圍也。」

余遂與丁密議若是若是而散。

至期，余又照例往「聖人府」出診，而丁與其妻女均已先在，丁六爺與「六奶奶」亦陪坐在側，賓主極為歡洽。移時，丁偕女辭去，余乃於孔姥前盛讚此姝，而終之以嘆曰：

「惜哉其不能永壽也！」

聞者皆大驚錯愕，孔姥拍炕詰余：何所據而云然？余曰：

「吾與丁有通家之好，此姝尚作竹馬戲時，吾已知之甚稔，久疑其患有白血球過多之症；而年來屢思補救，終乏奇効，吾是以甚為其或易夭折憂也。」

衆皆駭然，余復乘機曰：

「吾實為此女惜，蓋患此症者，已身既難永壽，即其所生之子女，健康亦一大慮焉。」

未及一旬，而丁春膏君之謝柬已至；僅寥寥數語，畧謂：

「片言九鼎，已使小女免入侯門，感甚幸甚。月白風清，夜來曷過我礪園泛舟一噱乎？」

礪園者，丁所居也，極富園林之勝，亭臺樓榭之餘，且有一池，以供月下泛舟之用。其池雖有虹橋一座飛跨其上，水面一平如鏡，僅較京劇戲台大三五倍。是故，一夕，張恨水與李薳盧等憑池而觀，謂丁曰：

「此真所謂一噱之水。泛舟其上，一噱之間，已盡全程矣。」

是故，丁柬中乃有「泛舟一噱」之諧語。

未幾，余又至「聖人府」出診。孔姥忽留宴於其府中。席次，倩丁六太太謝余曰：

「前蒙大夫一語，得免貽誤大事。」

事後，余詢諸丁春膏，始知孔老太太刻已一變而屬意於一孫氏女，亦系出北地名門者也。余聞語，不禁與丁撫掌大笑。

黃膺白先生之生平與識見（上）

·沈雲龍·

（甲）生平

一、早年時期

膺白先生，原籍嘉興，於清光緒六年（一八八〇）庚辰正月二十八日出生杭州，與章太炎先生爲再表兄弟，黃之祖姑，爲章之祖母。七歲喪父，家境清寒，賴母陸太夫人教養成人。當代名人若梁任公、張季直、曾慕韓、胡適之諸先生，在他們著述中，都說是幼年得自母氏的嚴格教訓，而故總統蔣公，時時不忘其母太夫人的遺教，更是最凸出的一例。如果從「母教」的角度，觀察若干名人事業之所以成功的要素，將爲研究中國近代史別闢蹊徑的一個重要課題。膺白先生十七歲，應院試，獲中秀才。二十五歲，考入浙江武備學堂。時清廷設練兵處，大舉訓練新軍，有全國籌設三十六鎭（師）之議，詔命各省設武備學堂，培養下級軍事幹部。青年知識份子，鑒於科舉將廢，患無出路，遂相率投身軍旅，膺白先生亦其中之一。不料，清廷練軍計畫未及完成，其政權即爲新軍所傾覆，是新軍者，實培育革命之温床，此亦爲研究近代史的重要關鍵。膺白先生肄業浙江武備學堂僅一年，以成績優異，即保送赴日本振武學校。適同盟會在日京成立，膺白先生夙具革命懷抱，乃率先加盟，並聯絡軍事同志，組丈夫團，爲同盟會之外圍。越二年，畢業振武，乃入日本參謀本部所設陸軍測量部，習測量。宣統二年，學成歸國，任職軍諮府，時年三十一歲。

庚申冬我兄膺白嫂亦雲將偕遊歐美首途之前來滬話別同居月餘樂逾天倫惟念此行前程萬里期隔兩年別後相思情亦難免爰攝是影以便行則藏篋居則懸壁庶幾形影相隨哉亦異地同堂之一助歟 張羣誌

二、辛亥革命時期

辛亥武昌新軍起義，膺白先生聞訊，立偕同志李書城自京南下，分赴滬漢。抵滬後，參與攻擊製造局之役，事定，推陳英士任上海軍政府都督，膺白先生則任參謀長，爲之佐助，並兼任第二師師長（後改稱第二十三師），故總統蔣公爲第五團團長（後改九十三團）。至是三人遂訂異姓昆弟之交，義結金蘭，陳長於黃三歲，黃長於蔣七歲。此三人對民國之所以發生重大影響，實肇基於此。迨民國元年元旦，孫中山先生就任臨時大總統於南京，以各省援軍麕集，軍運頻繁，乃畀膺白先生以兵站總監，疏通軍運，滬甯鐵路之加開夜車，即由膺白先生的擘畫而創始。及至南北和議告成，中山先生讓總統位與袁世凱，南京臨時政府結束，任黃克强爲留守，辦理軍事編遣完竣後撤銷，滬軍都督府亦於是年七月杪，移併江蘇都督程德全管轄，程仍任膺白先生爲參謀長，藉資鈐束。旋膺白先生於八月底通電自請撤銷第二十三師，將所部改編爲一獨立團，以企求全國統一，不據軍隊爲私有，爲天下倡。解職後，於十月與沈亦雲女士結婚，並相偕北上，準備出洋考察。

三、北京政府時期

民二春，宋教仁爲袁世凱購買兇手刺殺於上海，膺白先生即取消出洋計畫，匆匆返滬，參預討袁。未久，李烈鈞、黃克强、陳英士相繼於贛、寧、滬舉義，不幸事敗，自孫中山先生而下，重要革命黨人，俱亡命日本。袁世凱懸賞通緝：黃興爲十萬元、陳英士爲五萬元、膺白先生及李書城各爲二萬元。中山先生抵日後，即於民三改組成立中華革命黨，黃克强與膺白先生俱未參加，克强且由日赴美，膺白先生則先往南洋，再轉往美國，其留在東京未參加中華革命黨者，以歐戰既起，乃另組歐事研究會，此會爲後來政學會（系）之前身。膺白先生遠在美國，並未參與發起，但該會組成份子，不少爲其友人，世人因亦往往目黃爲政學系，殊與史實不符。民五冬，袁世凱潛謀洪憲帝制，護國軍舉兵滇南，奮起討袁，膺白先生聞訊，專程趕回上海，策畫浙省獨立。未久，帝制失敗，袁憤恚死。膺白先生乃移家天津，從事著述凡五載，先後撰成「歐戰之教訓與中國之將來」、「歐戰後之新世界」兩書，並以嚴範孫之介，爲徐世昌代庖，編著「歐戰後之中國」一冊，後徐即以此提出法國巴黎大學，獲贈名譽博士。民十，美國召開太平洋會議於華盛頓，邀我國與會。膺白先生奉派爲出席該會代表團顧問，頗多獻替。是年冬，自美赴歐洲考察。

膺白先生攝於首都革命前

民十一秋，返國至京，旋於次年二月出任張紹曾內閣外交總長，僅三閱月，即辭職。九月，復入高凌霨內閣爲教育總長，公餘在北大授軍制學，北師大授世界政治地理。時馮玉祥以陸軍檢閱使，駐軍南苑，常邀膺白先生前往軍中講演，黃、馮結識自此始。未幾，曹錕賄選總統成功。民十三春，高內閣總辭，膺白先生亦卸職。九月，顏惠慶組閣，再邀長教育。適直奉二次戰爭爆發，馮玉祥自古北口回師北京，膺白先生密往迎之高麗營，相約爲倒直之舉，並爲之草檄，通電各方。十月下旬，隨馮軍入京，曹錕下野，命膺白先生代國務總理，並攝行大總統職務。膺白先生於十一月初就職，首下令修改優待清室條件，原規定歲助四百萬元，改爲五十萬元，原規定廢帝溥儀得仍居宮禁者，改移出宮禁，自由居住，辛亥未竟之業，遂以完成。時以稱此役爲「首都革命」，不爲無因。惟膺白先生攝閣未逾月，段祺瑞入京，自稱「臨時執政」，乃解職。其後民十四至十五之間，曾出席善後會議，及任關稅特別會議委員。並移家天津，隱忍韜晦，非其素志也。

民十五，故總統蔣公以國民革命軍總司令自廣州統師北伐，先後攻克武漢、九江、南昌，駐節廬山。十一月，密派張岳軍攜函赴津，邀膺白先生南下佐助，遂經滬轉贛，與蔣公晤談後，即往漢口，與中國銀行漢分行經理吳震修商定透支一百萬元，供軍費。是年即在廬山度歲，與蔣公密商大計，膺白先生力主①建國宜開放門戶，不限一黨，儲才爲急；②聯絡馮（玉祥）、閻（錫山），縮短戰禍，早致統一；③底定東南，着重經濟與外交。旋受命赴滬，代表與各方聯繫，以收策應之效。未幾，滬、寧於十六年二月間相繼克復，並實行淸除共黨，而容共之武漢國民政府遂下令免蔣公職，寧漢分裂因之以起。五月，南京國民政府成立，任膺白先生爲上海特別市市長，正規畫籌備間，適北伐軍沿津浦線於六月初克徐州，蔣公親住主持召開黨政軍會議，膺白先生亦應邀參加，並事先聯絡馮玉祥自鄭州來徐與會。按馮自民十三冬宣布下野，即取道包頭、庫倫赴俄，所部國民軍亦退往西北，及聞革命軍北伐，乃自俄趕回，於五原誓師，宣稱參加國民革命行列，旋即攻取陝豫，初與武漢方面頗有往還，迨參加徐州會議後，態度一變，願以促成寧漢合作爲己任，其地位在當時頗有舉足輕重之勢，與膺白先生之善爲運用，大有關係。

其後，武漢國民政府亦於七月宣布反共，取締共黨，但又派唐生智率軍東下，謀襲南京，北伐軍迫自徐州後撤，馮玉祥遂乘機主開安慶會議，解決寧漢糾紛，蔣公乃自動下野，經滬赴日，膺白先生亦隨同辭職。於是乃由寧、漢、滬三方面合組中央特別委員會，並改組國民政府，使過去紛爭，告一結束，惟共黨則在此時期先後有南昌、海陸豐、廣州等暴動，燒殺搶掠，寖成大患。及至十九年一月，蔣公再起，復任國民軍總司令，部署二次北伐。二月，中央任命膺白先生爲外交部部長，負責與英、美談判寧案，獲致解決，旋膺召至前方，隨軍行動。時津浦線軍事進展甚遠，日本出兵山東，謀阻撓。五月一日克濟南，而日軍暴行即於三日發生，屠殺我軍民無數，並戕害外交特派員蔡公時，即世所稱「五三慘案」者是。膺白先生身歷其境，力持鎮靜，據理交涉，不爲威屈。旋蔣公至黨家莊，決定繞道北伐，膺白先生回京報告濟案經過，主持對日交涉，未幾，辭外長職，久莫干山隱居，繼之者爲王正廷，蓋爲一二小人所媒孽也。是年夏，北伐軍收復平津，冬十二月，東北易幟，全國遂告統一。

十八年一月，中樞畀膺白先生以導淮委員會副委員長，辭不就。蔣公旋命陳果夫來商改組黨部提案，備三全大會討論，膺白先生爲主稿，事格不行。其後以編遣會議召開，諸擁兵者誤爲「削藩」之計，若李宗仁、馮玉祥、張發奎、石友三、唐生智先後樹幟異動，蔣公軍事倥傯，卒一一底平。次年三月，蔣公遣錢昌照示意欲膺白先生出任江蘇省政府主席，答以「不願做南北鬼混小官僚，革命投機者」，力辭不就。嗣閻、馮復叛，舉行擴大會議，引起中原大戰，津浦、平漢、隴海三線戰事，均極激烈，歷六閱月而閻馮始敗潰，而中央運用張學良率東北軍入關，以襲擊其後路，亦殊得力。戰事既結束，膺白先生乃與李石曾、張公權等，共商善後方策，並作「祈禱和平」一文，向各方呼籲。

二十年五月，南京舉行國民會議，制訂訓政時期約法，立法院院長胡漢民意見不合，先期辭職，引起西南異動，召開非常會議於廣州，另組國民政府，是爲寧粵分裂。是年夏，長江大水，沿江各省堤防盡潰，災區淹沒極廣，膺白先生曾向蔣公提供水災及共區善後方策。而日本軍閥乃藉口萬寶山事件，於九月十八日，攻佔瀋陽，大舉侵畧我東北三省。膺白先生知事機危急，遂下山至滬，謀與各方聯繫，共商對日方針。時西南仍迫蔣公下野，以爲寧粵合作的先決條件，膺白先生因向蔣公建議提前結束訓政，實行憲政。未幾，蔣公辭職，國府改組，推林森爲主席。民二十一，「一二八」日軍侵淞滬，汪兆銘出任行政院長，中樞遷洛陽，蔣公復出山，任軍事委員會委員長，經由駐滬英美領事調停，淞滬停戰，並於五月五日締結協定，而日人卵翼下之「滿洲國」已先於三月八日在東北成立矣。六月，膺白先生在滬集合同志創立新中國建設學會，並發行復興月刊，意在網羅人才，共赴國難。蔣公則密囑其遇機不妨與日本接洽，以打開外交僵局，蓋膺白先生身雖在野，固無時不以國家安危爲念也。

廿二年元旦，日軍進犯山海關，且分兵攻熱河，而長城各口血戰以起，我軍拼死抵抗，卒不敵，日軍長驅直入，陷灤東諸要隘，平津岌岌可危。時蔣公以剿共駐節南昌，特電請膺白先生至贛，諄勸北行，力挽狂瀾。膺白先生臨危受命，公誼私情，兩不容辭。於是行政院乃設駐平政務整理委員會，轄直、魯、晉、察、綏五省，北平、青島兩特別市，而以膺白先生爲委員長。五月十五日，兼程北上，抵平後，軍政機構已作撤退保定之部署。二十二日深夜，膺白先生亟與日方商談停戰，終宵未眠，至次晨始獲協議，乃由北平軍分會派熊斌代表，於三十一日與日方締結塘沽停戰協定，平津遂獲轉危爲安。自是政整會於六月七日成立，膺白先生就職，始派殷桐、雷壽榮等赴大連，商談接收戰區事項，而日人得寸進尺，復要求通車、通郵，派關東軍副參謀長岡村寧次，於十一月七日來平談判，經膺白先生派殷桐、陶尚銘與之折衝交涉，日方百端要挾，態度橫蠻，卒如所願。其間，膺白先生曾前後兩度南下述職，秉承中央意旨，忍辱周旋，而以不承認滿洲國爲最高原則，其他無不相機因應。迨至二十三年七月，平瀋通車問題解決；十二月，通郵問題亦獲致結果。中樞以膺白先生心力交瘁，精神不支，乃於十二月內調爲內政部長，未就職。二十五年九月，復任命爲國民政府委員，而膺白先生於交卸政整會職務後，即已歸隱莫干山，不問政事矣！

自膺白先生離平，政整會初由中央任命王克敏代理委員長，繼於二十四年明令撤銷政整會，改設冀察政務委員會，命宋哲元爲委員長。時殷汝耕叛國，已公然割據冀東政權，而日本方謀華北特殊化正亟，事愈複雜，而不可爲。膺白先生憂時傷國，不幸而病，乃於二十五年五月下山移滬入虹橋療養院治療，經檢查爲胃癌不治之症，至八月而病益加重，終於十二月六日逝世，享年五十七歲，時西安事變前六日也。中央對膺白先生之逝，曾予明令褒揚，飾終典禮，極爲優隆。其後華北局勢日非，「七七」事變，即於次年爆發，全國軍民浴血抗戰八年，卒獲勝利，政府追念膺白先生前勞，復予二度明令褒揚，有「樽俎折衝，功同疆埸」之語。像膺白先生畢生盡瘁國事，而得到政府於十年間的兩次褒揚，在民國史上是非常罕見的。

（乙）識見（晚年）

膺白先生早年對政治的認識和見解，已見於其刊行之專著，其晚年山居，仍無時不關切國事，曾數度向當局建議並對日忠告，貢其一得之愚，茲擇其大者，撮要言之：

一、改善黨部組織，鞏固黨基

民國十八年一月，陳果夫奉命與膺白先生商談黨的組織，擬爲三月間召開三全大會之備。膺白先生主張①縱的方面：改爲中央黨部及地方黨部兩級制（地方黨部指各省、各特別市黨部而言），其因特殊歷史關係，得設特種地方黨部，如海外黨部是。②橫的方面：擬於執行委員會之下，視事實需要，酌設各種專門委員會，爲各項問題研究設計之樞機（如外交、經濟委員會等）。另設總務部，以總管黨部各項事務，並得分處辦理秘書、組織、宣傳、編纂、財務、庶務等工作。

關於①項，膺白先生所持理由如次：

「查世界各國政黨組織，除俄、美外，大都採兩級制。蘇聯之政治主張，與吾國情勢扞格，不能採用，姑勿具論。若言美國：（一）因非一黨專政，各政黨各須運用其在鄉黨部之勢力，競選候補總統之直接選舉，故有採用多級制之必要；（二）因產業發達，教育普及，下級黨部之組織，又極簡單，故耗費極少，人才易得，有採用多級制之可能。今吾國以一黨治國，縣市以下各級黨部在競爭選舉上之作用，不若美國各政黨之殷切，即將來推行憲政後，似亦未能採取美制，由人民直接選舉候補總統。而依農村衰敗之現狀觀之，興復地方事業，尙非指顧可期，不特才能卓異之黨員，無法使之屈居於鄉野，即具一能一技，識力比較完備，德行稍可稱道者，亦往往爲都市所吸收，以是鄉區所可容留之黨委，自難望其盡爲優秀之人才。馴至青年學子，才識未充，即拋棄其求學之光陰，濫竽其間，坐誤歲月。謹愿者莫展一籌，同於冗吏之虛設；狡黠者不守分際，橫召民衆之怨尤。及時改設，實屬要圖。矧今訓政結束，憲政開始，已有定期，吾黨政策應力減公帑之資助，漸進於自給之一途。坐是諸因，各省黨部、各特別市黨部以次之各下級黨部，實已無永久存留之必要，亦似不必耗此竭蹶維持之物力。至所遺各下級黨部之指揮聯絡監察事宜，可改由該管省黨部或特別市黨部派出委員或秘書、幹事，巡廻辦理，以免偏廢。或疑下級黨部，一經停止，將失本黨在鄉之實力，予反動者以活躍之機會，殊不知黨治下之縣市地方政府，自有其制壓反動之天職，而在鄉黨員之報告，省市黨委之巡查，均足以助政府之不足，彰顯著之功能，固無庸作縂縂之慮也。」

關於②項，膺白先生所持理由如次：

「本黨既爲吾國惟一重要之政黨，其對國家所負隆替之責任，異常重大。全體黨員自不能不於各項政治問題，有相當之訓練，具眞切之體認，實爲從事政治工作者必須具備之條件。因此黨部組織，自應注意於此，細察現制，似尙無此項基本組織。偶有待決要案，概由少數負責之高級委員開會商決，或更臨時延致專家倉卒研討，多數黨員於實際政治上殊少研究之機會。縱於政治會議設有分組，但一人兼任二組以上者不在少數，且其分配標準，亦未必依據學識經驗。素習技術者，或令預聞外交，專精財政者，或令修談教育。一堂聚訟，於案情始末，事態趨向，難免有不盡洞明之處，致扼要中肯之讜言，每爲似是而非之議論所掩，末由貫徹。欲求以正確敏活之手腕，迅赴事機，殆不可能。上述改組辦法，乃係將本黨黨員各就其學識經驗，並擇其効力較大興味較深者，分別各加入一個專門委員會。自經選定之後，無論服何公務，營何事業，其對黨無可諉卸之職責，即爲調查、研究、設計該委員會內，均可以養成多數專家，遇事本其學識經驗，從容不迫，相互爲確切之討論與判斷，以資應付。膚淺之爭，既無發生之可能，紛紜之見，亦必易趨於一致，如是分工合作，勞逸可均，叢脞可免。久而久之，黨部本身，將因各種委員會對於主管問題聽認之眞切，益堅其信賴。同時各專門委員會又懔懔於黨付託之專，職責之重，各奮忠忱，敬恭其事。整個黨部之主張及設施，必見其完整而有力，利溥效宏，其有裨於國家，蓋非淺鮮。至總務部之職掌，純爲處理黨內日常應行實施之事務，如秘書、組織、宣傳、編纂、財務、庶務等工作是（如有特種地方黨部之設置，應於總務部下，增設特種黨務處，以管轄之）。惟關於宣傳及主張事項，應依據各種專門委員會所提供之意見及材料，暨其提經執行委員會議決交辦之方案行之。至其分處辦法，應視實際需要而定。」

膺白先生於十五年冬自津南下赴贛時，蔣公曾遣人送入黨志願書，囑其塡寫，答以本係同盟會會員，並未脫黨，勿須再爲此形式上之手續。故嚴格言之，膺白先生並非國民黨員，然其謀黨之苦心，思慮之周密，仍一本其革命同志之熱誠，提出以上兩項改革之建議，惜在三全大會中並未提出計論。其後於民十九雙十節，再提是議，仍格於事勢，未能見諸實行。

二、廢田還湖及共區土地善後

當民二十「九一八」瀋陽事變發生前，長江流域突遭空前大水災，沿江各省，提防盡潰，漂沒田廬人畜無數，損失重大。時蔣公駐節南昌，方以剿共軍事爲急，對於收復區土地善後問題，尚乏具體方策。膺白先生居莫干山，引爲深憂，乃於八月二十八日由山寄出「對水災共災善後意見」電稿，託由滬市長張羣電致蔣公，原文如次：

「南昌蔣主席勳鑒：此次沿江水災，亙古罕見，固由本年雨量過多所致，而舊時湖面減小，亦其要因。古稱五湖，面接近於江者四，今僅有洞庭、鄱陽二湖。鄱陽沿邊侵削，面積日縮。洞庭大段圍田，所餘無幾。長江蓄水之湖，不啻四去其三。襄河各處，亦多築圩成田；例如樊口附近，當蕭耀南時代，在漢口作寓公之將軍團，朋比爲奸，領地築圩，侵佔水面尤甚。上游容量既少，下游擁漲成災，勢所必至。目前賑務，固宜急辦，將來禍患，亦應預防。根本疏浚，須由專家計畫，而治標之策，應飭沿江各省政府詳查湖水舊日面界，現被侵削若干；此次被水冲毀圩田，如係近六十年內築圩成田者，應即除糧廢田，浚復蓄水，不許再事修築。嚴禁與水爭利，或可稍紓水害。且少數人貪一時之利，多數人受無窮之害，尤爲政府所必須干涉之事。若在平時，彼輩築圩築圍，亦投有相當資本，恐不易禁，乘此災民遍野，圩圍盡倒之時，彼輩決不敢反對。政府一舉而禁絕之，實爲一大仁政。此爲減免將來水災計，願供吾弟之參考者一也。此次水災教訓，可知治水事業，非合黃、淮、江、湖而統籌之不可，上古禹疏九河，八年收功，此其明證。此次沿江水災特重，原因：一由支流各水齊漲；二由蓄水湖面縮小；三由淮水經運河南冲入江，阻斷江流；四由適值潮汛，海潮上漲，下游入海之流不暢；愚意要不外此，故鎮江以下水害較淺。吾儕既經此教訓，從前談導淮者，對於高郵、寶應、邵伯諸湖，每有涸田之議，對於淮水引導，又有入海入江之爭，且因入海工程較難，故贊成導淮入江者反居多數。似宜量加變通，一面維持諸湖舊觀，一面雖主張江海並疏，而先從入海著手，以策萬全。此爲導淮設計，願供吾弟之參考者二也。贛、鄂各省，經共蹂躪之處，民多流亡，田地荒蕪，籌辦善後，聞甚爲難，促民歸田，實爲當務之急。揣人民不歸之田：有懷疑共未肅清者，有乏歸資而不歸者，有在他處已建家立業者；然其多數，恐因故鄉無產可戀，無業可營，而不歸耳。蓋赤共所到之處，首先燬屋焚契，使有產者均成無產，方可遂其脅迫煽惑之謀。爲抵制計，應反其道而行之，務使地各有主，人各有產。似可由贛、鄂省政府，將前被共擾現已肅清，各縣區之善後辦法，知照全國各省，請其出示公告。一面廣登各報，其辦法如下：勸令各該縣人民流亡在外者，速各囘鄉清理己產，並令曾經共擾各縣政府，清理土地冊籍，重發新照。除縣置徵冊尚存，有可依據辦理者，即憑舊冊辦理給照外；如文冊蕩然毫無可據者，將全縣土地，分別城鄉都圖，重新挨坵編號，列冊查丈畝分，備發新照，由人民認領。凡人民持有舊契證，呈明坐落，來認囘管業者，即核對新編字號，發給新照，並於原契證上，加蓋發給新照字號年月，以資查考。如契已燬失者，但有相當保證，指認其他在何字號，亦可發給暫時管業憑證；此憑證經過一年，如另無爭執發生。即可繳換正式新照，一切概不收費。惟業主認領地產，限定以若干月爲期，過期不領，概由官廳招人承種，並說明此承種人不限定省籍，其佃租從輕，約當田賦之倍。承種期限三年，在此期間，舊業主仍可持舊契向官廳認囘，請領新照，但須承認佃約。在承種期內只可照約收租，不得撤佃，必待期滿，方可收囘自種或另議租約。如承種期滿，無業主認領之地，該佃農即可繳價請領，其地價從輕，約當三年之租，以後土地管業概以新照爲憑，舊契一律無效。如此，則凡有產之人不得不急歸認領已產，即無產佃農，其領種之地，[illegible]有恒心，一切善後[illegible]人民死亡甚多，地必有餘。本年水災[illegible]應廢湖田又甚多，民亦有餘。此種遷民實地辦法，洪楊以後，江浙各省行之極收成效，今日浙西一帶農民多半客籍，職是故耳。當此共災水災層出之時，如利用鄰省鄰縣被水區域有餘之民，以實被共區域有餘之地，實屬兩有裨益。此關於共區善後計，願供吾弟之參考者三也。山中偶想及此，是否與事實全合，未敢武斷。惟事關國家治亂，不敢不陳。明知南昌軍次繁忙，乃以此長文相擾，罪甚罪甚。黃郛叩。

上電重要之點，即（一）嚴禁有力者侵佔沿江蓄水之湖，領地築圩自富，而以廢田還湖，為水災治本之計；（二）承認土地私有，並招民墾荒，務使收復區地各有主，人各有產，以根除共軍製造無產階級挑撥鬥爭的陰謀。無如江西共軍利用「九一八」外侮侵入，國軍抽調，共區擴大，膺白先生所建議的第（二）點，無暇廣泛實施。但是年十二月八日，國務會議通過「廢田還湖辦法」，可說是膺白先生第（一）點建議所得到的結果。

三、提前結束訓政，實行憲政

依據孫中山先生的建國大綱，其程序為軍政、訓政、憲政三時期。迨北伐成功，全國統一，軍政時期原可告一結束，而為訓政時期之開始。故十八年六月國民黨三屆二中全會，即通過規定訓政時期為六年。及至「九一八」事變發生，寧、粵兩方於是年十月在上海舉行之和平會議中，孫科即提出「開放黨禁，實行民治」之主張，而粵方且要求蔣公下野為寧粵合作之先決條件。時國內各其他黨派亦基於「團結禦侮」的號召，要求有參與救亡一致對外之機會。因是膺白先生乃於十月四日致函蔣公，建議提前結束訓政，實行憲政，以赴事機，而杜反對者之藉口。其函如次：

[illegible]全國震撼，兩月以來，苦心焦慮，冀得一[illegible]弟，以紓國難，而減弟憂。乃內審國情，外察國際，戰固不能，和又不可，亦祇有外賴國際之制裁，內圖國家之統一，然後徐覓出路，以圖補救之一途。默察中央步驟，正復相同，故遂無言以貢左右。顧旬日以來，時聞人言弟將以一去示為國之公忠，而促成內政外交之解決。初以弟素負責任，未敢輕信，然今則某主國府，某長行政，一切皆已內定，祇待發表時機，果爾則兄不能無言矣。竊謂今日之局勢，非弟一人去留問題，實全黨能否打開難局之問題也，全黨而能打開難局，弟不去亦未始絕對無辦法，全黨而不能打開難局，弟去何益？露骨言之，弟去而日本能立刻無條件撤兵，東北完全無恙，則弟決然而去可也。弟去而日本之軍事行動如故，要求條件如故，則不能允許於代表國民黨之弟者，謂可允許於代表國民黨之繼代人乎？此一而二，二而一者也。若曰喪失權利之交涉，寧可成於他人，不忍成於弟手，則後來之成此交涉者為弟之代理人乎？責任固仍在弟也；為與弟無關之繼任人乎？則責任仍在全黨也。故外交之困難未必因弟之去而稍紓，而國內之困難勢將因弟之去而加甚，此不可不深思熟慮者也。兄建此言，非謂今日之難局仍可泰然處之，亦非謂結束東省事件之約，可泰然由弟親訂之，惟為弟謀，為國家謀，覺尚有勝於去之一途耳。其道安在？則惟有以解決外交之責任，不以一黨負之，而與全國國民共負之是也！以兄觀察，今國民之不顧國力，漫然以收回失地責弟而主一戰者，或由於血氣衝動，或由於局外不明實際，或另有作用而故為高調者。是故在黨的政府之下而言解決外交，計惟有戰。戰則舉國家為一擲之孤注。然不戰則外交之終局勢必出於讓步，讓步則國民之責難紛起，反動乘之，內亂將更甚矣。故於此中覓一比較完全之路，惟有令黨外之國民共同負責。然此非可以望於一時之國民會議或國難會議，以一時之會議，

國民必不願代政府分謗也。誠欲令國民共同負責，計惟有稍稍舉憲政時期之權利畀諸國民耳。夫訓政之必入憲政，僅為時間問題，揆之中山先生建國初心，亦未嘗不欲早成憲政，故於建國大綱第廿二條有『由立法院議訂憲法草案』之規定。以今國民之不滿於黨治，乃至黨內之無限糾紛，即無國難，猶宜早日開始憲政，況國難當頭，欲實現舉國一致之時乎？然完全脫去訓政以入憲政，或慮過早，則有折中之法焉，事在以訓政與憲政參酌行之。其道宜由立法院議訂憲法草案，或稱臨時憲法，規定民選國會為下議院，而以今之中央黨部為上議院，並規定元首對宣戰媾和之大權，應得上下兩院之翊贊，而審核預算決算之權，則舉而專畀諸下院。同時除國民黨外允許組黨自由，俾國民得藉以練習中山先生之「民權初步」。如此，則弟可以不必去，即去亦可為中國之華盛頓，且可收大效如下：

（一）由軍政而訓政而憲政，由弟一手貫徹完成。

（二）舉國民對黨之嫌怨與黨內之糾紛，一掃而空。

（三）對目前外交問題，民選國會既與中央黨部共同負責，則和戰之責，國民自然與黨共負之。

（四）下院有審核及通過預決算之權，全國必真切有效的擁護政府。

（五）因組黨之自由，不特黨外人才有機發表政見，為公開之討論，即黨內人員，亦感於網羅人才之必要，而黨務可以不致腐化。

解決外交，匡濟國難，兄窮思累日，以為計無逾此。或慮議訂憲法草案與民選議會，需時過多，非可應急，則亦似是而非之論也。今日本態度頑强，國內民氣激昂，國聯方有調查委員團之派遣，距解決之時尚早，而按照德國在歐戰後建國之先例，則其臨時憲法，僅僅以十五日時間，由起草而議決採用。今由立法院議訂草案，尚可急就，由此以召集國會，以最大之速率行之，當亦不出兩三月。國會成立之日，國民歡欣鼓舞，慶得民權，以稍慰其在外交上所受壓迫之苦，而中央黨部仍居於控制地位，與訓政之精神，毫不相背。弟且將為全國國民信賴之領袖，較之飄然一去，得失懸殊。一國安危，大計所關，兄不忍再事緘默，尚祈斟酌採納，如大計既定，對於入手辦法，有所垂詢，兄仍當續為研究，藉供參考，臨穎仰望，不盡欲言。」

此函主旨：（一）使黨外國民共負外交之責，免一黨獨受責難；（二）允許組黨自由，即開放黨禁，俾國民得藉以練習「民權初步」；（三）議訂憲法草案，早日開始憲政，以中央黨部為上議院，下議院由民選，和戰大權，國民與黨共負，不僅可以分謗，而黨仍不失其控制；（四）軍政、訓政、憲政，均由蔣公一手完成，即不啻為中國之華盛頓。惜此函到達十日後，蔣公終於辭職下野，未及實現。其後，二十二年二月，孫科任立法院長時，始成立憲法草案委員會。二十五年五月五日，公布憲法草案，原定是年十一月召開國民大會，還政於民，實行憲法，奈以選舉未齊，延期一年，而「七七」抗戰發生，直到勝利後，方於三十六年舉行制憲國民大會，次年元旦公布憲法，訓政時期結束，憲政於焉開始，距膺白先生建議，已事隔十六年之久，果當時能使其建議見諸施行，則一轉手之間，輕而易舉，以後有關憲法之若干爭議，以及共黨對國大之種種要挾，或可無由發生。膺白先生之操危慮患，深具遠識，其可敬佩者，亦即在此。

（未完．待續）

已故新亞書院首任董事長

趙冰博士自傳（上）

趙冰

趙冰博士，祖籍廣東新會，客居香港。誕生於清光緒十七年（一八九一），卒於民國五十三年（一九六四），享年七十四歲，是香港近百年來的傑出人才；但很多香港人並不知道！

趙冰博士遺像

趙先生早歲肄業於香港「拔萃書室」和「皇仁書院夜校」，一九一一（清宣統三年）負笈美國，其後又留學英國，先後於美、英獲得六間著名學府的學位——於美，獲有：「芝加哥大學」哲學學士、「哥倫比亞大學」外交碩士及「哈佛大學」法律學士；於英獲有「倫敦大學」哲學博士、Inner Temple法學院大律師資格及「牛津大學」民律博士。趙先生所獲這些學位都是實際苦讀而得到的，他在美、英攻讀了十三年。雖然他在外國讀了這麽久的「洋書」，但他始終保持着中國人的氣質，並極尊崇中國的傳統文化！

民國十三年（一九二四），趙先生學成返國，歷任：南昌、厦門及中山等地的地方法院院長，湖北高等法院院長、國民政府高等顧問、財政部機要秘書、外交部次長及代理部長等政府要職。其後由法律界轉入教育界，先後任教：「廣西大學」、「湖南大學」、「政治大學」及「華僑大學」等校教授。

民國卅八年（一九四九），先生返港，執業大律師，並兼任當時香港總督葛量洪爵士顧問。同年十月，協助錢穆教授及若干由大陸來港學者，創辦「新亞書院」（其後已參加香港「中文大學」）任董事長，迄其逝世，凡十五載。對「新亞」的創立及發展，貢獻頗大。此外，先生於返港的十五年間，尤熱心公益，於港會任法律顧問的機構，計有：一、香港「報業公會」，二、香港「中國文化協會」，三、香港「宗教哲學研究會，四、香港「人生雜誌社」（現已停刊），五、國立「廣西大學，香港校友會」，六、僑港「新會商會」，七、香港「灣仔街坊福利會」，八、香港「趙氏宗親會」，九、香港「茶樓公會」。此外並任「世界龍岡親義總會」榮譽會長，香港「輔仁書院」董事長，國立「政治大學，旅港校友會」名譽會長，香港「蔚文中醫學院」籌委會主任委員等職。

以上各職都是義務性的。

　先生青年時代曾參加推翻滿清的革命運動；於美留學期間，對袁世凱竊位稱帝事，更極力反對。先生剛毅不屈，富愛國心！其平生行事，公正不阿，廉潔自守。於國內任職南昌、厦門等地的地方法院院長期間，各該當地報界均嘗譽爲：「包公（包青天）再世也！」

　先生的自傳，曾發表於民國四十九年（一九六〇），香港的「大學生活」（現已停刊），其後「新聞天地」及「香港時報」均予轉載，事隔已十五年矣！距先生棄世已十一寒暑！本刊深感趙先生一生始終堅持不求個人顯達的原則，爲國効勞，爲教育獻身，以及他那安貧樂道，只求做大事，不求做大官的精神，實足爲後人的範式，故決意再予刊載，以饗讀者！此次乃綜合「大學生活」及「新聞天地」原文，再行校正；除改正一些校的錯誤外，並另加用部分「標點」。爲愼重起見，整妥後，復請趙夫人過目。

　趙先生態度嚴肅，使人望而生畏；但其自傳却極輕鬆、風趣，其坦爽的心懷、剛毅的性格，以及他那悲天憫人的仁心，都流露在他的字裡行間！他的一生可算得「多姿多采」：幼年時代的部分，像是老香港「講古」；在美、英留學時，很多奇聞異事，足以開擴我們的眼界，增加我們的識見！

——編者

一、我的學生時代

　我於滿清光緒十七年農曆十二月初五日，（一八九二元月四日），出生於香港。我生長在一個極其安定的社會，那時候香港只有二十萬至三十萬的居民，而居民都能夠安居樂業。六十多年前，在香港的中國人只顧教育他們的子女成爲洋行的寫字（職員），或繼承其父業，我亦不例外；所以我在三歲時就開始唸書了。我記得有一天。那一天正是農曆新年後不久，我的外祖母背着我到我家對面的中文學校去上學（那是一所政府辦的學校，專門教授古書的）。當時香港並沒有大學的設立。小學是七年制，唸完小學第七班後，他的學識已經可以使他在社會上找職業了。我清楚地記得，那天我挾了一個用桐油紙造的書包，書包裡放着一把葱（代表聰明）和一把芹菜（代表勤力）。外祖母怕我會看見狗（狗代表懶惰），所以她特別用一塊紅布蓋在我的頭上使我不能看見狗。直到我九歲，我才開始在「拔萃書室」讀英文（其時「拔萃書室」在般含道，前「羅富國師範學院」）。那時，拔萃書室正如其他英國人辦的學校一樣，拔萃書室的教育方針只是要訓練學生將來做寫字（職員）的工作；所以，除了英文、數學、地理和英國歷史外，學生還要修習速寫、打字及簿記（速寫及打字在我讀大學時十分有用）。那時有一件值得一談的趣事發生，我在十一歲時，我家在美國的親屬寄了許多美國製的烟花給我們。一天，正是農曆年初一，我在家裡的洋台上燒烟花，在我燒得興高彩烈的時候，我看到一輛滅火車鳴着警鐘而來；不久，滅火車就停在我家門前，有幾個消防員走下車，如臨大敵地闖進我家來，他們的領班（隊長）用很粗俗的英語大聲問我：「火在甚麽地方燒起來？」我很幽默而且慢條斯理回答他：「火不是在火爐裡嗎？」接着，我又補充說：「除了火爐、火水燈和我父親的雪茄烟外，這裡並沒有『火』呀！」我說完了，消防員的領班指着天空，（那時候，我家裡已遷到西環的西邊街居住，我家對面並無屋宇。）他說：「半天都燒紅了，你怎麽說沒有『火』？」我答他：「你眞是少見多怪！天色紅是美國製的烟花燒紅的！」那個消防隊的領班受了我一頓搶白，無可奈何地走了。在他走時，我對他說：「明天我燒烟花時，你可不必勞駕再臨舍下了。」（此趣事當時香港的報章都有登載。）

　及至我十二歲時，我覺得自己的中文實在太差，非想辦法補救不可。很湊巧的，當時荷李活道有一間專教授中文及歷史的學校新開辦，那間學校只有二十多個學生，學校是不分班的，和當時的私塾館並沒有很大的分別。

　主持那間學校的教師是陳××。（陳

老師是廣東東莞人，我入學時，他還只是三十二歲。）陳老師是日本「早稻田大學」畢業生。我入學不久，就發現陳老師是革命黨人——同盟會會員。（陳老師後來在黃花崗一役以身殉革命，自然他是七十二烈士之一。）陳老師是我畢生中最有影響的一個人，也可以這樣說，陳老師對我的影響並不下於我父親對我的影響。他將國家觀念和民族意識灌輸給我，使我知道中國之大和中國的可愛。（當時，香港人很少有國家觀念和民族思想的。他們眞的是「在商言商」，他們只懂得做生意。在他們的想法，當洋行的職員是最好不過的事，如果能夠升任做洋行的買辦，就是最了不起，最榮耀的事了。）陳老師對我的影響還不止此，他也將革命思想灌輸給我。他常常對我說：「做一個革命者，必須要身體健全、懂得開槍、游泳、騎馬和騎脚踏車才行。（當時香港還未有飛機和汽車。）他又說過：「參加革命的行列，必須有爲國家効勞，爲革命犧牲的信念。」陳老師認爲我對革命的認識和信念已經夠堅强了，於是他就介紹我認識謝英伯和胡漢民先生，所以我在十四歲時就正式加入同盟會，成爲同盟會中最年輕的會員。爲着要成爲一個有資格的革命者，我首先要有强健的體魄，因此每天晚上，我唸完夜校就潛心研究國術。（我是練拳術的，經過一位少林派拳師三年的教授和指導後，我能夠應付三五十人徒手的攻擊，我在拳術方面的造詣，在我到外國留學時很有用處。）至於游泳，我也能夠從香港橫渡維多利亞灣游到九龍。射擊，每星期三和星期六，由麥××先生陪同我到深水埗的山林中練槍法。（那時候，深水埗是多見樹林，少見人烟的地方，是最理想的練靶地方。經過幾年的訓練，我竟變成「神槍手」，雖然不能百發百中，但也有百發九十中之間。事先我自己也想不到，當我在美國反對袁世凱稱帝時，竟因爲我的槍法準而救了自己一命。）騎脚踏車，我早已學會，並且常常參加比賽。騎馬則在我到北平後才學會的。

我十五歲時在「拔萃書室」畢業。（當時拔萃書室是不發文憑的，只由英國「牛津大學」發給一證書就算畢業。發證書的辦法也和今天不同，那時，第五班可以考初級證書；第六班考中級證書；第七班考高級證書。我唸完第五班，考到初級證書後，因爲我自己不願考中級證書，所以就跳升到第七班，一年後又考到「牛津大學」的高級證書。）在我畢業時，我的拳術和槍法已經練得夠好了，已經可以做實際的革命工作。恰巧這時滿清政府要在香港招考四十名學生，到北京「交通傳習所」學新的科學（「交通傳習所」即「交通大學」前身，當時設有郵政、鐵路和電訊三科）。我認爲這是我從事革命工作的好機會，所以我立即去見謝英伯先生，告訴他我要到北京去的意見，謝英伯和胡漢民先生亦認爲這是難得的機會，也就鼓勵我去投考。在香港考試時我考到第六名，後來在北京覆考時我就考到全國第一名。正所謂醉翁之意不在酒，我考到交通傳習所，本意不在唸書而在做革命工作。所以我到北京後，立即着手佈置一切；首先，我拜訪一位在英國駐北京公使舘服務的朋友（他是我在拔萃書室時一位同學的叔父，他在香港時，就由我的同學介紹認識的）。因爲他同情革命，所以他答應給我便利，可以給我利用公使舘的外交信袋，將我在北京調查所得的報告，由公使舘的外交信袋寄到香港給胡漢民先生（胡漢民先生當時在香港主編「華字日報」）。

我在北京也遭到很多的不便，第一件事是穿衣服的問題，我一向穿西服，而當時北京穿西服的人不多，所以很令人注意。因爲穿西服令人注意，同時也因此而妨碍了我的調查工作；於是，我購了一套長袍馬褂及一頂假髮（我還記得，一共用了三塊大洋）。平日，一下課後，我就到外面探查，以作我調查工作的根據。不久，我探到一個消息，清政府要頒憲法開國會，並將由攝政王親自主持國會的開幕禮。我得到這消息後，很是高興，我認爲我爲革命効力的機會來了。我在攝政王往國會必經之路租下了一間二樓的房子，表面上是開照相館，實際上是要對付攝政王，以洩我憎恨清廷的心頭恨。所差者，我忽畧清政府有特別搜查之舉，以至整個計劃功敗垂成。攝政王在清宮出發前兩小時，爲其安全計，北京軍警大舉搜查所經道路的兩旁的樓房，並將路人驅到後街，而攝政王出發時所經之路，每五步就有一哨兵，防範很周密。我就忽畧了這一點，所以軍警來搜查照相館時，我很狼狽的從後門逃往後街，而且爲安全計，我逃到英國公使館暫避，後來由公使館的友人協助，由北京逃到天津，再由天津乘輪回到香港。在這裡我必須一提的是，我在北京逃走的原因是因爲照相館藏有軍械和炸彈（準備用作行刺攝政王的）。謀刺攝政王的計劃既然敗露，我不得不逃走。我逃走不是怕死，而是我不能白白犧牲，我必須爲革命留下性命，以待再舉。那一天，照相館的兩名伙計，我早已給他們一天假期；給他們一天假期，固然我的工作不致被妨碍，而行刺失敗時，他們也不至被牽連；所以他們那一天並不在塲，否則他們兩人就一定無辜地被牽入了。

此次失敗給我很大的教訓，而且我覺得單靠槍法和拳術——也就是武力，是不能達到革命的目的。革命者除了要懂得槍法和拳術外，更須要豐富的學識及經驗，特別是科學的知識。所以我從北京回到香港後，我就決定要繼續讀書。恰巧那時「皇仁書院」開設夜班（專教授物理學、化學及法文，而「拔萃書室」那時仍未設有自然科學的），於是我就入皇仁書院唸夜校。在我回到香港第二年，我爲革命効力的機會又來了。因爲我有一個舅父在廣州制台衙門（省政府）做事，所以我被派到廣州實地調查制台衙門的內部情形和佈置的形勢，以備攻打制台衙門。由於我舅父的協助，我很快就將制台衙門的內部繪了一個詳細的地圖。回到香港後，我立即將地圖送告胡漢民先生，而我本人也準備參加進攻制台衙門的行動。但此事給陳老師知道了。一天，他特地來看我，並且誠懇的對我說：「革命是整體性的，革命是有連續性的。革命正如長江後浪推前浪，前一代未完的革命工作須要後一輩的青年去繼續完成；否則革命有不能成功的。你不過是十餘歲的青年（我當時是十七歲），你是革命的後輩，將來正須要接替我們前輩的工作。雖然你是熱血青年，很適合做革命工作，你在北京企圖暗殺攝政王，幾乎爲革命立下一大功勞。但是你太年輕了，正需要繼續求學。你有高深的學識，將來爲國家出力的機會還多，將來也有許多事須要你去做。况且你要做個允文允武、轟天動地的革命者，更非再多讀點書不可。請你繼續求學吧，攻打制台衙門，不是十多歲青年適合做的！」他勸告過我後，還恐怕我不依從他的勸告，所以他將我準備參加攻打制台衙門的事告訴我父親，請我父親制止我到廣州去。

一九一〇年三月二十九日（我記得是農曆三月二十九日而不是新曆三月二十九日）革命黨人果然在廣州舉事，攻打制台衙門，這一次起事是由黃興先生（後來我在美國芝加哥及紐約和他合作，反對袁世凱稱帝）領導的。三月二十九起事攻打制台衙門是失敗了，革命黨人犧牲的很多，但最使我痛心的，是我生平最敬重的陳老師，也在此役爲國犧牲了！陳老師的死，使我覺得他的話更有道理，使我覺得他對我的勸告更寶貴。是的，我是革命黨的後輩，也即是他的後輩，他死後，我應該繼承他的志願——獻身於革命。所以我依照他的囑咐繼續求學。但，那時香港未有大學設立，因此我決定出洋讀書，以求得更多知識爲國家用，甚至爲國家犧牲我亦甘願！我父親也怕我再參加實際的革命行動，同時他又希望能夠得到欽賜「洋翰林」、「洋進士」或「洋舉人」（當時香港人對外國大學頒授的博士學位、碩士學位和學士學位的一種譬喻的稱謂），猶如鄺富卓，熊崇智和趙學等人那麽光宗耀祖（這三人，前兩人得欽賜洋進士，後一人得洋舉人）。他以爲，如果我能得中洋舉人，不就是可以揚名聲顯父母了嗎？所以我父親很贊成我到外洋去留學。在我的本意，我是想到英國去學海軍的（當時英國是世界上第一個海軍强國）。但我父親不同意我去英國學海軍，而且因爲他自己是美國留學生，所以他只准許我到美國留學，至於我要學甚麽，他則任從我自己志願選擇。後來我想：如果我父親知道我是決心將來決心將來爲國家做事而留學，不是爲求升官發財而留學，恐怕他不一定會肯花這麽多金錢而送我到外洋留學的。總之，我自小的志願就不是要升官發財，而是要爲國家做事，做一個無名英雄，這志願我始終未曾改變，我可以很驕傲的說，直到今天，我仍未有改變，即使到我死的那一天，我也不會改變的。

我是在一九一一年秋天乘搭春陽丸往美國的（春陽丸是一艘新建成的日本船，那一次也是她到美國的處女航）。五十多年前，從香港乘船往美國，最快也要一個多月，但比起我父親乘帆船到美國已經要快得多而且舒服得多了。春陽丸到上海時正是上海光復的第二天，我爲了慶祝上海光復，與同船的同胞買了很多鞭炮，一邊走一邊燒，從碼頭一直燒到四馬路，在四馬路我們同在一間廣東館子進餐（名字我記得不大清楚，可能是杏花樓。我們大排筵席，各人都喝得酩酊大醉才回船）。因爲春陽丸是以橫濱爲總站的，所以船到橫濱時停泊三日，我就趁此機會到東京遊覽兩天，然後回橫濱。我在日本逗留前後不過四天（春陽丸也在神戶停泊一日加煤），但我得到一個很深刻的印像，我覺得日本人非常愛國，而且非常節儉。因日本人愛國，所以認爲自己國家一切事物都是好的。當我對日本稱讚日本內海和富士山的美麗時，他們毫不客氣地回答說：「是的，謝謝你！」他們以爲日本的一切事物都是值價讚許的。在當時，如果在言談間，你對日本天皇稍有不敬，他們會因此而和你拚命的，我是最憎恨皇帝的，因此我在和日本人交談時，總是儘量避免談及皇帝。日本人既然有這兩種美德——愛國和勤儉；因此，當時我就認定，日本將來必定會成爲一個强大的國家。

由日本到檀香山，這段航程是最單調，最無聊的；因爲船行三星期也不能看到陸地。

每日所見的，都是海連天，天連海的一片汪洋；可是，大自然的景色在海連天、天連海之中，是格外壯麗的。在風平浪靜中，早上看日出，黃昏看日落，我不禁爲大自然壯麗的景色而陶醉了。海上的月亮也是美麗、皓潔的，可是，「舉頭望明月，低頭思故鄉」，在海上，看月亮，只有使得我這離鄉別井，流浪在外的遊子，更加思念家鄉罷了！春陽丸在一天早上到達檀香山，我在船停留的時候到岸上遊覽；我在檀香山到過世界上最有名的大水族館，看到各種奇形怪狀的熱帶魚，如獅子魚，那是一種頭如獅子的稀有的熱帶魚。在檀香山，我也曾拜訪過許多華僑會館，如龍岡會館等。他們都熱誠地歡迎我，及請我吃飯，並且將檀香山的情形告訴我。華僑在檀香山的勢力甚大（旅居檀香山的華僑，以中山、南海、番禺和順德人最多）。日本僑民也很多，因爲土人不善經營的關係，所以多數的商業都是由華僑、美國人和日本人經營的。當然，檀香山的經濟是握在華僑、美國人和日本人的手上。

在一個烏雲密佈的早上，春陽丸到達目的地——三藩市。但是，所有乘二等和三等艙的中國乘客都不准登岸。乘二等和三等的也有不少日本乘客，但他們在美國的移民局官員看過護照後，都立即獲准登岸。美國移民局另外備有一小輪，將這批中國旅客載到三藩市外的一個小島上。因我是二等的乘客，所以也被送到該島去。我所憤恨和感到不平的是：日本人是亞洲人，爲甚麽日本人准立即上岸，而中國人不准立即上岸？關於這個問題，在我們被送到該島後，我立即向看守我們的班長質問。他竟然聲勢洶洶地對我說：「日本人是優秀民族，中國人是劣等民族，所以有此分別！」我怒氣冲冲的說：「中國人與日本人是同種同文的，何以有彼此之分？你們不敢欺侮日本人，是因爲日本人不甘被欺侮的。你們欺侮中國人，第一是中國政府向來不保護華僑；第二是因爲中國人有容忍的美德。中國人多是能夠忍讓過去就算了，且從不與人爭執的。但你可知道我們中國人住高樓大厦時你們白種人還居住在樹上或山洞內！我們中國人吃山珍海味時，你們白種人還在吃野獸的生肉，飲生血！我們中國人穿綾羅綢緞時，你們白種人還是穿着獸皮樹葉！因爲我們中國人食烟火已數千年，所以身上的毛已不存在；可是你們白種人進化太遲，所以仍是遍體生毛，猶如大猩猩一樣！」我說到這裡，他怒氣冲冲地踢我一脚——即如非洲白種人殖民地的官員踢非洲的土人。幸好，我練過國術，所以能夠很從容的應付他。他是六尺五寸高的「巨人」，而我身高不過五尺五寸，我閃過他一脚之後，就連消帶打的還他一腿，他中了我一脚，變作滾地葫蘆，倒在地上暈了過去。但是很奇怪的，我用冷水救醒他後，他站起來恭敬地和我拉手，並且很有禮貌地帶我去見他上司，又請求他的上司准我立即登岸。經過這次後，我知道美國人是頂崇拜英雄的，你能夠把他打倒，他不止不會找機會報復，而且會格外的尊敬你。那時候，在美國西部，仍然是拳頭勝於公理的。後來我到了英國，我也發覺英國人和美國人一樣，也是欺善怕惡的。到後來，我回國服務，就利用英國人這種欺善怕惡的弱點，與陳友仁先生携手合作對英國展開談判，收回漢口的英租界和九江的英租界（北伐時期，陳友仁先生任外交部長，我是國民政府高級顧問兼外交部的法律顧問）。

我在上海掛牌做律師時也是利用英國人這種弱點，在「五卅」事件發生後，與馮少山先生及霍守華先生，在上海發動三罷運動——罷市、罷工及罷課。（當時馮少山先生是上海總商會會長，霍守華先生是廣東籍的殷商，是上海工商業界的領導人物），及至我在厦門任事時，也是利用英國人這種欺善怕惡的心理，而收回鼓浪嶼的。

正所謂不打不相識，被我擊倒的移民局看守班長，很客氣親自送我到三藩市。他在向來不招待中國人的旅館替我開了一個房間，並在一間華麗的餐館請我吃晚飯（這間餐館也是向來不招待中國人的）。爲了酬謝他的一番盛意，我請他看一場電影，並請他在一間中國餐館「宵夜」。翌日，我帶着香港友人的介紹信前往布克利（ERO CKLNY）（加州大學所在地）見美以美會的詹士牧師。詹士牧師對我說：「美以美會樓上有一個空房間，歡迎你遷來居住。」他介紹我認識在那裡居住的中國留學生。他們在熱烈地歡迎我之餘，又邀請我加入他們的膳食團。膳食團的辦法是這樣的：膳食團連我在內一共有五人，每週由五人輪流担任燒飯。後來，我覺得這辦法太麻煩，我另外請兩個同學參加我們的膳食團，每星期一人輪流燒飯一天。後來，在美國長大的姚觀順先生（曾任廣州市公路局長，緝私隊長等職），現已去世）加入我的膳食團，因爲他不會燒飯，所以只担任洗碟工作。在布克利，買不到我們喜歡吃的蔬菜，所以我們利用美以美會旁邊的空地來種菜及種花。種子則由香港寄來，我們八個人過着一種很和諧、很有意思的共同生活。輪到我燒飯時，我弄「一鷄三味」或一隻五六斤重的「鹽焗鷄」；「鹽焗鷄」放在飯桌上，眞是令人垂涎三尺。但鷄從什麼地方來的？直到現在，這仍然是個謎。其實，我們鄰居，是一個小型農塲，農塲內養有近萬隻又肥又大的；但是，農塲主人和他的家人却憎恨中國人，他們一見中國人就唾涎，表示厭惡；農塲畜養一隻鸚鵡，牠看到中國人就大叫：「HANG CHARLIE！（吊死查禮）；「查禮」是美國人叫中國人的綽號，故意含有輕侮的意思，爲了報復這種無理取鬧的行爲我遷怒到他所養的鷄身上，以洩悶氣。

（未完・待續）

天聲人語

木屐

李承晚遺作

非芒非草最長年，數里溪山兩齒前。踏破蹊苔痕錯落，步歸庭月影巍然。雨中聲價高於馬，霽後恩情薄似煙。平地莫嫌移屧緩，難行世路等青天。

自詠

歎世看書慕古先，憂時還欲眼無穿。心歸淨界空空佛，夢入華胥夜夜仙。舉遠經綸同渚雁，處高蹤跡等秋蟬。從來志士無窮恨，忠考元難兩得全。

偶吟

羈窗閑寂夜迢迢，一枕鄉魂去莫招。安處經綸存濟恤，危餘夢想在漁樵。梅花舊社藏金觶，明月誰家弄玉簫。前歲秋遊餘短竺，疏燈塵壁掛蕭蕭。

步次河兄中秋憶弟兼寄諸友韻三首

蘇紹章遺作

清影徘徊思不禁，成連移我憶聞琴，袖中東海秋濤壯，笛裏西樓夜氣深，夢醒却應天未醉，淚乾休說陸成沈，今年此景清佳甚，風月無邊鶴在林。

海色天容記浪遊，仙槎同棹繫梧州，（去冬自東海歸常住梧州）蒼茫一水人相隔，（陳生柱尊留日常以詩寄）縹緲三山日共浮，欲洗塵心吹野馬，難安清夢狎沙鷗，年年客裏秋風度，枉說書傭是虎頭。

窮愁天遣作詩才，却說眉山嗣響來，藤月未隨坡老去，（招藤縣吾宗晉笙充教習尚未至）蓬壺剛拉謫仙同，（指甘雲菴周漱蘅及晉笙皆自日歸）孤芳獨挹湘中草，（漱蘅湘潭人）好景還留竹外梅，聞說西園扶病客，秋來得句笑顏開。

已丑九月登定海縣奎光閣

溥儒遺作

石壁崔嵬撼怒濤，清秋臨眺俯城壕，海門雲白孤帆遠，沙岸天青月片高。故壘飛霜驚草木，迴龍捲霧壓旌旄，長江夜孛攙槍氣，北斗光寒動佩刀。

雨中遊觀音山

張齡

磴道縈紆九折艱，衝泥來看雨中山，十年雲壑微茫認，一徑松篁霡霂潸，天意儻容廻劫祲，靈脩膡欲起衰孱，鋒車載濕重回首，猶爲幽尋一破顏。

自營生壙

張齡

鑱鍤隨身計總迂，仇鳶眷蟻究何殊，一抔未信眞埋我，四大能離那有軀，去日已隨憂患盡，人前但任馬牛呼，眼中久厭雞蟲鬨，自詭依然笑老夫。

岳陽熊君赴美定居詩送行

張齡

胸次能容幾洞庭，君山顏色爲君青，廿年作客霜添鬢，五夜尋詩月在櫺，好向機前參活句，何須日下泣新亭，吾曹自有安心訣，不與痴兒較醉醒。

「花甲感懷」

朱紹良遺作

「平生袪病有良方，臥誦南華歲月忘；親友多情頻酌我，依稀前日是重陽。」；「劇憐扶杖已無鄉，甲籙重新暗自傷；隔海黃塵羞父老，臨風不語望穹蒼。」；「自從日月慶重光，冰劍風刀紫塞忙；四壁無存餘百戰，等閒贏得滿頭霜。」；「三邊烽火憶刀環，窮寇倉皇渭涇間；指顧犂庭恣痛飲，漁陽鼙鼓動驪山。」；「匹馬天山親易幟，刀光八面酒杯寬；痛心誰主和戎策，十載終看奉契丹。」；「射日曾張后羿弓，艱難始見九州同；頹流莫挽紅羊刼，忍說當年汗馬功。」；「是非過去憑誰訴，艱苦當前須共持；奪稍屯田猶未老，六句正似少年時。」；「今朝休爲稻粱忙，又把茱萸對客嘗；夫婦齊眉兒女長，一杯含笑話家常。」

乙卯初度

劉德聞

又逢初度且狂歌，沽酒呼朋共醉酡；世亂少交常閉戶，夜深靜坐聽鳴梭，月驅簾影飛簷去，風急衾寒透夢過，寄跡蠻邦聊自適，燈前一卷獨番番。

讀孫怡女士「談蘇州」一文，戲集曼殊句：

岳騫

秋風海上已黃昏，寂對河山吊國魂，記得吳王宮裏事，淡烟疎雨過闖門。

高陽臺

蕭繼宗

宿鳥呼晴。荒雞唱曉。驚殘一夢高唐。倚枕無眠。醒魂翻墮愁鄉。漣漪乍向心頭展。似鵁鶄、飛過銀塘。寂難忘。風絮情懷。簇錦年光。重重往事塵封裏。記花迎笑靨。酒困曉妝，萼綠華來。空留繡被餘香。流霞易散。微波逝。自分攜、水渺。煙茫。枉回腸。當下因循。過後思量。

滿庭芳宿谷關

前人

納枕谿聲，窺簾山色，碧雲深掩房櫳。綺疏明檻，微醉坐迎風。消受片時將息。尋芳伴、又喚攜笻。爭能觳。平原十日。作計太匆匆。匆匆留爪印。隨緣聚散。任意西東。記隔溪人語。一線橋通。橋下春波如鏡。凌波處、曾照驚鴻。歸來晚。銀燈奪月。時聽打牕蟲。

甲辰秋講學漢城薄遊華客山莊賦巫山一段雲

前人

二水天邊合，羣峰雨後妝，江山如此耐思量，幾度閱興亡。杉檜秋陰密，樓基夜氣涼，錦城歌舞似殊鄉，珍重片時狂。

乙卯重陽遣懷調寄浣溪沙

文叠山

客裏重陽又一回，黃花依約漫相陪，秋高紅樹白雲隈，故國河山縈舊夢，羈情湖海鬱深杯，天涯極目幾徘徊。

編餘漫筆

編者

本期各篇，人物傳記有「趙冰博士自傳」是一篇佳作。趙博士是留學生，而且是眞眞讀通了外文的中國人，但其一生熱愛國家，淡泊名利，樂於助人，當二十年前許多文化人由大陸逃難來港，人地兩生，毫無憑依，趙博士便成了所有自由人士的靠山。他曾協助許多人開拓事業，担任了許多文化機構的法律顧問，遇事挺身而出，平時則一文車馬費不取。最大成就是協助錢穆先生辦起新亞書院，成爲海外重要學府。記得當初有許多朋友辦刊物，付不起登記費，香港政府規定可以請人担保，但担保人的標準甚高，不容易請到，趙博士是英國皇家大律師，自然合格，於是他又成爲許多刊物的義務担保人。記得有一次一份刊物去登記，民政司主辦刊物登記的人打開一看，苦笑一聲：「怎麽担保人又是趙冰。」實則那個時候只有請他。

趙博士雖是留學生，又在殖民地長大，却沒有一絲洋氣，是一個地道中國讀書人，也就因此，他才可以同錢穆、張丕介、唐君毅諸先生辦了一個以發揚中國文化爲目標的學校。此等處皆非儕輩可及。

另一篇人物是「小記胡宗南」，雖是小記，也可以看出胡宗南治軍處世之特色。古人說蓋棺論定，後人又說恩怨盡時方論定，實則蓋棺固不能論定，而論人更不全由於恩怨。胡宗南這位將軍，便是最難論定的一人，其呈現在世人面前者，長處是刻苦、清廉、忠誠、愛國家、愛領袖，皆是美德。短處是不能打仗，綜胡宗南一生，未單獨打過一次勝仗，最後則三十萬大軍一敗塗地，隻身飛台，更爲世人所不諒。胡宗南何以不能打勝仗，世人皆不知其由，讀了泉翁這篇記述，了解胡宗南的馭將之道，人人都會恍然大悟。野史之可貴處在此。編者所以要死撐活撐把本刊支持下去，目的也在此。

史料方面，「中共怎樣攻下川康」一文相當重要，所述事實有的爲人知，有的則不爲人知。譬如羅廣文投共經過，便很少人知道。此等處可見共黨之深謀遠慮，防不勝防，亦可見國軍參謀本部對敵毫無所知。至今官方書刊記述川康戰事失敗之由，無談及羅廣文何以叛變，過去史料愈爬梳整理，愈覺其千頭萬緒，若據此文，則胡宗南失川康反覺可諒矣。

近來由於越棉寮相繼易手，香港華文刊物少了一巨大市場，本刊亦不能例外。當此困難之際，更屬百上加斤，但能支持時，總想法支持下去，也希望愛護本刊讀者能自動代爲介紹推銷，若兩人能推銷一份，本刊便可解決一切困難。

掌故月刊 訂閱單

姓名（請用正楷）中英文均可		
地址（請用正楷）中英文均可		
期數及金額	一年	
	港澳區	海外區
	港幣二十四元正	美金六元
	平郵免費・航空另加	
	自第　期起至第　期止共　期（　）份	

請將本單同欵項以掛號郵寄香港九龍旺角郵局信箱八五二一號

英文名稱地址：

The Journal of Historical Records
P. O. Box No. 8521, Kowloon
Mongkok Post Office, Hong Kong.

中華月報

一九七五年八、九、十、十一月號要目　中華月報社・香港九龍書院道九號

本刊已在香港政府登記
僑委會登記證台教新字第伍弍柒號
新聞局登記證局版僑台誌字第零零零柒號
中華郵政第壹肆捌號執照登記爲第弍類新聞紙類

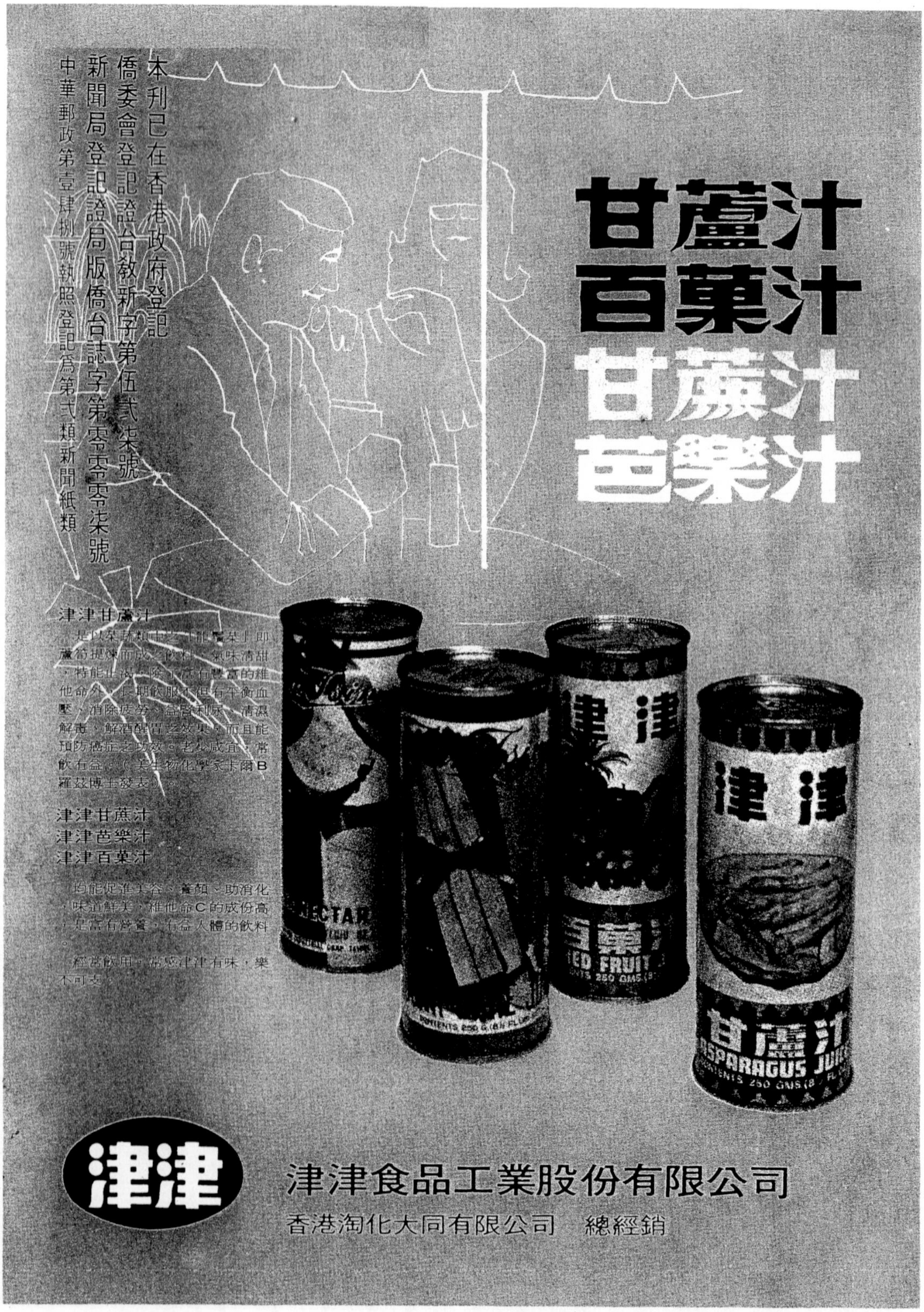

野史・佚聞・
人物・風土・

[redacted]

月刊

52

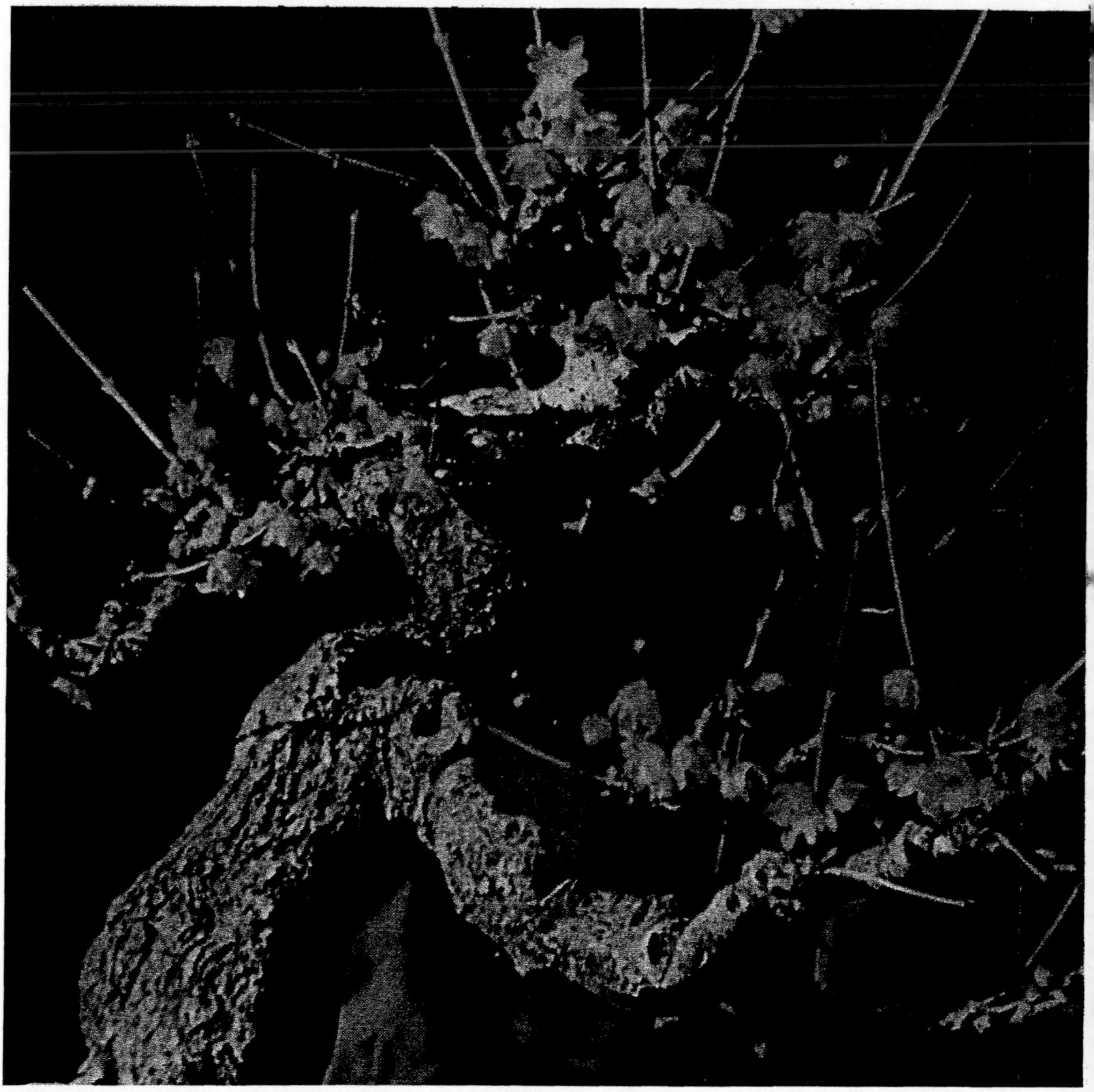

中華月報

一九七五年八、九、十、十一月號要目　中華月報社・香港九龍書院道九號

八月號

九月號

十月號

十一月號

掌故月刊

第52期 目錄

每月逢十日出版

掌故

第五十二期

每册定價港幣二元正

全年訂費　港幣三十元
台幣二百四十元
美金八元

出版兼發行者：掌故月刊社
地址：九龍亞皆老街六號B
通信處：九龍旺角郵局信箱八五二一號
電話：K八〇八〇九一
The Journal of Historical Records
P. O. Box No. 8521, Kowloon
Mongkok Post Office, Hong Kong.

督印人：鄧少卿
總編輯：岳騫
印刷者：和記印刷有限公司

總代理：吳興記書報社
新蒲崗景福街一一〇號超達工業大廈十樓
香港租庇利街十一號二樓
電話：H四五〇五六一　四五〇七六六

國內代理：黎明書報社
台北市八德路三段九十九巷六號
電話：七二一一二五二九

星馬代理：遠東文化事業有限公司
新加坡厦門街十九號
檳城沓田仔街一七一號

印尼總發行：集源公司
椰城旗桿街87號A
Dil Tiang Bendera No. 87A
Djakarta, Indonesia.

澳門：可大文具店
亞庇：利民公司
斗湖：光明書局
漢城：泛亞書籍公社
倫敦：香港文化服務社
中藝公司
東寶公司
紐約：友聯圖書公司
友誠公司
友方公司
菲律賓：華安書局
芝加哥：文華書店

羅省：大元公司
新東方公司
三藩市：益智圖書公司
文化商店
華盛頓：德昌公司
波斯頓：中西公司
千里達：中華公司
加拿大：香港商店
溫哥華：僑益書局
滿地可：明星書局
渥太華：民生書局
巴西：興昌公司

護國軍紀實

•鄧之誠•

紀蔡鍔督滇始末第一

邵陽人蔡鍔，負文武才，早年遊學日本士官學校。歸國後，治軍於桂，不甚協物議。宣統二年庚戌，入滇，桂省議會猶通電詆之。時李經羲繼錫良督滇，誠于外侮，急飭軍備，以靳雲鵬爲督練處總參議。先識蔡鍔，比其至，立擢爲協統，滇人羅佩金、殷承瓛、李根源，謝汝翼、李鴻祥、唐繼堯皆日本士官生，負才氣，敢作爲。佩金、承瓛、根源、稍稍鄉用，而汝翼、鴻祥以樸質，繼堯以年少故，僅得爲營長。靳雲鵬得經羲倚用，總攬軍事，叱咤進退諸將士，不稍假借，人皆側目，而佩金等尤不直之。鍔獨雍容與滇人深相契結，後卒得爲都督者以此。三年辛亥秋，有蜀人爭路事。初清廷以盛宣懷爲郵傳部尙書，見商辦鐵路遷延久不竣工，議借外資，以鐵路抵押。蜀人立同志會鼓譟爭之，不得，且法治首唱者。蜀中大亂，革命黨人乘之，以八月十九日，據武昌漢陽起義。響應者數省，東南大震。滇中謠言日數至，根源、汝翼、鴻祥謀響應。經羲前奏請開國會不見用，方鬱鬱思去，至是一無布置。法國領事以所聞告，謝之；或請置根源、汝翼、鴻祥諸激烈者于法，不許；請調巡防軍入省備緩急，復不許。根源總辦武堂，學子倡言革命，爲衆指目。恐事洩，且重得禍，思急舉事。鴻祥、繼堯主持尤力，數會集于繼堯所。議定，推鍔爲首。以重九夕，自北門率七十三四兩標兵入城，分攻督署及軍械局。翌日，事定，十九鎮統制鍾麟同死之，靳雲鵬易裝出走，諸北將校皆逃。而經羲避于民家，與鍔等約三事，鍔與根源哭迎經羲步至省議會而居焉。鍔既以學識雅爲衆所欽服，被推爲都督。是時諸將領佩金有才，根源有謀，承瓛精綜核，汝翼、鴻祥質直有勇，而繼堯年資稍後，退然若無所表見，鍔獨深喜之。佩金、根源慮諸人不爲鍔下，事事稟承號令，躬爲表率，于是鍔得以行其志。以時勢未可知，滇能聯黔而資財賦於蜀，不難與中原爭衡，世稱雲南政策，殆昉于此。遂首遣汝翼、鴻祥領兵援蜀，繼堯北伐兼援黔，根源出滇迤西。旋承瓛亦率兵西規衞藏，獨佩金留滇戍衞，驕兵悍卒，相率盡去。滇人直樸易治，鍔爲政，首崇簡儉，以故閭閻乂安，與承平時無異，人以是稱蔡鍔焉。汝翼、鴻祥以蜀人郭燦、陳先沅及劉存厚爲鄉導，據有瀘敘自流井財賦地，將進窺成都。資糧于蜀，師行不無刦掠，蜀人以其義之不終也，慮有大欲。蓉渝有兩都督，不相下，恐皆不保。乃急聲言蜀亂宜自定，無煩鄰師，而以重金啗滇軍，汝翼、鴻祥不得已，率師歸，然蜀人銜之刺骨矣。滇蜀携貳自此始。當繼堯之率師入黔也，部曲盡零星散卒，器仗不精，人料其少成功。然繼堯善撫循駕馭，以黔人劉顯世、周沆、戴戡等備諮謀，而韓鳳樓、劉法坤等領軍。是時黔都督楊藎誠方率師北伐，留趙某守貴陽。趙爲哥老魁首，不識政體，唯以公口秘結奸民，公爲擄刼，法紀蕩然無存，黔人苦之甚。黔素有立憲革命兩黨，革命黨人常假力于哥老，立憲黨則多縉紳老成側列於其間，劉顯世等其著者也。思借繼堯保鄉里，推爲都督。適南北已統一；蓋誠率師歸，與繼堯爭不勝，棄去。繼堯遂一意撫凋殘，輯奸暴，以戴戡，任可澄爲左右參贊，親禮諸長年大老，民事一委之黔人，不雜用鄉里。黔民欣然望治，忘其爲客軍。癸丑渝難，復遣葉荃、黃毓成，會滇劉雲峯之兵往攻之，益發舒志氣，以韜畧聞於時矣。汝翼、鴻祥自蜀歸，編部曲爲二師，各爲師長。自以首義，且援蜀有戰功，漸不聽令。佩金已先被命爲雲南民政長，雖不同于汝翼、鴻祥，以鍔雄鷙，亦漸立異同。鍔遂計使佩金辭職，舉鴻祥繼之，然實陰爲齮齕。滇人自是不信鍔，必欲取而代之。鍔前於民國二年癸丑贛寧難作，唱議率滇黔蜀桂軍助攻之，實欲觀釁，爲袁世凱所忌。至是決去滇，銜汝翼等異己，舉繼堯繼爲都督，假中央政府命臨之，汝翼、鴻祥莫如何。未幾，汝翼爲仇家狙擊死，鴻祥亦調京，繼堯爲都督，不改鍔成規。復去諸不附己者，衆協然無異議。滇以瘠省，自辛亥以來，差較他省能秩序自保，且分其力以援鄰省者，無他，蔡鍔、唐繼堯善以術用其衆也。

紀護國軍起義始末第二

袁世凱以湖南都督啗蔡鍔入都，後遂覊留之。鍔素師梁啓超，而與熊希齡鄉里。是時希齡當國，啓超爲世凱禮重，數爲解免於世凱，得爲約法議員，及經界局督辦。然屛息不敢發議論，追逐諸貴人，伺顏色。或則出入倡家，佯不問時事。世凱手平贛寧大難，解散國會，訂新約法，設參政院，用古天子禮郊祀天地，世皆以世凱借革命黨以覆清，必意在自爲。而世凱微見風采，又若無意，四年乙卯籌安會興，勸進者滿天下。設籌備大典處，刻期臨御，改明年爲洪憲元年。或言已御便殿受朝賀，章奏稱陛下。外人責難，則以民意答之，且聲言決無反對者。鍔亦列名勸進，陰策其事難成。料段祺瑞馮國璋立異，世凱不易制之，有隙可乘，日本人忌世凱，必不使之得志。遂與啓超密謀，適戴戡新罷黔巡按使來京，亦與謀畫。謂在滇黔發難，則道路相距遠，北兵不能至，可以持久。其年十月，微服走天津，共附海船南下，而先以計畫叩滇中將校。世凱聞鍔脫走，出不意，大驚。急追之，已無及。是時，繼堯督滇已二年，頗慮陳宧偪己，陽與世凱委蛇，而陰爲戒備。帝制議興，數遣人赴京省覘虛實向背。會世凱使侍從武官何國華入滇示意，而第二師師長沈汪度一夕暴卒，汪度曾于酒酣盛言帝制非宜者也。其他指摘帝制者，皆不自安，顧繼堯恐滇黔力弱非敵，遲疑久不決。巡按使任可澄與第一師長張子貞，第二師師長劉祖武，本無所可否，團長楊蓁、鄧泰中、董鴻勳等，皆繼堯拔擢信任者，急欲建奇勳，力言滇軍可用狀。適鍔書問，持之益堅。復得馮國璋電，謂滇發難，當繼踵而起。是時繼堯雖未表示，而意已內決矣。十一月，鍔偕戴戡、殷承齡赴香港，與李烈鈞、方聲濤、熊克武、龔振鵬等會，意旨合，相率赴滇。蔡鍔登海防，逕發電關白鄧泰中，泰中與繼堯之弟繼禹親往迎之。復與繼堯往返電商，乃于十二月十九日至昆明，開全體軍官會議，決計舉兵，稱護國軍。編三軍：蔡鍔領第一軍總司令，將四梯團出蜀；李烈鈞領二軍總司令，將五梯團，出桂；繼堯兼領第三軍總司令居守。初議鍔先出師，至川境乃傳檄，而啓超在滬與蘇督馮國璋有所商榷，主先發電，取蘇桂響應。遂于二十五日，宣布擁護共和。翌日，第一軍第一梯團長劉雲峯率鄧泰中楊蓁兩支隊，會熊克武先發，鄉宜賓。滇自錫良時，陳宧整飭軍實，甲仗精利，而滇人耐勞號敢戰。前援蜀黔所鄉有功，然合精銳不及萬人，舉半以畀鍔，轉餉不繼。又滇至蜀二千里，非朝夕可至，而陳宧督蜀，將三混成旅，皆北人，人爲滇危。幸世凱聞變，雖遣曹錕張敬堯各將一師討叛，而顧慮外交，思輦巨金走蔡鍔而已，不欲遽戰。陳宧兵力分散，曹錕方遲遲鄂湘間，未決所鄉，滇得以從容布置焉。鍔以五年丙辰一月十五日，引羅佩金爲參謀，殷承瓛爲總參議，率第二梯團長趙又新，將董鴻勳朱德兩支隊發滇。第三梯團顧品珍，第四梯團趙鍾琦，相繼發，皆道黔以規瀘。是時劉存厚爲四川第二師師長，守瀘，以淸鄉不力，懼得咎，通欵于滇。宜賓戰事旣起，陳宧令進阨敍永，阻滇軍入路，別調他將守瀘。比鍔前鋒至，存厚遽開雪山關延之，躬爲鄉導以攻瀘，自稱四川護國軍總司令，時二月六日也。是爲滇蜀連合之軍。滇黔本脣齒，繼堯前平黔亂有功，黔護軍使劉顯世，又繼堯所擢，故戴戡謂黔必應滇。當蔡鍔通電，已預列顯世名，乃顯世方別與世凱通消息，得滇電多置不答。戴戡單騎入黔，責顯世負約，顯世敬謝，謂以詘餉械耳。乃於一月二十七日獨立，戡遂將黔向綦江，而分軍出湘西爲牽掣計。稱護國軍右翼總司令，聽命于鍔。是爲滇黔連合之軍。李烈鈞者，贛寧敗後，亡命海外，有義聲。至滇以籌欵自任，謹事繼堯，自比于列將，得將第三軍。然部隊新募，器械窳敗，餉糧無所出，師期久未定。會世凱命粵督龍濟光兄覲光，爲臨威將軍雲南查辦使，督理雲南軍務兼巡按使，率師道桂以擊滇，乃急將方聲濤、張開儒兩梯團，至桂邊防堵。黃毓成率挺進軍千餘人，自樂平趨桂邊爲犄角。烈鈞與覲光兵交綏于剝礙，桂督陸榮廷已於三月十五日獨立，遮斷覲光後路。覲光不得已降，四月六日濟光亦附和護國軍，大局一變，毓成還滇，改援蜀，烈鈞遂合桂軍至粵，北規湘贛。是爲滇桂連合之軍。初啓超在滬說國璋響應，而世凱密布諸軍防寧，日以甘言啗國璋。故國璋不能屈申，雖聽浙江于四月十二日獨立，又撲江陰蕭弼臣義軍。啓超失望，則至桂說陸榮廷助滇，榮廷從之。方是時，粵朱執信、陳炯明等蠭起，稱總司令者數十人，無所統屬。龍濟光雖擁兵萬餘人，而蹙守省城，號令不能出郭門。五月一日，啓超乃說榮廷與濟光連合，迎岑春萱爲兩廣護國軍都司令，合諸義軍，自爲都參謀，而以滇人李根源爲副。粵桂負巖疆，稱大省，粵且擅餉械，一旦統一，寖寖日强。是月八日，啓超唱議合粵桂滇黔湘浙蜀建撫軍院，遙戴黎元洪，而以撫軍長行號令。啓超意主岑春萱、蔡鍔，而李根源右繼堯，滇人亦力爭，終舉繼堯爲撫軍長，春萱副之，而代行其職。是時七省壤地各不聯屬，政令自專，湘蜀戰又未停，號令無所施，實等虛設。然聲威震動，使世凱知西南不可屈焉。

紀蜀湘滇粵間之戰第三

當蔡鍔之出蜀也，實羨蜀財賦。以爲天下事未可知，苟無響應者，則藉蜀猶可自守。隱度陳宧所部分屯渝瀘，而旅長伍祥禎滇人，當不自壞鄉里。且雷飈已舊部守渝，又劉存厚方據瀘，陰通欵於滇，則陳宧所恃僅一馮玉祥，而其兵半屯陝西，尚未至蜀，故視蜀如無物，大戰當在武漢間。前鋒去已二十日，始遲遲發昆明，而不虞存厚進阨永寧，瀘已有備。雷飈在成都未將兵，與初計相左。幸前劉雲峯、鄧泰中、楊蓁率第一梯團兩支隊，襲攻宜賓下之，軍聲大振。鄧泰中會澤人，楊蓁昆明人，家貧，少折節讀書，慨天下將亂，棄去習武事。勇敢善戰，與辛亥光復之役。後隨唐繼堯入黔，誅土盜甚夥，一方以寧。繼堯倚如左右手，積功皆至團長。帝制議興，屢爭于繼堯，請申罪討之，繼堯遲疑未決。及蔡鍔入滇，決計舉兵，蓁、泰中請率所部爲前驅，奉旅長劉雲峯爲梯團長以行。先是蜀中大舉剿匪，約滇軍兜剿，至是滇軍以會剿之名告蜀中，故不之疑。護國軍發通電被遮留，蜀中尚不知有護國事。陳宧所將暫編三混成旅，分屯敍、瀘、重慶，方淸鄉不易集合。滇距蜀二千里，蓁、泰中兼程馳至灘頭，入蜀境。五年丙辰一月十五日，猝與伍祥禎之兵遇於燕子巖。巉巖峰峙，僅通單騎，祥禎之兵在滇邊者八百人，且不識滇軍何以攻蜀，乃以巡防軍當前敵。巡防軍無砲，蓁、泰中身爲諸軍先，衝鋒夾擊，不崇朝巡防軍潰反奔，祥禎兵大驚駭，亦走。蓁、泰中連破側耳崖、黃泡耳數壘，祥禎餘衆不及炊而遁，滇軍追至橫江，所鄉如入無人境。至安邊，與祥禎營長戴鴻智轟擊竟夜。鴻智皖人，素有勇，死戰不退，力竭軍潰死之。祥禎度宜賓城大難守，是月二十日棄之而北。宜賓綰金沙江岷江會口，當滇蜀孔道，百貨山委，為蜀南名郡，一旦驟陷，世凱疑陳宧縱滇軍入境，盛加詰責，宧乃檄馮玉祥自瀘，伍祥禎自自流井，朱登五率巡防軍自屏山，合數路兵號稱萬人，實不過二三千，期舊曆除夕同時攻宜賓。蓁、泰中之兵不及二千人，度不可退，退且死，留一營守白沙，阸玉祥進路，而蓁自趨宗塲逆擊祥禎兵，戰一晝夜，祥禎兵始退，巡視戰塲，彈殼積地者盈寸許，蓁既勝，立折回白沙，玉祥兵約當一團方沿江大上，蔓山谷皆兵。蓁斂衆衝其中堅，相持自朝至暮，滇軍勇氣百倍，無不以一當十，玉祥不支，陣稍移。滇軍大呼肉搏陷陣，玉祥兵遂退，順流至納溪，猝遇劉存厚衆邀截頗有死者。朱登五及他路軍，聞兩混成旅已退，遂皆不進，蓁、泰中亦斂兵保城待後援。是役也，蓁四面受敵，以寡敵衆，犯兵法所忌，而竟能克敵，以此名聞天下。方是時，蓁年二十七。自護國軍興，戰事徧蜀湘滇粵，唯黔軍乘瑕進攻湘西者，稍能畧地而已，至于攻城奪地之功，則宜首蓁、泰中。是時使蓁、泰中能銳進，則瀘縣自流井實空虛，或不難下。乃蔡鍔鄉瀘之兵，方在途中，而祿國藩將一支隊，自昭通來援，復徘徊未即至。迨蔡鍔至納溪攻瀘，而張敬堯將北兵第七師已至瀘有備矣。陳宧嚴令馮玉祥攻宜賓，懸賞期必下。蓁、泰中守城月餘，玉祥兵一團，四來，攻而四却之，會蔡鍔以納溪危急，調蓁、泰中所將兩營兵往援之，所留千餘人，合臨時召募兵又千餘人，死守催科興武諸山。梯團長劉雲峯欲退者屢矣，蔡鍔亦有令棄宜賓，蓁、泰中以宜賓得自百戰，堅意不忍舍去，故蓁、泰中後頗怨鍔。最後玉祥兵自吊黃樓偸渡江，襲眞武山，城已不可守。蓁方病疽，舁肩輿督戰，不少却。玉祥兵已迫臨，乃倉卒退師，一夕而至灘頭，喪失資械殆盡。然玉祥復宜賓而已，亦不窮追，遲二日始入城守，時三月一日也。蔡鍔合劉存厚之兵自叙永大周驛連營至納溪以攻瀘，守者為張敬堯及周駿所部旅長熊祥生之兵，蔡鍔百端攻之，不能下。初前鋒董鴻勵攻克藍田壩，付劉存厚兵守之，恃勇進攻小市，思抄瀘之北路。小市者絕地，與瀘縣隔兩小河，而藍田壩川軍竟不能守。鴻勳前後受敵，幾全軍覆沒，僅而得免，自是滇軍每嗤川軍怯，川軍團長陳禮門至憤而自殺焉。及鍔至，親巡戰地，撫綏將士，士氣乃振。與敬堯相持月餘，滇軍雖勇，而全軍僅三千餘人，衆寡相懸泰甚，三月七日，敬堯遂克納溪，滇軍退，羅佩金斷後。支隊長何海清有胆畧，率一連兵，遇北兵一旅、急伏山陬叢薄中，發槍抄擊之，北兵駭走。自後鍔雖督顧品珍，王秉鈞、何海清與北兵戰，然所爭者納溪、江安、南川，而非瀘也。大小數十戰，互有勝負。戴戡率熊其勳攻綦江，與曹錕相拒累月，綦江終不下，至停戰而止。方蜀中大戰，湘西亦有激戰，二月十六日，黔軍團長吳傳聲畧取紅江麻陽芷江，鋒銳甚。民軍程潛、陳强蜂起永寶間，袁世凱遣馬繼增將北軍第六師禦之，初戰弗利，繼增暴卒軍中，或曰自殺也。旋傳聲輕進陣殞，黔軍後援不繼，北軍漸復所失地。三月八日，北軍復麻陽，遂停戰。自初戰起，北兵在湘蜀合援軍共八萬衆，月資二千萬，財貨內匱。借外資為美國所拒，又前言百日平亂期已過，無以謝外人。既已次第收宜賓、納溪、麻陽，則歸罪勸進者，二十一日下令罷洪憲改元及稱帝，而責南方斂兵。粵滇非難，持世凱退位頗堅，否則再戰。其實南軍軍資僅資諸義捐，亦且困。世凱遣李長泰援蜀，倪毓芬援湘，唐繼堯以黃毓成將第四軍，葉荃將第五軍，張子貞將第六軍，劉祖武將第七軍，僅毓成一至蜀。粵中諸革命黨人，亦爭言北伐，皆故張揚其辭。自後零陵鎮守使望雲亭，陝南鎮守使陳樹藩，湘西鎮守使田應詔先後獨立，五月二十，陳宧獨立於蜀，後九日，湯薌銘獨立于湘。宧尤忠於世凱，為盡死力，一旦獨立，舉國驚詫。諸不快宧者，遂騰詆宧為背世凱。實則世凱深忌宧防之彌甚，宧所部伍祥禎失宜賓，而終克之，謂可以雪謗矣，而謗益甚。宧為疆吏，曹錕等援蜀，皆不相關白，世凱亦不令宧會同諸軍事。諸軍入蜀，競割膏腴地，截留賦稅，川軍效之，宧所有者，成都十六縣，及富順等縣而已。方大戰時，渝瀘北兵至六萬人，宧當川西南寧遠宜賓，防線千餘里，而所將三混成旅，伍祥禎最弱先潰。馮玉祥始終以一團兵應戰，李炳之旅二營在成都，餘皆屯重慶，爲曹錕固留不聽行。宧屢請命於中央，皆諉之錕不理。宧遣參謀長張某往重慶調炳之兵，且犒以二萬金，金固爲人乾沒，炳之亦不敢聽調。皆謂成都旦夕將獨立，而實無據，蓋錕已受世凱旨矣。宧再遣參謀何某往，幾爲錕所戮。錕與宧結昆弟交，揚言將攻成都，宧聞之，以譴語發電告之，謂公我兄事者也，兄不友弟不可不恭，兄來攻則開門以待，錕慙而止。宧既不得調炳之兵，中央政府復令調馮玉祥出蜀入陝，陝無所用兵，實欲以宧委敵，不則令負地咎而死之。宧自知孤危，念有老母，不可以死，請辭不許，請以曹錕代己不許。時南北停戰，議和久不決，馮國璋方召集十七省區代表會議，雖大半徇西南之請，而主挽留世凱仍任總統甚力。若和議不成必出于再戰，蜀固當衝，成都處境尤危，唯獨立可逭其難，且足策和議之成。宧遂不恤其他而逕行之，通電與袁氏一人斷絕關係而已，無預南北也。復密電徐世昌、段祺瑞、王士珍，述己孤危，不能不獨立狀，示未絕於中央。世凱大恨，立命重慶鎮守使周駿署督，攻成都。大約宧早不贊帝制，世凱理前恨，及帝制不成，復遷怒焉。北洋羣小人妒宧者，爭搆之，謂且與南方合，遂必欲死宧而後快矣。不然，蜀湘皆獨立，何以不致恨于薌銘乎？不知本末者，且從而實其辭，謂宧本贊帝制，而不知宧始終未與聞也。徐樹錚、段芝貴流言宧入蜀前，首請世凱稱帝，則小人讒口，何所不至哉！宧不與帝制事，後籌備大典者爲章士釗盡言之，公論乃白。然宧始終不自言，亦不自以擁護共和爲功。大抵世凱雄猜，而宧負命世之才，終致差池，然知宧者竟莫世凱若矣。世不知委曲，遽謂宧爲背德，宧之爲德於世凱多矣，而世凱背之，宜其及也。宧既獨立，馮國璋與蔡鍔議和，大端未就，六月六日，世凱遽以疾卒。黎元洪繼任總統，馮國璋爲副總統，段祺瑞爲國務總理，通緝帝制罪魁楊度、孫毓筠、顧鼇、梁士詒、夏壽田、朱啓鈐、周自齊、薛大可等八人。恢復約法，以蔡鍔督蜀，湯薌銘已爲桂軍所逐，以陳宧代之督湘，陸榮廷督粵，撤北軍回防。七月十四日，義軍解散撫軍院，而戰事告終焉。

紀蔡鍔督蜀始末第四

蜀自尹昌衡爲都督，編川軍爲五師，盛行軍用票，與値不符，人民大困。胡景伊繼之，經癸丑渝難，元氣未復，吏治尤猥雜，盜賊滿地。袁世凱以蜀擅財賦，上扼滇黔，命安陸人陳宧將三混成旅督蜀。宧清末以書生治軍蜀滇及東三省，負時重望。民國肇建，佐黎元洪長參謀本部，外修國防，內理各省軍事善後，統一之功，大半成于其手。南人也而得世凱尊信，羣小人生嫉，尤與段芝貴、徐樹錚相左，比而傾之。世凱意不能無動，以爲宧終厚元洪薄我。帝制醞釀久矣，宧意國體既改共和，非世凱不能收拾時局，若自爲帝，則爲反覆，且滋紛擾耳。民國三年甲寅十一月二十四日，宋育仁宗社黨事起，意別有在，姑以探人情向背。宧密電馮國璋以疆吏問贊否，以伐其謀，果得覆，皆言非宜。遂力贊世凱下永不變更共和之令，授意世凱秘書馮學書擬稿，先白國務卿徐世昌署諾，使世凱下能中變。世凱後知宧所爲，始大恨。諸謀勸進者，皆謂宧在中樞必爲梗沮，故以之督蜀，蓋欲外之。宧固辭，世凱七命敦迫之始行，瀕行世凱猶語宧：『謠言不可信，國安可更乎』。然欲宧遂將曹錕所部第三師入蜀，宧難之，謂：『入蜀非用兵比，安用此多兵爲？』世凱色變曰：『君豈欲將鄂兵耶？』宧遜謝。宧所用參謀長及財政廳長，皆受世凱密旨以監之，世謂世凱將倚以收滇黔者宧也。其治蜀也，首裁川軍三師，大舉清鄉，盡收回軍用票。不期年，人民盡得復業，行千里者無戒心，安靖過於承平時。宧治軍之勤，從政之廉且能，愛才之切，用人之公，民國以來，未之有匹也，蜀人至今尙有德之者。護國軍興，宧爲疆吏而不與援蜀諸軍事，終復宜賓失地，示世凱無他，猶不免世凱之忌，必欲假手滇軍致之死地。既獨立，世凱密令周駿攻之，會世凱卒，宧力舉蔡鍔代己督蜀，得請。被命爲湖南督軍，力辭不就，逕率所部出境，至鄂出資遣之，襆被入都，蕭然若寒素。自後屢命之經畧甘新，皆不肯再出任事。六月二十六日宧既去蜀，周駿入成都，自稱川軍總司令，不主拒鍔，而拒鍔挾滇軍，鍔請於中央政府，以羅佩金爲前鋒討之。連戰於資中內江，駿不支，七月二十日委其軍而去。翌日滇軍入成都，蔡鍔力疾發叙永，取道宜賓，以二十九日至成都就任。前鍔督滇，懲昔在桂用鄉里爲衆所詆，故左右不用湘人，滇人懷之。雖有齟齬，比再入滇，盡將其兵者以此。迨在行間，鄉里人多投之，鍔爲人深沈，每午夜篝燈火決事，不使人預聞。當周駿聲言拒滇軍，則思遣散滇軍有暮氣者，諸滇將領自羅佩金以下，多怨鍔寡恩，漸不聽調遣。鍔慮佩金終不爲用，則舉以長桂。桂偏遠，佩金與陸榮廷不相習，鍔舉佩金，不啻計遣之去。鍔與唐繼堯本甚相得，納溪之敗，詆繼堯擁四警衛團不見援，而繼堯則以平龍濟光內亂需兵爲解。繼堯編第四至第七軍，而函告文移，每無謙詞。鍔以爲凌己，銜之。護國之役，滇人出死命發難，後乃爲進步黨人假借取大名，鍔素與進步黨委蛇，自後鍔與滇人非比患難相共時矣。鍔既至成都，見蜀民困苦顚連，慨然思有所補救。病日亟，期留一月治事，從容布置而後去。及見滇軍將皆利其去，知不爲用，不獲已，舉佩金兼護督軍省長，戴戡會辦軍務，劉存厚第一軍軍長，兼第二師師長。僅留十日，遂移舟東下，至重慶，與陳宧偕行出蜀，至上海，遇梁啓超，盛詆佩金，而力保戴戡長蜀民政，劉存厚可大用，牽掣佩金，爲己他日歸蜀計。比至日本，病革，遂以十月六日卒。蜀人震其名，頗惜之，而不知蜀難自此始矣。

紀羅佩金督蜀始末第五

羅佩金者，世家子，少無賴。清末留學日本，歸爲標統，其才畧頗異于滇人。民國元年壬子，蒙自兵變，佩金隻身入巢穴，手擒叛將斬之。後長滇民政，識政體，用人能拔擢其材，頗爲人稱道。當護國軍興，佩金任第一軍總參謀，鉅細躬親，決策多中。初蔡鍔雖果決，而納其言爲多，然暗爲策備，未能開誠，兩人者功益著交乃益疏矣。戴戡在綦江，頗著戰績，鍔意右戡，時與親近。滇黔雖唇齒，以任可澄劉顯世攖滇政故，滇人多恨黔人。恐戡將因是長蜀民政，則力擠之，而推佩金右翼總司令，與戡對抗。羣小人不爲蔡鍔所喜者，若楊寶民，陳澤霈輩，復故爲抑揚其間，利佩金與鍔不協。佩金既督蜀，驟編制七師三混成旅：周道剛將第一師，劉存厚以第一軍長兼將第二師，鍾體道將第三師，陳澤霈將第四師，熊克武將第五師，劉成勳將第一混成旅，陳遐齡將川邊混成旅，皆蜀軍；熊其勳將黔軍一混成旅，爲黔軍；顧品珍將第六師，趙又新將第七師，皆滇軍。他若川邊鎮守使殷承瓛所將滇軍，及松潘西昌諸巡防軍，尚不居此數。蜀承平時，庫儲常盈七百萬，而養經制兵一協，前尹昌衡編五師，其時地方歲入三百萬，僅供軍費，不足則乞中央鹽欵。佩金蹈昌衡覆轍，既以擁兵取忌，後復以裁兵敗，論者深惜之。諸軍除存厚競爲召募，餘皆不滿額，第一師蓋收合周駿散亡；第三師原額一旅；第五師亦只一旅；滇軍當蔡鍔在大周驛時，全數三千五百人，至是新招白徒補充，以壯聲威。第四師兵大半匪徒，最無紀律而最多。澤霈尤闒冗，初遊滇，後在江西受李烈鈞卵翼，亦屬籍革命黨，善伺喜怒爲逢迎。嘗置酒候佩金，從容出倡家馮可卿佐酒，歡宴雜譁，一夕道路喧傳，詫爲奇事。澤霈揚揚自若，竟以擢師長，雖蜀人亦不直之，而佩金不悟。先是蔡鍔預舉鄒憲章爲財政廳長，尹昌齡爲政務廳長；嵇祖佑爲警察廳長，三人皆諳練習政事，號爲幹吏。昌齡尤有能稱，佩金以其不附己，昌齡前在貴東道有抗義師嫌，亦堅求去，遂以楊寶民代憲章，李臨陽代昌齡，祿國藩代祖佑。寶民遂寧富人楊氏養子，清末捐知府署雲南白鹽井提舉，後與陳澤霈比而事李烈鈞，烈鈞敗，自命爲革命黨人，隨蔡鍔至叙永，爲第一軍財政處長。蔡鍔以其蜀人，不疑，後悉其奸，將逐之，則匿佩金所，搆佩金與鍔立異。媚事佩金，得攬財政權，佩金頗賴以籌餉，而其實無一策、臨陽、商號天順祥之子，亦不協物望。政務廳操用人權，諸滇市井窶人，鄉愚無賴；亟義軍而出，依倚臨陽，攫縣知事，徵收。買衣不稱而服，袒裹垢膩狼籍未除，則肩輿煊赫過市，面貌恇擾，方飲酒市肆，狎伎買妾，喧逐竟日不休。至官則貪婪無厭，不識體統，唯思取錢，且販賣鴉片博什一。蜀百四十州縣，是輩幾居其半。蜀人百年習於拘謹，見之譁然驚怪，搢紳老成，尤悵然歎恨，競以佩金爲怨府矣。蜀人習禮讓，明分際，顧性輕浮喜事，好議論，恥爲法所繩。然至挺而走險，即亦不甚畏法。佩金治蜀失人望，方強引治蜀宜嚴之說，其實無政策，特與蜀人日相遠而已。亦不親式賢者之門，輿論率以佩金佻㒓，漸播於遐邇。中央政府聞之，亦以佩金果不足蒞蜀，且佩金雖故無所黨，而漸爲革命黨人假借，思竟易之。遂先以戴戡長蜀，分佩金民政權。佩金疲身供億軍隊，賴有民政權，一旦卸去，戴戡又所不洽。諸依倚佩金者，若石青陽、楊寶民、陳澤霈唱爲排斥之說，騰詆戡榜於通衢，一日數會集。皆詆戡，且詆中央政府，卒無效。而戴戡於六年丁已二月一日，入成都，接省長印視事。

紀羅戴之爭第六

初戴戡將黔軍出松坎，攻綦江，屢捷。雖未下，而牽掣北兵不得盡至瀘，與滇軍爲敵，頗以此自居功，先與蔡鍔甚相得，因師事梁啓超，迨停戰，戡愈與啓超結納。先被任黔省長，不赴、逗留重慶，用川東巡閱使名目，收拾潰卒，意在蜀省長。進步黨人利戡席有財賦外府，爲請于中央政府，蔡鍔又力主之，竟得如其志。顧戡性戇，好使氣，以細故與劉顯世齟齬，幾欲率兵回貴陽，顯世遜謝乃已。當有清之末，戡以佐貳爲滇錫鑛董事，與熊范與劉顯世等朋比，借滇鐵路公司欵入錫公司買股票取息，爲滇人所惡。又躬爲唐繼堯前驅取黔，得爲參贊，繼堯歸滇，戡復爲黔民政長，率性而行，頗不協輿論。帝制興，偕蔡鍔入滇，與會議，方侃侃陳說，遽爲滇將張開儒叱止，蓋惡黔人任可澄長滇，而並及於戡。方滇軍與北兵大戰後，諸將日與蔡鍔不協，而戡附鍔，隨之爲屈申進退。長蜀命下，滇人愈切齒矣。是時蜀第一師長周道剛，第三師長鍾體道，川北道尹張瀾，皆進步黨人，素怨佩金，思戴戴戡以相抵。而劉存厚徒踞軍長虛位，督軍省長俱無望，亦附和周鍾。戡藉進步黨之勢，挾三師長爲聲援，當成都騰詆戡時，省議會黨戡者，則發電迎戡，語侵佩金，道路訩訩，謂羅戴且相攻。中央政府命王芝祥入蜀兩解之，戡遂將熊其勳入成都，以尹昌齡長政務，黃大暹長財政，雷飈長警政，雷飈者與蔡鍔鄉里，隨鍔十餘年，亦得陳宧信任。停戰後，頗贊滇蜀事，復導佩金先入成都逐周駿。事定，覬一師長不可得，乃改事戡。戡之始爲政也，力反佩金所爲，用人循資格，不私鄉里，戒取公家資貨，起居崇儉樸，日夕勤簿書，譽稍集。顧諸不附佩金者，方以戡爲壑，故甚其詞動戡，利其相爭。戡與大暹計蜀財專供軍用，非長策，則定月餉七十萬，而置欠餉不理。佩金數爭之不能得，思裁兵則欠餉無從出，竟束手爲戡所阨。或謂戡實利蜀將帥有爭，而故挑之激之。戡之得第一二三師之援以入成都也，相傳實預有密約，是時唯劉存厚兵稍強，可與滇軍一戰，方鬱鬱怨望。或謂存厚實受戡指，且言存厚慮發難無餉，戡于前一日使杜步雲持三萬金畀之。步雲者，張瀾遣之入省，有所關說。語雖無稽，而戡能參諸將密謀，與存厚日相接，則有足徵者焉。

紀羅劉之鬨第七

佩金在蜀頗得黎元洪維護，而段祺瑞百計齮齕，必欲去之，所請輒不允。甚則佩金彙保護國軍有功將校，亦置不理。佩金既決計裁四五師各爲一旅，滇軍留一師，與黔軍同爲國軍，餉不取之蜀，本持平。而劉存厚聯五師長電詆佩金厚滇薄川，謂川軍一師年餉八十萬，滇軍則百二十萬，而利械盡入滇軍，川軍有請輒不應。陳澤霈竟比而傾佩金，且削牘爲主謀矣。祺瑞揚言以江朝宗或吳光新督蜀，佩金憤甚思去。會粵督陸榮廷請假入京，面陳兩廣軍事，佩金援以請，而以講武學校校長豫人韓鳳樓護印。往時佩金電京多不得復，請假電即日覆至，一一如所請，諸將士相顧駭詫。佩金請假出而果斷，左右初不與聞，既得請，即艤舟江干，示將行，將士大譁，馳電留佩金。戴戡懼，密陳佩金不宜去狀，湘粵黔諸督競電留佩金。唐繼堯初不識佩金旨，電責之，謂何必去，而不知佩金求留不可得也。後繼堯連電中央政府，言佩金裁兵方着手，不當聽其去。黎元洪遽電佩金緩行，祺瑞不得已，亦允之。佩金既致憾於存厚，且憾澤霈賣己，則抗電請遣散四師，示無意祖護革命黨，而以劉雲峯代存厚，期以四月十五日兩事並行。先是劉存厚不容於佩金，乃輸誠交結段祺瑞左右靳雲鵬、曲同豐輩，段祺瑞亦思用存厚以制佩金。故事諸督請去留軍官，中央政府無不允者，乃允佩金如期解散第四師，而遲劉雲峯新命不發。且密電慰存厚，謂去之非出己本意，詞旨抑揚。存厚風聞佩金密謀，慮不測，懼甚，急走鳳凰山司令部。一夕數易寢所，而寄妻子於法國醫生蒲伯良家中。及得祺瑞電，大喜過望，且夕將叛。而佩金輕之不爲備，方陳電總統，謂存厚怯懦兵弱，非不能强制，實不忍也。遽以四月十五日，誘第四師駐成都者，盡入督署，臨以重兵，悉取其械而遣之。翌日，命旅長何海清率五營兵至緜竹，遣散第四師餘衆。十八日曛暮，劉存厚舉兵攻督署，是日何海清在緜竹，解散第四師他部，取其械，以兵一連送械至省。薄暮叩西關，欲入城，西關有存厚守兵，詰之，對以謾語，存厚遮留不遣。事聞于佩金，方以電話詰存厚，而滇軍聞之大忿恨，謂川人敢爾，非創之不可。佩金參謀長趙鍾琦，再遣兵一連往迎械及送械兵，比至，詬詈不相下，繼以槍擊，斯時已不能辨其孰先孰後矣。西校場劉軍聞之，逕發犬礮轟擊督署，佩金警衛團團長賈某一無備，急令其衆閉門，登皇城固守。劉軍至，乃還擊，劉軍遂架礮于三橋，及城西各處，而分衆圍督署，槍礮之聲達旦。東校場滇軍亦還礮攻西校場，全城鼎沸。其實滇軍城守者僅兩營兵，劉軍有披髮掛紙錢煤塗其面，執刀衝鋒者，故死傷特多，而皇城不能破。翌日，戰稍停，戴戡與英法領事先後入督署調停，坐語移時，佩金從容笑語如平時，曰：「存厚攻我，當調停存厚，我奚爲者？」語未終，而存厚兵遽發礮，彈落座間未炸。座客驚起，獨佩金不動，曰：「滇軍未發槍礮，而存厚攻不已，諸公可證也！」英法領事先與存厚約定，然後詣佩金，存厚背約再攻，皆憤其寡信焉。時滇軍自資中自流井宜賓瀘縣等處，紛紛援省，何海清亦馳回成都，兵勢大增，躍躍請與存厚一戰，軍情憤怒不可遏。佩金力止之，謂須候中央政府命令，於是佩金通電數存厚起釁狀，力請加以申討，而中央不即覆。四月二十日始下令，謂據戴戡電稱滇川軍衝突，罷佩金職授超威將軍，並罷存厚授崇威將軍，俱着來京。而以戴戡兼署督軍，編滇軍爲陸軍第十四師，以顧品珍爲師長，別命王人文、張習赴蜀查辦。蓋佩金電詆存厚爲叛，而戡電不及兩人曲直，特言兩軍相鬨而已。佩金以督軍而任閑散將軍爲降階，而存厚授將軍較師長職位爲崇，反晉階焉。滇軍愈憤，有請並攻戴戡者，戡亦悟其危，辭不受命。佩金即日送印省長署，三送三却，卒委之而去。于是滇軍以二十五日出城，駐兵工新廠。佩金瀕行，以電話召存厚，言曰：「會圖都中相見。」存厚噤不能答。佩金部衆尚日夕候佩金戰令，而佩金審己衆少，且料唐繼堯不能援，即援亦不克即至，故力遏抑之。是時劉存厚內慙，且素畏滇軍强，又已得崇威將軍滿其望，姑大言必在途截擊佩金。滇軍之退，安然無戰事，然有人謂佩金此時縱存厚不擊，他日必愈難制者。蓋知佩金以奉中央政府命自解，而存厚必無去志，後劉存厚再攻戴戡，滇軍攻存厚而敗，其言果驗。初滇軍將士以劉軍攻皇城，伏於城下民舍，城上還擊多不能命中，乃縱火民居，環皇城三里餘，一時蕩然灰燼。追滇軍爲佩金抑制不聽戰，積怒於川人者愈甚，凡徒步過東校場滇軍營前者，盡斃之，前後死者二百餘人。大軍退時，胥持交鈔迫商肆易現金，沿途居民逃避一空，競相謂滇軍淫掠。其實滇軍非盡無紀律，當皇城被圍時，有滇軍至市肆，强取布一束，立爲其主將槍決，布尚在懷抱間。自滇軍去後，蜀人冒稱喪資求賑者，無慮數萬人，世乃爭詆滇軍凶殘。然兩軍相戰時，滇人寓少城，在劉軍區內者，受凌辱塗毒備至，且有非滇人亦罹刼者，則蜀軍亦未可言紀律也。戴戡於難之初發也，宣言中立，畫城東南爲中立地，以黔軍守之。力禁刼奪，居民爭避其間，以爲樂土。顧滇軍銜之刺骨，而川軍亦責戴戡不右存厚，若忘前約。戡恐佩金攻己，思謝之，則劾存厚不遵令停戰，褫其職，而催新任第二師師長劉雲峰視事。存厚大恨，知爲人賣，環走室中竟夜，急匿法國醫生蒲伯良家。部將堅挽至再三，乃出，識者料存厚與戡終不免有爭矣。佩金決計去職，聞令即行，雖其部衆跳躍必欲戰，而佩金能抑制之，主戰團長李植生憤而自殺。佩金自詡能忍且愛民，然滇軍駐資中簡榮威富順瀘宜賓等財富地，不啻割蜀膏腴，則佩金爲計固較密矣。

紀戴戡督蜀始末第八

六年丁巳五月一日，戡若甚不得已，發布告視事，其詞甚謙。以會辦軍務署參謀長張承禮任副官長，引蔣方震爲參謀長。方震曾長軍官學校，前隨蔡鍔至蜀，頗有時名，至是以人望用之。然遲未及至，則以承禮攝其事，用杜步雲爲軍需課長。步雲負縱横才，故財政廳長黃大暹力薦之。或曰所以踐張瀾前約也。時傳滇川軍且復相攻，得戡鎮定，人民稍稍復業。戡以書生起家佐貳，未六年，任封圻，一身佩督軍會辦軍務省長三印，年方四十。軍興以來，貴盛莫之能比。然戡內有所懾，仍居省署，不敢即移皇城督署焉。方羅劉兵爭時，東校場及環督署居民，受兵燹最烈，戡引蜀人曾鑑總辦振局，比戶存問，卹以金，然冒者特多。災民本赤貧，數戶共一室，一破席一破甑以爲家，至是各得數金，稱小康。存厚亦使人潛稽受害者，爲查辦時口實，於是市肆列損失盈千累萬，滇省議會亦發電責問滇人受害狀。未幾，查辦使王人文、張習至渝。人文雖滇人，當辛亥蜀人爭路時，爲蜀布政使，攝總督印，以袒爭路者被斥，蜀人頗懷之。然是時滇川軍各有所持，戡不能即了。有言人文之來，爲覬得省長者，人文不得已，發電言此來不忍辨是非曲直，職在勞問蜀民疾苦。復與戡聯名發通電求振金，而遲不赴省。劉存厚與各師競遣使詣人文，獨佩金在宜賓以待查自居，無所遣。人文特遣楊寶民、郎廷佐及天順祥商遲興周通意於佩金，佩金謙讓引咎，願撤簡陽滇軍，別以蜀第一師兵填防。雖成議，而杜步雲在成都死于刺客，蜀人樊孔周者，自渝赴成都，道出簡陽，猝爲匪狙擊死。步雲本張瀾所遣，日奔走第二師師長接替事者也，猝被殺，疑皆存厚所爲。而蜀人則疑戴戡殺之滅口，於是戡始與蜀人離。會戡與存厚爭日烈，人文既不能行其職，則思遂歸，渝商爭留之。至蜀亂再作而去，始終未一踐成都。先是滇軍已盡退出成都，久之，存厚兵亦出屯鳳凰山。當戡視事第三日，存厚即追理第三師欠餉，達四十餘萬，戡無以應，則漫置之，而催存厚卸軍事。存厚詭言部衆激昂待撫輯，欠餉不給，無以完己責，終無解職意。劉雲峯久待而去，戡意以徐孝剛替存厚。孝剛與周道剛清末同任事陸軍學堂，蜀軍官多出其門，有鄉曲譽。戡遣杜步雲累促之，孝剛未應，而步雲死。存厚揣知戡無能爲，益添募匪徒，編入第二師。遣軍四出分提各縣糧款，預徵明年上忙，各軍爭效之，戡反一無所得。至督署額費不給，請撥鹽款以三月爲限，未即得，愈窮于應付，而威望日隳矣。迨張瀾自順慶來省，若爲調停，而意在戡踐前諾，舉己爲省長。首勸戡留存厚爲助，且促戡與之速和，面訂約束。戡視之蔑如也，不聽，張瀾大恨而歸，於是，始與張瀾離。戡視事之初，令不能行於全省，唯蜀第三師師長鍾體道奉命唯謹。體道素隨張瀾爲進退，不啻瀾之部曲，瀾與戡日決裂，體道亦漸不聽命。是時戡已不能留，有勸之去舉周道剛自代者，戡以爲道剛與張瀾比而傾己，則故靳不與，使人示意體道令替己。體道年與資俱不及，且審戡非誠意，則遜謝，於是戡始與體道離。故戡雖日電中央祈假，實無去志，人皆爲之危。蜀軍唯第四師匪徒混雜其間，爲最複雜，雖經佩金遣散，而大半爲存厚招之以去，其餘散處温江郫彭新繁縣竹諸縣間，若張尊、吳慶熙、孫澤霈輩，亦聚兵據縣治，提公帑。戡不能節制，則漸歸於劉成勳。成勳將第一混成旅，稍親於存厚，旋以小事齟齬，聽戡命唯謹矣。適懋功八角屯察都和尚若巴作亂，分陷五屯，僭稱通治皇帝，戡命成勳討之。成勳請餉械，戡忿詈不與，成勳遲滯未發兵，戡遂別遣張尊討察都。尊率衆過郫縣，成勳營長宿靖南拒不聽進。戡聞之，讓成勳，成勳謝弗知，于是戡始與成勳離。存厚乘之與成勳厚相結，請于戡，恢復第四師原額，以成勳將之。戡親削牘爲答，辭語不中，存厚再請再駁詰不允，往復文書，雜以漫語。成勳遂不候裁可，而自置師司令部，于是存厚愈强，部衆殆達三萬人。戡夜中置斥堠偏城東南隅，戒備甚嚴，若臨大敵。存厚雖召黔軍將領與宴，而與戡避不相見，人民終惶駭，莫審其意所在。是時北方諸督軍相約入都，世稱爲督軍團，逼黎元洪解散國會。元洪難之，思殺其勢，則竟罷段祺瑞國務總理職，時五月二十三日也。諸督軍愈憤，二十九日皖省長倪嗣冲首發難獨立，詞詆元洪，而段祺瑞亦聲言免職已無署名，于事不順。附和之者，遍大江以北，方在天津別設軍政府及總參謀處，推雷震春爲參謀長，洶洶若將用兵。蜀中若戡方窮於自處，無所左右，而存厚致詞諸督軍，請受驅策。諸督軍日與存厚電文往復，詞極曖昧，存厚以褫職師長，竟外通北方諸督軍，依之自固，無復綱維，戡乃盡調黔軍九營入省，而傾意結歡滇軍將帥，以爲緩急可恃。旋得滇軍覆電，願助討存厚，而不悟前隙未泯，人方欲借存厚以死之。未幾，復辟事起，未五日而亂再作，戡竟以死，乃不得比於佩金之安然以去。戡之誤在以書生操縱軍事，倘所謂君以此始，必以此終者歟？

七月一日，都中復辟，成都始聞之。初大江以北諸督軍，設軍政府總參謀於天津，北洋系與黎元洪爭既烈，張勳以長江巡閱使皖督軍將定武軍六十營，合二萬人，鎮徐州。自居清室舊人，素主復辟，勢最强横。自袁世凱之歿，北方之督軍以五年九月及六年一月，兩遣使會于徐州，勳爲主盟。所議甚秘，外人莫知。至是北方諸督軍合而抗黎元洪，元洪力不敵，思遷就息事。五月二十八日，以經羲代段祺瑞，任內閣總理。經羲首唱溝通南北，以勳任調人。勳知勢有可乘，則逕率兵五千人入都，首迫元洪解散國會，與北方諸督軍和，馮國璋力贊之。元洪唯命是聽，特避言解散，六月十二日下令改選國會，諸督軍皆受命矣，勳遽於三十一日夜半，奉宣統帝再登極。稱上諭，自爲政務大臣，命官吏有差。或言勳實豫謀之馮國璋、徐世昌、段祺瑞，後祺瑞、國璋背約。然觀勳所命官不及祺瑞、國璋，則即有約，特以誑勳。七月四日祺瑞首誓師討勳，十二日入北京，勳走匿荷蘭公使館。事定，黎元洪去職，馮國璋代之，而不言復開國會，後來護法之爭，即基於此。勳初以劉存厚爲四川巡撫，而不及戴戡。黔軍斥堠愈嚴，掘戰壕于少城之東，一夕數驚，居民走相戒，慮禍至無日。蓋戡早非存厚敵，特假中央政府命以臨之，戡數祈假，得温諭勉任艱難。及北方大亂，戡驟失所倚。存厚日與北方諸督軍通消息，蜀距京遠，不審段祺瑞意旨，以爲或同於勳。故存厚雖致電各師及滇軍，特探其虛實鄉背，而實依違兩可。戡贊勳共和，在蜀皆有所忌，處兩難間。七月二日，得梁啓超自天津急電，乃敢宣布戒嚴，通電討逆。而先以電話質存厚，謂己當出師討賊，以蜀事相託。或留蜀僅任省長，唯所命。存厚遜謝，謂前未復辟時，已發電主共和矣，猜嫌可泯。戡信其言爲誠，翌日率黔軍移居督署。或曰戡已知不免，入督署所以攖城自保。然黔軍移督署，舊有槍彈數十萬，盡擲諸舊部中不取，而胥儲一未備，則謂戡本無戰志可也。當戡大集將吏及蜀搢紳議討賊，存厚約與議，而託腹疾不至。遣參謀長林爽、汪可權，旅長鍾志鴻、舒雲衢等與會，矢言討賊。熊其勳謂存厚必通電拒僞命爲信，存厚難之，以爲拒與否特餘事，無足輕重。其勳迫之不已，雖稍辯難，而林爽等矢言無他。於是戡議分全蜀之兵爲二路，分鄉陝鄂，命存厚鄉陝，力以留守轉餉自任。五日晨，存厚驟持異議。初戡遣黔軍檢查電局，存厚以爲備己，抗之。蓋戡數留北方致存厚密電，存厚亦欲檢查電局，戡初難而後允之。旋存厚復謂留則共留，去則共去，意在索會辦軍務。戡允以存厚任討逆軍總參議，特設總參議廳，爲存厚地。方訂章程，而存厚軍自鳳凰山遮入城，偪城之西北隅，與黔軍相持。黔軍先已徧布城之東南隅，兩軍雖未縱槍，已間不容髮。日午，黔軍守城外兵工廠者，譁言劉軍將來攻。抵暮，徐孝剛數四奔走兩軍中，任調解，尙在督署未去，請黔軍撤備，免驚居民，願以一家生死保劉軍不叛。戡持劉軍必先撤備，且漫言存厚敢於相攻，則亦願不惜死，而不能坦然開誠以息禍。孝剛始怏怏去。是夕午夜，兩軍逼處西北城者，先縱槍，全軍應之，未知首釁者。黔軍言川軍斥堠闖入其境挑釁，詰其退而語不遜，致起釁。川軍則謂黔軍先攻。大抵初無軍官命令，兩軍積恨深，樂於肇釁。戡與存厚固不敢先發難，旣發難則亦思並命死其敵矣。黔軍若熊其勳，川軍若鍾志鴻、賴心輝等，皆躍躍思戰。戡大言欲戰，而實無戰志。存厚則志在一戰，而方彌縫前攻羅佩金事，難於先發。張承禮、徐孝剛者事權不屬，雖以調解自任，而終不見納。卒至一發不可收拾，戡與存厚皆不能辭其咎焉。是夕，黔軍之半與劉軍戰於北校場及西城樓，劉軍在城內者無實數，自言只兩連，大約五倍之，新入城者又倍之，與黔軍數相埒。初戰，黔軍銳甚不可當。六日之晨，劉軍漸不支，黔軍且戰且掠民居，火其屋，北校場及鐘鼓樓街烟燄衝天，竟不能逐劉軍出城。劉軍得從容引黔軍盡至西北城，戰方酣，別出一軍衝東校場據之，逐黔軍入皇城。黔軍皆守街口，劉軍習于途徑，每入民居，壞屋壁，從街呼而縱槍。居民恨黔軍焚掠，亦大呼以助劉軍，故黔軍不戰輒走。比日過午，黔軍在西北及守兵工廠者，皆敗退，退則火民居以斷追軍，城中罹於火者，殆過萬家。簡陽本有黔軍兩營，可以殿後者，戰時盡調之入城，自得勝場以至簡陽，盡爲劉軍遮斷。是時其勳主孤守以待滇軍之援，張承禮、雷飈、黃大暹則料滇軍未必即至，說戡全師以退。戡無所主，遣承禮介法領乞和，存厚不答。戡命承禮、飈、大暹使於滇軍，竟從其勳言，決意死守。承禮、飈、大暹從小道至賈家場。翌日，劉軍掩至，獨飈逾垣而遁，間關至資中滇軍中。承禮、大暹俱就縛，翌晨，先後就戮。承禮浙人，素以和平聞，戰非其所主張。臨戰猶奔走調解，而竟以死，剜其腹，支體不完，人頗悼之。大暹爲財政廳長，頗爲戴戡策畫軍事，思以齮齕諸軍，滇川軍皆惡之。有言大暹嘗說戡誘殺存厚，故存厚欲得而甘心。或謂大暹之出，挾多金所部衞兵殺而越其貨者，則飾詞也。其實大暹數以餉阨諸軍，有取死之道焉。自七日至十八日，凡十有二日間，城內戰不息，黔軍據皇城固守，劉軍環攻之者二萬人。若陳俊廷、巫人元、張升廷、吳慶熙諸軍皆混跡劉軍中，第三師鍾體道兵一團至省，而不助戰。存厚出賞格購戡與其勳，皇城終不下。黔軍數衝鋒出，擊斃劉軍甚衆。夜中黔軍自督軍中煤山礮擊兵工兩廠，供劉軍槍彈者，多命中，廠中工作，至不敢放汽筩。黔軍每出必焚掠，失人心，然劉軍亦尤而效之，至刦法領事居，存厚諉爲不知。是時黔軍無宿糧，幸督署有倉穀，每日舂食之。食無鹽，宿無燈火，軍士晝夜守城，且衝鋒出，頗有傷亡，已無固志。而戴戡終始無決斷，守走俱無定策，軍心無所維繫。滇軍約戡死守五日當來援，逾期不至，以爲終不至矣。十五日，戡命一營兵出督署攻據南城樓，爲出走計。劉軍遽焚燒南城樓民居，斷黔軍爲二；其據南城樓黔軍，逾日出城遁者半，餘復歸督署。甚不知滇軍已西上，適劉存厚使黔人鄒憲章請戡退師，獻三萬金爲犒。戡允退師，而不受金，以督軍省長會辦軍務三印歸省議會。約黔軍在途不刦掠，劉軍不追襲，訂約易質爲信。戡前請和于存厚，存厚不顧；是存厚一請，戡遽諾之。而不悟存厚方患滇軍西上，恐戡出皇城夾擊，戡乃墮存厚計中，則權奇自喜者，往往有時而窮故也。十八日，戴戡、熊其勳雜兵衆中出成都，黔軍尚二千餘人，人皆疲敝，軍氣不揚。及出城，存厚所遣爲質者遁去，其勳猶不疑，招鄉農爲嚮導。存厚兵易服雜鄉民中，故之入小道，迂迴往復，至暮，才行三十里，抵中和場宿焉。途中黔軍已漸有散去者，翌晨方思出籍田鋪往仁壽，與滇軍合。存厚所遣吳慶熙兵已四面合圍，黔軍且戰且走，戡遂與其勳相失。戡行至秦皇寺，故有大小二徑，唯小道有劉軍。戡不審虛實，從小道行，不能前，復折至大道，則劉軍已由他途繞至。戡知不能脫，拔槍自擊死。存厚暴其尸於北塔寺，而揚言非戡。從戡副官參謀尚三十餘人，皆成擒。其勳易服行至簡陽，亦爲劉軍所擒，械繫送存厚所。初以黔軍焚掠歸罪其勳，將置極刑，有言其非者，乃斬於兵工新廠，死狀極慘。後劉顯世請卹其勳，謂被戕於九道拐者，未得其情也。其勳桂人，廩於庠。初從黔人唐爾鍔爲巡防軍營長，積功至統帶，後爲團長。護國之役，攻綦江，勇悍頗有戰功，每自負有胆，輙當士卒先，負氣與戡時有異同。當復辟時，方避不謁戡，屢召始至。持論粗獷，尤鄙存厚，勸戡乘存厚無備先攻之，不許。既戰，復欲分兵半，自督攻鳳凰山，覆存厚巢穴。請戡與劉軍堅持於城中，又不許。其勳瀕死，遺書其子，謂事非其主，死不足惜，唯健兒五千人，同趁邱墟，爲至可痛。蓋黔軍在城中戰十二晝夜，死傷三百餘人，退時死傷倍之，能從間道達滇軍者不及一營，餘皆散亡，殆全軍覆沒。其勳始志在戰，終在守，戡不能用，以致皆敗，故其勳云然。戴戡既敗沒，存厚諷居民迎己入城，省議會議其意，歸督軍省長印。謙讓不受，自稱攝軍民兩政，競募白徒遣赴前敵禦滇軍。城中四司令部：曰警備、曰警察、曰城防、曰衞戍，皆用奸民爲偵探，刺取里巷言語，以搜黔軍爲名，任意劫掠，十戶九不免。所捕殺者皆無辜，日至數十人，皆莫得罪狀。劉軍强入人居，警察詰之，則殺警察。存厚一置不問，方日迫使諸搢紳，爲發電頌己功德，數滇軍罪狀，語半不實。每有騰刋之文，由存厚左右草擬，至電中央政府索督軍省長。綱紀蕩然無存矣。

紀滇蜀兵爭第十

先是戴戡發電於各軍，言劉存厚受僞命，已不屈狀，以求援兵。羅佩金得電，馳至資中，召各將領集議。七月十三日發兵西上，以劉雲峯爲右翼總司令，韓鳳樓爲左翼總司令，同趣犍爲嘉定；趙鍾琦出中路，趣仁壽；顧品珍當東路，備周道剛及鍾體道；以劉法坤守自流井；而佩金自爲總司令，居宜賓策應各路。初約戴戡死守五日，乃過期不至，蓋滇軍須急欲擊存厚，而憤戡前嫌，方利其敗，故不欲疾行。是時戡尚在成都，滇軍自資陽至簡陽，二程可達。劉軍首尾不及相顧，可一戰得成都。劉軍惶駭萬狀，居民皆言滇軍旦夕且入城，乃坐聽劉軍從容與鍾體道合縱。戡固以此死，而滇軍百戰之餘，亦以此敗。佩金既發電西上，周道剛首宣言中立，存厚懼甚，介鍾體道、張瀾求和於滇軍。歷述前此戴戡離間滇川狀，佩金不理。體道憤而電中央政府請進止，得復，令拒滇。體道素號謹慎，不妄舉動，當存厚攻戴戡，體道兵至省而不預戰，至是乃與存厚合而拒滇矣。佩金意在守資中以攻仁壽嘉定，初戰銳甚，趙鍾琦驟克仁壽，韓鳳樓克犍爲，進攻嘉定下之。劉軍旅長陳洪範遁，鳳樓遂合劉雲峯之兵進攻眉山。是時劉軍亦張兩翼應敵，鍾體道當右翼，劉成勳當左翼，以彭光烈爲總司令，光烈辛亥曾爲師長者也。合諸路軍號四十八營，共二萬五千餘人，滇軍約一萬人，自資陽亙仁壽青城三百里間，皆爲戰場。滇軍取仁壽者，進窺籍田鋪，距成都不及百里，眉山一下，成都西即無險。存厚日夕恐懼，新募白徒不及教練，驅之至兵工廠，待一槍成，即攜之赴戰。城中空虛，謠言存厚已遁者，而滇軍戰愈利，無不一當十。劉軍團長賴心輝、鄧錫侯等奮勇督戰，始得與滇軍相距於仁壽。滇軍攻眉山者，復三晝夜不能下，劉軍氣稍壯。佩金預計克嘉定即移總司令部駐之，鳳樓既下嘉定，遂合劉雲峯兵溯江逕趨成都。劉軍阻險拒於眉山，滇軍圍之數重，血戰不下。劉軍援師日集，而滇軍之援不繼，佩金亦未遵前約移駐嘉定。前守嘉定旅長陳洪範，尙有餘衆在夾江，瞰嘉定無守備，襲取之。計滇軍得嘉定五日而復失，援路益梗，雲峯、鳳樓大困。以眉山城守堅不可下，則欲佯退至青神，誘劉軍至平原而據險邀之。比至青神，到已不能軍，再退，一日數合，士卒張皇失措。適天雨，洪水暴發，濟江無舟，沒於水者殆千人。劉軍邀擊之，滇軍大敗，損失器械無算，獨雲峯、鳳樓以身免焉。趙鍾琦與賴心輝之相拒於仁壽也，城數得數失，互有殺傷，鍾琦卒以無援而退威遠，蓋第三師鍾體道遣團長張鵬舞攻資陽，與滇軍團長趙寶賢相拒，寶賢乏槍彈致敗。鵬舞素能戰，前隸屬周駿，爲滇軍所敗，必欲雪此恥，應戰甚力。資中守兵少，無所爲計，劉法坤擁兵在自流井，亦坐視不救，寶賢遂棄資陽而遁，第三師得分兵援仁壽，仁壽勝則援眉山，故滇軍之敗，敗於輕進無援，且蜀人苦其騷擾，每助川軍逐之。大抵爲戰恃得人和，前丙辰北軍不利，失人心也，黔滇軍皆强於川軍，而皆敗者，亦失人心也。資陽既失，滇軍阨資中自流井威遠榮縣爲守，而以瀘敍爲窟穴，適周道剛以調解自任，遂停戰，時八月七日也。初戡與存厚相攻，戡發電言存厚汚僞命。而存厚通電諱言發難，詐稱黔軍逼攻北校場，焚掠民舍，居民痛哭請師入城救難，乃於七月七日率兵入城云，語惝怳不可究詰。周道剛與張瀾首發電，報兩軍相攻狀，請嚴令停戰，自後續有陳述，大約請北軍援蜀止亂。時段祺瑞再當國，本惡滇軍，而陰贊存厚。終以存厚兩次肇釁，公論不與，難以蜀畀之。七月二十四日，命道剛代川督，率師解成都之圍。道剛以八月十一日，在渝受就職。存厚頗怨道剛坐收厚利，日發電促道剛入成都，而日諷其部曲及省議會致電道剛，謂渝根本地，不宜輕離。又道剛首請卹戴戡，及從戡死難張承禮、黃大遲、熊其勳諸人，省議會通電謂不當卹，詞甚峻急。存厚與道剛幾至決裂，賴張瀾而解之，遂僅不卹其勳。旋體道受瀾旨停戰，示若聽命於道剛，於是道剛方舉瀾長蜀，竟得請，二十四日以瀾護理四川省長。當滇川軍停戰時，道剛數與佩金協議，令滇軍退至蜀邊。佩金佯諾之。道剛初意滇黔軍既退，當足以折服存厚，故與存厚相持不稍屈。及見唐繼堯於八月十一日，發通電擁護約法，詆祺瑞再出任總理，未得國會同意，元洪不應卸職，且責中央必懲辦亂蜀禍首，滇軍雖自資中退，而瀘敍方大增兵，道剛知和非誠意，乃急挽張瀾力白於存厚，唱言保省。謂鄉特與滇軍委蛇，意實在止戰，本與存厚旨合。復迎祺瑞所遣吳光新率四混成旅入蜀爲己助。光新遂以長江上游總司令，兼四川查辦使。十月十四日，滇軍黃毓成遽攻內江下之。存厚志在據蜀，嫉道剛得位，稱疾，且揚言將與滇軍和，以索軍務會辦。比得祺瑞密諭，乃合鍾體道與滇軍大戰於榮威內江。三十一日，中央政府下討伐令討滇軍，滇軍已敗，黔軍攻內江者亦旋退。十一月四日張瀾入成都，接省長印視事，道剛、瀾旋皆即眞，存厚亦得會辦四川軍務。蓋中央政府決意對西南用兵，籌備召集新國會期參議院以十一月十一日開會。而國會議員吳景濂等，先於八月二十五日，入粵開非常會議，廣東省長陳炳堃宣言自主，滇軍張開儒復左右之，非常國會遂於九月一日舉孫文爲大元帥，設軍政府及各部，令西南各省起兵護法。十八日，零陵鎭守使劉建藩宣言獨立，祺瑞所命湖南督軍傅良佐不能討，旋爲其部將王汝賢所逐，汝賢方通電主和南北，而粵桂援湘軍已次第克寶慶衡山衡陽湘潭，遂以十一月十七日入長沙。汝賢倉皇夜遁，去良佐出走未三日也。後五日，祺瑞尙欲大舉征南，爲馮國璋所扼，乃引咎辭職。滇軍聞之，益磨厲思大舉攻蜀，號爲靖國軍，由護國而護法，致南北大戰，其事不具於此。

離紀第十一

蔡鍔規蜀爲霸圖，唐繼堯繼之爲就餉，曰護國者，美其名也。周道剛、張瀾倡言保省，而實爲進步黨地。蜀擅財賦，據天下上游，故段祺瑞重之，西南爭之。祺瑞與西南不兩立者也，而進步黨操縱其間，故益糾結不可解。

護國者，所以覆袁部已。袁竟覆於自斃，繼袁者黎段，位歸於黎，事任歸於段，若國璋由副貳以覬大位，榮廷亦得兩粵，獨繼堯功高不賞，祺瑞使人賜勳刀，猶誡以少年去驕。未幾，繼堯所舉教育總長王九齡過滬，竟發其運烟事，抵九齡罪，下之西獄。祺瑞左右爲謀，傾險若斯，即不爲繼堯尺寸寬假，獨不顧國體乎。又未幾，而蜀難作，皆所以制繼堯，而不知繼堯與佩金固不協也。故佩金不得不敗，佩金敗而靖國之師興矣。

常壎有言曰：「蜀必先天下而亂，後天下而治。」辛亥爭蜀路而武漢起義，羅戴相爭而對德宣戰，羅劉相爭而張勳復辟，劉戴相爭而南北戰起。又鍾會、鄧艾、郭崇韜皆死於蜀，端方、趙爾豐亦不免，戴戡又後死焉，何古今之若合符契也？

蜀軍當丙辰義戰，每戰輒北，滇軍奪藍田壩界蜀軍而不能守，一夕潰至江安焉。比滇蜀再戰，陳經中彈不退，仁壽之爭，兩軍死於陣者殆三千人。又蜀軍官例不督戰，後賴心輝、張鵬舞、郝熹奮起而逐滇軍，乃冒死銳進，竟以致勝。然蜀兵善戰，而蜀禍愈烈矣。

戴戡好大言，每會集將吏，獨有戡議論。言皆不衷，雜以忿詈。掾屬持公文視戡，不合戡意，至抵之地。戡起佐貳，人譏其無體度，然戡死而其家至無以自贍，則戡廉於取與，衣食寒素，無異恒人，頗亦爲人所稱。

戴戡守皇城，存厚百攻之不能破，死傷良多。戡衆恐存厚緣城而上，則每夕執炬照城下，大聲呼備。存厚兵鬪之，乃決計埋地雷轟城。顧城堅入土者尚丈餘，不可掘，力掘數日，乃竟事，而不能如期轟發，故卒不能入城。戡衆善攻堅，故亦善守，比退，則軍心散離，竟全軍覆沒，自軍興以來，雖敗軍未有如戡之甚且速者也。

滇黔軍善以少擊衆，初戰輒勝，再戰無不敗者。若敗而能振，斯可堅持矣。故謂蔡鍔戰於瀘納，雖無奇功，而堅定不可及。當滇軍攻取宜賓時，安邊之戰，滇軍勝矣，而營長有散失三日始歸營者。北軍則雖敗猶能集合，滇軍將自以爲弗若焉。

滇軍强而護國軍興，滇軍固善戰，然所恃者利械也，械皆陳宧治軍時，以截曠所積貲，買自德國。若山砲機關槍步槍，新式犀利過於北洋諸鎮。滇本邊隅，初意練兵兩鎮，以餉難繼，先成一鎮，械則倍之，彈藥尤多，此滇軍之所以興也。蜀軍多於他省數倍者，則四川武備學堂學生成就者衆。蜀建兵工廠，其費千餘萬金，機械勝於滬漢兩廠，亦皆陳宧佐錫良經營以備邊者，乃爲全蜀造亂之資，異矣。蜀滇東三省新軍，皆陳宧規練，所費逾千萬金，若他將兵者，必多染指，而宧清節彌固，有寒士所不能堪者。方去蜀時，召紳耆示以一年餘所用兵費，合川軍二師一旅，及巡防軍，又宧所將三混成旅，剿匪禦滇，且供億北軍入境芻藁夫役，費僅六百萬，尚謂不無浮泛。聞者咨嗟歎息，以爲非意所及也。

予之紀此，蓋丁巳出蜀後，居金昌故人李君寓樓中，偶憶而書之，以傳遺忘。若班固所謂「良史之才，其文直，其事該，不虛美，不溢惡，斯爲實錄」者，則非所論於此。然足跡遍滇蜀，蜀難身膺之，蜀戰親見之，當事諸人亦嘗與之周旋，大抵得其實爲多。猶有所諱者，則曲紀之，亦以爲箴勸，非有意抑揚也。野史異於承明著作，然意固有在。若王闓運作湘軍志，自謂不在表戰功，而在敘治亂得失之由。予之爲書，殆亦畧師其意。自護國軍起而蜀亂作，西南之勢張，南北之爭烈；師致南北自相爭戰，十餘年間，兵火不息。然則此一役也謂非治亂升降之樞紐得乎？是冬北上，遂寫定成書，爲北京大學及中國地學會各本，無可踪迹，久亦漸忘之矣。今春偶檢舊篋，得當日屬草，如對故人，不忍割棄，稍加訂正。適有談護國事，而不悉其曲折者，乃以之載於史學年報。或疑年報薈萃考據之作，列此爲不倫類者，不知史學以紀載爲先，紀載以近事爲急，及今不述，後將何徵。建國以來，事之湮沒不彰，與夫浮誇失實者多矣；談史學者，明於察古，昧於知今，直筆不存，是非淆混，世事益不堪問矣。今姑揭此義，庶幾爲糾集當代史事者之一助，使世間尚有徐夢莘李心傳其人，必不菲薄此事也。民國二十四年七月十五日著者自識。

蔡松坡將軍雲南起義始末

雷飈

編者按：本文作者雷飈，爲蔡將軍門生、部下、好友，本文原名「蔡鍔一」；因篇幅過長特節錄重要部份。

第六節　蔡督軍由滇入京，被袁世凱嫉忌復由京奔滇之時代

蔡督軍離滇赴車站時（時民二年秋季），城中各界，尙多未知，惟軍隊、警察、軍樂隊、學生隊早到，謝汝翼、李鴻祥、沈石泉及京軍官佐齊集奏樂，行李上車，隨行惟祕書長修承浩、副官長何鵬翔與飈而已。軍至宜良，羅佩金等趕至送行。蓋人在情在，厚望頗殷耳。車至安南河內時，法駐越總司令及文武官員到站歡迎，並留宴數日。（河內中國人極多，歡迎甚盛。）其駐越總司令，年約七十，鬚髮俱白，拍蔡公肩而言曰：如此青年，官至上將，法國未有也。蔡頗慚愧，蓋各國陸海軍官非至相當年齡，不能爲將官耳。復藉以考察法越軍事政治工業種種，頗極圓滿。去時各界歡送如前。到香港，未久停。到滬時，袁早派代表范熙績歡迎，並接駕入京，面商一切，恐直入湘耳。到南京時，馮督國璋及各同學軍官，均歡宴異常，蔡與馮督畧談軍事政治，即派專車赴京。過濟南時，魯督靳雲鵬特派代表在車站歡迎入城，見面時，似有感愧交集之慨。蓋於靳滇中起義時，危險實甚，得以安全脫險，即眷屬以及鍾靈同、王振畿各靈柩及各家屬，妥囘原籍者，皆蔡公及李、劉各同鄉並飈等之力也。表面上似極好感，心中總覺前嫌難釋。到泰安停車一日，共遊泰山、曲阜各名勝，興趣極佳，蔡尤善走，飈等不及也。車抵北京，袁仍派代表多人到站歡迎，公館器具車馬，招待甚爲齊備，並時送酒食，各部處均招宴洗塵，眞是一塲滑稽戲幕也。嗣派充陸軍部總編譯處副總裁，（段祺瑞爲總裁，平時對蔡，雖因鍾、王等在滇被害，靳、丁狼狽囘京，各事頗感不滿。及蔡到京以後，相見時多，蔡對編譯處事，極熱誠研究，性又樸實懇切，言笑不苟，文章議論經驗，均非尋常可比，段氏彌深欽佩，故事事樂與蔡籌商，且非袁氏一味虛假相待也。蔡亦十分敬重段氏，處處以老前輩相待，兩人相得益甚，縱靳、徐等從中挑撥離間，無效也。故湖南趙恒惕、陳復初兩士官生，因前湖南獨立事，及齊派意見，被傅良佐巡按使拿解陸軍部幽禁，確有身命危險，加以徐樹錚與陳有私隙，欲藉以置之死地，段亦深爲痛恨，頗懷不測。一時蔡公將趙、陳二人歷史性情及革命出力等事，詳陳段氏，頗有轉意，嗣與陳二庵次長向袁總統說項，袁以段爲轉移，蔡復與陳次長向段說項，請求釋放，乃得出獄也。）復委充模範團附團長，充統率辦事處坐辦，充經界局總辦，頭銜既多，疑忌愈深。蔡對經界局事特別注意，將來富國强兵，必有賴於此者，故愼重經營之。但經界範圍極廣，須用專門人才不少，而籌款購械計劃調查佈置等，須以時日；又不無種種困難，蔡公從切實認眞做起，不亂用一錢，不亂用一人，一切章則計劃，均出自手。（章則計劃集成大冊，後爲某祕書燒去，甚可惜也。）費年餘精力，得以規模大定，部署已妥，正在經畫實行之際，忽籌安會發生，帝制復活，各省區已奉行甚力，即各國交涉，多獲成功。所不放心者，軍人惟蔡鍔一人而已。但無何項證據，不能憑空問罪，乃祕使私黨，裝作竊賊，擅入蔡宅，陽爲刼奪財物，陰實搜查函件文電證據，翻箱倒篋，無所不至，終無所得而去。袁又故意作態作威，嚴飭軍警當局捕拿刼賊，復故拿數罪犯，槍決敷衍之，如此虛假，慘毒孰甚，而蔡公自若也。（蔡自被查後，迭次密函颷處，時颷任四川旅長，駐瀘州，畧謂兄在川治軍，須處處留心人才，即土匪中有知識毅力者，宜力加保護，爲將來國家用。凡各軍隊官長，亦應時刻留心，團結一致云云。但無姓名，極機密，颷亦知其用意所在矣。並聞密派何鵬翔、黃實赴滇接洽，派岳森、何上林赴廣西運動，派趙恒惕、陳復初赴湘接洽，派畢厚赴廣東張督處接洽，報告一切，其處心積慮，可謂至矣密矣。）袁復祕派便衣偵探，前後跟隨，一日蔡在統率辦事處，袁之私黨，忽執一贊成帝制提名冊，向蔡試探可否，而蔡即大書特書贊成二字，並代蔣百里、伯器二人代書之，似可放心矣。而籌安會有時開會，袁之黨羽皆參加會議，每論及蔡某種種疑忌非難之，幸籌安會六君子中楊度，本係湘人，平時與蔡交情甚厚，並極稱賞子，謂蔡對洪憲已迭次表示贊成，確信無疑，似不應再生疑忌。當時在會諸人，實難再有人出而非難之者，否則危矣。而袁之密探，追隨如故，蔡仍意氣自若，徒作消極優遊而已，於是密送老母眷屬，分次出京，日夜消遙於市場戲院及八大胡同尋歡作樂，此小鳳仙一段佳話所由來也。各祕探亦覺蔡某如此消極，當無他特別動作，逐不注意，且多分散各自遊蕩去矣。一晚蔡在鳳仙房排宴，正是遊客滿座、狂歌歡醉之際，又料夜車快開，蔡即單身坐車赴崇文門上車，赴津，當晚毫無人知，次晨到津，住日界共和醫院。袁得報，即派蔣百里及某參議官來津挽留囘京，並假仁假義，說了許多好話，蔡對蔣等又不能不說一套假話，謂此次來津，專爲治病，稍好即囘京，請兄等善爲我言之。復祕約蔣速來津同行，又與梁任公祕談種切，並懇速赴兩廣與張、陸二督商辦法，蔡公知津不能久住，恐蔣不能遽來，當晚又單身赴塘沽，上海船赴滬，並易姓告，變服裝。船將抵滬，而岸上偵探軍警，蜂擁上船查察，蔡知不能上岸，仍搭原日本船赴神戶。而神戶警察搜查仍嚴，幸蔡公身短而小，着工人衣服，混迹于普通客倉中，並素膽大鎭靜，不露痕迹。復値同志石陶鈞，本由東京來接，見此情形不妥，雖得見面，亦不聲張，假云某人未來，即忍心去之，使彼等不疑，亦知機其神者也。乃復搭原船返上海，而滬上軍警偵探搜查如故，仍未敢上岸，乃祕買茶房水手，代雇赴港海船，於深夜時，用小舟送上該船，乃始到香港。而該港印捕搜查亦嚴，明探暗訪尤多，又不敢遽行上岸。幸殷承瓛先蔡到港，途遇劉雲峯與路孝忱，殷即暗約劉到某旅館談話，劉乃祕赴殷處，乃知蔡已出京，不日即可到港矣。劉之來港，實因路孝忱奉袁世凱派赴雲南，運動安撫唐繼堯，使不反對洪憲，唐乃派劉隨路囘京答拜。劉本欲藉此到京看蔡，並報告唐一切密祕，故即設計騙脫路孝忱，使他一人囘京，然路仍未知殷、劉之動作也。因劉在滇久，各級軍官極有感情，得力不少，殊不知蔡已到港矣。殷與劉即將蔡公接到某旅店，即一面購船赴河內，該處警察亦極調查嚴祕，並有聲言蔡某人聞已來此，迭次請求見面一談，殷、劉等均力否認之。直到河口橋南中國地，下火車時，有雲南軍官多人，立站歡迎蔡公，法人乃知之，法越鐵路人員極深驚異，眞將軍從天上飛來耶。聞當時滇越鐵路人員，均記大過一次，以示道歉而警失察，袁固神通浩大，蔡更神出鬼沒矣。其時唐繼堯尚有電請示袁，謂蔡已到此，如何辦理，回電雖未得知，想亦危險極矣。但雲南上中級軍官來接者甚多，唐雖祕飭阿迷州縣知事張某，祕謀刺殺，亦不敢耳。次晨到滇垣，當時車站接者頗多，然悉當時軍人知友而已。（以上奔滇情況，多係蔡公口述。）

第七節　蔡督軍抵滇與唐繼堯商倒袁事，及準備軍隊入川作戰之時代

蔡公到滇，即趨謁唐繼堯，見面寒暄數語，即慷慨對唐曰：我已到此，只有兩個辦法，不是你從我，便是我從你，如果我從你，你可將我頭斷下，送袁世凱，你可得一個公或親王頭銜；如你能從我，我兩人一個坐鎮滇中，一個率師入川，兩事任你擇一可也。唐曰：老前輩途中太辛苦，稍加休息，遲日再說。（此時唐老太爺在隔壁房內，大聲呼蓂賡曰：你已作了侯，猶不足，豈欲作皇帝耶。）次日開大會，討論此事，滇中各級軍官，大多數贊成蔡公，如唐有異心，即以手槍對待之。唐見勢不佳，不得不從，即定唐坐鎮滇中，蔡率師入川，於十二月廿五日，雲南宣布獨立，起義倒袁。並舉蔡為護國軍總司令。（以上均蔡公親述之言。）又指定軍隊，從速集中編組，其總司令組織大概分參謀、祕書、副官、軍需、軍械、軍醫、政務等處，以羅佩金為參謀長，李曰垓為祕書長，何鵬翔為副官長，李守莊為財務處長；任戴戡為護國軍右翼總司令，殷承瓛為右翼參謀長，其餘人員陸續補充不詳。軍隊編組，以梯團支隊為基幹，每梯團兩支隊，或三支隊，每支隊兩營，或三營，各附大砲機關槍若干，大概是一混成旅組織，暫定為三個梯團，以劉雲峯為第一梯團長，顧品珍為第二梯團長，趙又新為第三梯團長。首先成立第一梯團，委楊蓁、鄧泰中為支隊長，並即日將省內較好之團隊，迅即編成，出發昭通，向四川目的地進取，其餘各梯團支隊俟編成後，陸續出發並分令戴戡總司令，率王伯羣赴黔，與劉督顯世迅商編軍辦法，在兩星期內編好，由戴司令率熊其勛旅，出發松坎，準備阻戰或進取四川綦江要地。派王文華師，向湘西出發，酌定攻守。並祕電四川陳二菴將軍，瀘川雷旅長飈，請其一致反對洪憲，並速為策動。蔡總司令俟全部組織就緒，即行出發，由黔邊向四川敘瀘進取，並約熊克武、但怒剛、向傳義、盧師諦等，先行入川，運動接洽，並宣慰一切，俾易成功。又約袁華選、石陶鈞、唐巘、何上林等，充參謀祕書副官等職，組織籌備，大致就緒，只管出發。而唐繼堯百計推卸，故為遲滯，指定省內之較好數團兵力，不允開拔，由各防區零星部隊，訓練未成，槍支尤劣，湊集而成數營，交顧梯團編組，遷延兩月餘，此敘府之所以得而復失之最大原因也。蔡公亦不顧一切，毅然率部出發矣。嗣唐繼堯遽改變護國軍編制辦法，以蔡為護國軍第一軍總司令，李協和為第二軍總司令均歸唐節制指揮，李率少數部隊，向粵方出發，唐對蔡居然用令，蔡見之，微笑不理，而滇中軍官多電責其不應，而唐不顧也。當時飈接到蔡公馬電（原電載松坡墨記），即與陳將軍之高等顧問官劉一清、永寧道尹修承浩，攜電至劉師長孝厚處，祕商辦法，劉師極表贊同，並先祕電川軍中知好，從事運動，一致反對帝制。忽又接陳將軍電，謂蔡松坡確已到滇，並決定計劃入川，仰該旅長整飭隊伍待命，並擬加派勁兵數團來瀘，用備調遣，赴邊防滇。當與劉一清商，劉謂此非陳之眞意，不可遽信，即復電陳將軍辭謝，謂袁氏稱帝，蔡公反對，事屬正當，況蔡係舊長官，兵戎相見，非義也；若既奉將軍令，不戰而退，或附和之，非忠也；不忠不義，何以為人。川中將領多明大義，雖欲反抗，亦所不能，恐倒戈也，請加曲諒，另委能員接充旅長職，准飈回省，面陳一切，即奉電照准。復與劉一清、修承浩、劉存厚師長商應付辦法數條：一、請劉師率本旅官兵開永寧；相機處理，因瀘州附近，北兵已多，恐發生危險。二、飈回成都，探視陳將軍意志若何，並乘機開導運動，或恐嚇之。三、約定電碼本，以便隨時通消息。四、本師在省軍官佐家屬，薪餉火食問題，當請陳將軍照常發給。五、劉師宜速電川中各知好將領，一致作倒袁運動，或合電陳將軍宣布獨立。劉師均認為妥當，飈與劉一清先後

回成都，初謁陳將軍時，疑信參半，頗多爲我危者。嗣囑飈辭旅長職，電北京照准，並委爲陸軍部參事，勢甚沈寐。且陳左右北人多，語言極爲愼重，故暫難知陳之眞意也。忽叙府伍旅失利，滇軍劉雲峯梯團，佔領叙府，陳及左右各將領驚惶失措，特約飈談話，問滇軍詳細，遂乘機暢言，滇軍至少可出五師之衆，兵强械精，川軍必聞風畏逃，况蔡爲首領，士氣旣壯，名義尤正，將來響應必多。前接蔡公電，謂江南馮督、廣西陸督、貴陽劉督，均有密電贊同，請將軍愼重考慮，爲將軍計，表面上宜仍服從北政府，裡面請將軍特許飈密祕斡旋其間，俾將軍左右自如。陳大然之，但畏部下北人多，意仍怏怏，繼與劉一淸、鄧漢祥、王彭年、修承浩每晚十二時，在陳將軍某密室祕商一切，及與蔡公接頭辦法，即由飈派學生多起，祕往叙府瀘州及蔡之駐在處，報告一切，經費由鄧副官長發給。飈並將劉存厚師長此次反對帝制之堅決，聯絡周駿師長、鍾體道旅長及各將領，一致反對帝制之情况，詳爲報告。復請求陳將軍對各川軍將領無論其反對贊成，均持冷靜態度，免生支節；外間謠傳劉師附和滇軍甚盛，亦不必聽；即該師駐省軍官家屬，均照常待遇，或特別羈縻之，稍一不愼，恐與將軍不利。陳又深以爲然，並囑飈密電劉師存厚，相機應付，如蔡到永寧，尤應力加保護。飈即照電劉師，可與滇軍一致行動。劉師熱誠過人，復將此情電告周駿師長，並請響應，而周師長竟電北政府，告劉師叛變，劉被革職查辦尚不知也。北廷曾嚴電陳將軍，並加申飭，此事陳甚費周折，惟周駿師長之忍心害理，可畏之至，何况同是川人，且係同學，何狠陰險毒若是耶。

第八節　蔡督軍由滇率隊抵四川永寧，與劉存厚師長、雷飈旅長、陳二菴將軍商倒袁作戰經過各時代

蔡公到永寧時，劉師長電告蔡公到此，已照前電歡迎，並妥爲接洽矣，擬即聯合川軍分道進取瀘州，望即轉告陳將軍爲幸。飈將此電面送陳閱，陳將軍謂成都暫難表示態度，因曹錕、張敬堯等已率隊開渝瀘一帶，勢甚洶洶，稍一疏忽，我之地位搖動不足惜，於蔡軍大不利。此時惟一方法，滇軍力能取瀘州，則取之，否則支持愈久，則方法愈多，切不可作殊死戰，徒傷兵力、費彈藥。陳又一面極力敷衍曹、張，作種種運動誘勸恐嚇，不使遽行進攻。一面電袁總統，速令曹、張軍，宜愼重不可輕進，謂瀘州永寧間，地勢險惡，滇軍又極猛烈善戰，總以穩打穩紮爲妥。又明知曹爲袁死黨，只可敷衍一時，張則有勇無謀，故電張師，固守瀘州，切不可孤軍渡江，中敵誘計。且該處地勢如何險要，滇軍如何强悍，稍一失敗，川事危矣，務祈愼重考慮，用免後悔等語。飈復將陳將軍委曲意義及辦法，電告劉師轉呈蔡公留意。其時蔡公已合劉師所部，分道取瀘，滇軍到達瀘州對面上游附近，劉之川軍到瀘州對面江岸，準備進攻瀘城。而北軍一部，到瀘州上游；周駿所部之熊祥生一旅，直抵瀘州城，準備渡江進攻。而劉師川軍，初次出戰，膽小經驗又少，又不忍砲擊瀘城，恐傷百姓；滇軍遠道疲乏，兵少械劣。北軍與熊旅，以重賞揀選敢死隊，分上下游渡江猛擊，川滇聯軍力不能支，即向納溪方面退却，頗有損失。川軍團長陳玉堂陣亡，幸鄧錫侯團長勇猛，力阻退兵，得於納溪附近搜集隊伍，急加整頓。滇軍秩序稍好，亦不能以少敵多。又幸北軍進攻極爲愼重，不敢窮追，熊旅亦不敢獨進，此亦陳將軍種種牽制之力也。當時蔡公急率後續部隊，趕到納溪，晝夜整飾佈置，有退者斬，得以穩住。嗣張敬堯全師開到瀘州，曹軍亦分隊佈置瀘州上游一帶，擬即進攻納溪，陳將軍又再三電張師，謂納城係背水戰，攻則危甚。張初强硬，且好大喜功，不肯服人，然亦稍有畏心，故於納溪附近，兩軍鏖戰達四十餘日，不分勝負，於城南之蓮花坡一處，兩軍傷亡營長各達十餘名，下級官及士兵尤多，時進時退，無大勝負，而戰事之激烈，未有甚于此著。若以兵力論，北軍共約三四師之衆，川滇軍兵不滿萬，而川軍又不甚得力，滇軍餉項彈藥缺乏，不能久支，張敬堯頗有所聞，突于某日拂曉，派勁兵兩團進襲納城。適滇軍何海清支隊長，僅率兵一營先據要隘，迎頭痛擊，張軍兩團傷亡殆

盡，陳將軍聞即電告袁氏，張師輕進失利，喪亡極大，袁電責張師，不聽陳言，輕進失敗，記大過一次，以後不敢再進矣。（其時滇軍全部軍官，嚴電唐繼堯，應從速補充餉彈，否則全軍失敗，罪在督軍，而唐不置理。後聞納溪又繼叙府退出，唐始終未接濟一彈半餉，並復與袁有妥協辦法矣。）但北軍兵力厚，餉彈充足，攻雖不足，守實有餘，蔡公亦知難以力致勝，遂決計暫退大州驛。退時秩序井然，雖敵砲如雨，彈穿司令部座右，蔡沉靜如故，非將退却命令下好，不少移動，劉師不如也。故敵不敢進，安全退入大州驛。蔡公即將暫退情形，電告各有關方面，大州驛地方雖小，山勢險惡，官兵尤氣壯，而不稍餒，故能進退自如，又能迭次夜襲，子彈雖少，用刺刀大刀，殺斃張師士兵，不下二千餘名，張更喪膽，不敢越雷池一步矣。惟蔡公喉疾日劇，而中外朝野上下政客名流，以及廣東軍務院梁任公等紛電馳詢，並須自譯自復，蔡公與李日垓祕書長日夜伏床，指揮自若，忘其勞且病也。又幸右翼方面，戴總司令所部王文華師，在湘西方面，得一大勝。有北軍約一混成旅向黔邊進發，該處山勢險峻，路尤崎嶇，北軍士兵不善行走，草鞋赤足，尤非所能，即槍支彈藥被物，雇人挑運。王師密令本師士兵，改裝苦力，並約同該地人民團隊散佈各地，以代挑運，一遇黔軍截擊，該北兵紛紛逃走，不能顧及夫役，所有槍支物品一概散失。且假裝之挑夫多執槍襲擊之，以致一旅之衆，死亡殆盡。該旅長亦自槍以殉之。黔軍吳旅長傳聲，亦于此役傷亡，而黔東無憂矣。又戴部之熊其勛旅長，兵僅一旅，出入松坎、綦江間，神妙莫測，指揮靈動，料敵如神，進退自如，以少擊多，李長泰、齊燮元兩三師之衆損失極大，幾至進退維谷。蓋北軍入川種種困難，水土不服，語言不通，登山越溝，冒雨衝霧，均非所能，勝則追趕不上，敗更逃亡不及。且皮鞋衣物彈藥，棄置無遺，一敗即不可收拾。行軍駐紮，一遇少數土匪，晝夜擾亂，即不敢擅動一步，徒執槍亂發不停，以免刼營而已。故袁世凱曾有電責曹張等，迭據報告，滇黔軍兵不滿萬，何以愈打愈多，以所發之子彈計，一千粒子彈，只打一個兵，已打盡無餘矣，何軍情之優劣差池若是耶。左翼叙府方面，劉雲峯迭次戰敗川北軍各旅（伍、馮、倪三旅），卓著奇效。但第二次戰勝之原因，實則劉一清有大力存乎其間。當北政府電陳將軍，非速將叙府收回不可，陳即派劉一清高等顧問爲總指揮，令馮玉祥、伍祥楨、倪品卿三旅，歸其節制指揮。北政府攻擊電令到，劉即籠統照原電命令，分發各旅，即日施行攻擊，而于時間遠近及集合地，均不說明，而各旅得令，即時開發，向叙城進攻，到者先後不一，故滇軍得以各個擊破，此事惟颸與鄧漢祥、修承浩知之。嗣馮旅仍告奮勇，一鼓而下叙城者，滇軍後援未到，餉彈缺乏，面戰面退，暫退駐叙城外十數里之地，而馮旅亦不敢前進，亦以兵力單薄故也。颸復與劉一清、鄧漢祥等祕商，意欲使馮玉祥與劉雲峯兩軍，聯合一氣，停止還攻，向陳將軍進言，陳頗然之。颸即派員赴叙與馮旅商取同意，再赴劉雲峯處商同意，均能贊同，並一致反對帝制。又電告蔡公，請電獎馮旅長玉祥，或加派代表與馮旅接洽尤妥。而斯時陳將軍以滇軍不能再戰，非停戰議和不可，颸與劉一清、鄧漢祥等，乘機向陳將軍進言，請設法緩和。陳云如何緩和方法，嗣即決定請南京馮督國璋，出任調停，畧謂滇軍雖暫退，兵士尚勇猛過人，蔡松坡用兵如神，地方多樂爲贊助，終不可侮。且黔督劉顯世與蔡共攻守，桂督陸榮廷不日即可響應，久更生變，蔓延尤多，請公電呈總統，先行停職議和，並薦颸爲議和軍使，親赴兩軍前線，切商辦法。馮督照電袁世凱，袁即復電照辦。颸即奉陳將軍令，尅日率譚道源等十餘人，先赴瀘州張師敬堯處，張初頗强硬，即力陳利害，心稍動。加之先有袁世凱所派之路孝忱駐瀘州，監視張之行動，張極不願意，張曾祕約颸將路君帶至蔡公處處決之。嗣後誘張至電機上與蔡談話，兩人客氣甚洽，颸更加以誘勸，張意更活動，停戰議和，頗允進行。颸即赴大州驛報告蔡公，當時唐軍如羅佩金、李白垓、顧品珍、袁華選、石陶鈞、唐爋、何鵬翔等，異常歡慰，並將停戰議和事，詳細說明。適陳將軍又派劉一清顧問來蔡處，商議和議辦法，又約張敬堯到電機上，與蔡公說話，意氣更佳，即決定停戰四十日，兩軍不得擅開戰端，並將距離互退至相當地點，再議辦法。惟張總以袁取消帝制，仍作總統爲條件，蔡則堅持袁下野，爭持不下，停戰期將滿，事尚未決，加之曹錕、李、齊等，亦堅持袁仍作總統，和議幾至破裂，颷請蔡公再電陳將軍從速獨立，陳復電云：敝處兵力單薄，如欲獨立，請以四個梯團交雷颷率領，先至敍城，與馮旅換防，使馮旅移駐自井及資中，援應省城，緊急時，再由雷率隊赴援可也。蔡公閱電，頗有難色，躊躇不決。颷曰：請公不必拘泥，即以一個梯團或數營，只說四個梯團就是。蔡微笑，即照此復電陳將軍，並以第一個梯團名義，交颷編組，以劉雲峯爲第四梯團長，率隊赴赤水防敵襲擊後方敍永一帶。颷暫率兵，僅兩營，即時出發，並約劉存厚師長同行，（劉師隊伍在納溪作戰，本不甚得力，滇軍官長頗多輕視，蔡亦不甚願意，有人主張將劉師改編，或取消之，以永寧道尹予之。颷甚不以爲然，即祕對蔡公進言，劉師運動響應附和，影響全國，功莫大焉。如遽將其取消改編，恐川滇意見，從此更甚，前日惡感未去，今復加甚，恐于護國軍不利，並使川人反對有詞，以後尙有人附和表同情哉？况現尙大功未成，人心惶惶，宜十分愼重，不可偏滇人望，有害滇人也。蔡公深以爲然，並云：劉太怯弱，你再去幫他忙可否？颷曰：我可從旁幫助。即電陳將軍允將劉師餉項照發，隨颷隊行動，當負全責也。颷隊開至南溪縣，急接陳將軍電，令暫停止待命令，知其意尙游移不決，或知我軍虛實矣。颷即嚴電陳，謂大軍在途，萬衆一心，決難中止。且威信所在，稍縱即逝，宜速決，免破裂，滇軍素性蠻，公所深知，自由行動，恐于馮軍不利。並派副官長譚道源，趕赴敍城與馮旅長接洽，並面陳利害，馮深然之。更時即得陳將軍電，仍照前議辦理，馮旅亦來電促速接防，以便移駝自井。颷到敍兩日，陳又來電，囑即分兵赴自井，使馮旅開資中，鎮壓一切，颷兵僅兩營，敍城土匪又多，如何處置甚費躊躇。復思此而不應，必誤大事矣！即復電陳將軍，即時率兵兩梯團赴井，留兩梯團守敍，其實僅率一營三連兵力赴井，敍城僅留一連兵守之。行至中途，隔井僅四十里之地，自井商人代表多人持函，謂自井昨日馮旅開去，原駐之川軍一團突然叛變，請司令官速開井，維持秩序，稍遲恐自井刼奪一空矣。當囑該代表等急回井，一面穩住商家心理，說滇軍即到，一面囑商界暫行委曲敷衍該叛兵或以少數款項，安置叛兵，使不亂刼。時已午後三時矣，即令各隊先行造飯，並每兵預備火把數個，旁晚分路開進，夜半入井，各方火光燭天，各代表亦到處宣傳，滇軍大兵已到，叛兵紛紛逃逸，並即派兵駐紮各要隘，嚴查捕拿，而人民與叛兵，均不知我之兵力若干，做得以計勝也。天明時，自井外之梁高山，忽發見敵兵約兩團，有向自井開拔模樣，颷即派商人代表數人，赴該處質問該軍隊官長，意圖如何，如係誤會，請速開回原地。並說明滇軍此次來井原因，係奉陳將軍及蔡總司令命令，如不退去，即以敵人相待，而井商畏川軍如虎，頗甚出力，該隊竟即時開走，否則危矣。蓋攻則兵力不足，退則威信掃地，且於陳將軍獨立關係太大耳。蓋行軍機要，差之毫釐，謬以千里，洵不誣也。又接張敬堯師長電，謂和議雖未告成功，不應自由行動，破壞前議，颷復電本梯團奉陳將軍及蔡總司令令開駐自井，維持秩序，與戰事無關，祈釋念爲幸。本梯團駐井數月，商民安堵如故，從未向井商籌餉分文，即同來之川軍，如劉存厚師、熊克武新集之少數部隊，並未强行挪借，有之，亦不容自由强迫也。嗣聞廣西陸督，宣布獨立，護國軍聲氣更爲之一振。（陸督榮廷獨立原因有數：一、素欽佩蔡公，其部下又多係蔡之學生，極有感情。二、梁任公顚沛由廣東安南轉赴陸處接商，並主持一切。三、蔡在京危難時，早派代表數人赴陸處接洽，故有此結果也。）陳將軍得此消息，獨立之興趣更佳；加有颷軍督井，馮軍在資、簡間。又得颷所薦之盧師諦，以師長名義，在成都附近，聯搶孫、吳、丁、張四大金剛之民軍，擁陳獨立。又有劉一清、鄧漢祥、修承浩在陳身邊，乘機督促，故即宣布獨立，此袁世凱帝命第一打擊也。又劉雲峯在大州驛，停戰期間將滿，先兩日，謂蔡公曰：戰事又將發生，滇軍餉彈均缺乏，如何辦理？蔡曰：無辦法。又曰：無辦法，即不辦耶。劉曰：無子彈，如何再戰？蔡曰：有刺刀否？劉曰：刺刀殺不得那麼多。蔡曰：汝等投降可乎？劉曰：要投降早就投了，何待今日。蔡曰：豈另無辦法乎？如有手槍，殺敵不足，殺自家有餘。劉曰：可否打電張敬堯，商辦法？蔡曰：不示弱乎？張小子將得步進步了。劉曰：由我打電，約在電機上說話，可乎？蔡曰：可！乃約張敬堯說話，劉謂張曰：停戰期將滿，你尚願打否？張曰：那個王八蛋願打。又曰：滇軍願再戰否？劉曰：只要有辦法，不打也可。張曰：有何辦法，你可說說。劉曰：你可派我所認識之陶總參議，或胡總參謀長，到大州驛，商辦法可如？張曰：一個赴重慶，一個抽不動不能來，並無他意。劉曰：我到你司令部何如？張曰：很好……。即以此進告蔡公，蔡曰：張一武夫，恐有不測。劉曰：無關係，他殺我幹嗎，我與他均北方軍人，並先認識的，當不至此。蔡曰：你既願去，不怕甚好，如有危險，我為你報仇。劉曰：好極好極。即後與張約定時間地點，請張派人至某處一接。到時張果派有人馬迎迓，初至納溪縣，見吳、田二旅長，復同至瀘州張部。見面時，異常歡悅，並大擺筵宴，相繼談話。劉曰：我已來此，有何辦法，請說說。張曰：你說如何辦，如何好？劉曰：辦法就是停戰兩星期，方好說辦法。張曰：很好，我可電前方各戰線，再行停戰兩星期。劉曰：你能辦到，我就打電蔡公照辦。劉又曰：到底你尚願戰否？又能戰否？張曰：我不瞞你老弟，我的精銳已消滅大半，曹三爺直接部隊均不能戰，全靠我軍來稱面子，打死戰，我才不幹了。若再打下去，我這師長，就當不成氣了！如有相當的辦法，我決不再戰。劉又曰：袁能退位否？張曰：推倒老袁，能舉老段當總統，必能成功。劉曰：約法大總統退位，副總統繼任，恐怕辦不到。張曰：甚麽約法不約法，只要咱們等贊成就行了。劉曰：既可倒袁，這一來好辦？舉段一條，俟歸報蔡公後再定，其餘不成問題。張曰：可。即照此具函蔡公。劉即攜歸大州驛，送蔡公一閱，亦以約法關係，未能即時承認，劉又約滇中將領多人，勸蔡公暫不反對舉段，俟大局定後，全國公議如何。蔡曰：暫時敷衍，亦未嘗不可。劉乃復至瀘州與張敬堯商，舉段可矣，但你一個人何能為憑？張曰：我可打電請曹三爺及李、齊兩師長，各派全權代表來瀘會議。果然各代表均到，商及請袁下野，舉段為總統，一致贊成。並共同組織南北問盟軍，一致倒袁，擁段為總統，贊成者為友軍，反對者均視為敵人。袁聞此消息，大勢已去，氣憤而死，此事亦寢。仍按約法黎元洪為總統，段為內閣總理。斯時張敬堯即約蔡公到瀘州，商善後事宜，異常融洽，並訂蘭譜盟，張曾有總司令以後，如欲與日本鬼子一戰，我當附驥尾以助之豪語。張軍退時，所餘軍械子彈、馬匹糧秣，均送與蔡軍。即曹錕、李長泰、齊燮元等師，亦相繼北還。而曹錕之蠻氣猶存，行時送周駿師槍支大砲多種，嗾使周師銜袁死命，赴成都接將軍事，迫陳二菴交代，恨陳甚矣。周竟悍然不顧人格，整軍就道，其時周師共約兩萬人，由重慶至成都，成一長蛇陣線，資內兵特多，防我軍也。周駿先由北道，兼程赴蓉迫陳。是時馮旅在資簡間，本可一戰，但馮旅勢孤，士兵北歸念切，馮即勸陳讓出成部。颷梯團在自井，亦為周軍隔斷，陳雖迭電請援，亦力有不及。陳又電颷速請劉存厚師長回蓉，替代將軍事。劉又不敢去，且羅佩金為左翼副司令，按兵不動，颷迭次大義相責，人能救你，你不救人，此次倒袁，若無陳將軍種種維護救援，滇軍早化成枯骨矣，羅仍不理。後晤面時，詢其理由，羅曰：我們作漁人不好嗎？其陰險可知矣。惟蔡曾電責周駿師長，不應如是，並曉以利害，竟悍然不顧。颷復其函，派代表曾某，赴資中周部各官長處勸導。謂袁氏已死，曹、張均退兵北還，各省軍民長官，均有電贊成共和，停止軍事行動，蔡總司令已到瀘州，收拾軍隊，周師何必仍以袁之死命，逼陳將軍，敗壞紀綱，遺害人民孰甚。況蔡與陳倒袁一致，決不許其自由行動也。以勢力論，當時北軍川軍，共約十餘師，滇黔軍雖不滿萬，猶能縱橫自若，豈周師餘人所能犯其鋒耶。颷雖暫領滇軍，駐井守法不逾，並無侵佔籌款情事。且素係川軍將領，事事為川維持，周師如能息事寧人，撤退原防，一致鞏固共和，維持川局秩序，甚善之。況陳將軍此次對國對川，大功皆知，在川多任一日，即滇軍不再至進一步。否則，大軍在途，出師有名，川事重亂，周當負全責，且恐遺笑全國，不一星期，又當作逃亡計耳。戇直之言，請為原諒。而某軍官謂曾代表曰：請回去告雷某勿多言，不然必首先打他云云。蔡公已有令，命颷與顧品珍兩梯團，一取內江，一取資中，同時並發。颷出發時，曾約熊克武派一二連兵，佯攻隆昌，並阻乃西上，即率本梯團進攻內江，不兩日即克內江城，並降服周部兩支隊，兵約二千，槍砲完備，人民亦無絲毫驚慌及損失。顧梯團向資中進攻，雖先將資中對河山頭之敵約兩營摧破，而渡河尚費時間。颷得報，即先派何支隊長海清，率一支隊先發，直過資中城下。颷在內江，整飭一切，安撫地方。並以所降之兩支隊，交熊克武節制指揮，一因颷所帶之滇軍，與川軍恐難水乳相容，二以熊克武、但怒剛、向傳義等，熱心國事，軍隊不多，不敷應用，雖未得羅副司令同意，亦不顧也。颷即率田支隊長鍾谷，趕赴資中，到時資中已下，休息一日，即分攻陽縣。本梯團向左翼進攻，顧梯團隨後繼進，新編之趙鈺衡梯團進攻中路，熊克武所部隊伍出發北道，向成都方面進行，本梯團隔陽縣僅卅里，忽接羅副司令命令，謂趙團中路失利，資中危急，該團速即回攻中路。颷將命令置之夾袋中，說敵人已有退意，宜急進取陽縣，用獲首功，而敵之無戰鬥能力，早知不值一擊，故兩小時，趕到陽縣，敵即不戰而退，並派兵二連，回擊銅鍾河中路之敵，陽縣既得，資中危亦復安。羅到陽縣，稱賞不置，謂兵在外，將軍制之，洵至言也。如回兵救資，資未必救，陽縣敵恐更堅守難下。嗣顧梯團與趙梯團先行進攻簡州，該處周軍甚盛，大砲尤多，鏖戰兩日，颷梯團加入，敵已潰散，擒旅長一員，獲戰利品極多，陸路大砲六尊，皆曹錕所送者。颷又先率本梯團由左翼進攻成都，不兩日即安抵成都，周駿軍隊及黨羽，早聞風星散矣。周駿任將軍，不及一星期而逃亡，前不聽颷言而言竟中矣。省城安靜如常，當與劉存厚師切取聯絡，維持秩序，保護各機關銀行照常辦公營業，羅、顧、趙等軍隊相繼到蓉，相安無事。颷本川將領，人民極為相信，當將到蓉情況電呈蔡總司令，蔡亦非常慶幸，並合滇川軍將領合電蔡公，請速來蓉辦理善後，至為懇禱云云。

第九節　蔡督軍於袁世凱死後，由瀘州扶病成都辦理善後事宜

蔡公在瀘州時，喉疾已劇，本擬將瀘州滇軍及地方一切事，料理妥當，即離川赴滬就醫，川中軍民各事，交川滇黔各當局共同處理。乃滇黔部屬及川中父老軍民，勸駕蒞蓉，辦理善後，以事實論，非蔡公到蓉，切實處理不為功。蔡公亦知此事較打戰尤為重要，非親到一次，無以對地方，深恐一簣之虧，激成千仞之潰，並恐遺害地方，反有以議其後者，不得已扶病來蓉。所經各地，父老軍民，莫不欣悅感戴，敬祝健康。到省時，情勢更隆重，即各銀行鈔票，頓漲價三四成，五老七賢，尤深敬佩，即趙熙老先生，不遠數百里，由榮來蓉親謁，表示敬意，餘多願充顧問，每日入署問事，就商一切，誠難事也。當時颷與修承浩見蔡公病勢甚重，非速就醫不可。一晚謁見時，話及川事一切，頗感困難，颷曰：總司令既到此，第一莫把四川當作征伐地，第二莫把四川當為戰利品，四川軍政各界有資格聲望者，宜酌選任用，不可事事將就滇人，反有以害滇人也。否則，總司令出川之時，即川亂發生之日。況總司令之病，非尋常可比，宜速覓醫調治，並養息之乃妥。川局宜趕快決定，快刀斬亂麻，當易就範。蔡公深以為然，當時議定，暫任周道剛為川軍第一師長，熊克武以師長兼重慶鎮守使，劉存厚以師長兼川邊鎮守使，請尹昌齡先生為政務廳長，加委盧師諦為警備副司令，餘尚未擬。次日即赴法國

醫院用電光照肺部，醫生云：病勢甚重，宜速休養。蔡公亦急思離川就醫，但對川事，不能不急定辦法，即決定羅佩金為四川督軍，（羅係日本士官生，曾任雲南省長，此次起義倒袁，羅極熱心耐苦，參贊一切，以資格事業戰功論，雲南當推為第一，雖平時稍有嗜好，當不致如何壞事也。）以戴戡為四川省長，（戴此次起義，決心最大，戰功尤著，政治文事，均有相當長處，人尤廉潔勤奮，滇黔作戰，能力雖小有區分，以省長予之，似極相宜也。）餘照前日擬定辦理。而羅佩金等聞之，頗不謂然；蔡公知之，亦不甚計較。對于軍事本擬將川滇黔軍改編數混成旅，不擬擴大。但此事非朝夕可以辦到，不過一計劃而已。數日後中央即照蔡所保各案發表，羅佩金更大憤，川人亦有非難之者。惟劉存厚事未發表，因殷承瓛死力爭持，非要川邊鎮守使不可，迭與蔡爭論不息，羅佩金亦乘此代殷說項，並深恐殷為督署參謀長，不好辦事，故特別為之要求，蔡不已，憤而予之。羅等仍不滿意，非將督長兩職全權在握不可，只期蔡一去，即可辦到也。而中央要人政客，亦有非難蔡之用人不甚妥當，尤以羅佩金不應任督軍，豈通論哉。以戰功言，滇黔兩軍，同一任務，同一功績，雖稍有大小之別，一督軍、一省頓公平妥當之至。以勢力言，非兩者協力辦理，不能措置裕如也。若以毫無勞績，毫無力量者任之，恐更朝不保夕矣。況蔡所保用之師長鎮守使，又非絕對以勢力勞績言。而此次之勞績最大，戰功最著者，並未安置一人，而有功者，亦未嘗有何要求，而並不怪蔡公之用人不當也。此可見蔡公一秉至公，為國為川而已。然四川事必亂無疑，修承浩雖已發表川東道尹，堅不肯就。並擬隨蔡公同行回湘。飈本擬護蔡公出川，但因梯團部結束未完，不能遽行。蔡公部署切定，即率李小川、修承浩、唐瓛等，離川赴日就醫，聞羅督僅備川資萬元，護行頗感困難耳。行時在望江樓送行，紳商各界均到，蔡頗有徘徊不忍去之意，送者亦感慨系之，惟祝其病愈重來治川耳。上船時蔡公又謂飈曰：你在成都久，情形熟習，且與川滇黔各軍素有感情，聯絡尤周，不宜速去，使後事更難辦也。飈已不忍再言。蔡行而成都各銀行鈔票，又低價三四成，五老七賢任事者，紛紛出署，不復問事，不亦奇哉。（聞蔡公到渝時，飈曾去電為陳、劉二公說事，略謂此次陳二菴將軍，功大而不容於川，劉存厚不惜犧牲一切，而一鎮守使不得，事甚不妥，請另設法安慰之。蔡公即電保陳二菴為湖南巡按使，劉為廣西巡按使，發表後，二公雖未赴任，聊慰此心而已。）

第十節　蔡督軍因病離川就醫，及死後之四川

蔡公離川時，言不成聲，各界送者，於感慨愁慟之中，惟祝天佑重來，作諸葛武侯第二。而羅佩金野心無識之徒，多幸其去，而得操縱橫行於軍政各界，視四川為征伐地，戰利品矣，可不痛哉。故羅督一接事，即反其所為，將蔡之舊人多數更換，以便行私作弊。其惟一政策，第一使戴省長不敢上省。第二解決劉存厚師，以示威一切。故始則消極反對，陰使政客敗類無識軍人煽惑鼓動，務使戴辭省長職。繼則明目張胆，使軍人政客開會結社，不惜武力阻止，對劉師種種設法，謀以解決。暗保韓鳳樓等師長，乃段內閣久不置理。復保劉雲峯接劉存厚師長職，雖發表，而劉不允就，而劉師所部已躍躍欲動矣。嗣戴君然來省就職矣，羅又謀種種威嚇，使不安其位，而戴實深知滇黔合則存、離則亡之必然事實，故對羅督極端將就，仍力謀合作，而羅故為輕視，一切不商而辦，戴仍不與計較。對劉存厚師復陰謀解決，假情與威脅相互而行，劉深知之，總不中其計，且日夜戒備，不使有隙可乘。及蔡公死耗傳來，而羅督更目空一切，解決劉師之心更切，而終無機可乘，即以迅雷不及掩耳之手段，將陳戎生新集之師，全師解決之。戴省長與飈在祭孔途中，幾遇敵兵不測之禍。全城驚惶失措，而川軍皆憤不平，故有五師長通過討羅督之舉。（周道剛、鍾體道、陳戎生、劉存厚、熊克武等）嗣陳部被解散之官兵，聯合劉部兵官，協同會攻王城督署，戰極熱烈，戴省長與飈極力勸解雙方稍形和緩。適中央有令羅督率滇軍離開省城，以

免衝突，而害地方，由戴省長暫兼督軍職，羅雖不敢抗命，而恨戴及黔軍不加入作戰之心更切，而滇黔軍之離異更甚矣。嗣川軍以驅滇得勢，復謀驅黔軍，事甚危急。又值復辟禍起，劉師所部，更欲乘機奪取督省兩職，戰禍更烈。加之中央有令，戴兼督，相機剿撫，而戴尚不欲擴大戰事，雖退出成都可也。而所部熊其勛旅長，堅不肯讓，颷亦迭次勸熊不宜擴大戰事，並曉以利害得失，兵少力薄，必不至失敗。熊云何示弱也。又曰：我已與羅督及滇軍各將領，早有聯絡準備，戰事一開，滇軍必朝發夕至，劉軍不難解決也。乃戰激，而滇軍毫無消息，且漸遠退矣。羅督意俟兩敗俱傷時，一起下之，以就漁人之利，並藉以報復之，而督省兩事，可操左劵矣。以致戴兼督自殺，熊旅長被戕，黔軍友兵死傷殆半，可哀也。而羅、劉之戰，又有一大原因在焉。川中好亂多謀之士，初則以羅不容戴，乘機誘惑黔軍，聯合川軍，以達驅滇目的，戴在渝時，堅不為所動，而黔軍中受其愚弄者，或不無其人。戴到省接事矣，好事者深恐滇黔仍復合作，遂密約中央要人政客及黨人有力者，促戴謀川黔合作，戴仍不中計。而羅疑戴更甚，一切使戴不堪，並急謀解決劉師以孤黔勢，此皆羅督間接墮人計中者也。嗣羅督退出省城，好事者又謀川黔合作到底，以戴專任督軍，讓出省長與某接充，戴仍不中其計。又謀川軍劉、鍾各師合作驅黔，一任督軍，一任省長，而劉部佯為應允，陰實將二者俱得，又值復辟事起，劉部乘機驅黔，不惜一切，此鍾、劉不中計之中計者也。又黔軍敗退後，而羅督以兩敗俱傷，時分水陸兩路，進攻成都，川軍得勝氣盛，滇軍終亦失敗，是羅督自失其計、自中其計之甚者也。好事者，雖稍得一時之利權，而為人民痛駡，何苦乃爾。總之，省城兩次激戰，地方糜爛，死傷累累，房屋燒燬無數，滇黔護國軍之聲譽，一落千丈，皆羅佩金一人之利慾薰心，不遵蔡公預言治川之綱要，以及川人之好謀多事者，惟恐天下不亂之所致者也，可勝悲哉！可勝悲哉！至颷之所以遲遲未能去川者，實因梯團部事，結束未完；又以蔡公不許遽去，並到渝祕囑戴省長，力保省城警務處警察廳各職。後以颷對川滇黔三方面，均能和協一致，遇事得以和解，又恐羅督之行為失當可直言極諫，或可種種設法以消除之，使羅不致反其所為，擾亂地方，而遺不識人之譏，蔡為羅可謂至矣盡矣。颷始終遵蔡公意旨，欲妄作魯仲連第二，戴一見如故，傾倒異常，言聽計後。嗣復以兵工廠總辦、保安副司令，强為兼辦，並時約颷到督省兩署籌商一切，並無一言及私。惟所部之熊其勛旅長，戰後稍驕，迭勸不以為然；羅則全以假面目相待，颷仍忠直進言。有日以笑語激之曰：蔡公已為督軍開了一條大馬路，購了一部好馬車。惟車夫尚未得人，督軍能雇一忠實敏捷之車夫，一鞭上道，前程萬里，無任寬敞娛樂之至。欲其覺悟也，而羅微笑不言，中間迭以滇黔合則存、離則亡之一定不移利害相勸勉，及時以諸葛武侯上後帝書，遠小人、親賢臣之意義，反覆陳述，終不稍動，而使滇軍一敗塗地，護國軍聲名後而掃地，亦颷之人微言輕，有辱使命之大咎也。至今思之，愧煞無地，又不禁率直言之，而忘一切忌諱焉，國人能為我一諒否。

第十一節　蔡督軍死後之哀榮及感想

蔡公死時，謠傳為日本人所嫉妬，而暗使醫生謀害以斃命者也，一時疑信參半，幾徧全國，嗣隨護蔡公之石陶鈞、唐巘兩君歸國面詢死時狀況，及其如夫人潘氏，均曰：到院時病已十分沉重，醫生云危險實甚，並無他項情事。乃知前傳之誤也。當時朝野中外上下及各省各界，靡不悲痛迫切，哀情之甚極矣！其各處開會追悼，如北京、上海、湖南、雲、貴、四川，尤為鄭重。其友人學士，哀詞輓對，不可以數計，其悲慘贊嘆，藻詞鴻篇，尤不可勝讀而勝記者也。他省他處，耳聲尚未目見。惟四川追悼時，颷親執行其事，又目睹一切情況，到會約十數萬人，滇黔軍官兵垂涕泣行，有跪不能起者，川中各界父老子弟，莫不嘆息，痛恨於無窮。五老七賢中如趙熙、曾煥如、尹昌齡、洛成驤、顏楷諸先生，生則欽佩異常，死更憂傷無似。其聯語贊詞，均有斯人旣死，如蒼生何之慨。有人云諸葛武侯死時之哀榮，不過如是。而羅督亦一時天良頓發，前之望其去，今竟哀其死矣，似悔前之幸其去，而今不得聆其訓矣。颷實慟哭成疾，醫者云，汝心病，未可以藥治，宜自醫之。颷曰：上爲蒼生慟，下以哭其私，病何足惜。醫者又曰：請愛國愛川而自珍重之，幸矣。蔡公功成身死，且死得其所以及哀榮之甚且至者，當爲中國開一新紀元。惟其死後之家庭狀況，亦有令人深爲嘆息不置者。蓋身爲上將軍，家無立足地，老母在堂，兩弟讀書未成，寡妻幼子，教養無着，雖蒙梁任公由各方龥金項下，集一二萬金，聊作家庭暫時需用。而當民九、十年間南北戰爭復起，湖南尤當其衝，老母妻妾子女，終歲家無寧處，不得已，分居雲南北京等處，而所蓄已損失耗費殆盡，雖故友部曲，送贈有人，亦甚幾希。最可恥者，有受惠最深，而代發其各方所集贈遺孤教養金者，不下數萬元，一并吞沒，不意護國軍中竟有如是之人哉。幸我委座蔣公聞之，慨贈數千金，以資暫用。嗣復給其子女學膳費，每月數百元；老母死時，又厚恤之，子女得以大學次第畢業，此皆我委座崇拜英雄、培植其後裔之大德靡涯也。而颷於悲慟過切之餘，復有無限之感想在焉。倘天不生蔡，或生而早死，當時袁世凱之勢力，已徧滿全國；私黨宵小，各據要津，且非其類者，鋤而去之，不遺餘力。加以假仁假義，欺騙愚弄全國人民，又不惜民族存亡專意媚外，以成其帝制自爲之野心，使全國民族復墮專制奴隸之下，於無窮期而不自知也。倘蔡公不死，而黎總統段內閣之運命，決不如彼時之曇花一見已矣。且段與蔡相知甚深，而相待尤殷，故蔡公扶病出川時，段甚欲其來京就醫，並擬以國務總理讓之，復內定以參謀總長，兼湖北督軍坐鎭武漢，雖徐、靳等極力離而間之，不可得也。蔡對歐洲參戰事，早與梁任公具有決心，當時黎總統有言，參戰恐輿論不贊同。梁任公曰：輿論是我的領土，可不顧慮也。段極贊同，有蔡公盡力襄助段內閣，並可代爲主持一切，決不至參戰有名無實，或僅公理獲勝已矣。段必遣派大軍，出師歐洲，實行參戰，其效力聲光何難與英美並駕齊驅，而中國之地位亦蒸蒸日上矣。倘蔡公不死，段旣專力參戰，何至聽少數私人之挑撥，用兵壓迫西南各省而好勝于一時。而段之聲望，更爲全國人所尊重，何至爲左右宵小所包圍，而爲全國人所痛罵？作一段內閣、段執政而不能建一事、立一功哉。倘蔡公不死，而西南各省之團體，必日振日固，何至一盤散沙，爲人各個擊破哉。倘蔡公不死，而滇黔川之軍隊，何至分裂而不可收拾，護國軍之榮譽何至掃地無存；乃何至使四川連年內亂，人民塗炭以至于此極哉。倘蔡公不死，旣不爲總理，亦必以參謀總長兼湖北督軍坐鎭武漢，使西南各省之軍事政治日新月異于不已；長江上下游，一切要塞防務，必後新整頓，以塞內亂而備外患；即黃河南北，亦可遙爲安撫，共圖振興；雖素具野心之日寇，亦無機可乘，妄動以圖一逞，而段氏又何至加重二十一條件之罪狀，遺民族艱難困苦于無窮哉。此感想之所由來也。

第十二節　結　論

蔡公有三不要，三不怕，三不要何？不要錢、不做官、不要命是也。三不怕何？不怕死、不怕勞苦、不怕危險是也。故其事業之成就，速而且大，而精力之疲乏亦盡而易死也。其處己也。節儉而多義氣；其待人也，誠懇而貌冷落；其處事也，勤敏而多機警；其用兵也，彷彿孫吳；其治政也，馳驅曾左，視公欵公物如性命，雖一絲一毫而不苟；知人稍差，而善任有餘；賞不輕行，而罰尤不恕；口不善言，而筆掃千軍，身不過長，而氣吞萬象；應酬交錯；非其所長，而折衝樽俎，視若無物；祇知革命，不問何黨何派，如能救國，絕不自利自私。當時袁世凱嘗言，松坡文武兼資，一時無兩，何異曹孟德謂劉備曰：天下英雄惟使君與孤耳之言哉。袁固術而不學，故一世之奸雄，一朝而消滅之，曹則學術兼擅，而千古之罵名，至今猶在人口，然兩人之知愛才，如出一轍耳。而助成蔡公之成功者，實大有人在，梁任公之培植訓導於其前，奔走計劃於其後，一言而天下響應，一字雖萬金不售，（其時梁爲文反對袁氏帝制，袁知而甚畏，即具送現金四十萬，祈勿發表。梁以原欵退還，其文即時發表，天下稱頌，此袁氏最初之一大打擊也。）陳二菴將軍之苦心孤詣，冒大不韙之名，而不稍愛惜，保護共和，而不容于川。劉存厚師長之首先熱誠贊助，不避嫌疑，不顧一切，而毅然以全師名義，附和而響應之。黔督劉與戴、王、熊諸將領，一致行動，而攻守得宜，使無後顧之憂。桂督陸于百尺竿頭之上，一擊而全國震動，功莫大焉。至若李經義之知人善任、用人不疑人、馮國璋之陰爲贊助，卒以停戰議和告成功；段祺瑞之獨居圍城，不問一切，其不贊成帝制之隱衷，盡人皆知。諸與蔡公之起義倒袁，有莫大關係焉。而直接戰爭之最出力者，莫如劉雲峯，攻佔敍府，孤軍作戰數閱月，縱前無出路，後無救兵而指揮若定，以少擊多，以及單力匹馬，談無忌於張敬堯之虎帳雄幕中，並使張敬堯慷慨聽眞，贊成斯舉，而打破北派軍人之團結。顧品珍兵退大州驛，餉絕彈盡，猶能鼓舞士氣，徒手刺擊，夜襲北軍數次，使張軍喪胆寒心；劉一清等之左右維護，臨機應變，潛資默化於不知不覺之中，此均于後關係甚大。颷於辛亥起義、摧破洪憲、恢復共和各節言之甚詳，原以事實所在，歷史攸關，牽掛連國者尤多，既不敢奪人之功以爲己功，尤不忍故爲矯飾，避免一己之事實，而有埋沒同人之大功大力於不彰，非自誇也。嗚呼！蔡公死矣，而事業與河山並峙。嗚呼！蔡公死矣，而精神與日月爭光。嗚呼！若蔡督軍者，眞千古軍人之模範哉！眞千古軍人之模範哉！（黨史會藏原稿）

我記憶中的總統蔣公

·松莽·

年華易老，歲月難留，人之一生，恍如電光石火，瞬息即過之嘆。就以當代總統蔣公而言，在第二次世界大戰領袖中，如羅斯福、邱吉爾、史大林，均次第作古有年，祇有蔣公豐功偉績，德壽雙齊，以八九高齡於本年四月五日崩殂前，已將國家大事，作愼妥安排，使寶島一隅，固若金湯，安如磐石，爲反攻復國之基地。但人民心影中，猶繫戀思，甘棠遺愛，悼念難忘，當舉殯之日，哭聲盈野遍市，哀痛逾恒。有如堯典云：「二十有八載放勳乃徂落，百姓如喪考妣，四海遏密八音。」放勳（堯帝別名）升天，遏止八音，寶島歌壇舞榭，娛樂場所，均停止營業，以誌哀悼。憶我仰蔣公大名，始於民國十五年，尚在沖齡就讀高小期間，我見到蔣公爲民國十八年初秋，可謂偶然機遇，斯時北伐成功，奠都南京，呈一番新氣象，舉行全國童子軍第一次大檢閱，童子軍總司令爲蔣公，何應欽將軍副之，戴傳賢先生爲會長，此處順便將當時情形一寫，亦童子軍掌故也。

此次童子軍檢閱遍及全國，遠道有南洋羣島華僑亦有組織童子軍團參加，制服裝備，特別講究，與上海暨南附中，廈門附中同爲一流。乃接觸外洋風氣之先，湖南各校選派在受訓中童子軍約四百餘人，一行浩浩蕩蕩，由長沙乘火車至武昌，再由漢口轉船循長江抵南京，當時情況，雖隔四十餘年，記憶猶新，甫抵下關碼頭，有一風度翩翩，頭戴禮帽，西服煌然，手執司提克（當日盛行執杖之英國紳士派）約卅歲人來接，詢云曾任湘省建設廳長時任駐京辦事處負責人譚常愷氏（字九思，聞現居台）。時値新秋，白下天氣較寒已有涼意，我等所着均童子軍夏服，頗感單薄，傍晚，天空一片陰霾，洒陣小雨。譚氏恐我等攖疾，即近居下關旅舍，停留一夜。均覺譚氏和藹可親，平易近人，有留學花旗國民主作風，（聞抗戰時剏舉正中日報，有聲於時。）翌日中午經各校負責人接洽，暫分住毘盧寺一古廟，入晚大雨，又移中央黨部宿舍，各隊炊火煑食後，甚爲疲倦。次晨，舉行大檢閱，天氣放晴，溽暑未消，汗流浹背，熱不可當。檢閱地點，爲小營廣場，搭一臨時檢閱台，參加童子軍約萬餘人，繞場一週後，分排佇立，舉行儀式，升旗，樂起，唱國歌後，首由蔣公訓話，我所立之處甚遠，見公身着戎裝，足履馬靴，佩短劍，聲音嘹亮似洪鐘，當時尚無麥克風，只有號筒，爲指揮官用，但仍可聽到訓話，意謂童子軍以智、仁、勇三者爲出發點。末謂馮玉祥叛變，蔣公大聲强調決於最近即可蕩平，國是可定，各人安心求學等話。次爲吳稚暉講演，詼諧梯突笑話百出，前排笑聲哄動，惜在後排聽不清晰。譚延闓掌行政院，亦有訓話，聲甚微弱，約兩小時許完畢，就地搭帳露營，未幾一片廣場，頓成營舍，旗幟飄揚，隨風起舞，遠望如白屋櫛比，東西不辨，出未歸者，以營帳所插團旗識別，否則如入八陣圖，小營末端，靠小河，水深清漪，萬蕩碧波，多往游泳，女童子軍身穿泳衣，雖不及現時三點式，而袒臂露腿，蔚爲時髦。閩粤童子軍多善游泳，如蜻蜓點水，鷺鷥翻身，或蛙式仰泳，各盡其妙，晚忽豪雨，營帳四圍未作壕溝，水濺入，衣被盡濕，上下交征，無地容身，幸天微明，撤往小營中央軍官學校入伍生宿舍，檢點衣物，多呈泥漿。早飯後，我與同隊數入往河邊汲水，甫抵營場，見一身披呢氅，蓄鬚軍官，後數侍從，迎面而來，駐足問話，我仰視一時驚詫，面似當日訓話之蔣委員長，木訥不知所措，見我們垢首赤足，似知露營遇雨，作慰問語後，我們立正行禮告別，團長遠見跑步前來，蔣公轉他處，連忙說：「你剛才所見爲委員長，問些甚麼？」我據實以告，並覺蔣公慈祥中具威嚴，精神奕奕，兩目烱烱有光，不愧元首氣概，是爲當時所感。下午魯蕩平氏（時任中央日報社長）請湖南童子軍於中央飯店茗叙，那時飯店剛落成，金碧輝煌，設備新顥，入廳布長枱，各人就坐，擺有各種美點，蛋糕上有龍鳳花紋等，五色繽紛，目不暇給，時近下午五時，均腹內空空，甚欲啖點心充飢，魯氏此時約四十歲，大腹便便，革履煌然，儼一富商，首即演講，竟達兩小時，我們眼前佳點，且有望而興嘆。隔遠同學，大飲大嚼，杯碟皆空，我們就近魯氏者，不亂動手，大嘆執輸，此一茗叙，聞花去銀洋四百餘元，當時幣值而論，亦豪舉也。魯氏聞于去歲在台逝世。第三日全體童子軍赴孝陵及中山堂、雨花臺等地。晚間各團舉行營火演習，搭瞭望台、結繩、救護等表演，此時忽發生不幸事件，暨南中學與湖北童子軍，因爭地盤，發生鬥毆，暨南童子軍携有獵槍，竟開槍射殺湖北童子軍一人，頓時秩序譁然，憲兵即來營宣佈戒嚴，不准出進，我們均覺不平，欲往馳援，團長召集全體入營房，扃門不准出，一夜平安渡過。憲兵當塲拘捕兇手候審。事未擴大，亦不幸中之大幸。明德中學校長胡子靖先生常親來營探問，時年逾六十，銀髯白髮，精神發鑠，談話親切，一生以辦學爲職志，至今不忘，此爲童子軍第一次檢閱情形片段。

民國廿六年日軍無端挑釁，演成盧溝橋事變，時値暑假，我由平南歸，路過漢皋，同學中多敵愾同仇，奮起從軍，尤其平津一帶學生，目擊日人暴行，爲之激憤，我亦加入其列，同學中有赴前方部隊作政工人員，或戰地服務團，宣揚抗戰，我經人引介入傷兵慰問組工作，隸屬軍事委員會，爲頒發委員長犒賞，及視察各軍醫院。每人初只支五元生活費，後組處隊分派各戰區，凡抗戰傷病官兵均按名頒發，分將校尉士兵等級，再分傷病兩種，傷者較病者多得，由五元至五十元。將欵裝入一特製紙袋，分白黃藍紅四色，士兵白色，尉官黃色，校官藍色，將官紅色。紙袋除印銀碼外，常有委座所頒訓示：「昔我關公，刮骨療毒，同志堅忠，永矢弗懈。」爲引關公與曹操部下勇將龐德水戰，不幸中一弩箭，箭頭有毒藥，毒已入骨，華陀聞訊，親來醫治，華陀下刀，割開皮肉，直至於骨，刮至悉悉有聲，而關公與馬良下棋，神色自若，華陀贊之：「某爲醫一生，未嘗見此，君侯眞天神也！」此爲蔣公以關公成仁取義之精神，勗勉將士爲國効忠，英勇殲敵，亦爲老人一生以仁義而感人之深也。當時工作人員，除大專學生外，多教會中知名人士如陳文淵、朱友漁、文幼章、陳維新等牧師。不分階級支薪，但本仁愛精神，皆平等相處，亦當時機關特色，與衆不同，而能和衷共濟，而我甚覺自意外遇蔣公後，不期相隔八年，抗戰工作中，頒發蔣公名義犒金，不啻天假以緣，爲國効力也。

抗戰勝利，南京復原，我於役南京有數事瑣瑣道來，是年爲蔣公花甲嵩慶，又値還都大典，設壽堂於勵志社，前來拜壽者，絡繹不息，有逾十萬人前來簽名祝壽，遠道來者有西藏代表團達賴喇嘛之弟嘉樂頓珠及姐夫等數十人，蒙古德王及隨從，畫家齊白石老人及溥心畬，盛况空前，壽誕日，天朗氣晴，金風拂面，空軍駕機成六十數目，排空飛來，至爲壯觀，美軍表演橄欖球賽，西藏代表演習騎馬射箭，騎兵跳火圈等，均見精采。晚間爲平劇表演，第一晚爲梅蘭芳、姜妙香、王又亭之御碑亭，蔣公蒞場，全體肅立，臺上演戲及操琴擊鼓者均不斷目視蔣公，瞻仰風采，梅郎在臺停唱時，亦不時顧盼，可見蔣公令人崇拜之處，第二日爲程硯秋與王少樓及袁世海之紅拂傳，少樓倒嗓且大肥腫，舞劍頗爲吃力，幸工夫細膩，尙覺阿堵傳神。第三晚爲譚富英、葉盛蘭王佐斷臂，富英爲叫天裔傳，經描淡寫，揮劍斷袖時一塵不染，瀟落乾淨，可見武功不凡，唱亦遏雲繞樑，均對蔣公不勝敬意，以能參加演出爲榮，各名演員中祇林樹森爲演關公擅長，蔣公激賞，挽其連演三日，第一日爲過五關斬六將，二日古城訓弟。第三日華容道，林樹森演戲極認眞，演關公時，每從臺正面走入化裝，蓋尊關公偉大人格。化裝前，燒繙膜拜關公像後，迄畫面，畫裝後，正襟而坐，坐不與人交談，演訓弟時，一腔正義，表露無遺，華容道放走曹阿瞞，嗓音嘹亮，高入雲霄，恰似關公身份，尤爲難得。唱畢，出場謝幕，向蔣公頻頻致敬，蔣公莞爾爲答，並步入後台，甫抵，樹森方卸戰袍，即呼：「主席駕到，全體肅立。」蔣公即命隨從爲之犒賞樹森及全體配角，此可見蔣公一生服膺關公忠義精神。

某日爲追悼甘地大會，設勵志社禮堂，蔣公因要務臨時不能前來，擬改由陳誠將軍代，最後數分鐘，蔣公親來行禮，緩緩邁至靈前，一語未發，但沉重肅穆中，表現無限哀思，蓋蔣公於抗戰中於印度晤甘地，甘地從坐位向地打一滾表示崇高敬意，世界聖雄對蔣公亦如此禮尙，爲對世界偉人之表達，追悼中，蔣公不發一言而勝於言也。

還都後，蔣公崇耶穌博愛，待人捨己救世之精神，啓示僚屬信心歸主，特飭修葺林故主席之小紅山官邸，以爲聚道之所，復親筆書題「基督凱歌堂」，奠立基石，以資矜式。基督凱歌堂位於明孝陵附近，沿路蜿蜒而下，樹木葱鬱，鳥語花香，極盡園林之勝，宮殿崔巍，紅牆碧瓦，矗立山顚，臨欄遠眺，長江如帶，遠浦歸帆，明心養性，實爲佳所。

時堂內主其事者爲勵志社總幹事黃仁霖及貴族學校校務主任黎離塵兩先生，敦請京滬牧師佈道，及分柬各機關教友來堂聚會，每逢禮拜日必到者爲王寵惠院長及其夫人朱學勤，董顯光、劉紀文兩先生及杭立武大使，張羣先生伉儷等皆携子女前來聽道。間或到者爲孫科院長及夫人，張伯苓先生，架黑眼鏡，長袍馬褂，西北軍馮玉祥部大多爲教友，時來禮拜者有張之江、薛篤弼等，張氏每來必就蔣公側坐，似有藉教友之故，以引動元首之重視，有次携其子前來，偕坐總統側，侍衛爲保衛元首安全，請其坐後，自此不見張氏前來禮拜，假貌爲善，於斯可見。當徐蚌戰局緊張時，張治中自西北歸來，蔣公英明遠見，洞悉張氏心萌異亂，欲感召其虔誠信主，以免誤入歧途，特召前來禮拜，曾全家來堂數次，惜乎不知省悟，終被魔鬼牽入地獄，良爲可嘆。憶當日佈道有兩傑出人物。一爲齊魯大學校長趙太侔氏，某次講至上帝名詞，比若戲臺，人生如戲，但有優劣之分，優者藉戲臺之基地，作有聲有色之表演。劣者不自奮力，終歸天然淘汰，戲臺並不能自專，人生決無不勞而獲之理，即如上帝引我們成功之道，而不可依賴上帝也。另爲美人畢範宇博士生長中國，熟讀經史，曾英譯國父三民主義，爲之江大學教授，以國語佈道，發音流利，引證孔子言行與耶穌道理相同之處，如博愛與汎愛同，孔子生於亂世，携徒周遊列國，勸諸侯行仁政以愛民。耶穌亦生於希律王暴君時代，率門徒到處傳道救人，千古聖賢，殊途同歸，侃侃而談，甚爲動聽。聞畢氏不幸於共黨陷滬未能脫離虎口，以美帝特務罪名羅難。回憶當日佈道神情，不禁泫然。

白頭弟子哭蔣公

·冷欣·

總統　蔣公，於四月五日午夜十一時五十分溘然長逝！當夜突然風狂雨驟，雷電交併，果眞是有神靈感應？一代偉人之逝去，至上動天庭，苦雨凄風以悲泣，電光雷鳴以舉哀！到極悲痛之時，便常不免對神奇靈異之說，認以爲眞。自　蔣公逝世之後至今一週間，哀傷悲痛，一直憂思於懷，每一念及他老人家莊穆慈和的音容馨欬，便不由熱淚盈眶，繞室徘徊，徬徨無依，夜不成寐，個人修養已到不踰矩境界，感情的表達，是有分寸，但是這一週來却是如此哀情迸發，心緒紊亂，而不能自已，幾如發痴，一直是感覺到胸臆中似乎蘊藏着千言萬語，要傾吐而出，可是一旦展紙執筆，却又枯坐苦思，不知寫些甚麽。但是我必須要寫出我的心聲來，以表達對　蔣公——我的恩師，手創黃埔軍校的校長，最虔誠的崇敬，最深切的哀思。

蔣公一生的豐功偉業，對國家民族貢獻之大，可以說是世人皆知，自繼承　國父遺志，担當國家重任之後，東征、北伐、抗戰、戡亂，以及實施民主憲政，力行三民主義，建設台灣，準備反攻，這都是舉世共曉，大家耳熟能詳。我所感到的是蔣公自承担重任五十多年以來，所遭遇到的艱難險阻，危疑震撼，以及所受譭謗譏讒，挫折憂患，是世界上任何時代的國家領袖，都沒有他所身受到的那麽多，那麽重。但是他總以堅苦卓絕的心志，不屈不撓的毅力，屹立不搖，屢次扭轉時局，伸大義於天下，就事功論，固然是造福國家與人羣，但就其個人所表現之一往直前，無畏橫逆，不計榮辱，實非世人所能及，蔣公的此種精神表現，是乃其來有自，由於幼承王太夫人的庭訓，長受　國父的教誨心傳，但是他能一以貫之，始終不懈，秉承遺訓，爲實行三民主義而奮鬥，其孝其忠，其誠其勇，自有其個人內在人格的涵養陶鎔而有以致之。

關於　蔣公人格的偉大，以及學養的深厚對世界和國家的貢獻，眞是仰之彌高，鑽之彌堅，淺薄如我，不能作適切的闡述。不過自民國十三年入黃埔軍校第一期肄業，親承諄諄訓誨，畢業之後，服務軍旅，復供驅馳，五十餘年來，一直在他老人家的薰陶指揮之下，眞是如曝煦日，如沐春風，由親炙而感受者，也自有一種眞切的體認與領會。我認爲　蔣公對黃埔軍校的革命教育，是最大的成功。由於黃埔軍校的創立，是奉有　國父重大的使命，建校與建軍同時並進，所期望此一批子弟們，必須具有犧牲的精神，必死的決心，完成革命的大業，因此　蔣公對我們的每次訓話，無不以此爲中心。我記得十三年五月八日，我們入學的第二天，　蔣公便召集全體師生訓話，其中有一段說：「我們軍人的目的，只有一個死字，除了死字之外，反而說就是偷生怕死，如果偷生怕死，不單是不能做軍人，而且是沒有人格，就不能算是人，古人說：『與其背義而生，則生不如死。』同年十二月廿八日，所作的一次長達四小時的訓話，更是辭意懇切，感人肺腑，令人刻骨銘心，終生難忘，當時在埸官生，多感動得淚下，此次所講主旨，則是「以必死之心，操必勝之權」，並宣示出革命軍連坐法。他說：「人人有一個必死之心，萬衆一致，視死如歸，如此甚麽樣的敵人都不能抵抗我們的，我們誠可謂天下一支無敵的革命軍。」人生在世，最難破除者，即是生死一關，蔣公的訓誨，便直抵死關，聲聲言死，予人當頭棒喝，以先烈爲模範，以實現主義爲目標，逐漸將死的意義，提高至一昇華境界，化死亡的陰森凄冷而爲光輝可親，而使之具有一種莊嚴壯麗之美，轉而視爲福地樂土，使人於此中體會人生眞諦，進而瞭解我死國生，我生則國死的那種崇高的人生境域，這也就是革命的人生觀。這眞是一次最成功的精神教育，革命感召。

果然我們這第一期同學，一出校門，便開始東征，一個個前仆後繼，視死如歸，爲　蔣公教育的成功，作了最眞實的證明。我個人就曾在淡水與惠州兩次戰役中，均曾參加奮勇隊（俗稱敢死隊），攻擊惠州，報名參加時，我的職位已任營長，蔣公召見，認我不必再參加，但我表示有爲革命犧牲的決心，　蔣公表示許可，委我爲奮勇第二大隊的大隊長。攻城之際，我曾負傷。

蔣公視學生如家人，親切關顧，愛護備至，無論在校肄業，或離校服務之後。對作戰而犧牲者，更是哀悼悲痛，溢於言表，甚而因連坐法而致死罪者，也是不勝痛惜，對於死難之遺屬的撫卹照顧，更是無時或忘，所以他的學生部屬，便都樂於爲之效命。但是他對於犯有過錯的學生部屬，也總是毫不假辭色，訓責其過錯，要求嚴格的紀律，不過如果有正當理由申訴，或是能夠改正錯誤，他便也立即釋然於懷。

黃埔同學雖然衆多，而且散處各地，但是　蔣公對於每個人的情况，都能瞭若指掌，隨時給予提携關切，我之先後進入陸軍大學和國防研究院研習，就是　他老人家親自指定的。又記起在民國十七年北伐期中，我當時任第四軍政治部主任，軍次津浦鐵道運河站，　蔣公蒞臨訓話召見時，問我有無衞士和槍支，我報告只有一枝駁壳槍，當時便即命侍衞長王世和兄馬上給我兩枝駁壳槍，垂愛之殷，此情此景，回想如在目前。

蔣公宅心仁厚，這是可以由已經有多人寫述的事實中，得以知曉的，就我個人而言，五十餘年來印象最深刻的一次，則是在民國三十四年九月九日，當時的陸軍總司令何應欽將軍代表　蔣公，在南京接受日軍投降，當日上午雙方簽字，完成儀式，下午我便受命，携此降書，乘機飛重慶，翌日在國民政府大禮堂，舉行儀式中，我恭奉日軍降書呈奉　蔣公。事後召見請訓時，奉指示云：「對日本降軍，公事公辦，勿使其難堪。」話雖簡明，但其中已表露出他的大仁大慈，我也自能由其中領悟到他老人家的盛德。因此對戰敗的日本，不要求任何賠償，便是這種原則的擴展。

「一日爲師，終生爲父。」我何幸今生有　蔣公爲師，父母賜我生命，恩師則賜我生活，深被恩惠，愧不能報，但是在他老人家逝去僅僅一週之間，就使我感到他施恩之廣，何止是他的學生如我者，而是及於全國，及於全世界，這是他偉大人格之光輝的輻射，有如日月，輝照全球，重射千秋。所以當他老人家的噩耗傳出，全國震驚，舉世同悲。連日來前往　國父紀念舘靈堂，瞻仰遺容者，已達二百萬人以上，人們排隊竚候長達八九小時，甚而有長夜達旦者，此種哀悼，此種愛戴的赤誠，實非世界上任何去世的國家元首所能比擬，而羣衆中不乏人有長跪不起，舉哀痛哭之聲，起伏不絕，這種眞情流露的民衆，已非同只是對國家元首的悲悼，而是對一位大仁、大義、大恩、大德的親長，如喪考妣椎心泣血的傷慟！

蔣公遺囑，諄諄告誡「矢勤矢勇，毋忘毋忽。」願我黃埔子弟及全國同胞，都能恪遵勿忘，精誠團結，在各自的工作崗位上，發奮努力，完成其未竟的遺志，以慰　蔣公在天之靈。

溥儀訪問記

美國名記者郝伯端希特
關山月 譯

一九四六年八月，史達林給東京的戰犯法庭，送來了一個一向被外國記者求之不得的新聞人物，來出庭作証。那人就是滿清的末代皇帝和「滿洲國」的亡國之君，愛新覺羅．溥儀。

蘇聯人對他在東京的住處，保密得非常到家；沒有一個外國記者，能夠找到半點綫索。我就根據「錘不離秤」的邏輯，寫給他一封信，乾脆交給蘇聯駐東京的大使館，轉交給他；信中還提出了三個問題，請他加以答覆：

A、陛下對未來有何計劃？

B、據陛下所知：蘇聯政府對尊駕之將來有何計劃？或陛下推測蘇聯將對尊駕之將來如何措置？

C、據中國目前情勢而言，陛下對整個國家之前途有何看法？

這信是八月二十九日，交給蘇聯大使館的。依照過去和蘇聯官方打交道的經驗，根本就不敢對「回音」抱什麽希望。誰知過了五六天功夫，忽然有一個俄國口音的人，給我打來了個電話。

「你是不是想見一見溥儀？」

我高興得幾乎要跳起來。

「既然想見他，就請到蘇聯主控官的辦公室來一趟罷！」

到了那裡，另一個蘇聯人告訴我：在蘇聯大使館的門前，有三個蘇聯人開了一輛吉普車，等着把我送到溥儀的地方去。

這三位先生的表情，都陰沉和緊張得可怕；在故意兜了不少圈子，穿過許多狹隘曲折的小巷之後，才忽然轉到一座高牆深院的大別墅前面，停下車來。

門口站着兩個緊握手提機關槍的蘇聯兵，一臉的殺氣騰騰，彷彿巴不得就要開槍的樣子。幸虧有那三個同來的人「保駕」，我才硬着頭皮走下車去。

門裡顯然有人在專誠等着我們，馬上就「開門納入」，把我們帶過一個小院，進了前廳；然後才來到了一個非常寬敞，佈置得又很西式的房間。在房間的深處，還有一個地板畧高的「塌塌米」式的「斗室」。

我被「招待」在一把高靠背的硬椅子裡，靜靜地等着溥儀出現。這時忽然走進來了一個魁梧蹣跚得像個大猩猩的蘇聯人；我在戰犯法庭裡常常看見他像扇黑屏風似的走來走去，一向就把他當做個蘇聯黨老爺們的「保鏢」，沒想到居然會在這裡也遇見了他。

這個蠻頭蠻腦的巨人，一句話不說，就把那「塌塌米」房間的日式拉門推開，從後面那間光潔耀人的秘室裡，悠然地走進來了我所渴望會見的溥儀。

他在寒喧的時候，用一口很不錯的英語，向我說道：

「您好，能夠會見您談談，使我感到非常高興。」

這時，那位蘇聯大猩猩，忽然跑上來站在我們中間，用一種很標準的英語問我：

「你準備用哪一國語言和他交談？不管是中國話，俄國話，英國話，法國話，我都可以替你們當翻譯。」

我平生從沒有像這次那樣痛恨自己的缺乏語言天才，可惜我對中、俄、法語，都拿不起來；否則，我倒一定會試他一試：是不是在向我吹牛？

我告訴他：最好是讓我和溥儀直接來用英語談談。誰知他偏偏一口咬定：

「可惜溥儀不懂英語。你要想問些什麽？我只好翻成中國話告訴他，他的答覆，我當然會翻成英語告訴你的。」

看在這個大猩猩，身高丈二，力大無窮的這兩點上，我也只好忍氣吞聲，裝做同意溥儀不懂英語，句句話都要請他翻譯一通。

我覺得溥儀這個人，非常討人喜歡，而且也對發表談話的興趣很高。就連那個身通四國語言的巨獸，也始終文質彬彬，幷沒有什麽特別失禮的地方。

在談話的開端，溥儀先送給我一付他「御筆」的「條幅」，一大盒由他在盒上簽過名的俄國香烟，做爲紀念。而且請我把另外一盒，轉送給我的小老板密利斯．瓦漢。

在會談中間，他不止一次地申述：

「任何國家，要想干涉中國的內政，就一定會和日本的遭遇一樣，非但害了中國，而且也害了自己。」

不用說，這當然是莫斯科要他這樣講的。那時，蘇聯看得最不順眼的事，就是美國對南京的支持。

溥儀也告訴我：

「我對自己的未來，已經做了許多計劃。不過在目前的情勢之下，還很難預測將來可能發生的一切事情。因此，我在眼前這個階段，很希望不攪進政治的漩渦中去。現在我正在着手寫一部自傳。

至於蘇聯人對我的將來有些什麽計劃？我至今還幷無所聞。」

他又說：

「所謂「九一八事變」，實在是一個長期的慘變。直到今天，我才能眞眞正正鬆口氣。」

他說：自從蘇聯紅軍粉碎了日本的「關東軍」以後，他就一直生活在蘇聯人的手裡。這種說法，當然是蘇聯紅軍的政治教育之功。他自己大概也很淸楚：蘇聯紅軍和我這個手無寸鐵的記者一樣，根本對關東軍的粉碎，沒有起過半點决定性的作用。

他又說：在戰爭結束的時候，日本人曾經强迫他動身到日本去「避難」。就像當年土肥原逼我出關爲帝一樣，他們死逼着我到日本。

與此同時，他又着重地指出：自己雖然替日本做了多年的「傀儡」，但却無時無地不在反對日本的一切所作所爲。如果不是蘇聯軍隊及時到來，他就會被逼到日本去，這條命恐怕也早已送掉了。

最後，他還告訴我：

「中國的未來，將是和平的重新到臨。我深深相信：所有愛國的中國人，都是渴望着內亂停止的。」

當我問他「中國將對他採取何種態度的時候，陪我來的那位陰沉而緊張的蘇聯上校，馬上不客氣地打斷了我的話頭。他認爲：「這一類的問題，是會引起溥儀的煩惱的」。

這時，那個語言天才的「黑無常」，還自告奮勇地告訴我：這位連一張中文報紙都不准看的滿淸末代皇帝，現在簡直生活得像個幸福兒童一樣地高興。

溥儀在臨別之前表示：他在戰犯法庭上做過証之後，就馬上又要回到蘇聯的哈巴若夫斯克城去了。

我問他：是不是正在學俄國話？他說：已經學了三十多個單字，差不多都是在日常生活中要用的一些字眼。

陪我去的那位上校，和身通四國語言的大猩猩，顯然都對溥儀宣佈正在寫作中的那本自傳，感到非常大的興趣。我由衷地希望：這位憂患餘生的末路王孫，至少能實現這點點與世無爭的計劃。但可惜此文發表時，他已不在人間。

向四行倉庫守軍獻旗經過（節錄）

楊惠敏

我伸手接過王曉籟先生手裡的國旗，我的的兩臂不禁微微的有點發抖，王先生並沒有立即把國旗交給我，他兩眼凜然不可犯的注視着我，臉上泛着莊嚴的神情，沉沉的問我：

「你的手……你害怕？」

心情激動的使我有點說不出話來：

「不，我……我是太興奮了，我有榮幸來做這一件事！」

「你知道國旗代表的意義嗎？」

「我知道！」

「你能夠達成這個任務嗎？」

「我願意盡我的力量達成這個任務。」

「無論什麼情況？」

「即使犧牲？」

鄭重囑咐不辱使命

「好！」王先生高高舉起國旗，端重的放在我的手上，然後用一種慈母般的柔和愛憐的聲調說：

「去吧，萬一你有什麼……我們會轉告你的家裡，我們將永遠紀念你。又假如萬一你犧牲了，我們一定在市區內做一個銅像紀念你。」

說完，他輕輕按着我的頭，低着頭吻我的面頰，我發覺頰上一陣濕熱，抬頭看他，模糊一片，他臉上掛着淚痕，我也流淚了。

我將外衣脫去，把國旗緊緊的裹在我的內衣外面，再穿上制服，入夜以後，溜到茶葉大樓的俱樂部，這時英國衞兵與俱樂部裡的人差不多都認識我了，沒有遇到什麼麻煩，他們稱呼我。

「Number 41（四十一號）！」

我們互相交換小禮物、簽名，甚至交換帽子，玩得很痛快。夜半以後，我便趁機溜出了茶葉大樓。

夜空是黝黑的，遠處有英國衞兵走動的影子，馬路對面，四行倉庫大樓像一個巨人，凜然的俯視着我，我觀察了一下地形，若是溜過馬路，勢必要被左右的英國兵發現，而把我當靶子。四行倉庫樓下，有重重鐵絲網，我不能從昨天運送慰勞品的側門進去，那樣便會被英國兵發現。唯一的辦法，只有沿着樓下鐵絲網的工事，爬到另一面缺口，從窗子爬進去。主意打定，便準備爬過馬路。

剛想起步，側面起了脚步聲，我機警的臥倒，一個英國士兵，醉醺醺的在我身旁撒了一泡尿。等他走了，我便一寸一步的往前爬。

爬過馬路槍聲大作

爬過馬路，我急劇跳動的心剛穩定下來，忽然槍聲大作，我以爲被敵人或是英國兵發現了，忙倒在戰壕裡不敢動，紅綠的火舌在我頭上飛舞，原來是白天的廣播引起了敵人的妒意，向四行倉庫發動進攻呢。好在敵人不敢過份放手進攻，因爲隔河對岸，英租界裡矗立着一排大汽油桶，一顆子彈飛錯了方向，全上海市民即使連日本人也不例外，都要遭受浩劫。

不久，槍聲沉寂下去，我又開始慢慢

爬，終於爬到了東側的樓下，一根繩子自樓上垂下，王先生白天已通知守軍，我知道這根繩子是迎接我的，我拉動繩子，樓上的人迅速的將我吊進窗子。

謝晉元團長、上官志標團副、楊瑞符營長，還有好幾個高級軍官，早已在窗口迎接我。我脫下外衣，將浸透了汗水的國旗呈獻在他們面前時，朦朧的燈光下，這一羣捍衛祖國的英雄，都激動得流下淚來了！謝晉元團長一把緊擁着我，大顆大顆的熱淚從他臉上流到我的臉上，這位百戰英雄，在敵人的砲火下沒有使他唉過半聲，這時却泣不成聲的說：

「勇敢的孩子，你給我們送來的豈僅僅是一面崇高的國旗，而是我中華民族誓死不屈的堅毅精神！」

國旗高掛四行倉庫

他立刻吩咐部下準備昇旗，因爲屋頂沒有旗桿，臨時用兩根竹竿紮成旗桿。這時東方已現魚肚白，曙色曦微中，平台上稀落的站了一二十個人，都莊重的舉手向國旗敬禮，沒有音樂，沒有排場，但是那神聖而肅穆的氣氛，單調而悲壯的場面，却是感人至深的，我一輩子永遠也不會忘記。

四行倉庫的軍心大振，弟兄們臉上掠過幾個月來沒有的笑容，謝團長更是神采奕奕，他帶我參觀倉庫的工事，許多弟兄躺在血泊中呻吟，我問他：

「你們打算守到什麼時候？」

「死守！」

他簡短有力的語調，我感動得哭了，我要求說：

「我求求你們，把你們的名字抄給我，萬一以後，全國的老百姓也好知道你們的名字！」

他們抄了一張名單給我，這時槍聲又起了，謝團長送我走，我不肯走，我說：

「讓我留下爲你們服務！」

他們堅持要我離開，說：

「爲了你的安全，爲了你更可以爲國家服務？」

「不，我不能離去，我不忍心離開你們……」

躍下蘇州河被發現

說着我又哭了起來，這時空中槍聲大作，謝團長開了朝蘇州河的邊門把我推了出去：

「四十一號，我們永遠記得你，感激你，去吧，衝過去，跳下河！」我回頭看時，門已關上了，「嘎」的一聲，子彈從我身邊飛過，我知道這時再也不能遲疑了。

我一個猛衝，躍下蘇州河，頭上的槍聲便大作起來，我知道敵人已發現我了。這時我平日的游泳技術救了我，我深潛入水，游至對河公共租界登岸，抬頭看時，蘇州河畔已站滿了人，紛紛向四行倉庫屋頂迎着朝陽招展的美麗國旗歡呼招手！

人羣中跑出一個人來拉着我，他正是王曉籟先生。我啣在嘴裡的八百壯士名單交給他，他興奮的笑着，却一邊揮着熱淚，他半接着我，朝着四行倉庫屋頂飄揚的國旗舉手高呼：

「中華民國萬歲，英勇國軍勝利萬歲！」

四周人羣一齊歡呼高叫起來，響徹雲霄，淚眼模糊中，我從人羣中看去，英軍租界的河畔上，一排英國軍隊，排着整齊的行列，面向着我國旗莊嚴的行最敬禮！

空中又傳來馬達聲

我回到尼姑庵，才將濕衣服換下，空中又傳來了馬達聲，一架敵機在四行倉庫屋頂盤旋，企圖將國旗撞倒，可是他們失敗了，兩岸的市民越發高聲歡呼。

這時英國路透社記者將我八百壯士的英勇事蹟，早已傳播全球，「上海童子軍服務團四十一號」的編號，傳遍海內外，而我自己僅不過覺得畧盡了一點青年人應盡的責任而已，救國建國的工作來日方長，每一個黃帝子孫的仔肩仍重呢！

不久敵人懸賞一萬銀元捉拿我，王曉籟先生便爲我策劃逃亡，英軍司令派人駕駛遊艇送我離開上海。

進入了國際俘虜營

當我携帶着八百壯士的全部名單，被謝晉元團長硬逼着離開四行倉庫，躍下蘇州河游水到對岸公共租界以後，沒有多久，我也就跟隨着奉命撤守的八百壯士進入了租界臨時國際俘虜營。

進入臨時國際俘虜營的詳日期，是在民國廿六年十月卅一日。直到那年十二月聖誕節過後幾天，我才走出了俘虜營，過着流亡生活。

在俘虜營，我主要的工作就是替經已解除武裝的八百壯士服務。這個專爲安置八百壯士的臨時性的俘虜營，由白俄負責守衛，在營裡的行動相當自由，幾乎每天營外都是人山人海，來自市區各處的上海市民，紛紛前來探視八百壯士們的日常生活和一睹他們的豐采。市民們對這些視死如歸的國軍英雄，無不從內心發出由衷的敬佩。只是，當時的環境過於特殊，他們奉到命令，必須撤離四行倉庫，因爲他們協助友軍轉進的任務已經達成，無謂的犧牲絕對沒有必要。何況對日抗戰是長期持久的，所以他們自退出四行倉庫以後，也就暫時委屈進入設在公共租界上海膠州路膠州公園內的臨時國際俘虜營了。

但是，他們——八百壯士，並非眞正的俘虜，因爲看管他們的不是敵國日本兵，而是我們抗戰期間的盟邦英國士兵和少數白俄士兵。

主持營中事務的是上官志標副團長，他是謝晉元團長得力的助手。死守四行倉庫的八百壯士，就是謝團長麾下的一個營，該營由楊瑞符營長率領。但在死守四行倉庫時，楊瑞符營長所屬一個營的兵力，由謝晉元團長和上官志標副團長親自指揮督戰。自退出四行倉庫以後，謝團長和楊營長都因負傷進入醫院治療，因此俘虜營中的一切營務，便由上官志標副團長來負責主持了。

上官志標屢建戰功

上官是一個很了不起的軍人，他和謝團長一樣，一生忠於國家，忠於領袖。這位福建籍的愛國國軍人，抗戰時轉戰南北，屢建戰功。勝利後於民國卅六年來到台灣，在台南縣政府担任無藉藉名的兵役科長。一直到五十六年九月廿七因病去世，他在新營台南縣政府足足服務了廿年，他死時才五十九歲，眞所謂蒼天不仁，好人偏偏要寂寞的死去。如今，上官雖離我而去，但當年在上海租界臨時國際俘虜營中的一舉一動，我還能依稀記憶。他是如此熱忱的關懷着我和八百壯士中每一個弟兄，這眞使我畢生難忘。

八百壯士所屬的番號是陸軍第八十八師五二四團，師長爲抗戰名將孫元良將軍，五二四團團長謝晉元原是該團中校團附，上官志標則爲連長。民國廿六年謝晉元升爲團長後，上官也就跟着調升團附。

軍人本色勝利保證

在謝晉元和上官志標率領下的五二四團，原來駐防江蘇無錫，廿六年「七七」蘆溝橋事變發生後，才奉命調防上海閘北車站一帶，而爲「八一三」淞滬之戰前雲集在上海的國軍精銳之一。我在前面說過，「八一三」滬戰開始，八十八師首先奉命向永豐大樓、八字橋持志大學，及愛國女校一帶敵陣發動猛烈攻勢，當時由於日軍猝不及防，一鼓即勢如破竹，敵屍堆積如山。此一旗開得勝的第一回合，不但震動了全球，而且粉碎了日本軍閥「三個月征服支那」的幻夢。因此，這一役，也可說是八年抗戰終能獲得最後勝利的一個有力保證。

廿六年十月廿四日，這場保衛上海的戰鬥任務完成後，國軍旋即作戰略性的撤退，孫元良將軍命令謝晉元團長和上官志標副團長，率領所屬楊瑞符營官兵四百餘人，佔領四行倉庫，轉守蘇州河南岸，主要的任務就是掩護師主力轉進。當五二四團僅以一營兵力佔領四行倉庫之後，當晚便有一名租界方面的英國士兵，走到倉庫外面大聲問道：「裡面有多少部隊？」謝團長爲了壯聲勢，未加考慮的答復說：「八百人」！這句話由英兵傳到租界，便成了中華民國「八百孤軍」死守四行倉庫。這也就是四行倉庫八百壯士的由來！

委員長命轉入租界

四行孤軍和周圍的敵人連續激戰數晝夜，大家都愈戰愈勇，到了十月卅日，由於四行倉庫毗鄰租界，當局爲了維護居民安全，特上電　蔣委員長請孤軍轉入租界，以免波及民衆遭受傷亡。當　蔣委員長的命令於卅一日到達後，孤軍們才不得已的揮淚退出四行倉庫，進入租界內跑馬廳，並依照公共租界執行國際公法規定，解除全部武裝。當武裝繳出時，全體官兵都情緒激動萬分，尤其是謝晉元團長，不禁流下兩行熱淚，並自言自語的對着弟兄們說，「總有一天，我們一定會站起來的！」

到了那年十一月一日，八百孤軍又由跑馬廳進入租界膠州路原來的意國兵營。謝團長爲了維護士氣，團結軍心，每天一清早集合全體官兵作五分鐘的精神升旗禮，另外並且辦了一個讀書班，使營中教育水準較低的弟兄能有機會隨營補習。在此期間，最令人感動的是，每逢星期例假，總有無數上海市民及友邦人士，蜂擁在當時被世人稱爲「孤軍營」的意國兵營外面，向他們贈送各種食品和日常用具，使他們深爲感動。

謝晉元竟不幸殉國

由於戰局一天一天惡化，「孤軍營」八百壯士的處境也一天比一天困難。使人悲痛的是，廿七年八月十一日，恰逢八十八師在無錫誓師抗日週年紀念日，那天早晨，謝團長爲了要紀念這個有意義的日子，特別向租界當局要求舉行一次正式的升旗禮，不料竟受到營房外面担任駐衛的白俄人橫加干涉，在光天化日之下，這些白俄警衞公然對赤手空拳的壯士們開槍射擊，造成四人死亡，十一人輕重傷的悲劇。當時全體孤軍爲了抗議這種暴行，乃絕食五天，並且引起了全上海市民罷工支持。但是，在租界裡面，那裡還有什麽正義公理可言，祇是派員敷衍調停了一下，把這場風波平息下來就算了。

卅年四月廿日清晨五點多鐘，謝團長循例集合全體官兵舉行精神升旗和早操，當謝團長正隨着弟兄們後面跑步時，竟然猝不及防的被四個持械的暴徒予以狙擊。當時上官志標曾奮不顧身上前搶救，和暴徒們發生格鬥，上官的頭部、背部和腰部因此連中了六刀，倒地不起，更不幸的是，謝團長因身中要害，而壯烈殉國了！

全國悲悼名垂千古

這位鼎鼎大名的謝晉元團長，雖然不幸的殉國，但在當時國人及外國人士的心目中，却已成爲中華民族英雄的偶像，而八百壯士的英名從此更遠播全球，爲國軍戰史上寫下絢爛光輝的一頁。

迨珍珠港事變發生，日寇掀起了太平洋戰爭以後，在上海的日軍也就因此進入了租界。這時，八百壯士便眞正成了俘虜，受盡折磨、威脅和迫害。日本軍閥的殘忍成性，表現在虐待戰俘一事上，已是令人痛恨入骨，但不管敵人怎樣壓迫煎熬，却絲毫未能動搖他們擁護　蔣委員長和抗戰到底的堅定意志。

民國卅一年以後，八百孤軍的遭遇更加悲慘，日僞變本加厲，以槍桿刺刀壓迫這羣早經解除武裝的戰俘開往滬杭鐵路，以及南京、蕪湖一帶挖路和開採煤礦的苦工。他們忍饑挨餓，過着牛馬不如奴隸生活，因而許多弟兄就這樣被折磨倒地死去。

卅二年的春天，上官志標副團長也因爲勞苦過度病倒了。幸而他抓住了一個難得的機會，趁着前往無錫就醫，在途中終於逃出魔掌，化裝潛往蘇、浙、皖邊區，參加游擊隊，直到抗戰勝利他才重返上海。至於全體孤軍弟兄，也一直苦撑到勝利後退役還鄉爲止，然而，他們對於國家的貢獻和爲國犧牲的精神，却長存人們的心坎中。

最令我歎惜的是，這位當年叱咤風雲的上官志標副團長，竟也因病去世了！上官爲人秉性剛直，任事勤謹，人待熱誠，持身清廉，且具有强烈的正義感與高度的愛國熱忱。對於上官的去世，我想無論識與不識，無不同深痛悼！

已故新亞書院首任董事長

趙冰博士自傳（下）

趙冰

我到卜其利第二天，就前往加州大學註冊入學。可是加州大學註冊組主任看過我的證件後，不給我註冊，要我唸兩年先修班。我覺得費兩年時唸先修班，是很不值的，所以直接去見校長，見到校長，我很客氣的問他：「持着這些證件，我可以入世界有名的牛津大學，何以不能入加州大學？」他無以答覆，最後他特別准我入學，但我只能做「特別生」，如果考期我各科能平均得八十分以上，就可以准我正式註冊成爲該校的註冊生；否則仍然要讀兩年先修班。古語說：「世上無難事，人心自不堅」；「有志者事竟成」。幸好我會「速記」，上課時能夠將教授每一句話都記下來，加以我是決意苦幹，所以第一個學期期考，我各科平均分數，竟然得到九十二分。因此，第二個學期我就正式成爲加州大學的註冊學生。

我在加州大學是讀政治學和軍事學的。加州大學雖然不是軍事學校，但它的教官和一般設備並不亞於普通軍校（教官都是退伍將校官）。我在加州大學學到的軍事學識可眞不錯，這在抗戰時期，我在廣西「打游擊」時可以證明。在廣西打游擊時，我僅領導三千人，竟然困擾幾個師團的日軍，使他們疲於奔命；若非我有高深軍事學識，怎能有此成就？

到第二學期，因無須取得八十分以上的高分數，所以我有空看課外書籍，如達爾文的「進化論」和赫胥黎的論說等等，加以我在班上學得的人類學和哲學的知識，使我對宗教的觀念，作一百八十度的轉變（我在十二歲時，就在香港加入浸信會）。此後，我只在達爾文和赫胥黎等的學說內尋求眞理，而不在聖經上尋求。同時我每科只要能得到五十分就算合格，所以除了看課外書外，我還有時間爲國家做多少事，首先我加入國民黨（民國成立，同盟會改組爲國民黨）。我加入國民黨是由孫科先生作介紹人，由謝英伯先生發黨證（謝英伯先生是被派到三藩市主持黨務的。黨證有兩支五色旗印在上面）加入國民黨後，我發覺美國的華僑不大明瞭革命的意義，年紀稍大的華僑甚至仍留着辮，而保皇黨的殘餘份子則誹謗革命爲叛匪。這種思想上的混亂和錯誤的觀念是須要糾正的，最好糾正的方法是宣傳，而最有效的宣傳則是話劇。我對話劇素有經驗，我記得我在香港時，我曾爲雅麗士醫院籌款，寫過一個劇本「以利亞」（雅麗士醫院是紀念何啓大律師亡妻雅麗士女士而建立的，雅麗士醫院在香港大學成立時，併入香港大學醫學院）。「以利亞」是一個聖經故事，我描述先知以利亞的事蹟，藉以宣傳革命，使觀衆深印革命於心中。所以這欲要寫話劇劇本，我極有信心。經過一個月埋頭苦幹，我的劇本——「新中國」

已經完成了。這話劇描寫舊中國的不是，政治腐敗，官僚橫行，害國害民；另方面描寫革命是替天行道，是爲人民推倒腐敗的滿淸政府。在這個話劇中，我又担任導演飾演主角。「新中國」演出之後，三藩市的華僑大受感動，對革命的認識就漸漸深了，所以我的努力不致白費和毫無所成。

在加州大學讀書時，還有兩件事值得一提：一件事是老羅斯福總統到加州大學來演講，——老羅斯福是美國第二十六任總統，他是一位英雄人物，同時是一狩獵家。在當時，美國人民是崇拜英雄的；所以他很快就成爲衆望所歸的領袖，當他演講結束時我一面鼓掌。一面走向講台，到台下時，我熱烈地和他握手，並向他說：「感謝貴國率先承認中華民國，希望中美兩國能永遠爲友。」我這種舉動，是極其荒謬的。但是，第一、我想知道美國是否眞的民主；第二、我想利用這機會和美國的「大人物」談談話，所以我就走上講台。因爲我的行動來得太突然，而我一路走一路鼓掌，任何人都可以看到我是不會來行刺總統的，所以並無人攔阻我。老羅斯福是一位英雄人物，他見我這種大胆作風，也不無欽佩；因此他熱烈的和我握手，並祝中華民國國運昌隆。

第二件事是Paderwaski 來加州大學開鋼琴演奏會。Paderwaski 是波蘭人，他是二十世紀最偉大的鋼琴演奏家（後來他做過波蘭總統）。因爲他是世界最有名的鋼琴家，雖然入塲劵收十元一張，但是在一個星期前已被搶購一空。可是我對（Pader-waski 慕名已久，想看看世界最負盛名鋼琴家的演奏姿態，和享享耳福，我不惜代價，以二十五美元求一個猶太人讓了的入塲劵。Paderwaski 鋼琴演奏技巧，不止超羣，簡直是到了人類演奏樂器登峯造極的地步，而他的態度尤其使人欽佩，無怪他後來成爲一國的元首。聽過他的演奏後，我不敢再繼續學鋼琴了；因爲我覺得，縱使再學一百年，我的演奏技巧也不會追及他的。

因此我放棄學鋼琴，而轉學小提琴。那時在卜其利有一個法國音樂家專門教小提琴的，我就拜在他門下跟他學小提琴：因爲他教導得法，我也勉强稱得上是「小提琴演奏者」，後來我也曾隨他登台演奏過幾次小提琴。

加州大學的所在地——卜其利是一個很好的地方：人口不多，地方不大，一年都是春秋天的天氣，是居住最好的地方。況且風景優美，環境幽靜是最適合讀書的。在卜其利，天時地利都好；但最可惜的是人和太差，大多數同學對中國人是採取不理不睬的態度，我在校內和有些同學也是有說有笑的，但一走出校門則如陌路人。他們不敢和中國人點頭招呼，是怕被人譏笑。至於其他美國人，就簡直瞧不起中國人——理髮店不招待中國人，大的餐館不招待中國人，較爲高級的旅館也不招待中國人——這種毫無理由的排斥中國人和輕視中國人，對沒有國家和民族觀念的人來說，他們或可以忍受。比方，美國人開的理髮店、餐館和旅館不招待，他們可以到三藩市的唐人街去理髮和居住。可是，富有國家和民族觀念的我，對這種帶有侮辱的輕視是難以忍受的；所以每逢我自己被美國人侮辱、或者看到自己的同胞被美國人侮辱時，我一定反唇相稽，甚至要和侮辱我們同胞的人大打出手亦在所不惜。我記得有一次，我在加州省會 Sacramento 遊歷時，（中國人慣稱三藩市爲大埠，而稱Sacramento爲第二埠），我見到一班流氓無賴，在光天化日之下居然戲弄一個老華僑，我看到了立即上前加以援手，結果發生一塲惡戰。那一次，雖然我能替該老華僑解圍，但我却幾乎因此而失手殺人。

經過那一次惡鬥後，我覺得美國西部不是可留戀的地方，如果我留下來，將來我或者眞的會失手殺人，那豈不是大禍臨頭？但是，爲有要學得更多的軍事學識，我又不能不繼續在加州大學唸下去（因爲美國東部所有第一流的大學，如「哈佛」、「耶魯」、「哥倫比亞」和「芝加哥」等大學，都沒有軍事學這一科的）。雖然，只要吞聲忍氣，逆來順受，就保證不會發生不幸的事，但人類是熱血動物，凡是有國家和民族觀念的人，那一個能夠甘心忍受他的國家、他的同胞被人侮辱、被人奚落呢？所以，當我在加州大學讀完所有軍事學科後，我不等到畢業就憤然離開加州，到美國東部去。離開加州時，我說：「加州，你憎恨我的同胞，我憎恨你！希望我以後永遠不會到加州來。」自從第二次世界大戰後，加州以及整個美國西海岸的美國人，對我們中國人，已不如五十年前那樣的對待中國人了。

我在一九一四年夏天乘火車離開加州，坐了三日三夜火車才到達目的地——芝加哥。我往芝加哥的原因：第一是我決意離開有天時地利而無人和的加州，這樣可以避免時常與憎恨我國同胞的人發生衝突；第二是芝加哥大學有三個教授，我早想投拜在他們門下的。我想追隨的三個教授是：梅琳教授（Professor Merriam）他是政治哲學的權威學者；韓德遜教授（Professor Henderson），他是美國最有名的社會學家；湯瑪士教授（Professor Thomas），他是實驗社會學的權威。湯瑪士教的一門課是任何大學所不敢開設的，那一科是Prostitution（賣淫）。顧名思義，那一科所包括的教材，可以使薛曼．佛羅（Sigmundfraug）的性學也為之失色。

這門課，相信只有煤油大王洛基斐勒所創辦的芝加哥大學才敢開設。我到芝加哥還不到兩個月，第一次世界大戰就爆發了，大戰初時，英國竭力想勸說美國參戰；可是威爾遜總統對英國的勸告置若罔聞，並說：「美國不參戰的理由是美國不屑戰爭」（America Istoo Proud To Fight）。經過英國政治家不斷勸說，如邱吉爾等憑三寸不爛之舌不斷的遊說，美國終於在一九一七年參加第一次世界大戰。這時，威爾遜總統說「美國參戰的原因是：美國為民主而戰」（America Fights For Democracy.）。三年前，「美國不屑戰爭」，因為「戰爭是野蠻行為。」三年後，美國要「為世界的民主，安全而戰。」前後矛盾，出爾反爾，這就是美國的外交政策了！

第一次世界大戰，也給我帶來不少麻煩。戰爭開始時，美國雖然未參戰，可是外滙不通，家中無法接濟我，使我狼狽萬分。沒有外滙，我不止不能繼續讀書，（那時我還有幾個月就要畢業），就是生活也很成問題。幸而芝加哥的美國人不排斥華僑，所以經由「芝加哥大學」的介紹所（專為貧苦學生介紹工作而設的，介紹我在一間煤炭公司找到一份工作——做煤炭公司的「經紀」（推銷員）。很幸運的替該公司招來很多生意，我所得的佣金不止可以維持生活和足夠繳交學費，而且還有剩餘。只可惜大半日在外面招攬生意，因而荒廢了學業，幸好這段時間不長，不到四個月，外滙復通，我家中的滙款已到，所以我立即放棄有錢可賺、而防碍學業的工作，再專心一意的繼續唸書。

芝加哥人不如加利福尼亞人那樣排斥華僑，所以我可以放胆到各地遊覽。有一天，我携帶一具攝影機到我常到的湖畔去遊玩，無意中，我看到一艘輪船準備泊岸。輪船泊岸是平常不過的事，可是這次我所見到的則與平常不同：那艘輪船正在靠岸，而乘客都站在泊岸的那一邊，準備登岸；忽然間，船竟由水中向空中翹起，跟着向離岸那邊傾側；剎那間，船整個沉下去。船沉得很快，使我僅能攝得八張船向下沉的照片。船沉後，我回顧左右，未見有人攝影；所以我立即回家，將底片冲洗，然後趕往一間報館，求見報館的總編輯。在我的原意，是準備將我所攝得的船下沉的照片送給報館的，這樣，可以使讀者能夠看到船沉時的確實情形。但出我意料之外，那總編輯一看到我的照片，就出到二百美元一張的代價，要求我將八張照片都賣給他。當時，如果我是貪錢的話，我要他五百美元一張，他也不會不買的，因為這艘船下沉的照片只有我一個人攝到。本來，我是決意送給他的，但既然他要錢，我就「却之不恭」了。後來，我將出賣照片所得的一千六百美元全部捐給此次罹難者的家屬，以表示我對美國人的好意。

一九一五年夏天，我在芝加哥大學畢

業，取得哲學士學位（PH. D.）（本來其他大學的第一學位是文學士（B.A.）而不是哲學士的）。在英美的有名大學，英國的牛津大學、劍橋大學和倫敦大學，美國的哈佛大學、耶魯大學、哥倫比亞大學等都是頒授文學士的，惟有芝加哥大學是頒哲學士的。

我在芝加哥大學畢業後，我到美國各地旅行三個月，藉以觀察美國各地的風土人情。因爲我旅行的目的是要認識美國人，而不是在瀏覽風景，所以對風景區域，如美加交界的大湖區和美國西部的黃石公園（Yellow Stone Park）等，只是走馬看花地看看就算了。我在美國各地遊歷三個月後，我覺得奇怪的是：美國小城市及鄉村的治安遠比大城市好。有許多小鄉鎮是沒有警察的，而有的小城市只是靠一兩個警察維持治安。相反的，在大的城市，如紐約、芝加哥等地，警察崗位林立，而治安反而很壞：歹徒猖獗，時常與治安當局爲難，芝加哥阿．加邦（Ai Capone）黨的横行是一個好例證。（Ai Capone 是美籍意大利人，在他未得勢時，我在紐約認識他的。）有一件事非常有趣，值得一說，而且這件事可以證明美國小城市的警察是比大城市的警察能幹（英國倫敦警察更能幹，且更樂意爲市民服務）。我記得我在美國中西部遊歷時，有一天，黃昏時我到達一個不大不小的城市，我找到旅館後，立即梳洗一番，到外面遊覽。我在一舞廳跳完舞後已是深夜，我忽然覺得，我竟然忘記自己住在那一間旅館。急忙中，我見到一個警察從遠處而來，我立刻趨前問他：「警察先生，我是住在甚麽地方的？」我這種沒頭沒腦的問話，使他愕然不知所答。我忽然醒悟，這種話應該是人家問我的，我怎會糊塗得問人家我自己住在甚麽地方？而且這樣一問，很可能使得人家以爲我是喝醉酒了；所以我立即向他解釋，說我是第一天到達此地的。他聽了我的解釋後，很有禮貌地帶我到火車站去調查。幸好那天只有一個中國人到此地；所以很容易就找到我乘過那輛的士的司機，由他載我回旅館（我住的旅館，是他向我推薦的）。

總言之，我在美國各地遊歷三個月所得的印象是：美國是一個很富强的國家。美國雖然各地有各地不同的風俗習慣，但美國人都是非常愛國，非常愛羣的，由於美國人富有濃厚的愛國思想，我敢斷定，世上無一國家能夠征服美國，蘇聯和中共的當權者切勿忘想忘爲，否則只有自討苦吃。

我在芝加哥大學畢業後，又在美國各地旅行了三個月，使我眼界大開。而另一方面我更感覺到自己的學識未夠，不足以爲國爲民服務，因此我就決定留在美國繼續唸書。當時「哥倫比亞大學」主講國際法的是摩亞教授（Professor R Moore），他是世界聞名的國際法專家，他著有許多有關國際法的書籍，其中最有名的一本是八大册的「國際法成案」（Cases Of International Law）。這本書不止是世界各大學法學院共同採用的教材，而且是世界各國外交部和各大使，公使館不可缺少的參考用書。「哥倫比亞大學」還有許多我久已想拜在門下的教授，如教國家財政（National Finance）的陶塞教授（Professor Taussing），和教省政府（地方政府）的貝德教授（Professor Beard）等等。「哥倫比亞大學」有這麽多的教授，所以我決定入「哥倫比亞」大學求深造。

我是在秋天到達紐約的，那時謝英伯先生也被調到紐約辦理黨務（我在芝加哥時也曾與黃興將軍及李錦倫先生辦過黨務，但成就並不很大）。我到紐約時，國民黨與袁世凱正式決裂，於是有中華革命黨的組織（國民黨改組爲中華革命黨）。我加入中華革命黨後，孫中山先生委派爲紐約「民氣周報」的英文版主筆，兼中華革命黨美洲支部部長；謝英伯先生任「民氣周報」中文版主筆。

本來，「民氣周報」只有中文版的，但自從我担任英文版主筆後，就將「民氣周報」改爲中英文各佔一半篇幅的周刊。另一方面，我又將「民氣周報」的銷路擴展。爲着使歐美人士能夠明瞭中國的情勢所以英美的國會議員，美國的社會聞人及所有的通訊社和報社，我都免費送一份給他們。不到三個月，「民氣周報」在美國成爲一份很有地位的刊物。因爲我担任「民氣周報」的英文版主筆，所以每個星期六下午，我都要從學校到唐人街（「民氣周報」設在唐人街）撰稿和做編輯工作。

有一天，我接到孫中山先生拍來給我的密電，密電說袁世凱正向美洽借五千萬美元，用以消滅國民黨和準備稱帝。借欵是中國駐美公使顧維鈞（那時中國駐美公使尚未升格爲大使）負責和美國大財閥摩根（Morgan）洽商。我收到孫中山先生的密電後，不敢怠慢，立即作有效行動；因爲此事是我們全黨的生死關頭，因此我立即寫一封信給財閥摩根，信內說「閣下正與我國駐美公使顧維鈞洽商借欵五千萬美元給袁世凱作稱帝之用，此種貸欵在法律上乃私人借欵，中國人民不會承認的，將來袁世凱失敗——事情已經註定，他必定失敗的——那麼，美國將要失去五千萬巨欵，到那時候，美國人民都責罵你，而你就成爲自由的敵人，正義的罪人了！」我寫給摩根的信寄出後，我又拍電報給美國所有的報社及通訊社，說：「美國財閥摩根協助袁世凱做中國皇帝。」我知道美國人民是憎恨皇帝的，所以我利用美國輿論界的壓力，來制止摩根與我國駐美公使顧維鈞再洽商五千萬美元借欵之事。我第三個步驟是寫信給我國駐美公使顧維鈞，請他立刻終止與摩根洽商五千萬美元借欵的談判，否則我將以槍彈對付他，因爲他所作所爲是禍國害民之舉，凡是中國人都有權取他性命的。我剛將信打完還未簽名，宋子文先生已經走進室內（我們同住在「哥倫比亞大學」一幢最新的宿舍，他住在五樓，我住四樓。而且因爲他是「中國學生月刊」的主筆，而我則是「民氣周報」的英文版主筆，所以我們時常會面，交換意見）。他看見我寫給顧維鈞的信後，很驚懼地對我說：「你怎麽也知法犯法？你並非不知道收信人可以控告你恐嚇而使你下獄的，你怎可以在信內署下正名？」

我知道他對我說這番話完全是好意的，但我毫不在乎的回答他：「爲國家而下獄是榮耀的事。現在我是正如廣東人所說『洗淨屁股準備坐監』的了。」

於是我在他面前，毫無考慮的在信內簽名後，立即以快郵寄出。翌日美國所有大報紙都以極大的標題刊載摩根協助袁世凱做皇帝的消息，並且指責摩根的不是。三日後，摩根「因公」往歐洲遊歷，而我國駐美公使顧維鈞則三日不敢走出公使館大門一步。由於這一次借欵談判失敗，袁世凱更視我爲眼中釘，不去不快。他以爲我一日留在美國，他的詭計就一日無法得逞。爲剷除禍根起見，袁世凱通過他派在美國的爪牙，以利祿相誘，要把我收買，但均爲我拒絕；最後，他老羞成怒，收買了三個打手來刺我（兩個是意大利籍美國人，一個是中國人）幸好我機警，先發制人，在袋裡放槍將其頭目擊傷，然後制服其他兩個意大利人。

本來我想送他們到官府去的；不過，我再想一想，家醜不可外揚，國醜更不可外傳，所以我令人取得他們的手指印後，對他們警誡一番，然後釋放他們。袁世凱終於稱帝了！但因爲未能借到五千萬美元，以致財政萬分困難，更不能消滅國民黨，而後來，反被國民黨打倒他！

一九一六夏天，我在「哥倫比亞大學」畢業，得到第二個學位（即碩士學位）。「哥倫比亞大學」所辦的暑期班是全美國最佳的暑期班，因爲暑期班主講的教授都是國內的權威學者；因此，我決定留在紐約，讀「哥倫比亞大學」的暑期班。在暑期班我只選讀新聞學、家政和電影編劇三科。主講新聞學是由「米蘇里大學」一位最有名氣的教授（「米蘇里大學」新聞系，是全美國各大學最好的新聞系。就是說「米蘇里大學」新聞系是全世界最好的新聞系也不爲過）。我讀了一個暑期的新聞學，除了得到許多寶貴的新聞學識外；我所念念不忘的，是教授曾對我們說的一段話，他說：「有十個理由辦報的人，有時不能不說謊話。」這句話也是讀者看報時不能忘記的警語。我選讀家政學的原因，是基於我國聖人主張的「修身、齊家、治國、平天下」的理論。修身，我已經學到了，治國學識我也學到多少。家政雖然大部份是女子的事，但我以爲，一個政治家怎可以不知道「齊家」之道？所以我也選讀家政學。家政學那一班一共有一百人，我是班上唯一的男生！眞的可以說是「萬紅」叢中的一點「綠」！至於編寫電影劇本那一科，是非常有趣的，每人要寫三個劇本才能合格。我也寫了三個劇本，其中一個是「西廂記」（The West Study），我編的「西廂記」劇本，被教授列爲全班最佳的劇本；後來，他將我的劇本介紹給一家影片公司（當時有聲電影尚未發明），該公司以五千美元買了我撰的「西廂記」劇本。除了二千元送給教授，我還得到三千元。這是我一生中值得高興和值得紀念的事。我所以高興不是因爲有金錢的收穫，而是我的作品被人賞識和被人接受了！

紐約是四海爲家的「流浪漢」最多的城市，人口自然很複雜，但絕無排華的風氣！因此我在紐約認識了許多美國朋友，也認識許多女朋友。在紐約，只要你袋中有鈔票，甚麼享受都有。我記得有一次，我到過一個很秘密的俱樂部，看過在俱樂部表現的脫衣舞。我也曾好幾次到一間意大利人開的夜總會，每一次我都要一客極美味可口的「特製菜」。後來我在英國看到報章上的報導，原來那夜總會的所謂「特製菜」是用人肉做的！（我回想在抗戰期間，我在廣西「打游擊」時。看到部下吃敵人和漢奸的心肝時，我總認爲是野蠻、未開化的行爲，那我在紐約也曾吃過「人肉」，我豈不是比他們更野蠻？所以，天下事，每一樣都是不堪回首的！）我在紐約是絕對不找「酒」「色」之樂，我生平也最反對別人躭於「酒」「色」的。不過，我知道，有錢能使鬼推磨，在紐約（也許在任何地方都一樣）旅館的侍者是娼妓媒介，而老於此道的人，大可在酒吧小坐，先觀看侍者推薦的娼妓，然後再定取捨。我又記得，美國在禁酒期間，中國人開的餐館，以茶壺盛載的「五加皮酒」是可以避過檢查的，所以美國老一輩的酒徒對中國的「五加皮酒」大都非常愛好。

孫科先生是承接我爲中華革命黨美洲支部部長的人選：因爲我唸完「哥倫比亞大學」的暑期班後，我就要離開紐約到「哈佛大學」去繼續讀法律。

我是在秋天到劍橋的「哈佛大學」所在地，「哈佛大學」的法學院要大學畢業後才能入學，「哥倫比亞」和「耶魯大學」也是一樣，其他大學則並無這種規定的。「哈佛大學」法學院當時的教授，都是美國極有地位的學者，如法學院長龐德（Roscoe Pound）、比路教授（Professor Beaie）。此外還有教中央政府的教授、教市政府的門羅教授（Professor Monroe）和教行政學的教授（是法國的「交換教授」（Exchange Professor），他是以法文講課的，在班內我是他唯一的學生）。所以在「哈佛大學」我除了主修法律外，又攻讀中央政府、市政和行政學三科無暇顧課外事情。「哈佛大學」法學院的功課非常緊張，除了日間上課外，夜間也得研究教授指定必讀的案件，加以我又研究政治學，所以我在「哈佛大學」期間只有星期日下午半天是休息的時間。

劍橋（Cambridge）風景的幽雅和環境的寧靜是最適宜於唸書和做學問功夫的；加以劍橋地方又不大，所以在生活上，教授和學生是打成一片的。學生和學生之間，學生和教授之間，維持一種相共相依的大學精神（College Spirit）這種精神在城市中的大學，如「哥倫比亞大學」、「芝加哥大學」，是不能形成的；因爲城市大，各種娛樂和活動都多，各人有各人的餘興，又怎能形成這種相共相依的大學精神呢？在「哈佛大學」，和我最接近的教授莫如法學院長龐德先生（他是世界聞名的法學家，直到現在，我和他仍然不時有書信來往。今年他恐怕已經九十歲了，但聽說他仍很健康，我時常爲他禱告上天，祈望他能活到一百歲以上。如果他能活到一百歲，對法律界來說，則是一大幸事。）其次，和我接觸最多的是教市政府的門羅教授，他是世界有名的市政學權威學者。他的夫人很美麗，又非常賢德，是極難得的賢內助。有一個暑期，他介紹到波士頓（Boston）市政府去實習，在實習期中，我得到許多在書本上無法得到的知識和行政經驗。在班上我認識一個盲學生，他雖然雙目失明，但他是班中最好的學生，同學們有問題也時常請教他，正所謂「盲人教開眼人」。

在「哈佛大學」讀完第一學期時，我認識一位廣東同鄉李×，他是「麻省工學院」（M.I.T.）的學生（當時「麻省工學院」尚未獨立學院，仍然屬於「哈佛大學」）。李君在「麻省工學院」專攻造船學（專讀造潛艇的）。原來李君是在廣州炸死滿州鳳山將軍的無名英雄。本來是他的哥哥抽簽抽到担任去炸鳳山將軍的；不過，他看到他的哥哥有妻有兒，也不忍哥哥犧牲了留下孤兒寡婦，所以他替他哥哥執行這九死一生的任務，而幹出此轟天動地的事，爲革命立下一大功勞。在廣州炸死鳳山將軍後，廣州全城戒嚴，但他年輕（當時不過十五歲），個子又矮小，所以很容易瞞過守城士兵的盤問，逃到香港暫避風頭。因爲我們對革命有相同的認識，又很談得來，所以我們兩人決定：下學期在波士頓找一間兩房一廳的地方居住。那時候波士頓Huntington Avenue有一間兩房一廳有廚房浴室的房子出租，連傢具水電費在內，每月租金不過四十美元，所以我們就租下來。李君不會燒飯，所以每頓飯都是我做的，而他則負責洗碗、洗碟等工作。有兩年未吃家鄉菜，所以覺得自己動手做的家鄉菜眞是美味無比。

我遊歷德國時，首先是到威士巴頓（Wiesbaden），在威士巴頓渡過聖誕才往德國首都柏林，然後在柏林過新年。威士巴頓是一小城，人口不過十萬左右，是以溫泉聞名於世的，威士巴頓溫泉的浴缸，有如我國江南鄉村魚塘那麽大，可作小規模的泳池。溫泉有年輕貌美的小姐任侍役。起初，那位侍候小姐誤會我是日本人，所以用仇視的目光瞪着我，後來我對她說我是中國人，她的態度立即改變，變得很熱誠。店中的女售貨員對我也是一樣，起初不理不睬，到我表明國籍身份，她立即和我拉手，並且很親熱的向我問長問短，求我告訴她一些有關中國的風土人情。雖然以前德國政府對我國也是野心勃勃的，但德國人對中國人向來都很友善，比英國人和美國人都友善。

第一次世界大戰後，柏林人口比戰前畧畧減少了，但復興得很快，這可以證明德國民族性是如何的剛毅、堅靱，德國人最愛喝啤酒，甚至小孩子也喝啤酒，因爲德國啤酒含酒精最少，又不如英國的啤酒那樣苦味。我在德國旅行時，因爲我持有的是英鎊，所以我能享受到德國人在第一次世界大戰後不易享受到的東西，即如在夜總會、舞廳、旅館、餐室，持有外滙的協約國官兵所得到的享受，爲持有「馬克」的德國人所不能有的。德國人這樣節約、刻苦，以爭取外滙，對國家的經濟復興是很有贊助的。

我由德國回到英國時，正是一件轟動全世界的離婚案件開始審訊。這離婚案件的原告和被告都是出身於名門望族，而且都是有財有勢的。原告聘請的律師，是英國最有名的大律師約翰．西蒙爵士（Sir John Simon，後來曾任英國內政部長）；當然被告也不示弱，聘請和約翰．西蒙同享盛名何路先生爲辯護律師。這件離婚案件簡單的來說，是這樣的：原告和被告結婚後，因感情不合而分居。女的（被告）愛好交際，而男的（原告）則是一位不喜女性，而患同性戀的性變態者。一天，女的發覺自己已經懷孕，過了幾個月，就生下一男孩。已經和她分居的丈夫知道後，就以和別人通姦爲理由告到法院，要求離婚，替被告辯護的律師說：「被告有一夜，在夢中夢到與她的丈夫同床，因而懷孕生子。這和耶穌的降生是完全一樣的。「聖經」上說：瑪利亞有一夜受到靈感，結果懷孕，生下耶穌。這兩種情形一樣，理應有相同的判斷。耶穌既然被人說爲是上帝之子，則此案被告的孩子亦當是原告的孩子；否則聖經上所載的將被認爲是謊言。」原告的律師反駁他說：「原告既然沒有和被告同床，而被告受孕，亦非與原告經人工所做成的，在情理及科學上是不可能的事；若果判被告得直，則以後生私生子的人都可以有所藉口了。」因為這案件對科學及宗教都有關連，加以原告和被告在英國都是有地位的，所以案件開審時，法庭內座無虛席。幸好，原告的律師西蒙爵士，是法學院指定我跟隨學習的老師，因此每一庭審訊，我都可以跟他出庭旁聽。因為這件離婚案件，對社會有重大影響，所以法院判原告勝訴。即是說，法庭判定被告所生的孩子不是原告的孩子。經過一個月的聽審，眞是勝讀十年書。因兩位律師都是英國最有名的大律師，他們辯護時的姿態、語調和風度都值得注意和模倣的。

英國人，尤其是英國的貴族，雖然是雙料銅煲(以前我說過)，可是你一經和他們熟識之後，很快就會和他們成為知己。

如果你識英語和他們講英語一樣好的話，那麽，他們就會當你是英國人，而不視你為外國人。我在法學院吃晚餐時，認識兩個貴族，由他們兩人介紹，我又認識了二十多個貴族（其中一個是皇族）。他們中間有幾個每週末都到巴黎去渡假；為了澈底研究他們日常的私生活起見，有一次，我和他們一起到巴黎去。除了醇酒、美人名曲（Wine Woman And Song）外，他們喜歡賭撲克牌的英國是禁止賭撲克牌的）。他們平常揮金如土，所以賭撲克牌時，下注是相當大的。我記得，在星期六一夜間，我輸了五萬餘鎊；幸好，賭時是籌碼，賭完結賬是開支票的。五萬鎊對我是個絕大的威脅，因為我在倫敦銀行裡，全部存欵不過幾千鎊，我開出的空頭支票，他們拿去兌現，我豈非身敗名裂？那天晚上，我整夜不能入睡，我打定主意，如果明日不能翻本(贏回)，我只有逃走，不再回英國。幸好翌日，幸運之神照顧着我，我改變戰畧，居然贏了七萬多鎊！星期一早上，我趕回倫敦，立即將七萬鎊的支票存入銀行。經過這次教訓後，我誓不再賭撲克牌，也不敢跟他們到巴黎渡週末了。

據說，貴族的一舉一動都是高貴的，他們不打咽，也不放屁。這話是不確實的。英國的貴族和平民一樣，在公共場所當然不隨便放屁、打咽，因為這是失儀。但是，他們在自己房內，何嘗不放屁？而且比中國人放屁更臭、更響；因為他們吃的多是肉類，所以放屁時又臭又響。關於放屁，我又聯想一件很有趣的事：我在美國紐約唸書時，適值黃興將軍來美國遊歷（黃興將軍是攻打廣州制台衙門的領導者，他是革命的功臣，民國成立之後，他曾任陸軍總長），有一天晚上，紐約市長請黃興將軍吃飯，並請我作陪客和任翻譯。因為黃興將軍只會講兩句英語——How Do You Do?（你好）及Excuse Me（原諒我）；那天，赴宴者有幾十人，都是紐約市有地位的人。入席時，黃將軍坐在主人之右，我坐在黃將軍旁邊，以便翻譯。在吃飯時，黃將軍無意間放了個屁，他立即起來對主人說：Excuse Me！我嚇得一頭是汗，幸而機警，立即站起來對主人說：「黃將軍忽然想起一件事，要離席打電話，所以請你原諒他。」說完，我立即陪黃將軍離席。離開餐廳，我對黃將軍說：「在外國公共場所不可放屁，偶然不愼而放屁，更不能說Excuse Me的。因為在公共場所放屁是最失儀的事，萬不能請人原諒的！」黃將軍聽完又問我：「然則放出了屁將如何？」我對他說：「最好不作聲；假如坐在你旁邊的是一位肥胖的太太，你大可以微笑地注視她，將放屁的事推在她身上。但你千萬不能讓她發覺，因為在外國，肥胖的太太是被認為最會放屁的哩。」

我在英國唸書時，利用四個暑期來遊歷，第一個暑期，我遊歷英倫各地，蘇格蘭和愛爾蘭；其餘三個暑期，我遍遊歐陸各國。我到過法國、比利時、盧森堡、丹麥、瑞典、挪威、瑞士、波蘭、匈牙利、意大利、西班牙、奧大利、希臘和土耳其。換句話說，除了蘇聯，歐洲各國我都到過了。關於我在歐美兩洲遊歷時的經過和見聞，將來我希望能寫一本書給讀者看。我遊歷各地的目的在研究各國的風土人情，而不是專門欣賞風景。

如果有人問我：「外國好抑或中國好？」我可肯定的答覆他：「物質享受當然美國最好。

但是，如果化同樣多的錢，則中國可以得更好的享受。精神上的享受是有賴於文化的成熟與否，和環境是否適當的。中國文化是世界上最成熟的文化，難怪許多外國人到了中國之後，就不願離開中國。最可惜的是，中國的科學不進步，工業不發達，軍器不厲害；因此，被外國人視我國爲一個弱國，爲一個落後國家。因爲外國人只道文明，視兵器、工業和科學是强大的、進步國家所必具的要素。如果以文化來做標準，而不以兵器、工業和科學來做衡量的尺碼，則中國無疑是最强大、最可愛的國家！無論別人怎樣說，別人會怎樣想，我自己的想法和做法是：我生爲中國人，死亦是中國鬼！無一事物，能夠使我放棄中國籍，而改入外國籍的。」

一九二一年我在「倫敦大學」考得哲學博士學位（PH. D.），我的博士學位論文題目是「彈劾法」，那是我研究憲法和行政法的心得。一九二二年我在 Inner Temple 取得大律師的資格。一九二三年，我在「牛津大學」得民律博士學位（Dr Of Civil Law），我的博士論文是「論英國土地法」，是我研究「羅馬法」和「英國土地法」的心得。自從取得大律師銜後，我就在倫敦執行大律師事務。

我是在一九二四年春天囘國的。在外國留學一共十三年之久，我總算得到我想得到的治國學識了。我想：如果我是英國人或是美國人的話，我一定競選做首相或總統的。所以我在未囘國之前，我很熱誠地冀望，囘國後，可以爲國家服務，爲國家做一番事業，使我國能夠在世界上成爲一個强盛的國家！我離鄉別井，在外國流浪十三年，也是爲這個目的和理想，而奮力苦學。所以我以爲，經過十三年的苦學、研究，我已經得到治國平天下的學識。哪知道，我囘國後，我驚愕的發覺到我還有兩科完全未學過，未研究過。那兩科在外國是最不需要的，但在當時的中國則甚爲需要，比你的學識更爲需要，也比學識更爲重要。這兩科就是「吹牛科」和「拍馬科」！在中國，能吹牛，能拍馬，則目不識丁的人都可以做大官，據高位！中國若不能消滅官場上種種吹牛拍馬的奇形怪狀（怪現象），則中國永無復興、强盛的希望。

孫中山先生遺囑說：「革命尚未成功，同志仍須努力。」我希望有人繼我之後，做我的後輩，也就是做革命的後輩，即如當年我做陳老師的後輩，革命，革命，直到革命眞的成功爲止。果眞如是，中國幸甚！中華民族幸甚！

蔣百里與保定軍校

·趙明琇·

南北統一，段祺瑞任陸軍總長，即成立陸軍軍官學校於保定，召集各陸軍中學之第一期與第二期生合併爲保定第一期。以段之嫡系，皖人趙理泰爲校長，時民國元年秋季事也。革命發難之始，各省同學參加者，頗不乏人，尤以長江以南爲多，且皆任有軍職，故入校之初，意氣軒昂，動遭長官之忌，不免懷有芥蒂，取締較苛。南北新舊之見，積累愈深，發之愈暴。會有同學某某等以小故橫遭開除，遂激起軒然大波。

被開除之同學，既未允恢復學籍，大家不免有兎死狐悲之感。於是，全體罷課，僵持之下愈演愈烈。段遂派王占元之第二師將保定軍校包圍，機槍排列，如臨大敵，輾轉壓迫，遂以違抗部令，全體解散。先是各省同學，已舉有代表，分頭辦事，並以通電報告各省都督。其時革命起義各都督：湖北黎元洪，湖南譚延闓，江西李烈鈞，安徽柏文蔚，上海陳其美，鎮江林述慶，浙江蔣尊簋，雲南蔡鍔，貴州唐繼堯，四川尹昌衡，陝西張鳳翽，以及南京留守黃興，均對學生表示同情，紛紛電詰，以段之解散爲不當。

其時宋教仁正寓北京西河沿中西旅社，各省都督代表亦設聯合辦事處於秦老胡同。遂由同學各代表，分別投謁，提出：全體復校，撤換校長，化除畛域，調整人事各問題。宋教仁等以學生家長身份，義正詞嚴。段祺瑞迫於形勢，勉強屈服。同學既勝利回校，乃集中於校長問題，老段固銜忍一時，蔣百里則食其果矣！

段氏既顧慮南方各督之迴護，與在京名流宋鈍初等之折衝，對學生方面不得不予以讓步。於是，偌大風波，旋告解決。召回已解散之學生，恢復除名者之學籍，撤換校長趙理泰，由繼任者整理人事。而校長人選問題之爭執繼之又起。

段氏提出其夾帶中人物，如：魏宗瀚、陳文運、曲同豐等。各省都督代表以娘家人（意謂學生皆各省子弟）的資格，一律不予同意，共同推舉蔣百里（方震）爲校長。

蔣氏曾留學日德，才兼文武，學貫中西，尤富愛國思想。清末回國，即在禁衛軍任職，與蔡松坡（鍔）同爲梁任公及門弟子。松坡既任雲南都督，即邀蔣往任省長，議既決，將就道矣，軍校事起，僉以蔣任校長徵蔡松坡同意，蔡即電復「校長重於省長」。此幕後接洽情形也。段氏以詢謀僉同，遂呈請項城任命，而校長問題乃決。

時蔣百里年方三十許，少年英發，意氣豪雄，下車伊始，首先整飭人事。以張承禮爲教育長，譚學夔、王興文、臧式毅、虞克震、楊祖德等爲科長。各科教官如楊言昌、楊邦藩、韓麟春、張翼鵬、成桄、馬林、張楠等數十人，皆一時之選。對於教程之編纂，器材之補充，操課之認眞，紀律之嚴肅，無不勤勤業業，有條不紊，眞可謂樂育英才，誨人不倦。大家也孜孜矻矻，熙熙融融，活活潑潑，如沐春風。但是好景不常，中國事總脫不了派系與意氣之爭，蔣百里既以迫於形勢，勉强而來，段祺瑞亦不能讓你措置裕如，成功而去。

其時學校頂頭上司爲陸軍部軍學司司長魏宗瀚，教育科長丁錦，懷挾陰私，多方齮齕，凡校中有所建議及請求，難留中即批駁，甚至對經費之發給，人員之更調，事無大小，莫不予以留難。蔣氏至此，始感覺人謀之難臧，與辦事之棘手，焦頭爛額，蓋已十閱月有奇。

民二癸丑初夏，將屆暑假之期，長江方面正發動二次革命，同學多係參加辛亥革命份子，熱血僨張，請假南下者日衆。校方概予批准，一則暑假期近，一則隱抱同情也。某日，蔣氏集合全體員生於校內尚武堂之廣院中，戎服儼整，危立而言曰：「余蒞校之始，即對各位宣言：必須辦到本校爲最優之軍校，學生成爲最優秀之幹部，今之言軍事者，動則豔稱德國、日本，彼德日亦人耳，吾人安得自餒，不能駕日德而上之？信誓旦旦，吾志未酬，國人有一習用語曰：『合則留，不合則去』，不合於此，亦必不合彼，吾中國人也，豈能以其所學求用於外國耶？」言至此，則令大家「不動」！瞬即轉身背對學生面向尚武堂，訇然一聲，舉槍自殺，前排同學目擊之下，即團團圍尚武堂而號。後排距離遠，初尚未明眞象，旋亦散隊麕集同號。一時千餘人盤旋襍遝，哭聲震天，青年熱血，於感慟、義憤、激怒、哀傷之餘，徬徨莫知所措也，至情發洩，歷數十分鐘，始有清醒者大呼曰：「速救校長，徐某何爲！」蓋此際先生已奄奄一息，橫臥血泊中多時矣。

於是始舁先生於保定醫院，察看傷勢，先圖救治，一面全體罷課，控告老段，而第二次之風潮以起。

蔣既入院，生死未卜，同學乃實行罷課，公決電袁世凱總統，控訴段祺瑞指使部下，逼死校長。並通電全國，一面公舉代表，分組辦事。時値癸丑發難之初，民黨固義憤塡膺，紛電援助，即同隸北洋統兵南征之馮國璋，亦來電見慰，電文數百字，對段頗有微辭。袁世凱慮有影響，隱示震驚，當即明令特派侍從武官長（相當於今之參軍長）蔭昌，參謀次長陳宧秉公查辦。在查辦之初，雖然官官相護，公說公有理。但懾於南方之聲勢，輿論之激昂，學生之憤慨，與蔣氏之重創待死，校方尚能以原告兼苦主地位，稍居上風。故猶虛與委蛇，敷衍延宕。及至二次革命完全失敗，蔣又不幸而不死，遂以學生附和亂黨，校長庇護亂黨，歪曲事實，含糊了案。此時袁政府對有關民黨者，一律稱爲亂黨，段氏既振振有詞，學生亦寒蟬仗馬，不了而了，亦勢爲之也。

革命成功，南北地域之爭，與新舊黨派之爭，甚爲劇烈。其時民黨堅持以宋教仁（鈍初）爲國務總理，而秦老胡同之各省都督代表，又係南方集團，此輩維護軍校，不遺餘力。袁段迫於形勢，雖有遷就，終不甘心。故影響所及，由來者漸，此其一。

自小站練兵以來，北洋保定軍事學校，多以段祺瑞爲督辦，故校長一職，必用其嫡系人物，蓋爭取幹部之心理，不自今日始。蔣百里與梁任公、蔡松坡最爲密切，自難爲段氏所容，自蔣離軍校後，松坡亦內遷爲經界局督辦，蓋進步系之軍人，已無拳無勇矣，此其二。

癸丑革命之失敗，影響爲最大，計保定軍校第一期同學緣此退學者，達五百餘人，此輩後皆改而圖南，多有參加廣東革命陣營成就事業者，亦有於肇慶軍務院取消後，由岑西林送回保定第六期者，爲叢敺爵，葉落歸根，此其三。

民初北洋軍隊，以行伍出身爲盛，姑置不論，尤其內地之於士官，壁壘甚嚴，當時齊燮元、魏宗瀚等高樹一幟，力排士官，蔣百里所援引者，幾皆留日份子，其爲枘鑿，自不待言，此其四。

民初，皖直系雖具雛形，但在袁項城之下，尚未顯著，故馮華甫對軍校公開助陣，段氏尚能不慊於心，此後成見日深，演變益亟，謂爲皖直破裂之濫觴，實非過論（直系本以馮國璋爲領袖，馮死乃及曹吳），此其五。

事變之形成，當然關係複雜，予之縷述諸端，亦不過見微知著耳。

中共怎樣攻下川康（下）

·沈嗣誠·

時當冬令，寒氣逼人，郭總部客廳經常燒着熊熊大火盆，郭勛祺更穿着大狐皮袍和客人作爐邊閑話。去看他的朋友都很詫異，後來，才知道專門對外接見賓客，一切事務則是由政委胡春圃處理。郭之所以穿着大狐皮袍，則在故意對人暗示共軍來了，大家的生活還是很舒服而且還是非常自由自在的。

因爲郭總部鑒於王纘緒的把持，不能進入成都，所以當時許多「起義」部隊的首長，便向郭翼之自告奮勇，願意用武力把王纘緒從城裡打出去。郭說王纘緒能夠橫行幾天？忍耐點吧！隨即派人向王纘緒交涉，成都治安仍然由王纘緒担任，但希望能將川西人民保衞總部遷入城內。而王仍然不答應。

直到民國三十九年一月八日，即共軍入城後八日，由賀龍統率之中共十八兵團接替王纘緒警備成都之後，郭總部才遷進城。共軍爲了抬高郭總部的身價，曾經叫川康一部份「起義」部隊向郭勛祺洽降，甚至，王纘緒部隊後來要領汽油，十八兵團也叫它向郭總部洽領。而「川西人民保衞軍」總部政治委員胡春圃後來也一度成爲成都的紅人。此是後話。

劉文輝的家庭會議

西康省政府主席兼國軍第二十四軍軍長劉文輝是一個家庭觀念極重的軍人。他一共有六個胞兄弟，他最小。遠在民國二十一年，他的侄兒劉湘把他打敗到西康以前，他當時是四川省政府主席，佔的防區最廣，在四川一百四十三個縣份當中，他佔有八十多個縣，而且都是富庶之區。那時候，他的幾個弟兄便都做了官，不是稅務局長，就是禁烟督辦，反正都是做的搞錢的事。因此，他那一家，在四川向有「田連數縣，甲第成街」的話。

因爲他是幺房，所以他自己的兒子雖小，但是侄兒輩的歲數却比較大，因之，他的侄兒劉元塘便當過川康邊防副總指揮（總指揮是劉自兼），侄兒劉元瑄、劉元琫分任了他所兼陸軍第二十四軍的兩個師長，女婿伍培英則當了他的副軍長。

儘管劉文輝本人具有相當的政治頭腦，如像民主同盟就是他和龍雲一手支持出來的，但因爲他是這樣一個以家庭爲基礎的集團；所以，當廣州易手以後，劉文輝便召開了一次家庭會議來解決今後的動向，會議的主題是究竟走不走？在會議席上大家的意見不一致，有的主張走，有的主張不走，有的主張願意走的走，不願意走的便不走。劉文輝意思則是不要分開，要走大家走，要不走大家不走。於是大家反問劉與中共的連繫究竟如何？劉說連繫當然是有的，不過中共的事情靠不靠得住就很難說，結果因爲大家惰性重，有的又抽嗎啡，再加以平時看見中共地下工作人員，還有危難不能再從四川各地撤退，就跑到劉文輝的西康基地——雅安來避難的情形，他們就以為中共來了，最多不過像民國十五年北伐那樣打個通電，換個旗子便算了，還有什麽了不得？因之，家庭會議便決定都不走。並且決定與中共加緊連繫。

廣州市失守後不久，蔣總裁到了重慶，那時候，社會上正流傳着國際間即將干涉的謠言，為了探聽虛實，劉文輝曾經在那時候不顧中共駐雅安工作人員的勸告，到重慶去見了一次蔣。回來，很失望，就與鄧錫侯、潘文華以及四川省參議會議長向傳義緊結在一起。

所謂彭縣「起義」

重慶失守後，蔣總裁又到了成都，蔣在成都軍校召集鄧錫侯、潘文華、劉文輝、向傳義等地方將領開了一次會，第二次再開會時，鄧、潘、劉、向諸人已經不知去向了。原來他們這時候已經暗地裡偷偷的到離開了成都附近九十華里的彭縣去了。彭縣是川西重要地區；一向由鄧錫侯所統率之九十五軍（軍長黃隱）所轄一二六師（師長謝德堪）駐防。鄧、潘、劉、向後來便在此地拍出了所謂「起義」電報。

當彭縣鄧、潘、劉、向等「起義」電報拍出來之第二天下午，平靜的成都城裡，突然響起了槍聲，人們不知所以，後來才知道是胡宗南駐在成都的城防部隊正式進攻劉文輝的公館及其駐在武侯祠的衛隊。

劉公館在成都新玉沙街，佔地極廣，新落成不久，四面都有高牆，裡面有一連兵駐守，劉文輝在成都的公館本來很多，不過成都一向傳說着這一個公館有寶藏無數，所以當胡部進攻這一個公館的消息傳開之後，大家都以好奇的眼光注視它。由於劉公館鐵門堅牢，又有一連武裝兵在裡面抵抗，為了迅速解決，就由中央軍校派了一連戰車來把大門衝開，進到裡面，才發覺保險庫都埋藏在地下，不得已才又動用中央軍校的工兵隊來爆破，寶藏終於發了出來。

寶藏究竟有多少？官方沒有正式公佈，事後，報紙刊載共有黃金三噸，但成都有關方面所透露的則有黃金十噸，銀元百萬，另有嗎啡與鴉片若干。至於駐在武侯祠的衛隊，那是很快就被解決了的。

為了報復，同時為了向中共立功，劉文輝也就立即命令他即駐在西昌附近的隊伍，由他的女婿伍培英率領向西昌機場進攻，西昌機場只有胡宗南空運到的兩個營，劉以為伍培英統率兩個團足以解決兩個營，迅速佔領機場進而截斷西南惟一最後的空運基地的。殊不知劉部士兵抽鴉片的太多，不抽烟的也早已在種烟的事情上找了大錢，所以伍培英的攻勢，沒有把敵人打垮，自己的隊伍反而崩潰了。伍培英逃得快，僅以身免，但也受傷。

劉文輝認為佔西昌機場雖沒有成功，但有這點行動表現，總比只打一個空頭通電好。

彭縣「起義」的插曲

當鄧、潘、劉、向到達彭縣後不久，他們的秘書人員便會同擬出了「起義」通電，鄧錫侯與潘文華對電文的措辭認為很有不當的地方，需要再加修改，但劉文輝則認為時間已遲，共軍不久就要進入成都了，再不把電報發出去，簡直就會不成為「起義」。所以當鄧、潘還在表示要斟酌的時候，劉文輝就很堅決的說：「即刻把電報發了吧！還修改什麽？」這樣，這電報才倉促地發了出來。

第二插曲是列名問題，當時鄧錫侯有一位老部下跟隨在鄧的左右，他看見「起義」電報只有鄧、潘、劉、向四個人署名，他想自己若能署一個名豈不更好？於是他向鄧要求，鄧說可以。鄧素來圓滑，他說可以，原是不可靠的，鄧把他要署名的事告訴了當時的成都警備司令嚴嘯虎，嚴也即時聲稱要署名，鄧也表示可以，這樣一來，要求署名的人就愈來愈多，變成了一大爭執，爭執無結果，最後才又決定其他的人都不署名；所以，大家都說鄧錫侯又玩了一次狡猾。

在彭縣的另一件事，把一個眞正的中共地下工作人員當成假冒，扣留兩天。

原來，有一個中共地下工作人員叫徐伯威，他原是戴雨農時代的軍統局雅安站站長，後來叛變了戴雨農，專在四川策動事變，因爲他與劉文輝的侄兒劉元瑄（師長），鄧錫侯部九十五軍師長謝德堪以及潘文華部一六四師長彭煥章是拜把弟兄，再加上重慶行轅及西南軍政長官公署政工處長張元良是他的妹夫，所以他一直得到掩護；這些人只把他當成一個好亂成性的瘋子看，却一點都不知道他是一個中共地工人員。

當鄧、潘、劉、向等到了彭縣之後，徐也突然到了彭縣，他對彭縣駐軍師長謝德堪說他是中共地下工作人員，鄧、劉等人應該與他連絡，謝對他表示，這需要向鄧請示後才能決定。

跟着，謝就去報告鄧，鄧就與左右商量，那時候，與鄧、劉等人有連繫的中共地下工作人員也到了彭縣，當鄧把徐係共方人員特來連絡的話提出來之後，以後任中共四川省「人民政府民政廳長」民革四川重要負責人劉伯承之老友邱翥雙就站起來說：徐伯威極不可靠，一個月前，我曾經在成都街上遇見他，我問他近來幹什麼？他很祕密的向我說在幹民革，我當時很詫異，因爲我自己就是民革四川省主要負責人，向來就沒有聽說他也在幹民革，我怕自己忽畧，回去詳細查問，徐確實沒有幹民革的。邱又繼續說：徐現在又來說他是中共地下工作人員，一定不可靠，恐怕他是國民黨特務才是眞的。

於是大家莫衷一是，就去問駐在彭縣與鄧、駐、劉、向等連絡的中共地下工作人員胡春圃，胡春圃也不知道徐伯威與中共有關係，這樣，鄧、駐、劉、向等就決定把徐伯威扣留下來，直到兩天之後，中共川康特委會另一地下工作人員到達了彭縣，問明緣由，才證明他確實是中共地下工作人員，並非冒牌，徐才被釋放。因爲有這一件曲折的事，所以，徐伯威的事，當時就轟動了彭縣。這是另一插曲。

根本說來，像徐伯威這樣事情的發生，在中共看來是並不稀奇的，不但不稀奇，而且還認爲是常事。因爲中共的組織，平常異常嚴密，在人事上，只有縱的關係，沒有橫的連繫，尤其是地下工作人員，所以，中共地下工作人員確實常常是彼此都不明瞭的。他們彼此間也不願意便探問對方的身份，以免暴露了自己的身份，這也就是王纘緒總部與郭勛祺總部各有中共地下人員而又互相對峙的原因。

眞正明瞭這些地下工作身份的只有中共中央組織部。因爲許多地下工作人員常常是從不相隸屬的許多部門中各自產生的，所以他們之間，他們自己也是常常弄不清楚的，再者，中共有組織關係的地下工作人員與無組織關係而只有工作關係的地下工作人員，也有很大之差別，前者是黨的一員，而後者只是黨的外圍工作人員而已。

鄧錫侯左右的共幹

中共的地下活動眞像水銀似的。作爲川康最高軍事機關——川康綏靖公署，當然也不會沒有他們的滲入。而最利害的，則是在滲入他們之中，有的居然早已成爲川康綏靖主任鄧錫侯的心腹。

當郭勛祺準備由共區回四川，臨行時郭曾問劉伯承回川後如何工作。劉伯承告郭，回川後的一切可與韓伯城商量，一切可聽韓伯城的話。可見韓伯城是一個中共的高級地下人員。然而韓伯城何許人呢？他是川康綏靖公署的一名高參。職位雖然不高，但一直是參與鄧錫侯一切機要的心腹，他與鄧錫侯的關係，不但鄧的一般幕僚不能與之相比，就是鄧部許多軍、師長也是不能與之相比的，因爲那些人只能站在自己崗位上執行自己的業務，而韓伯城則參與決策。

韓伯城是一個頗長的個子，外表相當清秀，態度溫文爾雅，不喜歡多說話，除了每天到川康綏靖公署辦公之外，他又在成都梓潼橋南街開了一家飯館，不辦酒席，專賣家常飲食，由他太太主持，據他平時向外說：他是全靠這家生意來維持生活的。所以一般人對他倒也沒有什麼惡感。他的這一家飯館名字稱做「長美軒」。

實際上，這不過是他掩護地下工作機關，飯館來往人多，通風報信非常方便，決不致像在家裡那樣引人注目。至於他與劉伯承的關係，由來已久，多年前，劉伯承在熊克武部下當中校團長時，韓百城就在一起當他的少校團附了。兩人私交很深，其次，軍隊潰敗，他們兩人在川南瀘縣設法攬了一千塊大洋。平分各得五百，但一時沒有找到交通工具，兩人只好步行，但韓百城瘦小，就揹不起他那五百大洋，結果，劉伯承幫他多揹了一部份才走成路。

因為韓與劉有着這樣密切而久遠的關係，所以韓留在成都，鑽入川康綏靖公署，專替中共做地下工作，這對於中共，當然非常有利的。因為川康綏靖公署是國軍在川康剿匪的最高軍事機關，他鑽進了這一個剿共大本營，自可隨時獲取各項重要情報。事實上，中共之所以完全明瞭川康駐軍的狀況以及一切行動與計劃，都是韓百城供給的。

鄧、潘、劉、向彭縣「起義」時，韓百城也是幕後重要策劃人之一。

「解放」後，韓百城一直沒有暴露他的共黨身份，但他們所開的長美軒，則已由成都擴張到了重慶，住在重慶的那些「起義」將領和靠攏政客，還經常喜歡到長美軒去吃飯。許多不明瞭韓百城有共黨身份的人，與韓是熟人，見了面是免不了要發牢騷或者透露點心情的，於是中共就韓百城那裡掌握了這一批人的思想動態，可以說，他至今還在做地下工作哩！

另外還有一個曾任成都市長的陳離，在鄧的推薦下，出任成都市長。在平時，一般人都說陳離很糊塗，因為他鬧過很多笑話，如果請客吃飯，客來了，他忘記請了客的事，反而問老兄今天來有什麼賜教呀！如像他替人證婚，緊握新娘手不放。如像他太太單獨住在他所修的新生花園養病，一度以漂亮聞名全國的某男明星也單獨的長時間陪他太太「養病」，而他根本不聞不問，他以四川人都說四川有兩瓶漿糊，一瓶是四川省參議會議長向傳義，一瓶就是他。其實，向傳義的糊塗是眞的，而他却是假裝糊塗，用以掩飾他的若干行動，和障蔽別人對他的懷疑而已。

什麼懷疑呢？原來陳離是一個老共幹，共黨在上海所開的書局，他暗中出過八萬銀元的股子，又遠在民國二十三年四川「剿匪」時代，他所統率的那一師人當時駐在成都附近的廣漢縣。有一天，竟有一部份隊伍忽自升起了旗準備拖到川北共區去。不料這一部份人的行動暴露得過早，其它各事準備尚未成熟，當即被附近其它駐軍發覺，這一部份隊伍因而被其它部隊所解決。陳離一看情形不對，知道不能再動，就裝得表示不知，這就是四川很有名的所謂「廣漢事變」。因為有這樣一次事變，所以陳為了避人懷疑，就率性隨時裝糊塗。

民國二十七年，陳隨鄧錫侯在鄂北作戰時，又暗中送過八百多支步槍給當時的土共李先念。鄧知道了，陳就向鄧說：送點爛槍給李先念去打日本人，免得他來騷擾我們，同時，也可以使他來呼應我們對日本人作戰，鄧聽了之後，覺得也有道理，便默然了事。

陳交卸成都市長不久，鄧又推薦他作了川南瀘州區的行政督察專員，有些人以為他不會幹，殊不知他到在那裡幹得很起勁。但西南軍政長官公署第二處（即情報處）不久即發覺了他在那裡作各種活動，大有野心，同時，四川各地重要共方地下人員每遇風聲吃緊，就都跑到他那裡去躲避，這樣，第二處才通知省主席王陵基把他免職。

鄧、潘、劉、向的彭縣起義，他也是重要幕後人之一。「解放」後，鄧錫侯出任中共「西南軍政委員會水利部長」，他也以「民主人士」的資格出任「水利部副部長」。鄧很少到部辦公，一切就由他代行了。

潘文華爲什麼靠攏

鄧錫侯，劉文輝在彭縣投共，一般人都不感意外，因爲劉文輝早與中共有連絡，川人所知，鄧錫侯向來就是看風駛舵專門投機的人，一般人對他也早有預料。唯有潘文華，這一次也與鄧、劉一齊投靠，則是許多人所未料到的。

在四川地方部隊的人事系統中，潘屬於速成系，鄧、劉則屬於保定系，速成與保定兩系在四川內戰多年，最後才由速成系巨頭劉湘統一了四川。劉湘死後，鄧錫侯以集團軍總司令回川担任了劉湘所遺川康綏靖主任，王纘緒以集團軍總司令回川担任了川康綏靖公署副主任兼陝鄂邊區綏靖主任。但他們之間，仍然極不融洽。

當時，鄧錫侯在四川只是一個空架子，因爲他只有一個軍留在四川，王纘緒更空，全部隊伍都在前方，唯潘文華的實力雄厚，劉湘留川舊部都一致擁護他，這倒不是因爲他有能力，而是他比較忠厚與肯花錢，所以他回川後就暗中就任了劉湘從前所搞秘密軍事組織「武德學友會」的理事長，及秘密政治組織「核心社」的領袖，儼然成爲劉湘第二。當時留川的七個川軍師長聯合通電反對王纘緒，也無非是想把潘擁出來接任四川省主席。殊不知國民政府當時最怕潘文華變成劉湘第二，所以政府當時雖然不能不接受七個川軍師長的意見把王纘緒去掉，但却不願意把省主席交給潘文華、劉湘死後，中央之所以不把劉湘所遺各項職務交給一個人，而把所遺各項職務分別交給鄧錫侯、王纘緒等人同時分担，也無非是爲了達到人事上的制衡作用。然後再從而謀之的意思。假如不是劉在四川的潛勢力太大，中央可以根本不顧忌，假如不是因爲要起制衡作用，以作進一步解決川局的準備，那末，這些問題到也比較簡單，而當時的四川是抗戰的最後根據地，國民政府對於這最後根據地的人事是不敢馬虎的。在當時，政府的眞正打算是派張羣任四川省主席，但不敢貿貿然發表，以免引起川康將領的反對，這樣，才在去掉王纘緒的省主席職務時，新創了一個由軍事委員長蔣中正兼理四川省政府主席的先例。在這以前，蔣公兼職雖多，但從來沒有兼任過任何一省的主席職務，這一次之所以如此，也無非使潘文華輩不敢反對而已。

在蔣公兼理四川省政府主席期間，當然是無法到成都省府辦公的，這樣，就委屈了當時的成都行轅主任賀國光來担任四川省政府秘書長了。實際上，蔣兼主席的一切職務是由秘書長賀國光來代行的。

等到七師長反王的事告一段，張羣與川康地方軍政首腦人員的私人關係逐漸較前改善，中央各部隊逐漸控制四川各要點之後，蔣兼理才又變成了張羣兼理。而潘文華呢？自始至終沒有拿到四川省政府的職位。這是潘文華心裡所一向積恨的。也就是後來投共動機之一。

不過，潘與中共的關係，主要還是程潛拉的。程與潘素來毫無關係，程怎麽會拉潘呢？這中間有一段很曲折的原因。

原來，潘自從在四川暗中繼續掌握劉湘的一部份實力以後，潘即在成都辦了一家日報叫做華西日報。言論左傾，時常抨擊政府，爲中共張目，潘是這一家報社的董事長，副董事長則爲羅忠信，羅是潘所兼任的川陝鄂邊區綏靖公署的參謀長。（潘的參謀長有幾個，向中央報案的則只有一個，羅不是報案的參謀長，但在內部名義上則仍爲參謀長）羅忠信是擁護張瀾的，也是民主同盟的中央委員之一。總主筆楊伯愷也是一個老共產黨員，楊的表面身份則是第三黨的中委。那時候，國民政府非常討厭這一家華西日報，屢次示意潘應該加以改組，但潘都沒有接受，及到抗戰勝利前夕，潘才把華西日報改組，楊伯愷被捕，羅忠信另外自己單獨創辦華西晚報。一秉華西日報的作風，時常發表左傾言論。抗戰勝利以後，中央要想削弱潘勢，爭取潘，曾經把他的川陝鄂綏靖公署取銷，改派他爲川黔湘鄂邊區綏靖主任，公署設在川東黔江，交通不便，地方貧瘠，潘知情勢不妙，才經由潘的兄弟四川金融界巨子潘昌猷之手走上了當時武漢行營主任程潛的路子，而以潘文華當副主任。這樣，潘才脫離窮苦的川黔邊區，到達了鄂西，而程與潘也就從此發生密切關係。程後來競選副總統，潘公開替他拉票，並担負了競選費用。及至程潛投共，程便將潘與中共的關係拉上，這是潘投共的另一主因。

潘一向以玩女人著名，後來娶了一個姓張的很漂亮太太，這個太太對潘的影響力很大，因爲潘非常愛她。有人傳說她是國民黨特務。不管如何，她很反共，倒是眞的。爲此，潘就在西南吃緊時把她送到了香港，僅僅自己留在四川。潘自己也曾經一度想離開四川到香港，但經不起共幹的誘惑，於是他轉而想替他一個當時正在當師長的兒子潘清洲在中共方面謀出路了。

潘文華是四川仁壽人，抽鴉片烟，搞的錢也很多，他在到彭縣之前，曾經把他手邊所存的三萬兩黃金運到仁壽家鄉，埋在他的住宅內，並且派了一營士兵駐守，但事機不密，被他的一個打反共游擊的舊部率兵把衞兵解決，並把黃金拿走了。

潘本人後來只得到全國人民政協一名特邀代表的空名，而所有黃金、權勢、軍隊、美人都失掉，不久之後他就在成都憂鬱而死去。

請介紹，
請訂閱，
請批評，
請指教。

抗日時代淪陷的山東（三）

胡士方

勝利後，中央人員到山東，大概是自以爲抗戰功勞太大了，對淪陷區的人普遍看不起，認爲不是漢奸，便是罪民。所以，對懲治漢奸最注重，國法在前，漢奸都算乖乖地成了階下囚，那時對待漢奸的罪名有一個專用名詞：「通謀敵國，意圖危害本國」，罪名一加，大小由之，判死都振振有詞。像山東的漢奸，大焉者如唐仰杜、馬良、楊毓珣、方永昌、成逸菴，當然都死的死，關的關，永不可能翻身，就是受日人逼迫担任小職員的也都跑不了。還有，漢奸罪名一經起訴，家產物業便被查封，接着就是理應充公了。財政廳的老科長李秉鎔，淪陷未走，唐仰杜由廳長當上省長，李亦跟着成爲廳長，官大一級，罪加一等，一入獄，家產便充了公，旋由新貴接收，其一生收藏的字畫、印章，如仇十洲、王石谷、惲南田等名家的精品，以及田黃，鷄血等石章，亦都被抄查封，後來不知去去向。

筆者有一位同學名吳逸才，世代鹽商，淪陷時代，兵亂四起，田產不能收租，鹽業不能經營，慮坐食山空，迫得輟學，遂投考郵政，僥倖四千人中錄取百人而獲任郵務佐，當時雖然華北已成立僞郵政總局，由有名的金師爺金章担任局長，但山東郵政管理局長係瑞典人納自敦，是戰前的「中華郵政」舊人。迨太平洋戰起，德、意、日同盟，納自敦始去職，由日本人池田嘉藏繼任，郵局組織仍未變質。同時凡郵局職員家門口，還釘一木牌，上書「山東郵局職員住宅」俾可安心服務。結果勝利來臨，交通部長俞飛鵬飛濟南視察，清華大學校長梅貽琦的弟弟梅貽璠接任局長，硬說這批陷區考取的是僞職，乃非經交通部批准者，於是統統被炒鰌魚。

還有一位女郵務佐名宮廣雲，與筆者爲近鄰。她的祖父係宮毅，字文卿，北平人，日本早稻田大學畢業，在日本當過中國語教師，日語造詣亦深，早年做過濟南商埠警察局長，山東省會警察局長，好多日本政要軍官都是他的學生，在當時做漢奸，可以說易如反掌。但他却潔身自愛，不肯出山，爲了民族正氣，要孫女進「中華郵政」，可是亦跑不了因「僞」被革除。這位宮老先生聽到這種處置，半天說不出話來。

其次在漢奸之列中，還有王元信和袁履賢二人，王是山東平原人，美國康奈爾大學畢業，專攻有機化學，自美歸里，以世界戰起，因阻濟南，乃任職濟南中學爲校長。袁履賢字壽均，京兆苑平人，京師仕學館畢業，在山東做過知州，山東法政學堂教員，日照，泰安縣知事，及大理院

原書原樣

書記官。淪陷時[illegible]座小四合院中[illegible]筆者同學，那時他[illegible]書局。畫插圖。女子行[illegible]作家協會跟柳龍光當書[illegible]在僞高等法院謀得一名推事，藉以養家，結果，兩人均入了獄。又都窮光蛋，在獄中受罪苦最大。總之，淪陷區大大小小的，只要沾點腥，就是漢奸。

同時審漢奸多是山區的歸來者，當然學養俱深，精於法律的有之，但總是少數，大多數都是些不學無術，言不及義的大人們。猶憶山東省立女子師範校長賈廼寬受審時，賈自監房提押出庭，深深向法官一鞠躬，自稱廼寬，陳述時，彬彬有禮，層次分明，與法官之語無倫次，不知所云，恰成對照。法官所恃的法寶，唯「通謀敵國，違抗本國，推行奴化教育」幾句名詞而已。

所以，勝利來臨，接收變爲劫收，局面由治而亂，人心盡失，共產黨乘機而起，山東已伏下失敗的種子。

抗戰要員之更替

閒言少絮，僞的局面講過了，再回頭提一提抗日政府的情形吧！話說民國二十六年韓復榘退出濟南，從泰安轉進曹州，又撤到河南，以至伏法後，青島市長沈鴻烈即繼任山東省政府主席，[illegible]民國二十六年十二月三十一日，率領市政府、海軍陸戰隊，保安壯丁，聯同膠濟鐵路局長葛光庭，青島衛戍司令于學忠放棄青島至日照，沂水附近，又進佔蒙陰，而隨東海第三軍團龐炳勳轉戰泗水、新泰，逕至漢口，復折回山東。因當時日軍佔領的區域僅是鐵路沿線一帶，大部地區均在國軍手中，同時于學忠又繼韓復榘爲第三路總指揮，十二軍軍長孫桐萱升爲副總指揮，第五十五軍曹福林亦任津浦線前敵指揮，仍與日軍奮力作戰。所以，沈鴻烈即在山東曹縣成立山東省政府，開始推展行政。

此時山東省政府的秘書長因張紹堂北走天津，故由青島市政府的秘書長雷法章繼任。雷爲漢川人，是沈的湖北老鄉，精明幹練，比張紹堂可高明多了。省府的廳長除了張鴻烈回後方，由後來的秦啓榮接長建設廳外，民政廳長李樹春，財政廳長王向榮，教育廳長何思源，均是舊人舊職。沈爲適應戰時體制，將全省分爲四個行署，每署各設主任一員，計魯東行署爲盧斌，魯西行署爲李樹春，魯南行署爲秦啓榮，魯北行署爲何思源。至於省府所指揮的部隊，一部是青島海軍陸戰隊所組成，由楊煥彩率領。楊前係東北軍第四師第二十七旅宋九齡的第十八團團長，亦跟過張宗昌，其後跟隨沈鴻烈任青島海軍陸戰隊長多年，最爲親信。另一支武力則是韓復榘的手槍旅吳化文部，此時已被編爲獨立第二十八旅，亦歸省政府指揮，兵員充足，戰鬥力强，對沈亦尊敬擁護，更使沈得力不少。

沈鴻烈在曹州時，雖遭日寇瘋狂進攻，但只是沿鐵路交通線的大城鎮，侵擾至如單縣、城武、定陶，都在政府掌握中，故對山東前途充滿信心，遂發動八一三總動員，專破壞敵人的交通線，省府亦由固定改爲機動，採取巡迴方式。在曹州駐了個時期，即率省府去東昌府的聊城。聊城是山東第六專員范築先與魯西民團總指揮韓多峰的防地。范是山東館陶人，保定軍校出身，西北軍宋哲元二十九軍的老幹部，驍勇剛毅，韓亦跟馮玉祥多年，兩人合作無間，堅決抗日，比山東省主席韓復榘表現得都好。所以，沈鴻烈到聊城後，便將省政府設在聊城，沈自己的辦公處設於陽穀縣的張秋鎮。張秋鎮離聊城九十里，是靠運河的一個大鎮，四通八達，乃天主教第一位中國樞機主教田耕莘的家鄉，其東南五里之景陽崗，傳說是武松打虎的地方，故久已聞名的張秋鎮，此時亦成了政治中心，頓呈繁盛景象。

未幾，沈鴻烈主席，爲巡迴推行省政計劃，又將省府移魯北的武定府惠民縣，此際石友三的「石軍團」，亦自魯南調到惠民，無棣一帶，沈且與石會面，計劃攜手抗日。同時冀察戰區總司令兼河北省政府主席鹿鍾麟亦駐在河北。孫良誠、朱懷冰，以及張蔭梧、喬明禮、邵鴻基、丁樹本、張錫九諸人的抗日民軍都很活躍，原可共同殺敵。可是不久吳橋、寧津等地日軍，即蠢動東侵，共產黨的「十八集團軍」又開入河北，賀龍、趙成金、呂正操，及他們的嘍囉所謂「青年縱隊」、「東進縱隊」，藉抗日之名，肆意擴張，亦威脅得鹿鍾麟無法立足，於是沈鴻烈在無可奈何之下，便將省府東移，遷往山東之利津。利津是黃河之入海的地方，棉產豐富，且饒漁鹽之利，當時省府並在利津慶祝雙十節，又制訂山東游擊方針，計劃集訓山東境內之青年，參加抗日行列。

未幾，沈鴻烈又率省府遷魯南沂水之東里店。沂蒙多山，天險屏障，沈除大力推展省外，並舉辦行政人員訓練班，培養黨政游擊幹部。同時省府的人事方面亦有更動，如財政廳長王向榮，即以年老多病，改由山東諸城人趙季勳繼任，建設廳長由秦啓榮繼任，民政廳長內調，何思源則調爲民政廳長，教育廳長則由劉道元充任。軍事方面吳化文之獨立二十八旅，亦與省政府保安部隊暫編第一師合併爲新編第四師，師長由吳化文升充。吳化文當年是韓復榘的親信部隊手槍旅長，其部隊之裝備，作戰能力，都相當出色，故與海軍陸戰隊的楊煥彩，都成了沈的得力親信。同時山東地方部隊，如魯西第六區專員范築先，以及王金祥、齊子修，膠東的第七區專員，周維屏，以及丁綜庭，魯東的第八區專員厲文禮，魯南的第一區專員張里元諸人的游擊武力，亦日形壯大。尤其是膠東在民國二十年就成立有姜黎川的第十四旅，李寰秋的第十五旅，竇來庚的第十七旅，張金銘的第十八旅四個保安部隊。還有壽光的張景月，章邱的翟毓蔚，高密的曹克明，昌邑的王尚志，昌樂的張天佐，平度的閻珂卿，高密的張漢等等，都揭竿而起。所以，雖然日本鐵蹄入侵，但仍對中國游擊勢力無法應付。

厲文禮設計殺盧斌

這其間最不幸的便是魯東行署主任盧斌之遇害。按盧斌，湖北人，早年是共產黨員，一度化名陸沉。毛澤東在湖南搞農村研究所時代，盧即任教育長。劉少奇在江西萍鄉搞「工運」時，盧亦任過副手。後來被中央收服感化，遂向中央，受中統當局之命，爲膠濟鐵路特別黨部主任委員，亦是中統的首腦人物。其人肥碩魁偉，精明幹練，辦組織，幹黨務，頗有兩套。沈鴻烈接長山東主席，便邀盧任魯東行署主任。以萊陽、高密、膠縣、即墨、海陽一帶爲行政區域。軍政大權集於一身，對黨政的控制，青年的號召，都很有辦法。其演講亦甚具煽動性，吸引力，在萊陽設立黨政游擊幹部訓練班，所講的「武漢會戰與中國之前途」，分析中國抗戰必勝，鞭辟入裡，尤受一般青年的歡迎。

盧斌初到膠東之時，因爲青島已由日軍控制，僞青島市長趙琪，是以前膠澳商埠督辦，山東掖縣人，亦握有一股僞軍，其中最強大的便是張宗援的「華北第三聯軍」。說起張宗援來，在膠濟路爲虎作倀時，曾自稱爲張宗昌的兄弟，實際掖縣並無這塊料，其作風最殘忍，完全係朝鮮浪人的行徑。所以，一般人都認爲張宗援是張宗昌與日本老婆生下來的雜種。在其「第三聯軍」中，實力最大的則是趙壽山師。趙爲東北安東人，確是張宗昌部當年的旅長，其下有兩個旅，旅長一個是劉開泰，河北人，保定出身，曾在方永昌部幹過師長，劉珍年和張宗昌火併時，劉亦是在掖縣，平度戰爭中的要角。另有一個旅長爲趙保原，山東蓬萊人，東北吉林軍官講習所畢業。最早在張宗昌的渤海艦隊司令畢第八軍軍長畢庶澄下面任排長。張作霖的安國軍入關後，趙保原一度任平度之警察所長。九一八事變後，趙又加入抗日聯軍鄧鐵梅部任團長，後鄧之副將李海青陣亡，鄧部解體，趙迫於環境而投日，隸僞滿洲國陸軍部，編爲一旅，由趙壽山指揮。中日戰起，趙壽山入關駐紮膠東，因劉開泰與趙保原都是熟諳膠東情勢的僞軍，兩旅分駐平度，即墨、膠縣，即時時想伺機

[illegible]
進侵途中投向中共，盧斌便立刻佯擊趙爲山東暫編保安第十二師師長。趙之部隊久與日軍並肩作戰，故戰鬥力很強。尤以第三團團長黃愛軍，爲即墨六區王林莊人，係該縣游擊司令趙光部下，後自立活動於膠縣，即墨一帶，最爲精銳。所以，此次反正對日僞軍打擊最深，影響到即墨之僞軍姚振山，以及張步雲等部，都紛紛反正。

國軍之勢力，在日益擴大之中，當然是有良莠不齊的現象，間中藉抗戰之名，私自擴充武力搾取民財者，亦不在少數，所以，盧斌主任便有意將部隊加以整頓。對浮報不實，組織不强，紀律鬆弛的游雜武力，來裁併一下，因此在醞釀進行中，便得罪不少地方部隊首腦。

民國二十八年盧斌在萊陽時，縣長爲劉東陽，係前萊陽鄉村師範學校的校長。當時第八區專員厲文禮，係河北薊縣人，曾在戰前做過兩任濰縣縣長，又係莫斯科中山大學畢業，俱對盧斌意見不合，而且劉與厲都屬軍統戴雨農的人，和盧斌之屬於中統，亦時時政見相左。但盧的地位較高，誰也不敢表面反對。於是厲文禮即與劉東陽勾結，共同散佈兵變消息，密令厲部的朝鼎三團猛攻萊陽城的盧斌行署。此[illegible]「兵變」一起，眾寡不敵，盧斌於不亂中遂跳牆逃走，竟被亂槍射死。同行的魯東行署秘書長荷孟龍，係即墨張哥莊人，事變前當青島市圖書館館長，學養俱深，乃沈鴻烈介紹來的，也一同死在亂槍之下。

盧斌是一位人材，事後，沈鴻烈大爲震怒，對「兵變」的詳情亦知道的很清楚，經過各方調查，便知道是厲文禮和劉東陽的主謀。這時盧斌的太太在重慶也向中樞控告，要求懲兇，於是中樞即將厲文禮、劉東陽撤職，第八區專員由青島海軍陸戰隊的楊煥彩繼任，萊陽縣長由當地人李梅五繼任。厲從此就未重用，後來一度任第二縱隊司令，結果，被日軍俘虜投僞，以患半身不遂，即在濰縣臥病而沒沒無聞。

于學忠主魯，沈鴻烈受制

民國二十八年三月間，于學忠亦由李宗仁的第五戰區下第三集團軍司令調來山東，開始成立魯蘇戰區總部，總部設在蒙陰，于學忠担任總司令，副總司令則是沈鴻烈，與江蘇主席韓德勤。所以，在軍事方面，沈就得受于制，于當時率有兩個軍，計五十一軍與五十七軍，都是東北軍系。五十一軍軍長由于自兼，後來由一一四師[illegible]，五十七軍軍長爲繆澂流。魯蘇戰區的高級將領，除了繆澂流是東北人外，其餘如總司令于學忠，軍長牟中珩，參謀長王仁山，都是山東人。按于學忠字孝侯，是山東蓬萊人，通州隨營學校畢業。由陸軍第十八混成旅炮兵營長起，就跟着小同鄉吳佩孚，一直做到第十八混成旅長，二十六師師長，長江上游副司令，第九軍軍長。吳佩孚倒台後，遂又投向張宗昌的直魯聯軍，担任第十五軍軍長，北伐後，張宗昌被解決，于則仍在張學良麾下任臨綏駐軍司令，灤州警備司令。東北軍入關，于又任第一軍軍長駐天津，而兼平津衛戍司令，以至河北省主席。牟中珩是山東黃縣人，保定軍校出身，亦跟過張宗昌的部將畢庶澄。王仁山是山東即墨人，東北講武堂炮科出身，又是東北軍的老幹部。所以，于學忠無論在地利、人和方面，都比沈鴻烈佔優勢，山東的軍事亦大都操在于手中。

臨風追憶話萍鄉（五）

張仲仁

文氏三雄

萍鄉第六區所屬的河塘美村，全村集居村民，都是文姓宗族；內有一家人，最爲特出；他家有三兄弟，個個能文善武，在武術方面並有相當成就；老大名永登，老二名惠南，老三的諢名叫「盲眼照子」，反而忘記他的眞名。他家祖業豐富，不愁生活，三兄弟在豐衣足食下，無所事事，整日價就是喜愛練武術，因此鍛練得功夫高强，在當地，人人尊稱爲「文氏三雄」。

說到文家三雄的武功，老大的拳脚功夫很不錯，並且善使一柄大關刀，舞得虎虎生風，大有關帝爺的遺風。他身材高瘦，可惜有點弓背聳肩；此種體型，影响他看來有欠威武之感。

老二的武功，不大清楚他練到何種程度，但三兄弟中，以他的身材面貌生得最魁偉，可以說是相貌堂堂，人才一表。他和我相識是在日本投降後第三年，那時他已是一位上級軍官；告假回鄉探親，他那時穿一襲長袍，戴副金絲眼鏡，談吐溫文有禮，倒像一位文官，絕不似一位會武功之人。但他在抗日戰爭中，却有過一段武功救上司的經歷，頗值得一說。

當抗日聖戰爆發，在蔣委員長英明的領導下，各省各縣均一致擁護中央抗日國策，决心爲國家民族爭取勝利。我們萍鄉各鄉各族，有不在少數的人，均在軍政界服務；鄉居的人民，雖然離國都較遠，但對國事均有相當認識。當七七事變戰火燃起，吾鄉各青年羣起自動參軍，投身到抗戰行列中。

文家老二當時亦放棄享樂生活，以國家爲重，毅然離家投軍抗日，後來消息傳來，據說：在某次戰役中，他們全師被敵軍包圍，但師長是一位驍勇善戰的將領，親自指揮各團單位向有利方向突圍，在部隊未突圍以前，他决不先離開戰場，在負責的主將領導下，士兵方能臨危不亂，保持鎮定。故此均能按部就班且戰且走，結果損失輕微，全師安然脫險，達成撤退第二防線的任務。

在突圍撤退的過程中，師長愛惜自己的部隊，因此不理自身的安危，時時身處險境；果然有一支敵軍突擊部隊，突然衝向師長附近，對準師長射擊，形勢非常危急。那時老二文惠南在師部特務連任職，正巧當時他在師長近邊，在千鈞一髮之時，他毫不思索，自然的發出他所隱藏的武功，奮勇一躍向前，將師長攔腰抱住，就地向斜坡一滾，然後抱起師長幾個起落的縱跳法，迅即避開了敵軍的射程。在場的同袍，初時見師長遇險，一個個驚得目瞪口呆，隨後眼見師長化險爲夷，他們心一寬，當即奮起抵抗，將衝過來的少數敵軍殲滅，然後保護師長，急跑步離開了戰場。

老二惠南在偶然的際遇中，施展他平日所練的絕技，奮不顧身的拯救了師長的性命，也即替國家保存了一位勇將，能再續他的抗敵任務；這是值得讚揚的英勇事蹟！可見平時學練武術，終歸有用的一天，絕不是白費功夫的。

這次的功勞，師長當然要獎勵的，他調職升級當不在話下。嗣後師長晉升軍長，他亦跟着上升；在抗戰後期，文惠南已遷升到軍部政治部辦公廳主任的職位。該軍駐防昆明時，他更紅鸞星動，和昆明防空司令的千金結成美眷。在昆明他是駐軍首長的心腹要員，如今又是防空司令的佳婿；眞可說是人生得意之極！想他不過是一個鄉間武夫，因難得的際遇，而達到此高官厚祿；如花美眷在抱，這都是一個機會而已！可是一個人有本領，亦要有機會，否則出頭的日子就難上加上難。至於他當年勇救脫險的師長，就是那經徐庭瑤將軍保薦晉升的第五軍軍長杜聿明將軍是也。

文氏三雄中論武功老三最高，不過老三的眼睛有點恍視，因此他的諢名叫「盲眼照」，大家叫慣了諢名，反而不記得他的眞名。依相理而論，「眸子不正則心不正」。但據我所知，他在家鄉並未做出什麽不正當的事情。在吾鄉有一種好的風氣，不論那一族那一家，如有人在軍政界任職，多數嚴格的督導本族本家子弟安份守已，決不可仗勢欺人，否則一概家規處罰。那時文家已是正式的軍官家屬，受到鄉里的尊敬，做兄弟的亦得自重身份。老三生得中等身材，比兩位哥哥要細小，可是他的武功成就，在第六區可算得是後起之秀，勝於前輩，他練武功的恒心與毅力，是不可與常人比論的；一班人均說他愛武術重於生命。他每天清晨六時開始練功夫，至八時吃點早餐後又繼續練，一直到中午十二時才止，每天不停不輟的鍛練，他也不覺得疲乏，到了晚上還要練三個鐘頭，可見他的體格逾常，非人所能及。這種長時間的急烈練功法，如無超人的體魄，決不能臻此境地。

因此他的拳脚硬功已練到得心應手的地步，現舉出他一種小功夫，就可聯想其他。他的手指功力練得如鋼條般的堅硬，他用手指在三合土硬牆壁一揷，立見泥沙紛紛四散，現出幾個小孔，好似用十字鎬大力的扎一下。他能用一隻大拇指或一雙食指，筆直揷在八仙桌角上，雙脚懸空離地，一隻手指可支撐住全身的重量。筆者亦曾試練過此功夫，但用拳頭頂住桌面還可以，就是用大拇指食指和中指，三隻手指分成品字形，頂在桌面上亦不可能支撐住全身重量；可見手指骨是非常幼小的，所練功力未到境界，決不可能表演出驚人的功力。

老三的輕功更爲出色，雖不能說有飛簷走壁之能，但遇到兩三丈寬的河流，他就不必彎路覓石橋而過，祇須縱身一跳，就可從河面飛躍越過河流，到達對岸，這是他的絕技之一，但還有更精彩的。

吾鄉舞獅燈，必定要表演武術，內有一套跳高穿過刀圈節目，普通都是在八仙桌上加一張長木板櫈，兩位同行分站板櫈的兩邊，手執兩英尺直徑大的竹圓圈，擱在板櫈上，另一人手執一把尺多長的尖刀，刀尖向上擧起擺在圓圈當中，圈內留出有一半的空位，表演者就在這空位中飛穿而過，他身子當然不能碰着刀尖，這已經是很好的本領了；可是盲眼照表演此節目些，他更是特別與衆不同。他用三張八仙桌擺成三字形，在三張桌子的空間，再加上兩張桌子，疊在上面，變成兩層，然後又加一張在第二層兩張的空間上，變成三層，在三層桌面上，才用一張長木板櫈放在上面，成爲第四層；可是他還有花樣，最後在長木櫈上再加上一張短木櫈，一共有五層；估計高約一丈二三尺左右。眞所謂藝高人胆大！祇見兩位執刀、圈的同行站在第三層的八仙桌兩旁，抬高雙手，將圈和刀擺在短木櫈上。好一個盲眼照！他從容不迫，對正刀圈，算準位置，縱身往上一跳，姿勢美妙，就好似游泳專家跳水的姿式，雙手向前直伸，急速又平穩的穿過刀圈，上不碰到圈邊，下不碰到刀尖，像飛鳥一樣的輕盈而過，然後落到第一層桌邊，他雙手一扶桌沿，一個跟斗翻轉，雙脚輕輕落地，半點聲音也聽不到；這還不算，祇見他隨即又縱身一跳，從反面又穿過刀圈，囘返到原來站立的起點。此時四圍的觀衆，不由得一齊大聲喝彩！拍掌聲和喝彩聲，震耳欲聾！這一手特出的輕功表演，在吾鄉確實是空前絕後，儘管有很多本領高強之輩，但輕功夫祇有盲眼照一人能做到如此絕技驚人，眞乃吾鄉之傑出人才也。

民國十八九年間，吾鄉匪患甚烈，爲了防匪打劫，各鄉村民均早作準備，將門窗改造得特別堅固；那有錢的大戶人家，還在外圍牆上及正門橫門處，裝置隱蔽的槍砲孔，平時牆外用白粉盪平，外面人不會發現痕跡；何況土匪總是在下半晚才出動做打家劫舍的勾當，在黑暗中更不會發現此埋伏的槍孔。那時土匪人多勢衆，兇惡強霸，鄉村住戶均無力反抗，任其搶刧燒殺，因此更增匪徒兇焰，不將鄉民放在眼內。有一晚一股悍匪突然衝向文家三兄弟的家，這一次可遇到了三煞尅星。

文家三雄武功高强，平時就是天不怕地不怕的人物，關於防匪，早有嚴密準備，可以說是已等待多時；今晚既有送上門的買賣，豈有輕易放過之理。兄弟三人心意合一，磨拳擦掌，心喜得此會，可以將平生所學，大大的實地使用一番，也不枉多少年辛苦習練的成果。

那股土匪特別多，大約有一百幾十人，因此三兄弟不敢輕易從事；首先將自製的土砲（吾鄉俗稱長龍，有丈多長，砲膛很粗，砲口約有飯碗大，內裝火藥黑硝，火藥上面再灌入舊鐵鍋錘碎的鐵片；砲膛兜處做有揷引線小孔，預先裝好火藥碎鐵片，使用時將引線揷入燃點，即可發砲射擊，在四五十碼射程內，殺傷力相當强大；射出的大量碎鐵片，散開面積廣濶；雖然是土製長龍，並不比鋼砲差多少）搬出廳堂，對準門外匪衆密聚之處，先轟一砲再說。誰知土砲一轟出，當塲擊斃二十幾人，還有受傷者不計其數，這一下可把土匪嚇慌了，萬不料文家有此一着也。

此時文家大門已自動打開，三兄弟各執大刀站在兩邊，神態鎮定，氣宇軒昂，好像歡迎匪徒進門來，祇要你們有胆過來，文家三位爺們就有好的給你們看。

豈料這羣欺善怕惡的無胆匪類，被文家一土砲打得死傷數十人，早已嚇得心胆俱裂，亂成一片；還有誰敢進屋去搶刧？那時祇恨爺娘少生了兩條腿，四散奔跑逃命去也。

文氏兄弟看見外面的混亂情形，不覺哈哈大笑！立即向外飛身躍出，素以輕功出名的老三連續幾下縱跳步法，直向奔逃的匪羣追去，那些跑得慢落後的匪徒，也算他們倒霉，三兄弟一刀一個，殺得毫不留情，祇有那腿長的才逃過鬼門關。那一晚他三兄弟盡量發揮自已的本領，無顧忌的的放肆大殺兇殘的歹徒；當然也爲鄉民們報了深仇大恨！實在痛快之極！這次的殺匪經過，是爲吾鄉所津津樂道，流傳長遠之事件。

「扶乩」者說

聆痴

在二十世紀五十年代，來談「扶乩」這種迷信的事兒，實在太那個，也不太合潮流啦，可是，時代雖然進步到核子、電子、電腦，迷信總還是難免的，何況是五十多年前的事呢？

筆者十幾歲的時候，故鄉浙江紹興城內的「龍山」，有一個叫「誠一乩壇」的，上至達官貴人，下至販夫走卒，莫不趨之若鶩，年青人好弄好玩，是千古定律，筆者也不例外；常常到誠一壇去玩，和壇友們打得火熱，常請他們吃館子，知道坐壇祖師是「呂洞賓」，可是在不是壇期的時候，也許會有旁的騷鬼詩仙降壇。

父執張某，業律師，生平不信這一套，常自命爲韓愈第二，聽說誠一壇的神異，浼我介紹壇友，作譏蔑性的參觀。這一天因爲不是壇期，所以求的人很少，壇友們勸他入壇爲壇弟子，他笑說：「呂洞賓會被狗咬的，我那能爲他弟子，如果他能說服我，就行。」壇友乃爲他焚香燃燭，既而乩動，亂畫幾個圓圈後，大書：「猪子！何得無禮！爾父在溫州，而不去收養，看吾仙懲汝！」張某見字，頓時汗流浹背，長跪叩頭如擣蒜，並願獻二百元於乩壇，乞收爲弟子，乩只不動。張某大急，託壇友代求，願再獻一百元。乩又書曰：「神非可以俗物賂，爾既知過，姑赦汝，罰跪二小時。」後來壇友問他爲何前倨後恭，他連說，眞靈，眞靈，後說：還是廿多年以前，也就是他父親死後一個多月的晚上，夢見他父親邊哭邊告訴他說：「投生在溫州某地某姓家爲猪，叫他買來豢養，以免宰割。」他認爲春夢無稽，又素不迷信，又認爲不名譽。一直隱忍不言，早已連自己都忘了，現在乩仙竟直言其隱，那能不使他驚悚而誠服呢。

又有至戚田君，母患痼疾，諸醫束手，在萬無善策中，乃親撰一疏，命傭工持誠一壇請求「賜丹」，壇友代通疏文，焚化後，乩筆書曰：「賜梨一枚，丹在梨中。」壇友抄錄乩示、及供壇上鮮梨一個交與傭工。傭工固係目不識丁者，不知賜梨爲何，走得渴了，就把梨吃掉了，回到家裡，把字條交給主人，田君一看，便問還有一個梨呢？那傭工急中生智說：有的，因爲我不知用意，沒有拿來，我馬上去拿。他就走到水果舖裡，買了一只拿回去，田君把它切開，赫然一粒鮮紅的丹，果在梨中，雖然吃了不一定有效，可是這近乎魔術的玩藝，能不令人拍案驚奇嗎？

黃膺白先生之生平與識見（下）

·沈雲龍·

四、對日忠告及最後遺言

膺白先生未出任駐平政整會委員長前，曾於二十一年十二月，撰「東北問題我見」一文，載復興月刊一卷四期，其中有「忠告日本國民」一節，有云：

「一曰：飽食傷生，應知所節也。回憶甲午之役，吾國因戰敗而割讓臺灣，雙方全權，正式簽字，外交上之通常手續，一一完了。論地形，則爲四面環海之一島；論面積，則僅僅三萬六千方哩；論人口，則不滿三百萬；論民族，則半數以上爲無文化無歷史之番民；然割讓以後，番民不願受日本之統治，羣起反抗，波波不斷，峯峯相續，歷十餘年之久，費無量數之兵力財力，始克平靜，歷史尚新，當猶在日本朝野諸君之記憶中。今東三省之土地，姑無論地形與大陸節節相連，面積大於臺灣數十倍，人口多於臺灣十倍以上，而僅就民族一點而論，敢言百分之九十九，均與關內有血統關係。教育或尚未普及，而其血液中，實流有中國四千年舊文化，舊歷史之痕跡，而永遠不能磨滅。其中尚有父在關內，子在關外，或兄在關外，弟在關內者，合計當不下千數百萬人。換言之，家在東三省而人則寄居關內者，其子子孫孫，當永久不忘其祖宗廬墓；或家在關內而人則從事於東三省者，尤不願以父子昆弟之親，强被他人生斷硬截，裂爲二國之民。蓋國民的情緒之上，更加一層天性的情緒，其堅强之度，實亦人情使然，無可如何之事，決非一「力」字可以解決之。今諸君受一時衝動，過信物質萬能，視東三省爲日本之生命線，不擇手段以襲取之：須知米麥固可滋養人生，然苟不按時按法以進，乃欲一口硬吞，行見其梗於腸胃，將成絕症之端。此非吾人故作危詞，冀動日本之聽，而事實昭昭，無可掩飾，日本朝野中，其亦有顧慮及此者乎？此則非他人之福，仍爲吾卜居東亞一角之福也。

二曰：失道寡助，應知所誡也。前節舉臺灣爲證，既力陳其利害得失矣，然猶未論及國際關係也。當年臺灣之割讓，僅爲中日兩國間事，並非國際公約關係，故無演成世界問題之可能。今諸君雖指滿洲僞國之成立，藉口曰：此民族自決也，此中國自身之地方分携也，此東三省人民自願獨立也，不一其詞，不一其道，用心可謂苦矣！然世界十七萬萬人，決非全部盲啞。溥儀居天津日本租界，何人接往遼東？更何人擁至長春？現在滿洲國政府職員錄中，滿人幾何？日人又幾何？此種事實，愈掩飾愈失世界之信用，爲日本計，至爲可惜！須知世界之大，國際糾紛，決非東亞所僅有，歐美諸洲亦隨處皆是。故各國爲維持國際間的秩序計，誰亦不願公約之無靈，逆料彼等對東北事件，其解決之意見，無論如何遷就事實，當亦不能越此範圍。今日本雖以自考試自畢業自給文憑之方式，承認所謂滿洲國，而世界各國，大半格於公約，決無繼起承認之人，至若中國方面，吾敢斷言四萬萬人中，無一願者，亦無一能者，敢問日本是否將緊抱住一滿洲，而與舊有各姻婭，一律絕緣乎？語曰：「失道者寡助」，蓋走錯道路以後，他人雖欲助之而亦苦於不能也。尤可慮者，一年以來世人之論東三省者，每以德法間之亞爾薩斯、勞連二州相比。吾以爲此種糾紛，若非自行覺悟，謀最合理之解決，則吾人參酌世界形勢，東三省已非中日兩國間之亞勞兩州，實遠東問題中之巴爾幹，當亦不能獨逃此例。是則爲日之久，爲禍之烈，可以想像，雖不敢謂有必然性，然亦不能謂無可能性也。吾知日本全國之心思精力，年來均集中於滿洲一點，軍隊如何防布，政治如何運用，可謂至週至密，舉世均無可如此既成之事實何！然而專注者多疏，古語所謂慮切於此，而禍興於彼，天下事每每如此，此尤我兩國人士所當共同警惕者也。」

膺白先生以「飽食傷生」、「失道寡助」兩點，反覆申論，勸告日本國民，懸崖勒馬，及時而止。然日閥侵畧，毫不覺悟，仍服膺田中奏摺「欲征服中國必先征服滿洲」之狂言，於佔領滿洲後，且欲佔領華北，以爲併吞全中國的狂想。故膺白先生對日之苦口曉音，卒無效果。及其逝世前，其遺言中，對日本鄰邦，仍諄諄勸告。謂：

「東方文明，自有其偉大之價值。同文同種之中日兩國，萬無自殘之理。然一面標榜親善，一面維護其錯誤，於東北四省之後，更冀進圖華北，以屏障其一手造成之僞組織。以此對已經覺醒之中國四萬萬人，非僅爲萬不可通之路，且將引起無盡期之糾紛。在我固屬絕大不幸，在鄰邦自身亦豈安全之道？循此不改，所謂共存共榮，將必陷於共衰共亂而後已。鄰邦素尊孔道，亟應體念孔孟忠恕而行之義，將華北企圖斷然放棄，而將東北四省覓取一還我主權解決途徑，則親善自然實現，一切迎刃而解，循此以求亞洲民族之解放，以光大東方文明，以造福世界人類，又豈僅兩國共存共榮而已。」

膺白先生以垂死之音，作沉痛的最後忠告，事實上無異對黃巾講孝經，對虎豹講仁義，以當時氣燄萬丈的橫暴日閥，不但絲毫無動於衷，反而變本加厲，終於挑動對華全面侵畧，最後且擴大爲太平洋戰爭，給中國、亞洲及日本招致重大的災難，乃至共軍的坐大，擴展爲竊據大陸，俱是日本侵華直接或間接所造成。甚且演成日前首相田中之悍然廢棄中日和約，與共建交，誠如膺白先生四十年前遺言中所說：「在我固屬絕大不幸，在鄰邦自身亦豈安全之道？」還是值得今天日本某些缺乏遠見而喜歡玩火的政壇和產經界人士，重作冷靜而又深長的考慮的。

（丙）論評

膺白先生逝世後之次日，天津大公報、杭州東南日報、上海大晚報等，對其生平行誼，均有所論評。其後，黃夫人沈亦雲女士於所撰「家傳」中，以及我個人曾寫過「黃膺白先生之特立獨行」一文內，亦均有所論述，茲併錄如後，以作結論：

一、「黃先生在中華民國歷史上有重要關係的幾幕，都是在艱危非常的時期：第一幕襄佐陳英士先生，在上海領導革命軍，以扶翼民國的創造。第二幕十三年國民軍北京之役，密贊帷幄，開中國革命政治的新階段。第三幕任國府外交部長，辦理北伐期內艱難外交，而身受濟南慘案的危辱。第四幕長城戰爭，危及平津之時，赴北方辦理平靜交涉。黃先生眞是民國史上的風雲人物，其所參預及所負責的事業，都在國家大關鍵或大轉機之時，勇於負責，但又愛惜羽毛，不辭勞怨。」——二十五年十二月七日天津大公報短評。

二、「黃氏出身仕版，飽閱升沈，故能以澹泊寧靜之懷，致其任重道遠之守，在並世達官貴人中論其閱歷之宏富，眼光之遠大，與夫抱負之卓犖，要不能不膺第一流政治家之稱譽。抑黃氏雖北洋時代之舊人，而以受知蔣公，奉命危難，報稱領袖，矢告中樞，私情公誼，兩俱無愧。而世或因氏歷當華北中日外交之衝，不免疑難交集，蜚語流言，要爲不知黃氏者歟？」——同日杭州東南日報社論。

三、「黃先生是一個光明磊落的政治家，是一個品學皆臻上乘的學者，是一個服膺孔孟遺教東方文化的實踐者。就因爲他一身兼此三者，而黃先生的對日政策就根本失敗了。」「他一本仁恕的精神，由個人的接物處世，發展而成對外的政策。」「他以爲鄰邦不乏仁恕之士，可不知仁恕之在鄰邦，早就成了糟粕；他以爲鄰邦素尊孔道，可不知鄰邦即有尊孔道者，也早已喑口無言，收歛了他仁恕的主張。」「我們確信仁恕與侵畧是格格不入的兩件東西，欲以正義感鄰邦，何異潑水頑石之上，點滴不入。」「黃先生的錯誤，實是對日估計的錯誤。」——同日上海大晚報社論。

四、「先生宅心純潔，於國家民族鞠躬盡瘁，用之則行，行無所瞻顧；舍之則藏，藏無所悔尤，生平言行一貫，不依流俗浮沉。」「無事之日，視城市如傳舍，以山林爲故人，不置身任何公私營業，不挿手任何公共機關，嘗言爲人須獨往獨來，拿得起，放得下，庶幾免於世之所謂土劣也。」「先生在世，性剛而以忍爲德，善言而以默爲辯，智足而不用多謀，見從迂遠，行在切近。不廢極新之學，而守極舊之義。與人交落落，不爲利害之說，而簡率易與，終始如一。愛國情緒熱烈，而不耐周旋政治，其進也難，故出處常不得已；其退也易，故努力祇限於樞紐，而成敗須俟乎後人；綜其一生，蓋常在矛盾之中，其心迹之苦，行事之難，而不爲世人所共諒焉，宜也！」——民國三十四年八月黃夫人撰「家傳」。

五、「中國歷史上特立獨行之士，大抵非狂即狷，而歷代衡量人才之標準，亦往往以狂狷與中庸並列焉。民國以來，政壇顯赫人物，或因緣時會，或依附權勢，興勃亡忽，比比皆是，其能合乎狂狷之義，進取而有所不爲，志行高亢，獨往獨來，不詭隨流俗，時時以國家安危爲念，而無官僚之陋習者，舍黃膺白先生外，尙不數數覯也。」——民國四十五年四月拙文「黃膺白之特立獨行」，載民主潮半月刊，現收入拙著「現代政治人物述評」，文海出版社印行。

黃膺白與國民黨

周雍能

民國二十四年的新年，膺白先生和我暢談他個人和中山先生關係的事情來。我看見他這樣的高興，便不客氣的問他：「委員長，你爲什麼不加入國民黨呢。」這句話可更引起了他的談鋒了。他說：「我沒有脫離過國民黨。當民國十五年我們在九江的時候，蔣先生命楊嘯天兄送來國民黨入黨志願書，由蔣先生和張靜江先生做介紹人，要我加入國民黨，我當時沒有遵辦。因爲我本來就是同盟會的老會員，並沒有宣佈過脫離黨籍，我何必再塡入黨志願書呢。我當初之所以跑到北方來中山先生是完全知道的。我到北邊來了多年，單人匹馬，慘淡經營，那時也只有中山先生深切瞭解吧了。有一次我回到上海，中山先生約我到莫利愛路他的公館裡晚飯，同座某君當面指責我，說我不應該跑到北方去，中山先生立刻便斥說他的不是。飯喫完了，中山先生上樓拿下『孫文學說』的稿子來，交給大家傳閱，並詢問各人的意見。我有一篇簡單的陳述，某君又加議論，當時我便向中山先生辭去。第二天我離開上海，留下了一封信，說：「我不求南方的朋友了解我，我還是回到北方去做我的工作。」自此以後，我便很少同南方的朋友通信。到了民國十三年中山先生北上的時候，黨裡已經發生了派別，我心中很是憂慮。有一天我把黨裡意見不同的朋友請在一起吃飯，席上我很誠懇的說了許多話，希望他們大家能夠消釋一切。我自問對於黨的工作，前後都已盡了我的力量了。對於國民黨，我是始終忠實的愛護，我自己不想利用什麼地位，無所謂加入或脫離。」過了幾天，中委李綺庵和關素人兩兄到北平旅行，他們往訪謁膺白先生，膺白先生對他們談了兩個鐘頭，都是愛黨爲黨的好意見，這就可以表見膺白先生一生的精神與國民黨的關係了。

北望樓雜記（四）

·適然·

洪憲詩文傳者雖多，佳者至尠，其中當以張衡玉（瑞璣）之幽燕雜感七律十四首爲最佳，錄後：

一、幽燕王氣啓雄圖。山脈河源拱上都。宮殿千門將作監。城關九道執金吾。龍顏日角瞻天表，碧篆丹文搜祕書。一例羣臣功德頌。聲聲萬歲聽山呼。

二、眞人五色氣成雲。共說中原又有君。天語荒唐靈運夢。元符神異子雲文。新朝子弟從龍貴。舊部材官汗馬勳。一領黃袍匆遽甚。陳橋爭忍負三軍。

三、神州莽蕩造英雄。震世威名震主功。地下篆文齊九錫。塚中枯骨漢三公。舊宮褘翟新公主。內寵貂蟬女侍中。省識人間皇帝貴。朝儀忙煞叔孫通。

四、當年慷慨誓明神。指日盟心字字眞。早識寄奴應受命。近傳吳使已稱臣。共和日月風燈影。一統河山戰馬塵。昨日紀元新詔下。太平簫鼓萬家春。

五、玉籙金符眷一身。似聞水火拯吾民。星精有力平三猾。書幣何勞問四鄰。祖父英名猶貫耳。子孫龍種已生麟。東丹莫問蹊田事。天子河南已有人。

六、廟堂隻手運神籌。十萬貔貅坐上游。新貴侍中千狗尾。通侯關內幾羊頭。山陽奉祀猶存漢。箕子爲奴竟入周。第一功名楚三戶。河山鐵券共千秋。

七、龍顏隆準好威儀。都是天潢玉樹枝。不作開元花萼夢。能吟陳思豆箕詩。六親貴列侯王表。四皓榮爲太子師。容得中山沉酒色。官家家法本寬慈。

八、天語溫存故舊深。嵩山落落幾知音。少微未死留佳話。元老雖生有愧心。史傳千秋誰白璧。人才百鍊化柔金。蒼生渴望新恩澤。辛苦諸公作雨霖。

九、當塗景運自天開。高築繁陽受禪臺。修史應刪宦官傳。論功猶仗客卿才。八方赦詔雲中下。五色文裘海外來。湘綺老人眞解事。緯經讖史有心裁。

十、關塞無塵海宇清。中朝知有聖人生、能令冒頓稱臣僕。曾約契丹爲弟兄。社鼓已行王氏臘。義旗那有漢家兵。帝王代運尋常事。莫恤千秋身後名。

十一、鳳詔龍書隔歲頒。春風不到五華山。魏王正議三推禮。莊蹻遙連六詔蠻。翡翠明珠無貢物。碧鷄金馬閉雄關。飛來一紙陳琳檄。好愈頭風開笑顏。

十二、龍魚飯罷獨歔欷。一卷兵書握妙機。未許僰人憑地險。要令孟獲識天威。鐵橋紀戰碑猶在。玉斧分河計已非。寄語受恩諸將帥。提軍早奏凱歌歸。

十三、推枰歛手意茫然。絕好金甌竟不全。近畏羅施憑鬼國。遠防巴子據南川。江淮千里杯蛇影。嶺表三軍風鶴天。聞道深宮憂不寐。將軍努力掃烽烟。

十四、落日河山影寂寥。刧灰千載未全銷。漫天刀劍脩羅雨。捲地風波宦海潮。午夜鵁鶄長樂殿。三春杜宇天津橋。薄才不上平南頌。好作漁樵答聖朝。

諸詩饒有唐音，敘事層次分明，詩史也。

又當帝制進行時，黨人景梅九（定成）在西安活動反袁，被捕送京，衡玉有七律六首記其事。梅九出獄後予以註釋，茲將張詩景註一併錄後：

一、經年盼斷尺書來。匹馬秦關久未回。湖海一身輕似葉。鬚眉萬刼不成灰。人傳姓字知非福。天與文章太露才。晴日空山生霹靂。神仙何地避風雷。（余入秦隱清涼山，時作狂吟）

二、夜半飛傳緹騎軍。迅雷驚自九天聞。（余入長安，方與亡友李岐山定討袁計劃，忽由北京軍事統率處電陝當道云：據探報某某推景某某在陝主動及派同黨李閣臣入甘，着即逮捕，陸建章命呂調元當夕召我到署，因無確據派兵押送北行。）久無復壁藏元節。那有多金贖長君，貫索西連秦嶺月，銀鐺北踏燕山雲。到頭總由讀書誤，苦把賢奸抵死分。

三、落魄韓非悔入秦。飛言造獄竟成眞。覆盆頭上無天日。草檄燈前有鬼神。（余被捕前一夕挑燈作檄一揮而就，中有本紹術之餘孽，襲莽操之故智，謀破五族共治之均勢，希圖萬世一系之帝業，諷令二三奴儒上勸進表，賂遺各省代表奉請願書，藉共和以推翻共和，假民意以摧殘民意，稱帝稱皇有覥面目，誤民誤國全無心肝，欲令天下仰望之遺老列傳二臣，更辱國民保障之軍人同功走狗，諸句。同人許爲警絕，此事甚密，衡玉聞之于預謀陝友郭希仁君云。）詒捕白衣關內俠。詞連朱邸座中賓。檻車臨賀都門道。風雨離亭幾故人。

四、江海東流日落西。英雄末路首頻低。無心竟作投羅鳥。有智應輸斷尾鷄。破產傾家連舊友。（指李岐山賣全史得四百元爲臨時運動費事）重關複水累窮妻。（內子玉青與余同囚車）殘生一息心猶壯。障袖不聞兒女啼。

五、送死宮中紂絕陰。晴空無日晝沉沉。天垣黑暗修羅掌。地獄慈悲佛祖心。尙冀臯陶憐孟博。誰聞魏武殺陳琳。十年奔走貧如洗。莫語輸官贖命金。

六、上世茫茫帝未醒。天牢夜半射奎星。惜才留作中郎史。好學應傳黃霸經。（余曾於未死前完成佔俚字說，衡玉此一聯與紀事詩箋爾雅兩語俱相關合，特未免過許耳。）夜雨驚心羅刹獄。西風回首夕陽亭。南冠縱有生還日。盼斷金鷄下漢庭。

袁死後，內史鄧鎔有七律三首詩旣佳論述亦平允，亦詩史也。錄后：

素旛飄蕭騎吹寒，千車出送白衣冠，定知遺恨留三矢，可嘆彌天戢一棺，虜馬飲江亡太武，尸蟲流戶葬齊桓，年來虎擲龍拏事，讓與西山冷眼看。

舊領銀槍效節都，英雄卅六綰兵符，不知何事修邊幅，却被他人踞火爐，天子閉門寧可作，老夫窃帝究何娛，而今無復桓公事，髯短能持喜怒無。

漫揮却日魯陽戈，長算無如短景何，劍璽有神嵩嶽峻，江山無主劫棋多，危疑受事功難沒，恩怨由人論易頗，我亦鄴台舊賓侶，惟將清淚泣漳河。

又河南鹿邑宿儒王翁亦有哀袁詩一律：

公路徒將碧血嘔，河山破碎已難收，調和鼎鼐烹功狗，狡獪衣冠笑沐猴，安漢有心爲魏武，興周無命作公劉，英雄已死豪華盡，鄴下空存土一坏。

以世凱方之袁術，此史筆也。

又袁氏故後，其次公子寒雲(克文)在京登台票戲，衡玉又有七古一首記其事：

寒雲歌（都門觀袁二公子演劇作）

宣南夜靜月皚皚。鼓板聲沈簫管哀。萬手如雷爭拍掌。寒雲說法親登臺。蒼涼一曲萬聲靜。坐客三千齊輟茗。英雄已化刼餘灰。公子尙留可憐影。影事回頭倍愴然。新華春夢散如烟。薊門明月照荒殿。洹上秋風老墓田。當年皇子各崢嶸。連宅隆慶分授經。建安才子推陳思。北地文章數任城。梁園賓客多名士。日下聲名誇諸子。夜宴已行皇帝儀。早朝不廢家人禮。燈火繁華狎客樓。新聲都會按涼州。子固紅牙教拍板。李憑白髮授箜篌。阿父黃袍初試身。長兄玉冊已銘勳。可惜老謀太匆遽。蒼龍九子未生鱗。一身琴劍落江湖。橫槊賦詩長已矣。燃萁煑豆胡爲乎。竭來再到長安市。故吏門生尙未死。紛紛車馬向朱門。翻覆人情薄如紙。兩年幾度閱滄桑。歌舞湖山已夕陽。

袍笏君臣纔散宴。笙歌傀儡又登場。悟澈華嚴世界塵。衣冠優孟本非眞。同是梨園部中客。傷心曾作上臺人。上臺知有下臺日。籠袖尙存粉墨筆。羽商七調有傳圖。南北九宮都協律。水晶如意玉連環。古裝結束供人看。灑淚非關河滿子。呑聲猶唱念家山。南曲清簫北絃索。衷絲豪竹相間作。可憐失水混江龍。化作無家紇干雀。無限江山容易別。落花流水聲淒咽。愁侶相逢侗將軍。天潢舊譜向誰說。（清皇室將軍溥侗工演劇，與寒雲公子同社）兩朝龍種各風流。一曲後庭千古愁。天寶伶人餘白髮。開元法曲有傳頭。（孫供奉菊仙時年七十六亦與寒雲同社演）茶烟已歇漏沉沉。入耳悽涼亡國音。一江春水降王淚。三月杜鵑帝子心。我是飄零秋後葉。重來又看長安月。屛山酒海不成春。一劇未終愁百結。中原豺虎正縱橫。半壁河山尙太平。寄語貞元舊朝士。同將老淚哭蒼生。

此詩直追香山，梅村尙遜一籌，眞大家之詩，民國以來，此類佳作。尙不多見。

又景梅九出獄後亦有洪憲詩十絕附註，一併錄後：

一、都道雲臺似慰庭。論名尤合繼前清。君看一語四方靖。符讖分明三字經。（時有以三字經中靖四方，克大定，爲皇太子符讖者）

二、猶憶兒童拍手歌。家家紅綫意如何。幻成年號眞奇絕。半繼前清半共和。（北京童謠有家家門上挂紅綫句，人以與洪憲同音。或言洪憲爲繼前清共和而立憲之意，以洪字半取清旁水，半取共和之共故也）

三、受禪較勝放南巢。但遜西岐服事高。十尺文王湯九尺。特長四寸符曹交。（勸進表有不及周文事殷：而勝商湯放桀語：予嘗恭維云曰：袁皇帝德符曹交）。

四、蔽野飛來害稼蝗。驚聞災異變禎祥。翻敎佃雅待奇證。制字原因體有王。（時京外飛蝗蔽野，捕得者謂體有王字乃帝兆。按陸佃埤雅說字最穿鑿，蝗字解曰蝗之腹背首皆有王字故從王，今得一確證矣）

五、偏多忌諱觸新朝。良夜金吾出禁條。放火點燈都不管。街頭莫唱賣元宵。（以元宵二字音同袁消，乃特令賣元宵者改呼湯元）

六、虎鬬龍爭漫比方。髖翻猴舞自猖狂。三王五帝同時出，世統只應繼擬皇。（時封王者三人，假皇帝五人，有三王五帝之謠。袁氏始定憲取日本萬世一系說云）

七、妙說天成詎偶然。當今此事合推袁。那知推戴兼推倒。勸退文同勸進傳。（勸進文中有用推袁典故者，自謂含有推倒意，又勸進勸退文出一手者甚夥）

八、雜事爭傳勝祕辛。承歡傳宴記能眞。憐他妃子多情甚。花蕊宮詞手贈人。（袁氏某姬手記宮中祕事甚詳，稿在某君手）

九、宛轉娥眉一劍休。爲妨身後更遺羞。君王意氣依然在。不使虞姬自刎頭。（袁得陳宧獨立電後，忿極，曾手刃一姬乃最寵愛者，人言袁氏知不久，故殺之免爲後人搜去也）

十、愛國癡心尙未拋。客言雪竇是黃巢。漳東坏土皆疑冢。聽取曲中唱董逃。（某要人于袁氏死後，忽來謂余曰：袁實未死已逃海外，彼之帝制純出愛國心云。怪誕已極）

袁世凱輓李鴻章聯：「蚤蒙知遇，終荷裁成，一生低首拜汾陽，敢詡臨淮壁壘；世變方殷，斯人不作，萬古大名垂諸葛，長留丞相祠堂。」下聯乃浮泛語，精采處在上聯，因傳說李鴻章死時遺摺附片曾荐袁世凱，中有「環顧今日宇內，才氣無出袁世凱之右者」，近人對此說皆表懷疑，但袁世凱輓聯似有意証實此說。

民國四年十一月，上海鎭守使鄭汝成被革命黨人刺殺於外白渡橋。袁世凱倚鄭汝成爲心腹，上海事悉以委之，聞訊大爲震悼，親撰輓聯：「出師竟喪岑彭，啣悲千古；願天再生吉甫，佐治四方。」此聯則以周宣王，漢光武帝自居，更爲反對帝制者所齒冷。有人在天津益世報撰輓聯：「時無光武，安有岑彭，其曹孟德之典韋乎？刺客亦英雄，拚命前來盜畫戟；君非周宣，何生吉甫，直趙匡胤之鄭恩耳，孤王休痛哭，殺身寧異斬黃袍。」

此聯出之以嘻笑怒罵不難，妙在全用演義小說及戲詞語，上聯之典章雖有其人，但盜晝戟則出自三國演義，文人作詩文，皆不敢用三國演義語，以免貽笑方家。至趙匡胤斬鄭恩事，則出自京戲斬黃袍，不僅無其事，亦無鄭恩其人，作者竟用作典實，是眞妙不可堦，推陳出新，此之謂歟？此聯初傳出章太炎之手，以後則証明其非。迄不知爲何人佳作。

袁世凱死後楊度輓一聯：「君憲負明公，明公負君憲，千載而後，再平是獄；民國誤共和，共和誤民國，九泉之下，三復思言。」

另一付輓聯：「刺鈍初，鈍初死，殺夔丞，夔丞死，最後鴆智菴，智菴又死，死者長已矣，陰府三曹誰折獄；使朝鮮，朝鮮亡，保大清，大清亡，及身帝洪憲，洪憲又亡，亡之命矣夫，輕舟兩岸不啼猿。」

鈍初是宋教仁，夔丞是應桂馨，智菴是趙秉鈞、應、趙二人均刺宋案主角，應在二次革命失敗後，赴北京活動，回時在京津火車中被暗殺，趙秉鈞則在應死後被毒斃，據傳皆袁世凱所爲，故云。

雲南趙藩，湖南陳嘉會題劉成禺撰洪憲紀事詩，亦有關史料，錄后。

題洪憲紀事詩　劍川趙藩

忍聽東風杜宇聲，新華春夢未分明，羣雄滇海張拳起，四友嵩山掉臂行，殿上君臣神慘淡，燈前兒女淚縱橫，如何舉世歌功德，不抵西人一字評。

怒罵何如嬉笑陳，劉郎也算有心人，軍書頗已嗟旁午，雜事還同寫秘辛，一德格天揮閣牓，五經掃地拜車塵，不堪最是諸名士，僥倖埋頭脫鬼薪。

題洪憲紀事時　湘陰陳嘉會

滄桑閱罷百憂并，欲紀遺聞月旦評，却把南孤東馬意，新詩寫擬玉溪生。

蜉蝣託命原朝暮，魑魅窮形雜異同，志怪好憑麟角筆，不須瘢垢與芟礱。

天崩地陷空豪語，墓上征西更盜名，堪笑當塗矜讖緯，六張五角未分明。

四輔當時自謂賢，遺規猶是鳳皇年，長安社裡同兒戲，白狗丹鷄亦可憐。

丹書鐵劵竟何存，佐命元功痛帝閽，位極人臣多蹇剝，最難開劵泣煩寃。

呼朋引類起羣奸，尚把欽䲹擬鳳鸞，獨有孫郎差可恕，悔將鞍馬事瞢瞞。

第一仙人得得來，錦披曾許到蓬萊，如何洹上萋萋草，不及分香望雀臺。

火色鳶肩年少新，不遑念及歲寒身，可堪遺老頭如雪，五百金來頌聖人。

華陽居士稱眞隱，一代申屠著節操，古寺蕭蕭見朝簿，當前誰唱月兒高。

當年我亦同張儉，今爲遺山築史亭，莫笑劉生是風漢，一篇傳誦萬人聽。

洪憲紀事詩註：乙卯（民國四年）九月二十三日爲國務卿徐世昌生辰。大典籌備處文武官吏羣赴東單牌樓五條胡同相邸祝壽演劇。清室師傅陳寶琛亦在座。京師名角齊集。合演大登殿。孫菊仙扮皇帝。百官請聖上登寶座。菊仙謙讓。立壇下。連稱不敢不敢。說白曰。自從清室退位。從前皇帝已經沒有了。現在民國。並無皇帝。將來皇帝。尚未出現。我何人、我何人。我何敢。我何敢。忽指世昌曰。哈。現在誰個是你的皇帝。轉指陳寶琛曰、哈。現在誰個又是你的皇帝。退三步。將鬚一捋。大聲曰。哈。我又是誰個的皇帝。寶琛倚席掩淚不止。歸賦漱芳齋觀劇有感四絕句云、鈞天夢不到溪山。宴罷瑤池海亦乾。誰憶梨園烟散後。白頭及見跳靈官。一曲何堪觸舊悲。卅年看舉壽人巵。相公亦是三朝老。甯記椒風授冊時。凝碧池邊淚幾吞。一頒社飯味遺言。史家休薄伶官傳。猶感纏頭解報恩。此曲能聞第幾回。分明天樂梵王台。昇平法曲乾隆日。婁縣尚書舊費才。

據劉成禺補記：案宮外演戲。先跳加官。宮內演戲。無官可加。先跳靈官祛邪。龍虎山只靈官一人。當門接引。三隻眼。紅鬚紅袍。左手挽玦。右手持杵。宮內演戲則用靈官十人。選名角跳之。形像鬚袍皆倣龍虎山靈官狀。清室退位。無跳靈官者。世昌壽劇先跳靈官。故寶琛大爲傷感。

（未完待續）

天聲人語

歌樂山行辛巳 南海余少颿

巴縣城西歌樂山。丘巒起伏路縈彎。老松萬樹參天碧。嘉陵揚子曲廻環。疇昔李冰言治水。二郎佐父曾蒞止。時聞鼓樂奏鈞天。是山得名自此始，嬴秦以來二千年。虎嘯猿啼人不履。一從上都西川遷。鑿山修道闢市廛。元首百辟移節鉞。官衙別館高毘連。東衍金碧龍隱峻。二山之間涵重鎮。（土名瓷器口）水陸交通便舟車，實產名瓷胚胎潤。北通五馬（嶺名）與清涼。（山名）雲峰慶峰遙相望。古柏森森藏蘭若。黃涌池水何汪汪。西行迤邐聳亭子。（岡）飛泉灑落碧無涘。白石機場當其陽。如雲飛將常翺翔。島夷蜂隊倘來犯。輒遭慘敗逃倉皇。山脉綿延數十里。遍植桑麻栽桐梓。嘉菓柔蔬應時熟。牛羊五穀肥而美。天霈甘霖瀦九池。池中潑刺游錦鯉。青芝老人（國民政府林主席子超）樂名山。策杖登臨興致閑。雲海松濤供嘯詠。輕裝減從時往還。宿耆避寇編茅處。豹隱之旁安蛩駏。酒帘比似杏花邨。且夕可逢高陽侶。磨劍無緣墨與磨。幸寄蘭臺倚層阿。（時予任職國史館籌備委員會。會設山南大道）名山暫佔因為號。松下盤桓更作歌。

金陵下關留別金梓材 睫闇（裴景福）遺著

無復青溪喚渡船。明朝霜鬢對離筵。金輿玉座灰都冷。虎踞龍蟠月正圓。六代江山輸短夢。五更燈火漱長年。惱人最是桃花扇。訴盡興亡付管絃。

六十年來一剎那。板橋垂柳尚婆娑。歌殘玉樹花枝少。露盡金盤淚點多。天塹橫流飛白鷺。函關舊夢繞黃河。聞鷄倍切晨星感。努力中原事奈何。

依韻步和裴睫闇師金陵留別 梓材（金信權）遺著

吳楚中流此放船。江聲浩浩落瓊筵。羣山繞郭成今古。孤月當天自缺圓。珠海波濤憐往事。石城風雨送華年。興亡一夢誰能問。夜夜高樓沸管絃。

立馬臺城柳猗那。隨身寶劍自婆娑。峯高幕府軍容壯。家近秦淮酒債多。幾輩論功盟帶礪。有人垂涕對山河。亂離消盡風雲氣。聽到清歌喚奈何。

陸放翁冥誕南薰詩社正二分均精字 文疊山

放翁一代擅詩鳴，風骨崢嶸品律精，烽鏑餘生悲叔世，河山失色黯歸程。江濤不容英雄恨，盃酒離銷故國情。我讀遺篇無限感，未因投老罷長征。

感賦大陸撤退，初抵港時，有感而作。 林廷安

精衛難將大海填，劫灰過眼幻雲烟。廿年烽火無完地，萬事滄桑有醉天。脫網蛟螭爭鼓鬣，舐丹鷄犬竟升仙。罪言欲仿司勳例，每憶遭逢又惘然。

感懷 申丙

蠻觸爭難判是非。山翁抱甕久忘機。老來止覺詩傷豔。林下甯辭露溼衣。遠市居無塵事擾。雙溪信美故人稀。廿年已夠還家夢。那用花開陌上歸。

奉和申鳳老感懷 張鶴

今是吾知昨已非。詩心澹處悟禪機。願達廣廈庇寒士。夢入孤山隱布衣。萬里海天消息杳。廿年春社老成稀。何當一掃妖氛淨。共賦收京結伴歸。

敬次申鳳老感懷韻 方延豪

懵搗天心世益非。塵寰到處盡危機。厭聞海上新翻曲。苦念磯頭舊釣衣。壯志潛隨鯨浪歇。客懷長恨雁書稀。東風綠遍江南陌。只許年時燕燕歸。

木蘭花慢 趙尊嶽叔雍遺著

罷清尊玉笛，纔一響，已三年。況香溢金鰲，秋浮玉露，人敞華筵。團圓。重樓鐙火，竚歸程，兒女隔山川。夢外天涯冷暖，別來客裡悲歡。蠻箋，細字報平安。聞道强開顏。羨白墮微溫，黃花獨秀，鳥桕初殷。便娟，一眉新月，早窺人隱約彩雲間。惜起平生笑語，那回同凭闌干。

八聲甘州 前人

記畫堂鐙火十年前，秀髮恰垂肩。已綠腰翠袖，輕攏鐵笛，細和鵾絃，桃葉桃根明媚，別母渡江船。複壁藏春好，夜雨更闌。 重見翻疑夢裡，怎釵零拏鏡，雁隻驚弦。數浮家泛宅，我亦誤金蟬。擬分付春華秋實，總斜陽藹足賺空山。滄桑事，莫憑問訊，且敞瓊筵。

高陽臺 前人

箋遞朱絲，躔輝玉燭，忽忽莫誤年華！小簡宜春，元正頌啓椒花。栽桃醉竹非閑事，敢輕忘清課山家。只綢繆，難寫離踪，淡墨倚斜。 明朝俊約誰賓主？且重翻寶笈，緩進流霞。側羽清商，脂痕夢影參差。從今寒暖休無準，好安排歸驛天涯。不須憑，蟢子輕飛，蠟穗雙花。

編餘漫筆

編者

本月適值雲南起義一甲子，此一偉大節日已爲國人忘記，本刊特出專號，將起義始末及重要文件刊出，以供讀者參考。雲南起義爲民國以來頭等大事，從事首義之人，也是歷史上不朽人物，但雲南起義經過，至今尚未定論。本期所刊有關雲南起義文字，最重要者爲鄧之誠一篇「護國軍紀實」，鄧氏四川人，爲當代名史學家，所著「中華二千年史」，爲大學用書數十年，影响至大。鄧氏此文四十年前刊於史學年報第二卷第二期，就文字風格而論，自具有史家之筆法，但其中褒貶似與今人所知者不同，如對護國軍諸人蔡鍔貶多於褒，以下則有貶無褒，獨推崇陳宧。夫陳宧之能自保事實，其操守亦較同時代北洋軍人爲佳，但其人之品未必眞如鄧氏所言。于生也晚，未及見陳二菴，但親友長輩中有與陳氏共事者，亦言其心胸之狹，出乎意表。又謙廬隨筆作者矢原醫生親見陳宧晚年留辦，諸如此類，均係第一手資料，要可反證其人，恐不似鄧氏所言高潔。

又雷飈所撰蔡鍔事畧，亦爲第一手資料，因雷飈乃蔡鍔學生、部下，相知最深，此文與鄧氏一文兼看，益嘆信史之難。李烈鈞爲雲南起義三個總司令之一，今人談雲南起義皆言蔡唐，忘却尚有一李，亦欠公道，本刊特刊出吳相湘教授一文，對李氏一生有詳細敘述，此公亦一代人傑也。

本月又爲西安事變三十九周年，此事關係國家民族、亦不下於雲南起義，明年四十周年紀念，本刊當出專號論列此事，本期刊出松莽先生「我記憶中的總統蔣公」以紀念一代偉人，並補充本刊四十五期蔣公逝世專號之不足。

冷欣先生所撰「白頭弟子哭　蔣公」一文，情見乎詞。冷氏係黃埔學生，復追隨　蔣公左右多年，對　蔣公之認識當較一般人爲眞切。本文特別提到　蔣公對學生部屬實施精神教育之經過，可知一代偉人之成功，實非偶然也。

向「四行倉庫守軍獻旗經過」，係節錄楊惠敏女士「八百壯士與我」書中一段，楊女士現在台北，八百壯士已拍成電影，讀者看了此文對當時情況便了然於胸。

胡士方先生「抗戰時期淪陷的山東」，張仲仁先生「臨風追憶話萃鄉」都越寫越精采，讀者千萬不要錯過。

就當中南半島失守，銷路萎縮之時，港府突然又增加郵費，海外郵資幾長一倍，實有百上加斤之感。本刊不得已於下期將海外訂費加爲每年美金八元，敬祈讀者見諒是幸！

錦繡神州

出版者：德興文化事業公司

我國歷史悠久，文物豐富，古蹟名勝，山川毓秀。尤其歷代建築藝術，都是鬼斧神工，中華文化的優美，在世界上有崇高地位；所以要復興中華文化，更要發揚光大，我們炎黃裔胄與有榮焉。

如欲研究中華文化，考據博古文物，瀏覽名山巨川，遊歷勝景古蹟；畢一生精力，恐亦不克窺全豹。往年雖有此類圖書出版，惜皆偏於重點介紹，不能滿足讀者理想。

本公司有鑒於此，不惜巨資，聘請海內外專家搜集資料，歷三年編輯而成；圖片認真審定，詳註中英文說明，堪稱圖文並茂。內容分成四大類：「**文物精華**」「**勝景古蹟**」「**名山巨川**」「**歷代建築**」將中華文化的精英，包羅萬有，洵如書名：**錦繡神州**。並委託柯式印刷廠，以最新科技，特藝彩色精印。八開豪華精裝本，金線織錦為面，織成圖案及中英文金字，富麗堂皇。「**內容**」「**印刷**」「**訂裝**」三並重，互為爭妍；所以本書被評為出版界一大傑作，確非謬贊。

凡備有本書者，不啻珍藏中華歷代文物，已瀏覽全國名山巨川，遍歷勝景古蹟。如購贈親友，受者必感隆情厚意。

全書一巨冊　港幣弍百元

經已出版。【付印無多，欲購從速。】

總代理

吳興記書報社

地址：香港租庇利街十一號二樓

電話：H四五〇五六一

Ng Hing Kee Newspaper Agency

No. 11, Judilee Street, 1st Fl.

HONG KONG

九龍經銷處

德興書店（旺角奶路臣街15號B）

吳興記分銷處（吳淞街43號）

外埠經銷處

星馬婆	遠東文化有限公司
曼谷	青年文化服務社
菲律賓	華安書店
越南	聯興書報社
紐約	友聯圖書公司
三藩市	益智圖書公司
三藩市	新生圖書公司
三藩市	文化書店
波士頓	中西公司
芝加哥	文華書局
檀香山	大元公司
倫敦	東寶公司
加拿大	香港百貨公司
澳門	可大文具店
斗湖	光明書局
亞庇	利民公司

本刊已在香港政府登記
僑委會登記證台教新字第伍弍柒號
新聞局登記證局版僑台誌字第零零零柒號
中華郵政第壹肆捌號執照登記為第弍類新聞紙類

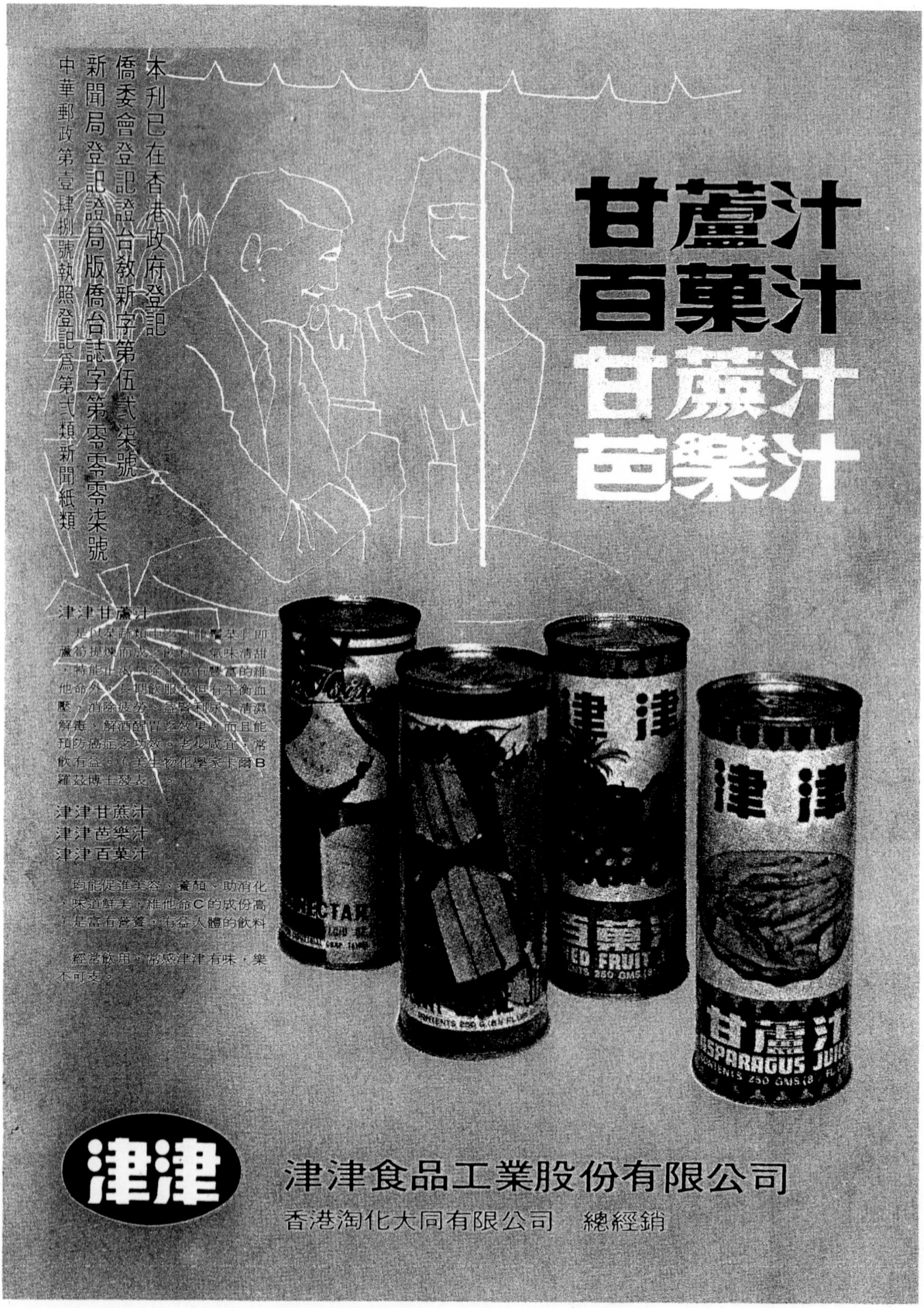

月刊

53

[redacted]

人物·風土·

中華民國六十五年

俊人書店　圖書目錄

九龍旺角郵局信箱八五二一號　電話：3-808091
WISE-MAV BOOK STORE PO BOX8521
KOWLOON HONG KONG POST OFFICE T3-808091

書名	作者或出版社		定價H.K.
偉大的抗美援朝運動	人民出版社		3000.00
（全書十六開大本共一千三百多頁所有韓戰史料全部包括在內，爲罕見孤本）			
東洋文庫十五年史（日文）			1000.00
西安半坡	文物考古社		1000.00
中華兩千年史精裝七册	鄧之誠		300.00
第二次世界大戰簡史	美・第威特・休格　王　檢譯		20.00
太平洋戰爭紀實	何成璞譯		20.00
日本屠殺秘史	日・神吉晴夫第編著		30.00
赫爾回憶錄	C. 赫爾著		30.00
韓戰秘史	美・羅柏・萊基　劉勾譯		30.00
山本五十六　（全譯本）			20.00
日本神風特攻隊	日・豬口力平，中島正　著　謝新發譯		30.00
日本軍血戰史　（決戰篇）	蔡茂豐譯		10.00
美蘇外交	J.F. 貝爾納斯著　王芒等譯		20.00
琉球島血戰記	日・古川成美著　陳秋帆譯		10.00
太平洋戰爭	周紹儒譯		20.00
第二次世界大戰史	科馬格著　鍾榮蒼譯		20.00
中國典籍知識精解	任松如著		50.00
李嘯風先生詩文集	李嘯風著		15.00
中國文學家大辭典（上、下）	楊家恪編		200.00
國父軍事思想之研究	羅雲著		10.00
中國文化綜合研究			200.00
張群秘書長訪問韓日紀要	中日合作策進委員會，中日關係研究會		50.00
中日關係論文集　（第一輯）	中日關係研究會		200.00
中共暴政十年	中共暴政十年編輯委員會		50.00
遠東是怎樣失去的	陳國儁譯		20.00
中國文學家列傳	楊蔭琛編著		100.00
成語典	繆天華主編		100.00
六十年來的中國警察	中央警官學校編印		50.00
角山樓增補類腋	清・雲間姚培謙纂輯、司徒趙克宜增補		100.00
中外名人辭典			100.00
古今同姓名大辭典			100.00
處理日本投降文件彙編（上、下）	中國戰區中國陸軍司令部	七册	200.00
何應欽將軍講詞選輯	中國戰區中國陸軍司令部		
八年抗戰與台灣光復	中國戰區中國陸軍司令部		
受降報告書	中國戰區中國陸軍司令部		
何應欽將軍中日關係講詞選輯	中國戰區中國陸軍司令部		
八年抗戰	中國戰區中國陸軍司令部		
世界道德重整運動和龍劇			

掌故月刊

第53期 目錄

每月逢十日出版

掌故

第五十三期

每冊定價港幣二元正

全年訂費 港幣三十元
台幣二百四十元
美金八元

出版兼發行者：掌故月刊社
地址：九龍亞皆老街六號B
通信處：九龍旺角郵局信箱八五二一號
電話：K八〇八〇九一

The Journal of Historical Records
P. O. Box No. 8521, Kowloon
Mongkok Post Office, Hong Kong.

督印人：鄧少卿
總編輯：岳騫
印刷者：和記印刷有限公司
新蒲崗景福街一一〇號超達工業大厦十樓

總代理：吳興記書報社
香港租庇利街十一號二樓
電話：H四五〇五六一　四五〇七六六

國內代理：黎明書報社
台北市八德路三段九十九巷六號
電話：七二一一二五二九

星馬代理：遠東文化事業有限公司
新加坡厦門街十九號　檳城香田仔街一七一號

印尼總發行：集源公司　椰城旗桿街87號A
Dil Tiang Bendera No. 87A
Djakarta, Indonesia.

澳門：大文具店
亞庇：利民公司
斗湖：光明書局
漢城：泛亞書籍公社
倫敦：香港文化服務社
中藝公司
東寶公司
紐約：友聯圖書公司
友誠公司
友方公司
菲律賓：華安書局
芝加哥：文華書店
羅省：大元公司
新東方公司
三藩市：益智圖書公司
文化商店
華盛頓：德昌公司
波斯頓：中西公司
千里達：中華公司
加拿大：香港商店
溫哥華：僑益書局
滿地可：明星書局
渥太華：民生書局
巴西：興昌公司

故總統蔣公之盛德與睿智

·關德懋·

一九三五（民國廿四年）十二月七日蔣公兼任行政院長，我由西北囘到南京，隨同秘書長翁文灝入秘書處任職，協同軍委員會秘書齊焌經辦中德易貨貸欵，建設國防工業的交涉。完全是偶然的遇合，作了公務員，與翁並無深切關係。

蔣公任院長時期，除却每週主持院務會議而外，經常在軍事委員會辦公。行政院的例行公事均由秘書長全權負責處理，遇有重大問題，始親自到軍委會當面請示。

秘書長而外，院內同仁，自政務處長蔣廷黻以下，只有在每週院會的時間星期四上午，見到院長的面。

我因為翻譯工作的關係，陪同德國的軍事、經濟大員晋見院長，在南京、牯嶺、廣州、黃埔，有機會數次晋謁蔣公。蔣公並不因為我毫無人事背景與所謂「派系」淵源，而不肯假以顏色。我也就不顧自已的身份地位，敢於越分進言，罔知忌諱。不但未因此遭遇申斥，而蒙受採納，不止一次。下面畧述兩事，以紀蔣公的盛德與遠見。同時也想昭告世人，非蔣公無從諫如流用人不論親疏的豁達大度，實在是一般該說話而不敢，不肯說話，患得患失者流有負於蔣公，有負於國家。

一九三六年「西安事變」平定後，蔣公於十二月廿五日脫險飛到洛陽，廿六日飛抵首都「明孝陵」機場，我同齊焌兩人也趕到機場，站在歡迎人羣之列。國民政府主席林森先生，銀鬚飄然，是第一位期待蔣公平安囘都，主持大計的人物。飛機降落，蔣公緩步走下扶梯，只着長衫馬褂，卸除披風，向林主席深深一鞠躬，表示感謝。林主席走向前去，握住蔣公的手，懇切慰問。原來全場歡笑談話的氣氛，登時變為鴉雀無聲，莊嚴肅穆的場面。當年的內憂外患，確實夠嚴重的了。

蔣公引咎辭職，經林主席的慰留而不獲。因為病足，不良於行，息居廬山療養，由中國的「推拿」（按摩）醫生外科治療，復原很快。次年（一九三七）四月，行政院長兼財政部長孔祥熙奉命以特使身份，率領代表團赴英祝賀英王喬治六世加冕，翁文灝偕行，便道由倫敦赴柏林訪問，接受德國經濟部長兼國家銀行總裁沙赫特博士的邀請，洽定易貨、貸欵、定購重工業設備的合約。柏林官方，特別是國防、經濟，兩部對於我們代表團的接待，遠超過英國政府的禮遇，孔翁兩位深感滿意。那裡知道，主持接待的兩部首腦的親華政策，已是迴光返照，作最後掙扎了。納粹的「軸心外交」早與日本軍閥有所勾搭，未把中華民國放在眼裡。「國家元首」希特勒在接見代表團談話的時候，尚未表露痕跡，第二號納粹頭子戈林（Herman Goering），時任空軍總司令，說話的情形便不同了。他辯護「軸心」外交的立場，毫不客氣地表示：「日本擁有強大的陸海空軍武力，中華民國有嗎？」

孔由歐洲轉美國，囘國較早，翁由柏林赴莫斯科訪問（當時蔣廷黻已由政務處長調任駐俄大使），然後再囘德國簽定幾項工業設備，鍊鎢，鍊錦，機械等廠的合約。就中以克虜伯公司（Krupp Aig）供應冶鐵、鍊鋼、鍊焦，今日所謂「一貫作業」的鋼鐵廠設備，規模最大，需用的資金亦最多，翁自然不能也不敢作主，函電向院長蔣公請示，由於某方面的反對與阻碍，翁得不到囘電，不能簽字，停留在莫斯科的時候，寫信給我，訴說不能簽字的苦衷。

五月間，蔣公在牯嶺主持「廬山訓練團」的開辦，德國「國防經濟總署」派了一位專家賴卜桑夫上校(Qberst Lebsanft)來華訪問，講解德國國防工業的組織系統與平時戰時的運用。由我陪同他晉謁蔣公，住在牯嶺，每天上午（星期日除外）約定，到官邸對蔣公講解一小時左右，我担任翻譯。蔣公凝神諦聽，重要關節，寫入筆記，常提出十分中肯的問題。第一次晉見的時候，上校專家全副戎裝披掛，表示對長官的尊敬。蔣公和顏温慰，着令以後講解，不必再穿軍服，以免拘束。（第一次接見，夫人在座，陪同聽講，以後歷次，未再參加。）

我這時候已接到翁秘書長由莫斯科寫來的親筆信，某一次講解完畢，時間尚早，上校專家已向蔣公立正告辭，我趁機請示：可否稍留幾分鐘，有事向院長報告：蔣公已起身準備上樓，連說「好，好！」重行坐下，我就站在原位置，請上校先在門外稍候。然後我簡單報告：翁秘書長的來信，鋼鐵廠合約細節已經商妥，未奉院長的覆示，不能簽字，頗使秘書長對克虜伯的交涉爲難。這一次的交易，並不經過中間代理商，而且是易貨計賬，不必付現，如果德方的貨價確實高於他國而不合理，我們的中央信託局也可以相對地提高我們物品的價格……國民政府成立以來，已是第二次的鋼鐵廠計劃了。……

（註：第一次陳公博長實業部時代的「喜望公司」計劃，亦因某方反對而打銷。）

「你寫信給秘書長，我會拍電通知他，同意簽字！」蔣公給予我肯定的指示。

我知道蔣公的覆電一定比我的信件快，——那時候根本沒有來往歐洲的空郵——我也就不必寫囘信給翁秘書長，否則，跡近邀功，與我的初衷違背。

鋼鐵廠的合約終於簽字了。翁囘到南京，已在「八一三」以後，抗日戰爭正式開始，日本軍閥處心積慮要消滅我們的國家，當然不容許我們有國防工業的建設。

我同翁在他囘國後第一次在他的南京新住宅內見面的時候，我根本一字未提我報告蔣公的經過。他那時候亦已解除行政院秘書長的兼職，專任國防設計委員會秘書長。承他的好意告訴我：最高國防會議議決，授權蔣公出任陸海空軍元帥，籌備組織大本營，內定翁任第三部部長，主管戰時經濟，要我隨他入大本營工作。我婉轉辭謝了。理由是留在行政院內，仍舊繼續對德聯絡工作，隨時可以聽他調遣。他表示同意。大本營的組織結果未能實現，政府搬遷武漢，改組實業部爲經濟部，翁任經濟部長，兼國防設計委員會改制爲「資源委員會」的主任委員。

卅八年五月我於上海陷共之前夕，挈眷到台灣避難。勝利後即已擺脫公職，與中央及地方機關甚少聯繫，隱居羅東。

蔣公接見外賓，有一項頗爲堅持的原則：除非萬不得已，必須直接採用外賓本國的文字作翻譯。政府遷台，外交部新聞局最初都缺乏德語通譯人員，向由政治大學某教授担任此一臨時性的榮譽工作。後來不知何故，總統拒絕該教授的翻譯了。

一九六〇年十二月某日，那時我再度定居台北近郊，新聞局長突然派車接我，傳達總統的命令，陪同一位西柏林電台的廣播記者到日月潭謁見，担任翻譯。外交部本來派駐比大使館參事，調部服務的王家鴻（字仲文）去作翻譯。我到了新聞局的大門口，正遇上王仲文也從外交部趕來。新聞局長向王說：「抱歉，總統已指定關先生了！」仲文是一位學養俱深的詩人，毫無不愉之色，寒暄而別。我當學生的年代，就認識仲文，他那時候任柏林大使館的主事，專管留學生事務，是一位謙謙君子。到台灣以後，酬應場合見過幾次面，很佩服他的舊體詩，頗談得來。他意外被擋駕，處之淡然，倒使我內心慚愧。

於是我就隨同一位新聞局副局長，陪着西柏林的廣播記者費雪(Alfred Fischer)夫婦，四個人一輛車直奔台中日月潭。途中攀談，才摸淸楚這位西柏林「美國佔領區廣播電台」(RIAS)的採訪記者，從像貌上一望而知爲德國生長的猶太人。戰前逃亡美國，成爲美國公民，西柏林有家，瑞士有家，以色列有家，美國當然也有家。一年有十個月週遊各國，與世界偉人談天下事。以色列的國父古里昂，勝利將軍達揚，西德阿德諾，英國邱吉爾，法國戴高樂等，都打過交道，(美國總統不在枚舉之列)爲RIAS着實增加不少聲勢與影响力。尤其這座電台，在「冷戰」時代是西方國家唯一堅强反共，向鐵幕國家傳播自由正義之聲的電波武器。此人的反共立場是毫無疑問。他的夫人兼任助手，主持錄音工作，因此東西南北，形影不離。

我們傍晚抵達涵碧樓，分配在前排房屋住宿。總統暨夫人住樓上的正廳房屋，那時候增建的新樓宇還未落成。

預定第二天上午十一時謁見總統，第二天早餐後，副局長才發覺訪問總統的談話，不許錄音。因爲前些時有一位美國廣播記者把訪問總統的錄音竄改一通，瞎話三千，在美國播放。從此以後，規定記者訪問，一概不許錄音。

副局長只得向費雪說明原因，請他放棄錄音。費雪大發脾氣，堅持不錄音，無法交待，不如放棄訪問！並且强調RIAS電台保存多少名人的錄音，他也爲此專誠而來，豈可同那位不懷好意的美國記者相提並論！話說到此，即刻要收拾行李回台北。副局長再三勸說，甚窘。掛長途電話報告局長，仍無結論。

我以局外人的身份，眼看局面僵至不可收拾，只得悄悄走進一位侍從參軍的室內，自我介紹後，向一位英姿秀整的空軍軍官，姓名已忘記，把事實經過，由誤會到僵局的情形，述說一遍。請他可否即刻報告總統：來訪的記者從西柏林來，誠心誠意要把總統的聲音傳播到東德、東歐的鐵幕裡去，自與尋常的訪問不同，希望總統特予優容，准許錄音，我個人願担戴一切不良後果的責任……

這位武官對於我的說詞，表示同意，毫無躊躇地答應即刻請示，請我回到房間等消息。我一聲不响溜進自己的房間，看到費雪一個人面色沉重，在院子裡踱方步，副局長仍然在打電話，我也唯恐他知道我自作主張，去找武官說話，結果難以逆料，倒先惹不是。

未久，武官走來告訴我：「總統同意錄音！夫人也願意一同接見！」我就連忙先轉告費雪，說明武官請示的結果。强調總統看重RIAS和他本人的立場，特准錄音。而且夫人也願意一同接受訪問。

這一來，他完全變了樣，滿面笑容，兩手緊握住我的手，衝口而出：「Wunderbar」妙極了！德國人每每在喜出望外的情形下慣用的形容詞。他並且表示：總統的談話後，銜接着夫人的錄音，原版英文，等於意外的收獲。

我轉回頭去報告副局長，只說武官傳話：「准許錄音」他正在總統的英文書房裡談天，得到消息，當然歡喜而不必追問來龍去脈。立刻再掛長途電話報告局長。一天雲霧完全消散。

接見的時間到了，我與副局長隨同費雪夫婦魚貫登樓。武官站在門前迎候，我趕忙上前向費雪示意，費雪連忙向他握手道謝，副局長頗有莫名其妙的感覺。進入客廳，總統與夫人和顏悅色向費雪夫婦握手寒暄，慰問旅途辛苦，然後開始訪問節目。

日式建築的廳堂，格局究竟不轂寬敞。總統同夫人並坐一排，費雪坐對面，助手的太太裝配錄音機，忙碌異常。我倘促地坐在他和她的中間便於傳譯錄音。我確記當年費雪所用的錄音器，並非現今一般拿在手中遞到口邊，錘形的麥克風。比較莊重，然而免不了技術上的小廝煩。因此，總統在訪問結束的時候，就起身離開原座位，走幾步，好讓夫人錄音。我因爲無需乎翻譯，也就起身離開座位，必恭必敬地同副局長站立一旁。總統走到我們的前面，問我們上山的旅程如何？幾時到達山上？顯然是要打破我們倆呆若木鷄的僵局。富於人情味的人格，何等偉大！

總統的談話內容，側重於遠東局勢與大陸動態。費雪還特別提出「甚麽是三民主義？」的問題，請總統解釋，他說明是爲柏林與西德聽衆的常識而提出的。

談到大陸人民重獲自由的問題，我衝口而出，用了「解放大陸」的字眼。照當年反共宣傳綱要的規定，不可以襲用毛共的術語：「解放」大陸，要用「解救」大陸。副局長坐在我後面，登時感覺不安，向我低聲示意，並且扯扯我的衣角。然而「駟不及舌」，話已說出，收不回來，更正反而多餘。再看一看總統的面色，並未因此有怒容，內心也就安定下來，好在我是傳譯費雪的問話，並不留在錄音帶。

最後，費雪請總統特別爲德國東區以及東歐被共黨奴役的人民說幾句話。總統當然很高興地說了幾句同情鼓勵的言詞，作爲結束。

六十年代初期的西歐，尤其西德的政治立場，尚未踏上與共黨無條件妥協的岐途。總統的言詞，一定會由電波帶進鐵幕。

一九七五，十二，十四。香港

太平洋戰爭前的北平哈德門事件

關山月

日本軍國主義者，在偷襲珍珠港一年之前，還對「南進」的考慮很多。這才一面起用了野村吉三郎大將那樣的親美派，來出任駐美大使，用「障眼法」掩護着自己的備戰活動。另一面又在中國的佔領區內，直接了當地向美國人挑衅，製造出一個「北平哈德門事件」，來試探一下美國對日本侵略行動的心理準備。

這個事件發生的經過，根據美國當時留駐北平大使館的警備隊長竇挪格上校的報告，是這樣的：

「一九四〇年十二月三十日這一天，深夜十一時光景。北平哈德門街國際咖啡館門前，有一個吃醉酒的日本人，不由分說地痛打了一個美國海軍陸戰隊員，而且用手槍逼着他走進那咖啡館去。

另外三個美國海軍陸戰隊員，馬上跑過去救駕，奪下了手槍，再將槍的「保險」扣上，還給了原主。

誰知十分鐘之後，忽然有十二個日本憲兵衝了進來，拔出手槍，謁令咖啡館中的人離去，并且朝天放槍數响示威；然後又用手槍，抵住當時在塲的九個海軍陸戰隊員的肚皮和背脊，而且逮捕了其中的五個，帶到憲兵隊總部去訊問……在被捕者之中，四個人都被打傷了頭部和面部。

所有這些人，在咖啡館中，都并沒有任何不軌行動。

事後，陸戰隊的一個軍官，奉命到日本憲兵司令部去交涉放人，遭到了拒絕。次日早晨六時，竇挪格上校親自前往，也吃了閉門羮。十二時，竇挪格上校又碰了一個釘子：理由是「此案已移歸他處處理」。

結果才弄清楚：它處，原來就是日軍的「北支派遣軍」總部。

直到下午五時，那五個海軍陸戰隊員才重獲自由。其中之一報告道：「日本憲兵曾經對他拳打足踢，并且強迫他在一張紙上簽字，証明整個事件是「由于他出手打掉一個日本人口中的烟斗而起的」。

這個事件顯然是日本人事先安排的。……日軍總部的一個發言人雖然表示：希望儘速了結這段公案，但我方却立即提出強硬抗議，而且要求日本憲兵隊正式道歉。」

很可能是出於日本軍方的事先安排，美國大使館在這個事件發生之後，電台一直受到干擾，足足費了五個半小時的功夫，才把到華府去的電報打通。美聯社的駐平記者，想拍發關於「哈德門事件」的專電的時候，更碰了電報局一個釘子，說是「發生故障，綫路不通」。

同時，身爲日本駐華大使館北平警備隊長，又兼任「北支派遣軍」總部參謀的宮本少佐，也開始出頭向美國大使館表示：

「極望就地解決，以免擴大」。

那時，美國大使館的警備隊長竇挪格上校，曾經代表美方，向宮本少佐提出了這樣三項要求：

A、由日本憲兵隊長出頭道歉。

B、保証以後再無類似事件發生。

C、懲罰肇禍份子。

宮本少佐先說：美國大使館的說法，和日本憲兵的說法，完全是「公說公有理，婆說婆有理」。又說：他要先向上級請示一番，然後才能再談下去。

這時，發不出新聞電的美國記者們，也逼着竇挪格上校，要求美國的亞洲艦隊總司令哈特上將，把他們的電報，由海軍專用的電台，經過上海，轉往美國。日本軍方大概沒有料到他們會走這一着，忘記封鎖住這個漏洞。於是，第二天一早，美國的報紙上就都已經披露了「哈德門事件」的消息。

那時，在北平大使館坐鎮的一等秘書斯梅士，也向國務院密電報告道：

「肇事的日本人，事前已經在該咖啡館進進出出，而且對美國海軍陸戰隊員們，佯醉地挑衅。……他不斷地找機會生事，直到拔出手槍，威脅別人就範之後才罷手。事件發生後幾分鐘之內，忽然就有大批的日本憲兵趕到現場，粗暴地採取了捕人的行動。這就証明：他們一切做法，都是有計劃的。

燕京大學校長司徒雷登也說：他風聞日本人已經在「新民會」的中國會員中間，散佈消息道：這一次，他們主動地逮捕了五個美國兵，拘留了十七小時，置美國的多番抗議和要求於不顧；就是要想表現一下日軍的力量，不管什麽時候，只要他們想讓美國人滾蛋，美國人就非滾蛋不可！」

這個事件，是日本人一手造成的。他們的動機，可能是：刺激美國的孤立主義者，讓他們要求撤退所有在華的海軍陸戰隊。……讓中國人民認爲：日軍的强大，足以把美國玩弄於股掌之上。……并且對日本駐美大使野村表示：日本軍人將不會容忍任何人來干預他們的霸圖。……

一般相信，日本軍方現在正忙着搜集各種有利的証據，也許還會强迫咖啡館的俄國老板和茶房們，亂講一通。有關係的日本老百姓和憲兵，當然也會爲了「皇軍」的需要，而大說其謊。

美國海軍陸戰隊員們，行爲很規矩，絕沒有惹事生非，而且表現了高度的自制力。大使館完全無條件的支持竇挪格上校所提出的要求，而且認爲：應當很明白地讓日本人體會到：美國絕不能容忍日本軍人的霸道行爲……即使日方接受了竇挪格上校的要求，國務院也不妨考慮採取若干措施，來表示維護在遠東權益的決心！

日方的宮本少佐，在當天傍晚，又向美國大使館表示：日方在「很客觀地調查一番之後，覺得那個日本人并沒有做錯過什麽事」！因此，無法接受竇挪格上校提出的那三項要求。如果美方還堅持要道歉才能了事，日方就會「覺得美國在逼着我們做一件自己明知不對的事」！

據美國國務院內部文件中透露：當時，竇挪格上校是這樣回答宮本的：

「我相信我們的人絕沒有言過其實，顚倒黑白。而且我也相信：這是一個日本人的蓄意挑衅！

當時，那個日本人曾經從這一桌走到那一桌，故意向海軍陸戰隊員們圓睜怪眼。然後，忽然把一個隊員，連推帶撞地逼進了衣帽間，而且用手槍指着他的肚子。其餘的海軍陸戰隊員趕進來解圍，奪掉了他的手槍，使事態平靜下來之後，才把武器交還給他。誰知十多分鐘之後，突然湧進來了十幾個佩劍執槍的日本憲兵，不由分說，就逮捕了五個陸戰隊員，把他們加以毒打，一直關到第二天下午五點，才放了出來。在這種情形之下，我認爲那三項要求是完全合理的，根本沒有什麽講價還價的餘地！」

宮本少佐馬上指出：那個日本人其所以如此激動，完全是因爲他嘴上含着的烟斗，忽然莫明其妙地被海軍陸戰隊員碰掉在地上。

竇挪格上校認爲：這完全是無稽之談，而且更重要的是：海軍陸戰隊員們在被捕期間受盡了拷打，「這對於美國軍人和整個美國人民，都是一種嚴重的侮辱」！

接着他又鄭重地表示：如果日方不能接受那三個條件的話，他就只有把整個案件報告上級，由更高的國家機構來加以處理。

宮本少佐看見事情已經鬧僵，只好把責任推在那些小倒霉蛋的身上。他說：整個誤會就壞在打電話去告警的那個日本人，由於他的語氣倉皇激動，使得日本憲兵隊以爲美國海軍陸戰隊員們，正在咖啡館裡大開殺戒！這才如臨大敵似的趕到現場，馬上動手抓人。

然後，他又表示：看來雙方已經沒有轉圜的餘地。唯一的辦法，只有停止談判，把它列爲日美間的「懸案」之一，

談判決裂之後，美國的亞洲艦隊司令哈特上將，還向竇挪格上校，發出過「四項指示」道：

A、對竇挪格的立場，表示全力支持。

B、此後的談判重點，是要使日方改變自己的立場。

C、美國官方認爲：此事已「陷入僵局」。

D、他認爲：美國政府應當態度强硬。

從此以後，這段公案，就升級到了「外交談判」的階段，被正式命名爲：「陸戰隊與憲兵隊事件」，由美國駐日大使格魯，日本外相松岡洋右，親自出馬。同時，在北平的美國大使館一等秘書斯梅士，也和日本的駐華代辦土田，不斷地往返折衝。日本使館的二等秘書寺崎，更曾經以「私人的資格」，去和美國使館的二等秘書班倫郝夫，懇談過一次。

寺崎表示：據他的看法，唯一能夠解決問題的路徑是：美國海軍陸戰隊，對咖啡館中的事件表示歉意；同時，日本憲兵隊，也對拷打被拘捕的美國兵一事，感到遺憾。只要雙方都能讓一步，天大的事，都可以一了百了。

班倫郝夫馬上給他一個釘子碰了回去，一板一眼地說：要想讓美方道歉，簡直連談都不要談。寺崎也就順風轉舵，連忙聲明：他說這話，只不過希望知道：美方會採取怎樣一種行動，來平息日方的緊張情緒而已。

美國大使館的一等秘書斯梅士，也是個主張毫無妥協餘地的人，他在致華府的密電中，曾經着重地指出：

「美國海軍陸戰隊員犯了錯誤，我們總是自動地先向日方提出道歉。

但是，日方有了越軌行動的時候，爲什麽就一定不肯自己認錯？」

可惜的是：北平這些美國外交官的强硬態度，都顯然沒有絲毫改變華府「息事寧人」的初衷。因此，在竇挪格上校得到的新訓令中，最重要的幾點就是：

A、談判的任務，只限於促使日方認錯而已。

B、日方一旦表示讓步，就應當適可而止。

C、在日方讓步後，馬上發表聲明，表示對這一事件的「遺憾」，藉以了却整個糾紛。

美方雖然只要求「道歉了事」，日本軍國主義者却非但不肯認錯和讓步，反而變本加厲地製造了一大串挑衅事件，來繼續試探山姆大叔的反應，那就是：

一九四一年六月五日——在轟炸重慶的時候，也向美國

大使館投彈二枚。

六月九日——宣佈「軍事旅行証」的制度，禁止美國海軍陸戰隊員，自由來往於北平與秦皇島之間。

七月十八日——從內地前往福州的美國僑民，都毫無理由地被日軍拒絕入境。

七月三十日—美國停泊在重慶江邊的炮艦圖圖拉號，受到日機轟炸，雖然沒有傷亡，艦身却遭受了很大的損害。

八月十八日——日軍在廣州附近的江門，搶掠了美國天主教會的教堂，「非禮」了修女，還把神父威嚇得死去活來。

八月二十日——日軍在山東濟寧，對美國僑民，大搶特搶，而且還侮辱了美國的國旗。

九月十一日——日軍在瀋陽封閉了三個美國教會，逼着教會學校的中國學生退學，還嚴格限制了美國人的各種活動。

十一月七日——哈爾濱的三個美國教士，被日軍以間諜的罪名，逮捕入獄。

十一月十四日——日軍衝入青島的美國教堂，胡鬧了一陣，還掌摑了堂內的修女。

十一月十七日——日軍毫無理由地，在安東逮捕了美國公民——韓德牧師與拜倫博士夫婦。

與此同時，日本更在上海大放其空氣，表示一定要接收公共租界！而且大言不慚道：「即使海軍不肯合作的話，陸軍也要單獨地幹到底！」

八月六日那一天，重慶的中國情報機構，還轉交給美國大使館的海軍武官，一個「絕對機密」的參考消息道：

「日軍業已擬妥計劃，以夜襲之方式，使用兩營兵力，突入上海公共租界，加以佔領，并將美國海軍陸戰隊，盡數俘虜。」

在這種越來越緊張的氣氛之下，不知是眞的爲了避免「無謂犧牲」？還是爲了懼敵和避戰？美國的駐揚子江「巡防艦」司令戈挪斯夫少將，以及駐上海的第四海軍陸戰隊指揮官郝亙德上校，忽然聯合向上級建議：

「立即撤退駐屯在中國境內的美國海軍陸戰隊與美國艦隊」。

撤退的理由是：

「從軍事觀點來看，它們越來越難維持自已的地位。……第四陸戰隊不斷被要求用來支持公共租界的治安力量，因而也就增加了被捲入嚴重衝突的可能性。……陸戰隊顯然不足以制止日軍在當地的胡作非爲，在受到了正式軍隊直接圍攻的時候，更沒有足以應付的力量。」

在這個建議之下，幾乎全部駐紮在日本佔領區內的美國部隊，都在撤退之列。其中一共包括：

駐紮北平的海軍陸戰隊一六二名

駐紮秦皇島的海軍陸戰隊一六名

駐紮天津的海軍陸戰隊一一一名

駐紮上海的海軍陸戰隊九〇〇名

遊弋在長江上的「內河炮艇五艘；「旗艦」呂宋號，停泊上海。圖圖拉號，停泊重慶。關島號，停泊漢口。歐湖號，巡弋長江下游。門達諾號，停泊廣州。

這個建議，馬上得到了美國亞洲艦隊司令哈特上將，和美國駐上海總領事羅克海德的支持。但却遭受到職業外交家，駐中國大使高思，和國務院遠東司的堅決反對。

高思認爲：除非美日關係惡化到非破裂不可的程度，就不應當先把陸戰隊撤退，以免示弱和置留華僑民於不顧。他并且堅信：在海軍陸戰隊先行撤離之後，上海的局勢和美國僑民的處境，非但不會有絲毫改善，倒有迅速惡化的危險。

遠東司也認爲：撤離，就是示弱，更會鼓勵日軍的胡作非爲。它說：

「美軍在目前，可以被看做中國淪陷區內整個西方地位的一塊基石。自動撤退之後，無論日美關係如何發展，西方在那裡的地位，早已崩潰無遺。……不及早撤退，當然有全軍覆沒，艦隻盡失的危險。……但是，從各方面來考慮，實在都有把美軍冒險留駐到最後一分鐘的價值！」

大家吵來吵去，一直吵了兩個星期。美國的亞洲艦隊司令哈特上將，這才提出來了一個折衷的建議：

A、撤出呂宋號與歐胡號兩艘炮艇。

B、撤出天津與秦皇島的海軍陸戰隊。

C、將駐上海的海軍陸戰隊，自八五七名，減爲八〇〇名，使外人不至於誤會：「美軍正在撤退之中」。

於是，在華府又掀起了一場大辯論——一方面是海軍部長諾克斯和海軍作戰部長史塔克；另一方面是國務卿赫爾和國務院遠東司的副司長阿丹姆斯。前者，無論如何要撤。後者，則堅持「冒險也要留」！結果，還是要槍桿子的人們，打了勝仗。國務院終於在十一月六日，正式打電報給駐中國大使高思道：

「華府即將公開宣佈：正在考慮撤退美國海軍陸戰隊的問題」。

緊接着就由羅斯福總統，親自在記者招待會上宣佈：

「美國政府決定撤退駐屯於北平、天津、上海各地之海軍陸戰隊。自十一月廿五日起開始，務期於短期內完成。」

撤退的步驟是：

A、撤退所有的軍艦，另派一艘炮艇威克號，停泊上海，來維持通訊連路。

B、撤退所有的陸戰隊員，僅在上海留駐後勤人員三名
南京一名　漢口一名　天津一名　北平九名

C、留在上海的威克號，也實行部份減員。

D、撤退陸戰隊的工作，由商船「梅德森總統號」和「哈里森號」進行。第一步先撤至馬尼刺。

袁世凱逼宮竊國記

——傳偉——

編者按：本文作者溥偉，乃恭親王奕訢之孫，國畫大師溥心畬之兄，世襲恭王，清室遜位後避居青島，兼組織宗社黨，九一八事變後，溥偉搶先入瀋陽，祭告清陵擬建立「明光帝國」，爲日人所拒，本文乃一九五一年五月二十五日發表於天津進步日報（大公報改版）爲頗多近代史家所未知之史料。

十一月二十九日（陽曆元月十七日），余力疾至內閣，醇慶諸王及蒙古王均到。袁世凱以疾辭，遣趙秉鈞、梁士詒爲代表。最可憤者，羣臣列坐，二三刻鐘之久，惟彼此閒談，不提及國事。余不能耐，遽詰梁、趙曰：『總理大臣，邀余等會議，究議何事，請總理大臣宣言之。』趙秉鈞曰：『革命黨勢甚强，各省響應，北方軍不足恃。袁總理欲設臨時政府於天津，與彼開議，或和或戰，再定辦法。』余曰：『朝廷以慰庭（袁世凱字）爲欽差大臣，復命爲總理大臣者，以其能討賊平亂耳。今朝廷在此，而復設一臨時政府於天津，豈北京之政府不足恃，而天津足恃耶？且漢陽已復，正宜乘勝再痛剿，乃罷戰議和，此何理耶？』梁士詒曰：『漢陽雖勝，奈各省響應，北方無餉無械，孤危已甚。設政府於天津者，懼驚皇上也。』余曰：『從前髮捻之亂，擾及畿輔，用兵幾二十年，亦未有議和之舉，別設政府之謀。今革命黨之勢，遠不及髮捻，何乃輒議如此？若用兵籌餉之事，爲諸臣應盡之責，當勉爲其難。若遇賊即和，人盡能之，朝廷何必召袁慰庭耶？』梁、趙語塞。胡惟德曰：『此次之戰，列邦皆不願意，我若一意主戰，恐外國人責難。』余曰：『中國自有主權，對內平亂，外人何能干預。且英、德、俄、日，皆君主之國，亦萬無强脅人君俯從亂黨之理。公既如此說，請指出是何國人，偉願當面問之。』慶邸曰：『議事不可爭執，況事體重大，我輩亦不敢決，應請旨辦理』。言訖，即立起，羣臣和之，遂罷。嗚呼！羣臣中無一人再開言爲余助者，是可痛矣。次日，醇王以電話告，以初一開御前會議，囑余入內。十二月初一卯正至上書房，澤公叔語偉曰：『昨晤馮華甫，彼謂革命黨甚不足懼，但求發餉三月，能奏功。少時你先奏知，我再詳奏。』少頃，醇王叔至，密謂偉曰：『今日之事，慶邸本不願意你來，有人問時，只說你自己要來。』偉敬諾。辰刻入養心殿，皇太后西向坐，帝未御座。被召者有醇王、偉、睿王、肅王、莊王、潤貝勒、濤貝勒、朗貝勒、澤公、那王、貢王、帕王、賓圖王、博公。太后問曰：『你們看是君主好？還是共和好？』皆對曰：『臣等皆力主君主，無主張共和之理，求太后聖斷堅持，勿為所惑。』諭：『我何嘗要共和，都是奕劻同袁世凱說，革命黨太厲害，我們沒槍砲，沒軍餉，萬不能打仗。我說可否求外國人幫助，他說等奴才同外國人說看。過二天，奕劻說：外國人再三不肯，經奴才盡力說，他們始謂：革命黨本是好百姓，因為改良政治，才用兵，如要我們幫忙，必使攝政王退位。你們問載灃，是否這樣說。』醇王對曰：『是。』臣偉對曰：『既是奕劻這樣說，現在載灃已然退政，外國何以仍不幫忙，顯係奕劻欺罔。』那彥圖奏曰：『既是太后知道如此，求嗣後不要再信他言。』臣偉奏曰：『亂黨實不足懼，昨日馮國璋對載澤說，求發餉三月，他情願破賊，問載澤有這事否？』載澤對曰：『是有。馮國璋已然打有勝仗，軍氣頗壯，求發餉派他去打仗。』諭：『現在內帑已竭，前次所發三萬現金，是皇帝內庫的，我真沒有。』臣偉碰頭奏曰：『庫帑空虛，焉敢迫求？惟軍餉緊要，餉足，則兵氣堅，否則氣餒兵潰，貽患甚大。從前日俄之戰，日本帝后解簪飾以賞軍，現在人心浮動，必須振作。既是馮國璋肯報效出力，請太后將宮中金銀器皿，賞出幾件，暫充戰費。雖不足數，然而軍人感激，必能效死。如獲一勝仗，則人心大定，恩以御衆，勝則主威。請太后聖明三思。』善耆奏曰：『恭親王所說甚是，求太后聖斷立行。』諭：『勝了固然好，要是敗了，連優待條件都沒有，豈不是要亡國麼？』臣偉奏曰：『優待條件是欺人之談，不過與迎闖賊不納糧的話一樣。彼是欺民，此是欺君。就請用賢斬佞，激厲兵心，足可轉危為安。若一議和，則兵心散亂，財用又空，奸邪得志，後事真不堪言。況大權既去，逆臣亂民倘有簒逆之舉，又有何法制之？彼時向誰索優待條件？』又泥首奏曰：『即使優待條件可恃，夫以朝廷之尊，而受臣民優待，豈不貽笑列邦？貽笑千古？太后皇上，欲求今日之尊崇，不可得也。臣忝列宗支，實不忍見此等事！』諭：『就是打仗，也只馮國璋一人，焉能有功？』善耆奏曰：『除去亂黨幾人，中外諸臣，不無忠勇之士，太后不必憂慮！』臣偉奏曰：『臣大胆，敢請太后皇上賞兵，情願殺賊報國！』顧載濤曰：『載濤你管陸軍，知道我們的兵力怎麼樣？』載濤對曰：『奴才沒有打過仗，不知道。』太后默然。良久曰：『你們先下去罷。』耆善奏曰：『少時國務大臣進見，請太后慎重降旨。』太后歎曰：『我怕見他們。』乃顧臣偉曰：『少刻他們又是主和，我應說什麼？』對曰：『請太后仍是主持前次諭旨，着他們要國會解決。若設臨時政府，或遷就革命黨，斷不可行。』太后曰：『我知道了。』又叩首奏曰：『革命黨，無非是些少年無知的人，本不足懼，臣最憂者，是亂臣藉革命黨勢力，恫嚇朝廷。又復甘言詐騙，以揖讓為美德，以優待為欺飾，請太后明鑑。南方為黨人佔據，民不聊生，北方因為兩宮照臨，所以地方安靜，此正是明效大驗，太后愛惜百姓，如殺賊安民，百姓自然享福。若是議和罷戰，共和告成，不但國亡，此後中國之百姓便永不能平安。中國雖弱，究屬中華大國，為各國觀瞻所繫。若中國政體改變，臣恐影響所及，從此兵連禍結，全球時有大戰，非數十年所能定。是太后愛百姓，倒害了百姓』。太后領之。載澤奏曰：『今日臣等所奏之言，請太后還後宮，千萬不可對御前太監說，因為事關重大，請太后格外謹慎。』諭：『那是自然，我當初侍奉太皇太后，是何等謹慎，你不信，可以問載濤。』善耆奏曰：『載澤所言甚是，太后從先聖孝，今日與彼時不同。』太后不語，遂皆退。按日被召凡十四人，惟四人有言，餘皆緘口，良可慨也。』

洪憲本末

・鐵嶺遺民・

題外的話

「洪憲」時代距離現在已經六十年，對於此一事件功過，久成定論，不但國人交相詬誶，即使「皇二子」袁克文寫的「洹上私乘」雖將此事推給朱啓鈐、梁士詒等人，指爲「籌張擾攘，共濟宄謀」，但對於稱帝之不當，也沒有一語辯護之詞，可見雖孝子賢孫百世之下不能改也。

但是一般公私紀載對於洪憲歷史大都失實，所以如此，因爲多半出於革命黨人手筆，對袁世凱懷有私人惡感，不惜誇張事實，有些地方甚至變成造謠，例如最負盛名的劉成禺所著「洪憲紀事詩」，其中一部份出於虛構，如果當作信史必然要誤大事。

筆者對現代史談不上研究，但頗有興趣，尤其近十年來現代史資料出版漸多，多見到幾本書，對過去的一些模糊印象起了變化，以爲應從把所能見到的資料對比一下，判出其眞僞，供給治現代史的人作一個參考。

在執筆之前，筆者有兩點願望希望能先作一個說明。第一，我寫的事情可能有錯，但是決不造謠，一定要有出處，如果有錯，也是前人記載的錯，不是我有意造謠，凡有此類事件，深盼讀者能隨時指出，大家互相研究，共同寫出一篇較爲接近眞實的洪憲史料（歷史很少有絕對眞實的）。

第二，洪憲距今雖然六十年，在當事人子孫均在，恩恩怨怨似未了結，尤其是袁氏後裔在海外的很多，希望對此不要介意，我祇是講歷史，決不攻擊袁世凱個人，假如說錯了，各位指正，我接受，至於惡意謾罵，則恕不答覆，因爲我從來不與人開筆戰，更不能因談洪憲事鬧出筆墨官司，失去撰寫此一段史實的本意。

最後還有一個聲明，這一段史實完全以洪憲爲主，而不是袁世凱傳，時間也就是民國四五年之間所發生的事，至於袁氏早年歷史，除與洪憲有關者一概不談，以免混淆。

袁世凱家世

台北「中外雜誌」曾發表章君穀寫的袁世凱傳記，第一篇就出現了一個大錯誤，說袁世凱叔祖袁甲三爲李鴻章部將，對於熟悉近代史人來說，應該不會有此失。

本篇先談談袁甲三是不是李鴻章的部將。

袁甲三生於嘉慶十一年（一八〇六）中進士在道光十五年（一八三五），卒於同治二年（一八六三）。

李鴻章生於道光三年（一八二三），中進士在道光二十七年（一八四七），卒於光緒二十七年（一九〇一）。

由兩人生年及科名來看，李鴻章小袁甲三十七歲，中進士晚袁甲三四科（遲十二年）。在當時科甲習慣，差三科即是前輩李鴻章見了袁甲三一定要執後輩之禮。

其實不但李鴻章，就是曾國藩比起袁甲三也晚了半輩，曾國藩生於嘉慶十七年，小於袁甲三六歲，中進士則在道光十八年，晚袁甲三一科（三年）。

李鴻章的輩份實在同甲三之子保恒相同，保恒是道光三十年進士，祇晚李鴻章一科。

至於說到袁甲三是李鴻章的部將更是想當然耳，姑不說李鴻章科第與功名均較袁甲生晚十幾年，最要緊的是袁甲三死在同治二年（一八六三），李鴻章接曾國藩之任到淮北剿捻則在同治五年冬（一八六六），手邊沒有確實的資料，不敢斷言袁李平生未見過面，但兩人決沒有隸屬關係是不成問題的。

袁甲三與曾李相同，皆是以文人領兵，但其人却具有曾之穩健篤實性格，李之敢作敢爲作風。淮北將領蔣東才（亳縣），李南華（蒙城）牛書琴，牛師韓（渦陽），程文炳（阜陽）直接間接皆出其門，這批人是後來李鴻章，英翰（此公爲滿人中知兵大員，以後曾任兩廣總督）平捻的主力，事定後皆官至提鎮。說到淮軍，李鴻章祇是第二代，開天闢地首創淮軍的袁甲三，若把他當成李鴻章的部將，就是大笑話了。

袁世凱的世系

三國袁術所稱帝號，其中一個理由是家世高貴，四世三公。袁世凱自不致如袁術之謬妄，但後來洪憲帝制，多少也與家世有關，袁世凱是舊時代的人，當然擺脫不了舊時代的想法。

袁氏世系暫從世凱曾祖耀東說起，耀東生有四子，甲三最幼，世凱祖父樹三若非三房就是二房，决非長房。其餘兩房情况則不知。袁府功名還是自袁甲三起，以前似乎沒有顯達的人。

袁甲三進士出身，官至漕運總督，欽差大臣，督辦安徽軍務，卒後諡端敏，清史稿有傳。

其次要數到甲三子保恒，也是進士出身，歷官內閣學士，戶部，吏部，刑部侍郎，諡文誠，清史稿有傳。

再其次要說到袁世凱嗣父保慶了，保慶號篤臣，樹三次子，舉人出身，無子，兄保中生六子，世凱行四，出繼保慶爲子，世凱發達之後，京師自慈禧太后以下皆呼爲袁四，還是指原來的排行，按照宗法，出繼爲保慶嗣子，應該算是長子。保慶爲人有胆署，富熱情，卒於江南鹽巡道，世凱當時隨侍在江寗。是年十五歲。

再其次要數到甲三次子保齡了，保齡號子久，也是舉人出身，候補道。

唯一沒有功名的是世凱本生父保中，號受臣，在家鄉辦鄉團終老。現在先把世凱系列后。

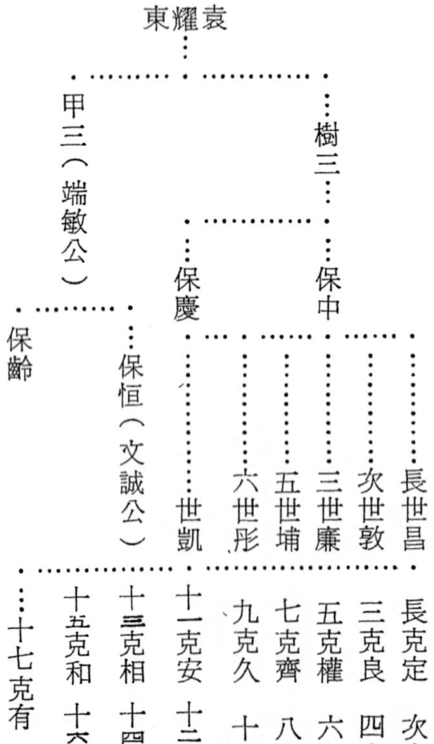

袁世凱的籍貫

中國過過去有一個習慣，對於某人尊稱不敢直呼其名，亦不便呼其號，皆以鄉里籍貫或服官地點代替，前者如韓昌黎，後者如柳柳州，此風到了清末更甚，李合肥，袁項城之名滿天下，僚屬私下稱之爲合肥，項城，姓氏都畧去了，但是大家聽到就知道項城不是指的河南省項城縣，而是指的項城人袁世凱。

袁世凱籍貫是項城自然無問題，但他同項城的關係甚淺，在袁世凱出生時，袁氏尙居於項城縣北張營，大概同治元二年間，袁氏自甲三以下，如保慶，保恒，保齡均在外服官，家世顯赫，當地捻匪又經常出沒，於是在張營以東二十里建一個寨柵名袁寨，這時世凱祇四五歲，到了八歲時，就跟隨嗣父保慶服官山東，一直在外面遊宦七八年，到了十五歲時，保慶卒於江寧，世凱扶柩回葬，在袁寨住了半年，第二年（同治十三年）袁保恒從外面回鄉省親掃墓，看見世凱器宇不凡，就把他帶去北京，命從保齡讀書，此後世凱就未再回過項城，總計在項城住的時間，前後都算上不過八年半。

到了袁氏閤門貴盛之後，覺得項城荒僻小縣，不大方便，徙居到陳州，世凱成年以後家居是住在陳州，與徐世昌結交也在陳州。及至出仕以後，服官南北，沒有定所，不但未回過項城，連陳州也未回去過。宣統元年被載灃以足疾爲名放歸田里，世凱却未歸項城，陳州故里，臨時遷居衞輝，在城外買了幾十間房子居住。到了五月，遷居彰德府北門外上村，這個地方本來是天津鹽商何仲環的別墅，何是世凱四子克端的岳父，世凱看中了這個地方，從何氏手中買進，在宣統元年五月搬過去，加以增建，成爲名區，又在村之左邊闢地百畝建養壽園，內有養壽堂、謙益堂、五柳草堂、樂靜樓、紅葉館、納涼廳、澄澹榭、葵心閣、嘯竹精舍、杏花村及亭、台、峰、洞、崖、池、橋等建築，就世凱當時心情看，未嘗沒有終老洹上之意，但是武昌義旗一舉，他又被召入都，在洹上村住了兩年多時間，此後就未再回過洹上村，一直到靈柩運回洹上村安葬，算是歸正首邱。

每一個創業皇帝，總有史官揑造許多童年時代的神話，以示受命於天。世凱也許因爲稱帝時間太短，史官尙未來得及編造就完了。但是，袁氏家鄉傳說及記載，世凱童年確與常兒不同。

第一個故事是袁甲三一次回里，在家中唱戲，世凱當時不過三、四歲（甲三死時世凱祇五歲），大概是甲三也喜歡這個孫兒聰明，抱着他在膝蓋上看戲，戲台上唱的「捉放曹」，當曹操殺了呂伯奢一家，出來遇到呂伯奢又把呂伯奢殺死，陳宮大爲憤怒，在路上指着曹操痛罵，曹操却一味陪笑，世凱看到這裡突然指着戲台向袁甲三說道：「老爺（中原地區對祖父稱呼），他怎麽不連那個紅臉的（指陳宮）一齊殺了。」據說袁甲三當時目瞪口呆久之。事後向子姪們搖頭說道：「此兒狠過曹操，將來如何是好。」

另一個故事在世凱五歲時，捻衆圍攻袁寨，殺聲震耳，寨內沸騰，家中僕人背着世凱登陣觀看，他却指指點點，儼如大將指揮作戰，沒有絲毫懼色。

渦陽牛師韓也是袁甲三部將，世凱嗣母牛氏可能是師韓同族，師韓自光緒元年至十五年任河南歸德鎭總兵，陳州、項城皆其轄區，世凱於光緒六年去登州投吳長慶，在投吳長慶之前曾在歸德鎭衙門住過幾個月，這時也祇十六七歲，牛師韓雖是武人，却飽讀詩書，對當代人物甚少許可，但是却相當器重世凱，臨別時叮囑說：「慰庭努力自愛，你不是池中物也。」

程文炳是潁州府阜陽縣人，也是袁甲三部將，以後官至提督，世凱一次路過阜陽去拜望程文炳，留住幾日，與程文炳談用兵之道，程文炳也十分欽服，認爲雖老將不及，這時世凱也不過二十歲上下。

總之世凱在幼年時就譽滿鄉里，許多事雖不見於記載，但故鄉父老相傳也不盡子虛，其人確是不凡，後來祇緣一念之私，變成兩朝（清、民國）罪人，所以張謇後來嘆息：「三十年更事之才，三千年未有之會，可以成第一人，而卒敗於羣小之手。」眞是大大不幸之事。

假作真時真亦假

歷史上有許多事，經過口語流傳，常常假的變成眞的，眞的却成了假的，袁世凱的歷史就有兩件有趣的事。

一是「辛壬春秋」記載南北議和成功後，隆裕太后亦哽咽流涕，「久之，太后謂皇帝曰：爾之所以得有今日者，皆袁大臣之力，即敕皇帝降御座致謝袁大臣，袁大臣惶恐頓首辭謝，伏地泣，不能仰視。」辛壬春秋作者尙秉和是直隸省行唐縣人，久居北京，對朝內大事見聞頗多，本人又確有史才，「辛壬春秋」這部書又被公認爲夠水準的野史，因此對這段記載從來無人懷疑，可是到了溥儀自傳「我的前半生」出版，才知道根本沒有這回事。

據溥儀記述：「有一天在養心殿的東暖閣裡，隆裕太后坐在靠南窗的炕上，用手絹擦眼，面前地上的紅毡墊上跪着一個粗胖的老頭子，滿臉淚痕。我坐在太后的右邊，非常納悶，不明白兩個大人爲甚麽哭。這時殿裡除了我們三個，別無他人，安靜得很。胖老頭很响地一邊抽縮着鼻子一邊說話。說的甚麽我全不懂。後來我才知道這個老頭就是袁世凱，這是我看見袁世凱唯一的一次。」

由這段記述可以知道辛壬春秋記載完全虛構，但數十年來大家均深信不疑，若不是溥儀自己寫了自傳，則隆裕太后要皇帝下殿謝袁大臣事就變成信史了。

以上是假的當作眞的，另外一件是眞的當成假的。當宣統皇帝即位後，攝政王載灃懷恨世凱戊戌告密，害得光緒皇帝抱恨而死，要殺世凱，後來經過多人求情。始以足疾放歸彰德，談近代掌故的人，都認爲載灃所說的「足疾」是强加上去的，但據袁克文「洹上私乘」記載，足疾倒是眞的，原文如下：「先公旣任軍機大臣，家十叔祖自鄉來，先公因久違別，乃行跪拜禮，拜起微蹶，遂致足疾不良於行者數月，每晨入宮哭奠（此指慈禧與光緒相繼崩逝，大臣每日須入宮哭臨後）輒扶杖而趨，至內有小監扶行，未久罷官歸矣。」大概載灃是看見世凱足跛，才加上足疾的理由勒令休致，並非任意揑造的。

袁世凱的操守

世凱是一個執袴公子出身，即在專門爲世凱頌功德而寫的「容菴弟子記」中，對於世凱少年時的豪氣也頗多描述，至於私家記載尤多，甚至當去登州投吳長慶時，尙帶了一羣鄰舍子弟同往，由於他有這種氣慨，所以一貫視金錢如糞土，從幼到老不改，不過，世凱雖然亂用公欵，却不積私財，此點比起後來的一般軍人要好得多。

袁世凱任直隸總督時，用錢之多，不能想像，茲舉兩件事以概其餘，當時慶親王奕劻任軍機大臣領班，爲事實上宰相，袁世凱竟然派一專人駐在王慶府，把王慶府全部開支包下，從每日開支，到過生日，生孩子，甚至奕劻對外的應酬，送禮，全由直隸總督衙門包了。奕劻本來貪財，被世凱銀彈擊倒，變成了世凱的傀儡，言聽計從，其子載振更與世凱結拜兄弟，世凱五十壽辰時，載振送壽聯落欵「慰庭四兄大人」，曾被御史參劾違背祖制。這是世凱用錢最成功的一次。

另一件是慈禧太后七十大慶，全國督撫競相進奉，禮物千奇百怪，價値更昂貴驚人，其中仍以世凱送的禮物價値最高，是二十四個赤金如意，連慈禧太后都看得眼花繚亂，拿到手上再三問：「這可是眞的？」

世凱這樣揮霍，當然入不敷出，到了他由直隸總督內調軍機大臣、外務部尙書時，竟然虧空了五百多萬兩，一時辦交待成了問題，好在他的聖眷正隆，就保荐山東巡撫楊士驤繼任，此公是他的死黨，暫時可以替他扛下來，才算把交待彌縫過去。

到了載灃把他放歸洹上，全家大小光是親丁就達五十口，計太太姨太太十二人，公子十七，小姐十四，再加上兒媳婦，孫少爺，這筆開支已經不同小可，而家中還養了一批清客，加之四面酬應依然不絕，這麼一筆龐大開支從哪裡來，就靠了長蘆鹽運使張鎮芳接濟。張鎮芳號馨菴也是河南項城人，有說是世凱的表弟，長蘆鹽運使是北方一個肥缺，沒有世凱那樣靠山，當然也輪不到他，但在世凱罷職三年中，始終供給無缺，也算難得了。世凱在洹上懷張鎮芳的詩有「白首論交思鮑叔」之句，大概也是指此而言。

袁世凱善駕馭賢豪

歷史上一個成功的帝王將相，不在於能用人，而在於人皆樂為我用，若就此點而言，世凱似乎不讓前賢。小站練兵是世凱一生事業之始，小站得人之盛也不容否認。及至後來任直隸總督，幕府人才如梁士詒，張一麐、楊士琦、王式通，也極一時之盛，世凱所以能脫穎而出，決非偶然，世人指袁世凱之成功全靠戊戌告密而來，似乎有欠公允。

平情而論，駕馭小站諸將及北洋幕府人才尚不太難，難在以後民國成立，南方革命偉人自中山先生以下，有一個時期皆受到世凱的籠絡，而衷心擁護，就更顯出世凱的才華了。

世凱最大的本領是他在明明用手段，却能使人當作是出自眞誠，就因為戲法變得太像了。當時世凱第一個對手是中山先生，世凱深知中山先生這種人，大總統可以拱手相讓，再用名利去籠絡他，是白費心機，唯一辦法是動之以感情。民國元年四月中山先生遊鄂與黎元洪晤面，世凱特派范源濂、張天昕持親筆函及自己小照去漢口面遞，信件開始稱：「中山仁兄先生閣下」，中述想念之誠，最後寫道：「茲遣范君濂生、張君眞吾兩員蒞鄂上候起居，並呈小影，一如世凱恭陪盛讌，親挹雄談。」末署「袁世凱叩上」。

後來中山先生北上，更待以大總統之禮，曲予承歡，以致中山先生都被騙，當面許以「十年以內，總統非公莫屬」，並電黃興速北來，為袁擅殺張振武一事解釋，認為「絕無可疑之餘地」。黃興在未去京之前，對世凱成見之深，甚於中山先生任何革命黨人，及到了北京以後，頓時觀感一變，不但對袁誤會冰解，反而極力拉袁入同盟會，願擁之為黨魁。孫黃二公從政的行為已近似聖賢，祇求把國家治理好，名利皆不在眼中，世凱竟然有辦法使他們傾心相服，其中就大不簡單了，大概歷來明君賢相，策使庸才易，駕馭豪傑難，能使賢者歸心，求之歷史上也沒有幾人，世凱竟然有此本領，所以張謇在世凱死後嘆息：「三十年更事之才，三千年未有之會，可以為第一人，而卒敗於羣小之手。」倒是一針見血之評。

袁世凱的學問

清朝末年當世凱權傾朝野，舉國仰望顏色時，大家對他的評語是「不學有術」，有人而告張之洞說：「公有學無術，袁慰庭不學有術。」張之洞點頭道：「慰庭有術，不唯有術，而且多術。」當然張之洞的意思也是承認袁世凱不學。

當然要是以科第中人期望世凱，他自然是不學，否則何至不能撈到一名秀才，若以古文學家的眼光來看世凱，去學問之途更遠。不過，要作一個政治家來說，尤其是作一個政治領袖，世凱的學問是夠用的。

張一麐在世凱任直隸總督時就是袁的幕府，以後世凱任大總統又任機要局長，與世凱共事甚久，據張一麐記述，世凱雖然未好好讀過書，但由於個性聰明，加之閱事既多，對於幕府所撰公文畧改幾個字皆能點石成金，使人嘆服，加以態度非常謙和，每次改後一定要說：「我沒有學問，改的如果不當，先生可不要客氣。」因此當時北洋幕府儘管人才濟濟，但對這個不學的府主，倒沒有人不服。

後來袁世凱被放回洹上，在洹上村住了三年，家中還養了一羣客人，經常遊山玩水，飲酒賦詩，在這期，袁世凱寫了很多詩，其中有幾首倒是眞不錯。

如次韻王介艇詩「乍賦歸來句，林棲舊雨存，卅年醒塵夢，半畝闢荒園，鷗倦青雲路，魚浮綠水源，漳洹猶覺淺，何處問江村。」最後兩句與另一首五絕「樓小能容膝，高簷老樹齊，開軒平北斗，翻覺太行低」異曲同工，祇看這兩首詩，也知道世凱決不甘心以洹上釣徒終老了。不過另一首次韻詩：「曾來此地作勞人，滿目林泉氣象新，牆外太行橫若障，門前洹水喜爲鄰，風烟萬里蒼茫繞，波浪千層激盪頻，寄語長安諸舊侶，素衣早浣帝京塵。」則又故作恬淡語，並非由衷之言。眞能表現世凱霸氣的是一首春雪詩：「連天雨雪玉蘭開，瓊樹瑤林掩翠苔，數點飛鴻迷處所，一行獵馬疾歸來，袁安踪跡流風渺，裴度心期忍事灰，二月春寒花信晚，且隨野鶴去尋梅。」一行獵馬疾歸來之句，非世凱作不出，若就這一句詩而論，也不能說他不學也。

帝制之始

袁世凱的帝王思想，根基可能種於少年時，不過，帝王思想不必厚責七八十年前的人，尤其是黃淮之間的人，因爲處於平原地帶，眼界開濶，野心也特大，所以歷來開國君主如劉邦、朱元璋、草頭皇帝黃巢、割據之雄張樂行皆出在這一帶，袁世凱有帝王思想可說其來有自，並不稀奇。

至於帝制之構想究竟始於何時，至今還沒有一個定論，最近又看到一種筆記，記載當辛亥革命，南北議和尚未談妥時，由於中山先生在南京就任臨時大總統，世凱及北洋派軍人覺得名份已爲革命黨爭去，今後既然不能當大總統，不如索性作皇帝，在北京來一個陳橋兵變的把戲，逼小皇帝溥儀作後周恭帝，公開禪位於世凱，由世凱建號稱尊，派兵南下討伐革命軍，以北洋派當時實力，撲滅革命軍應無問題，如此則世凱就成爲歷史上第二個趙匡胤。

據說當時的主此說最力的是倪嗣冲與段芝貴，兩人通過袁克定徵求袁世凱的同意，被世凱嚴詞拒絕，未成事實。

世凱所以不肯步趙匡胤後塵，是怕後人說他取天下於孤兒寡婦之手，後數年之間，世凱對於帝制進行所以搖擺不定，言語前後不符，眞正的壓力還來自清室，他既不肯負篡弒之名，又沒有辦法使天與人歸，最後祇有出於假造民意一途。

假如世凱當時眞的來個黃袍加身，又當如何，可以斷言必較洪憲敗得還快。我們可以推想世凱眞有此項行動，首光是清室遺臣堅決反對，直接也就引起了忠於清室的北洋派重要分子馮國璋、趙秉鈞、張勛的反對。還有雖不忠於清室，却反對帝制的段祺瑞一系也要堅決反對，至於南方革命黨人，不論南京方面、武漢方面必然要團結一致起而討伐，世凱自己可用之人也無非段芝貴、倪嗣冲、曹錕三數人，段芝貴、倪嗣冲不能派用場，有以後的事實可以證明，曹錕第三師雖然能打，但觀於後來入川與護國軍作戰，也沒有戰功，可知世凱眞的黃袍加身，將變成孤家寡人一個，失敗是彈指間事，所以他不敢冒昧從事，並不一定是愧對故君。

政治會議

洪憲帝制運動究竟起於何時，不必說相隔半個世紀的我們不能斷言，就是在當時身臨其境的人也說不清楚，因爲世凱初期一些措施，表面看來祇是專權恃勢的行動，是否有意爲後來帝制鋪路，大家都說不清楚，可能祇有世凱一人心中有數。

當國民黨二次討袁失敗後，世凱對於國民黨人佔多數的國會並未採取行動，表面看來好似世凱的放寬，實際上却另有目的，因爲世凱此時尚是臨時大總統，必須國會議員投票選舉，才能變爲正式總統，所以留着國民黨議員，是爲了選舉之用，到了正式大總統選舉之後，馬上下令解散國民黨，追繳國民黨議員的證書，國會雖未解散，也實際解體，反對他的國民黨議員與擁護他的進步黨議員殊途同歸，都喪失了議員的地位，這一手段較之後來的段祺瑞、曹錕始終被國會困擾而沒有解決的辦法，世凱確實高明得多。

不過，當時國民黨議員也並非看不出這步棋，所以主張先制憲法後選總統，各省北洋軍人却通電叫囂，一定要先選總統後才憲法，進步黨人此時的政策是依附袁世凱對付國民黨，因此也加以贊助，國民黨議員拗不過槍桿子，祇得勉强同意先選總統，但在選舉總統時又用了手脚，不肯選袁世凱，一直到袁的手下組成公民團包圍國會，不選出總統不准議員離去，雖然如此也投了三次票才選出，對世凱來說也大掃面子，因爲他當選臨時大總統時，是全票選出的。

大總統選出後，世凱就對付國會，首先召集政治會議以代替國會，政治會議議員共六十九人，由李經羲任議長，顧鼇任秘書長，民國三年十二月二十五日召開，世凱向政治會議提出救國大計案，其中有資遣議員回籍及修改約法案。政治會議議員皆是世凱所聘請，自不會與世凱作對，但是，大家看到這兩條建議，都感到難以通過，當時決定成立十五人審查會，推蔡鍔爲審查長，審查結果，有關修改約法問題，主張另設造法機構處理，至於議員資遣回籍問題，則由總統與國會商酌。

約法會議

袁世凱根據政治會議的建議解散國會，這是民國成立後國會第一次被解散，所有國民黨籍議員一律資遣回籍交地方官嚴加管束，國民黨議員中激烈分子大部已離京，世凱下令通緝，有兩名議員被捕遇害，一是伍漢持在天津遇害，一是徐秀松在江西遇害，解散政黨與國會，槍殺議員，在一個民主國家簡直是不可思議的事，但在當時，似乎並無人起而指責袁世凱違法，僅有日本人辦的順天時報提出一個問題，國會議員既然非法，由非法議員選出的總統是否合法，不能不使人感到迷惑，但世凱却不理這些，依然吾行吾素。

解散國會之後，第二步是變更立法機構，本來世凱的意思是把這個責任交給政治會議，但政治會議議員不肯担這個責任，建議政府另設立法機構，世凱就進一步要政治會議擧出具體的方案。

政治會議無可推辭，祇得提出約法會議，職權以討論大總統交下的增修約法案爲限，至於議員的名額分配，計二十二行省每省兩人，蒙、藏、青海共計八人，北京四人，全國商會聯合會四人，共計六十人，至於約法議員的產生則由選擧，但候選人必須担任過高級官吏，或是前清擧人以上的功名，或財產在一萬元以上。

約法會議在民國四年三月二十八日開幕，選出孫毓筠爲議長，施愚爲副議長，世凱派王式通爲秘書長。並向約法會議提出修改約法的條欵。約法會議的議員質素已不如政治會議，孫毓筠是國民黨變質黨員，此時已投入世凱手下，施愚是袁的私黨，這樣一個會議自然唯袁之命是聽。經約法會議修訂的新約法有幾個重大變革；第一、將內閣制改爲總統制；第二、廢內閣總理改爲國務卿；第三、規定總統有權解散立法機構，國會却無權彈劾總統，並規定國會爲一院制，設立法院爲國會，另設參政院爲總統諮詢機構，新約法修訂之後，世凱已變成獨攬大權之人，離做皇帝又近了一步。

國務卿

袁世凱解散國會，內閣總理尚是熊希齡，這是當年有名的名流內閣，閣員有張謇、梁啓超、汪大燮，也確負全國重望，但是國會解散之後，名流內閣也隨之倒台。此時世凱已決心改爲總統制，對內閣總理人選，不願再提朝野負重望的人出任，以免將來改組困難，當即決定由外交總長孫寶琦代理。孫寶琦清末也任過山東巡撫，與世凱本是死黨，後又結爲兒女親家，世凱第七子克齊就娶寶琦的女兒爲妻。因此兩人關係十分親密。對於這個過渡時期的代總理，世凱就派孫寶琦担任。

在新約法通過改內閣制爲總統制，國務院取銷，在總統府設政事堂，設國務卿一人爲各部之首，但大權則決定於總統，國務卿祇負承上啓下，不再負行政上的責任，國務卿下面又設左丞右丞以佐理國務卿處理日常事務。在新約法頒佈之後，內閣當然撤銷，此時大家注目的就是國務卿誰屬，當時有意出任此職的人自然很多，比較起來呼聲最高的第一個是曾任政治會議議長的李經羲，他同世凱是少年之交，清末世凱任直隸總督，李經羲任雲貴總督，兩人日常見面，李稱袁爲四哥，袁則稱李爲老九，有時當着外人客氣些則稱九爺，論到交情是夠了，但世凱看透李老九不能担大任，又担心他有時不聽話，因此不考慮他，另外一個則是楊度，當時在新派人物中最得世凱相信，但是世凱却担心楊度聲望不夠，無論如何此時還不是他出場的時候。另外一個是孫寶琦，現任外交總長代理國務總理，論私誼又是女兒親家，可以放下心，可是世凱仍覺孫寶琦的份量不夠，這時他看中了唯一可以担任此職的還是總角之交，當年已經約好了的宰相徐世昌。

這時徐世昌以遺老身份隱居青島，世凱派長子克定赴青島把徐世昌接到北京，再三懇求，徐世昌才算半推半就答應了就任國務卿，以楊士琦爲左丞，錢能訓爲右丞，其他閣員外交孫寶琦，內務朱啓鈐，財政周自齊，陸軍段祺瑞，海軍劉冠雄，司法章宗祥，教育湯化龙，交通梁敦彥，從此大家皆呼徐世昌爲相國，楊士琦爲左相，錢能訓爲右相，廟堂已備，祇差一個皇帝了。

黎元洪謹事袁世凱

國民黨發動二次革命時，黎元洪就堅決站在袁世凱一邊，二次革命所以失敗得如此之快，與黎元洪有很大關係，二次革命失敗後，世凱對黎元洪十分客氣，更換湖南都督要黎元洪保荐，又命黎元洪兼攝江西都督。黎元洪曉得世凱是耍手段，自已也頗有分寸，湖南都督保荐袁世凱已經決定了的湯薌銘，江西都督則堅不肯兼攝，終於換了李純。此時國民黨已敗，蔡鍔又被召進京，全國都督不屬於世凱系統，祇有滇督唐繼堯，桂督陸榮廷及鄂督黎元洪。唐陸兩人地處偏僻，威望未著，世凱自不把他們放在眼內，祇有黎元洪，以民國首義元勛，現任副總統，本身又是湖北人，將桑梓之兵，處要害之地，世凱如何能放下心。偏偏在民國二年十月六日選舉總統時，世凱的大總統投票三次始能選出，黎元洪的副總統却一次選出，這些地方更使黎不能自安，因此黎元洪更盡力迎合袁世凱。就當正式大總統選出後，黎元洪突然發一電報，請求獎叙袁克定翊贊共和之功。平情而論，袁克定對南北議和，確實不爲無功，當馮國璋進攻漢陽時，袁克定派了一位代表朱芾煌前去與黎元洪接洽，中途被馮國璋捉住差點被殺了，幸而袁克定寫了一封措詞懇切的信致馮國璋，才算挽回朱芾煌的生命，黎元洪知道其中經過，所以要求獎叙袁克定的功勞，以取悅袁世凱。

世凱接到電報，馬上就回電稱：「酬庸之典，以待有功，兒輩何人，乃蒙齒及，鄙人勉服國務，乃爲救民，豈有榮施，及於家屬。若爰奚午舉子之例，並無謝元破秦之功，損智益愚，大人所戒，庸材薄殖，何德何能，俟其閱歷稍深，或堪造就，爲公奔走，待諸將來，幸勿復言，以重吾過。」電文自是好文章，尤其「爲公奔走，待諸將來」兩句譯成白話就是等待你當大總統時再提拔他吧，我不會用他的。這種地方足見世凱善於揣摩對方心理，確實能搔中癢處。黎元洪這次拍馬未成，又領銜通電要求資遣議員回籍，世凱對這項意見到採納了，以後解散國會就是根據這一電。

李協和協和四方

•吳相湘•

李烈鈞是袁世凱的最大剋星，更是維護民國統一最有力人士之一。民國二年七月李在江西湖口首舉討袁義旗，打破世人對袁的信仰。民國四年冬，李在雲南與唐繼堯、蔡鍔起護國軍討袁，終使袁敗亡。民國六年以後李在廣州追隨國父孫先生，作護法運動的忠誠擁護者。民國十三年隨孫先生北上，自後即留居華北，協助馮玉祥之國民軍，與廣東遙相呼應。民國十六年一月至南昌，從此担負起溝通蔣總司令馮玉祥間意見責任。瀋陽事變後，李於蔣、馮、閻三人間斡旋尤力，統一禦侮之局勢得以形成，李是有貢獻的。

李烈鈞原名烈訓，字協和，別號俠黃。西曆一八八二年出生於江西省武寧縣，民國三十五年（一九四六）二月二十日歿於四川。

李出生於耕讀家庭，父駿興及其兄弟三人曾參加太平軍，事敗，仍潛返故鄉，耕種自給，但手部針刺「太平天國」四字已無法洗刷；李烈鈞幼時曾親見之，但終日於田間忙碌不與交接，也就無人注意；旋改營運輸業將鄉產茶葉集運南昌或九江，積久家財充裕。李烈鈞生活優裕，因之廣交友朋豪俠自喜，常習武術。一九〇二年，江西武備學堂成立，李烈鈞以武寧縣選拔之首名入學。旋北京練兵處令江西選派學生四人赴日習陸軍，李又以首名經江西巡撫咨送北京覆試合格，一九〇四年冬乘輪東渡。到東京後入振武學校肄業。在校兩年與日同學多所往還，飫聞革命之說，尤受張繼宣傳之影響，乃由張等介紹加入中國同盟會矢志革命。畢業後入四國砲兵第十二聯隊，實習一年，乃入日本陸軍士官學校第六期炮科與李根源、程潛、唐繼堯等同學。

其時，士官學校中之中國學生因資送機關之不同分南北兩派，北派學生多屬北洋三傑王士珍、馮國璋、段祺瑞等所派遣，組織「武學社」以團結同志，李應邀參加，故屬北派而有新北洋派之名，但李又參加黃郛組織之「丈夫團」。

一九〇八年李學成歸國即囘江西，被任爲第五十四標第一營管帶。任事半年餘，全營士卒操作訓練大有進步，且深受李每日講話時之新思想之影響，加以李爲武學社份子將爲新北洋派中人物，以此種種原因，爲協統商德全、標統齊寶善所嫉忌，竟藉口李擅自准許一士兵囘家奔喪爲「匿報逃亡」予以看管，且有置之死地可能，幸李昔在武備學堂總教官吳介璋明白實情力爲說明，雖喪失自由三月餘，終獲宣告無罪開釋。

先是，當李烈鈞等在日畢業時，雲貴總督李經羲函請馮國璋介紹軍事人才以固邊防，馮當開示靳雲鵬等中級軍官外，並列舉新畢業之李烈鈞、方聲濤、羅佩金等四十餘人（其中多屬同盟會會籍）。李烈鈞以歸家省視父母之念急，故未南行；現在江西既遭此誣害，得洗刷清白，馮國璋、段祺瑞等亦致電贛撫特加保薦，李毫無顧及即日南行。一九〇九年春到昆明即被任爲雲南講武堂教官，旋因羅佩金任標統薦李繼任陸軍小學堂總辦，又兼兵備道提調，與總辦靳雲鵬相處雖甚融洽，然兩人宗旨固絕不相同，因之李曾一度請假應四川督練公署總辦何國鈞之邀赴四川，嗣以李經羲向北京督練處交涉，李只得仍囘昆明，後此公餘協助同盟會支部長李根源等在雲南軍中建立革命基礎。

出任江西都督

一九一一年（辛亥）夏，李奉派北上參觀永平秋操，乃自海防往上海，勾留兩周再溯江西上。十月十三日到漢口時見市面呈現特殊情形，探詢後知武昌起義已三日，李仍按原計劃乘火車北上。抵北京時第六鎮統制吳祿貞曾邀集同志數十人歡宴。李旋分訪各舊友均以如何迅速響應武昌爲急。而江西同志電促李歸，李因即離北京經天津、上海到九江，至則九江已光復，李旋出任都督府總參謀長，聯合碇泊九江江面海軍各艦反正成功，李任海軍總司令，發佈誓師文。安徽同志因此約李向皖境發動，李乃率海軍艦隊前往，到安慶後，各界開會歡迎，並推舉李爲安徽都督，李以出自民意遂就任。十一月，因北洋軍攻武昌，黎元洪一日五電告急，李將都督印移交安徽陸軍總司令胡萬泰後，即率艦隊西上直駛湖北陽邏登陸入武昌城，時人心正惶惶，李來皆大歡喜，原已離城之黎元洪亦自洪山回城坐鎮，黎且任李爲五省聯軍總司令，鞏固武昌，並分兵向黃陂、孝感之北洋軍壓迫。後此，武昌威脅解除。

當李於役武昌，江西省議會選舉李爲江西都督，李爲服務桑梓乃離武昌回贛就職。

李就任江西都督後於省縣各機關組織及人選多取決於同盟會支部會議，而不獨斷專行。注意羅致人才，尤注意培養人才，考選優秀學生，公費送歐美、日本留學者百餘人，是鼓勵江西青年一大措施。至於裁編軍隊、整理財政，以後事建設亦多可記。民國元年八月，袁世凱野心漸露，李因電請國父孫逸仙先生北行結束後一遊江西，企望孫認識贛省可爲反袁之基地。十月二十五日，孫到南昌，此一行動極引起袁之嫉視，袁曾派大員至南昌遊說李邀往北京與袁面談，並願以巨欵相贈且晉勳一位，李均婉謝，袁旋命陸軍部扣留江西軍火。

民國二年春國民黨人因宋敎仁被刺殺計議討袁。四月初，國父孫逸仙先生派張繼、馬君武、邵元冲、白逾桓四人到贛向李授意。時李已知爲袁所嫉，有意辭卸都督職務，庶幾行動自由，故當張、馬到南昌，李顧慮即時發動反袁，世人或且疑李留戀都督權位，乃要求赴上海面謁孫先生請示機宜並會商各省取得聯絡後再行動作。

首舉倒袁大旗

是年五月五日，李與湘、皖、粵都督譚延闓等通電反對袁政府違法借欵。六月九日，袁下令免李之職務，其後又免粵、皖二都督職務，同時北洋軍即循京漢、津浦兩鐵路南下。六月中旬，李赴上海謁孫先生籌商一切，並密佈同志於贛境積極佈置活動。迨一切成熟，七月八日，李自上海乘船回抵江西湖口，約會第九、十兩團及輜重、工程兩營於十二日佔領湖口砲台，正式揭開二次革命之幕，召集師長劉世均、旅長何文斌及團長會議決定宣佈獨立，即日就任討袁軍總司令，通電軍民宣布約法三章：①誓誅民賊袁世凱；②鞏固共和政體；③保障中外人民生命財產。時江西都督已由省議會公舉歐陽武繼任，李烈鈞宣佈獨立後，歐陽武亦表贊同，並佈告人民。

就在這同一天，袁世凱任命北洋軍師長李純爲九江鎮守使，旋又派段芝貴、湯薌銘統大兵來攻。李派林虎（乃李在江西武備學堂同學）率兵阻擊，團長兩人陣亡，仍固守陣地，至二十五日終以援軍不繼，湖口被北洋軍攻陷，李退守南昌。不幸軍無鬭志，而譚延闓電勸赴湘，李乃乘輪至樟樹鎮，唐蟒（唐才常之長子）來告：湘軍已到萍鄉來援，李、唐乃相偕經宜春至長沙，晤譚延闓、程潛後，即偕唐蟒乘日本輪船經漢口赴湖北大冶，換乘運輸鐵砂船隻東下，途經九江、湖口時且匿於船長衣箱中，以免北洋軍之盤查，抵上海後即換乘輪船亡命日本。

李既安抵東京，見先後亡命來日本之中下級軍官甚多，因以携來之銀元十餘萬元交李根源經營，並獲日本民黨份子贊助，創辦一浩然廬及政法學校以收容教育這些人，例如陳銘樞、錢大鈞、林祖涵等都曾肄業其中。

護國起義　反對帝制

幹部安頓既妥，民國三年春季李本人即就赴歐洲留學。經檳榔嶼時經華僑挽留稍留。旋續登程，同行的有陳炯明及孫先生之秘書馬素夫婦等。途中經印度加爾各答遊覽十日，仍登輪，經蘇伊士運河遊埃及金字塔。到達馬賽登陸乘車至巴黎，與張繼寄寓巴黎郊外，日夕學習法語。半年後，遊萊因河。是年八月，歐戰爆發，乃急渡海至倫敦訪吳敬恆詢進止。吳以為日本必乘機生事，中國軍人應速東歸。李因重返巴黎，在張人傑處籌得旅費後即於同年十月與褚民誼及馬素、韋玉（亦孫先生秘書）同行東歸。船抵西貢，李等欲登岸假道入雲南，為法國關吏所阻，不得已乃轉往新加坡，冀與同志籌商。旋決定由方聲濤率學生二人先往。方等經安抵昆明傳達同志意向後，民國四年十月李烈鈞亦即與韋玉、曹浩森等乘輪至海防，轉河內，因張繼在巴黎商請法國政府電告河內保護，故順利登陸並轉往老開。以候唐繼堯電二日未至，乃致電唐言即日闖關入滇：「雖兄將余槍決向袁逆報功，亦不敢計。」唐繼堯始遣其弟繼虞來迎。李等遂乘車至昆明與蔡鍔會商編組護國軍，蔡任第一軍總司令出四川，唐任第三軍總司令，李任第二軍總司令出廣西。當時各方人咸來投効，故李軍東行聲勢極盛：如曹浩森、熊式輝、張治中、賴世璜、王均等皆分任團長、營長，方聲濤為第四師師長，朱培德為第七旅旅長。軍行至廣西境，林虎來迎，遂未與桂軍衝突，且同往見陸榮廷；李軍乃順利假道進入粵境，集中主力於淸遠，攻韶關，守軍甫聞炮聲即棄城走，粵人因此編話劇「李烈鈞三砲定韶關」，以傳美談。李旋命曹浩森駐守南雄防贛軍南下；又命方聲濤、朱培德攻源潭，均克之。朱培德復攻克石井兵工廠，龍濟光無力支持，遠走瓊崖，陸榮廷桂軍乘隙入據廣東握政權。同時蔡鍔軍入四川，袁世凱知大勢無可挽回，氣憤死。黎元洪繼任。

護法戰役　東征西討

由於黎元洪、段祺瑞不尊重民國元年臨時約法。民國六年夏，國父孫先生在廣州號召護法；九月一日，就任軍政府大元帥，李被任參謀總長。時桂軍囂張，李曾利用林虎關係設法制之。民國七年三月龍濟光死灰復燃，李奉命率滇、桂、粵往南路征討，甫告成功，而北洋軍大舉南下江西之報至。曹浩森未能守南雄，撤至始興，李又奉命移討龍之師以援贛。五月三日，李抵韶關指揮，六月三日克南雄，為顧慮粵局未再北進，而軍政府召李回任參謀總長。李以孫先生因桂軍與政學會勾結把持而辭職赴滬，故到廣州勾留旬日後即往上海謁孫先生，旋奉命赴昆明與唐繼堯會商合作辦法後即經黔入川。時朱培德所部已取道湖南達四川邊境，李與唐繼堯會商後即率兵兩營至四川與朱部會合，不幸川軍頗多誤會致起衝突，李不得已率餘衆移駐貴州鎮遠。

民國九年秋，陳炯明逐走桂軍，復回廣州。民國十年春，國父命李率滇軍會攻廣西徹底消滅陸榮廷軍力。李乃以滇軍司令官胡若愚率部由湖南洪江經三江口直搗桂林柳州，並以滇軍旅長李友勳率龍雲等由貴州經獨山進攻廣西慶遠以為助。李親率朱培德師長、楊益謙旅長等部由鎮遠經湖南洪江及廣西三江口策應前方，胡若愚會同粵軍贛軍等圍攻桂林。八月二十一日，首先擊潰桂林系沈鴻英部而克桂林。同時，李友勳亦接胡若愚之通報，改道直逼柳州而攻克之。李烈鈞旋趕到桂林整理廣西軍政。十二月，孫大總統至桂林設大本營指揮北伐，李亦正式就任參謀部長，節制各軍。

民國十一年四月李率滇贛各軍自桂林出發順西江東下，舟次三水，聞陳炯明有佈防意，為避免誤會乃急轉舟溯蘆苞入北江抵韶關。五月六日，孫大總統蒞韶指示機宜。李即率部會同粵軍許崇智、黃大偉兩部分途北進；大庾、南康、贛縣均先後克復，李進駐大庾督師。不幸六月十六日陳炯明之變發生，全軍士氣大受影響，李不得不亟令各軍撤回，以救援孫大總統。而陳炯明部已搶先佔據粵北要隘，李不得不率各軍改往湖南暫駐，本人旋往上海晉謁國父，並時與胡漢民、廖仲愷、程潛等計議恢復廣東。十月，奉國父命先行赴香港，而滇軍楊希閔、范石生，桂軍劉震寰、沈鴻英等均向國父表示擁護，合力討陳炯明。

民國十二年一月十六日，滇桂軍克復廣州。二十一日，李烈鈞與胡漢民自香港到廣州，與各軍會商。李發現沈鴻英有驅胡據粵企圖，乃於會議前預爲防範，因救護胡漢民等性命於危難中。二月奉命赴潮州、汕頭收撫陳炯明軍之洪兆麟、賴世璜諸部，以通閩、粵之道。辦理就緒後，即率領往福建，接防許崇智軍回粵後防地。三月十七日李奉命任閩贛邊防督辦。六月，洪兆麟復叛回潮汕，李憤極，乃遣散幹部赴香港。七月，奉孫大元帥命仍回廣州任參謀總長，是年冬及翌年夏兩次東征討伐陳炯明，李均參加督勵將士。

國父北上　追隨左右

民國十三年十月四日，段祺瑞派代表許世英到粵謁孫大元帥建議合作。孫爲了解大局演變及日本近情，乃派李烈鈞經上海前往日本，二十四日到達東京。時馮玉祥導演之北京政變已於先日發生，黃郛組攝政內閣，以李爲參謀總長，其他部會首長亦多李之舊友，而國民軍人物除馮玉祥外，胡景翼、孫岳尤熟識（李督贛時孫爲廬山牧馬廠督辦，胡爲李創辦浩然廬之畢業生）。據李自傳稱：啓程赴日本前早聞北方同志正有大醞釀，今果實現，因與各方接談後即遵孫電召回上海，十八日到達。孫已自粵抵滬，其左右對於北上路途正議論紛紛，李力陳取道日本與日本舊友犬養毅等晤談之意，行程遂定。

同年十二月四日，李隨孫大元帥一行經日本到天津，旋隨往訪張作霖。據李烈鈞自傳稱：張接待孫時態度倨傲，孫向張表示感謝接待盛意後即賀其擊敗吳佩孚之功，張竟呈不懌色謂：「自家人打自家人何足爲意！」致使呈現僵局，李急起立向張言：「雨帥所言雖是，然若不將國家之障礙如吳佩孚諸人者剷除，則欲求國家之進步與人民之幸福終屬無望，孫先生之賀言實有價値，亦惟雨帥能夠當之無愧！」張作霖乃大笑。孫因徐徐曰：「協和之言極是，自民國成立以來，得我賀詞者亦惟雨亭兄一人耳。」語至此滿堂爲歡，孫乃辭歸。旋以北伐軍進入贛境，孫乃命李南行部署贛事。民國十四年一月中李抵上海進行一切，聞孫在北京入醫院後情況不良，乃復趕程北上與孫見最後一面。

國父既逝世，衆議停柩於社稷壇治喪，段祺瑞初不同意，李正言折服之。段祺瑞原擬親來致祭，李已被推致謝詞，乃及期羣衆三千餘人相候，段託詞未來，李憤極乃即以此例說明此輩昏庸老朽不能主持國事，今後青年必須改造時勢鄭重人選。時馮玉祥以遠在張家口不能前來祭奠，特電北京衞戍司令鹿鍾麟謂：「凡有一切用錢、用人、用物之事，望悉聽協和之命，倘因此發生意外，吾兩人當共負其責。」鹿持電訪李，一切商承辦理，故多順利，但孫喪費用則由孔祥熙籌辦。

由於李與馮玉祥迄未見過面，徐謙因爲安排，馮當即派人至北京香山迎李往遊張家口，馮且敦聘李爲總參謀，方聲濤副之。是年十一月，國民黨中央委員在北京西山舉行會議，討論反共大計，李是表示贊成的一人。但因當時郭松齡倡組東北國民軍以及李景林與國民軍激戰天津一帶，李烈鈞與方聲濤等奔走榆關、灤州等地策劃繁忙，故未出席這一著名的西山會議，但被推爲國民黨北京執行部委員。

民國十五年一月一日，馮玉祥爲內外環境所迫通電下野，李急趕往平地泉勸其不可遠走，未見聽，馮以一切事權交張之江並懇切託付李指導。因之，曹浩森即於此時出任張之參謀長，藉資聯繫。是年五月，鹿鍾麟部被迫離開北京，國民軍控制北京政治的局勢遂告結束。李亦隨往張家口，協助張之江、鹿鍾麟等策劃南口的戰守。八月，南口戰役結束，國民軍退集綏遠，李乃取道前往上烏丁斯克，擬與遊俄之馮玉祥聯繫，據毛以亨撰「俄蒙囘憶錄」記載，其時蘇俄擬以馮玉祥任西北軍總司令，李任東北軍總司令，李之司令部設在海參威，蘇聯方面除補充以軍械外，並撥給朝鮮兵二師，中國兵一師爲主力，擬攻入吉（林）、黑（龍江）二省後大事擴編。但李烈鈞甚知俄人不易合作，是此議絕未作考慮，因函馮（玉祥）薦張秋白以自代。李在上烏丁斯克小住一週後，即乘車轉往海參威乘輪南下。至香港時國民革命軍正與孫傳芳激戰，李以孫傳芳乃留學日本士官學校同學原屬同盟會會員，乃寄書勸以大義，孫復書謂：如李前往上海南京願以蘇、浙、皖三省歸誠。是年十二月李因復北上至滬晤孫部軍長周鳳歧談商，使者還，乃以俟佈防妥貼再晤見答。李知事已中變，遂南下至福州轉道入贛，民國十六年一月十一日到達南昌，謁蔣總司令代表馮玉祥溝通意見，旋被任爲江西省政府主席。

三月初，李因譚延闓函約至漢口，擬參加國民黨中央委員第三次全體會議，會前向與會諸人力言武漢、南昌兩方誤會不大，甚願各方顧全大局求解決之道。以左傾人士早有計劃，李言毫不中聽，李發現眞相後即於三月七日悄然離漢口回南昌即拜晤蔣總司令建議速攻克南京定作新都，蔣總司令韙之。

四月二日，由於共黨份子林祖涵親自策動主持下，南昌發生政變，以打擊國民黨純正份子，李因此離南昌，遷居上饒。四月十八日，國民政府建都南京，李立即前往南京。六月十九日，李與胡漢民、吳敬恆等前往徐州參加蔣總司令與馮玉祥之會談。這是蔣馮兩人第一次晤面，李烈鈞實爲居間溝通意見之主角。時値寧漢對立，馮的態度實舉足輕重，蔣總司令企望其明白表示擁護南京之態度，李與吳敬恆等往返奔走，舌敝唇焦，馮不爲動，磋商兩日迄無結果。

促進國民黨團結

八月中，蔣總司令宣佈下野，軍政要人均隨之離南京，國民政府常務委員五人只李一人仍留南京。是月下旬，龍潭戰役發生，李雍容坐鎮，指揮許靜芝、蕭同茲諸人奔走各軍間聯絡，卒平大難。

國民黨號召大團結，李實爲推動之一人。九月十一日，滬、寧、漢三方面之國民黨中央委員在上海舉行談話會決議設立中央特別委員會，李爲南京方面推出參加這一特別委員會六人之一。十七日，李又經特別委員會推選任國民政府委員四十七人中五位常務委員之一。

是年十一月二十二日，南京各界舉行慶祝西征、北伐勝利大會。李先據報：似於開會時不易保持秩序，勸令暫停。命令發出稍遲而大會已舉行，會後遊行竟發生衝突慘案。各方議論紛紛以爲西山會議派人士爲此一慘案主使者，李親往各處調查慰問。十二月五日，李與蔡元培、譚延闓聯名宣言，自稱「待罪的國民政府常務委員」鄭重申言：「負責的究竟是誰？自然是政府，尤其是我們三個就職而辦事的常務委員，我們三個人良心上決不願有所推諉，謹當負責辦理此案。」意圖避免因此而引發政潮，致使國民黨大團結遭受不良影響，苦心可見。

北伐完成，民國十七年十月，國民政府改組，李乃離開南京寓上海休養。民國十八、十九年國內戰亂相乘，李不作左右袒，持中立緘默態度。國民十九年北平擴大會議雖有李姓名，李實未北上參加。偶回故鄉小住或遊新都。

民國廿一年一月國民政府改組，林森主席，李任委員，並兼軍事委員會委員。時國內各方對抗日的方式有各種不同見解，馮玉祥旅寓泰山更喜發表主張。是年夏，李前往泰山訪馮，就李紀遊詩一則曰「人醉我獨醒」，又曰「並力扶危志待伸」等語句看來，李、馮相許之深可知。離泰山後南下遊蘇州訪李根源，重遊湖口追尋二十年前往事，又舉行雲南起義討袁紀念，更不勝「頻年未遂澄清志」之感（李詩）。

民國廿二年三月，國民政府以東北華北局勢嚴重，邀李至南京與林森主席面談，並與駐贛之蔣委員長電商後，即乘車北上至太原晤閻錫山（這是李、閻在日本士官第六期同學後二十餘年來第一次重聚），轉達中央意旨，希望一致行動。晉綏軍隊一部份參加長城戰役，可說是李此行結果之一。李旋由大同往張家口訪馮玉祥面致蔣委員長手函，敦勸馮至南京；雖未即得同意，但李此行也獲溝通雙方意見之效。五月初南旋暫寓南京，時以函電或剪附報紙送陳蔣委員長力主尊重言論自由開放政權以維繫人心，共同肩負禦侮責任。偶至上海與各方接談，李發現若干人「只認政府措置之非，而未諒政府處事之難」。李復再三致電蔣委員長坦率進言，力主開放言論自由，改良政治組織，而以地方分權辦事敏捷爲原則，擴大自治團體之組織。是年六月，馮玉祥在張家口組抗日聯軍獨樹一幟時，李致電蔣委員長及黃郛、何應欽再三說明疏解，並建議政府應授馮以實職。是年十一月中李親往廬山與蔣委員長懇談，若干建議均蒙採納，民國廿三年十二月廿五日，雲南起義討袁紀念日，蔣委員長適蒞上海，李自顧當年參預軍政要務而又年在五十以上者唯李本人一人，因上書蔣委員長寄慨，並以國人如其推重土耳其之凱末爾、意大利之墨索里尼，曷若效法美國、法國各大政黨首領，凡此種種均極坦直，可說是盡所欲言。

主持審判張學良

民國廿四年冬西安事變發生，李即致電張學良、楊虎城切責其「父仇未報，更釀內亂，何以爲子？以怨報德，威刼主帥，何以爲將，天下重足而立，側目而視，何以爲人？」勸促其立送蔣委員長回京「並肉袒負荆請罪」。是年十二月廿五日，蔣委員長回京。是日，李正循例紀念雲南起義討袁。聞訊更備感歡欣。二十七日，國民黨中央政治會議決定張學良應交軍法審判治罪，公推李爲審判長。二十九日，李烈鈞奉國民政府正式特任狀，當即至軍事委員會與馮玉祥、何應欽商定以朱培德、鹿鍾麟爲審判官。

早在二十餘年前李在昆明時曾辦理軍法審判故頗有經驗，但以此案關係重大，復特邀約最高法院院長徐元誥及熟識法律學家二十餘人聚談，並調集有關文卷審閱。而宋子文、傅汝霖且先後訪李探詢意見，似有關說之意，李婉詞謝之。三十一日李與朱、鹿至軍委會升坐法庭傳訊張學良。據李烈鈞自傳記載：張當時顏色揚揚如平常，答詞直率無忌，對李所詢是否有人指使一節答云：「我自欲出此手段。我作的事，我自己担當，非任何人所能指使！」侃侃而道，旋復云：「今我有一言欲問審判長，可乎？」李曰：「可。」張曰：「當民國二年審判長在江西曾起義討伐袁世凱，有是事乎？」李曰：「有。」張曰：「爲討伐袁施行專制乎？」李曰：「是。」張曰：「我在西安之舉措亦對中央之獨斷，欲有所諫正之耳。」張語甫畢，李即嚴叱之曰：「胡說！蔣委員長人格高尙，事業偉大，豈袁世凱所能望其項背，你不自省，冒昧演西安事變，自尋末路！」朱培德、鹿鍾麟見李語句益趨激烈乃請李暫退庭稍事休息。再度開庭，李再反覆開導，張始感服，具實供陳，遂定案。當經擬具判決書，以張學良首謀夥黨對於上官爲暴行脅迫，應處極刑，姑念悔悟，減處有期徒刑十年，褫奪公權五年，旋呈奉國民政府核准。

民國二十六年盧溝橋事變時，李寓居上海大場鄉間，聞變晉京襄助一切，戰局擴大，乃循海路至昆明，患血壓高症，旋抱病至重慶，參與國政。公餘口述往事由姜伯彰（今立法委員）紀錄，並邀約同時關係人張繼、程潛、馮玉祥等互證，經李覆閱成自傳一冊，民國三十三年刊行。

關東軍覆滅記

——陳嘉驥——

在第二次世界大戰中，有兩件事最爲日人所遺憾。其一：號稱「無敵」的海軍聯合艦隊，沒有經過一次艦隊的實際海戰，便在中途島、珊瑚島、馬加撒等海戰裡，被美國空軍幾乎全部炸沉海底：聯合艦隊司令官山本五十六大將，也是坐飛機往前線視察時，被美空軍將座機擊落斃命，而非與他的旗艦共存亡。其二：一向戍守中國東北，夙稱皇軍精銳，驕橫不可一世的日本關東軍，在俄軍突襲下，望風披靡，在三、五天的戰鬥裡，東北土地喪失近半。迨裕仁無條件投降命令一下，數十萬大軍一齊解甲投降，多數爲俄軍俘去大半凍餓而死，另有約十萬遁入長白山中不知所終，能作國軍俘虜重返扶桑者，實爲數無幾！

日本聯合艦隊噸位不能謂之不多，砲火不能謂之不利；關東軍爲數不能謂之不衆，武器戰力不能謂之不强；何以兩者之表現如此脆弱，而不堪一擊，此無他，蓋不外「天道循環」而已，此說看似迂腐，實亦自然之現象。

日本關東軍於民國二十年九月十八日，襲擊瀋陽北大營內中國軍隊，不久即將中國最富庶的東北地區，完全納入掌握之中。日人遂即開始積極榨取東北各項資源，如建立配合侵畧需要之工業、礦業外，並統制農業、管制商業等。其目的以中國東北的財富、資源、人力，作併吞中國之準備，構想之巧毒，令人嘆爲觀止。

在民國二十六年七月七日，中日戰爭爆發以前，日本在中國東北的關東軍，大約有十個師團左右，連同各種輔助部隊，總共在二十五萬與三十萬之間。關東軍司令官一職爲日本軍人，向上進身的階梯，舉凡當過關東軍司令軍的，就有回國擔任陸軍大臣的資格，舉世皆知，日本係一軍國，日本的政客財閥們，一向以軍人馬首是瞻，所以關東軍無異是日本統治者的養成所。第二次世界大戰結束後，盟國在東京組織軍事法庭，審問日本戰犯，才充份證明，九一八事變只是關東軍擅自主謀闖出的滔天大禍，幾乎使日本亡國，連帶着日王也很委屈的成了盟軍統帥麥克阿瑟元帥治下的一分子。當筆者看到昔年日王裕仁晉見麥帥，麥帥爲其敬烟時彼雙手發抖的新聞時，亦不禁爲日王叫屈，而痛恨日本軍閥禍國殃民並害及無辜的中國。

中日戰爭爆發後，日本爲了軍事的需要，關東軍的數目自然遞增，迨民國二十七年，日本與蘇俄在東北韓國俄國邊區發生張鼓峯事件時，日本號稱關東軍實力猶在中國戰區日軍兵力之上。民國二十八年，日本與蘇俄在我國東北與外蒙古行政區交界處，又發生了諾蒙罕事件，這時日本將對外宣傳誇大關東軍與「滿」軍共有百萬實力。

一般的看法，中日戰爭爆發後，日本關東軍始終維持着二十個師團左右：連同輔助部線、特種部隊、空軍部隊、總計有六、七十萬兵力是可信的。

日本對俄假想作戰計劃，分攻勢與守勢兩種。攻勢：『以黑龍江省的滿洲里，松江省的綏芬河，察哈爾省的嘉卜寺，綏遠省的百靈廟等地爲前進基地；其計劃是出滿洲里遮斷西伯利亞鐵路，越綏芬河攻署海參威，由綏遠、察哈爾出兵迂迴包抄外蒙古。所以中日戰爭爆發以前，日本外相廣田提出對華三原則，中日經濟提携、承認滿洲國、中日共同防共，其中共同防共即包含准許日軍駐防察哈爾、綏遠、內蒙古地區的條件」。守勢：「在黑龍江與烏蘇里江沿岸擇重點設防爲第一線，在松花江流域建築堅强工事爲第二線，長白山區及中韓交界地帶爲第三線。尤其第三線，日本一向視爲東北大陸一旦有事，爲控制東北，保障朝鮮，屏衞日本本土的一個總決戰場。戍守此一地區的日軍彈藥、糧秣、工事並一再的加强，以備非常之需。」

在第二次世界大戰末期，一向以特務工作最爲健全，情報最爲靈活，並自詡瞭解俄人最深，並以最擅破壞協定，視條約爲具文的日本，在窮途末路之際，竟夢想以日蘇中立條約爲護符，要將皇室及政府遷至中國的東北，只留大本營在日本繼續指揮日軍與盟軍作長期抗戰。此議惜乎沒有實現，否則裕仁與溥儀，將同時爲俄國遠東軍的俘虜了。

日本在歐洲戰爭尚未結束，希特勒猶在奮戰不休時，即請求瑞士從中斡旋，企圖撇下他的盟邦德國單獨與中美英締和結束戰爭，但未爲盟方所接受。一九四五年六月三日，距日本無條件投降前尚有七十三天，日本政府派曾任日本首相，七七事變前任外相，對中國提出廣田三原則的廣田宏毅，去訪問蘇俄駐日大使馬立克，要求蘇俄本着「日蘇中立條約」雙方友好的精神，做日本與盟國間的橋樑，以中止戰爭。廣田並向馬立克表示，日王裕仁擬寫親筆信去莫斯科正式請求史達林出任調人。日本這種有如在熱鍋上螞蟻迫不及待的表情，遂使蘇俄對日本已不耐久戰及日本並無眞心「一億總玉碎」的實况瞭然於胸。因此，當馬立克大使將日本的請求，作爲情報報告克里姆林宮後，史達林知道這是俄國報復一九〇四年日俄戰爭時，俄國吃了日本一記悶棍的仇恨時候了。史達林這時即已決定予日本以一項突襲，並正式通知美國，「俄國即將把在東方參加對日作戰的承諾付諸實施」；美國這時才將雅爾達秘密協定通知中國，並希望中國與蘇俄簽訂一項友好條約，以求對日戰爭早日結束。

日本方面，自廣田會晤馬立克後，即日夜企盼蘇俄有一個正式回答，其心情有如大旱求霖雨一般，但始終得不到答覆，廣田乃又跑了一趟俄國大使館，當面詢問俄國的回音，馬立克則以尚未獲指示予以搪塞，並告以倘獲指示，必立即轉達，這時日本政府已等得不耐煩，便令日本駐莫斯科大使佐藤尙武向俄方要求當面謁見史達林，雖被允許，但始終不予排定接見日期，佐藤知道現在已不是日蘇簽訂中立條約，史達林擁抱着松岡洋右照像的時候了，乃退而求其次要求與外長莫洛托夫會見。八月六日美國原子彈投落在廣島後，佐藤大使忽於八月七日得到通知，請其於翌日即八日至克里姆林宮，但未說明將由誰接見。

「八日」日本一向認爲是最吉祥的日子，「九一八」事變是「八日」。「一二八」事變是「八日」。「七七」事變在日本方面一向說是「七八」，因爲在華日人，一向用日本時間，而不用中國的中原時間（相差一小時），東京令日軍在七月八日凌晨發動事件，日軍乃在東京時間十二時過了幾分鐘發動，但這時爲中國中原時間十一時多，所以爲「七七」，一小時的差別竟使日本人迷信落了空，也許因此而導致了日本的不幸。日本佔領北平是七月二十八日。「一二八」偸襲珍珠港日子，在日本方面是十二月八日，但不幸的由於日曆變更線的關係，在美國又成十二月七日，因此「七日」又給日本人帶來不幸，導致了無條件投降。

民國三十四年八月「八日」，日本佐藤大使，携帶着日王裕仁可以接受的停戰條件到達克里姆林宮，當佐藤看到蘇俄外長莫洛托夫時，立刻向前握手寒暄，並詢問今天是會見史達林元帥抑是與外長交談，莫洛托夫以冷淡的態度說，請閣下聽本人宣讀俄國對日本的一件通告：大意說，自八月九日起，蘇俄與日本之間便正式進入戰爭狀態。莫洛托夫並告訴佐藤，日本僑民如欲離開蘇俄者，蘇俄願給予在交通上一切便利。這次「八日」並未給日本帶來吉祥，却給一向以先下手爲强，世界上最善於奇襲打悶棍的日本人，出乎意料之外的也吃了一記大悶棍。佐藤聽完了莫洛托夫通知後，當時面色陡變並與莫洛托夫爭辯說：「日蘇中立條約有效期間，應到一九四六年三月爲止，同時條約中還規定，期滿後雙方有一方不願續約時，由一方通知之日起，條約仍可繼續有效一年」。（佐藤意指蘇俄如想對日作戰，蘇俄必須先等至一九四六年三月先通知日本表示不願續約，再等至一九四七年三月以後，再行與日作戰。）莫洛托夫很簡捷的回答佐藤說：「蘇俄政府宣佈，日蘇中立條約即日起廢棄，八月九日雙方即立於交戰狀態，現在請閣下返回日本大使館，準備外交人員及僑民離境事宜」，說罷起立送客，佐藤只得黯然而退。

蘇俄於八月八日向日方宣告，自九日起雙方立於戰爭狀態，實質上八日戰爭便已開始，並且眞正的戰爭只進行了五天，並非我們所習說的六天，五天以後便是局部抵抗了。因爲日本已於八月十二日，托瑞典轉達日本願接受七月二十六日的波茨坦宣言，十二日起各地日軍，即已奉命停止積極作戰，八月十四日即宣佈投降。

莫洛托夫於通知佐藤日蘇於戰爭狀態後，並於當晚九時招待各國記者，公開宣佈廢除日蘇中立條約。出席記者們當時向莫洛托夫提出問題，說他們已在當天（八日）上午在日本電台廣播中聽到報告，俄軍已向駐中國東北的日本關東軍突然進攻。

第二次日俄戰爭手法與第一次日俄戰爭的手法完全一樣，不過主動偸襲者換了一個位置，這次是俄國，而不是偸襲戰畧鼻祖的日本，俄軍於民國三十四年八月八日，配合着僞蒙部隊，多方面齊頭向中國的東北進攻。主要進攻路線約爲六路：第一路爲俄蒙混合部隊，以龐大坦克車爲前導，自外蒙古向所謂「滿蒙邊境」進擊，越過諾蒙罕以中東鐵路的海拉爾爲攻擊目標，藉以截斷滿洲里首山線關東軍後路。第二路係自西伯利亞沿中東鐵路南下，攻擊中俄國境中國第一重鎭滿洲里；此路爲民國十八年，中俄中東鐵路戰爭之役，俄軍進攻東北的舊戰場，亦爲此次俄軍進攻日本關東軍主力部隊所在。第三路爲由黑龍江對岸，俄境海蘭泡隔江對瑷琿關東軍陣地用重砲轟炸，繼而渡黑龍江佔領瑷琿，沿鐵路攻向北安，藉以威脅哈爾濱以策應第二路主力部隊。第四路越烏蘇里江的通江子水道（即數年前共俄發生衝突的珍寶島附近）佔虎林攅向密山。第五路以江上艦隊溯松花江進攻撫遠及富錦，並以佳木斯及哈爾濱爲目標。第六路以海參威海軍則分向南庫頁島、千島羣島分頭進攻。

蘇俄軍方當局，於八月九日發表第一號戰報，正式公佈戰況爲：俄軍在九日以鉗形攻勢，分由東方、北方、西方（外蒙古）攻入「滿洲國」，並且進展九至十四英哩。西路越諾蒙罕攻入呼倫貝爾和貝爾池等地，正面越滿洲里、札蘭諾爾（即過去俄軍與中國韓光第、梁忠甲兩將軍作戰區域），和「眞眞蘇米」與「古索蘇米」兩地。東路與北路侵入的俄軍均已渡過黑龍江和烏蘇里江，佔領撫遠縣各地，正東方面俄軍由東海濱省攻入湖屯與琿春之間地區。同時俄軍動員飛機千餘架，遍襲東北邊境各要塞地帶。

八月十日，蘇俄軍方當局，公佈蘇俄遠東軍總司令部戰報；俄軍突擊部隊，已由西線沿中東鐵路進兵向「滿洲國」境內進展一〇五英哩。

八月十一日，蘇俄軍方當局，公佈蘇俄遠東軍司令部戰報：進入「滿洲國」西線紅軍，粉碎日本關東軍的抵抗，進展至為迅速，已越過內興安嶺進入哈爾濱平原，兩天之內已進展一百五十英哩。東線方面，俄軍已進抵馬太達（俄文譯名），穆稜鎮、梨樹鎮、半拉窩集。

十四日美國自華盛頓宣佈，日本已無條件投降，第二次世界大戰應從今日起全部停止。但俄軍不顧日本投降及美國停止作戰的呼籲，在日本關東軍無抵抗狀態下，向哈爾濱、長春各地疾進。蘇俄同時宣佈俄軍自中東路南端進擊部隊，已佔領吉林東部的牡丹江城。

十五日，關東軍卵翼下的偽滿洲國皇帝溥儀於十二日逃抵通化大栗子溝後，一切尚未就緒，即聞日本裕仁接受無條件投降廣播，乃於十五日由溥儀親自主持，並由偽國務總理張景惠担任司儀下，舉行偽滿洲國解體儀式。當溥儀遙向包括日本「日照大神」在內的長春宗廟行禮後，解體儀式即告完成。這時的溥儀、張景惠等人皆木然毫無表情，關東軍高級人員及日籍的偽滿大員却個個掩面而泣。他們遂即商量逃亡之策，決定電東京日本政府派飛機載溥儀等逃亡日本。蘇俄這時不但不命令進入中國東北軍隊停止前進，反而派出大批飛機，迅速空運大批部隊分頭向東北各大城市降落，對各大城市予以實際佔領。

十六日，俄遠東軍宣佈，日本雖已廣播停止作戰，但日本關東軍仍在三處實行反攻，故俄軍無法停戰，應繼續推進。此項宣佈，顯然是俄軍的一種藉口，以達其佔領整個東北之目的。

十八日，莫斯科宣佈在「滿洲國」的日本關東軍，放下武器投降的人數已逐漸增加，蘇俄已派出飛機一架飛哈爾濱，接載關東軍參謀長，前往俄軍前線司令部某地，接洽投降事宜。

二十二日，俄國在莫斯科宣佈，俄軍已藉空運完成對「滿洲國」的控制，分別完成哈爾濱、長春、安東、旅順、大連、瀋陽、錦州、山海關各地之佔領，並在瀋陽飛機場，將自通化大栗子溝小型飛機飛抵瀋陽北陵飛機場，等待換乘較大型飛機直飛日本，企圖逃亡至日本隱姓埋名的偽滿皇帝溥儀及偽滿國務總理大臣的張景惠等人一併俘獲，並已解往西伯利亞俘虜營予以拘禁。

二十三日史達林親自宣佈，「滿洲國」戰爭已獲全勝，除佔領「滿洲國」全部領土外，並佔領北部朝鮮、南庫頁島、千島羣島。總計俘獲日本關東軍二十八萬一千人，飛機四百八十三架，自動大砲一百七十一門，野炮六百四十二門，迫擊炮二百九十八門，機槍二千七百六十四挺，坦克車數百輛，彈藥庫四百八十一處。

俄軍向東北發動攻擊，計自八月八日起至十二日即無大規模戰鬥，前後僅五天，即得到了佔領中國東北全部，將東北公私立銀行現金、工業設備，物資一併刼運返國，數字達百億金元以上，並獲得中長鐵路共同經營三十年，海軍使用旅順港，闢大連為自由港等權利，所獲之豐厚實創古今中外歷史之先河。

日本關東軍損失，除被俄軍俘獲二十八萬一千餘人外，估計被俄軍擊斃（負傷無法醫治而死者在內）約三至五萬人，潰散逃亡及遁入長白山奧地者五至十萬人，臨時越鴨綠江逃向朝鮮者約五萬人。日本關東軍平常約為六十至七十萬人，其後因日軍在中國大陸戰場損耗重大，日人以東北有日蘇中立條約存在，自民國三十年以後，陸續調往中國戰區者約二十萬人，故當俄軍向東北進軍時，日本關東軍僅約四十餘萬人，號稱無敵的日本關東軍就這樣灰飛烟滅了。

俄軍進入東北後，各地關東軍均奉命至指定地點繳械投降，他們最初以為投降後，不久便會被遣送返回日本，殊不料一批一批的關東軍，均被俄軍押運至西伯利亞，去作永無天日的苦工。

據筆者在東北時獲悉：當一名關東軍軍曹，自長春地區化裝成國人逃抵通化後，日人惡夢初醒，遂興集體逃亡長白山之舉。據云，該軍曹所屬部隊原駐瀋陽附近的撫順，共約千人被俄軍繳械後，不久即全數驅入車廂中，他們既無食糧亦無飲水，就被十七個俄軍押運過瀋陽北上。俄軍車廂中生有煤火爐，並有兩個中國人為俄人執役，最後幾節車廂內則載有三十多台日製戰車。他們飲食皆無人照顧，沿路凍餓而死的人很多，這位會說中國話的軍曹，係在公主嶺乘黑夜爬出車廂，並設法取得一身中國人服裝走到長春。他在長春看到日人境遇更為惡劣，並聽說吉林各地關東軍，因不願投降已相率逃入長白山中。他於是又搭車自長春經瀋陽回到撫順，看到舊遊之地相別僅數日已面目全非，乃轉往日軍聚集最多的通化，偕同其他日軍遁入長白山中。

長春「邊疆建設」雜誌，在一篇「海蘭泡歸客記」文稿裡，描述日俘在俄境苦況，茲摘錄部份原文如次：「東北的北角，蘇聯遠東的重鎮，位置在西伯利亞大鐵道支線上的城市——海蘭泡，地圖上呈現出一條蜿蜒如帶的黑河（即黑龍江）把她和瑷琿縣區劃出中蘇兩國境界的一道鴻溝……現在服勞役的日本人，尚有數千，據說待遇很壞，生活極苦，死屍山積，據說甚至還有把他們的肉當作牛肉賣的！日俘的工作正積極進行鐵路的敷設，因為地面凍結有尺多深，所以必須用鐵棒鑿深三尺半徑數寸的孔，灌入黃色炸藥，一炸十餘處，再作塡土添土的工作。最近把部隊番號改為伯力地區第三宿營地第三大隊，分出中隊工作，總數為一千零九十名（一部份特殊技術的如木工、縫紉工、鐵工、理髮匠、發條工、靴工等尚未編入），每個中隊作業的地區，配備警戒步哨三、四名及鐵道技師，步哨是用來監視逃逸而不管作業的。技師指導作業，他們為了提高效率，想出一些類似競賽的辦法，結果是日本俘虜大倒霉，生活方面因營養不足而影響健康消瘦至死，有的中隊死了幾十，有的全部消滅，有的逃了被抓了回來，對俘虜動輒以不聽指使和不幹活的理由停止吃飯和配給。」

日本人受中國文化薰陶最深久，中國春秋時代那些慷慨悲歌之士的不成功便成仁的精神，與中國傳統君辱臣死的志節，形成了近代的日本武士道。按着日本軍國主義對兵士訓練的教條，是不容許作敵人俘虜的，軍人一上戰場不是戰勝敵人便是戰死。人畢竟是人，日本人也是人，所以他們在日王宣佈無條件投降時，他們心裡起了矛盾，按照武士道精神只有剖腹自殺的一條路，做俘虜是生不如死的。這時許多日本人便死與俘之間選擇了逃亡路線，橫井就是在這種情形下在關島渡過了二十八年。中國的東北長白山，其對逃亡者求生的條件，不但無法與關島相比，並可以說是世界上最難求生存的地帶，當冬天來臨在無充足的取暖設備情形下，任何壯漢一夜之間即可凍死。

筆者在東北工作初期，曾多次聽到日本關東軍有一、二十萬躲藏到長白山奧區的說法，但大多是傳說，並無可靠根據，如前所述，一個日本軍曹在公主嶺偷下俄軍運俘軍車，也是根據一個東北朋友的口述，筆者並無法去證實。

三十六年四月間，根據中央社東京專電發佈一則新聞說：「一位甫自中國東北葫蘆島遣返，名菊順次郎的日本中年人說：『日本關東軍數萬人及中韓邊境難民數萬人，於日本天皇下令無條件投降時，在一個將官領導下逃入長白山奧地。彼等不論關東軍或者難民，上山前均已全副武裝，並携帶馬匹五千餘頭，及備充二年用糧食、彈藥、通訊器材，在深山峻嶺中構築防禦工事。他們平常穴居新開掘的山洞中，全體人馬分組佈防，每組二千人，組與組間相距五英里，以無線電担任聯絡。三十五年十一月，中國國軍佔領永吉，前鋒部隊進入長白山麓的敦化、蛟河各地後，關東軍曾接獲國軍自敦化發出訊號命令他們自隱存地點出山投降，惟這批關東軍對國軍命令正在準備答覆時，國軍旋自敦化撤回永吉，故外界與該批關東軍之聯絡乃告中斷』。菊順次郎又稱：『渠係三月（卅六年）間，由中國東北行轅日僑俘管理處安排下，自葫蘆島乘船返日，那時長白山中的關東軍正發糧荒，乃勸山中老弱，分批化裝經過共黨區域，至瀋陽等中國政府區域以便遣返。』」由菊順次郎以上談話彼對長白山關東軍知道的如此清楚，無可置疑的，他一定是由長白山區逃出的關東軍。後來東北剿共戰爭日趨激烈，國軍始終未能再接近長白山奧區而無法再行聯絡。三十六年八月，筆者隨資源委員會人員至永吉，曾當面詢問在永吉地區戍守的六十軍軍長曾澤生，彼云六十軍政治部確於去年向長白山區指發訊號作爲試探，惟未獲回音，據彼臆測長白山中有日軍是沒有問題的，但是有多少，他們能否生存下去則大成問題。

卅七年七八月間，時國軍在東北已面臨嚴重的劣勢中，安東、通化、鞍山、本溪、德惠、通遼、公主嶺、四平、西安（北豐）……等據點均行撤守，只孤零零守着長春及瀋陽周圍少數城市，瀋陽與錦州間交通亦已中斷多月。這時忽有自稱長白山逃亡的日本關東軍代表（國人），向東北剿共總部接洽下山投降問題。東北剿總對此事異常重視，衞立煌乃特派東北剿總高級參謀勞建白少將主持此事（勞建白少將來台後不久即行退役，現卜居台北近郊，並已皈依基督任牧師傳播福音）。

該關東軍代表說：長白山奧地原有關東軍及難民十萬餘人，其中並有少數婦孺，因不願作俄軍俘虜，因而躲藏於長白山中。卅五年國軍進入東北後，老弱婦孺多數即行下山，潛出共區進入政府區域遣返日本，所餘七八萬日本軍民，兩年來因凍餓及疾病而死者達二三萬人，目前山中關東軍約剩五萬人，仍富戰鬥能力，彼等擬期待國軍肅清共黨後再行出降，現因糧食缺乏，亟願接受國軍命令出降。該代表並出示關東軍出降條件爲：①由關東軍以出擊方式，通過共區至瀋陽地區向國軍投降。②關東軍出山行動時，由國軍以各種方式接應協助，包括出動空軍。③關東軍在瀋陽集中完畢，完成投降手續後，希望國軍儘快負責將全部官兵遣返日本。④由國軍向山區先行空投食糧、武器及其他行動時需要之物質，並請預撥若干欵項作爲行動經費。該代表並爲取得信證，要求國軍先行派飛機於指定日期，飛致長白山奧地關東軍設防地點，低飛偵察拍照以資證明。東北剿共總部首先派遣飛機一架至長白山區各地點盤旋低飛偵察拍照，偵察結果在山中預先指定地區，的確人影幢幢，並有排隊集結跡象，且間或有人揮手示意，雖無五萬人，估計總在兩萬人上下。但是日氣候欠佳，視界不良，其中有無僞裝混在隊列中則模糊不清，遂決定派出一批人員，携帶通訊器材，隨同該代表空降長白山區作實地點驗，確定人數後，即可補給各項作戰物資，再行決定出山至瀋陽受降日期。

這位代表聽說要實地點驗，態度似有猶疑，首先支吾其詞，第二天在約定會晤時間，即未再行露面，剿匪總部派人至其所居旅社尋找時，亦已搬出不知居於何處，這位代表從此便這樣神秘失蹤不知去向。

由於關島橫井的出現，及最近菲律賓山區中仍藏有日兵的事實，長白山中曾經有大批關東軍存在，是無可置疑的一件事，只是中國東北在冬季氣候嚴寒，日軍在山中無法長期生存，因此曾經君臨中國東北多年，驕橫不可一世的日本關東軍，便面臨了所有日軍中最悲慘命運。除了那些在俄軍佔領期間掩藏得法，在中國國軍進駐後，立即投降少數又少數的關東軍俘虜外，多數都凍餓死在西伯利亞與長白山中了。

憶侍校長蔣公在廬山

·黃民新·

民國二十四年秋初，我正在軍校受訓，是一個未出茅廬的學生，突然間，一個傳令兵通知我，要我馬上去隊長室，一聲「報告」，即聽到「進來」的聲音，我推開門進去後，見到隊長陳人基和指導員坐在那裡，當時，眞的嚇了我一大跳，以爲犯了什麽錯誤，首先是指導員示意我坐下，我和緊張心情，才慢慢的鬆弛下來，跟着隊長說：「黃民新同學，我和指導員幾經商量，認爲你在隊上是一個標準的好學生，特將一項重大任務交給你，因爲我奉到命令，要在本隊挑選一班同學，隨　校長去廬山檢閱和到牯嶺去開會，派你擔任班長，也可以說是侍衞長，率領十五個同學，準備隨時出發，希望你能多多盡責，達成任務，」等諭。我聽了隊長這一段嚴肅而重要的吩咐後，馬上站了起來，感覺全身不自在，兩條腿也似乎在發抖，眞是驚喜交集，驚的是：一個正在受訓尚未出過茅廬的青年學生，怎能擔此大任，保護　校長蔣公的安全；喜的是：全校數千近萬的同學不選，而偏偏選中我這個平日不出風頭不講話的老實頭，在惶恐的心靈中，也覺得是一份重大的殊榮，一份十六名同學的名單，由隊長交給我，現在仍在香港担任黃埔軍校同學會副理事長宣傳京和在台灣任職中學教員的何忠續兩位同學，就是其中的成員之一，偶爾與宣何兩同學，閒談四十年前的這段往事，僉認是一生中最大的榮幸。

我敬謹的接受這份重大的護衞任務後，我和副班長領了一枝二十響的快慢機駁殼手槍，同學們領用七九步槍，由隊長講解槍的性能及使用的方法，幷再一次的對十六個同學諄諄訓勉：第一要負起責任遵守紀律，第二任何事件要小心處理和謹愼應付，第三　校長的安全就是我們的安全也是全國人民的安全，第四宿營時必須層層警衞互相呼應夜間尤應注意聯絡，第五行軍時必須切實遵守行軍守則，第六任何時候全班同學均不得擅離崗位。以上幾點訓示，同學們都謹記在心，當我們登上軍艦，　校長蔣公和隨行的侍從人員，約三四十人，均已進入倉內，軍艦沿長江向九江進發，天高氣爽，風平浪靜，抵潯後，全班同學先行上岸，在江邊排成一字隊形，因事先侍從室未通知九江的軍政首長，故無任何官員前來迎接亦無儀杖隊，當　校長蔣公緩步登岸時，一聲「立正」「敬禮」的口令，先是　校長蔣公稍爲停步，然後向着我們行進幷頻頻點頭，轉瞬間，江邊的馬路，擠滿了人羣，我趕快採取警衞措施，幷於此時，開來兩部轎車及六部大型卡車，護送　校長蔣公及隨從人等上車後，同學們區分前後兩部，隨車隊警衞前進，由九江出發，經廬山五老峰下之海會鎭而至星子縣屬的觀音橋，橋的一端，是歸宗寺，　校長蔣公當時是軍事委員會的委員長，委員長的行轅，就設在這個規模龐大的叢林寺內，有一位和氣的侍從副官，對設置警戒的崗位方面，他幫了很大的忙，同時，我在未入軍校前曾受過短期的憲兵教育，畧爲懂得一點配備崗位的要領，　校長蔣公未帶隨身警衞，這個安全的任務，就完全擺在我們這十六個人的身上了。我把同學區分爲兩個警衞班，每班七個人，我和副班長輪流當值，四小時換班一次，在副班長當值時，我仍然照常去各處巡視，因爲責任重大，未敢玩忽。隨員中，以電訊人員較多，他們的工作也較忙，晚上派有兩個人值勤，可能是因爲全國甚至全世界的重要電訊，要拍來委員長行轅的所在地吧！安靜的度過一晚後，第二天我又認識了一位侍從參謀，他也是湖南人軍校八期畢業，從他的口中，獲悉隨行的人，有高級軍政人員錢大鈞等和侍從參謀、侍從副官、侍從秘書以及電訊人員暨極少數雜役炊事等。

我每天見到 校長蔣公好幾次，他老人家的生活起居，都有規律，早上六時起床，六時卅分至七時卅分作健身運動或散步，八時早餐，九時開始批閱電訊文件及閱覽當天的報紙，中午十二時卅分中餐，與衆人同桌，席間談笑自如，毫無拘束，飯後畧事休息即午睡，下午多數分別垂詢各方情況，晚飯後，外出散步，在觀音橋駐節三天，在牯嶺駐節五天，每天都是如此，在牯嶺時，常常單獨一人散步幷作良久而靜靜的沉思。

歸宗寺的範圍很大，建造宏偉，山明水秀，到處都是溫泉，隨行的人常將生鷄蛋置於水中，頃間即熟。星子縣距離該寺，約二十華里，因近鄱陽湖，故有三國時周瑜訓練水軍時點將台遺蹟，星子訓練班即設於此，那時已改爲中央陸軍軍官學校特別訓練班矣，班本部設廬山海會寺，班主任爲黃埔一期的潘佑，强湖南長沙人，我們隨 校長將公去過星子和廬山海會寺向特別訓練班的官長同學檢閱和訓話，該班的官長同學精神飽滿陣容整齊，乃一支茁壯的革命幹部。

海會寺的環境特別優美，茂林修竹，古木參天，寺後是海拔很高的廬山五老峯，其雄壯的姿勢，令人有一種高不可仰的感覺，峯間的瀑布，一瀉千丈，蔚爲奇觀，想起了李白詩曰：「飛流直下三千尺，疑是銀河落九天」的佳句，石隙中流經寺旁的幾道清泉，堪稱是最佳飲品；寺前是一片大塊的斜坡，斜坡上建築一座能容納近萬人的大禮堂，禮堂前面則是畧有斜度的大操場，操塲正下首不遠處，是海會鎭市塲，右前方是白鹿洞書院，朱熹晦庵先生曾在該處講學，並定學規：一、立志以定其本，二、主敬以持其志，三、知性以明其要，四、窮理以致其知，五、力行以踐其實。再往遠處看，則是水天相連的鄱陽湖，一望無涯，碧湖藍天，恰似一幅美麗的圖畫，寺的左右兩側，則是排列整齊的梯次石頭營房。廬山海會寺，是中國的軍事訓練基地，牯嶺在廬山山頂，是全中國和世界聞名的避暑勝地，廬山又名匡廬，民國二十二三年在江西舉行第五次大圍剿，能勝利完成，就是歸功於這個軍事訓練基地的成果。廬山的面積很廣濶，地勢雄壯偉大無比，以五老峯的雄姿而言，是由五個高聳雲天面積不一的峯巒所形成，任何人見了，都會有一種暗忖：「偉大、偉大」的特殊感覺，世人常借用蘇軾的詩：「不識廬山眞面目，祇緣身在此山中」，來作比喩。

在觀音橋歸宗寺駐了三天，一位侍從副官通知我，一小時後，要去牯嶺，要我馬上準備，我記得隊長陳人基臨別時的訓示：「任何時候，不得擅離崗位」，故每分鐘都在準備行動，根本用不着再準備。牯嶺的海拔很高，傾斜面很大，尤其是由歸宗寺直上，這條石路，最不好走，行軍序列，是三乘轎子，由 校長蔣公和另外兩個年齡較大而官階高的長官乘坐，我把全班十六個同學區分四組，即前後左右衛各派四人，前衛由副班長率領，雖在光天化日之下，爲了責任和安全，仍須搜索前進，速度快了，後面跟不上去，速度慢了，妨碍後面的行動，因此；前衛的速度必須適當。担任側衛的同學，比較辛苦，因爲路的兩旁無路可走，祇好拼命的由此一塊石頭而爬上彼一塊石頭，除非萬不得已，才跟大路走，這種情形， 校長蔣公當然看得清楚。我担任後衛，跟着轎子行進，自然沒有那麽辛苦，可是，我亦因近數天來沒有好好的睡過一晚，更以精神上的責任負担很重，在爬行牯嶺的山路上，也感到有些吃力。

牯嶺的行轅，是一座兩層高的堅固石頭房子，房子上面，蓋的是一層約五分厚的鐵瓦，堪稱別緻，大概是爲着避風的原故，屋前和兩側，是就地形設計一個美侖美奐的花園，屋後是石山，怪石嶙峭，非常奇險，加上一道堅固的圍牆，外面的人是無法進入的。二樓的一角，如果沒有濃霧，可以俯瞰鄱陽湖， 校長蔣公和部份高級官員，就住在二樓，我正在和副班長商量派遣崗位時，一位相識的侍從副官來了，他說：「委員長吩咐，這裡的環境很單純，可以減少値勤人數」等諭， 校長蔣公的體貼和愛護，眞是無微不了。

七月的氣節，雖是秋初，在山下的氣候，正是烈日炎炎，酷暑逼人之際，然在山上的氣候，則廻然不同，白天全副武裝，不覺得熱，晚上不蓋毡毯，反覺得冷。山上沒有什麽出產，日常食用品，都是由遙遠的地方輸入，祇有遐邇馳名的雲霧茶，用巖石裡流出來的泉水泡飲，其清香芬芳的滋味，簡直無法形容，絕非凡品所能比擬。早上觀看日出，是一種享受，因爲在陽光煦微中，看見美麗的太陽慢慢昇騰時，好像自己的心，自己的身體甚至一生的事業前程，也隨着太陽在昇騰一樣，種特別的愉快感。

第六天奉令下山，由相反的方向，沿比較寬敞的石級官道，步行至蓮花洞，再乘汽車至九江登軍艦回南京，在軍艦上，同學們的精神特別振奮愉快，我們正在談論，這個重大的使命將順利完成， 校長蔣公崇高偉大的精神人格値得效法敬佩，更以十天以來秋高氣爽的好天候時，一位侍從副官拿了一張紙條給我，上面的大意是：「奉委員長面諭：查軍校學生，精神振作，勇敢負責，着予犒賞銀洋伍佰圓，以資獎勵」等諭，下面蓋了侍從室的鈐記，並囑派人隨同那位侍從副官，親向侍從室主任錢大鈞領取是項犒賞銀圓。這個興奮的榮譽賞賜，十六位同學齊感受寵若驚，幾乎都要跳起來，最後又吩咐我，抵京後，不必再護送，自行回校本部復命可也。

回到隊本部後，帶着愉快和輕鬆的心情，向陳人基隊長先交出笨重的伍佰個銀圓，再不慌不忙的報告一切經過，他聽了以後，非常開心，晚上點名時，陳隊長對我和全班同學特別嘉奬外，並將 校長蔣公的這項特別賞賜，爲全隊同學購買衞生衣膠鞋黑襪及聚餐費用，聞悉之餘，官長同學，皆大歡喜。今日 校長蔣公捨吾儕黃埔子弟及海內外同胞同志而去，不禁倍增悲慟與感傷，謹用含哀的心情泣述此一段經過，以誌永遠弗忘。

民國二十五年十二月西安事變時，我已在軍校畢業，根據我的志願，分發中央軍校特別訓練班任職少尉區隊附，先後在全國各縣市社訓教官隊，全國軍郵學員隊及軍官學員隊服務，約半年的時間，任職三個性質的短期訓練單位，階級雖低，除了負責協助管理教育及訓練外，還要幫助指導員負責考核工作，更以階級較低之故，容易接近同學，而達成考核任務。那時我的年齡是二十一歲，正是血氣方剛，不知天高地厚，驚悉 校長蔣公，蒙難西安，因受共黨之策動，而被張學良楊虎城等挾，我當時眞沒有想過自己的階級和地位，懵懵懂懂的用黃民新的名字，寫了一份報告，請求指導員轉呈班本部的訓育處長張敦品，建議組織「靖難大隊」，前往西安，營救 校長蔣公脫險，是項建議，很快就獲當時的主任康澤接納，總隊長施則凡（籍隸桐城，出身日本士官，身高七呎，爲刺殺孫傳芳的女英雄施劍翹女士的胞弟）對此舉曾公開讚揚，派黃埔三期的梁固榮任靖難大隊長，我亦因此而升任中尉區隊長，參與靖難行列，全大隊五百餘官長同學，心情雖然沉重，而士氣極旺盛，人人均有絕筆書甚至血書寄回家中，誓言不營救 校長蔣公脫險，絕不生還，當這一支誓死效忠的隊伍與送行的數千同胞分別時，沉痛的心情，好像是生離死別一樣，正是：「傷心人對傷心人，流淚眼看流淚眼」了。

這一支忠肝義胆的隊伍，帶着沉痛的心情而用快速的步法，徒步至九江，再乘軍艦至漢口，待命三天後，忽聞叛徒張學良幡然悔悟，無條件的親自護送 校長蔣公回京請罪，喜訊頻傳，全民騰歡，爆竹聲聲，舉國稱慶，在懸崖勒馬之際，作出此項睿智決定，乃 校長蔣公不屈不撓偉大精神人格的感召。

抗日時代淪陷的山東（四）

胡士方

至於那時共產黨的勢力，還是微乎其微，魯北僅有馬寶山以青島港口工人爲底子的第三支隊，魯東僅有高錦純、伍克華、許世友等人的第四支隊，魯南的徐向前、張經武、亦僅有在魯蘇交界附近一個空架子的辦事處。還有後來當八路山東省主席的黎玉，那時才剛離開山東齊魯大學，由本名李興唐化名爲黎玉，在泰安徂徠山區組織游擊縱隊，更是微不足道，其餘如膠東的曹漫之，連名字都不爲人知。所以，講起山東的抗日武力，無不以于學忠馬首是瞻。但于到山東之後，一向是倚老賣老，于自西安事變以來，與中央存有芥蒂，他的部隊有基本的兩個軍，在山東作戰，也以避重就輕，保持實力爲原則。尤其主要的幹部都在西安事變前後染上了紅色思想，對中央多懷異心。于本人對八路軍亦多採友好的放任政策，在八路軍大呼「抗日民主統一戰線」之下，更成了好朋友。

于學忠的總司令部內，也潛伏了許多共黨分子，魯蘇戰區總司令部成了八路特務的溫床。像總司令部的資料室主任周而復，早在上海光華大學讀外文系時，就是共產黨員，與左翼作家歐陽山、張天一、沙汀、艾夫編「小說家」；和田間編「雜文」等雜誌時，就已負有任務。自中日戰起，始終爲共黨做地下工作，進行「統一戰線」，但于學忠却信任不疑。那位政務處長郭偉秋，更是如假包換的老共黨。

民國二十八年日本鬼子發動魯南大掃蕩，據駐山東的日軍如土屋兵馬的獨立第六旅團，秋山靜太郎的獨立第五旅團，以及水野信的第十旅團，都參加了這次戰役，兵力足有兩個師團以上。當時沈鴻烈與于學忠都感措手不及。但能與日軍拚死作戰，頂得住的只有吳化文的新編第四師。且當時五十七軍在蘇北，遠水不解近渴，根本未和日軍接觸，五十一軍也見了日軍就跑，一味游而不擊，保存實力。日軍不但兵力充足，火力兇猛，且久攻不退，使沈鴻烈手下的吳化文部，及保安部隊損失相當嚴重。山東省府所在地的東里店、石橋、南麻、魯村，亦全被破壞，軍政人員都紛紛撤入山區。沈鴻烈隱於民家，始免於難。于學忠在轉進中墮馬受傷，由衞士以担架抬着逃入八路民兵家，匿居了好多天才脫險歸來。

但此次坐收漁利的却是八路軍，在戰爭激烈時不但袖手旁觀，而且專扯國軍的後腿。失散的官兵，落伍的部隊，八路軍都設法裹脅到他們山寨裡去，所以，經過日軍這次的所謂大掃蕩，山東省政大受摧殘。反之，八路們由河北潛入山東的一一五師，以及一一九師，却趁機擴張不少。因此在魯南山區的抗戰陣營中便有句流行話：「新四師是幹的，五十一軍是看的，八路軍是搗蛋的，游擊隊是要飯的」。

于學忠外甥繼任主席，萬毅投共

沈鴻烈本是頗有辦法的省主席，無論

抗日反共都有一套的。但軍事方面須受制於于學忠，兩人意見又不合，甚麽事都力不從心，於是即向中樞請辭，調回重慶就任農林部長。民國三十年十月，則由于學忠的外甥，五十一軍軍長牟中珩來繼任。

牟中珩素患口吃，故外號叫做牟喀巴子，人倒很忠厚，本無藉藉之名，初到山東僅是五十一軍之一一四師師長，因緣時會，升爲五十一軍軍長。其軍事材具，行政經驗都比沉差的遠。所以，在行政方面則靠何思源幫助，軍事方面則由于學忠撑腰。但對共產黨早已引狼入室，國軍的發展已日益困難，尤其山東省政府保安處長本爲甯春霖，係保定軍校出身，乃一位堅決反共的幹將，牟中珩到任，即換了一位高某與唐君堯爲正副處長，高偶忘其名，是一位共產黨的間諜，唐君堯是西安事變的要角，亦是共產黨同路人，是山東省政府更成了共黨的天下。

民國三十一年八月間，五十一軍軍長已由山東諸城相州鎮人周毓英繼任，所部一一三師，一一四師，駐防於安邱，沂水一帶。五十七軍已由蘇北移防於諸城，臨沂間。這一軍有常恩多的一一一師，及霍守義的一一二師，在一一一師有位副師長萬毅係遼寧海城人，東北講武堂九期畢業。初任劉多荃一一一師之三三三團團長，在西北作戰時，曾遭共軍徐海東俘虜過，於西安事變時，已參加共產黨。到山東後，即在于學忠麾下繆澂流的五十七軍一一一師常恩多部任三四〇旅旅長，後升爲副師長。萬毅這小子因早懷異心，故在繆澂流年老多病，好少問事，常恩多昏庸無用的情形下，即時時冒繆軍長之名，亂發命令，輕舉妄動。于學忠可能早已知道這不穩現象，時常戒備。一日正想率領特務團到五十七軍監視之際，忽接有電話來，于初時還以爲是繆軍長打來，仔細一聽始知爲萬毅的電話，要請于老總打回東北老家，自己創天下，不再受中央的「氣」。于當即回答：「我早就想打回東北，可是憑甚麽本領打回呢？我也老了，你們有本領，非自己幹不可，你們去幹吧！」說着即放下電話，率領特務團向外逃。這時萬毅亦開始行動，想劫持于學忠，以滿足其野心，但于的特務團裝備精良，全部自動步槍，解決不易，一般士兵亦不敢公然對于冒犯，于遂逃到臨朐與沂水之間的圈里一帶。萬毅乃聯合三四〇旅副旅長解方，三四二旅副旅長賈濤，又要脅師長常恩多，一齊拉走。正好有位八路軍陳光，係湖南宜章人，紅軍大學一期生，剛由少共國際師長，調到八路軍一一五師任東進支隊長，流竄於山東，於是即與叛變的萬毅部隊合併起來，又同冀魯邊區的羅榮桓合了流。

說起這次叛變，于部都深明大義，不爲萬毅所惑，還有兩位團長因不屈而犧牲，以後大部分都回到于學忠的總部，由五十一軍副軍長韓子幹收容起來，萬毅拉走的僅較完整的工兵營，和一些親信，人數總共不及千人，常恩多投過去不久又病死，但影響山東國軍的士氣却至大。于學忠在事後，亦急將五十一軍由安邱，沂水一帶南移圈里附近，五十七軍亦調到虎眉山一帶，以防不測。尤其是日本鬼子又得到國軍內部叛變的消息，遂向省府駐地猛攻，我方又受到一次大損失。

山東自經日本大掃蕩，萬毅事變，共產黨已日趨囂張，滲透的地區更是擴大。十八集團軍的徐向前在山東攻長清的保安隊，襲魚台、鉅野、蒙陰、萊蕪的團隊，解決博興的保安第八旅，第十三區招遠的保安三十七旅，邱縣、東平、嶧縣的保安隊，比日本鬼子的侵畧都難防。加以政府的行政人員做官的多，做事的少，還是以前那些老作風。政治宣傳，組織民衆的手法都落了伍，根本就阻止不了赤燄的蔓延。朱、毛在延安發號施令，高呼「統一戰線」，「人民解放」，花言巧語地更不知迷惑了多少青年。有的簡直像當年的義和團，紅槍會喝了符一樣；最初人人都看不在眼裡的小八路，結果都成了精。所以，中日戰一起，日軍陷進泥沼，中國步入艱苦，唯有共產黨游而不擊，抗而不戰，專趁火打劫，坐收漁利，勢力越來越大，漸至泛濫了全華北，于學忠軍權在握，優柔寡斷，束手無策，牟中珩更是一籌莫展。

台灣高手壁虎神功

牟乃修

——李勇——

當武俠影片大受觀衆喜愛，李小龍，王羽，陳觀泰等武俠片影星也就在影壇中成了寵兒。許多帶有東洋味道的武功名稱——空手道，合氣道，在大衆傳播工具的評介下，也受到許多人注意。

其實所謂「空手道」與「合氣道」，完全脫胎於中國古老年代的武術。根據現在台北的北派武林好手牟乃修解釋：凡是受過少林武功薰陶的武師都知道，這些都是從少林派的武功淵源中發展出來的。

牟乃修現在是台灣省刑警大隊負責行動的幹探，身軀修偉，氣宇軒昂，雖然年紀已逾半百，但仍然身手矯捷。他的內外家功夫雖不能說已達登峯造極之境，但是在目前港、台武術界中，依然是有點份量的佼佼者。

一九七一年五月間一個夜色曚曨的晚上，一名擅長柔道，身懷手槍的人犯，因僞造美鈔的集團被省刑警大隊偵破而漏網潛逃。

根據密告線索指出，此人藏匿在台北市郊鄉野的獨立農舍內。警方人員得到情報，立即展開緝捕的行動。

在省刑警大隊內，不乏行動好手，其中包括有榮獲日本柔道評議會評定的八段柔道好手黃滄浪，槍法準繩的探目許化民等。但是治安首腦不願意發生流血傷亡的情况，决定把這名逃犯生擒活捉回來。

什麽人有把握達成這一項任務？在一個緊急而迅速的會議中：省刑警大隊决定派出他們的瑰寶——刑事組員牟乃修去担負這份帶有充分冒險性的任務。

懷槍逃犯擅柔道 刑警高手要生擒

牟乃修像歷次接受任務的情形一樣，毫不考慮的坐上了一輛中型偵防車上，身上沒有佩戴任何自衞武器，在司機的駕駛下，車子從台北市區出發，來到了市郊被視爲藏匿着逃犯的農舍附近。

第二天清早，天色還沒有大亮，雲霧低沉，不是一個很好的天氣，牟乃修打扮成在稻田裡工作的農夫一樣，與事先約好的農夫比肩在農田裡挑着糞桶來往於阡陌上，完成了他初步的埋伏部署。

藏匿的逃犯在接近中午的時分，悄悄的離開了農舍，躡手躡脚的沿着小路向前移動，依照他原訂的計劃，他準備走出大馬路上，攔了汽車往南部投靠親友，或者借了錢以後在南部的農村及山地流竄。

他很小心的經過農田，注意着每一個正在田間工作的農夫，當他走到接近大馬路的農田時，有一個沉不住氣的農夫抬起頭來看他一眼。

這名逃犯何等機警，他從那名農夫的眼神中窺出情况不對，立即轉身準備逃回農舍，以農舍爲據點再開槍拒捕，有機會便逃到農舍後面山坡的叢林藏匿，再謀逃身之策。

但說時遲那時快，就在逃犯轉身的一剎那間，距離逃犯約三丈多遠的牟乃修，突然一矮身形，兩個側身便閃躍到逃犯的面前，攔住他後退的去路。

劈手槍快同閃電
擊腹部如中敗絮

逃犯做夢也沒有想到有一個人突然出現在他的前面，正想拔槍上膛，手向上抬起的時候，牟乃修右手挺揚，粗厚的巨靈之掌，向他拿槍的手腕劈去，這一掌不但打掉了逃犯手中的槍，還差一點把他震倒在地下，但是，這名逃犯也不是弱者，他一站定脚跟，便一個反撲，企圖把牟乃修揪住，然後用柔道把他摔過，讓出路來方便他逃走。

牟乃修紋風不動，既不閃避，也不退讓，借他衝過來的力量，輕輕往後一拖，便把那名逃犯拖倒在一旁，他這才向前走去，抽出手銬，想把對方扣住，逃犯在牟乃修接近的時候，伸出一拳，向牟乃修的腹部打去，牟乃修還是不躲閃，讓對方的拳頭，結結實實的打在他的身上，他沒有一點反應，但那名逃犯却感到打在一團軟柔如綿花的皮肉上，力量發揮不出來，拳頭則感到痲痛不已。

逃犯還沒有想出其中道理時，牟乃修已不耐煩，他又掄起手掌，用砍劈的方式自上而下的向對方肩頭打去，旁邊的人看不出他施展了力氣，但打在逃犯的身上却把他打得滿天星斗，暈頭轉向。當然，那個銀光閃閃的手銬，就已經順利的扣在逃犯的手腕上。

沒有流血，沒有負傷，牟乃修像老鷹抓小鷄的模樣，把逃犯帶回省刑警大隊，然後辦好手續，把他移送法院，讓他接受法律的制裁。

壁虎功飛簷走壁
鐵沙掌威震江湖

警察緝捕人犯，驚險離奇的場面好些有如電影鏡頭，不會引起太多人的注意，但是，牟乃修的行動，却成爲台北市各報新聞記者報導的重點，並根據當時的情況寫了許多有關牟乃修的傳奇故事。

牟乃修最拿手而且最爲出色的功夫是「壁虎游牆」，「橫空走壁」，但經常用得着的則是他那粗厚異於常人的「鐵沙掌」，其他有關少林派的拳脚。功夫，在牟乃修的口氣中似乎是不值一提，他形容那些功夫是花招，任何一個人都可以練，他能不能發揮，主要的還是看那些穩定，沉實苦練出來的硬功、輕功與氣功，他認爲，那才是一切武術的基礎。要吃很多的苦，需要耗很多時間才能練出一點眉目來。

正如一般人所知道，練輕功要穿鐵靴，練氣功要盤膝打坐做吐納，練硬功就需要借助沙包與鐵沙。

牟乃修把他苦練功夫的經過視爲一段艱苦的歷程。

少林僧山東傳技
老師傅重慶授徒

一九四二年，中國對日本的抗戰正在進行中，牟乃修因先天稟賦好，他被師傅選爲接受武功訓練對象，他跟着他的師傅，以四川重慶的歌樂山作爲鍛鍊場所，這種訓練，根據武林規矩是：「絕不六耳傳道」，換句話說，就祇有師傅徒弟兩人面對傳授，不能有第三者在旁。

牟乃修沒有詳述他練武功之經過，他說，他練習的時候，訓練的方法已經很合理，很科學化。不像他師傅練武功那樣艱苦，並且跡近「不人道」。

牟乃修的師傅是跟一浪跡天涯的少林寺和尚學習的，那位和尚走遍了大江南北，最後在四川物色到牟乃修的師傅，收爲門下徒弟，把他帶到北方的山東境內，再予訓練。

一開始的時候，牟乃修的師傅祇是在和尚的命令下掃地，挑水，煮飯，砍柴，打獵，過着最原始的生活。

鐵水桶脚踏木樁 戴石帽手酸頭麻

不要以爲這些工作容易做，掃地用的掃帚是用鐵棍夾在稻草中做成的，挑水用的水桶桶底是尖的，挑水途中不要想可以停下來休息，祇有加緊脚步回寺廟，上山砍柴不准用柴刀，打獵不准帶弓箭武器，煑飯是用火石敲擊引火。

牟乃修的師父最怕的是挑水，不僅是桶底尖的問題，因爲挑水的河邊插了許多木樁，他要在木樁上跳躍至河中心。裝了水以後又在木樁上跳躍回頭，一不小心就可能掉在河裡，如果失手還會遭到處罰，而處罰的方法是戴石帽，所謂石帽其實是一個沉重的石盤，頂在頭上，用兩手支托着。直到兩手發酸，頭皮發麻，汗流浹背，處罰才可結束。

做了兩年苦工，正式的功夫才開始傳授，牟乃修的師父告訴他，那是一個練武者的「養成教育」，換句普通話就是基礎訓練。

訓練開始是穿鐵鞋在沙灘上走，而且每隔一段時間鐵鞋的重量增加，就連睡覺也不准脫下來。跟着就是練鐵砂掌，以黃豆代替鐵砂，不斷以掌往黃豆堆中插，時間久了，指甲脫落，手皮破損，受傷後用一種特製的藥酒泡，還沒有痊癒又繼續插，這兩項功夫又得練一兩年的時間。

這樣下來往往需三至五年之時間，然後，才開始教他所响往的少林拳脚。但練起來就無休無止。

北方天氣寒冷，拳脚揮舞之後，必定渾身大汗，衣服脫下來也就掛在牆頭，和尚不問他練不練，祇要看見衣服沒有掛起來，就認爲練得不積極也要懲罰，懲罰之方法又是上面所說的戴石帽。

白天練功夫，晚上及早上則面壁練吐納，凝神聚氣，輕吸重吐，沒有一分鐘會讓人空下來做點旁的事或思想些甚麼東西，全神貫注在練習上，這樣才能夠培養出一個武林好手來。

牟乃修不知道他師父練了有多少種功夫，這也就如同別人不知道他究竟還有多少沒有顯露的本事一樣。

在對日抗戰期間，牟乃修跟着他師父打過游擊，跑過江湖，但抗戰勝利之後，牟乃修的師父遁跡江湖，下落不明，他則在一九四六年投身於上海警察局，他那套「壁虎遊牆」，「橫空走壁」的功夫則是在應徵時所表演的，現在台灣警界的人，有許多人會親眼看見他的表演。

演絶技見真功夫 嘆才難未得佳徒

他曾經在距牆壁約二丈地方，運功提氣，一個衝刺，直向前奔，抵牆壁時，踢腿上揚，兩脚踩在壁上，如履平地，走了三步彎身伸手，抓住窗框，兩個翻騰就上了一層樓。

那是一棟六層高的樓房，他到一樓，兩手攀附在牆角兩邊，像一條吸附在牆上的「壁虎」（俗稱鹽蛇），幾個蠕動就到了屋頂，牟乃修說：那是外三角的「壁虎游牆」，他還用內三角在屋內爬到天花板上，他所用的力量最大是抓，也就是腕力與指力，就憑手爪去支持他全身重量。

牟乃修說：電影上一躍數丈高，飛身技劍殺人之情節，都是違背常理及人的體能，那不是甚麼飛簷走壁的輕功，因爲人不可能做到那種程度。

牟乃修是山東人，一九一七年出生，在江湖上浪蕩多年，在公職之位置上做了二十多年，公餘之暇，他在台北設舘授徒，但是他說，至今還未找到一個有「慧根」之得意門生。

其實，他在警界也訓練出一個「拔尖」人才，他那個徒弟也有他那些「壁虎游牆」，「橫空走壁」之功力，但是他還不滿意，他曾經表示，如果物色到一個理想之人，他將傾囊相授。

看情形，他似乎還有許多秘而不宣之眞功夫未爲世人所知道。

臺灣南部橫貫公路風光

孔慶林

南部橫貫公路，西起台南玉井，東達台東海端，全長一百八十公里，邁越浪拔二千七百餘公尺的中央山脊；自五十七年七月興工，迄六十年十月通車，歷時三年又三個月，工程之艱鉅，較諸北、中橫貫公路尤有過之。沿途風光壯麗，物產豐饒，更不下前二者；全線温泉已發現者計十餘處，給觀光客旅贈添了不少的誘惑力。

玉井屬台南縣轄區，附近有珊瑚潭、曾文水庫、頂湖及龜丹温泉等名勝，極具觀光價值。日據時期，愛國志士余清芳、江定、羅俊等，聯合同志掀起了「噍吧哖」抗日運動，即以玉井地區爲基地，襲擊噍吧哖、甲仙支廳及大坵、表湖等警所多處，不幸失敗，一時就義，繫獄者千三百餘人（日治安機關發表）。規模之壯大，死事之慘烈，爲歷屆抗暴運動所未見。溯荖濃溪越關山沿新武呂溪而下，兩河谷布農族山胞襲殺日官警，五十年來幾無日無之，南橫公路更是一條反暴政、反奴役的大道，健行、觀光，安得等閒視之。

甲仙位於南梓仙溪南岸，居民約四百戶，與布農族山胞定居的桃源、三民兩鄉毗鄰接壤，爲山、平地互市的中心，它的繁榮與南橫公路開闢不無關係。甲仙是南橫西段工料補給總站，也是開路先鋒們前方歸來臨時休憩的園地。

南橫公路通車後，甲仙成爲北去玉井台南，西往旗山高雄，東達民族民生等村，南越中央山脊而迄海端、台東，儼然南橫公路的十字路口，來往輿車輻輳，繁榮實未可限量。

南梓仙溪河谷風光壯麗，溪上原架有一座長三百公尺的索橋，自南橫甲仙大橋完成後，僅供來往過客憑眺而已；小鎮到處長著修長的椰樹和蓊鬱的巨木，客邸推窗展視，一片蕉林茫茫綠遍山野；天色剛曙，千百隻雞啼，喚醒了久已淡忘的鄉夢，「雞鳴早看天」，不意拾趣於南橫道上。

著濃溪谷

此次南橫之行，是參與民政廳山胞生活視導小組，並獲得高雄縣政府山地課的協助。我們的交通工具，除了機車就靠步行了。首日之旅我坐在徐拔英兄機車的後座，向著濃溪谷奔馳；這約十多公里的路程，自谷底迄嶺坡，皆闢成了甘蔗、木薯、油桐等農園，路側樹立了很多站牌，倒很少見有村落，一地書「咖啡村」的，想是在試種這新興的園藝作物。

著濃村濱臨著濃溪右岸，分爲上下兩個家屋集團，中間隔著一座約三十公尺的大橋，四郊開闢了很多稻田，上著濃有山胞遷來定居，下著濃爲平地籍村民住區，它是一座新興的小鎮甸。

過一道丘嶺，便是建山村，建山原屬六龜鄉轄地，光復前已有平地人來此定居，耕種臨溪的坡地，建山村布農族山胞，本聚居於著濃溪對岸山中，涉水越嶺，諸多不便；由一位山地籍的柯順秋警員發起，請政府准許他們於現址建村，政府爲了改進山胞生活，將這片百數十甲的林班保留地，配給山胞使用。建山村約有九十戶人家，村民多種植木薯和桐樹，木薯爲二年收穫，一棵結薯有重至廿斤的，不用施肥、除草，是最節省人工的農作物，木薯是家畜飼料，和製造酒精等工業的原料。布農族喜居深山，居室較爲寬敞，牆壁採版築式，上覆茅頂，冬溫夏涼，適宜住家，村中一位名呂山林的山胞，家中開了一座一個座位的理髮店，白天村民皆上山工作，這位理髮小姐也不例外，晚上或星期天開始營業。村中建有天主堂和長老會教堂各一座；國民學校設有七班，由校長陪同參觀，教室整潔美化，園中花木修剪有緻；一位山東籍的老師，建有育蘭室，假日攜帶乾糧，往深山叢林中尋覓知音。

十一時抵寶來村，寶來是山地鄉中平地人聚居的村落，位於著濃溪西岸，村民於日據時代即遷來定居。著濃溪將寶來村繞成個半圓形的河壩，南橫公路興建了兩座大橋以資貫通，舊寶來却拋在公路線外了。河壩上成了新興的地區，兩年前只有兩幢家屋，而今已成一個屋宇櫛比的鎮甸。

市面大多是收售山產和販賣日用品的商店，新開張幾家本地口味的食堂，還有一座養鹿場；小鎮的南端，國民學校新址亦在興建中，著濃溪左岸步行約一小時，有兩座溫泉、水質極佳，村民計劃建設爲觀光區，這新興事業的風氣，漸漸地吹向山區，寶來正是南橫未來無價之寶呢！

高中村踞於一座背山臨河的坡地上，派出所、建山國校分部，都在舊道的進口處。南橫公路通車，村民家屋皆沿公路南移，舊派出所離公路較遠，早已破壞不堪住居，新所遷建於村民計劃的住宅區內，規格與建山派出所一致。高中村入口處右行二十分鐘，現有溫泉一處，源水充沛，村中有人計劃開發爲遊樂區。

我們溯著濃溪而前，過松亭關，這兒是一段約三公里傍岩臨河的坡路，看來怪駭人的，不過，較之蘇花公路，仍畧遜一籌！

桃源鄉

桃源村爲桃源鄉公所所在地，山胞聚居在一片緩坡上，面對著濃溪谷，公路於村口處即繞道而去，村前有五六甲水田，租給平地人耕種。列爲鄉公所造產。村中家屋稍嫌零亂，自南橫公路通車，桃源村首當其衝，又爲鄉公所所在地，山城日趨繁榮。

鄉公所建設桃源新社區的藍圖，計劃將鄉公所、林業、電訊、公路、青年活動中心等機構，建於村右前一片小平原上，另劃出臨河的坡地，作爲上寶來遷村之用。上寶來距桃源村約二公里，村民準備遷往交通方便的鄉公所所在地，自南橫通車後，著濃溪谷山胞都在醞釀遷村，有的已經採取行動。

村中國校教室已改建完成，鄉公所是一幢新居，設備尙稱完善，衞生所建於鄉公所右方不遠處，建有產房、醫療間，職員宿舍作了我們臨時的行館。

桃源村養鹿的風氣很盛，我們參觀一位布農族老鄉長的鹿廐，他是往日族人的頭目，國語勉强說上幾句，娶得一位能說閩南語的平地籍太太，老鄉長養有大小十隻山鹿，據說以時價計每隻可售拾萬元以上，鹿茸屬貴重藥材，市價一兩四百元，一對茸約三台斤重，年可踞取一次；本來用作自衞的利器，竟被人作爲延年益壽之用，「匹夫無罪，懷璧其罪。」致茫茫山野，幾無法幸存。

爲了改善山胞生活，十年前政府即提倡種植油桐，桐樹四五年即可結果，而今多成壯樹，著濃溪谷尤爲普遍。桐果售價一度下落，以往交通不便，一斤桐果揹往六龜或旗山出售，運費即佔去兩元，今改用汽車載運，每斤只折合兩分，桐果漲至十元一斤，山胞莫不大獲其利，今樹齡漸老，桐木却又可出售了。

桐樹分油桐、泡桐，油桐結子製油可作工業原料，可油漆家具船艦，往昔售價低落，山胞皆乏興趣種植，年來不惟油價看好，日本人復大量搜購桐木；桐樹七八年即可成材，十五至二十年的桐木售價尤高。

桃源鄉公所一位農業技士說：「桐木以防蠹，日本家庭的家具、書櫥，線裝書的夾板、字畫的捲軸，多採用桐木。最初他們認爲桐木質地輕，不變形，攜帶方便。日本人古籍字畫，存儲數百年，甚至千年以上，不變色，不爲蟲蝕，揣測當與桐木有關。」

傳奇人物

日據時期，其殖民政策視山胞爲野蠻民族，避之若蛇蠍，各山鄉出口，皆駐有隘勇；寶山來六龜道中，著濃溪對岸原裝有發電設備，這不是爲山地照明而設，原是用作防山胞夜間潛出，佈鐵網、拒馬，施放電流用的。

桃源鄉寶山部落，據說有一位叫「拉馬幸星」的布農族山胞，目睹日殖民政權的殘酷，激發其民族的仇恨心，他單槍匹馬來往於台東關山、高雄六龜的崇岳峻嶺中，三十餘年專襲殺日殖民官吏（巡查以以下不殺），死於他槍彈下的計三十餘人，其中之一爲台東州支廳長。日殖民政權爲紀念其高級員吏死于非常，於台東海端鄉下馬村路側，樹碑記其始末，光復後爲村民毀棄。

「拉馬幸星」行蹤飄忽，不易逮捕，台灣總督「佐久間」，設法使之招撫，當這位布農族之獅，奉召北來晉見佐久間時，當日佐久間高踞上位，拉馬幸星被安坐於地板上；拉馬幸星認爲此行受辱太甚，返回山中襲擊日本官警一如故往。他的兩個兒子皆爲日警捕殺，這位至死不屈的英雄，後爲其族人出賣，繫死獄中。

梅山途上

黎明落了一陣細雨，我就心能否趕往梅山，不料這顧慮多餘，晨起雲淡霧薄，正是行旅的好天氣。飯後我們的機車隊，乘風浩蕩而前，十五分鐘抵勤和，勤和是南橫公路通車後新遷建的一個部落，全村三十八戶和一座警察駐在所；重建的社區，似未按照計劃行事，山胞家屋有的向東，有的向北，鄉公所對勤和建村，認爲有重行規劃的必要。

復興村建於公路的右側，派出所爲了便利服勤，遷建於離公路不遠的村口，新派出所是一幢鋼筋水泥的平房，在山地夠氣派了；再看那座日據時期的舊警所，老態龍鍾，令人一見生厭。

梅蘭是座新建的村落，派出所、村公所、衞生所都是新近落成，梅蘭距樟山約一公里，計劃將兩個村落併爲一個警勤區，樟山有三十戶人家，國校教室新近落成，既不便遷村，更不宜遷校，村民希望派出所遷往梅蘭，原址稍加修理，改爲駐在所，派一位警員留住村中，由村中山青隊員協助執勤，治安機關一旦他遷，村民像失去保障似的。

樟山沒有看到樟樹，傳說樟樹於日據時代，早已砍伐殆盡，樟山國校新落成了五間鋼筋水泥的教室，三間因物價上漲尚待請求補助。教導方先生用克難方式，在模製不同形式的標語牌，他先釘製一個木槽，將調好的水泥漿注向木槽內，待水泥凝固，雕刻字型並加注國音。教室、操場已經樹起了十多面，我向這位克難力行的方老師解：「方先生，這種標語牌，可以申請專利的。」

十二時我們抵達梅山，梅山這個充滿詩意的名字，它是桃源鄉最深山的部落，往昔往返平地一次，實在不便；一位派出所的資深警員說：「南橫未通車以前，我由梅山往六龜分局，要邁過二十八座索橋；當離開派出所時，村民看到招呼：『先生早安』，趕到桃源，鄉民相見：『先生日安』，到達著濃時，村民遇於道旁，忙著鞠躬：『先生晚安』，但是要到六龜，尚有二十多里路程呢！」

梅山位於著濃溪上游的一道峽谷中，筆直的村道，自索橋貫通村外。日據時代的派出所，已經不便使用，臨時遷往一位本地籍顏姓警員家中辦公，顏家是村中的巨族。梅山部落距公路站尚有一公里的坡路，新派出所建於梅山站岔道處，公路站附近是一片開廣坡地，已建有五、六間家屋；梅山村民亦擬遷來公路站設村，惟附近一座風化石的高山，每經風雨，山石即大量下落，在未改善落石工程前，鄉公所不同意梅山村民的做法。

青年救國團於梅山站興建了一座招待所，佔地約百餘坪，飛簷琉瓦，巍然立於青山翠谷，煞是壯觀，已經開始營業，是日管理員因公下山，我們只好求助於梅山派出所了。

警員李建生是高雄縣三民鄉布農族青年，在台北服勤時，我們曾經相識，異地重逢，倍感親切；下午李太太由家鄉趕來梅山探候夫婿。潘姓工友，父親於日據時期即來梅山警所，退休後在村內經營一間雜貨店，兒子與布農族顏家女兒結成連理，潘家父子布農語均極流利，三代之後山胞如不平地化，潘家子孫可能山地化了。

前年春節後我曾來桃源鄉，見高中等部落，少數家屋門上貼有春聯，據說他們都是平地人的後裔；當日人攻佔台灣時，部份參加抗日的青年，殖民政權將他們驅往深山，充當隘勇，一則防止山胞下山，同時免得他們於平地結夥起事；入山後隨與土著女兒論婚嫁，數代之後，祇知是平地人的子孫，雖不說平地話，春聯仍是照貼的，類似這樣的人家，梅山村中即有四家。

布農神話

傍晚和李警員參觀村中的養鹿場，梅山部落共養有二十餘隻山鹿，顏家兄弟即佔有半數，主人顏永泉，已八十三歲，坐在廊下，向著一堆炭火，一面削製竹籤，一面將鮮菇夾在竹籤上慢慢地烘烤，看來老人閒得無聊，藉以消磨日子。我和李警員走向老人的菇爐，李用布農語問說：

「顏伯伯，聽說你是梅山布農族的頭目？」

老人微笑著慢慢的揚起頭，看著李警員說：「我就是啊！」聽說老人喜歡回念過去顯赫的日子。

「能不能告訴我們布農族的舊聞和抵抗日本人的事？」

「日子太久了，已記不清楚，等晚上我弟弟回來，大家來談談吧。」

晚飯後，我和李警員伉儷，同往顏姓老人家中。頭目制度雖然成了過去，顏家依然贏得村民的尊敬。老人的長子，曾從事警察工作；次子是鄉民代表，客廳的牆壁上，掛滿了歷屆縣長、議員贈送的匾額。

顏永泉昆仲都不吸烟，我們帶了些糖食，以資助興，顏大頭目坐在沙發上，他八十歲的弟弟坐在右座，看起來腰腿硬朗，頭上依稀有幾根白髮，聽說他仍能上山砍柴。

兩位老人對我這位深山過客，頗表好感，因為那些古老傳說，布農族中青年們都視為荒誕不經，難得有我這個聽衆，兩位老人說起來也很有興致。

一、人類祖先怎樣雙腳會直立的？

最早的年代，人們的祖先與爬蟲並無分別，一天夜晚天上的星星公，忽地降落在地上，與我們祖先同飲同食，同歌同舞，不覺已至夜深，星星公惜別時說：「朋友們再見，改天我再來。」於是飛往高空。

當這位星星公離開人間，却遺落了一隻葫蘆，大家正注視那隻葫蘆時，它忽地滾動起來，待仔細觀看，原來是一隻六脚爬蟲，用牠的兩隻後腿撥動的，正在看得有趣，一隻細小的飛蟲，忽然落在一位祖先的臉上，他感覺很不舒服，驀地把頭揚起，由於用力過猛，兩隻脚居然站立了起來，自是以後知道用腿走路，用手取物，方便極了。

二、會托天的星星

遠古的時候，天和地的距離，非常接近，近到一不留神，頭就碰到了天。

一位青年在門外劈柴，一揚斧，「噹」的一聲碰到了天；天上的一位星星公說：「天實在太接近地了，人們工作多不方便，爲什麽不將天托高些？」於是這位好心的星星公跳下來，將天托到像現在那麽高。

星星公從天上跳下來的時候，帶了一粒米，他切了一半給那位劈柴的青年，青年在想：「這半粒米連塞牙齒都不夠，怎麽可以作食糧呢？」很不自然的丢向鍋裡；那料那半粒米越賁越漲，漲到一張蓆都盛不下，青年喊村中的人們來吃飯，有些人回去，却變成了老鼠。

劈柴的青年便向星星公訴苦：「吃了您給的米，有的變成了老鼠！」星星公告訴他：「那些變成老鼠的，因爲以往偷吃人家東西的報應。」

三、打太陽

很古的時候，天上有兩個太陽，一天，有位大意的媽媽，將兒子放在屋外，忙著收取東西，忘記把兒子抱回室內；待轉回來，兒子已被晒成一條四脚蛇的爬蟲，心中大爲痛忿，於是呼請村中的青年們，向太陽興師問罪。

青年們揹著乾糧，攜帶弓箭去打太陽，一位武士順便在樹上摘下了幾枚橘子，邊走邊吃；太陽究竟有多少遠，大家都說不出，不過，待工作完成，光榮返鄉，那些出征的青年們的頭髮都變白了，離家時遺下的橘柑種子，由苗木也長成了大樹。

當他們走近太陽的時候，太陽正用兩雙脚各踏在一個山堡上；一位勇士順著太陽的脚，爬向太陽的臉部，對著太陽的兩隻眼睛狠狠地打去，大概太陽被打得太痛了，流下了不少的淚，太陽取出一條棉被來拭眼淚，這時太陽的光，漸漸地變暗了，於是變成了現在我們常看到的月亮，月亮裡面的暗影，就是太陽用來拭眼淚的棉被。

月亮不惟沒有生氣，反很和善地向武士們說：「以後你們見我圓了，趕快來種粟，看我缺了，趕快來收粟，待我幾次圓缺，要舉行豐年祭；一次上升是一月，二次上升是二月，十二次上升是一年。」

布農族來自何處？據顏永泉說：「我們族人傳說布農族的遠祖，是來自本島的對岸，爲了捕魚，被一場大風把他們的船吹到這個島上來，因爲沒帶來糧食，風停了又回到對岸去，後來帶著農具和種子再來本島，將種子種下去，收獲很好，於是索性不回去了。跟著又來了幾批人，他們都喜歡種田，于是留在平地，布農族愛好打獵，遂移往山區，最後又來了一些高鼻子的外國人）。

他們的遠祖最先由平地，沿著一條大河走向深山，越過中央山脊，遠至東海岸，再沿新武呂溪，回到著濃河谷，也就是布農族目前定居的範圍。

抗日記憶

顏大頭目回憶布農族人抵抗日本暴政的事蹟說：大約八十年前，在東部花蓮地區，最先跑向山區的是一批平地人，躲在我們部落裡，跟著來了一些日本人，他們是追捕那些平地人的；我們早已把他們放走，事爲日本人探悉，將布農族的頭目綑起毆打，於是我們與日本人結下了深仇。

日本人常來山中索取獵槍，山胞憤怒極了，一天晚上發動全族男子襲擊日本警所，官警全被我們殺死。我們兄弟打死了三個日本警官，地點在台東霧鹿部落。

日本人心狠手辣，僞裝與我們講和，說放下武器，配發油米火柴食鹽，要大家下山領取。我兄弟不相信日本人會這麼好，很多人下山都被日本人追殺，我和兄弟發誓與族人復仇，作長期抗暴運動，那時我們已是二十餘歲的青年了。

日本殖民政權爲便於調動軍隊，開闢一條由高雄往台東的山道，我警告族人，不要與日本人合作，否則布農族人將會殺光滅絕，梅山一帶的族人都不肯替日人開路。

顏永泉兄弟擊殺日警的兩顆頭顱，携來部落偷偷地埋在索橋脚下，那位八十歲的弟弟，要帶我們去看，我以夜深爲由，推謝了他的好意。

天池風光

昨晚傳聞梅山上行五公里處，有一段坍方，道班尚未派人清除，但我決心由梅山沿間道續往台東。梅山村一位布農青年，願送我至埡口，我想路上有個伴也好，况且還有一段間道，免得摸索。起程時潘家向我背袋裡裝了兩包餅干，山地人情，令人感動，果然，兩包餅干在途中派上了用場。

晨七時和布農青年由索橋頭沿山脊迂迴而上，看到村民焚燒榛莽，準備墾山造林。

梅山站路碑爲七十九公里，但由間道捷徑再跨上公路已是八十九公里處，省去一小時的路程，却也流了不少汗水。當我們邁過山脊，避過公路坍方可遙遙望見，隱約中看到山石滾滾下落，不時還傳來「淅瀝、劈拍」的巨響。

公路溯著濃溪而前，兩岸山岳多屬粘板岩構成，石質鬆散，不但雨天易坍陷，晴天亦常崩落，沿途坍方落石，幾無日無之。由梅山而上，坡緩路平，步行並不吃力；著濃溪對岸，一排峻岳，林務局正雇大批工人在墾地造林，樹苗以紅檜爲主，檜木乃稀有的高級木材，多生長於千五百公尺至二千五百公尺的高岳地帶，生長極緩。

行進間，作嚮導的布農族青年，告訴我：「南橫公路通車後，山上的農產品容易出售，往昔運費高，笨重的農作物，經常讓它爛在田裡，現在不同了，兩甲地芋售價十二萬元，就是坡下那家茅屋中山胞出售的。」

「兩甲地芋售十二萬元，兩年收益不等于公教人員半生的退休金嗎？」看看那間低矮的茅屋，不僅爲之嚮往。

日頭剛剛過午，我們趕到了海拔二千二百公尺的天池，周圍是一片百數十甲的草生坡地，離中央山脊大關山隧道十三公里，由公路站上坡五分鐘，有一個突然下陷的地穴，水藍如靛，經年不涸；往昔山胞狩獵或越嶺，爲唯一的給水站，于是山胞們編造了很多神話故事，說一位布農族少女，不時來池畔濯足，又說水深莫測。南橫公路通車後，布農少女不再來濯足了；林務局於池畔空地開闢了約二甲苗圃，引水灌田，更沒深不可測好說了。不過仍給南橫過客，作茶餘飯後的閒話資料。

南橫公路西段，沿線林木，已採伐殆盡，惟天池至埡口間，古木高岩，尚保持原始氣氛。遙遙望去，白雲茂樹，峻岳懸流，組成一幅大畫圖，由於已進入二千五百公尺的高岳地帶，日頭剛剛偏西，已覺寒氣迫人，但看著陵谷壯麗，也忘却了一身疲倦。

開路英雄

繞過一段急彎，路側一座巨岩上矗立一尊半身人像，石壁中嵌著一塊大理石碑，記工程司陳武雄，于開闢南橫公路時，爲落石擊中頭部不治，時年三十九歲。據一位工程管理人員告說：「開路先鋒大都是榮民。」榮民皆百戰英雄，卸下征袍又投建設，作開路先鋒。今大道寬廣，步行駛車，履險如夷，得勿念及英雄們捨生取義「浩然之氣」嗎？更向開路殉職的英魂默禱。

海拔愈高，愈易感覺疲倦，每行兩公里即作小憩一次，當太陽漸漸沉下山去，我們也抵達關山隧道西端進口，解下背囊，席地而坐；十年來夢繞魂牽的雄岳，在夕陽餘暉裡，竟涵濡其芳澤深處，欣喜興奮，非局外人所能知。將剩餘的補給品，取出與布農小弟分而啖之，默默自語：「標高二千七百公尺的山脊，邁過即爲下坡，今天的疲勞，易得明日步履隨和。」仰首展視；夕陽山外山，給人寫不盡也看不厭的祖國大好河山。

取出電炬向隧道邁進，這座貫穿中央山脊，長六百五十公尺的大隧道，是南橫公路最艱鉅的工程。落霞餘暉透進洞來，依稀中辨認出洞壁間突出的岩石，石隙滴水成渠，踏過隧道三分之一的路程，慢慢地向右方轉移，再十五分鐘，東台灣的天光漸漸透進，出得洞口已近黃旨。

隧道外緣有座工寮，住有道班員工，他們備有照明設備，員工們正在準備晚餐，看看兩個夜行人，莫不投以詫異的目光，下坡一公里，一座琉瓦的高屋現于岩下，想爲救國團招待所了。

由岔道轉進，首先映入眼簾的爲關山派出所，新近落成，門鎖著；再前一百五十公尺至招待所，塲地堆積著磚石鋼筋建材，正在興工，工作人員已經休息，似乎無處落脚。

向陽遇舊識

忽地念起公路岔道處，路牌上不是寫著「向陽」票價二元五角，那麽路程不會超過五公里，向陽有派出所，還是趕往向陽再作定奪。

山風挾著濃霧，沿新武呂溪谷像萬馬奔騰的擁來，將大小關山深深地鎖起，仰視關山鞍部左上方幾座山堡，雲隙中露出皚皚的雪痕，默默地念說：「南橫，眞不虛此行。」

向陽到了，暗影裡，一座工寮隱現於疏林裡，翻上小坡，一陣犬吠聲裡，主人走出宅外。

「向陽派出所還有多少路？我們是從梅山來。」

「繞過前面山坡就是。」

我們朝著茅屋主人指點的方向走去，轉彎不遠，一座新落成的派出所，孤立在山岡上，門關著，沒有燈光，打門說明來意，室內燃起燭光，一位警員將燈火向我臉上一晃說：「你不是孔教官嗎，怎麽現在到這裡？我叫胡繁茂，去年在石牌給我們上過課呢！」

「今天由梅山來，聽說埡口救國團招待所可住，沒想到仍在施工中，派出所也沒有人。」

胡警員是布農族青年，起來作湯羮飯；行進中尚未十分疲勞，坐下來倒覺得沒法適應了。「二千七百公尺的山岳，把我嚇倒了嗎？」一縷愁緒忽地襲上心頭，跟著倒在床上睡去。勉强喝了兩口湯說：「謝謝兩位，讓我休息一下。」覺得室外温度已降至零下，全身發抖。

向陽是一片緩坡，約百數十甲，背依向陽大山，翻過稜線即是花蓮縣木瓜溪林區，再前爲本省最高峯玉山了。向陽海拔二千三百公尺，屬高岳地帶，半個月前還落一塲大雪。

深山亡魂

新武呂溪源出于大、小關山，繞向陽大山向摩天峽谷流去，向陽背山面壑，獲日射較多，附近尚未設有戶籍。日據時期向陽是南橫道上一個軍事據點，由派出所沿舊軍道上坡步行約二小時，有一座砲兵陣地，光復後補給中斷，戍守陣地的日本官兵，怕山胞報復，不敢下山；他們最後將軍毯展開，倒向砲側，悉作新武呂溪谷亡魂。數年前爲清山人員發現，僅餘白骨燐燐，軍毯亦化爲灰燼，侵略者下塲，實可哀之至。

離開向陽得與因公下山的胡警員作伴，爲了爭取時間，捨公路而取舊道，舊道爲日據時代軍事專用道路，時殖民政權爲了配合日本軍閥南進攻勢，提高軍事機動性能，開鑿一條由台東關山溯新武呂溪，越嶺順著濃溪河谷，迄高雄六龜的軍事便道。

由向陽下坡即轉入叢菁密林中，履岩涉澗，仰視不見天日，由於林蔭路滑，曾數度跌撞，一度將腕錶跌落，幸胡警員代爲拾獲。

高山栗園

十時過「佳茂斯」，此地亦爲廣袤緩坡，未設有戶籍，南橫公路通車後，新派出所亦告落成；「佳茂斯」乃布農語『板栗」的語音，今改稱爲「栗園」」。派出所附近植有栗樹百餘株，據說收果爲數可觀；栗爲溫帶果樹，華北及西南高原皆有出產，寶島亦僅有台東縣利稻、摩天、栗園等地生長，三十年重睹故園風物，不禁喟然而嘆。

十一時過摩天，有工寮一間，山麓已闢有果園；中橫公路兩側，遍植溫帶果樹，南橫初闢，坡地正待開發，美麗遠景，實不可限量。摩天於日據時期設有警察駐在所，今已燬廢，由此去利稻，由間道下山，可省却一小時的路程。

利稻無稻

利稻是台東縣最深山的部落，屬布農族，全村約六十餘戶，蝟集在一片小台地上，日據時期，他們居住於摩天峽谷對岸一片坡地上，因交通不便，遷來現址的，山胞們仍念念不忘舊土，要求准許他們前往定耕。

利稻由於水源不足，部落附近，未見有稻作，「利稻」據說爲布農族語；居民家屋都很寬敞，各家門前也圍有果園，惟布農山胞對農作物，像沒有人管理似的。

村中一座國校，學生六十餘人，分三班教學，三位老師，校長姓王，是位熱心教育的工作者，一位邱老師，爲布農族，利稻派出所正興建中，救國團利稻招待所已經營業。

利稻尙未安裝電燈，入夜漆黑一片，是晚商請國校老師訪問村中三位布農族老人。一說外出未歸，另兩位云身體欠佳作罷，他們都是參加抗日的英雄。

便車下山

由利稻下山取道天龍橋，較公路近八公里，間道高岩懸流，中通一徑，艱險不讓蜀之劍門和太行八徑之一的南口，爲軍事要地，日人設有砲兵戰壘；今宇內昇平，陣地已廢毀，巨砲兩尊亦移往台東縣某機關武術館前陳列。午後海端鄉民代表會主席劉亞東兄，有便車下山，堅邀同行，爲了趕往台東，隨捨徒步而從公路。

天龍橋至海端約十公里，沿途峽石壁立，公路穿巖出隧者計十餘次，風光雄奇，不讓太魯閣專美。

天龍橋峽內現有溫泉多處，河畔新落成一幢溫泉旅社，爲南橫公路又增添了一處觀遊的好所在。

啓者：本刊因香港海外郵費漲價幾及一倍，迫不得已，自本年起，海外訂費一律增至美金八元，凡在元月一日後所收到訂單，寄來美金六元者，均作爲九期訂費，情非得已，請希鑒諒。

經理部白

採用名貴中藥甑煉
保心安油
驅風救急，萬應萬靈
居家旅行，必備良藥
保心安油
菲律濱代理：德誠參藥行

當年的北平雜耍

唐魯孫

中華綜合藝術團這次出國宣慰僑胞，其中有巧耍花罈一項。不由想起北平的佟樹旺來，佟是涿縣人，家裡是開缸瓦店的，他從七歲起，一時高興，就練起耍罈子來了，好在櫃上有的是傷殘帶紋甕、盞、缸、盆，賣又不能賣，正好拿來練手。他摔的陶磁可多啦，換了別人誰也買不起那麽多的陶磁來摔。咱們看有些人玩抖空竹、踢毽兒，在台上都有失手的時候，但佟樹旺耍花罈，却沒有拍拉一響，滿台飛碎磁片的場面。佟樹旺的耍花罈，如蘇秦背劍罈子在腦悼後頭走，二郎担山罈子在兩膀滾來滾去，都是不容易練的，尤其是魁星踢斗，頭上左右膀臂共三個罈子在轉，脚上再把一個罈子踢到頭頂罈子上，一個左轉一個右轉，這套功夫都不是普通人能練得出來的。

北平的各種雜耍，原先都是有財勢、愛面子的子弟練的玩藝。遇上喜慶宴會，行人情、走份子，親朋一攛掇，露過一手兩手，給大家瞧瞧。有的人後來家道中落，浪跡江湖，沒法子才在天橋或廟會趕集撂地擺場子，憑着玩藝來混口飯吃。

早先在北平，講究聽評書、單弦、相聲，大鼓，什不閑，八角鼓帶小戲什麽的，雜耍這個名詞，是後來才興出來的。

滿清時代，北平內城雖有戲園子，但是因爲前清定制，內城不准唱大戲，偶或演點雜耍也是不定期的，民國以後，北平的雜耍，正式組班，進戲園子賣茶錢，是前門外四海昇平開的端。因爲園子在百花叢裡，八大胡同各清吟小班，能歌會唱的名花，爲了招徠客人，也不時到四海昇平客串一番，所以弄得老實買賣人不敢插足，有身份的人家，也不願意湊這份熱鬧惹閑話。四海昇平的顧客，後來凈剩下些花叢遊客，青皮惡少，維持了沒有多久，祇好關門大吉啦。

一晃十多年也沒有人出面拴班子，在戲園子裡演唱雜耍。直到哈爾飛一度改爲雜耍園子，再加廣播電台遊藝節目，沒早沒晚一開收音機，不是單絃，就是大鼓，要不就是對口相聲，成本大套的連台評書。這一鬧騰，雜耍這一行，在北平足足熱鬧了十多年。

想當年，北平殷實舖戶富厚人家，逢到娶媳嫁女，給老尖兒辦整壽，給小孫子辦滿月，總想熱鬧熱鬧。假如唱台京腔大戲吧，花費太大，也怕招搖惹眼。於是取法乎中，可以唱一台宮戲。北平又叫「托吼」（表演道具的木頭人有三尺多高，要托吼的人，可以在帷幕後走台步耍身段。）各路賓朋，凡是會唱兩口的，都可以鑽到帷幕後頭去唱。（北平話叫鑽桶子。）

另外，唱一台灤州影戲，也夠熱鬧的，灤州影戲主要的樂器是洋琴，聽苦的有「白蛇傳合鉢」聽逗哏的有「禿子過會」，火熾的有「竹林計」，悲壯的有「胡迪罵閣」。來賓要過戲癮，可以枉駕後台，隨意唱點什麼消遣消遣。從前金秀山、譚鑫培、陳德霖、德珺如都是個中能手，碰上有影戲的場合，總要到後台亮亮嗓子。其中，富連成的張喜海，說劉趕三耍影戲人兒還有絕活，影戲裡有一齣叫火燒狐狸，劇情跟平劇的青石山差不多，他能耍出各式各樣火彩，在細白粉連糊的銀幕上，連一點火星都沾不上，連影班的耍手，都不得不對他伸大姆手指頭。

有的人家辦堂會，會約一檔子八角鼓代小戲什樣雜耍，那可比宮戲和灤州影戲又顯著排場濶綽啦。

八角鼓代小戲裡，少不了什不閑，北平唱什不閑的，以抓髻趙算是泰山北斗了。他曾經進過大內，在御前獻唱，頗蒙恩寵。所以抓髻趙唱什不閑的鑼鼓架上，左右各雕着一隻金漆盤龍雲頭，表示他當過內廷供奉，這是上賞的響器。筆者聽抓髻趙的時候，他已經是滿臉皺紋，白髮盈巔。可是唱起來老腔老調，古趣盎然，嗓箇兒還是脆而且亮。故都名票張伯駒，曾經特煩抓髻趙在高亭公司錄了兩段排子曲，現在當已成絕響啦。

北平的京韻大鼓，有銀髮鼓王之稱的劉寶全是特出人物，他一上場，氣度雍容，唱做爐火純青，劉本來是梨園出身，後來才改唱大鼓，所以他的刀槍架兒特別受看。一般唱京韻大鼓的，都說藝宗鼓王。其實十有八九都是留學生。（從留聲機學來的。）尤其大鼓妞兒，一張嘴就是大西廂，祇要會唱大西廂，就算是劉派啦。其實戰長沙寧武關身段繁複，悲壯激烈的大鼓段，那才是劉派的代表作。北平劇評家景孤血說：劉寶全的寧武關，描摹周遇吉一腔熱血，盡忠報國，唱起來彷彿都有腦烈後音。凡是血性人聽了，都能激發一股子愛國的情操。此話確實不假。當初清末內務府大臣奎俊（樂峰名票關醉彈父親），有一年新得長孫，一高興把劉寶全叫進宅裡，唱一台小型堂會，台面就在小花廳裡，正面放上一架特大穿衣鏡，寶全就在穿衣鏡前頭唱，奎老就在一張搖椅上專看劉寶全鏡子裡後影，寶全知道奎老是個中高手，不但能唱而且會編，當年張筱軒唱的翠屏山帶放風流焰口，就是奎老的手筆。所以他越唱越犯毛咕。一段戰長沙唱完，眞是汗透重裘如釋重負，您瞧大鼓雖小道，可是在以前，聽的主兒和唱的主兒，對於藝術多麼認眞呀。

把八角鼓帶小戲唱出名的是奎星垣，同行都叫他奎弟老。奎弟老拿手好戲是鋸碗丁。只要是出堂會，沒有不唱這齣小戲的。一般女眷看到惡婆婆對待兒婦的陰損毒辣，眞有當場流淚，這類小戲對於警世醒俗，倒也發生了相當效果。奎星垣唱到臉不上粉，沒法唱包頭了，才洗手收山。後來又出了一個張笑影，張年紀輕扮相好，很出了一陣子風頭。不過因爲整天塗脂抹粉，變成似女非男的臉蛋兒，加上便於包頭，頭髮留到可以梳髻兒，下班之後簡直不分出是男是女，漸漸也沒人敢領教啦。

唱八角鼓帶小戲，還有一個名人徐狗子。徐狗子在雜耍界人頭熟人緣好，既能吃虧讓人，而且四海夠味。誰要是辦一檔子堂會，找徐狗子當承頭準保沒錯。不但玩藝齊全，場面火熾，還能讓你不多花錢。徐狗子最大長處是不忘本，他發達之後，冬天出門海龍皮帽，水獺領子大衣，混身穿綢裹緞，打簧金表翡翠表楨。可是一遇見老主顧，仍舊趕緊下車打扦請安，畢恭畢敬，滿臉小人該死，大老爺祿位高陞的神氣。徐狗子玩藝兒寬綽不說，他最能挨得起揍。他時常指着自己胸門上凸出一個疙瘩說哏。他說他這個壞包，是唱打城隍、打皂王一類挨揍戲，日積月累揍出來的。好人有好報，徐狗子唯一的孫子，他供給到英國留學，學成回國，徐狗子老年還眞享了幾年淸福呢。

北平的雜耍中有一種梅花調大鼓，其中金萬昌長得虎背熊腰，實大聲宏，可是唱起梅花調來，抑揚頓挫、細膩纏綿，令人忘了他的龍鍾老態。尤其他鼓板上的功力充沛，花點玲瓏。配上他依傍多年的三絃四胡，出場一通淨場鼓，憑着鼓點的花梢流暢、樂器托襯的絲絲入扣，立刻就能要個滿堂彩。金老晚年在天津小梨園北平哈爾飛登台，上下場都要人攙扶，可是一到場上，立刻精神抖擻毫不含糊。梅花調的特點是尾音拖長才好聽，金老年高氣衰，拖不動了只好用吭來幫襯。那可眞是貨賣識家，武俠小說名家還珠樓主李壽民，章回小說高手劉雲若，他們兩位偏偏喜歡聽金老之吭，他們認爲金老之吭，跟裘盛戎花臉之吭，有異曲同工之妙，金萬昌收的徒弟可不少，男徒弟沒有一個出色的。女徒弟有個郭小霞倒是唱出了名，算是承襲了他師傅的衣鉢。

聽老輩人兒說，早先北平的單絃比大鼓還時興，可是眞正唱出了名的祇有一位榮劍塵，按說八角鼓快書岔曲排子曲，都屬於單絃一類。清軍掃平大小金川，八旗兵丁爲了提倡軍中娛樂，才興出了八角鼓，最初只打打八角鼓唱唱得勝歌詞，根本沒有絲竹伴奏。等到班師回京，才添上絲絃，曲牌也越研究越多，像南鑼北鼓金銀紐絲，那都是後來加上去的。當初有一原則，單絃裡的詞句，都是些春郊試馬虎帳談兵，慷慨激昂保國衞民詞兒，絕對沒有兒女私情，花花草草的詞藻，後來雖然爲迎合聽衆心理，偶然來幾句軟性的唱詞，可是比起別的玩藝，算是最規矩的了。榮劍塵是內務府旗人，他的單絃唱起來，不單是詞句典雅，意境悠然。而且如珠走盤，每個字、每句詞，都能讓您聽得清清楚楚。偶或抓個哏、鬥過趣，也是不瘟不火、謔而不虐。後來有個常澍田雖然氣口差一點，可是還不離譜兒。後起之秀出來一個曹寶祿，在園子裡電台上眞有人捧，嚴格說起來，咬字不眞，氣口欠勻，僅是年輕氣壯，憑着一條嗓子，唬唬聽衆而已。

唱大鼓還有個特殊人物，就是醋溜大鼓王佩老大臣。王佩臣自己說她的大鼓帶點酸溜溜的味兒，所以叫做醋溜大鼓。一般唱大鼓的妞兒都年輕貌美，祇有她年近知命的老太婆，還在唱玩藝。因此自封王佩老大臣。王佩臣在台上雖然脂粉不施，可是眉清目秀，遙想當年一定是個美人胎子。她手上的梨花片耍起來，繁花驟雨，配上盧成科的絃子，嚴絲合縫，也是一絕。她唱起來口齒流利，板槽極穩，最長的鼓詞有二十一個字一句。她能唱得不慌不忙平平整整，一絲不亂，這是無論那一個唱手都辦不到的。她的拿手活如「王二姐思夫」，「摔鏡架」，既逗哏又有趣。冀察政務委員會時代，她曾經應召到某要員公舘唱過一次金瓶梅，那是她壓箱底玩藝，一般人恐怕都沒有聽過呢。

華子元擅長的「戲迷傳」在三十幾年前，是頂叫座的一檔子玩藝，所謂戲迷傳，其實就是單口相聲，不過戲裡說學逗唱全離不開京腔大戲而已。華子元有幾段絕活，像學孫菊仙朱砂痣的借燈光、汪桂芬取成都的聽說一聲要餞行，劉鴻聲斬黃袍的天作保來地作保，龔雲甫釣金龜的叫張義，楊小樓連環套保鏢路過馬蘭關，眞是學誰像誰。但華北淪陷不久，他也就閉門不出啦。

對口相聲本來是撂地玩藝，不登大雅之堂的。後來把相聲中過分色情粗俗的詞句大删改以後，才成了台上的玩藝，想不到反倒大受歡迎，筆者聽過最老的相聲藝人，是張麻子和萬人迷，他們二人好在個「冷」字，他們的哏，不講究招得鬨堂大笑，而是讓你聽完，細一琢磨來個會心的微笑。張、萬兩人的玩藝就像電影裡的卓別林，滑稽逗樂都是有深度的。

高德明和緒德貴這檔子相聲，在北平也大紅大紫了一段時期，高德明人高馬大，嗓子能夠響堂，緒德貴萎縮而懵懂，十足是個捧哏的胚子。高德明有幾段精彩的相聲：永慶昇平學胖馬說山東諸城話，窩瓜鏢起卸鏢喊的鏢趟子，都是他的絕活。可惜後來兩人爲點小事一拆夥，弄了個兩敗俱傷，誰也沒落好兒。

常連安本來是唱太平歌詞的，想不到給兒子小蘑菇捧哏，把兒子捧紅了，跟着又出了二蘑菇、三蘑菇一堆蘑菇來。小蘑菇雖然嗓子不夠響亮，可是頭腦比較靈活，能夠隨機應變，當場找哏。抗戰時期把華北僞政權，損得體無完膚。例如有一次他說現在大家就要有好日子過啦，洋白麵又恢復一塊二毛一袋了。常連安問什麼袋兒。他說是獅王牙粉袋兒。又有一次他說：

八月十五日他在前門大街溜灣，走到了正明齋門口兒一看，可樂大發啦，翻毛月餅賣一塊一個。有磨盤那麽大。趕緊進去買幾塊解解饞，那知伙計拿出來一瞧，一塊月餅比小芝蔴餅大點有限，於是他指明要窗戶台兒上擺的月餅，等伙計拿來一比，跟剛才拿來的一般大小。他再走到窗戶口一瞧，這才恍然大悟，趕情月餅前頭放着一架放大鏡，所以照起來有磨盤大。就是這兩段相聲小蘑菇就逛了兩趟日本憲兵隊，您想想，要是進了憲兵隊還能好受得了嗎。可是人家小蘑菇出了憲兵隊，照說不誤，常連安父子在當時一般人背地裡都誇他們是有種的愛國藝人。

還有一位說相聲不怕坐牢的叫趙靄如，此人不但身材修長，而且脖頸子也比別人長出好幾寸。他是說單春的獨角戲，罵日本，罵漢奸眞是罵得痛快淋漓，人人稱快。趙靄如本來在東安市塲南花園擺塲子。因爲捧塲的越來越多，就有人動腦筋約他到雜園子上台去說，那知園子裡腿子特務太多，稍微一溜嘴，就被公安局叫了去大訓一頓。後來趙靄如說他自己是撂地賣藝的命，誰約也不進園子。就抱着市塲南花園子死啃，直到勝利他兒子也接上啦，他也就回家當老太爺去啦。

在宋哲元將軍主政冀察政委會時期，雖然日本眈眈而視，可是宋明軒有一套因應辦法，倒也維持了一段小康局面。那時候物阜民豐，北平出了三個唱手，人們管她們叫華北三豔。一個叫方紅寶唱京韻大鼓，妙曼素雅，不愛濃粧有如玄霜絳雪，學劉寶全倒也有幾分火候。一個叫郭小霞是唱梅花調大鼓的，長得風姿綽約眉目如畫，三絃四胡都是金萬昌舊時伙伴，紅花綠葉相得益彰。一個叫姚俊英是唱河南墜子的。自從喬清秀的河南墜子唱紅，不久嫁人，跟着出來一個董桂枝在雜園子獻唱，雖然唱得不如喬清秀，可是大家聽膩了大鼓，來一段河南墜子，換換耳音也很受台下歡迎。姚俊英肌膚如雪，兩隻醉眼極爲撩人，加上綠鬢新裁，辮長委地，風韻更爲可人。三豔一出，當時每晚各大飯館三人堂唱就唱不過來，所以三豔在園子祇能唱日塲，晚塲就都不能登台啦。當時華北一般政要，雖然大家力捧，可是始終沒出什麽桃色新聞，勝利前後三豔每人全都找着相當的對象，總算束身自愛的歌伎到頭來都能各有很好的歸宿。

單絃拉戲也是北平雜耍之一，從前有個巧手陳拉得不錯，有胡琴一陪襯，眞像一位拉一位唱。據說他是唱老生貴俊卿的琴師，因爲貴俊卿一年到頭都在南方登台，他不願離鄉背井，就研究出來單絃拉戲了。後來王佩臣彈三絃的盧成科，因爲他是盲人，比較心靜，手音又好，他把絃子上再裝個銅喇叭，學言菊朋讓徐州閃板搶板，樣樣俱全。學程硯秋柳迎春裡紅梅得雪添丰韻，他把硯秋的抽絲墊字大喘氣，都能拉得絲絲入扣，維妙維肖，實在是令人嘆爲觀止。

雜耍圈子裡還有一個頗受歡迎項目踢毽子，以王武樵王桂英父女有名，起初是父女兩個人輪流踢，後來桂英越練越精，穩而且準，王武樵自己就改耍鋼叉了。他們所用的毽兒，全是自己刨的，有些翎子特別珍貴，軟而不飄，垂直下墜，不怕風吹，所以踢起來得心應手，攸往咸宜。去年有位留德朋友回國講學，據說王氏父女去了歐洲，在西柏林經營一家皮革廠，大概叉也不耍毽子也不踢啦。此外宋相臣、宋少臣父子倆對踢毽子也是有名的。

曹四是抖空竹的泰斗，從前雜耍班子裡，總少不了曹四的抖空竹。他空竹上抖的花樣多，用的工具也古裡古怪，除了茶壺蓋、酒嘟嚕之外，他能抖各式各樣的葫蘆，有一回他用放風箏的線軸子，兩頭各掛一小玻璃缸，裡頭還有小金魚，抖起來四平八穩，眞叫人替他揑着一把汗。可是人家曹四從從容容，從沒看他在台上出過舛錯。自從來到台灣，在電視節目裡，曾經有一老先生，也表演過抖空竹。大概年紀關係，有時候突然失手。雖然當塲仍舊找回來，可是觀衆總是替他揪着心，不過此時此地能看見抖空竹的，也可以慰情聊勝於無啦。

變戲法的也是雜耍班子裡叫座的項目

，快手劉、快手盧，都是個中翹楚。他們戲法分小戲法（又叫手彩戲法）大戲法兩種。小戲法雖然用點小道具，可是多半要憑指掌上功夫。有一年海京伯馬戲團由外國到上海來表演，有位隨團的法籍魔術師說：英美的魔術連印度都算上，所賴於道具者多，要說論手法比中國戲，那簡直差遠了。這是行家的評語，可能不假。中國變的大戲法，十來斤重的大海碗盛滿了水，還有金魚游來游去，再變大胆瓶裡頭插着連升三級，這些東西不錯是帶在身上，從皮兜子裡摘下來的。可是你掂𢱢這份重量，別說是身上帶着走上台來變，就用雙手來端，咱們也端不動呀。至於大套戲法裡的籮圈當當，眞當東西現開示衆據他們自己說大搬運法，是眞是假，我們局外人就沒法弄得懂了。所謂大套魔術的洋戲法，雜耍班子不管是在園子裡，或者是應堂會，絕不跟洋戲法同台。有一次舍親府上辦生日，東院是八角鼓子帶小戲。西院是韓秉謙帶着大飯桶小老頭變西洋魔術。害得大家東院西院跑來跑去，打聽之下，才知道兩檔子從來不同台，說起來也是件怪事。

北平老一輩的人，一聽說你上茶館聽書，必定勸你不聽爲妙。因爲聽書比抽白麵兒上癮還來得快，聽過三五回書準保入迷。北平說評書組織非常嚴密，不但有公會，而且師傅收徒弟也是三年零一節才出師。取的學名都得按字排下去。讓人一瞧就知道那是一輩兒的。筆者聽過潤字傑字兩輩，再往前的老輩兒，就沒聽過了。那幾個茶館帶說書，什麽時候加燈晚（加夜場），那位說書的在那個茶館說那一套書，幾個月一轉，一切都是經過同行公議决定，誰也不能爛出餿主意。

北平說書，講究一套書說一輩子。不但要專精，而且要熟透。坑坑坎坎，抓哏鬥趣，書裡一個人有一個人的神態口吻脾氣，他一張嘴，老聽書的，就知道說誰啦。說書還分大書小書，像三國東漢西漢隋唐岳傳，全身甲冑騎馬彎弓，要說袍帶贊盔甲贊屬於大書。像包公案彭公案施公案五女七貞七俠五義以及聊齋那都屬於小書。雖然不用說盔甲贊，可也有刀槍架兒，譬如說施公案的金傑利他形容賽羅成黃天霸抽出單刀準備動手。他一搬左腿立刻來個朝天凳，表演天霸橫刀樣子，眞是精彩動人。王傑魁自己說吃了一輩子包公案，從小到老就說了一部包公案。他在中廣電台說包公案，一到他的時間，所有北平大小舖眼兒，十之八九都打開電匣子，眞是行人止步駐足而聽。大家夥送一個外號叫淨街王。他把一套包公案信口而說，入情入理細膩動人。我常說假如王傑魁還活着在台灣的話，那華視的包青天用不着東拉西扯的找材料，祇要把王傑魁請去給說說，再連個一兩百集，絕對沒問題。連潤如說東漢，在他們說書界也是一絕，說起姚期馬武岑彭杜懋眞是口若懸河，滔滔不絕，形容戰馬奔跑，簡直就像千軍萬馬排山倒海而來，大家都叫他跑馬連，就憑他那份精氣神，人人都得伸大姆手指頭。還有一位說聊齋的，把女鬼說的凄厲恐怖令人汗毛豎起，聽完燈晚書，眞是有人不約伴兒，不敢回家的。假如專拍鬼故事電影的跟那位說聊齋的交上朋友，那恐怖的鬼電影我們更有得看啦。

臨風追憶話萍鄉（六）

張仲仁

「銅壺滴漏」

我國的武術，既深奧又多采多姿，而且各派各門各有所長；在武術界，眞所謂山外有山，强中還有强中手。誰也不敢誇口說：「我的功夫已練到無人可敵之境地。」筆者在二十六年前曾見聞到一項特出的武林事件，其中關於穴道功夫，頗値一記，以供讀者參詳。

回憶青年時期，我曾不畏艱苦先學拳脚硬功，幾年又千方百計的覓良師學習軟功穴道。當時我的較功師傅是第六區南源村的梁炳芳師傅；他是走江湖的流浪型人物，在鄉間族家更無地位，別人對他也許並不恭敬，然我却心存敬意，毫不怠慢，他每次來我家，我總是恭而敬之待以尊長之禮，招待這位軟功師傅。

後來參加抗戰行列，所到之處，如有名山大川，我便悉心採尋武林名宿，請求指導；其中也遇見過幾位奇才異能之長輩，也許是奇緣巧合，都對我別具青睞，因此使我受益不淺。雖然如此，但却不能忘記我這位最早的梁師傅，因他確有他的長處。

因我的師祖（吾鄉俗稱師公）是萍鄉縣和宜春縣鄰近，赫赫有名的武林世家黃文才恒才兄弟倆；黃氏兄弟在武術界中是以穴道功夫見長，且享有盛名。他們每年有一次生日盛會，屆時鄰近百數十里的武術界同道，聯羣結隊的前往道賀，筵開數十席，嘉賓滿堂，盡是武林中人；席間還有武術表演助興，各派均施展出生平絕學以炫耀同行。勝利後筆者已投身商界，可惜那時未曾前往參加此熱鬧盛會，以至錯過欣賞武術各派表演的機會。

吾師梁師傅與黃師祖的硬功夫已經是很出名的了，但點穴功夫更是火候到家，他們的手指功夫已練成異乎尋常，左右手的食指指尖有半寸長的肌肉非常硬實，我曾用指甲力掐亦不覺痛；當他用起功力，將氣力貫注，那指尖就似尖刀鐵枝一般，任何穴位被他點中，一定難逃受重傷的厄運，即使不是穴道，也會被戳得皮破血流，傷害人身。穴道功磨練到此種境界，確實是難能可貴，因此對於硬功方面，就不放在眼，也就不去鍛練了。

我有時也和他們扣拳拆招，看他們所施展出的手法，是與衆不同的，普通拆扣時，大都是一手捲開對方打來的拳掌，另一手是防衛自身的重要穴位，然後乘機攻擊對方。但有穴道功夫的武師却不相同；開始也是一手捲開拳掌，但另一只手，將中指，及無名指和小指的第一二節勾彎；食指伸直如一隻箭；大姆指靠緊食指，掐實食指第二關節骨；主要的地方是，他的指尖專在對方胸前肋骨縫，或腰部處重要的穴道上來去虛點，如遇對方的拳鋒加勁，他就點重點，倘遇對方的拳鋒減輕，他就點輕點。步法是多數單邊直馬，右脚在前即用手點穴，如左脚跨步向前同樣用左手點穴。有時打到緊要處，表面看來好像點穴手在讓步，但看他後退時如突然穩住樁不再退後，對方就應注意防衛，如不知好歹再向前衝，他此時就會用重力直插穴道。

此種控制對方穴道的打法，如未學過軟功，就會不知如何對付，而且被人點了穴，受了傷，當時還不會有感覺。但學過軟功的人，就會明白本身生命危險的大小穴道是在何處，當身體完全控制在對方的指尖下，就會心驚胆戰，因軟功夫好的人，不但會點你面前的穴道，連背後的穴位亦能點中；技高的點穴手，他們雖站在你前面，但能用勾弓指法來點你背後的穴道。

我和師傅、師公經過幾次拆扣，已完全明瞭那些致人死的指尖點穴法，以後我再也不請教他們拆扣功夫了，我心想萬一錯手，難保不遭無妄之災。此後就是我自己有機會和別人交手扣拿，也從未用過此種狠辣的指法，去控制對方的穴道。而我的師傅，因他們跑江湖人物，爲要保存自己的名望，就會處處先發制人，爭取主動打敗對方。

而我一不爲名聲，二不爲金錢，而且凡和我交手磋研武功的又非親即友，如一時疏忽指尖傷人，豈不後悔莫及，遺恨終生。因此我可以說「雖能而不爲。」一輩子也不會用過指力傷人的穴道功夫。

一次，師祖和吾師傅飲酒歡聚，他倆師徒酒酣耳熱，暢談平生事跡，一方面互研指法和穴位，越講越起勁，不覺心動手痕，師公竟在我師傅的左手掌邊緣，小指第三節骨上點一個小穴道點了一指。當時師傅以爲徒弟應該是知道的，那知徒弟亦飲多了兩杯，一時胡塗，竟然未曾留意；過了兩三個小時後，他的左手邊緣開始麻痺，至此手才醒覺被師傅點了穴道，他立即用手力推拿按摩治療；一方面馬上服通筋活絡藥丸，是還是慢了一步，以至弄到後來左手背邊緣肌肉萎縮，凹入有兩三分深，連小手指亦受影响，不能靈活如常；雖然兩師徒都是行家，但用盡心機治療，也無法恢復肌肉的形狀。由此證明，穴道功夫絕不能隨便施行，即使行家，也不免傷害身體，更何况不懂穴道之人，受害程度何止變成殘廢。這是筆者所親見的事實，並非虛構。

吾師祖黃文才老師傅曾傳授過一手穴道功夫給我，但他千萬叮囑，此功傷害人深重無比，絕不可等閒視之，他還引證一段事實，來提高警覺。

吾鄉有位紈袴子弟，他父親在世時，因管教嚴格，他循規蹈矩的讀書習武，在二十五歲那年結婚。誰知不久他父親一病不起，離世永逝。從此他無人管束，又無處世經驗，在承受了一筆偌大財產後，竟然不知好好保管，慈母雖在堂却不理外事；自此一班無賴乘虛而入，終日包圍住這位二世祖，硬將一個純潔的青年變成爲花花公子，狐朋狗黨，日夜吃喝嫖賭，並且漸漸由小賭轉爲爛賭，由嫖妓轉爲强霸良家婦女。

賭錢，是你自已的錢，無人會顧問；嫖妓，你自願，亦不關別人事；可是强霸人的妻女，這件事却由不得你無法妄爲，雖然法治不到偏僻的鄉村，也會遭到因果報應。

當地有一位武術界前輩，平日是不露聲色的隱居者，他從不撩人，也不想人來惹他，不幸他有位美麗的女兒，雖已出嫁，但丈夫服務軍旅，終年很少回家，因此冷落嬌妻獨守空房，她有時居住在娘家陪伴雙親渡日。

不料事有湊巧，竟被這位已變壞的二世祖看中，在如虎似狼的同伴威逼下，不知如何逼姦成功，但事後該女子不甘受此汚辱，向她父親哭訴，要求父親代她出頭懲戒色狼。但她父親是位舊式人物，女兒雖吃了大虧，說出去却是一件有辱家門之事，不肯親自出頭，深思之下，只得出一下策，教女兒再次屈辱，和他親熱，暗中却教她一手功夫，名謂「銅壺滴漏」决心來懲罰此無法無天的淫賊。

「銅壺滴漏」也稱爲「風流穴道功」。點此穴道，要乘男女交合到最高潮之時，也是男方欲仙欲死之際，他就毫無戒備，專心尋樂；當此時也，女的把握機會用指力點小腹部位穴道，男方當全身鬆晒，任何部位的穴道，均成了不設防的城市，，穴位準確，力貫指尖，祇須一點即可達到目的。

女兒得到了老父傳授的功夫，當即施用在惡少身上。女的忍辱含恨，表面故裝熱情，接待，在男方如痴如狂的情况下，她勇敢的雙手支撐揩捏並用，就下手點中對方小腹部位穴道，她還唯恐第一次不夠準確，隨即再補點第二次；雖然下手兩次，但該青年怎樣也料不到已中了女方的暗算，他滿以爲女方特別喜愛他，才有如此動作，誰不知他已遭到了滔天大禍，不久就不能再爲所欲爲了。

自此後女的避不見面，而該青年的身體却漸漸的起了變化，奇怪的是不論白天或晚上，時時覺得小便急，入廁所的時間越來越多，一天二十四小時均覺尿意頻頻，白天還可以忍受，晚間就太麻煩，起初每晚三五次，後來增加到六七次，有時來不及，竟然賴尿在床，夏天還好一點，一到冬天，被服濕透，又臭又冷，這種滋味，眞不是人受的；至此時色狼痛苦萬狀，再也無心去搞女人了。

他當然也延醫治療，但治此小便不節，失溺不禁；用藥是去濕熱補腎虛爲主，怎知藥不對症，看過多少醫生，不但毫無功效，病情反而日漸加劇，一直到羣醫束手無策才止。經過——相當時間，他的膀胱裡不能儲積半點尿，不知不覺間小便直流出來，外出行走更是難堪，走不了一段路，褲子透濕，狼狽萬狀。

以前鄉間根本沒有塑膠物品，只好用隻竹筒鑽兩個孔，用帶子綁在胯間作接尿之用，可是走路又不方便，試問褲擋裡掛隻竹筒，不但不雅觀，更不舒服。但除此外他已毫無別法了。

穴道中傷，膀胱伸縮神經鬆弛，等於水喉開關已壞，祇有滴水長流，無法控制。不但如此，身體日漸瘦削，性機能更衰退到無能爲力，簡直成了一個毫無男子氣廢物，這就是姦汚良家婦女的報應。

此種厲害的點穴功夫，只要部位準確，就可指到成功；爲復仇而傷害人，也許情有可原，但對身受之人可說是太過痛苦，在人道上來說又未免太過殘忍！因此絕對不可隨便使用，也不可輕易傳人，以免暗傷陰德，而此所謂「銅壺滴漏」，顧名思義，實在是一個形容恰當，使人啼笑皆非的穴道名稱。

谷正倫與芷江民變

·焦毅夫·

綽號「谷屠夫」

幾年前，在台北逝世的谷正倫氏，是民國史上一個怪人；他性喜殺人，在前後二、三十年憲兵司令和省主席任內，不知殺了多少共產黨和爲患地方的匪徒，但也殺了一些不應該殺的人。

谷正倫號紀常，貴州安順人，生於一八九一年，卒於一九六〇年，享年七十。谷氏一生中多半時間是和共黨搏鬥，似乎他的每一細胞都含有反共成份。谷氏居長，兄弟四人，二弟未出任，三弟正綱，曾任國民政府社會部長及國民代表大會秘書長，現任亞盟中國理事會主席，中國大陸救災總會理事長。四弟正鼎、歷任國民黨中央組織部長，立法委員，去年病故。人稱「谷氏三傑」，就指他們三兄弟。

谷氏有一般人所沒有的特性。凡批閱公文時，面有怒容，即使匪案，罪刑必不太重；倘其核閱某一案件，忽面展笑靨，其犯必死。當然這種怒和笑，有些是隨案情輕重而出現，也非全憑個人的喜怒哀樂。他蓄有八字鬚，因此，只須看他鬍鬚向上抑或向下移動，就知案情判決大概。鬍鬚向上翹時寫的必是死字。由於谷正倫殺人有點近於嗜好，所以共黨送他一個綽號，叫「谷屠夫」。

谷氏一生值得記載的事情很多，例如：他在十多年的憲兵司令任內，對京滬地下共黨的大力鎮壓，使職業學生以及共產黨徒深深感到活動困難。據說，南京郊區的「雨花台」，有段時期差不多天天都有共產黨槍斃在那裡示衆。

抗戰初期，政府西遷重慶，憲兵司令部經過湖南芷江，谷氏在政府動員令下，令飭憲兵組訓芷江縣的民衆，曾引起强悍的農民反抗，發動襲擊督訓的憲兵以及駐於懷化的憲兵營部；谷氏下令圍剿，被捕者千人，均殺於芷江東門外。

又如在甘肅省主席任內，適隴東民變，數千農民，受別具用心者的鼓動，結果死於非命。

匪患湘西談虎色變

民國二十六年八月十三日淞滬戰爭爆發。京、滬近在咫尺，政府不能不倉皇西遷，以期進行長期抗戰的籌劃。由於交通工具缺乏，若干機關第一步遷到武漢，然後分三路向重慶進發。一路溯長江而上嘉陵江；另一經粵漢路抵湖南衡陽，再轉湘桂線至金城江，乘汽車到貴陽；另路亦循粵漢路到衡陽轉湘黔鐵道以達湘鄉（這條路抗戰不久，即行拆除，材料運湘桂路建金城江西段），然後改乘汽車經寶慶過雪峯山而達芷江，再出芷江過晃縣入貴州境過鎮遠抵貴陽。

湖南省芷江縣東之榆樹灣是西南公路和湖南省公路滙集點。湖南省公路自長沙出發，終點爲晃縣，每日有對開車輛。西南公路局車則直上貴陽而無支線。長沙抵芷江爲一日行程，遂定芷江爲宿站，翌日再由芷江出發。芷江既爲湖南省之一等縣，且爲空軍站（後改空軍第九總站）所在地，對於食宿供應以及治安方面，都沒有什麼顧慮。

當時憲兵司令部及屬下兩個憲兵團及一個憲兵教導團，就是經這條路線西遷的，同行的還有政大學生和文教機關，這些員兵和學生，自長沙出發沿益陽、常德、桃源、辰谿而抵芷江，計劃以芷江爲第一站，休息一個時間，再行西進。

軍隊步行本是常事，但那次憲兵步行却有兩種原因：其一固是交通工具缺乏；第二乃是鎭懾沿途殘匪。其實，那時湘西的匪患已無打家刼舍的本領，原因是，民初嘯聚山林的「英雄」，如陳渠珍、陳翰章、楊永清等，不是已作古人，就已放棄綠林生涯，過其安居生活。剩些頗受當地人士尊敬，尚在人間的「老英雄」，他們爲非作歹時雖不服人勸，但及至他們洗手不幹時，對屬下却約束甚嚴，不准繼續作亂。再者，由於連年匪患，若干富戶都備自衛槍枝，而且火力特强，三五十人已無法在他們周圍十里內有所活動，不說直接洗刼了。這些殘匪旣不能幹那打家刼舍的勾當，就只有搜刮來往行旅客商了。所以當時湘西的情形是一片混亂。

國民兵團組訓民衆

湖南是中國的糧倉，也是歷史有名勇敢善戰的兵源補充地，因爲這種關係，政府要它在神聖抗戰中串演一個重要的角色，所以，抗戰初期，就銳意加以整頓。整頓之法，首先消滅地方的殘餘匪患，進而組訓民衆，激發愛國情緒，使糧產豐裕，兵源充足，以充實抗日力量。於是政府首以湖南湘西做試點。以後即全國性的省設軍管區，專區設團管區，軍管區司令由省主席兼保安司令兼任，另設專職副司令；團管區司令爲專職。若干團管區上還設有師管區，但這個組織只是一個軀殼，司令及司令部官員，多由接兵部隊長担任。鼎鼎大名的李彌將軍就因接湘西兵，担任過芷江師管區司令，筆者就是那時認識他的。縣設國民兵團，由縣長兼任團長，設專職副團長一人，少校團附兩人，一掌兵役，一負組訓之責，並有政訓室（不久即裁撤），設少校主任一人，幹事若干，鄉設鄉隊部（等於連），鄉長兼任鄉隊長，另設中或少尉鄉隊附一人，專責組訓；保設保隊部（等於排），保長兼分隊長，另有保隊附一人。這是政府宣佈長期抗戰下令總動員後，湖南省成立征兵和組訓民衆的專責機構。其他西南各省情況也完全相同。

當湖南省各縣國民兵團成立之初，尚未正式招請督訓人員，就中各地駐軍派官兵就保甲現有組織担任教練。這時憲兵第二團駐紮湖南芷江，接受組織和訓練轄區民衆的任務。

組訓對象是十八至四十五歲的男子。適於此齡的男子統種國民兵，但十八至二十五歲的青年只要有兄弟兩個以上，必須有一個或多個入營服常備兵役。換句話說，就是入營兵；二十六至四十歲男子，不服常備兵役，而須負責維持治安，盡國民兵義務。政府之所以如此，是使青年在入營前即已懂得軍事常識，並且灌輸國家民族思想，俾能踴躍從軍，忠於國家民族。

施教過嚴激起民變

受命組訓芷江縣民衆的憲兵團，即派第二營率領所部駐於芷江東鄉懷化（當時尚未設治，是芷江縣的一鄉），派憲兵分赴各鄉進行組訓工作。

誰知這些曾經受過嚴格教育的憲兵，把組訓民衆視作新兵入伍教育，嚴厲執行守時間和絕對服從；教練也非常認眞。

訓練時間是每天上午七時到九時，散隊後再各自回到地裡耕耘。因爲每一保只有三、五個憲兵，無法進行各個教練，於是只好集中於保中心地，宗祠或廟宇前廣場進行操作，這樣受訓者路途遠近不一，報到時間自有遲早，那些素無經驗的憲兵，並不體察實際情況，一意認爲路遠者可以早起，不能早起而遲到者就是故意逃避訓練，認爲不服從命令。因此，規定遲到者罰立正（站在那裡不許動），一天不到者罰跪。如有屢教不會者，即拳打脚踢，或粗口辱駡。

湘西人（可說是湖南人）有個特性，

就是吃軟不吃硬，要是硬的對他非和你拚命不可。這些農民見教練他們的憲兵，開口就罵，出手就打，實在忍受不了，有等被辱的就亟謀報復，起初人少，不能發生作用，以後受辱者逐漸增多。而且這種訓練雖未妨碍耕作時間，但却影响他們的睡眠，精神也受到很大威脅，於是在言談間隱約都懷有報復心理。如果說這是他們發動叛變的主要原因，乃不盡然；說實在話，促成叛變的另一原因，還是憲兵身上背的可以連發二十响的快慢機。他們認爲有了它不但可以做世界，可以致富，倘若拖的人多，還可向政府要挾，作爲升官的敲門磚。他們做的這個美夢，是因爲受到民初「英雄」人物被招安後，享受着升官和安居的優待。因而，官令智昏，財迷了他們的心竅；他們沒有想到「英雄」時代已成過去，仍然不計後果密謀發動殺憲兵，刼武器的大暴動。

芷江縣東有六個鄉，除西南公路和湖南省公路交叉點的榆樹灣外，是以懷化爲中心，故派出東鄉指揮組訓練的憲兵第二營營部即駐懷化。

道士挂帥替天行道

密謀這次行動的是一姓吳的道士，他的職業是替死人唸經「開路」，因爲走南到北，熟人很多，而且還有善於計劃的頭腦，所以懷化、清水兩鄉的人對他很好，見面時都尊稱他一聲「吳先生」。

吳道士認爲這是他發動「替天行道」的優越條件，因此就在暗中鼓動鄉民，加上那些受憲兵處罰的人，一肚子怨氣無處發洩，遇到這一位替他們出氣而且還有發財升官的希望，當然一拍即合。

吳道士住在清水鄉第二保，那是人烟稀少鮮有人到的山區，有利於他們夜間籌劃。離吳家約三里路有天然山洞，名叫黃岩，深不見底，可容三四千人，洞門於懸崖之下，門前通道逼窄，有一夫當關萬人莫入之險，他們就利用這偏僻而險要的地方作爲進行密謀的大本營——帥府。

起初只有十幾個人，他們仿照幫會辦法，斬公鷄頭，燒三柱香，飲血酒拜爲兄弟，公推吳道士爲「大帥」，「大帥」也就地封了各路的指揮官。

他們的帥旗是黃底紅字，「替天行道」四字居於四角，當中一個圓圈，圈中是個「帥」字。指揮官旗式樣與帥旗相同，圈中則是指揮官的姓名。

大帥並有方印一塊，刻有篆書「替天行道」四字。各路指揮官方印均冠有第一、第二等路字樣，共有六路。

他們約定一天（日期已經忘記）深夜十二時同時攻擊各地憲兵處，得手後到距懷化只有十里的新田會合，進擊憲兵第二營營部，再上而攻駐榆樹灣憲兵團。

叛民進攻佔據營部

行動那夜，天降濛濛細雨，在各地憲兵（因只三數人，並無守衛）毫無戒備下，一一得手，及到新田會合時，東方還沒有發白。

當時保與保、保與鄉之間聯絡，除專人送信之外，並無電話可通，雖憲兵與叛民有激戰幾達一兩小時之久，但無援兵，終於敗死。駐在懷化的憲兵營部，並不知派出清水鄉督訓的憲兵，一夜間被人斬盡殺絕。

拂曉，守二營營部四圍據點的憲兵發現有人匍伏接近駐地，喊口令，來人不答，叫站住亦無人理，於是開槍示警，豈知槍聲一响，那些匍伏的人都站起來跑步前進，接着四面八方是人羣，營部瞬即深陷包圍之中，營長下令一面抵抗，掩護營部撤至距離約半里的第五連部，佔據山崗繼續抵抗，一面電團部求援。

這些叛民所使用的武器，並不止奪來憲兵的快慢機，有步槍，有輕機槍，並且還有迫擊砲。以他們的亡命和擁有的武器，即使一個憲兵營也無法與他們交鋒，何況四、六兩連一駐花橋，一駐柳樹坪，距懷化都有二十華里左右；接營長電話命令後，跑步趕到懷化應救，誰知行到中途，遭遇埋伏，被打得七零八落。這時，整個的憲兵第二營，可說是被叛民擊垮，死傷甚衆。

駐榆樹灣憲兵團據報，立即用電話指揮駐辰谿第一營全部、駐芷江冷水灘的第三營全部限五小時抵達懷化增援。辰谿和芷江冷水灘到懷化步行需一天時間，即使將榆樹灣守團部之憲兵連開去，亦需三、四小時。於是各地憲兵負責人在軍令火急之下，强征商車十餘輛，分途向懷化馳去。

這時叛民已聚集兩三萬人，漫山遍野沿公路而上，各地援兵車輛均於距懷化二、三十里處因公路破壞無法前進，俟他們下車步行時，叛民從四面八方踴來，各路憲兵只得就地佔領有利地勢，以阻叛民前，並電告增援。

這些叛民見憲兵固守一線，乃集中主力攻擊正面之鐵山坳，激戰三、四小時，未爲所乘，到下午六時左右，叛民攻勢稍挫，但仍與憲兵對峙，似是俟機而動。

坐鎮芷江之憲兵司令谷正倫氏據報，立即電命駐晃縣之第三團，駐麻陽之第四團日夜兼程分向懷化作大包圍。並令正在榆樹灣受訓之教導團，於必要時亦加入戰鬥，務期撲滅叛民。並派高級人員統一指揮。

叛民聽到憲兵四面圍攻消息，加以彈藥缺乏，自知力不能及，一夜間，化於無形。只有「吳大帥」與各路指揮官和起初發動的三四百人，乘夜幕掩護，到黃岩「帥府」。殆憲兵援軍到達，只見屍橫遍野，卻不見敵踪。旋經調查，憲兵傷亡奇重，派駐清水鄉督訓之憲兵，無一幸免。這使谷正倫的鬍鬚上下移動不已，手令憲兵第二團進行清鄉，並詳加調查，務期獲得禍首，以正國法。

攻破帥府千人喪生

數百人的行藏自無法秘而不洩，不幾天就爲憲兵查悉，惟黃岩地區險要，僅擁有輕武器的憲兵自無法進攻，如無駐辰谿海軍陸戰隊迫擊砲助陣，叛民仍不得屈服。憲兵將黃岩口緊緊包圍，目的是使絕糧，俾自動走出在降。豈知包圍近月，洞內若無其事，憲兵作攻擊試探時，洞內又發出槍聲。

憲兵團政工室於是想出方法，調查某家有人在內，即由其親屬到洞口喊其名字，說政府從寬處理要他回家。這一着果然收效，每晚都有人偸着出來。據出來的人說，內裡存糧甚多，即使圍困一年也不會挨餓，所苦者就是無法使穀成米。事後始知某地主利用該處作天然糧庫，存有穀糧將近千担。

最後，還是由憲兵化裝家屬，接近洞口，再用火攻，烟火使「吳大帥」等忍受不了，於是竪起白旗向憲兵投降。憲兵二團用十多輛汽車載自「大帥」以下二百餘人回到芷江，未經審訊，即殺於芷江東門外之草坪。

駐懷化、清水兩鄉之憲兵又復捕獲附從者數百，亦均判處死刑。據住於芷江東門外的人說，每日拂曉用卡車載人而出，殺後就地掩埋，如是者月餘。

當時，有人對谷氏不問主犯與脅從，只要是參加行動者，都一律槍斃似乎太不應該，以後事實證明他做得雖然有些過火，特別在人道主義上有點近乎殘忍；但卻使多亂的湘西平靜了一個相當長的時間。固然普及國民教育和組訓民衆在這事件裡也發揮了相當的成果，可是「谷鬍子」那一次所施的「以殺可以止殺」的政策，畢竟使那些懷有「英雄」野心者遽爾收斂，不敢再事嘗試了。

百靈廟德王會見記

·黃黃山·

抗戰時期，日本人在我國邊疆製造的傀儡政權，在滿洲方面是以溥儀爲首；在蒙古方面，則是以德王爲首。德王雖與溥儀同爲日本軍閥卵翼下的兒皇帝，但若論起個人的才具和人品，則無論如何德王決非溥儀可及。筆者戰前公出百靈廟，曾與此王有過數度接觸傾蓋論交，同感相見恨晚。不料抗戰後竟聞其甘心與日人合作破壞抗戰，乃有「卿本佳人，奈何作賊」之歎了。

白雲梯、克興額、榮祥

民國二十二年的春天，在百靈廟舉行的蒙政會全體大會，原來是以德王爲主幹而發動的，南京方面被邀請出席的有白雲梯、克興額兩位先生。

當時我是一個對邊疆問題很有興趣的青年，平日以現代張騫，班超自許，可惜從未踏過塞外的土地，尤其是綏蒙一帶的地方，原是早已心响往之的，自從聽到這個消息以後，便去問白先生，說出我的志願，請他幫忙，我和白先生的關係，已成爲一種平生風義兼師友的忘年交，他既很了解我的願望，也很期許我的志氣，因而允許我和他同行，名義就是他們兩位先生的隨員。

筆者這次北遊，完全是受白雲梯、克興額兩位先生之賜，這裡約畧介紹一下二氏的生平。

白雲梯字巨川，卓紫圖監喀喇沁中旗人，喀喇沁旗屬於熱河平泉凌源縣境，白氏的父親曾當過王府的「印務梅倫」（辦理文書之官），白氏少有大志，青年時代在北京讀書，後曾當選爲國會議員，也在此時接受了三民主義的思潮。民八護法南下，反對北洋政府，中山先生對他頗爲賞識；十三年當選候補中央委員，被派往蒙古宣傳三民主義，推進革命工作，曾在外蒙庫倫被反對他的王公扣留三個月，後經丹巴營救出獄。北伐完成，國府奠都南京，他是蒙藏委員會籌備人員之一。後來該會成立，白氏便担任了常務委員。

克興額字指南，喀喇沁右旗人，身體魁偉，性情和藹忠厚，精嫻漢蒙語文。他也是北洋政府時代的國會議員，參加過護法之役，與白雲梯一同受知於中山先生，在國民黨中，他也是候補中委，國民政府成立以後，任蒙藏委員會常務委員。他的最大志願，是在發展蒙古的文化，啓迪蒙人的知識，從十七年直到抗戰，他始終担任着蒙藏宣傳的任務，漢蒙文合壁的蒙藏週報，就是他主持的。

白克兩氏，在青年時代，原是反對蒙古封建制度的中心人物，但是後來由於中央決定仍維持蒙古舊日的制度，他們反對封建制度的主張，不得不漸漸改與王公妥協。這一次因內蒙自治運動而產生蒙政會，他們又被選爲委員。在中央指示之下，聯袂到百靈廟去出席大會、準備與王公委員隨班行動，不能不說是一種委曲求全的權宜之舉。

我們的行期，是決定四月十五日從南京出發的。十七日上午便到達北平，這時德王的公主，章嘉的代表，蒙政會財務委員會主任委員包悅卿，都在車站迎接。我們在北平少住兩日之後，便又繼續向歸綏出發。第二天下午一時，火車便到了歸綏。在歸綏我們遇見了士默特旂總管榮祥。

我與榮祥先生雖是初見，但他的文名我是久仰的了。榮祥字耀宸，生於民元前十七年，天資聰穎，幼年從雁門吳曉峯，鄞縣應午亭先生學詩文及經史。二十歲後，又由故城王蔭南，桐城姚叔節兩先生授古文經義法。他的國學基礎就是從這四位恩師中打定。他又似乎是北京中央法政專門學校的畢業生。民國十七年初任士默特旗政府秘書長，此時已任該旗的總管，所謂總管，相當於「扎薩克」。但前者由平民中選拔，後者却是王公世襲，這是本質上的不同。

德王主持蒙政會

二十二日下午，我們參加蒙政會的一行抵達百靈廟。

當我們塵裝甫卸的時候，蒙政會秘書長德王，率了幾名該會的職員，來訪侯白克二先生，頭上戴着紅頂藍翎的頂子，上身穿着團花馬蹄袖黑緞馬褂，裡面穿着藍花緞的束腰長袍，脚上穿着黑靴，他的身體魁梧，面皮微紅，兩目神光四射，一見就知道是一個幹練精明的王公，他當時事實上已成了蒙古青年的領袖。這時蒙政會參謀陳紹武君，介紹我與德王認識，稍談幾分鐘後，他就辭去，訪那些和我們同來的其他委員，表示慰勞之意。到了十一點鐘，他又二次來訪，談了十數分鐘的話，方始告退。據說德王是蒙政會中最忙的一人，每日處理公事，大概到夜半下兩點始行入睡，早晨五六時他就起來處理公務了；這次開會，委員長雲王抱病王府未來，兩位副委員長一在錫盟，一在伊盟，均未到會，各處處長多係王公兼任，亦常不到會，因此德王一身的繁忙之不言可知了。

二十三日上午九時，蒙政會在蒙古包大禮堂，舉行紀念蒙古的偉人成吉思汗誕辰大會，這是富有追念先哲，發揚民族精神的紀念，更格外表示着意義的重大！這大禮堂蒙古包，是羣衆包環繞中的一個居在中央的大包，頂上有彩色的氈雲子覆蓋着，顯示着包的裝璜，包門南向，漆花的小木門的外層，懸有裁絨的毯帘，上挿黨國旗，隨風飄揚；包內北部的桌上，立有成吉思汗遺像，像上繞着藍色的「哈達」，像的前面，排列着水菓，茶點，香燭之類，桌的前面大盤上，放着割開的整羊一隻；包的中間四柱，和包的周圍，都貼有為開大會佈置的漢蒙兩文合璧紅黃紙的標語，北部的上面，懸有「蒙古地方自治政務委員會第一週紀念全體大會」的橫額，係紅綾金字，前面懸有黃綾蒙文的橫額，其語意與前相同。一個僅能容納三四十人的蒙古包，經這番五光十色的標語橫額的點綴，表示出一種革命的藝術的景象。參加大會的王公，都穿上滿清的官服，德王和四子王頭戴着紅纓藍翎寶石的頂子，上身穿着黃色的馬蹄袖馬褂，裡面穿着藍色的團花長袍，足登着黑色的皮靴，其餘七八位王公服裝，都與兩王相同，不過為黑色的馬褂罷了，其餘的委員和職員，都穿着漢式的衣服。九點半的時候，包外的軍樂與鞭礮交鳴的聲中，這紀念的儀式開始了；德王用着虔誠的態度，照着次序「獻燈」、「獻奶酪」、「獻酒」、「獻果」、獻全羊」；這時一個抱着馬路琴的喇嘛，北向成吉思汗的遺像，雙膝跪下，手指撥動，奏起了蒙古樂，這樂聲的抑揚幽雅，悲壯激越，牠的聲調，恰能吐出蒙古民族雄飛的氣勢，一時又好像嗚咽着蒙古民族衰落的悽楚，聽說以前有一音樂專家歐人，曾來蒙古學習這馬頭琴樂，可見牠在世界上佔有相當的地位了。經過十數分鐘之後，樂聲始停，這時德王繼續獻香，完畢後，雙手奉着經文領導王公委員職員們一齊向着成吉思汗的像跪着，喃喃地誦起「紀念經」，這時一個人端着奶酒送到每個人的面前，各人用手一沾，向自己的頭上擦摩，好像耶穌教人，用聖酒洗頂，據說這是接受成吉思汗遺志的意思，這所誦的紀念經，據一位伊盟的王公委員解釋，牠是在元世祖的時候編就，而以後經過班禪校審的，只許男人唸誦，能得到無上的幸福，若是女人唸誦，便要變成瘋癲了，虔誠宗教的蒙人，都有這種信念；當「紀念經」誦完之後，各王公委員繼續行古老莊嚴的三跪九叩禮，然後大家低着頭從矮小的包門魚貫的鑽出外邊，攝影散去。

蒙古包中的「矮桌會議」

下午一時，蒙政會全體大會，舉行開幕典禮。北邊的桌上，左置總理遺像，右置成吉思汗遺像，像框上都披着藍色的「哈達」，各王公委員代表等，捨三跪九叩禮，行時代的三鞠躬禮，禮後德王用低微的蒙語致詞，接着由白雲梯演說，邀得聽者不少的鼓掌，他們演說的大意，不外拿着成吉思汗的精神，來啓發蒙人的情緒，最後還呼了幾聲蒙語口號，這小小的包中，一時更顯出革命空氣的磅礴瀰漫了！

我在二十四日下午二時，前往蒙政會蒙古包大禮堂，參觀該會第二次全體首次大會，包內的佈置，在北面總理遺像，成吉思汗遺像的桌前，設一席小桌，正對着南面的包門；左右各有南北兩列，每列五六張高長各約一尺的小桌，桌上放着紙本鉛筆，左角上貼一蒙文紅紙條，標識着委員或代表的姓名；每張桌後各鋪有方形的裁絨花毯坐墊，委員們盤膝坐在上面，來商討蒙事大計，這與高樓大厦中皮椅高桌的會議作用性質相同，而別有一種風味了！現在世界上有一種圓桌會議的名詞，我想蒙政會這種會議，可名之爲「毡廬會議」或「矮桌會議」，庶可與前者相互媲美了！包之東北西北兩角爲記錄處；西南角爲來賓處；東南角是放置茶水的地方；週圍與中間四柱，縣着前節所述的標語。

開會時的主席，因爲正副委員長未到，乃由秘書長德王擔任。發表意見者，不過是由都市中來的幾位委員，如克興額，白雲梯，吳鶴齡等，至於王公委員，大都緘默不言，最有趣的有幾位崇信喇嘛教的委員，當別的委員正在討論的時候，他們在一邊還喃喃地唸着經，或着竊竊私談呢！主席德王紅頂黃褂，盤膝而坐，兩目烱烱，不時向各委員的身上射着，靜聽委員們用蒙語所發表的意見。在會議中是聽不着漢語的，這種表現民族意識的行爲，是一個自覺民族應該有的，內蒙能「一包濟濟」共商籌蒙大計，這誠然是蒙古的新氣象；可惜大多數的王公委員，腦筋已爲先入爲主的封建的宗教的各種觀念所佔據，不能發揮民主政治實質的使命，而對於一切改革性良好提案，反多所顧忌，這固然是蒙古王公階級的意識必然反映，亦惟如此，所以這會已失掉了牠的內容實質了！這是我們站在純會議性質的觀點上，所有的批評，不過蒙古王公向來以其個人的主觀和好惡爲施政之標準，現在能將蒙古政治付之於會議討論，假使能决定而奉行，這仍不失爲蒙古政治劃時代的進步。

內蒙——尤其是西蒙各盟旂王公的思想，完全牢印着宗教的觀念，已如上述，就如蒙政會委員長雲王，他是喇嘛教虔誠的一位王公，只要喇嘛有什麽建議，他是奉行惟謹的，蒙政會去歲成立的時候，是借着百靈廟一部廟舍居住和辦公，後來經喇嘛們的嚴重抗議，終於在雲王的接受下，而不得不遷入東面的蒙古包中辦公了，該會副委員長索王在平請章嘉占了一卦，據說此次出席百靈廟蒙政會會議，有什麽不利降臨，於是索王就信以爲眞，而不敢來此開會了！一切王公諸如此類的情形，眞不勝枚舉，所以這次南來出席會議的委員，都避開了「宗教問題」不談，就是他們顧慮到環境的困難，因爲這在握有無上權威的喇嘛眼中，是認爲有妨風水的，他們可以將他們反對的意思，通過王公委員使這些議案「决而不行」。

不同時代的建築

蒙政會去歲成立的時候，是假着百靈廟一部廟舍辦公，後來經了喇嘛的反對，雲委員長一身倡率，才遷到天幕的蒙古包了。

現在蒙政會暫時的辦公處所，是在百靈廟東邊，距廟約有百米的一簇星羅棋佈的蒙古包羣，這百靈廟與蒙政會的四周，爲重巒叠嶂的羣山包繞着，西南與西北兩角形成了豁然開朗的山口平原，有寬約三四尺深僅數寸的澄清的小溪，由西邊的山間進來，循着周圍的羣山脚下，同樣的環繞在百靈廟與蒙政會的四周，而最後由西北角的山口流出，所謂「環山帶水」不啻爲百靈廟蒙政會最恰當適合地描寫。小河的東邊，依着山脚建築了幾十座泥土築成的漢式的房舍，一些販賣雜貨的販商，都住在此處，可算是此間唯一的商業區域了；此外蒙政會的無線電臺稽查處，和綏遠省的稽查處，都設在這裡；還有最近開辦的一所代辦郵局，也設在這裡，因此有「河西」「河東」之分，而這三種不同形式的漢式草房，天幕式的蒙古色，宮殿式的百靈廟，鼎足而立，相對成趣，象徵着三個不同時代的建築。這三個地方與其周圍，所佔之平地面積，尙無精確測量報告，據我的觀察估計，南北東西相距各有五六里的長度。

百靈廟是一個宗教的區域，所以牠的建築設備人物，都充分表現出濃厚的宗教色彩。牠的建築可分兩種形式：一種是北平的宮殿式，居在廟的中間，約有十數座，高大雄壯，屋瓦灰色，上置金色的尖頂，外面的牆壁塗着上紅下白的顏色，室內的壁上，繪着各樣各式的彩色佛像，棟樑門楣，都繪着光耀奪目富有藝術意味的彩色的風景人物，正中的三座大殿，是連串的逐級降低的築成，巍立在中心的地位，一排列三個金色的尖頂，在屋脊的上面，被日光照耀着格外燦爛輝煌，南面有一座白塔，爲該院之屏障，每一個大殿的門上，都貼着「過此符下一次，可以消除千百世之罪孽」藏文橫額一紙，這是班禪大師上次在百靈廟住錫時所貼的。

百靈廟宮中的東邊，相隔一箭之地的那些蒙古包羣，是政治區域的蒙政會所在地，天幕式的蒙古包，一個個相隔幾步地接連着，成爲一種圓形的排列，約有五六十個。大禮堂蒙古包，是居在羣包的中央；最北部是雲委員長的蒙古包，爲羣包中最裝璜美觀的一個，周頂全係新的白毡圍蓋，頂上覆以彩色的毡雲子，包門寬高約二尺餘，上一半雕着玲瓏剔透的木櫺，下一半繪着人物花草，包內四周圍以黃緞幔子，精小雅緻的樹櫃，整齊地陳列在四周，中間放置新式火爐，煙囪從包頂小窗中穿出，包的左右各舖以花栽絨方氈數方，北上爲寢臥處，舖以長方形之絨氈，入其中，有「櫥櫃琳瑯，錦繡耀目」之概！冬天裡面的溫暖，勝過室中，西北部爲德王的蒙古包，沒有雲王包的裝璜而優於其他的蒙古包！東部由北向南爲參事廳，財務委員會，保安處，各蒙古包；西部北向南爲秘書廳，接待室，民治處，實業處各蒙古包；南部爲教育處蒙古包，各處會所屬各科之蒙古包，參雜羅列其間，包羣的前面和右面，有十幾個藍色帳房，這是蒙政會的軍隊和德王的衛兵所住。上自委員長下至科員書記，他們辦公吃飯睡覺和普通接待賓客，都在他們的包內，大禮堂蒙古包的前面，還懸着一架銅鐘，這鐘聲一响，就是上下辦公的信號。蒙政會的職員，當時有一百三十餘人，工役有百餘人。

四月三十日下午四時，我從百寶廟寓所，走到蒙政會，將名片交由該會參事陳紹武送陳德王，這時我在蒙古包會客室西部客人所坐的地位等候着，約莫經過了二十餘分鐘，德王穿着馬蹄袖長袍，腰束着紅帶，足穿着黑靴，頭戴着紅頂帽子，滿面含着和靄的笑容進來，彼此相互爲禮後，彼東我西相對的盤膝坐下。我先申述了幾句景仰之忱，就接着開始我們的問答。

「蒙政會的地點定否？我首次提出這個問題、用漢語問他。

「不出百寶廟附近。」德王用流利的漢語，毫無遲疑的答出（按該會新地址，後來决定在百寶廟之東北約二十里之阿爾泰山地方）。

「德王爺對於宗教態度如何？」蒙古的宗教，是值得注意的問題，一般蒙古青年，大多數抱着反感的態度，德王是蒙古青年的領袖，所可我繼續提出這個重大的問題，來窺探他的態度。

「一言以蔽之曰維護。」德王沉想一二分鐘，這樣簡捷地說出，並且繼續發揮他的宗教觀，他說：「喇嘛教是蒙古唯一的宗教，極適合蒙古的環境。大凡一個國家和社會、對於人民不適當的言行，除法律制裁外，就是道德上的制裁，蒙古的宗教，就是制裁蒙古人心之良好的道德工具。我們看佛教的鼻祖釋迦牟尼，原來是印度的皇太子，當時他能敝屣尊榮，大發宏願，普救世人，就知道這教的偉大了！以我個人的主觀看來，世界上任何宗教，都不及佛教。我們能舍棄固有的良好的佛教，而不信仰麽？馬克斯的主義，是被壓迫而產生，佛教為憐憫衆生，普救世人而產生。但是蒙古的宗教，演至現在，固亦難免流弊，這譬如水之下流，而不為之疏濬河道，使水暢其流，當然要向兩邊橫溢，非水之為害，實人力有所未盡。蒙古的宗教，本身無罪，罪在我們不加以整頓，以後當與各盟旗王爺，商議整頓的辦法。」

「關於蒙古建設，以何者為最亟？」我繼續問着。

「教育與衛生。」他接着說。

「對於國內人物，崇拜何人？」我很有趣味的問他。

他聽過了我這個發問，接着就說。「蔣，汪，胡三先生，為黨國領袖，我個人都很崇拜；並非因蔣委員長有勢力，我纔說這話，因為他的那種精神，使我不得不這樣說。」

「對於綏遠內蒙稅收問題，有何感想？」這個問題，已引起國人的注意，所以我就提出問他。

「國內的人，對於蒙古人，向來看不起，中央多半聽信省縣的話，譬如前歲內蒙倡議自治的時候，外間多有非議；但我敢斷定一句，內蒙若無前歲的自治，則今日蒙古已非中國所有。——」德王很牢騷地說到這裡，他復笑着說：「我是所答非所問了，」他繼續說到這稅收問題上面：

「蒙古土地，原為蒙古所有，到清代中葉以後，因為內地荒旱，纔向東北移民，所謂「借地養民」。最近中央八項原則第七項規定：「省縣在蒙旗地方所徵之各項稅收，須劈給盟旗若干成，以為各項建設費……」這是指的已開墾的盟旗地方，省縣所徵之稅，須劈給蒙古，因為「盟旗地方」四字，是指的盟旗原有地方，否則地方二字，作何解釋，八項原則第四項不是規定『各盟旗管轄治理權一律照舊』麽？幸而這次何委員長（應欽）對於稅收問題，主持公平，這是我們深深感謝的！不過去歲『韓鳳林案』發生，仍是一樁遺憾的事情！」

「蒙古社會，以王爺的意思，是將由遊牧進入於農業呢？還是不經過農業社會進化的程序，逕進到工商業的社會呢？」

這時德王好像久有成見似的向我說：「以我個人的主觀看來，蒙古的社會，不經過農業社會的階段；不過現在蒙古地方，也有改從農業的。」

「蒙古的人口有無增減？」

德王沉思半晌說：「蒙古人口，到現在是保持原狀。」

蒙古之兵力怎樣？

「蒙古的兵力，足以維持地方的安寧。」

「造林開礦，這次大會有不少的提案和計劃，至於實行上，喇嘛認為有破風水一層，我們可以想出辦法以求實現。」

「蒙政會成立後建設萬端，將來是否羅用國內外的專門人才？」一般人說蒙政會的職員，盡是蒙人，專門技術人才很是缺乏，「門羅主義」的色彩，甚是濃厚，所以我特地將牠提出。他遲疑了片刻說：「是要羅用的。」

忠臣出於孝子之門

「王爺尚有何見教否？」在我所想問的問題問完之後，我這樣的問他，以免遺漏他想發揮而我所未曾問到的。

這時德王很有興趣地說：「我現在極願與君談者，就是『民族問題』。國內一般人一聽到民族問題，就以分離運動相看，我個人覺着這是很大的錯誤，須要加以糾正的，我以為太平之時，可以不講民族問題，亂世非講民族問題不可。我們現在蒙古所處之地位，北有赤俄，東有日本，不講民族問題，就不能生存；這是什麽道理呢？（這時德王精神格外興奮，頻頻地戟着拇指，好像向幾萬大衆演說時的姿態和神情）。比如去年宣統在滿洲稱起皇帝組織『僞國』，蒙古一般人思想頑舊，聽說那裡有什麽皇帝出現，難免不砰然心動，爲其引誘，就如內地的人民，聽說眞龍天子出現，還感覺有不少的興趣，是一樣的情形。然而我們當時看到這種危機，所以請求中央允許蒙古自治，於是蒙古一般人知道他們的上邊，有一個蒙古自治委員會組織起來了；因之他們的思想，慢慢地轉變過來，發生一種內向的意識；而那皇帝的誘餌，亦漸漸地失掉了牠的作用；若是當時沒有這種組織，一般思想不開的蒙古人，難免不生『無論屬於那一方面，都是一個順民，無所軒輊的觀念，不客氣地說，其結果將不堪聞問！語云：『哀莫大於心死』，我們假若沒有發揮民族性的自治組織，自然的人心都會死了，那時蒙古亡了，不也是中華民族和整個國家的損失麽？國人眼光太短，一時看不到這裡！還有一個比喻（這時德王更加高興起來，談鋒犀利），『忠臣出於孝子之門』，中央旣贊成了蒙古民族運動，允許其自治，使蒙人自身有組織團結，不受外人的欺侮，這時以感激中央扶植之心，都要變爲孝子，而成爲忠臣了；這時中央也自然的鞏固起來了。否則蒙古不保，又將何以救亡呢？又比如中華五大民族，是張家的五個兄弟，大哥，二哥濶綽起來了。不要看着弟弟受窮不問，因爲幫助弟弟濶綽起來，他的一切，究竟還是張家的，比看着姓李的將他的無能弟弟僅有的東西豪奪强取了去，而因此姓李的濶綽起來好得多，這不是一個最好的比喻麽？」

談到這裡，他的僕役因事進到包裡請他，但他仍有未盡傾吐繼續再說的興趣，我恐怕妨碍他的公事，就起立辭出。是時德王含着笑意，送到蒙古包外，互相點首作別。他彷彿覺得我要將他的意思，宣佈到國內同胞，以求得普遍的同情。這時已到五點十分了。

阿爾泰山畔看射擊

五月三日下午二時，德王邀克，尼，索，卓各委員帶着隨員及蒙古兵士五六十人，乘汽車四輪，赴蒙政會東北約二十里的阿爾泰山地方，查勘新會址，我亦同去。該處山勢奇偉，怪石嶙峋，前有小溪橫貫，東西十數里有榔榆數百株，大可合圍，到現在還沒有現出綠意，在百靈廟一帶，算是富有風景的地方。我們一些人先參差站在怪石的上下，德王拿着照相機爲我們照像，然後開始他們的武器試放。德王首先很勇敢而高興地擲放炸彈，當炸彈擲出的一剎那，他很敏捷地伏在地下，一二次均未爆炸，他仍作第三次試放，隨着轟然一聲，顯示出殺人的威力，他又接着舉行步槍打靶，約三百米距離很小的目標，他能夠槍發必中，林貝子，靑海索監長，克興額諸先生，均繼續着射擊，都能相當的準確，表示出蒙人武士的遺風，接着德王又作機關槍打靶，亦能顯示出他技能的高妙。五點鐘我們一行始返，德王開着他所坐的汽車，使用的嫻熟，實不讓於司機者的本領。他對於一切的新器物，有莫大的興趣同時他必求學會使用的技能；他在王府還設立一所毛織工廠，現在他的衛隊所穿的軍衣，都是這工廠的出品，在文化落後的蒙古，能有這樣新的設施，眞算一種奇蹟了！

德王他是一位青年王公，並且是各王公中一位精明英武的王公，他能駕御着蒙古一般青年，所以那時各王公視他爲「革命的王公」。不過因爲他生長底環境，是閉塞的，很少有過現代知識充分地灌輸，和政治的經驗，不能幫助他天才的發展，因此他的思想，有時難免流於多少的偏激，他的處事，有時難免流於紊亂而猶疑，這是我個人的觀察如此；但是他在這年富力强的時候，如能在學識上，經驗上加以相當的努力，而他的前途的偉大，眞是不可限量了！

五英雄城在百靈廟東北六十里，距雲王府十餘里。這城尙無確實的考證，據德王說：前歲沙貝子（雲王弟）夫人，携取該城大磚數塊到家，五英雄乃附其體，神經驟失常態，據說在元末明初的時候，回回東侵蒙古，有五員蒙古大將，率軍數千，孤城困守，回回軍日久未能攻破，乃設計在城南疊石堆三十五座，成蒙古包形，夜間置燈其上，五將以爲回回軍在包形中休息，乃率軍出城襲攻，而回回軍正埋伏城北乘機入城，數千蒙軍及五英雄均殉難，此言蒙人均信以爲眞。據沙貝子說當時三十五個石堆，其遺跡尚在。又據一種傳說，當淸末葛爾丹之變，淸軍潰退，有烏蘭巴特爾者，性極勇悍，據城苦戰，後以食盡糧絕，淸軍不至，城陷被戮，烏蘭死後，往往顯形於世，土人因以神事云，又稱該城爲烏蘭巴特爾城。兩說未知孰是，但前者傳說雖出自一時神經失常之婦人之口，而現在之蒙人，多信以爲眞。後者傳者雖少，若以綏遠舍力圖召康熙御製碑文證之，則頗相近，因文中有「……而葛爾丹追擊喀爾喀，竟掠入我烏珠穆塞，受命和碩裕親王聲討，大敗賊於烏蘭布通……」烏珠穆塞即現在之錫盟烏珠穆沁旂境，烏蘭布通即現在之烏蘭察布盟之轉音，可知當該城一帶地方，曾爲葛爾丹所佔據，後經過大戰，方始收復的，則烏蘭巴特爾殉城之傳，亦是當時可能有的一樁事蹟。但雲王又稱此處爲衆廟，因爲以前此處廟宇很多。我仍取現今蒙人所盛道之五英雄城一名稱。

當我們的車出雲王府走經四十五分鐘的時候，遇着德王等一行多人，由百靈廟乘汽車兩輛，來遊五英雄城，遂一同轉車東去。這五英雄城離大道有十餘里路，當車到達已至六點鐘的時候了。這城東西長約二里，南北寬約一里，土垣已坍塌十分之七八，城內有高約丈餘之殘磚破瓦所堆成之高堆數十個，殘破之琉璃瓦，隨地可拾，又有蒙文及漢文殘碑多方。德王同同遊的人們，併力從土中翻掘殘碑，最後掘出殘碑兩方，其漢文尚可辨認，德王一面向這模糊的字跡擦着塵土，再用他的布袖輕輕地拂去，以求容易認識，我一面很快的記着，因爲這時已近暮色蒼茫了，但因爲時間倉卒，別的碑碣，不及翻掘，不過我們掘出的這段碑碣，算是第一次的發現，在歷史上是有考證價値的。德王對這個碑文，感着極大的興味和重視，請我重錄一份給他研究。當登車返廟的時候，已經八點時分，勾月西掛，這渺無人烟寂靜如死的黑色大地上，被這六籤探照燈光，劃成了一個長大的火線，漠野夜行，又是一番特別的情景，抵寓已鐘鳴十下了。

百靈廟號有二害；就是「狼和刺眼蟲」。狼是匿在附近的山中，專齧蒙人的羊牛駝馬，這些牲畜被牠每年搏食者，在百分之三十以上，這實在是蒙人的一大害物，我們一到曠野，隨處都可看到那些被齧牲畜之殘骸遺體：然而當地蒙人，因爲牠不常食人——實在因爲牲畜已夠滿足狼的需要——目之爲「神獸」，這種常識的貧乏，眞夠可憐了！刺眼蟲我倒沒有見過，據熟悉蒙情之暴子淸君稱：該蟲腹白睛紅，大如馬蛭，飛如閃電，偶著眼際，即遺蛆如脂，頃刻似蛭，沿眼球轉入腦中，但絕對沒有什麽異於內地的會咬死人的大蝨子。我們到百靈廟去之前，劉半農先生曾到百靈廟住在河東一個小商人家裡，劉先生雖會經到蒙政會訪晤當局一次，但大家始終不曉得他是一位北大名教授；只認爲是某商人的朋友，故未會加以招待，若遊蒙是劉先生的死因，那恐怕是因爲他的身體不適於蒙地旅行飲食起居的生活；若說大蝨子是他至死的原因，這不但滑稽，而影響所及，將來有志遊蒙的內地人士，均以大蝨子問題，將裹足不前了！德王和我們談到這件事，還很誠懇的希望我回到內地，加以剖白。

筆者那次到百靈廟去，與德王第一次相見，也成爲最後一次的晤談。因爲沒有好久，抗戰便爆發了。更不幸的是我在當時認爲大有作爲的德王，竟受了日本人的煽惑利用，不惜借着內蒙自治的動聽的名義，進行背叛祖國的勾當，致使一般不甘做亡國奴的蒙古保安隊的熱血青年，在雲繼先的領導之下，反正過來。德王見其陰謀畢露，乃實行一不做，二不休。暗中將雲氏予以殺害，造成局部叛變。

「周公恐懼流言日，王莽謙恭下士時，若是當年身便死，二人眞僞有誰知？」筆者對德王，亦大有此感。

天聲人語

島隅憶舊 六首

陳藩遺著

一

迴天妄詡魯陽戈，辭廟倉皇恨幾何，
計誤龍蟠輕社稷，難憑蛙怒復山河，
花飛阡陌歸期誤，望斷蓴鱸去日多，
得失楚弓關國運，怕聽野老話銅駝。

二

海角春迴舊夢溫，落紅遍地映涕痕，
風雲板蕩曾持節，猿鶴飄零豈負恩，
道喪乘桴逋客淚，師熸裹革國殤魂，
棲遲衡泌人仍醉，釵滿高樓酒滿尊。

三

碧波明月泛蘭橈，越女吳姬競妍嬌，
金粉南朝啞管盛，玄黃北國羽書囂，
尊前歌哭三生恨，眼底乾坤半壁遙，
獨返小樓難入夢，靜聽鼓角渡寒宵。

四

烏桕紅翻幾度霜，江山文藻憶蒼茫，
鶯啼吳苑春如錦，鶴返華亭海已桑，
洛浦驚鴻曾歎逝，玉臺餘麝尚留香，
灰凝蠟炬星槎渺，月缺花殘欲斷腸。

五

畫圖省識總銷魂，歷盡塵緣證宿根，
柳岸浣紗尋舊迹，槐陰夾道憶侯門，
荒臺雲雨千年夢，別院芙蓉一夕恩，
萬馬秋濤天際湧，落霞如火照江村。

六

朱旗閃爍耀新朝，霧隱台城日影遙，
危幕早知巢燕刼，積薪忍見釜魚焦，
橘踰淮涘嗟成枳，詞譜沁園鄙射鵰，
數盡英豪問興廢，芸芸雞犬盡天驕。

澹園隨興詩選並注

名將黃杰將軍，詩稿相投，神交久矣，癸丑初冬，觀光寶島，得瞻神采，肅穆雍容，吐屬非凡，洵當代儒將也，承贈「海外羈情」及「澹園隨興」兩卷，洛誦之餘，感佩無既。因篇幅所限，爰選數章並注，以饗吟友；松䒐謹識。

別意 民國十九年初夏　　黃　杰

幾番花訊送春歸，遙夜猶聞杜宇啼，柳絮絲絲牽別緒，賺人清淚上征衣。（借景抒情，絲絲入扣。）

蘭封之役

身臨前敵念無私，兩陣鏖兵戰馬嘶，且自倚鞍尋紙筆，一封書寄老親知。（此詩與黃克强先生：「一第豈能酬我志，此行聊慰白頭親。」以身許國之意相伯仲。）

戍南天門 民國廿二年春任陸軍第二師長率部北上對日作戰

千軍萬馬抗頑强，血戰兼旬兩陣間，拂曉朔風侵甲冑，深宵冷月照刀環，荒村落落空行迹，敵壘森森據古關，莫道四山春未暖，夕陽猶自上酡顏。（氣勢嶔奇，對仗工穩，起句一片殺敵雄心躍然紙上，將軍豪於飲，末句渾然而出，尤見詩心。）

反攻古北口

夜色淒其月不明，長廊徒倚聽鐘聲，望鄉樓上迴征夢，古北城邊襲敵營，漠漠離懷傷五內，轟轟彈雨徹三更，且看一戰擒倭虜，留得雲台萬世名。（一片塞外作戰情景，歷歷如繪，七八兩句見大將風。）

富國島 民國四十年元月爲越南一海島，留越國軍在此羈困達三年之久，

中華多壯士，富國漢家營，喋血來萬里，忍辱惜餘生，編茅以爲屋，削木以爲兵，晨興聞號令，夜半有書聲，征衣慰遊子，溫如父母情，長幼皆有序，衆志可成城，共憂還共樂，必共矢忠貞，一朝頒歸檄，長驅復舊京。（余讀海外羈情，知將軍率師駐越時，曾受法方虐待，幾經艱苦，忍辱自重，披荊斬棘，爲國矢貞，時人以海上蘇武稱之，言爲心聲，於斯可敬。）

辛丑元旦 民國五十年

霜華新兩鬢，舊夢忍重溫，國難兼家難，傷痕並淚痕，九州猶未復，萬斛不須論，滄海如龍渡，披衣振墜魂。（將軍重情義，遠戍富國島時，見士兵苦況，嘗數灑英雄淚，第二句在永難忘當日情景也。）

六十初度書懷

我生家住椰梨鄉，强半光陰在戰場，忍向白雲思鯉訓，喜看舊雨奮鷹揚，十方塵染情猶熱，斗酒詩成興正長，敢掬忠誠誇壯語，橫磨今尚有青霜。（昔馬伏波謂老當益壯，窮且益堅，讀此詩可知將軍寶刀未老，後先輝映也。）

達雲將軍惠贈澹園隨興及海外羈情兩著爲詩以酬　　松　䒐

總領師干海一隈，栟櫚節鉞震南陔。
櫛風沐雨匡華夏，戴月披星闢草萊。
一卷詩心鳴世業，千篇籌策濟時才。
伏波銅柱長流遠，萬里成陰夾道槐。

哭張叔老　　吳稼秋

一瞥遺容不自持，無言默默淚如絲，天愁地慘風猶急，窓冷階空雨正滋，萬刼蟲沙逢此日，千山猿鶴聚何時，傷心朋舊凋零盡，投火他年我亦悲。

井里汶汶山堂禮佛　　李勵文

寂寂禪門斷俗情。西風入座送秋聲。蒲團坐破僧應老。貝葉聽殘世自輕。歷刼蟲沙難解厄。棲巖猿鶴不留名。大千擾擾知何適。願侍空王度此生。

讀網珠續集

一卷新詩珠玉清。量才有尺網羣英。陵夷家國三生恨。寂寞旌旗萬里情。字裡幾多詞客血。篇中長吐遠人聲。此身漸厭天涯老。合向名山著大名。

南荒

自入南荒雜瘴氛。吳歈楚曲渺難聞。樓高目斷迷芳草。意遠神馳望白雲。蕉雨椰風禁不起。蘭根蕭葉鬱難分。頻年心緒無聊甚。祇爲鴻飛久失羣。

編餘漫筆

編者

本月適逢新舊兩個新年，一向很少有如此巧合，希望今年經濟繁榮，社會安定，編者謹向本刊作者、讀者恭賀兩個新年。

本期所發表各文，大多屬第一手資料，關德懋先生大文述先總統之盛德與睿智，皆親見親聞之事，娓娓道出，引人入勝，益懷念偉大哲人。

焦毅夫先生之谷正倫與芷江民變，亦爲珍貴史料。因此等事雖屬亂世重典，畢竟有傷天和，在當時報紙雜誌無隻字透露，焦先生若非適在當地，亦不可能知道如此詳細。此事幸而即時撲滅，否則未嘗不會釀成黃巾、方臘之變。過去國內施政，確有操之過急之處，也不能單責某一人。

二十一師興亡史作者，是二十一師舊人，故對二十一師舊事知之特詳。此文撰寫時，尚未知莊村夫被中共釋放事。莊村夫以後升至豫鄂皖邊區中將總司令，被俘後歷時二十五年，與來港十戰俘同被釋放，其人過去雖然不理人口，但晚節亦可稱，較之侯鏡如、廖運澤之流好得太多，特爲指出，以補原文之不足。

德王之事，作者僅述到抗戰前，實則抗戰後德王組成蒙疆自治政府，自任主席，手下重要人物首推李守信，其次爲王英，勝利後一律投向政府，蔣主席至北平巡視，德王曾來謁見，見面行跪拜大禮，編者友人陪同晋見，親見此事。勝利後，政府對「滿洲國」及「蒙疆政府」人員均不處以漢奸罪，華北危急，德王、李守信又回內蒙打游擊被俘，數年前釋放，今不知尚在否，只王英在中共入北平時遇害。

胡士方先生淪陷時期的山東，本期寫至共產黨在山東發展，亦皆重要史料。如萬毅以後竟在五十七軍任旅長，編者以前從未聽說，頗出意料。因萬毅在東北軍入陝剿共時被俘，經洗腦後加入共黨，被釋回，西安事變之發生，張學良受此人蠱惑至大，以後仍能在東北軍中任職，且升至旅長，是眞不可思議，此一史料對當代研究中共史者，用處亦大。

張仲仁先生「臨風追憶話萍鄉」，越寫越有趣，深受讀者歡迎，不斷有人見面問起。

唐魯孫先生讀北平掌故，如數家珍，尤引人入勝。

台灣新關南橫公路，尚未正式開放，此路將來必爲觀光勝地，特將沿途風光，先行報導，以饗讀者。

關東軍覆滅記，對當時東北情況有詳細敘述，關心國事者，尤不能不特別留意。

月刊

掌故

54

野史・佚聞・
人物・風土・

掌故月刊 第54期 目錄

每月逢十日出版

掌故

第五十四期

每册定價港幣二元正

全年訂費 港幣三十元 台幣二百四十元 美金八元

出版兼發行者：掌故月刊社
地址：九龍亞皆老街六號B
通信處：九龍旺角郵局信箱八五二一號
電話：K八〇八〇九一
The Journal of Historical Records
P. O. Box No. 8521, Kowloon
Mongkok Post Office, Hong Kong.

督印人：鄧少卿
總編輯：岳騫
印刷者：和記印刷有限公司
新蒲崗景福街一一〇號超達工業大厦十樓
總代理：吳興記書報社
香港租庇利街十一號二樓
電話：H四五〇五六一 四五〇七六六
國內代理：黎明書報社
台北市八德路三段九十九巷六號
電話：七二一二五二九
星馬代理：遠東文化事業有限公司
新加坡厦門街十九號 檳城杳田仔街一七一號
印尼總發行：集源公司
椰城旗桿街87號A
Dil Tiang Bendera No. 87A
Djakarta, Indonesia.

澳門：可大文具店
亞庇：利民公司
斗湖：光明書局
漢城：泛亞書籍公社
倫敦：香港文化服務社
中藝公司
東寶公司
紐約：友聯圖書公司
友誠公司
友方公司
菲律賓：華安書局
芝加哥：文華書店
羅省：大元公司
新東方公司
三藩市：益智圖書公司
文化商店
華盛頓：德昌公司
波斯頓：中西公司
千里達：中華公司
加拿大：香港商店
溫哥華：僑益書局
滿地可：明星書局
渥太華：民生書局
巴西：興昌公司

中國遠征軍 苦戰緬邊記

傑克巴恩納德少校原著

關山月譯

傑克·巴恩納德少校（Maj. Jack Barnard），是第二次世界大戰中，英國在緬甸戰場上的森林戰專家，而且也是空降在敵後二五〇哩，帶着十二個官兵，堅持了兩年半的游擊英雄，因而榮獲了英軍統帥部頒發的「勇毅勛章」。

他在緬甸戰局惡化的那段時日裡，曾經伴隨着中國遠征軍的第九六師余韶部隊，從步通過緬邊的「駝峰」，轉進到雲南昆明。

途中的見聞，都被他記在自己的戰時回憶錄「駝峰」之中。下面所載的一些段落，就是從他那一九二頁原著中節譯出來的。

（遠征軍）余韶部隊苦戰緬邊記

——傑克·巴恩納德少校原著

一九四二年三月底，我以一個少尉階級預備軍官的資格，被調到英軍在緬甸開辦的「森林戰術學院」去受訓。那時，戰局已經糟得一塌胡塗，緬甸的整個陷落，成了旦夕間事，我雖然在那個「學院」裡，學會了各式各樣的殺人訣竅，但却連枝武器都沒有配給到。身邊帶着的「殺人傢伙」，依舊是那枝先父遺留下來的老式左輪槍，另外加上六顆子彈。軍裝也領不到，只好用我入伍前的那幾套卡嘰布恤衫和短褲來充數。甚至於連那付表示「少尉」官階的肩章，也是我自己用些黑布條條剪出來的。——當時緬甸戰場上的手忙脚亂和狼狽萬端，都由此可見一斑。

到密支那去「聽命差遣」的時候，軍區司令烏普頓准將告訴我：他已經決定把我派在史蒂汶生上校的指揮下，負責緬邊山區，喀欽族三角地帶的游擊工作。

原來當時的英國軍方相信：日本的入緬部隊，一定會乘勝進窺印度，暫時把緬邊的喀欽族三角地帶放在一邊，在那裡展開的游擊鯨，也許還大有可為。另一個原因是：中國的緬甸遠征軍，為了要退回雲南去整兵再戰，也非要取道這個三角地帶不可。如果在那裡有些英國軍官以「游擊英雄」的姿態出現，當然會起些打氣的作用；而且會使他們覺得：英國對「光復緬甸，還我山河」的決心，是一點也沒有動搖過的。

我帶着自己的一個小組，歷盡千辛萬苦，輾轉挺進到瑪雷卡河岸，忽然被中國部隊包圍起來，把我們押送進一座山民的小寨，聽候發落。

這時，幸虧出現了一個穿着卡嘰軍裝，但却不帶官階符號的歐洲人，高興地自我介紹道：

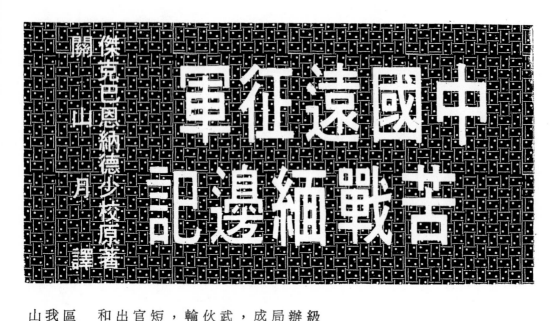

「我的名字叫柯平斯，是中國遠征軍第九六師的英國聯絡官。我們的師長很想知道：您的來歷和渡河來此的用意。我雖然不能硬逼着您對他們有問必答。不過，我想先提該您一句：這些中國人要想不講理的時候，您就有理也講不清啦！」

當他知道了我的眞正身份之後，馬上表示：我的上司烏普頓准將，史蒂汶生上校，都已經在兩天前來過這裡，告訴過第九六師長余韶將軍我此來的任務。

過了不久，余師長就派他來請我去「吃早餐」，同席的還有六個中國高級軍官。其中有一位濶腮猪眼的楊上校，更屢次三番地向我表示：他在師裡，坐的是「第二把交椅」。

開飯的時候，師長用的是銀筷；別人都是普通的筷子；我的面前，特別放了一隻湯瓢。師長的筷子一動，大家跟着一擁齊上；一面狼吞虎嚥，一面發出了各種抑揚頓挫的咀嚼之聲，就連那位白皮膚的英國聯絡官柯平斯，也沒有什麽例外。我雖然用湯瓢吃，也遠不及他們的多而且快。

勤務兵送上了酒杯，在座的軍官們，接二連三地站起來勸酒，一直「乾杯」得我頭昏腦脹。

飯後，在一間掛滿了軍用地圖的臥室裡，我向余師長報告了自己對敵情的判斷。他本來很担心日軍會打進三角地帶來，切斷了九六師退回雲南去的歸路。我的話，使得他他大放寬心，而且馬上根據我的情報，調兵遣將，做了新的部署。

他還讓柯平斯替他翻譯道：

「余師長對您那種知無不言，言無不盡的作爲，表示誠懇的謝意。他在一兩日內，會去拜會烏普頓准將；回來時還希望和您再暢談一番。同時，余師長也願向您着重地指出一點：中英間的合作關係，實在大有加以改進的必要。」

後來，柯平斯告訴我：他是個在中國出生的英國人，一向在星加坡一家保險公司做事。太平洋戰爭爆發之後，他應徵入伍，以軍曹的資格，被派到中國遠征軍第五軍軍部裡去担任聯絡官。最初隨着杜聿明的軍部退到曼德勒，然後又和第九六師滙合在一起，徵用了一列向北開的火車，星夜退到孟拱。余師長本來決定取道胡康河谷，退往印度；但是一來因爲全師的官兵，損失得只剩下了兩千人；二來因爲沿途所見都是潰兵和餓殍，他變更了原定的計劃，改成了向松布拉崩公路退却。

柯平斯說：由於第九六師根本沒有帶任何給養，一切都要從當地的民間徵用。誰敢反抗，馬上就會「格殺勿論」。退到了瑪雷卡河岸的時候，連餓死帶累死，剩下來的活人，只有一千五百左右。余師長就打算留在那裡「整補」，直到六月底七月初，山道上積雪溶化以後，再沿着薩爾溫江和伊羅瓦底江的分野處，退回雲南去。

第二天，余師長派我去通知烏普頓准將，爲了向當地土民徵取糧食的事，他決定親自去「面商一切」。路上，我看見許多土民的長老們，坐在寨子外面開會。他們告訴我：

「中國軍隊拿走了我們的大米，一個錢都不給；反叫我們去向英國軍方算賬。可是，現在的緬甸，還找得到什麽英國軍方？這不是故意要我們的好看麽？」

我一面保證把他們的不滿，向烏頓准將詳細地報告；一面警告他們：千萬不要對九六師的要求，等閒視之。因爲這些丘八老爺們的信條都是：「先開槍，再講理」。

烏普頓准將向我提出的第一個問題，就非常開門見山：

「如果日軍向緬邊的三角地帶進攻的話，中國部隊是不是會打？」

我認爲：在山道的積雪溶化以前，第九六師就是再想退却，也寸步難行。日軍一來，他們就只有硬拚一下，或是乾脆投降，根本沒有第三條路好走。

烏普頓准將也表示：

「不管我們高興也好，不高興也好

；在目前的情況之下，是非和中國佬們敷衍一番不可。不過，明天余師長來的時候，我們也應當老老實實地告訴他：再這樣搶下去的話，不但會影响我們在三角地帶開展游擊戰的計劃；就是對他們自己將來撤退時的安全，也會完全失去了保障。被搶光了糧食的卡欽人，老是爲了要擺脫對中國部隊的負担，就會自動地跑去和日軍合作，來對付我們。」

爲了使余師長覺得分外有面子，我們還特別雇請當地的一位中國商人范立三，來担任招待會上的臨時大師傅，預備了一桌子中國菜；而且還從珍藏的幾瓶洋酒中，選了兩瓶黑牌威士忌出來，好讓大家過一下酒癮。

余師長對我們的儀仗隊和中國酒席，都表示非常滿意；賓主間的氣氛也極其融洽。惟一的例外，就是那位凋腮猪眼的楊上校，忽然酒氣醺醺地向我們鄭重宣佈：

「無論從歷史上來講，或是從地理上來講，緬北都實在是中國的一部份！」

幸虧余師長及時地瞪了他一眼，這位先生才沒有再滔滔不絕地講下去。但是，從在座的中國軍官們的表情看來，對這種論調，他們並不是第一次聽到；而且也完全充滿了共鳴。

飯後，開始了正式會談，余師長馬上宣佈了三點：

（一）日軍的先頭部隊一個連，已經挺進到了松布拉崩。緬邊三角地帶的陷敵，不過是遲早問題而已。

（二）雨季開始，河水猛漲，使得日軍目前很難深入。

（三）山道積雪開始溶化時，第九六師就會撤退囘國。

這時，烏普頓也不客氣地指出：

「搶走卡欽人和山民的糧食，只會把他們逼去和日軍合作。最好是對他們客氣一些，公平一些。那麽在您們退却的時候，也一定會有許多好處。種瓜得瓜，種豆得豆，希望您們貴軍好自爲之。」

余師長皺起眉頭，沉默了半晌；然後才冷靜地說道：

「如果我的部隊裡有人出來搶，那是完全違犯了我的命令，一定會得到嚴厲的處罰。

事實上，我們需要就地購糧，而且願意付現欵去買；但是喀欽人和山民却根本不肯和我們做生意。我此來就是想請您向他們解釋一番：中英兩國現在是盟友，他們有任務把糧食賣給我們。——這並不是一個不合理的要求，因爲成百成千的中國軍人，已經爲「保衛緬甸」流盡了最後的一滴血，如果這些喀欽人和山民，依然頑固不化，我就不能再對手下官兵的行爲負責。理由很簡單：這樣子成天地挨餓，日子久了，誰也吃不消！」

烏普頓也「打蛇隨棍上」，馬上和他約法三章：英軍負責去疏通當地人和第九六師合作，但是中國部隊也必須保證，即使一對一絲半點的糧食，也一定要照價付錢。有人敢破壞這個軍風紀，立刻就會受到最嚴厲的懲罰。

爲了表示他的誠意，余師長還即席下令他的副官處長，暫時隨駐在烏普頓准將的指揮部裡，專門負責替中國部隊收購糧食的工作。

當我聽到這位副官處長，從此以後將會住在「臨時大師傅」范立三的家裡，長期做客的時候，不禁大生其悲天憫人之情。那個可憐的老華僑，不知倒了什麼霉，會把一個「大瘟神」請到家裡來；非但要讓他白白住白喝，而且還一定被他的竹槓敲得個油盡燈枯。

過了幾天，烏普頓准將忽然一病而亡；他指揮部裡的那一小撮英國官兵，就決定參加到余師長的隊伍中去，隨着他們先退到中國去再講。由於我和第九六師總算有點老關係，大家就推舉我當代表，去和余師長面讀這件事。

這一次，他身邊的高級人員中，又添了一位短鬚小眼，滿臉殺氣的李團長。一眼就可以看出來：他在這裡的地位，頗爲不同凡响。後來才知道他原來是個蘇聯軍事學院的畢業生。

余師長告訴我：

「李團長本來担任大軍撤退時的掩護工作，但是最近已經有日軍的聽候部隊，滲透進他的防線，而且不斷展開小規模的奇襲，很有即將舉行總攻的跡象。蔣委員長已經命令我們：在最近幾天之內，退回雲南地境。爲了避免日軍會乘虛而入，我們決心給他們吃點苦頭，至少也要打掉他一支先頭部隊才甘心。

李團長據報：日軍有一支聽候部隊，將會在最近四天之內，向烏普頓指揮部所在地區挺進。李團長準備打一個伏擊，把他們加如殲滅，使得大隊日軍不敢再冒然前進。我們便好乘此機會，兼程退回國去。

您的任務就是：幫助李團長找一個最理想的伏擊地區。」

他的話雖然說得十分好聽，我却可以一眼看穿：馬上撤退的命令，根本不會來自遙遠的蔣委員長，其實完全是余師長和幕僚們自已的主張。其次，一定要拉我去參加這場伏擊戰的目的，只有一個。那就是要使當地人看見有英國軍官在場，也許會激發他們對伏擊的支持和合作；日軍爲了要對付這些有敵意的當地人，自然就無暇再抽兵去追擊正在退却的第九六師了。

我的答覆，也很乾脆俐落：

第一，喀欽人和山民，直到現在，還是對參戰毫無興趣，對交戰的雙方，都沒有什麽太大的好感。

第二，一旦中國部隊利用緬邊三角地帶來作戰，當地人一定會馬上對第九六師採取敵對行動；而且說不定會去要求日軍增援他們。

第三，這樣的伏擊戰，斬獲有限，引起的後患即無窮無盡。

我的反對，使得在座的將校者，默然無語者久之。余師長和李團長單獨商量了一刻鐘之久，也沒有搞出什麽結果來。

柯平斯很緊張地悄悄告訴我：他很担心，我對這位李團長唱反腔，會帶來多少痲煩。我安慰他道：

「說句老實話，如果眞能讓日軍吃點小苦頭，我當然是求之不得的。您現在可以去報告余師長，我已經接受了您的勸告，同意參加這場伏擊。不過，我也有一個條件；那就是要他同意我們殘餘的英國官兵，隨着第九六師一道退到中國去。」

余師長沒有費什麽唇舌，就同意了我的建議；而且邀請我參加了師部的晚餐。飯後才在他的「作戰室」裡，仔細地討論了一番伏擊的計劃。那位李團長，聽見我肯去當响導，已經心滿意足得張牙舞爪，索性對我的所有建議，都不折不扣地照單收下。尤其使他大喜若狂的是：我把土人們用「潘芥毒藥梅花樁」的妙法，原原本本地告訴了他。想像着日軍在這些「毒藥梅花樁」下，會如何痛苦地死去，他和在座的軍官們，都感到了很大的滿足。

結果，在李團長的到敵指揮所裡，我才發現：預定參加這場伏擊戰的人，除掉我和另一個英國的「緬甸通」以外，只有一位中國翻譯官周中尉，兩個揹着手提機關槍的衛兵，三個土人挑夫和四個普通丘八。後來又就地加上了一位急於殺敵的何連長，以及六個由他一手挑出來的好「好漢」。

我們一共帶了兩挺輕機關槍，幾枝手提機關槍，不少的左輪槍和「盒子炮」。每個人還在背包裡，放了四個加上肉丁的飯團子和一壺凉茶。

戰鬥是在敵人完全措手不及的情況之下開始的。那些正在休息，喝水和閒談的日本聽候兵，似乎連還槍的機會都沒有，就已經被我們預先佈置好的火網，消滅得個乾乾淨淨，就連跟在他們後頭，揹着子彈和乾糧的那口騾子，也陪着他們一道進了天堂。

為了避免被後面跟踪前進的敵人，釘上了尾巴，我們忙忙地撤離戰場。走得太急，我連擱在身邊捲成的團的軍毯，都沒有來得及帶走。一個機關槍手，在山脊上跑得太忙，不小心扭了脚踝上的筋。——我的毯子和他的脚踝，也就成了我們在這場伏擊戰中所受到的唯一損失。

回到師部，余師長已經決定：在當晚就全軍出發，取道中緬邊境的「駝峰」，退回雲南去。

第二天一早，柯平斯給我送來了一張由余師長自己盖過私章的名片，上面寫着：

「敬啓者，英國少校班乃德，對緬甸情形極熟。現奉令赴中緬邊境工作，對軍事上將來極須聯絡之處，敬請賜予延見為禱。順頌軍禧。 元月四日」

柯平斯告訴我：這張名片，就等於我的一個護照，在和第九六師失掉了聯絡的時候，是會帶給我很大方便的。

路過一些土民村落的時候，印度的小輔幣「安挪」，變成了最受人們歡迎的「外滙」，有了它，什麼糧食都可以大堆地買到。原來這裡有個奇怪的風氣，專門用這種硬幣來裝飾老爺和太太們的大「禮服」。

這些土人們也向我們不斷地訴苦：第九六師的丘八們，硬逼着他們把村子裡的猪，賣了個清光。付給他們的錢，却全部都是只在中國境內才能行使的「法幣」，在緬甸是半文都不值的。

在另一個土民村落裡，我們幾個英國軍官，被一家友善的老百姓，邀請去「飽餐一頓」。其實除了有一大鍋糯米飯，儘我們吃飽以外，別的什麼東西都沒有。誰知飯剛吃了一半，忽然衝進來了一大堆中國兵，在那黑沉沉的草屋裡，沒有看清楚是些什麼人在吃飯，就馬上翻瓶倒罐，到處抓出了些東西來，隨手帶走；而且亂拉槍栓，做出了隨時都會放槍的姿態，嚇得那家土人鷄飛狗跳，蹲在屋角裡發抖，連大氣都不敢出。這時，身高六尺的奧斯卡，忽然怒髮沖冠地站了起來，像打雷似的用英語吼了一聲：

「你們這些混旦，都給我滾出去！」

這羣中國兵，顯然都嚇了一大跳，不約而同地僵住在那裡。我也馬上掏出了那張余師長的名片，遞到領頭的人的面前，請他好好地看一下那上面寫的東西。轉瞬之間，他們都變得百之百地前倨後恭，一面敬禮，一面道歉，什麼都不敢再拿，訕訕地趕快溜掉了。

在海拔六千呎的山脊上，有一座孤零零的小石屋，另一個英國軍官伯特，三步兩步搶先推門進去；還不到兩秒鐘功夫，就一聲怪叫，滿臉泛青地衝了出來，哇哇地狂吐個不停。我好奇地鑽進去，望了一眼，只見滿地都是黃泥一樣的屎尿，中間橫七豎八地躺着九個中國兵的尸首，手脚和臉都已經被糞便泡成了黑色，而且飛舞着數不清的蒼蠅。他們的身邊既沒有武器，更沒有水壺、軍毯，或是任何一樣可以用的東西；只有身上的軍服，因為汚跡太多，才僥倖能夠保留下來。

當我們來到南托美河岸的時候，才知道土民們已經把河上的鐵索橋毀掉，好讓第九六師不能到對岸去。那裡的水流太急，誰也不敢冒游泳的險；中國部隊雖然齊聲地向對岸呼叫，爭取他們的同情；甚至於還放了幾排手提機關槍來示威，却自始至終得不到絲毫反應。

我們一向對那四個山民挑夫很不錯，現在他們就幫了我們一個大忙。首先是叫我們在中國部隊向下游移動，找尋另一個渡河點的時候，根本留在原地宿營，做出種種姿態來表示我們是一幫英國佬。其次是時時都讓六呎高的奧斯卡站在前邊，像這種身材的大漢，山民們遠遠一看就知道：絕不會是中國兵。第三是要耐心地等着山民們找上門來，只要眼望得到的地方，還有中國兵的影子，他們是絕不會從深藏的岩洞中跑出來的。

果然，第九六師遠去了不久，就有五個山民在對岸出現。我們的山民挑夫馬上用土話大喊：

「政府的人，政府的人。」

經過一段遠距離的考查，他們終于確定了我們是英國人，馬上從岸邊草叢中，拉出來了一張竹筏，把我們接到對岸去。我本想說服那些土民，幫助余師長的部隊，渡過這個天險。但是，當地土民的頭子們，死也不肯同意；他們說：有一支中國部隊的「前衛連」，曾經在這一帶地區，大搶特搶，帶走了山民們所有的糧食。毀掉鐵索橋，就是山民們唯一的自衛措施。如果大隊的中國兵，能夠渡過南托美河的話，他們不想盡方法來報復一番才怪呢！

誰知那位余師長，竟因而對我們這一羣隨他撤退的英國軍官大動肝火，認爲我們「忘恩負義，罪同叛國」，應當馬上在「軍前正法」。幸虧柯平斯極力苦諫，他才只把我們軟禁起來，而且要把全體都押到師部，由他來「親自審問」。

余師長向我們大開教訓道：

「世界上每一個軍隊在作戰的時候，都免不了會發生不幸事情。我的部隊，當然也不會例外。如果他們餓極了，不搶山民們的糧食來填肚子又怎麽辦？因此，我也很了解：爲什麽山民們會不肯幫我的部隊過河。

不過，據我所得到的情報：你們英國軍官非但背信棄義，私自渡河，而且還秘密地煽動沿途的土民頭人們，不和第九六師合作。對於你們這種叛賣盟友的行爲，我決定一筆勾銷，只要你們現在肯在這張紙頭上簽個字。」

那原來是一張預定要由余師長和英國軍官團的領導人，奧斯卡米爾頓上尉，共同簽署的協議書，上面寫道：

「隨同中國遠征軍第五軍九六師行動之英國資深軍官，奧斯卡米爾頓上尉，曾對在緬邊三角地帶保留一支中國游擊部隊之必要性，與本師長有詳盡之討論。商討結果，奧斯卡米爾頓上尉，對保留中國部隊於此一地區之決定，極表贊同。」

奧斯卡認爲：這位中國將軍既然如此重視這張紙頭，其中必定大文章。但我却抱着這樣的主張：

「緬甸反正已經丟去了，中國既是我們的盟友，又自願留些人在這裡，多多少少殺幾個日本佬，來殺鷄給猴子看，我們又何樂而不爲呢？」

這張協議書一簽字，余師長的態度，馬上又恢復了過去「你兄我弟」的那一套；而且還特別爲我們舉行了一次盛宴。

劉半農先生和國語學術

王天昌

「天上飄着些微雲，地上吹着些微風，啊！微風吹動了我頭髮，教我如何不想他。……」這一首「教我如何不想他」，是流行國內已經四十多年的名歌；至今，青年人還喜歡唱它，中年人還時常哼它，老年人也免不了懷念它。許多人知道它是當年有「中國舒伯特」之譽的趙元任博士譜成的歌曲，可是許多年輕人未必曉得它的歌詞是北大教授、我國語言學家劉半農先生作的。

劉先生還寫下不少歌詞。現在音樂會或音樂課上常聽到的，「這是個東方色彩的老晴天」的「茶花女中飲酒歌」，和「我來北地將半年」的「聽雨」，也是劉先生寫成的詞兒，作曲者同樣是趙元任先生。所以有人說，劉先生和趙先生是最好的一對伙伴，不但一個作詞一個配曲，還共同是國語運動的健將呢！

劉復先生，字半農，江蘇省江陰縣人。生於清光緒十七年辛卯（一八九一）陰曆四月二十日，如果現在他還活着，該是快滿八十歲的老人了。他的父親是一位老教育家，在江陰辦學校很出名。半農先生在家裡的排行是老大，從小受他父親詩文的薰陶，喜愛文學，又因爲有點外國文字的基礎，民國六年以前，他在上海和江陰居住，就會用文言文寫過鴛鴦蝴蝶派的文章，也翻譯一些外國的文學作品，如「歐洲花園」「拜倫家書」「阿爾薩斯之重光」等。那時候，「禮拜六」派在上海灘的文壇上紅極一時，二十多歲的劉復，就常用「半儂」筆名寫一點這類的文章，滿足他的發表慾，得到一點小名氣。

民國六年以後，半農先生離家北上，担任國立北京大學的預科國文教員。當時正是新文學運動在北京萌芽滋長的時候，北大的胡適、陳獨秀二位教授，首先在「新青年雜誌」發表「文學改良芻議」「文學革命論」二文，鼓吹文學革命。半農先生也在新青年雜誌三卷三號發表了一篇文言文寫成的「我之文學改良觀」，提出他的主張。他爲「文學」下一界說，認爲只有詩歌戲曲小說雜文才可以列入文學範圍，至多增加歷史傳記而已。其次他提出散文改良三事、韻文改良三事，並建議文章分段和使用標點符號。這些在今日我們看，乃是當然的事，但是在那時恐怕就要遭受標新立異之譏了。

劉先生提倡白話新文學，却用文言寫「我之文學改良觀」，正如國語運動史綱（民國二十三年十二月上海商務印書館初版）所說：

> 民國六年『國語研究會』開第一次大會於北京，舉蔡元培爲正會長，張一麐爲副會長；又擬定國語研究調查之進行計劃書。那時教育部這幾位先生們雖然主張改國文爲國語，做了許多文章從事鼓吹，可是有一件事情很不澈底，現在囘想起來，未免有點兒可

> 笑，就是：自己做的這些文章，都還脫不了紳士架子，總覺得「之乎者也」不能不用，而「的麽哪呢」究竟不是我們用的。……不但是做文章，就是平常朋友間通信……也從來沒有用過一句白話。我們朋友間接到的第一封白話信，乃是這年年底胡適從美國寄來請加入本會為會員的明信片。紳士們用白話彼此通信，現在真算很平常的一件事，在那時却要算天來大的怪事了，彷彿像現在的舊官僚忽然看見中央政府下了一道白話命令。……自從有了這一個明信片的暗示，我們才覺得提倡言文一致，非「以身作則」不可；於是在京會員中，五六十歲的老頭兒和二三十歲的青年才立志用功練習作白話文。

在當時也是習以為常的事了。劉先生既加入文學革命陣營，就開始用白話寫「詩與小說精神上之革新」（新青年三卷五號），再繼胡適先生譯「二漁夫」之後，繙譯短劇「琴魂」（The Soul of the Violin）、「天明」（Dawn）為白話。這是他從事國語運動的開始。

從民國七年起，劉先生嘗試用白話做詩，後來他把將近十年裡所作所譯的詩歌，按時先後選編為「揚鞭集」一本，由上海北新書局出版。民國十五年他在北京寫「揚鞭集自序」說：

> 請別人評詩，是不甚可靠的。往往同是一首詩，給兩位先生看了，得到了兩個絕對相反的評語：：。例如集中「鐵匠」一詩，尹默、啓明都說很好，適之便說很壞；「牧羊兒的悲哀」啓明也說很好，孟真便說「完全不知說些什麽」。……我將集中作品按照時間先後編排，一層是要借此將我十年以來環境的變遷與情感的變遷，留下一些影子；又一層是要借此將我在詩的體裁上與詩的音節上的努力留下一些影子。……當初的無韻詩、散文詩，後來的用方言擬民歌，擬「擬曲」，都是我首先嘗試。

他還仿江陰一種民歌——四句頭山歌——的調子，用江陰方言作成許多詩歌，選了十多首編成一集，名「瓦釜集」。他說：「中國文學上，改文言為白話，已是盤古以來一個大奇談，何況方言，何況俚調！因此我預料瓦釜集出版，我應當正對着一陣笑聲、罵聲、唾聲的雨！但是一件事剛起頭，也總得給人家一個笑與罵與唾的機會。」

他到北大以後，曾發起徵集全國各地歌謠，民國十一年十二月，北京大學歌謠研究會創辦「歌謠周刊」，他所蒐求的許多歌謠，大都登載了出來。後來更注意到國外的民歌，出版過「國外民歌」一冊。

他在北大預科教了一個短時間的中國文法課程，跳出英國文法和馬氏文通的窠臼，採用他的新見解編了一本「中國文法通論」講義，後由上海羣益書社出版（民國九年八月再版，十年一月三版，十三年五月增補四版）。第四版增加了「四版附言」，是很有價值的文字。民國二十一年，上海北新書局再出版了他著的「中國文法講話」一書；前幾年台北啓明書局曾經翻印出版。他認為：「中國語言文字中，有許多難於明確解決的現象，我們決不可以依傍了某一國的文法，硬把中國的文法湊就着講；便是參考了多種文法，也未必一定能得到好結果。」他主張把現代的文法和歷史的文法分家，好把全副精神用在現代的文字上，先把現代的部分弄得有些眉目，然後根據着它去探求歷史上的來龍去脈。他認為講語體的文法比講文言的文法重要，尤其是研究口語的語法，更是重要萬分。他說：

> 如要研究中國的語言學，只這口中所說的話語，是個無盡的寶藏。大家都知道中國方言的不同，只是方音的不同，並不是文法的不同。……但是，若要說中國各種方言的文法，是完全統一的，

可又未必盡然。……例如「這叫什麼話！」一句話，在常州語裡是「爹叫這句話什！」直譯出來是「什麼叫這句話呢！」這眞是句外國話了！……

所以他研究文法很看重現代語言的資料，和語言間的比較。

民國九年，半農先生離開北京大學，到法國留學。他在法國期間專門研究語音學。過了五年，他從法國極負盛名的巴黎大學得了國家博士學位。民國十四年秋，帶回來許多修習語音學用的最新語音實驗的儀器，從此他就在北京大學担任語音學的課程。

他在法國留學的時候，曾經因爲國內的朋友們對推行國語運動的想法和做法不盡相同，於民國十年十月寫了一篇「國語問題中一個大爭點」，討論國語和京語，國音京調和國音鄉調的問題。他不贊成京語，不贊成京調，認爲「理想中的國語，……只是普及的、進步的藍青官話」。認爲「以京語爲國語是根本的不可能」。認爲：

只須能把國音說得正確了，調却可以不管；因爲句調是無須管得，字調是不能管得。因其不能管得，所以與其提倡國音京調，正不妨聽任其爲「國音鄉調」。這國音鄉調雖然是個遊戲名詞，但於達意之旨一定沒有妨害，而且我敢預料，除非是不要國語，如要國語，將來終於是國音鄉調。」

當時錢玄同先生也贊成他的主張。不過，國語運動到底還是走了北平話的聲、韻、調爲標準的「京語」「京調」的路子，並不推行國音鄉調的藍青官話。我們今天看來，劉錢二位先生當年的主張並不正確；好在錢先生他們後來也修正了他們的看法。

爲了四聲問題，他利用物理學和音樂的知識，在巴黎的研究室裡寫了一本「四聲實驗錄」，民國十三年三月上海羣益書社出版。有吳敬恆、傅斯年二先生的序，和他自己的序贊。（他另有一篇「四聲實驗錄提要」刊登北京大學日刊第九八七號，末有錢玄同先生附記。）那時用科學的新方法研究四聲的，除他之外，還有高元、趙元任、蕭友梅三位先生。他說：「四聲之構成，以高低爲主。但若干地方的入聲，於高低外，還有長短。入聲因特別短之故，因而牽涉音質上發生變化。陰陽清濁，主體是音質的不同；但因音質之不同，也牽涉到高低上發生變化。」這重要的結論，今天研究語音學的人也都同意。

他用浪紋計等儀器測量了北京、南京、武昌、長沙、成都、福州、廣州、潮州、江陰、江山、旌德、騰越，這十二個地方方言裡四聲的異同。這期間他還寫有「守温三十六字母排列法之研究」「實驗ㄇㄘㄓㄔ四母之結果」二文，以及「國語運動史畧」一書。

劉先生用科學儀器研究語音，民十八，他在北大國學研究所成立「語音樂律實驗室」，由物理系畢業的沈仲章先生作助手，從事研究工作。他並計劃以這個實驗室爲中心，擴大研究，調查全國各地方言的聲調，寫成一部「四聲新譜」，調查全國各地方音，編成一部「方音字典」，然後繪製全國方言地圖。他還打算成立「錄音庫」，收藏各地方言和俗曲。可惜他才和李家端合作編成「中國俗曲總目錄」，民國二十一年中央研究院出版。其餘工作都沒有完成，就去世了。

在國語界，劉復先生是佼佼不可多得的人物。民國七八年，鼓吹文學革命的「新青年」就是由北京大學教授胡適、錢玄同、沈尹默諸氏和他輪流編輯；自從發表了胡適先生「國語的文學，文學的國語」以後，文學革命和國語運動這兩大潮流便合而爲一。民國八年四月，教育部國語統一籌備會成立，半農先生和胡適、錢玄同、趙元任、蔡元培、許地山、林語堂、王璞、沈兼士、馬裕藻等專家學者都被聘請担任國語統一籌備會委員。

民國十二年，國語統一籌備會開第五次年會，應時代需要，通過了錢玄同、黎錦暉等人的提案，組織「國語羅馬字拼音研究委員會」，由錢玄同、黎錦熙、黎錦暉、趙元任、周辨明、林語堂、汪怡等十一人爲委員。十四年九月二十六日，半農先生在趙元任先生家作客，在座的還有錢玄同、黎錦熙、汪怡諸氏，於是他發起一個「數人會」，邀集在北京的語音學者聯歡聚談，討論國語羅馬字的問題。第二次會起，林語堂先生也參加了。經過整整一年的時間，這個數人會共開了二十二次會，對國語羅馬字有了相當程度的決定。民國十五年九月，國語羅馬字拼音研究委員會開會通過了數人會所提的拼音法式。這便是民國十七年九月國民政府大學院所公佈的國語羅馬字的藍本。說到「數人會」這個名詞，本也沒有什麼深意，但當時有人給了一個解釋，說是根據隋朝陸法言的切韻序：「魏著作（淵）謂法言曰：『向來論難，疑處悉盡，何不隨口記之？我輩數人，定則定矣！』」

十七年十二月，國語統一會改組，教育部聘請吳稚暉先生爲國語會主席，半農先生續被聘爲委員。當時委員共三十一人，他們是：蔡元培、張一麐、吳敬恆、李煜瀛、李書華、錢玄同、黎錦熙、陳懋治、汪怡、胡適、劉復、周作人、李步青、沈頤、陸基、朱文熊、魏建功、曾彝進、孫世慶、方毅、沈彝士、黎錦暉、趙元任、許地山、白鎮瀛、林語堂、任鴻雋、馬體良、錢稻孫、馬裕藻、蕭家霖諸先生。

現在大家學習國語，必不可少的一部辭典是商務印書館出版「中國大辭典編纂處」編的「國語辭典」（四厚冊，二十六年三月初版，五十八年台三版）。這部辭典的編纂最早就是半農先生提議的。他於民國八年新出「編纂國語詞典案」，九年成立「國語詞典編纂委員會」，就聘他爲委員；十二年改爲「國語詞典編纂處」。後來有人覺得「國語」定義狹小，民十七再改名爲「中國大辭典編纂處」，並由國民政府撥定北平中前海前總統府（即居仁堂）之西四所爲處址，他仍被聘爲編纂員，與蕭家霖、汪怡、劉毅分別主持各部門編纂。由於配合辭典的編纂，他和李家端還合輯了「宋元以來俗字譜」，十九年由中央研究院出版。民國十五年十一月，他寫了一篇「打雅」，蒐集「打」字頭的詞彙如「打電話」「打算」「打坐」「打呵欠」「打官司」等一百零一條。後來繼續蒐集，到民國二十一年竟達八千多條。同時他又仿此寫成「一字長編」。這是他編國語辭典過程中的生物。

他翻譯了的書籍很多，學術性的有P. Passy原著的「比較語音學概要」，上海商務印書館出版；文藝作品有「法國短篇小說集」、左拉原著的「貓的天堂」「失業」，和小仲馬原著的「茶花女」，這四本都是上海北新書店出版，還有英國馬卡萊原著的「乾隆英使覲見記」，民國五年上海中華書局出版。民國二十二年，他把自己嘗試創作的「初期白話詩稿」原稿本影印出版。他也標點校注過「西遊補」和張南莊的「何典」（民國十六年北新初版），還特爲何典作序文說：

吳老丈（稚暉）屢次三番的說，他做文章乃是在小書攤上看見了一部小書，得了個訣。又說：「我悉心靜氣，將此書一氣讀完。」讀完了將它筆墨與吳文筆墨相比，眞是一絲不差，驢頭恰對馬嘴。……一層是此書中善用俚言土語，甚至極土極村的字眼也全不避忌。在看的人却並不覺得它蠢俗討厭，反覺得別有風趣。在吳文中，也恰恰是如此。……

他對這本用吳語方言諺語寫成的民間形式的小書，喜歡的不得了。一方燕子啣一方泥，大概就是他校印何典，出版瓦釜集的原因了。

他寫的短文也會輯成「半農雜文」「半農談影」，由上海開明書店出版。目前台灣有正文出版社出版的「半農文選」排印本二冊。

劉復博士另有「敦煌掇瑣」刻本一種，收刻他留法時所蒐集的伯希和敦煌書目裡許多卷子，如唐寫本韻書等，由國學季刊印出，後於民國十九年由歷史語言研究所出版。劉先生回北京以後，辛勤地蒐羅設計，拿宋大中祥符本廣韻做樞紐，對照排列着另外數種古殘韻書，纂輯在一起，爲八韻比。惜民國二十三年七月，半農先生遽爾逝世，後幸由魏建功、羅常培二位教授考校補充，才竟全功，定名叫「十韻彙編」，是切韻系韻書材料的總結集。二十四年十月由北京大學出版，作爲文史叢刊之一。書前有魏建功、羅常培二教授的兩篇長序。五十二年十月台灣學生書局曾影印出版。

半農先生回國後，除了担任北大教授兼國學研究所專任導師，也曾短時間做過北平女子文理學院院長、輔仁大學教務長，但他還是熱衷於研究國語語音學。他一心想要完成「四聲新譜」和「中國方言地圖」，經常到各地蒐集語音資料。民國二十三年六月更爲了想寫一篇語文論文，紀念端典考古學家孫赫定博士的七十誕辰，就同沈仲章、白鎮瀛、周殿福諸人，從北平出發到綏遠調查方言。他們在包頭、百靈廟一帶，拿了錄音儀器四處記錄當地語音。經過三個星期的工作，才折回張家口，半農先生已開始發燒。張家口的庸醫當他是普通的感冒，叫他吃「阿司匹靈」。休息兩天以後，他們一行於七月十日回到北平；可是劉先生的病越發重了起來，趕忙住進北平協和醫院治療。診斷結果，病的却是「回歸熱」，病因大概是由蚤虱直接傳染的。延到七月十四日下午二時，劉先生就在協和醫院去世了。享年才四十四歲。據同行的白先生說，劉先生在張家口時確曾從衣服上捉出白色的蒙古虱子，把它捏死扔掉。許多人猜測可能就是這白色的小虱子傳染回歸熱給劉先生。方師鐸先生說：「想不到爲了紀念孫赫定的七十壽辰，反而犧牲了一位年輕的中國學者。」眞是學術界的一大損失。

半農先生的去世，國語界朋友最傷痛了。趙元任先生哀輓他說：「十載演雙簧，無詞今後難成曲；數人弱一個，教我如何不想他！」國語界朋友特將北平的「國語週刊」一四七期和一五一期編成「劉半農先生紀念專號」來哀悼他。

抗戰勝利後復員裁軍迄戡亂概述（一）

——徵調出川各軍整編與參加戡亂作戰情形

·孫震·

甲、簡述日軍失敗之經歷及國軍復員裁軍聲中「國軍」及「共軍」軍力之消長

日本自以蠶食我大陸來完成其鯨吞政策後，着着挑戰，着着迫和。自「九一八」、「一二八」、至「長城戰役」，食髓知味，再繼之以豐臺盧溝橋之挑戰，激起我全國一致之最後關頭抗戰。至此日人尚愚昧無知，除已攻佔我平津張家口一帶外，北則增兵晉綏魯，南則增兵滬杭，欲隨時求得城下之盟，攫取絕大利益。直至北方在山西之晉北晉東血戰後，繼以山東滕縣臨沂之血戰，完成臺兒莊大捷；南方則淞滬血戰後，繼以武漢會戰，凡南北戰場前線所洒者，均為我東西南北各省志士仁人之鮮血。我全國原有之建制陸軍一百八十餘師，至此亦大半犧牲。日寇方以為我國已氣衰力竭，油盡燈枯。殊我最高統帥在衡陽宣佈，自此全國開始第二期之長期抗戰，以抗戰建設新中國，並以四川省為抗戰根據地，而以重慶為陪都。我全國同胞，凡其生活可以脫離鄉土者，無不紛紛西上，滙為第二期抗戰之新生戰力。日寇雖在我廣大之戰場上勝利，但整個政略戰略失敗，至此遂氣沮，不得已一面製造偽政權以求漢奸之支持。一面與共黨妥協，以求其擾亂國軍後方夾擊國軍（即共軍所自稱之平行運動）。本身則一再增兵，因此百萬大軍，在八年之間，陸續陷入中國戰場泥淖不能自拔。直至我國陸空軍增加美國之新裝後，長江南北戰場同時發動反攻之時，亦即盟軍迫近日本本土，在佔領小笠原羣島後，並繼以對其本土原子彈轟炸之時，日本遂陷入行將亡國之慘痛，不得已揮淚投降。我國外患既除，此時實為剝極必復之生機。所可痛心者，在抗戰之初，國內許多對共黨認識不清之人士，均主張容納共黨合作，以致並未見共黨真能出力抗日之利，先蒙其對我方滲透顛覆之害。計在八年之間，共黨以合作為名，與我中央及各省各界人士雜處，而以其黨員外圍份子偽裝，乘機滲透我軍事政治經濟各方面及各黨各派中，吸收我各方面內容及軍事情報，加以挑撥離間及對敵洩漏，又製造一切日方假情報、共軍假情報以多方誤我政府，完成其顛覆工作。因之抗戰勝利之日，我軍事方面負作戰擘劃指揮責任之人士，誤以為共軍僅僅只有被剿後殘餘編成之劉伯承、林彪、賀龍三個師（因共軍表示服從政府，參加抗日，我政府就其殘餘兵力編成一二九、一一五及一二〇之劉、林、賀三個師）。因之立案先復員裁軍，停止征兵征糧，以完成正式戰後工作。其意以為共黨將來如敢叛亂，我復員裁軍後之國軍，尚若干倍於共軍三個師，遂發為不難於三個月時間內可以殲滅共軍之豪語。殊不知在八年抗戰之中，除最初一年在少數地區，共軍被不得已對日軍應戰外，其餘八年大部時間，共軍始終避戰，完全以擴軍為重要工作，並以全力在日軍後方、國軍後方十餘省廣大地區，逐步完成共黨之縣鄉村地方政治組織，及地方部隊組織。因之在抗戰中，日軍後方及國軍前線後方區域，均每區有兩個專員及每縣有兩個縣政府現象。共軍依賴此種組織，强迫征兵征糧

，儲積戰力，迄至日本投降之日，計劉伯承之一二九師一師，已擴充至七個縱隊（縱隊即軍），每縱隊下有三個師，即二十一個師。陳毅以新四軍被繳械時逃脫之一個團，到蘇北後，在魯蘇皖各省邊區積極擴充，已編成十一個縱隊（軍），每縱隊爲三個「三個團」制之旅（即是師），三十三旅即是三十三師（陳毅在三十五年叛變後更擴張爲十四個縱隊）。林彪之一一五師，竄到東北，接收日軍儲蓄械彈及滿洲國僞軍十餘師及抗日義勇軍十餘萬，擴充編成約四十師。賀龍之一二〇師，在八年中已擴充爲彭德懷、聶榮臻之二十餘師。除林彪之四野軍四十餘師係在日軍投降後竄到東北，由俄軍掩護下始完成外，其餘彭德懷、劉伯承、陳毅、賀龍、聶榮臻各股，在抗戰勝利之三十四年以前，即已完成擴充至八十個師上下，較之當日國軍未開始進剿之江西共區及豫鄂皖邊區共軍實力，尚多二倍以上。再加之共黨另外尚有其地方組織，係每一共軍之軍區或軍分區下有數個師，每一專員區下有一個獨立旅，每縣有一個獨立團，每一鄉鎮有一個獨立營，每一村有一個基幹隊，此種地方部隊尚不在以上八十師數字之內。至武器方面，在未接收林彪由東北轉運來日軍器械以前，劉、陳、彭、聶、賀各部以前本身輕武器尚不精良，及無重砲、坦克車，但共軍及共黨地方部隊數量已足驚人。因此在日軍投降，我政府下令在國境內日軍繳械時，共軍遂敢於違抗命令，派兵爭繳日軍軍械，爭接收日軍駐防城鎮，及派兵截擊由津浦平漢兩路北上，及由正太鐵道東進，由平綏鐵道東進接防之國軍，以致發生激烈之戰鬥，國軍傷亡損失六七萬人以上。在國家如此嚴重情勢之下，我政府仍汲汲於戰後之重新建設，迭次通電催令各部國軍迅速完成復員裁軍工作。因此全國陸軍中之多數單位，均係每軍由軍縮編爲「整編師」，每師縮編爲「整編旅」，每軍三師者裁去一個師，每師三個團者改旅後即裁去一個團，全國陸軍第一步即裁去百萬以上。裁後之軍官，編入駐在各省之軍官大隊者，上中初級約爲十餘萬人。被裁之士兵，因窮無所歸，許多不能回故鄉原籍者，徘徊當地，正値共軍擴軍無已，遂被共軍借用各種外圍名義所矇混吸收而不自覺。此種國軍與共軍實力之消長機運，實不堪言。而共黨自來所習用之滲透顛覆戰畧，其效果實較之以十萬二十萬大軍挺進深入敵方國境，更容易亡人國家。吾人在大陸淪陷之後，痛定思痛，回憶當時，除共軍在抗戰前後滲透我方之隱蔽份子尚不知悉外，其情形顯著已爲國人共喻者，如抗戰中之軍令部負作戰責任之次長劉斐（維章），戡亂中之國防部負作戰責任之第三廳廳長郭汝瑰，以及大陸陸續淪陷至西南一隅後之西南長官公署負作戰責任之副參謀長兼第三處處長劉宗寬，均係以共產黨員或外圍份子，滲透我方，掌握我國家重要機構，運用陽謀陰謀，削減國軍兵力，助長共軍兵力，打擊國軍士氣，助長共軍氣焰，及以國軍計劃命令及軍事行動，洩之共方，並多方安排誤調誤用國軍，以遺誤國軍之作戰，終使整個大陸，均告淪陷。

乙、徵調出川各軍在勝利後復員裁軍及新任務概況

在三十四年八月日軍宣佈投降後，原征調出川抗日各軍，奉復員裁軍命令規定之縮編辦法，及新任務情形，依番號次序畧述如下：（一）原在鄂北、鄂中、豫南抗日之第二十二集團軍，在日軍投降第五戰區撤銷後，另成立第五綏靖區，第二十二集團軍總司令部奉命撤銷，改爲第五綏靖區司令部。原總司令孫震調鄭州綏靖公署副主任兼第五綏靖區司令，所部四一、四五及四七，三個軍內，裁去四十五軍，只留四十一軍、四十七軍，撤銷四十一軍、四十七軍兩個軍司令部，改爲原番號之四十一師、四十七師，並對原有各軍以下各師，均每師裁去一個步兵團，縮小編制，改爲師屬之步兵旅，以後任務爲肅清豫南、豫西、鄂北綏靖區內共黨。（二）在安徽長江南岸抗日之第二十三集團軍，在撤銷集團軍總司令部後，據聞原調唐總司令式遵担任福建省主席。因唐式遵先生堅持援劉建緒例，率所部一個軍去福建，國防部以福建已無軍事行動，省內保安部隊已足敷用，不必帶軍隊前去。以後中央遂改調唐氏爲程潛主持之武漢行營副主任，原二十三集團軍

內之第二十一軍、第五十軍兩個軍，裁去五十軍，並撤銷二十一軍番號，改爲二十一師。原來各師，亦如上項復員裁軍規定，縮編爲三個步兵旅，調京滬線，歸無錫之第一綏靖區司令湯恩伯指揮，担任綏靖任務。（三）在貴州、廣西抗日之第二十七集團軍，在抗戰末期，楊總司令森調任貴州省主席後，第二十軍編歸爲準備反攻新編成之第三方面軍湯司令恩伯指揮，勝利復員裁軍後，依裁軍規定，縮編爲第二十師。因湯司令調任無錫之第一綏靖區司令官後，二十師亦隨之担任蘇皖綏靖區任務。（四）原在湖北華容公安一帶抗日之第二十九集團軍，在抗戰中於華容公安一帶作戰時，王總司令纘緒即奉調任重慶衞戍總司令。集團軍內之四十四軍、六十七軍共四個師，裁去六十七軍軍部，以下各師改歸四十四軍指揮，仍由王澤濬任軍長，以後在長衡會戰時，受第九戰區薛長官直接指揮，在湘贛粵邊區作戰。日軍投降後，依復員裁軍規定，該軍四個師裁併縮編爲三個旅，四十四軍軍司令部番號裁去，改爲第四十四師，仍由王澤濬任師長，調至長江流域，歸駐無錫之第一綏靖區湯司令恩伯指揮，負綏靖任務。（五）在湘贛邊區抗日之第三十集團軍，在勝利後撤銷集團軍總司令部，改組爲第七綏靖區，王總司令陵基調任第七綏靖區司令官，繼王總司令陵基又奉命調任江西省政府主席。所部第七十二軍、第七十八軍兩個軍，依復員裁軍規定，裁撤七十八軍，併入七十二軍爲四個師，七十二軍番號撤銷，改爲七十二師。以下四個師縮編爲三個步兵旅，調至長江南岸之大冶任鄂皖綏靖任務，繼又調至長江北岸之安徽皖西經扶縣一帶，歸第六綏靖區司令官周嵒指揮。（六）在黃河南北兩岸抗日之第三十六集團軍隷屬第一戰區作戰，在日本未投降前，李總司令家鈺於中原戰役陣亡後，即撤銷集團軍番號，所部四十七軍調至鄂北第五戰區，歸還二十二集團軍原建制。（七）勝利前隷屬第三戰區在浙東抗日作戰之第二十六師（即原由四川調出之郭汝棟四十三軍）在日軍投降後，經復員裁軍處理處，撥歸四十九軍指揮，最初担任蘇北剿共，以後隨四十九軍北進，負在東北接收瀋陽各地任務。

丙、抗戰勝利後共軍叛亂概況及馬歇爾軍事調處之遺誤中國

我國之抗日作戰至民三十四年起，獲得美國新裝備後，南戰場已從黔桂戰線反攻至桂（陽）柳（州），北戰場在陝豫鄂邊區之西峽口、老河口、襄陽前線，亦同時向豫鄂皖境內之日軍反攻，予敵絕大創傷。當時國軍滿懷信心，方期一鼓作氣，南線着手由桂、柳向廣州、衡陽推進，北線從南陽老河口、襄陽向平漢鐵路推進時，日軍即因盟軍同時迫近本土，宣佈投降。我全國軍民同胞在八年中，對日對共兩面作戰，艱苦卓絕，傷亡重大，心情緊張之餘，旣因未提出繼續剿共之新目標，軍民同胞大半立即陷於意志鬆懈。但在共軍方面，因始終未參加大戰，毫無傷亡挫折及緊張情緒。且因多年在國軍、日軍後方，着着擴展其政治軍事之時，仍不免隨時遇有日軍、國軍方面之阻力，此時驟因日軍投降，國軍心志鬆懈，毫無阻力之際，使共軍認爲以八年時間擴展至正規部隊八十師及地方部隊數十萬以上之實力，正是造反爭奪政權之絕好機會。於是日軍甫於八月宣佈投降，共黨方面除立即加倍着手擴充部隊外，並於八月下旬首先在第二戰區之山西長冶（上黨）方面，由彭德懷指揮共軍數萬，襲攻第二戰區接收晉東日軍防務之國軍第十九軍，並分別圍攻襄垣、屯留兩縣之國軍第十八師、潞城壺關之六十九師，長冶之六十八師。同時由劉伯承於九月在沁縣關上襲擊我接收晉南之第七集團軍，計有我第七集團軍之彭副總司令毓斌及十九軍之史軍長澤波以下師長司令八員被俘，損失官兵三萬餘人。繼於十月劉伯承又在河北省平漢鐵路上之磁縣及河南省安陽、湯陰一帶，襲攻我北上準備接收平津河北省之第十一戰區第三十軍、第四十軍、新八軍，使我官兵損失傷亡失蹤又共二萬餘人。同時於八月共軍賀龍、聶榮臻、呂正操等於綏遠之卓資至包頭各處，截阻圍攻我十二戰區派出準備接收察、綏、熱三省之新三十軍、新騎四師、暫騎五師各部，敵我傷亡均重。繼

又由竄到東北之共軍林彪、李運昌等，於十一月在北寧鐵路之臨榆、錦縣各地，截阻圍攻我出關接收東北之第十三軍、第五十二軍。但當時林彪初入東北，收編東北義勇軍及改編僞滿州陸軍十餘師均尚未完成，羽毛未豐，作戰力不强，爲我十三軍、五十二軍加以痛懲，卒能推進繼續執行接收東北任務。在以上所述日軍八月投降起，共軍即自八月迄十一月數月之間，以大軍正式在各地襲擊國軍，使各地國軍傷亡損失總數在六、七萬人以上，已成爲明目張胆之叛變。國軍方面，正應停止復員裁軍，集中全力以懲辦叛軍，恢復我國之戰後和平。不幸除我國內部政治、軍事各部門爲共諜滲透，一再多方遺誤外，國際方面，盟軍之美國政府，亦因外則爲蘇俄史達林之『朱毛並非俄國共產主義』一語所誤，內則爲已滲透美國政府各部門之共產外圍份子所愚弄，認爲朱毛共幫自來在中國之造亂，僅係土地改革者，在朱毛共幫方面當日之媚美崇美，亦無所不用其極，與以後之狂吠反噬毒罵美國爲唯一敵人者適成一鮮明之反比例。因此美國政府當日在各方面被騙後，一意天眞，欲我國泯息爭端，以求迅速復員建國，遂出之以從中調處，而有三十五年一月馬歇爾斡旋，約定雙方停戰，組成軍事調處執行部之舉。且循共黨之要求，及其國內滲透份子之主張，停止對我國政府之軍援，卒之因此予共軍方面以繼續擴軍，繼續攻擊國軍之機會。尤其林彪在東北之四十師，得以在政府三次下達停戰命令中從容編成。除我政府在定約之後，一再嚴令國軍遵行停戰協定外，共黨方面亘三十五年全年中，彭、劉、陳、聶、賀各軍在未接收東北日軍器械以前，照常流竄魯、蘇、皖、冀、豫各省，襲攻國軍，即所謂共方在武器不精良時發揮之戰法：『敵進我退』、『敵守我攻』、『敵駐我擾』、『以最優勢兵力吃國軍師旅小單位』。因之國軍每停留一地，共軍即集中五倍至十倍兵力，兼程急進圍攻，消滅國軍一部。國軍如有計劃集中部隊反擊時，共軍即迅速撤退，只留共方縣政府及地方部隊，轉入地下，以恐嚇方式，照常征糧徵兵，以清算鬥爭方式，分地分財，擄掠一切財物，消滅地方一切畧有聲望可以主持號召反共之人士。所謂軍事撤退，政治不撤退，使國軍進至一城一鎭，毫無憑借，不易恢復秩序，共方則仍照常日日擴充不已。待至林彪部在東北接收僞滿陸軍十餘師及義勇軍十餘萬完畢，編成共軍四十師以後，至此共軍正規軍已達一百二十師以上，一面並儘力擴充東北九省地方武力。林彪自稱爲東北民主聯軍，並以接收日軍儲蓄在東北準備對俄作戰之海空軍戰具及陸軍數十師輕重武器飛機、坦克車等，分別由海道經山東龍口各地接濟陳毅、劉伯承等共軍，由陸路運經熱河綏遠接濟彭德懷、聶榮臻、賀龍等共軍。因此至三十六年起，關內之彭、劉、陳、聶、賀各軍，取得日械之精良輕重武器後，遂放棄原來『敵進我退』之戰法，採用攻堅戰之大兵團作戰，以正面攻城畧地，與共黨之地方部隊流竄襲擊相配合。關外之林彪，則利用東北九省之工業基礎及人力物力，先以數倍兵力，分別包圍消滅我接收東北之幾個軍，再入關南進。此時共軍正規部隊地方部隊總兵力已達二、三百萬之間，毛澤東遂一面倡言要貫徹作戰到底，一面嗾使附共黨派以全面和平及共黨已經改良不再清算鬥爭等騙詞，欺騙我方軍事、政治及社會各方面對共黨缺乏認識之人物，誘降誘叛。國軍在八年之間，抗拒日軍百萬之衆，疲動傷亡之餘，又值大量裁軍復員之後，一切處於被動，忠貞份子之間，陷於共諜之挑撥離間，互相排擠，不能團結，力量無法集中。動搖份子爲共諜甜言蜜語所欺騙，自以爲與共軍合作有光明遠景，處處求便利共軍進攻，爲共方宣傳張目，在我軍事、政治各方面，多方發生遺誤。和談之說，彌漫於各黨派及本黨部份無恥人士之口中，致使 總統以剿共建國政策不能貫徹，因而引退，國本動搖，和談者終陷大陸於沉淪之痛。此時馬歇爾系之調停人物，既早已黯然歸國，美國在華顧問團隨亦離開南京，美國亦由此變爲共黨之頭一號敵人，終使以後之杜魯門政府不得不用其子弟數十萬灑熱血於韓國、越南之戰場上，以求對自由世界之補救及自救。惜損傷已多，且關閉中國及北韓、北越約七、八億人口於鐵幕血腥暴政之下，此種是非，百年之後，國際之間，當有公論。

丁、共軍叛亂中以東北及華中為目標之戰略及三十五、六年中徵調出川各軍參加戡亂作戰簡述

自三十五年一月美國馬歇爾調停停戰，我政府第一次頒佈停戰令後，共軍方面視停戰協定為廢紙。在東北方面林彪四十個師編成羽毛豐滿之後，立即襲攻我政府軍已經接收之營口、安東、吉林、哈爾濱、齊齊哈爾、等要地。關內劉伯承、陳毅各軍，則攫取晉、冀、豫、察、綏、蘇、皖各省重要城鎮多處，擴大全國性之流竄行動。尤以在華中之平漢鐵路左右側，及豫、皖、鄂各省，自三十五年二月迄四月，共軍向國軍進攻達十七次之多（紀錄在剿共戰史）。中經我政府於六月六日發佈第二次停戰命令，十一月十一發佈第三次停戰命令，除對國軍有效，使國軍處處立於自衛始能應戰之狀態外，共軍根本置之不理，遂致共焰日張，勢成燎原。

其中對征調出川各軍有關受共軍襲擊，或迎戰共軍，應加詳述者：在三十五年我政府於六月六日第二次下令停戰後，江蘇北部之共黨新四軍兼蘇魯軍區陳毅、張鼎丞等，指揮其新一師粟裕部等數個師及地方部隊五、六萬人，突襲泰興，圍攻海安，企圖一舉完全佔領長江北岸，進襲京滬。幸為我江蘇之第一綏靖區指揮整四十九師（即原四十九軍）、整六十五師（即原六十五軍）、整八十三師（即八十三軍）等擊潰，但國軍亦傷亡一萬餘人。此役即有奉調出川參加抗戰之二十六師參加，且戰績甚為優良（該部原郭汝棟部四十三軍，勝利後已改為二十六旅，屬四十九師指揮）。

同時湖北安徽北部之長江北岸大別山地區屬於陳毅部之中原軍區李先念，原盤據河南之光山、羅山及湖北信陽、宣化店及應山、禮山、安徽經扶一帶，因欲與長江下游陳毅、張鼎丞之進攻長江北岸進襲京滬相呼應，亦同時於六月率所部張體學、王樹聲等五、六萬人之衆，破壞平漢路之南段南竄，進窺武漢三鎮。經我第五綏靖區司令孫震指揮整編四十一師（即原四十一軍），整編四十七師（即原四十五軍、四十七軍合編之陳鼎勛部），自駐馬店信陽南下，協同整編第三師（即第三軍），及第六綏靖區（周嵒）指揮之整編六十六師（即六十六軍），整編七十二師（即原七十二軍王陵基部），整編七十五師（即原七十五軍），自安徽經扶向黃坡麻城西進，自各方面分道攔擊。共軍受挫後，一部於平漢路花園以北西竄，欲佔襄陽老河口，李先念隨之率主力於柳林越平漢路亦續向鄧縣新野浙川西竄，欲佔領豫西鄂北。經整三師、整四十一師、整四十七師、整十五師(原十五軍)協力繼續從各方面阻擊，最後由整四十一師之一二四旅、整四十七師之一二五旅（即征調出川之一二四師、一二五師），追抵陝邊，西安第一戰區亦派遣部隊在鄂豫交界之紫荊關同時截擊，大部解決，殘部竄入陝後，李先念隻身逃回陝北。

以上所述，為民三十五年在停戰協定中，在我政府下達第一次、第二次停戰命令後，共軍在長江上下游各以數萬大軍威脅京滬及威脅武漢三鎮之較大軍事行動。其他如共軍盤踞晉冀魯豫邊區之司令劉伯承，迭次破壞隴海鐵路、平漢鐵路、道清鐵路，並襲擊各該路所駐國軍。及盤踞魯南蘇北的新四軍兼山東野戰軍司令員陳毅部之迭次襲攻津浦鐵路、膠濟鐵路，以及在魯南圍攻我鄆城整六十八師，在河南襲擊我老岸鎮整四十七師（即奉調出川之四十五軍、四十七軍合編之四十七師），在上官村襲擊我整四十一師之一〇四旅（原調出川之四十七軍一〇四師）。又共軍王震部之圍攻我陝北榆林，共軍聶榮臻部之圍攻我大同。在三十五年中此種事件不勝列舉，因而政府有十一月第三次停戰令之頒佈。

及由三十五年進入三十六年，盤踞黃河長江間之新四軍部李先念部，既因南進威脅武漢三鎮失敗，為國軍消滅，國軍乘勢收復豫鄂皖三省中原廣大地區。及盤踞蘇北之新四軍主力陳毅、張鼎丞、粟裕、張逸雲等部，因進抵長江北岸威脅京滬，爲第一綏靖區湯恩伯部及蘇北綏靖軍總司令李延年擊敗後，李延年部乘勢收復蘇北要點淮陰、淮安。自此陳毅共軍之主力，被迫逐漸由長江以北撤移至魯、蘇兩省邊區，並以山東中部之沂蒙山區爲根據地。此時黃泛區（即黃河決口後泛濫之區域）與長江之間，豫皖蘇北廣大地區內，共軍主力已去，僅殘留陳毅、劉伯承兩股之地方武力，及共方之縣鄉政府，轉入地下，除仍以殺人毀家威脅當地人民，脅迫其畏共祖共，照常暗中送兵送糧；且無異在國軍後方構成大間諜網，國軍一有行動，地下人員立刻傳達至共方，預有準備。我軍之前方軍事指揮機關，及省縣政府均因拘於當時之法令，限於職權及人力物力，一時無法肅清此種情勢。至於西北方面，在政府三次下令停戰，對於共軍竄襲毫不生遏止效果後，我方被迫還擊，亦佔領共軍根據地延安。但共軍之軍事撤退，政治不撤退，亦與華中各省情形相同。

惟共方自威脅京滬及武漢三鎮失敗後，究竟爲形勢所限，魯、蘇、豫、皖各省共軍主力既由北撤，局促在黃泛區以北，流竄區域益受限制。共方所發僞幣行使區域，日益有限，征兵征糧之額——較前益爲減縮，因此關內之共方軍心及經濟情況逐漸成瓦解之勢。共黨方面對此之對策，爲以東北及華中爲目標：（一）使東北之林彪迅速完成其擴充至四十師以上之編組，及地方部隊之訓練後，即開始反攻，以期佔領東北，早日入關，侵佔華北。（二）爲使陳毅共軍迅速向北推進，佔領山東膠東各海口，接收林彪運來日械，加强陳、劉兩軍軍力，使劉伯承迅速突破黃河以北國軍防線南竄，回到華中之豫鄂皖蘇大平原，動搖全國心臟地區，隨時準備奪佔京滬及武漢，及向長江以南發展。

因此在鄂皖豫流竄之李先念共軍於二十五年七月甫潰遁入陝後，共方冀魯晉豫邊區司令員劉伯承即本上述共方之決策，欲突破黃泛區以北之國軍防線南竄，於七月即率其主力第一次南下，自冀南魯西經由朝城濮縣，八月佔領冀南之考城東明，續進圍攻民權，佔領豫中隴海鐵道上之蘭封，已抵達黃泛區邊緣。當時負責指揮之鄭州綏署，一面調隴海東段國軍整八十五師、整七十二師，向西夾擊圍攻民權之共軍。一面即急調追擊李先念至陝邊之整四十一師、整四十七師（即征調出川部隊）、整三師各部，晝夜兼程至陝州，由火車運輸至開封後，賡即進攻蘭封，迎擊劉股。整四十七師立即收復蘭封，整四十一師收復考城東明，整三師猛追劉軍至山東定陶，劉軍退向曹縣定陶以北老巢，遂打破其第一次欲渡黃泛區南竄豫鄂皖蘇平原企圖。整四十一師、整四十七師並乘此進一步向北推進，收復豫北之滑縣、濬縣、濮陽（開州）以後，即佈防於滑縣長垣間，堵截冀南魯西之劉軍。至於上述共軍圍攻民權方面，經我整八十五師、整七十二師（即王陵基部七十二軍）、整五十五師各方截擊，除除解民權之圍，於野雞崗殲共軍大部外，並乘勢向北收復山東曹縣。

我政府在抗戰勝利後，自三十五年起，即整理黃河決口後向南進入安徽、江蘇兩省之黃泛區，迄三十六年初，卒使黃河向北恢復經過山東故道入海，以後共軍更有日蹙百里，流竄益爲不便之痛苦，於是再興起突破國軍防線第二次南竄豫鄂皖平原之企圖。三十六年三月下旬，共軍冀魯晉豫邊區司令員劉伯承得自黃河以北潛伏共諜之情報（駐新鄉整二十二師之參謀長王旣明，即潛伏共諜之一），知在豫北任防之第五綏靖區司令孫震，其所指揮整四十一師（即原四十一軍）在淸縣，整四十七師（即原四十五軍、四十七軍合編之陳鼎勛部）在長垣，均係向以東之荷澤、濮陽共軍設防，汲縣城（衛輝）之第五綏靖區司令部所在地，只有一個一〇四旅駱道源部新兵，再其以南之黃河橋鐵橋，僅有國防部直屬之一個工兵營駐守。劉軍共有七個縱隊，除留一個縱隊在冀魯邊區外，親率六個縱隊（即是六個軍）第二次傾巢南下，由冀魯邊區巢穴開始，只携帶輕武器，晝伏夜行，以數百里之强行軍，經山東陽穀朝城，進入河南淸豐，繞國軍佈防之空隙，避開四一、四七兩軍防線，以兩個縱隊（即兩個軍）直撲黃河鐵橋，以一個縱隊（即一個軍），佯攻新鄉，牽制友軍王仲廉部。劉伯承本人親率三個縱隊（即三個軍），撲攻汲縣城，準備迅速消滅黃河北岸豫北國軍，一舉過黃河鐵橋，向鄭州開封南下，進入黃河以南之豫、鄂、皖、蘇四省。殊進攻汲縣時，第五綏靖區司令孫震指揮一〇四旅閉城固守，並由鄭州顧總司令增調新鄉之整三十二師唐悅良部增援，計唐悅良三十二師與駱道源之一〇四旅同共軍在汲縣城附城激戰三日夜，劉軍三個縱隊共死傷一萬數千人，尚未得手。其進撲黃河鐵橋之兩縱隊，甫抵鐵橋一千公尺上下，即中埋伏之地雷，死亡已多。惟共軍以守橋工兵只有一個營，本身有兩軍之多數不難將之殲滅，即可過橋，因此仍用人海戰術一再猛撲，已達橋頭堡壘附近。正值由長江以南運輸赴徐州增援之整六十六師、整九師，車運經過鄭州，顧總司令當即令其全力增加守鐵橋之工兵營。整九師爲半美式裝備，火力尤强，共軍兩個縱隊，傷亡過重，不得已後撤退至汲縣，與其主力滙合，由劉伯承再以正兩個殘餘縱隊增加攻擊汲縣，又經一日夜，一度突破東門，仍爲國軍急襲擊退，不得入城。卒以傷亡重大，不能再興攻勢，終於四月三日乘夜潰退，不敢由原路東行，以避四一、四七兩軍之截擊殲滅，改沿平漢鐵道線向淇縣、湯陰、安陽北退。過湯陰時，順道解決孫殿英守湯陰之三個團，再北上圍攻安陽李司令振清之四十軍，爲四十軍同安陽地區民團固守擊潰。遂由安陽向東潰回冀魯邊區老巢，以情報不實，將潛伏整三十二師之參謀長王旣明槍斃洩憤（王於兩軍對戰中以事洩逃回共方），國軍遂打破共軍第二次欲渡黃河南下豫鄂皖蘇企圖。

自劉伯承於豫北圍攻汲縣强渡黃河鐵橋失敗，北竄回冀南魯西後，陳毅部共軍亦同時於山東之魯中失敗，一部退魯東，增强對膠濟鐵道之破壞襲擊及奪取海口，一部退魯西，靠近劉伯承。

三十六年七月，劉伯承遂再親率主力傾巢第三次南竄，改經魯西向黃河下游之山東壽張、范縣，於鄄城附近强渡黃河成功後，一方面支援陳毅退至魯西之部隊，一方面進攻鄆城，即循鉅野城武南下。陳毅部亦同時南下攻擊金鄉、碭山、黃口，威脅徐州，以支援劉股之南進。國軍方面，以新鄉王總司令率三個師組織第二兵團，向東攔截劉股，劉股於南下沿途集中數倍以上兵力，擊潰攔截之整七十師，又消滅馳援之整三十二師，至七月二十八日，又消滅在隴海鐵路以北羊山集死守截堵之整六十六師，遂於八月十二日越過隴海鐵路，經舊黃泛區，徒涉過渦河、淮河等地，急行軍數百里，直趨皖鄂邊境長江以北之大別山，於八月下旬至光山後，突進李先念原先盤據之根據地區，達到進入華中心臟目的。

查大別山在李先念盤據時代，因李股能力部隊戰力等關係，原在華中僅爲癬疥之疾，及劉股一至華中，即成腹心之患。當消息傳出時，京滬武漢爲之震動，劉股又因此得與豫鄂皖原殘餘潛伏之地方共軍部，及陳毅留在蘇北之一部份流竄共軍，重新取得聯絡，再加以擴充壯大，以後劉股主力即在隴海線北國軍防線之背後，豕突狼奔，再度流竄於豫皖鄂蘇大平原，求兵求食，以戰養戰，北攻開封，東犯霍山、阜陽、渦陽，西犯南陽、襄樊，隨時進迫長江，威脅武漢京滬，作渡江南竄企圖，如虎兕出柙，不易收拾。大部華中區域，全爲共軍糜爛。當時長江以南，均未設防，迫使國軍重新佈署。政府不得已，於長江上下游，建立華中剿共總司令部於九江、漢口，推進常德宋希濂部主力至沙市，調整川鄂邊區綏靖公署於宜昌，佈置長江之堵剿。但因已禍及腹心，劉股並可由長江北岸派遣多數共黨滲透長江以南，動搖湘、贛各省，全國對共軍形勢大變。部份在立憲中談民主之附共黨派，因共軍近在南京咫尺，益增加其在政治上慾望，助長其反動勢聲，我方政治、經濟上情勢，益趨惡劣，戰略形勢益陷於被動。

在上述劉伯承北撤魯西冀南以後三次企圖南竄豫鄂皖蘇時間內，新四軍兼山東軍區陳毅之主力，自二十五年冬由蘇北撤退入山東後，亦即不斷竄擾魯中及膠東，及進佔各海口，經我徐州綏署佈署堵剿。我原在隴海線會同友軍解民權圍之整七十二師楊文泉部（即征調出川之七十二軍），即改歸第二兵團指揮進入山東，奉命守備大汶口、兗州、泰安。三十六年四月下旬，楊軍長奉第二兵團命令，指揮整七十二師守備泰安城，即遇陳毅共軍第一、第三、第五、第十的四個縱隊數倍以上兵力，圍攻三日夜，泰安不守，守兵整七十二師大半壯烈犧牲。以後中央派佘錦源繼任整七十二師師長，重新補充成立全師，繼戡亂命令公佈後，即恢復為七十二軍。

又原受江蘇第一綏靖區湯司令恩伯指揮之整二十師（即原征調出川之第二十軍）同時亦於三十六年調入山東，於四月奉徐州綏靖公署命令歸歐震兵團指揮，任臨城至韓莊之警備。五月當第一兵團之七十四師退守孟良崮時，整二十師奉命截擊陳毅軍進攻孟良崮之第六縱隊，及劉伯承南竄大別山，華中剿共總司令部成立後，整二十師奉命由山東調湖北，歸入華中剿共序列，担任堵剿。十二月，劉伯承以其第十、第十二兩縱隊於漢口以北之柳林車站越平漢鐵路西竄時，整二十師奉命在柳林附近之西雙河、譚家河，於十二月六戌與友軍包圍該股，在雨雪中激戰至八日，將共軍第十縱隊大部殲滅，戰績甚著。十二月二十八日，整二十師又奉命由信陽沿鐵道北進，至確山，即遭遇劉股優勢之部隊圍攻，楊師長指揮全師集中兵力，分據確山東南兩側高地，堅守待援，血戰三日，至三十七年元月一日，友軍第十師、第十一師趕到解圍，終將共軍擊潰。在戡亂命令公佈後，該師仍恢復為第二十軍，軍長始終為楊幹才。

又原受江蘇第一綏靖區湯恩伯司令指揮之整四十四師王澤濬部（即征調出川之原第四十四軍），三十六年亦奉命北移至隴海鐵路上，任徐州至海州之鐵路警備，戡亂命令公佈後，該師仍恢復為四十四軍，軍長始終為王澤濬。

又原受江蘇第一綏靖區湯恩伯司令指揮之整二十一師（即原征調出川二十一軍），在共黨叛亂期中除以一個整編旅（即師）担任上海警備外，全師即進入蘇北剿共，甚著戰績。三十六年三月，奉調全師赴臺灣鎮暴，因措施平和，軍紀嚴肅，甚為臺胞所歡迎。臺灣安定後，八月又奉命調回，於二十七年參加蘇北剿共，受第一綏靖區司令李默菴指揮。整二十一師師長劉雨卿在戡亂命令下達後，恢復為二十一軍軍長，繼即調任重慶警備司令，另調四十九軍副軍長及曾任二十六師師長之王克峻為二十一軍軍長。

又在劉伯承第三次由魯西鄄城强渡黃河南竄時，軍事方面，除令新鄉王司令仲廉組織第二兵團，率整編三個師，東進截阻劉股南下外，中央另派整四十七師師長陳鼎勛至新鄉接防，組織第十二綏靖區任司令官，受鄭州指揮。另以抗日作戰曾固守老河口城之一二五師師長汪匣鋒，繼任整四十七師師長，原代理四十一師師長陳宗進調任鄭州指揮部秘書長，另以綏靖區參謀長胡臨聰繼任四十一師師長，政治部主任陳遠湘繼任四十一師副師長。在戡亂命令下達恢復軍師編制後，汪、胡兩師長及陳遠湘副師長均恢復為四七、四一兩軍軍長及副軍長名義。

又在劉伯承第二次南下進攻汲縣黃河鐵橋失敗後，中央調駐汲縣第五綏靖區司令官孫震任鄭州指揮所主任，綏區所指揮四十一軍，四十七軍改編為十六兵團，担任追剿，調重慶警備司令孫元良任十六兵團司令，歸鄭州指揮所指揮。

（未完待續）

抗日時代淪陷的山東（五）

胡士方

吳化文投日

這時在山東抗戰陣營戰鬥力最强的吳化文新編第四師，其處境最爲困難，一來是吳化文部都是西北軍的子弟兵，一向反共，根本與于學中的親共合不來；二來自沈鴻烈走後，已成了無娘的孤兒，補給裝備都成了問題，新編第四師紀律最嚴，此時當兵的連飯都吃不飽。同時沈鴻烈時代的那位保安處長甯春霖，被强逼離職後，也做客於吳化文處，於是吳，甯走頭無路，一氣投了日本。被南京汪精衛政府委爲僞山東方面軍，由吳化文任總司令，甯春霖爲副總司令，郭受天爲參謀長，駐於濟南附近。

民國三十二年五月上旬，日軍三十二師團及五、六兩旅團，又加上投日的吳化文部，總共有四萬餘衆，即由沂水，蒙陰，發動進攻，佔領臨朐，又猛撲五十一軍一一三師，連于學忠亦在唐王山負傷而逃向昌樂，使整個沂蒙山區的國軍根據地，都相繼失守。七月間，于學忠率部過微山湖，差不多損失殆盡，於是山東省府不得不移到安徽阜陽，自此以後，山東境內除了各地游擊隊外，正式的部隊可以說沒有了。

于學忠這份總司令，山東已無可立足，江蘇亦是那位泗陽洋河鎮的大酒囊韓德勤，弄了個一團糟，亦無形中成了空架子。至於牟中珩到了阜陽，中央想以第二十八集團軍的李仙洲，三十一集團軍的王仲廉，分別進入魯、蘇，但日軍盤據，共軍蠢動，均無何進展。未幾，牟中珩也辭去山東省主席，由民政廳長何思源繼任。

何思源在阜陽，爲簡化流亡省府起見，乃將四廳改爲三廳。總務廳長由前財政廳長趙季勳担任，民政廳長保留，仍由劉道元任之，另設一軍事廳，由山東挺進軍司令李延年担任。按趙季勳爲山東諸城人，劉道元爲曹州人，北京大學畢業。李延年始終未到差，但代理廳長王定甫爲山東高密人可以說都是對山東情勢有深切認識的人士。此時共軍之擴張，已由山區伸向平原，但忠於中央的地方游擊隊，却能在日軍及共軍的侵逼下屹立於山東境內，故省主席何思源又在山東設立五個辦事處，負責指揮各游擊隊，及推行縣政。何思源並潛赴山東游擊區，和地方聯繫。所以，在三十四年日軍投降，何思源即由昌樂、壽光、益都，由游擊英雄張景月、徐振中、張金銘、翟毓蔚等部掩護，最先到濟南接收。

抗日英雄

講起山東抗日的英勇健兒，多興起於窮鄉僻野，保衛着自己的家鄉，壯烈犧牲的，臨危不屈的，堅苦卓絕的，更是多不可計，現在畧爲介紹如次。

張天佐，字仲輔，山東壽光人，山東高級警察學校畢業。最初在山東武城任公安局長，後調昌樂公安局長。韓復榘撤守山東，張天佐即率其部屬展開游擊。二十七年，担任第八區專員厲文禮手下之團長，據守昌樂一帶。對組織民衆，訓練壯丁，推行保甲，都有獨特之成績。共產黨在山東之滲透，無孔不入，唯始終難以侵入昌樂縣境內，故張天佐治下之昌樂，無論軍事，政治，人民，都井然有序，治安之良好，爲全省之冠。後來厲文禮因涉及盧斌被害一案，遭中央免職，楊煥彩繼任第八區行政督察專員，不久內調重慶，張天佐即以才幹卓越被委爲第八區專員，並兼昌樂縣縣長。領導昌樂、濰縣、膠縣、高密、諸城、臨朐、沂水諸縣之抗日工作。他不但對抗日功勞之巨，即對防止奸宄，亦功不可沒，在八年抗戰中，張天佐之名在山東，可以說無人不曉。勝利後，李彌之第八軍到濰縣，王耀武主持山東軍政，濰縣歸第二十集團軍總司令夏楚中管轄，所指揮的部隊如韓濬的七十三軍，韓鍊成的四十六軍，黃伯韜的二十五軍，闕漢騫的五十四軍，亦多不及張天佐的部隊能熟知環境，具有戰鬥實力，可惜不久，七十三軍，四十六軍覆沒，二十五軍南調，第八軍北上，山東局勢日趨劣勢，陳金城之九十六軍調防濰縣，張天佐和第十四區督察專員張景月，均受陳金城指揮。民國三十七年，八路軍陳毅部發動攻勢，許世友、譚震林、謝有法等人指揮的第七、九、十三，三個縱隊，以及渤海軍區袁也烈指揮的新七師王德海與新十一師張光禮兩部，加上由軍區部隊改編而成的新八縱隊，總共有十個師以上的兵力，都向濰縣進逼。當時張天佐亦奉命撤守濰縣，由陳金城的九十六軍守城內，張天佐守東關和担任外圍，雙方交戰月餘，彈葯短缺，苦守待援，王耀武坐鎮濟南，也束手無策。迨共軍發動二次攻勢，未及旬日，陳金城即潰不成軍，陳金城被俘，部下則大部投降，張天佐乃化整爲零開始突圍。結果終以寡不敵衆，戰至最後自殺殉國，死時年僅三十五歲，同時殉國者尚有副司令張髯農，昌樂人，亦是有骨氣的英雄。揆諸張天佐一生，以抗日而起，防共而沒，忠心家國，即久握兵符，位居要津之所謂天子門生，亦望塵莫及。

齊子修，天津人，乳名叫齊牛，最早係二十九軍宋哲元的砲兵連長，在抗日戰起，宋哲元率二十九軍南進，齊子修即在山東陽穀張秋鎮之黃河崖，對部隊拉走，開始獨立打游擊，與日軍週旋。並洞悉日軍後方空虛，乃率不足百人之逃兵殘卒，携了僅有兩枚砲彈的迫擊砲，四挺輕機槍，八十枝步槍，返回聊城，將監獄打開，釋放所有的囚犯，並攻入聊城銀行，及裕魯當舖，金錢、物資，槍了個飽，遂又把隊伍拉到博平第十三區之韓官屯；復乘機繳收了博平六區的二百多支民槍，於是即以聊城、高唐、博平，近運河地區爲根據地，而漸漸把武力壯大起來，正式展開抗日游擊。迨日軍侵入魯西時，齊子修即率領三千餘人，投於山東第六區專員范築先部，任第三支隊長。

後來范築先於日軍攻聊城時受傷自殺，第二支隊長王金祥繼任專員，不久又垮於朝城，齊子修遂在堂邑的號而莊繼任第六區督察專員，部下號稱十萬人，其副司令單行洪，第一旅旅長邵繼聖，第二旅旅長單子良，第三旅旅長白光三，第四旅旅長李岐山，第五旅旅長羅金鏢，亦都是些天不怕，地不怕的幹將。齊子修部的紀律最佳，在魯西一帶的老百姓，都知道齊子修的弟兄，秋毫無犯，戰鬥力强，白天打日本，夜晚抗八路，名聲好的不得了。唯民國二十八年，魯西連年歉收，老百姓都吃野菜樹皮，齊子修的隊伍更餓死不少，在走頭無路之際，齊子修便與日本鬼子接洽，由日軍供給彈藥糧食，歸其指揮，掃蕩盤據魯西的八路軍楊勇，蕭華等部，以及共軍第十三支隊的張維翰部，一來可解決糧食彈藥之缺乏，又可綏靖地方。但日軍將齊子修到聊城後，即加以扣留，盡食約言，並立刻調集一師團，以齊子修爲人質，向齊部猛攻，同時八路軍也乘機偷襲，於民國三十年秋，齊子修的隊伍即瓦解日軍扣留齊子修後，即將其押赴濟南，因其剿共有名，智深有胆識，是個難得的人材，亦未加殺害，一直到勝利後，才恢復自由。齊又赴山東禹城，重新收拾舊部，一呼百應，未幾，又集結了六千餘人。李延年到山東，乃委齊子修爲二十二旅旅長。以後王耀武成立第二綏靖區，接長山東軍政，即將齊子修編爲山東軍官總隊副總隊長，完全削除其權力。齊子修的部下分散於魯西，豫北者亦至夥，於是又由李延年介紹於湯恩伯麾下之陳大慶，使其部下編入李鴻慈的第七十二師，並計劃以齊子修担任七十二師副師長。不意該事爲王耀武所知，認爲齊在自己勢力範爲內，竟敢另投門路，於是立刻將齊子修扣押硬說齊私通八路，由第二綏靖區的副參謀長羅幸理草草審訊，即執行槍決，一位素與共黨不共戴天的硬漢齊子修，遂不明不白的死在莫須有之罪名。

范築先，係山東舘陶縣人，按舘陶分南舘陶，北舘陶兩個鎮，范即出生於南舘陶，年青時販糧食爲業，後投効西北軍馮玉祥，而由大兵升爲旅長，韓復榘任山東省政府主席，范遂任第六區行政督察專員，與第四區督察專員趙仁泉，同爲魯西的行政首腦。范平時穿土布，吃粗食，經常靠一輛脚踏車奔走各縣，與士兵共甘苦，尤以愛民著稱，比起外號趙家肉房的趙仁泉，剛愎自用，殺人如宰豬，名譽好得多。七七事變後，韓復榘保持實力南撤，曾命令范築先五天之內，率領各縣軍政人員撤到黃河以南，但范却轉回聊城，堅決守土抗日，揭櫫良心抗戰，不論青紅幫派，偏左偏右，來者一概不拒，遂致共產黨都滲進了范部，喊口號的多，打仗的少，日本鬼子一攻聊城，即處劣勢，當時范的參謀長王金祥，係山東壽光人，保定軍官學校出身，身兼第二支隊長，並不主張范苦守聊城，但范倡言守土有責，堅決死守，於是王金祥與第三支隊齊子修，分守城外，及博平，日軍火力兇猛，銳不可當，結果范築先不支而被日軍攻進聊城，死傷二千餘人，范的部下如欒省三、于耀川、張郁光、苗振武、劉耀庭、韓春和、任夷、何可等三十二個支隊，以及二十四個獨立團，又分佈於茌平、博平、堂邑、朝城、舘陶一帶，遠兵不濟近危，范築先在絕望之下，即拔槍自戕身死。屍首則由其部下埋於聊城內西南角，山東省立第三師範學校後面的一座廟側，這座廟當地人都呼爲「觀上」，因爲廟門前左右有龍虎二字，係出自康熙六十年辛丑狀元鄧鍾岳手筆，鄧是山東聊城人，做江蘇學政，禮部右侍郎，故是東昌府的一個名勝地方，而且鄧、任朱、傅、耿，五個姓，在東昌府號稱五大家宅，遠近馳名，范築先埋骨於此，當然亦成了「古蹟」，日本人到此猶來憑弔一番。至於范的後任專員王金祥，將部隊拉到冠縣，朝城，此時日軍猛攻，共軍扯腿，不久亦垮了。范的內部以早滲入大批共幹，更成了共產黨的天下，不但范視爲親信的北京大學學生張維翰是共諜，挺進大隊的幹部如高春雲、閻戎，都是淸一色的八路分子，就連女兒范樹琨，兒子范樹民亦都成爲共產黨員。據說范死後，魯西地方人士曾呈請中央褒揚其自戕之壯烈，中樞則批示「功不抵過」而作罷。

清代後宮與珍妃死所

□□且文

中國的多妻制，可說由來尚矣。見於載記的最早事實當推堯以二女嬪於舜，後來有娣姒的定制。可能最早那是羣婚制的遺留，到男權確立之後便形成了一夫多妻制度。古代最大的多妻者自然是皇帝，清代在關外時期，僅有元妃太妃的名稱。順治進關後，最初規定有「乾清宮夫人一，淑人一，婉侍六，柔婉芳婉皆三十。慈寧宮設貞容一，愼容二，勤侍無定額。」按乾清宮建於明永樂時，是內宮的正殿，爲皇帝經常臨軒聽政的處所。此項規定中所謂乾清宮，應該是括有同一宮羣的交泰殿坤寧宮在內。至於慈寧宮，在故宮西偏，建制與坤寧宮相同，向爲母后所居。明末李自成據有宮禁，曾遭焚燬。到順治十年始經重建，上述宮闈制度是在那以前五年所制定。後宮妃嬪所居本在十二宮，大概清初甫經喪亂，均待修整，所以僅以乾清慈寧二宮，安置妃嬪。慈寧宮後殿後面，有一別院，有中宮殿東宮殿西宮殿，東北角又有三所殿，都很簡陋，大概就是清初貞容婉容一類妃嬪居住的地方。到十二宮重建完成後，妃嬪入居各宮，就不再住在慈寧宮那些陋殿了。

十二宮的制度始於明初。故宮全部的規制，乾清坤寧是正宮所在，據說是「法象天地」。左右各有永巷兩條，每一永巷的側面竝列三宮，共爲十二宮，以「象十二辰」。康熙帝即位後，再

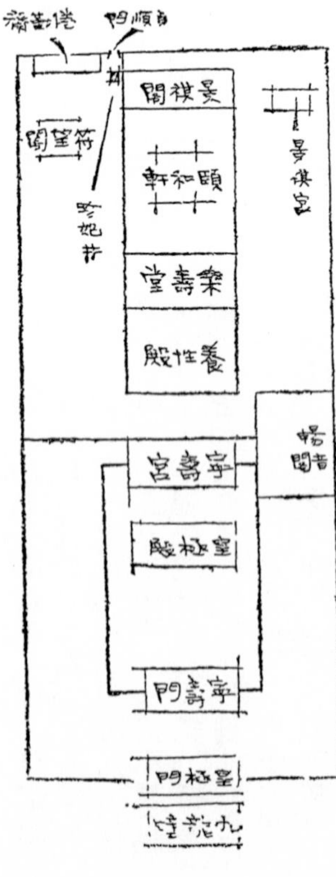

寧壽宮與珍妃井

度正式規定後宮制度：「皇后居中宮。皇貴妃一，貴妃二，妃四，嬪六，貴人，常在，答應無定額，分居東西十二宮。」「常在」「答應」的名稱很怪，可上與漢代「充依」「夜者」相媲美。凡是被選入宮而未得封號的，都稱為秀女，照規定宮內秀女若久不得封號，即未獲皇帝臨幸的，可以放出擇配，年齡規定要二十五歲以上。秀女要從八旗官員或兵丁的幼女中膺選，而絕對不選漢女，十二宮從順治十二年首先重建接近乾清宮東西兩面的六宮，康熙二十二年，續修其餘六宮。宮名也重經改定，計東宮為景陽，永和，延禧（最東的三宮）；鍾祥，承乾，景仁（鄰近乾清坤寧東面的三宮）。西六宮為儲秀，翊坤，永壽（乾清宮西的三宮）；咸福，長春，太極（最西的三宮）。嘉慶時又在儲秀翊坤兩宮之間建體和殿。長春太極兩宮之間建體元殿。於是十二宮變為十四宮。十二宮主要為妃嬪所居，實則皇后皇子也常住在其中各宮。乾清宮與坤寧宮雖是正宮，前者却是御極聽政所在，後者只做皇帝大婚時的洞房，此外兼供清代祭神之所（薩滿教），都不適於居住。清代各帝多住在養心殿（在乾清宮西南，西六宮之南），皇后便只有擠到十二宮去。

清代帝主的後宮自然並不簡單，但比起元明兩代皇帝的荒淫，清帝要算規矩得多，除定制外，並沒有多少風流故事。這多少與禁娶漢女的規例有關。董小宛入宮的傳說已充份證明出自虛構，文宗（咸豐）的四春也只能安置在外圍的圓明園，並未納入宮闈，不過一般所傳不准漢族纏足女子入宮者也不是事實。如清初孔有德之女孔四貞即深受順治皇太后憐愛，養之宮中。四貞貌極佚麗，順治有意納為妃嬪，後詢知已許字孫延齡，始作罷論。孟心史先生即藉此證明順治非好色之徒，他不會強納一個有夫的民婦董小宛。到清末，為慈禧代筆作畫的繆嘉蕙女士，是雲南人，丈夫早逝，常在宮中。她因兩足纖小，每在慈禧左右，長時間侍立，深為所苦。可見漢女雖沒有選作妃嬪的「福份」，却並非完全摒於宮外，不准進內。

清代宮闈的香艷故事雖不多，悲慘事跡却頗不少。乾隆皇后據說是在南巡途中，因與帝爭吵被推落水淹死，諉稱失足。同治后厄魯特氏在同治死後絕食而死。原因是同治帝死後，慈禧為保持皇太后地位，不為同治立嗣，而別立他的從弟光緒為帝，致陷同治后於難堪地位。后父崇綺是位道學先生，即示意其女殉節。

咸豐在清代各帝中是以好色著名的。他在作皇子時即已結婚，但正福晉（妃）早死，即以側福晉鈕祜祿氏扶正，就是以後的慈安太后，亦即俗稱的東太后。慈禧是咸豐帝選妃時被選入宮，她的地位很低，最初只是貴人，稱為蘭貴人。以後晉封為懿嬪，誕生同治之後，又昇為懿妃，懿貴妃。到同治即位之後，始與慈安同被尊為皇太后，分別稱為東太后與西太后。

到同治和光緒，因為上有嚴厲的母后，後宮妃嬪都寥寥無幾。同治除皇后外，還有珣妃瑨妃和瑜妃。這三位老太妃都活到民國初年，一直到黃郛的攝政內閣接收故宮，珣瑨二妃好像在被迫出宮後還在母家過了一個時期，瑜太妃則死於逼宮之役。

光緒帝的皇后葉赫那拉氏是慈禧內姪女，是慈禧強迫他選定的，即隆裕后。此外就選了瑾妃和珍妃姊妹倆。據說當選后時，應選的少女共有五名，除那拉氏外，另有江西巡撫德馨二女和他塔拉氏原任禮部侍郎長敘二女。光緒屬意德馨之女，慈禧却硬要他選定那拉氏，並為排斥光緒自己所屬意的德馨之女，又替他做主選定長敘二女，即瑾珍二妃。另據筆者幼時所聽到的家人傳說，一般有資格膺選的人家，視女兒被選入宮為畏途，每在事前減食，或用草藥洗面，做憔悴狀。長氏二女却刻意修飾，以是乃獲膺選。

瑾珍二妃初進宮時都是嬪，只比當年慈禧畧高一級，到光緒二十年，因慈禧七旬壽辰，纔晉封為妃，但不到十個月，即觸怒慈禧，二人都降為貴人，珍妃且命交皇后嚴加管束。她原住在景仁宮，即東六宮西南部位的一座，被黜後仍居該宮。到戊戌政變後，慈禧遷怒珍妃，乃幽禁於建福宮，在西六宮的咸福宮之西，

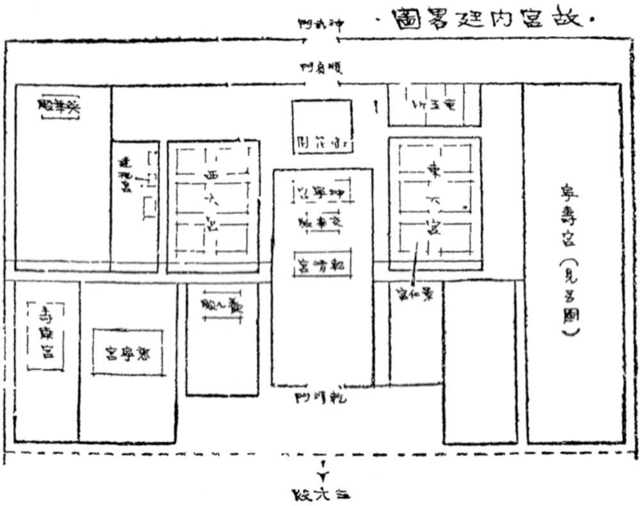

是清代皇帝守制之所，東間供有東太后牌位，後來移禁到乾清宮東五所，在東六宮後面，門由外面鎖住，飲食由檻下送入，完全是監禁的形式，她原住的景仁宮亦遭封閉。

兩年後的庚子事變，七月十九日，八國聯軍圍城，北京危在旦夕。慈禧本住在紫禁宮西南的慈寧宮，慈寧宮建於明代嘉靖時代，一向是母后所居。自從光緒七年（一八八一），慈寧宮前殿及大佛堂瓦上失去銅鍊八掛，慈禧即遷居寧壽宮。寧壽宮在紫禁城東偏，從最前的皇極門到後面的景祺閣，也儼然是九重形式。爲清高宗中葉所興修，規模宏大，備極都麗。最初是皇太后所居，乾隆遜位後也改居此間。這部份共分三路：中路是亞九重的皇極殿——寧壽宮——紫壽堂——頤和軒——景祺閣，東路最狹，有暢音閣——閱量樓——慶壽堂——景福宮。西路即著名的乾隆花園，在狹長的院落中，有極精巧的佈置，最足見當初修築者的匠心。花園的最北面是倦勤齋，是一座五楹二層的樓，齋前左右，有迴廊與前面的符望閣相通，符望閣是園中最高的建築，佈置極精。倦勤齋東廊外的後面是貞順門，即故宮東路的後門。貞順門外，隔着幾排房屋和空地，便是紫禁城的北牆。在東廊外面有一口井，是珍妃畢命之所。

據傳當庚子年七月十九日那天，慈禧已作逃亡之計。下午，慈禧突然一人從樂壽堂西廊進入乾隆花園，即宣珍妃前來（乾隆花園西壁外隔一長巷即爲珍妃囚禁的東五所），迫其投井。珍妃在掙扎間，總管太監崔玉貴奉慈禧命，將珍妃推落井中。未及蓋上井蓋，慈禧光緒與隆裕瑾妃等即由貞順門出神武門，乘騾車出德勝門向故京西北逃難。那口井後來即稱爲珍妃井。

辛丑和約締成後，始將珍妃遺體打撈盛殮，葬於阜城門外宮女墓地，並下旨褒揚，加贈爲貴妃。珍妃死後，最傷慟者自然是光緒帝和她的胞姊瑾妃，但處在慈禧淫威之下，二人都自顧不暇，只有私下痛悼。瑾妃沉默寡言，人也比較老實。到光緒逝世，溥儀繼位，瑾妃始晉封爲皇妃。她在倦勤齋東穿堂爲珍妃供奉牌位，面南向着那口井（穿堂後面是貞順門），牌位書「貞筠勁草」四字，逢朔望遣人致祭。

民國三年，隆裕太后逝世，與光緒合葬於如縣西陵的普陀峪景陵。有一天下千，筆者從學校放學囘家，在西長安街迎面看見一個出殯行列。過去在北平達官貴人出殯備極鋪張，以是「看出殯」也成爲當時街頭一景；但時間都在清晨，到下午出殯是罕有的事。再看那執事也很奇怪，陳舊而精工，式樣與一般仕宦人家所用不同。棺罩好像是紅色，繡着金龍，大而特異。更使我驚奇的，是在靈前穿着孝服步行的，竟是志贊希（錡），即珍妃之兄，唐石霞舜君的父親，即筆者所稱爲志六叔者。囘到家中看報，纔知道是瑾妃利用隆裕后下葬的機會爲珍妃遷葬，由阜城門外的宮女墓地改葬景陵。我所遇到的送葬行列正是珍妃的靈柩，特許由阜城門穿過市內，到前門西車站搭京漢路車運往易縣落葬。

由清入民國的名士惲毓鼎，（曾任袁政府印鑄局長，並參與洪憲勸進）有過弔珍妃的一首五律：

「金井一葉墮　淒涼瑤殿旁　殘枝未零落　映日有輝光
滴水空流恨　霓裳與斷腸　何如澤畔草　猶得宿鴦鴛」

張宗昌和韓復榘在山東的小故事

·老丁·

張宗昌和韓復榘，都在山東主持過軍政，張做了三年的督辦，韓當了七年的主席。這兩個傢伙，在山東人的心目中，一個是綠林好漢山大王的作風，一個是行伍老粗土豹子的頭腦，同是被人唾罵怨恨的對象。

張宗昌橫徵暴歛，縱情嫖賭，還强迫種鴉片，自然搞得山東民怨沸騰。可是他把搜刮所得的民脂民膏，盡情揮霍在地方上，將濟南造成了特殊化的繁榮，並且對濟南市區的建設，也留了點小小的成績。

韓復榘也不免搜刮，他却把弄來的錢財，本着從馮玉祥那裡學到的一套，外表裝扮得極爲儉樸，如公務員只能穿制服，不准留長頭髮等。每到月終發薪時，他的河南、河北的老部屬們，高級的從銀行滙欵，低級的在郵局擺長龍，都把錢滙走了。但是，他對於清剿匪患，安定地方，如捕獲巨匪張黑臉、郭馬蜂等，驅逐劉黑七部遠離山東，這些也算有功可言的。

張、韓二人的下塲：一在濟南被人刺死，被稱作替父報仇告一了結；一因抗戰失職，在漢口明正典刑身敗名裂，可說都已蓋棺論定了。

這裡所談的是有關張、韓流傳在山東的一些小故事，且從這些小故事裡，看看這兩個武人耍的是甚麽「槍花」？

三多三沒數

張宗昌的「三多三沒數」已成了他首創的獨家註冊招牌，三多是：官比兵多；兵比槍多；槍比子彈多。

三沒數是：兵沒數；錢沒數；姨太太沒數。

沒數，就是沒有數目，不知有多少。

還有描寫張宗昌的兵的一首打油詩：

老鄉見老鄉，兩眼淚汪汪！你的襪沒底，我的鞋沒幫。我有槍沒子，你有子沒槍。三月沒發餉，誰願上前方？

招兵有妙法

張宗昌在山東，曾大招其兵，以擴充實力。在各個招兵處的門前，置一大鍋豬肉熬白菜，還擺着熱鍋餅和大饅頭。在屋裡則坐着十幾個人，正據案大吃特吃。

有些過路的失業者聞得滿鼻菜香，饞得大流口水，以爲當了兵能吃這樣的飯食，不自覺的就紛紛報名了。

募款施絕招

張宗昌因爲急需一筆錢，就立刻召集濟南的富室大賈開緊急會議。他首先講話說：「今天咱老張把你們提溜了來，聽說你們都是他媽的東大學、西大學畢業，還會說外國的洋文。可是別看不起咱老張，咱是他媽的綠林大學頭名狀元，你們在咱老張面前吹甚麽牛？」

他講完話，大家都被鎮住了，誰也不敢吭氣他就把頂備好的捐欵名單拿了出來，大家一一簽名，並限期交錢，然後宣布散會。

「細柳高風」

張宗昌的父親，是個爲人辦喪事的吹鼓手。張當了山東督辦；他父親也同住在濟南衙裡，還刻了一顆「督父之印」四字的大印，誇耀他的特殊權勢。

張有次爲他父親祝壽，樂隊在吹奏「將軍令」時，被老頭挑了眼，認爲少了一節，是存心欺負他是外行，而發了一陣子雷霆之怒。

當時有某名士特贈「細柳高風」壽匾致賀，他爺倆都很高興。實則是用周亞父的父親「常爲人吹簫辦喪事」的典故，諷刺老傢伙是個吹鼓手。

一母兩父

張宗昌有一母兩父。他母親姓侯，因張父好賭，積債難還，竟將她偷偷押給鄰村某。那時張才幾歲，就隨父混跡賭場裡生活。

張長大了，也就以賭爲業。因賦性豪爽，漸結徒衆，到各處活動，常嘯聚在芒碭東海等地區。民國元年，他投効江蘇陸軍第三師任團長，才正式成爲有編制的部隊。

張做山東督辦時，也將老母迎養到濟南督署，另闢一院居住，不准人稱爲張太夫人，於是都尊她爲「侯太君」，張且爲印大紅名帖。張的後父仍和她同居，張稱他爲伯伯。

民國十七年，張在山東兵敗，她隨張避居大連。「九一八」後，一同移居北平。張在濟南被刺死後，她回了掖縣老家。二十三年因病去世，訃告稱張效坤（張宗昌的字）太夫人。

羹張宗昌

張宗昌在山東時，加緊搜刮民財，搞得怨聲載道，當時流行有兩首民謠：

張宗昌坐濟南，雞狗鵝鴨都上捐，一兩銀子八塊三。大家夥子沒辦法，起來，起來，快起來，捉着他來點個天燈看！

也有葱，也有蒜，鍋裡羹的張督辦。也有葱，也有薑，鍋裡羹的張宗昌。先吃肉，後吃湯，人人都要來嘗嘗！

刻印十三經

張宗昌在山東時，忽好文事，延請清末濰縣狀元王壽彭爲教育廳長。還特撥欵刻印全部十三經，版式極爲雅致，紙張也很精良。全部版存趵突泉附近的尙志堂，「七七」事變後，日敵侵入濟南，版遭搶刼損毀。

張並學習書法，曾見某畫報刋登他的一幅五言對聯，筆畫如粗繩盤旋，氣勢倒頗雄壯。

張宗昌橋

張宗昌除了天天忙着招兵、徵稅、賭博、玩姨太太之外，對濟南的地方建設，如拓寬西門大街，開闢北商埠等，固然挨過不少駡，倒還算有點兒成就。

由濟南市區通往北商埠的路上有座小橋，就是他整修交通的小小政績。原是定名做「義威橋」（張的軍銜是義威上將軍）的，可是大家都喊「張宗昌橋」。

狗肉獻禮

張宗昌外號「狗肉將軍」，因好賭牌九，市井稱爲好吃狗肉，所以有這個別名。

山東有某道尹，打算向張獻媚，更求升官。乃異想天開，特選了肥狗二十多條，分別蒸、羹、燻、滷，共三百多斤。他恭書「媲美濟公」的禮單，派遣專差，到濟南晉獻。

張接到了這份厚禮，眞是又好氣，又好笑，馬上就交下來，把某道尹撤職了。

刺張宗昌

張宗昌兵敗後，逃到大連托庇日本人保護。「九一八」事變發生，日人對他誘脅要利用作傀儡。他誓言絕不做漢奸，乃移居北平。

二十一年八月杪，他由北平到了濟南，說要回掖縣掃墓。在三數日後的九月三日，他忽然又回轉北平，就在濟南津浦車站，突然被人刺殺死了。當場原已捕獲三、四名疑兇。並已見報，却有鄭繼成者挺身而出，以替父報仇（其父鄭金聲屬馮玉祥部，因作戰被俘，爲張宗昌槍殺）爲民除害自首投案，山東省當局且爲聲請中央特赦，此案就算了結。

實則，張因有鉅欵存在濟南的日本正金銀行，須地方政府保證才可提出。經石友三與韓復榘商妥條件，張才到濟南的。不意張的存欵竟爲二千萬元（一說四百萬元），老韓頓覺眼紅，因而設計把張殺了。

張停屍濟南醫院，才發現他右臂上刺有「張玉昌」的名字。

山東好戲

韓復榘在山東，主持省政七年，在每逢就職週年紀念日，例須大事慶祝一番。經常是以重金約聘故都的名伶，如梅蘭芳、尚小雲、馬連良等，到濟南唱幾天好戲。

有年，省府的高級官長們，也竟然粉墨登場，由財政廳長王向榮飾諸葛亮，秘書長張紹堂飾司馬懿，民政、教育兩廳長李樹春和何思源分飾兩名洒掃街道的老軍，合演一齣空城計。老韓觀賞之下，大爲開心！

剝皮大放工

韓復榘在濟南千佛山旁，設有地方行政幹部人員訓練班，分期調訓或招考各縣政府所屬各部門的公務員。在訓練班裡，每期都分組幾個隊，實施軍事管理。因韓兼任第三路軍總指揮，所以各隊的隊長，都由韓部軍官担任。

當時，在班裡曾流行一首歌謠：「頭隊緊，二隊鬆；三隊活剝皮，四隊大放工。」

房上長青草

韓復榘有次到齊東台子視察，見區長房上長了好多青草，很不雅觀，當即訓斥了一頓。

他又到了周村，在巡視某學校時，忽見一教員的褲鈕未扣。他不禁哈哈狂笑起來，且笑且指着那一教員說：「這倒眞好極啊！齊東區長房上長青草，周村教員褲子露着×。」

誤殺信差

韓復榘因愛好彭公案、施公案、七俠五義等小說，所以也常以這些書中的主角自居。他很喜歡在省府辦公廳審問有關盜匪和特殊民刑案子，因而廳前的廣場上，經常擠滿了各案人犯。他審得特別快，並不細問每個人的口供，只聽侍從人員報告過簡單的案由，就馬上宣判。尤其對匪盜案的處理，更快捷的很，他把犯人一看，就指點誰東誰西，分別各站一排，然後說明，西排槍斃，東排釋放，就算結案。

有次，省府參議沙月波，派人到省府送信，那人看到韓主席問案，因好奇就站在被槍斃的行列看熱鬧。當清點人數時，見多出了一個，韓問那人幹甚麽的？他說是送信的。韓以爲是給土匪送信的，就說也不是好東西，一齊槍斃。及至曉得錯殺了人，忙派人去追囘時，那批人早已載上大卡車開到千佛山下正法了。

審僞皇案

在濟南寬厚廳街，警察曾查到有人偷做金爪、鉞斧之類的器物，認爲是皇帝御用的儀仗，就說破獲了僞皇帝案，當場將一泰安老婦和她的壯年兒子捉將起來。

案經報紙宣揚，韓復榘立即傳案親審。那個老婦一見了老韓，就連喊青天大老爺不已，還說：「你就是那眞龍天子，我保着你打平天下。」韓聽了哈哈大笑說：「妳這個老娘們，給一桿槍也拿不動，還能保着我打天下嗎？快快囘家去吧！」老婦說：「青天大老爺，我還沒有盤纏哩。」韓即吩咐給了她五十塊錢。娘兒倆拿着錢就搭津浦路車囘泰安了。

罰短斤兩

有個粗衣老漢，有天提了一包點心，到省府要看省主席。他先向傳達說明：他曾推着糞車路過布政司街，因糞汁漏在街，被警察干涉，幸好韓主席看到，才免得罰放行，所以要來向主席道謝。

經傳報進去，老韓立刻傳見，用好言安慰他。還問他那包點心有多少？他說二斤。韓就叫副官拿秤一秤，却只有二十八兩，明明短了四兩。韓馬上派人按照包紙上的字號，將那家點心舖掌櫃傳到，查問何以短少斤兩；據說是同業公例，都是按十四兩做一斤的。

韓聽了不覺冷笑了幾聲，指斥他欺騙

主顧，處分罰欵二百元，交給那老漢作爲獎勵了事。濟南各家點心舖聽說這樁事後，都不敢再短少斤兩了。

掌摑學生

正誼中學有個學生，偶然隨着些人進了省府，他看到了廳舍壯麗，到處花樹泉池，就東張西望地遊逛起來。恰巧逢到了韓復榘在院內散步，見他覺得面生可疑，就趕上前去摑了他兩耳光。

學生因無故被打，就向韓質問：「我沒有犯法，你爲甚麼打我？」韓自知理短，只好說：「我是韓主席，把你打錯了，你也打我兩個耳光，算是還回你好了。」學生說：「我怎能打主席呢？」韓說：「那我給你二十塊錢，代替挨打吧。」學生說：「我不是賣打的，我不能要錢。」

兩人相持一陣，經過韓的屬下看到了忙爲勸解，最後還是給錢算了。

寶馬非寶

魯南有個人，因爲發現了一匹好馬，以爲韓復榘是武人必然愛馬，就向省府遞呈文，說要向韓主席呈獻寶馬，總是想討老韓喜歡，或可弄得一官半職以及特別賞賜的。

不料，韓在看到呈文後，並未欣賞這匹寶馬，却批示：「寶馬非寶，惟誠實以爲寶」。那匹馬就被打了回票。

獨霸山東

韓復榘自民國十九年主持山東軍政後，膠東尚有劉珍年部隊駐守，青島特別市長爲沈鴻烈，都不屬他管轄。另外威海特區，是由其親戚孫蘊鳳任專員，雖仍隸屬行政院，却是聽他指揮的。

在二十一年九月，全國反對內戰聲中，韓爲了企圖獨霸山東，就先和劉珍年部開了火。幸而打了不久，經中央派員調停，將劉部調到浙江，韓才將劉在膠東的防區納入掌握。

在對青島方面，曾因沈鴻烈統率的海軍發生變動，韓以爲大好機會來臨，他的省府秘書長張紹堂，已準備走馬上任要登上青島市長的寶座了，却因另有演變，而老韓的美夢仍未能實現。倒是韓因失職伏法，山東省主席却換了沈鴻烈了。

老韓的財貨

韓復榘棄守濟南，率部隊退到曹縣，當時擬將眷屬和所擁財貨送往安全地區。當時由他的妻系高藝珍和姊系田連仲的兩路人馬，率領着有一百七十多輛的龐大卡車隊，浩浩蕩蕩地開往河南舞陽。不料韓在開封突然被捕，這個車隊也在舞陽全部被沒收了。

韓伏誅後，傳說他的贓欵有九千萬元之鉅。據熟悉內幕的人說：「按山東地方預算，有省警備一、二兩旅和警衛團的餉項，共爲每月三十餘萬元，年有四百萬元。又第一預備費（軍事剿匪用）每年爲二百萬元。這兩項合計每年爲六百萬元，韓在山東七年，從未動用此欵，就有四千二百萬元。再加上稅收和各方面的收入，所說七千萬元，尚不祇此數。

皆曰可殺

「七七」變起，日敵軍隊自平津沿津浦路南犯，至十一月中旬，已侵入黃河北岸山東濟南縣境。那時韓復榘已兼任第五戰區副司令長官，他曾親赴前線督戰，若能壯烈成仁，將是先張自忠而成爲抗戰忠烈人物。可是他兵敗之後，竟然炸毀了洛口黃河鐵橋，以圖阻敵進犯，他連濟南也不守就率軍南奔了。

日敵部隊是過了四十多天後，才進據濟南的，在日軍還未過黃河時，濟南就盛傳老韓因擅棄國土，在泰安由白崇禧下令逮捕，連同他的親信張紹堂、王向榮、魏漢章等，一同執行槍決了。實則韓是在開封就捕，解往漢口交軍法審訊，以不遵命令擅自撤退，失地誤國的罪名，被判處了死刑，到了次年一月二十四日才在漢口正法的。但從傳言來看，老韓在未死之前，民間對他已早有論定了！

二十一師興亡史

·膠東舊侶·

二次直奉戰爭時，因馮玉祥在北京倒戈，吳佩孚自山海關浮海而南，直軍留在關內尚有數萬人一時失所憑依，奉軍張宗昌首先入關，以山東同鄉名義號召直軍來歸，當時擴編六個混成旅，以褚玉璞、許琨、畢庶澄、程國瑞、方永昌、姚霽分任旅長。後來張宗昌當了直魯聯軍總司令之後，方永昌旅又擴編爲第四軍。

及至北伐軍攻下濟南，張宗昌率部退向河北，方永昌本人隨張出走，其舊部尚有部份留在膠東，由旅長劉珍年率領向革命輸誠，改編爲國民革命軍二十一師，共轄三旅九團。

知道二十一師來歷的人，一定會覺得張宗昌的舊部，還有甚麽好隊伍，實際却大謬不然，這支部隊確實是國民政府退出大陸以前的三十八年中，最好的一支武力，可惜命運太差，始終是一個「孤兒」，受盡了外人的欺侮。談談二十一師的滄桑，可以看出過去黃埔系怎樣排斥異己，也可以明白爲甚麽輕易會失去大陸。

二十一師改編後在膠東駐防，劉珍年本人却不是山東人而是河北省南宮縣人，保定軍校九期畢業，與陳誠是同期同學。劉珍年何以能到張宗昌部當上旅長，此時已無從稽考。不過，在當時張宗昌部將官中，劉實在是鷄羣之鶴，改編爲國民革命軍二十一師後，有一次集合全體官兵訓話，闡述三民主義，其認識之深，研究之精，相信後來專門靠此吃飯的政治教官也不能企及。

張宗昌部隊紀律之差，也是全國知名的，但二十一師軍紀之嚴，後來也居全國之首，不論行軍駐軍之際，眞的沒有人敢動民間一針一線。

劉珍年部改編爲二十一師後，仍駐膠東，這是民國十七年的事，到民國十九年九月，中央發表韓復榘爲第三路軍總指揮、山東省政府主席，形勢爲之一變。韓部當時共編爲四師一旅，實力强大，臥榻之傍自不願他人鼾睡，就視二十一師爲客軍，居心要驅之出境，在劉珍年則以爲本部在膠東駐紮已數年，你韓復榘部眞是客軍，竟爾喧賓奪主，自不肯讓步，雙方齟齬經年，於民國二十一年九月十七日韓劉兩軍在魯東昌邑發生戰爭，當時報紙上稱爲韓劉之戰。

韓劉之戰發生，韓復榘以爲挾四師一旅優勢兵力，應該可以將劉部包圍繳械。那知打了幾天，始終打個平手，不能越雷池一步，此時正當九一八事變一周年，一二八戰事剛剛停止，國人正團結一致力謀禦侮，對同室操戈，無論曲在何方均表示厭惡，中央當即電令韓劉即日停戰，聽候處理，韓復榘因進攻不利，正好乘機收場，劉珍年在軍事方面既感薄弱，政治方面又是孤兒，自不能不遵照中央命令就地停戰。

十一月十五日軍政部長何應欽下令調二十一師赴浙江。同月二十六日劉珍年即率全部開赴浙江，在浙東一帶指定地點駐紮，喧騰一時之韓劉大戰，始告平息。

二十一師抵達浙江後，劉珍年即決心加强訓練部隊，調整人事，當時二十一師沒有副師長，三個旅長是張某、薛某、梁立柱，張某與劉珍年是同鄉同學總角之交，當即決定調張某爲副師長，派薛旅團長崔振東繼其任。崔振東當時只有三十歲出頭，學術科全師第一，作戰訓練也是團長中翹楚，全師官兵也都認爲崔團長必成大器，命令一下，翕然稱服。張旅長當即召集全旅官長訓話，說明本人即就任副師長，新任旅長日內到來，一切如常，希望大家安心服務。本來這是一件絕沒有問題的事，不料夜間起了變化，由於張旅長是河北省人，旅部官佐皆是河北人，而崔旅長則是山東人，大家恐怕崔旅長一旦接事，旅部人事將有大變動，經過一番集議，決定異動，脫離二十一師自創局面，其中自然有中央人員從中策動，否則張旅長未必便下得決心。

崔振東當然不知這些事，貿然帶了兩名馬弁，三人三騎趕去接任，到地方就被扣押起來，張旅然後連夜南撤，通電脫離二十一師，請求中央收編。軍政部當時不問究竟，馬上給予新編三十六師的番號，即以張旅長升任師長。

這次變動對劉珍年的打擊太大了，他不僅失了一旅人，更傷心的是總角之交的張旅長竟然叛了他，而中央竟然支持叛變隊伍，利用叛將以瓦解雜牌軍，他的一切希望都落了空，憤而離開部隊到杭州一間廟裡住下來。當他臨行時，梁薛兩個旅長也曾請示今後辦法，劉珍年當時定的計劃是如若中央要他回來，他的條件必須收回張旅。

不意劉珍年到了杭州，中央突然下個命令，指其擅離防地，圖謀不軌，予以扣留，派梁立柱代理二十一師師長。前面說過，劉珍年在政治上是個孤兒，他的同窗好友陳誠當時也只當十一師師長，在中央沒有絲毫力量，不能援助他，其他要人更不會代爲出頭說情。

平情而論，中央最初確無心殺他，只要劉珍年肯低頭認錯，自願解除兵柄，調任一個閑職，過相當時間還會重起的。偏偏劉珍年個性倔强，自以本身無過，堅不肯低頭，每日在監所誦經唸佛，把生死置之度外，中間過了一年多，終於以圖謀不軌罪名被處死刑。

劉珍年死後，二十一師師長換了梁立柱，不久開往江西剿共，大露鋒芒，中共贛東北蘇維埃主席方志敏就是二十一師擒獲的。方志敏被俘後，羈押在東路剿共總指揮部，各部隊長官前往探視，方志敏皆傲不爲禮，最後梁立柱到，一報名是二十一師師長，方志敏肅然起立，翹起大姆指說道：「你的軍隊眞能打，佩服，佩服。」

共軍由江西突圍後，二十一師歸衛立煌第八軍節制，仍由梁立柱任師長，所遺旅長就由崔振東繼任，這時中央派來一個李仙洲任副師長，從此多事。

李仙洲山東長清人，原在家任小學教師，後來感到沒有出路，跑去廣東革命，考入黃埔軍校第一期，積功升至旅長，此時派來二十一師任副師長。

李仙洲到了二十一師之後，下功夫拉攏中下級軍官，同薛、崔兩位旅長更是稱兄道弟，如膠似漆。梁立柱是個純粹軍人，搞組織、耍手段那是李仙洲這種科班出身的對手，不到一年時間，全師旅團長都成了副師長的黨羽，梁師長還被蒙在鼓裡。

有一次梁立柱去軍部開會，乘此時機，全師官佐由崔旅長領銜，通電反對梁師長，擁護李副師長領導。梁立柱在軍部得到消息又驚又憤，就去見衛立煌請示。

衛立煌雖是中央嫡系，即是行伍出身，平日對於黃埔學生的德性，有深切認識，當時斷然說道：「立柱兄，你不用講，我全明白了，你既然不能回部隊就給我當副軍長好了，二十一師師長我來兼，只要二十一師歸我建制一天，我就不讓李某人當師長。」衛立煌說到做到，眞是這樣辦，呈報中央調梁立柱任第八軍副軍長，自兼二十一師師長。這樣一兼就兼了一年多，李仙洲雖有師長之實，却無師長之名，焦急萬分，他也知道不脫離第八軍建制，即不可能當上二十一師師長。

此種情形一直拖到抗戰，始脫離第八軍調歸軍委會直屬，李仙洲順理成章當上師長，不久調往晉北，參加了抗戰期間有名的忻口大戰。

忻口在山西忻縣境內，本是一個小地方，日本人自平津出發，由大同入晉，許多天險地帶都未能抗了日本鐵騎，不意在忻口碰了釘子，當時參加忻口戰役的部隊雖多，守正面的却是二十一師，敵方正是舉世聞名的板垣師團，戰爭一開始，敵人就以優勢武器猛烈向忻口展開轟炸，二十一師堅守陣地，誓死不退，經過兩天時間，李仙洲身受重傷，忻口前線陣地一連失了兩處，崔振東看見情形痛哭流涕，脫去上衣，手執大刀率隊衝鋒，崔振東在二十一師外號是「催命鬼」，他親自衝鋒，誰敢不拚命，當即把已失的陣地奪回。板垣師團前進不得，後路又被截斷，終於在忻口被殲滅一個半聯隊，俘獲擊斃一千多人，也就是抗戰初期有名的忻口大捷。

李仙洲到後方住了幾個月醫院，康復後回任不久，就擢升為九十二軍軍長。遞遺二十一師師長的缺，無論按情按理，皆應由催命鬼遞升，崔振東也覺得在本師沒有抗手，加之同李仙洲的交誼，自以為師長非己莫屬，那知道軍委會明令調第一師第三旅旅長侯鏡如繼任二十一師師長。

崔振東到此才恍然大悟，知道疏不間親，自己雖然功勞苦勞均高人一等，無如未去過廣東，未受過革命的洗禮，就沒有辦法出人頭地，一怒之下，辭掉軍職，去西安城內開飯店去了。以後李軍長也自覺過意不去，聘為少將參議又被崔振東退回，但終李仙洲任九十二軍軍長期間，崔振東始終在軍部有一名高參的名義。

侯鏡如是河南永城人，也是黃埔一期學生，與李仙洲私交甚篤，因此李仙洲升了軍長，就把他調升師長，李仙洲這一着棋，可說有「大私」與「小私」兩點：從「大私」方面着眼，是要黃埔學生掌握二十一師，別再落到外人手裡。「小私」方面，這時二十一師高級幹部全是他的私人，多數是山東長清縣的小同鄉，如六一團團長莊村夫（此人在去年中共釋放二九三名俘虜內）是他親外甥，也是黃埔學生，一路扶搖直上，由連長升到團長，不過三年時間。莊村夫任連長時，營長是趙發明，到了他任團長，趙發明還當營長，而且就在他這團裡，長官變成了部屬，見到莊村夫要筆挺立正敬禮，這種情形不必說趙發明本人心裡難過，就是全團官兵除去長清人之外，也無人服氣。

這個莊村夫團長是否眞有本領呢？說來十分可笑，他的團長是遙領的，在前方作戰，訓練是由副團長田某代行，他只躲在後面强奪了一個正在中學讀書的女孩子尋歡作樂，不必說師長侯鏡如不敢管他，就是李仙洲也管不了，人人都看不上眼，可是過了一年多他又升了，升到中央軍校駐魯幹部訓練班（附在九十二軍）的入伍生團團長，雖然同是團長，原來是上校，此時却升為少將。又過了幾年終於當了一任二十一師師長，這是後話。

六十二團團長路可貞也是長清人，說來還是李仙洲的上司，李仙洲在家任小學教員時，路可貞當教育局長，對李仙洲頗為照應，以後李仙洲入了黃埔，路可貞也捨了教育局長地位前往，考入黃埔四期，平情而論，在「長清人」裡面只有路可貞値得尊敬，由於他曾經當過教育局長，肚裡眞有點墨水，為人溫文儒雅，處世也謙恭和靄，以後升到二十一師參謀長，最後升到暫十五軍副軍長，目前似在台灣。

再說到二十一師參謀長李鴻慈，外號叫李小鬼，也是長清人，二十一師在山西作戰時他當團長，當時還有旅的編制，旅長就是催命鬼崔振東。正在忻口戰事吃緊時，李鴻慈却帶了本部人馬，逃過黃河去陝西，游擊了一個多月才回來，催命鬼就呈報師部要殺他，李仙洲不准，催命鬼以後未當上二十一師師長，與這件事也有相當關係，到了二十一師師長換了侯鏡如，李小鬼竟當了參謀長，也升為少將。

這是說明主管官，至於軍需、副官之流，有權有勢的皆長清人，這樣一個攤子，李仙洲自不肯交給外人，恐怕一朝天子一朝臣，給他刷乾淨了，可是長淸人裡面當時又找不出能當師長的人，只好拉來了侯鏡如。這些地方，侯鏡如倒比他高明，在師長任內未用過一個河南人。

李仙洲升任九十二軍軍長之後，除去二十一師之外，中央又撥來一個一四二師，這個師的官兵也是河北、山東兩省的人，師長傅立平山東人，却是行伍出身，論起經歷比李仙洲還要高，軍委會當時任命他爲副軍長兼一四二師師長，最初倒也相安無事。

又過了一年，軍委會命令九十二軍擴編一個師，定名爲暫編十四師，幹部就由二十一與一四二兩師中選拔，李仙洲與傅立平商量，師長由二十一師副師長廖運澤担任，副師長由一四二師一位袁團長担任，部隊則由兩師各撥一個補充團加以擴充而成，本來也沒有問題了，可是暫編十四師組成後，廖運澤就逐漸淘汰一四二師幹部，到了最後，副師長也難安於位，只好掛冠而去，李仙洲乘機就派二十一師參謀長李鴻慈去任副師長。暫編十四師也就變成了二十一師的分店，傅立平這時才領教了黃埔學生的厲害，搞組織確有一手。

九十二軍當時一共四個大員，即軍長李仙洲，副軍長兼一四二師師長傅立平，二十一師師長侯鏡如，暫編十四師師長廖運澤。四人中間除去傅立平，皆是黃埔一期學生，傅立平處境之苦，可想而知。

不久，軍委會又出主意把九十二軍同駐在河南沈邱縣的騎二軍合組爲十五集團軍，騎二軍軍長何柱國雖是廣西人，却出身東北，騎二軍也是東北軍底子，當時轄騎三師、騎六師及一個徒步旅，軍委會當時的安排是何柱國任十五集團軍總司令，下轄九十二軍軍長李仙洲，騎二軍軍長則由騎三師師長徐梁升任。徒步旅擴充爲暫編五十六師，由柴濟川任師長，歸九十二軍建制，却把暫編十四師廖運澤部撥歸騎二軍建制。

李仙洲這時的目標是山東省政府主席，急欲入魯，自不甘受何柱國指揮，當時百般活動，軍委會也覺得李仙洲應該升了，只是九十二軍軍長交給誰呢？本來傅立平是現任副軍長，依理應該遞升，論勢也非由他升不可，這時李仙洲又玩了花樣，當時調侯鏡如爲專任副軍長，二十一師師長則由副師長聶松溪升充。

傅立平當然看得出這步棋，明白軍長無望，更不肯將來在侯鏡如手下任師長，於是就掛冠而去，由該師師長劉春嶺接任，至此障碍盡除，不久，李仙洲明令升任二十八集團軍總司令，侯鏡如升任九十二軍軍長，率部入魯，中間受到日本同共產黨的侵襲，損失甚重，但由於部隊沉着善戰，在敵後設立了據點，不久抗戰就勝利了。

抗戰勝利之後，李仙洲的山東省主席夢也破碎了，被王耀武奪去，當時中央在徐州設一個綏靖公署，由薛岳任主任，以後綏署撤銷，改爲陸軍總司令前進指揮所，由陸軍總司令顧祝同親自指揮，下面設立綏靖區，山東劃爲第二綏靖區，由王耀武任司令官，李仙洲爲副司令官，民國三十六年李仙洲率三個軍在魯中剿共，在萊蕪、棲霞之間的吐絲口全軍覆沒，被共軍俘去。

再說侯鏡如，侯鏡如始終統率着九十二軍這一支勁旅，勝利後空運北平，也曾出關在冀東作過戰，在古北口作過戰，戰績很不錯，最後升任十七兵團司令，鎮守塘沽，傅作義率部投共後，侯鏡如率十七兵團航海南返，以後也曾參加江南的戰爭，最後撤到台灣，整編後舊有番號全不存在，侯鏡如的兵團司令自然也就撤銷了，由台灣來到香港，在太子道卜居一段時期，居然挈家回了北平，現在是全國政協委員、民革中央委員，遇到共產黨去南京祭中山陵時，總有他的一分。

最後再說廖運澤，九十二軍的「黃埔三傑」，李仙洲爲人除去貪財、自私之外，尙無大毛病，自私前面已經說得清楚，貪財據說他在全軍吃了一個團的空額，後來被傅立平告到軍委會，結果也沒有下文。此外尙無可議之處，最低限度並不好色，一位小脚太太，年齡且大他好幾歲（山東風俗如此），終於白頭偕老。

作戰也算勇敢，在忻口受傷不退，就是例子。

至於侯鏡如除去稍爲好色之外，比李仙洲又好得多，不自私，不貪財，作戰也勇敢，曾負傷數次，肋骨就打斷了幾根。

其中最不是人的還推廖運澤，廖運澤是安徽鳳台縣人，他這一門廖家在北伐時就有許多人投身革命軍中，所以後來從軍的特別多，民國三十二年左右，僅皖北，豫東地區正規軍就有三個師長姓廖，即廖運澤、廖運周、廖運昇，其他將校級軍官更屈指難數，論到功名之盛，幾乎可追上合肥。三廖中間，其餘二人還都謹愼自守，不失軍人本色，只有廖運澤完全是一個軍閥、流氓再加花花公子的綜合體。當任二十一師副師長時，兼任皖北阜陽警備司令，阜陽是皖北第一大城，抗戰時期爲東西交通樞紐，異常繁榮。廖運澤在此地任警備司令，眞是得其所哉，貪汚、走私、包烟、包賭，當地著名女伶，凡是被廖司令看中，一定要召來陪宿，由於生活過於糜爛，完全失去軍人氣概，每天要到十點鐘以後才起身。儘管如此，但由於是黃埔一期的學生，後來畢竟還是當上暫編十四師師長，暫編十四師撥歸騎二軍建制後，不久又升任騎二軍軍長，到了最後徐蚌會戰時，廖運澤在安徽正陽關任綏靖區司令官，蚌埠一旦棄守，他逃來香港，不久又回大陸。他的那兩位令弟，廖運周和廖運昇，也在他以前降了共。還有他一位堂叔廖梓英北伐時曾任淮上軍的旅長，此時任安徽省保安副司令，也率了本部兵「起義」，結果還是被共產黨殺了。

廖運澤投共後，也和侯鏡如一樣，當了一名政協委員，又是民革的中委，過去搜刮的財，也都蕩然無存，最近看到的照片，已經垂垂老矣，不是當年花花公子的神氣了。

二十一師的「黃埔三傑」，要算李仙洲還有點骨氣。自被俘一直到前年被「特赦」始終未說過一句話，不似侯鏡如、廖運澤經常發表談話，勸告台灣的老同學向他們看齊。

最大的諷刺的是九十二軍高級將領中唯一的外人傳立平，副軍長交卸之後，曾在王耀武時期任過山東省保安處長，以後担任臨時拚湊的暫九軍軍長，大陸陷落後間關逃出，去了台灣，前年病死，全始全終。倒是那些日日高喊不成功則成仁的黃埔學生，平日高官厚祿，矢忠矢孝，一看大事不好，全部投向新主。由此可以看出，平時脅肩諂笑，以忠孝自期的人，到了危急關頭是最靠不住的，九十二軍四將領的結局就是一個鮮明的例子。

二十一師中級軍官不乏忠義奮發，堅苦卓絕之士，如曾任六十三團團長的曹仁風、吳冠軍，各營的營長王佩玉、趙瑞卿、趙鏡明、張公健，可惜皆非黃埔出身，終未能出人頭地，被時代輪子撚得無影無踪。

台灣的海底油田

・徐榮華・

試氣火炬燃起希望

去年六月間，高雄外海的一口海域石油探勘井，鑽到了油氣。當那高大雄偉、光彩奪目的試氣火炬，隆隆地冒出熊熊火焰時，辛苦了廿幾個月的探勘工作人員，都忘形地跳躍歡呼。這試氣火炬，爲我國海域油氣探勘燃起了希望。初步證實，在我國廣大的海域裡，蘊藏著寶貴的油氣。

最近八個月來，中國石油公司所從事的海域油氣探勘工作，不但受到國人的深切關注，也受到世界各地的矚目，一月廿九日，西德每天銷行三百萬份的「圖畫報」，報導了我國發現海域油氣的新聞，並且認爲，如好好加以開採，台灣有希望成爲第二個科威特——一個生產大量石油的國家。

據非正式的估算，高雄外海作業區如果開鑿一百廿至一百五十個生產井，每天可生產天然氣五千萬立方公尺（可供台灣地區使用十天以上，凝結油三千三百多公秉。這一作業區至少可開發卅年。

除高雄外海以外，中油公司並在香山外海從事鑽探，情況也相當樂觀。

我們會成爲第二個科威特嗎？這是一個大家感到興趣的問題。要解答這個問題，先要了解一些基本的和其他的一些問題。

海域石油產自海底大陸礁層（又名大陸棚、大陸坡），也就是大陸隆起部分的沉積岩中，我國大陸礁層，分布在台灣海峽、東海、黃海、南海等海域裡，南北綿延約五千公里，總面積達四十八萬平方公里，地質學家過去一向認爲，在這一廣大的海域裡，由於第三紀沉積岩分佈遼闊，極有可能蘊藏豐富的石油及天然氣。

民國四十七年，聯合國海洋法會議通過的大陸礁層公約，規定公約簽字國對於鄰接該國海岸領海以外的海床及底土上水深不超過二百呎，或畧超過而仍有開發可能性的所有天然資源，均得行使主權上的權利。五十九年十一月十一日，我國立法院批准此項公約，正式成爲該公約的簽字國，取得了我國在海域上開採天然資源的法律地位。

在此之前的兩個月，政府製訂了「海域石油礦探勘及開發條例」，經立法院通過後公布施行，明確規定了在海域開發油氣的各項手續辦法。

由於海域探油風險極大，所需資金至爲可觀，中國石油公司於五十九年秋天開始，分別洽邀美國康納和、亞美和、海灣、大洋、克林敦、德司福等六家油公司，合作探勘，六十二年開始鑽井。

去年六月間在高雄外發現油氣的F—1號井，是由美國康納和及亞美和兩家油公司與中油公司合作鑽探的，自此以後，這兩家對於開發海底石油極富經驗的公司，分別派出高級主管及技術人員來台，洽談進一步開發生產的問題。

到了最近，美方公司並已與我國談判將來生產油氣的計價問題。中油公司一位主管官員說明計算的原則是：

①在鑽鑿探井前的一切探測費用，完全由合作的外資公司負責。

②鑽獲油氣並從事油氣證實作業時，由我方負担四分之一的經費。

③正式開發與生產油氣時，我國應負担二分之一的費用。

④油氣生產後，我國可分得百分之五十的油氣，另外，合作的外商必須向我國政府繳納礦產稅，對方所分得之油氣，我方有權優先購囘，其所繳納之礦產稅，可以等值之油氣代替。

由以上這些原則中，可以了解與外資合作探勘油氣，我方雖然犧牲了一些利益，但是由於我方不負担探勘期間的風險，而且油氣生產後，合作之外商繳納礦產稅後，實際所獲得的油氣只有四分之一而已，所以這種合作方式對我們是有利的。

不僅如此，外資合作開發油氣的期限爲二十年，期滿後，外商雖得申請延長二十年，但是否同意之權操在我國手中，如果屆時我國不同意延長，外商就必須退出，不得繼續經營，這一條件對於主權國更爲有利。

二、從探勘到生產——一段相當長的路

高雄外海已鑽到油氣的F—1號井，與香山外海即將完成的另一口井，只能說是我國探勘海域油氣邁向成功的一個起點而已；是不是，有商業開採價值（誰願意花兩塊錢的資本去開採一塊錢的油）？還有很多「證實」的工作要做。即使「證實」確有開採價值，要把大量的油氣由海底開採上來再由海上輸運到陸上使用，最快還要三年半到四年的時間——這是一段相當長的路。

其次，油氣與石油不能混爲一談。理論上說，一塊探採地區，有油必有氣，其中絕大部分是天然氣，但是有氣不一定有油。目前在台海所發現的油氣，另有一部分是凝結油。所謂凝結油，基本上仍是天然氣，只不過由海底噴出來的時候，因爲壓力及溫度的變化而凝結成油。天然氣或凝結油雖是重要能源的一種，但因它的成份比油少比油輕，所以用途也比石油少——至少不能煉製成使汽車和飛機用的汽油。

不過，以我國探勘海域之廣大，誰也不能排除發現石油的可能性。我們只能說，目前所發現的是油氣而已。

使得舉世擾攘不安的石油及可以取代石油大部分功能的天然氣，都是深埋在地底——或者陸上或者海底——的天然寶藏，要把這種寶藏開發出來使用，可眞不是一件容易的事。而且由於工作條件的大不相同，海底比陸上更要困難若干倍。單就開發費用來說，兩者是六與一之比。目前一口生產井的開發費用，約需二至三百萬美元。

經過繁雜而費錢的試驗與測量，確定某一海域有蘊藏石油或油氣的可能性之後開始派出探勘船到茫茫大海中選定井位，進行鑽井探勘。這一工作不僅需要很長的時間，花費巨額的費用，而且更是充滿危險的工作。以目前英國正在進行的北海石油開發工作來說，早在一九六四年就開始工作，投下鑽探的資金已在十億美元以上，在海上喪生的工作人員也有四十三人。

探勘船若鑽到油氣，只是表示這一海域有油氣，不能肯定就有石油。而且，僅憑一口探井，就認定就能開發油氣是很危險的。因爲要開採油氣，所要投下的資本更大，因此必須多鑽幾口井來試驗，這就是所謂「證實井」或「佐證井」。

高雄外海目前雖已有一口井發現了油氣，但是還必須再開三至四口井，如果都成功，才能確定該海域有開發價值。這一工作最快要到本年底才能完成，所以雖然國人甚表關切，政府却不能對海域石油之開發，作肯定的宣布。

或者有人認爲，既然探井已冒出油氣，爲什麽不加利用呢？

事實恰恰相反，探井所發現的油氣不僅不能利用，而且探井本身必須加以封閉，變成廢井。然則，這豈不是一種很大的浪費嗎？

浪費或者不免，但有事實的必要。因爲正式開採的油井，必須裝設許多價值高昂、工程浩大的附屬設備，像工作台、控油設備、運輸管路、儲油設備等等，非如此即不能搜集、儲藏及運輸所冒出的油氣。探井是試驗性質，勿需在這一方面投資，所以不能做生產用井。

其次，如果探井不加封閉，一方面因不能使用而形成浪費，另一方面會造成海上的危險和汚染。

如果到今年年底，在高雄外海另外鑽探的三至四口佐證井都能像F—1號井一樣，能夠冒出油氣，而且證實確有商業上的開發價值——由於它的投資比陸上要貴六倍，所以它的蘊藏量應該比陸上多出六倍以上，才值得開發——那麽，我國政府就要與合作的外商，各出一半的資本，開始進行開發與生產。此一開發與生產的過程，比探勘階段更複雜，更費錢。首先要在含油氣的海域內建造若干海上固定工作台，每一個工作台要鑽「定向彎井」十至廿口，然後將鑽井設備移走，改裝井口開關裝置，集油氣歧管管置，油、氣、水分離器及計量器等生產設備，再將各生產井所生產的油氣，以管線匯集於海上油氣站，準備輸送到陸上。

輸送油氣到陸上，需要在海底敷設輸送鋼管，幾十公里的鋼管加上技術上的費用，開支之龐大是不難想像的。

至此，這一海域油氣的探勘開發工作，才算大功告成，嚐到甜蜜的果實。

英國北海探油工作自一九六四年開始，已進行了十一年，到現在還沒有正式生產。我國海域油氣探勘起步雖慢，但進度很快，如能在三年半或四年後正式生產，仍是一個很可自豪的紀錄。

誰知桶中油，滴滴皆辛苦！

劉兆溪是在高雄外海「伍德和」號鑽井船上工作的一位技術人員。他說，在鑽井船上工作，有優厚的待遇，有第一流的生活享受，有最富刺激的工作環境，是「冒險家的樂園」。

談起船上的生活享受，國際觀光飯店也不過如此。空調設備的艙房內，舒適的席夢斯軟床，柔和的燈光，經過精心設計的室內裝飾，極盡豪華之能事；在吃的方面，牛排、炸鷄、新鮮水果和牛奶，隨時供應，而且菜單經常變換。

但是，船上工作的辛苦，却也是外人難以想像的。劉兆溪說，每天十二小時的連續值班，不但時間長而且非常累人。白天太陽烘烤，加上船上柴油引擎散發的高温，大家雖然只穿短褲工作，仍然汗流浹背。到了晚上，寒風刺骨，一個大夜班下來，人人手脚發麻。至於風浪的顚簸，生活的單調，有的人甚至想跳水游回高雄。

不過，他也忘不了當鑽井噴出熊熊火焰，大家興奮得互相擁抱，又叫又跳的情景，長時間的辛勞，一剎那間全忘了。

至於工作的危險性，還不只是個人生命的安危，更包括了價值數百萬美元鑽井船及附屬設備的安全。突然的天氣變化，可以奪去工作人員的生命，更可能使昂貴的設備永沉海底。

根據統計，從一九五五年到一九七四年十九個年頭中，世界上共損失了九十五艘鑽井船及附屬設備。至於人員的傷亡，以英國北海的海底石油探勘爲例，從一九六四年到現在，已有四十三人喪生。

很幸運的，我國從六十二年正式與外商合作從事海域油氣探勘以來，不但人員毫無傷亡，而且鑽井設備也一直很安全，偶而有些驚險的場面，在船上工作人員的機智與通力合作下，都能轉危爲安，化險爲夷。

去年夏天，海上風浪很大，鑽井船及補給設備曾有兩次被風浪吹走的紀錄，幸虧我國海軍及時搜救，安全地被拖回港口避難。

由此可見，目前我們所從事的探勘工作，遭遇的最大困難是氣候問題，夏天的颱風，冬季的季候風，往往使鑽井船無法動彈。

鑽井船的安全，完全繫於精確的氣象預報上，照標準的作業規定，一旦有强風預報，鑽井船在三天前就要撤退，因爲鑽井船的附屬設備很多，而且絕大多數都已深入海底，非有較長的時間無法把這些設備安全撤走。等到警報過去，再回到作業區作業，又要三天的時間，所以只要有一個强風預報，從撤退到再恢復作業，最少也需要七天。

去年六月間，高雄外海F——一號井發現油氣後，七、八月間開始鑽第一口「佐證井」，但是因爲氣候不好，時鑽時停，工作效率甚差，後來乾脆停工，把船調到香山外海作業。

除了氣候的因素之外，我們海域石油探勘設備身價百倍，以去年的標準，光是一艘鑽井船，一天的租金就要一萬五千美元，再加上工作人員及附屬設備的開支，一天非三萬美元莫辦。而且，有錢還不一定租得到船。

到去年年底止，全世界共有二百六十幾套鑽井設備，分佈在北海、印尼、非洲、南美及澳洲等海域作業。我們從事海域石油探勘起步較晚，所以過去兩年來，只租到「伍德和四號」一艘鑽井船，由中油公司與其他與我合作的外商輪流使用。

從這個月起，我們增加了兩艘船，一艘是美國富台公司委託我國台灣造船公司，將一艘油輪改裝成的鑽井船，定名爲伍德和八號」，由美國海灣油公司租用，在台灣北方海域作業；另外一艘是美國康納和公司自印尼租來的「發現者三號」，即將參加作業。

既然台灣造船公司有能力改造舊油輪爲鑽井船，爲什麽不自行設計製造鑽井船，以應國內需要呢？據了解，台船公司已作此種準備，只要證實台灣附近海域確實蘊藏大量的天然氣或石油，該公司即將動手建造國人自造的第一艘鑽井船。到那個時候，我國在海域油氣探勘方面，必可後來居上。

除此之外，將來海域油氣一旦進入開發生產的階段，各項設備及材料是否充分，也需預作策劃。以輸送油氣的鋼管爲例，政府一位高級官員去年年底曾到歐美若干國家訂貨，結果由於其他國家捷足先登，只訂了幾千呎，與實際需要量相去太遠。只此一端，就可了解在當前若干國家都傾全力從事海域油氣開發的時候，我們必須未雨綢繆，有計劃的推動各項工作，事到臨頭，抱着「船到橋頭自然直」的落伍觀念，恐怕會誤了大事。

邁向重化工業的起點

就目前的跡象看，我國海域油氣的開發與生產，前途至爲樂觀。重化工業時代的來臨，已不再是一個遙不可及的夢想。

或者有人認爲，既然目前在高雄外海及香山外海所發現的是天然氣及少數凝結油，並非石油，其價値較低。其實，這種想法並不正確，第一，純就發展重化工業的觀點來看，天然氣的用途十分廣泛，其不如石油部分亦可用其他方法加以補救；第二，以目前我國海域探勘範圍之遼闊，蘊藏大量石油的可能性並未排除，只是目前尙未發現而已。

據中國石油公司廠務處長胡紹覺分析，在高雄外海所鑽到的油氣，大部分是天然氣，另有少量凝結油，凝結油的成份與天然氣完全相同，只是由於壓力及溫度的變化，部分天然氣於噴出地面時液化而成流體，它不是石油。

分析天然氣的成份，百分之九十是可供燃燒及製造肥料，夾板膠料的甲烷；百分之六可供裂解成爲塑膠原料乙烯的乙烷；百分之二可作液化石油氣丙烷及丁烷；其餘的百分之二則是戊烷、己烷、庚烷的混合物，可以混入汽油內使用，也就是凝結油。

了解了天然氣的成份後，今後應如何利用這種寶貴的天然資源來發展我國的重化工業呢？

第一今後凡是需要動力燃料的工業，無論是發電、水泥、肥料、鋼鐵等等，均可以天然氣爲燃料，用以取代昂貴的進口燃油。根據有關資料分析，只是高雄外海的作業區，在正式開發生產後，一天所生產的天然氣，可供台灣地區十天使用，而且開發的期限長達卅年。所以今後我國重化工業的遠景非常光明。

第二動力燃料賸餘的甲烷，可以轉變成液氨，這是生產尿素及硫酸錏肥料的基本原料。當今世界糧食減產，主要的原因是肥料不足；台灣地區的肥料生產距離自給自足尚有一段距離，所以每年還需向國外進口一部分，海域天然氣充分供應以後，對我們的肥料工業發展，大有幫助，所生產的肥料不僅可供國內使用，而且還可外銷，賺取外匯。

第三液化石油氣是目前台灣地區最普遍的家庭用燃料，但國內產量不足，需由國外進口。天然氣中含有少量的丙烷及丁烷，可以轉變成這種燃料。目前高雄煉油廠及北部即將完成的兩座煉油廠，都可生產這種液化石油氣，不過均是以進口的原油為原料，將來海域天然氣大量開發以後，液化石油氣的生產可望達到自給自足的目標。但是，以天然氣為原料的液化石油氣生產設備，應該儘速擴充，以資配合。

第四、乙烷裂解變成乙烯，是石油化學的基本原料，凡是可用乙烷製造的PE．PVC等塑膠原料，及乙二醇等，都可以由裂解的方式獲得，今後國內的塑膠工業必將因原料充足而廉價的供應，更上層樓。

第五、丙烷可經裂解，變成丙烯，再轉製成合成纖維奧龍的原料，丁烷等含碳量較多的成份，則可裂解成了量的丁二烯，可以作為橡膠工業的原料。

由以上的分析中可以了解，天然氣實在是我們最寶貴的天然資源，海域油氣大量開發以後，重化工業將進入一個新的階段。

不過，天然氣究竟不是可以提煉汽油的原油。天然氣與原油都是含碳的化合物，但是天然氣的含碳量少於原油，所以不能提煉出汽油、煤油、柴油、重油（即燃料油）及柏油等含有大量碳原素的產品；也缺乏製造合成纖維原料的耐隆、遠克隆及製造苯乙烯塑膠原料的苯等芳香烴族的成份。

不過，前面所提到的凝結油，是天然氣在零下一百六十度的低溫時壓縮而成的，俗稱LUG，由於他的成份較柴油等燃料油輕，非常乾淨，一些工業先進國家都喜歡用作燃料油，尤其日本，大量進口這種凝結油作為發電使用。

由海底冒出的天然氣中僅有少量的凝結油，既然可以用人工的方法，把天然氣壓縮而成凝結油，則將來我們大量生產天然氣之後，即可以此種產品外銷，所賺取的外匯，可以用來購買原油，對於平衡國際貿易的逆差，將大有助益。

其次，這種凝結油因為含有戊烷、已烷，庚烷等成份，可以混入汽油內使用，以減少對於石油的需求量，間接的可以使我國少受國際油價波動的影響。

因此，等到海域天然氣大量開發生產以後，我們的經濟型態必將有一個重大的轉變，如何迎接這一時代的來臨，現在就需要預作策劃與準備。

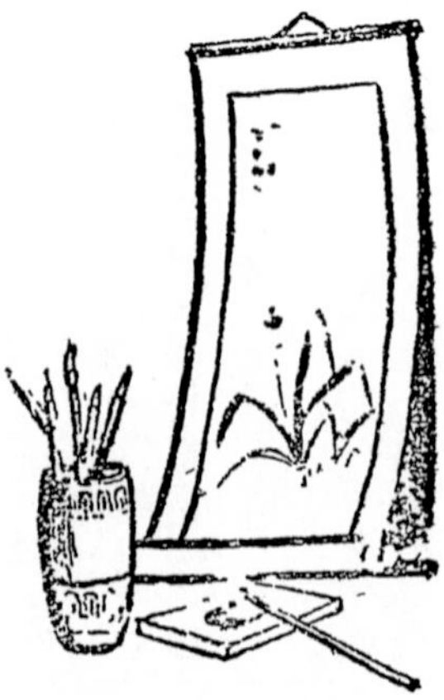

周嵒主浙與杭州撤退

·裘軫·

民國卅七年六月，中樞發表紹興籍之陳儀（公俠）爲浙江省政府主席，半年後，大陸局勢逆轉，蔣總統宣告引退，代總統李宗仁試與共黨和談，人心惶惶，士氣低落。陳儀有意附和局部和平，希冀策動上海保衞戰之總司令湯恩伯一致行動。湯爲愼重計，特赴奉化請示於總裁蔣公，並將陳之原函呈閱。蔣公惱怒陳之翻覆，不能忠誠堅守立場，立命湯褫奪其主席職位，並加看管。湯以主持上海保衞戰，無法兼顧浙江主席，請另簡賢能。蔣公激怒之餘，命湯保舉自代。湯沉思有頃，乃謂周奉璋（嵒）在杭州，由他出任主席好不好？蔣公允准，並命侍衞長電話周氏，飭其星夜趕往溪口，面聆機宜。當時除湯在座以外，尚有朱家驊、俞鴻鈞、鄭彥棻等陪侍在側，僉以周拘謹誠樸，必需練達有爲者相助，方能支撐危局。周未到前，蔣公諮商在座各位之意見，安排陳良（初如）爲省府秘書長，蔣堅忍爲民政廳長，李季谷爲教育廳長，財政廳長爲陳寶麟？（也許記憶有誤）僅建設廳長，尚未核定。周到後，稱以從未執政，力不勝艱巨爲辭，蔣公未予採納，僅令保舉建設廳長，周即以舊部曾任七十五軍軍長之柳際明出任，蔣公允可。周嵒當夜趕返杭州，次晨親率一連兵力，在杭州昭慶寺附近石塔兒頭省府賓館（原爲杭州日本領事館舊址）佈崗置哨，自投名刺，求見陳主席。陳起身盥洗出見，連呼：「周排長！這麽早找我有何事？」蓋陳在孫傳芳據浙時期，陳已任師長，周則爲排長，且周之名「嵒」比較突出，印象頗深。周則温言呑吐地說：「報告老長官，有件爲難的事，要請老長官多幫忙！」陳爽朗地說「要怎樣幫忙？你說好了。」周說：「其實也沒什麽，就請老長官在官邸休息，不要外出。陳反應敏銳，「哦」了一聲，即說：「我懂了，這個亂世，得卸仔肩，求之不得呀！」周即坐陳之杭州第一號汽車駛往省府，發佈接事命令，同時調來二連士兵，担任省府警衞；而將原有担任省府警衞之保安團立命開赴南星橋營房待命。

周嵒，是嵊縣華堂人，保定三期出身，曾入陸大深造，在浙軍服務多年。民國廿一年升任第六師師長，在江西勦共，迭建殊勳。第五次圍勦更與七十九師樊崧甫攻克廣昌，進而擊破共軍在小松、驛前之堡壘地帶，迫使共軍突圍西竄。抗日事起，參與淞滬戰役，因功獲升七十五軍軍長，復轉戰於台兒庄及參加武漢保衞戰。民國廿九年駐守遠安、興山、荊門、當陽一線，有功獲升第廿六集團軍總司令。抗日勝利時，奉命接收宜昌、沙市、沙洋地區，旋以復員關係，改編爲第六綏靖區司令官。卅六年遷調豫東商邱爲第一綏靖區司令官兼行政長官。卅七年中原戰役與共軍相持，但其前線指揮所副總司令區壽年指揮不當，區及七十軍長沉澄年，第六師師長林曦祥，均陷敵手。中原戰事逆轉，奉命調駐江北淮揚一帶整訓。顧希平、葛武棨等運用軍事當局之關係，向周推薦人事，干涉經濟，不一而足，周則虛與委蛇，未能全照彼等意旨辦理，致遭貶抑，免去第一綏靖區司令官及行政長官，改由丁治磐接任。周則調爲杭州警備司令，沒有部隊，沒有編制，光幹司令一個，上有浙江全省保安司令，下僅憲兵一營，警察千餘人。以第一綏靖區司令官作此安排，想任何人都會感到受不了，但周的想法與衆不同，他認爲能不參與徐蚌會戰，回到西湖邊老家（周在湖濱有別墅）求之不得，自樂其樂，打算告老還鄉。但他離開第一綏靖區時，帶一營兵力來杭。他與人無爭，對杭州警備司令亦無業務可辦，且過退隱林泉之生活。他做夢也想不到浙江省主席竟會落到他的頭上，乃命運所安排歟！

浙江省府改組，事前一無所聞。而被羅致之各廳長以上人員，均感意外。他們都認爲周之爲人，穩健有餘，處此逆境，應變則非所長。陳良、蔣堅忍等均藉詞婉辭，周獨力支撐，僅約兩個月時間，南京陷落，京官難民，均湧向京杭國道轉浙贛鐵路疏散，杭州秩序大亂，共諜潛伏活動，此時紛紛出面，欲爲共方建功。原期劫持周主席，但省府內外警衛，均爲周之親兵，武裝保護得宜，共諜眼瞪瞪，亦莫奈何。此時各馬路停滿由南京撤退之公私大小車輛，共諜呼叫亂民佔坐司機座，不許開走，美其名爲人民保產。周到任僅約兩個多月，一切尚未整飭控制，遭此巨變，自難獲致完滿之撤退。省府人員隨周到職者，願繼續追隨，多數老職員坐守觀望，教育廳長李季谷且向共靠攏，僅有二十餘輛卡車衝過錢塘大橋，經紹興撤向甯波，至定海方得喘息。而周之同鄉亦有若干不肖之徒，受共黨洗腦，遣來浙江從事「策反」工作，例如尹錫和曾任山東王耀武兵團之兵站總監，嗣因吳化文變節，王耀武兵敗被俘，尹錫和投共，願往浙江進行「策反」。因周主席亦爲嵊縣鄉誼。尹與周並無淵源，尹乃找到周之舊屬錢法銘，錢是黃埔三期，尹是四期，又是嵊縣同鄉，固爲早相熟識之人。錢在抗日時期，是第十三師政治部主任，十三師原是鄂軍，自夏斗寅、萬耀煌、方靖、朱鼎卿遞嬗師長，方靖時期已歸屬周之七十五軍建制。後來方靖奉調十一師長（未到差）師長即由朱鼎卿升任。抗日勝利後，朱鼎卿代表鄂軍碩果僅存者，對省府主席張篤倫有發言權，保舉錢法銘出任宜昌行政專員，不久又調沙市行政專員，他不學有術，後來朱鼎卿出任湖北省主席，朱、錢兩位都是乖乖地向共方辦清交代之人。錢以浙江人願返浙建功，他向周主席要求畀予民政廳長，未遂所願，心懷怨望。在杭州撤守之後，周給他安排担任省府寧波辦事處主任，同時要他照顧周老太爺沿途安全，可是錢法銘認爲省府播遷定海，還能有何發展，他滿腦子投機取巧，不辭而行，潛往杭州向共軍靠攏，和金仲椿做了搭擋，以爲共軍對他們假裝前進，一定很欣賞。金仲椿自崇仁金氏破產後，他追隨當年還在幹七十五軍軍長的周喦。周顧念鄉先輩大富翁金祿甫之後，給仲椿一個參議名義，有一份糧餉，逃難坐車，也可有方便之處。於是從漢口西上重慶（廿七年秋冬間）適有熟友陳哲生（留法出身）膺命第廿兵工廠長（局址在重慶對江銅元局），正在延攬人才，積極籌劃開工。金無兵工方面之專長，就派給他担任福利處長，當年搞福利，在物資奇缺的抗日時期，是最容易撈外快的好差使，但是金仲椿一朝得意起來，老脾氣又發作了，專斷獨行，連陳廠長也不在他眼中受尊重，同事之間更不用說了。他利用公欵表面說是定購奉節烟煤，實際上是支持他的老弟金叔鼎，在奉節經營煤礦。叔鼎也有富家子弟壞習氣，一派老闆架子，處理業務，祇懂「官腔」和「吩咐」，煤事一竅不通。奉節煤質確爲全川之最佳者，但煤層薄，費工多，產量少，經營莫不大蝕老本。這件事金仲椿無法向陳廠長交代，便說奉節方面，非親自去考察不可，就此離開了兵工廠。到了奉節，他不從根本上瞭解眞相，祇以爲資金不足，無法增產。這時周喦是第廿六集團軍總司令，駐節香溪至興山間之泗香溪，金仲椿一不做，二不休，就去前方找周寬籌資金，周以總部經費不多，七十五軍則由施北衡、柳際明在交替，施柳不是周之舊部，而是上級派委的，他實在無法給予支援。但第六師師長張珙（韞琮）剛剛交卸師長，升任副軍長，正有二十萬元，無處存放，便給金仲椿鼓其如簧之舌，作爲奉節煤礦之投資。金本人仍要求周老總給予安頓，乃向中央組織部軍隊黨務處周兆棠（市亭）保舉，爲廿六集團軍特別黨部書記長，人員及經費雖均有限，總算還是一個單位。爾後周總部改組爲第一綏靖區，移節河南商邱，那時中樞爲了戡亂，實施軍政合一，駐區以內，得權宜委派縣長，省政府應予追認。金仲椿做官心切，乃得外放永城縣長。但與共軍一次激戰中，金亦被俘，接受洗腦，命其返浙爲人民立功。金以周已任省主席，他順理成章，企求出任省府人事處長，周還在考慮，金自己誇言人事處長一職，已蒙周主席同意，到處招搖，希望出任縣長者，天天在金左右奉承。當然周亦有所聞。事情就延擱起來。一直到杭州撤守，金仲椿之任命，仍未發表。這時金惱羞成怒，表示前進，在杭州天天寫文章罵周，讓共報充滿清算之資料。周到定海，省府已無財源，人事凍結，暫維撤退到定海之省府員工，亦僅數十人而已。此時上海保衞戰已告結束，各部隊潰散之官兵，周則全力收容，編組七十四軍，以吳仲直爲軍長。其時太康艦駐節普陀洋面，領袖蔣公在島上天福庵小住一段時日，周得以面報當前種種困難。關於經濟方面，奉准在台灣撥出一千五百萬銀元充作浙江省銀行之基金，以資發行銀元券，向敵後發展。省府秘書長因陳良未就（陳去了上海做吳國楨市長的秘書長，後來吳稱病請辭，上海市長先由陳代理，旋即眞除），迄今虛懸，周一度挽請嵊縣籍之陳成（志賡）來担任；但陳以不勝繁劇，又不願捨棄立法委員，他保舉早年爲楊永泰（暢卿）任湖北主席時期之秘書長盧鑄瓜代。盧固斲輪老手，但年事已高，體力虛弱，已不能治事，坐領乾薪而已。民政、財政、教育各廳長；爲撙節開支，不另委補，建設廳柳際明獨力撐場面，闢機場，建碼頭，頗能配合軍事要求，戮力以赴。周對東南長官公署（在台北）聯繫不夠緊密，適郭懺（悔吾）交卸聯勤總司令在台灣閒散，周與郭爲保定三期砲科同學，又在抗日時期六戰區參謀長任內，支持周之廿六集團軍最力。今周特向東南長官公署要求，在定海設立長官公署指揮所，以郭懺爲主任，上峯亦予照准。不過不到半年，郭在定海罹患中風，全身癱瘓，口不能言語飲食，雖經專機送回台北治療，拖了一段時間，終告不治。舟山羣島共駐三個軍，給養供應，時感捉襟見肘，且有江蘇省府丁治磐，浙東行署兪濟民均駐普陀，食用浩繁，海島上無生產，全賴台灣運補接濟。卅八年秋颱風季節，浙東行署重要人員由普陀專輪開赴沈家門公幹，在驚濤險浪中，輪將覆沒，但沈家門守軍不加援救，且開槍阻其靠岸，終致全葬身海底。事後兪濟民向守軍長官交涉善後，反指彼等未經奉准泊岸，守軍本於防守有責，並無不合，對於善後事宜，亦置不理。兪濟民氣憤之餘，就去台北向上峯申訴，周之主席乃奉令交與石覺（爲開）。到卅九年夏初，國府以播遷台北以來，財政至感拮据，舟山各島軍民，均賴台灣補給，爲減輕負荷，決定自動撤守，石覺處事縝密，一無損失，順利完成任務，深獲上峯之嘉許。

海參鷄臟燉湯 可治療糖尿病

台灣省立台南高商校長陳家洋，對糖尿病之治療提供一則祖傳秘方。據陳校長稱，這種秘方既經濟而有效。經台南多人服用，服後果見奇效。茲特介紹如下：

①清水一小碗，②鷄的內臟－肝、心二兩，③生薑三大片，④海參四兩。用燉器放在鍋裡燉熟，連湯帶物全部食下，不須加任何其他佐料即可。

上項藥方，祇要患者記住①、②、③、④的四種比率，每天祇須花費三數元。假如你是糖尿病患者，不妨照秘方一試。

臨風追憶話萍鄉（七）

張仲仁

十八窩獵豹

前次講到我師祖黃文才恒才倆兄弟及我師父梁炳芳的點穴功夫，確實是高人一等。今次我要具述他師徒們憑武功打猛獸的經過，這是我梁師傅親口告訴我的，而我也親眼看到他們獵穫物的標本。

一次，黃師祖及梁師傅等在萍鄉東區十八窩，圍狩了有三天之久，獵穫獸物無數；但在最後一天竟遇到了一隻很罕有的金錢豹，大約有兩百斤重量，此豹形態精靈，毛色美麗，然而兇悍異常。黃師祖等發現此金錢豹，不覺又驚又喜，因普通打獵，很少會遇到虎豹及紅毛大野豬，而獵人也不想遇到此種猛獸，免得又麻煩又危險；獵此種猛獸，祇宜在晚間裝制弩箭，弩箭上塗麻醉藥，讓牠自己踏陷阱再捉，比較沒有危險性。如在白天圍獵，明槍射擊，如果不能一擊立中要害，危險性實在太大，因爲受了傷的猛獸，兇殘萬分，牠一定會殺傷人，因此獵人決不冒險去撩撥牠，大都讓牠自己走遠算數。

但黃師祖不是等閑人物，他師徒武功高超，絕不會怕此金錢惡豹。師徒們全神貫注，先隱藏本身，然後挨豹慢慢行近射程，黃師祖首先發射一槍！可惜並未中豹要害；但見該豹因突然中槍，吃了一驚，大吼一聲！隨即一跳而起，兩眼凶光四射，竟毫不猶疑的朝向黃老師傅藏身處猛撲而來！跳躍之快速，動作之敏捷，有一閃即到之勢；梁師傅雖立即補射第二銃，還是未能阻遏衝來的兇勢，眼見已到黃文才老師傅藏身之所；所幸黃老師傅乃狩獵老行家，他避過豹的衝勢，位置已在大豹的右後側，用迅捷的手法換銃再射擊，這次直射金錢豹的肛門部位，果然正確射中，火藥及鉛塊已重創豹的內臟。然而還是不能立即致之死地，兇猛的金錢豹，還是能發揮牠潛在的威猛後勁，所謂垂死掙扎，更加驚人！祇見牠稍停一下，又一縱跳直竄向梁師傅蹲身之處；此時因雙方距離太近，再次開槍是不可能的事。

好一個勇武的梁師傅！他臨急不慌，鎮定應付，決定要制伏此又美麗又凶惡的金錢豹。他在萬分險惡的形勢下，迅即趨步向前穩住樁勢；此時豹已到了面前，梁師立即提起鐵槍，用槍尾裝上之尖刀斜刺豹子的雙目，他眼明手快，一招即得，刺中了豹的左眼；此豹因受重創劇痛而前爪狂舞，張開大口，露出白森森的尖齒，如給牠抓到、咬到，定會皮破肉碎。好梁師傅！他一面避開牠的利爪奮神力將槍桿雙手用力挑起舉高，竟將金錢豹的大頭挑向朝天，好似望天獅子一般。而此刻黃文才老師傅已縱跳趨前，舉槍桿橫掃一擊，豹的一隻後腳隨勢折斷，在前後夾攻之下，這隻兇猛的花豹終被制伏，牠此時祇有透大氣的份兒了。

打獵當然要具備豐富的經驗，及各種獸類的知識，才能減少危險，然後滿載而歸。但此次梁師傅獵豹，是與衆不同的，他所用的招數，是將銃桿作木棍使用，因他的銃尾曾裝一柄尖刀，當刺中豹眼後，就一挑而起；這手功夫，就是一鑽一挑的撩陰棍法。凡學過武術的行家都知道，因爲這是很普通功夫，可是在實地使用時，就會顯出功夫的深淺。你要用得恰到好處，而且手法要靈敏，部位要準確，尤其要緊的是絕不可有恐懼心理，心一慌，手腳就無力，任你多大本領，也無法使出；所謂「心慌意亂」，在間不容鬆的當兒，頭腦不清醒，怎能化險爲夷呢！吾師之所以能勝，並非僥倖，乃是他苦練的成果也。

再說虎豹撲人，是跳高俯衝擊下，脚爪先抓人；而紅毛大野豬，牠是頭向地面，從不跳躍，短短的四脚好似飛毛腿一般的快速；牠們都有靈敏的感覺，知道發射牠的方向，因此朝開槍發射者直衝而來，必要報復傷害者。

梁師傅刺中金錢豹的眼睛，乘勢將頭挑起，豹子的前脚離地懸空，就不能再跳躍前進。但獵野豬正好相反，如刺中豬頭，要將牠的頭壓低在地，使牠無法前衝，牠如再用勁衝，祇會打跟斗四脚朝天。這是獵猛獸的最寶貴經驗，不可不知。

四不像怪獸

黃師祖和梁師打獵，有一次還獵獲一隻奇形怪狀的野獸，眞叫不出牠的名稱，只能稱之爲四不像。該獸約兩尺半高，三尺多長，有一百幾十斤重，牠好似虎面貓形，頭上却長有兩只短角；嘴似野豬，圓而突出；尾巴似狼，長而特大；身體圓滾，像一大筒布；毛有半寸長，黑中帶棕色，光滑如軟緞；四脚像虎爪十分銳利；牙齒尖短很整齊。簡單點來形容牠：貓頭虎爪豬嘴巴，狼尾狗身頭生角，深棕毛色光如緞。是否古書所載的四不像，就不得而知？據說在追趕緊急，牠發怒咆吼，露齒發惡，跳跑得非常快捷。

捕獲此怪獸時，費了很大的週折及精力，同時還咬傷了兩頭獸犬；整整的跟踪追趕一天，直到傍晚，集四人圍攻之力，才將怪獸逼落深坑捕獲。可惜這樣稀罕的一頭怪獸，因爲不容易活捉，祇好先將牠擊斃，如能捉住活的，運到大城市動物園，也好讓專家研究，到底是何種動物交配而成爲如此模樣。

師祖黃老師傅將這張怪獸皮剝下，用石炭消毒吹乾，再用綠豆壳裝滿，四脚用木棍支撐；皮毛撕破之處，小心用針線縫合，然後擺在他的練武房中，日常欣賞這頭奇異的標本。

後來一位收購獸皮商人，願出二十銀洋收買，但黃老師傅不肯賣。該購商人還是不肯死心，定要將標本買去，價錢竟是提高到一百五十銀洋，然因黃老師傅要留作紀念，隨你出多少錢少錢也不肯出讓，眞所謂「有錢難買不賣物」。三十年前在鄉間一百五十銀洋是相當大的數字，商人肯出此價，可證明怪獸皮確實罕有及貴重了。

在十八窩圍獵中，還獵獲過一只小怪物，約一尺高，尺半長，四斤多重，混身是肉，頭似蜥蜴，但嘴唇較短向上翹；尾巴短短約五寸長，也是向上翹，全身淺黃色，既無毛也無鱗，說像黃鼠狼，但遍體無毛；說像蜥蜴，但脚長尾短；兩眼特別大、叫聲似青蛙。

吾家祖居萍鄉，鄉下除良田外，高山峻嶺一樣出產豐富，樹木分松、杉、樟等主要木材，還有南竹林是造紙的原料。每屆假期回家，父母必定要我們兄弟巡視各處山林，間中也趁熱鬧去參加地方獵隊狩獵，因此各種飛禽走獸，見過的也不在少數，但是像這種小怪物却從來沒有見過，眞還叫不出牠的名來呢！天下之大，無奇不有，這種怪物，又豈是居住在香港地方的人能想像得出的呢！也許讀者還以爲我在講大話，那就眞寃枉之極了。

神泉湧福地

吾師梁師傅和師公黃老師傅是居住在近萍鄉、宜春邊界的洋溪大山；大山分幾條支脈，其中有條支脈直通萍鄉東區。該處叢山峻嶺，延綿百數十里之遙，山窩起伏，連續不斷，共有一十八個山窩；此即吾鄉著名的所謂「十八窩」是也。此山高峯插雲，叢林密佈，但深山中却有清泉溪流；在高大的樹林之中，彎彎大曲地溪水淙淙流過，眞乃巍巍高山，淺淺溪流。但奇怪的是處處山窩都有一泉清流，唯有最末的兩窩是乾地，並無泉水湧出。原來這是有一段神話傳說的。據說：在很久很久以前，大山有條逆龍，潛伏修道，已有幾百年之久，但尚未成正果；一晚狂風忽起，接着大雷雨降臨，引至山洪爆發。

這時逆龍竟狂性大發，出山闖下大禍！所經之處，洪水泛濫成災，人畜死亡不可計數，房屋倒塌，田園淹沒，以至生靈遭災，苦不堪言。

幸虧當時有一位許眞君道人，他已修道成仙；眼見逆龍爲禍，本着慈心善懷，要拯救生靈。他攜帶寶劍，出門準備收伏逆龍；他認定方位，追趕逆龍至萍鄉東區，逆龍正在該處爲患，雙方遇到已無法逃遁，眞君大喝一聲：「孽畜」！寶劍就臨頭刺下！誰知逆龍就不甘被刺，就地一滾，避開刺來的寶劍。眞君一劍未刺中逆龍，但寶劍的刺力太大，竟直深入山地中；等眞君用力將寶劍拔出時，該處立有一股清泉隨着寶劍湧出。逆龍一連滾走逃生，許眞君在後一路追殺，趕了十六座山頭，也就連刺了十六劍；一直追至最後兩山窩，逆龍拚命逃生，滾得好快！許眞君未曾來得及趕上，竟讓牠逃過了！因此少刺了兩劍，也就少了兩井泉水。

十六窩被寶劍刺中，均有清泉湧出，而最後兩窩沒有刺，也就沒有泉水；因而影響兩窩的樹木生長。十六窩叢林茂密，而後兩窩荒山禿禿，草木不生，這是自然的道理。

江西萬壽宮

十八窩的十六道清泉，滙集成爲溪水流出，到了平地，就是一道河流，鄉民們就用此清流，灌溉了很多田園。這是眞君因刺龍而賜於農民豐衣足食的恩惠！因此江西很多縣份，均有許眞君收伏逆龍的遺跡。後來江西老表爲表示對許眞君感恩圖報，各縣各市鎮都建造一座「萬壽宮」。正殿所供奉的，就是這位許眞君神像，白面長鬚，儀表威武，令人看了肅然起敬。省會南昌也建造了「萬壽宮」，建築規模更具宏偉莊嚴；宮殿旁且有逆龍井的古跡。

據說後來許眞君還是追上逆龍，因他的法力無邊，終於擒獲了這條逆龍，用鐵鍊綁住，鎮壓在道院的井底，逆龍屈服在眞君的威力之下，曾詢問許眞君說：「我何時能離開此井？」當時井旁豎有大鐵柱一根，是鎖住鐵鍊的。眞君見問，隨手拍一拍鐵柱，然後說：「鐵樹開花，放你回家；鐵樹結果，協助你成正果。」

不料有一晚，道院中的伙伕提着燈籠去井裡打水，將燈籠掛在井旁鐵柱上；逆龍在井底突然看見鐵柱上的燈籠，以爲鐵樹開了花，高興得就想跳出井來。伙伕忽然聽到井底鐵鍊聲大響，同時井旁四圍土地震動很劇烈，嚇得目瞪口呆，急忙跑去禀告眞君。當眞君趕赴井旁一看，鐵柱上的燈籠，還是照耀得很是光亮，他就知道井底的逆龍以爲是鐵樹開花，就要眞君遵守諾言。

許眞君對着井底言道：「這是燈籠，並非鐵樹開花。」隨即將燈籠取下，再燒一道靈符加重鎮壓之力。再次向井底吩咐：「孽障！孽障！你殘害生靈甚巨，觸犯了天條，玉皇大帝旨意，要鎮壓你永不得翻身！」從此以後，再無發生任何異動了。

江西各縣市的「萬壽宮」，香火都很旺盛，宮殿對面建有舞台，以便酬神還願演神功戲。抗日戰爭爆發時，後方各處籌設抗敵後援會，有話劇京戲等文藝活動，到各處公演時，各市鎮「萬壽宮」的舞台，正好用來演劇，很是方便。

「萬壽宮」不止在本省，在全國大都市均可看到「江西萬壽宮」的建設。宮內有江西會館的設立，在外鄉的老表如有需要，均可住宿；會館有福利基金，收費特別便宜；對流落在外鄉的江西同鄉，刻意照顧，這是值得稱讚的。

有關「萬壽宮」許眞君的事跡，據長輩們說，在省誌縣誌均有記載。雖然現在聽起來，未免太過神乎其神，在江西的長輩們講起來，却是眞實的事跡。筆者離開家鄉時尚年輕，因此所知有限，不過當路過廣州時，曾參觀過當地的「江西萬壽宮」，建築也頗雄偉，可惜如今一切均已失陷紅潮！連同那造福地方底美麗神話，一概湮沒無聞。

談西山會議派

——中國國民黨一個最早反共的團體——

·陳錫璋·

自民國十三年一月，孫中山先生採取「聯俄」、「容共」政策，改組中國國民黨後，時有若干資深黨員，對於「容共」已頗有異議。惟共產黨徒係以合法掩護其非法，到處發展其勢力，並排斥中國國民黨，俾達到其奪取政權的陰謀。迨至是年六月間，中國國民黨廣州市黨部執行委員會提出「揭破共產份子陰謀」之糾舉案，繼而中央監察委員鄧澤如、謝持、張繼等，認爲「目前共產黨團在本黨中活動，其言論行動皆不忠於本黨，違反黨義，破壞黨德，確於本黨之生存發展，有重大妨碍。」乃於六月十八日，根據共產黨陰謀破壞中國國民黨之決議案，臚列證據，提出彈劾，並請中央執行委員會，「縱速嚴重處分，俾本黨根本不致動搖。」

這個彈劾案中所提出的證據是什麽？據青年黨領袖之一李璜著學鈍室回憶錄第六章云：「鄧澤如、張繼、謝持以國民黨中央監察委員身分，根據共產黨陰謀妨害國民黨的議決案，提出彈劾。其彈劾案中所舉之陰謀妨害的議決案，即曾慕韓（名琦，四川隆昌人。）交與曹四勿（任遠）轉交謝持的這本小册子的原文——「共產黨加入國民黨之秘密決議案。」」

共產黨到底怎樣利用不法的陰謀與方法，來奪取中國國民黨的政權？據李璜之「學鈍室回憶錄」第九章云：「民國十四年夏，少年中國學會舉行年會後，共產黨人鄧中夏（名康，湖南人）、惲代英與楊賢江（字英甫，江蘇人）等，至上海民厚里一七一九號醒獅週報社，請我們停止攻擊國民黨之聯俄容共，並請我們也去加入國民黨，共同操縱國民黨的黨權，以便奪取政權。惲代英親口又對我說：『國民黨內部早已腐化，只靠孫中山先生一個領袖聲望在籠罩住，方勉强維持一個假局面，中山一旦死了，則國民黨便要公開解體。但國民黨有革命烈士打倒滿清的犧牲成績，其所餘聲光仍可利用。我們還把國民黨當作一具死屍，即要去借屍還魂……』」由此可證共產黨人只求目的，而不擇手段之卑劣行爲。

當時孫中山先生仍希望共產黨員能夠幡然覺悟，履行諾言，共事革命，是以祇決議重申紀律，以爲約束。同時共產黨徒亦懍於孫中山先生之威望，不敢爲之過甚，而兩派之鬥爭，亦因之得以制衡。但自孫中山先生在北京逝世後，共產黨徒的行動，更見明目張胆，爲所欲爲，黨內糾紛，從此叢生。中國國民黨內部遂漸形成左右兩派之爭。互爲水火，而共產黨乘機利用，國民黨勢力便互相抵銷了。

至民國十四年八月二十日，廖仲愷被刺殞命後，國共兩黨之爭，更呈表面化與白熱化。親共者與共產黨徒對涉嫌廖案之前代理大元帥胡漢民，以「莫須有」之罪名，於九月二十三日逼令離粵赴俄，美其名曰，出使「赴俄考察」；翌日（二十四），汪精衞受鮑羅廷唆使，對「異己」的老同志，採用排斥方式，遂藉「六二三」慘案宣傳，以國民政府外交代表團名義，派遣林森、鄒魯率領離粵抵滬，分赴各地接洽，藉以「借刀殺人」。

此後更無顧忌，不但在中國國民黨內積極展開黨團活動，而且竭力操縱中國國民黨黨務，及分化中國國民黨之內部。

國民黨同志被迫離粵

由於俄籍顧問鮑羅廷權勢繼續不斷的增長，使部份忠於中國國民黨老同志的中央執監委員林森、居正、鄒魯、謝持、張繼、覃振、葉楚傖、邵元冲、石青陽、石瑛、沈定一、戴傳賢、茅祖權，吳敬恒、傅汝霖、張知本等痛恨共產黨之囂張跋扈，及廖案事態之歧形發展，更鑒於廣州中央黨部及國民政府被共黨所把持，不能行使職權，並洞悉第三國際之陰謀，於是先後紛紛離開粵、滬前往北京，協商挽救辦法。

林森、鄒魯離粵至滬後，即與戴傳賢、謝持、葉楚傖、邵元冲等會商決定，在北京召開中國國民黨第一屆中央執行委員會第四欲全體會議，籌議反共。先由謝持入京籌備。林森、鄒魯經九江、武漢聯絡同志於十月十四日始抵北京。

十一月中旬，戴傳賢與葉楚傖、邵元冲、沈定一等，應林森、鄒魯電召，由滬北上，參加北京之反共的西山會議。先是諸人欲在北京中國國民黨執行部開會討論對策，因中共份子于樹德糾衆拒絕。林森乃聯合在北京之執行委員，一度主張將反共會議移張家口開會，又遭馮玉祥袒共而拒絕，不得已仍在北京舉行。

初在北京東城竹竿巷六十三號林森寓所開會。時值北方戰雲密佈，政爭激烈，當由葉楚傖提議定於十一月二十三日改在西山碧雲寺中孫中山先生靈前舉行會議，遂移往距城六十里之西山，租賃山下之香雲旅社爲會議集合場所。西山，在北平西郊外頤和園附近，行程約有汽車一小時，亦稱香山。

十一月十八日舉行預備會議，由監察委員吳敬恒担任主席。詎於翌十九日上午十時，忽有暴徒數十人，各携手杖木棍，分乘汽車三輛，湧至戴季陶（傳賢）等寓居之西山香雲旅社，指戴季陶，沈定一爲共產黨，加以痛毆。繼而擁至城內菜市胡同三十七號中國國民黨俱樂部，脅迫不得與會。戴季陶憤於二十日出京南下，致未參加二十三日之西山反共會議，惟曾與書面聲明，在一定主張下，可以同意會議議決。因此，部份同志受其影響，如沈定一、邵元冲、葉楚傖、吳敬恒等，均未完成會議，即先離京返滬。

先是，在會議進行前，中國國民黨在北京的外圍有兩個組織——一爲留居北京之上海各省同志，及各大學學生改組成立之「三民主義同志會」，另一爲「中國國民黨同志俱樂部」（又稱「民治主義同志會」）——因未獲參加護黨救黨會議，及反對沈定一、戴傳賢二同志之參與，乃用武力「綁走」沈、戴二同志，囚於城內菜市胡同三十七號「中國國民黨同志俱樂部」（著者按：該俱樂部爲中國國民黨人馮自由、彭養光於十四年四月所發起，以反共爲號召。）被迫書寫「自白書」後釋放，結束了此一滑稽的鬧劇。

據李雲漢著「從容共到清共」第四一三頁云：「西山會議之發動者爲林森、鄒魯。其肇端於民國十四年九月，林、鄒率領廣東「外交代表團」北上，名爲「被派」，實則「被擠」。蓋林、鄒反共極力，於廖被刺後，中執會於十四年九月三日決議，推林森繼廖出任常務委員。因此引起鮑羅廷所忌，乃設計決定排擠而去之。」

西山會議通過要案

「西山會議」於民國十四年十一月二十三日，在北京西山碧雲寺孫中山先生靈前，舉行中國國民黨第一屆中央執行委員會第四次全體會議。由林森任主席。出席此一會議之第一屆中央執委八人，候補中央執委四人；中央監委二人。會期十日，正式舉行會議二十二次。

參與會議出席人員，計有開會前參與，而後被逼離京返滬中委戴傳賢；會議開始時參與，旋即離京赴滬者，有中委葉楚傖、候補中委邵元冲、沈定一、監委吳敬恒（曾爲預備會議主席）等五人。始終出席會議者，有中央執行委員林森、居正、鄒魯、覃振、石瑛、石青陽；候補中央執行委員茅祖權、傅汝霖；中央監察委員謝持、張繼等十人。

關於「西山會議」出席人數與姓名，各書記載是異同。茲抄錄於下，以供參考：

（一）據沈雲龍著「中國共產黨之來源」第47頁云：「據鄒魯『回頭錄』敘述，參加西山會議之陣容，有謂此次會議既然是第一屆中央執監委員，開會來謀挽救黨國，所以到會的人，只有中央執監委員。」

①中央執行委員：

甲、參加會議者，有鄒魯、林森、居正、覃振、石青陽、石瑛、葉楚傖、戴傳賢、沈定一、邵元冲等十人。

（著者按：正式開會時，戴、邵二人未參加；沈定一、邵元冲係候補中委。）

乙、贊成而未出席者，有李烈鈞一人。

丙、因故不能參加者，有胡漢民在俄，熊克武在禁二人。

丁、因係共產黨不許出席者，有李大釗、譚平山、于樹德等三人。

戊、未出席亦未表示贊成者，有譚延闓、柏文蔚，王法勤、于右任、恩克巴圖、丁惟汾和汪兆銘等七人。

己、廖仲愷被刺殞命，楊希閔因叛變而被開除黨籍，及被遺漏者張靜江等三人。

庚、候補中央執行委員參與會議者，有茅祖權、傅汝霖等二人。

②中央監察委員：

甲、出席會議者，有謝持、張繼等二人。（著者按：據張溥泉先生全集—回憶錄部份—第244頁云：「張適在病中，未出席會議；惟仍簽名參與。」）

乙、發動時署名召集會議，並曾參與第一次預備會議，且任主席。正式會議時未參加，吳敬恒一人。

丙、身在廣東，雖未到會參加，但暗中出錢贊助者，鄧澤如一人。

丁、與西山會議絕無關係者，李石曾一人。

（二）據張溥泉先生全集第九十八頁——「與謝持、居正等告同志書」云：「十四年冬，第一次中央執委會一部份執行委員林森、居正、石青陽、覃振、石瑛、鄒魯、戴季陶、葉楚傖、邵元冲、茅祖權、傅汝霖、沈定一，監委有謝持、張繼，開會於北京西山總理靈前，決議肅清共產黨。」

（三）據李守孔著「中國現代史」第126頁云：「出席西山會議者，有林森、居正、石青陽、覃振、沈定一、鄒魯、葉楚傖、邵元冲、張繼、謝持、茅祖權、傅汝霖、石瑛、張知本。」（著者按：此次多出張知本一人。）

因其舉行會議地點在西山，故被稱爲「西山會議」。對於參加北京西山會議之中國國民黨之反共健將林森、鄒魯等同情會議者，世皆稱之爲「西山會議派」。

此次會議，似雖未有若何成就？但亦通過了若干重要議案。茲概述如下：

一、開除共產黨員在中國國民黨之黨籍。

二、解僱俄籍政治顧問鮑羅廷及軍事顧問。

三、取消政治委員。

四、中央執行委員會應從廣州遷至上海。

五、開除汪兆銘黨籍。

六、修正第二次全國代表大會選舉法。

七、決定中國國民黨此後對蘇俄態度。

八、開除中央執行委員之共產黨李大釗等之中國國民黨籍。

此爲中國國民黨人公開反對中國共產

黨之先聲（僅限於分共）。

中國國民黨第一屆中央執行委員會部份委員，因反對廣州共產黨徒把持黨務，憤而聚會北京，假西山碧雲寺總理靈前，舉行第四次全體會議，以示反抗。惟以人數關係，是否合法？似有斟酌餘地。蓋第一屆中央執行委員計有二十四人，此次出席會議之中央執行委員，僅有八人及候補中委四人，以此人數，似未合法定規定。

惟事關政治問題，據黎東方著「平凡的我」第167頁釋示云：「……就法理而論，他們不足法定人數。因爲中央委員共有二十四人，他們才不過十一人，……把中央委員之中的幾個跨黨份子如譚平山等之流開除了，把依附跨黨份子的汪精衛等停止黨籍六個月，然後就補進了幾位候補中央委員，如茅祖權等，因此也就湊足了過半數。」

痛陳清黨分共重要

在西山會議舉行之前，鄒魯、張繼、林森、覃振、茅祖權等，曾連署致函廣州方面負責同志，痛陳清黨分共之重要。文中有云：

「改組以來，機關爲共黨同志把持，凡非共產之同志，則欲揷足而不能，即間借一二非共產同志以爲點綴，亦必出種種手段以執之，俾無自展。……且彼輩之用心，非僅欲破壞吾黨已也，直欲毀滅吾黨之歷史，破壞同志之感情。以展堂與精衛，汝爲與介石論之，皆數十年生死患難之交，而竟使之陷於破裂不可收拾！雙十節竟公然改警告節，醜詆吾黨創造民國之歷史，吾黨稍有心肝者，能無痛哭流涕乎？

「……近月以來，更不堪問。黨權不在最高黨部之中央執行委員會，政權不在最高政治機關之國民政府委員會，而悉集中於政治委員會，鮑羅廷乃以政治委員會顧問之資格，操縱其間。而鮑羅廷所有措施，復先決於共產黨，以故黨務、政務之重要者，共產黨之小學生莫不先知，而吾黨中之重要委員，則冥然而無所聞也。與其謂共產黨同志加入吾黨，毋寧謂吾黨附屬於共產黨之爲眞實。……吾黨同志若不大徹大悟，謀根本之救濟，速與共產同志劃然分開，不使彼輩再行干與吾黨之事，則再過一年，恐青天白日之旗，必化爲紅色矣！

「……即以聯俄言之，亦以其有益於黨有益於國爲前提耳！今如何者？以黨事言，彼固利用共產黨投入吾黨，以便脫胎換骨也。年餘內部之劇烈紛爭，端即在此。……至彼所謂助吾黨者，計不過萬餘槍耳，然盤踞吾黨最高之黨權政權軍權，所謂代價，實太過鉅。蓋鮑羅廷、加倫兩氏，名爲顧問，實則軍政最高之命今者。……此外如外交部顧問、參謀團主任、航空局局長、交通總監、艦隊總監、兵工廠顧問、各軍訓練，莫非俄人。袁世凱借二億五千萬大欵，予人以鹽務稽核，吾黨猶詆之爲賣國。今俄之助我至少，所攫取至大，設有人以賣國責吾黨，吾黨其何辭以對？况乎助我者其名，自爲者其實耶？……

……」

滬粵中央黨部對立

是時被共黨把持的廣州黨部中央執行委員汪兆銘、譚延闓、丁惟汾、王法勤及共產黨徒之中委譚平山、于樹德等，不顧黨內分裂，亦於十四年十二月廿五日發表告海內外各黨部同志書，痛加斥責，並以西山會議不足法定人數，認爲其議決無效，因而在廣州另開第四次中央執行委員會中，決定於民國十五年一月一日召開第二次全國代表大會，屆期議決將參與西山會議之各員，分別予以懲戒，並選舉第二屆執監委員。

惟「西山會議」諸人士，則指出一屆中央執行委員二十四人，除廖仲愷被刺身死，楊希閔因叛亂已開除黨籍，胡漢民被逼離粵赴俄，熊克武因涉謀叛繫獄虎門砲臺，及共產黨徒之中執委譚平山、李大釗、于樹德等三人，自當不能出席外，實際上一屆中執委僅有十七人。可是，出席西山會議者已有八人，並得李烈鈞之來電贊成，實已超過半數法定人數（在粵及其他各地者，計有汪兆銘、譚延闓、柏文蔚、黃法勤、于右任、丁惟汾、張人傑與恩克巴圖等八人），其議決案自可成立。爲貫澈其主張，另設中執會於北京翠花胡同，由林森、鄒魯主持之。而後復將「中央黨部」移設於上海，由謝持等人逐走了盤踞環龍路四十四號的「上海執行部」職員跨黨份子侯紹裘等，正式以「中央執行委員會」的名義發號施令，與廣州中央黨部對立，並創辦「江南晚報」爲黨之宣傳機構。

當廣州中央黨部於民國十五年一月一日在廣州召開第二屆全國代表大會，選舉第二屆中央執監委員時，幾全被共黨份子所操縱。上海方面亦於十五年二月二十九日，在滬呂班路建國中學舉行「第二次全國代表大會」。出席有二十八省市區代表，選舉林森、鄒魯、居正、謝持等二十五人，爲二屆中央執行委員會委員。並在法租界環龍路四十四號，設立中央黨部，而與廣州中央黨部形成尖銳的對立。其間距孫中山先生逝世尚不及一年。

可是，上海「西山派」的「中央黨部」較於廣州的「中央黨部」略遜一籌，致未能被人重視。揆諸原委，據黎東方著「我的平凡」第169—70頁云：「分析起來，原因很多。最重要的是：①廣州中央搶先，在十五年一月一日開了『第二次全國代表大會』，把好幾位上海中央的領導人都請了去，包括戴季陶、邵元冲、葉楚傖等幾位先生，也請去了一度支持過西山會議的吳稚暉先生與孫哲生，上海中央是到了三月二十九日，才在建國中學舉行『第二次全國代表大會』的，後了一着。②廣州中央雖則有跨黨份子潛伏其間，但有牠留在革命的根據地，有全國所嚮往的國民政府與黃埔軍校，在一般黨員的心目中，牠仍是革命的領導機關。上海中央雖則在元老頗多的一點上佔了優勢，又在總理所曾經用作『中國國民黨本部』的環龍路四十四號辦公。但是沒有政府，沒有軍隊，又沒有經費，所有的僅是少數人的一般傻勁。」因此，對政治上未有若大的影响。

談保鑣

高越天

中華電視台演出的連續劇「保鑣」，目前正在無線電視播映，備受歡迎，友朋相逢，頗多人問，您看不看「保鑣」？

「保鑣」的主旨，是以名義正直作爲中心，而以種種邪惡詭怪來磨難正派，其中若干情節，不免太玄太怪，超越了情理，乃是舊派的小說作風，在時代思想及知識意境上並不是上乘，但却配合大衆的胃口。而不需要千軍萬馬的大場面，也較羣英會一類的電視劇易於討好，不過現在劇情發展，是已軼出了保鑣的範圍。有人問我究竟從前保鑣一業眞相如何？因此，我搜翻了若干昔人的筆記及我所會聞，來談一談保鑣。

保鑣本名保鏢。鏢是一種鋼鐵鑄成三角銳形的武器，通常長三寸六分，尾繫紅綢，可以遙擲傷人，有陽手鏢，陰手鏢，回手鏢，接鏢還鏢等各種擲法，須經過武師指教，有武技方能用鏢。至於鑣，則乃是馬的口銜，此字發現得很早，詩經中有「朱憤鑣鑣」，表示馬飾甚盛，而「保鑣」與「保鏢」通，前因鏢客騎馬護鑣，彼此有關之故。查鏢的武器，不見於魏晉以前，六朝時蕭摩訶與北齊作戰，却於馳突陣時，用過一次小鑿，一下就把對方勇猛善射的大力金剛擊死，這可以說是用鏢的先聲。後來也許經過改良，又硏究出了各種打法，鏢也就成爲武師們必有的防身利器。而自宋初開始，禁止人民挾弓矢，犯者有禁，鏢也更普遍流行，在宋代平話中已有鏢的故事出現。但保鑣一業的興起，却要到北宋以後。（梁山泊故事傳得很久，常有其人，有其事，但其中好漢，沒有一個人是保鑣者，可知北宋時尙無此業。）原因當由於宋金交戰，中原萬里邱墟，南北隔斷，盜賊如莽，後雖講和，但人民行旅，非常危險，貨物運輸，更易遭搶劫，於是聘有武力的人隨同保護，逐漸演變，成爲鏢行。到了明初，不少開國名將如胡福、華雲龍等，江淮戲劇中都說是鏢客出身，長於用鏢。永樂時，遷都北京，却仍以南京爲留都。兩都之間，行旅來往衆多，燕魯晋陝川滇更經常有貢品餉項等運輸，於是鑣局就在黑白兩道協議之下，在南京、北京、濟南、徐州、開封、洛陽、西原、太原、大同、成都、昆明各地普遍建立起來。但有一點特殊的，就是浙贛閩粵湘鄂各省，凡是水道交通便利的地方，却沒有鏢局。而祇有「幫頭」，負責船貨平安到達目的地。所以鑣局所保的鑣，多是長程車馬的陸路。

鑣局的總鏢頭及鏢頭，照例要有高强武功，在江湖上是響噹噹有名的人物。還得要仗義疏財，爲黑白兩道中所佩服。鑣局照例與各地方官府中捕役人等有聯絡，也與各地黑道頭兒拉上若干交情。鑣局的規矩，是接了鑣，訂了約以後，就在車上晝揷鏢旗，夜掛鏢燈，指定鏢師或蹚子手若干人負責護送到目的地。鏢師有武技，蹚子手不一定有武技，但路跑得熟，江湖門檻精，消息靈通，與鏢師同樣重要。每到一地，照例投遞鏢帖，拜會當地武師及鏢局，彼此照招，逢到響馬强盜，則先打招呼，迫不得已，才動手格鬬，若敗而失鏢，鏢局除了照賠外，一定要從江湖道上探出是何人劫鏢，約同同道前去追回。若不破案，鏢局就停接新鏢。所以鏢局最怕的是獨脚江洋大盜，憑着身手，在窩藏地區數千百里外單獨做案，得手後飄然而去，那就很難追蹤破案。祇可憑他所用的武器方法，年齡容貌口音等去追查。

過去武術各有門派，各有地區，輾轉訪查，總可以查出來，至於著名盜幫不劫鑣車，則因早已劃下了道子，鑣車平安到達目的地後，在所收鑣費中要提成一份，京劇中所唱的「坐地分贜」，實際上等於間接收了買路錢。鑣局中人物，有時會黑白難分，即因鑣局在官兵無勦匪的地區，不得不與黑道中人打交道。而黑道中人，有時太覇道，劫鏢越貨，硬不賣賬，鑣局也會指點官兵，把他勦捕，可是彼此一結了怨，就報復不斷，保鑣也增加危險，因此，多是私下約期，比鬬了斷，雙方都不願驚動官府，可見從前的官府，是既無能，又貪婪，根本解決不了問題。

保鑣一業，由宋季經歷元明清三朝，達六百多年之久。清初金鏢黃三太，紹興有其人。南京甘鳳池有其人。清季大刀王五，北平更人人皆知。但保鑣一業，至清中葉已漸漸衰落，原因是自從顧炎武在山西創設票號以後，金銀不必用車子運來運去，可用銀票滙兌，銀票藏在身邊，多少誰也不知。盜賊即使劫了，也不敢去兌。此其一。又清政愈不綱，會匪教匪土匪等愈多，鑣局顧東失西，有幾條路，簡直無法可做，此其二。幫會興起，互通聲氣，搶走業務，此其三。缺乏豪俠領導人物，此其四。到了清季，鐵路交通日便，火器槍炮又非刀槍劍鏢所能敵，鴉片流毒普遍，武技亦告衰落，鏢師日少，保鑣業遂一落千丈，祇有北京、臨清、西安、蘭州等寥寥數處。到了民初，竟告絕跡，僅私人聘雇的護衛，尚留了保鏢的名稱。

最後，我記得幼年時，還時常聽到老人們談鏢師鏢客的故事，雖說得如何武技高强，行俠尚義，却也並不玄妙得類似神話。但如山東韓鐵棍，河南馬和尙、金環尼等，都說是確有其人。我邑施家有一位道台，曾爲左宗棠辦糧臺，一次要從西安護餉銀十多萬兩赴廸化，他請藩司札提督派兵護送，長安縣令也是我浙人，告訴他綠營兵壯健者多已隨左西征，留下來的都老弱無用，回亂雖告粗平，西行路上還是伏莽遍地，不如請鏢行護送，但鏢行父子，已死於回亂三原破城之役，門口雖仍揷鑣旗，管不管用，要去商量了再說，結果去的人回來，答應護鏢到蘭州，蘭州以西，就可由陝甘總督衙門派兵護送。施道台大喜，就約日起程，不料起程之日，鏢行僅來了一老婦，一少婦，坐了一輛騾車，少婦還帶一個六七歲的小孩。施道台大失所望，但老婦命餉車掛上鑣旗，前後排定次序，自己一車當先，指揮得非常老練，隨行官兵都非常聽命，也就祇好任她。一路之上，早行晚宿，並無問題，但過了長武，在曠野中，忽然碰上了一羣匪徒，有刀槍也有火器。前後圍住，大聲吆喝，施道台等嚇得亂抖，老婦却不下車，叫少婦騎騾上去找匪首談判，匪首是一個彪形大漢，出來談了幾句，似乎談不攏，少婦却順手一把就抓住了匪首的左肩，乖乖的同小雞一般帶到老婦車前，老婦毫不客氣的罵了一頓，匪首竟垂頭喪氣，唯唯率衆而退。施道台大爲駭異。後來回鄉，逢人便講，成爲鄉人皆知的故事。現在武俠小說談武功的很多，十九都是虛構。這一件事，在我記憶中却有其眞實性。順便寫出來，也許這是保鑣業最後的廻光返照了！

北平西城穿堂兒府的故事

·白中錚·

「穿堂兒府」的東門兒，在南溝沿兒溝西邊；西門兒在錦什坊街。提起溝沿兒和錦什坊街，老北平誰人不曉？溝沿兒南北相連，北溝沿兒從西直門紅橋兒起到阜城門（平則門）馬市橋接上南溝沿往南，一直到宣武門西邊象坊橋水閘出城，是西城的一條大下水道，溝寬兩丈，深也在丈五以上，溝幫上兩邊有三尺多高的磚牆，民國十幾年改成暗溝，上舖柏油馬路，相當寬敞，車馬暢行，人民稱便，可是地名沒改，仍叫南北溝沿兒；至於錦什坊街，更甭提了，是阜城裡沿溝沿和城牆中間兒往南一條街，街雖不寬大，可是眞熱鬧，一個人從「嘎啦」一聲墮地，取妻生子，一直到哽（音葛）兒屁歸西，一生所用從油鹽店，米麵莊，綢緞店，洋貨店，當舖，豬羊肉舖，鐘錶店，中藥店，西藥店，染房，冥衣舖，富慶堂飯莊，南貨店，手飾樓，靴鞋店，柳二轎子舖還出賃桌椅家具，永吉棺材舖槓房，可應八個人小抬，到六十四人大槓，全份滿漢執事。華嘉寺可以停靈，代找和尚老道喇嘛尼姑唸經，除了沒有墓地，樣樣俱全。

書歸正傳，穿堂兒府從東門兒到西門兒，當中形成一條甬路，路兩邊有數百年古槐，夏天槐花兒開，綠葉成蔭，有人在兒樹底帶着孫兒乘涼，捉槐樹蟲兒，編槐花鐲子，花冠。路中間有一片廣場，府的大門就開在中間，中間是一條脊的三明兩暗廣樑大門，大門內兩旁兩條「懶凳」，兩暗間裝有窗戶格子。門前有上馬石兩大塊，就是沒有石頭獅子，為什麼沒有？容後交代。東西兩旁，兩個旁門，也很寬大。

這座府，是蒙古達爾罕王老王爺經手所蓋，老王爺力大無窮，所以大家都稱呼他為神力王。一般人也稱呼他是順成王、是否是皇上給他的封號，不得而知，不敢瞎謅。在這府的南邊不遠，錦什坊街路東，有一個衙門，就是正紅旗蒙古旗人都統、副都統的衙門。衙門在民國十幾年，因年久失修，已破爛不堪，有點辦法的人，已都到外邊找房子另住，剩下的都是些孤苦無依，吃上頓沒下頓，好吃懶做的，仍然在裡邊將就着活着。其中有一個五六十歲的老頭兒，是個怪人兒，好吃，好喝，不好穿，住在「頭甲拉」衙門內分頭甲拉，二甲拉……一間房子裡，他雖身無長物，但他身懷百藝，能說善道，風趣十足。有時他用棉花秫梗做成小鹿小駱駝，到白塔寺、護國寺去賣，有時他用泥捏公鷄母鷄小鷄，配上鷄窩去賣，賣來的錢，要是夠吃兩天的喝兩天的，他就呆着不出去了。他自己說，他以前是達王府的「戈什哈」（也叫家常子兒，就是傳代的家奴）那時府裡養不起他了，放他出來，他無家可歸，所以住在衙門裡，混一天說一天。他所知道有關達爾罕王以及達王府裡的故事很多，我小時候，常和幾個小孩兒去找他，看他弄棉花鹿，捏泥人兒，聽他講神力王的故事。下面所寫的，多半是從他那兒聽來的，也有從另外老錦什坊街聽來的。

據說神力王爲人忠厚寬大，平易近人，好開個小玩笑兒，有一次上早朝，在朝旁，聽候「點卯」，一卯時是早晨五點到七點，朝房裡王公大臣，濟濟一堂，等候上朝，有的三五個人，聚在一起聊天，有的抽烟解悶，神力王看見一位大臣，靠着柱子睡着了，他輕輕的走到跟前兒，用臂把柱子一抱，往上輕輕一提，就把二尺直徑朝房的柱子提起來兩三寸，他又輕輕用脚尖兒一踢，把大臣的袍子下角兒踢到柱子下邊，再把柱子放下，把袍角兒壓在下面，又輕輕的走開。過了不大工夫，太監宣佈皇上臨朝，宣各王公大臣上殿奏事，王公大臣，紛紛去站班，而這位大臣「毛了烟兒」，站起來走不開，袍角被柱子壓住了。他知道這又是神力王鬧得「故故典兒」（就是勾當；事兒）急得馬上叫太監去請神力王、神力王來了，微微一笑，右手伸出一個手頭指壓住的袍角說：「條件」那位王爺也笑着說：「泰豐樓」！神力王一邊抱柱子放出袍角兒，一邊說：「今兒個總算又有吃得了」！

有一坎，神力王下朝，轎子進了東門，他下轎叫轎伕抬空轎子從東方門進去，他自己徒步走上了正門，進了門聽見門房兒裡呼么喚六的正在押寶，吵成一片。他不動聲色的，慢慢又走出大門，一聲不响的把府門前的兩個石塊獅子，一個一個的從旁門搬到府裡去，一左一右的擺在銀鑾殿兩旁，後他叫「跑上房的」小孩，傳出來府裡丟了東西。大家前後一找，有聰明而眼尖的知道府門前石獅子不見了，曉得這又是王爺搞的，於是一起跪在王爺面前請罪。王爺說：「這怎麼得了，儘個耍錢，那麼大的石獅子叫人給搬走了都不知道！起來吧，以後誰再耍錢，小心你們的腿」！

錦什坊街有一個推車子賣醬牛肉的回回，自命力大無窮，他所推的獨輪車，輪子向不着地，車輪離地半尺多，兩手拿着車把，端着車子走。久想和神力王見個面，比劃比劃，從無機會，他每天圍着穿堂府大聲吆喚：「牛肉還有二斤咧！」（北平賣牛肉的老是喊還有二斤，從來不喊還有一斤或是三斤）日子多了，這件事慢慢吹到王爺耳朵裡，王爺也有意看看這「回回」究竟有多大道行，有一天王爺又聽見賣牛肉的吆喚，他便慢慢的蹓躂出府門，繞到後胡同廠線胡同，見賣牛肉的老遠的端着車子來了。王爺等他走近了，慢慢的說道：「牛肉？來他一斤」！等回回把牛肉切好，用荷葉包起來，說明價錢，王爺從懷裡掏出錢來，數好了，左手大姆哥和二姆弟捏着，向回回說道，「你拿去吧」！回回也想用兩個手指頭去拿，可是拿不下來，後來用三個、四個，沒有用。王爺說「把你腰裡帶子解下來，套下拉吧」！他眞的把帶子解下來，穿在錢跟手指頭中間，另一邊繞在腰裡，往前拉，仍然沒有用。王爺說：算了吧」！說着把兩個手指頭一拈，錢都碎了。賣牛肉的回回，心服口服，馬上跪地拜師。王爺也很喜歡他，，給他在府裡補了一名護院的。

神力王的神力，不知怎麼吹到皇上的耳朵裡去了（不知是清朝那代那位皇上您，姑妄聽之吧）有一天早朝的時候，要當着王公大臣，試驗試驗。於是宣神力王上殿，對他說：「你有神力之稱，可否試給我們看看？」神力王說：「臣不敢，只是有點笨力氣而已」！這時候皇上看見丹墀下面，站着兩個駝寶瓶的象，左右各一個，說道：你能不能跟象較量較量？神力王說：「臣自不量力，可否教臣試試？於是教「象奴兒」（皇家專司養象的人）把兩個象驅到中央，頭對着頭，相距一尺上下，神力王面向皇上，深深謝恩，然後把兩臂微張，一隻胳臂夾住一個象鼻子，教象奴趕着象往兩邊後退，神力王夾着象鼻子不放，如此拔河似的爭持起來，後來兩象前腿挺直，後腿彎曲，屁股往下坐，神力王兩臂一緊，雙腿一拱，把兩個象又往中間拉了回來。痛得兩個象，眼淚相流，渾身大汗，嘴裡直流口水兒，忽忽的出氣，看得皇上哈哈大笑說道：「果然神力」！

順城王府在奉旨建府的時候，還有兩個有意思的插曲，無妨說說。

在當時沒有土木建設工程師，只有木匠師傅和瓦匠師傅，而當時的師傅，也沒有如今的工程師神氣。在承建順城王府時候，瓦木匠泥水匠，在中午時分，都在錦什坊街一帶的切麵舖或餅舖吃飯，師傅也不例外。承建這王府的工匠師傅，每天到吃中午飯的時候，老是在舖裡碰到一個「不起眼兒」的老頭兒跟他同桌，而每天這老頭子老是要十二兩烙餅，一碗白菜熬豆腐加重（讀如崇）鹽，天天兒如是。日復一日，這銀鑾殿地基打好，上了樑，加檩，釘椽子要加望板了。王爺和監工大臣一看，認爲不像樣兒，傳諭馬上停工，另想主意。這下子可把這工匠師傅急壞了，在吃中午飯的時候，那糟老頭子在一桌子上吃飯，工匠師傅綳拉着臉，面對着一碗炸醬麵發愁，糟老頭子仍叫十二兩餅，一碗白菜熬豆腐加重鹽。老頭子首先說話了：「我說頭兒！淨愁也沒有用，幾百號大小工在那兒閑着，呆着也得給人家份兒，愁有什麽用，快給人家想主意！」工匠師傅斜着眼睛瞄了他一眼，仍然沒搭腔。老頭又說：我就知道你瞧不起我，我可告訴你，從半月以前，我老頭子天天在吃飯時候指示你，怪你腦筋打不過轉來。這時候工匠師傅的氣可大了。跟老頭子發火兒，無從發起。忍着，肚子快破了。在這急不得惱不得，啼笑不得的時候，心中暗想：聽老頭子說：指示自己將近半個月……在吃飯的時候，……熬白菜加重鹽……噢！重鹽，重簷。他腦筋轉過來了，加「重簷」！他靈感一來，一聲沒有響，拔腿往工地跑去，當天下午便又開工，過兩天王爺們一看，滿意！

二位師傅又在餅舖碰見了糟老頭子，師傅要摸摸他的底細，問長問短，問名問姓，老頭子一味地含糊其詞，最後老頭兒有點不痛快了，說：你也別追根問底兒，明天咱爺兒倆比試比試，很簡單，西配殿的南北山牆，還沒有砌，咱們倆明兒早晨去砌，同時開始，看誰砌的快？誰砌的整齊？

第二天早晨，開始比賽，這事，驚動了瓦木工人，以至監工的太監。糟老頭兒對工匠師傅說：這麽辦，現在給你一個便宜你砌北山牆，你從下面往上砌，我砌南山牆，我從上邊往下砌。還有，讓你五行磚，等你砌完五行，我開始動手。

於是比賽開始，老頭兒裝了一鍋子烟，坐在一塊石頭上慢慢抽，到北邊工匠師傅五行的磚砌完了，六行開始的時候，老頭兒慢慢站起來，把烟袋別在腰裡，借了一把瓦刀，教小工兒挑了一桶合好的灰，他左手拿了一塊磚，右手拿「瓦刀」在磚上面的四邊抹上灰，腕子往上用力一抖，那塊磚嗖的一聲，平貼在房柁上。他連氣兒的拿磚、抹灰、抖腕子，往貼。有橫的、有豎的，有時整磚，有時半頭磚，因爲這堵山牆，是三塊磚那麽厚，轉眼之間，牆由上往下砌了一半。往下再砌更方便了，把磚抹上灰一貼就好，把看熱鬧的人，看得眼花撩亂，迷迷糊糊，不知道這牆究竟是怎麽砌下來的，連那工匠師傅，也放棄了比賽，跑到這邊看熱鬧，又一會兒，只剩最下邊一行磚了，他抹上一塊一塊的塞，塞到最後一塊，他沒抹灰，他說：「來一塊活動的留個跡址兒罷」！他塞進的這塊磚，四週圍有點縫兒。可以活動。工匠師傅到此，心服口服的跑到老頭子面前跪下說：「祖師爺顯聖，弟子無知，弟子得罪」！這時候，老頭子閃身走入人羣，轉眼不見了。大家議論紛紛，魯班顯聖。

民國十幾年奉師進關，也看中了穿堂兒府，和少帥爺兒兩個都住在這兒，穿堂府熱鬧起來了，東西兩門兒，都有十多個衛兵站崗，分八字形兩旁站立，有拿槍的，有背刀的，刀上飄有紅綢子，有拄着長矛的，矛頭下邊還掛着狐狸尾巴。正門情形如何，沒人敢往裡瞧，來往行人，到了門兒附近，趕快跑過去，怕挨揍。拉洋車的拉了軍官到府門口兒，等軍官兒下了車，拉着車就跑，不敢要錢，怕挨揍。

又過了幾年，[illegible]府又空了出來，由北平市府在這兒辦了一個工業職業學校，筆者有幸，得有機會進去走走。因大門沒開，我走進了東偏門，進了垂花門，果然看見銀鑾殿前，東西兩邊各擺着一個石頭獅子。我走到西配殿，想看一看魯班爺留下的活動磚，可惜時值放假，殿門上鎖，無從進去。空留遺憾。這故事，只證實了一小部份，其實，何必認眞，北平有許多大建築，都「故弄玄虛」令人莫明其妙，諸如白塔寺塔頂下邊魯班留下的大瓦刀；西直門外燕京八景中之一的薊門燕墅碑亭裡石碑上的「人影兒」；西直外高亮橋下高亮的「長鎗」，不都是那麼一套，都是「故弄玄虛」。何必那麼認眞呢？

編者按：白先生此文是說故事，不能認眞，也不必認眞；如果認眞考據，有幾點必須補充。

第一，順誠王應作順承郡王。第一代順承郡王爲禮親王代善之孫勒克德恽。代善爲清太祖努爾哈赤第二子。努爾哈赤在世時封大貝勒，努爾哈赤死時，代善首擁四貝勒皇太極（太祖第八子）嗣位，因此備受禮遇。清室入關後，共封有世襲罔替王爵八人（俗稱鐵帽子八王），代善系居其三，代善本人封禮親王，長子岳托之後封克勒郡王，次子薩哈璘之子勒克德渾爲順承郡王。清代王爵一般只襲一世，以後遞代下降，降至最低之爵位爲止，只有鐵帽子八王世襲罔替，與國同休，直到清朝遜位爲止。

第二，白先生大文所說翡帥張作霖入駐，實則入民國後，此宅由順承郡王後人售與張作霖。張作霖死後，張學良歸附國民政府，來同北平，仍住此處，故順承王府已成張氏私宅，九一八事變後張學良仍住此宅，辦工業學校當在張學良出國之後。

第三，從一代順承郡王勒克德渾起，並無「大力」之稱，白文所說蒙古達爾罕王，確有神力，恐張冠李戴。

沈鴻烈衛護海權

·拾遺·

沈鴻烈，字成章，一八八二年十二月七日（清光緒八年十月二十七日）生於湖北省天門縣，民國五十八年三月十二日歿於台灣省台中市。

沈出生於一書香之家。其父際昌爲當代鴻儒，誨人不倦，桃李滿門。沈幼承庭訓，好學敏求，尤其對於文學及歷史的興趣，至老彌篤，十八年寫記不輟，就是深受其父的影響。同時又從周翰林習算學，造詣尤深。十八歲中秀才，循序補廩生。光緒二十八年（一九〇二）在故鄉所隸之安陸府府考以經詁，算學均居第一，名滿全府，並執教府學。在府學中獲讀「新聞叢」及留日學生印行書刊，大受感動，自强救國革新雪恥之心油然而生。光緒三十年（一九〇四年）奮而負笈武昌，投考武備學堂及師範學堂，仍不滿足，毅然從戎，加入新軍。時軍中官兵識字者少，沈以廩生從軍，自易出人頭地，乃被拔擢爲司書，旋調充初級軍官補習班教習。

廩生從戎，留日習海軍

沈在陸軍中不能滿足其求知慾及救國大志，光緒三十一年（一九〇五）冬，湖北省招考公費留日陸海軍學生，沈報名習海軍，經錄取第一名。翌年東渡，入日本海軍兵學校第二期，在東京加入中國革命同盟會，宣統三年（一九一一）夏畢業回國。

沈出國前在軍中原隸黎元洪屬下，甚受黎之賞識。故當辛亥（一九一一）革命爆發，黎元洪任大都督，即委沈爲水師統領，辭不就。旋奉黎命爲海軍宣慰使，策動長江上下游海軍反正，旋率炮艦三艘東下，配合江浙聯軍攻克幕府山炮台，又合力進攻獅子山炮台，底定南京。

一九一二年一月，中華民國建立，沈被任爲海軍部軍機處參謀。民國二年（一九一三）四月北上，任參謀本部上校科長，主持海軍作戰及海防事宜。三年（一九一四）担任調查沿海軍港要塞工作。民國五年（一九一六）三月奉派爲赴歐洲觀戰團海軍觀戰武官，參加英國艦隊在海上觀戰，歷時二年又半，然後訪問美國後於民國七年（一九一八）十月回國。

民國七年（一九一八）十一月，沈回任參謀本部原職，旋兼任陸軍大學第五、六期海軍教官，迄民國九年（一九二〇）九月。

民國八年（一九一九）冬，蘇俄紅軍襲擊廟街（日文書稱尼港事件），日人指責中國軍艦有關。經中日政府商訂派遣人員實地調查，中國政府當派外交部參事王鴻年爲首席代表，沈與海陸軍官三人副之。日本亦以外務省參事官花崗爲首席代表，陸海軍軍官土肥原賢二等四人隨行。民國九年（一九二〇）春雙方代表團到達實地，多次會商，土肥原與沈接觸尤多。沈堅持日方指責必須提出人證物證，否則跡近任意毀損中國海軍軍譽，斷難容忍。日本終難提出確證。而當地華僑則提出中國海軍嚴守中立之報告。於是日本指責未得成立。又轉向北京海軍部交涉要求將軍艦南調，沈認爲此乃日人嫉視中國海軍恢復東北航權之陰謀，堅主各艦仍按預訂計劃上駛松花江，且親乘利捷炮艦爲先導，率其餘三艦以戰鬥準備列陣前進，晝行夜泊，抵伯力，補充煤水後續航。是年（民國九年）四月卒安抵同江，獲得吉黑江防籌備處處長王崇文之歡迎。因此籌備處設立半年，日盼此四艦之到達，有此基本力量，海軍部因特頒吉黑江防司令公署編制令，派王崇文爲司令，沈爲司令公署參謀長。此爲沈在東三省服務之始，也是沈爲實現少年志願保衛國權的實際工作開端。沈又協助王司令添置武裝商輪，以增加軍力。其時，俄艦常駐三江口外之黑龍江北岸，對於中國戊通公司開往黑龍江、烏蘇里江各口岸之商輪常施無理檢查，王、沈乃令派江亨、利川兩艦常駐同江，不時出口遊弋，阻止俄艦無理行爲。旋經雙方議定互不侵犯辦法。外患既除，乃又會同吉黑兩省陸軍協剿沿江土匪，歷時年餘，江面悉清，航行稱便，極得東三省巡閱使張作霖等之重視。民國十一年（一九二二）四月，海軍部明令將此一機構劃歸張指揮。

東北海防艦隊

民國十一年（一九二二）六月，第一次奉直兩系戰後，張作霖退守山海關，直軍進逼不已，情勢緊急。張擬派一代表赴北京謁大總統黎元洪表達擁護熱誠，一時未得其選。適沈因吉黑江防事到瀋陽述職。張詢悉沈與黎頗有關係，遂令沈爲代表。沈到北京後晉謁黎及顏惠慶等表達張擁護中央消弭戰禍之主張，獲得各方同情，卒使直軍攻勢緩和，東三省因此轉危爲安。張作霖乃擬斥鉅資建立海防艦隊，令沈統率。然沈痛心海軍門閥之嚴，寧願從事江海生產事業，期於地方有所貢獻。是年八月，張乃於鎮威上將軍公署內添設航警處，主管東三省江海防務及航政漁業水道等建設事宜，以沈任處長。所有吉黑江防艦隊，營口漁業商船保護局、鴨綠江水上警察局等，均經先後劃歸指揮。沈體察環境，權衡輕重，首先整頓軍事，鞏固防務，繼則與俄人交涉挽回航權，並將戊通公司改組爲東北航務局。又設水道局、造船所、江運處等。尤以十二年（一九二三）一月設立葫蘆島航警學校，十六年（一九二七）八月，擴充哈爾濱商船學校爲東北商船學校，對於中國海軍及航海人才之培養大有貢獻。

民國十二年（一九二三）七月，張作霖建立東北海防艦隊，任沈爲中將司令。翌年十月，第二次奉直戰爭，直軍大敗於山海關，其所屬渤海艦隊時駐青島，改歸與奉系有關係之山東督軍張宗昌指揮。此爲中國擁有巨艦最多火力最大之海上武力，多年來常隨政治變化而更易其隸屬關係，故官兵立場多不堅定，內部糾紛迭起。十六年（一九二七）夏，沈以東北海軍前敵總指揮名義駐青島，聞悉該艦隊內情，並有毀滅全市炮擊外國領事館以相恫嚇與要挾之情事，乃於是年六月與青島防守司令祝祥本同往濟南見張宗昌，由張親來青島先將海琛、肇和兩大艦官兵調離，由沈另選員兵接管，使造亂者失去武力憑藉，十年來波動不定之艦隊乃得恢復秩序與紀律，完全隸屬沈指揮。張作霖乃令連同東三省原有海防艦隻成立聯合艦隊設海軍總司令部，張自兼總司令，任沈爲海軍上將副總司令代理總司令，担負北自黑龍江口南至揚子江口之沿海防務。

自民國十五年（一九二六）沈即勘定山東蓬萊之長山八島爲渤海上適合海軍駐泊之基地，從此更積極經營不遺餘力。同時對山東沿海海盜之肅清及漁業之保護尤多所致力。十七年（一九二八）春且特於青島召集奉直魯三省漁民代表會議，決定保護舊式漁業，提倡新式漁輪，從治標治本兩方面抵制日人在中國領海之侵漁。

張作霖被日人炸斃，張學良繼任，傾向擁護國民政府，沈時負海防責任，力促其成。奈張宗昌、褚玉樸等固執不從，張學良乃派兵會同中央軍在灤縣協力解決；張宗昌率殘部千餘人逃抵長山八島，沈奉命圍剿，將其全部繳械。是年底張學良通電懸掛青天白日滿地紅國旗，沈仍舊統轄海軍。

中俄戰役，奮勇攻守

民國十八年（一九二九）七月，蘇俄因中東鐵路事宜佈對中國絕交，同時其海陸空軍即分向中俄邊境集中。沈時駐節長山八島，聞變即親率重要人員並調撥大炮水雷及通訊器材等北上。八月廿四日抵哈爾濱，與吉黑江防艦隊同赴同江下游佈防，廿九日抵同江，督率部屬於江面及陸上佈防，特別注重自三江口上溯松花江三哩許與黑龍江間之三角地帶，利用其港汊紛歧蘆葦叢生，乘暗夜設置秘密炮台兩座。至九月二十日大體部署就緒。十月十二日，俄海空軍揭開戰幕，以蔑視華艦炮力未能到達彼岸，竟公然在原地拋錨作戰，不意沈佈置之秘密炮台兩座挾其七尊四吋火炮依平日已測準之敵艦距離，突予還擊，首將俄旗艦司令塔擊燬，再擊中其吃水線，俄旗艦立即下沉，其他俄艦不知炮從何處來，趕急升火起錨，又被蘆葦中之秘密炮台趁機襲擊，重傷其三，同時扼守三江口之海軍陸戰隊亦與俄軍戰鬥。這一同江戰役，是光緒二十年（一八九四）九月，第一次中日戰爭後，中國海軍第一次對外作戰，沈自以得償素志。時沈在哈爾濱出席軍事會議，聞訊急乘艦下駛趕至松花江下游富錦，督部衆憑封鎖線阻擊俄軍。十月三十日，俄艦軍突破富錦陸地防線，旋以冬季封江期間，俄艦先後撤走。十二月中俄衝突結束。翌年，松花江解凍，沈又將損燬各艦修復，担任江防如初。

民國二十年（一九三一）瀋陽事變時，沈適處危城，知事不可爲，乃折回青島海軍司令部。是年冬，將葫蘆島海軍學校遷移至威海衛，東北商船學校學生亦多逃難至青島。

青島市長，兼領海軍

民國二十年（一九三一）十一月，沈奉國民政府任命爲青島特別市市長，兼領海軍如舊。沈蒞任市長，以青島經德國經營十七年，日本佔據八年，在日人強佔時期，更加強經濟侵畧，陸海利權大半爲其壟斷。沈針對此一現況，一面努力洗滌日本侵潤之毒素，一方面遵奉中央法令發展國民經濟繁榮市面，並改良鄉村人民生活。同時更愼重邦交，使日人無由起釁，而鞏固治安尤爲安內攘外之張本，乃以警察與海軍協同訓練民衆自衞團以爲輔助，因之沈在任六年，社會秩序始終安定。

民國二十一年（一九三二）冬，日軍侵畧及山海關，沈奉命派海軍一部協防大沽口海面及陸上，至二十二年（一九三三）五月，「塘沽協定」後始解除責任，而日人策動之華北五省三市明朗化之陰謀日亟。是年六月，沈辭卸海軍兼職，專心市政，秉中央「爭取時間」之國策，持「大事不讓，小事不爭」主旨，堅忍靈活以與日人周旋，卒使日本駐濟南特務機關會同潛伏青島之日本陸海軍人之種種陰謀活動均消弭於無形。

民國二十六（一九三七）蘆溝橋事變發生後，沈以青島地處衝要，決難倖免，乃積極作應變部署，集中原有海軍陸戰隊及保安警察隊外，又自威海衞調來海軍教導隊，及請准中央自海州調派稅警一團前來協防。並奉軍事委員會命令，設立青島海軍總指揮部，沈兼任總指揮，統一指揮各部。沈因令秘密將各艦大炮拆卸，集中陸地，密設炮位於市內山地，正對日人之九大紗廠，以備釁起立燬日人精華。是年八月十四日，日本浪人起釁，沈立調稅警團入市內，同時，軍事委員會又另派稅警一團，自海州星夜馳抵青島，對日人活動嚴加限制。日人以北平天津已在掌握，青島易手不過時日問題，如用武力恐又蹈上海戰役覆轍，因於九月一日集合全體在青島之官商軍民下旗回國，日本海陸空軍亦從此遠離青島，不作任何偵察攻擊之表示。但沈認爲此爲日人保全其在青財產之一種策畧。乃一面積極疏散人員物資，一面積極佈署破壞日本在青九大紗廠與其他大小工廠之工作。十二月十八日乃遵奉中央命令將日本大小工廠悉予澈底焚毀，粉碎日人和平接收青島之企圖。

魯、浙省政，農林銓敘

民國二十七年（一九三八）一月，沈奉調山東省政府主席，在魯西曹縣就職。時山東全省百分之九十地區淪陷，只魯西曹縣、荷澤等八縣及魯南臨沂等四縣尚在國軍掌握。沈主持省政，徵糧徵料徵工等協助軍隊不遺餘力，台兒莊會戰勝利即在此時。二十七年（一九三八）五月二十八日，沈因日軍只控制鐵路公路沿線要點，其餘廣大土地並無日軍，乃帶同省政府重要人員及衞士共三十餘人自曹縣北上，由魯西，而魯西北，而魯北，遍歷四十餘縣，樹立政權，恢復學校，整編遊擊部隊，半年之間成效大著。二十八年（一九三九）一月，沈又建立魯南根據地以為省政中心，並創立魯東、魯西、魯北各區主席行署，以統一全省政令軍令，從此政令推行達全省面積百分之八十五。

民國三十年（一九四一）冬，沈奉調中樞，任農林部部長。翌年一月到達重慶就職，一面擴充墾局，提倡春耕，以開發利用，求面積之增產。一面集中農、林、畜牧各實驗所，同時創設農業推廣委員會，以改良推廣，求單位之增產。如三十一年度（一九四二）墾荒面積為二十四萬九千餘畝，三十二年度（一九四三）即達四十一萬餘畝，糧食生產因之增加，他如增產棉花，繁殖耕牛，亦多成效。

國民政府以沈辦事之積極態度，又能任勞任怨，三十一年（一九四二）十二月，因派沈兼任國家總動員會議秘書長，這一會議的主席是由蔣委員長兼，管制物價及金融，與便利運輸，為此一會議之重要工作。沈担負實際推行責任，努力加强各機構之密切配合，並親赴各省集會，以求因地制宜。

民國三十三年（一九四四）八月，沈奉調中央黨政工作考核委員會秘書長，解除農林部長等職。而其前三月應熊式輝邀，主持中央設計局東北委員會，以其熟習東北各省情形，戰後重建工作須資策劃。三十四年（一九四五）六月，宋子文一行赴莫斯科談判，沈亦因其對東北之經驗，奉命隨行。日本投降時，蔣主席原擬派沈赴東北主持一切，因沈不同意，改派熊式輝往。其後熊將行營移設錦州，仍邀沈前往協助一切。

民國三十五年（一九四六）三月，沈回重慶，奉命任浙江省政府主席，四月到杭州就職，努力於戰後復員及重建工作，將全省原有田賦賦率降低，以減輕人民負担，最受人民歡呼。三十七年（一九四八）七月，調任考試院銓敘部部長。翌年一月蔣總統引退，沈亦辭職來台。

海軍教育，政海微瀾

民國二十一年（一九三二）冬，沈將上述移設威海衞之海軍學校再遷青島，改名青島海軍學校，並將學制參照英美重加釐訂，努力擴充發展，成為當時著名海軍學府之一。二十六年（一九三七）冬，因對日抗戰遷移南京上課。二十七年（一九三八）四月，再遷湖北宜昌。二十九年（一九四〇）夏停閉。但歷屆畢業生近五百餘人服務海軍，今日在台灣海軍上中級官員多青島出身。

沈自幼受其父影響，故於所學所事恆喜筆之於書。民國七、八年間（一九一八—九）在陸軍大學授課，曾編撰「歐戰與海權」一卷。十四年（一九二五）服務東北，撰有「收回東北航權始末記」四卷。二十九年（一九四〇）冬，因父母以八十四高齡同時無疾而終，而沈年屆五十，在守制三月內成「五十年間大夢記」十餘萬言。到台灣後未担任公職，平居多暇，四十年（一九五一）夏起，每年暑假赴大林塲避暑，乃就日記及舊有資料撰述回憶錄六種，計：①東北邊防與航權；②青島市政；③抗戰時期之山東黨政軍；④抗戰時期之農林建設；⑤抗戰時期之國家總動員；⑥浙政兩年。又言論集五種，顏曰「政海微瀾集」，其中第一種「北邊防與航權」經於四十二年（一九五三）刋出。其餘皆未付梓。

民國五十年（一九六一）十二月，沈八十壽辰，精神體力均良佳，仍撰述不輟，五十六年春，逝世。

洪憲本末（二）

·鐵嶺遺民

黎元洪入京

在袁世凱與國民黨戰爭期間，黎元洪完全站在袁的一邊。戰爭結束後，黎元洪又仰承袁世凱的意旨鎮壓湖南人。當時湖南人在湖北言行偶然不愼，就會被指爲亂黨而惹出殺身之禍。即使安份守己的湖南人，在湖北也難立足，有官職的皆被撤差，無官職的同被遣送出境。以後黎元洪更領銜通電要先選總統後制憲，要資遣議員回籍，要獎叙袁克定翊贊共和之功，凡是能取悅袁世凱的事，皆踴躍爲之。

黎元洪所以如此，基本目的還不在於保持副總統的名位，實在是爲了保存湖北地盤，希望袁世凱能讓他長期擔任湖北都督。

袁世凱自不肯把黎元洪放在湖北都督的位子上。但是，也很難把他免職。依照當時袁世凱的力量，免去黎元洪湖北都督不過是一紙公文，黎元洪也決不敢反抗，問題是這樣一來，袁世凱先失大信於天下，在道義上實在說不過去。此時袁世凱唯一辦法祇有好言商量，去信叙述渴欲一見，希望黎元洪能命駕入京，一慰渴念。

黎元洪當然也明白這一套把戲，就藉故推三阻四，總不肯進京。到了民國二年十月，正式總統選出，袁世凱對黎元洪已無可利用之處，不願黎元洪再留在湖北，成爲後患，決心要請黎元洪入京，特派陸軍總長段祺瑞去武昌勸駕。

段祺瑞去武昌，黎元洪事先並未得到消息。及至十二月八日段祺瑞到了漢口，黎元洪才知道，已經來不及反對。這時祇有按照袁世凱的意思，進京去見面叙舊了。可是到這時黎元洪及湖北督署高級幹部還存了一綫希望，覺得袁世凱請黎元洪進京，並不等於免去湖北都督。也許到地方談了國事之後，袁世凱仍讓黎元洪回任。在黎元洪行前，大家開了一個秘密會議，决定由督署參謀長金永炎代行都督職務。黎元洪自己估計一個月可以回來，因此，一切問題皆未作澈底安排。

段祺瑞於民國二年十二月八日到漢口，黎元洪於十日即動身北上，專車還未到北京，袁世凱即發表命令派段祺瑞代理湖北都督，周自齊代理陸軍總長，黎元洪的希望就完了。

袁之待黎

黎元洪於民國二年十二月九日離開漢口，專車尙在途中，十日袁世凱就發表段祺瑞代理湖北都督，顚覆了黎元洪的根本，這一着棋很毒辣也很明顯，黎元洪心中自不會釋然。可是黎元洪到京之後，袁世凱又待以殊禮。首先是在專車抵達前門車站時，派自己坐的金漆朱輪馬車前往迎接。政府官員除袁世凱本人外，全部到前門車站恭迎。黎元洪既抵京之後，袁世凱又下令核定副總統的月薪及辦公費，因爲黎元洪過去兼領湖北都督，支的是湖北都督的月薪；此時就任副總統，當然要支副總統月薪。經核定月俸一萬元，辦公費兩萬元，與中山先生在京擔任全國鐵路督辦時的月薪辦公費一樣多。同時又指定瀛台爲副總統官舍。瀛台這個地方的風景很好，地方也淸幽，但是一提到瀛台就很容易使人想起西太后囚禁光緒皇帝於瀛台的事。不論袁世凱是有心還是無意，黎元洪此時的處境確與光緒皇帝相似。

除去禮貌周到，待遇優渥之外，袁世凱又進一步想同黎元洪結成兒女親家，特別請出武昌首義時兼任湖北民政長現任衆議院議長的湯化龍作媒。打聽了黎元洪第二女兒紹芬尙未訂婚，當即檢出九子克玖，十一子克安的生辰八字，所作的功課一併托媒人送上，請黎元洪挑選。黎元洪原則上雖然同意，但是自己却作不了主，說明要等太太來京才能文定。

以後黎夫人到京談及這事，對於挑選那一個並無成見，但是聲明一定要大太太生的，因爲黎二小姐是黎夫人親生，所以女婿也要是太太親生。爲了這件事也難爲了黎元洪，好不容易才把黎夫人勸服，定了袁克玖爲婿。

在親事尙未確定，黎元洪祇是口頭上應允下來，袁世凱再見到黎元洪已經不喊宋卿，改口稱親家。黎元洪所居的瀛台距離袁世凱辦公的春藕齋並不算遠，但是，來往却有一乘小轎，袁世凱有時過去同黎元洪談天，有時也接黎元洪過來談天，經常在一起用餐。這時天氣已經很冷，一次晚飯時黎元洪看見袁世凱披的一件飛狐大衣很好，剛用手摸了一下，袁世凱馬上解下來披在他身上，一定要黎元洪穿回去。

兩篇好文章

黎元洪進京之後，看透袁世凱的本心，名位可以假人，金錢更不計較，祇有權力却决不讓人。自己已無囘任湖北都督希望，不如趁機早爲之所，在第二次見面時就聲明要辭去湖北都督兼職，袁世凱最初還假意慰留，黎元洪談了幾次不得要領，就着秘書長饒漢祥寫了一篇辭呈：「元洪屢覲鈞顏，仰承優遇，恩逾於骨肉，禮渥於上賓。推心則山雪皆融，握手則池冰爲泮，馳惶靡措，誠服無涯。伏念元洪忝列戎行，欣逢鼎運，屬官吏推選之衆，承軍民擁戴之殷。王陵之率義兵，堅辭未獲；劉表之居重鎭，勉力難勝。洎乎宣佈共和，混一區夏，蒙大總統俯仍舊貫，悉予眞除。良以成規久圮，新制未頒，不得不沿襲名稱，維持現狀，元洪亦以神州多難，亂黨環生，念瓜代之未來，顧乏分而不忍。思欲以一拳之石，暫砥狂瀾，方寸之材，權撑圮厦。所幸仰承偉畧，乞助雄師，風浪不驚，星河底定，獲託威靈之庇，免貽隕越之羞。蓋非常之變，非大力不能戡平，無妄之榮，實初心所不及料也。夫列侯據鎭，周室所以陵遲，諸鎭擁兵，唐宗於焉弛廢，六朝玉步，蛻於功人，五代干戈，貽自驕將，偶昧保身之責，遂叢誤國之愆。興黎塡於壑而罔聞，敵國入於宮而不恤。遠稽往乘，近攬橫流，國體雖更，亂源則一，未嘗不哀其頑梗，僭莫懲嗟。前者贛水弄兵，鍾山竊位，三邊酬諸異族，六省訂爲同盟。元洪當對壘之衝，亦尙盡同舟之誼，乃罪言勿納，忠告罔聞，哀此苦心，竟逢戰禍。久欲奉還職權，藉資表率，祇以兵端甫啓，選典未行，暫忍負乘致寇之嫌，勉圖扶杖觀成之計，孤懷耿耿，不敢告人，前路茫茫，但蘄救國。今者列强承認，庶政革新，洗武庫而偃兵，斂文圜而弼教。際四海困窮之會，急起猶遲，念兩年患難之塲，迴思尙悸。論全局則須籌一統，論個人則願乞餘年，倘仍恃寵長留，更或陳情不獲。中流重任，豈忍施於久乏之身，當日苦衷，亦難曝諸無稽之口，此尤元洪所冰淵自懼，寢饋難安者也。伏乞大總統矜其愚悃，假以閑時，將所領湖北都督一職明令免去。元洪追隨鈞座，長聽教言，汲湖水以澡心，擷山靈而鍊性，幸得此身健在，皆屬解衣推食之恩，倘遇邊事偶生，敢忘擐甲執兵之報，伏居待命，無任屛營。」

袁世凱接到黎元洪的辭呈，也來一個駢四儷六的批示：「來牘閱悉，成功不居，上德若谷，事符往籍，益嘆淵衷。溯自淸德既衰，皇綱解紐，武昌首義，薄海風從。國體既更，嘉言益發。調停之術，力竭再三，危苦之詞，書陳累萬，洪水猛獸之禍，爲千鈞一髮之防，國紀民彝，賴以不墜。贛寧之亂，坐鎮上游，匕鬯不驚，指揮若定。呂梁既濟，重思作楫之勛，虞淵弗沈，追論撝戈之烈。凡所規劃，動繫安危，偉業豐功，彪炳環宇。時局稍定，得至京師，昕夕握譚，快傾心膈，褒鄂英姿，獲瞻便座，遜琨同志，永矢畢生，每念在莒之艱，輒有徽管之歎，楚國寶善，遂見斯人。迭據面請免去湖北都督一職，情詞懇摯，出於至誠，未允施行，復有此牘，語重心長，慮遠思深，志不可移，重遠其意。雖元老狀猷，未盡南服經營之用，而賢者久役，亦非國民酬報之心，勉遂謙懷，姑如所請。國基初定，經緯萬端，相與有成，期我益友。嗣後凡大計所關，務望遇事指陳，以匡不逮。昔張江陵恒言吾神遊九塞，一日二三，每思茲語，輒爲敬服，前型具在，願其勉之。此覆。」

這兩篇文字都是好文章，民國初年仍有帝王時代的流風餘韻，所以才有這種館閣體的文字出現，若在目前不必說已經落伍，事實上也沒有這種手筆的秘書了。

不過，文字雖好，却都是言不由衷。就黎元洪來說，絕對沒有「納土撤藩」的意思，臨行時命令都署參謀長金永炎代理都督，也作了回任的打算，以後所以非辭不可，實在是迫於形勢，並非心願；而於袁世凱更沒懷好意，所以用迅雷不及掩耳手段，派出第一號大將段祺瑞到武昌「請客」，也就下了決心要解除黎元洪的兵權，如果黎元洪不見機，不自動辭職，袁世凱當然很難馬上把他免職。但可以想到也不會放黎元洪回武昌，一定以贊襄政務爲名，留在北京執行副總統職務而遙領湖北都督，對黎元洪來說，就不如自動辭職了。雖然兩篇文字皆是門面話。

但黎元洪呈文指出藩鎮擁兵割據是亡國之本，其於以後十五年歷史，倒是頗有遠見。

段芝貴督鄂

段祺瑞代理鄂督時間很短，事實上以他的地位也不能長久擔任地方官，袁世凱當時所以派段祺瑞代理鄂督，實在是利用他的威望，請黎元洪，黎元洪不能不到。及至黎元洪離開湖北後，段祺瑞接了督篆，全部下令遣散，從根本上解決了黎元洪的兵權，黎元洪所以在北京堅辭鄂督，這也是主要原因。湖北方面將領震於老虎總長的威名，加之北洋軍第二師在王占元率領下開進了湖北，黎元洪本人又在北京，鄂軍將校自不敢反抗，祇好乖乖地接受編遣。

段祺瑞去武昌基本任務就是兩點，迎黎及編遣鄂軍，兩項目的都達到之後，袁世凱乃下令召回段祺瑞，任命段芝貴爲湖北都督。

段芝貴號香巖，也是安徽合肥人，與段祺瑞同宗。論輩次還長段祺瑞一輩，但是北洋派舊人習慣上稱段祺瑞爲老段，段芝貴爲小段。老，小之分，實際上還不完全在年齡，祺瑞威儀赫赫，不苟言笑，使人望之生畏，大家對之皆有「老」的感覺。段芝貴一生佻撻輕薄，作些蠅營狗苟的事，在大家眼中，此人縱然活到一百歲，仍然不脫一個「小」字，所以稱之爲小段。此名詞一直到段芝貴去世皆未改變。

段芝貴之父有恒，清末曾任南澳鎮兵。張作霖、馮麟閣受招安時，就是段有恒作的保。袁世凱與段有恒有相當交誼，因此對段芝貴提携不遺餘力。清末袁世凱任軍機大臣，徐世昌任東三省總督時，兩人合力竟然把段芝貴從一個候補道身份，去署理黑龍江巡撫，開清朝兩百多年未有之例，引起輿論大嘩。御史更指段芝貴以十萬兩銀子買名伶楊翠喜送慶親王兒子載振，換來一個巡撫，結果載振引咎辭職，段芝貴的巡撫也未得到。可是袁世凱一上台，段芝貴立時受到重用，最初任命統領衞戍京師的部隊，此時，湖北都督出了缺，袁世凱就派他去，繼任段祺瑞，段祺瑞仍回任陸軍總長。

清室的新希望

袁世凱何以一定要請徐世昌當國務卿，除去徐世昌德高望重，兩人交情深厚，這兩大理由之外，究竟是不是如世俗傳說，袁世凱與徐世昌在少年時有約，將來一個作皇帝，一個作宰相，請徐世昌進京是爲了進行帝制。但徐世昌進京之後，却使清室浮起了希望。

清室雖然遜位住在皇宮，但排塲仍舊，不但一般遺老經常來請安問候，就是服役民國的清室遺臣，對於清室也仍然忠心耿耿。例如民國二年隆裕太后奉安，國務總理趙秉鈞率領全體國務員前往弔祭，到了靈前，趙秉鈞竟然脫去大禮服換上素袍褂（清朝大臣喪服），行了三跪九叩首的大禮。

趙秉鈞的行動雖然代表他個人，但因爲他是袁世凱的親信，又是現任的國務總理，大家自然會想到袁世凱身上。兼之袁世凱在隆裕太后去世時，親自帶上黑紗，通令全國下半旗一天，文武官員服喪二十七天，更使清室對袁世凱發生錯覺，以爲袁宮保是大清忠臣，辛亥年所以促成共和，完全是騙革命黨的，現在革命黨力量已經消滅，復辟之期當不在遠。紫禁城內，人人憧憬着大清即將復興。

本來在清室遜位時，規定稍遲時日，皇室要搬去頤和園居住。此時袁世凱的態度既然表示得十分友好，現任清室內務府大臣世續與袁世凱本是換帖弟兄，當時就去見袁世凱詢問皇室是否要搬去頤和園。

據溥儀「我的前半生」叙述，袁世凱當時答覆世續說：大哥你還不明白，哪些條件不是應付南邊的嗎？太廟在城裡，皇上怎麽好搬。再說皇宮除了皇上，還能叫誰住？」這段話世續及清室當然信以爲眞。及至徐世昌進京當了國務卿，更使清室增加了信心。因爲清室對袁世凱是忠是奸還拿不準，獨獨對這位徐太傅却上上下下一致認爲是忠臣。他的出山當然是有所爲而來。徐世昌於民國三年五月一日担任國務卿，五月二十九日是端午節，徐世昌穿上紅頂花翎進宮叩節，溥儀又賜宴。這些舉動不但清室相信帝制恢復有望，就是外地遺老也都相信了，事後證明是一廂情願，完全表錯了情。

復古的浪潮

徐世昌當了國務卿之後，全國上下開始了普遍的復古，除去國務卿通稱相國，左丞、右丞被人稱爲左相、右相之外，習慣上也變了。在清代官塲上有一個習慣「端茶送客」，當下屬去見長官時，把重要事體談完後，長官要趕他出去，祇要用手端起茶杯，旁邊站的長隨（僕役）馬上高聲喊「送客」，下屬祇得站起身告辭，這個制度雖然不太禮貌，但確實可以節省時間，也不能說完全不對。入了民國，把這種官僚習慣即已革除，但是徐世昌當了國務卿之後，又把這項禮節恢復，屬員去見「相國」時，重見端茶送官的官儀。

這些還都是小節，到了民國三年七月二十八日袁世凱下令規定文官官秩令，把官與職分開，有人有官有職，有人有官無職，官分爲九等，爲上卿、中卿、少卿、上大夫、中大夫、少大夫、上士、中士、下士。官與職分開，本沒有什麽不對，我國目前官與職還是分開的，武官的將、校、尉是官，師、團、營、連長是職，文官的特、簡、薦、委任是官，部長、司長、科長是職，外國情況也大同小異。不過，袁世凱所公佈的文官官秩令規定是卿、大夫、士，就未免太古老一點。不必說民國沒有，清代也沒有這種官秩，由於袁世凱極力的復古，自然使人聯想到帝制的問題，祇是大家此時還不知道其眞意所在，仍認爲是有意復辟，未想到他會帝制自爲。

官秩確定後又發表授卿令，上卿徐世昌，中卿加上卿銜的趙爾巽、李經羲、梁敦彥三人；中卿有楊士琦、錢能訓、孫寶琦、朱啓鈐、周自齊、張謇、梁士詒、熊希齡、周樹棋、汪大燮；少卿加中卿銜的有章宗祥、湯化龍；少卿有董康、莊蘊寬、梁啓超、楊度、孫毓筠等。

此外又追封了兩個去世的人，一個是袁世凱親信，曾任內閣總理，直隸都督，謠傳爲袁世凱派人毒死的趙秉鈞追贈爲上卿，一個是被袁世凱刺死的國民黨領袖宋敎仁爲中卿，也算是不倫不類。不過，由於卿士大夫的封贈，漸漸使人回憶到帝制時代。

袁世凱祀天

復古達到最高潮，要算是民國三年十二月二十三日的祀天一事了。本來在帝王時期，每年要隆重祀天，新君即位也要昭告皇天后土。但是到了共和時代，天究竟是怎麽一回事，大家都知道了，此時再說祀天，未免成了笑話。但是袁世凱却不理這些，認爲帝王既然祀天，大總統也應當祀天。民國三年元月政治會議開幕時，袁世凱就交下祭天、祀孔兩條議案，本來照袁世凱的構想是在農曆元旦，大總統穿古代衣冠，到圜丘祭天，禮節則用跪拜大禮，但是在政治會議上，孫毓筠却提出修改，規定以冬至爲祭期，天壇爲祭所，大總統着冕服，行跪拜大禮，當經會議通過，呈報袁世凱核准。因此遲到了民國三年十二月二十日袁世凱始公佈了祀天的命令：特牲之篇，著儀手于戴記，圜丘之制，辨位于周官，欽若昊天，亭毒萬物，粤稽古訓，祀事孔昭，改革以來，羣言聚訟，輒謂尊天爲帝制所從出，郊祀非民國所宜存。告朔餼羊，並忌其禮，是泥天下爲公之旨，而忘上帝臨汝之誠，因疑配祖爲王者之私親，轉昧根本爲人羣之通義，使牲牢弗貝，壇壝爲墟，甚非所以著鴻儀，實盛典也。且天視民視，天聽民聽，民之所欲，天必從之，古之涖民者稱天而治，正以監觀之有赫，示臨保之無私，尤與民國之精神相翕合。前經政治會議議決，嗣由禮制館擬定祀天之通禮，已公佈施行。玆據內務部呈稱：本年十二月二十三日爲冬至令節，應舉行祀天典禮，本大總統屆期率百官代表國民親自行禮，各地方行政長官代表地方人民于其治所致祭，用擴古義而答洪庥。」這篇大文可說滿篇不知所云，而且也沒有這個必要，可是袁世凱屆期還是實行祀天大典，先乘裝甲汽車由公府出發，在南壇門外換乘四角垂纓絡的雙套朱輪馬車，到昭亨門外換乘竹椅顯轎到壇，由廕昌與陸錦兩名高級軍官攙扶下轎，步上壇階。大總統頭戴爵弁，身穿上十二團大禮服，下穿印有千水紋的紫緞裙，陪祭大員特任官九團，簡任官七團，薦任官五團，下面一色紫緞裙。過去皇帝祀天「視版」上寫「子臣某某」這次改代中國袁世凱。

（未完待續）

北望樓雜記（五）

·適　然·

于右任塞上詞

民國三十五年張治中赴新組成各族聯合政府，中央派于右任赴廸化監督省府委員就職。髯翁除詠詩外，尚塡詞多首，茲錄之下：

一、三十五年八月十二日夜宿天池上靈山道院不寐有作

飛度天山往復還，今來眞是識天顏，雲中瀑布冰期雪，月下瑤池雨後山，行遠方知騏驥貴，登高那計鬢毛斑，夜深惘惘情難已，萬木啼號有病衫。

二、來往哈密始成一詩

哈密城前日正中，行人來往亦忽忽，雲迷都護籌邊壘，雨過名王避暑宮，沙棗花香人已遠（原註：世傳香妃食沙棗），甜瓜美味譽無窮，中原戰後猶離亂，萬里同來見難童（原註：中原大戰時，難童寄寓哈密、廸化、吐番三處）。

浣溪紗　哈密西行機中作

我與天山共白頭，白頭相映亦風流，羨他雪水溉田疇。

風雨憂愁成往事，山川憔悴幾經秋，暮雲收盡見芳洲。

人月圓　廸化至阿克蘇機中作

人生難得新機會，天上看天山，人間天上，天上人間。

盧生（冀野）作曲，韓生（樂然）作畫。我捋銀髯。崑崙在左，白龍堆上．孔雀河前。

江城子　阿克蘇至喀什機中作

先生得意出陽關，在空間，且流連，烏魯木齊河上月兒彎，又乘長風前進也，眞不管，鬢毛斑。

多情好事亦因緣，說高寒，有嬋娟，爭向機中一孔看天山，聞道飛行戈壁上，沙漠漠，路漫漫。

浣溪紗　塔里木戈壁機中憶阿克蘇溫宿之遊

何代何王剩地牢，龜茲覇業已蕭條，西風吹雨過半橋。

高柳陰中馳駿馬，把衣園裡選蒲桃，別開舞派女兒腰。（原註：把衣者財主也）

采桑子　九月一日，廸化東歸機中，時天山初降雪

高空日麗凉初透，往事悠悠，西望雲浮，等是人間不自由。

豪情依約歌還又，積雨才收，爽氣凝眸，笑看天山更白頭。

浣溪紗　蘭州東行機中作

不上崑崙獨惘然，人生樂事古難全，匆匆今又過祁連。

自古英雄矜出塞，如今種族是同天，何人收淚聽陽關。

南鄉子　蘭州東行機中作

上下白龍飛，秦隴川原是耶非，萬里平安天與我，依依。迎我西來送我歸。

君莫問西陲，兄弟之間隙已微，塞上風雲成過去，區區。寫就天山紀念碑。

于髯翁一生豪情萬丈，發爲詩文，大氣磅礴，皆必傳之作。但詞曲則較詩文爲遜，因詞曲格律太嚴，有才情人不易遵守

，東坡且然，況髯翁乎。

朱紹良邊塞詩

邊塞詩以唐代爲多，有唐一代，高手輩出，宋代因國勢不振，疆土日蹙，雖有邊而無塞，而所守之邊皆在長城之內，故宋人愛國詩詞雖多，邊塞之詠絕少，較爲膾炙人口者，惟范仲淹「漁家傲」一詞。明清兩代作手亦不多，近代更少，就所見者，惟朱紹良將軍長於此體。朱氏出身日本士官，歸國後任國民革命軍總司令部參謀長，抗戰期間，任第八戰區司令長官兼甘肅省政府主席前後十年，對西北風土人物，蘊於情而發之爲詩，皆佳作也。如「蘭州煦園看牡丹」：牡丹年年好，歲月何會老，解甲早歸田，花落我來掃。」又如「題赴西老岩繪鷹」：「玉立岩頭何所思，秋心萬里若無爲，摩天掠地安排定，側翅雲中世豈知。」又如「題馬霄石詩稿」：莫笑鄒枚句未工，胸中浩氣有誰同！論交湖海驚奇士，歷劫山河感塞翁。宦迹半生霜鬢白，新詩百首醉顏紅，風塵珍重橫磨劍，冀北何人一顧空。」贈「新疆監察使羅家倫」：「幕府當年笑語頻（適然按：北伐時——朱將軍任總司令部參謀長，羅家倫也在總部供職，故云），相逢珍重話前塵，酒邊顏色看猶煦，劫後詩歌氣轉春。冰雪天山猿鳥絕，風沙瀚海馬牛親，步兵莫戀江東住，能到崑崙有幾人。」二，「十年絳帳聽征鼙，錦綉河山半馬蹄，時雨潤從邊塞曲，春風碧到玉門西，艱危國計商關鍵，文物天驕任品題，知有嘉謨作辰告，波濤板上夜聞雞。」兩詩均頗有唐人韻味。羅家倫曾有和詩：「風雪臯蘭過往頻，劫餘樽酒洒襟塵；狂奴故態詩中味，邊帥朱顏雨後春。豈仗甲兵柔遠服，從來文字感交親。陰山右峙天山左，馮翊中原豈異人。」「莽原戰馬縱高蹄，玉壘無風靖鼓鼙，漫詡星槎浮塞北，爲瞻都護到安西。聚沙對話防秋略，勒石還須醉墨題。萬里枕戈齊待旦，不煩啼澈祖生鷄。」羅氏爲新文學運動主將，舊詩亦甚佳。

時新疆省主席盛世才通蘇聯共黨，形同化外，中央派朱氏前往疏解。朱氏任總司令部參謀長時，盛氏任參謀，爲其舊屬。此時之新疆，又屬第八戰區範圍。故盛氏特表歡迎，設宴欵待，朱氏即席賦詩：「立馬吳山憶昔時（此指北伐時事），相逢塞上鬢已絲，平生意氣休輕負，大好河山好護持。」對盛世才隱寓規勸之意，甚爲得體，詩亦好詩。

朱氏在廸化有「遊新疆廟兒溝詩」：「詰曲深山路幾盤，參天松柏老龍蟠，莫愁材大難爲用，縱使投荒也耐寒。」

又甲申（民國三十三年）除夕示兒輩：「居處休嫌在僻疆，一門四代喜同堂，餘生百戰頭將白，萬馬三邊天半黃。報國童稚爭執戟，多情父老競稱觴，收京有望還鄉日，家世勿忘號紫陽。」

又乙酉（民國三十四年）中秋時在廸化：邊域未暗中秋夜，落木寒沙古戰場，風急雁隨雲影疾，月明烟趁馬蹄忙，思量仁貴三支箭，慚愧哥舒半段槍！喜值收京須縱酒，戍樓笳鼓似催觴。

又七絕五首：一、一片清光萬里城，金戈影裡雁歸聲，長吟不作思鄉夢，塞上中秋月更明。二、把酒無言對素娥，聲聲羌笛伴胡歌，臨邊自愧疏籌策，着鬢繁霜苦恨多。三、獨寄天邊光萬丈，當年此夕舞霓裳，滄桑閱盡愁多少，猶照中原幾戰場。四、凱歌聲裡鼓聲讙，照眼邊烽接廣寒，縱酒今宵憑醉臥，不教回首月中看。五、大漠風催日月流，又傾酷酒一登樓，捲簾遙望天山雪，相對居然兩白頭。

各詩均蒼涼悲壯，允爲邊塞詩佳作，風格自與唐人不同，但高處亦有唐人所不及者。蓋唐代邊塞詩無及新疆者，唐人所詠邊塞詩至甘肅、青海已爲極邊，漢唐雖云通西域，但文人到者並不多，清代改新疆爲行省，始與內地通。紀曉嵐曾戍烏魯木齊（廸化），錄己作及時人作新疆詩多首，其中不乏邊塞詩佳作，均見閱微草堂筆記中。民國詩人詠新疆風物者，首推于右老次則朱將軍。

民國三十九年朱將軍適六十歲，賦花甲感懷詩八首：

一、平生祛病有良方，臥誦南華歲月忘，親友多情頻酌我，依稀前日是重陽。

二、劇憐扶杖已無鄉，甲籙重新暗自傷，隔海黃塵羞父老，臨風不語望穹蒼。

三、自從日月慶重光，冰劍風刀紫塞忙，四壁無存餘百戰，等閒贏得滿頭霜。

四、三邊烽火憶刀環，窮寇倉皇涇渭間，指顧犂庭恣痛飲，漁陽鼙鼓動驪山。

五、四馬天山親易幟，刀光八面酒杯寬，痛心誰主和戎策，十載終看奉契丹。

六、射日曾張后羿弓，艱難始見九州同，頹流莫挽紅羊刼，忍說當年汗馬功。

七、是非過去憑誰訴，艱苦當前須共持，奪稍屯田猶未老，六旬正似少年時。

八、今朝休爲稻粱忙，又把茱萸對客嘗，夫婦齊眉兒女長，一杯含笑話家常。

偉大史詩，絕妙好詞，讀後令人低徊不已。

丁治磐感事詩

前江蘇省政府主席丁似菴（治磐）累總師干，抗戰時歷任軍長，總司令，勝利後任江蘇省主席。丁氏雖桓桓武將，文事亦嫻，詩書均佳。前曾記其辛亥光復樓詩，堪稱作手，近復見手寫舊作感事詩，七絕九首，風緻絕佳，茲錄之。

一、德衰無奈獻言何，讒口翻拈五子歌，不是平遼威已滅，義臣罷去寇兵多。

二、九成舞罷聲沉沉，胡越同歡發浩吟，不信四方絕神武，獨於一獸逞雄心。

三、盡說衣冠起草茅，逼人富貴漸嬌嬈，宦籤舊被依違誤，對仗無人叱李貓。

四、風排罔極寺邊雲，碧樹青山連夕曛，誰挈蒼頭鎮雅俗，救時親見相公勤。

五、舊從兵法振雄師，詎以盟軍免後期，一縱平討擊使數，（脫一字）將天寶不看夷。

六、銷兵無計久踟躕，兵事無如貞觀初，莫使長安羞宿衞，重來驗木契錮魚。

七、中使紛紜向四方，犬戎同紇坐輕唐，廣平定是華夷立，兩度收京淚幾行。

八、生聚當於薪胆邊，括商括賫莫器然，就令將穗軍堪給，何用乾元鑄大錢。

九、投牒安然自應科，世衰此道不容訶，好官可是都中傑，多少鄉人笑罵它。

詩是好詩，但如李義山詩，其眞意不可解。第一首用隋罷楊義臣之典，當係指某一領軍大言被罷職而言，未知所指何人。

第五首，意指各軍作戰未能協同，各自爲戰，有時且作壁上觀。此亦當時用兵實情。

第八首，以指金元劵而言，意義較爲明顯，金元劵之敗，甚於百萬雄師之潰滅，凡身歷其事者，當能記憶。

丁氏不但詩佳，書法尤佳，在台北深爲書法家所重，惜不能製版以餉讀者。區區不識丁氏，無緣詢問其舊作感事詩眞意，即使有機緣相詢，恐丁氏亦未必便能直言，感事詩忌諱必多，古今無異，李義山詩所以晦澀難明者在此。

朱經農寄子詩

朱經農氏曾任湖南省教育廳長，中央大學教育長，勝利後一度任商務印書館總經理，大陸陷共後避難美國，十多年前已病歿彼邦。

朱氏抗戰期間在重慶供職，其長公子軍校畢業，分發甘肅，朱賦五律二首贈之以壯行色。

其一：八載烽烟裡，凄然送汝行，不堪垂老別，無限念兒情，白髮當春暮，繁花照眼明，臨歧珍重意，攬轡望澄清。

其二：萬里長安路，男兒匹馬還，花開金粟嶺，春到玉門關，自有從軍樂，何愁蜀道難，他年酬壯志，踏遍賀蘭山。

溫柔敦厚，語氣和平，其中對仗不求工而自工，如金粟嶺對玉門關，從軍樂對蜀道難，皆天生妙對也。

（未完待續）

天聲人語

甲五（一九五四）正月值予望六生辰李印農大兄見賀答以長律： 李 璜

正月南天春氣融，桃花梅蕊稱心紅，
惟憐世亂年荒際，久困車塵馬脚中，
寒夜冥鴻悲紫塞，高樓垂柳憶新豐，
慶君還曆無多日，我亦飄蕭六十翁。

島隅秋感 六首 前 人

霧掩蒼崖楓染林，島隅秋晚氣蕭森，
驚聞虎旅分符檄，忍見蟲沙陷陸沉，
海角月明歌舞夜，河梁日落黍禾心，
登樓無限興亡恨，飄泊難爲梁父吟。

赤嵌波澄景色清，翠華南渡飾昇平，
燎原篝火熸秦社，帶礪山河悼漢京，
花鳥含情懷故國，樓臺凝碧譜新聲，
鵑啼望帝秋光老，葛長旄邱歲幾更。

橫海星旛護莒京，鬼神前席誤蒼生，
時來猴沐承新統，運去龍潛失舊盟，
望斷秦庭涕淚盡，夢廻漢闕典謨更，
劇憐江上行吟客，哀怨猶餘不了情。

鷸蚌尋仇豈偶然，風雪瞬息恨難塡，
蛇分沛澤留灰燼，鹿走周原變萬千，
雁滯蒼溟羈絕域，鷹迷瘴霧困巖邊，
孟津魚躍空期待，草蔓神州景易遷。

海市蜃樓劫外天，笙歌午夜擾愁眠，
神遊玉闕驚麋鹿，魂斷銅蠡泣杜鵑，
北國封冰人入夢，南都氛漫月如煙，
金戈紅粉催霜鬢，淚跡塵寰學醉仙。

載酒江湖強自驕，東風沉鬱百花凋，
蓬山漂渺勞青鳥，錦瑟依稀憶舊挑，
夢覺揚州空有淚，情移洛浦太無聊，
月明幾度思環珮，耿耿星河蹕路遙。

無題二首 李勵文

舊夢難囘悵若何，流光似水久蹉跎，
青梅竹馬人如故，滄海桑田鬢已皤，
往事無情枯兩淚，餘生有恨捲千波，
相逢一笑休相問，蕉雨椰風怨正多。

烟雨江南入夢清，西風囘首路千程，
流乾蠟炬終宵淚，吐盡蠶絲百歲情，
蜀帝啼殘春已老，洛神去後夜難明，
沈園花萎空留恨，欲問伊誰共此生。

開國六十五年元日次和劍琴雙五壽 余少颿

元日欣逢嶽降辰，行看龍兎換冬春，
古經西學交鳴世，騷客郎中夙潤身，
赫赫別裁龜鑑美，昏昏善演玉函眞，
郢歌和作南山頌，白雪吁喁幾許人。

花甲今開第五辰，島中同煦杏林春，
瀕年跌宕高吟席，他日差池赴難身，（昔年同客渝州無緣把晤）以向桐君探漢閟，
還如玉局和陶眞，由來國手尊良輔，壺畔於今最活人。

少游丈展示生平傑作率賦誌佩丈授國畫著不卽不離論故句及之 前 人

上黨聲華夙所欽，相逢壇坫更傾心，
芳洲寫意成仙境，詩史傳眞播藝林，
伯仲高（劍父）陳（樹人）餘碩果，
披敷離卽度金鍼，幻燈活映紗籠處，
導入瑯嬛院落深。（謂長恨歌畫傳）

平江卽景 文疊山

民國廿九年春抗戰期中，於役湘垣，由新市策馬至平江途中，經卅華里，夾岸桃花，燦爛奪目，洵美景也，曾口占七絕：

朝霞起伏躡羣巒，宿雨初晴畫裡看，
此景丹青描不盡，桃紅卅里映征鞍。

乙卯冬生朝 前 人

彈指駒光了六旬，天涯猶作亂離人，
我行我素元爲客，蠻草蠻花漫結鄰，
濁酒一樽聊暇日，小園三畝亦長春，
抱殘守拙渾閒過，檢點餘生永葆眞。

鳳凰臺上憶吹簫
重過舊遊處 高梅憶

迷霧飛蓬，濃霜凋柳。參差野水橫舟。漸菊寒楓老，漁笛蘋洲。燈火闌珊南陌，悵重到，無語凝眸。疏鐘裡，黃蘆雁影，冷月如鉤。新愁。幾番別恨，尋去日吟題，苔鎖危樓。對一襟塵滿，當續前遊。縱許屐痕似舊，憑誰問，幾度清秋？鴻飛處，天涯望遠，雲水西流。

壺中天
送友山居 蘇文婷

涼蟾破暝，照寒波弄碧，秋深江國。疏磬低徊翻鶴影，煙渚黃蘆搖慄。柔櫓聲清，迴潮語細，歸去誰能識。草堂依舊，尙記當日行迹。 堪笑一夢塵勞，瘦筇重作伴，煙霞生壁。斷澗幽花青入戶，蒼石松根今夕。簑笠衝雲，芒鞋踏月，修竹鳴窗北。棲山情穩，翠微飛笛清逸。

編餘漫筆

編者

本期出版正值新年期間，本港洋溢一片歡樂氣氛，一年之計在於春，只看新年氣象，可卜今年定勝過去年。但願各業均欣欣向榮，帶挈了文化事業也步入佳境，已辦的報刊均脫離困境，新報刊更如雨後春筍，使香港成爲中國文化的燈塔。

本期文章，關於史料者有「談西山會議派」一文，此一史料很少人談及。「西山會議派」爲國民黨最早反共人士所組成，以後由於形格勢禁，未能發展，但該派領導人在國民政府中地位崇高，林森膺任國府主席十年，居正任司法院長幾二十年，是該派之反共立場已爲國民黨全體黨員所擁護。但有關此派之研究文獻則不多，陳錫璋先生潛心研究國民黨史，成就卓越，此文頗多前人未道處，可供研究現代史者參考。

「中國遠征軍」一文，出於英人之手，其中有一部份對中國軍冷嘲熱諷，但亦有部份史料可取，特請關山月先生譯出，以饗本刊讀者。

孫震將軍大文敘述勝利後戡亂裁軍情況，多爲珍貴史料，一般報刊雜誌所未載，孫將軍當時是高級指揮官，一切均親見親聞，親身經歷，所述百分之百眞實。勝利後之大規模裁軍，久爲世人所指摘，但知詳細情況者則不多，依孫將軍大文所記，當時裁軍幅度相當驚人。大敵當前，自行裁軍，此眞古今所無之奇事，主其事者，當時以精兵主義自詡，不知精兵主義結果將眞正精兵皆驅向敵方，此乃神州陸沉之主因，後世史家對此必有公論。

「周嵒主浙與杭州撤退」一文，亦戡亂後期一大變動，陳儀之事述者已多，本文只從另一角度，敘述當時浙省行政改組情況，一葉知秋，可覘大陸陷共之原因所在。

本期有幾篇佳作頗爲有趣，且文先生「清代後宮與珍妃死所」，對此一公案敘述詳盡，而且字字有據，因且文先生與珍妃有戚誼，且生長北平，親見親聞。與道聽塗說輾轉抄襲者不同。

張仲仁先生大文，記述獵豹之事，很少人有此經歷，眞不料內地亦有豹存在，深山大澤，實生龍蛇，信然。

高越天先生「談保鑣」，係爲電視台所播「保鑣」而作。「保鑣」之事，人人耳熟能詳，但眞能舉出保鑣故事者，尚不多見，愛看「保鑣」電視片觀衆，看了本文，可知眞正保鑣是怎麽一回事。

「北平西城穿堂兒府故事」，更爲有趣，作者是老北平，根據父老傳說參以實地情況而成此文，特別引人入勝。但其中部份與史實稍有出入，編者對此稍作補充，旨在使此故事更爲完美，並非故意挑剔，想白先生或不致見責。

掌故　月刊　訂閱單

請將本單同欵項以掛號郵寄香港九龍旺角郵局信箱八五二一號

英文名稱地址：

The Journal of Historical Records
P. O. Box No. 8521, Kowloon
Mongkok Post Office, Hong Kong.

姓名（請用正楷）中英文均可			
地址（請用正楷）中英文均可			
期數及金額	一年		
	港澳	台灣	海外
	港幣二十四元正	台幣二百四十元	美金八元
	平郵免費・航空另加		
	自第　期起至第　期止共　期（　）份		

俊人書店 圖書目錄

九龍旺角郵局信箱八五二一號 電話：3-808091

WISE-MAV BOOK STORE PO BOX8521

KOWLOON HONG KONG POST OFFICE T3-808091

書名	作者或出版社	定價H.K.
「偉大的抗美援朝運動」	人民出版社	3000.00
（全書十六開大本共一千三百多頁所有韓戰史料全部包括在內，爲罕見孤本）		
東洋文庫十五年史（日文）		1000.00
西安半坡	文物考古社	1000.00
中華兩千年史精裝七册	鄧之誠	300.00
第二次世界大戰簡史	美・第威特・休格 王 檢譯	20.00
太平洋戰爭紀實	何成璞譯	20.00
日本屠殺秘史	日・神吉晴夫第編著	30.00
赫爾回憶錄	C. 赫爾著	30.00
韓戰秘史	美・羅柏・萊基 劉勾譯	30.00
山本五十六 （全譯本）		20.00
日本神風特攻隊	日・豬口力平，中島正 著 謝新發譯	30.00
日本軍血戰史 （決戰篇）	蔡茂豐譯	10.00
美蘇外交	J.F. 貝爾納斯著 王芒等譯	20.00
琉球島血戰記	日・古川成美著 陳秋帆譯	10.00
太平洋戰爭	周紹儒譯	20.00
第二次世界大戰史	科馬格著 鍾榮蒼譯	20.00
中國典籍知識精解	任松如著	50.00
李嘯風先生詩文集	李嘯風著	15.00
中國文學家大辭典（上、下）	楊家恪編	200.00
國父軍事思想之研究	羅雲著	10.00
中國文化綜合研究		200.00
張群秘書長訪問韓日紀要	中日合作策進委員會，中日關係研究會	50.00
中日關係論文集 （第一輯）	中日關係研究會	200.00
中共暴政十年	中共暴政十年編輯委員會	50.00
遠東是怎樣失去的	陳國儁譯	20.00
中國文學家列傳	楊蔭琛編著	100.00
成語典	繆天華主編	100.00
六十年來的中國警察	中央警官學校編印	50.00
角山樓增補類腋	清・雲間姚培謙纂輯、司徒趙克宜增補	100.00
中外名人辭典		100.00
古今同姓名大辭典		100.00
處理日本投降文件彙編（上、下）	中國戰區中國陸軍司令部 七册	200.00
何應欽將軍講詞選輯	中國戰區中國陸軍司令部	
八年抗戰與台灣光復	中國戰區中國陸軍司令部	
受降報告書	中國戰區中國陸軍司令部	
何應欽將軍中日關係講詞選輯	中國戰區中國陸軍司令部	
八年抗戰	中國戰區中國陸軍司令部	
世界道德重整運動和龍劇		

掌故（九）

數位重製・印刷　秀威資訊科技股份有限公司
https://www.showwe.com.tw
114 台北市內湖區瑞光路 76 巷 65 號 1 樓
電話：+886-2-2796-3638
傳真：+886-2-2796-1377
劃 撥 帳 號　19563868　戶名：秀威資訊科技股份有限公司
讀者服務信箱：service@showwe.com.tw
網 路 訂 購　秀威網路書店：http://store.showwe.tw
國家網路書店：http://www.govbooks.com.tw

2020 年 7 月
全套精裝印製工本費：新台幣 35,000 元（全套十二冊不分售）

Printed in Taiwan　ISBN:9789863268130 CIP:856.9

本期刊僅收精裝印製工本費，僅供學術研究參考使用

ISBN 978-986-326-813-0
9 789863 268130 35000